PROLOGUE

はるか古の時代、星と対話し、星を育む力を持った種族がいた。星の開拓者たる彼らは、地中を駆けめぐる星の命――精神エネルギーの循環を活性化させ、星全体の成長をうながしていく。しかし、隕石とともに飛来した“空から来た災厄”の魔の手により彼らは滅ぼされ、生き残った者はごくわずかとなってしまった。

月日は流れ――。

星が宿す精神エネルギーを「魔晄」と名づけ、資源として利用する手段を確立した神羅カンパニーは、世界を掌握する大企業へと躍進。魔晄の供給によって、人々の暮らしはまたたく間に豊かになっていった。

一方で、星そのものの命を使いつぶすも同然の神羅の行為に、危機感を抱く者たちが現れる。

“このままでは、やがて星が死んでしまう”

星を守るために活動する反神羅組織アバランチは、神羅の御膝元である魔晄都市ミッドガルにて、魔晄炉の爆破作戦を決行する。そこには、傭兵としてアバランチに手を貸す元ソルジャー――クラウドの姿があった。

星をめぐる想いが、物語をつむぎはじめる――。

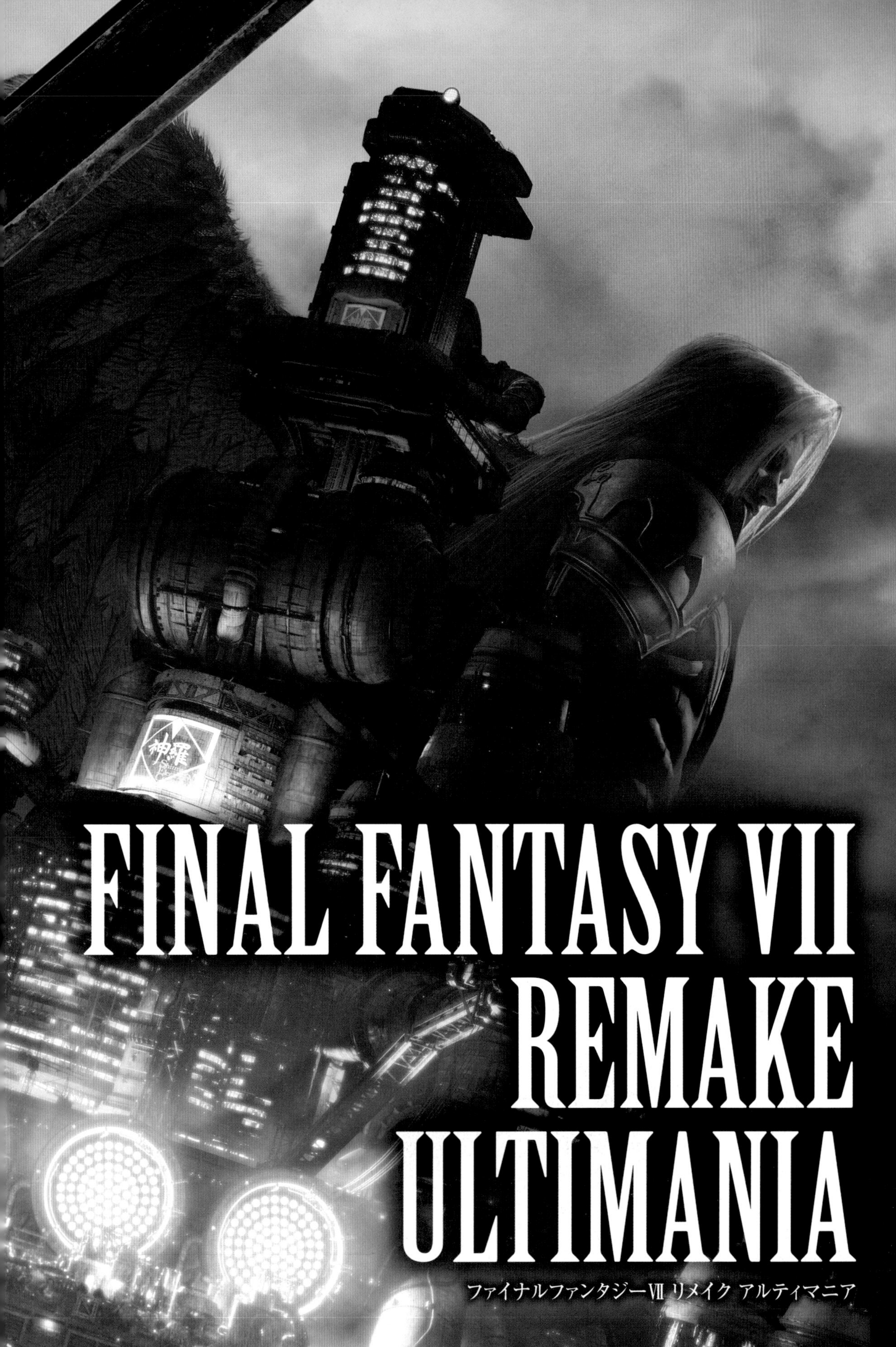
FINAL FANTASY VII
REMAKE
ULTIMANIA
ファイナルファンタジーVII リメイク アルティマニア

CONTENTS

※本書は2020年4月10日時点でのゲーム内容にもとづいて制作されています
※本書では、プレイステーション版『ファイナルファンタジーⅦ』を、『FFⅦ』または「オリジナル版」と表記しています

WELCOME TO FINAL FANTASY VII REMAKE ULTIMANIA!!

個人的な話で恐縮だが、『FFⅦ』は僕にとって特別なゲームだ。
1997年、ファミ通ブランドで発売された『FFⅦ 解体真書』は、はじめて弊社スタジオベントスタッフがスクウェア(当時)のRPGを題材に制作した書籍だった。「これまでにないようなゲーム書籍を作る」という信念のもと、さまざまなアイデアを詰めこんでまとめ上げ、おかげさまで多くのかたがたに読んでいただけた、いまでも思い入れの深い一冊である。
それから時は流れ、『解体真書』は僕が名付けた『アルティマニア』へと姿を変え、その発売元はスクウェア・エニックスへと移り変わった。
そして、2005年には、『FFⅦ 解体真書』でやり切れなかったことを徹底的に掘り下げた分厚い本『FFⅦ アルティマニアオメガ』を制作し、2007年には、『FFⅦ』の発売10周年を記念するメモリアル本『FFⅦ 10th アニバーサリー アルティマニア』を世に送り出す機会をいただくことになる。
『FFⅦ 10th アニバーサリー アルティマニア』の巻末では、プレイステーション3用のテクニカルデモとして制作された『FFⅦ』オープニングムービーの画面写真とともに、僕はつぎのような言葉をつづった。
WE HOPE TO MEET FINAL FANTASY Ⅶ AGAIN！――
いまだから明かすが、そんなふうに『FFⅦ』と再会したいと書きながらも、実際にその日がくることはないだろうと、どこか冷静に考える自分がいた。
なぜなら、プレイステーション3版のオープニングムービーを見たかぎり、このリアルタッチの映像で『FFⅦ』を作り直すには途方もない作業量が必要なのは明らかで、そこまでのマンパワーを投入して過去作のリメイクに踏み出すことはないだろうと勝手に悟ったような気持ちでいたからだ。『FFⅦ』は、初代プレイステーションのあの表現方法だからこそ実現できた、1997年にしか誕生し得なかった作品にちがいない――そう思っていた。

ところが。
世界中の『FFⅦ』ファンの熱烈な想いに後押しされ、北瀬佳範氏と野村哲也氏を中心とする彼ら開発チームは、不可能と思われていたことを現実に変えてしまった。
23年前、僕らが脳内でキャラクターの表情や世界の情景を補完しながらプレイしていた『FFⅦ』が、まずはミッドガルを舞台に最新の技術でリメイクされ、補完の必要などないリアルさに満ちあふれた作品として、ふたたび目の前に姿を現したのだ。
プレイを進めるにつれて記憶の奥底から甦ってくる、あの日のセリフ、戦闘、ストーリー。
そして、再会した仲間たちと物語をつむいでいく途中で、はたと気づかされる。この作品は、単なる“リメイク”ではないということに。
ああ、なんという仕掛けを組みこんでくれたのか――
ミッドガルを脱出した先にどのような展開が待ち受けているのか、いまの時点ではまったく予想がつかない。
本書を片手に『FFⅦ リメイク』のありとあらゆる要素を遊び尽くし、クラウドたちの星を巡る旅に備えていただけたらと思う。

スタジオベントスタッフ
山下　章

SECTION 壱

CHARACTER & WORLD

キャラクター＆ワールド

クラウド
治安維持部隊が うろついていたから
かき回してやった

CLOUD STRIFE

クラウド・ストライフ

PROFILE

年齢 ▶ 21歳　誕生日 ▶ 8／11
血液型 ▶ AB型　身長 ▶ 173cm
出身 ▶ ニブルヘイム

VOICE CAST

日本語 ▶ 櫻井孝宏、相澤幸優（14歳時）
英語 ▶ Cody Christian、Major Dodson（14歳時）

なんでも屋を生業とする元ソルジャーの青年

身の丈ほどもある大剣を軽々と振るう、神羅カンパニーの精鋭兵士「ソルジャー」だった青年。神羅を離れたのち、報酬しだいでさまざまな仕事を請け負う「なんでも屋」をはじめた。幼なじみのティファに誘われ、反神羅組織「アバランチ」に傭兵として協力。星を救うというアバランチの思想には興味もなければ共感もしておらず、単に仕事と割り切っていたが、アバランチメンバーとの交流を通じて、その心境に変化が生じていく。

⬆人前では、クールで強気なそぶりをしがち。格好をつけて、ちょっと気取ったしぐさをすることも。

IMPRESSIVE WORDS

「興味ないね」

CH1 親しげに話しかけてきたウェッジに対し

相手の話をさえぎり、冷たく言い捨てる。チームとして仲良くする気などまったくなさそうな態度に、ウェッジは絶句し、悲しそうに目を伏せてしまう。

「契約がなければ、手伝う義理はない」

CH3 つぎは力を借りないと言うバレットに向かって

クラウドがアバランチの活動を手伝うのは、あくまで仕事として。その姿勢をつらぬこうとするがゆえ、必要以上に彼らと打ち解けようとせず、報酬の話を頻繁に口にする。

「感想はいらない。他に方法が無かった」

CH9 女装していることをティファに気づかれ

クラウドの姿を見て驚くティファに対して早口でまくし立て、追及をシャットアウト。見た目については触れないでほしいという切実な思いが、口調にこめられている。

TOPICS OF CLOUD

自称“元”ソルジャー

他人から「ソルジャーか」と尋ねられたときにクラウドは、「“元”ソルジャーだ」と訂正する場面が多い。その言動からは、「自分はソルジャーと同等の力を持っているが、いまは神羅の手先ではない」と強く主張しようとする様子がうかがえる。神羅と戦う己の立場を、肩書きで明確に示そうとしているのかもしれない。

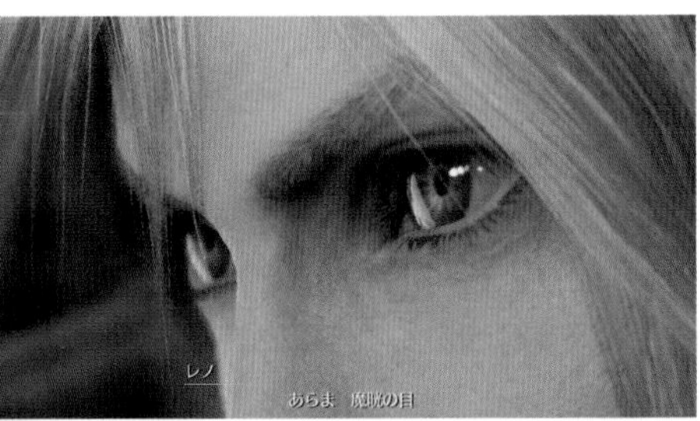

⬆レノはクラウドの自称をいぶかりつつも、魔晄を浴びた者特有の瞳を見て、彼を元ソルジャーと認識する。

無愛想な「なんでも屋」

困った人を助ける「なんでも屋」という、人との縁が重要な仕事をしているわりに、クラウドは人付き合いが苦手。依頼はきっちりとこなすものの終始無愛想な態度のままで、人との接しかたには少々難がある模様。結局クラウドは、ティファやエアリスに付き添ってもらいながら、スラムでの仕事を請け負うことに。

⬆ただでさえ他人と馴れ合おうとしない性格のクラウドは、表情をティファに何度も注意されてしまう。

謎の頭痛に襲われて

ふとした瞬間に、激しい頭痛がクラウドを襲うことがある。この頭痛は幻覚をともなう場合が多く、因縁の相手セフィロスの姿や、過去の記憶の断片、はたまた未来を思わせるビジョンを見ることもあり、ただの頭痛と片づけるには不可解な部分が多い。クラウドをおびやかす頭痛の原因は、どうやらひとつだけではなさそうだが……？

⬆クラウドにとって不都合な情報を遮断するかのように、他人の言葉をかき消すほどの頭痛が彼を襲う。

Original『FFVII』Playback クラウド編

元ソルジャーを自称するだけあって、第一印象はクールで頼りがいのある戦闘のエキスパートといったところ。しかし、旅を進めるうちに、頭に響く謎の声に苦しむなどの、不安定な部分を見せはじめる。その原因は彼の過去に隠されており、クラウドの素性にまつわる事実は、多くのプレイヤーを驚愕させた。

⬅初心者の館では、戦いのプロとして、ユーモアを交えつつ知識を披露する。

⬆ツンツン頭がトレードマーク。あざやかな髪の色も相まって、遠目でも目立つ。

バレット
アバランチの目的は 『星を救う』だろ

BARRET WALLACE

バレット・ウォーレス

PROFILE

年齢 ▶ 35歳
誕生日 ▶ 12／15
血液型 ▶ O型
身長 ▶ 197cm
出身 ▶ コレル

VOICE CAST

日本語 ▶ 小林正寛
英語 ▶ John Eric Bentley

反神羅の炎を燃やす直情型の闘士

七番街スラムを拠点に行動する反神羅組織「アバランチ」のリーダー。神羅カンパニーへの敵意が人一倍強く、「星の命を守る」というスローガンを掲げて過激な反神羅活動を推し進めている。壱番魔晄炉爆破作戦を実行するにあたってクラウドを雇ったものの、元神羅である彼をあまり信頼していない。平時には七番街スラムの自警団として地域の治安を守っており、溺愛してやまないひとり娘のマリンの前では子煩悩な父親の顔を見せる。

⬆血気盛んで冷静さに欠くタイプ。偶然列車に乗り合わせた神羅関係者に、思わず威圧的な態度をとる。

IMPRESSIVE WORDS

「星の悲鳴が聞こえねえか、クラウドさんよ!!」

CH1 魔晄の正体についてクラウドに熱く語り

星の"血"とも言える魔晄を吸い上げつづければ、星はやがて力尽きてしまう。そのことを訴えても冷めた反応しか返さないクラウドに、バレットはイラ立ちをつのらせる。

「オレたちの活動は星を救う。そのために必要な犠牲は払う」

CH2 壱番魔晄炉爆発の影響にとまどう仲間に向かって

魔晄炉の爆発が想像以上の規模になって動揺するアバランチの面々に対し、彼らを奮い立たせるべく力強く宣言。あくまでも、神羅と戦う姿勢を見せつける。

「えらいぞ、マリン。父ちゃんとの約束、忘れなかったなぁ」

CH3 クラウドを避けた理由をマリンから聞き

クラウドへのトゲトゲしい態度から一変、マリンに対してはかなりの親バカっぷりを見せるバレット。天使みたいにかわいらしい娘には、たちまち骨抜きにされてしまう。

TOPICS OF BARRET

アバランチのリーダー

バレットたちのアバランチは、活動方針のちがいにより本家アバランチから独立した分派。危険な武装路線へと舵を切ったバレットは、ビッグス、ウェッジ、ジェシーをはじめとするメンバーを率いて、ミッドガルで独自の活動を行なっている。熱くなると視野がせまくなりがちとはいえ、それなりに人望はある模様。

⬆仲間の不安や悩みをすべて背負うと豪語し、アバランチのメンバーたちを引っ張っていく。

マリンへの深い愛情

バレットの生きる原動力になっているのが、愛娘のマリンだ。本心ではいつも彼女のそばにいたいと願いつつも、神羅と戦いつづけるためにはそうも言っておられず、娘にさびしい思いをさせることを心苦しく感じている。バレットが親バカなのは、マリンとのかぎられた時間を精一杯大事にしようという親心ゆえなのかもしれない。

⬆娘の身を案じるあまり、他人の家に押し入り声を荒らげるなど、マリンがからむと周囲が見えなくなる。

右腕が銃の男

過去の事件で負傷したのをきっかけに、バレットの右腕は改造手術がほどこされ、銃砲を着脱可能なギミックアームとして生まれ変わった。愛用のガトリングガンは神羅の兵器と戦うための特注品で、長きにわたりバレットを支えつづけている。彼にとって右腕の銃は、過酷な闘争生活において欠かせない、大切な相棒と言える存在だ。

⬆装着する武器しだいで、近接戦闘にも対応可能。なかには鉄球のような、ちょっとユニークなものも。

Original『FFVII』Playback バレット編

頭を使って考えるのが苦手で、勢いにまかせがちなものの、行動力は抜群。クラウドやティファが悩み迷ったときは、力強く彼らを牽引することもあった。当初は、故郷を奪った神羅への復讐心に突き動かされて戦っていたが、クラウドたちとの旅を通じて、戦う理由が「マリンの未来を守るため」へと変化していく。

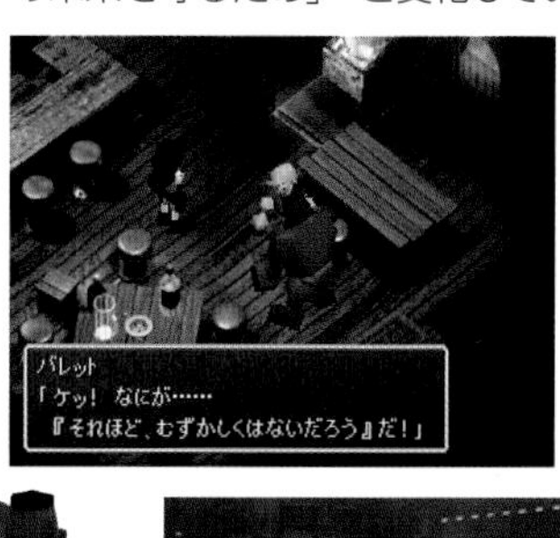

バレット
「ケッ！ なにが……
『それほど、むずかしくはないだろう』だ！」

⬅マテリアの使いかたをクラウドから教わっても、全然理解できずにボヤく。

バレット
「ここから先
団体行動にはリーダーが必要だ。
リーダーといえばオレしかいねえ」

⬆仕切りたがり屋だが思慮深さに欠けており、まわりからの支持はいまひとつ。

TIFA LOCKHART
ティファ・ロックハート

PROFILE

年齢 ▶ 20歳　誕生日 ▶ 5／3
血液型 ▶ B型　身長 ▶ 167cm
出身 ▶ ニブルヘイム

VOICE CAST

日本語 ▶ 伊藤 歩、三本采香（8～13歳時）
英語 ▶ Britt Baron、Glory Curda（8～13歳時）

迷いを胸に秘めた心揺らぐ女格闘家

反神羅組織アバランチのメンバーのひとりで、アジトがある酒場「セブンスヘブン」を切り盛りする女性。神羅カンパニーを敵視しつつも、魔晄炉爆破のような一般市民を巻きこむ過激な作戦には、いまひとつ乗り切れずにいる。気持ちが揺れるなか、幼なじみのクラウドと再会を果たし、彼にアバランチの作戦の手伝いを依頼した。まわりにはつねに明るく振る舞っているが、実際はひかえめな性格をしており、悩みをひとりで抱えこんでしまいがち。

⬆周囲への気くばりを忘れず、自分の主張を頑なに通そうとするバレットを押しとどめる。

IMPRESSIVE WORDS

「かなり、ピンチ」

CH3 クラウドに助けを求めるように

従来のやりかたでは何も変えられないと思いつつも、アバランチが進める闘争路線には賛同できないティファ。昔の約束をほのめかして、クラウドに助力を求めるが……。

「敵じゃない。みんなを守りたいの、お願い」

CH5 神羅課長たちを避難させようとして

神羅カンパニーを倒したい個人的な気持ちよりも、市民の安全を優先。警備兵器の襲撃を受けて列車内が混乱するなか、人々の避難誘導を神羅課長に託す。

「本当は、優しいよね。子供の頃は、気づかなかったけど」

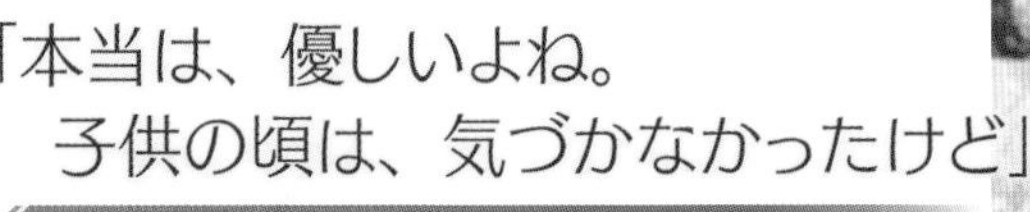

CH14 クラウドを「なんでも屋」に向いているとホメて

ティファは、なんでも屋として働くクラウドの姿を目にしていくうちに、幼なじみの新たな一面に気がつく。愛想こそないものの、彼のなかにある優しさを好ましく思う。

TOPICS OF TIFA

セブンスヘブンの看板娘

人々の憩いの場であるセブンスヘブンで調理や接客をしているだけあって、ティファは七番街スラムにおいてそれなりに名の知れた人気者。とくに彼女が作る料理はおいしいと評判で、老若男女問わず支持されている。アバランチメンバーのウェッジのお腹がたくましくなったのも、ティファの料理のおかげなんだとか。

⬆カクテル作りの腕もたいしたもの。客のイメージに合わせた、独自の一杯を提供することもある。

心に残る幼い日の約束

ティファは、7年前にクラウドが故郷ニブルヘイムを旅立とうとしたさいに、「将来、もし私が困っていたら、助けに来てほしい」という約束を交わしている。ピンチのときにヒーローに助けられたいと期待する、ちょっとしたヒロイン願望がきっかけではあるものの、この約束はティファの記憶に鮮明に刻まれているのだ。

⬆ソルジャーになりたいと夢を語ったクラウドに、少女時代のティファは"ヒーロー役"を依頼した。

ザンガン流格闘術の使い手

ふだんは心優しいティファだが、ひとたび戦闘となれば、しなやかな手足を駆使して華麗に戦うスゴ腕の格闘家でもある。かつて旅の武闘家ザンガンに弟子入りして格闘術を学び、技と身体を鍛え上げてきた。並たいていの男なら難なくコテンパンにできるほど強く、手を出そうとしてきた色男を、こっぴどくこらしめたこともあるらしい。

⬆コルネオの手下にからまれても、動じることなく返り討ちに。この程度のこと、ティファには造作もない。

Original『FFVII』Playback ティファ編

クラウドの語る過去が自分の記憶と食いちがうことを不思議に思いつつも、追及を避けて彼をそばで見守りつづけようとした。タンクトップにミニスカートという、動きやすく露出度の高い服装のため、神羅ビルの非常階段をのぼるときには、恥じらってクラウドとバレットを先に行かせるというひと幕も。

⬅リミット技が特徴的で、止めたリールの結果に応じて、技を連続でくり出す。

⬆ソックスの丈が短く、脚部の肌があらわになっている部分が多めだった。

AERITH GAINSBOROUGH

エアリス・ゲインズブール

PROFILE

年齢 ▶ 22歳　誕生日 ▶ 2／7
血液型 ▶ O型　身長 ▶ 163cm
出身 ▶ アイシクルロッジ

VOICE CAST

日本語 ▶ 坂本真綾、田中千空（7歳時）
英語 ▶ Briana White、Capri Oliver（7歳時）

まっすぐに未来を見つめる芯の強い娘

伍番街スラムで暮らす、花売りの女性。星の声を聞くことができる「古代種」の生き残りであり、その能力を利用しようとする神羅カンパニーの監視下に置かれている。幼いころから過酷な経験をしてきたにもかかわらず、明るく天真爛漫で、つねにポジティブさを失わない。壱番魔晄炉が爆破された日の夜、八番街市街地でクラウドと運命的な出会いを果たし、のちに伍番街スラムの教会で再会したときには彼にボディガードを依頼する。

⬆可憐な外見に反して、スラム育ちゆえのたくましさを持つ。スラムの裏道や隠し通路にもくわしい。

IMPRESSIVE WORDS

「じゃあね、デート1回!」

CH8 クラウドにボディガードの報酬を提示して

「ボディガード代は安くはない」と言うクラウドに対して、茶目っ気たっぷりにこの提案。意外な報酬に、クラウドもリアクションに困ってしまう。

「する、しないの話はこれで終わり。どうやっての話、しよう」

CH9 蜜蜂の館で女装するようクラウドを説き伏せ

どんな状況でも前向きに考え、物事を解決しようとするエアリス。力強く頼もしい言葉だが、このときのクラウドにとっては、退路を断つ無慈悲な宣告でしかない。

「どんな未来でも変えられるよ?わたし、そう信じてる」

CH10 最悪の事態を想像するティファを励まし

神羅の恐ろしい計画を知り、不安に押しつぶされそうなティファを、優しく鼓舞。悲嘆に暮れず前を向くようにうながし、不幸な未来を回避させようとする。

TOPICS OF AERITH

本物の花を育てる花屋

伍番街スラムの教会や自宅の庭で、エアリスは花の世話をしている。魔晄炉のせいで土地が枯れたミッドガルにおいて、本物の花は貴重品とされるが、彼女の身近には花が育つ場所が残っているのだ。エアリスは育てた花を八番街市街地などで道行く人に売っているほか、近所のリーフハウスや町医者に配達することもある。

⬆愛情を持って花を育てているエアリス。花畑を踏み荒らす者には、思わず抗議の声をあげる。

ふたりの母に愛されて

エアリスと実母のイファルナは、古代種の最後の生き残りとして、何年ものあいだ神羅の研究室での軟禁生活を強いられていた。エアリスは7歳のころ、イファルナに連れられて神羅ビルから脱走するも、スラム駅のホームで実母と死別。偶然その場に居合わせたエルミナに拾われ、それ以来、彼女の娘として育てられた。

⬆明るくよくしゃべる子どもだったエアリスは、エルミナとすぐに打ち解け、本当の家族同然の絆を育む。

タークスとの不思議な関係

幼いころに神羅ビルに軟禁されていたエアリスは、スラムに逃れたあとも神羅に見張られつづけている。この監視業務はタークスの担当で、なかでも主任のツォンは十数年来の顔なじみ。ほかのタークスメンバーも家を訪ねてくることがあるらしく、エアリスが彼らの人柄を理解する程度には関わりを持っているようだ。

エアリス
ルード　悪い人じゃないから

⬆レノやルードとも顔見知り。ルードのことは悪く思っていないが、素直に言いぶんを聞く気はない模様。

Original『FFVII』Playback エアリス編

八番街で出会ったクラウドには、たったの1ギルで花を売っていたが、六番街スラムの下心まみれの男たちには300ギルや500ギルという高値をふっかけるなど、なかなか商売上手。その明るく気丈な性格と、とある場面における衝撃的な出来事により、プレイヤーの記憶に強く残るヒロインとなっている。

⬅花かごを手にしたエアリスが八番街の喧噪のなかに消える場面から、『FFⅦ』は幕を開けた。

⬆思ったことはハッキリと口にするタイプで、一度決めたらなかなか曲げない。

RED XIII

レッドXIII

PROFILE

年齢 ▶ 48歳
（人間年齢で15〜16歳）

出身 ▶ コスモキャニオン

VOICE CAST

日本語 ▶ 山口勝平

英語 ▶ Max Mittelman

燃えるような赤毛を持つ 人語をあやつる獣

全身が赤い毛に覆われ、尾の先に炎を灯した獣。人間の言葉を理解するだけでなく、しゃべることもできる。実験サンプルとして宝条の研究施設に監禁されていたが、クラウドたちがエアリスを助けにきたおかげで脱出に成功。以降、彼らと行動をともにする。

⬅野生味あふれる見た目にたがわず俊敏。壁を駆け上がるのもお手のもの。

IMPRESSIVE WORDS

「私とは、なにか。見ての通り、こういう生き物としか答えられない」

CH16 バレットに何者かと聞かれて

不可解なものを目の当たりにしたバレットの素朴な疑問に、哲学じみた受け答えをする。開口一番「興味深い問いだ」と言うなど、かもし出す雰囲気は冷静で理知的。

TOPICS OF RED XIII

謎多き実験サンプル

レッドXIIIは、研究対象として捕獲された立場で、「レッドXIII」という名前も宝条につけられた型式番号に過ぎない。自分のことについて多くを語らず、ティファに本当の名前を聞かれても、無言ではぐらかしてしまう。とはいえ、バレットから「神羅のイヌ」呼ばわりされたときは、真顔で「犬ではない」とジョークじみた否定をする。

⬆素性を聞かれたさいに、ポーズをキメつつ答えるが、肩書きのせいでいまひとつ締まらない？

Original『FFVII』Playback レッドXIII編

エアリスとの交配実験の相手にあてがわれたことにより、クラウドたちと遭遇。宝条が送りこんできたサンプル：H0512を「少々てごわい相手」だと説明し、一行に力を貸した。クラウドたちの前では、難しい言葉づかいで話し、故郷に帰るまでのあいだ、大人の余裕を漂わせる格式ばった振る舞いをつづける。

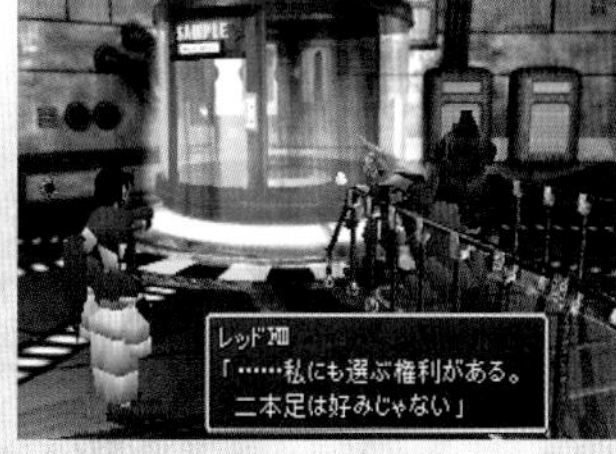

レッドXIII
「……私にも選ぶ権利がある。
二本足は好みじゃない」

⬅エアリスに迫ったのは宝条をあざむくための演技。実際は"二本足は好みじゃない"らしい。

SEPHIROTH

セフィロス

PROFILE

年齢 ▶ 不明　誕生日 ▶ 不明
血液型 ▶ 不明　身長 ▶ 不明
出身 ▶ 不明

VOICE CAST

日本語 ▶ 森川智之
英語 ▶ Tyler Hoechlin

幻のように姿を見せるかつての英雄

先のウータイとの戦争においてめざましい活躍を見せ、英雄と称された伝説のソルジャー。多くの若者のあこがれの対象となり、大量のソルジャー志願者を世のなかに生み出した。5年前、とある極秘任務のさなか命を落としたと報道されたが、詳細は不明。クラウドとは浅からぬ因縁があり、ミッドガルで活動をはじめた彼の前に幻影のように姿を見せては、そのたびに意味ありげな言葉を残す。

⬆刀身がとてつもなく長い正宗を振るう。この刀をまともにあつかえるのは、セフィロスのみ。

FINAL FANT
VII
REMAKE
ULTIMA

IMPRESSIVE WORDS

「おまえには誰も守れない。自分さえもな」

CH2 八番街市街地でクラウドの前に姿を現し

突然クラウドの目の前に現れ、彼を精神的に追いつめる発言をするセフィロス。まるで、この先に起こる出来事を見通しているかのごとき言葉だが？

「喪失が、おまえを強くする。それでいいのか？」

CH13 伍番街スラムへ向かうクラウドの前に現れ

七番街スラムの悲劇を止められずエアリスもさらわれたクラウドに対して、意味深な言葉を放つ。クラウドを侮蔑しているようにも、叱咤激励しているようにも聞こえる。

「感動の再会だ」

CH17 斬りかかってきたクラウドの剣を受け止め

神羅ビルに安置されたジェノバの前で、ついに幻影ではなく実体をともなって登場。セフィロスの言う「再会」とは、果たしてどのような意味を持つのだろうか……？

TOPICS OF SEPHIROTH

死んだはずの英雄

神羅カンパニーの公式発表によれば、セフィロスは5年前に死亡したことになっている。その情報はニュースとして大々的に報じられたため、世界中の人々にとっては、「セフィロスは死んだ」というのが一般的な認識。亡き者であるはずのセフィロスが現れた光景を、クラウドは当初ただの幻覚と思いこもうとするが……。

⬆多くの場面で、セフィロスはクラウドにしか見えていない。やはりこれは、ただの幻なのか？

断片的に垣間見える過去

クラウドとセフィロスの過去の因縁は、クラウドの脳裏によぎる映像で部分的に明かされるのみ。うかがい知れるのは、セフィロスがクラウドの故郷を焼き払い、クラウドの母親の命を奪ったばかりか、魔晄炉でティファの父親も手にかけたということ。また、クラウドは自分がセフィロスにトドメを刺したと記憶しているようだ。

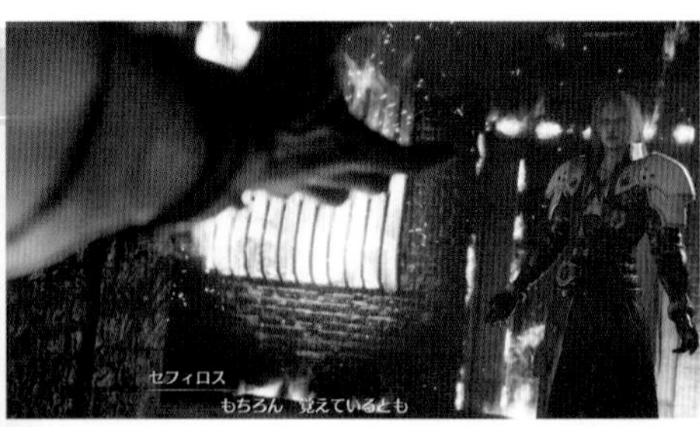

⬆クラウドに倒されたことを「我々の大切な思い出」だと語るセフィロス。不気味な余裕を感じさせる。

“セフィロスに見える”者たち

クラウドは、黒いマントを羽織った人間を、ときおりセフィロスだと錯覚してしまう。冷静に見れば、黒いマントの男とセフィロスとは似ても似つかないのだが、クラウドはその場にセフィロスが現れたと認識し、おびえてうろたえるのだ。なお、黒いマントの男たちには、左肩に数字の刺青(いれずみ)が入っているという共通点がある。

⬆天望荘に入居した日の夜、うめき声を上げる隣人の部屋を訪ねたクラウドは、セフィロスの姿に戦慄する。

Original『FFVII』Playback セフィロス編

ミッドガルが舞台のあいだは、7年前の回想においてクラウドが目標とする人物として語ったり、プレジデント神羅が「優秀すぎるソルジャー」として挙げたりするなど、姿よりも先に名前が登場。セフィロスの人物像が本格的に描かれるのは、クラウドたちがカームの町に着いたあとの、5年前の出来事が語られる場面だ。

母さん達からこの星を奪ったんだよね

⬆星の敵となったセフィロスを追ってクラウドたちが旅をする形で、『FFⅦ』の物語はつむがれていく。

七番街の人々

BIGGS
ビッグス

PROFILE
年齢 ▶ 25歳

VOICE CAST
日本語 ▶ 阪口周平
英語 ▶ Gideon Emery

参謀役を務める兄貴分

バレットが率いるアバランチに所属する、冷静な頭脳派。おもに作戦立案を担当し、さまざまな状況に対応できるよう、多彩なプランを打ち立てていく。キレイ好きな性格で、気を落ち着かせるために掃除にいそしむときもある。ふだんは七番街スラムの自警団として働きつつ、伍番街スラムの孤児院の支援を人知れず行なっているらしい。

ビッグス
改造すれば　あんた　もっと強くなるぜ

⬆武装路線で行くにあたって、元ソルジャーのクラウドを歓迎。武器改造について教えるなど、世話を焼く。

「星の命、ちょっとは延びたかな」

Original『FFVII』Playback ビッグス編

アバランチの主要メンバーとして活躍。マジメなしっかり者で、星の命を守るべく奮戦した。

ビッグス
「ああ～!!
仕事の後の一杯はこたえらんねぇなぁ」

⬅面倒見は良いものの酒グセがかなり悪く、酔ってクラウドにからんでくる。

JESSIE RASBERRY
ジェシー・ラズベリー

PROFILE
年齢 ▶ 23歳

VOICE CAST
日本語 ▶ 森谷里美
英語 ▶ Erica Lindbeck

スリルを好む強気なレディ

爆弾や偽造IDといった、作戦に必要なものを用意する、アバランチの技術派メンバー。浄水装置などの便利グッズを作って販売し、アバランチの活動資金をかせいでいる。気が強く、多少の危険なら楽しんでしまえる度胸の持ち主。以前は女優としての夢を追い、ゴールドソーサーの公演で主演に選ばれたこともある。

⬆クラウドをからかいつつ、本気とも冗談ともつかないアプローチをくり返す。

「じゃ、華麗な運転でわたしを酔わせてくれる?」

WEDGE

ウェッジ

PROFILE
年齢 ▶ 20歳

VOICE CAST
日本語 ▶ 淺井孝行
英語 ▶ Matt Jones

愛嬌のあるムードメーカー

ふくよかな体型のアバランチメンバー。顔の広さを活かして情報収集などを手がけるほか、セブンスヘブンで提供される新メニューの味見役も担当している。他人と距離を置きたがるクラウドにも臆せず話しかけ、打ち解けようと心を砕く。語尾に「〜ッス」とつけるしゃべりかたが特徴。

⬅ネコをたくさん飼っており、家はまさにネコ屋敷。外見がそっくりな三兄弟も難なく見分ける。

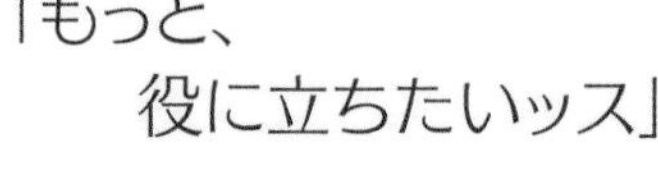

「もっと、
役に立ちたいッス」

Original『FFVII』Playback ウェッジ編

人当たりが良く、おだやかな性格の小心者。「人生ワキ役」な生きかたを変えたいと考え、星の命を救って名を上げようとしていた。

「おかげでほら、俺、こんなまるっこくなっちゃって」

⬆身体が丸いのは、料理の味見をさせられたからだと言い張る。

⬆ジェシーの実家にある写真立てには、彼女の女優時代の姿が。

Original『FFVII』Playback ジェシー編

アバランチのメカニック担当で、爆弾製作などを行なった。「うかつ」というログセどおり、詰めがアマい。

「もうすぐ駅に着くね。
クラウドといっぱい話せて楽しかったわ。
私、導火線に火がついたかもよ」

⬅助っ人クラウドに積極的に言い寄り、心をこめて彼用の偽造IDを作成する。

MARLENE WALLACE
マリン・ウォーレス

年齢 ▶ 4歳

VOICE CAST

日本語 ▶ 梅﨑音羽
英語 ▶ Brielle Milla

バレットの原動力となる最愛の娘

セブンスヘブンでバレットと暮らす、彼のひとり娘。出かけてばかりなバレットと話す機会があまりないのをさびしく感じており、夜遅くまで父の帰りを待つことも多い。アバランチの活動については知らされておらず、バレットが家を空ける理由は自警団の仕事だと思っている。

⬅バレットとの「知らない人とはしゃべっちゃダメ」という約束を守り、クラウドを避ける場面も。

「マリンもお留守番、がんばる」

Original『FFVII』Playback マリン編

セブンスヘブンで店の手伝いをしながら、バレットの帰りを待っている。年齢のわりにマセており、女心にニブいクラウドを「ドンカン！」と責めたりもした。

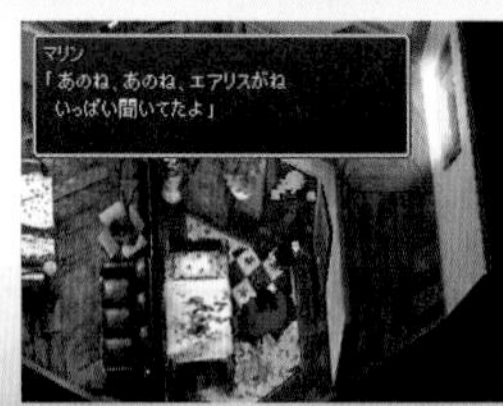

マリン
「あのね、あのね、エアリスがね
いっぱい聞いてたよ」

⬅エアリスとはすぐに打ち解けて、短いあいだにいろいろな話をした模様。

MARLE
マーレ

VOICE CAST

日本語 ▶ 宮寺智子
英語 ▶ Barbara Goodson

きっぷの良い天望荘の大家

七番街スラムのアパート「天望荘」の大家を務める老女。アバランチの目的を知っており、その活動を支援している。孫同然にかわいがるティファとは、彼女がミッドガルに流れ着いたころからの付き合い。

「困ったことがあったら
なんでも相談しな。
ティファのこともね」

⬅クラウドを有象無象の男たちとはちがうと見込んで、ティファの支えとなるようにうながす。

FINAL FANTASY VII REMAKE ULTIMANIA

VOICE CAST
日本語 ▶ 加瀬康之
英語 ▶ Yuri Lowenthal

JOHNNY
ジョニー

カラまわりしがちな純情野郎

ティファに好意を抱く、七番街スラムいちのおさわがせ青年。お調子者で口が軽く、余計なひとことによってトラブルを生む場合も少なくない。行動力はあるものの、人の話を聞かずに突っ走ってしまう。

⬅周囲を振りまわすトラブルメーカーだが、なんだかんだでお人好し。少し抜けているところもあり、スリのカモにされる。

「おお、力がわいてきた!
ティファは、やっぱ俺の女神だ!」

Original『FFVII』Playback ジョニー編

突然「男をみがく旅に出る」と言い残し、七番街スラムをあとにする。その後の彼の姿は、列車内やウォール・マーケットなどで見ることができた。

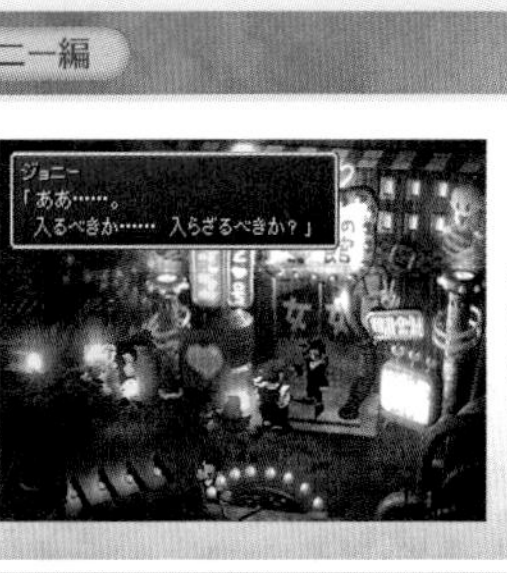

⬅旅立ち前の思い出作りに蜜蜂の館へとやってきたものの、踏ん切りがつかず二の足を踏む。

JOHNNY'S PARENTS
ジョニーの両親

息子を見守る熟年夫婦

セブンスヘブンとも取引がある、商人一家の夫婦。スラムの住民のわりには裕福だが、それをひけらかすことなくマイペースに暮らす。父は放任主義、母は過保護な傾向があり、それぞれのスタンスで息子のジョニーを見守っている。

「若いうちはね、好きなことをやればいいと思いますよ」

Original『FFVII』Playback ジョニーの両親編

七番街スラムにある自宅で、夫婦そろって生活する。旅立ったジョニーの身を案じつつ、クラウドの故郷についての話題を投げかけてきた。

BETTY
ベティ

PROFILE
年齢 ▶ 10歳

VOICE CAST
日本語 ▶ 鎌田英玲奈
英語 ▶ Hadley Gannaway

ネコ好きなマリンの友だち

父親と一緒に七番街スラムに住む少女。3匹の白ネコのことを「トモダチ」と呼ぶほど大好きで、ふだんは児童館の前でネコたちと遊んでいる。マリンと仲が良く、ティファやバレットとも顔見知り。

ベティ
音楽が鳴れば　みんな元気になるかなって

⬅気くばりができる優しい性格で、周囲の落ちこんだ人を元気にしようとする。

「おねえちゃん、
マリンは店でお留守番?」

WYMER
ワイマー

VOICE CAST
日本語 ▶ 手塚秀彰
英語 ▶ Andre Sogliuzzo

スラムの自警団を取り仕切る古株

人当たりの良い、自警団の古参にあたる男性。七番街スラムの住民たちから寄せられるさまざまな依頼を、取りまとめて管理している。「なんでも屋」のクラウドに依頼の斡旋を行なうほか、みずからも銃器を手にしてモンスター退治におもむく。

NARJIN
ナルジン

VOICE CAST
日本語 ▶ 永田昌康
英語 ▶ Josh Keaton

廃工場前を警備する自警団員

七番街支柱のそばにあるタラガ廃工場の入口を封鎖し、見張っている男性。廃工場の奥に迷いこんだ羽根トカゲが外に出てこないよう警備しており、自警団の助っ人として現れたクラウドとティファを廃工場のなかへと送り入れる。

GWEN
グエン

VOICE CAST
日本語 ▶ 神田みか
英語 ▶ Danielle McRae

勝ち気な自警団の女性

ことあるごとに神羅兵に食ってかかる、自警団の女性団員。スラムを守りたいという気持ちが人一倍強く、持ち場を離れず何も行動しない兵士をイラ立たしく思っている。神羅兵に真正面から不満をぶつけるうえ、彼らにおどされても少しもひるまない。

KATIE
カイティ

VOICE CAST
日本語 ▶ 田辺留依
英語 ▶ Anna Brisbin

モンスター討伐数を知らせる自警団員

自警団詰所にある掲示板の前で、七番街スラムにおける「今月のモンスター討伐数」を告知する女性。討伐数が増えるほど街が安全になると考え、クラウドの活躍に期待を寄せている。明朗快活で善良な人物だが、たまに悪気なく過激な言葉を使う。

JESSIE'S PARENTS
ジェシーの両親

VOICE CAST(母)
日本語 ▶ さとうあい
英語 ▶ Catherine Cavadini

「ほら、八番街の劇場を目指すなんて、どう?」

愛娘の活躍を喜んでいた夫婦

七番街市街地に暮らす、ジェシーの母と父。女優となった娘を応援し、彼女の晴れ舞台を心待ちにしていた。母親は料理上手な女性で、いつ娘が帰ってきてもいいように、つねに家の明かりを灯している。父親ローワンは魔晄炉の整備を担当する職員だったが、過労で倒れたうえに魔晄中毒におちいり、いまもなお昏睡状態がつづく。

⬅母親は娘がアバランチに加入したことを知らず、劇場で裏方にまわったと思いこんでいる。

知識のマテリア オリジナル版にもいた七番街スラムの個性的な人々

七番街スラムの各所では、オリジナル版にも登場した個性的な住民が数多く姿を見せる。それらのなかから、とくに印象的な人々をピックアップして紹介しよう。彼らのほかにも、オリジナル版での会話と似たセリフをしゃべる人は街のあちこちにいるので、七番街スラムを探索するときは、人々の何気ない話にも耳を傾けてみるといい。

先輩兵士と新人兵士

⬆六番街方面へのゲートを封鎖する、ふたり組の兵士。威圧感のない新人兵士を、先輩兵士が厳しく指導する。

駅前のカップル

⬆七番街スラム駅で見つめ合う男女。時期によって会話の内容がこまかく変わるが、それらはいずれもオリジナル版にもあったやり取りだ。

事情通のおばさん

⬆壱番魔晄炉爆破による被害の大きさを語っている。オリジナル版では、クラウドを「興味ない男」と呼び、いろいろな情報を教えてくれた。

伍番街の人々

ELMYRA GAINSBOROUGH
エルミナ・ゲインズブール

VOICE CAST
日本語 ▶ 高島雅羅
英語 ▶ Julie Dolan

娘の身を案じるエアリスの母

伍番街スラムの外れで暮らす、エアリスの育ての母親。15年前、戦争に出征した夫の帰りを待っていたときに、スラムの駅で実母と死別したエアリスを引き取った。エアリスが不思議な力を持つことを知りながらも、我が子のように愛情いっぱいに育て、彼女の幸せを誰よりも願っている。

⬆ソルジャーに良い感情を抱いておらず、クラウドには当初冷たい態度をとる。

「エアリスを、助けてやっておくれ」

Original『FFVII』Playback エルミナ編

エアリスが保護したマリンをかくまい、そのまま面倒を見る。父親の責任を果たさずマリンをほったらかしにするバレットには、正論を厳しくぶつけた。

MUGI
ムギ

PROFILE
年齢 ▶ 12歳

VOICE CAST
日本語 ▶ 中村文徳
英語 ▶ Ben Plessala

スラムの子どもたちのまとめ役

エアリスと知り合いの、しっかり者の少年。子どもたち専用の遊び場である秘密基地のリーダー的な立場に就き、スラムの見まわりも進んで行なう。

MOGUYA
モグヤ

PROFILE
年齢 ▶ 10歳

VOICE CAST
日本語 ▶ 山崎智史
英語 ▶ Hudson West

モーグリにあこがれを抱く少年

おとぎ話『モーグリ・モグの物語』が大好きな男の子。みずからモーグリになりきり、集めた名品や珍品をモーグリメダルと交換している。

Ms.FOLIA
フォリア先生

PROFILE
年齢 ▶ 20歳

VOICE CAST
日本語 ▶ 行成とあ
英語 ▶ Erica Luttrell

子どもを指導するリーフハウスの職員

伍番街スラムの孤児院「リーフハウス」で働く女性。自身もリーフハウスの出身であり、子どもたちを家族のように見守るが、怒ると怖いらしい。

SARAH
サラ

PROFILE
年齢 ▶ 10歳

VOICE CAST
日本語 ▶ 望田ひまり
英語 ▶ Skyler Davenport

秘密基地で訓練に精を出す女の子

子どもたちの遊び場で「クラッシュボックス」に励む少女。いまや子どもでも自分の身は自分で守る時代だと言って、戦うトレーニングをしている。

MIREILLE

ミレイユ

スラムのウワサにくわしい老女

長らく伍番街スラムで生活している、街一番の情報通。ウワサのなかでも、悪党だけを狙う義賊「スラムエンジェル」に関する情報には、とくに耳が早い。年の功のなせるワザか、話術にも長け、言葉たくみに相手を手玉に取る。

⬆新聞記者のデマンに接触し、スラムエンジェルに関する情報を教えるが……。

「アタシは
街の噂が大好物でね」

KYRIE CANNAN

キリエ・カナン

PROFILE
年齢 ▶ 17歳
VOICE CAST
日本語 ▶ 上坂すみれ
英語 ▶ Erika Lynn Harlacher

おてんばなウソつき娘

伍番街スラムに住み、スリやサギなどで生計を立てている少女。大きめの帽子と、しましまの靴下がトレードマーク。情報屋を名乗り、人々にさまざまなニュースを届けるが、ただのガセネタを言いふらすだけの場合が多い。怖いもの知らずで積極的に悪事を働くがゆえに、危険な目に遭うこともしばしば。

⬅手クセが悪く、息を吐くようにウソをつくうえ、多少のトラブルでは懲りない。

「ねえ、5ギル！
情報はタダじゃ
ないんだよ」

『FFVII』外伝 Playback　キリエ編

キリエは、『FFVII』の2年後を描いた小説『ファイナルファンタジーVII外伝 タークス～ザ・キッズ・アー・オールライト～』のヒロイン。犯罪からは足を洗い、仲間の青年たちとともに探偵社を営んでいる。ちなみに、小説内の回想場面には、祖母のミレイユも登場。

六番街の人々

DON CORNEO
ドン・コルネオ

VOICE CAST
日本語 ▶ 多田野曜平
英語 ▶ Fred Tatasciore

ウォールマーケットを牛耳るスラムのドン

六番街スラムの歓楽街ウォール・マーケットを取り仕切る顔役。とんでもない好色漢で、3人の代理人を通じて集めた女性で「嫁オーディション」を開いては、その日の嫁を選んでいる。言動は下品ながらも、アメとムチをたくみに使い分けて多くの子分を統率するなど、卓越した人心掌握力を持つ。ウォール・マーケットの治外法権を保つために、神羅カンパニーと裏でつながっているらしい。

⬆ふだんは「ほひ～」がログセの陽気なスケベオヤジだが、肝心な場面では冷酷な本性をあらわにする。

「ほひ～!
こばむしぐさが、ういの～、
うぶいの～」

Original『FFVII』Playback コルネオ編

裏社会のボスという恐ろしげな肩書きを持つものの、奇妙な言葉づかいとコミカルな動きが目を引く。嫁オーディションでは、ティファ、エアリス、クラウドの3人のなかからひとりを自分の嫁に選んだ。ふたりの女性を差し置いて「骨太のおなご」ことクラウドを選んだ場合は、クラウドの思わせぶりな態度(?)にまんまと翻弄されることに。

⬆クラウドの女装に気づかず、口づけをせがむ場面も……。

FINAL FANTASY VII REMAKE ULTIMANIA

KOTCH
コッチ

VOICE CAST
日本語 ▶ 木村 昴
英語 ▶ Chris Jai Alex

モヒカン頭のコルネオの部下

色黒の肌に金髪のモヒカンが目立つ、コルネオの部下のひとり。相方のソッチとともに、地下闘技場で開催される異種格闘デスマッチ「コルネオ杯」の司会を務める。そのほか、コルネオの館では、嫁オーディションの進行役を担当。

⬆観客をあおるようなマイクパフォーマンスで、会場を盛り上げる。

Original『FFVII』Playback コッチ編

コルネオの館にて、エアリスに階段から突き落とされるか、ティファに成敗されるか、どちらにせよ痛い目に遭う。また、神羅兵が館に押し入ったあとはお仕置き台にはりつけにされるなど、受難がつづく。

「カワイイ女の子と
スウィ〜トな恋人どうしを
演じてみたかっただけなのに……」

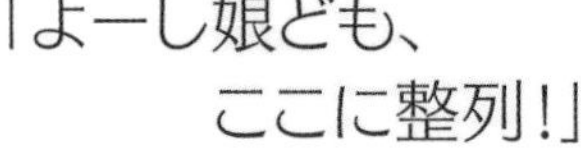

「よーし娘ども、
ここに整列！」

SCOTCH
ソッチ

VOICE CAST
日本語 ▶ 北村謙次
英語 ▶ Greg Chun

刈り上げ頭のコルネオの部下

側頭部と後頭部を大胆に刈り上げた、緑色の服に身を包むコルネオの部下。地下闘技場で行なわれるコルネオ杯では、コッチと一緒に司会進行をになう。嫁オーディションのときは、選ばれなかった女子を迎え入れるべく、子分の部屋で待機している。

⬆コッチよりも洞察力があり、部屋にきたのが闘技場で見たエアリスだと気づく。

Original『FFVII』Playback ソッチ編

コルネオのおこぼれに預かって、女の子と楽しいひとときを過ごそうとした。ティファかエアリスがコルネオに選ばれた場合は、子分の部屋へ送られたクラウドによって、ほかの手下ともども倒される。

ソッチ
「コノヤロ〜!
だましやがったな!
やれ!やっちまえ!!」

「さて、お嬢さん方、
準備はいいかい？」

INDEX

LESLIE KYLE
レズリー・カイル
悲痛な思いを秘める若者

PROFILE
年齢 ▶ 18歳

VOICE CAST
日本語 ▶ 畠中 祐
英語 ▶ Mark Whitten

冷め切った態度をした、灰色の髪の青年。何事にも動じない性格を見込まれ、コルネオの側近として重用されている。交渉事が得意で、おもに要人とのやり取りを担当。表向きはコルネオに従順だが、内心ではその横暴さを嫌悪するほか、個人的なうらみも抱えているらしい。

⬆コルネオの嫁に選ばれる女性の末路を知っているため、みずから館へ入りたがるエアリスを怪訝な目で見る。

『FFVII』外伝 Playback レズリー編

小説『ファイナルファンタジーVII外伝 タークス～ザ・キッズ・アー・オールライト～』にて、主人公エヴァンの友人という役どころで登場。エヴァンやキリエとともに、ミレイユ探偵社を運営している。恋人マールとの結婚に向けて、お金を貯めようと仕事に励んでいる真っ最中。

「片をつけないと、俺は、どこにも行けないんだ」

CHOCOBO SAM
チョコボ・サム
賭け事とチョコボを愛する男

VOICE CAST
日本語 ▶ 菅原正志
英語 ▶ Larry Davis

ウォール・マーケットの観光地区の実権をにぎる、カウボーイのような風貌の男性。チョコボ小屋のオーナーで、チョコボ車による送迎サービス「サムズデリバリー」を開業し、大成功を収めた。コルネオの嫁オーディションに女性を推薦できる代理人のひとりでもある。勝ち負けよりもスリルを求める、ギャンブラー気質な性格。

⬅両面同じ模様のコインを持ち歩き、しょっちゅう手のなかでもてあそぶ。

「万全を尽くしたところで
裏目に出ることだってあるさ。
だから、面白えんだ」

MADAM M
マダム・マム

VOICE CAST
日本語 ▶ 小松由佳
英語 ▶ Mallory Low

お金にうるさい華やかな女傑

ウォール・マーケットの手揉み屋の女将。商業地区を取り仕切る実力者で、コルネオに嫁候補を推薦する代理人も務める。己の仕事に誇りを持ち、相応の対価を払う「お客様」には誠心誠意サービスを提供するプロの商売人だが、礼を欠く相手には容赦なく罵詈雑言を浴びせる一面も。金勘定にシビアで、エアリスのドレスアップに手を貸すかわりに、コルネオ杯の優勝賞金を差し出すよう要求する。

マム
頼み事があるなら まず客として
扱まれるのが 筋じゃねえのか?

⬅最初は貴婦人のような所作を見せるが、興奮すると言葉づかいが荒くなる。

「あのね、おふたりさん。
うちは手揉み屋。
揉んでなんぼの店なの」

ANIYAN KUNYAN
アニヤン・クーニャン

VOICE CAST
日本語 ▶ 杉田智和
英語 ▶ Trevor Devall

高みを目指す美の体現者

娯楽地区の運営をまかされた、蜜蜂の館のオーナー兼ダンサー。みずからステージに上がり、極上のエンターテインメントを人々に提供するかたわら、コルネオの代理人も務めている。店のナンバーワンキャストでもあり、その人気は指名の予約が3年先まで埋まっているほど。至高の美を求めつづけ、己の肉体と精神の鍛錬を欠かさない。また、美しさを秘めた者を見つけると声をかけることもあるらしい。

⬅クラウドに秘められた"美"に目をつけ、彼をステージに引っ張り上げる。

「美しさに、女も男もない。
物おじせず、進め」

JINAN
ジーナン

VOICE CAST
日本語 ▶ 武内駿輔
英語 ▶ Alejandro Saab

身体を鍛えるジムのリーダー

引き締まった肉体を持つ、エクササイズジム「男男男(ダンダンダン)」のトレーナー。口調は中性的でおだやかだが、慢心する門下生には厳しい一面を見せることも。蜜蜂の館のアニヤンの実弟でもある。

⬅上質な筋肉を持つクラウドに、ジム伝統のスクワット対決を提案。おごり高ぶる会員たちの目を覚まさせようとする。

『一緒に素晴らしい肉体と精神を手に入れよう!』

ZEN WAN
ゼン・ワン

VOICE CAST(ゼン・ワン)
日本語 ▶ 田尻浩章
英語 ▶ Imari Williams

SAN TOU
サン・トー

VOICE CAST(サン・トー)
日本語 ▶ 佐野康之
英語 ▶ Zach Aguilar

ゼン・ワン　サン・トー

ジーナンをボスと慕うジムメンバー

ジーナンのもとで肉体を鍛えている男たち。己の筋肉に絶対の自信を持ち、自分よりも貧相な肉体の相手を見くびる傾向にある。ジーナンにあこがれており、彼の言葉には従順。

「筋肉の喜ぶ声が聞こえるぜ」
「マッスル・ハーモニー!」

BEGU/BADO/BUCCHO
ベグ/バド/ブッチョ

VOICE CAST(ベグ)
日本語 ▶ 高木 渉
英語 ▶ Andrew Kishino

VOICE CAST(バド)
日本語 ▶ 勝 杏里
英語 ▶ Sean Rohani

VOICE CAST(ブッチョ)
日本語 ▶ 小林親弘
英語 ▶ Ben Pronsky

廃墟を根城にする強盗3人組

六番街スラムの陥没道路を縄張りとする、小悪党のグループ。道行く人に言いがかりをつけて身ぐるみをはがそうとするが、当人たちは「身ぐるみ」の意味をわかっていない。

「ミグルミってえのはな、その、あれだよ……ベンショウだ!」

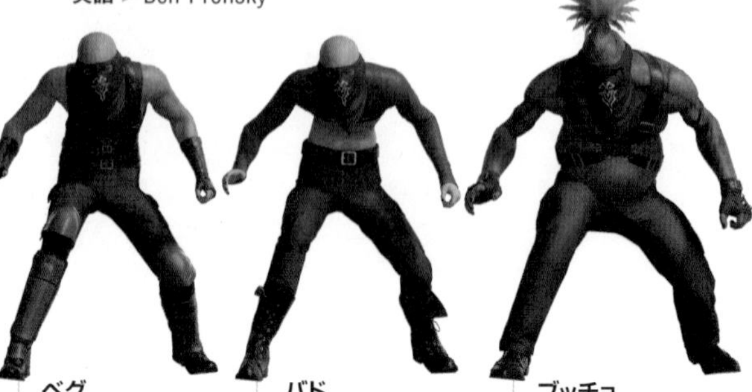

ベグ　バド　ブッチョ

神羅カンパニーの人々

PRESIDENT SHINRA

プレジデント神羅

PROFILE
年齢 ▶ 67歳

VOICE CAST
日本語 ▶ 若山弦蔵
英語 ▶ James Horan

世界を動かす神羅カンパニーの社長

小さな兵器開発会社に過ぎなかった自社を、世界を牛耳る大企業へと発展させた、敏腕経営者。利益のためならば手段を選ばず、障害となるものは徹底的に排除してきた。弱者を切り捨てる一方、裕福な層には便利で快適な生活を提供し、さらにメディアによる印象操作を駆使することで民意を思うがままにあやつる。

プレジデント
約束の地は　いつ頃わかる？

⬅新たな魔晄都市建設に向け、魔晄エネルギーが豊富な「約束の地」を探し求めている。

「重要なのは、決断と実行。
好機は、まず掴め。
邪魔者は、即座に排除」

Original『FFVII』Playback　プレジデント神羅編

伍番魔晄炉にて、爆破にやってきたアバランチを待ち伏せて登場。バレットの抗議を軽く聞き流し、エアバスターを差し向けながら、ヘリコプターで去っていく。その後、エアリス奪還のために神羅ビルへ乗りこんできたクラウドたちを捕獲するも、クラウド一行が脱獄したときには、セフィロスの刀にその身をつらぬかれてすでに落命していた。

プレジデント神羅
「おやおや、知らないのか？
最近では金と力さえあれば
夢はかなうのだ」

⬆捕らえたクラウドたちに、神羅のさらなる繁栄という夢を語る。

INDEX

HEIDEGGER
ハイデッカー
ほう? 貴様は この連中と一緒に
仲良く職を失いたいらしいな

PROFILE
年齢 ▶ 58歳

VOICE CAST
日本語 ▶ 長 克巳
英語 ▶ John DiMaggio

豪快に笑う高圧的な古参幹部

神羅カンパニーにおいて最大勢力である治安維持部門を統括する、高慢な巨漢。先のウータイとの戦争では、司令官として活躍した。神羅カンパニー創業当初からプレジデントの側近を務めつづけ、厚い信頼を寄せられている。その反面、目的達成のためには兵士を犠牲にすることもいとわず、命令に異を唱える者は容赦なく切り捨てていく。

⬆大柄ですごみがあり、有無を言わさず理不尽を押し通す。部下に恐れられるのも当然と言える。

「部下が無能だと、苦労する。
その点、プレジデントは幸運だ。この俺様がいるからな」

Original『FFVII』 Playback ハイデッカー編

品のない「ガハハ」という笑いかたが印象深いが、オリジナル版でクラウドたちがミッドガルを脱出するまでの出番は、意外と少なめ。具体的には、七番街プレートを落とす計画の進捗をプレジデントに報告するときと、重役会議に参加するときのみ。ジュノンやコスタ・デル・ソルで、ルーファウスに冷遇されている姿のほうが記憶に残りやすい。

「このビルの中でポンポンと
メシをくってるあいつか!?
あいつを、まだ市長と呼ぶのか?」

⬆立場の弱い者のことを、徹底的に見くだす傾向にある。

PROFESSOR HOJO
宝条

PROFILE
年齢 ▶ 62歳

VOICE CAST
日本語 ▶ 千葉 繁
英語 ▶ James Sie

人道を外れた独善的な科学者

神羅カンパニーの科学部門統括。倫理を無視したさまざまな生体実験を行なっており、魔晄を照射し身体能力を高める「ソルジャー」の研究にも、かつて関与した。古代種であるエアリスに非道な実験をほどこそうとするほか、神羅ビル内部に設けられた巨大な研究施設「鑼牟（どらむ）」で秘密裏に保管される、とある生命体の細胞の研究に執心している。

⬆道徳心はかけらも持ち合わせておらず、人間さえも実験サンプルとしか見ていないフシがある。

「感謝するよ。君たちのおかげで有益な戦闘データが取れた」

Original『FFVII』Playback 宝条編

神羅ビルで登場した時点では、単なるあやしげな科学者かと思われたが、物語の根幹に関わるさまざまな実験を行なっていたことが、のちに発覚。クラウド、エアリス、セフィロスそれぞれの人生に、多大な影響をもたらしていた。ちなみに、セフィロスからは「コンプレックスのカタマリのような未熟な男」という散々な評価をされている。

⬆常人では発想のおよばぬ実験を思いつき、すぐさま実行に移す。

PROFILE
年齢 ▶ 35歳
VOICE CAST
日本語 ▶ 銀河万丈
英語 ▶ Jon Root

REEVE TUESTI
リーブ・トゥエスティ

神羅幹部唯一の良識派

神羅カンパニーの都市開発部門統括。ミッドガル全体の管理やメンテナンスを担当し、利便性の向上だけでなく、スラムの環境改善も目指している。住民の生活を第一に考えるマジメさゆえ、利益と効率を重視するほかの幹部からは見くびられがち。

リーブ
いや 会議までに被害状況と
大まかな再建計画だけは まとめておきたい

⬆幹部にしては珍しく、ミッドガル市民のために身を粉にして働く誠実な男。

Original『FFVII』Playback リーブ編

神羅ビルでの出番は少ないが、とある能力を使って間接的に活躍。切迫すると、ふだんの落ちついた雰囲気からは想像できない口調になる。

⬆市民を思いやる発言は完全に黙殺されていた。

「プレジデント。
どうか計画の見直し、
いや、中止を」

SCARLET
スカーレット

PROFILE
年齢 ▶ 40歳
VOICE CAST
日本語 ▶ 勝生真沙子
英語 ▶ Erin Cottrell

深紅のドレスをまとう冷酷な女

兵器開発部門を統括する、神羅幹部の紅一点。戦時中に斬新かつ高性能な兵器をつぎつぎと生み出し、会社に莫大な利益をもたらした功績により幹部に昇進した。神羅の主幹事業である兵器開発をまかされるほどの才女だが、性格はきわめて残忍。

⬆部下の兵士を足置き台にするなど、他人の尊厳を何とも思っていない。

「拷問なら
私にまかせて」

Original『FFVII』Playback スカーレット編

シスター・レイやプラウド・クラッドといった数々の兵器を開発。とはいえ、一番印象に残るのは、「キャハハ」という耳ざわりな高笑いだろう。

PALMER
パルマー

PROFILE
年齢 ▶ 64歳

VOICE CAST
日本語 ▶ 龍田直樹
英語 ▶ William Salyers

威厳のない閑職の幹部

神羅カンパニーの宇宙開発部門統括。ロケットの打ち上げ失敗を境に事業が凍結されたためヒマを持てあましており、会議での発言権はなきに等しい。「うひょ」という奇怪な笑いかたが特徴。

⬅ラード入りの紅茶を好んで飲み、「脂肪の入っていない紅茶はただの苦いお湯」と断言する。

「わしとしたことが
ラードを切らすなんて」

Original『FFVII』Playback パルマー編

丸々とした身体で、コミカルな動きを披露。プレジデント神羅がセフィロスに刺された場面を目撃しており、あとからやってきたクラウドたちにそのときの状況を伝える。

SHINRA MIDDLE MANAGER
神羅課長

VOICE CAST
日本語 ▶ 花輪英司
英語 ▶ Brian Maillard

熱き神羅魂で戦う企業戦士

妻子とともに七番街スラムに住む、神羅カンパニーのサラリーマン。神羅の発展が人々の生活向上につながると信じ、日々仕事に励んでいる。中間管理職ならではの苦悩は尽きないようだが、人当たりが良く仕事熱心で、部下には好かれている。

⬆家族のために出世したいと考え、爆破予告があった日でも出勤する。

「あたしらは、暴力なんかに屈しない」

Original『FFVII』Playback 神羅課長編

神羅カンパニーのいち社員ながら、なぜかクラウドたちの行く先々に登場。危険人物と思しきバレットと同じ列車に乗り合わせた不運をなげく。

⬅バレットとの遭遇など序の口で、以降も各地で災難に見舞われる。

RUFUS SHINRA
ルーファウス神羅

PROFILE
年齢 ▶ 30歳

VOICE CAST
日本語 ▶ 大川 透
英語 ▶ Josh Bowman

「神羅は生まれ変わる。私の手で」

自信に満ちた野心家の御曹司

プレジデント神羅の息子で、神羅カンパニーの副社長。経営方針が父とは異なることもあり、会社のナンバー2という役職に反して権限はほぼ与えられていない。かねてよりプレジデント神羅に反発心を抱いており、過去には父を社長の座から引きずり下ろそうとしたこともある。長期出張で本社を離れていたが、プレート落下事故の報を受けて帰還した。

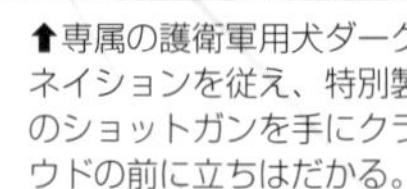

⬆専属の護衛軍用犬ダークネイションを従え、特別製のショットガンを手にクラウドの前に立ちはだかる。

Original『FFVII』Playback ルーファウス編

プレジデント亡きあと、神羅ビル70階のヘリポートにさっそうと登場し、すぐさま社長就任を宣言。みずからの戦略をクラウドたちに聞かせた。「金の力で世界を統べようとした父とはちがい、恐怖で民衆を支配する」と自信たっぷりに語るが、ティファには「演説好きなところは父親そっくり」と言われてしまう。

「私は世界を恐怖で支配する。
オヤジのやりかたでは
金がかかりすぎるからな」

⬆血も涙もない人物と評され、恐怖政治を推し進めようとした。

TSENG

ツォン

PROFILE
年齢 ▶ 30歳

VOICE CAST
日本語 ▶ 諏訪部順一
英語 ▶ Vic Chao

部下をまとめる冷徹な主任

神羅カンパニーの総務部調査課「タークス」の主任を務める、つねに冷静沈着な男。若いころより第一線で活躍してきたベテランで、現在はみずから前線に出る機会は少なくなったが、かわりにレノやルードといった個性的な部下たちの指揮をとっている。エアリスの監視と護衛を長きにわたり行なっており、彼女が幼いころから見守りつづけてきた。

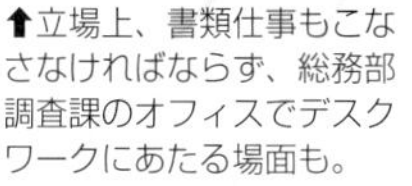

⬆立場上、書類仕事もこなさなければならず、総務部調査課のオフィスでデスクワークにあたる場面も。

「かくれんぼは終わりだ、エアリス」

Original『FFVII』Playback ツォン編

七番街支柱をめぐる騒動のさなか、マリンの安全と引きかえにエアリスを捕獲。彼女をヘリコプターに乗せて神羅ビルへ連行する途中で、支柱の最上階にいたクラウドたちの前に姿を現した。マリンの無事を伝えようとするエアリスに平手打ちをして言葉をさえぎるという、ツォンにしては悪人ぶった振る舞いを見せる。

「われわれタークスにあたえられた命令は『古代種』の生き残りをつかまえろ、ということだけだ」

⬆エアリスに特別な感情を抱きつつも、仕事はきっちりこなす。

RENO
レノ

PROFILE
年齢 ▶ 28歳

VOICE CAST
日本語 ▶ 藤原啓治
英語 ▶ Arnie Pantoja

冷笑を浮かべた赤毛の仕事人

燃えるような赤い髪をうしろでたばねた、タークスのメンバー。スーツを独自のスタイルで着くずし、斜に構えた態度で仕事にのぞむものの、プロフェッショナルとしての意識は高い。タークス随一の俊敏さを誇り、特殊警棒や電磁機雷などの多彩な武器を用いて相手を翻弄する。しゃべるときに「〜ぞ、と」と語尾につけるのがクセ。

レノ
上の連中は　なに考えてんだろうな?

⬆非情な仕事に対し、内心では割り切れない思いを持っており、仲間の前ではその心情を吐露する。

「かったるいけど出番だぞ、と!」

Original『FFVII』Playback　レノ編

伍番街スラムの教会にやってきたのを皮切りに、クラウドたちを妨害すべく各地に現れる。なかでも、七番街支柱では、プレート解放システム起動の実行役という汚れ仕事を担当した。その一方で、教会の花を踏んでバツが悪そうにしたり、誰が誰を好きかの話でルードと盛り上がったりするなど、妙に人間くさい部分も。

「レノさん、ふんだ!」
「花、ぐしゃぐしゃ!」
「怒られる〜!」

⬆花畑にうっかり踏み入り、部下の兵士に茶化されてしまう。

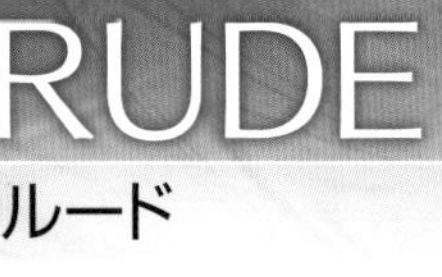

RUDE

ルード

PROFILE
年齢 ▶ 30歳

VOICE CAST
日本語 ▶ 楠 大典
英語 ▶ William C. Stephens

「俺たちはなめられたら終わりだ」

実直に任務をこなす寡黙な男

タークスの一員でレノの相棒でもある、サングラスをかけたスキンヘッドの巨漢。あまり口を開くことなく黙々と任務遂行にあたり、鍛え上げられた肉体を活かした体術でパワフルに戦う。身なりから誤解されやすいが非常にマジメで、仲間をとても大切にする人情家であり、監視対象であるエアリスにも「悪い人じゃない」と思われている。

⬆愛用のサングラスは、不測の事態に備えてスペアを持ち歩いており、バトル中に割れても問題なし。

Original『FFVII』 Playback ルード編

初登場時はツォンと行動をともにしており、神羅ビルに潜入していたクラウドたちを拘束。つぎの出番であるミスリルマインでは、後輩のイリーナと一緒に姿を見せた。相棒のレノとコンビで動く機会が多いとはいえ、実際にふたりが組んで登場したのは、クラウドたちがミッドガルを出てからしばらく先の、ゴンガガでのことになる。

⬆せまいエレベーターに押し入って、クラウドたちの退路を断った。

ROCHE
ローチェ

VOICE CAST
日本語 ▶ 三宅健太
英語 ▶ Austin Lee Matthews

バイクを愛する異端のソルジャー

一介のバイク兵から昇格した異色の経歴を持つクラス3rdのソルジャー。上位のクラスに匹敵する実力を持ちながら、バイクでの任務にしか就こうとしないせいで、昇進に縁がない。周囲からは「スピードジャンキー」と呼ばれ、アクロバティックかつ常識外れな操縦で味方もかまわず巻きこむため、ほかのバイク兵たちに嫌われている。

ローチェ
ハデにやってるじゃないか
マイ　フレンド！

⬆クラウドとのバイクレースを通じてハートに火がつき、勝手に彼を"マイフレンド"に認定する。

「こんなに楽しいレース、
降りるわけないだろう?」

CHADLEY
チャドリー

PROFILE
年齢 ▶ 15歳

VOICE CAST
日本語 ▶ 梅田修一朗
英語 ▶ Sean-Ryan Petersen

マテリア開発に従事する研修生

神羅カンパニーの科学部門に所属する研究員。モンスターの生体エネルギーに着目し、マテリア開発の研究を行なっている。神羅の方針に疑問を抱き、対抗する力を得るべく新たなマテリアを生み出そうと計画。必要なデータの収集をまかせられる協力者として、クラウドに目をつける。

⬅左目の小型ディスプレイは神羅カンパニーのデータベースと接続しており、検索や演算の結果を閲覧できるという。

「研究へのさらなるご協力をお願いしますね」

FINAL FANTASY
VII
REMAKE
ULTIMANIA

MAYOR DOMINO
ドミノ

VOICE CAST
日本語 ▶ 清川元夢
英語 ▶ Neil Ross

冷遇に怒りを覚える市長

魔晄都市ミッドガルの市長。肩書きとは裏腹に、神羅ビルのライブラリフロアの片隅に追いやられ、資料整理ばかりさせられている。重役会議にも呼ばれず、現状の待遇に不満を抱く。

⬅権限が小さなことを指摘され、思わず激高。バレットでさえ気圧されるほどに乱心する。

「ミッドガルの市長は最高！
誰がなんと言おうと最高！」

Original『FFVII』Playback ドミノ編

神羅への嫌がらせとして、クラウドたちにカードキー65を渡す。そのときに、4文字の合言葉を当てさせるクイズを出題し、自身のすさんだ思いをぶちまけた。

「そう、合言葉だ。
それを言えたら、カードをやろう」

DEPUTY MAYOR HART
ハット

VOICE CAST
日本語 ▶ 村治 学
英語 ▶ Enn Reitel

物腰やわらかい市長の補佐役

ドミノ市長の右腕として働く初老の男性。誰に対しても礼儀正しく、ていねいな態度の好人物だが、協力者の情報を得ようとしたクラウドに"心づけ"を要求するなど、市長の活動資金を得る機会を見逃さない抜け目のない一面も持つ。

ハット
機密情報を漏らすとなると
それなりのリスクをともないますので

⬆ドミノの意向に従ってクラウドたちに手を貸しつつ、取れるお金は取っていく。

「ドミノ市長のつかいで
お迎えに参りました」

Original『FFVII』Playback ハット編

ドミノが出したクイズのヒントを教える役目を担当。ただし、ヒントは有料で、ひとつ目は500ギル、ふたつ目は1000ギル、3つ目は2000ギルと、内容を小出しにして値段をつり上げていった。

「市民のみなさんに
サービスすることこそ
わたくしたち役人のよろこび」

INDEX

そのほかの人々

CLAUDIA STRIFE
クラウディア・ストライフ

VOICE CAST
日本語 ▶ 日髙のり子
英語 ▶ Jeannie Tirado

息子の成長を喜んだおおらかな母

ニブルヘイムで暮らしていた、クラウドの母親。ほがらかで優しく息子想いの女性だったが、5年前、燃えさかる炎のなかでセフィロスの手にかかり、命を落としている。

「そんなんじゃ、あれだね。女の子もほっとかないだろ?」

Original『FFVII』Playback クラウディア編

クラウドの回想にのみ登場し、立派な制服に身を包んで帰宅した息子を温かく迎える。ちなみに、「クラウディア」という名前は、オリジナル版の開発資料に記載されていたが、ゲーム中には登場しなかった。

「ちゃんとした彼女がいれば
母さん、すこしは
安心できるってもんだ」

IFALNA
イファルナ

最後の純血の古代種

神羅に長年捕らわれていた、エアリスの実母。15年前、娘を連れて研究施設から逃げ出すも力尽き、エルミナにエアリスを託して息を引き取った。

Original『FFVII』Playback イファルナ編

エルミナが過去を語る場面で姿が見られるほか、神羅につかまる前の様子を収めたビデオがアイシクルロッジに残されていた。生前の映像からは、話し上手で穏和な人物だったことがうかがえる。

エアリスを安全なところへ。
そう言い残して彼女は死んだ。

BRIAN LOCKHART
ブライアン・ロックハート

凶刃に倒れた父

ティファの父親。5年前にニブルヘイムの魔晄炉でセフィロスに斬り捨てられ、ティファが発見したときには手遅れの状態となっていた。

Original『FFVII』Playback
ブライアン編

クラウドの回想にたびたび出てくるが、クラウドに対してあまり良い印象を抱いていなかった様子。「ブライアン」という名前はオリジナル版の開発時点でつけられていたものの、ゲーム中では「ティファパパ」とだけ表示され、本名は不明だった。

ZACK FAIR
ザックス・フェア

PROFILE
年齢 ▶ 23歳

VOICE CAST
日本語 ▶ 鈴村健一
英語 ▶ Caleb Pierce

夢を追いつづける明朗快活なソルジャー

5年前の任務を最後に消息不明となっている、ソルジャー・クラス1st。明るく仲間想いな性格で、どんな過酷な状況でも前向きさを失うことなく、夢と誇りを大切にして生きてきた。クラウドやエアリスとは、浅からぬ縁がある。

⬆理不尽にも追われる身となり、大勢の神羅兵に襲撃される。彼の運命は……？

「夢を抱きしめろ。そして、どんなときでも
ソルジャーの誇りは手放すな」

Original『FFVII』Playback ザックス編

“元ソルジャーのクラウド”に強い影響を与えた人物であり、ふたりの関係は『FFVII』のインターナショナル版で深く描かれた。『FFVII』の前日譚にあたる『クライシス コア -FFVII-』では、主人公として活躍。英雄になることを夢見る無邪気な青年から、一人前の戦士へと成長していく。

地域解説
『FINAL FANTASY VII REMAKE』

ライフストリームがめぐる星に築かれた巨大都市――それが本作の舞台となるミッドガルだ。プレート部と地上部に二分されるこの都市は、小さな街の集合体という側面も持つ。

ミッドガル MIDGAR

世界の経済や文化の中心にして、神羅カンパニーが本社を構える、光の絶えない魔晄都市。神羅カンパニーが数十年をかけて建造した都市であり、市長は存在するものの、政治の実権は神羅がにぎっている。円形の市街地の外周には、ミッドガルの電力供給を支える8基の魔晄炉が、等間隔に建ち並ぶ。

⬅魔晄炉によって人々の生活が豊かになった反面、花も育たないほど大地は枯れている。

⬆上下2層に分かれた街は、上に富裕層、下に貧困層が暮らすという、二極化の進んだ典型的な格差社会。

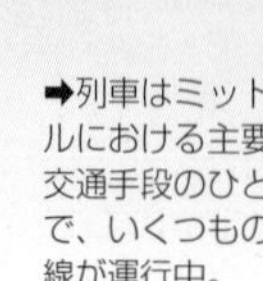

➡列車はミッドガルにおける主要な交通手段のひとつで、いくつもの路線が運行中。

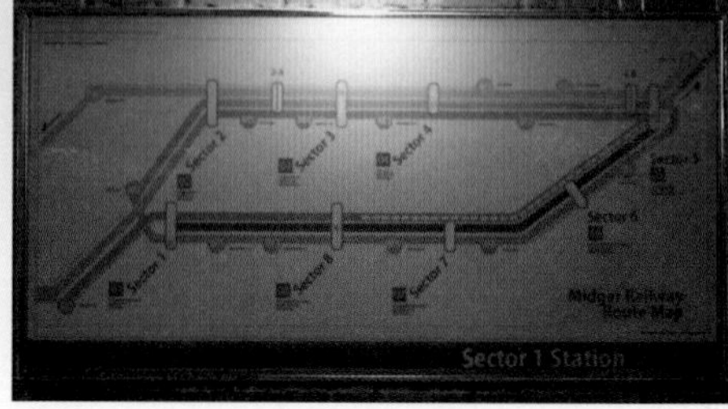

ミッドガルの構造

地上300メートルの高さにプレートと呼ばれる鋼鉄の大地が広がり、その上に市街地が整備されている。プレートの下では、薄暗く荒廃したスラムで人々がたくましく日々を過ごす。市街地および魔晄炉には、時計まわりに壱、弐、参、四……の順に八まで番号が振られているのが特徴。

⬅ふたつの区画の境にある街道や施設には、「七六分室」などのように、両方の区画の番号を冠した名前がついている。

ミッドガル全体図

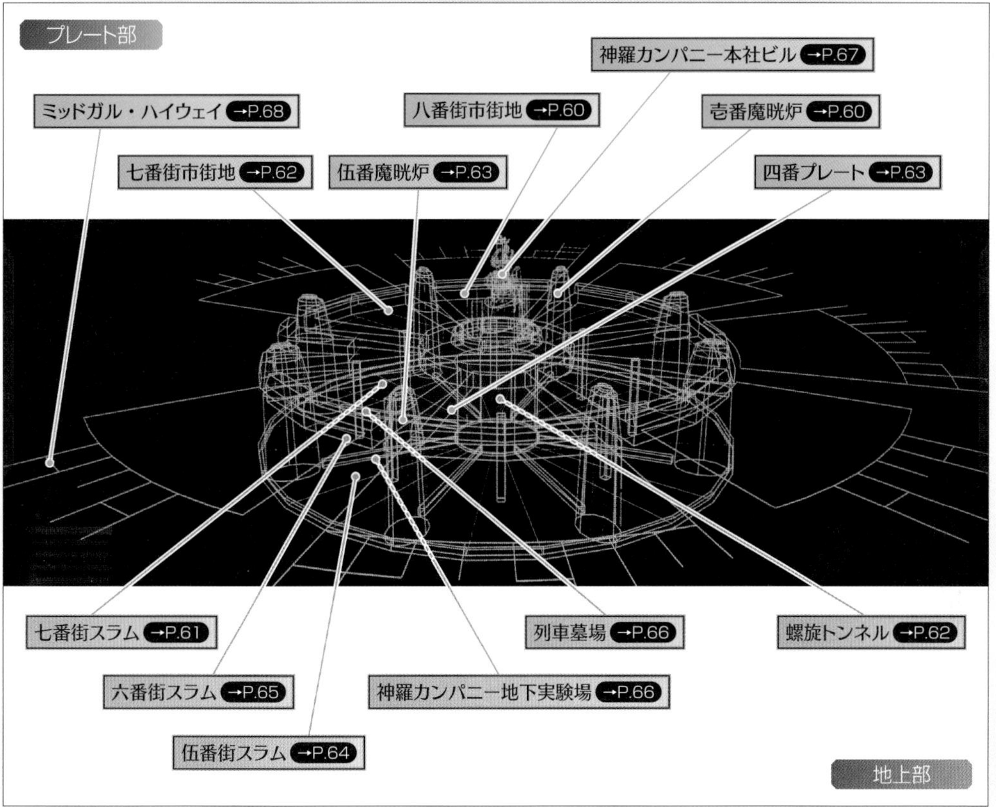

Original『FFVII』 Playback ミッドガル編

2層構造になった円形の都市という独特の形状は、オリジナル版のスタッフがピザから着想を得てデザインしたもの。ちなみに、オリジナル版ではプレートの高さは地上50メートルで、本作よりひとまわり小さかった。

⬅ミッドガルを象徴する神羅ビルは、戦艦の艦橋をモチーフにしたデザイン。

壱番魔晄炉 MAKO REACTOR 1

ミッドガルの外周部に8基ある魔晄炉のうちの1基。ミッドガルの北側に位置し、壱番街と八番街の境目に建つ。内部には、警備用の機械兵器が大量に配備されているほか、レーザーによる防護柵など、対侵入者用の監視システムも充実。炉心は魔晄炉の地下8階にあり、アバランチによる魔晄炉爆破作戦の最初の標的として狙われることになる。

⬅隣接した壱番魔晄炉駅は、魔晄炉で働く人々の通勤手段として利用されているようだ。

オリジナル版

⬆クラウドとアバランチが最初に乗りこむ施設。『FFVII』のはじまりの場所とも言える。

八番街市街地 SECTOR 8

美しく整った建物が景観を彩り、つねに多くの人でにぎわう、文化の発信地。人気ミュージカル『LOVELESS』を毎年上演する劇場を擁し、劇場前の道が「LOVELESS通り」と名づけられるほど、人々に広く親しまれている。商業施設が豊富なだけでなく、住宅地区や大きな駅もあり、住民の利便性は高い。

⬆LOVELESS通りの端に位置する噴水広場には、時計がついた立派なゲートが立っている。

オリジナル版

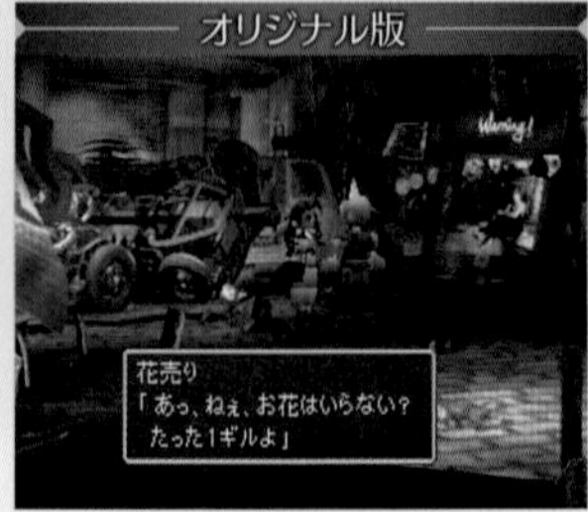

花売り
「あっ、ねぇ、お花はいらない？
たった1ギルよ」

⬆クラウドとエアリスが出会った場所。ふたりの運命が大きく動いたロケーションだ。

七番街スラム SECTOR 7 SLUMS

七番プレートの下部に広がるスラム街。土地は荒廃しており、プレートの上にある市街地と比較すると、生活環境は悪い。スラム街を守るために有志が「自警団」を組織し、モンスターの襲撃に自分たちだけで対応するなど、自立の気風が強い。活気にも満ちており、子どもが遊ぶ公園に併設された児童館や、自警団が一般人に戦いかたを指導する初心者の館といった、住民同士が助け合うための施設が軒を連ねる。

⬆地面がむき出しになっている部分が多く、土ぼこりがよく舞う。バラックのような住居が並ぶ居住区は、必要最小限な明かりしかついておらず、少々薄暗い。

オリジナル版

ジョニー
「俺、男をみがく旅に出っからよ！
これで、さよならだぜ！」

➡さまざまな建物が雑然と並んでいる。ジョニーのほか、個性的なキャラクターも数多く登場(→P.37)。

セブンスヘブン

ティファがバーテンダーを務める酒場。提供される料理やカクテルが評判で、常連客も多く、憩いの場所となっている。反神羅組織アバランチのアジトという裏の顔を持ち、隠しエレベーターが通じる地下室でメンバーが作戦会議などを行なう。

オリジナル版

「お客さんだって、ティファちゃんの
つくるお酒はおいしいよって
いってくれるんだから！」

⬅素朴な感じの、木造の酒場。ピンボール台を調べると地下へ移動でき、クラウドも作戦会議に参加した。

七番街支柱

七番街スラムのほぼ中央にそびえる、七番プレートを支える巨大な柱。整備や点検作業を行なうための、15階建ての機械塔が併設されている。機械塔の最上階にあるコントロールパネルは、プレート解放システムの起動時に使用されるもの。

オリジナル版

⬅七番街スラムには、機械塔を気に入っている住人がいて、一緒に下から見上げることができた。

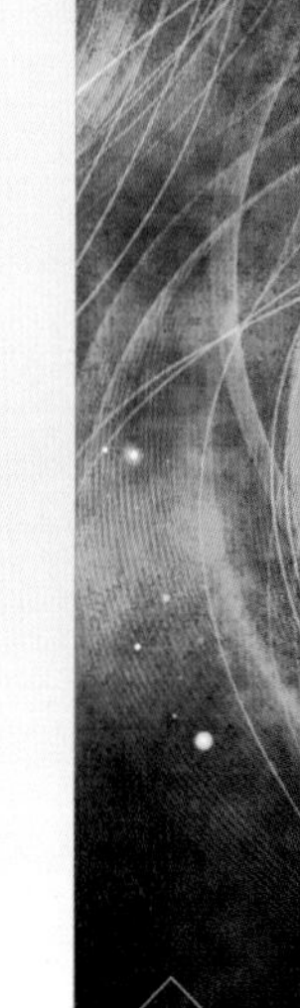

七番街市街地 SECTOR 7

七番プレート上に開発された市街地。神羅カンパニーの社宅地区があり、大きな一戸建ての住居が建ち並ぶ。また、神羅の物流を支える倉庫には、兵器や弾薬、魔晄炉の整備機器といった物資が保管されており、出入りする輸送車両をチェックするための警備態勢が敷かれている。

⬅神羅の事務所である七六分室には、貨物搬送用のトラックが出入りするための広場が。

⬆七番街市街地は、ジェシーが生まれ育った場所。魔晄炉の整備担当だった父親の職場も近い。

螺旋トンネル SPIRAL TUNNEL

ミッドガルの中央に立つメインピラーの外縁部分を、螺旋状に走るトンネル。プレート上の市街地と地上のスラム街をつなぐ役割をになう。トンネル内部の要所にはIDスキャニングエリアが設けられており、不審者を感知すると警備兵器や兵士が出動し、すみやかに対象の確保に向かう。いくつかの区画が連絡通路で結ばれ、上り路線と下り路線は、信号のついた中央分離帯によって区切られている。

⬅路面とレールの高低差がない軌道が特徴。車両が走れる構造になっており、バイク兵などが出動することも。

オリジナル版

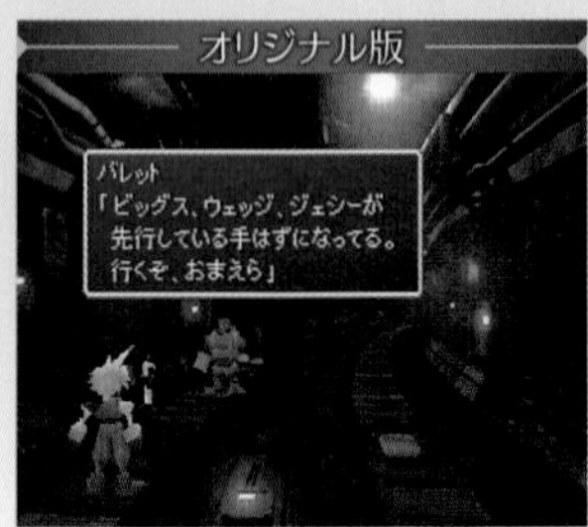

バレット
「ビッグス、ウェッジ、ジェシーが
先行している手はずになってる。
行くぞ、おまえら」

⬆似たような風景が、ひたすらつづくトンネル。クラウドたちは、脇のダクトを下りて四番プレートへ向かった。

四番プレート SECTOR 4 UNDERPLATE

四番街スラムの真上に位置するプレートの内部。地上を照らす「スラムの太陽」と呼ばれる大型ライトや、空気循環のための換気ファンが、むき出しで設置されている。張りめぐらされた通路は、プレート建設時の作業用足場を流用したものだが、長いあいだ点検されていないせいで、崩落した箇所や装置が故障している場所が多い。また、可動式通路や警備兵器などは、電力不足で動いていない模様。

⬅通路間をつなぐリフトは、動かすのに電気が必要。とくに、メインリフトは膨大な電力を消費する。

オリジナル版
ウェッジ
「クラウドさん、こっちっす。
五番魔晄炉はこのハシゴの先っす」

⬆はしごが多く、いかにも作業用足場といった地形。アバランチのメンバーが先行して道案内をしてくれた。

伍番魔晄炉 MAKO REACTOR 5

四番街と伍番街の境界に建つ魔晄炉。魔晄炉自体の構造は壱番魔晄炉と大差ないが、兵器開発部門の工場が併設されている。工場の各整備フロアは運搬リフトで結ばれ、物資を別のフロアや廃棄物資集積室へ自動で送ることが可能。

⬆正面ゲートのロックモードを解除するには、複数のレバーを同時に操作する必要がある。

⬆兵器工場内では、最新鋭の大型機動兵「エアバスター」の整備が、急ピッチで進行中。

オリジナル版
ティファ
「3人同時にボタンを押せって
ジェシーが言ってたわ」

⬅クラウド一行の脱出をはばむセキュリティシステムは、3人で同時にボタンを押すと解除することができた。

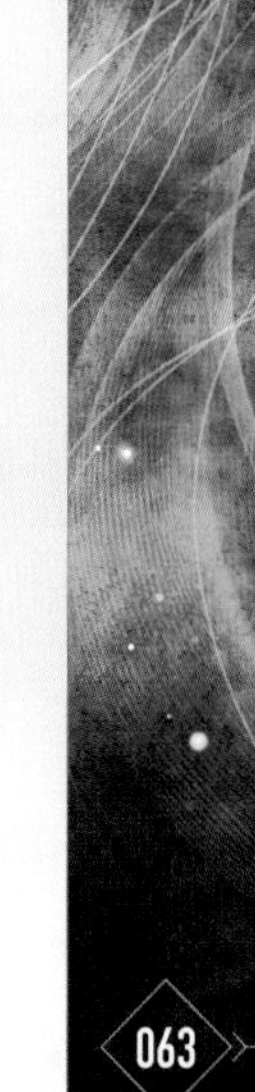

伍番街スラム SECTOR 5 SLUMS

ミッドガル建設時の廃材を再利用して作られた、伍番プレートの下部に広がるスラム街。七番街スラムよりも歴史が長く、廃材を組み合わせて建てた住居が乱雑に建ち並ぶ。駅からスラムの中心までの裏通りはゴミ捨て場となっており、モンスターが数多く徘徊する危険地帯。伍番街スラム駅は、ミッドガル建設当時に作業員を運送するために設けられた古い駅で、現在は神羅の施設や市街地へ働きに出るスラムの住民に重宝されている。

教会

伍番街スラムの外縁部付近にある、古い教会。建物の老朽化が激しいうえに、かつて打ち上げに失敗した神羅のロケットが突き刺さったままになっている。花が自生する数少ない場所のひとつ。

オリジナル版

⬅エアリスが不在のあいだは、彼女のかわりに、ふたりの子どもが教会で花畑の世話をしていた。

リーフハウス

伍番街スラムにある孤児院。かつては「下層伍番養護院」という、神羅が使い捨ての人材を確保するための施設だったが、出身者のビッグスたちの手により解放され、自主運営となった。資金的には厳しく、ビッグスの支援を受けて運営を行なっている。

エアリスの家

エアリスがエルミナと一緒に住む一軒家。荒廃したスラムに位置しながら、美しい自然が多く残る珍しい場所で、エアリスが愛情をこめて育てた花たちが、庭の花畑にたくさん咲いている。家の2階にはエアリスの部屋と客間があり、屋上のベランダには植物のプランターが並ぶ。

⬆六角形の絨毯が目を引くリビングの脇に、キッチンがくっついている。

オリジナル版

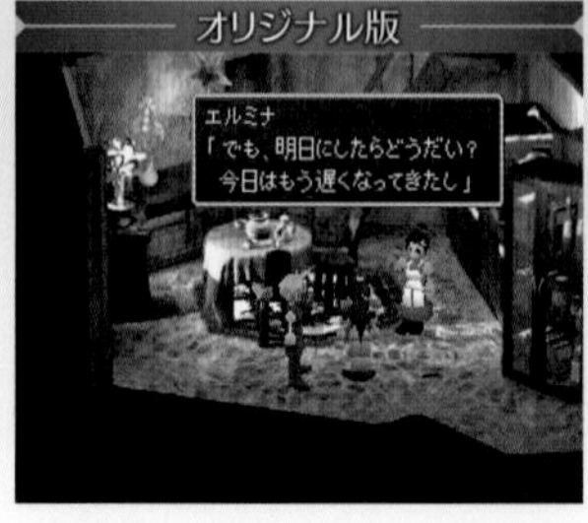

⬅エアリスとエルミナが長年暮らす、温かみのある内装の民家。屋内にも、さまざまな花が飾られていた。

六番街スラム SECTOR 6 SLUMS

伍番街スラムと七番街スラムのあいだに位置する区画。ミッドガル建設中に崩落した六番プレートが、そのまま放置されている。ハイウェイの名残とおぼしき陥没道路は、ところどころ断裂しており、行き来をするには、はしごが必要不可欠。また、撤去されなかったガレキを根城にするモンスターや盗賊も多く、通行のさいに危険がともなうためか、七番街との境界にあるみどり公園にも、ものさびしい雰囲気が漂う。

⬅シンプルながら遊具が充実しているみどり公園。エアリスは昔、ここで花売りワゴンを使って花を売っていた。

オリジナル版

⬅ロボットアームやクレーンが無造作にうち捨てられた道。鉄骨を渡って段差を越えていく。

ウォール・マーケット

ドン・コルネオが全権をにぎる、ミッドガル随一の歓楽街。治安が悪く犯罪が横行する危険な場所にもかかわらず、ここでしか得られない物品や経験を求めて、毎晩多くの者が訪れる。

⬆コルネオが運営する地下闘技場では、ルール無用の異種格闘大会「コルネオ杯」が開催され、大金が動く。

オリジナル版

➡縦に長く延びたマーケットに、多種多様な店が雑多に並ぶ。それぞれの店の看板が、じつに個性的。

コルネオの館

ウォール・マーケットを取り仕切るドン・コルネオが住む屋敷。各地から集められた珍品と、ドハデでけばけばしい装飾が目につく。寝室に仕掛けられた落とし穴は、地下下水道に通じている。

オリジナル版

⬅「天」の字が大きく書かれた布団や、「古留根尾」と書かれた巨大な提灯など、奇抜な装飾ばかり。

➡穴に落ちた先には、コルネオのペットである怪物アプスがいて、落とされた者を始末する。

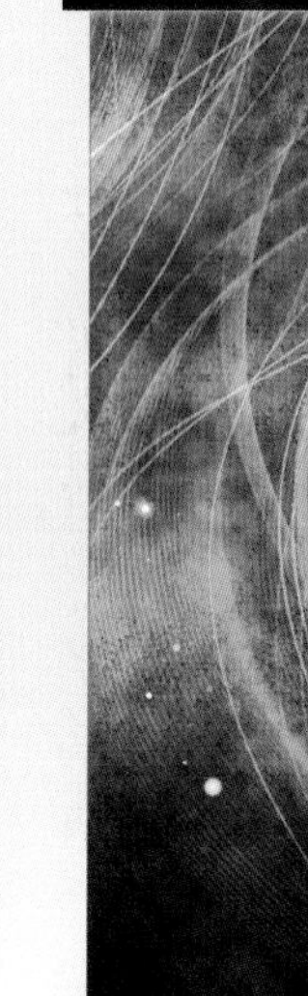

列車墓場 TRAIN GRAVEYARD

七番街スラムの外れにある、列車の廃棄場。ミッドガル建設当時に使われていた車両倉庫の跡地で、ジャンクパーツを探し求めてやってくる者も少なくない。魔物の巣窟となっているうえ、オバケや亡霊が出るという迷信じみたウワサも。

⬆大量の車両と資材が無秩序に散乱。中央にある旧車両倉庫は、内部の老朽化が激しい。

オリジナル版

⬅列車を別の車両にぶつけて動かすなど、進むために工夫が必要なのは本作と同じ。

神羅カンパニー地下実験場 SHINRA UNDERGROUND TEST SITE

ミッドガルの地下に隠された、神羅カンパニーの研究施設の一部。同様の施設はあちこちで稼働しているとウワサされ、スラムの地下から凶暴なモンスターのおたけびが聞こえることもあるという。ちなみに、通称「ディープグラウンド」とも呼ばれる神羅の地下実験施設に関する情報は最重要機密とされており、その存在を知る者は、神羅のなかでもごくわずか。

⬆地下実験場の一角に広がるのは、無数の培養ポッドが並ぶ異様な光景。あらゆる倫理が無視された、神羅の闇の片鱗をうかがわせる。

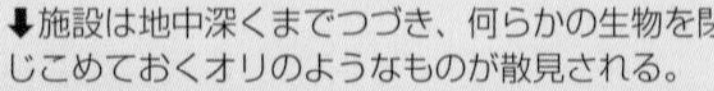

⬇施設は地中深くまでつづき、何らかの生物を閉じこめておくオリのようなものが散見される。

神羅カンパニー本社ビル SHINRA TOWER

ミッドガル中央部の零番街にそびえ立つ、70階建ての超高層ビル。特定のフロアは、神羅カンパニーの歴史や最新技術を学べる見学ツアー向けに開放され、一般人も出入り可能。高層階には神羅の中枢機能がまとまっており、重役用の会議室や各部門統括のオフィスがある。

←高層階まで吹き抜けになった、エントランスホール。受付のそばには、企業説明の映像が流れる巨大モニターが。

オリジナル版

←1階の奥部は自動車の展示ルームになっており、エレベーターが存在した。

→63階のリフレッシュフロアは上下2層に分かれた構造。上層にはバトルシミュレーターがあり、兵士が訓練のために訪れることも。

オリジナル版

「さあな。
ま、60階から上は
何があっても安全だ。
気にすることもないって」

↑巨大樹が中央に植えられたフロア。下の階のセキュリティが厳重ゆえ、社員の警戒心は薄い。

←高層階にある、宝条の研究室。さまざまな実験体用のポッドが置かれ、不気味な雰囲気が漂う。

↓最上階にあたる70階の社長室は、プレジデント神羅の権力を誇示するかのような、美しく広々とした空間。

オリジナル版

バレット
「ルーファウス！
しまった！ アイツがいたか！」

↑社長室の外には、屋上ヘリポートが併設されている。

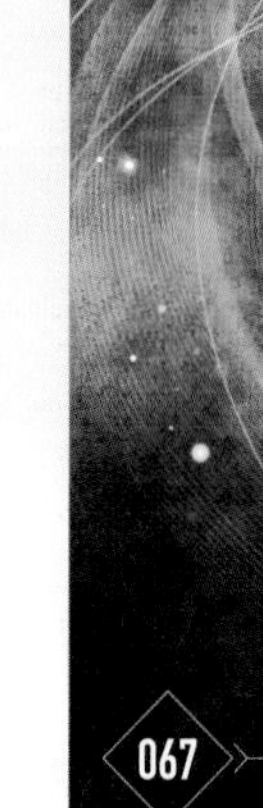

ミッドガル・ハイウェイ MIDGAR EXPRESSWAY

ミッドガルで建設が進められている、3層構造の環状高速道路。各層が上に出たり下をくぐったりと、立体的に入り組んだ構造をとりつつ、ミッドガルの外へと道路が延びている。高い位置にある3層目は現在もなお建設中で、一般には開放されておらず、道が途切れている部分も多い。

⬆それぞれの層は、完全には分断されておらず、ところどころでつながっている。

オリジナル版

⬆ハイウェイの終端は、ミッドガルの外縁部。ここでクラウド一行は、旅立ちの決意を固める。

知識のマテリア《 名前や情報だけが登場する地域

ミッドガルのほかにも、世界にはさまざまな街や村が存在している。本作では地名や風景しか登場しないが、オリジナル版『FFⅦ』に登場していた土地を、いくつか紹介しよう。

◉ウータイ

神羅カンパニーと敵対している国。現在は休戦中とはいえ、ミッドガル住民には悪い印象が根付いている。神羅カンパニーは、市民の敵意をあおり、ふたたびウータイとの戦争を引き起こすことで、戦争特需を生じさせようともくろむ。

◉ニブルヘイム

5年前にセフィロスによって焼き滅ぼされた、クラウドとティファの故郷の村。近隣のニブル山には、魔晄炉が建っていた。村の給水塔は、クラウドとティファにとっての思い出の場所。

⬅素朴な田舎の村。中央の給水塔を取り囲むように、木造の民家が建ち並ぶ。

◉ゴールドソーサー

さまざまなアトラクションがそろった、一大娯楽施設。役者志望だったジェシーは、ここの劇場で稽古に励んで主演を勝ち取った。

⬅チョコボレースは、速さとスタミナに秀でたチョコボたちがしのぎをけずり合う、目玉アトラクションのひとつ。

◉コスモキャニオン

星命学発祥の地として知られる、赤い岩山に作られた集落。セブンスヘブンでは、この名を冠したカクテルが販売されており、名物メニューとなっている。

◉コスタ・デル・ソル

太陽が照りつけ、開放感にあふれる観光地。伍番街スラムで新婚旅行の行き先に悩む青年に、その友人が有名なリゾート地として名前を挙げる。

用語解説
『FINAL FANTASY VII REMAKE』

本作に登場する、独特な用語の数々を解説していく。オリジナル版を知っている人にとってはおなじみの単語でも、改めて見つめ直すと、新たな発見があるはずだ。

魔晄 MAKO
神羅カンパニーが供給するエネルギー資源

電力や高性能な燃料など、さまざまな用途に利用されるエネルギー。「魔晄」とは神羅カンパニーが命名した呼び名で、その正体は、星の命の流れとも言うべき「ライフストリーム」を構成する精神エネルギーそのものである。神羅が魔晄を動力資源として活用する方法を編み出した結果、人々の暮らしは格段に豊かになったが、それが星の命を削る行為だという認識はあまり広まっていない。神羅が巨大企業へ発展を遂げた一因は、生活に欠かせない魔晄を独占したことで莫大な利益を得たからだ。

⬆市民の大半は、魔晄が無限のエネルギーだと錯覚し、消費することに何の疑問も抱いていない。

魔晄炉

地中から魔晄をくみ上げつつ、電力に転換するための施設。ミッドガルの外周上に8基が建てられているほか、世界各地の魔晄が豊富な場所にも、神羅によって建設されたものが存在する。建造された時期によって多少のちがいはあれど、基本的な構造はほとんどの魔晄炉で同じ。

⬅万が一、魔晄炉の最下層で魔晄だまりに転落してしまえば、そのままライフストリームに還ってしまう。

⬆神羅の重要施設であるがゆえ、機密保持の観点から、作業や警備の大部分が機械化されている。

マテリア

魔晄が凝縮されて固体化し、球状になったもの。武器や防具に装着することで、魔法やアビリティなどを利用したり、己の能力を高めたりできる。現在流通しているマテリアの大半は、神羅カンパニーが研究を進めて開発し、人工的に作り出した製品。

ナビゲーター
その片鱗は　一部のマテリアとして
現在でも目にすることができます

⬆古代種が独自の技術で精神エネルギーを加工したものが、マテリアの源流だと言われている。

魔晄中毒

高濃度の魔晄に長時間さらされたときに引き起こされる、精神に異常をきたす障害。幻覚を見たり意識不明におちいったりと、人間の身体に甚大な悪影響をもたらす。魔晄炉内の作業や警備が機械化されているのは、作業員の魔晄中毒を防ぐためでもある。

神羅カンパニー SHINRA ELECTRIC POWER COMPANY

世界を牛耳る巨大企業

ミッドガルを拠点にする、巨大複合企業。当初は「神羅製作所」という名の小さな兵器開発会社だったが、魔晄エネルギーの発見を機に大きな影響力を持ちはじめ、事実上世界を支配する大企業にまで発展した。民心を掌握するためのプロパガンダに力を入れており、報道や書籍などの関連会社を設立し、各社をメディア戦略に積極的に利用している。ミッドガルで老若男女に愛されているマスコットキャラクター「忠犬スタンプ」も、もともとは戦争時に神羅が宣伝用に作ったものだ。

神羅
Shinra
Electric Power
Company

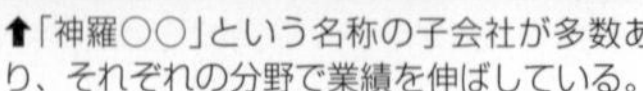
↑「神羅○○」という名称の子会社が多数あり、それぞれの分野で業績を伸ばしている。

←忠犬スタンプにまつわる作品は、テレビアニメや映画、絵本など数多く作られており、お菓子のような関連商品も充実。

◉神羅カンパニー組織構造略図

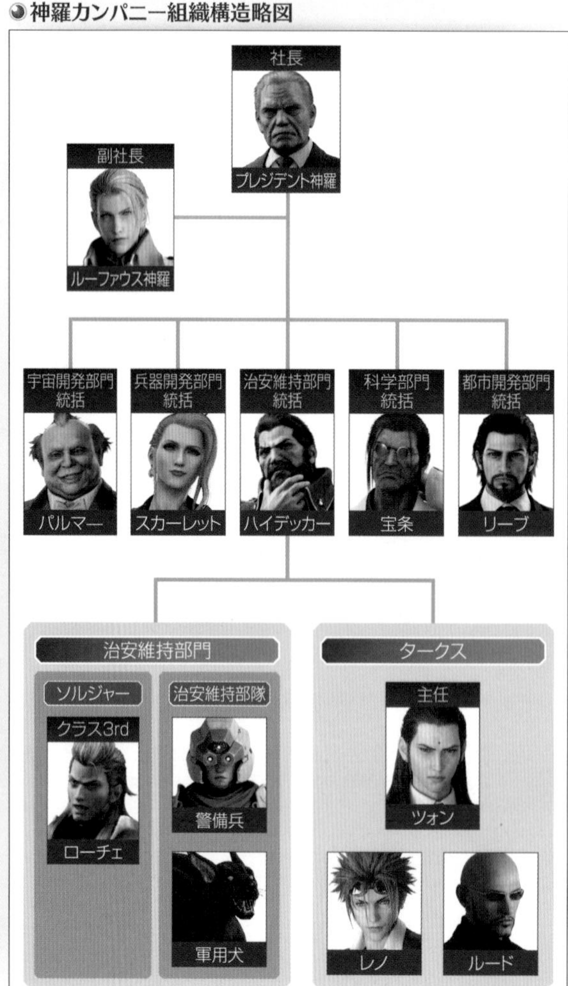

ソルジャー

治安維持部門が抱える、エリート兵士。とある手術を含む適性検査を突破した兵士に、魔晄を照射することで身体能力を向上させている。実力に応じて下から3rd、2nd、1stの順にランク分けがされており、最下級のクラス3rdであっても一般兵よりはるかに強く、最上級のクラス1stは数えるほどしか存在しない。

タークス

神羅カンパニーの総務部調査課。特殊任務を担当する少数精鋭部隊で、ソルジャー候補のスカウトや要人の警護のみならず、諜報活動や暗殺、脅迫、拉致といった裏の仕事もこなす。形式上はハイデッカーの管轄下にあるが、実際は副社長であるルーファウス神羅とのつながりが密接で、彼の指示で動くことが多い。

↑タークスは黒のダークスーツを制服としているものの、着用についての厳格な決まりはなく、着こなしかたには個性が表れる。

アバランチ AVALANCHE
星を守るべく活動をつづける反神羅組織

魔晄エネルギーの利用を推し進める神羅カンパニーに異を唱え、抵抗運動を行なう組織。大衆には単に「神羅の敵」として認識されているが、スラムの住民の一部は、アバランチの思想に共感を示す。

⬅魔晄の利用をやめるように訴えるポスターをあちこちに貼るなど、地道な活動もしている。

本家と分派

アバランチには主義主張の異なるさまざまな派閥が乱立しており、バレットが率いるアバランチは、もともと存在するアバランチ(本家)から独立したもの。反神羅活動の最前線であるミッドガルを担当していたバレットたちは、武装路線に舵を切ったことで本家との関係性が悪化。活動方針のちがいにより追放され、現在は別の組織となっている。もっとも、過激な活動を行なっているのはバレットたちにかぎらず、過去には神羅カンパニーの要人の身柄を狙った急進的な派閥もあった模様。

⬆神羅を打ち倒すという目的は、本家も分派も同じ。ときには協力することも。

アバランチの関係図

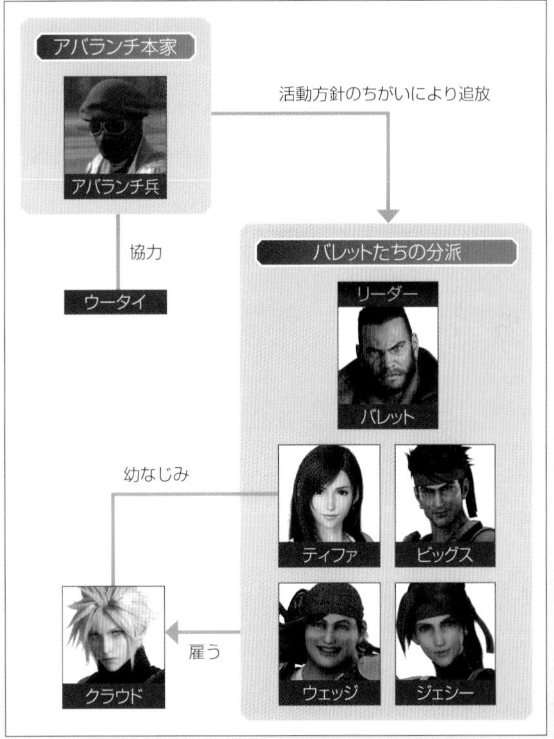

星命学

星とともに生きる古くからの教えを体系化した学問。生物が命を終えると、精神エネルギーが星へと還り、星をめぐったのち新たな命として芽吹くという「命の循環」を説く。「魔晄エネルギーの利用は、星の命をすり減らして寿命を縮める行為だ」とするアバランチの主張は、この思想にもとづいている。

バレット
星に帰った……星命学の考え方だ

⬅アバランチ分派を率いるバレットも、星命学について学び、知見を深めている。

古代種 THE ANCIENTS
星と対話した太古の開拓者

大昔に存在したと言い伝えられる、星を開拓した種族。「古代種」は神羅カンパニーが名づけた呼称で、正しくはセトラという。星の声を聞く能力を持ち、独自の文明を築いたとされるが、記録はほぼ残っておらず、神羅の研究でも解明されていない部分が多い。純粋な古代種としては、エアリスの実母イファルナが最後のひとり。

⬅約2000年前に滅びたというのが通説だが、古代種の存在自体がおとぎ話に過ぎないとも考えられている。

約束の地

古代種にまつわる伝承に登場する場所。具体的なことはわかっていないが、神羅カンパニーは「約束の地は魔晄エネルギーが豊富な土地である」と解釈し、その地に新たな魔晄都市ネオ・ミッドガルを建設しようと画策。それゆえ、古代種の生き残りであるエアリスから、約束の地に関する情報を聞き出そうと躍起になっている。

約束の地についての言い伝え

我ら、星より生まれ、
星と語り、星を開く。
そして、約束の地へ帰る。
至上の幸福、星が与えし定めの地──

ジェノバ JENOVA
古の時代に空から来た厄災

神羅カンパニーで極秘に保管されていた、太古の生命体。対峙した者の精神に干渉し、幻覚を見せる能力を持つ。宝条はジェノバの研究に半生を捧げており、神羅カンパニー本社ビルの高層階にある特秘研究施設「鑼牟(どらむ)」では、ジェノバの細胞をほかの生物や機械に埋めこむ実験が進行中。

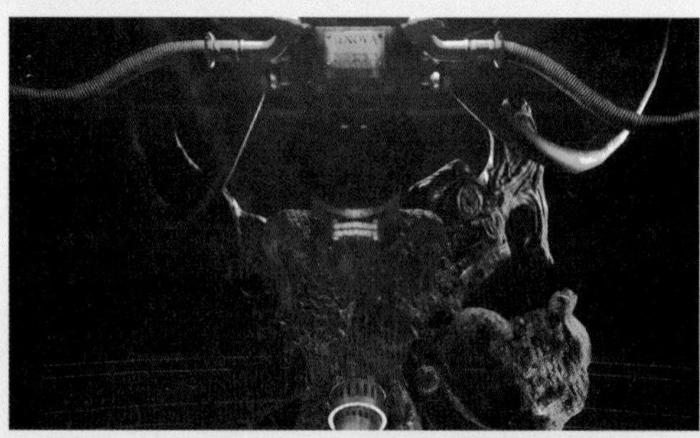

⬅胴体の外形は女性を思わせるが、いびつでおぞましい雰囲気が漂う。なお、首から上は欠損している。

運命の番人 ARBITERS OF FATE
クラウドたちの前に現れる正体不明の存在

もやのように実体がない、謎の存在。場所を問わず現れては、クラウドたちを妨害したり、逆に助けたりする。ひとつの場に長くとどまることは少なく、目的を達すると、すみやかに霧散していく。運命の番人を視認できるかどうかは人によって異なり、特定の人物との接触後に突然見えはじめる場合もある。

⬅運命の番人と戦うバレットは、周囲の人の目には、何もない空間に銃を乱射しているように映っている。

⬆黒い粒子が集まり、ローブをまとった幽霊のような姿を形作る。そのため、斬られるなどして倒されても粒子にもどるだけで、根本的には死滅しない。

『FINAL FANTASY VII REMAKE』

乗り物紹介

列車 TRAIN

ミッドガルにおいて、もっともポピュラーな交通機関。プレート上の市街地と地上のスラムをつなぐ路線網が整っており、市街地へ働きに出るスラム住民にとっては、日常生活に欠かせない。路線により多少の差はあるが、ふだんは早朝5時から深夜1時過ぎまで運行し、住民の生活を一日中支えている。

⬅車両の前後に1ヵ所ずつ乗車口がある、2扉型の客車が主流。

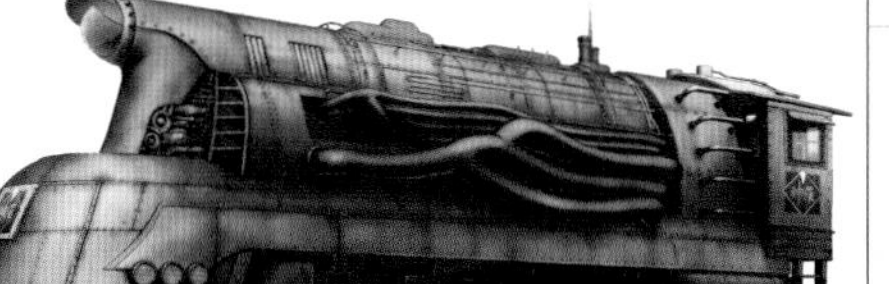

ムカ百式九〇形式600

多くの路線を走る、神羅鉄道の主力車両。アバランチが壱番魔晄炉駅潜入時に乗っていたのも、この型式。

ホカ百式七〇形式5884

旧型の列車。長く使われてきたが、ムカ百式九〇形式の登場により、ひっそりと役目を終えた。

チョコボ車 CHOCOBO TAXI

チョコボに車を引かせる形式の、小型の輸送車。ウォール・マーケットのチョコボ・サムがオーナーを務める送迎宅配サービス「サムズデリバリー」でおもに使われており、人や荷物をスラムの各所へ運んでいる。

⬆スラムの各地にあるチョコボストップを調べれば、すぐにチョコボ車が駆けつけ、希望の停留所へ運んでくれる。

⬅暖色系でカラーリングされた華やかな客車が特徴。ちなみに、車体の看板に書かれた文字は、実際のゲーム中では「Sam's Delivery Service」となっている。

自動車やバイク CAR & MOTOR BIKE

ハイウェイや一般道を走る車両。自動車は、どちらかというとプレート部に住む富裕層向けの乗り物で、道路が整っていないスラムでは、工事作業用や処分された廃車など以外は、あまり見かけない。一方、路面に左右されずに小まわりが効くバイクはスラムでも使われ、整備担当の技師がいることも。

⬅神羅カンパニーの本社ビルには、さまざまな車種の自動車やバイクが展示されている。

ハーディ=デイトナ

大排気量エンジンを搭載した、神羅製の最新型バイク。多くの新技術が盛りこまれているため、大量生産には至らず、市販されていない。並外れた性能を誇るものの、そのぶん乗り手を選ぶ。

➡クラウドが神羅ビルを脱出するとき、3階のショーケースに飾られていたこのバイクを奪って、ハイウェイへ飛び出す。

神羅SA-37

神羅製の自動三輪トラック。車体の軽量化が進められた一方で、エンジンは旧型車と同じものを使用しているため、性能が良いとは言いがたい。

Motonox Gust(ミニバイク)

神羅が製造した小型バイク。クラウドやジェシーが七番街市街地へ向かおうとしたときに、ビッグスが七番街スラムの住民から借りてきた。

神羅軍用バイク

神羅軍に配備されている、大型自動二輪車。その機動性の高さを活かして、ハイウェイや螺旋トンネルといった、道が長くつづく場所への出動に使われる機会が多い。いくつかの車両タイプが存在し、乗り手の所属や階級に応じて型式が異なる。

高速機動隊タイプ

いち早く現場へ駆けつける警備兵向けの車体。耐久力はやや低め。

エリートバイク兵タイプ

上級バイク兵やバイクソルジャー用の車体。ローチェは赤色のものに搭乗。

レベルデザインスーパーバイザー

大地雅俊

Masatoshi Oochi

代表作 メビウス FF、FFX/X-2 HDリマスター、ライトニング リターンズ FFXIII、FFXIV、シアトリズム FF カーテンコール、ドラゴンクエストX、ドラッグ オン ドラグーン3

Q どのような作業を担当されましたか?

A キャラクターを動かしたりバトルを発生させたりといった、ほかのスタッフが制作したものを組み立てる仕事で、おもにCHAPTER 8を担当しました。

Q クエストの内容はどのように決まりましたか?

A ウォール・マーケットにはオリジナル版のネタがいろいろありますが、七番街スラムや伍番街スラムにはとくにネタがないので、ふたつのスラムのクエストはすべて新規の内容です。最初は、それぞれのクエストがつながっていて登場人物にも複雑な物語が……と考えたものの、よそ者のクラウドは積極的に彼らと関わる理由がなく、話がうまくまとまりませんでした。そこで、ひとつひとつはシンプルな「なんでも屋の仕事」にして、その街で暮らすティファやエアリスと一緒に解決していくことで彼女たちと仲良くなっていく、という流れにしたんです。

Q ボツになったアイデアはありますか?

A 初期のシナリオでは、CHAPTER 8のエアリスの家でクラウドが花束を作ることになっていて、そこからワゴンで花を運ぶという『クライシス コア -FFVII-』をオマージュした案がありましたね。ただ、この段階でザックスについて触れるわけにはいかなかったので、実現はしませんでした。

Q もっとも苦労した点は?

A 伍番街スラムとウォール・マーケットはひとつづきになっていてゲーム内で一番広いうえ、複数のチャプターで訪れるということもあり、データ量が膨大に……。何人かで作業を分担したのですが、うっかりほかの人の部分に影響が出てしまうケースも多く、ある場所だけが突然夜になったり、運行開始前のチョコボストップが出現したりと大変でした。

! 自分だけが知っている本作の秘密

CHAPTER 9でコルネオ杯を勝ち抜く途中、地下闘技場に「AKILA」という人からお祝いの花が届きます。この人物の正体はウォール・マーケットの居酒屋「酔いどれ」にいる歌手で、六番街スラムのあちこちに彼の名前が入った宣伝ポスターや看板があるんですよ(→P.717)。

レベルデザインスーパーバイザー

澤田 唯

Yui Sawada

代表作 ライトニング リターンズ FFXIII、メビウス FF

Q 一番こだわって制作した部分は?

A CHAPTER 3でティファがクラウドに同行するパートは、ティファとふたりだけの状況をプレイヤーに楽しんでもらいたくて、さまざまなシーンを詰めこみました。ティファがカクテルを振る舞う場面は、そんな思いからイベントのひとつとして提案したものでしたが、最終的にメインストーリーに組みこまれて豪華なイベントシーンとして実装できたので、こだわって作ったかいがありましたね。

Q もっとも苦労した点は?

A 街を形作るのに欠かせない大量の住人たちの配置と、彼らの膨大なセリフの実装が、とにかく大変でした。そのぶん、シナリオ班入魂の、物語を補完するおもしろいセリフの数々を仕込むことができたと思います。ぜひメインメニューのトークログ設定を「話者&セリフ表示」にしてお楽しみください。

Q ボツになったアイデアはありますか?

A CHAPTER 3でクエストをすべてクリアすると、EXTRA「ふたりきりの時間」が発生してティファの部屋に入れますが、当初は室内のいろんな場所を調べられるという想定でした。クラウドが○○を調べると、なかに入っているティファの××を見つけて……という懐かしのファンサービスもあったのですが、大人の事情でボツになっています(笑)。

Q 開発中の忘れられない思い出を教えてください。

A 開発の初期に、「上司からモンスターの調査をムチャぶりされた神羅社員を手伝う」という内容のクエストがありました。依頼人は気弱な科学部門生物科の「神羅助手」だったのですが、キャラクターとしての使い勝手の良さに目をつけられ、いつの間にか設定やビジュアルが盛られて……まさか彼がチャドリーになるとは、夢にも思いませんでしたね。

! 自分だけが知っている本作の秘密

CHAPTER 3の最後のイベントシーンで3羽のハトが飛んでいきますが、このハトはちゃんとフィールド上にも配置してあります。七番街スラムのどこかにいますので、気になるかたはチャプターセレクトで探してみてください。

Gバイク レベルデザイナー

後藤康人 Yasuhito Goto

代表作 真・ガンダム無双、ワンピース 海賊無双3、進撃の巨人、進撃の巨人2、ベルセルク無双、無双☆スターズ、戦国無双シュート

Q CHAPTER 4と18では『バイクゲーム』にどのような変化をつけようと考えていましたか？

A CHAPTER 4は『バイクゲーム』のプレイがはじめてなので、通常の敵を倒しながら進んで最後にボス敵と戦うという、オーソドックスな流れにしました。CHAPTER 18のほうは、追ってくる神羅の強敵を倒しながら逃げるシチュエーションにしようと考えた結果、ボス敵と連続で戦う流れになっています。

Q 一番こだわって制作した部分は？

A バイクの動きにリアリティを持たせることですね。現実では大剣を振りまわしながらバイクに乗ったりはしませんが、現実にはない状況でも、なるべくリアルな動きにしようと工夫しました。

Q 必殺技はどのようにして生まれましたか？

A 開発初期から必殺技を作ろうと考えていて、最初はリミット技のゲージを導入する予定でした。しかし、通常のバトルのように、ダメージを受けたときにゲージが増えるシステムにした場合、敵の攻撃をうまくかわすと必殺技を使えなくなってしまいます。そこで、時間の経過によって増える、バイク用のATBゲージといった位置づけに変えたんです。

Q もっとも苦労した点は？

A モーターボールは、オリジナル版と同じサイズ感を持たせたところ、クラウドとの身長差が大きくなりすぎてしまい、どうすればプレイしやすくなるかを考えるのが大変でしたね。攻撃の方法やカメラの動かしかたなど、いくつもの問題をスタッフ全員が意見を出し合って解決していきました。

Q 開発中の忘れられない思い出を教えてください。

A クラウドとバイクにふたり乗りをしたジェシーが、激しい運転にも動じずに余裕のある様子だったことから、開発スタッフ内で「ジェシーはじつはソルジャーなんじゃないか疑惑」が高まりました(笑)。

自分だけが知っている本作の秘密

今作では使われませんでしたが、モーターボールの腕の外側についているブレードは、クラウドや地面まで届くように、変形して腕の先に装備できるような仕組みになっています。

バトルシステムデザイナー

岩上亮太 Ryota Iwagami

代表作 FFXI、FFXIV、ドラゴンクエストXI

Q どのような作業を担当されましたか？

A バトルシステムの設計のほか、キャラクターやエネミーのパラメータを設定したり、アイテムの効果や入手場所などの調整をしたりしました。

Q バトルにアクション性を組みこむにあたって注意したことはありますか？

A オリジナル版からのファンのかたにも楽しんでいただくために、アクション要素が強くなりすぎないように気をつけました。たとえば、開発中はATBゲージが1段階たまることでMPが回復していたのですが、ATBゲージが満タンのまま放っておくとMPが回復せず、かといって満タンになるたびにゲージを使おうとすると、操作が忙しくなってストレスを感じてしまう。そうした部分を調整していった結果、攻撃や回避などのアクションを行ないつつも、いろいろ考えてコマンドを入力するRPG的な楽しさが味わえるようにできたのではないかと思います。

Q 各キャラクターの能力やアビリティはどのようにして決まりましたか？

A まずは、それぞれのキャラクターの見た目やイメージから、パーティ内でのバトルにおける役割を決めました。その役割に合わせて、得意な部分と不得意な部分が出るようにステータスの高さやアクションの内容を設定し、個性づけをしています。

Q 一番気に入っているエネミーは？

A 「召喚獣バトル」のデブチョコボですね。ほかの敵とくらべてHPがとても多いかわりに、バーストの時間が長くて、バースト中にモーグリに邪魔されながら頑張ってデブチョコボに攻撃を集中させるという、ちょっと変わったバトルが気に入っています。

自分だけが知っている本作の秘密

魔法を使わせるために、当初はレッドXIIIにも内部的にマテリアを装着させていたんです。開発の終盤に、マテリアなしでレッドXIIIが魔法を使えるようにしてもらったので、装着していたものを外したところ、キャラクターモデルの首輪からもマテリアが消えてしまい、あわててマテリアを装着し直しました。

SECTION

BATTLE CHARACTER

バトルキャラクター

FINAL FANTASY VII REMAKE ULTIMANIA

バトルキャラクターページの見かた

バトルで操作できる4人のキャラクターや、一緒に戦ってくれるゲストキャラクターのデータを紹介していく。全員が使えるバトルコマンドは章末にまとめてあるので、参考にしてほしい。

パーティキャラクター

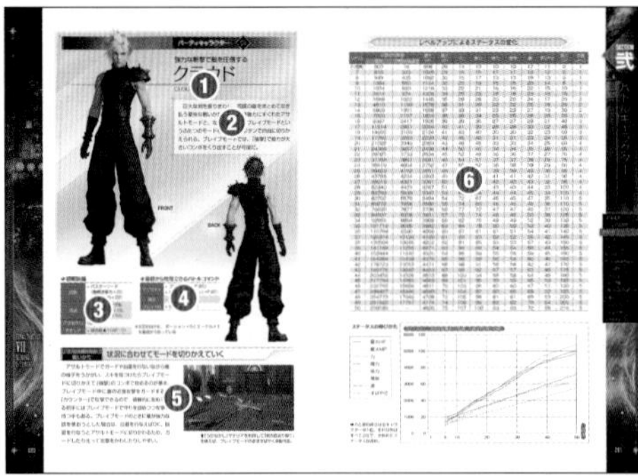

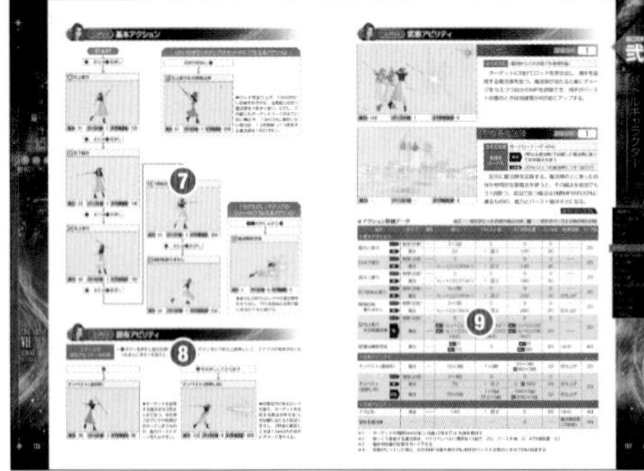

ゲストキャラクター

共通バトルコマンドリスト

❶キャラクターの名前

❷バトルに関する特徴

❸初期装備

❹最初から使えるバトルコマンド……パーティに加入した時点から使えるバトルコマンド。一部のものは、装備などを変更すると使用できなくなる。

❺操作時の戦いかた……そのキャラクターを操作しているときにオススメの戦いかた。

❻レベルアップによるステータスの変化……レベルアップに必要な経験値、および各レベルでのステータス。最大SPと武器レベル(→P.467)も併記している。折れ線グラフは、各ステータスの伸びかたを示したもの。

❼動作と基本データ……技の動作および基本的なデータ。各項目の意味は下記のとおり。『たたかう』などでくり出せるコンボについては、攻撃の起点を START で示し、コンボの流れを矢印と入力するボタンで表している。

❽固有アビリティ(→P.129)の特徴

❾アクション詳細データ……アクションのくわしいデータ。各項目の意味は右ページのとおり。

ゲストキャラクター専用の項目

❿共闘する場面……そのゲストキャラクターが一緒に戦ってくれる場面。

⓫ステータス……そのゲストキャラクターのステータス。ゲストキャラクターは敵の攻撃を受けたりMPを消費したりしないため、「レベル」「物理攻撃力」「魔法攻撃力」のみを記載している。

❼「動作と基本データ」の見かた

基本アクション&固有アビリティ

武器アビリティ

リミット技

⑨「アクション詳細データ」の見かた

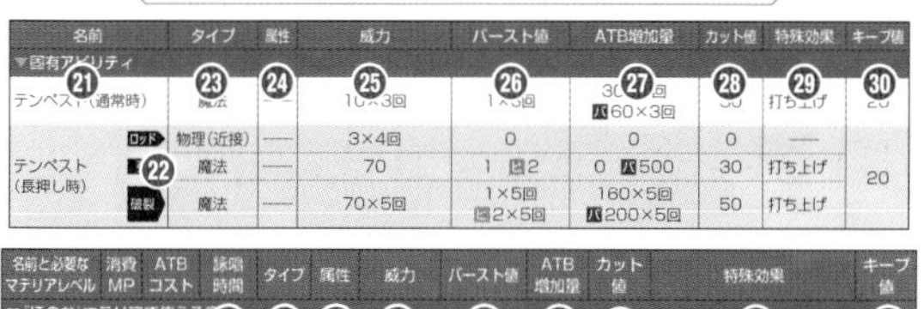

名前		タイプ	属性	威力	バースト値	ATB増加量	カット値	特殊効果	キープ値
▼固有アビリティ ㉑		㉓	㉔	㉕	㉖	㉗	㉘	㉙	㉚
テンペスト(通常時)		魔法	——	10×3回	1×3回	30×3回 バ60×3回	[illegible]	打ち上げ	20
テンペスト(長押し時)	ロッド	物理(近接)	——	3×4回	0	0	0	——	20
	㉒	魔法	——	70	1 ヒ2	0 バ500	30	打ち上げ	
	破裂	魔法	——	70×5回	1×5回 ヒ2×5回	160×5回 バ200×5回	50	打ち上げ	

名前と必要なマテリアレベル	消費MP	ATBコスト	詠唱時間	タイプ	属性	威力	バースト値	ATB増加量	カット値	特殊効果	キープ値
▼「ほのお」マテリアで使える魔法 ㉑	㉛	㉜	㉝	㉓	㉔	㉕	㉖	㉗	㉘	㉙	㉚
★1 ファイア	4	1	[illegible]	魔法	炎	250	4 ヒ16	[illegible]	[illegible]	打ち上げ	40
			効果▶ターゲットを追尾する炎の弾を放ち、命中した場所で爆発を起こして半径1.6m以内にいる敵にダメージを与える ㉞								

㉑**名前**……技や魔法の名前。A などの記号を併記している名前は、本書で独自につけたもの。魔法には、使うために必要なマテリアレベルも記載している。

㉒**データの分類**……データがちがう複数の攻撃をくり出す場合に、それらを区別するための名前。

㉓**タイプ**……攻撃のタイプ(→P.132)。「——」はタイプを持たないことを示す。

㉔**属性**……攻撃が持つ属性(→P.132)。「——」は属性を持たないことを示す。なお、大半の攻撃(魔法とアイテムをのぞく)は、『ぞくせい』マテリアを利用すると組にしたマテリアに応じた属性のダメージが加算されるが(→P.135)、もともとの属性は変化しない。

㉕**威力**……攻撃の威力(→P.135)。バースト状態の敵にヒットしたときに威力が変わる攻撃は、バ のあとにその値を記載している。マテリアレベルによって変化する場合は、それぞれの値を ★1 や ★2 のあとに記載。「——」は攻撃を行なわないことを示す。2回以上ヒットする攻撃の表記は以下のとおり。

- **a+b**…威力aの攻撃とbの攻撃を順にくり出す
- **a×b回**…威力aの攻撃をb回くり出す
- **1ヒットごとにa**…威力aの攻撃が何度かヒットする

㉖**バースト値**……攻撃がヒットした敵のバーストゲージの増加量の基本値。実際の増加量は、相手のバーストゲージ増加倍率などによって変化する(→P.524)。ヒート状態の敵にヒットしたときに増加量が変わる攻撃は、ヒ のあとにその値を記載している。「——」は攻撃を行なわないことを示す。なお、操作していない仲間の『たたかう』や固有アビリティによる攻撃では、バーストゲージは増えない。

㉗**ATB増加量**……攻撃のヒット時に自分のATBゲージがたまる量。バースト状態の敵にヒットしたときにATB増加量が変わる攻撃は、バ のあとにその値を記載している。マテリアレベルによって変化する場合は、それぞれの値を ★1 や ★2 のあとに記載。なお、操作していない仲間は、たまる量が記載している数値の4分の1に減る。

㉘**カット値**……相手がダメージリアクションをとるかどうかに影響する値(→P.133)。「——」は攻撃を行なわないことを示す。

㉙**特殊効果**……その攻撃が持つ特殊な効果や、発生させる状態変化など。状態変化には持続時間も併記しているが、同じ敵に2回以上発生させた場合は記載している時間よりも短くなる(→P.136)。「吹き飛ばし」「打ち上げ」「たたきつけ」の効果は、攻撃のカット値が相手のキープ値を上まわった場合(攻撃をガードされたときや、相手がバースト中のときをのぞく)にのみ発揮され、相手の体勢を大きくくずしつつヒート状態にするが、一部の敵には効かない。「——」は特殊効果を持たないことを示す。

㉚**キープ値**……動作中にダメージリアクションをとるかどうかに影響する値(→P.133)。「40」と記載しているキープ値は、難易度がEASYかCLASSICだと「60」に上がる。

㉛**消費MP**……その魔法を使うときに消費するMPの量。

㉜**ATBコスト**……そのバトルコマンドを使うときに消費するATBゲージの段階。

㉝**詠唱時間**……その魔法を発動させるまでの時間。

㉞**効果**……技や魔法の効果の解説。

⑫**操作方法や技の使用条件**

⑬**名前**……技の名前。A などの記号を併記している名前は、本書で独自につけたもの。リミット技にはリミットレベルも記載している。

⑭**技の動作**

⑮**基本データ**……技の威力、バースト値、ATB増加量。各項目の意味は、上記の㉕「威力」、㉖「バースト値」、㉗「ATB増加量」を参照。ただし、複数回ヒットする技は合計の値(⑨「アクション詳細データ」で「1ヒットごとに○」と記載しているものは1ヒットの値)を、マテリアレベルによって変化する技は★1の状態での値を記載している。

⑯**ATBコスト**……その武器アビリティを使うときに消費するATBゲージの段階。

⑰**使える武器**……装備時にその武器アビリティを使える武器。熟練度を100%にした武器アビリティは、ほかの武器の装備中でも使用可能になる。

⑱**熟練度ボーナス**……熟練度ボーナス(→P.462)を得られる条件と、ボーナスによる熟練度の上昇量。なお、熟練度ボーナスとは別に、武器アビリティを使った時点で熟練度が10%アップする。

⑲**技の解説**

⑳**習得に必要なアイテム**……そのリミット技を習得するために必要なアイテム。

パーティキャラクター 01

強力な斬撃で敵を圧倒する

クラウド

CLOUD

巨大な剣を振りまわし、周囲の敵をまとめてなぎ払う豪快な戦いかたが得意。機動力にすぐれたアサルトモードと、攻撃に特化したブレイブモードというふたつのモードを持ち、△ボタンで自由に切りかえられる。ブレイブモードでは、『強撃』で威力が大きいコンボをくり出すことが可能だ。

FRONT

BACK

初期装備

武器	● バスターソード（物理攻撃力+22、魔法攻撃力+22）
防具	● ブロンズバングル（物理防御力+10、魔法防御力+10）
アクセサリ	（なし）
マテリア	● ほのお★1（AP：0）

最初から使用できるバトルコマンド

アビリティ	● ブレイバー（→P.85） ● バーストスラッシュ（→P.85）
魔法	● ファイア
リミット技	● 凶斬り（→P.87）

※左記のほかに、ポーション×5とエーテル×1を最初から持っている

クラウド操作時の戦いかた　状況に合わせてモードを切りかえていく

アサルトモードでガードや回避を行ないながら敵の様子をうかがい、スキを見つけたらブレイブモードに切りかえて『強撃』のコンボで攻めるのが基本。ブレイブモード中に敵の近接攻撃をガードすると『カウンター』で反撃できるので、積極的に攻めてくる相手にはブレイブモードで守りを固めつつ攻撃を待つ手もある。ブレイブモードのときに敵が強力な技を使おうとした場合は、回避を行なえばOK。回避を行なうとアサルトモードに切りかわるため、ガードしたり走って攻撃をかわしたりしやすい。

⬆『うけながし』マテリアを利用して『側方宙返り蹴り』を使えば、ブレイブモードのまますばやく移動可能。

レベルアップによるステータスの変化

レベル	必要な経験値 累計	必要な経験値 つぎのレベルまで	最大HP	最大MP	力	魔力	体力	精神	運	すばやさ	最大SP	武器レベル
6(初期)	600	16	966	28	14	13	10	10	17	11	0	1
7	616	333	1026	29	16	15	11	11	18	12	0	1
8	949	435	1082	30	18	17	13	13	19	13	0	1
9	1384	550	1134	32	20	19	15	15	20	14	5	1
10	1934	680	1218	33	22	21	16	16	22	15	10	1
11	2614	974	1326	34	25	23	18	18	23	16	15	1
12	3588	1022	1445	35	28	26	20	20	24	17	20	2
13	4610	1199	1570	36	31	29	22	22	25	18	25	2
14	5809	1391	1688	37	33	31	23	23	27	19	30	2
15	7200	2197	1824	38	36	34	25	25	28	20	35	3
16	9397	2417	1926	39	39	36	27	27	29	21	40	3
17	11814	2851	2054	40	41	39	28	28	30	22	45	3
18	14665	3100	2134	41	43	40	30	30	32	23	50	3
19	17765	3263	2233	42	45	42	31	31	33	24	55	3
20	21028	3340	2363	43	48	45	33	33	34	25	60	4
21	24368	3657	2438	44	50	46	34	34	35	26	65	4
22	28025	3733	2534	45	52	48	36	36	37	27	70	4
23	31758	3861	2681	46	54	51	37	37	38	28	75	4
24	35619	4004	2752	47	55	52	38	38	39	29	80	4
25	39623	4162	2851	48	58	54	39	39	40	30	85	4
26	43785	4234	2993	49	61	57	41	41	42	31	90	4
27	48019	4321	3091	50	64	59	42	42	43	32	95	4
28	52340	4423	3267	51	67	63	43	43	44	33	100	4
29	56763	5939	3347	53	69	64	44	44	45	34	105	4
30	62702	6570	3494	54	72	67	45	45	47	35	110	5
31	69272	7358	3592	55	74	69	46	46	48	36	115	5
32	76630	7877	3736	56	77	72	47	47	49	37	120	5
33	84507	8358	3831	57	79	74	48	48	50	38	125	5
34	92865	8854	3908	58	82	76	49	49	52	39	130	5
35	101719	9065	3982	59	84	78	50	50	53	40	135	5
36	110784	9590	4056	60	87	81	51	51	54	41	140	5
37	120374	10130	4129	61	89	83	52	52	55	42	145	5
38	130504	10685	4202	62	91	85	53	53	57	43	150	5
39	141189	11255	4271	63	94	88	54	54	58	44	155	5
40	152444	11840	4326	64	95	89	55	55	59	45	160	5
41	164284	12439	4379	65	96	89	56	56	60	46	165	5
42	176723	13053	4431	66	98	91	56	56	62	47	170	5
43	189776	13682	4483	67	99	92	57	57	63	48	175	5
44	203458	14326	4533	68	100	94	58	58	64	49	180	5
45	217784	14985	4583	69	101	95	59	59	65	50	185	5
46	232769	15658	4631	70	103	96	60	60	67	51	190	5
47	248427	16346	4680	71	104	97	60	60	68	52	195	5
48	264773	17049	4728	72	105	98	61	61	69	53	200	5
49	281822	17767	4774	74	106	99	62	62	70	54	205	5
50	299589	―	4820	75	107	100	63	63	72	55	216	5

ステータスの伸びかた

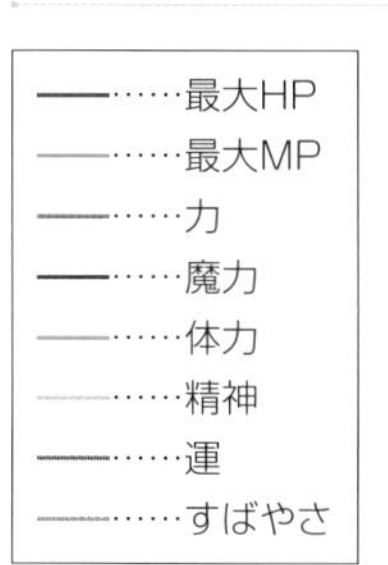

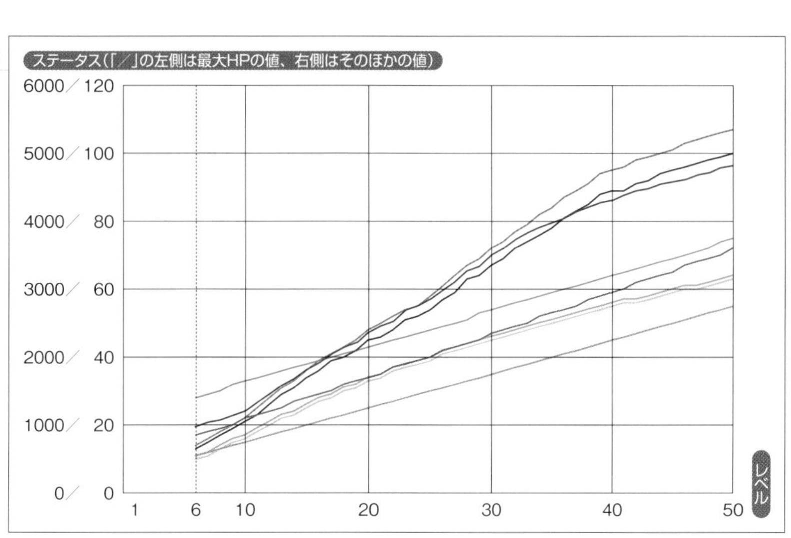

➡力と運の高さは全キャラクター中1位。それ以外はすべて2位で、全体的にステータスが高め。

クラウド 基本アクション(アサルトモード時)

⬆剣を振り払った勢いで右に回転し、ひとまわりしたところで正面の相手をもう一度斬りつける。

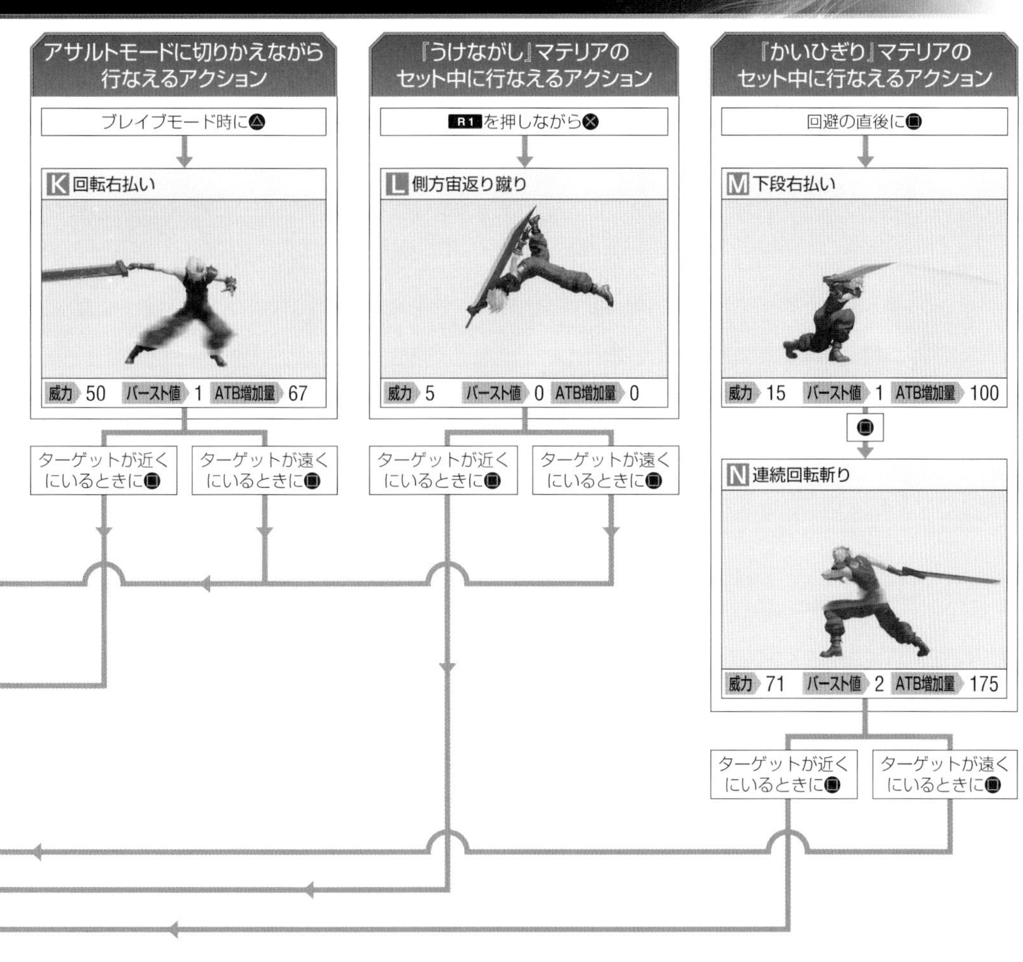

アクション詳細データ

※ヒ……相手がヒート状態の場合の値、バ……相手がバースト状態の場合の値

名前	タイプ	属性	威力	バースト値	ATB増加量	カット値	特殊効果	キープ値
▼基本アクション(アサルトモード時)								
A 右払い	物理(近接)	―	11	1 ヒ2	80	30	―	20
B 踏みこみ右払い	物理(近接)	―	10	1 ヒ2	80	30	―	20
C 返し斬り	物理(近接)	―	7	1 ヒ2	80	30	―	20
D 振り下ろし	物理(近接)	―	22×2回	1×2回	60×2回	30	たたきつけ	20
E 振り上げ	物理(近接)	―	40	1 ヒ2	152	30	打ち上げ	20
F 横跳び払い	物理(近接)	―	92	1 ヒ2	190	30	吹き飛ばし	20
G ジャンプ振り上げ	物理(近接)	―	35	1 ヒ2	100	30	―	20
H 空中左払い	物理(近接)	―	15	1 ヒ2	100	30	―	20
I 空中縦回転斬り	物理(近接)	―	60	1 ヒ2	130	30	たたきつけ	20
J 横回転斬り	物理(近接)	―	5+5+70	1×3回 ヒ2×3回	15+15+130	30	吹き飛ばし (3撃目のみ)	20
K 回転右払い	物理(近接)	―	50	1 ヒ2	67 バ125	30	―	20
L 側方宙返り蹴り	物理(近接)	―	★1 5 ★2 10	0	★1 0 ★2 50	30	(※1)	60
M 下段右払い	物理(近接)	―	★1 15 ★2 18	1 ヒ2	★1 100 ★2 105	30	―	20
N 連続回転斬り	物理(近接)	―	★1 11+60 ★2 12+73	1×2回 ヒ2×2回	★1 25+150 ★2 25+170	30	―	20

※1……動作中は敵の攻撃をガードできる(ブレイブモード中でも物理タイプの遠隔攻撃や魔法タイプの攻撃をガードできるが、ガードしても『S カウンター』(→P.84)は発動しない)

クラウド 基本アクション(ブレイブモード時)

ターゲットが近くにいるとき

START

■

O 4連続斬り

威力	バースト値	ATB増加量
200	4	360

■

ターゲットが遠くにいるとき

START

■

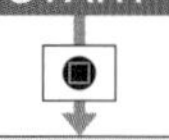

P 跳びこみなぎ払い&袈裟斬り

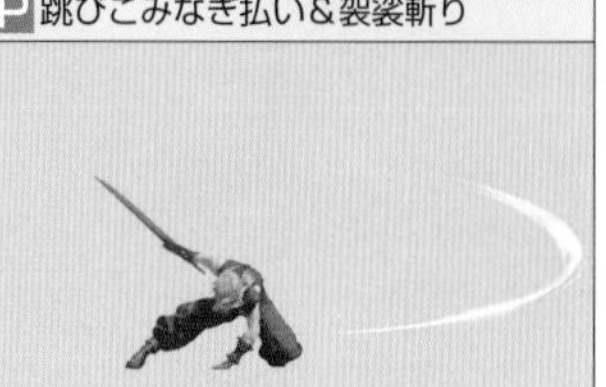

威力	バースト値	ATB増加量
140	5	220

■

『うけながし』マテリアのセット中に行なえるアクション

R1を押しながら⊗

L 側方宙返り蹴り(→P.83)

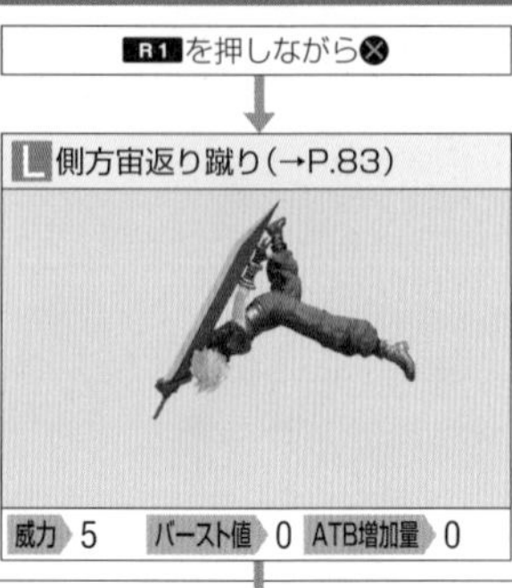

威力	バースト値	ATB増加量
5	0	0

ターゲットが近くにいるときに■

ターゲットが遠くにいるときに■

Q 袈裟斬り&返し斬り

威力	バースト値	ATB増加量
90	2	63

■

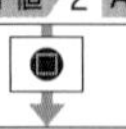

R 右ひねり振り下ろし

威力	バースト値	ATB増加量
210	3	135

カウンターで発動するアクション

R1か『T 霞の構え』で敵の近接攻撃をガードする

S カウンター

威力	バースト値	ATB増加量
120	7	700

⬆攻撃を受け止めた直後、左まわりにすばやく1回転し、その勢いのまま横になぎ払う。

コンボ中に行なえるアクション

コンボ中に■長押し

U 突き下ろし

威力	バースト値	ATB増加量
60	2	50

⬆ターゲットに向けて剣を突き下ろし、地面に刺す。攻撃がヒットすると自分がバーサク状態になる。

ブレイブモードに切りかえながら行なえるアクション

アサルトモード時に△

T 霞の構え

威力	バースト値	ATB増加量
—	—	0

⬆剣を引き、左足を前に出して構えをとる。動作中は近接攻撃をガードすることが可能。

釘バットの装備中に行なえるアクション

■

V フルスイング

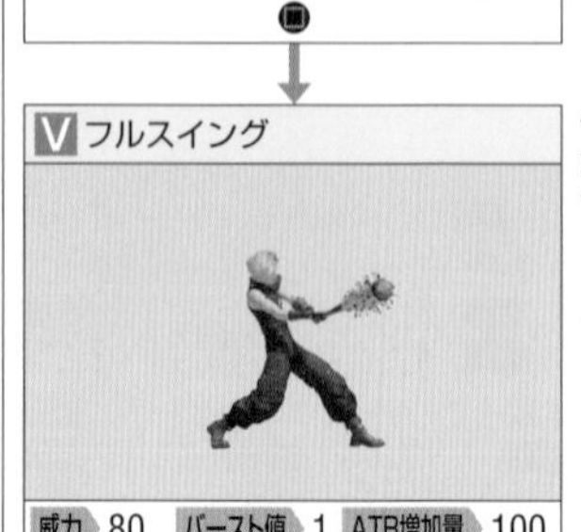

威力	バースト値	ATB増加量
80	1	100

⬅左足を上げて身体を引いたあと、踏み出しながらバットを振り抜く。3回に2回の割合で音が鳴って手元が光り、強力な一撃を放つ。

通常時

手元が光ったとき

クラウド 固有アビリティ

モードチェンジ	標準的な「アサルトモード」と以下の性質を持つ「ブレイブモード」を△ボタンで交互に切りかえられる(バトル開始時はアサルトモード)

ブレイブモードの性質	● □ボタンのコマンドが『強撃』に変化し、威力の大きいコンボをくり出せる ● R1ボタンによるガードは、物理タイプの近接攻撃をガードするとダメージ量を0.2〜0.4倍に減らし(『ガードきょうか』マテリアの効果は発揮されない)、『S カウンター』で反撃できる。ただし、物理タイプの遠隔攻撃と魔法タイプの攻撃はガードできない ● 走って移動できない ● 回避を行なうとアサルトモードに切りかわる

クラウド 武器アビリティ

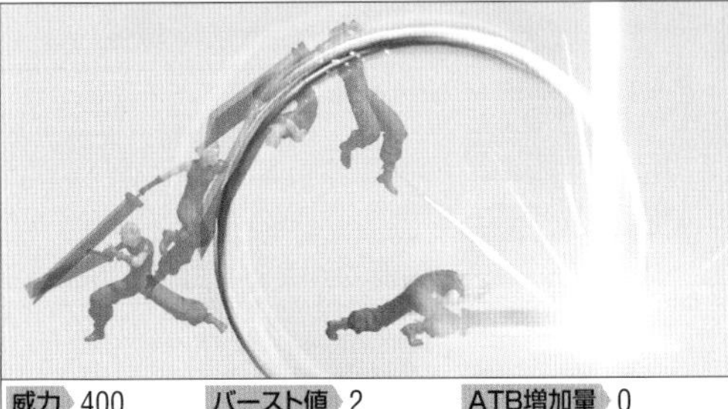

威力 400　バースト値 2　ATB増加量 0

ブレイバー　ATBコスト 1

使える武器 (最初からどの武器でも使用可能)

ターゲットに向かってジャンプし、前方宙返りの勢いで剣を振り下ろす。敵に近づきながら攻撃できるものの、遠めの相手には届かないので、十分に接近してから使うようにしたい。

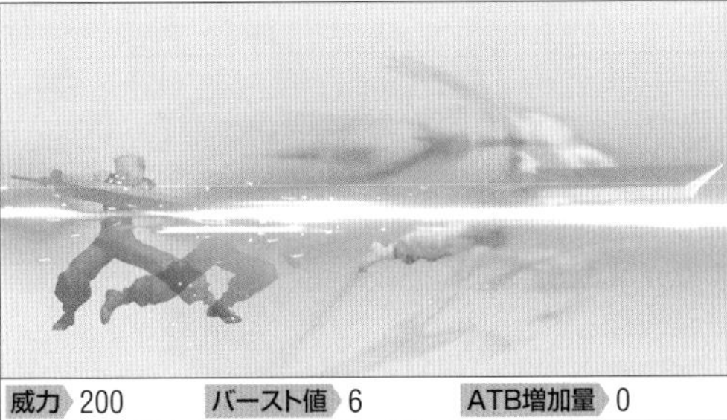

威力 200　バースト値 6　ATB増加量 0

バーストスラッシュ　ATBコスト 1

使える武器	バスターソード(最初から熟練度が100%になっていて、どの武器でも使用可能)
熟練度ボーナス	(なし)

剣を引いて構えたあと、ターゲットめがけて突進しつつ強烈な突きを放つ。ヒート状態の敵に対するバースト値がとても高い。

次ページへつづく

アクション詳細データ

※ヒ……相手がヒート状態の場合の値、バ……相手がバースト状態の場合の値

名前	タイプ	属性	威力	バースト値	ATB増加量	カット値	特殊効果	キープ値
▼基本アクション(ブレイブモード時)								
O 4連続斬り	物理(近接)	—	55+35+50+60	1×4回 ヒ2×4回	100+80+80+100 バ150+100+100+150	30	打ち上げ(2撃目のみ)、たたきつけ(4撃目のみ)	20
P 飛びこみなぎ払い&袈裟斬り	物理(近接)	—	20×4回+60	1×5回 ヒ1×4回+2	30×4回+100 バ60×4回+150	30	打ち上げ(1〜4撃目)	20
Q 袈裟斬り&返し斬り	物理(近接)	—	35+55	1×2回 ヒ3×2回	10+53 バ100+150	30	—	20
R 右ひねり振り下ろし	物理(近接)	—	70×3回	1×3回 ヒ3×3回	45×3回 バ100×3回	50	たたきつけ	20
S カウンター	物理(近接)	—	120	7 ヒ14	700	50	—	60
T 霞の構え	—	—	—	—	0	—	(※1)	60
U 突き下ろし	物理(近接)	—	30×2回	1×2回 ヒ2×2回	25×2回 バ50×2回	50	(※2)	20
V フルスイング	物理(近接)	—	80	1	100 バ200	30	打ち上げ	20
手元が光ったとき	物理(近接)	—	250	2 ヒ8	270 バ500	50	吹き飛ばし	20
▼武器アビリティ								
ブレイバー	物理(近接)	—	400	2 ヒ6	0	50	—	40
バーストスラッシュ	物理(近接)	—	20×4回+120	1×4回+2 ヒ3×4回+16	0	50	—	40

※1……動作中は物理タイプの近接攻撃をガードでき、受けるダメージ量を0.2〜0.4倍に減らせる(『ガードきょうか』マテリアの効果は発揮されない)。また、ガードに成功すると『S カウンター』が発動する
※2……攻撃がヒットした場合、自分が「バーサク(10秒)」の効果を得る

威力 600 バースト値 3 ATB増加量 0

ラピッドチェイン

ATBコスト 1

使える武器	アイアンブレード(→P.472)
熟練度ボーナス	条件 一度の『ラピッドチェイン』で3体以上の敵にダメージを与える
	上昇量 20%

すばやく移動して斬りつけることを、3回くり返す。敵が2体以上いる場合は、基本的に一撃ごとにちがう相手を狙う。同じ敵に2回以上当たると威力が落ちるので、敵が1体のときは使用をひかえたい。

アサルトモード時

威力 80 バースト値 1 ATB増加量 500

ブレイブモード時

威力 180 バースト値 2 ATB増加量 200

ディスオーダー

ATBコスト 1

使える武器	釘バット(→P.472)
熟練度ボーナス	条件 『ディスオーダー』の直後に『たたかう』か『強撃』を使い、敵にヒットさせる
	上昇量 20%

攻撃しつつモードを切りかえる技で、どちらのモードで使ったかによって動作や性能が変化する。アサルトモード時に使うと敵に接近しながらブレイブモードになれるので、そこから『強撃』を当てよう。

威力 666 バースト値 0 ATB増加量 0

インフィニットエンド

ATBコスト 2

使える武器	ハードブレイカー(→P.474)
熟練度ボーナス	条件 バースト中の敵に『インフィニットエンド』をヒットさせる
	上昇量 30%

回転しつつ飛び上がり、落下の勢いを利用した一撃を放つ。バースト中の敵に大ダメージを与えられるものの、ATBコストが高く、攻撃がヒットするまでにやや時間がかかる点には注意が必要だ。

威力 378 バースト値 1 ATB増加量 0

破暁撃

ATBコスト 1

使える武器	ミスリルセイバー(→P.474)
熟練度ボーナス	条件 『破暁撃』で敵にトドメを刺す
	上昇量 20%

肩にかついだ剣を地面にたたきつけ、敵を貫通しながら直進する衝撃波を3方向に走らせて、命中した敵すべてにダメージを与える。魔法タイプの攻撃なので、物理攻撃が効きにくい相手にも有効。

威力 520 バースト値 5 ATB増加量 0

反撃の構え

ATBコスト 1

使える武器	ツインスティンガー(→P.474)
熟練度ボーナス	条件 『反撃の構え』の使用中に敵の攻撃をガードし、カウンター攻撃を発動させる
	上昇量 20%

2秒のあいだガード体勢をとって敵の攻撃を待ちかまえる。ガードに成功するとすばやく前後に移動しつつ連続で斬りつけるが、ガードできなかった場合は、剣を振り上げて攻撃を行なう。

LIMIT LEVEL 1 凶斬り

習得に必要なアイテム (最初から習得している)

威力	1700
バースト値	5
ATB増加量	0

敵との距離を一気に詰めて「振り下ろし→斬り上げ→右払い」の順に斬りつけ、剣の軌跡で「凶」の字を描く。最後の右払いは、とくに威力が大きい。

LIMIT LEVEL 2 クライムハザード

習得に必要なアイテム 究極奥義の書『クライムハザード』(→P.509)

威力	2800
バースト値	50
ATB増加量	0

きりもみ回転しながら突きをくり出したのち、4連続の斬撃を放つ。さらに、剣を敵に突き刺し、大きくジャンプしつつ振り上げて相手を切り裂く。

アクション詳細データ

※ヒ……相手がヒート状態の場合の値、バ……相手がバースト状態の場合の値

名前	タイプ	属性	威力	バースト値	ATB増加量	カット値	特殊効果	キープ値
▼武器アビリティ								
ラピッドチェイン	物理(近接)	―	170+190+240 (※1)	1×3回 ヒ2×3回	0	50	―	40
ディスオーダー(アサルトモード時)	物理(近接)	―	80	1 ヒ2	500	50	打ち上げ	40
ディスオーダー(ブレイブモード時)	物理(近接)	―	90×2回	1×2回 ヒ2×2回	100×2回	50	打ち上げ	40
インフィニットエンド	物理(近接)	―	666 バ1110	0	0	50	たたきつけ	60
破晄撃	魔法	―	378	1	0	50	―	40
反撃の構え	―	―	―	―	0	―	(※2)	60
ガードに成功したときのカウンター攻撃	物理(近接)	―	40+80+400	0+0+5	0	50	打ち上げ(3撃目のみ)	60
ガードできなかったときの攻撃	物理(近接)	―	80	1	0	50	―	20
▼リミット技								
凶斬り	物理(近接)	―	300+200+1200	0+0+5 ヒ0+0+10	0	70	吹き飛ばし(3撃目のみ)	60
クライムハザード	物理(近接)	―	50×4回+230+100+200+250+350+170+1300	0×10回+50	0	70	(※3)	60

※1……同じ敵に複数回ヒットした場合、ダメージ量が2回目は0.55倍に、3回目は0.1倍になる
※2……動作中は敵の攻撃をガードでき、受けるダメージ量を0.2倍に減らせる(『ガードきょうか』マテリアの効果は発揮されない)
※3……7撃目と11撃目は「打ち上げ」、8撃目は「たたきつけ」

パーティキャラクター 02

右腕の銃で離れた相手も撃ち抜く

バレット

BARRET

銃による遠隔攻撃が可能で、高い位置にいる敵にも攻撃が当たる。すばやさは低いものの、『たたかう』や固有アビリティをラクに当てられるおかげでATBゲージを比較的ためやすい。一部の武器を装備すると強力な近接攻撃を使えるが、『たたかう』や固有アビリティが遠くまで届かなくなるので注意。

FRONT

BACK

初期装備

武器	● ガトリングガン（物理攻撃力＋19、魔法攻撃力＋19）
防具	● アイアンバングル（物理防御力＋16、魔法防御力＋16）
アクセサリ	（なし）
マテリア	● いかずち★1（AP：0） ● かいふく★1（AP：0）

最初から使用できるバトルコマンド

アビリティ	● ド根性（→P.92） ● フュエルバースト（→P.92）
魔法	● サンダー ● ケアル
リミット技	● グレネードボム（→P.94）

バレット操作時の戦いかた すばやくATBゲージをためて強力な攻撃を連発する

片手銃を装備して『たたかう』と『ぶっぱなす』を当てながらATBゲージをためていき、『フュエルバースト』や魔法などで敵にダメージを与えよう。『ぶっぱなす』を使ったあとは、P.91のアクションの直後に『エネルギーリロード』を行なっていくといい。

強敵とのバトルでは、『アバランチ魂』を使って仲間を守る戦いかたも有効。その場合、バレットのHPがどんどん減っていくため、武器スキルやマテリアで最大HPを上げておき、こまめに『チャクラ』を使ってHPを回復するのがオススメだ。

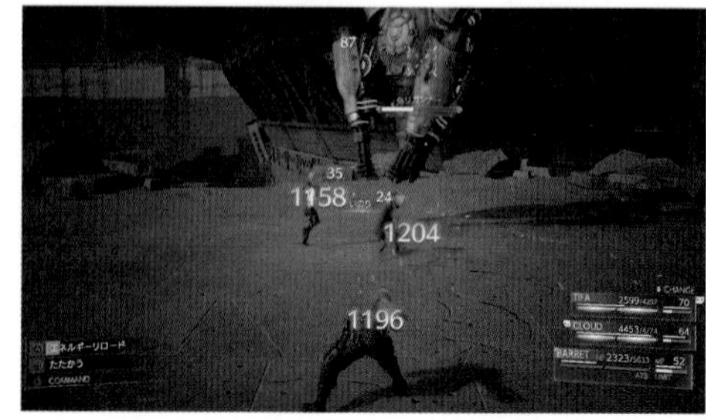

⬆ATBゲージのためやすさを活かして『いのり』を何度も使い、パーティ全員のHPを回復するのも効果的。

FINAL FANTASY VII REMAKE ULTIMANIA

レベルアップによるステータスの変化

レベル	必要な経験値		最大HP	最大MP	力	魔力	体力	精神	運	すばやさ	最大SP	武器レベル
	累計	つぎのレベルまで										
7(初期)	598	323	1211	23	14	12	13	9	16	10	0	1
8	921	421	1277	24	15	14	15	11	17	11	0	1
9	1342	534	1338	25	17	15	17	11	18	11	5	1
10	1876	660	1437	25	19	17	19	13	20	12	10	1
11	2536	944	1565	26	21	19	21	15	21	13	15	1
12	3480	992	1705	27	24	22	24	16	22	14	20	2
13	4472	1163	1853	28	26	23	26	18	23	15	25	2
14	5635	1349	1992	29	28	25	27	19	24	16	30	2
15	6984	2131	2152	30	31	27	30	21	25	16	35	3
16	9115	2345	2273	30	33	30	32	22	26	17	40	3
17	11460	2765	2424	31	35	32	33	23	27	18	45	3
18	14225	3007	2518	32	37	33	35	25	29	19	50	3
19	17232	3165	2635	33	38	34	37	25	30	20	55	3
20	20397	3240	2788	34	41	37	39	27	31	21	60	4
21	23637	3547	2877	34	42	38	40	28	32	21	65	4
22	27184	3621	2990	35	44	40	42	30	33	22	70	4
23	30805	3745	3164	36	46	41	44	30	34	23	75	4
24	34550	3884	3247	37	47	42	45	31	35	24	80	4
25	38434	4037	3364	38	49	44	46	32	36	25	85	4
26	42471	4107	3532	39	52	47	48	34	38	25	90	4
27	46578	4192	3647	39	54	49	50	34	39	26	95	4
28	50770	4290	3855	40	57	51	51	35	40	27	100	4
29	55060	5761	3949	41	59	53	52	36	41	28	105	4
30	60821	6373	4123	42	61	55	53	37	42	29	110	5
31	67194	7137	4239	43	63	57	54	38	43	30	115	5
32	74331	7641	4408	43	65	59	55	39	44	30	120	5
33	81972	8107	4521	44	67	60	57	39	45	31	125	5
34	90079	8588	4611	45	70	63	58	40	47	32	130	5
35	98667	8793	4699	46	71	64	59	41	48	33	135	5
36	107460	9303	4786	47	74	67	60	42	49	34	140	5
37	116763	9826	4872	48	75	68	61	43	50	34	145	5
38	126589	10364	4958	48	77	69	63	43	51	35	150	5
39	136953	10918	5040	49	80	72	64	44	52	36	155	5
40	147871	11484	5105	50	81	72	65	45	53	37	160	5
41	159355	12066	5167	51	81	73	66	46	54	38	165	5
42	171421	12662	5229	52	83	75	66	46	56	39	170	5
43	184083	13271	5290	52	84	76	67	47	57	39	175	5
44	197354	13896	5349	53	85	77	68	48	58	40	180	5
45	211250	14536	5408	54	86	77	70	48	59	41	185	5
46	225786	15188	5465	55	87	78	71	49	60	42	190	5
47	240974	15856	5522	56	88	79	71	49	61	43	195	5
48	256830	16537	5579	57	89	80	72	50	62	43	200	5
49	273367	17234	5633	57	90	81	73	51	63	44	205	5
50	290601	—	5688	58	91	82	74	52	65	45	216	5

ステータスの伸びかた

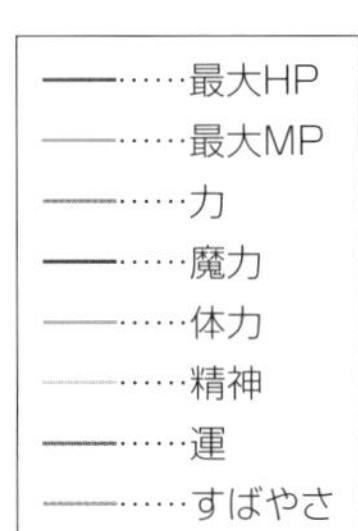

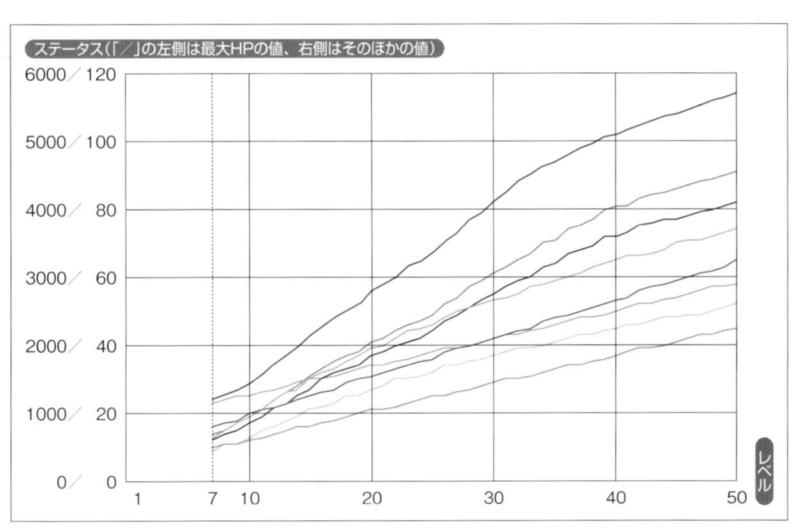

➡最大HPと体力が大きく伸び、打たれ強い。精神が低いせいで魔法攻撃に弱い点には気をつけよう。

バレット 基本アクション

片手銃の装備時

START

■長押し(※1)

A 連射

威力 68　バースト値 4　ATB増加量 200

■長押し(※1)

B バーストショット

威力 75　バースト値 2　ATB増加量 355

『かいひぎり』マテリアのセット中に行なえるアクション

回避の直後に■

C 振りまわし撃ち

威力 13　バースト値 1　ATB増加量 43

⬆銃を振りまわして敵をなぐりつけながら、周囲にバラまくように一瞬で6発の弾を撃つ。

近接攻撃武器の装備時

START

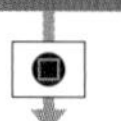

■

D 右ストレート

威力 90　バースト値 1　ATB増加量 130

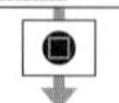

■

E キック

威力 20　バースト値 1　ATB増加量 100

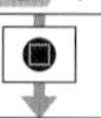

■

F 両腕振り下ろし

威力 230　バースト値 2　ATB増加量 500

『かいひぎり』マテリアのセット中に行なえるアクション

回避の直後に■

G 連続回転フック

威力 178　バースト値 4　ATB増加量 439

⬆前進しながら横に何度も回転し、その勢いを利用した強烈なフックを4回つづけてくり出す。

ガードの構えの開始時に行なうアクション

R1

H 衝撃波

威力 5　バースト値 0　ATB増加量 25

⬆地面を強く踏みつけ、周囲に衝撃波を放つ。衝撃波はバレットを中心とした半径1.8mの範囲まで届く。

いずれかの武器の装備時

『うけながし』マテリアのセット中に行なえるアクション

R1を押しながら✕

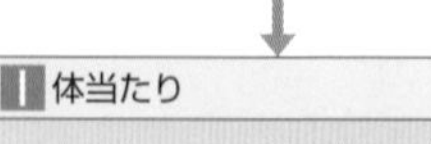

I 体当たり

威力 19　バースト値 1　ATB増加量 0

⬆姿勢を低くして踏みこみ、右肩を突き出す。踏みこみ中は左スティックで方向転換が可能。

知識のマテリア《 バレットのアクションは武器で変わる

バレットの武器には、弾を撃つ「片手銃」と、直接相手をなぐる「近接攻撃武器」の2種類がある。どちらを装備しているかによって、下記の要素が変わるので覚えておこう。

武器の種類によるアクションのちがい

- ■ボタンや▲ボタンで使える攻撃が変化する
- 近接攻撃武器の装備中は、R1ボタンを押してガードの構えをはじめたときに『H 衝撃波』で攻撃できる。ただし、ガードの構えをしているあいだは移動できない

※習得ずみの武器アビリティやリミット技は、どちらの種類の武器でも使用できる

※1……■ボタンを長押ししているあいだ、『A 連射』で弾を連射する(最大20発まで。長押ししなかった場合でも6発目まで弾を撃つ)。20発目の弾を撃ったあとも■ボタンを押しつづけていると、『B バーストショット』を行なってコンボが終了する

バレット 固有アビリティ

バレットの固有アビリティの特徴

- 片手銃の装備時は『ぶっぱなす』が、近接攻撃武器の装備時は『とっしん』が使える
- 『ぶっぱなす』や『とっしん』は、一度使うとチャージ中になり、しばらく再使用できない
- チャージ中に△ボタンを押すと、『エネルギーリロード』を行なってチャージ時間の残りを7秒減らせる

片手銃の装備時に△ → **ぶっぱなす**

威力 416　バースト値 5　ATB増加量 650

⬆ターゲットに向けた右腕の銃から銃弾を5連射する。使用後は30秒間チャージ中になってしまう。

近接攻撃武器の装備時に△ → **とっしん**

威力 520　バースト値 6　ATB増加量 345

⬆肩から突っこんだあと、ジャンプして武器を振り下ろす。使用後は15秒間チャージ中になってしまう。

チャージ中に△ → **エネルギーリロード**

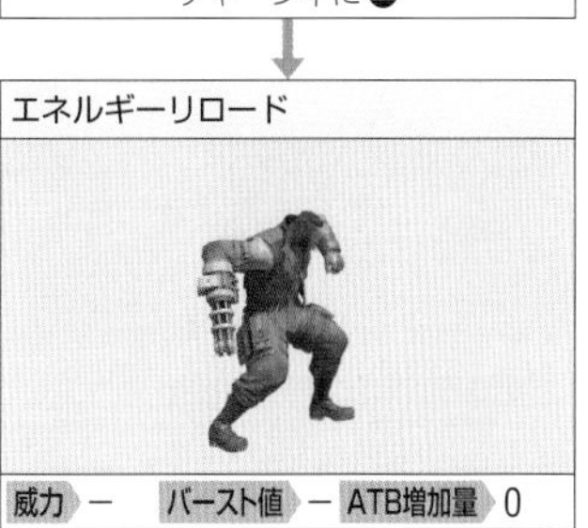

威力 －　バースト値 －　ATB増加量 0

⬆武器を振って、チャージ時間の残りを減らす。特定のアクションの直後は、動作がコンパクトになる。

アクション詳細データ

※ヒ……相手がヒート状態の場合の値、バ……相手がバースト状態の場合の値

名前	タイプ	属性	威力	バースト値	ATB増加量	カット値	特殊効果	キープ値
▼基本アクション（片手銃の装備時）								
A 連射	物理（遠隔）	―	（3または5）×6～20回（※2）	（0または1）×6～20回（※2）	（5または30）×6～20回（※2）	（※2）	―	20
B バーストショット	物理（遠隔）	―	3+72	0+2 ヒ0+6	5+350	（※3）	（※3）	20
C 振りまわし撃ち 銃	物理（近接）	―	3	0	0	0	―	20
C 振りまわし撃ち 弾	物理（遠隔）	―	★1 1ヒットごとに10 ★2 1ヒットごとに12	1ヒットごとに1	★1 1ヒットごとに43 ★2 1ヒットごとに47	30	吹き飛ばし	
▼基本アクション（近接攻撃武器の装備時）								
D 右ストレート	物理（近接）	―	90	1 ヒ2	130	30	―	20
E キック	物理（近接）	―	20	1 ヒ2	100	30	打ち上げ	20
F 両腕振り下ろし	物理（近接）	―	230	2 ヒ10	500	50	たたきつけ	40
G 連続回転フック	物理（近接）	―	★1 20+30+50+78 ★2 30+40+60+83	1×4回 ヒ2×4回	★1 100×3回+139 ★2 110×3回+150	30	―	20
H 衝撃波	物理（遠隔）	―	5	0	25	30	―	60
▼基本アクション（いずれかの武器の装備時）								
I 体当たり	物理（近接）	―	★1 3×3回+10 ★2 5×3回+15	0×3回+1 ヒ0×3回+2	★1 0 ★2 0×3回+100	30	（※4）	60
▼固有アビリティ								
ぶっぱなす	物理（遠隔）	―	50×4回+216	1×5回 ヒ2×5回	100×4回+250 バ200×4回+420	50	打ち上げ（5発目のみ）	40
とっしん	物理（近接）	―	20×5回+420	1×6回 ヒ1×5回+2	20×5回+245 バ50×5回+400	50	（※4／※5）	40
エネルギーリロード	―	―	―	―	0	―	（※6）	20

知識のマテリア 特定のアクションの直後は『エネルギーリロード』がすばやく行なえる

チャージ中に使える『エネルギーリロード』は、チャージ時間の残りを7秒も減らせる便利な技だが、ふつうに使うとスキが大きい。しかし、右記のアクションの直後に行なえば、動作が変化してスキが小さくなるのだ。

直後の『エネルギーリロード』の動作が変化するアクション

- 『Bバーストショット』
- 武器アビリティ
- コマンドマテリアで使えるアビリティ
- 敵に対して使う魔法

※2……最大20回の攻撃のうち1～4回（5、10、15、20発目）は「威力：5、バースト値：1、ATB増加量：30、カット値：30」で、それ以外は「威力：3、バースト値：0、ATB増加量：5、カット値：0」
※3……1発目は「カット値：0、特殊効果：―」で、2発目は「カット値：30、特殊効果：打ち上げ」
※4……動作中は敵の攻撃をガードできる　※5……たたきつけ（6撃目のみ）　※6……固有アビリティのチャージ時間の残りを7秒減らす

バレット 武器アビリティ

威力 − バースト値 − ATB増加量 0

ド根性 ATBコスト 1

使える武器	(最初からどの武器でも使用可能)

身体をそらして気合いを入れ、90秒のあいだ「受けるダメージ量を30%減らす効果」と「敵からの特定の攻撃でひるまなくなる効果」を得る。効果中はバレットの周囲に赤い光が浮かぶ。

威力 160(※1) バースト値 6 ATB増加量 0

フュエルバースト ATBコスト 1~3

使える武器	ガトリングガン(→P.476)
熟練度ボーナス	条件 『フュエルバースト』で敵をバーストさせる
	上昇量 20%

右腕の銃にパワーを集めて、巨大なエネルギー弾を撃つ。エネルギー弾は敵に当たると爆発し、半径1.5m以内(ATBコストが2か3のときは半径2.5m以内)にいる敵にダメージを与える。

威力 − バースト値 − ATB増加量 0

アバランチ魂 ATBコスト 1

使える武器	アサルトガン(→P.476)
熟練度ボーナス	条件 『アバランチ魂』の効果で仲間にHPを分け与える
	上昇量 20%(一度の効果中に1回だけ)

120秒のあいだ「仲間がダメージを受けたときに、自分のHPを分け与える効果」を得る。効果中はバレットのHPゲージのそばに右の写真のマークがつく。

威力 338(※1) バースト値 0 ATB増加量 0

アンガーマックス ATBコスト 1~3

使える武器	ラージマウス(→P.476)
熟練度ボーナス	条件 『アンガーマックス』で敵にトドメを刺す
	上昇量 20%

ターゲットに向けて銃弾を連射する(周囲に飛び散る弾は敵に当たらない)。ATBコストが2か3のときは発射する弾数が増えるが、攻撃にかかる時間が1秒ほど長くなる点には注意しよう。

知識のマテリア《 バレットの武器アビリティにはATBコストが変化するものがある

バレットの武器アビリティのうち、『フュエルバースト』『アンガーマックス』『ゼロレンジシュート』の3種類は、状況に応じてATBコストが変化する。具体的には、たまっているATBゲージが2段階未満のときのATBコストは1だが、2段階以上3段階未満のときはATBコストが2に、3段階のときはATBコストが3になるのだ。ATBゲージをたくさん消費したときほど攻撃の威力が大きくなるものの、ATBゲージを使い切ってピンチを招いてしまう場合もあるので気をつけたい。

※1……ATBコストが1のときの値

エナジーアッパー

ATBコスト 1

使える武器	アトミックシザー(→P.478)
熟練度ボーナス	条件：『エナジーアッパー』をヒットさせて固有アビリティのチャージを完了させる
	上昇量：20%

右腕の武器でボディブローをくり出したあと、そのまま振り上げてアッパーカットを放つ。アッパーカットが敵にヒットすると、固有アビリティのチャージ時間の残りを7秒減らせる。

威力 250　バースト値 1　ATB増加量 0

グランドブロウ

ATBコスト 1

使える武器	キャノンボール(→P.478)
熟練度ボーナス	条件：一度の『グランドブロウ』で2体以上の敵にダメージを与える
	上昇量：20%

右腕を振りかぶったあと、勢いよく地面をなぐって半径4.5mの範囲に衝撃波を起こす。ヒットした敵は真上に高く打ち上がってから落ちてくるので、近接攻撃武器の『たたかう』でも追撃しやすい。

威力 350　バースト値 1　ATB増加量 0

◉アクション詳細データ

※ヒ……相手がヒート状態の場合の値

名前	タイプ	属性	威力	バースト値	ATB増加量	カット値	特殊効果	キープ値
▼武器アビリティ								
ド根性	―	―	―	―	0	―	(※2)	60
フュエルバースト(ATBコスト1)	物理(遠隔)	―	160	6 ヒ30	0	50	―	40
フュエルバースト(ATBコスト2)	物理(遠隔)	―	420	6 ヒ54	0	50	―	60
フュエルバースト(ATBコスト3)	物理(遠隔)		680	6 ヒ72	0	50	―	60
アバランチ魂	―	―	―	―	0	―	(※3)	40
アンガーマックス(ATBコスト1)	物理(遠隔)	―	(10または14)×31回(※4)	0	0	(※4)	―	40
アンガーマックス(ATBコスト2)	物理(遠隔)	―	(10または42)×46回(※5)	0	0	(※5)	(※5)	60
アンガーマックス(ATBコスト3)	物理(遠隔)	―	(10または85)×46回(※6)	0	0	(※6)	(※6)	60
エナジーアッパー	物理(近接)	―	30+220	0+1 ヒ0+2	0	50	打ち上げ(※7)	40
グランドブロウ	物理(近接)	―	350	1 ヒ2	0	50	打ち上げ	40

※2……90秒のあいだ、受けるダメージ量を30%減らし、「小さくひるませる攻撃」を受けてもひるまなくなる
※3……120秒のあいだ、仲間がダメージを受けたときに、その70%バレットのHPが減り、1秒後にバレットのHPの減少量と同じだけ仲間のHPを回復する。この効果では、バレットのHPは残り1までしか減らない
※4……31回の攻撃のうち7回(1、7、13、16、22、28、31発目)は「威力：14、カット値：50」で、それ以外は「威力：10、カット値：0」
※5……46回の攻撃のうち10回(1、7、13、16、22、28、31、37、43、46発目)は「威力：42、カット値：50、特殊効果：打ち上げ」で、それ以外は「威力：10、カット値：0、特殊効果：―」
※6……46回の攻撃のうち10回(1、7、13、16、22、28、31、37、43、46発目)は「威力：85、カット値：50、特殊効果：打ち上げ」で、それ以外は「威力：10、カット値：0、特殊効果：―」
※7……2撃目のみ。また、2撃目の攻撃がヒットすると、自分の固有アビリティのチャージ時間の残りを7秒減らす

威力 420（※1） バースト値 1 ATB増加量 0

ゼロレンジシュート

ATBコスト 1~3

使える武器	ハートビート（→P.478）
熟練度ボーナス	条件 『ゼロレンジシュート』で敵にトドメを刺す
	上昇量 20%

敵に向けて銃を突き出し、射程の短い銃撃を行なう。銃撃が当たると相手に火球がくっつき、4秒後に爆発して半径2m以内の敵にダメージを与える。

バレット リミット技

LIMIT LEVEL 1 グレネードボム

習得に必要なアイテム （最初から習得している）

威力	1700
バースト値	5
ATB増加量	0

エネルギーを圧縮した巨大な弾を撃つ。エネルギー弾は、相手に命中すると0.6秒後に爆発し、半径5m以内にいる敵を巻きこんで燃え上がる。

LIMIT LEVEL 2 カタストロフィ

習得に必要なアイテム 究極奥義の書『カタストロフィ』（→P.509）

威力	2800
バースト値	60
ATB増加量	0

銃から光線を照射して大爆発を起こす。爆発は半径12mの広範囲におよぶうえ3.3秒つづき、そのあいだに近づいてきた敵にもヒットする。

アクション詳細データ

※ヒ……相手がヒート状態の場合の値

名前		タイプ	属性	威力	バースト値	ATB増加量	カット値	特殊効果	キープ値
▼武器アビリティ									
ゼロレンジシュート（ATBコスト1）	銃撃	（※2）	—	5+115	0+1	0	50	—	40
	爆発	物理（遠隔）	—	300	0	0	50	—	
ゼロレンジシュート（ATBコスト2）	銃撃	（※2）	—	5+235	0+1	0	50	—	60
	爆発	物理（遠隔）	—	700	0	0	50	—	
ゼロレンジシュート（ATBコスト3）	銃撃	（※2）	—	60+455	0+1	0	50	—	60
	爆発	物理（遠隔）	—	1000	0	0	50	—	
▼リミット技									
グレネードボム	弾	物理（遠隔）	—	300	0	0	70	—	60
	爆発	物理（遠隔）	—	1400	5 ヒ10	0	70	打ち上げ	
カタストロフィ		物理（遠隔）	—	700×4回	15×4回	0	70	たたきつけ	60

※1……ATBコストが1のときの値
※2……1撃目は「物理（近接）」、2撃目は「物理（遠隔）」

知識のマテリア《 クラウドたちはカエル状態になることもある

敵から特定の攻撃を受けたときや、カエルの指輪を装備したとき、クラウドたちはカエル状態になってしまう。カエル状態のあいだは武器で攻撃できないほか、魔法も使えないが、下記のアクションを行なえるのだ。

←カエルの姿のときは身体が小さいうえ、ガード中は姿勢が低くなる。そのおかげで一部の攻撃が頭上を通りすぎて当たらないことも。

カエル状態の基本アクション

START

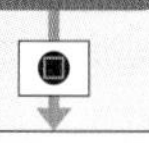

A 舌伸ばし

威力 15 バースト値 1 ATB増加量 100

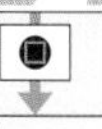

B 飛びかかりパンチ

威力 9 バースト値 1 ATB増加量 150

C 旋風脚

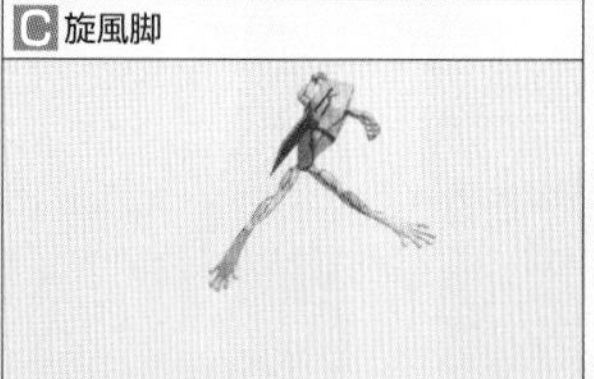

威力 20 バースト値 1 ATB増加量 250

『うけながし』マテリアのセット中に行なえるアクション

R1を押しながら✕

D 回転体当たり

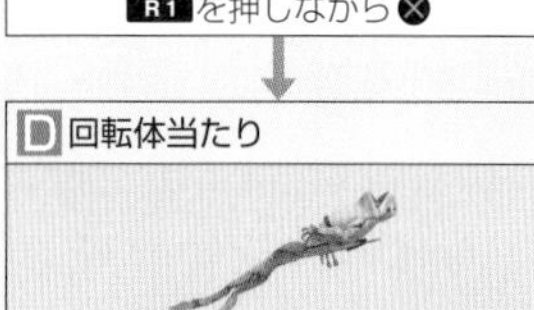

威力 3 バースト値 3 ATB増加量 0

↑きりもみ回転しつつ飛び上がって体当たりを仕掛ける。威力は小さいものの、バースト値が高め。

△ボタンで行なえるアクション

△

カエルバブル

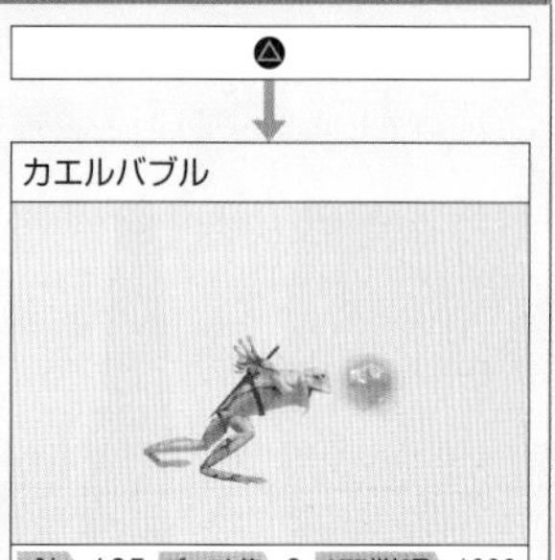

威力 105 バースト値 0 ATB増加量 1000

↑ゆっくり飛ぶ泡を3回吐く。動作中に■か✕ボタンを押すと、中断して別の行動に移れる。

カエル状態のアビリティ

威力 160 バースト値 1 ATB増加量 0

カエルキック  ATBコスト 1

天高くジャンプしたあと、急降下しながら両足をそろえてキックをくり出す。なお、カエル状態のあいだはショートカットコマンドがすべて『カエルキック』に変化する。

アクション詳細データ

※ヒ……相手がヒート状態の場合の値、バ……相手がバースト状態の場合の値

名前	タイプ	属性	威力	バースト値	ATB増加量	カット値	特殊効果	キープ値
▼基本アクション								
A 舌伸ばし	物理(近接)	―	15	1 ヒ2	100	30	―	20
B 飛びかかりパンチ	物理(近接)	―	9	1 ヒ2	150	30	―	20
C 旋風脚	物理(近接)	―	20	1 ヒ2	250	30	―	20
D 回転体当たり	物理(近接)	―	★1 1×3回 ★2 2×3回	1×3回 ヒ3×3回	★1 0 ★2 50×3回	30	(※3)	60
カエルバブル	魔法	―	5+20+80	0	100+300+600 バ150+450+900	30	打ち上げ(3発目のみ)	20
▼アビリティ								
カエルキック	物理(近接)	―	160	1 ヒ2	0	50	たたきつけ	60

※3……動作中は敵の攻撃をガードできる

パーティキャラクター 03

軽快なフットワークで敵を翻弄する

ティファ

TIFA

移動のスピードが速く、格闘術による連続攻撃を主軸に戦うキャラクター。すばやいラッシュで相手のバーストゲージや自分のATBゲージをどんどんためられるのも長所だ。『秘技解放』を使うと、固有アビリティを強化しつつ『たたかう』のコンボ数も増やせるので、積極的に利用していこう。

FRONT

BACK

初期装備

武器	● レザーグローブ（物理攻撃力+32、魔法攻撃力+22）
防具	● ブロンズバングル（物理防御力+10、魔法防御力+10）
アクセサリ	（なし）
マテリア	● チャクラ★1（AP：0）

最初から使用できるバトルコマンド

アビリティ	● 秘技解放（→P.101） ● かかと落とし（→P.101） ● チャクラ（→P.115）
魔法	（なし）
リミット技	● サマーソルト（→P.103）

ティファ操作時の戦いかた　強敵はバーストさせてから一気にたたみかけよう

走って敵に接近し、『たたかう』によるコンボを仕掛けるのが基本だが、ティファのコンボは威力が小さめ。HPが多い敵との戦いでは、勝負を急がず、ヒットアンドアウェイで相手のバーストゲージをためていくのが無難だ。そのさいは、『秘技解放』を2回使って固有アビリティの『掌打ラッシュ』を使用可能にするのがポイント。敵をバーストさせてから『掌打ラッシュ』と『爆裂拳』をくり出せば、バースト状態によるダメージ倍率（→P.134）が上がり、以降の攻撃で大ダメージを与えられる。

⬆バースト中の敵を攻撃するときに『正拳突き』を使えば、さらにダメージ倍率を上げることが可能。

レベルアップによるステータスの変化

レベル	必要な経験値		最大HP	最大MP	力	魔力	体力	精神	運	すばやさ	最大SP	武器レベル
	累計	つぎのレベルまで										
10(初期)	1837	646	1096	28	21	19	14	14	22	18	10	1
11	2483	926	1193	29	23	21	16	16	23	19	15	1
12	3409	971	1301	30	26	24	18	18	24	20	20	2
13	4380	1139	1413	31	29	26	20	20	25	21	25	2
14	5519	1321	1519	32	31	28	21	21	27	22	30	2
15	6840	2087	1642	32	34	31	23	23	28	24	35	3
16	8927	2296	1733	33	36	33	24	24	29	25	40	3
17	11223	2709	1849	34	39	35	25	25	30	26	45	3
18	13932	2945	1921	35	40	37	27	27	32	27	50	3
19	16877	3100	2010	36	42	38	28	28	33	28	55	3
20	19977	3173	2127	37	45	41	30	30	34	30	60	4
21	23150	3474	2194	38	46	42	31	31	35	31	65	4
22	26624	3546	2281	39	48	44	32	32	37	32	70	4
23	30170	3668	2413	40	51	46	33	33	38	33	75	4
24	33838	3804	2477	41	52	47	34	34	39	34	80	4
25	37642	3954	2566	41	54	49	35	35	40	35	85	4
26	41596	4022	2694	42	57	52	37	37	42	37	90	4
27	45618	4105	2782	43	59	54	38	38	43	38	95	4
28	49723	4202	2940	44	63	57	39	39	44	39	100	4
29	53925	5642	3012	45	64	59	40	40	45	40	105	4
30	59567	6241	3145	46	67	61	41	41	47	41	110	5
31	65808	6991	3233	47	69	63	41	41	48	42	115	5
32	72799	7483	3362	48	72	65	42	42	49	44	120	5
33	80282	7940	3448	49	74	67	43	43	50	45	125	5
34	88222	8411	3517	50	76	70	44	44	52	46	130	5
35	96633	8612	3584	50	78	71	45	45	53	47	135	5
36	105245	9110	3650	51	81	74	46	46	54	48	140	5
37	114355	9624	3716	52	83	75	47	47	55	50	145	5
38	123979	10151	3782	53	85	77	48	48	57	51	150	5
39	134130	10692	3844	54	88	80	49	49	58	52	155	5
40	144822	11248	3893	55	89	81	50	50	59	53	160	5
41	156070	11817	3941	56	89	81	50	50	60	54	165	5
42	167887	12400	3988	57	91	83	50	50	62	55	170	5
43	180287	12998	4035	58	92	84	51	51	63	57	175	5
44	193285	13610	4080	59	94	85	52	52	64	58	180	5
45	206895	14236	4125	59	95	86	53	53	65	59	185	5
46	221131	14875	4168	60	96	87	54	54	67	60	190	5
47	236006	15528	4212	61	97	88	54	54	68	61	195	5
48	251534	16197	4255	62	98	89	55	55	69	63	200	5
49	267731	16879	4297	63	99	90	56	56	70	64	205	5
50	284610	——	4338	64	100	91	57	57	72	65	216	5

ステータスの伸びかた

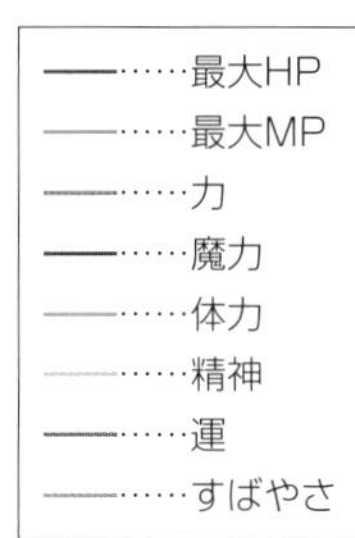

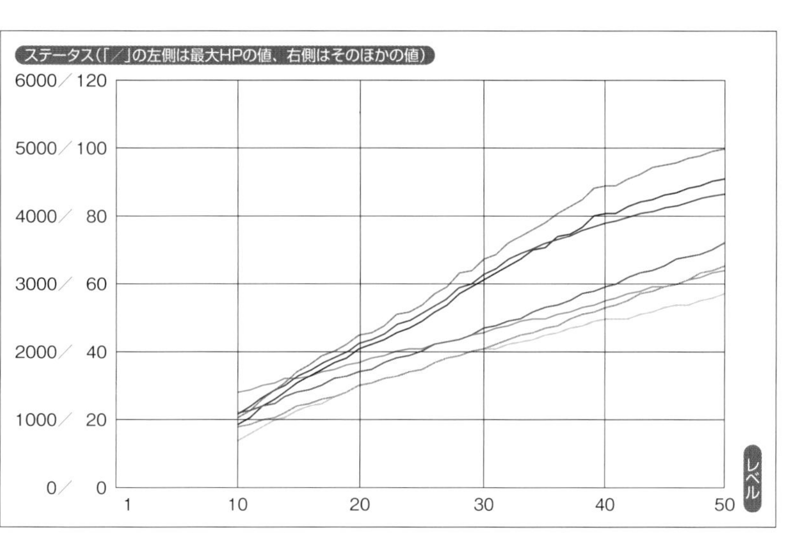

➡運とすばやさがとくに高いほか、力はクラウドにつぐ順位。ただし、それ以外は全キャラクター中3位であまり高くない。

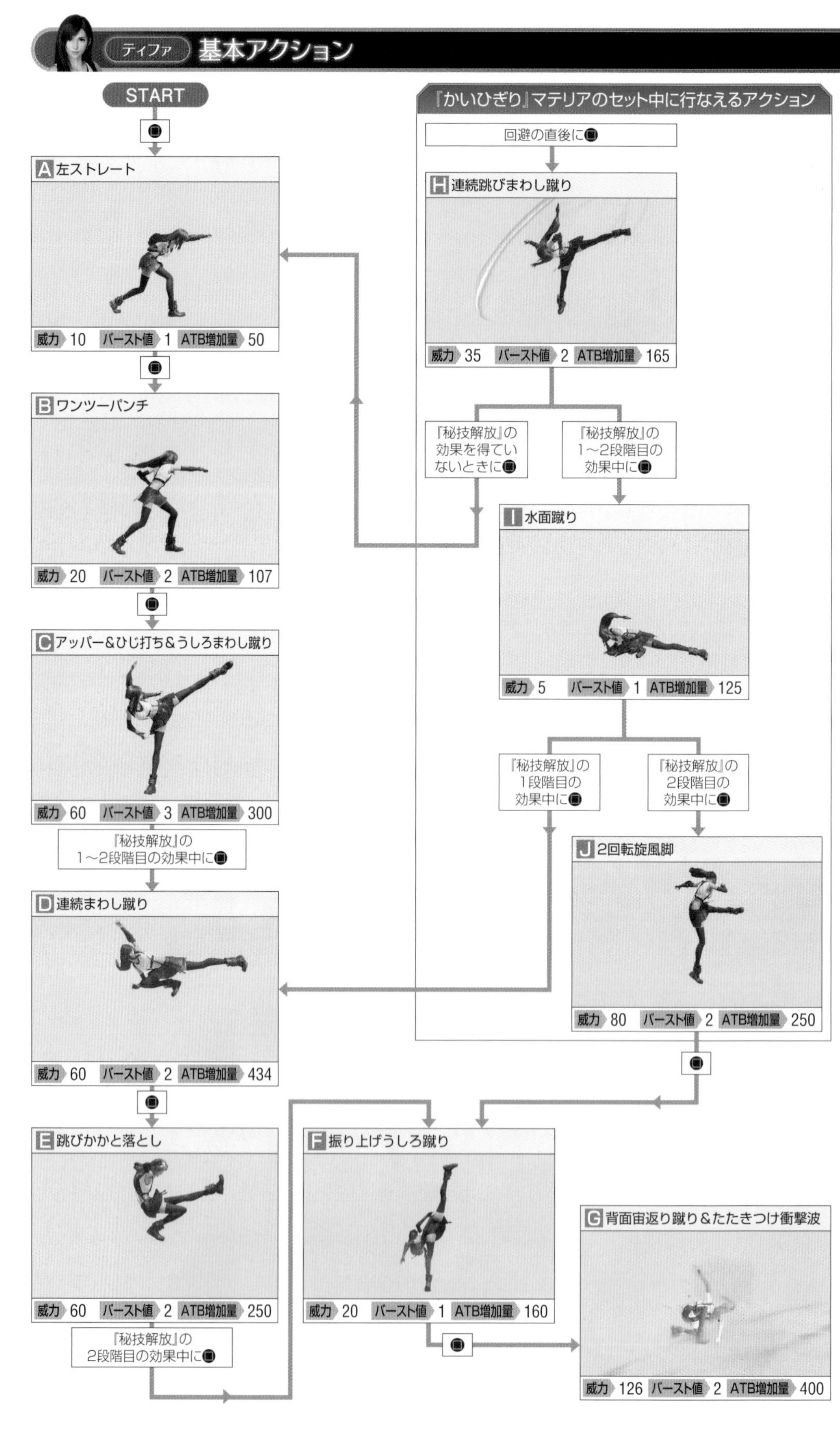
ティファ
基本アクション
START
A 左ストレート
威力 10 バースト値 1 ATB増加量 50
B ワンツーパンチ
威力 20 バースト値 2 ATB増加量 107
C アッパー&ひじ打ち&うしろまわし蹴り
威力 60 バースト値 3 ATB増加量 300
『秘技解放』の
1～2段階目の効果中に
D 連続まわし蹴り
威力 60 バースト値 2 ATB増加量 434
E 跳びかかと落とし
威力 60 バースト値 2 ATB増加量 250
『秘技解放』の
2段階目の効果中に
F 振り上げうしろ蹴り
威力 20 バースト値 1 ATB増加量 160
G 背面宙返り蹴り&たたきつけ衝撃波
威力 126 バースト値 2 ATB増加量 400
『かいひぎり』マテリアのセット中に行なえるアクション
回避の直後に
H 連続跳びまわし蹴り
威力 35 バースト値 2 ATB増加量 165
『秘技解放』の
効果を得てい
ないときに
『秘技解放』の
1～2段階目の
効果中に
I 水面蹴り
威力 5 バースト値 1 ATB増加量 125
『秘技解放』の
1段階目の
効果中に
『秘技解放』の
2段階目の
効果中に
J 2回転旋風脚
威力 80 バースト値 2 ATB増加量 250

コンボ中に行なえるアクション

コンボ中に■長押し

↓

強打(→P.101)

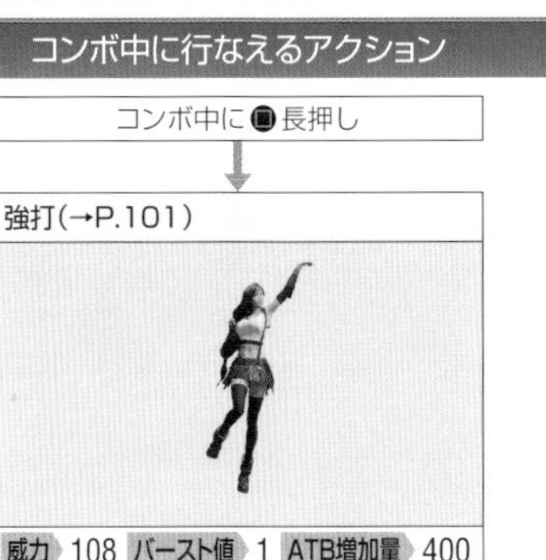

威力 108　バースト値 1　ATB増加量 400

⬆固有アビリティの『強打』をくり出す。🔺ボタンで出す場合とちがって、『秘技解放』の効果中でも使える。

『うけながし』マテリアのセット中に行なえるアクション

R1を押しながら✕

↓

K スライディング

威力 4　バースト値 0　ATB増加量 0

⬆地面をすべりながら足払いを仕掛ける。動作がとてもすばやく、瞬時に敵から離れることが可能。

次ページへつづく

アクション詳細データ

※ヒ……相手がヒート状態の場合の値

名前	タイプ	属性	威力	バースト値	ATB増加量	カット値	特殊効果	キープ値
▼基本アクション								
A 左ストレート	物理(近接)	―	10	1 ヒ2	50	30	―	20
B ワンツーパンチ	物理(近接)	―	8+12	1×2回 ヒ2×2回	50+57	30	―	20
C アッパー&ひじ打ち&うしろまわし蹴り	物理(近接)	―	20+15+35	1×3回 ヒ2×3回	100×3回	30	打ち上げ(1撃目のみ)	20
D 連続まわし蹴り	物理(近接)	―	20+40	1×2回 ヒ2×2回	200+234	30	吹き飛ばし(2撃目のみ)	20
E 跳びかかと落とし	物理(近接)	―	30×2回	1×2回 ヒ2×2回	125×2回	30	たたきつけ	20
F 振り上げうしろ蹴り	物理(近接)	―	20	1 ヒ2	160	30	打ち上げ	20
G 背面宙返り蹴り&たたきつけ衝撃波	物理(近接)	―	16+110	1×2回 ヒ2×2回	150+250	30	たたきつけ	20
H 連続跳びまわし蹴り	物理(近接)	―	★1 20+15 ★2 24+20	1×2回 ヒ2×2回	★1 65+100 ★2 70+110	30	―	20
I 水面蹴り	物理(近接)	―	★1 5 ★2 10	1 ヒ2	★1 125 ★2 136	30	打ち上げ	20
J 2回転旋風脚	物理(近接)	―	★1 40×2回 ★2 45×2回	1×2回 ヒ2×2回	★1 125×2回 ★2 136×2回	30	打ち上げ	20
K スライディング	物理(近接)	―	★1 4 ★2 8	0	★1 0 ★2 40	30	打ち上げ(※1)	60

※1……さらに、動作中は敵の攻撃をガードできる

知識のマテリア《 武器スキルを利用すればいきなり『秘技解放』の効果を得られる

ティファは、武器レベルが4になると、各武器で『ザンガン流精神統一』のスキルを解放できる。このスキルを解放すると、バトル開始時に下記の確率で『ザンガン流精神統一』が発動し、『秘技解放』(→P.101)の1段階目の効果を得られるのだ。

武器ごとの『ザンガン流精神統一』の発動確率

武器	発動確率	武器	発動確率
レザーグローブ	50%	フェザーグラブ	70%
メタルナックル	30%	ミスリルクロー	30%
ソニックフィスト	50%	グランドグラブ	70%

START 1/5
『ザンガン流精神統一』が発動した。

➡『ザンガン流精神統一』が発動したときは、画面の右側にメッセージが表示される。

ターゲットが上空にいるときに行なえるアクション

START
↓ ■

L 飛び上がりアッパー&連続空中パンチ 
威力 45 バースト値 3 ATB増加量 204
↓ ■

M 空中うしろまわし蹴り 
威力 25 バースト値 1 ATB増加量 100
↓ ■

N 空中連続まわし蹴り 
威力 50 バースト値 2 ATB増加量 300
↓ 『秘技解放』の1〜2段階目の効果中に■

O 空中3回転かかと蹴り 
威力 60 バースト値 3 ATB増加量 150
↓ 『秘技解放』の2段階目の効果中に■

P 背面宙返り蹴り 
威力 30 バースト値 1 ATB増加量 200
↓ ■

Q 両腕振り下ろし 
威力 75 バースト値 1 ATB増加量 267

ティファ 固有アビリティ

ティファの固有アビリティの特徴

- 『秘技解放』の効果を得ていると使える技が変化し、『爆裂拳』や『掌打ラッシュ』をくり出せる
- 『爆裂拳』や『掌打ラッシュ』を使うと、『秘技解放』の効果の段階がひとつ下がる
- バースト中の敵にヒットさせると、バースト状態によるダメージ倍率(→P.134)が上がる

『秘技解放』の効果を得ていないときに▲
↓
強打 
威力 108 バースト値 1 ATB増加量 400

↑飛び上がりながら掌底によるアッパーカットを放つ。ジャンプするぶん、高い位置にいる敵にも当たる。

『秘技解放』の1段階目の効果中に▲
↓
爆裂拳 
威力 370 バースト値 1 ATB増加量 50

↑低い姿勢で敵に近づき、踏みこみの勢いと身体のひねりを利用した強烈な体当たりを仕掛ける。

『秘技解放』の2段階目の効果中に▲
↓
掌打ラッシュ 
威力 390 バースト値 4 ATB増加量 110

↑ターゲットに向かってジャンプして3回連続で蹴りつけ、着地後に両手で掌打をくり出す。

威力 ー　バースト値 ー　ATB増加量 0

1段階目　2段階目

秘技解放　ATBコスト 1

使える武器 (最初からどの武器でも使用可能)

地面を強く踏みつけて気合いを入れ、「強力な固有アビリティが使えるようになる効果」と「『たたかう』のコンボが長くつづけられる効果」を得る。2段階目まで効果を重複させることができ、段階に応じて左下の写真のようにティファの拳が黄色や赤色のオーラをまとうのが特徴。固有アビリティの『爆裂拳』や『掌打ラッシュ』を使うか、コマンド欄の青いゲージで示される時間(1段階目の効果中は120秒、2段階目の効果中は90秒)が経過すると、効果の段階がひとつ下がってしまう。

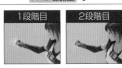

威力 378　バースト値 1　ATB増加量 0

かかと落とし　ATBコスト 1

使える武器 レザーグローブ(→P.480)

熟練度ボーナス　条件 『かかと落とし』で敵にトドメを刺す　上昇量 20%

やや後方へ飛び上がって宙返りをしたあと、ターゲットに向かって急降下し、飛び蹴りを放つ。威力が大きめで比較的すばやく攻撃できる反面、あまり遠くまで届かないため、敵に近づいてから使いたい。

次ページへつづく

アクション詳細データ

※ヒ……相手がヒート状態の場合の値、バ……相手がバースト状態の場合の値

名前	タイプ	属性	威力	バースト値	ATB増加量	カット値	特殊効果	キープ値
▼基本アクション								
L 飛び上がりアッパー＆連続空中パンチ	物理(近接)	―	6+10+9+20	0+1×3回 ヒ0+2×3回	24+50+50+80	30	―	20
M 空中うしろまわし蹴り	物理(近接)	―	25	1 ヒ2	100	30	たたきつけ	20
N 空中連続まわし蹴り	物理(近接)	―	20+30	1×2回 ヒ2×2回	150×2回	30	―	20
O 空中3回転かかと蹴り	物理(近接)	―	20×3回	1×3回 ヒ2×3回	50×3回	30	―	20
P 背面宙返り蹴り	物理(近接)	―	30	1 ヒ2	200	30	―	20
Q 両腕振り下ろし	物理(近接)	―	75	1 ヒ2	267	30	たたきつけ	20
▼固有アビリティ								
強打	物理(近接)	―	108	1	400 バ500	30	打ち上げ(※1)	20
爆裂拳	物理(近接)	―	370	1	50 バ100	50	打ち上げ(※2)	40
掌打ラッシュ	物理(近接)	―	60+40+90+200	1×4回	20+20+30+40 バ100×3回+150	50	(※3)	40
▼武器アビリティ								
秘技解放	―	―	―	―	0	―	秘技解放＋1段階	40
かかと落とし	物理(近接)	―	378	1	0	50	―	40

※1……さらに、バースト中の敵を攻撃した場合、バースト状態によるダメージ倍率(%)が5アップする
※2……さらに、バースト中の敵を攻撃した場合、バースト状態によるダメージ倍率(%)が25アップする
※3……バースト中の敵を攻撃した場合、バースト状態によるダメージ倍率(%)が1ヒットごとに5アップする

威力 252　バースト値 4　ATB増加量 0

ライズビート

ATBコスト 1

使える武器	メタルナックル(→P.480)
熟練度ボーナス	条件 『ライズビート』の使用直後に『たたかう』を使って敵にヒットさせる
	上昇量 20%

きりもみ回転の飛び蹴りで突進してから相手を蹴り飛ばし、その反動でバック宙を行なう。着地の直後に『たたかう』を使うと(※1)、コンボ中は攻撃のカット値が「50」にアップする。

威力 72　バースト値 3　ATB増加量 700

バックフリップ

ATBコスト 1

使える武器	ソニックフィスト(→P.480)
熟練度ボーナス	条件 『バックフリップ』で敵をバーストさせる
	上昇量 20%

うしろへ大きく飛び退いたのち、高速で突進しながら左ストレートをくり出す。ヒート状態の敵に対するバースト値が高いうえ、ヒット時にATBゲージが大きく増えるおかげで連発しやすい。

威力 580　バースト値 6　ATB増加量 0

オーバードライブ

ATBコスト 1

使える武器	フェザーグラブ(→P.482)
熟練度ボーナス	条件 『オーバードライブ』の使用直後に特定の攻撃(※2)を行なう
	上昇量 20%

その場で軽く飛び跳ねたあと、サイドステップを織りまぜた掌打の連続攻撃を仕掛ける。直後に使った攻撃のダメージを大幅にアップさせる効果があるので、魔法やリミット技などで追撃しよう。

威力 300　バースト値 10　ATB増加量 0

闘気スフィア

ATBコスト 1

使える武器	ミスリルクロー(→P.482)
熟練度ボーナス	条件 『闘気スフィア』を敵にヒットさせる
	上昇量 20%(ひとつの衝撃球につき1回だけ)

闘気をまとった左手で地面をたたき、自分の正面に魔法の衝撃球を作り出す。衝撃球は5秒間その場に浮かびつづけ、触れている敵に対して0.5秒間隔で魔法タイプのダメージを与える。

威力 333　バースト値 1　ATB増加量 0

正拳突き

ATBコスト 1

使える武器	グランドグラブ(→P.482)
熟練度ボーナス	条件 『正拳突き』をバースト中の敵にヒットさせる
	上昇量 20%

左拳を引いて構え、前方へ踏みこむと同時に中段突きを放つ。『かかと落とし』とくらべると威力は小さいものの、バースト中の敵に当てたときにダメージ倍率をアップさせる効果がある。

※1……このときの『たたかう』は、『秘技解放』の1～2段階目の効果中だと『E跳びかかと落とし』(→P.98)からコンボがはじまる
※2……固有アビリティ、武器アビリティ、リミット技、魔法、コマンドマテリアで使えるアビリティのうち、敵にダメージを与えるもの

ティファ リミット技

LIMIT LEVEL 1 サマーソルト

習得に必要なアイテム	(最初から習得している)

威力	1700
バースト値	4
ATB増加量	0

バック宙をしながら左右の足を順に振り上げ、敵を蹴り飛ばす。1撃目の攻撃で敵を打ち上げて、ヒート状態にしたところに2撃目を当てられる。

LIMIT LEVEL 2 ドルフィンブロウ

習得に必要なアイテム	究極奥義の書『ドルフィンブロウ』(→P.509)

威力	2960
バースト値	50
ATB増加量	0

ターゲットに接近して、すばやく何度も蹴りつけたあと、イルカを思わせるしなやかなジャンプで飛び上がりつつアッパーカットをくり出す。

アクション詳細データ

※ヒ……相手がヒート状態の場合の値

名前	タイプ	属性	威力	バースト値	ATB増加量	カット値	特殊効果	キープ値
▼武器アビリティ								
ライズビート	物理(近接)	―	20×3回+192	1×4回 ヒ1×3回+2	0	50	(※3)	40
バックフリップ	物理(近接)	―	72	3 ヒ18	700	30	―	60
オーバードライブ	物理(近接)	―	8+10+15+20+40+50+72+85+280	0×3回+1×6回 ヒ0×3回+2×6回	0	50	(※4)	60
闘気スフィア	魔法	―	30×10回	1×10回 ヒ2×10回	0	50	―	40
正拳突き	物理(近接)	―	333	1	0	50	(※5)	40
▼リミット技								
サマーソルト	物理(近接)	―	850×2回	2×2回 ヒ4×2回	0	70	打ち上げ	60
ドルフィンブロウ	物理(近接)	―	120+100+750+40×9回+130+1500	0×13回+50	0	70	(※6)	60

※3……直後に『たたかう』を使うと、そのコンボ中は攻撃のカット値が「50」になる
※4……直後に特定の攻撃(固有アビリティ、武器アビリティ、リミット技、魔法、コマンドマテリアで使えるアビリティ)を使うと、その攻撃で与えるダメージ量が1.7倍になる
※5……バースト中の敵を攻撃した場合、バースト状態によるダメージ倍率(%)が30アップする
※6……1～3撃目と14撃目は「打ち上げ」、4～12撃目は「たたきつけ」

パーティキャラクター 04

魔法タイプの攻撃で遠くから攻める

エアリス

AERITH

『たたかう』を実行すると、敵を追尾する弾を撃てる。魔力が高いうえ、『たたかう』などで撃つ弾は魔法タイプの攻撃なので、魔法防御力が低い相手に大ダメージを与えやすい。武器アビリティやリミット技では、光の盾を設置して守りを固めたり、パーティ全員のHPを回復したりすることもできる。

FRONT

BACK

初期装備

武器	● ガードロッド（物理攻撃力+29、魔法攻撃力+43）
防具	● ミスリルの腕輪（物理防御力+10、魔法防御力+40）
アクセサリ	（なし）
マテリア	● いのり★1（AP：0） ● れいき★1（AP：0） ● ヴィジョン★1（AP：MAX）

最初から使用できるバトルコマンド

アビリティ	● アスピル（→P.107） ● 聖なる魔法陣（→P.107） ● いのり（→P.115）
魔法	● ブリザド
リミット技	● 癒しの風（→P.109） ● ヴィジョン（→P.115）

エアリス操作時の戦いかた　バーストした敵は△ボタン長押しの『テンペスト』で攻撃

魔力の高さを活かし、『たたかう』のコンボや攻撃魔法を使っていこう。バトルが長引きそうなら、『マジカルサーバント』で妖精を召喚すれば、自動的に攻撃して敵のバーストゲージを増やしてくれる。

敵がバーストしたときは、△ボタンの長押しによる『テンペスト』や『アスピル』で攻撃するのがオススメ。『テンペスト（長押し時）』は結晶の破裂が当たれば大ダメージを与えつつATBゲージを大幅に増やすことが可能で、『アスピル』はバースト中の敵に当てるとMPの回復量が通常の約5倍に増えるのだ。

⬆攻撃魔法を主力にする場合は、先に『聖なる魔法陣』で魔法陣を作り、その効果を得ながら戦うといい。

レベルアップによるステータスの変化

レベル	必要な経験値		最大HP	最大MP	力	魔力	体力	精神	運	すばやさ	最大SP	武器レベル
	累計	つぎのレベルまで										
17(初期)	10987	2651	1684	46	29	41	23	33	25	20	45	3
18	13638	2883	1750	47	30	43	25	35	26	21	50	3
19	16521	3035	1831	48	31	45	25	37	27	22	55	3
20	19556	3106	1938	49	34	48	27	39	28	23	60	4
21	22662	3401	1999	50	34	50	28	40	29	23	65	4
22	26063	3472	2078	52	36	52	30	42	30	24	70	4
23	29535	3591	2198	53	38	54	30	44	31	25	75	4
24	33126	3723	2257	54	39	55	31	45	32	26	80	4
25	36849	3871	2338	55	40	58	32	46	33	27	85	4
26	40720	3938	2454	56	43	61	34	48	34	28	90	4
27	44658	4018	2535	58	44	64	34	50	35	29	95	4
28	48676	4114	2679	59	47	67	35	51	36	30	100	4
29	52790	5523	2745	60	48	69	36	52	37	31	105	4
30	58313	6110	2865	61	50	72	37	53	39	32	110	5
31	64423	6843	2945	62	52	74	38	54	39	32	115	5
32	71266	7326	3064	64	53	77	39	55	40	33	120	5
33	78592	7772	3141	65	55	79	39	57	41	34	125	5
34	86364	8235	3205	66	57	82	40	58	43	35	130	5
35	94599	8430	3265	67	58	84	41	59	43	36	135	5
36	103029	8919	3326	68	61	87	42	60	44	37	140	5
37	111948	9421	3386	70	62	89	43	61	45	38	145	5
38	121369	9937	3446	71	63	91	43	63	47	39	150	5
39	131306	10467	3502	72	66	94	44	64	48	40	155	5
40	141773	11011	3547	73	66	95	45	65	48	41	160	5
41	152784	11568	3591	74	66	96	46	66	49	41	165	5
42	164352	12140	3633	76	68	98	46	66	51	42	170	5
43	176492	12724	3676	77	69	99	47	67	52	43	175	5
44	189216	13323	3717	78	70	100	48	68	52	44	180	5
45	202539	13936	3758	79	71	101	48	70	53	45	185	5
46	216475	14562	3797	80	71	103	49	71	55	46	190	5
47	231037	15202	3838	82	72	104	49	71	56	47	195	5
48	246239	15855	3877	83	73	105	50	72	57	48	200	5
49	262094	16524	3915	84	74	106	51	73	57	49	205	5
50	278618	―	3952	85	75	107	52	74	59	50	216	5

ステータスの伸びかた

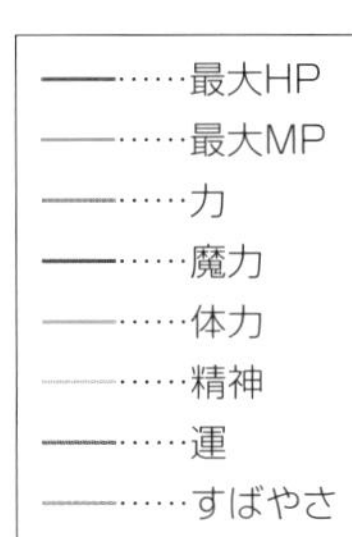

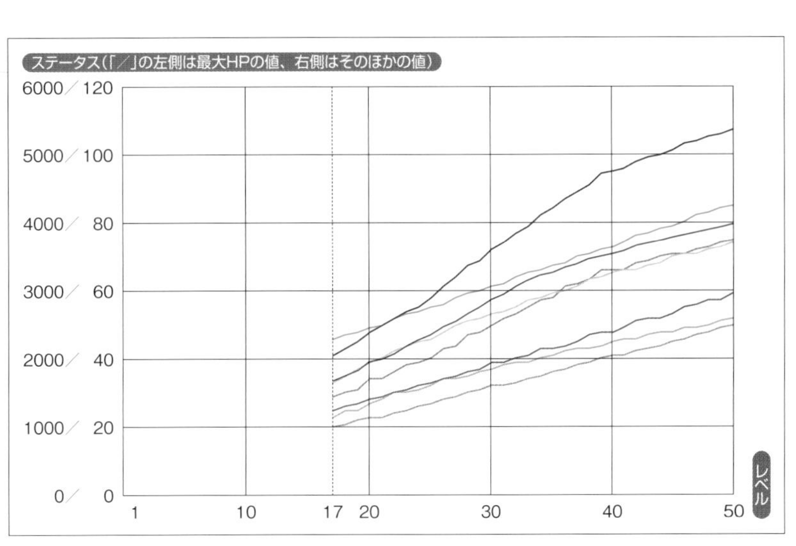

➡魔法を使うときに重要な最大MPと魔力が高い。最大HPと体力の低さは装備品でカバーしよう。

エアリス 基本アクション

START

●、または●長押し

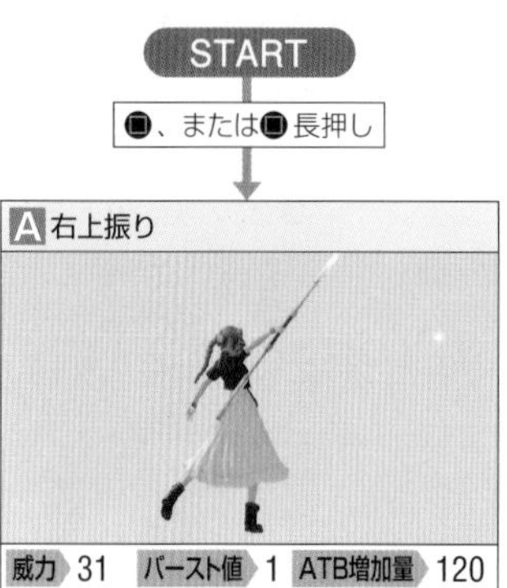
A 右上振り
威力 31 バースト値 1 ATB増加量 120

●、または●長押し

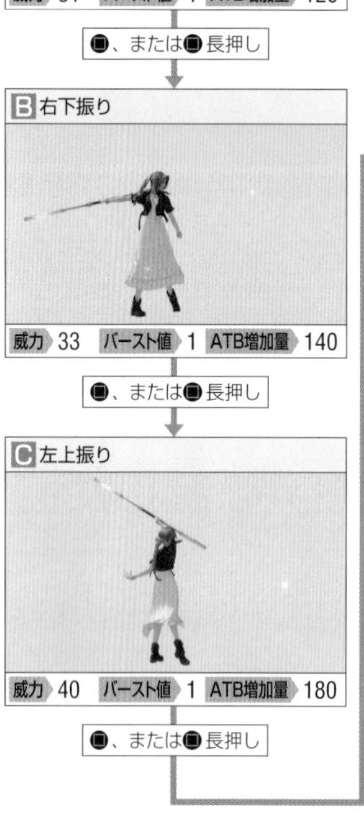
B 右下振り
威力 33 バースト値 1 ATB増加量 140

●、または●長押し

C 左上振り
威力 40 バースト値 1 ATB増加量 180

●、または●長押し

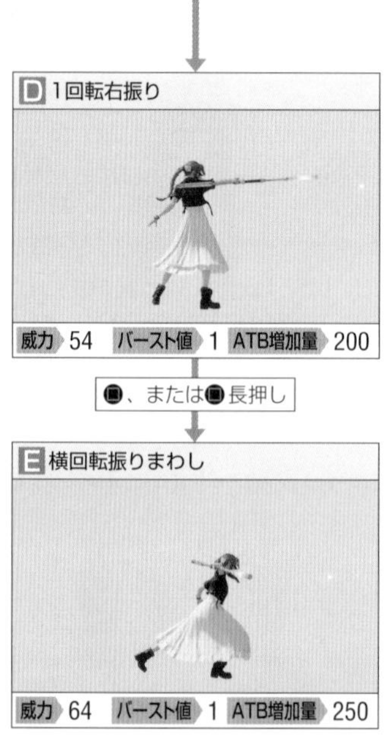
D 1回転右振り
威力 54 バースト値 1 ATB増加量 200

●、または●長押し

E 横回転振りまわし
威力 64 バースト値 1 ATB増加量 250

『かいひぎり』マテリアのセット中に行なえるアクション

回避の直後に●

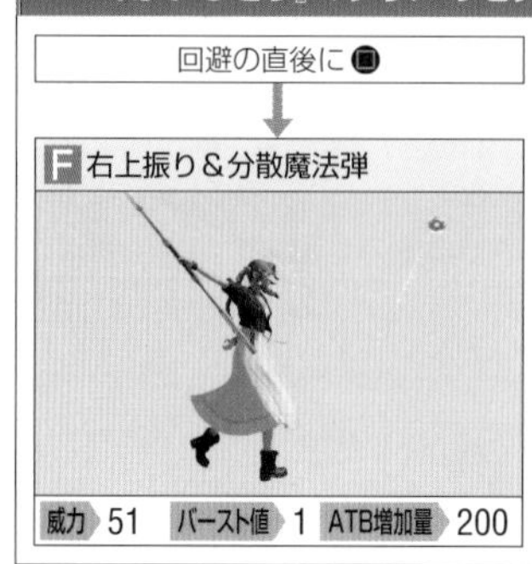
F 右上振り＆分散魔法弾
威力 51 バースト値 1 ATB増加量 200

⬅ロッドを振り上げ、10m以内にいる敵それぞれに、追尾能力を持つ魔法弾を1発ずつ放つ。ただし、どの敵にもターゲットマークが出ていない場合や、10m以内に敵がいない場合は、1.5秒間ゆっくり直進する魔法弾を1発だけ放つ。

『うけながし』マテリアのセット中に行なえるアクション

R1を押しながら⊗

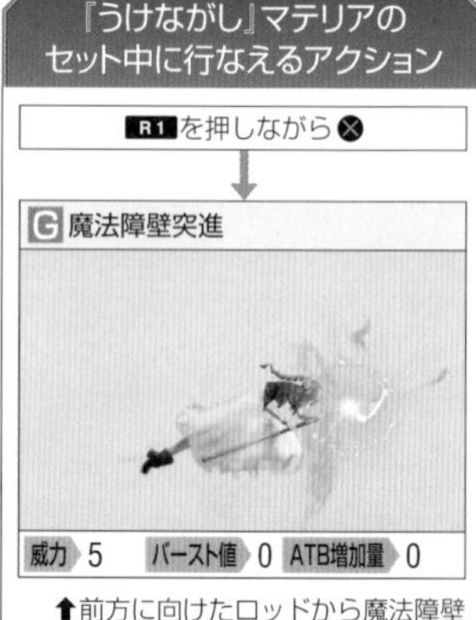
G 魔法障壁突進
威力 5 バースト値 0 ATB増加量 0

⬆前方に向けたロッドから魔法障壁を作り出し、守りを固めた状態で敵に体当たりを仕掛ける。

エアリス 固有アビリティ

エアリスの固有アビリティの特徴	● △ボタンを押すと魔法攻撃の弾を撃てる（△ボタンを2.5秒以上長押しして、エアリスの身体が白く光ったあとにボタンを放すと、性能が変化する）

△

テンペスト（通常時）
威力 30 バースト値 3 ATB増加量 90

⬅ターゲットを追尾する魔法弾を3発まとめて放つ。弾を撃つまでにやや時間がかかってしまうものの、敵のバーストゲージをためやすい。

△を長押ししてから放す

テンペスト（長押し時）
威力 432 バースト値 6 ATB増加量 800

⬅攻撃能力のあるロッドを振り、ターゲットを追尾する魔法の矢を放つ。矢は敵に当たると結晶に変化し、3秒後に破裂して半径1.5m以内の相手にダメージを与える。

エアリス 武器アビリティ

威力 140　バースト値 1　ATB増加量 0

アスピル　ATBコスト 1

使える武器	(最初からどの武器でも使用可能)

ターゲットに向けてロッドを突き出し、相手を追尾する魔法弾を放つ。魔法弾が当たると敵にダメージを与えつつ自分のMPを回復でき、相手がバースト状態のときは回復量が約5倍にアップする。

威力 –　バースト値 –　ATB増加量 0

聖なる魔法陣　ATBコスト 1

使える武器	ガードロッド(→P.484)	
熟練度ボーナス	条件	『聖なる魔法陣』で設置した魔法陣に乗って攻撃魔法を使う
	上昇量	20%(ひとつの魔法陣につき1回だけ)

足元に魔法陣を設置する。魔法陣の上に乗った自分か仲間が攻撃魔法を使うと、その魔法を追加でもう1回放つ。追加で放つ魔法は消費MPが約30%に減るものの、威力とバースト値が半分になる。

次ページへつづく

アクション詳細データ

※ヒ……相手がヒート状態の場合の値、バ……相手がバースト状態の場合の値

名前		タイプ	属性	威力	バースト値	ATB増加量	カット値	特殊効果	キープ値
基本アクション									
A 右上振り	ロッド	物理(近接)	—	3×3回	0	0	0	—	20
	弾	魔法	—	22	1 ヒ2	120	30	—	
B 右下振り	ロッド	物理(近接)	—	3	0	0	0	—	20
	弾	魔法	—	1ヒットごとに30(※1)	1 ヒ2	140	30	—	
C 左上振り	ロッド	物理(近接)	—	3	0	0	0	—	20
	弾	魔法	—	1ヒットごとに37(※1)	1 ヒ2	180	30	—	
D 1回転右振り	ロッド	物理(近接)	—	3×2回	0	0	0	—	20
	弾	魔法	—	1ヒットごとに48(※1)	1 ヒ2	200	30	打ち上げ	
E 横回転振りまわし	ロッド	物理(近接)	—	3×2回	0	0	0	—	20
	弾	魔法	—	1ヒットごとに58(※1)	1 ヒ2	250	30	打ち上げ	
F 右上振り&分散魔法弾	ロッド	物理(近接)	—	3	0	0	0	—	20
	弾	魔法	—	★1 1ヒットごとに48 ★2 1ヒットごとに57 (※2)	1ヒットごとに1 ヒ 1ヒットごとに2 (※2)	★1 1ヒットごとに200 ★2 1ヒットごとに240 (※2)	30	—	
G 魔法障壁突進		魔法	—	★1 5 ★2 10	0	★1 0 ★2 50	30	(※3)	60
固有アビリティ									
テンペスト(通常時)		魔法	—	10×3回	1×3回	30×3回 バ60×3回	30	打ち上げ	20
テンペスト(長押し時)	ロッド	物理(近接)	—	3×4回	0	0	0	—	20
	弾	魔法	—	70	1 ヒ2	0 バ500	30	打ち上げ	
	破裂	魔法	—	70×5回	1×5回 ヒ2×5回	160×5回 バ200×5回	50	打ち上げ	
武器アビリティ									
アスピル		魔法	—	140	1 ヒ2	0	50	(※4)	40
聖なる魔法陣		—	—	—	—	0	—	魔法陣設置(180秒)	40

※1……ターゲットの周囲6m以内にいる敵(2体まで)にも弾を飛ばす
※2……ゆっくり直進する魔法弾は、マテリアレベルに関係なく「威力：20、バースト値：0、ATB増加量：0」
※3……動作中は敵の攻撃をガードできる
※4……攻撃がヒットした場合、自分のMPを最大値の3%(相手がバースト状態のときは15%)回復する

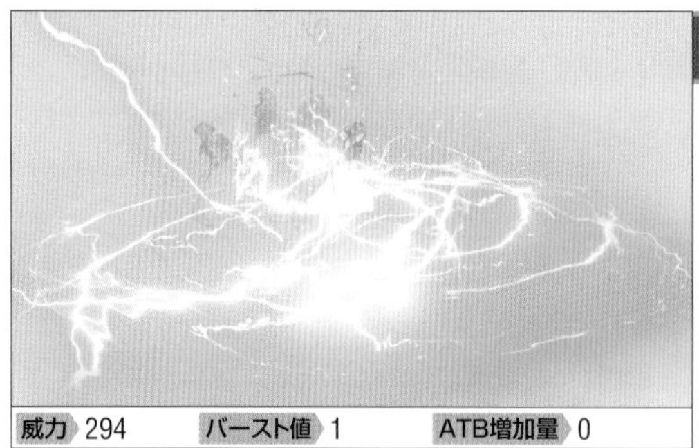

威力 294　バースト値 1　ATB増加量 0

イノセンスフォース　ATBコスト 1

使える武器	シルバーロッド(→P.484)
熟練度ボーナス	条件：一度の『イノセンスフォース』で2体以上の敵にダメージを与える
	上昇量：20%

ロッドで地面をたたいて落雷を発生させ、自分を中心とした半径4.5m以内にいる敵にダメージを与える。エアリスは接近戦が苦手なので、敵に囲まれてしまったときはこの技を使おう。

威力 –　バースト値 –　ATB増加量 0

マジカルサーバント　ATBコスト 1

使える武器	マジカルロッド(→P.484)
熟練度ボーナス	条件：武器アビリティや攻撃魔法を使って妖精に赤い弾で攻撃させる
	上昇量：20%(1体の妖精につき1回だけ)

240秒のあいだ、エアリスの周囲を飛ぶ妖精を召喚する。妖精はエアリスがターゲットにしている敵に青い弾を3秒間隔で撃つほか、エアリスが下記の技や魔法を使ったときに何発かの赤い弾を放つ。

エアリスが使う技や魔法と妖精が放つ赤い弾の数の対応

	エアリスが使う技や魔法	赤い弾の数
武器アビリティ	アスピル	3発
	イノセンスフォース	半径4.5m以内にいる敵それぞれに1発
	ジャッジメントレイ	6発

	エアリスが使う技や魔法	赤い弾の数
攻撃魔法	マテリアレベルが★1のときから使えるもの(ファイアなど)	1発
	マテリアレベルが★2になると使えるもの(ファイラなど)	3発
	マテリアレベルが★3になると使えるもの(ファイガなど)	4発

威力 640　バースト値 10　ATB増加量 0

ジャッジメントレイ　ATBコスト 2

使える武器	ミスリルロッド(→P.486)
熟練度ボーナス	条件：『ジャッジメントレイ』をバースト中の敵にヒットさせる
	上昇量：30%

ターゲットに向けたロッドから、敵を貫通する光線を約3秒間照射しつづける。ATBゲージを2段階消費するものの、威力が大きく、バースト状態によるダメージ倍率(→P.134)を上げる効果も持つ。

威力 2　バースト値 0　ATB増加量 0

光の盾　ATBコスト 1

使える武器	ストライクロッド(→P.486)
熟練度ボーナス	条件：『光の盾』で作り出した盾が敵にヒットする
	上昇量：20%(ひとつの盾につき1回だけ)

自分の目の前に、花のような形状の光の盾を作り出す。光の盾は120秒のあいだその場に浮かびつづけ、敵が撃ってきた弾などを食い止めるうえ、触れている相手に1秒間隔でダメージを与える。

応援の魔法陣

ATBコスト 2

使える武器	フルメタルロッド(→P.486)
熟練度ボーナス 条件	『応援の魔法陣』で設置した魔法陣の効果でATBゲージを分け与える
熟練度ボーナス 上昇量	30%(ひとつの魔法陣につき1回だけ)

ATBゲージを1000増やし、足元に魔法陣を設置する。魔法陣の上で仲間がATBゲージを消費すると、その半分だけエアリスのATBゲージを分け与える。

威力 − バースト値 − ATB増加量 1000

エアリス リミット技

LIMIT LEVEL 1 癒しの風

習得に必要なアイテム (最初から習得している)

威力	(下記)
バースト値	−
ATB増加量	0

風に乗せて魔力を解放し、パーティ全員のHPを最大値の半分ずつ回復する。キープ値が高いおかげで、敵の攻撃を受けても中断されにくい。

LIMIT LEVEL 2 星の守護

習得に必要なアイテム 究極奥義の書『星の守護』(→P.509)

威力	−
バースト値	−
ATB増加量	0

祈りを捧げて星の守護を受け、味方全員を80秒間シールド状態にする。シールド状態になっているあいだは、物理攻撃でダメージを受けない。

アクション詳細データ

※ヒ……相手がヒート状態の場合の値

名前	タイプ	属性	威力	バースト値	ATB増加量	カット値	特殊効果	キープ値
▼武器アビリティ								
イノセンスフォース	魔法	──	294	1	0	50	──	40
マジカルサーバント	──	──	──	──	0	──	妖精召喚(240秒)	40
青い弾	魔法	──	5	1	0	30	──	──
赤い弾	魔法	──	10	1	0	50	打ち上げ	──
ジャッジメントレイ	魔法	──	64×10回	1×10回 ヒ2×10回	0	50	打ち上げ(※1)	40
光の盾	魔法	──	1ヒットごとに2	0	0	50	光の盾設置(120秒/※2)	40
応援の魔法陣	──	──	──	──	1000	──	魔法陣設置(240秒)	40
▼リミット技								
癒しの風	回復	──	(特殊効果を参照)	──	0	──	味方全員のHPを最大値の半分回復	60
星の守護	──	──	──	──	0	──	味方全員にシールド(80秒)	60

※1……さらに、バースト中の敵を攻撃した場合、1ヒットごとにバースト状態によるダメージ倍率(%)が2アップする
※2……同時に設置できる光の盾は3個まで。4個目を設置すると、もっとも古いものが消える

ゲストキャラクター 01

状況を分析して危険な敵から狙う

ビッグス

BIGGS

共闘する場面	CH4 七番街・社宅地区：七六分室での特定のバトル(→P.220)

ステータス

レベル	11
物理攻撃力	36
魔法攻撃力	36

高い建物の渡り廊下から『銃撃』を行ない、ダメージを与えつつ敵の狙いを引きつけてくれる。2体のミサイルランチャーが出現したあとはそれらを攻撃するようになり、広場に出現中の敵をクラウドが一掃するたびに1体ずつ蹴り落とす。

アクション詳細データ

名前	タイプ	属性	威力	バースト値	カット値	特殊効果
銃撃	物理(遠隔)	──	11	0	0	──
蹴り	物理(近接)	──	300	0	50	──

ゲストキャラクター 02

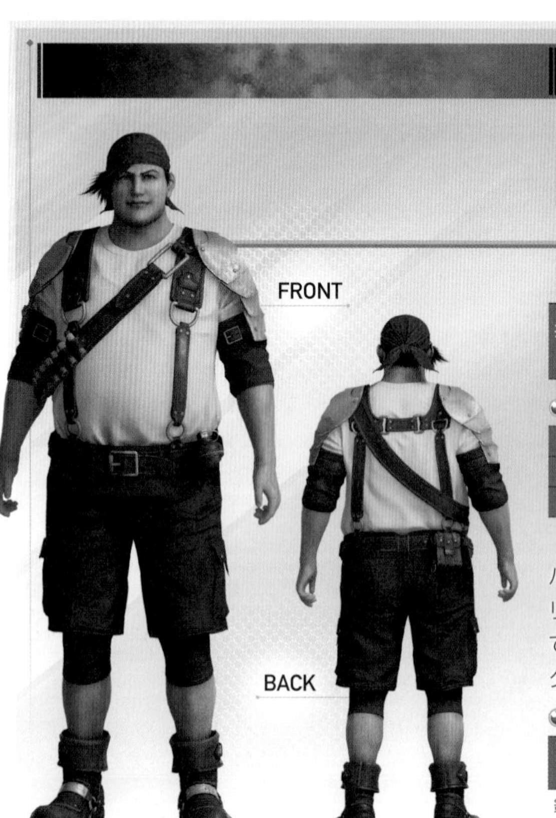

犬笛や地雷で敵を引っかきまわす

ウェッジ

WEDGE

共闘する場面	CH4 七番街・社宅地区：七六分室での特定のバトル(→P.220)

ステータス

レベル	11
物理攻撃力	46
魔法攻撃力	46

最初は高い建物から『銃撃』をくり返すが、ガードハウンドの群れが現れると広場に下りてきて、オトリとして走りまわる。さらにスイーパーとのバトルでは、敵が踏むと爆発する地雷(青い光)を設置し、クラウドをサポートしてくれるのだ。

アクション詳細データ

名前	タイプ	属性	威力	バースト値	カット値	特殊効果
銃撃	物理(遠隔)	──	10	0	0	──
地雷	物理(遠隔)	──	100	40	100	──

魔法も使いこなす頼れる獣

レッドXIII

RED XIII

共闘する場面	
	CH17 神羅ビルを探索中の特定の期間(→P.384〜393)
	CH18 フィーラー=プラエコたちとのバトル(→P.401)

ステータス

▼難易度がHARD以外のとき	
レベル	35
物理攻撃力	184
魔法攻撃力	184
▼難易度がHARDのとき	
レベル	50
物理攻撃力	246
魔法攻撃力	246

操作していないときの仲間と同じように判断しながら行動し(→P.123)、おもにほかの仲間が狙っていない敵に対して『跳び引っかき』→『尻尾打ち』→『かみつき』のコンボをくり出す(コンボを途中でやめることもある)。右記のように、敵や味方の状態に応じて技や魔法を使うので、レッドXIIIと一緒に戦うバトルでは、敵をバーストさせたり複数の敵にまとめてダメージを与えたりすることで、彼に強力な攻撃を使ってもらうといいだろう。

⬆クラウドたちがピンチになると、レッドXIIIは『ケアル』を使ってくれる。ただし、一度使うとしばらくのあいだ再使用しない。

レッドXIIIの特殊な行動パターン

- バースト状態になった敵に対して『スピンファング』か『バイオ』を使う(※1)
- クラウドたちがバトルコマンドによる攻撃(※2)で2体以上の敵にまとめてダメージを与えると、それらのなかで一番近くにいる相手に対して『スターダストレイ』を使うことがある
- HPが残り25%以下の仲間に『ケアル』を使う(一度使用すると60秒のあいだは使わない)
- ハンドレッドガンナー戦(→P.663)では、バリアビットに守られたハンドレッドガンナーが『主砲』を使おうとしたときに、バレットたちが主砲にダメージを与えて攻撃を中断させると、バリアビットに対して『スピンファング』を使う

※1……『バイオ』を使うのはまれなほか、毒状態にならない相手には『バイオ』を使わない
※2……『アイスオーラ』『霊気吸収』『光の盾』、および各種のリミット技をのぞく

アクション詳細データ

※ヒ……相手がヒート状態の場合の値

名前	タイプ	属性	威力	バースト値	カット値	特殊効果
跳び引っかき	物理(近接)	―	30	0	30	―
尻尾打ち	物理(近接)	―	24	0	30	打ち上げ
かみつき	物理(近接)	―	60	0	30	―
スピンファング	物理(近接)	―	30×3回 +37×3回	1×6回 ヒ2×6回	50	打ち上げ(1〜3撃目)、 たたきつけ(4〜6撃目)
スターダストレイ	魔法	―	45×8回	1×8回	50	―
バイオ	魔法	―	200	1 ヒ2	50	毒(180秒)
ケアル	回復	―	350	―	―	―

共通バトルコマンドリスト

BATTLE COMMAND LIST

マテリアによって使える魔法と技、そして消費アイテムは、どのキャラクターでも使用可能。いずれもATBゲージを消費するので、有効に使えるようにそれぞれの効果を覚えておきたい。

※「BATTLE SETTINGS」での並び順で掲載　※リストの見かたはP.78～79を参照

魔法

※ヒ……相手がヒート状態の場合の値

名前と必要なマテリアレベル	消費MP	ATBコスト	詠唱時間	タイプ	属性	威力	バースト値	ATB増加量	カット値	特殊効果	キープ値
▼『ほのお』マテリアで使える魔法											
★1 ファイア	4	1	0秒	魔法	炎	250	4 ヒ16	0	50	打ち上げ	40
			効果 ターゲットを追尾する炎の弾を放ち、命中した場所で爆発を起こして半径1.6m以内にいる敵にダメージを与える								
★2 ファイラ	10	1	1秒	魔法	炎	380	7 ヒ28	0	50	打ち上げ	40
			効果 ターゲットを追尾する炎の弾を放ち、命中した場所で爆発を起こして半径2.5m以内にいる敵にダメージを与える								
★3 ファイガ	21	1	2秒	魔法	炎	500	7 ヒ28	0	70	打ち上げ	40
			効果 ターゲットを追尾する炎の弾を放ち、命中した場所で爆発を起こして半径4m以内にいる敵にダメージを与える								
▼『れいき』マテリアで使える魔法											
★1 ブリザド	4	1	0秒	魔法	氷	0+250	0+6 ヒ0+24	0	50	たたきつけ(1撃目のみ)、打ち上げ(2撃目のみ)	40
			効果 ターゲットを追尾する冷気の弾を放ち、命中した相手を地面にたたきつけつつ、その場所に氷塊を発生させる。氷塊は1.5秒後に破裂し、半径1.6m以内にいる敵にダメージを与える								
★2 ブリザラ	10	1	1秒	魔法	氷	0+380	0+10 ヒ0+40	0	50	たたきつけ(1撃目のみ)、打ち上げ(2撃目のみ)	40
			効果 ターゲットを追尾する冷気の弾を放ち、命中した相手を地面にたたきつけつつ、その場所に氷塊を発生させる。氷塊は1.5秒後に破裂し、半径2.5m以内にいる敵にダメージを与える								
★3 ブリザガ	21	1	2秒	魔法	氷	0+500	0+10 ヒ0+40	0	(※1)	たたきつけ(1撃目のみ)、打ち上げ(2撃目のみ)	40
			効果 ターゲットを追尾する冷気の弾を放ち、命中した相手を地面にたたきつけつつ、その場所に氷塊を発生させる。氷塊は2秒後に破裂し、半径4.2m以内にいる敵にダメージを与える								
▼『いかずち』マテリアで使える魔法											
★1 サンダー	5	1	0秒	魔法	雷	250	2 ヒ8	0	50	たたきつけ	40
			効果 ターゲットの頭上から雷を落とし、放電を起こして半径0.5m以内にいる敵にダメージを与える								
★2 サンダラ	11	1	1秒	魔法	雷	380	5 ヒ20	0	50	たたきつけ	40
			効果 ターゲットの頭上から雷を落とし、放電を起こして半径1m以内にいる敵にダメージを与える								
★3 サンダガ	22	1	2秒	魔法	雷	500	5 ヒ20	0	70	たたきつけ	40
			効果 ターゲットの頭上から雷を落とし、放電を起こして半径2m以内にいる敵にダメージを与える								
▼『かぜ』マテリアで使える魔法											
★1 エアロ	4	1	0秒	魔法	風	0+250	0+4 ヒ0+16	0	50	吹き飛ばし(2撃目のみ)	40
			効果 ターゲットがいる場所で空気を弾けさせて相手をひるませ、0.8秒後にその場所に突風を起こして半径1m以内にいる敵にダメージを与える								
★2 エアロラ	10	1	1秒	魔法	風	0+380	0+7 ヒ0+28	0	50	吹き飛ばし(2撃目のみ)	40
			効果 ターゲットがいる場所で空気を弾けさせて相手をひるませ、1秒後にその場所に突風を起こして半径2m以内にいる敵にダメージを与える								
★3 エアロガ	21	1	2秒	魔法	風	0+500	0+7 ヒ0+28	0	(※1)	吹き飛ばし(2撃目のみ)	40
			効果 ターゲットがいる場所で空気を弾けさせて相手をひるませ、1.2秒後にその場所に竜巻を起こして半径3.5m以内にいる敵にダメージを与える								

※1……1撃目は「50」、2撃目は「70」

名前と必要なマテリアレベル	消費MP	ATBコスト	詠唱時間	タイプ	属性	威力	バースト値	ATB増加量	カット値	特殊効果	キープ値
▼『かいふく』マテリアで使える魔法											
★1 ケアル	4	1	1秒	回復	―	350	―	0	―	―	40
			効果▶味方ひとりのHPを「魔法攻撃力×7」回復する								
★2 ケアルラ	9	1	1秒	回復	―	650	―	0	―	―	40
			効果▶味方ひとりのHPを「魔法攻撃力×13」回復する								
★4 ケアルガ	12	1	1秒	回復	―	1200	―	0	―	―	40
			効果▶味方ひとりのHPを「魔法攻撃力×24」回復する								
★3 リジェネ	6	1	0秒	回復	―	(下記参照)	―	0	―	リジェネ(180秒)	40
			効果▶味方ひとりのHPを最大値の10%回復し、リジェネ状態にする								
▼『ちりょう』マテリアで使える魔法											
★1 ポイゾナ	3	1	0秒	―	―	―	―	0	―	毒状態を解除	40
			効果▶味方ひとりの毒状態を解除する								
★2 エスナ	12	1	1秒	―	―	―	―	0	―	不利な状態変化を解除	40
			効果▶味方ひとりの不利な状態変化(スタン状態と戦闘不能状態をのぞく)をまとめて解除する								
★3 レジスト	8	1	0秒	―	―	―	―	0	―	レジスト(100秒)	40
			効果▶味方ひとりをレジスト状態にする								
▼『そせい』マテリアで使える魔法											
★1 レイズ	7	1	1秒	回復	―	(下記参照)	―	0	―	戦闘不能状態を解除	40
			効果▶味方ひとりの戦闘不能状態を解除し、HPを最大値の40%回復する								
★2 アレイズ	14	1	1.5秒	回復	―	(下記参照)	―	0	―	戦闘不能状態を解除	40
			効果▶味方ひとりの戦闘不能状態を解除し、HPを完全に回復する								
▼『どく』マテリアで使える魔法											
★1 バイオ	3	1	0秒	魔法	―	200	1 ヒ2	0	50	毒(180秒)	40
			効果▶ターゲットを毒の泡で包んだあと、4秒後に泡を破裂させて、半径0.9m以内にいる敵にダメージを与えつつ毒状態にする								
★2 バイオラ	8	1	1秒	魔法	―	300	2 ヒ4	0	50	毒(180秒)	40
			効果▶ターゲットを毒の泡で包んだあと、4秒後に泡を破裂させて、半径1.5m以内にいる敵にダメージを与えつつ毒状態にする								
★3 バイオガ	15	1	2秒	魔法	―	400	4 ヒ8	0	70	毒(180秒)	40
			効果▶ターゲットを毒の泡で包んだあと、4秒後に泡を破裂させて、半径2.3m以内にいる敵にダメージを与えつつ毒状態にする								

次ページへつづく

ブリザド

⬅冷気の弾にはたたきつけの特殊効果があり、キープ値が低い敵をヒート状態にしてからダメージを与えられる。

サンダー

➡落雷による放電でダメージを与える魔法。攻撃範囲は広くないが、確実にターゲットに当たるため使い勝手が良い。

エアロ

⬅ターゲットがいる場所に突風を巻き起こす。突風に触れた敵はこちら側に吹き飛ぶので、追加で攻撃を当てやすい。

共通バトルコマンドリスト：魔法(つづき)

名前と必要なマテリアレベル	消費MP	ATBコスト	詠唱時間	タイプ	属性	威力	バースト値	ATB増加量	カット値	特殊効果	キープ値
▼『ふうじる』マテリアで使える魔法											
★1 スリプル	5	1	0秒	—	—	0	0	0	0	睡眠(40秒)	40
			効果 ターゲットを睡眠状態にする								
★2 サイレス	4	1	0秒	—	—	0	0	0	0	沈黙(40秒)	40
			効果 ターゲットを沈黙状態にする								
★3 バーサク	5	1	1秒	—	—	0	0	0	0	バーサク(30秒)	40
			効果 ターゲットをバーサク状態にする								
▼『じかん』マテリアで使える魔法											
★2 スロウ	3	1	0秒	—	—	0	0	0	0	スロウ(40秒)	40
			効果 ターゲットをスロウ状態にする								
★3 ストップ	14	1	1.5秒	—	—	0	0	0	0	ストップ(10秒)	40
			効果 ターゲットをストップ状態にする								
★1 ヘイスト	4	1	0秒	—	—	—	—	0	—	ヘイスト(100秒)	40
			効果 味方ひとりをヘイスト状態にする								
▼『しょうめつ』マテリアで使える魔法											
★1 デバリア	10	2	1秒	—	—	0	0	0	0	特定の有利な状態変化を解除	40
			効果 ターゲットのバリア、マバリア、リフレク状態をまとめて解除する								
★2 デスペル	16	2	1秒	—	—	0	0	0	0	有利な状態変化を解除	40
			効果 ターゲットの有利な状態変化をまとめて解除する								
▼『バリア』マテリアで使える魔法											
★1 バリア	11	1	0秒	—	—	—	—	0	—	バリア(60秒)	40
			効果 味方ひとりをバリア状態にする								
★2 マバリア	14	1	0秒	—	—	—	—	0	—	マバリア(60秒)	40
			効果 味方ひとりをマバリア状態にする								
★3 ウォール	20	1	1.5秒	—	—	—	—	0	—	バリア(60秒)、マバリア(60秒)	40
			効果 味方ひとりをバリア＆マバリア状態にする								

知識のマテリア《 魔法は『はんいか』マテリアで強化できる

魔法マテリアを『はんいか』マテリアと組にすると、対応する魔法を範囲化できる。範囲化を行なえば、より多くの相手に効果がおよび、魔法の実用度が増すのだ。魔法を範囲化するときに知っておきたいことは、以下のとおり。なお、範囲化した攻撃魔法は、敵が密集している状況だと同じ相手に2回以上当たる場合もある。

魔法を範囲化するときに知っておきたいこと

- バトルコマンドで使用するときに右記のマークが表示され、範囲化した状態で使える(L1ボタンを押してマークを暗くすると、範囲化せずに使うことも可能)
- ショートカットコマンドに魔法を登録するときにL1ボタンを押すと、範囲化するかどうかを切りかえられる(ショートカットでは登録中の状態でのみ使用可能)
- 味方に使う魔法を範囲化すると、全員が効果を得られる
- 敵に使う魔法を範囲化すると、ターゲットに向けて魔法を放ったあと、半径10m以内にいる別の敵(近い順に2体まで)に対しても魔法が放たれる(右の図を参照)
- 範囲化した魔法は、「ダメージ量」「回復量」「発生させる状態変化の持続時間」が、『はんいか』マテリアのマテリアレベルに応じた以下の倍率に弱まる
  ★1 0.4倍　★2 0.55倍　★3 0.75倍

範囲化した攻撃魔法の効果のおよぼしかた

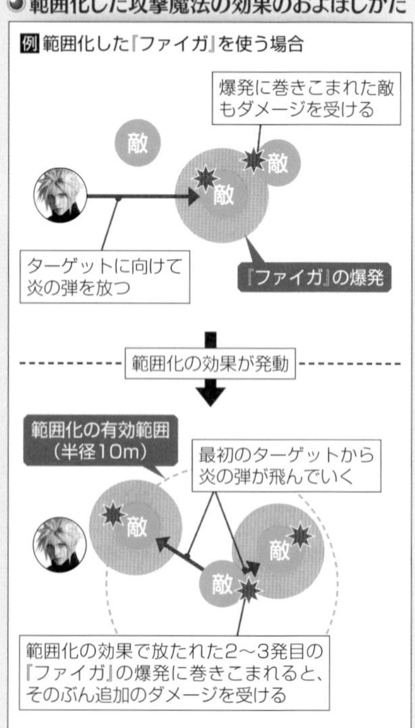

コマンドマテリアで使えるアビリティ

※ヒ……相手がヒート状態の場合の値

名前	ATBコスト	タイプ	属性	威力	バースト値	ATB増加量	カット値	特殊効果	キープ値
ATBブースト	0	—	—	—	—	(下記参照)	—	—	40
		効果▶L1ボタンを押しながらR1ボタンを押すと発動し、自分のATBゲージのたまっている量を2倍に増やす。使用後は、マテリアレベルに応じた以下の時間のあいだ再使用できない ★1 360秒 ★2 300秒 ★3 240秒 ★4 180秒 ★5 120秒							
みやぶる	1	—	—	0	0	0	0	見破る	60
		効果▶ターゲットの情報(マテリアレベルが★2のときは敵全体の情報)を見破る							
ぬすむ	1	—	—	0	0	0	0	アイテムを盗む	40
		効果▶ターゲットが持っているアイテムを盗む。運の値が高いほど成功しやすい(→P.705)							
チャクラ	1	回復	—	(下記参照)	—	0	—	毒状態を解除	40
		効果▶自分のHPをマテリアレベルに応じた以下の割合で回復しつつ、毒状態を解除する ★1 減っている量の20% ★2 減っている量の25% ★3 減っている量の30% ★4 減っている量の35% ★5 減っている量の40%							
いのり	2	回復	—	(下記参照)	—	0	—	—	40
		効果▶味方全員のHPを回復する。回復量は「魔法攻撃力×マテリアレベルに応じた以下の威力」×0.95〜1.05 ★1 4 ★2 5 ★3 6 ★4 7 ★5 8							
▼『てきのわざ』マテリアで使えるアビリティ									
アイスオーラ	1	魔法	氷	1ヒットごとに16	0	0	0	—	40
		効果▶60秒のあいだ、自分を中心とした半径3m以内にいる敵に1秒間隔でダメージを与える							
自爆	2	魔法	—	940	1	0	50	打ち上げ	40
		効果▶自分を中心とした半径5m以内にいる敵にダメージを与え、自分は戦闘不能状態になる							
霊気吸収	2	魔法	—	1ヒットごとに76	1ヒットごとに1 ヒ1ヒットごとに2	0	30	—	40
		効果▶10秒のあいだ、自分を中心とした半径6m以内にいる敵に2秒間隔でダメージを与えつつ、その量の30%自分のHPを回復する							
くさい息	2	—	—	0	0	0	0	毒(180秒)、沈黙(40秒)、睡眠(40秒)	40
		効果▶自分とターゲットを結ぶ直線上(およびその延長線上)にいる敵を、毒&沈黙&睡眠状態にする							

独立マテリアで使えるリミット技

名前	タイプ	属性	威力	バースト値	ATB増加量	カット値	特殊効果	キープ値
ヴィジョン	—	—	—	—	0	—	ATBゲージの最大値+1段階(※1)、リミットゲージ増加(500)	60
	効果▶自分がATBゲージを3段階目までためられるようになる(→P.127)。使用時にリミットゲージをすべて消費するが、使った直後にリミットゲージが500増える。なお、一度使うと、そのバトル中は再使用できない							

※1……持続時間は、リミットレベルが1のときは「300秒」、2のときは「600秒」

知識のマテリア《『てきのわざ』マテリアで使える技を増やそう

『てきのわざ』マテリアをセットした状態で敵から特定の攻撃を受けると、60%の確率でその技を『てきのわざ』マテリアで使用できるようになる。それぞれの技を使う敵と出現場所を右の表にまとめたので、使える技を増やしたいときに役立ててほしい。

『てきのわざ』マテリアで使える技とその技を使う敵

技名	使う敵	
	名前	出現する場所やサブイベントの例
アイスオーラ	ディーングロウ	SUB『コルネオ・コロッセオ』(→P.444)
自爆	スモッグファクト	CH13 六番街スラム・陥没道路 旧バイパス
	ヴァギドポリス	CH13 六番街スラム・陥没道路 旧バイパス
	ボム	SUB『コルネオ・コロッセオ』(→P.444)
	H0512-OPTβ	CH16 神羅ビル・65F 宝条研究室サブフロア:サンプル試験室
霊気吸収	ファントム	SUB クエスト16「消えた子供たち」(→P.416)
くさい息	モルボル	CH17『神羅バトルシミュレーター』(→P.455)

アイテム

※ヒ……相手がヒート状態の場合の値

名前	ATBコスト	タイプ	属性	威力	バースト値	ATB増加量	カット値	特殊効果	キープ値
ポーション	1	回復	—	(下記参照)	—	0	—	—	60
		効果▶味方ひとりのHPを350回復する							
ハイポーション	1	回復	—	(下記参照)	—	0	—	—	60
		効果▶味方ひとりのHPを700回復する							
メガポーション	1	回復	—	(下記参照)	—	0	—	—	60
		効果▶味方ひとりのHPを1500回復する							
エーテル	1	回復	—	(下記参照)	—	0	—	—	60
		効果▶味方ひとりのMPを20回復する							
エーテルターボ	1	回復	—	(下記参照)	—	0	—	—	60
		効果▶味方ひとりのMPを999回復する							
エリクサー	1	回復	—	(下記参照)	—	0	—	—	60
		効果▶味方ひとりのHPを9999、MPを999回復する							
フェニックスの尾	1	回復	—	(下記参照)	—	0	—	戦闘不能状態を解除	60
		効果▶味方ひとりの戦闘不能状態を解除し、HPを最大値の20%回復する							
毒消し	1	—	—	—	—	0	—	毒状態を解除	60
		効果▶味方ひとりの毒状態を解除する							
乙女のキッス	1	—	—	—	—	0	—	カエル状態を解除	60
		効果▶味方ひとりのカエル状態を解除する							
眠気覚まし	1	—	—	—	—	0	—	睡眠状態を解除	60
		効果▶味方ひとりの睡眠状態を解除する							
やまびこえんまく	1	—	—	—	—	0	—	沈黙状態を解除	60
		効果▶味方ひとりの沈黙状態を解除する							
興奮剤	1	—	—	—	—	0	—	いかり(永続)	60
		効果▶味方ひとりのかなしい状態を解除する。対象がかなしい状態でない場合は、いかり状態にする							
鎮静剤	1	—	—	—	—	0	—	かなしい(永続)	60
		効果▶味方ひとりのいかり状態を解除する。対象がいかり状態でない場合は、かなしい状態にする							
万能薬	1	—	—	—	—	0	—	不利な状態変化を解除	60
		効果▶味方ひとりの不利な状態変化(スタン状態と戦闘不能状態をのぞく)をまとめて解除する							
スピードドリンク	1	—	—	—	—	0	—	ヘイスト(100秒)	60
		効果▶味方ひとりをヘイスト状態にする							
手榴弾	1	物理(遠隔)	—	(下記参照)	5 ヒ10	0	50	打ち上げ	60
		効果▶ターゲットに向けて手榴弾を投げる。手榴弾は2秒後に爆発し、半径6m以内にいる敵に200のダメージを与える							
有害物質	1	物理(遠隔)	—	(下記参照)	0	0	0	毒(180秒)	60
		効果▶ターゲットに向けて爆弾を投げる。爆弾は1.5秒後に爆発し、半径2m以内にいる敵に50のダメージを与えつつ毒状態にする							
クモの糸	1	—	—	0	0	0	0	スロウ(40秒)	60
		効果▶ターゲットに向けて爆弾を投げる。爆弾は敵や地面などに当たると、5.5秒間その場に残る糸をまき散らし、半径2m以内にいる敵をスロウ状態にする							
重力球	1	魔法	—	(下記参照)	0	0	50	打ち上げ	60
		効果▶ターゲットに向けて爆弾を投げる。爆弾は敵や地面などに当たると1.8秒後に重力球を発生させ、半径2m以内にいる敵に残りHPの25%のダメージを与える							
ビッグボンバー	1	物理(遠隔)	—	(下記参照)	10 ヒ20	0	50	打ち上げ	60
		効果▶ターゲットに向けて爆弾を投げる。爆弾は敵や地面などに当たると爆発し、半径3m以内にいる敵に500のダメージを与える							
ファイアカクテル	1	魔法	炎	(下記参照)	1×4回 ヒ2×4回	0	50	—	60
		効果▶ターゲットに向けて爆弾を投げる。爆弾は敵や地面などに当たると3秒間燃え上がり、半径2m以内にいる敵に90のダメージを4回与える							
ムームーちゃん	1	物理(遠隔)	—	(下記参照)	1 ヒ2	0	50	打ち上げ	60
		効果▶ターゲットに向けて人形を投げる。人形は敵や地面などに当たると爆発し、半径3m以内にいる敵に250のダメージを与える							
ヘモヘモくん	1	物理(遠隔)	—	(下記参照)	1 ヒ2	0	50	打ち上げ	60
		効果▶ターゲットに向けて人形を投げる。人形は敵や地面などに当たると爆発し、半径3m以内にいる敵に500のダメージを与える							

バトルシステムデザイナー

佐藤雅則 Masanori Sato

代表作 FFXV、キングダム ハーツⅡ ファイナル ミックス、キングダム ハーツⅢ

Q 武器強化が生まれた経緯を教えてください。

A オリジナル版にあった、レベルアップによる成長と装備品やマテリアでの戦力アップに加えて、カスタマイズ性のある強化要素を入れたいと思い、武器強化のシステムを作りました。「強化に必要なスキルポイントをキャラクターが獲得して、武器ごとにスキルポイントの最大値まで強化できる」という仕組みは、新しく入手した武器でもすぐ活用できるように考えたものです。ちなみに、武器強化の画面は、武器のなかに成長マテリアが内包されているという設定と、宇宙をイメージしたコンセプトアートを活かして、武器が成長してスキルを解放することで天体が完成していくような構成にしました。

Q 召喚獣のシステムはどのように決めましたか？

A バトルフィールド上に召喚獣を直接出現させ、クラウドたちと一緒に戦う「共闘」を主軸に考えました。それと同時に、召喚獣が使うダイナミックな必殺技は最大の見せ場でもあるので、地形などによる演出面の制約をなるべく少なくして、ゲーム性とうまく両立できるようにしています。ボス戦や『神羅バトルシミュレーター』など、召喚獣を呼び出せるバトルはかぎられていますが、ここぞという場面での最後の切り札として、戦略的に利用できる要素になったのではないでしょうか。

Q 一番こだわって制作した部分は？

A 武器強化については、複数のスタッフでプレイをくり返し、24種類すべての武器をしっかり調整しました。見た目がネタっぽい釘バットも、武器スキルでクリティカルダメージを上げれば、ほかの武器を上まわる強さを発揮する可能性を秘めています。ぜひ、いろいろな武器で遊んでみてください。

自分だけが知っている本作の秘密

武器強化の自動モードは、武器スキルのなかでもとくに重要な『マテリア穴拡張』から解放されるようになっています。ティファの『ザンガン流精神統一』などの、最優先したいスキルを解放してから自動モードにすれば、お手軽に武器強化が楽しめるのでオススメです。

リードバトルデザイナー

城市智孝 Tomotaka Shiroichi

代表作 FF零式、The 3rd Birthday、エンペラーズ サガ、インペリアル サガ

Q 今回のバトルのコンセプトは？

A ボス敵とのバトルは「起承転結」のような流れを持たせて、ストーリーとバトルのテンションを融合させることを徹底しました。敵の行動の内容はもちろんですが、バトル中に挿入されるカットシーンやセリフの掛け合いといった演出も、その一環として作成しています。また、今作のバトルのアクションは、動きを見切ったりすばやく反応したりする「反射系アクション」ではなく、状況に応じた的確な判断が重要となる「戦術系アクション」なので、プレイヤーが敵の行動を予測しながら戦えるように、エネミー側は攻撃を出す前の動作などをしっかりと見せるように注意しました。

Q オリジナル版から変えてはいけないと考えた部分や、変えようとした部分を教えてください。

A オリジナル版に登場した敵の特徴的な攻撃や行動は、できるだけ変えないようにしました。たとえば、ルードがティファに対して手心を加えるところは、キャラクター性に関わる大事な要素として再現しています。本作のバトルに合わせてアレンジはしていますが、オリジナル版をプレイしたかたに、当時のバトルを思い出してもらえるとうれしいですね。それとは逆に、ヘルハウスやエリゴルは、オリジナル版で通常の敵だったものをボス敵に昇格させたため、より個性を出すべく大幅なアレンジを加えました。どちらもかつての面影を残しつつ、インパクトのある新たな強敵に仕上がったと思います。

Q 一番気に入っているエネミーは？

A 神羅製のメカが好みです。ハイテク兵器のくせに、どことなくポンコツ感を漂わせるあたりがたまりません。ハイデッカーのセンスでしょうか。

自分だけが知っている本作の秘密

バレットのバトルボイスを実装したところ、「オラ来いよォ！」「やってみなァ！」と叫びまくる超イキリおじさんが生まれてしまったので、操作していないときにしゃべる頻度を下げるなど、伊勢（伊勢 誠氏：サウンドディレクター）といろいろ調整をほどこしました。

リードバトルデザイナー

坂根康介

Kosuke Sakane

代表作 ドラゴンクエストヒーローズ、真・三國無双 MULTI RAID Special、真・三國無双6、真・三國無双 VS、真・三國無双8、討鬼伝、討鬼伝 極、討鬼伝2

Q どのような作業を担当されましたか？

A チーム内のメンバーの進捗管理やフォローを行ないつつ、ボス敵の実装に携わりました。メンバーをフォローしようと積極的に実装作業に取り組んでいった結果、担当したボス敵がチーム内でもっとも多くなっています。

Q オリジナル版を強く意識した部分は？

A 今作のボス敵は一部をのぞいて、ベースとなる敵がオリジナル版に登場しています。昔からの『FFⅦ』ファンは、オリジナル版での「見た目」「使ってくる攻撃」「特徴的な設定や行動」などから、その敵に対するイメージを持っていると思うので、それを壊さないように行動や攻撃を考えていきました。ただ、「オリジナル版の設定にはないけど、こんなことやりそう」と、ちょっと冒険した敵もいます。そういったところも含めて、みなさんに受け入れてもらえたらうれしいですね。

Q もっとも苦労したことを教えてください。

A 「プレイヤーにどう伝えるか」という点でしょうか。今作のボス敵とのバトルは、カットシーンをはさむなどして段階を切りかえ、それに応じて攻略法も変化させています。その変化を、言葉ではなく体験で理解してもらえるようにゲーム内に組みこむのがスマートなのですが、なかなか思うように実現できず、試行錯誤をくり返しました。

Q つぎの作品ではどんなことに挑戦したいですか？

A アクション性のあるバトルでは、プレイヤーの感情を動かす要素は刹那的なものが中心となりますが、ひとつのバトルを通しての体験でプレイヤーの感情を動かすことができるように、もっと突きつめていきたいですね。本作でもある程度は実現できたと思いますが、まだ伸びしろを感じています。

！自分だけが知っている本作の秘密

ルーファウスが使うコインは、表と裏で別のデザインになっていて、裏面にはダークネイションが彫られているんですよ(→P.731)。コインがアップになる場面は少ないのですが、デザイナーのこだわりが感じられる部分です。

リードアプリケーションプログラマー

保志名大輝

Daiki Hoshina

代表作 FFⅫ、FFⅩⅢ、FFⅩⅢ-2、ライトニング リターンズ FFⅩⅢ、メビウス FF、聖剣伝説4

Q どのような作業を担当されましたか？

A レベルデザイナーが企画を作るときに使うシステムの作成や、ゲーム全体の状態管理などです。安定した開発環境を継続して提供するために、専属のテスターたちと協力して、毎日更新されるプログラムやアセット(ゲームを構成する素材データ)の安定度を調べたり、開発データのエラーチェックを自動的に行なう機構を構築したりしました。

Q もっとも苦労した点は？

A 自動化されたエラーチェック機構は100種類以上あり、エラー報告のメールは多い日だと数百件を超えていました。そのなかから、急いで直さなければならないものを選別して担当者に伝えていたのですが、アセットの量がかなり多いこともあって、修正してもすぐに新しいエラーが報告されるという状況で、対応するのが大変でしたね。

Q 開発中の忘れられない思い出を教えてください。

A 部下のプログラマーのなかにスペイン人のコスプレイヤーがいて、開発の終盤に母国で結婚式を挙げたのですが、本格的なバスターソードでケーキ入刀をする写真がSNSで話題になり、日本のニュースサイトでも取り上げられたんです。それを会社で見たときには、感慨深いものがありました。

Q 今回の作品でもっとも見てほしいところは？

A 処理落ちして動きが遅くなる瞬間がほとんどないところです。とくにウォール・マーケット付近は、ほかの場所とくらべてデータ量が数倍もあり、開発の終盤までプログラマーや企画担当者とデータの最適化の作業をつづけました。多くのスタッフの努力があって実現できたので、街のなかをグルグル走りまわっていただきたいです。

！自分だけが知っている本作の秘密

一部のチャプターでは、イベントシーン中につぎのチャプターへ切りかわる特殊な処理をしています。開発中は、CHAPTER 8から9へ進む場面でその処理がうまくいかず、街の人たちが数十人重なっていたり、バレットのサングラスだけが浮かんでいたりする時期がありました。

SECTION

BATTLE SYSTEM

バトルシステム

バトルシステム 01

バトルの基礎知識

KEYWORD	
ATB(アクションタクティカルバトル)	本作のバトルシステム。自由に走りまわれたり味方と敵が同時に行動したりと、過去のFFシリーズ作品にあったATB(アクティブタイムバトル)よりもアクション性が強くなっている。

バトルの流れ

CHECK!! » 本作のバトルは、以下の流れで行なわれる。

1 敵に近づく

➡フィールドのあちこちには、モンスターや兵士などの敵(エネミー)の姿が見えており、近づくとバトルがはじまる。場所によっては、隠れて待ち伏せしている敵もいるので注意。

2 敵と戦う

➡バトル中は、左スティックで好きな方向へ移動できるほか、特定のボタンを押したりコマンドを選んだりすれば攻撃や防御が可能。一方、下記の行動はバトル終了まで行なえなくなる。

◉バトル中に行なえなくなるおもなこと

- メインメニューやマップ画面を開く
- ダッシュ
- オートアクション
- △ボタンによる調査や会話

3 勝利

⬆その場にいる敵を全滅させると、バトルが終わって探索を再開できる。また、敵を倒すたびに経験値やAPなどが手に入り、戦闘能力を上げることが可能(→P.124)。

3' 敗北(ゲームオーバー)

⬆味方全員が戦闘不能状態になるとゲームオーバー。そのときは、バトルの開始直前、チェックポイント(→P.175)、タイトル画面のどこからやり直すかを選べる。

TIPS

- パーティがふたり以上のときは、誰かひとりを操作し、ほかの仲間は自動的に行動する
- バトルをやり直しても、バトル中に得た経験値は失われない(AP、熟練度、ギルなどは失う)
- 一部の連戦の途中でやり直すときは、そのバトルと1戦目のどちらから再開するかを選べる
- ポーズメニューからでもバトルをやり直せるが、その場合は連戦途中からの再開を選べない

バトルから逃げることもできる

⬅敵がいた場所からある程度離れると、画面上部に「ESCAPING」の文字が出現。この状態が3～6秒つづけば(時間は場所ごとに異なる)、バトルが終了する。

- ボス敵とのバトルでは逃げることができない。また、通常のバトルでも、戦う場所がせまいなどの理由でバトルから逃げられない場合がある
- 本来なら「ESCAPING」が表示される場所まで離れたときでも、途中で別の敵と出会っているとバトルが終わらない。ただし、最初から戦っていた敵は、追跡をやめてもとの場所へ引き返す
- バトルから逃げると、再戦を挑むまでのあいだ敵のHPとバーストゲージが少しずつ回復してしまう。それぞれの回復量は、バトル終了時に最大値の10%、以降は3秒ごとに最大値の5%

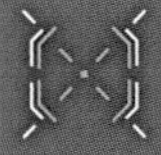

ウェイトモード

CHECK!! » コマンド選択中は「ウェイトモード」に切りかわり、時間の進む速度が100分の1になる。

ウェイトモードになる状況

- バトルコマンド(→P.130)が表示されているとき
- ショートカット(→P.130)に設定した「対象が味方ひとりのコマンド」を選んでいるとき

⬅ウェイトモード中は、敵の動きが激しいときでも、落ち着いてコマンドを選べる。ただし、時間が完全に止まるわけではなく、そのまま放置していると敵に攻撃されてしまうので気をつけたい。

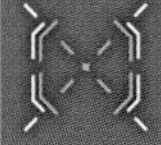

バトルセッティング

CHECK!! » メインメニューの「BATTLE SETTINGS」では、バトルに関する設定を変更できる。

バトルセッティング画面で行なえること

- バトルリーダーの変更(→P.122)
- ショートカットコマンドの設定(→P.130)
- 使用するリミット技の変更(→P.141)

➡ショートカットに登録するコマンドや使用するリミット技を変えたいときは、バトルセッティング画面を開こう。なお、バトルに関するほかの設定は、メインメニューの「SYSTEM」で変更可能だ。

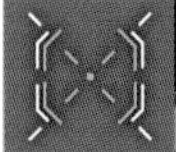

難易度の影響

CHECK!! » ゲーム開始時やメインメニューなどで選べる難易度は、下記の要素に影響する。

バトル関連で難易度によって変わること

- 味方が受けるダメージの大きさ(→P.135)
- 味方に発生した不利な状態変化の持続時間(→P.136)
- 味方のダメージリアクションのとりやすさ(→P.133)
- リミットゲージのたまりやすさ(→P.141)
- 敵のステータスの高さ(→P.520)
- 敵のバーストゲージのたまりやすさ(→P.521)

※上記のほか、難易度がCLASSICのときは、操作キャラクターが自動的に行動するようになる

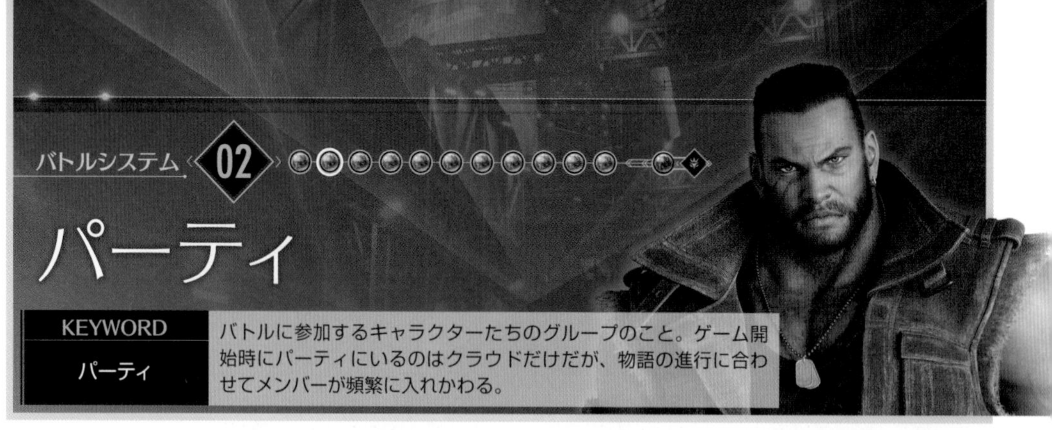

パーティ

KEYWORD	
パーティ	バトルに参加するキャラクターたちのグループのこと。ゲーム開始時にパーティにいるのはクラウドだけだが、物語の進行に合わせてメンバーが頻繁に入れかわる。

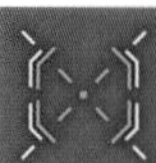

パーティメンバー

CHECK!! » パーティは最大で3人。4人で行動するときは、特定の誰かがパーティから外れる。

パーティに加わるキャラクター

キャラクター	はじめて加わる時期
クラウド	CHAPTER 1の最初から
バレット	CHAPTER 1の「魔晄だまりを目指す」(→P.188)
ティファ	CHAPTER 3の「スラムの日常」(→P.205)
エアリス	CHAPTER 8の「駅を目指す」(→P.262)

TIPS

- 装備やバトルセッティングの変更は、パーティにいない仲間のぶんも行なえる
- パーティに加わったことがあるキャラクターは、パーティにいなくても経験値の80%(小数点以下切り上げ)を獲得できる。一方、APを獲得できるのはパーティにいる人のみ
- 特定の場面では、上記以外の「ゲストキャラクター」が加勢してくる(→P.110～111)

バトルリーダー

CHECK!! » バトル開始時に操作するキャラクターを「バトルリーダー」と呼ぶ。

バトルリーダーについて知っておきたいこと

- バトルリーダーを変更しても、探索中に操作するキャラクターは変わらない
- バトルがはじまったあとは、バトルリーダー以外に操作を切りかえることもできる(下の項を参照)

←メインメニューのバトルセッティング画面で△ボタンを押すと、選択中のキャラクターをバトルリーダーに設定できる。

操作キャラクターの切りかえ

CHECK!! » バトル中に誰を操作するかは、方向キーで下の図のように切りかえられる。

操作キャラクターの切りかわりかた(図は画面右下での並び順)

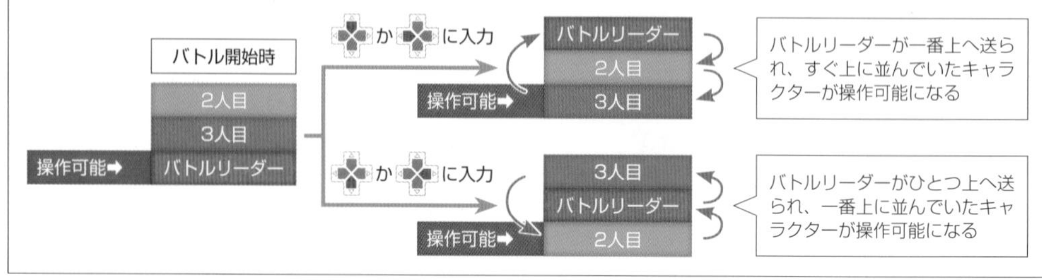

※メインメニューの「SYSTEM>OPTIONS>カメラ&振動設定」で、「ターゲットロック操作」を「方向キー左右」に変更している場合は、方向キーの左や右を入力しても操作キャラクターが切りかわらない
※戦闘不能状態のキャラクターには操作が切りかわらない(操作しているキャラクターが戦闘不能状態になった場合は、方向キーを下か右に入力した場合と同じ流れで操作キャラクターが切りかわる)

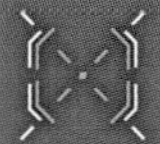

操作していない仲間の特徴

CHECK!! » 操作していない仲間は、下記の特徴を持つ。

特徴1 自動的に行動する

操作していない仲間は、プレイヤーが何もしていなくても、移動、ガード、回避、『たたかう』を独自の判断で行なう。下の表のマテリアをセットすれば、アビリティや魔法を使わせることも可能だ。

⬆自動的に行動する仲間の攻撃手段は、『まほうついげき』の発動時をのぞくと『たたかう』のみ。

特徴2 ATBゲージがたまりにくい

仲間のATBゲージは、時間経過による増加ペースが遅いうえ、攻撃やガードを行なったときの増加量も操作キャラクターより少ない(→P.126〜127)。

特徴3 敵をバーストしにくい

操作していない仲間の『たたかう』では、敵のバーストゲージが増えない。バーストを狙うなら、操作キャラクターが攻撃してゲージを満タンにしよう。

特徴4 ボス敵にトドメを刺せない

操作キャラクター以外の『たたかう』で、ボス敵のHPを減らせるのは残り1まで。仲間に攻撃をまかせていると、バトルが終わらないことがあるのだ。

操作していない仲間が自動的にアビリティや魔法を使うようになるマテリア

名前	効果	詳細
まほうついげき	操作キャラクターがバトルコマンドを敵に使うと、組にしたマテリアの魔法を同じ敵に使う	P.496
オートケアル	パーティメンバーのHPが残り25%以下になると、そのキャラクターに『ケアル』を使ってHPを回復する	P.498
ちょうはつ	自分以外のパーティメンバーのHPが残り25%以下になると、すべての敵の狙いを自分に引きつける	P.500

- バトルコマンドで仲間に使わせた攻撃(→P.130)や『まほうついげき』マテリアで使わせた攻撃なら、敵のバーストゲージをためたり、ボス敵にトドメを刺したりすることが可能
- 操作キャラクターが敵に狙われやすいぶん、仲間たちは攻撃を受けにくい(→P.522)

操作していない仲間の判断のしかた

操作していない仲間の行動のおおまかな流れ

1. ターゲットを決める(下記参照)
2. 数秒間(※1)、前後左右に歩きつつ敵の様子をうかがい、攻撃されたときはガードや回避を行なう
3. 『たたかう』のコンボを1セット仕掛ける(攻撃を途中でやめたり回避で中断したりする場合もある)

(→ 最初に戻る)

※1……バトル開始時は0.5〜1.5秒、『たたかう』のあとは4.5秒(ターゲットがバースト中なら0.5秒)

⬆敵が1体だけのときや敵がバーストしたときをのぞくと、味方全員で集中攻撃するケースはほとんどない(同じ敵の本体と部位を個別に狙うことはある)。

操作していない仲間のターゲットの決めかた

- 基本的に、自分の前方かつ近くにいる敵を狙う
- バレット(片手銃装備時)とエアリスは、上空にいる敵を優先して狙うことが多い
- バースト状態になった敵がいれば優先して狙う
- こちらの攻撃を弾き返す敵や耐性などでダメージを軽減する敵は、狙うのをあとまわしにすることが多い
- 睡眠状態の敵やほかの味方が狙っている敵はターゲットにしない(攻撃直前にターゲットがその条件を満たしたときは、別の敵に狙いを変える)

- 操作していない仲間は、爆発を起こす攻撃や周囲に放電する攻撃などの効果範囲を知っており、そのような攻撃を敵が使ってきたときは効果範囲から離れてかわすことが多い
- エアリスが『聖なる魔法陣』『光の盾』『応援の魔法陣』を使うと、操作していない仲間は敵の様子をうかがっているときにその効果範囲内に入ろうとする

バトルシステム 03

ステータス

KEYWORD	
ステータス	HP、物理攻撃力、魔法防御力といった、戦闘能力に影響する数値の総称。レベルアップのほか、装備品やマテリアなどの効果で上昇し、数値が高いほどバトルを有利に進められる。

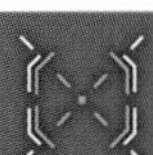

ステータスの種類

CHECK!! » ステータスの値は、メインメニューの「STATUS」などで確認できる。

ステータスごとのおもな役割

名前	おもな役割
レベル	総合的な強さ。経験値がある程度たまるたびに上がり、最大HPなどが高くなる
経験値(EXP)	敵を倒すたびに獲得でき、規定の量までたまるとレベルアップする
HP(ヒットポイント)	ダメージを受けるたびに減り、ゼロまで減ると戦闘不能状態になる
MP(マジックポイント)	魔法を使うときに消費する。MPが足りないと、その魔法は使用できない
SP(スキルポイント)	武器を強化するときに使う。また、最大値に応じて武器レベルが上がる(→P.466)
武器レベル	武器が持つコアを何個まで出現させられるかに影響する(→P.467)
物理攻撃力	物理タイプの攻撃で与えるダメージ量に影響する(→P.135)
魔法攻撃力	魔法タイプの攻撃で与えるダメージ量と『ケアル』などでの回復量に影響する(→P.135)
物理防御力	物理タイプの攻撃で受けるダメージ量に影響する(→P.135)
魔法防御力	魔法タイプの攻撃で受けるダメージ量に影響する(→P.135)
力	この値の2倍だけ物理攻撃力が上がる
魔力	この値の2倍だけ魔法攻撃力が上がる
体力	この値と同じ量だけ物理防御力が上がる
精神	この値と同じ量だけ魔法防御力が上がる
運	クリティカルの発生確率(→P.133)や『ぬすむ』の成功確率(→P.705)に影響する
すばやさ	ATBゲージが時間経過で増えるペースに影響する(→P.126)
攻撃属性	『ぞくせい』マテリアの効果によって大半の攻撃に付与されている属性(→P.135)
防御耐性	属性攻撃で受けるダメージ量(→P.135)や不利な状態変化の持続時間と完全に防ぐかどうか(→P.136)に影響する

経験値とレベルアップ

CHECK!! » 敵を倒して経験値をためると、レベルアップして大半のステータスが上がる。

⬅レベルと経験値はメインメニューで確認可能。経験値は、つぎのレベルに必要な量と、現在のレベルでの獲得量が表示される。

➡敵を倒すと、その直後に経験値を獲得できる。敵が複数いる場合は、バトル中にレベルが上がることも。

TIPS
- レベルの初期値とレベルアップに必要な経験値はキャラクターごとにちがう(→P.81～105)
- どのキャラクターも、レベルは50まで上げることができる
- 倒した敵の経験値は、戦闘不能状態になっていても獲得可能。さらに、パーティにいないキャラクターも、倒した敵の経験値の80%を獲得できる(→P.122)

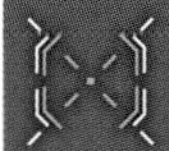

HPとMPの回復

CHECK!! » 敵に減らされたHPと魔法で消費したMPは、下記の方法で回復できる。

バトル中におけるHPとMPのおもな回復方法

※回復量の大半は小数点以下四捨五入で、算出結果がゼロだった場合は1になる。例外として、『バーストドレイン』『ダメージアスピル』の回復量は小数点以下切り捨てで、算出結果がゼロ以下だった場合は回復しない

	方法		回復するキャラクター	回復量
HPの回復方法	▼バトル中以外でも行なえるもの			
HPの回復方法	右記のアイテムを使う(難易度がHARDのときは使用できない)	ポーション	味方ひとり	350
HPの回復方法		ハイポーション	味方ひとり	700
HPの回復方法		メガポーション	味方ひとり	1500
HPの回復方法		エリクサー	味方ひとり	9999
HPの回復方法	右記の魔法を使う	ケアル	味方ひとり(※1)	自分の魔法攻撃力の7倍(※1)
HPの回復方法		ケアルラ	味方ひとり(※1)	自分の魔法攻撃力の13倍(※1)
HPの回復方法		ケアルガ	味方ひとり(※1)	自分の魔法攻撃力の24倍(※1)
HPの回復方法	▼バトル中のみ行なえるもの			
HPの回復方法	右記のアビリティを使う	チャクラ	自分のみ	自分のHPが減っている量の20～40%(※2)
HPの回復方法		いのり	パーティ全員	自分の魔法攻撃力の約4～8倍(※2)
HPの回復方法	魔法『リジェネ』を使う		味方ひとり(※1)	相手の最大HPの10%(※1)。さらに、180秒(※1)のあいだ2秒ごとに最大HPの1%
HPの回復方法	てきのわざ『霊気吸収』で敵にダメージを与える		自分のみ	与えたダメージ量の30%
HPの回復方法	『HPきゅうしゅう』マテリアと組にしたマテリアによる攻撃で敵にダメージを与える		自分のみ	与えたダメージ量の20～40%(※2／※3)
HPの回復方法	武器スキル『バーストドレイン』を解放した武器を装備し、バースト状態の敵に固有アビリティで20以上のダメージを与える		自分のみ	与えたダメージ量の5%(※3)
HPの回復方法	武器スキル『キルドレイン』を解放した武器を装備し、自分の攻撃で敵を倒す		自分のみ	自分の最大HPの5%
HPの回復方法	エアリスがリミット技『癒しの風』を使う		パーティ全員	相手の最大HPの50%
HPの回復方法	カーバンクルが基本技『ルビーのいやし』を使う		味方ひとり	カーバンクルの魔法攻撃力の7倍
HPの回復方法	カーバンクルが必殺技『ダイヤのかがやき』を使う		パーティ全員	相手の最大HPと同じ量(戦闘不能状態から復活したときは最大HPの40%)
MPの回復方法	▼バトル中以外でも行なえるもの			
MPの回復方法	神羅ボックスを壊し、魔晄石を入手する		パーティ全員	自分の最大MPの10%
MPの回復方法	右記のアイテムを使う(難易度がHARDのときは使用できない)	エーテル	味方ひとり	20
MPの回復方法		エーテルターボ、エリクサー	味方ひとり	999
MPの回復方法	▼バトル中のみ行なえるもの			
MPの回復方法	バトルの時間を進ませる		パーティ全員	20秒ごとに1
MPの回復方法	エアリスの武器アビリティ『アスピル』で敵にダメージを与える		自分のみ	自分の最大MPの3%(ダメージを与えた相手がバースト状態なら15%)
MPの回復方法	『MPきゅうしゅう』マテリアと組にしたマテリアによる攻撃で敵にダメージを与える		自分のみ	与えたダメージ量の0.1%(※3)
MPの回復方法	武器スキル『ダメージアスピル』を解放した武器を装備し、自分の最大HPの10%以上のダメージを受ける		自分のみ	受けたダメージ量÷自分の最大HP×10

※1……『はんいか』マテリアによって範囲化すると、パーティ全員を回復できるが、回復量は0.4～0.75倍に減る(→P.135)。また、『リジェネ』を範囲化した場合は、リジェネ状態の持続時間も同じ倍率で減る(2秒ごとの回復量は減らない)
※2……必要なマテリアのレベルが高いほど回復量が増える(表内には、最小レベルから最大レベルまでの範囲を記載)
※3……正確には「HPを減らした量の○%」なので、敵にトドメを刺したときは回復量が少なめ(敵の残りHPの○%)になる

バトルの心得 バトルがはじまる前にHPとMPを回復することも大事

　バトル中とちがって、各地を探索しているときは、HPとMPを全回復できる機会が多い(右記参照)。なかでも重要なのは休憩ポイントで、場所さえ知っていればHPとMPを何回でも全回復できるのだ。こまめに休憩ポイントを利用し、敵がいつ現れてもいいようにしておこう。

探索中にHPとMPを全回復できる状況

- 休憩ポイント(ベンチなど)を利用したとき(※4)
- クエストをクリアしたとき(※4)
- メインストーリーのチャプターをクリアしたとき

※4……難易度がHARDの場合はMPが回復しない

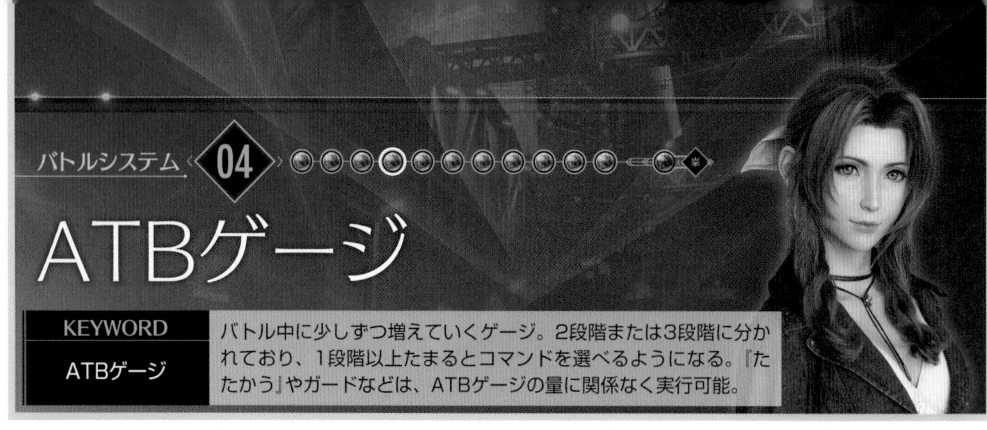

ATBゲージ

KEYWORD	
ATBゲージ	バトル中に少しずつ増えていくゲージ。2段階または3段階に分かれており、1段階以上たまるとコマンドを選べるようになる。『たたかう』やガードなどは、ATBゲージの量に関係なく実行可能。

ATBゲージの蓄積

CHECK!! » ATBゲージは、時間経過をはじめとしたさまざまな条件で増える。

ATBゲージの最大値

2000

※数値は画面には表示されない

⬆バトル中は、味方全員のATBゲージが画面右下のHPゲージの下に表示され、右の図のように増えていく。

ATBゲージが満タンになるまでの流れ

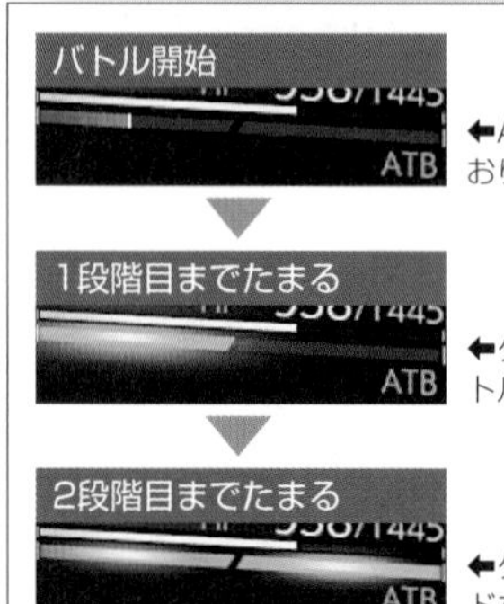

⬅ATBゲージは最初からある程度たまっており、時間経過などで少しずつ増えていく。

⬅ゲージが1段階たまると、さまざまなバトルコマンドを選べるようになる。

⬅ゲージが2段階たまれば、バトルコマンドを2回連続で選ぶことも可能に。

ATBゲージについて知っておきたいこと

- バトル開始時のATBゲージの量は、キャラクターごとにランダムで決まる。『せんせいこうげき』マテリアのセット時やアクセサリの疾風のスカーフの装備時は、その量が多くなりやすい(下の表を参照)
- ATBゲージが時間経過で増えるペースは、すばやさが高いほど速くなり(右の図を参照)、そのぶんゲージが満タンになるまでの時間も短くなる
- バトル中の行動によっては、ATBゲージを一気に増やせる(右ページの上の表を参照)
- バトルコマンドのうち、リミット技だけはATBゲージがたまっていなくても使用できる
- 戦闘不能状態になったときやバトルが終了したときは、ATBゲージがゼロにもどされる
- 多くの敵もATBゲージを持っており、満タンになるたびに強力な攻撃を使う(→P.522)

ATBゲージがゼロから満タンになるまでの時間のちがい

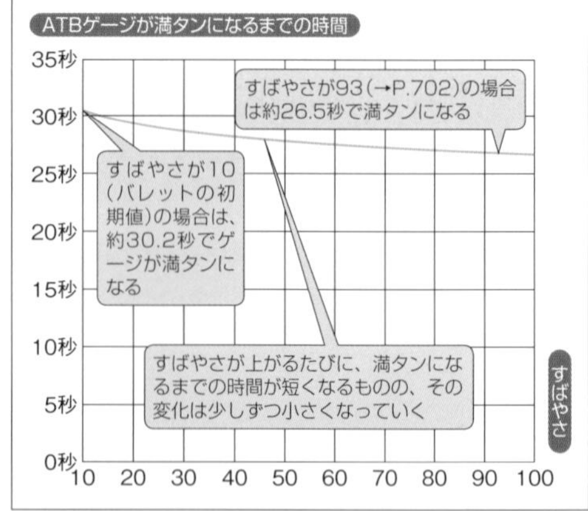

※実際の時間は、下の表の状況でさらに変わる

バトル開始時のATBゲージの量

『せんせいこうげき』マテリアのレベル	バトル開始時のATBゲージの量	
	通常時	疾風のスカーフ装備時
(セットしていない)	0～500	500
★1	750～1000	1000
★2	1000～1250	1250
★3	1250～2000	1750～2000(※1)

※1……2000になることがとても多い

時間経過によるATBゲージの増加ペースが変わる状況

状況	増加ペースの変化
操作キャラクターでないとき	0.35倍
ヘイスト状態になっているとき	1.4倍
スロウ状態になっているとき	0.6倍
睡眠状態やストップ状態になっているとき	一時的に止まる
ガードの構えをとっているとき	0.1倍(※2)
バトルコマンド、回避、『うけながし』マテリアによるアクション、ダメージリアクションの動作中	一時的に止まる

※2……操作していない仲間の場合は変わらない

時間経過以外でATBゲージを増やすおもな方法

方法	ATBゲージの増加量
『たたかう』を当てる	攻撃ごとにちがう(→P.83〜107/※3、※4、※5)
固有アビリティを当てる	攻撃ごとにちがう(→P.83〜107/※3、※4)
敵の攻撃をガードする	25〜300(→P.131/※3)
マテリアのアビリティ『ATBブースト』を使う	その時点でたまっている量と同じ
『うけながし』マテリア(★2)による攻撃を当てる	40〜100(→P.83〜107/※3、※4)
『ATBバースト』マテリアをセットし、敵をバーストさせる	★1 400 ★2 650 ★3 900
『ATBれんけい』マテリアをセットし、ATBゲージを消費するバトルコマンドを2回連続で使う(2回目のコマンドは1回目の動作中に入力する)	★1 400 ★2 500 ★3 600(ほかの味方のATBゲージが増える)
『わざたつじん』マテリアをセットし、ATBゲージを消費するバトルコマンドを3種類使う(3種類使うたびにATBゲージが増える)	★1 400 ★2 650 ★3 900
▼特定のキャラクターのみ行なえるもの	
クラウドが武器アビリティ『ディスオーダー』を当てる	500または100×2回(→P.87/※3、※5)
バレットが近接攻撃武器を装備し、ガードの構え開始時の攻撃を当てる	25(※3、※4、※5)
ティファが武器アビリティ『バックフリップ』を当てる	700(※3、※4、※5)
エアリスが武器アビリティ『応援の魔法陣』を使う	1000(※3、※5)
エアリス以外のキャラクターが、エアリスの武器アビリティ『応援の魔法陣』の効果範囲内で、ATBゲージを消費するバトルコマンドを使う	ATBゲージを消費した量の半分(その量だけエアリスのゲージが分け与えられる)

※3……ヘイスト状態のときは1.2倍、スロウ状態のときは0.8倍になる
※4……武器スキル『ATB増加量10%Up』を解放した武器を装備しているときは1.1倍になる
※5……操作していない仲間が行なったときは4分の1になる

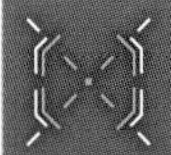

ATBゲージの消費

CHECK!! » バトルコマンドを使うと、「ATBコスト」と同じ段階ぶんATBゲージを消費する。

コマンドごとのATBコストのちがい

コマンド	ATBコスト
大半のもの(下記以外)	1
● マテリアのアビリティ『いのり』 ● てきのわざ『自爆』『霊気吸収』『くさい息』 ● 魔法『デバリア』『デスペル』 ● 召喚『デブチョコボ』『リヴァイアサン』『バハムート』 ● クラウドの武器アビリティ『インフィニットエンド』 ● エアリスの武器アビリティ『ジャッジメントレイ』『応援の魔法陣』	2
バレットの武器アビリティ『フュエルバースト』『アンガーマックス』『ゼロレンジシュート』	1〜3(※6)

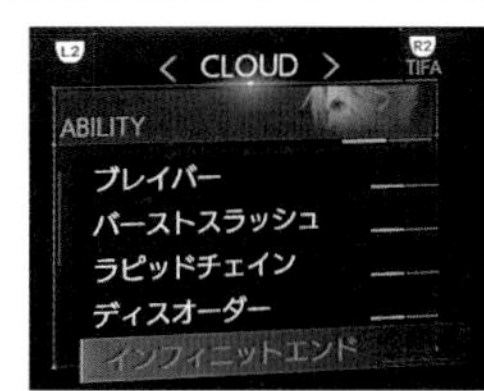

⬅ATBコストは、コマンドの右にあるバーの長さやコマンドの説明文でわかる(バーが赤いときはATBゲージ不足で使用できない)。

※6……ATBゲージがたまっている量が2段階未満なら「1」、2段階以上3段階未満なら「2」、3段階(下のコラムを参照)なら「3」

TIPS

● バトルコマンドでATBゲージを消費するのは、動作をはじめた瞬間。そのあとに敵の攻撃などで動作を中断されても、消費したATBゲージはもどってこない

バトルの心得 『ヴィジョン』でATBゲージの段階数を増やせる

リミット技『ヴィジョン』を使うと、ATBゲージが2段階から3段階に増える。このときのATBゲージは、最大値と蓄積量はそのままで、1段階あたりの量が下の図のように減るのだ。

『ヴィジョン』の効果中の1段階あたりの量

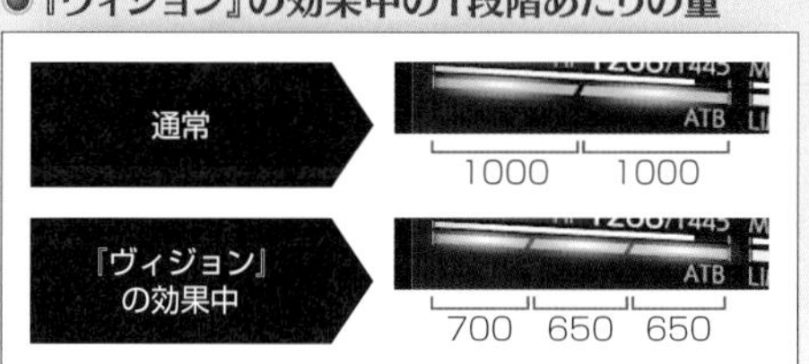

⬆『ヴィジョン』の効果中は、ATBゲージが1段階たまるのが早くなるうえ、ゲージが満タンならバトルコマンドを3回連続で使用できる。

バトルシステム 05

ターゲットマーク

KEYWORD	
ターゲットマーク	操作キャラクターのターゲット(狙っている相手)に重なって表示されるマーク。通常はいずれかの敵に自動的に表示されるが、ターゲットを固定する「ロックオン」も行なえる。

ターゲットマークが表示される条件

CHECK!! 敵が右下の図の範囲にいるときは、ターゲットマークが自動的に表示される。

ターゲットマークの見た目

自動的に表示されているとき

←右図の範囲内にいる敵のなかで、もっとも正面寄りの敵に表示されるマーク。味方を対象にしたコマンドを選んでいるときは、味方に表示される。

ロックオンしているとき

←ロックオン(下の項を参照)を行なうと、マークが少し小さくなる。下に「LOCK」の文字が加わるので、通常時との区別がつきやすい。

難易度がCLASSICのとき

←操作キャラクターが自動的に行動しているときは、マークが写真の形に。ロックオン中は、同じマークのまま下に「LOCK」の文字が加わる。

ターゲットマークが自動的に表示される範囲

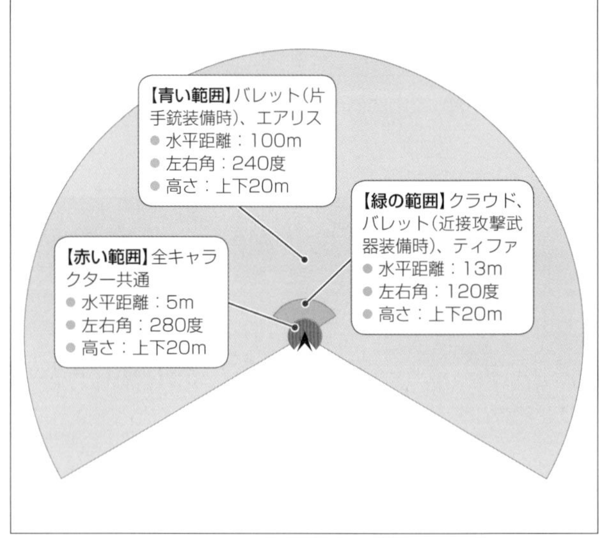

TIPS

- 操作キャラクターが画面手前側を向いていると、ターゲットマークが表示されないことが多い
- ターゲットマークが表示されているときは、その敵の頭上にHPゲージとバーストゲージが表示される(敵の部位を狙っているときは本体のゲージも表示される)
- メインメニューの「SYSTEM>OPTIONS>カメラ&振動設定」で「連続攻撃中のターゲット」を「変更可能」に変えると、コンボでの攻撃中に左スティックを別の敵がいる方向へ入力することで、その敵にターゲットを切りかえられる(ロックオン時をのぞく)

ロックオン(ターゲットの固定)

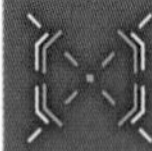

CHECK!! R3ボタンを押すと、ターゲットマークが表示される相手を固定できる。

ロックオンについて知っておきたいこと

- ロックオンは、R3ボタンを押すと解除される
- ターゲットマークが表示されていないときでもロックオンは可能。その場合は、カメラの方向に対して一番右側にいる敵がロックオン対象になる
- ロックオン対象の敵を倒すと、操作キャラクターから一番近い別の敵にロックオン対象が切りかわる
- 右スティックを操作すると、その方向にいる敵にロックオン対象が切りかわる。ただし、メインメニューの「SYSTEM>OPTIONS>カメラ&振動設定」で、ロックオンの設定を下記のように変更可能
  - ▶「ターゲットロック操作」を「方向キー左右」にすると、右スティックではなく方向キーの左右でロックオン対象を切りかえられるようになる
  - ▶「ターゲットロック切替方式」を「順番切替」にすると、入力方向ではなく「操作キャラクターとの距離」に応じてロックオン対象が順に切りかわる

バトル中のアクション

KEYWORD	
バトルコマンド	バトル中に◉ボタンを押したとき、画面左下に表示される複数のコマンドのこと。アビリティ、魔法、アイテム、リミット技を使えるほか、召喚獣を呼び出すのもバトルコマンドで行なう。

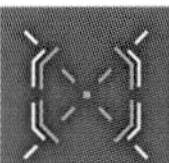

移動

CHECK!! » バトル中も左スティックで走ったり歩いたりできる(ダッシュは行なえない)。

バトル中の移動速度

※走……走っているとき、歩……歩いているとき

秒速	キャラクター
0.84m	ブレイブモード時のクラウド 歩
1.55〜1.7m(※2)	ほぼ全員(※1) 歩
4.0m	全員(カエル状態)
5.4m	バレット 走
7.0m	アサルトモード時のクラウドとエアリス 走
7.5m	ティファ 走

(遅い ← → 速い)

※ガード中の移動速度は、歩いているときと同じ(ブレイブモード時のクラウドのみ、ガード中も移動速度が変わらない)
※1……ブレイブモード時のクラウドをのぞく
※2……クラウドとティファが秒速1.55m、エアリスが秒速1.6m、バレットが秒速1.7m

たたかう

CHECK!! » ◻ボタンを押すと、基本の攻撃である『たたかう』をくり出せる。

『たたかう』の特徴

- ATBゲージを消費せずに行なえる
- 攻撃が当たるたびにATBゲージが増える
- 下の表の操作をすると、動作を変えつつ特定の回数まで連続で攻撃をくり出す「コンボ」が行なえる
- クラウドとティファの『たたかう』は、ターゲットが上空にいると動作が変わる(→P.82、100)
- クラウドの『たたかう』は、ターゲットが遠くにいると動作が変わる(→P.82〜84)

コンボを行なうための操作方法

キャラクター	操作方法
クラウド、バレット(近接攻撃武器装備時)、ティファ	◻ボタン連打(※3)
バレット(片手銃装備時)	◻ボタン長押し
エアリス	◻ボタン連打(※3)か長押し

※3……正確には「『たたかう』の動作の終わりぎわに◻ボタン」

⬆クラウド(アサルトモード時)の場合、◻ボタンを押すと剣を斜めに振り下ろす。攻撃が当たったかどうかに関係なく、動作中に◻ボタンを押せば、動作の終わりぎわが省略され、コンボの2段目として剣を左に振る動作に移る。

固有アビリティ

CHECK!! » △ボタンを押すと、そのキャラクター独自の技「固有アビリティ」が使える。

固有アビリティの特徴

- △ボタンで行なえることがキャラクターごとに異なり(→P.85、91、100、106)、バレットの場合は装備している武器によっても内容が変わる
- ATBゲージがたまっていなくても使用できる
- ヒート中やバースト中の敵に使うと、バーストゲージやATBゲージの増加量がアップするものが多い

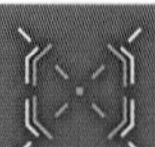

バトルコマンド

CHECK!! » バトルコマンドは6項目あるが、3項目は特定の条件を満たすまで出現しない。

バトルコマンドの種類

表示されるコマンド	解説	詳細
ABILITY	武器アビリティやマテリアのアビリティを使う	P.139
MAGIC	魔法を使う。魔法ランクの変更や範囲化の切りかえも可能	P.140
ITEM	アイテムを使う。バトル中のみ使えるものもある	P.116
LIMIT	リミット技を使う。リミットゲージが満タンのときのみ出現	P.141
SUMMON	召喚獣を呼び出す。SUMMONゲージが満タンのときのみ出現	P.142
SUMMON ABILITY	召喚獣にアビリティを使わせる。召喚獣がいるときのみ出現	P.143

⬆特定の条件を満たすと出現するコマンドは、背景部分が目立つデザインになっているので気づきやすい。

TIPS

- 各コマンドの右側には、使うのに必要なATBゲージの量(→P.127)やMPの量が表示される
- 睡眠状態、ストップ状態、拘束中(→P.133)のときは、どのコマンドも選べなくなる
- 特定のサブイベント(『コルネオ・コロッセオ』など)に挑んでいるときや難易度がHARDのときは、「ITEM」のコマンドが暗く表示されていて選べない
- 攻撃、回避、ダメージリアクションなどの動作の最中にコマンドを選んだ場合は、動作の終わりぎわのタイミングでコマンドが発動する

最大4種類のコマンドをショートカットで使用できる

1 バトルセッティング画面で設定

⬆メインメニューのバトルセッティング画面(→P.121)では、4つのショートカット欄にコマンドを登録できる。

2 バトル中にL1ボタンを押す

⬆L1ボタンを押しているあいだ、画面左下にショートカットコマンドの名前と、対応するボタンのマークが並ぶ。

3 □△○×のいずれかを押す

⬆ATBゲージの量などの使用条件を満たしていれば、登録した欄のボタンを押すだけで技や魔法が発動する。

ショートカットコマンドについて知っておきたいこと

- そのキャラクターが使えるバトルコマンドのなかから、召喚をのぞいた好きなものを登録できる。装備の変更などで一時的に使えなくなったコマンドも、文字が暗くなるものの登録することは可能
- 範囲化した魔法も登録できる(→P.703)
- 敵が対象のコマンドは、バトルコマンドで使うときとちがって相手を選べず、ターゲットマークが表示された敵(その敵がいなければ正面方向)に使う

操作していない仲間のバトルコマンドも選択可能

1 L2かR2ボタンを押す

⬆仲間のコマンドは、L2かR2ボタンを押すと表示される。表示後は、同じ操作でキャラクターの切りかえも可能。

2 使うコマンドを選ぶ

⬆仲間のコマンドの選びかたは、操作キャラクターと同じ。誰のコマンドかは、上部の名前と顔で判別できる。

3 仲間が指示どおりに行動

⬆コマンドを選ぶと、操作キャラクターはそのままで、仲間がアビリティや魔法などを使ってくれる。

ガード

CHECK!! » 操作キャラクターに対する攻撃は、R1ボタンを押しているとガードできる。

←R1ボタン入力中は写真のような構えをとり、全方向からの攻撃を自動的に防ぐ。ただし、ガードできない攻撃もあるので注意。

敵の攻撃をガードするメリット

- 受けるダメージ量が減る(右の表を参照)
- ATBゲージが増える(右の表を参照)
- ダメージリアクションをとらずにすむ(受けた攻撃によって後退させられてもガードの構えは解けない)
- 不利な状態変化の発生を完全に防ぐ

ガードの構えをとるときの注意点

- 構え中も移動できるが(近接攻撃武器装備時のバレットをのぞく)、移動速度は遅くなる(→P.129)
- 時間経過によるATBゲージの増加ペースが10分の1になる

ガード時の受けるダメージ量とATBゲージ増加量

※★1 ★2 ★3は、そのレベルの『ガードきょうか』マテリアをセットしているときの値

ガード時のリアクション	受けるダメージ量	ATBゲージ増加量
後退しない	基本0.4倍 ★1 0.25倍 ★2 0.2倍 ★3 0.15倍	基本25 ★1 30 ★2 35 ★3 40
少し後退する	基本0.5倍 ★1 0.35倍 ★2 0.3倍 ★3 0.25倍	基本100 ★1 125 ★2 150 ★3 200
大きく後退する	基本0.6倍 ★1 0.45倍 ★2 0.4倍 ★3 0.35倍	基本200 ★1 225 ★2 250 ★3 300

※リアクションの種類は、ガードした攻撃ごとに決まっている
※威力がゼロの攻撃(ブリザド系の魔法の弾など)や、ダメージを無効化または吸収できる攻撃をガードしたときは、ATBゲージが増えない
※操作していない仲間がガードを行なったときは、ATBゲージ増加量の基本の値がゼロになる
※クラウドのガードカウンター(下の項を参照)には『ガードきょうか』マテリアの効果が発揮されず、受けるダメージ量がブレイブモード時は0.2〜0.4倍に、『反撃の構え』使用時は0.2倍になり、どちらの場合もATBゲージが増えない

特別な効果を持ったガード動作もある

ガードカウンター

ガードに成功すると、自動的に反撃をくり出す。ブレイブモード時や『反撃の構え』使用時のクラウドが、この能力を持つ(→P.84、86)。

ガード移動&ガード攻撃

移動や攻撃の動作途中にガード能力がある。『うけながし』マテリアで行なえるアクションと、バレットの『とっしん』(→P.91)が該当。

弾き返し

敵の盾やバリアなどが持っている能力。受けた攻撃のダメージ量を減らすうえ、近接攻撃を弾き返して相手の動作を中断させる。

回避

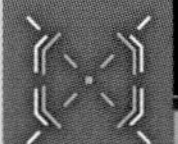

CHECK!! » ⊗ボタンを押すと、正面または左スティックの入力方向へすばやく移動できる。

↑回避の移動距離は短いが、初速が速く、走るだけでは避けられない攻撃をかわすのに便利。

回避について知っておきたいこと

- 移動距離と動作時間がキャラクターごとに異なる(右の表を参照)
- 動作中は無敵状態にならない
- エアリス以外は前転で移動するぶん姿勢が低くなるが、敵の攻撃が明らかに当たりにくくなるのはティファの動作の中盤部分のみ

回避の移動距離と動作時間

キャラクター	移動距離	動作時間
クラウド	5.5m	0.7秒
バレット	4.0m	0.77秒
ティファ	5.5m	0.67秒
エアリス	4.5m	0.8秒
全員(カエル状態)	4.6m	0.8秒

バトルシステム 07

攻撃と回復

KEYWORD	
ダメージ量と回復量	攻撃や回復を行なうたびに表示される、ダメージと回復効果の大きさを示す数値。クリティカルが発生したりバースト中の敵を攻撃したりすると、表示される数値の色と大きさが変わる。

ダメージ量や回復量の表示

CHECK!! » バトル中は、以下の数字や文字がさまざまな場所に表示される。

ダメージを与えたり回復を行なったりしたときに表示される数字や文字の意味

表示	意味	表示	意味
160	敵に与えたダメージ量。クリティカル発生時は数字が大きくなる	GUARD	攻撃をガードした
160	バースト中の敵に与えたダメージ量	DODGE	無敵状態によって攻撃をかわした
160	味方が受けたダメージ量	WEAKNESS	相手の耐性によってダメージ量が増えた
160	毒状態によって受けたダメージ量	REDUCE	相手の耐性によってダメージ量が減った
160	味方や敵がMPに受けたダメージ量	BLOCK	相手の耐性や状態変化などによってダメージ量がゼロになった(※1)
160	HPの回復量	RESIST	相手の耐性によって状態変化や即死効果が発生しなかった(※1)
160	MPの回復量	NO EFFECT	すでに発生している状態変化を上書きできなかった(※1)
BURST	相手がバーストした	BOUND	相手を拘束した
CRITICAL	クリティカルが発生した	DEATH	即死効果が発生した

※1……クラウドたちが対象の場合は文字が青くなる

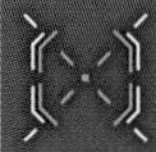

ダメージに関する攻撃の性質

CHECK!! » 攻撃の性質のうち、以下のものはダメージ量の決まりかたに大きく影響する。

分類1 タイプ

物理タイプと魔法タイプがある。物理タイプの攻撃は「自分の物理攻撃力と相手の物理防御力」が、魔法タイプの攻撃は「自分の魔法攻撃力と相手の魔法防御力」がダメージ量に影響する。

…物理タイプ(物理攻撃) …魔法タイプ(魔法攻撃)

分類2 属性

下記の4種類がある。耐性の影響が大きく、与えるはずのダメージを吸収され、相手のHPが回復してしまう場合も。なお、属性を持たない「無属性の攻撃」もある。

…炎属性 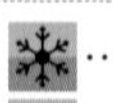…氷属性

…雷属性 …風属性

分類3 特殊ダメージ

与えるダメージ量が特定の値になる「固定ダメージ」と、相手のHPの値に応じて変わる「割合ダメージ」の2種類。どちらも敵ごとに耐性が異なり、強い敵ほどダメージを軽減する。

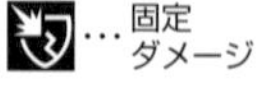…固定ダメージ 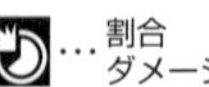…割合ダメージ

TIPS

- 物理タイプの攻撃には「近接(近距離攻撃)」「遠隔(遠距離攻撃)」の2種類があり、「盾やバリアなどでガードされたときに弾き返し(→P.131)が発生するかどうか」「バーストゲージ増加量に掛かる倍率」「ブレイブモード時のクラウドがガードできるかどうか」に影響する
- エネミーレポート(→P.523)には「物理&魔法」というタイプもあるが、これは「ひとつのアクションのなかで物理タイプの攻撃と魔法タイプの攻撃を別々にくり出す」という意味
- 『ぞくせい』マテリアをセットすると、大半の攻撃に属性を付与できる。それによって、本来与えるダメージ量に、付与した属性に応じた魔法タイプのダメージが加算される(→P.135)

クリティカル

CHECK!! » クラウドたちが攻撃したときは、下記の確率で「クリティカル」が発生する。

クリティカルの発生確率

運の値 / 512	×	武器スキル『○○クリティカル率△%Up』の倍率(「10%Up」なら1.1倍)

※上記の武器スキルが2個以上発動しているときは、それぞれの効果が足し算される(「10%Up」と「50%Up」が発動しているときは「10%Up+50%Up=60%Up=1.6倍」になる)

クリティカルが発生したときの変化

与えるダメージ量が「1.2倍+1」になる

※武器スキル『クリティカルダメージ○%Up』の効果でダメージ量はさらに増える(→P.469)
※『ぞくせい』マテリアによって加算されるダメージ量(→P.135)は増えない

TIPS
- クリティカルは、物理攻撃だけでなく魔法攻撃でも発生する。ただし、消費アイテムによる攻撃、敵のほぼすべての攻撃では発生しない
- 武器スキル『アビリティクリティカル率10%Up』の効果は、固有アビリティには発揮されない

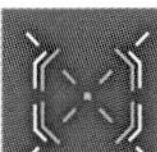

ダメージリアクション

CHECK!! » クラウドたちも敵も、攻撃を受けるとダメージリアクションをとることが多い。

ダメージリアクションをとる条件

当てた攻撃の「カット値」が、相手の「キープ値」を上まわっている

※クラウドたちのキープ値は基本的には20で、特定のアクションの動作中は40〜60になる(アクションごとのカット値とキープ値はP.83〜116を、召喚獣が使う攻撃のカット値はP.147〜163を参照)
※敵は種類ごとに通常時のキープ値が異なるほか、バースト(→P.134)したときはキープ値に関係なくバースト時専用のダメージリアクションをとる(敵の通常時のキープ値と、アクションごとのカット値とキープ値はP.526〜689を参照)

「カット値>キープ値」の場合

⬅相手のキープ値を上まわるカット値の攻撃を当てれば、その相手はダメージリアクションをとる。

「カット値≦キープ値」の場合

➡攻撃のカット値が低いと、ダメージを与えられるものの、相手はそのまま行動をつづける。

ダメージリアクションについて知っておきたいこと

- 攻撃をガードされたときや、耐性などでダメージを無効化または吸収されたときは、相手がダメージリアクションをとらない
- ダメージリアクションの種類は攻撃ごとに決まっている
- 「遠くへ吹き飛ぶ」「高く打ち上げられる」「地面にたたきつけられる」などの大きなダメージリアクションをとった敵は、バーストゲージが増えやすい「ヒート状態」になる(→P.134)
- 難易度がEASYかCLASSICのときは、クラウドたちのアクションのキープ値が高めになる(本来は40のものが60になる)
- 敵の攻撃のなかには、難易度がHARDのときのみクラウドたちにダメージリアクションをとらせることが可能なものがある

拘束

CHECK!! » 相手を押さえたままダメージを与える「拘束攻撃」を使う敵もいる。

1 拘束効果を持つ攻撃を受ける

⬆敵のアクションのうち、相手にのしかかったり飛びついたりする攻撃には、拘束効果を持つものが多い。

2 しばらく身動きできなくなる

⬆拘束中は、操作キャラクターの切りかえしか行なえなくなるほか、追加でダメージを受けることもある。

3 拘束が解ける

⬆拘束は一定時間つづくが、その敵を別のキャラクターが何度か攻撃すれば、早めに解くことが可能。

TIPS
- 拘束されているキャラクターは、画面右下に表示される名前がオレンジ色になる
- 敵に拘束されていると、別の敵が通常よりも危険な攻撃を使ってくることがある
- アナログスティックやボタンを連続で入力しても、拘束を早く解くことはできない

ヒート状態とバースト状態

CHECK!! » 攻撃の手順しだいでは、敵がヒート状態やバースト状態になって弱体化する。

ヒート状態

←クラウドたちに吹き飛ばされるなどして体勢をくずした敵はヒート状態になる。ヒート中の敵は、バーストゲージ(右図参照)の下に「HEAT」と表示され、ゲージが増えやすくなる。

バースト状態

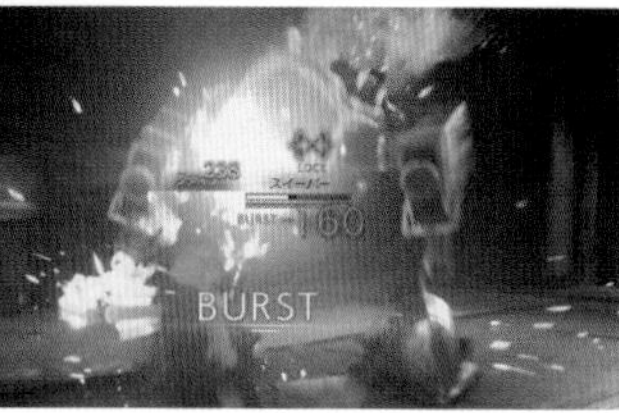

→攻撃を当てるたびに、敵のバーストゲージが下記の量だけ増えていき、ゲージが満タンになった敵はバーストする。バースト中の敵は無防備となるうえ、受けるダメージ量が増える。

バーストゲージの増加量の決まりかた

当てた攻撃のバースト値(→P.83～116、147～163)
×相手のバーストゲージ増加倍率(→P.526～689)

バーストゲージの変化の流れ

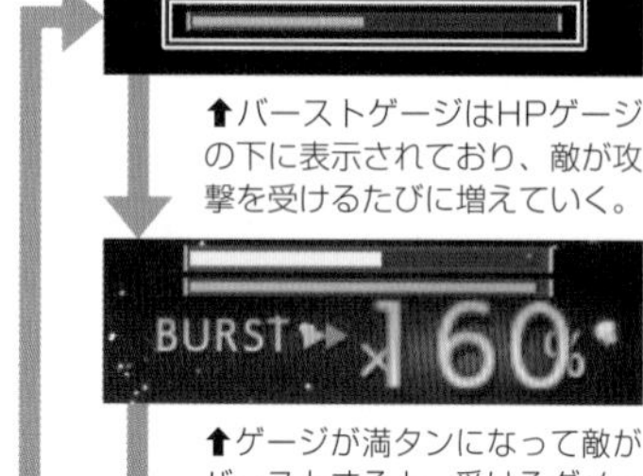

↑バーストゲージはHPゲージの下に表示されており、敵が攻撃を受けるたびに増えていく。

↑ゲージが満タンになって敵がバーストすると、受けるダメージ量の倍率が下側に表示される。

↑ゲージが「バースト時間の残りを示すもの」に変わり、ゼロまで減るとバーストが終わる。

バーストについて知っておきたいこと

- バーストゲージの長さはどの敵も同じだが、満タンにするためのバースト値の量は大きくちがう
- 多くの攻撃のバースト値は、相手がヒート状態だと増える
- 一部の敵は、ヒート状態になる以外の状況でもバーストゲージ増加倍率が上がる
- 固有アビリティの大半は、相手がバースト状態だとATBゲージ増加量が多くなる
- バースト状態の敵が受けるダメージ量の倍率は、最初は160%だが、下記の攻撃が当たるたびに上がる(次回のバースト時には160%にもどる)
  - ▶ティファの『強打』『爆裂拳』『掌打ラッシュ』『正拳突き』(→P.101、103)
  - ▶エアリスの『ジャッジメントレイ』(→P.109)
  - ▶サボテンダーの『針万本？』(→P.161)

耐性

CHECK!! » クラウドたちも敵も、ダメージや状態変化への耐性を持っている。

耐性の種類

名前	その耐性によって変わるもの
属性耐性	属性を持つ攻撃で受けるダメージ量(右ページを参照)
状態異常耐性	不利な状態変化の持続時間と完全に防ぐかどうか(→P.136)
▼敵だけが持つ耐性	
タイプ耐性	物理攻撃や魔法攻撃(→P.132)で受けるダメージ量
固定ダメージ耐性	固定ダメージ(→P.132)の攻撃で受けるダメージ量
割合ダメージ耐性	割合ダメージ(→P.132)の攻撃で受けるダメージ量

耐性について知っておきたいこと

- クラウドたちは、装備品やマテリアによって特定の耐性を上げられる
- すべての敵は、何らかの耐性を最初から持っている
- メインメニューの「STATUS」やエネミーレポート(→P.523)では、ダメージや状態変化への耐性を確認できる

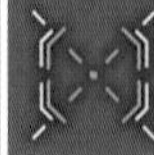

ダメージの無効化

CHECK!! » 攻撃を仕掛けても、下記の理由でダメージを与えられないことがある。

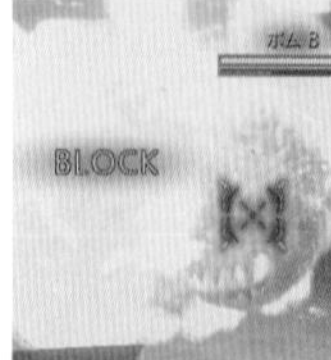

ダメージ無効

←相手の耐性や状態変化によってはダメージを与えられず、リアクションをとらせることもできない。

ダメージ吸収

←当てた攻撃に対する相手の耐性が「吸収」だと、ダメージを与えられないうえ、HPを回復されてしまう。

無敵状態

←一部の敵は、特定の状況で無敵状態になり、クラウドたちがどんな攻撃を仕掛けても当たらなくなる。

上級者のための ULTIMANIA COLUMN ダメージ量と回復量はさまざまな条件で増減する

相手に与えるダメージ量や相手のHPを回復する量は、以下の流れで決まる。HPを回復するアクションは、本来なら相手のステータスや状態変化の影響を受けないが、アンデッド系の敵に使ってダメージを与えるときは、相手の魔法防御力や耐性などでダメージ量を軽減されることがあるのだ。

◉タイプが「物理」「魔法」のアクションを使ったときのダメージ量や回復量の決まりかた

※1 3 5 6 7の時点で小数点以下四捨五入(算出結果が1未満の場合は1になる)　※ダメージ量や回復量は9999が上限
※ダメージ……ダメージ量に影響するもの、回復……回復量に影響するもの

1 基本値が決定 ダメージ 回復

アクションのタイプごとに、下記の方法でダメージ量や回復量の基本値が決まる(基本値が固定のアクションや「相手のHPの○%」のアクションもある)。

◉ダメージ量と回復量の基本値の決まりかた

(使う側の攻撃力×2 ー 受ける側の防御力) × 威力/100

- 使う側の攻撃力：物理タイプは物理攻撃力、魔法タイプは魔法攻撃力。
- 受ける側の防御力：物理タイプは物理防御力、魔法タイプは魔法防御力。相手のHPを回復する場合(ダメージを吸収されたときも含む)は、各種の防御力が影響しなくなる。
- 威力：クラウドたちのアクションはP.83～116、召喚獣のアクションはP.147～163、敵のアクションはP.526～689を参照。

2 状況による増減① ダメージ 回復

1の算出結果が、使う側の状況(下記は代表的なもの)に応じて増減する。

◉ダメージ量や回復量が変わる状況の例

使う側の状況	変化のしかた
装備している武器の「ダメージ量か回復量が増える武器スキル」の効果が発揮されているとき	P.468～470を参照
魔法を範囲化して使ったとき(右記の★1～★3は『はんいか』マテリアのレベル)	★1 0.4倍 ★2 0.55倍 ★3 0.75倍
使う側がバーサク状態のとき(固定ダメージや割合ダメージの攻撃を使った場合をのぞく)	ダメージ量が1.3倍
クリティカルが発生したとき	ダメージ量が1.2倍+1
ヒールチョーカーを装備しているとき	回復量が1.2倍

3 ランダムによる増減 ダメージ 回復

2までの計算結果が95～105%(敵のごく一部の攻撃は90～110%)の範囲内のいずれかの値になる。回復用のアクションは、回復量がランダムで変わらない(『いのり』をのぞく)。

4 受ける側の耐性による増減 ダメージ

3までの算出結果が、受ける側のタイプ耐性と属性耐性に応じた倍率で増減する。耐性ごとの倍率は以下のとおり。なお、召喚獣の攻撃は、相手の属性耐性が高くてもダメージ量を軽減されない(→P.143)。

- 弱点・有効……2倍
- 耐性(弱)……0.5倍
- 耐性(強)……0.1倍
- 無効……ゼロになる
- 吸収……回復効果に変わる(左ページを参照)

5 状況による増減② ダメージ

4までの算出結果が、受ける側の状況(下記は代表的なもの)によって増減する。

◉ダメージ量が変わる状況の例

受ける側の状況	変化のしかた
バリア状態	物理タイプのみ0.5倍
マバリア状態	魔法タイプのみ0.5倍
バーサク状態	1.3倍
いかり状態	1.5倍
かなしい状態	0.9倍
ガードに成功	0.15～0.6倍(→P.131)
バースト中	1.6倍以上(左ページを参照)

6 『ぞくせい』マテリアによる加算 ダメージ

『ぞくせい』マテリアによって属性が付与された攻撃では、下記の方法で決まった魔法タイプのダメージが5までの算出結果に加算される。

◉『ぞくせい』マテリアによるダメージ量の決まりかた

(使う側の魔法攻撃力×2ー受ける側の魔法防御力)×攻撃の威力÷100×『ぞくせい』マテリアのレベルに応じた倍率(★1 0.08倍、★2 0.15倍、★3 0.23倍)

※上記の算出結果が、2～5と同じ条件で変わる(「クリティカルが発生」「使う側がバーサク状態」「受ける側がいかり状態やかなしい状態」では変化しない)

7 難易度による増減 ダメージ

クラウドたちが受けるダメージ量のみ、難易度に応じた右記の倍率で増減する。

◉難易度ごとの倍率

難易度	倍率
EASY、CLASSIC	0.4倍
NORMAL	1.0倍
HARD	1.4倍

バトルシステム 08

状態変化

KEYWORD	
状態変化	クラウドたちや敵が特殊な状態になる効果。発生した側に有利なものと不利なものがあり、有利な状態は「強化効果」「バフ」、不利な状態は「状態異常」「弱体効果」「デバフ」とも呼ばれる。

状態変化の発生と解除

CHECK!! » 状態変化が発生する確率は「100%」と「0%」のどちらか。

状態変化の発生と解除について知っておきたいこと

- 状態変化の発生確率はどのアクションも100%で、もともと無効な相手以外にはかならず発生する
- 同じ相手に下図の組み合わせの状態変化をつづけて発生させようとすると、相殺(発生中のものと打ち消し合う)、上書き、無効化のいずれかが起こる
- 状態変化の持続時間は発生方法ごとにちがう
- クラウドたちは、不利な状態変化への耐性(→P.134)が高いほど、その状態変化の持続時間が短くなる(耐性値が5なら5%短くなり、上限の100なら発生しなくなる)。また、難易度がEASYやCLASSICのときは持続時間が0.3倍になる
- 敵は、「その不利な状態変化が何回まで発生するか」と「同じものが2回以上発生したときの持続時間」が、耐性によって変わる(下の表を参照)

相殺や上書きや無効化が起こる組み合わせ

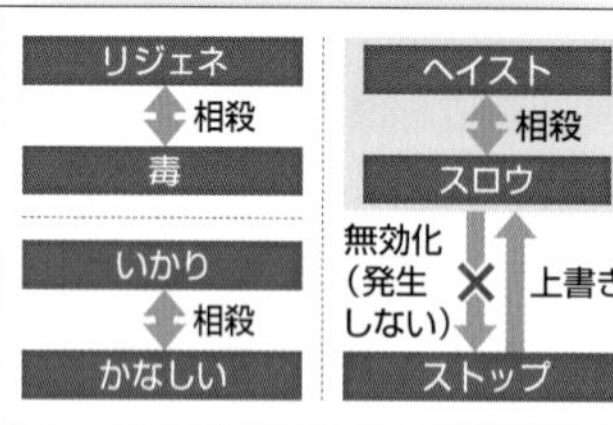

敵に発生する状態変化の持続時間の変わりかた

耐性 ↓ 高い

エネミーレポートでの耐性の表記	耐性値	発生回数ごとの持続時間の変わりかた				
		1回目	2回目	3回目	4回目	5回目
弱点・有効	25	1.0倍	0.75倍	0.5倍	0.25倍	発生しない
(表示されない)	35	1.0倍	0.65倍	0.3倍	発生しない	——
耐性(弱)	50	1.0倍	0.5倍	発生しない	——	——
耐性(強)	100	1.0倍	発生しない	——	——	——
無効	—	発生しない	——	——	——	——

TIPS

- 武器スキル『状態異常耐性値+5』は、不利な状態変化(スタン以外)の持続時間と即死効果の発生率を0.95倍にする効果を持つが、『たいせい』マテリアで上げている耐性には効果がない
- 状態変化の相殺と上書きは、あとから発生させるものを完全に防がれる場合は起こらない
- ガードに成功したときやリミット技を使っているときは、不利な状態変化が発生しない

状態変化が発生したときの見た目

CHECK!! » 状態変化が発生したクラウドたちや敵は、見た目も変わる。

状態変化が発生しているときの見た目

クラウドたちの場合

見た目
状態変化によっては、姿勢が変わったり、光の粒などのエフェクトが表示されたりする(→P.138)。

状態変化のマーク
HPゲージの下に、状態変化の種類を示すマーク(→P.137〜138)が出現し、グレーの部分で持続時間の減り具合が示される(左下の連続写真を参照)。なお、バトルコマンドを表示していないときは、仲間に発生している状態変化のマークが下の2種類にまとめられる。

敵の場合

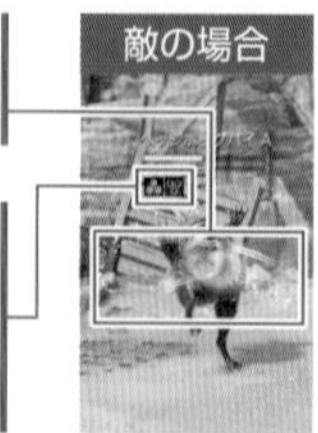

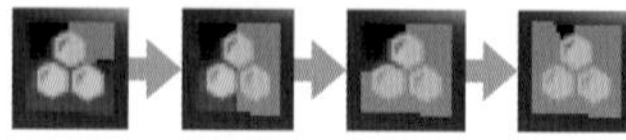

⬆残り時間が減るにつれて、グレーの部分が時計まわりに広がり、すべてグレーになると解除される。

操作していない仲間のHPゲージの下に表示されるマーク

 … 有利な状態変化が発生している

 … 不利な状態変化が発生している

※発生している状態変化の種類、数、残り時間は示されない

状態変化リスト

状態変化の効果や発生方法などを、有利なものと不利なものに分けて紹介する。なかには、意外な性質を持つ状態変化もあるのだ。

※基本的にエネミーレポートの「アイコン説明」の順で掲載
※状態変化によるHPの減少量や回復量の計算結果は、いずれも小数点以下四捨五入
※「持続時間の目安」は、敵の攻撃で発生した場合を含めた持続時間の基本値の範囲。ただし、アクセサリや敵の攻撃のなかには、本来なら時間経過で解除される状態変化を永続で発生させるものがある
※バトル終了時はすべての状態変化が解除されるので、「解除する方法」の「バトルを終える」は省略している

有利な状態変化

名前	持続時間の目安	発生させる方法	解除する方法		
			戦闘不能	デスペル	左記以外
リジェネ	180秒	魔法 リジェネ	○	○	他 毒効果で相殺
		効果▶2秒ごとにHPが最大値の1%ずつ回復する(ゴースト、ファントム、ヘルハウンド、グロウガイストに発生した場合は、2秒ごとにHPが最大値の0.1%ずつ減る。この効果でHPが減るのは残り1まで)			
バリア	60秒	魔法 バリア、ウォール 召喚 ルビーの光(カーバンクル)	○	○	魔法 デバリア
		効果▶物理タイプの攻撃で受けるダメージ量を半分にする			
マバリア	60秒	魔法 マバリア、ウォール 召喚 しんじゅの光(カーバンクル)	○	○	魔法 デバリア
		効果▶魔法タイプの攻撃で受けるダメージ量を半分にする			
シールド	60〜80秒	リミット技 星の守護	○	○	魔法 デバリア
		効果▶物理タイプの攻撃を無効化する(ダメージを受けず、リアクションもとらない)。ただし、召喚獣(敵の場合をのぞく)の攻撃と『ぞくせい』マテリアによって加算されたダメージ(→P.135)は無効化できない			
リフレク	20〜60秒	(敵の特定のアクションで発生する)	○	○	魔法 デバリア
		効果▶自分への魔法を跳ね返す(範囲化した魔法の跳ね返りかたはP.704を参照)。また、魔法以外の魔法タイプの攻撃を無効化する(ダメージを受けず、リアクションもとらない。『ぞくせい』マテリアによって加算されるダメージ量もゼロになる)。そのほかの性質は下記を参照			
ヘイスト	100秒	魔法 ヘイスト アイテム スピードドリンク 召喚 エメラルドの光(カーバンクル)	○	○	他 スロウ効果で相殺、ストップ効果で上書き
		効果▶ATBゲージの時間経過による増加ペースが1.4倍になるうえ、攻撃を当てたときやガードに成功したときなどのATBゲージ増加量が1.2倍になる			
レジスト	100秒	魔法 レジスト	○	○	(なし)
		不利な状態変化(スタン状態と戦闘不能状態をのぞく)が発生しなくなる			
リレイズ	∞	アクセサリ 精霊のピアス	×	×	他 効果が発動する
		効果▶戦闘不能状態になったとき、一度だけ自動的に復活し、HPが最大値の50%回復する			

リフレク状態の効果についての補足

- 敵に跳ね返された魔法はその使用者が、味方が跳ね返した魔法は「使用者に一番近い敵」が対象になる
- ほかの味方をターゲットにした魔法に巻きこまれたときは、跳ね返さずに無効化する
- 『レイズ』『アレイズ』と召喚獣が使った魔法は、跳ね返さずに無効化する
- 『デバリア』『デスペル』と召喚獣が使った魔法タイプの技は、跳ね返せないうえに無効化できない

不利な状態変化

※「解除する方法」の「エスナ類」は、魔法『エスナ』のほか、アイテムの万能薬とカーバンクルの必殺技『ダイヤのかがやき』を指す
※たいせいは、『たいせい』マテリアと組にしたときに、その状態変化の持続時間を減らしたり発生を防いだりするマテリアを示す(『たいせい』マテリアが★1なら持続時間が0.75倍に、★2なら0.5倍になり、★3なら発生しなくなる)

名前	持続時間の目安	発生させる方法	防ぐ方法		解除する方法		
			レジスト	左記以外	戦闘不能	エスナ類	左記以外
毒	120〜240秒	アビリティ くさい息 魔法 バイオ、バイオラ、バイオガ アイテム 有害物質 召喚 針千本(サボテンダー)	○	アクセサリ 星のペンダント たいせい どく	○	○	アビリティ チャクラ 魔法 ポイゾナ アイテム 毒消し 他 リジェネ効果で相殺
		効果▶1秒ごとにHPが最大値の0.8%(敵の場合は0.15%)ずつ減る。この効果でHPが減るのは残り1まで					
沈黙	15〜60秒	アビリティ くさい息 魔法 サイレス	○	たいせい ふうじる	○	○	アイテム やまびこえんまく
		効果▶魔法を使えなくなる。魔法の詠唱中に沈黙状態になったときは、MPとATBゲージを消費したまま何も起こらない					

次ページへつづく

状態変化リスト：不利な状態変化（つづき）

名前	持続時間の目安	発生させる方法	防ぐ方法		解除する方法		
			レジスト	左記以外	戦闘不能	エスナ類	左記以外
睡眠	15〜60秒	アビリティ くさい息 魔法 スリプル	○	アクセサリ ハチマキ たいせい ふうじる	○	○	アイテム 眠気覚まし 他 ダメージリアクションをとる、［敵限定］HPが最大値の0.5%減る、バーストする
		効果▶眠って行動できなくなり（操作キャラクターの切りかえは可能）、時間経過によるATBゲージの増加も止まる					
スロウ	15〜60秒	魔法 スロウ アイテム クモの糸 召喚 針千本（サボテンダー）	○	たいせい じかん アクセサリ 守りのブーツ	○	○	他 ヘイスト効果で相殺、ストップ効果で上書き
		効果▶ATBゲージの時間経過による増加ペースが0.6倍になるうえ、攻撃を当てたときやガードに成功したときなどのATBゲージ増加量が0.8倍になる					
ストップ	5〜10秒	魔法 ストップ	○	たいせい じかん アクセサリ 守りのブーツ	○	○	他 ［敵限定］バーストする
		効果▶動きが完全に停止し、行動できなくなる（操作キャラクターの切りかえは可能）。また、下記の変化が起こる					
カエル	15〜60秒	アクセサリ カエルの指輪	○	（なし）	○	○	アイテム 乙女のキッス 他 カエル効果をもう一度受ける
		効果▶カエルの姿に変身し、移動や攻撃などのアクションが専用のものに変わる（→P.95）					
バーサク	10〜60秒	魔法 バーサク アクセサリ 怒りの指輪 他 クラウドの『突き下ろし』（→P.84）	○	たいせい ふうじる	○	○	（なし）
		効果▶相手に与えるダメージ量が1.3倍になるが（※1／※2）、自分が受けるダメージ量も1.3倍になってしまう					
いかり	∞	アイテム 興奮剤	○	（なし）	○	○	アイテム 鎮静剤
		効果▶受けるダメージ量が1.5倍に（※2）、リミットゲージの増加量が1.2倍になる					
かなしい	∞	アイテム 鎮静剤	○	（なし）	○	○	アイテム 興奮剤
		効果▶受けるダメージ量が0.9倍に（※2）、リミットゲージの増加量が0.5倍になる					
戦闘不能	∞	他 HPをゼロにする、即死効果を発生させる	×	たいせい しょうめつ（※3）	×	×	魔法 レイズ、アレイズ アイテム フェニックスの尾 召喚 ダイヤのかがやき（カーバンクル） 他 リレイズ状態の効果が発動する
		効果▶ATBゲージがゼロになったまま行動できなくなるうえ、戦闘不能状態を解除する以外の効果を受けなくなる					
スタン	2〜10秒	（敵の特定の攻撃で発生する）	×	（なし）	○	×	他 ダメージリアションをとる
		効果▶全身がマヒして行動できなくなる					

※1……割合ダメージと固定ダメージは変わらない
※2……『ぞくせい』マテリアによって加算されるダメージ（→P.135）は変わらない
※3……即死効果の発生確率が下がる（『たいせい』マテリアが★1なら0.75倍、★2なら0.5倍、★3なら発生しなくなる）

ストップ状態の「行動不能にする」以外の効果

- ダメージリアクションをとらなくなる
- ヘイスト状態や不利な状態変化（戦闘不能とスタン以外）が発生しなくなる
- ATBゲージが時間経過で増えなくなる
- 状態変化やバーストなどの残り時間が減らなくなる
- リジェネ状態によるHPの回復や毒状態によるHPの減少が起こらなくなる
- ガードの構えをしていても、ダメージを軽減できなくなる

それぞれの状態変化が発生したときの見た目

リジェネ状態

⬅身体から緑色の光の粒がいくつも浮かび、HPの回復量が表示される。

バリア、マバリア、リフレク、シールド、レジスト状態

⬅ふたつの虹色の光が、身体の周囲を何度もまわる。

ヘイスト状態

⬆ATBゲージ全体が緑色に明滅。

スロウ状態

⬆ATBゲージ全体が赤く明滅。

毒状態

⬅身体から深緑色の泡がいくつも浮かび、HPの減少量が表示される。

睡眠状態

⬅立ったまま眠りつづける。解除時に目覚めのあいさつをすることも。

カエル状態

⬅リアルなカエルの姿に。キャラクターごとに、体色や装飾がちがう。

バーサク状態

⬅身体から赤い火花が散るほか、火の粉のような光の粒も浮かぶ。

戦闘不能状態

⬅うめき声を上げるなどしてひざまずき、そのまま動かなくなる。

スタン状態

⬅立った状態でうなだれ、身体の周囲には稲妻のような青い光が走る。

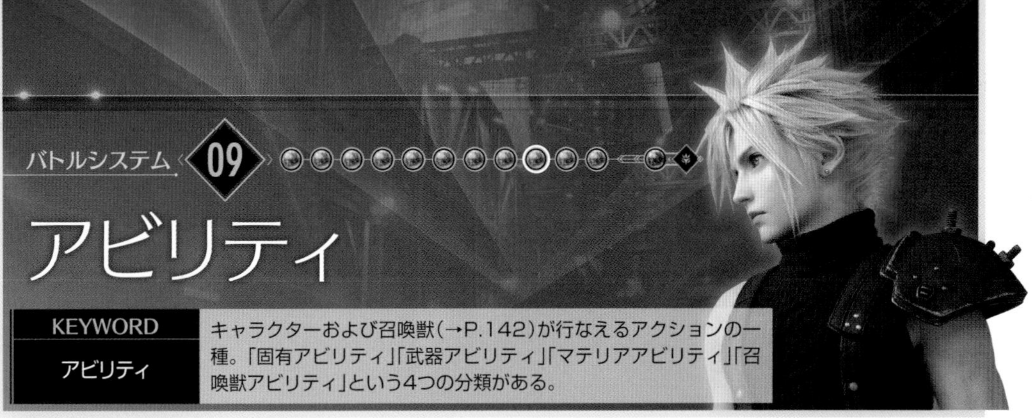

バトルシステム 09

アビリティ

KEYWORD	
アビリティ	キャラクターおよび召喚獣(→P.142)が行なえるアクションの一種。「固有アビリティ」「武器アビリティ」「マテリアアビリティ」「召喚獣アビリティ」という4つの分類がある。

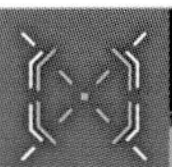

アビリティの分類

CHECK!! » アビリティの分類とそれぞれの特徴は、以下のとおり。

固有アビリティ

キャラクター固有のアビリティ。ATBゲージを消費しないなどの共通点はあるが、効果はキャラクターごとにさまざま。バレットは、片手銃と近接攻撃武器のどちらを装備しているかで固有アビリティが変わる(→P.91)。

使う方法

△ボタンを押すだけで使える。クラウドの固有アビリティは、△ボタンでモードチェンジを行ない、それに応じてコンボやガードの性質が変わるという独自のもの。

武器アビリティ

武器ひとつにつき1種類ずつあるアビリティ。最初は、装備している武器のものだけを使用できるが、熟練度を100%まで上げて習得したアビリティは、装備する武器を変えても使えるようになる。

使う方法

ATBゲージをためて、バトルコマンドの「ABILITY」でアビリティを選べば使用可能。ショートカットコマンドに登録し、すばやく使うこともできる(→P.130)。

マテリアアビリティ

コマンドマテリアが持つアビリティで、そのマテリアをセットしていれば誰でも使える。ちなみに、『てきのわざ』マテリアのアビリティを使うには、その攻撃を敵から受けるという手順が必要(→P.115)。

使う方法

基本的には武器アビリティと同じだが、『ATBブースト』は「バトルコマンドで選ぶ」ではなく「L1ボタン入力中にR1ボタンを押す」という方法で使用できる。

召喚獣アビリティ

召喚獣が覚えている技のうち、バトルコマンドで指示を出して使わせるもの。召喚獣が自分の判断で実行するアクションとはちがって、使用するにはキャラクターのATBゲージを1〜2段階ためておくことが必要となる。

使う方法

バトルコマンドの「SUMMON ABILITY」で、目的のアビリティを選べば使える。そのときには、コマンドを選んだキャラクターのATBゲージが消費されるので注意。

TIPS

- 各キャラクターは、1種類(クラウドは2種類)の武器アビリティを最初から習得している
- バレットの武器アビリティは、片手銃のものなら弾を撃ち、近接攻撃武器のものならパンチをくり出すが、熟練度を100%にして習得すれば、どの武器でも同じ動作で攻撃できる

バトルシステム 10

魔法

KEYWORD	
魔法	魔法マテリアをセットすると、バトルコマンドで使用できるようになるアクション。ほかのコマンドとちがい、使うたびにMPを消費してしまうが、そのぶん便利な効果を持つものが多い。

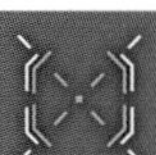

魔法の特徴と分類

CHECK!! » 魔法には、アビリティとはちがったメリットとデメリットがある。

魔法の特徴

- ATBゲージだけでなくMPも消費する
- リフレク状態の相手に跳ね返される(→P.137)
- 沈黙状態だと使用できない(→P.137)
- 使う動作をはじめたときは、魔法を発動させるための「詠唱」を数秒間行なう。そのぶん、ほかのコマンドよりも効果が発揮されるまでのスキが大きい
- 効果範囲を広げる「範囲化」が可能(下の項を参照)
- 使い道に応じた右記の分類がある

魔法の分類

分類	解説
攻撃魔法	敵にダメージを与えるもの 例 ファイア、ブリザド、バイオ
回復魔法	HPを回復するものや不利な状態変化を解除するもの 例 ケアル、ポイゾナ、レイズ
補助魔法	味方を強化するものや敵を弱体化させるもの 例 バリア、スリプル、デスペル

※同じ効果で強さがちがう魔法は「○○系」と呼ばれる(『ファイア』『ファイラ』『ファイガ』なら「ファイア系」)

- 詠唱中にダメージリアクションをとらされるか沈黙状態になると、ATBゲージとMPを消費するだけで魔法が発動しない
- 詠唱中に⊗ボタンを押すなどしても、魔法の発動を止めることはできない

魔法ランクの切りかえ

CHECK!! » 魔法マテリアのレベルが上がると、それと同じランクの魔法を使えるようになる。

そせい
★1 『レイズ』が使える
★2 『アレイズ』が使える

⬆マテリアレベルと魔法の対応は、メインメニューでマテリアを選んでいるときに、画面右側に表示される。

⬆魔法マテリアのレベルが★2以上だと、コマンドの端に「◀」「▶」マークが追加され、どのランクの魔法を使うかを方向キーで選べる。

- 基本的に、魔法はランクが高いほど強力だが、そのぶん詠唱時間が長く、消費MPも多い
- ショートカットコマンドでは、魔法ランクの切りかえができない。ランクがちがう魔法をショートカットで使い分けたいときは、それぞれの魔法を個別に登録する必要がある

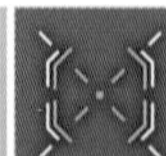

魔法の範囲化

CHECK!! » 『はんいか』マテリアを利用すれば、魔法の効果範囲が広がる。

1 『はんいか』と組にしてセット

⬅魔法マテリアと『はんいか』マテリアを同じ連結穴で組にすれば、そのマテリアで使える魔法の効果範囲が広がる。

2 L1ボタンで範囲を決めて使う

⬅範囲化するかどうかはL1ボタンで切りかえ可能。通常の範囲にもどすと、名前の横にある専用のマークが暗くなる。

魔法の範囲化について知っておきたいこと

- 範囲化すると、ダメージ量や回復量が減り、状態変化の持続時間が短くなる(→P.114)。ただし、バーストゲージの増加量は減らない
- 敵に使う魔法を範囲化したときは、効果範囲が特殊な広がりかたをする(→P.114)

リミット技

KEYWORD	
リミット技	リミットゲージが満タンになって「リミットブレイク」したときに使える強力な技。各キャラクターは、2種類のリミット技と『ヴィジョン』マテリアによるリミット技(→P.115)を使用できる。

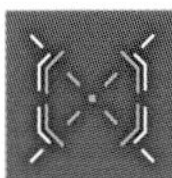

リミットゲージ

CHECK!! » リミットゲージは、敵からダメージを受けたときなどに増える。

リミットゲージの最大値

リミットレベルが1の場合	リミットレベルが2の場合
1000	1350

※数値は画面には表示されない
※リミットレベルについては下の項を参照

満タンになっているとき

⬆リミットゲージは、MPゲージの下に表示される。バトル開始時の量はゼロだが、左下に記した状況で増え、満タンになるとゲージ全体が輝き出す。

リミットゲージが増える状況

状況		増加量
敵の攻撃でダメージを受けたとき(具体例は右の図を参照)	難易度がEASYかCLASSIC	ダメージ量(※1)÷最大HP×1750
	難易度がNORMAL	ダメージ量(※1)÷最大HP×450
	難易度がHARD	ダメージ量(※1)÷最大HP×450÷1.4
自分の攻撃で敵がバーストしたとき		350
アクセサリのトランスポーターを装備し、ATBゲージを消費するコマンドを使ったとき		消費したATBゲージの段階数×20
アクセサリの魔法の歯車を装備し、魔法を使ったとき		消費したMP×2
アクセサリの神々の黄昏を装備しているとき		バトル開始時に満タンになり、全消費したあとは1秒あたり10のペースで増える
リミット技『ヴィジョン』を使ったとき		ゲージを全消費したあとに500
サボテンダーが必殺技『針万本?』を使った		計192(12×16回。パーティ全員のリミットゲージが増える)

※上記の増加量は、状態変化や武器スキルの効果で変わる(右の表を参照)
※リミットゲージの量は、小数点以下も切り捨てずにカウントされる
※1……攻撃をガードしていた場合は、それによって0.15~0.6倍(→P.131)になる前のダメージ量をもとに算出される

難易度ごとの「ダメージを受けたときのリミットゲージの増加量」のちがい

※最大HPの1%分のダメージ量あたりの増加量

難易度	増加量
EASYかCLASSIC	17.5
NORMAL	4.5
HARD	約3.21

リミットゲージの増加量が変わる状況

状況	倍率
いかり状態になっているとき	1.2倍
かなしい状態になっているとき	0.5倍
武器スキル『ピンチでリミットブースト5%』を解放した武器を装備し、HPが残り25%以下のとき	1.05倍

リミット技

CHECK!! » 満タンになったリミットゲージを全消費すれば、リミット技をくり出せる。

リミット技の特徴

- キャラクターごとに使える技がちがう
- 動作中はダメージリアクションをとらないうえ、不利な状態変化が発生しない(ダメージは通常どおり受け、HPがゼロまで減ったときは戦闘不能状態になる)
- 攻撃用のものには以下の長所がある
  - ▶敵に与えるダメージが大きい
  - ▶敵のバーストゲージを大幅に増やせる
  - ▶カット値が高く、ダメージリアクションをとらせやすい
  - ▶盾などでガードされても攻撃を弾き返されない

リミットレベルについて知っておきたいこと

- 「リミットレベル」とは、使用するリミット技のレベルのこと。最初はレベル1の技しか使えないが、そのキャラクターの「究極奥義の書」(→P.509)を入手したあとはレベル2に変更できるようになる
- レベル1と2の技のどちらを使うかは、メインメニューの「BATTLE SETTINGS」で設定可能(→P.121)
- リミットレベルが2のときは、リミットゲージの最大値が1000から1350に増える。また、『ヴィジョン』の持続時間が300秒から600秒になる

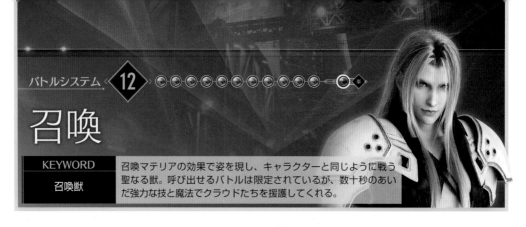

バトルシステム 12

召喚

KEYWORD 召喚獣

召喚マテリアの効果で姿を現し、キャラクターと同じように戦う聖なる獣。呼び出せるバトルは限定されているが、数十秒のあいだ強力な技と魔法でクラウドたちを援護してくれる。

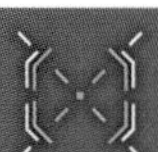

召喚獣を呼び出す方法

CHECK!! » 特定の状況で出現する「SUMMONゲージ」が満タンになれば召喚獣を呼び出せる。

1 召喚マテリアをセットする

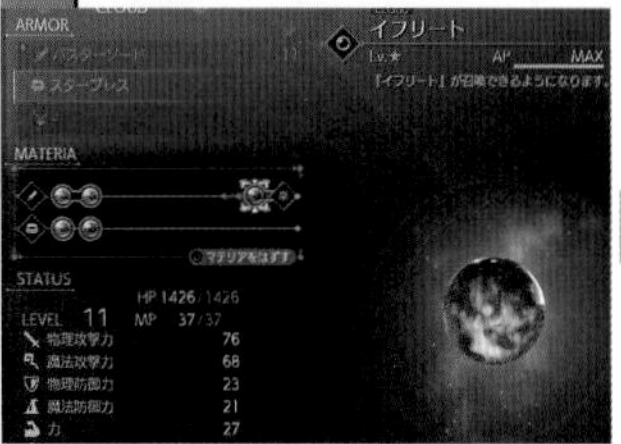

⬆物語を下記の時期まで進めれば、召喚マテリアをセットするためのマテリア穴が全武器に追加される。

2 SUMMONゲージを満タンにする

⬆バトル中、特定の条件を満たすと画面右側にSUMMONゲージが出現。ゲージは時間経過で増えていく。

3 ATBゲージを消費して召喚

⬆SUMMONゲージ満タン時は、ATBゲージを1〜2段階ぶん消費し、マテリアに応じた召喚獣を呼び出せる。

召喚マテリアをセットできるようになる時期

CHAPTER 3でジェシーから『イフリート』マテリアをもらったあと(→P.210の手順25)

※本作の購入特典の召喚マテリア(→P.500)を入手している場合は、CHAPTER 2でジェシーから『かいふく』マテリアをもらったあと(→P.196の手順1)にセットできるようになる

SUMMONゲージの仕組み

- 特定のバトルで「敵がバーストする」か「味方のHPが残り25%以下になるか戦闘不能状態になる」の条件を満たすとゲージが出現(別の条件で出現する場合もある／→P.144〜145)
- ゲージは時間経過でのみ増え、20秒で満タンになる
- 満タンになったゲージは、召喚マテリアをセットしていれば誰でも利用可能。ただし、召喚を行なわずに10分が過ぎるか呼び出した召喚獣が去るとゲージは消え、そのバトルでは出現しなくなる。そのため、同じバトル中に召喚を行なえるのは1回だけ

SUMMONゲージの見た目の変化

出現直後 SUMMON
⬆「SUMMON」の下に、召喚可能になるまでの時間を示す白い線が現れる。この時点のバックは薄い紫色。

→ 20秒後 →

ゲージが満タンになったあと SUMMON
⬆ここから10分以内に1回だけ召喚が可能。濃い紫色の部分の残り具合で、召喚可能な時間が示される。

→ 召喚後 →

召喚獣が出現しているとき チョコボ&モーグリ
⬆「SUMMON」が召喚獣の名前に変わるほか、その下の線の長さで召喚獣が去るまでの時間を確認できる。

バトルの心得 召喚獣の大きさによっては呼び出せる場所が制限される

召喚獣には、身体の大きさに応じて3段階の分類があり、大きいほど呼び出せる場所が少なくなる(→P.144〜145)。制限がある場所では、その召喚獣を呼び出すためのコマンド(制限のせいでパーティ内の誰も召喚を行なえない場合はSUMMONゲージ)が出現しなくなるのだ。

⬅本作の購入特典として手に入る召喚獣は、出現時間が短いものの、呼び出せる場所の制限がない。

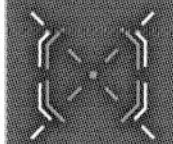

召喚獣の能力

CHECK!! » 召喚獣のステータスは、呼び出したキャラクターのレベルによって決まる。

召喚獣ならではの能力

- 敵の攻撃が当たらず、状態変化も発生しない
- ステータスの種類がとても少ない(レベル、物理攻撃力、魔法攻撃力のみ)
- レベルは、召喚したキャラクターと同じになり(そのキャラクターがアクセサリの幻獣のお守りを装備していればさらに5上昇)、レベルに応じて物理攻撃力と魔法攻撃力の高さが決まる(下の表を参照)
- ATBゲージがなく、独自のペースで行動する
- すべての攻撃でクリティカルが発生しない
- 相手の属性耐性が高くてもダメージを軽減されない(耐性が「弱点」ならダメージ量が増えるほか、タイプ耐性でダメージを軽減されることはある)
- 盾などでガードされても攻撃を弾き返されない
- 相手がシールド状態やリフレク状態でも、ほとんどの攻撃を防がれない(魔法による攻撃は無効化されるが、こちらに跳ね返ってくることはない)

召喚獣のステータス

レベル	物理攻撃力	魔法攻撃力	
		右記以外	リヴァイアサン
8	54	51	43
9	60	57	48
10	66	63	53
11	75	69	58
12	84	78	65
13	93	87	73
14	99	93	78
15	108	102	85
16	117	108	90
17	123	117	98
18	129	120	100
19	135	126	105
20	144	135	113
21	150	138	115
22	156	144	120
23	162	153	128
24	165	156	130
25	174	162	135
26	183	171	143
27	192	177	148
28	201	189	158
29	207	192	160
30	216	201	168
31	222	207	173
32	231	216	180
33	237	222	185
34	246	228	190
35	252	234	195
36	261	243	203
37	267	249	208
38	273	255	213
39	282	264	220
40	285	267	223
41	288	267	223
42	294	273	228
43	297	276	230
44	300	282	235
45	303	285	238
46	309	288	240
47	312	291	243
48	315	294	245
49	318	297	248
50	321	300	250
51	324	303	253
52	327	303	253
53	330	306	255
54	333	309	258
55	336	315	263

※レベル51～55のデータは、召喚者がレベル46～50で幻獣のお守りを装備しているときのもの

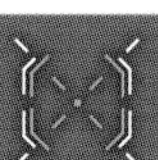

召喚獣の行動

CHECK!! » 出現した召喚獣は、おもに以下のように行動する。

基本技や魔法を自分の判断で使う

ほとんどの召喚獣は「覚えている基本技と魔法のうち、そのときの状況に合ったものを1回使う→5秒ほど敵の様子をうかがう」をくり返す。

指示された技を使用することも

「SUMMON ABILITY」コマンドをパーティの誰かが選ぶと、その人のATBゲージを消費して、「召喚獣アビリティ」(→P.139)を使う。

去りぎわに「必殺技」を発動

召喚獣は、一定時間が過ぎるか召喚者が敵に倒されると去ってしまう。しかし、去る直前には絶大な効果を誇る「必殺技」を使ってくれるのだ。

TIPS

- 仲間とちがい、召喚獣は操作キャラクターがターゲットにしている敵を優先して攻撃する
- 召喚獣アビリティのコマンドを選んだキャラクターは、ATBゲージを消費するだけで、専用の動作はしない。そのため、ガードの構えなどを中断せずにアビリティを使わせることが可能
- 基本技や魔法を使ったあとの召喚獣がアビリティを使った直後は、本来ある「敵の様子をうかがう時間」がスキップされて、すぐに基本技や魔法を使える状態になる
- 出現時間が過ぎたり召喚者が倒されたりしても、召喚獣が何らかの技や魔法を使っている場合は、その動作の終わりぎわになるまでは必殺技を発動させない

召喚獣リスト

クラウドたちが呼び出せる召喚獣は、ダウンロードコンテンツのものを含めて9種類。このリストで、能力のちがいを把握しておこう。

リストの見かた

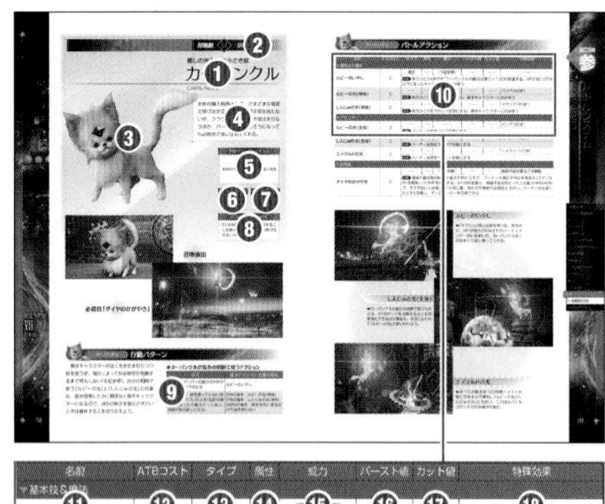

名前	ATBコスト	タイプ	属性	威力	バースト値	カット値	特殊効果
⑪	⑫	⑬	⑭	⑮	⑯	⑰	⑱

❶**召喚獣の名前**

❷ DLC ……その召喚獣がダウンロードコンテンツとしてのみ入手できることを示すマーク。

❸**外見**……召喚獣の外見。オリジナル版『FFⅦ』にも登場していた召喚獣は、そのCGも掲載している。

❹**バトルに関する特徴**

❺**召喚マテリアの入手方法**……その召喚獣を呼び出すためのマテリアの入手方法。

❻**召喚のATBコスト**……その召喚獣を呼び出すときに消費するATBゲージの段階。

❼**出現時間**……その召喚獣が出現している時間。この時間が経過すると、召喚獣は必殺技を使って去る。

❽**呼び出せる場所の制限**……その召喚獣を呼び出せる場所の制限(詳細は下の表を参照)。

❾**行動パターン**……その召喚獣が自分の判断でとる行動の傾向。「○○が自分の判断で使うアクション」には、その状況で行なうことがあるアクションを優先順位が高い順に記している。

❿**バトルアクション**……その召喚獣が使う技と魔法の解説。各項目の意味は⓫～⓳のとおり。

⓫**名前**……技の名前。基本技と魔法の名前は画面には表示されない。

⓬**ATBコスト**……そのアクションをバトルコマンドの「SUMMON ABILITY」で使わせるとき、コマンドを選んだキャラクターが消費するATBゲージの段階。

⓭**タイプ**……攻撃のタイプ(→P.132)。「——」はタイプを持たないことを示す。

⓮**属性**……攻撃が持つ属性(→P.132)。「——」は属性を持たないことを示す。

⓯**威力**……攻撃の威力(→P.135)。「——」は攻撃を行なわないことを示す。2回以上ヒットする攻撃の表記は以下のとおり。

- **a＋b**…威力aの攻撃とbの攻撃を順にくり出す
- **a×b回**…威力aの攻撃をb回くり出す
- **1ヒットごとにa**…威力aの攻撃が何度かヒットする

⓰**バースト値**……攻撃がヒットした敵のバーストゲージの増加量の基本値。実際の増加量は、相手のバーストゲージ増加倍率などによって変化する(→P.524)。ヒート状態の敵にヒットしたときに増加量が変わる攻撃は、ヒ のあとにその値を記載している。「——」は攻撃を行なわないことを示す。

⓱**カット値**……相手がダメージリアクションをとるかどうかに影響する値(→P.133)。「——」は攻撃を行なわないことを示す。

⓲**特殊効果**……そのアクションが持つ特殊な効果や状態変化など(詳細はP.79の㉙「特殊効果」を参照)。

⓳**効果**……技や魔法の効果の解説。

召喚獣を呼び出せるバトル

※ 小型 ……カーバンクル、サボテンダー、コチョコボ、 中型 ……イフリート、チョコボ＆モーグリ、シヴァ、デブチョコボ、 大型 ……リヴァイアサン、バハムート

CHAPTER	召喚が行なえるバトル		呼び出せる召喚獣
▼メインストーリーで行なうバトル			
1	壱番魔晄炉でのガードスコーピオン戦(※1)	P.189	小型 中型
2	八番街の住宅地区での連戦中(部隊長ゴンガ出現後)	P.199	小型
4	七六分室での連戦中(※2)	P.220	小型 中型 大型
4	七番街スラムでの虚無なる魔物＋未知なる魔物×3戦	P.223	小型
5	螺旋トンネルでのクイーンシュトライク＋グラシュトライク×2戦	P.229	小型
5	螺旋トンネルでのダストドーザー戦	P.231	小型 中型
6	四番街 プレート内部・下層 H区画：整備通路でのクイーンシュトライク×2戦	P.242	小型
6	四番街 プレート内部・中層 H区画：整備通路③でのミサイルランチャー×2＋α戦	P.243	小型
7	伍番魔晄炉・B6Fでのスイーパー×2＋レーザーキャノン×2戦	P.247	小型
7	伍番魔晄炉・B6Fでの戦闘員×2＋特殊戦闘員戦	P.247	小型

※1……チャプターセレクト時のみ(「NEW GAME」からプレイしている場合は召喚マテリアをセットできない)
※2……スイーパー×2出現時にかならずSUMMONゲージが出現する(それよりも前はゲージが出現しない)

CHAPTER	召喚が行なえるバトル		呼び出せる召喚獣
7	伍番魔晄炉・B4Fでのカッターマシン戦	P.251	小型
7	伍番魔晄炉でのエアバスター戦(第2段階以降)	P.253	小型 中型 大型
8	伍番街スラムのガマガマ沼での連戦中(スモッグファクト×2出現後)	P.267	小型
9	陥没道路でのプロトスイーパー戦	P.279	小型
9	陥没道路でのプロトスイーパー+バグラー×2戦	P.282	小型
9	コルネオ杯でのスイーパー+カッターマシン戦	P.286	小型
9	コルネオ杯でのヘルハウス戦	P.286	小型 中型 大型
10	地下下水道でのアプス戦	P.294	小型 中型
10	地下下水道・七番地区：貯水槽でのサハギン×3戦	P.299	小型
11	列車墓場で転車台を稼働させるときの連戦中(ゴースト×2出現後)	P.310	小型
11	列車墓場でのエリゴル戦	P.311	小型 中型 大型
12	七番街スラムでの虚無なる魔物+未知なる魔物×5戦	P.314	小型
12	七番街支柱でのレノ+ルード戦(第3段階のみ)	P.319	小型 中型 大型
13	陥没道路でのスモッグファクト+プロトスイーパー戦	P.326	小型
13	地下実験場でのモノドライブ×2+カッターマシン戦	P.330	小型
13	地下実験場でのアノニマス戦(第2段階のみ)	P.331	小型 中型
14	地下下水道でのどろぼうアプス戦	P.350	小型
14	地下下水道でのアプス戦(第3段階のみ)	P.351	小型 中型
15	七番街 プレート断面でのグレネードソーサー×2戦	P.360	小型
15	七番街 プレート断面でのヘリガンナー戦(第2段階以降)	P.361	小型 中型 大型
16	神羅ビル・65FでのサンプルH0512+H0512-OPT×3戦	P.375	小型 中型
17	神羅ビル・鑼牟 第三層でのモススラッシャー戦	P.385	小型
17	神羅ビル・鑼牟 第四層でのスタンテイザー×3+モススラッシャー戦	P.389	小型
17	神羅ビル・鑼牟 第四層でのデジョンハンマ×3戦	P.389	小型
17	神羅ビル・鑼牟 第六層でのブレインポッド戦	P.388	小型
17	神羅ビル・鑼牟 第六層でのデジョンハンマ×2戦	P.391	小型
17	神羅ビル・鑼牟 第八層でのソードダンス戦	P.390	小型
17	神羅ビル・鑼牟 第四層でのソードダンス戦	P.392	小型
17	神羅ビル・70FでのジェノバBeat戦(第2段階以降)	P.393	小型 中型 大型
17	神羅ビル・58Fでのハンドレッドガンナー戦	P.393	小型 中型
18	運命の特異点でのフィーラー=プラエコたちとの連戦中(※3)	P.401	小型 中型 大型
18	運命の特異点でのセフィロス戦(第3段階以降)	P.402	小型 中型 大型
▼サブイベントで行なうバトル			
3	クエスト2「化けネズミの軍団」での化けネズミ×3戦	P.409	小型
3	クエスト5「さまよう軍犬」でのレイジハウンド戦(2戦目のみ)	P.410	小型
3	クエスト6「墓場からの異物」でのディーングロウ戦	P.410	小型
8	クエスト8「見回りの子供たち」でのヘッジホッグキング+α戦	P.411	小型
8	クエスト9「暴走兵器」でのピアシングアイ×3戦	P.412	小型
8	クエスト11「噂のスラムエンジェル」でのトクシックダクト戦	P.413	小型
8	クエスト12「墓参りの報酬」でのネフィアウィーバー×3戦	P.413	小型
9	クエスト14a「盗みの代償」でのベグ+ブッチョ+バド+ジャイアントバグラー戦	P.414	小型
9	クエスト15a「逆襲の刃」でのカッターマシン=カスタム戦	P.416	小型
9	クエスト15b「爆裂ダイナマイトボディ」でのボム×2戦	P.416	小型
14	クエスト16「消えた子供たち」でのファントム×2戦	P.416	小型
14	クエスト17「チョコボを探せ」でのストライプフォリッジ戦	P.417	小型
14	クエスト17「チョコボを探せ」でのミュータントテイル×3戦	P.417	小型
14	クエスト18「手下のうらみ」でのトンベリ戦	P.418	小型
14	クエスト22「おてんば盗賊」での猛獣使い+ヘルハウンド戦	P.421	小型
14	クエスト23「コルネオの隠し財産」でのサハギンプリンス+α戦	P.423	小型
14	クエスト24「地底の咆哮」でのベヒーモス零式戦	P.423	小型
8以降	召喚獣バトルのシヴァ戦(シヴァのHPが残り65%以下になったあと)	P.425	シヴァ以外すべて
9以降	召喚獣バトルのデブチョコボ戦	P.425	デブチョコボ以外すべて
13以降	召喚獣バトルのリヴァイアサン戦	P.425	リヴァイアサン以外すべて
13以降	召喚獣バトルのバハムート戦	P.425	バハムート以外すべて
9、14	『コルネオ・コロッセオ』の各バトルコース	P.445	小型 中型 大型
16、17	『神羅バトルシミュレーター』の各バトルコース(※4)	P.456	小型 中型 大型

※3……フィーラー=バハムート出現時にかならずSUMMONゲージが出現する(それよりも前はゲージが出現しない)
※4……チーム「市長最高」戦をのぞく。また、トップシークレッツ戦では、敵として出現しているのと同じ召喚獣は呼び出せないうえ(イフリートは召喚可能)、敵のシヴァのHPが残り65%以下になるまではSUMMONゲージが出現しない

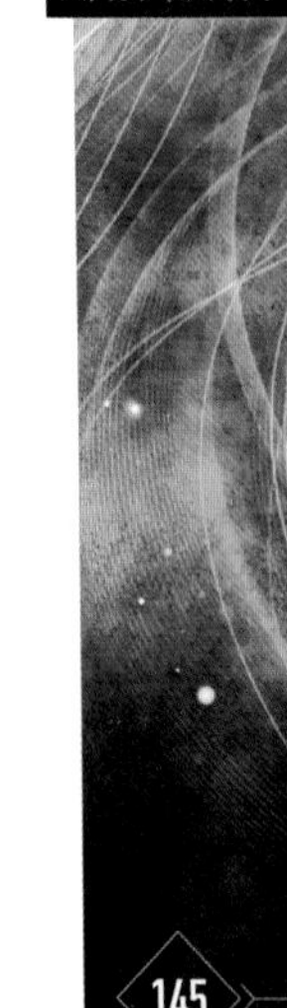

召喚獣 01

すべてを焼きつくす炎の魔人
イフリート
IFRIT

炎による攻撃を得意としており、火柱を立てたり火球を飛ばしたりできる。パンチや体当たりを含めたすべての攻撃が炎属性を持つのが特徴で、敵を吹き飛ばすなどしてヒート状態にする手段も多い。

召喚マテリアの入手方法

CHAPTER 3の七番街スラム・居住区でジェシーからもらう(→P.210)

オリジナル版

召喚のATBコスト	出現時間
1	60秒

呼び出せる場所の制限

せまい場所でのバトルでは呼び出せない(→P.144〜145)

召喚演出

必殺技『地獄の火炎』

イフリート 行動パターン

技か魔法を1回使っては、いずれかの方向へ歩きながら敵の様子を約5秒間うかがうことをくり返す。移動速度は遅いほうだが、射程の長い技や突進する技を持つほか、『フレイムクラッシュ』を使うときはターゲットに向かってすばやく走るため、敵が遠い場所や高い位置にいても攻撃の手は止まらない。

●イフリートが自分の判断で使うアクション

状況		使うアクションと優先順位
ターゲットが右記の位置にいるとき	遠距離か高い位置	ファイア
	中距離	突進>フレイムクラッシュ
	近距離	フレイムブレス>フレイムクラッシュ

イフリート バトルアクション

※ヒ……相手がヒート状態の場合の値

名前	ATBコスト	タイプ	属性	威力	バースト値	カット値	特殊効果
▼基本技&魔法							
フレイムクラッシュ	0	物理(近接)	炎	15+10+25	0	50	たたきつけ(3段目のみ)
		効果 ターゲットの近くまで走ったあと、「右手を振り下ろす→左手を振り上げる→組んだ両手を振り下ろす」の順にコンボで攻撃してダメージを与える。3段目の攻撃は威力が大きいうえ、相手を地面にたたきつけることが可能。コンボの途中でターゲットとの距離が離れたときは、走って接近してからつづきの攻撃をくり出す					
フレイムブレス	0	魔法	炎	1ヒットごとに16	0	50	──
		効果 首を左右に振りながら炎を吐き、範囲内にいる敵にダメージを1〜3回与える					
突進	0	物理(近接)	炎	1ヒットごとに50	0	50	打ち上げ
		効果 跳びのいてからターゲットがいる方向へ10mほど突進し、進路上にいる敵にダメージを与える。敵の位置によっては、打ち上げた直後にもう1回ダメージを与えることがある					
ファイア	0	魔法	炎	50	0	50	打ち上げ
		効果 ターゲットを追尾する炎の弾を放ち、命中した場所で爆発を起こして半径1.6m以内にいる敵にダメージを与える。クラウドたちが使う『ファイア』よりも威力が小さく、敵のバーストゲージも増えない					
▼アビリティ							
フレアバースト	2	魔法	炎	840	1	50	打ち上げ
		効果 ターゲットの足元から半径3mの火柱を発生させ、敵にダメージを与える。火柱は空中に発生させることもできるため、ターゲットが高い位置にいても攻撃が当たりやすい					
クリムゾンダイブ	1	物理(近接)	炎	520	1	50	たたきつけ
		効果 ターゲットの頭上から急降下攻撃を仕掛け、半径4.5m以内にいる敵にダメージを与える					
▼必殺技							
地獄の火炎	0	魔法	炎	1600	5 ヒ10	70	──
		効果 爆炎を広範囲に放ち、出現しているすべての敵にダメージを与える					

フレイムクラッシュ

←ターゲットに走り寄りつつパンチを3回くり出し、最後の一撃で相手をヒート状態にできる。近接攻撃だが、盾などでガードされても弾き返されない。

フレアバースト

→ターゲットの位置を狙い、高威力の火柱で攻撃する。ATBゲージを2段階ぶん消費するものの、遠くにいる敵や上空にいる敵に大ダメージを与えるのに役立つ。

クリムゾンダイブ

←敵の頭上にワープしてから急降下攻撃を仕掛けるので、ターゲットに当たりやすい。ATBコストが1であるうえ、攻撃範囲が広く、威力も大きいのが長所だ。

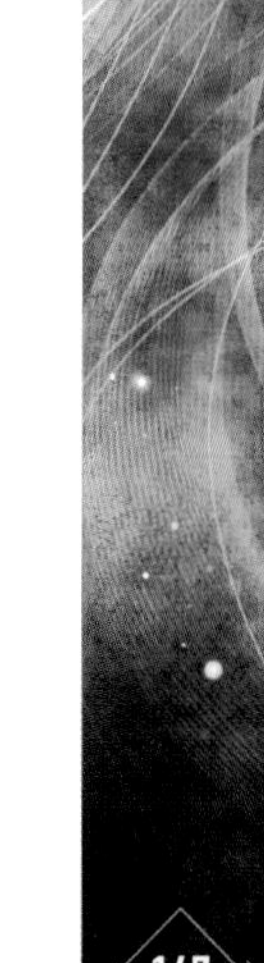

召喚獣 02

愛らしいコンビの召喚獣
チョコボ&モーグリ
CHOCOBO&MOOGLE

風属性の攻撃が得意なチョコボと無属性の攻撃が得意なモーグリのペア。広範囲に届く攻撃が豊富なうえ、ターゲット以外の敵がいると攻撃時間が長くなる技もあるので、敵の数が多いほど活躍する。

オリジナル版

召喚マテリアの入手方法

CHAPTER 6の四番街 プレート内部・上層：プレート換気設備内部で拾う(→P.240)

召喚のATBコスト	出現時間
1	60秒

呼び出せる場所の制限

せまい場所でのバトルでは呼び出せない(→P.144～145)

召喚演出

必殺技『必殺技!!』

チョコボ&モーグリ 行動パターン

ターゲットとの距離に応じて、技と魔法を使いわける。攻撃後は5秒ほど敵の様子をうかがうが、そのときは「いずれかの方向へ走る→停止」をくり返して位置が頻繁に変わるため、特定の攻撃だけを使うことが少ない。ロックオンを活用し、チョコボ&モーグリの行動をコントロールしよう(→P.169)。

◉チョコボ&モーグリが自分の判断で使うアクション

状況		使うアクションと優先順位
ターゲットが右記の位置にいるとき	高い位置	エアロ
	遠距離	爆走>エアロ
	中距離	爆走>つっつき
	近距離	つっつき

チョコボ&モーグリ バトルアクション

※ヒ……相手がヒート状態の場合の値

名前	ATBコスト	タイプ	属性	威力	バースト値	カット値	特殊効果
▼基本技&魔法							
つっつき	0	物理(近接)	──	8×4回+18	0	50	──
		効果 ターゲットの近くまで走ったあと、「チョコボが2回つつく→チョコボが2回つつく→チョコボが力強くつつく」の順にコンボで攻撃してダメージを与える。3段目の攻撃は威力が大きいうえ、相手を長時間ひるませることが可能。コンボの途中でターゲットとの距離が離れたときは、歩いて接近してからつづきの攻撃をくり出す					
爆走	0	物理(近接)	風	1ヒットごとに50	0	50	打ち上げ
		効果 その場で2回跳ねたチョコボがターゲットに向かって突進し、進路上にいる敵にダメージを与える。敵が1体だけのときはそこで攻撃が終わるが、敵が2体以上のときはそれらにもぶつかるようなルートで突進をつづける。そのぶん多くの敵を攻撃できるが、突進中は小まわりが利かず、一部の敵には攻撃が当たらないことも					
エアロ	0	魔法	風	0+50	0	50	吹き飛ばし(2撃目のみ)
		効果 ターゲットがいる場所で空気を弾けさせて相手をひるませ、0.8秒後にその場所に突風を起こして半径1m以内にいる敵にダメージを与える。クラウドたちが使う『エアロ』よりも威力が小さく、敵のバーストゲージも増えない					
▼アビリティ							
チョコボキック	1	物理(近接)	──	300	5 ヒ30	50	吹き飛ばし
		効果 ターゲットに近づいたチョコボが、高く跳んでから両脚で踏みつけ、半径2.5m以内にいる敵にダメージを与える。相手がヒート状態ならバーストゲージの増加量が6倍になる					
モグバクダン	1	物理(遠隔)	──	420	1	50	打ち上げ
		効果 モーグリが爆弾を取り出し、両手でたたいてターゲットの方向へ飛ばす。爆弾は何かに当たると爆発し、半径4m以内にいる敵にダメージを与える					
▼必殺技							
必殺技!!	0	物理(近接)	風	1600	5 ヒ10	70	──
		効果 別の空間からワープしてきたチョコボの群れと一緒に突進し、出現しているすべての敵にダメージを与える					

爆走

⬅チョコボ&モーグリの基本技のなかで飛び抜けて強力な攻撃。ほかの基本技や魔法と同じくらいのダメージを、複数の敵に1～2回ずつ与えられる。

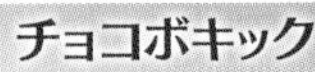

チョコボキック

➡威力はそれほど大きくないが、近くにいる敵をまとめてヒート状態にできる点と、ヒートしている敵のバーストゲージを大幅に増やせる点が強み。

モグバクダン

⬅爆風が広い範囲に届き、巻きこんだ敵をヒートさせることが可能。爆弾には追尾能力がなく、飛ぶ速度も遅いので、動きまわる敵にはかわされやすい。

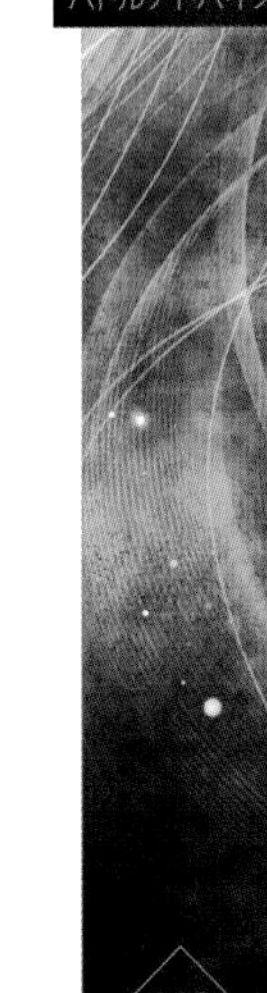

召喚獣 03

麗しき氷の女王
シヴァ
SHIVA

使用できる技と魔法がいずれも氷属性の魔法攻撃で、氷属性耐性や魔法防御力が低い敵に対して有利に戦える。一方、相手の体勢をくずしてヒートさせる攻撃がなく、バーストを狙うのには不向き。

召喚マテリアの入手方法

シヴァとの召喚獣バトル(→P.424)に勝ち、チャドリーからもらう

オリジナル版

召喚のATBコスト	出現時間
1	60秒

呼び出せる場所の制限

せまい場所でのバトルと、シヴァとのバトルでは呼び出せない(→P.144〜145)

召喚演出

必殺技『ダイヤモンドダスト』

シヴァ 行動パターン

シヴァは地上スレスレの高さに浮かんでおり、攻撃を行なっては5秒ほど敵の様子をうかがうことをくり返す。様子をうかがっているときは、ターゲットに接近してすぐに離れるか、ターゲットを中心とした大きめの円を描くように左右へ飛ぶので、右の表で「中距離」の欄に記された行動をとりやすい。

シヴァが自分の判断で使うアクション

状況		使うアクションと優先順位
ターゲットが右記の位置にいるとき	遠距離か高い位置	氷弾みだれうち>氷弾コンボ
	中距離	アイスウェーブ>氷弾みだれうち>氷弾コンボ
	近距離	アイスウェーブ

シヴァ バトルアクション

※ヒ……相手がヒート状態の場合の値

名前	ATBコスト	タイプ	属性	威力	バースト値	カット値	特殊効果
▼基本技&魔法							
氷弾コンボ	0	魔法	氷	1ヒットあたり4	0	50	―
		効果▶ターゲットを追って飛ぶ氷の弾を「右前方に3発→左前方に3発→左右の前方に合計6発」の順にコンボで放ち、ダメージを最大12回与える。弾の追尾能力は高いものの、そのなかの何発かは地面や障害物にぶつかってターゲットに届かないことがある					
氷弾みだれうち	0	魔法	氷	1ヒットあたり4	0	50	―
		効果▶ターゲットを追って飛ぶ氷の弾を自分の周囲に16発並べ、1発ずつ放ってダメージを与える。弾の数は『氷弾コンボ』より多いものの、さまざまな方向へ散らばるため、ターゲットに当たる前に地面や障害物にぶつかって消えてしまいやすい					
アイスウェーブ	0	魔法	氷	50	0	50	―
		効果▶地面に氷を走らせ、軌道上にいる敵にダメージを与える。氷は追尾能力を持つうえ、ターゲットに当たったあとも25mほど進むまでは消えない					
▼アビリティ							
ヘヴンリーストライク	2	魔法	氷	600	5 ヒ30	50	―
		効果▶ターゲットの頭上に出現させた氷塊を落とし、半径2m以内にいる敵にダメージを与える(距離が遠いときは12m程度まで近づいてから攻撃をはじめる)。出現した氷塊が落下をはじめるまでには2秒強かかるため、すばやく移動する相手には当たりにくい。相手がヒート状態ならバーストゲージの増加量が6倍になる					
アイシクルインパクト	1	魔法	氷	300	5 ヒ30	50	―
		効果▶ターゲットに接近してから自分の周囲の地面を凍らせ、半径8m以内にいるすべての敵にダメージを与える。相手がヒート状態ならバーストゲージの増加量が6倍になる					
▼必殺技							
ダイヤモンドダスト	0	魔法	氷	1600	5 ヒ10	70	―
		効果▶冷気を放ちながら飛びまわって周辺を巨大な氷に閉じこめたあと、投げキッスで氷を粉砕し、出現しているすべての敵にダメージを与える					

氷弾コンボ

⬅高い追尾性能を持った12発の弾を3回に分けて放つ。遠い位置や高い位置にも攻撃できるが、弾は相手を貫通しないため、ほかの敵を巻きこみにくい。

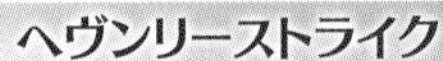

ヘヴンリーストライク

➡威力とバースト値にすぐれた氷塊を敵の頭上から落とす。攻撃をかわされやすいうえにATBゲージを多く消費するので、使うかどうかは慎重に決めよう。

アイシクルインパクト

⬅シヴァの周囲にくり出す攻撃。かなり高い位置にいる敵にも当たるほど、効果範囲が広い。ヒートした敵のバーストゲージを大幅に増やせる点も長所だ。

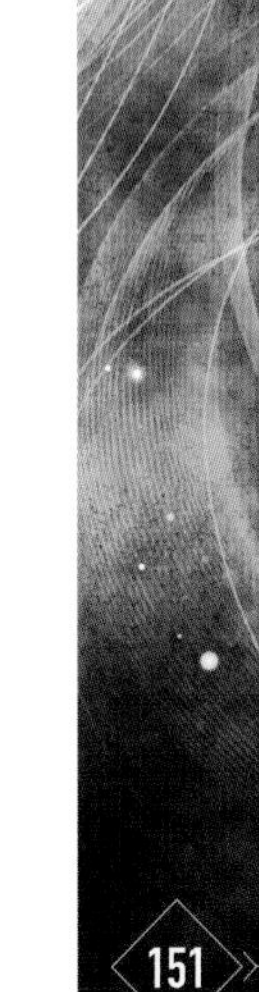

召喚獣 04

破壊力抜群のふくよかボディ

デブチョコボ

FAT CHOCOBO

その名のとおり、豊かな体型のチョコボ。オリジナル版では『チョコボ&モーグリ』使用時に低確率で現れたが、本作では任意に呼び出せる。巨体を活かした攻撃や爆弾などを投げる攻撃で、複数の敵にダメージを与えつつヒート状態にすることが可能だ。

召喚マテリアの入手方法

デブチョコボとの召喚獣バトル(→P.424)に勝ち、チャドリーからもらう

オリジナル版

召喚のATBコスト	出現時間
2	60秒

呼び出せる場所の制限

せまい場所でのバトルと、デブチョコボとのバトルでは呼び出せない(→P.144～145)

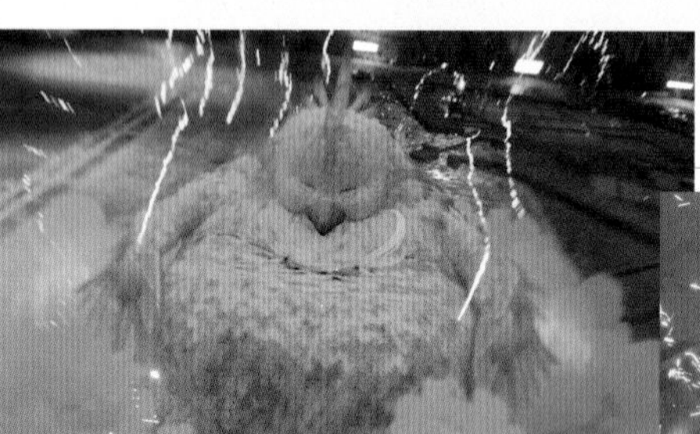

召喚演出

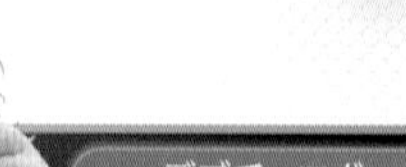

必殺技『ジャイアントドロップ』

デブチョコボ 行動パターン

ほかの召喚獣と同じく、数秒おきに攻撃をくり返すものの、敵の様子をうかがっているときはすわったまま何もしない。また、使用する技の多くは、動作時間が長いだけでなく敵に近づいてから攻撃に移るので、召喚アビリティを使わないと、出現時間中に攻撃するのが3～5回だけというケースもある。

●デブチョコボが自分の判断で使うアクション

状況		使うアクションと優先順位
ターゲットが右記の位置にいるとき	高い位置	クエ!
	遠距離	クエ!>ごろごろ
	中距離	ごろごろ>クエ!
	近距離	どっすん>ばっちん>ごろごろ

デブチョコボ バトルアクション

※ ヒ ……相手がヒート状態の場合の値

名前	ATBコスト	タイプ	属性	威力	バースト値	カット値	特殊効果
▼基本技&魔法							
クエ!	0	物理(遠隔)(※1)	──	25×3回(※1)	0	50	吹き飛ばし
		効果 三角コーン、ダンベル、トロフィーをターゲットがいる方向へ投げ、当たった敵にダメージを与える(目の前にいる敵には、投げる動作で振り下ろした羽でもダメージを与えることが可能)。投げたものは散らばるように飛ぶので、同じ相手にすべて当たることは珍しい					
どっすん	0	物理(近接)(※2)	──	40(※2)	0	50	打ち上げ(※2)
		効果 真上に浮かんでからそのまま落ち、ヒップアタックを仕掛けて半径3.5m以内にいる敵にダメージを与える。また、着地点から3.5〜8.0mの範囲内にいる敵には、衝撃波による攻撃でダメージを与える(同じ敵に当たるのはヒップアタックと衝撃波のどちらか一方のみ)					
ごろごろ	0	物理(近接)	──	1ヒットあたり16	0	50	吹き飛ばし
		効果 ターゲットを追って何度も前転か後転をくり返し、進路上にいる敵にダメージを与える。目の前にいる敵には5〜6回ヒットする					
ばっちん	0	物理(近接)	──	50	0	50	たたきつけ
		効果 前のめりに倒れながら左右の羽を振り下ろし、半径3m以内にいる敵にダメージを与える					
▼アビリティ							
どっすーーーん!	2	物理(近接)(※3)	──	450(※3)	5 ヒ30(※3)	50	打ち上げ(※3)
		効果 『どっすん』の強化版で、威力が大きいうえ、敵のバーストゲージを増やすことが可能(相手がヒート状態なら増加量が6倍になる)。また、ヒップアタックの攻撃範囲が「半径4m以内」に、衝撃波の攻撃範囲が「着地点から4〜15mの範囲内」に広がっている					
ビッグボム	2	物理(遠隔)	──	840	1	50	打ち上げ
		効果 巨大な爆弾をターゲットがいる方向へ山なりに投げる。爆弾は、敵や障害物で跳ね返ったり地面を転がったりしつつ3秒後に爆発し、半径15m以内にいる敵にダメージを与える					
▼必殺技							
ジャイアントドロップ	0	物理(近接)	──	2100	5 ヒ10	70	──
		効果 いきなり現れた5匹のモーグリに空高く持ち上げられたあと、急降下からのヒップアタックを仕掛け、出現しているすべての敵にダメージを与える					

※1……振り下ろした羽は「タイプ:物理(近接)、威力:10」(それ以外は投げたものと同じ)
※2……衝撃波は「タイプ:物理(遠隔)、威力:10、特殊効果:吹き飛ばし」(それ以外はヒップアタックと同じ)
※3……衝撃波は「タイプ:物理(遠隔)、威力:150、バースト値:1、特殊効果:吹き飛ばし」(それ以外はヒップアタックと同じ)

ごろごろ

⬅近距離〜遠距離のどこでも使う可能性がある技。転がりはじめたときに敵が近くにいれば、4回以上ヒットし、ほかの基本技よりも敵のHPを多く減らせる。

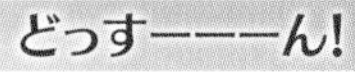

どっすーーーん!

➡ATBゲージを2段階ぶん消費するが、攻撃範囲が広いうえ、バーストも狙いやすい。デブチョコボが基本技で敵をヒート状態にしたときに使わせるといい。

ビッグボム

⬅『どっすーーーん!』とちがって、敵に大ダメージを与えたいときに役立つ。敵の身体が小さいと、投げた爆弾が相手を飛び越えてしまいがちなので注意。

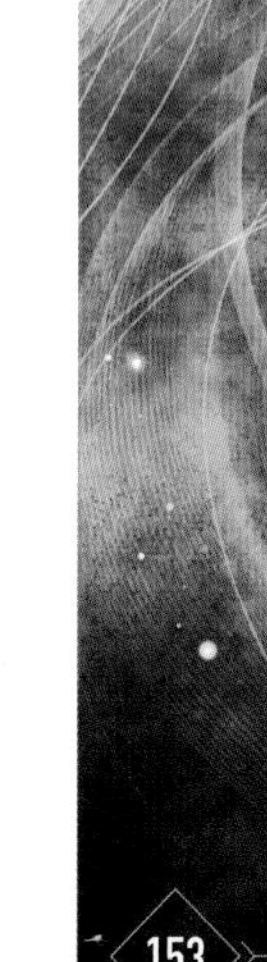

召喚獣 05

水神とあがめられている竜
リヴァイアサン
LEVIATHAN

呼び出すときとアビリティを使うときのATBゲージ消費量がすべて2段階ぶんだが、水を放つなどの攻撃範囲が広い技をくり出せる。ただし、魔法攻撃力がほかの召喚獣よりも低め(→P.143)。

召喚マテリアの入手方法

リヴァイアサンとの召喚獣バトル(→P.424)に勝ち、チャドリーからもらう

オリジナル版

召喚のATBコスト	出現時間
2	60秒

呼び出せる場所の制限

広い場所でのバトル(リヴァイアサンとのバトルをのぞく)でのみ呼び出せる(→P.144～145)

召喚演出

必殺技『大海衝』

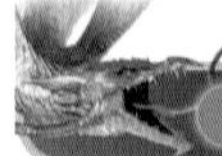

リヴァイアサン 行動パターン

出現後は「地面のなかにもぐった直後、いずれかの場所から身体を半分ほど出す(この行動を2回連続で行なうこともある)→技を1回使う→その場で5秒ほど敵の様子をうかがう」をくり返す。たまたまターゲットの近くに出現したときをのぞき、技は『ウォーターボール』を使う場合がほとんど。

◕リヴァイアサンが自分の判断で使うアクション

状況		使うアクションと優先順位
ターゲットが右記の位置にいるとき	遠距離か高い位置	ウォーターボール
	中距離	ウォーターボール>テールウィップ
	近距離	かみつき>テールウィップ

リヴァイアサン バトルアクション

※ヒ……相手がヒート状態の場合の値

名前	ATBコスト	タイプ	属性	威力	バースト値	カット値	特殊効果
▼基本技&魔法							
ウォーターボール	0	魔法	──	6×8回	0	50	──
		効果▶8発の水の弾を同時に飛ばす。弾はターゲットを追って高速で飛び、当たった敵にダメージを与えるが、その前に障害物や地面にぶつかると消えてしまう					
テールウィップ	0	物理(遠隔)	──	50	0	50	吹き飛ばし
		効果▶大きな円を描くように回転しながら尻尾でなぎ払い、周囲にいる敵にダメージを与える					
かみつき	0	物理(近接)	──	50	0	50	吹き飛ばし
		効果▶頭部を勢いよく突き出してかみつき、敵にダメージを与える					
▼アビリティ							
ウォータービーム	2	魔法	──	600	5 ヒ30	50	吹き飛ばし
		効果▶口から水流を放ちながら首を右か左に90度ほど振り、敵にダメージを与える(直前の技から連続で使うときなどは、地面にもぐってターゲットのそばに出現してから攻撃をはじめる)。左右や後方には攻撃できないものの、水流の射程がとても長いうえ、相手がヒート状態ならバーストゲージの増加量が6倍になる。ただし、攻撃前に頭部を前へ突き出したり高めの位置で水流を放ったりするので、目の前にいる敵や背が低い敵には当たらないことがある					
スプラッシュウェーブ	2	魔法	──	600	1	70	吹き飛ばし
		効果▶地面のなかにもぐってターゲットの近くまで移動したあと、3秒ほど力をためてから自分を中心とした爆発を起こし、半径12m以内にいる敵にダメージを与える。カット値が高く、攻撃動作中の敵も吹き飛ばせることが多い					
▼必殺技							
大海衝	0	魔法	──	2100	5 ヒ10	70	──
		効果▶高波を広範囲に発生させ、出現しているすべての敵にダメージを与える					

※上記のほか、リヴァイアサンが地面から飛び出すとき、ぶつかった敵に無属性のダメージを与える(タイプ:物理(近接)、威力:5、バースト値:0、カット値:50、特殊効果:──)

ウォーターボール

⬅リヴァイアサンが自分の判断で行動するときによく使う技。弾1発あたりの威力は低いものの、すべての弾が当たれば十分なダメージを与えられる。

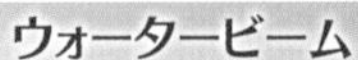

ウォータービーム

➡前方にいる敵をなぎ払うように攻撃する。ターゲットがいる方向を向いてから水流を放つまでの時間が長いので、すばやく動きまわる敵には当たりにくい。

スプラッシュウェーブ

⬅攻撃範囲が広いうえ、敵をヒートさせやすい。攻撃前のリヴァイアサンの近くに操作キャラクターを立たせ、おびき寄せた敵をまとめて吹き飛ばすのが有効。

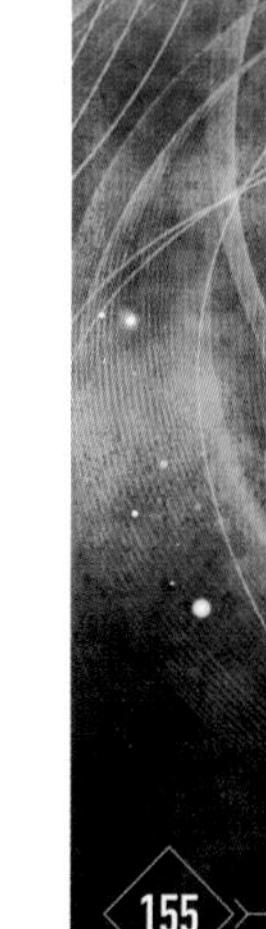

召喚獣 06

天地を切り裂く気高き竜王

バハムート

BAHAMUT

敵に当たりやすい技が多く、ヒートさせる手段も豊富。召喚マテリアの入手が難しいうえ、ATBゲージを2段階以上ためないと召喚できないものの、それに見合った活躍を見せてくれるはずだ。

召喚マテリアの入手方法

バハムートとの召喚獣バトル(→P.424)に勝ち、チャドリーからもらう

オリジナル版

召喚のATBコスト	出現時間
2	60秒

呼び出せる場所の制限

広い場所でのバトル(バハムートとのバトルをのぞく)でのみ呼び出せる(→P.144～145)

召喚演出

必殺技『メガフレア』

バハムート 行動パターン

通常は地表付近に浮かんでおり、ターゲットが上空にいるときはそれに合わせて高度を変える。出現中にとる行動は「右の表の条件に合った技を使う→5秒ほど様子をうかがう」のくり返しで、様子をうかがうときはターゲットに近づく(すでに接近しているときはその側面にまわりこむ)ことが多い。

◉バハムートが自分の判断で使うアクション

状況		使うアクションと優先順位
出現時間が残り15秒を切ったとき		オーラ発動
ターゲットが右記の位置にいるとき	遠距離	スピンアタック
	中距離	スピンアタック＞フレアブレス＞ダーククロー(※1)
	近距離	クロスインパクト＞スピンアタック＞フレアブレス

※1……バハムートが高い位置に浮かんでいるときは使わない

バトルアクション

※ ヒ ……相手がヒート状態の場合の値

名前	ATBコスト	タイプ	属性	威力	バースト値	カット値	特殊効果
▼基本技&魔法							
クロスインパクト	0	物理(近接)	──	25×2回	0	50	吹き飛ばし(2撃目のみ)
		効果 ターゲットに近づいたあと、右手→左手の順にツメで攻撃して敵にダメージを与える					
スピンアタック	0	物理(近接)	──	1ヒットごとに16	0	50	吹き飛ばし
		効果 少し後退したあと、きりもみ回転しながら突進して進路上にいる敵にダメージを与える。ターゲットが遠くにいるときをのぞけば2～3回ヒットすることが多い					
ダーククロー	0	魔法	──	1ヒットごとに25	0	50	──
		効果 地面に沿って走る衝撃波を前方4方向へ広がるように飛ばす。それぞれの衝撃波は何かにぶつかるまで直進し、ぶつかった敵にダメージを与える(同じ敵に複数の衝撃波が同時に当たることもある)。バハムートが高い位置に浮かんでいるときは使わない					
フレアブレス	0	魔法	──	100	0	50	吹き飛ばし
		効果 闇の炎を吐き、敵にダメージを与える。炎を吐くときに首を右から左へ振るので、左右の広い範囲を攻撃することが可能。ただし、高い位置から炎を斜め下に吐く関係で、バハムートの足元にいる敵には当たらないことがある					
オーラ発動	0	魔法	──	35	0	50	吹き飛ばし
		効果 バハムートの出現時間が残り15秒を切った直後に使う技。衝撃波を放って半径10m以内にいる敵にダメージを与えつつ、自分はピンク色のオーラをまとって「半径11m以内にいる敵に威力15の魔法タイプのダメージを2秒ごとに与える状態(相手はダメージリアクションをとらず、バーストゲージも増えない)」になる					
▼アビリティ							
インフェルノ	2	魔法	──	1ヒットごとに36	1ヒットごとに1	50	──
		効果 12本の光線を口から放射状に放つことを3回くり返し、敵にダメージを与える。光線は何かに当たるまで高速で飛んでいくが、発射直後だけはターゲットがいる方向へ曲がる性質を持ち、同じ相手に合計で10回前後ヒットすることも珍しくない。バハムートが『オーラ発動』でオーラをまとっているときは、威力が「1ヒットごとに68」になる					
ヘビーストライク	2	魔法	──	240×2回	1×2回	70	吹き飛ばし
		効果 左右の手に発生させた闇の弾を、右手の弾→左手の弾の順に投げる。弾はターゲットを追って飛び、何かにぶつかると爆発して敵にダメージを与える。カット値が高く、攻撃動作中の敵も吹き飛ばせることが多い。バハムートが『オーラ発動』でオーラをまとっているときは、威力が「450×2回」になる					
▼必殺技							
メガフレア	0	魔法	──	2100	5 ヒ10	70	──
		効果 口のなかにエネルギーを集めたあと、巨大な弾を地面に撃ちこんで大爆発を起こし、出現しているすべての敵にダメージを与える					

インフェルノ

⬅放った光線が何度も当たれば、相手のバーストゲージを大幅に増やせる。巨大な敵が相手のときや複数の敵が密集しているときなどに使わせよう。

ヘビーストライク

➡威力が大きくカット値も高い追尾弾を2回飛ばす技。攻撃をくり出すのが早いので、すばやくコマンド入力すれば敵の強力な攻撃を阻止できることも。

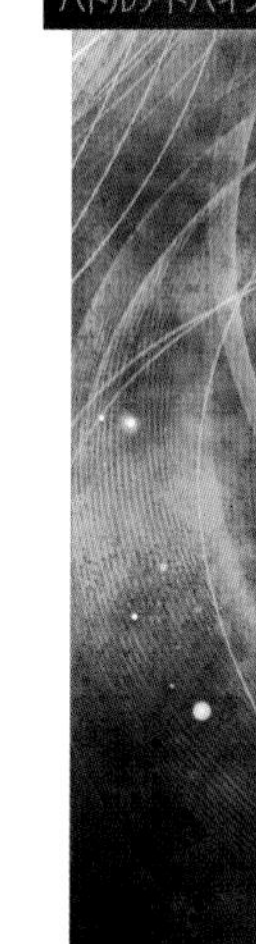

召喚獣 07 DLC

癒しの光を放つ小さき獣

カーバンクル

CARBUNCLE

本作の購入特典として、さまざまな場面で呼び出せる召喚獣。攻撃手段を持たないが、クラウドたちの回復や強化を行なうほか、パーティが全滅しそうになっても必殺技で食い止めてくれる。

召喚マテリアの入手方法
本作のダウンロード版の購入特典

召喚のATBコスト	出現時間
1	30秒

呼び出せる場所の制限
SUMMONゲージが出現することがある場所ならどこでも呼び出せる(→P.144～145)

召喚演出

必殺技『ダイヤのかがやき』

カーバンクル 行動パターン

操作キャラクターの近くを歩きまわりつつ技を使うが、場合によっては必殺技が発動するまで何もしない(右記参照)。自分の判断で使う『ルビーの光』と『しんじゅの光』の対象は、誰が召喚したかに関係なく操作キャラクターになるので、ほかの味方を強化させたいときは操作する人を切りかえよう。

◉カーバンクルが自分の判断で使うアクション

状況	使うアクションと優先順位
パーティメンバーの誰かのHPが残り25%以下のとき	ルビーのいやし
出現直後と、技を使っていない状態が10秒つづいたとき(右記の確率で決まった行動をとったあと、時間が数え直しになる)	5%の確率：ルビーの光(単体) 5%の確率：しんじゅの光(単体) 90%の確率：頭を左右に振るだけで技を使わない

カーバンクル バトルアクション

名前	ATBコスト	タイプ	属性	威力	バースト値	カット値	特殊効果
▼基本技&魔法							
ルビーのいやし	0	魔法	―	(下記参照)	―	―	―
		効果▶味方ひとりのHPを「カーバンクルの魔法攻撃力×7」だけ回復する。HPが残り25%以下になったキャラクターにのみ使う					
ルビーの光(単体)	0	―	―	―	―	―	バリア(60秒)
		効果▶味方ひとりをバリア状態にする。操作キャラクターにのみ使う					
しんじゅの光(単体)	0	―	―	―	―	―	マバリア(60秒)
		効果▶味方ひとりをマバリア状態にする。操作キャラクターにのみ使う					
▼アビリティ							
ルビーの光(全体)	2	―	―	―	―	―	バリア(60秒)
		効果▶パーティ全員をバリア状態にする					
しんじゅの光(全体)	2	―	―	―	―	―	マバリア(60秒)
		効果▶パーティ全員をマバリア状態にする					
エメラルドの光	2	―	―	―	―	―	ヘイスト(100秒)
		効果▶パーティ全員をヘイスト状態にする					
▼必殺技							
ダイヤのかがやき	0	―	―	(下記参照)	―	―	戦闘不能状態などを解除
		効果▶戦闘不能状態の味方を復活させたうえで、パーティ全員の不利な状態変化(スタン以外)を解除しつつHPを回復する。HPの回復量は、戦闘不能状態だった人は最大HPの40%で、そうでない人は最大HPと同じ量。ほかの召喚獣の必殺技とちがい、パーティが全滅したときも発動し、ゲームオーバーを回避できる					

ルビーのいやし

⬅『ケアル』と同じ効果を持つ技。基本的に、HPが残り25%以下のパーティメンバーがいるあいだ、カーバンクルはこの技をくり返し使ってくれる。

しんじゅの光(全体)

➡カーバンクルが自分の判断で使うものとは、ATBゲージを消費する点と全員を強化できる点が異なる。状況に合わせて『ルビーの光』と使いわけよう。

エメラルドの光

⬅すべての味方を100秒間ヘイスト状態にできるので便利。『ルビーの光』『しんじゅの光』とちがい、この技はバトルコマンドでのみ使用可能だ。

高速で走りまわる謎の植物

サボテンダー

CACTUAR

本作の購入特典として、さまざまな場面で呼び出せる召喚獣。使う技はすべて固定ダメージを与えるもので、防御力が高い敵に有利に戦える。複数の特殊効果を持つアビリティと必殺技も特徴的。

召喚マテリアの入手方法
本作のスクウェア・エニックス e-STOREでの購入特典

召喚のATBコスト	出現時間
1	30秒

呼び出せる場所の制限
SUMMONゲージが出現することがある場所ならどこでも呼び出せる(→P.144～145)

召喚演出

必殺技『針万本?』

サボテンダー 行動パターン

ほかの召喚獣とちがい、敵の様子をうかがう時間がなく、『爆走』を何度か行なっては『針百本』で攻撃することをくり返す。ただし、『爆走』と『針百本』の攻撃性能はそれほど高くないので、サボテンダーの能力を活かしたいなら、ATBゲージをためて『針千本』を連続で使わせるといい。

●サボテンダーが自分の判断で使うアクション

状況	使うアクションと優先順位
出現直後と、『爆走』で移動した場所から半径10m以内に敵がいないとき	爆走
『爆走』で移動した場所から半径10m以内に敵がいるとき	爆走＞針百本

サボテンダー バトルアクション

名前	ATBコスト	タイプ	属性	威力	バースト値	カット値	特殊効果
▼基本技&魔法							
爆走	0	物理(近接)	──	(下記参照)	0	30	──
		効果▶その場で後方宙返りをしたあと、1～2秒ほど走りつづけ、進路上にいる敵に1の固定ダメージを与える。走るルートは「ひたすら直進する」「直進したあと少し曲がる」「何度も左右に曲がる」「少し直進してからUターンする」などさまざまで、ターゲットとは無関係の方向へ走り出し、誰も攻撃できずに終わることも多い。物理タイプの攻撃だが、相手がバリア状態でも与えるダメージ量は1のまま変わらない					
針百本	0	物理(遠隔)	──	(下記参照)	0	30	──
		効果▶ターゲットがいる方向へ針を連射し、敵に1の固定ダメージを7回与える。物理タイプの攻撃だが、相手がバリア状態でも与えるダメージ量は1のまま変わらない					
▼アビリティ							
針千本	1	物理(遠隔)	──	(下記参照)	0	50	毒(180秒)、スロウ(40秒) ※どちらも1撃目のみ
		効果▶ターゲットがいる方向へ針を連射し、敵に4～6の固定ダメージを30回与えつつ毒状態とスロウ状態にする。物理タイプの攻撃なので、バリア状態の相手には与えるダメージ量が半分になる					
▼必殺技							
針万本?	0	魔法	──	(下記参照)	2×16回	70	(本文参照)
		効果▶全方向へ針を連射し、出現しているすべての敵に9～11の固定ダメージを16回与えつつ、パーティ全員のリミットゲージを合計192(12×16回)増やす。また、バースト中の敵を攻撃した場合は、バースト状態によるダメージ倍率(%)が1ヒットごとに1ずつアップする。魔法タイプの攻撃なので、マバリア状態の相手には与えるダメージ量が半分になる					

針百本

⬅ターゲットまたはその手前にいる敵に合計7のダメージを与える。攻撃自体は当たりやすく、『爆走』よりは大きなダメージを与えることが可能。

針千本

➡合計で120～180のダメージを与えつつ、敵を毒状態とスロウ状態にする。毒状態にできる敵のうち、最大HPが高いものに対して使わせるのがオススメ。

針万本?

⬅バーストゲージの増加量が多く、バースト状態のダメージ倍率を上げる効果も持つ。サボテンダーが去る直前になったら、バーストを積極的に狙おう。

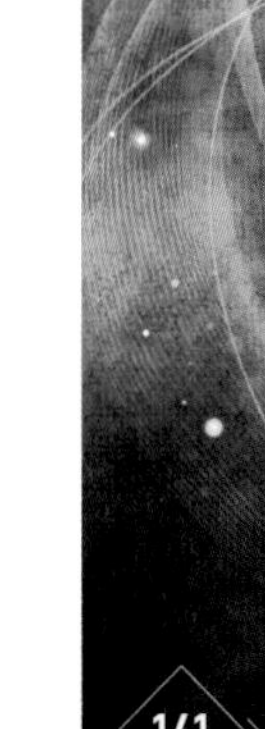

召喚獣〈09〉 DLC

クラウドと同じ髪型のヒナ鳥

コチョコボ

CHOCOBO CHICK

本作の購入特典として、さまざまな場面で呼び出せる召喚獣。異なる属性を持つ4種類の攻撃魔法を覚えており、状況に応じて使いわける。最後に放つ必殺技は、魔法タイプの強力な全体攻撃だ。

召喚マテリアの入手方法
本作のセブンネットショッピングでの購入特典

召喚のATBコスト	出現時間
1	30秒

呼び出せる場所の制限
SUMMONゲージが出現することがある場所ならどこでも呼び出せる(→P.144～145)

召喚演出

必殺技『チョコフレア』

コチョコボ 行動パターン

通常は操作キャラクターを追うように飛んでいるものの、操作キャラクターが何らかの攻撃をくり出すたびに、4種類ある魔法『チョコ○○』のいずれかを使う。どの魔法を使うかは基本的にランダムで決まるが、コチョコボが敵の弱点属性を知っている場合は、その属性の魔法を使うのだ(右記参照)。

コチョコボが自分の判断で使うアクション

状況	使うアクションと優先順位
操作キャラクターが何らかの攻撃をくり出したとき(当たったかどうかは関係しない)	チョコファイア(基本)、チョコブリザド(基本)、チョコサンダー(基本)、チョコエアロ(基本)のいずれか(※1)

※1……『みやぶる』を使うかコチョコボが弱点属性の魔法を当てるかして弱点属性が判明している敵がターゲットの場合は、弱点属性の魔法を優先して使う。なお、コチョコボの魔法で敵の弱点属性が判明したときは、コチョコボが喜ぶしぐさを見せる

コチョコボ バトルアクション

※ヒ……相手がヒート状態の場合の値

<table>
<tr><th>名前</th><th>ATBコスト</th><th>タイプ</th><th>属性</th><th>威力</th><th>バースト値</th><th>カット値</th><th>特殊効果</th></tr>
<tr><td colspan="8">▼基本技&魔法</td></tr>
<tr><td rowspan="2">チョコファイア(基本)</td><td rowspan="2">0</td><td>魔法</td><td>炎</td><td>10</td><td>0</td><td>30</td><td>打ち上げ</td></tr>
<tr><td colspan="6">効果▶ターゲットを追尾する炎の弾を放ち、命中した場所で爆発を起こして半径1.6m以内にいる敵にダメージを与える</td></tr>
<tr><td rowspan="2">チョコブリザド(基本)</td><td rowspan="2">0</td><td>魔法</td><td>氷</td><td>0+10</td><td>0</td><td>30</td><td>たたきつけ(1撃目のみ)、打ち上げ(2撃目のみ)</td></tr>
<tr><td colspan="6">効果▶ターゲットを追尾する冷気の弾を放ち、命中した相手を地面にたたきつけつつ、その場所に氷塊を発生させる。氷塊は1.5秒後に破裂し、半径1.6m以内にいる敵にダメージを与える</td></tr>
<tr><td rowspan="2">チョコサンダー(基本)</td><td rowspan="2">0</td><td>魔法</td><td>雷</td><td>10</td><td>0</td><td>30</td><td>たたきつけ</td></tr>
<tr><td colspan="6">効果▶ターゲットの頭上から雷を落とし、放電を起こして半径0.5m以内にいる敵にダメージを与える</td></tr>
<tr><td rowspan="2">チョコエアロ(基本)</td><td rowspan="2">0</td><td>魔法</td><td>風</td><td>0+10</td><td>0</td><td>30</td><td>吹き飛ばし(2撃目のみ)</td></tr>
<tr><td colspan="6">効果▶ターゲットがいる場所で空気を弾けさせて相手をひるませ、0.8秒後にその場所に突風を起こして半径1m以内にいる敵にダメージを与える</td></tr>
<tr><td colspan="8">▼アビリティ</td></tr>
<tr><td rowspan="2">チョコファイア(範囲化)</td><td rowspan="2">1</td><td>魔法</td><td>炎</td><td>120(※2)</td><td>4 ヒ16</td><td>50</td><td>打ち上げ</td></tr>
<tr><td colspan="6">効果▶範囲化された『チョコファイア』(範囲化の仕組みはP.114を参照)。自分の判断で使った場合とちがい、威力とカット値が高いうえ、敵のバーストゲージをやや多く増やせる</td></tr>
<tr><td rowspan="2">チョコブリザド(範囲化)</td><td rowspan="2">1</td><td>魔法</td><td>氷</td><td>0+120(※2)</td><td>0+6
ヒ0+24</td><td>50</td><td>たたきつけ(1撃目のみ)、打ち上げ(2撃目のみ)</td></tr>
<tr><td colspan="6">効果▶範囲化された『チョコブリザド』(範囲化の仕組みはP.114を参照)。自分の判断で使った場合とちがい、威力とカット値が高いうえ、敵のバーストゲージを多く増やせる</td></tr>
<tr><td rowspan="2">チョコサンダー(範囲化)</td><td rowspan="2">1</td><td>魔法</td><td>雷</td><td>120(※2)</td><td>2 ヒ8</td><td>50</td><td>たたきつけ</td></tr>
<tr><td colspan="6">効果▶範囲化された『チョコサンダー』(範囲化の仕組みはP.114を参照)。自分の判断で使った場合とちがい、威力とカット値が高いうえ、敵のバーストゲージを少し増やせる</td></tr>
<tr><td rowspan="2">チョコエアロ(範囲化)</td><td rowspan="2">1</td><td>魔法</td><td>風</td><td>0+120(※2)</td><td>0+4
ヒ0+16</td><td>50</td><td>吹き飛ばし(2撃目のみ)</td></tr>
<tr><td colspan="6">効果▶範囲化された『チョコエアロ』(範囲化の仕組みはP.114を参照)。自分の判断で使った場合とちがい、威力とカット値が高いうえ、敵のバーストゲージをやや多く増やせる</td></tr>
<tr><td colspan="8">▼必殺技</td></tr>
<tr><td rowspan="2">チョコフレア</td><td rowspan="2">0</td><td>魔法</td><td>——</td><td>600</td><td>5 ヒ10</td><td>70</td><td>打ち上げ</td></tr>
<tr><td colspan="6">効果▶広範囲に爆発を起こし、出現しているすべての敵にダメージを与える。召喚獣の必殺技で唯一、敵をヒート状態にすることが可能</td></tr>
</table>

※2……範囲化によって0.4倍になった値(これらの魔法はL1ボタンを押しても範囲化をOFFにできない)

チョコブリザド(範囲化)

⬅効果は、★1の『はんいか』マテリアで『ブリザド』を範囲化したものとほぼ同じ。敵をヒートさせることが可能なうえ、バーストゲージの増加量も多い。

チョコサンダー(範囲化)

➡範囲化された『サンダー』に近い性質を持つ魔法。バースト値は低めだが、ターゲットが遠くにいてもすばやくダメージを与え、さらにヒート状態にできる。

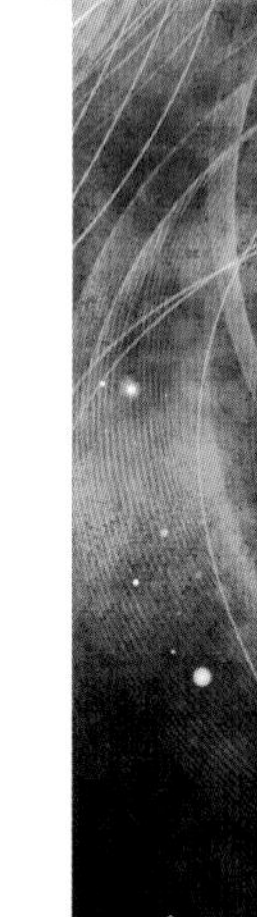

INDEX
バトルの基礎知識
パーティ
ステータス
ATBゲージ
ターゲットマーク
バトル中のアクション
攻撃と回復
状態変化
└→状態変化リスト
アビリティ
魔法
リミット技
召喚
└→召喚獣リスト
バトルアドバイス

バトルシステム EXTRA

バトルアドバイス

バトルの仕組みを理解したら、その知識をフルに活かして敵と戦おう。もしバトルで苦戦するようなら、ここからのアドバイスを参考にしてほしい。

はじめに

本作のバトルは、ボス戦以外でも全滅するのが珍しくないほど歯ごたえがある。同じ敵に負けつづける場合は、右記の方法を試してみよう。まずはキャラクターの装備やマテリアを見直したり、バトル中の戦いかたを変えたりしてみて、それでも勝てないときは難易度を下げてみるといい。

バトルで勝てないときに試したいこと

- パーティを強くする(→P.164〜166)
- 戦いかたを変える(→P.167〜169)
- ゲームの難易度をEASYかCLASSICにする

準備編

アドバイス 01 武器・防具・アクセサリはよく考えて選ぶ

装備品の選択は、バトルの準備のなかでもとくに大事なこと。下の表を参考に、手持ちの装備品のなかからベストな組み合わせを考えよう。

装備品の選びかた

種別	選びかた
武器	武器強化をしたうえで、マテリア穴が多いものや利用したい武器スキルが解放されているものを選ぶのが基本。新しい武器が手に入ったら、それに一時的に変更して、新たな武器アビリティを覚えておきたい
防具	マテリア穴の数を重視しつつ、ステータスがバランス良く上がるものを中心に選ぶ
アクセサリ	特定のステータスを一定割合で上げるものが多いので、もともと高いステータスをさらに伸ばすように選ぶといい。あまり操作しない仲間には三日月チャームもオススメだ。敵がやっかいな状態変化を発生させてくる場合は、バトル直前からやり直して、その状態変化を防げるものに変更しよう

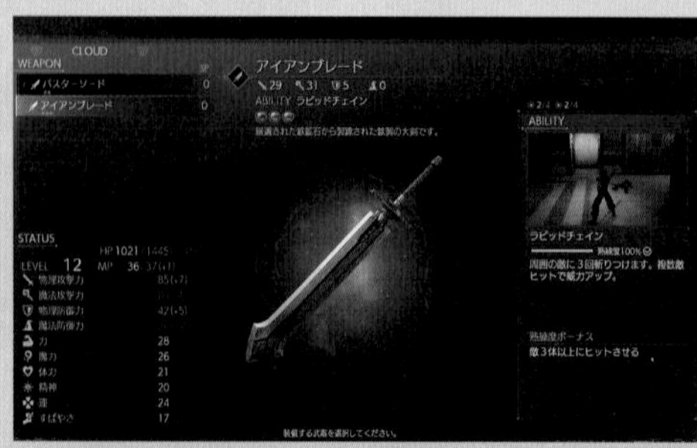

⬆装備品を選ぶときは、画面上部の説明だけでなく画面左下にも注目。セットしたマテリアの効果も含め、ステータスがどう変わるかを確認できる。

アドバイス 02 武器強化で解放する武器スキルの選びかた

武器強化は戦力アップに欠かせないので、積極的に行なうことが大切。ただし、武器強化のリセットをしてくれるチャドリーに会える時期はかぎられているため(→P.426)、下記のような便利なものから解放していけるよう、SPを計画的に使いたい。

優先して解放するといい武器スキル

武器スキル	解説
マテリア穴が増えるもの	優先順位はトップ。支援マテリアを使うなら、連結穴も早めに増やそう
ステータスが上がるもの	「最大HP＞最大MP＞物理攻撃力＝魔法攻撃力＝物理防御力＝魔法防御力＞運＝すばやさ」の優先順位で上げるといい
攻撃で与えるダメージ量を増やすもの	『たたかう』や固有アビリティ(クラウドの『強撃』を含む)など、使う機会が多い攻撃を先に強化していく
○○魔法MP消費量ダウン	攻撃魔法か回復魔法に限定されるが、消費MPを20%減らせるのは大きな利点
攻撃時のATBゲージ増加量が増えるもの	バレットとティファの武器限定のスキル。ATBゲージをためやすくなれば、そのぶん有利に戦えるので、早めに解放したい
ピンチで○○防御力アップ	敵に倒される可能性を減らせる。物理防御力が上がるものと魔法防御力が上がるものを両方とも解放しておこう

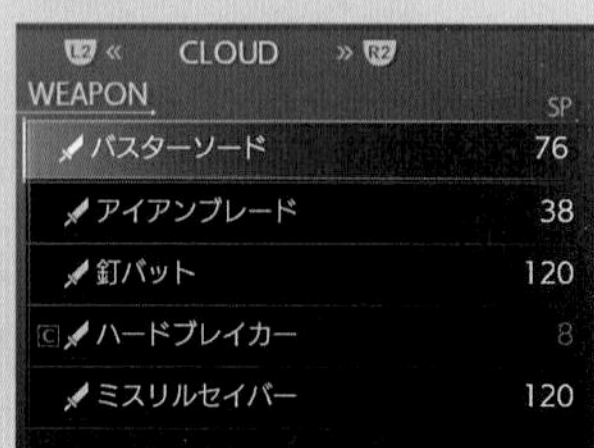

⬅ときおりメインメニューの「UPGRADE WEAPONS」を選び、強化に使えるSPが多い武器(あまり強化していない武器)がないか確認しよう。

アドバイス 03 マテリア穴をフルに使って実用的なマテリアをセット

装備品を決めたら、それぞれにマテリアをセットし、ステータスを上げたり使えるコマンドを増やしたりしよう。また、レベルを上げたいマテリアのなかに必要APが膨大なものがあれば、優先してセットすることも大事だ。セットするマテリア選びに役立つデータを下にまとめたので、参考にしてほしい。

マテリアごとの各種データ

※とくに実用度の高いマテリアには オススメ と記載

マテリア		レベルごとの必要APの累計				入手できる数	補足
		★2	★3	★4	★5		
▼魔法マテリア							
かいふく	オススメ	300	750	1200	──	∞	回復手段の基本。別の方法で回復するなら外してもいい
ちりょう		300	1200	──	──	∞	★2の『エスナ』と、★3の『レジスト』がとても便利
そせい	オススメ	5000	──	──	──	∞	レイズ系の魔法はフェニックスの尾よりHP回復量が多い
ほのお	オススメ	300	1200	──	──	∞	神羅の兵士をはじめ、炎属性が弱点の敵は比較的多い
れいき		300	1200	──	──	∞	攻撃魔法のなかでも、ブリザド系はバースト値が高め
いかずち	オススメ	300	1200	──	──	∞	攻撃をかわされないうえ、ロボットや兵器の弱点を突ける
かぜ		300	1200	──	──	3個	風属性の魔法は、空を飛んでいる敵などに効果的
どく		300	1200	──	──	∞	強敵のなかにも毒状態でHPを多く減らせるものがいる
バリア		300	1200	──	──	∞	防御用の魔法は、ゲームの難易度が高いほど重要になる
ふうじる		300	1200	──	──	∞	『たいせい』マテリアと組にしてセットするのが基本
しょうめつ		1200	──	──	──	∞	リフレク状態になる敵と戦うときなどにセットしたい
じかん	オススメ	300	1200	──	──	∞	★3で使える『ストップ』は一部の強敵にも通用する
▼支援マテリア							
ぞくせい	オススメ	2500	10000	──	──	2個	攻守ともに役立つが、★3にするためのAPがとても多い
はんいか	オススメ	500	2000	──	──	1個	さまざまな魔法を強化できる。早めに★3まで育てよう
たいせい	オススメ	2500	10000	──	──	2個	アクセサリでは防げない沈黙状態への対策などに役立つ
まほうついげき		──	──	──	──	1個	仲間のATBゲージを温存したいときは外しておこう
HPきゅうしゅう		2500	10000	──	──	2個	魔法マテリアか『かいひぎり』と組にするのが有効
MPきゅうしゅう		──	──	──	──	1個	MPの貴重な回復手段だが、回復量の少なさが難点
APアップ	オススメ	──	──	──	──	1個	マテリアのレベルを手早く上げるのに欠かせない
▼コマンドマテリア							
チャクラ		50	150	450	1350	3個	バレットの『アバランチ魂』との相性が良い(→P.88)
みやぶる	オススメ	300	──	──	──	2個	敵1体(★2なら敵全体)の弱点などがわかるので便利
ATBブースト		300	900	1500	2400	1個	ATBゲージを2倍に増やせる。バトル開始時などに使おう
いのり	オススメ	300	900	1500	2400	∞	ATBコストは2だが、MPを使わずに全員のHPを回復可能
ぬすむ		──	──	──	──	1個	アイテムをより多く集めたいときにセットしておく
てきのわざ		──	──	──	──	1個	このマテリアだけで、最大4種類の技を使えるのが特徴
▼独立マテリア							
HPアップ	オススメ	500	1500	5000	10000	∞	最大HPを上げ、倒されにくくすることはバトルの基本
MPアップ		500	1500	5000	10000	∞	魔法をよく使うキャラクターには常備させたい
マジカル		500	1500	5000	10000	2個	魔法タイプのアクションが多いエアリスにオススメ
ラッキー		500	1500	5000	10000	2個	クリティカルを狙うか『ぬすむ』を使うときにセットする
ギルアップ		──	──	──	──	1個	ギルが不足しているならパーティの誰かにセットしよう
けいけんちアップ	オススメ	──	──	──	──	1個	誰かがセットしていれば、全員の獲得経験値が2倍になる
かいひぎり		1000	──	──	──	∞	クラウドにセットすれば、便利な範囲攻撃をくり出せる
うけながし		500	──	──	──	3個	クラウドのブレイブモードの維持に役立つ(→P.80)
せんせいこうげき	オススメ	250	1000	──	──	2個	ATBゲージの初期値が増えるので手早く攻めていける
オートケアル		100	──	──	──	1個	操作しない仲間にセットすれば、敵に倒されにくくなる
アイテムたつじん		250	1000	──	──	2個	消費アイテムを回復のメインにするなら必須
ATBバースト		250	1000	──	──	3個	敵をバーストする機会が多いキャラクターにセットしよう
ATBれんけい		1000	4000	──	──	1個	自分のATBゲージを増やせない点には注意
ちょうはつ	オススメ	100	300	──	──	1個	ボス戦では発動しないが、敵を引きつける効果は便利
ガードきょうか	オススメ	250	1000	──	──	3個	ガード性能を強化できるので、さまざまなバトルで役立つ
わざたつじん		250	1000	──	──	3個	戦いかたしだいでは、ATBゲージをこまめに増やせる
ヴィジョン		──	──	──	──	3個	ATBゲージをためやすいバレットやエアリスにオススメ
あるきまにあ	オススメ	──	──	──	──	1個	『APアップ』に変えるために、入手後はつねにセットしたい

アドバイス
04 バトルをくり返して経験値・AP・ギルをかせごう

パーティ強化のために経験値、AP、ギルをかせぐなら、右の表の方法で獲得量を増やしつつ、下記を参考に敵と何度も戦うといい。APはバトルに参加した人のマテリアにのみ加算されるため、パーティが3人のときにかせぐのがベストだ。ちなみに、チャプターセレクト時は経験値とAPの獲得量が増えるので、エンディングを迎えたあとはパーティを育てやすくなる。

経験値・AP・ギルの獲得量を増やす方法

方法	獲得量の増えかた			補足
	経験値	AP	ギル	
『けいけんちアップ』マテリアを誰かがセットする	2倍	——	——	パーティにいない仲間を含めた全員の獲得量が増える
何らかのマテリアと『APアップ』マテリアを組にする	——	2倍	——	組にしてセットしたマテリアの獲得APだけが増える
『ギルアップ』マテリアを誰かがセットする	——	——	2倍	敵を倒した直後に表示される値は、増加後のものになる
チャプターセレクトでプレイする	2倍	3倍	——	敵を倒した直後に表示される値は、増加後のものになる

※複数の方法を併用したときは、獲得量が掛け算で増える(たとえば、『APアップ』とチャプターセレクトを併用すると、獲得APが2倍×3倍=6倍になる)

バトルをくり返す方法の例

敵の出現場所を往復する

各地のフィールドでは、敵を倒したあとにその場を離れ、数分が過ぎてからもどってくると、同じ敵がふたたび出現している場合が多い。七番街スラムなど、敵が再出現する場所が数ヵ所あるエリアなら、それらの場所を順にまわっていくことで、連続して何度でも戦える。

チャプターセレクトを行なう

チャプターセレクトで「序盤から敵と戦えるチャプターを選ぶ→敵をある程度倒したらそのチャプターをやり直す」をくり返す。序盤から敵と戦えるのはCHAPTER 1、8、10、15～17で、そのなかでもパーティが3人いて出現する敵の数が多めのCHAPTER 16がオススメだ。

サブイベントに何度も挑む

特定のサブイベントで、同じ相手にくり返し挑戦する(下の表を参照)。これらの敵とのバトルでは、負けてもそれまでに得た経験値とAPを失わずにすむ。なお、スカイキャラバンなどの一部の相手は、すぐに勝てる敵を倒した直後にリタイアすることをくり返すと効率が良い。

サブイベントで何度も戦える相手ごとの経験値とAPの獲得量

※「全戦の獲得量」はチャプターセレクト時のもので、チャプターセレクトをしていない場合は経験値が半分、APが3分の1になる
※●……挑戦できる、○……チャプターセレクト時のみ挑戦できる、—……挑戦できない

戦う相手	挑戦できるチャプター								参加費	バトルの難易度	敵のレベル	参加人数	全戦の獲得量		オススメ度
	3	4	8	9	13	14	16	17					経験値	AP	
▼召喚獣バトル(→P.424)															
シヴァ	○	○	●	●	●	●	●	○	0	(※1)	16～32	最大3	0	30	½☆☆
デブチョコボ	○	○	○	●	●	●	●	○	0	(※1)	18～32	最大3	0	30	½☆☆
リヴァイアサン	○	○	○	○	●	●	●	○	0	(※1)	35	最大3	0	30	½☆☆
バハムート	○	○	○	○	●	●	●	○	0	(※1)	50	最大3	0	30	½☆☆
▼コルネオ・コロッセオ(→P.444)															
ワイルドアニマルズ	—	—	—	●	—	●	—	—	100	選択可能	20	1	1120	75	★½☆
スラムアウトローズ	—	—	—	●	—	●	—	—	200	選択可能	20	2	4604	135	★★½
神羅愚連隊	—	—	—	○	—	●	—	—	300	選択可能	25	1	2900	105	★½☆
神羅ウォリアーズ	—	—	—	—	—	●	—	—	300	選択可能	25	3	4664	165	★★★
チーム「うらみ節」	—	—	—	○	—	●	—	—	400	選択可能	25	2	2784	162	★☆☆
▼神羅バトルシミュレーター(→P.455)															
チーム「市長最高」	—	—	—	—	—	—	●	○	0	選択可能	31	3	1440	30	★★½
ソルジャー定期検診	—	—	—	—	—	—	●	○	400	選択可能	35	1	4230	78	★½☆
スカイキャラバン	—	—	—	—	—	—	●	○	400	選択可能	35	2	7612	189	★★★
ケース・スクランブル	—	—	—	—	—	—	●	○	400	選択可能	35	3	7624	144	★★★
ソルジャー3rd昇進試験	—	—	—	—	—	—	—	○	500	HARD	50	1	13422	78	½☆☆
ツインチャンピオン	—	—	—	—	—	—	—	○	500	HARD	50	2	19076	147	★☆☆
レジェンドモンスターズ	—	—	—	—	—	—	—	○	600	HARD	50	3	9820	177	★☆☆
トップシークレッツ	—	—	—	—	—	—	—	○	700	HARD	50	3	4500	150	½☆☆

※『コルネオ・コロッセオ』『神羅バトルシミュレーター』では、報酬としてアイテムやギルも手に入る(→P.445～446、456)
※1……ゲームの難易度と同じだが、HARDの場合のみ「NORMAL」になる

実践編

アドバイス 05 ATBゲージを早めにためつつある程度は温存しておく

　バトルコマンドは、ATBゲージが1段階以上たまるまで選べない。『たたかう』や固有アビリティで攻撃するか『せんせいこうげき』マテリアを利用するなどして、ATBゲージを早めに1段階以上までためたあとは、緊急時に備えて、誰かのATBゲージが1段階以上たまった状態を保ちつつ戦うのが理想だ。

⬆セットした『せんせいこうげき』マテリアが★1だと、バトル開始時のATBゲージが1段階に満たないので、『ATBブースト』も使ってゲージを増やそう。

アドバイス 06 ガードや回避を行ないながら攻撃のチャンスをうかがう

　強敵が相手のときは大ダメージを何度も受けやすいため、守りを考えずに戦うとすぐにHPが尽きてしまう。そのような場面では敵の攻撃を待って、効果範囲が広い攻撃はガードで防ぎ、ガード不能な攻撃や直線的な攻撃は走るか回避でかわしたあと、敵がつぎの攻撃に移るまでのスキに攻めこむといい。

⬆ガードの構えをしたまま距離をとりつつ敵の様子を見る。

⬆攻撃をかわせそうなら回避、無理そうならガードで対処しよう。

アドバイス 07 攻撃を行なうときはロックオンを忘れずに

　近くに敵がいても、操作キャラクターが画面の左右や手前を向いているとターゲットマークが表示されないことが多い。そのときに『たたかう』などを仕掛けた場合、向きを変えずに攻撃して空振りになりがち。バトル中はこまめにロックオンを行ない、見当ちがいの方向へ攻撃するのを防ごう。

アドバイス 08 『みやぶる』を活かして敵の弱点と攻撃手段を調べる

　バトルで勝つには、敵ごとの特徴を知ることが大事。そのためには、新たな敵と戦うたびに『みやぶる』を使い、弱点、使ってくる攻撃、攻略のヒントを調べるようにしよう。弱点を突く手段や身を守る手段が足りないなら、バトル直前からやり直して装備とマテリアを変えればいい。ただし、やり直した場合は敵を見破っていない状態にもどるので注意（召喚獣バトルや『コルネオ・コロッセオ』『神羅バトルシミュレーター』でリタイアしたときをのぞく）。

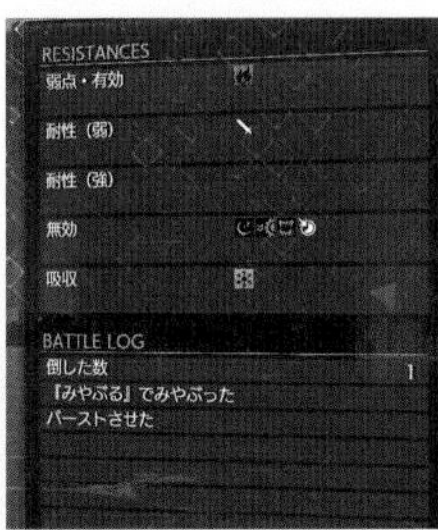

⬅『みやぶる』を使う（すでに見破っている場合はタッチパッドボタンを押す）と、敵の弱点などのデータを確認できる。R1ボタンを押せば、おもな攻撃手段を知ることも可能だ。

アドバイス 09 敵が強いと感じたらヒートとバーストを狙う

　弱めの敵なら『たたかう』などをくり返すだけで倒せるものの、それ以外の敵はこちらの攻撃にひるまず反撃してくるせいで簡単には勝てない。そういった相手には、ヒートさせたうえでバースト値が高い攻撃を仕掛け、バーストさせてから一気に大ダメージを与えるのが基本となる。敵ごとのくわしい情報はP.526～688に載っているので、それを参考にして手早くヒート&バーストさせよう。

⬅敵のなかには、体勢をくずしたとき以外にもヒート状態になるものがいる。その条件を把握しておきたい。

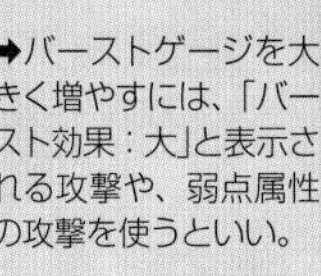

⮕バーストゲージを大きく増やすには、「バースト効果：大」と表示される攻撃や、弱点属性の攻撃を使うといい。

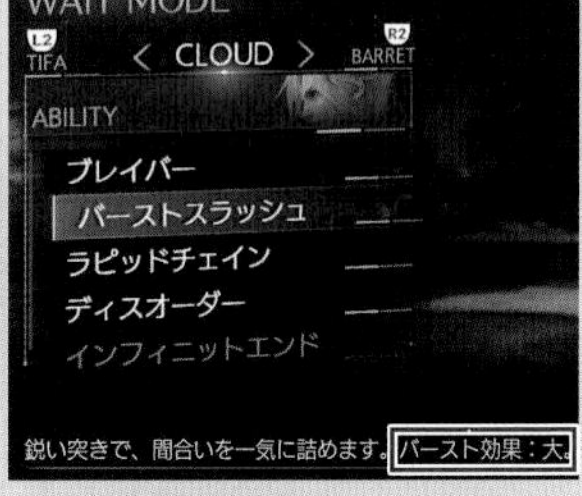

INDEX

アドバイス 10 回復役にはバレットとエアリスが適任

バレット(片手銃装備時)とエアリスは、遠くからでも『たたかう』や固有アビリティで敵を攻撃できるのでATBゲージをためやすい。『かいふく』や『いのり』マテリアをセットしてこまめに回復を行なえば、全滅の危険性を大幅に減らせるのだ。

⬆バレットは最大MPが低いので、MPを消費しない『いのり』を使うといい。魔法攻撃力の関係で回復量が少ない点は、何度も使うことでカバーしよう。

アドバイス 11 あまり操作しないキャラクターには『オートケアル』をセットしておく

『オートケアル』マテリアをセットした仲間は、自動的に行動しているときにパーティの誰かのHPが残り25%以下になると、すぐに『ケアル』で回復してくれる(回数制限あり)。操作することが多いキャラクター以外には『オートケアル』をセットし、味方のHPが残りわずかになる状況を減らしたい。

アドバイス 12 戦闘不能状態を解除する前にATBゲージを2段階以上ためておく

戦闘不能状態の味方を復活させるときに気をつけたいのは、『アレイズ』以外ではHPが完全に回復しないこと。復活したばかりの味方にも敵の攻撃は当たるので、大ダメージを受けてふたたび倒されてしまう場合があるのだ。よほどの緊急時でなければ、復活させる前にATBゲージを2段階以上(または味方ふたりのゲージを1段階以上)ためておき、復活させた直後にHPを十分な量まで回復するのが安全。

⬆復活直後の味方を回復のターゲットにしようとしても、しばらくは名前が暗いままで選べない。ウェイトモードにして、名前が明るく表示されるのを待とう。

アドバイス 13 「動作の中断」を活用すれば攻撃や回復をスムーズに行なえる

バトル中のアクションの多くは、動作の途中で別のアクションの操作をすると、残りの動作を省略してつぎの行動に移れる。この仕組みを活用すれば、下記のようなテクニックを使うことができるのだ。

「動作の中断」の活用法

全キャラクター共通

- 各アクションの終わりぎわに回避を行ない、無防備になっている時間を減らす
- 各アクションの動作中にバトルコマンドを選ぶと、動作を中断できるタイミングになった瞬間にコマンドが発動する。さらに、『ATBれんけい』マテリアをセットしていれば、ほかの味方のATBゲージが増えることもある(→P.500)

クラウドの場合

- アサルトモード時の各アクションの動作の終わりぎわに△ボタンを押すと、すぐさまブレイブモードに切りかわる。そのときの動作は近接攻撃をガードできる能力を持つので、本来なら不可能な「いずれかのアクションの動作を中断してガードを行なう」ことが可能

バレットの場合

- 『エネルギーリロード』は、特定のアクションを中断して行なうと、通常よりも動作時間が短くなり(→P.91)、チャージ終了を早められる

ティファの場合

- 『たたかう』の1段目の動作は、いつでも回避で中断できる。敵にターゲットマークが表示されていない状況(ロックオンをせずに画面手前側を向いているときなど)で、『たたかう』で踏みこんだ瞬間に回避を行なうことをくり返せば、走るよりも速く左スティックの入力方向へ移動可能
- 『強打』で跳んだときに『かかと落とし』を使うと、着地を待たずにそのまま飛び蹴りをくり出し、通常よりも早いペースで攻撃できる
- ひるんでいる動作を『バックフリップ』で中断できる(吹き飛ばされるなどの大きなダメージリアクションをとっているときは無効)。『バックフリップ』は最初にすばやく後方へ跳ぶので、本来なら当たるはずの追撃をかわせる場合が多い

エアリスの場合

- 『たたかう』の動作を、いつでも回避で中断できる。そのため、コンボの最中に敵が攻めてきても、すぐさま回避でかわすことが可能

アドバイス 14 敵が誰を狙っているかに注意しながら戦おう

基本的に、敵は攻撃をくり出す少し前から相手を決めている(➡P.522)。誰が狙われているかを事前に察知し、それ以外の味方を操作して敵の攻撃に巻きこまれない位置にいるようにすれば、比較的安全に戦うことが可能だ。また、操作キャラクターは敵に狙われやすいので、装備品やマテリアで守りを重点的に固めたキャラクターだけを操作し、パーティが受ける被害を最小限に抑える手もある。

⬅敵が狙っている相手は、身体の向きや移動方向で推測できる。狙われた人以外が敵の攻撃に巻きこまれないように戦おう。

➡『ちょうはつ』マテリアを利用すれば、そのキャラクターに敵の狙いが集中する。大半のボス戦では発動しないが、実用性は高い。

アドバイス 15 状態変化による弱体化は強敵にも通用することがある

状態変化への耐性は強敵ほど高めだが、すべての効果を完全に防ぐ敵はごく一部。無効でない状態変化を『みやぶる』やエネミーレポートで調べ、そのなかで効果的なものを発生させる攻撃を使っていこう。とくに、下記の状態変化は、完全に防ぐ敵が少ないうえに発生させるメリットが大きめだ。

●強敵とのバトルでとくに役立つ不利な状態変化

状態変化	解説
毒	クラウドたちが発生させる毒状態の持続時間は基本値が180秒で、その時間で敵のHPは「最大HPの0.15%×179回＝27%弱」減る。毒状態への耐性が35以下(➡P.136)の敵なら、3〜4回発生させることで、持続時間は少しずつ短くなるがHPを半分以上も減らせるのだ
ストップ	睡眠状態とちがい、発生している敵を何度攻撃しても状態変化が解除されない

⬅ストップ状態の発生中は安全に攻めていけるので、『じかん』マテリアを早めに★3まで育てて『ストップ』を使えるようにしたい。

アドバイス 16 リミット技を使うのはここぞという場面で

リミット技は、リミットゲージが満タンのときしか使用できない反面、絶大な威力を秘めている。下の表を参考にして、効果的な状況で使おう。

●リミット技ごとの使いどころ

リミット技	使いどころ
クラウド、バレット、ティファ用	バースト中の敵や最終段階に移ったボス敵などのHPを一気に減らす手段として最適。なお、リミットレベルを1から2にした場合は、リミットゲージの最大値が1.35倍になるものの、その倍率を上まわる威力とバースト値を持った攻撃をくり出せる
エアリス用	『癒しの風』は回復に役立つが、シールド状態になれる『星の守護』がとくに便利
ヴィジョン	バレットやエアリスが使うといい

アドバイス 17 召喚獣を呼び出すタイミングとオススメの戦わせかた

召喚獣は、敵がバーストしそうなときなど、猛攻をかけたい場面で呼び出すのが基本だ。召喚したあとは下記のような戦いかたをするといいだろう。

●オススメの召喚獣(ダウンロードコンテンツをのぞく)

イフリート

⬅物理タイプと魔法タイプの強い技を使えるうえ、炎属性が弱点の敵にはどの攻撃でもダメージが2倍になる。

チョコボ＆モーグリ

⬅風属性が弱点の敵に大ダメージを与えられる。敵に突進する『爆走』を、下記の方法で使わせよう。

バハムート

⬅入手が難しいぶん能力は高い。敵を吹き飛ばし、さまざまな攻撃を阻止できる『ヘビーストライク』が強力。

●召喚獣を呼び出したあとのオススメの戦いかた

- 基本的には、召喚前と同じように行動し、必要に応じてバトルコマンドで召喚獣に指示を出す
- 召喚獣が基本技や魔法を使った直後に指示を出し、行動のペースを早める(➡P.143)
- 操作キャラクターが召喚獣の近くに立って敵をおびき寄せ、攻撃がまとめて当たるようにする
- ターゲットの位置に応じて使う攻撃を変える召喚獣(➡P.146〜156)が出現中で、敵が2体以上の場合は、ロックオンを利用して「召喚獣が強い攻撃を使う位置の敵」にターゲットを切りかえる。具体的には、突進する技が強いイフリートとチョコボ＆モーグリならやや遠くにいる敵を、ほかの召喚獣なら近くにいる敵をターゲットにするといい

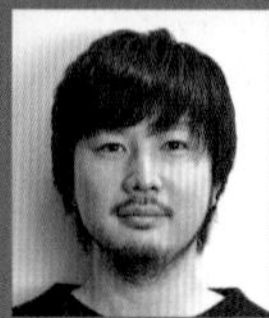

リードアニメーションプログラマー

原 龍

Ryo Hara

代表作　ランページ ランド ランカーズ

Q どのような作業を担当されましたか？
A キャラクターの動きの補正や、動作を自動生成するための仕組み作りのほか、モーションデザイナーが作業しやすい環境の整備、テクノロジー推進部が開発した技術の導入などを担当していました。

Q 新しく導入された技術について教えてください。
A フィールド上でキャラクターが会話するシーンは、ボイスから感情を解析し、それぞれの表情を自動的に生成しています。本作は、カットシーン以外にもキャラクター同士が話す場面が多く、それが物語に深みを出しているので、視線やまぶたの動きなども含めて表情にはとくに力を入れました。

Q 一番こだわって制作した部分は？
A クラウドたちやエネミーの「対象を認識していること」を示すための動きです。具体的に言うと、顔の向きや視線、バトル中だと相手を狙うときの身体の動きなどですね。キャラクターの動きがリアルなら物語に集中できますし、バトルで敵がこちらを狙っている感じが出れば緊張感が生まれます。そういったこまかい部分の違和感をなくすことが、作品の良さにつながると思って取り組みました。

Q 全世界同時発売による苦労はありましたか？
A カットシーン以外のキャラクターの口や舌の動きはボイスから自動生成しているのですが、なじみのないドイツ語やフランス語は調整が大変でした。

Q つぎの作品ではどんなことに挑戦したいですか？
A アクセントとなるカッコイイ動きはモーションデザイナーが作ってくれるので、プレイヤーがもっとも多く目にする「立ち、歩き、走り、会話」が、ゲームであることを忘れるくらい自然な動きになるように、プログラムでサポートしていきたいです。

自分だけが知っている本作の秘密

召喚獣のリヴァイアサンが空中を移動するときの動きは、あらかじめ作ったモーションを再生するのではなく、プログラムで制御しています。このプログラムは、六番街スラムのみどり公園にあるブランコを動かすために作られたものを、リヴァイアサン用に改造しました。

リードテクニカルプログラマー

波能智人

Tomohito Hano

代表作　キングダム ハーツ HD 2.8 ファイナル チャプター プロローグ、キングダム ハーツⅢ

Q どのような作業を担当されましたか？
A 処理負荷の軽減に関するアドバイスや、メモリ使用量の改善、プログラマーの作業効率を上げるための開発ツールの拡張などを行なっていました。

Q 今回新しく導入した技術はありますか？
A AI技術を活用して、これまで人間の手で行なってきたバグを見つける作業を、自動化させる仕組みを導入しました。この試みは本作がはじめてではありませんが、今回導入したものは、ゲームの仕様変更に強いところと動かすのが簡単なところが、ほかとはちがっています。安定して稼働できるまでに時間はかかったものの、人間では不可能な回数のチェックを行なえることもあって、ふつうでは見つけられないレアなバグの発見に役立ちました。

Q もっとも苦労した点は？
A スラムや街は住人が多く配置されるので処理負荷が高い傾向にありますが、なかでも見通しがいいセブンスヘブンの前は、処理負荷を下げるために作業期間のギリギリまで努力を重ねる必要がありました。ジョニーが神羅の兵士に連行されるときは住人たちが集まるので、とにかく厳しかったです。

Q 開発中の忘れられない思い出を教えてください。
A E3（アメリカで開催される世界最大級のゲームイベント）への出展の締め切り1日前にバグが発見されてしまい、原因を特定するために複数のスタッフで夜通しチェックしました。なかなかバグの原因がわからず途方に暮れていたところ、夜が明けるタイミングでようやく修正の手がかりがつかめたのですが、そのときに保志名（保志名大輝氏：リードアプリケーションプログラマー）が言った「外が明るくなってきましたが、我々にも明るいきざしが見えてきました」という言葉が忘れられません。

自分だけが知っている本作の秘密

本作のフレームレート（1秒間に表示される画面のコマ数）は30fpsですが、ロード中の画面だけは最大300fpsくらいになっています。フレームレートを上げるとロード時間の短縮に効果があったので、こういう処理にしました。

リードバトルプログラマー

小山 智

Satoru Koyama

代表作 FFXIII-2、ライトニング リターンズ FFXIII、メビウス FF

Q バトル中に操作キャラクターを自由に切りかえられるシステムを作るのは大変だったのでは？

A キャラクターの切りかえ自体はそうでもなかったのですが、切りかえたときにカメラをどう動かすかなど、操作性に関わる部分のほうが大変でした。

Q 開発スタート時から大きく変わった部分は？

A 召喚獣は大きく変更されていて、最初のころは現れた直後に必殺技を使ったり、ボタンを押しつづけて召喚者のATBゲージを少しずつ消費しないと召喚獣が動かなかったりしていましたね。あと、『ヴィジョン』は、当初は物語に関連する特殊なリミット技で、使用者以外の時間が止まって自由に行動できるというものでした。『ヴィジョン』マテリアがエアリスの初期装備なのは、そのころの名残です。

Q 開発中の忘れられない思い出を教えてください。

A カエル状態になったのに人間用のアニメーションが再生されて、カエル人間のような見た目になったことですね。それと、レノが屋外でジャンプする場面で本来よりかなり高く跳んでしまい、速度やポーズも相まって天に召されるように見えたときは、思わず笑ってしまいました。どちらのバグも、そのあとにもちろん修正されています。

Q つぎの作品ではどんなことに挑戦したいですか？

A 今回は操作キャラクターを切りかえて戦ってもらうため、仲間のAIには『たたかう』しか行なわせませんでしたが、つぎはいろいろな技や魔法を使いこなすAIを作ってみたいですね。目標は『FFXII』の「ガンビット」越えで。また、キャラクターが自動的に戦うCLASSICのような、プレイヤーの操作をサポートする部分にも力を入れたいです。アクションが苦手だからという理由で、興味があるのにプレイしていただけないのは悲しいですからね。

自分だけが知っている本作の秘密

バレットのリミット技『カタストロフィ』は、当初は敵の下の地面を撃って爆発を起こし、その爆発でダメージを与えるという技だったのですが、地面がない場所だと爆発を起こせなかったので、敵を直接狙う攻撃に変わりました。

グラフィック&VFXディレクター

高井慎太郎

Shintaro Takai

代表作 FFVII、ダージュ オブ ケルベロス -FFVII-、FFVIII、FFX、FFX-2、FFXIII、FFXIII-2、ライトニング リターンズ FFXIII、メビウス FF、聖剣伝説2、聖剣伝説3

Q どのような作業を担当されましたか？

A グラフィック全体の方針や仕様を決定し、監修を行ないました。それから、リアルタイムVFX全般のディレクションも担当しています。

Q エリアごとの差別化は大変だったのでは？

A 魔晄炉やスラムは複数登場しますが、ふつうに作成すると似たような印象になってしまいます。そこで、壱番魔晄炉は「古い、経年劣化、グリーン」、伍番魔晄炉は「新しい、SF、ブルー」、伍番街スラムは「湿地帯、東南アジア」、七番街スラムは「乾燥帯、西部劇」といった具合に、それぞれちがうイメージで差別化するように意識しました。

Q とくに気に入っているエフェクトは？

A バスターソードの攻撃が当たったときのエフェクトですね。プレイヤーがもっとも多く見るであろうエフェクトなので、表現やシルエット感、火花の飛びかた、ボリューム感など、かなりこだわりを持って作成しました。このエフェクトが、ほかの多くのエフェクトの土台となっています。

Q オリジナル版から変えてはいけないと考えていた部分はありますか？

A 自分のなかでは、絵の表現に関して変えてはいけないと考えた部分はなかったですね。ただ、オリジナル版のプレイヤーに「なんかちがう」と思わせてはいけないとは感じていました。

Q 一番こだわって制作した部分は？

A こだわった部分はたくさんありますが、強いてあげるなら召喚獣やフィーラー関連のエフェクトでしょうか。特殊な表現にしたり、数を多くしたりする必要があったので、ひと筋縄ではいきませんでしたが、インパクトは出せたと思っています。

自分だけが知っている本作の秘密

召喚獣の表現に関しては、特殊なシェーダー（陰影や色などの見えかたに関する処理）を使って特別感を出そうと模索していました。いろいろあって断念しましたが、東京ゲームショウで公開されたトレーラー映像のイフリートには、その表現が少し入っています。

リードVFXアーティスト

角田瑞紀

Mizuki Tsunoda

代表作 メビウス FF、NARUTO-ナルト- 疾風伝 ナルティメットストーム2、ナルティメットストームジェネレーション、ナルティメットストーム3、.hack//Versus

Q どのような作業を担当されましたか？

A エフェクトのスケジュール管理などの裏方作業と、メインキャラクターやシステムまわりのエフェクト作成をメインで担当しました。

Q もっとも苦労した点は？

A フォトリアル（実写のような絵）なエフェクトを目指していたので、ゲームシステム上どうしても必要な「記号的な表現」の見せかたに悩みました。その一方で、ティファのリミット技『ドルフィンブロウ』の演出にイルカが実装されたときは、イルカのモデルが想定よりもずっとリアルで、エフェクトをうまくなじませるのが大変でしたね。

Q オリジナル版を強く意識した部分は？

A クラウドのリミット技『凶斬り』のエフェクトを作るときに、クラウドが登場するいろいろな作品の『凶斬り』を調べたところ、それぞれで「凶」の書き順や斬る回数がちがうことをはじめて知りました。オリジナル版は、漢字の書き順としては正しくないのですが、今回はそちらに合わせています。

Q とくに気に入っているエフェクトは？

A エアリスの武器アビリティ『光の盾』でしょうか。エアリスのエフェクトは有機的なものをモチーフにしていて、花や植物、チョウなどのイメージを明確に盛りこめたので、作るのが楽しかったです。

Q 開発中の忘れられない思い出を教えてください。

A 蜜蜂の館のダンスシーンをはじめて見たときは、まだキャラクターに表情がついていなくて、クラウドが踊ったあとのエアリスが真顔なのがおもしろくて笑ってしまいました。ちなみに鳥山（鳥山 求氏：COディレクター）いわく、クラウドがダンスを踊れるのは、ソルジャーの試験にダンスがあるからだそうです（笑）。

自分だけが知っている本作の秘密

ほとんどの敵は、倒されると緑色の光になってライフストリームに還るのですが、列車墓場に出てくるゴーストはエリゴルにとらわれているため、倒されてもライフストリームに還ることができず、専用のエフェクトが出ます。

リードVFXアーティスト

吉田光陽

Mitsuharu Yoshida

代表作 ダージュ オブ ケルベロス -FFⅦ-、FFⅩⅢ、ライトニング リターンズ FFⅩⅢ、FFⅩⅣ、FF ブレイブエクスヴィアス、キングダム ハーツⅢ、ドラゴンクエストⅪ

Q 写実的なエフェクトとゲーム的なエフェクトを同じ画面内で共存させるのは大変だったのでは？

A たとえば「炎」ひとつにしても、実在する炎と魔法の炎でどう変化をつけるか、というのは毎回テーマとしてありますね。ただ、今作は写実的な世界観がベースで、光の取りあつかいはていねいに設計されていたので、それぞれのエフェクトの共存という点ではスムーズに表現できたのではないかと思います。そのなかで、エフェクトにファンタジーの要素を足しこんでいくのは楽しい作業でした。

Q 今回新しく導入した技術はありますか？

A 最近では技術が発達してよく見るようになってきましたが、専用のツールで物理シミュレーションを行ない、その結果をリアルタイムのエフェクトとしてゲーム内に実装するという制作フローも導入しました。本作では、さまざまなシーンで積極的に採用されています。

Q 開発中の忘れられない思い出を教えてください。

A CHAPTER 3のセブンスヘブンでティファが作るカクテルは、物理シミュレーションを利用してリアルな液体の動きを作成しています。そのため、最初はティファがグラスをカッコよくクラウドにすべらせると、中身がバッシャーンと飛び散ってしまう結果となり、スタッフたちに大ウケでした（笑）。

Q つぎの作品ではどんなことに挑戦したいですか？

A ハードが進化していくなかで、技術的な面でもエフェクト表現の幅は格段に広がってきました。インゲーム（フィールドの探索やバトルなどの部分）のエフェクトはプレイの体感に直結する部分なので、「ゲームのさわり心地」がより良くなるようなエフェクトを目指していきたいですね。

自分だけが知っている本作の秘密

物語の後半に大群で登場する未知なる魔物ですが、たくさんの魔物たちが空にうごめく様子のイメージは、魚群の動きがヒントになっていたりします。そのため、開発スタッフのあいだでは、未知なる魔物の群れのことを「イワシ」と呼んでいました（笑）。

SECTION 四

SCENARIO

シナリオ

FINAL FANTASY VII REMAKE ULTIMANIA

シナリオ解説 01

難易度

本作での難易度の設定は、基本的にバトルの難しさに影響しており、物語の展開はどの難易度でも変わらない。自分に最適な難易度を選んでゲームを楽しもう。

ゲームの難易度をいつでも自由に変更できる

ゲームを開始するときには「CLASSIC」「EASY」「NORMAL」のなかから難易度を設定できる。さらに、エンディングを迎えたあとなら、「HARD」も選ぶことが可能だ(→P.176)。各難易度のおもな特徴は下の表のとおりで、設定しだいでバトルの難しさが大きく変わる。HARDを選んだとき以外は、メインメニューの「SYSTEM＞OPTIONS＞ゲームプレイ設定」でいつでも難易度を変更できるので、敵になかなか勝てない場合は難易度を下げるといい。

⬆難易度の変更は、メインメニューが開ける状況ならいつでも可能。変更によるデメリットはとくにない。

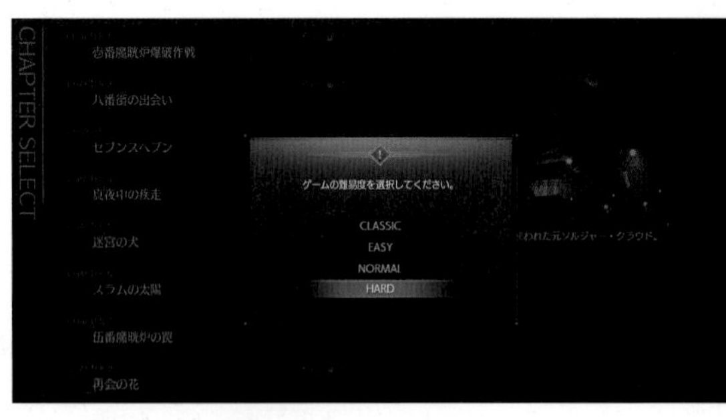

⬅HARDは、エンディングを迎えたあとにチャプターセレクト(→P.176)で各チャプターをはじめるときにのみ選ぶことができ、途中変更は不可。

◉難易度ごとのおもな特徴

簡単 ↕ 難しい

難易度	おもな特徴
CLASSIC	● 基本的にはEASYと同じ ● バトル中に何も操作していないと、操作キャラクターを含めたパーティメンバー全員がオートで動いて敵を攻撃するので、プレイヤーはアビリティや魔法などのバトルコマンドの選択のみに集中できる ● ターゲットマークに「AUTO」と表示される
EASY	● 敵のHPがNORMALとくらべて少ない ● 敵のバーストゲージの最大値がNORMALとくらべて少ない(バーストさせやすい) ● 味方が受けるダメージ量がNORMALとくらべて少ない ● 味方に発生する不利な状態変化の持続時間がNORMALとくらべて短い ● NORMALとくらべて味方が敵の攻撃でひるみにくい
NORMAL	● 標準的な難易度
HARD	● チャプターセレクト(→P.176)でのみ選べる。プレイを開始したあとは、プレイするチャプターを選び直すまで、ほかの難易度への変更が行なえない ● 敵はすべてレベル50で、アクションの種類が増えていたり効果が強化されていたりする ● 味方が受けるダメージ量がNORMALとくらべて多い ● ベンチをはじめとする休憩ポイントを利用したときや、クエストをクリアしたときなど、HPとMPが全回復する状況で、MPが回復しない(チャプタークリア時はHARDでもHPとMPの両方が全回復する) ● 消費アイテムが使えない ● 特定の敵を倒したときに、HARDでしか入手できないスキルアップブックが手に入る ● 出現する敵の種類や数がNORMALとは異なる場所がある ● 一部の場面で制限時間がNORMALよりも短くなる

シナリオ解説 02

チェックポイント

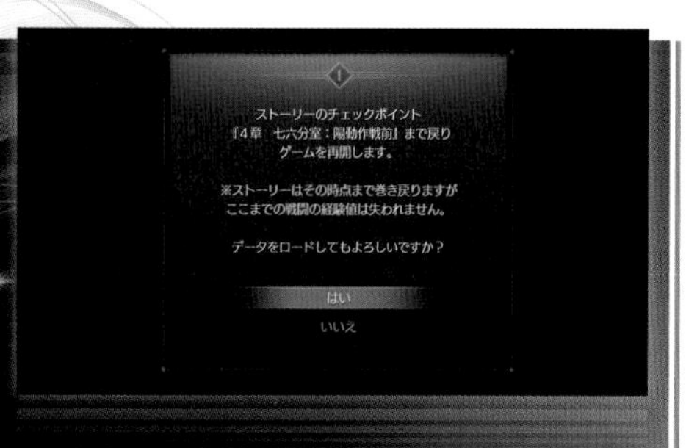

たとえ探索中に失敗した場合でも、チェックポイントからやり直せば、少し手前の場面にもどれる。しかも、それまでに得ていた経験値は失わずにすむのだ。

経験値を維持したまま少し前の場面にもどってゲーム再開

物語の特定の場面（下の表を参照）では、「チェックポイント」が自動的に更新される。メインメニューの「SYSTEM>CHECK POINT」などで、チェックポイントからやり直すことを選べば、最後に更新された場面から再開できるのだ。自動でセーブが行なわれる「オートセーブ」と似ているが、右記の点が異なるので、状況に応じて使いわけよう。

⬅チェックポイントが更新されたときには、画面左上にメッセージが出る。

オートセーブからのやり直しとのおもなちがい

- それまでに得た経験値は失われない（武器の熟練度、マテリアのAP、ギル、アイテムは失われる）
- 更新される場面がオートセーブよりも少ない
- チャプターセレクト時は利用できない

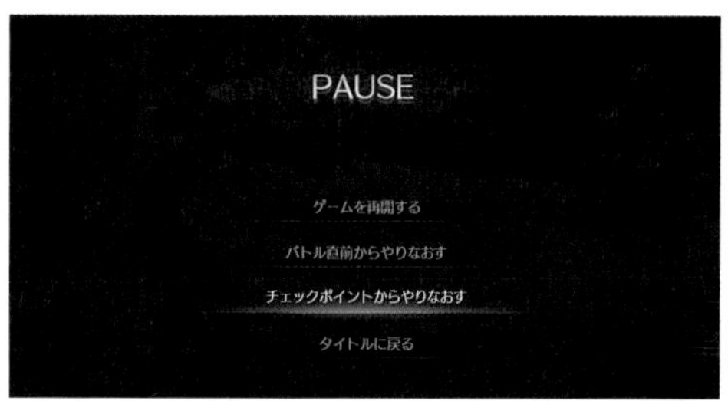

⬆ポーズメニューやゲームオーバー時の画面からも、最後に更新された場面にもどってゲームをやり直すことが可能。

チェックポイントが更新される場面

★……プレイをやり直した場合、この場面よりも少し手前から再開される

CHAPTER	更新される場面
1	ガードスコーピオン戦の直前
2	チャプター開始直後
	エアリスに出会う直前
3	チャプター開始直後
	ガレキ通りのモンスターの討伐を頼まれた直後
	ジョニーを救出してセブンスヘブンにもどった直後★
4	七六分室の広場に潜入する直前
	自分の部屋で明日まで眠ることを選んだ直後★
5	封鎖された車両から隣の車両へ移動した直後★
	バレットたちと2回目の作戦会議を行なった直後
6	チャプター開始直後
	H区画でメインリフトを再起動した直後
7	ゲート管理室で緊急ロックモードを解除した直後
8	屋根伝いの道を抜けて街道に出た直後
	伍番街スラムの中心地区にたどり着いた直後
	ムギがエアリスに相談をした直後
	ルードを撃退してエアリスの家にもどった直後★
9	陥没道路に入る直前
	サムにティファのことを聞いた直後
	マムからコルネオ杯出場券をもらった直後
	着がえ中のエアリスのところへもどろうとした直後★
10	アプスを倒して部屋から通路に出た直後
	七六地区 共同大水路で橋がくずれた直後
11	チャプター開始直後
	車両倉庫の出口にたどり着いた直後
12	クラウドがひとりで支柱をのぼりはじめる直前
13	チャプター開始直後
	みどり公園から地下通路へ向かった直後★
14	エアリスの家を出発した直後
	レズリーと一緒に地下下水道へ向かった直後★
	レズリーがどろぼうアプスに袋を盗まれた直後
15	チャプター開始直後
	セントラルタワー 1Fにたどり着いた直後
16	チャプター開始直後
	神羅ビル63Fで協力者から上級社員カードキーをもらった直後
17	神羅ビル66Fでエレベーターのスイッチを押した直後★
	レッドⅩⅢがネムレスに襲われた直後★
	エレベーターで神羅ビル69Fへ向かおうとした直後★

シナリオ解説 03

チャプターセレクト

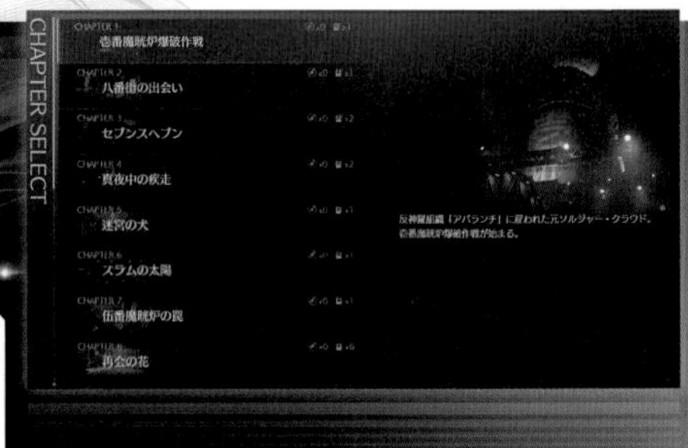

エンディングを迎えたあとには、好きなチャプターをもう一度プレイし直せる。チャプターセレクトを利用して、すべての要素を遊びつくしてみよう。

やり残したことにチャプターセレクトで再挑戦

エンディング後は、メインメニューの「SYSTEM」に「CHAPTER SELECT」が追加される。これを選べば、チャプターセレクトを行なうことができ、キャラクターの強さやアイテムなどを引き継いで、好きなチャプターを最初からやり直せるのだ。物語の別の展開を見たり、取り逃したアイテムを入手したりと、さまざまな遊びかたができるので、ゲームをクリアしたあともチャプターセレクトでさらなる冒険を楽しもう。なお、チャプターセレクト時のプレイのおもな特徴は右記のとおり。

チャプターセレクト時のプレイのおもな特徴

- ゲームの難易度でHARDが選べる(→P.174)
- バトルで得る経験値が2倍、APが3倍に増える
- 宝箱の中身や落ちているものは再度手に入れることができるが、一部のだいじなものやマテリアなどは、手に入らないか別のものに変わる
- チェックポイントからのやり直しができなくなる
- 『神羅バトルシミュレーター』(→P.455)で新たなバトルコースに挑戦できる

チャプターセレクトでプレイするときの流れ

1 チャプターを選ぶ

クリアずみのデータ(「CHAPTER SELECT」と表示されたデータ)をロードすれば、メインメニューの「SYSTEM>CHAPTER SELECT」で、やり直すチャプターを選べる。再プレイ開始前には、HARDを含めた4種類から難易度を選べるが、HARDを選んだ場合は、そのチャプターの途中で難易度の変更が行なえない。

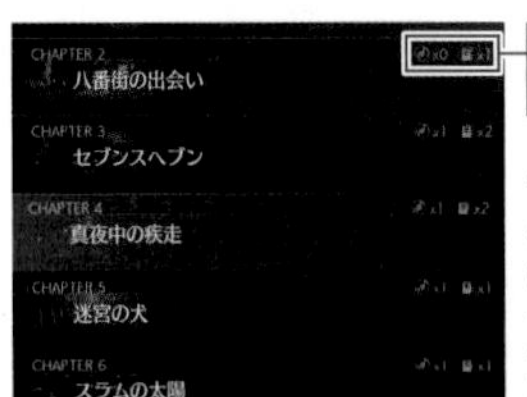

←チャプターを選ぶときには、各チャプターで未入手のミュージックディスクとスキルアップブックの数を確認可能。

2 メインストーリーを進める

再プレイを開始すると、そのチャプターの物語の進行状況やクエストのクリア状況が初期状態にもどる。キャラクターの強さや所持アイテム(だいじなものをのぞく)などは最新の状態を引き継ぐので、物語を進めやすいはずだ。先へ進むための手順は、初回プレイのときと基本的に同じだが、一部が省略されるチャプターもある。

3 選んだチャプターをクリアする

チャプターを最後まで進めれば、行動してきた内容がすべて最新の状態に更新される。一方、進行中のチャプターを中断してチャプターセレクトをやり直した場合は、最新の状態を引き継げるものと、そのチャプターを選ぶ前の状態にもどってしまうものがあるので注意(下記参照)。

⬆HARDでクリアすると、そのチャプターの欄にメテオとチェックマークが表示される。

途中でチャプターセレクトをやり直した場合の影響

最新の状態が引き継がれる

- キャラクターのステータス
- 所持アイテム
- 武器の強化状況
- マテリアの成長状況
- バトルレポートの達成状況
- エネミーレポートの登録内容

中断したチャプターを選ぶ前の状態にもどる

- 行動してきた内容(選んだ選択肢の内容など)
- クエストのクリア状況
- 所持しているだいじなもの

シナリオ解説 04

ショップ

各地にあるショップは、アイテムの売買が行なえる施設。装備品などのバトルで役立つものから、音楽が聴けるディスクまで、ショップの商品は多岐にわたる。

ショップによって売られているものが異なる

ショップにはおもに下記の4種類があり、それぞれ売られているアイテムのカテゴリーがちがう。また、これら以外にも、七番街スラムのジャンク屋や六番街スラムのおみやげ屋といった、独自の品ぞろえのショップがあるほか、各地に現れるチャドリーからは貴重なマテリアを購入できる(→P.425)。

ショップの種類ごとの売られているアイテム

ショップ	売られているアイテムのカテゴリー
アイテム屋	● ミュージックディスク ● 消費アイテム ● マテリア(※1) ● 武器(※2) ● 防具(※2) ● アクセサリ(※2)
マテリア屋	● ミュージックディスク(※3) ● マテリア
武器屋	● 武器 ● 防具 ● アクセサリ
自動販売機	● ミュージックディスク ● 消費アイテム ● マテリア ● 防具 ● アクセサリ

※1……七番街スラムと神羅ビル63階のみ
※2……神羅ビル63階のみ　※3……伍番街スラムのみ

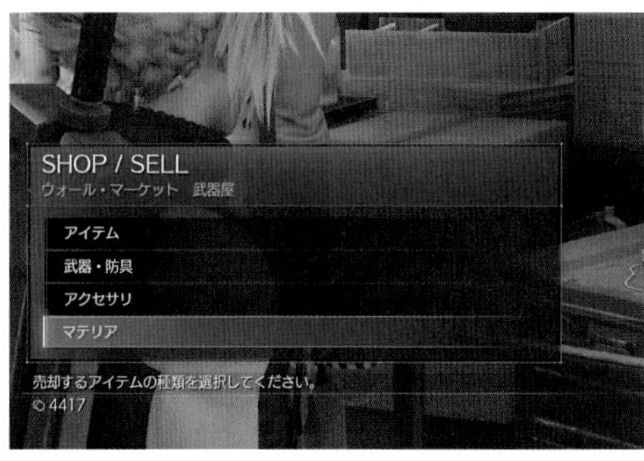

⬆アイテムを売却するときは、そのショップで販売されていないカテゴリーのものも選べる。

物語の進行に合わせてショップの品ぞろえは変化する

商品の品ぞろえはショップごとに異なるが、基本的にはチャプターが進むにつれて、新たなアイテムが買えるようになっていく。さらに、特定のショップでは、品ぞろえのなかに「セール品」があり、通常よりも安く購入することが可能。セール品はおもに消費アイテムで、かなりおトクな価格になっているので、見かけたら買うようにするといいだろう。

⬅セール品は価格の数字がオレンジ色で表示され、その左側に下向きの矢印のマークがついている。

在庫がなくなって売り切れになる商品もある

セール品や一部の商品は在庫の数がかぎられており、すべて購入すると売り切れて、そのショップでは買えなくなる。別のチャプターで同じショップを訪れたり、チャプターセレクトでやり直したりしても、売り切れのままなので注意しよう。なお、武器は1種類につき1個しか入手できず、すでに持っているものは、購入していなくても売り切れになる。

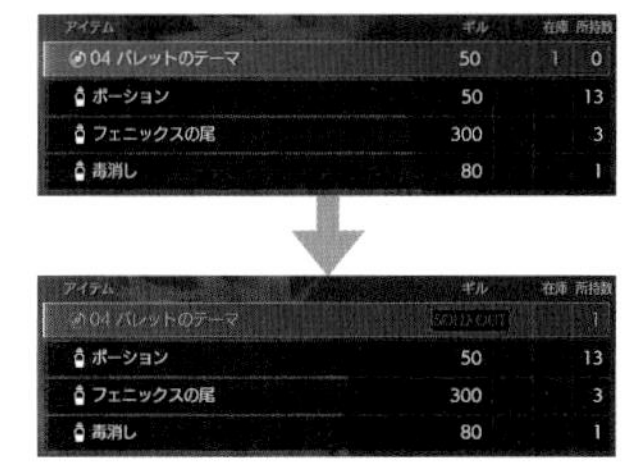

⬅特定の商品には在庫の個数が表示されていて、その数だけ購入すると「SOLD OUT」(売り切れ)になる。

ショップの品ぞろえリスト【消費アイテム&マテリア】

CHAPTER			3					4						5			6			7	8			9(※2)						10	
ショップのある場所			七番街スラム・居住区(※1)		七番街スラム・物資保管区	七番街スラム・タラガ廃工場	七番街スラム駅	七番街・七六分室	七番街スラム・居住区(※1)		七番街スラム・物資保管区	七番街スラム・タラガ廃工場	七番街スラム駅	螺旋トンネル・C2線路管理区	螺旋トンネル・E2線路管理区	螺旋トンネル・旧車両基地区画	プレート内部・F区画 搬入リフト	プレート内部・H区画 整備通路	プレート内部・プレート換気設備 管理室	伍番魔晄炉・ゲート管理室	伍番街スラム駅	伍番街スラム・スラム中心地区		陥没道路・大陥没区画	ウォール・マーケット			六番街スラム・地下闘技場(※3)	六番街スラム・コルネオの館 地下	地下下水道・第一水路	地下下水道・第三水路
ショップの種類			アイテム屋	ジャンク屋	自動販売機	自動販売機	アイテム屋	自動販売機	アイテム屋	ジャンク屋	自動販売機	自動販売機	アイテム屋	自動販売機	自動販売機	自動販売機	自動販売機	自動販売機	自動販売機	自動販売機	自動販売機	アイテム屋	マテリア屋	自動販売機	アイテム屋	マテリア屋	おみやげ屋	自動販売機	自動販売機	自動販売機	自動販売機
商品		価格																													
▼消費アイテム																															
ポーション	通常	50	●		●	●	●	●	●		●	●	●	●	●	●	●	●	●	●	●	●		●	●			●	●	●	●
	セール品	30		●						●																					
ハイポーション	通常	300																		●	●	●		●	●			●	●	●	●
	セール品	100	3	3				3	3	3						3															
メガポーション	通常	700																													
	セール品	300																		3								※4	3		
エーテル	通常	500																			●	●		●	●			●	●	●	●
	セール品	100		1				1		1						1				1								1	1		
エリクサー		1000		1						1																					
フェニックスの尾	通常	300	●		●	●	●	●	●		●	●	●	●	●	●	●	●	●	●	●	●		●	●			●	●	●	●
	セール品	100		3						3						1				1								1	1		
毒消し		80	●		●	●	●	●	●		●	●	●	●	●	●	●	●	●	●	●	●		●	●			●	●	●	●
乙女のキッス		150																													
やまびこえんまく		100																		●	●	●		●	●			●	●	●	●
眠気覚まし		80															●	●	●	●	●	●		●	●			●	●	●	●
万能薬		600																													
ムームーちゃん	通常	200																									●				
	セール品	100																													
ヘモヘモくん	通常	500																									●				
	セール品	250																													
▼マテリア																															
かいふく		600	●					●	●					●	●	●	●	●	●	●	●		●	●		●		●	●	●	●
ちりょう	通常	1500													●	●	●	●	●	●	●		●	●		●		●	●	●	●
	セール品	300	1						1																						
そせい		3000																					●	●		●		●	●	●	●
ほのお		500	●					●	●					●	●	●	●	●	●	●	●		●	●		●		●	●	●	●
れいき		500	●					●	●					●	●	●	●	●	●	●	●		●	●		●		●	●	●	●
いかずち		500	●					●	●					●	●	●	●	●	●	●	●		●	●		●		●	●	●	●
どく		1500													●	●	●	●	●	●	●		●	●		●		●	●	●	●
バリア		1500													●	●	●	●	●	●	●		●	●		●		●	●	●	●
ふうじる		3000																								●		●	●	●	●
しょうめつ		3000																													
じかん		5000																													
HPアップ		2000																●	●	●	●		●	●		●		●	●	●	●
MPアップ		2000																●	●	●	●		●	●		●		●	●	●	●
かいひぎり		600	●					●	●					●	●	●	●	●	●	●	●		●	●		●		●	●	●	●

※ミュージックディスクを買えるショップについてはP.428を参照
※1……アイテム屋とジャンク屋の品ぞろえは特定の条件で変わる(→P.204、698)
※2……伍番街スラムのショップも利用できる(品ぞろえはCHAPTER 8と同じ)

※表内の「●」は何個でも買えることを、数字(1～3)は在庫の数を示す

11			12		13							14(※5)											15			16			17								18
列車墓場・第二操車場 C区画	列車墓場・整備施設	列車墓場・貨物保管区	七番街支柱 1F	七番街支柱 14F	ウォール・マーケット		伍番街スラム・スラム中心地区		六番街スラム・みどり公園	地下実験場・B6F	地下実験場・B1F	伍番街スラム・スラム中心地区		伍番街スラム駅	ウォール・マーケット			六番街スラム・地下闘技場	六番街スラム・コルネオの館 地下	六番街スラム・みどり公園	地下下水道・第一水路	地下下水道・第四水路	プレート断面・地上 40m付近	プレート断面・地上 65m付近	プレート断面・地上 155m付近	神羅ビル・外周通路	神羅ビル・63階	神羅ビル・65階	神羅ビル・65階	神羅ビル・66階	神羅ビル・鑼牟 第二層	神羅ビル・鑼牟 第六層	神羅ビル・鑼牟 第四層	神羅ビル・鑼牟 第八層	神羅ビル・70階(東側)	神羅ビル・70階(西側)	ミッドガル・ハイウェイ
自動販売機	自動販売機	自動販売機	自動販売機	自動販売機	アイテム屋	マテリア屋	アイテム屋	マテリア屋	アイテム屋	自動販売機	自動販売機	アイテム屋	マテリア屋	自動販売機	アイテム屋	マテリア屋	おみやげ屋	自動販売機	自動販売機	アイテム屋	自動販売機	自動販売機	自動販売機	自動販売機	自動販売機	自動販売機	アイテム屋	自動販売機	自動販売機	自動販売機	自動販売機	自動販売機	自動販売機	自動販売機	自動販売機	自動販売機	自動販売機
●	●	●	●	●	●		●		●	●	●	●		●	●			●	●	●	●	●	●	●	●	●	●	●	●	●	●	●	●	●	●	●	●
●	●	●	●	●	●		●		●	●	●	●		●	●			●	●	●	●	●	●	●	●	●	●	●	●	●	●	●	●	●	●	●	●
					●		●		●	●	●	●		●	●			●	●	●	●	●	●	●	●	●	●	●	●	●	●	●	●	●	●	●	●
	3	3		3							3							3				3		3	3			3	3		3	3	3	3	3	3	3
●	●	●	●	●	●		●		●	●	●	●		●	●			●	●	●	●	●	●	●	●	●	●	●	●	●	●	●	●	●	●	●	●
	2	2		2							2							1				2		2	2			2	2		2	2	2	2	2	2	2
																																					1
●	●	●	●	●	●		●		●	●	●	●		●	●			●	●	●	●	●	●	●	●	●	●	●	●	●	●	●	●	●	●	●	●
	2	2		2							2							1				2		2	2			2	2						2	2	2
●	●	●	●	●	●		●		●	●	●	●		●	●			●	●	●	●	●	●	●	●	●	●	●	●	●	●	●	●	●	●	●	●
																					●	●					●			●							
●	●	●	●	●	●		●		●	●	●	●		●	●			●	●	●	●	●	●	●	●	●	●	●	●	●	●	●	●	●	●	●	●
●	●	●	●	●	●		●		●	●	●	●		●	●			●	●	●	●	●	●	●	●	●	●	●	●	●	●	●	●	●	●	●	●
					●		●		●	●	●	●		●	●			●	●	●	●	●	●	●	●	●	●	●	●	●	●	●	●	●	●	●	●
																	●																				
																	●																				
●	●	●	●	●		●		●		●	●		●			●		●	●		●	●	●	●	●	●	●	●	●	●	●	●	●	●	●	●	●
●	●	●	●	●		●		●		●	●		●			●		●	●		●	●	●	●	●	●	●	●	●	●	●	●	●	●	●	●	●
●	●	●	●	●		●		●		●	●		●			●		●	●		●	●	●	●	●	●	●	●	●	●	●	●	●	●	●	●	●
●	●	●	●	●		●		●		●	●		●			●		●	●		●	●	●	●	●	●	●	●	●	●	●	●	●	●	●	●	●
●	●	●	●	●		●		●		●	●		●			●		●	●		●	●	●	●	●	●	●	●	●	●	●	●	●	●	●	●	●
●	●	●	●	●		●		●		●	●		●			●		●	●		●	●	●	●	●	●	●	●	●	●	●	●	●	●	●	●	●
●	●	●	●	●		●		●		●	●		●			●		●	●		●	●	●	●	●	●	●	●	●	●	●	●	●	●	●	●	●
●	●	●	●	●		●		●		●	●		●			●		●	●		●	●	●	●	●	●	●	●	●	●	●	●	●	●	●	●	●
●	●	●	●	●		●		●		●	●		●			●		●	●		●	●	●	●	●	●	●	●	●	●	●	●	●	●	●	●	●
			●	●		●		●		●	●		●			●		●	●		●	●	●	●	●	●	●	●	●	●	●	●	●	●	●	●	●
																							●	●	●	●	●	●	●	●	●	●	●	●	●	●	●
●	●	●	●	●		●		●		●	●		●			●		●	●		●	●	●	●	●	●	●	●	●	●	●	●	●	●	●	●	●
●	●	●	●	●		●		●		●	●		●			●		●	●		●	●	●	●	●	●	●	●	●	●	●	●	●	●	●	●	●
●	●	●	●	●		●		●		●	●		●			●		●	●		●	●	●	●	●	●	●	●	●	●	●	●	●	●	●	●	●

※3……3種類あるセール品は、地下闘技場で1回戦、準決勝、決勝に勝利するごとに、在庫がもとにもどって買えるようになる
※4……地下闘技場で決勝に出場するまでは「1」、決勝に勝利したあとは「3」
※5……地下実験場・B1Fのショップも利用できる(品ぞろえはCHAPTER 13と同じ)

ショップの品ぞろえリスト【武器&防具&アクセサリ】

CHAPTER		3	4		5			6			7	8		9(※1)				10		11		
ショップのある場所		七番街スラム・居住区	七番街・七六分室	七番街スラム・居住区	螺旋トンネル・C2線路管理区	螺旋トンネル・E2線路管理区	螺旋トンネル・旧車両基地区画	プレート内部・F区画 搬入リフト	プレート内部・H区画 整備通路	プレート内部・プレート換気設備 管理室	伍番魔晄炉・ゲート管理室	伍番街スラム駅	伍番街スラム・スラム中心地区	陥没道路・大陥没区画	ウォール・マーケット	六番街スラム・地下闘技場	六番街スラム・コルネオの館 地下	地下下水道・第一水路	地下下水道・第三水路	列車墓場・第二操車場 C区画	列車墓場・整備施設	列車墓場・貨物保管区
ショップの種類		武器屋	自動販売機	武器屋	自動販売機	自動販売機	自動販売機	自動販売機	自動販売機	自動販売機	自動販売機	自動販売機	武器屋	自動販売機	武器屋	自動販売機	自動販売機	自動販売機	自動販売機	自動販売機	自動販売機	自動販売機
商品	価格																					
▼武器																						
釘バット セール品	2000																					
ハードブレイカー	2000														★							
ミスリルセイバー	3000																					
ラージマウス	2500																					
キャノンボール セール品	2000																					
ソニックフィスト セール品	2000																					
フェザーグラブ セール品	2000																					
マジカルロッド セール品	2000																					
ミスリルロッド セール品	2000																					
▼防具																						
アイアンバングル	1000	●	●	●	●	●	●	●	●	●	●	●										
スターブレス	1600	●	●	●	●	●	●	●	●	●	●	●										
レザーガード	1600							●	●	●	●	●	●	●								
マジカルの腕輪	1600										●	●	●	●								
チタンバングル	2000												●	●	●	●	●	●	●	●	●	●
ブラックブレス	3200												●	●	●	●	●	●	●	●	●	●
ニードルガード	3200														●	●	●	●	●	●	●	●
ミスリルの腕輪	3200														●	●	●	●	●	●	●	●
ゴシックバングル	3000																					
ウィザードブレス	4800																					
プレートガード	4800																					
ソーサラーの腕輪	4800																					
マキナバングル	4000																					
ジオメトリブレス	6400																					
ハイパーガード	6400																					
ルーンの腕輪	6400																					
▼アクセサリ																						
パワーリスト	800	●	●	●	●	●	●	●	●	●	●	●	●	●	●	●	●	●	●	●	●	●
防弾チョッキ	800	●	●	●	●	●	●	●	●	●	●	●	●	●	●	●	●	●	●	●	●	●
イヤリング	800	●	●	●	●	●	●	●	●	●	●	●	●	●	●	●	●	●	●	●	●	●
タリスマン	800	●	●	●	●	●	●	●	●	●	●	●	●	●	●	●	●	●	●	●	●	●
フルパワーリスト	5000														●	●	●	●	●	●	●	●
サバイバルベスト	5000														●	●	●	●	●	●	●	●
プラチナイヤリング	5000														●	●	●	●	●	●	●	●
いにしえのお守り	5000														●	●	●	●	●	●	●	●
星のペンダント	1500												●		●	●	●	●	●	●	●	●
ハチマキ	1500														●	●	●	●	●	●	●	●
精霊のピアス	500	●	●	●	●	●	●	●	●	●	●				●	●	●	●	●	●	●	●

※1……伍番街スラムのショップも利用できる(品ぞろえはCHAPTER 8と同じ)

※表内の「●」は何個でも買えることを、「★」は1個だけ買える(すでに持っている場合は買えない)ことを示す

	12		13				14(※2)							15			16			17								18
	七番街支柱 1F	七番街支柱 14F	伍番街スラム・スラム中心地区	六番街スラム・みどり公園	地下実験場・B6F	地下実験場・B1F	伍番街スラム・スラム中心地区	ウォール・マーケット	六番街スラム・地下闘技場	六番街スラム・コルネオの館 地下	六番街スラム・みどり公園	地下下水道・第一水路	地下下水道・第四水路	プレート断面・地上40m付近	プレート断面・地上65m付近	プレート断面・地上155m付近	神羅ビル・外周通路	神羅ビル・63階	神羅ビル・65階	神羅ビル・65階	神羅ビル・66階	神羅ビル・鑼牟 第二層	神羅ビル・鑼牟 第六層	神羅ビル・鑼牟 第四層	神羅ビル・鑼牟 第八層	神羅ビル・70階(東側)	神羅ビル・70階(西側)	ミッドガル・ハイウェイ
	自動販売機	自動販売機	武器屋	武器屋	自動販売機	自動販売機	武器屋	武器屋	自動販売機	自動販売機	武器屋	自動販売機	自動販売機	自動販売機	自動販売機	自動販売機	自動販売機	アイテム屋	自動販売機	自動販売機	自動販売機	自動販売機	自動販売機	自動販売機	自動販売機	自動販売機	自動販売機	自動販売機
			★				★	★										★										
								★										★										
								★										★										
				★							★							★										
																		★										
			★				★	★										★										
																		★										
			★				★	★										★										
			★				★	★										★										
	●	●																										
	●	●																										
	●	●																										
	●	●																										
			●	●	●	●	●	●	●	●	●	●	●	●	●	●												
			●	●	●	●	●	●	●	●	●	●	●	●	●	●												
			●	●	●	●	●	●	●	●	●	●	●	●	●	●												
			●	●	●	●	●	●	●	●	●	●	●	●	●	●												
																		●	●	●	●	●	●	●	●	●	●	●
																		●	●	●	●	●	●	●	●	●	●	●
																		●	●	●	●	●	●	●	●	●	●	●
																		●	●	●	●	●	●	●	●	●	●	●
	●	●	●	●	●	●	●	●	●	●	●	●	●	●	●	●	●	●	●	●	●	●	●	●	●	●	●	●
	●	●	●	●	●	●	●	●	●	●	●	●	●	●	●	●	●	●	●	●	●	●	●	●	●	●	●	●
	●	●	●	●	●	●	●	●	●	●	●	●	●	●	●	●	●	●	●	●	●	●	●	●	●	●	●	●
	●	●	●	●	●	●	●	●	●	●	●	●	●	●	●	●	●	●	●	●	●	●	●	●	●	●	●	●
	●	●	●	●	●	●	●	●	●	●	●	●	●	●	●	●	●	●	●	●	●	●	●	●	●	●	●	●
	●	●	●	●	●	●	●	●	●	●	●	●	●	●	●	●	●	●	●	●	●	●	●	●	●	●	●	●
	●	●	●	●	●	●	●	●	●	●	●	●	●	●	●	●	●	●	●	●	●	●	●	●	●	●	●	●
	●	●	●	●	●	●	●	●	●	●	●	●	●	●	●	●	●	●	●	●	●	●	●	●	●	●	●	●
	●	●	●	●	●	●	●	●	●	●	●	●	●	●	●	●	●	●	●	●	●	●	●	●	●	●	●	●
	●	●	●	●	●	●	●	●	●	●	●	●	●	●	●	●	●	●	●	●	●	●	●	●	●	●	●	●
	●	●	●	●	●	●	●	●	●	●	●	●	●	●	●	●	●	●	●	●	●	●	●	●	●	●	●	●

※2……地下実験場・B1Fのショップも利用できる(品ぞろえはCHAPTER 13と同じ)

シナリオページの見かた

ここから先のページでは、オープニングからエンディングまでの物語の進めかたを、チャプターごとに解説していく。まずはページの見かたを覚えておこう。

メインストーリーダイジェスト

そのチャプターのメインストーリーのあらすじを、写真とともに紹介している。クラウドたちのミッドガルでの物語を振り返りたいときに読むといい。

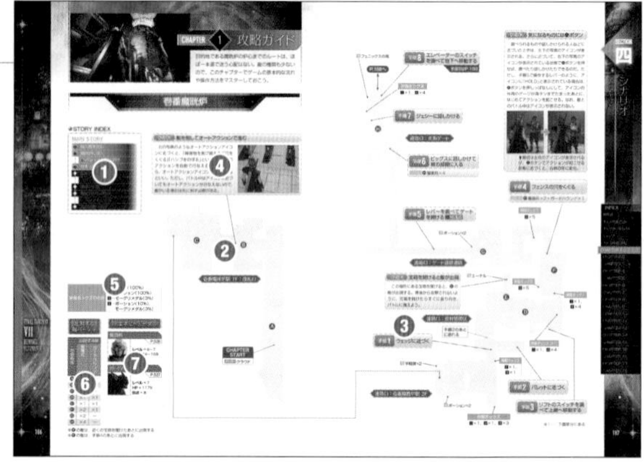

攻略ガイド

各チャプターでの物語の進めかたや探索に役立つ情報をまとめたページ。詳細マップで宝箱や敵パーティなどの位置を確認しながらプレイすれば、スムーズに先へ進めるはずだ。

❶**STORY INDEX**……そのページ内の情報が、ゲーム中の「STORY」メニューで表示されるチャートのどの範囲のものかを示す。

❷**詳細マップ**……各エリアの詳細なマップ。黒く塗られた部分は、その時期には入れないことを示す。記号などの意味は右ページを参照。

❸**手順**……その場所で行なうべき手順やそれについての解説。記号の意味は下記のとおり。

- バトル …戦うことになる敵。Ⓐなどの記号は、❷「詳細マップ」内のものと対応している
- 入手 …入手できるアイテムなど。【HARD】は、難易度がHARDのときのみ入手できることを示す
- メンバー …その手順以降のパーティメンバー
- サブ …挑戦できるようになるサブイベントやミニゲーム

❹**CHECK**……行なうとメリットがあることや、知っておくと役に立つことなどの解説。

❺**神羅ボックスの中身**……そのページ内の場所にある神羅ボックスの中身の候補と入手確率。❶などの番号は❷「詳細マップ」内のものと対応しており、神羅ボックスに攻撃を当てて壊すと、その番号の中身の候補から選ばれたものが手に入る(何も手に入らない場合もある)。

❻**出現する敵パーティ**……そのページ内の場所に出現する敵の種類や数。データの見かたは右ページのとおり。なお、一部の敵は、倒してから一定時間が過ぎたあとに出現場所を訪れると再出現する。

❼**エネミーデータ**……そのページ内の場所に出現する敵のデータ(難易度がNORMALのときのもの)。データの見かたは右ページのとおり。

攻略ガイドの記号の見かた

CHAPTER START メンバー クラウド…そのチャプターでのスタート地点と、そのときのパーティメンバー

CHAPTER CLEAR…そこへたどり着くとチャプタークリアとなる地点

B1F：作業通路…エリアの名前

●———●…マップ同士のつながり

●- - - -➤…イベントシーンなどで自動的に移動するルート

⊘…通行不能の場所

アイテム屋…アイテム屋(※1)

マテリア屋…マテリア屋(※1)

武器屋…武器屋(※1)

自動販売機…自動販売機(※1)

ベンチ…休憩ポイント。利用すると、パーティメンバーのHPとMP(難易度がHARDの場合はHPのみ)を全回復できる

チョコボストップ 伍番街スラム駅前…チョコボストップ(→P.343)

ジュークボックス…挑戦できるサブイベントやミニゲーム

! ワイマー P.410 5 さまよう軍犬…クエスト(→P.406)の依頼人と開始できるクエスト

宝 ポーション×2…宝箱の位置と中身(※2)

✧『HPアップ』マテリア…落ちているアイテム(※2)

神羅ボックス 3×5…神羅ボックスのおおまかな位置と個数(中身が入っていないものをのぞく)。番号は❺「神羅ボックスの中身」と対応している(※3)

レバー…仕掛けなど

※1……品ぞろえは、そのショップではじめて買えるようになるもの(新商品)と、通常よりも安い値段で買えるもの(セール品)のみを記載している(セール品は最初の1回のみ記載)。各ショップのすべての品ぞろえについては、P.178～181を参照

※2……ゲーム中ではじめて入手できるタイミングでのみ記載

※3……各チャプターではじめて壊せるタイミングでのみ記載

出現する敵パーティの表の見かた

出現する敵パーティ

㋐出現場所	出現する敵 ㋑ ファーストレイ	モノドライブ	スイーパー	BOSS ガードスコーピオン
Ⓘ	×3	—	—	—
Ⓙ	—	×3	—	—
Ⓚ	—	—	×1	—
Ⓛ	×1	×3	—	—
Ⓜ	—	×4	—	—
Ⓝ	—	—	—	×1

㋐出現場所……敵パーティがいるおおまかな位置。記号は❷「詳細マップ」と対応しており、そこに近づいたり、特定の手順を行なったりすると、㋑「出現する敵」に記載された敵とバトルになる。なお、赤い記号は、出現する敵がボスであることを示す。

㋑出現する敵……㋐「出現場所」で示した場所で戦う敵の種類と、バトル開始時点での出現数。

エネミーデータの見かた

あ名前
い詳細なデータの掲載ページ
う外見
えレベル(※4)
お最大HP(※4)
か弱点の属性や攻撃のタイプ

※4……出現場所によってレベルやHPが異なる場合は、「最小値～最大値」という形で記載している

Original『FFⅦ』Playback

1997年にプレイステーション用ソフトとして発売されたオリジナル版『FFⅦ』の物語を、画面写真で振り返る。本作とのちがいを探してみるのもおもしろいだろう。

CHAPTER 1

壱番魔晄炉爆破作戦

MAIN STORY DIGEST

「高い金払うんだ。
がっかりさせんじゃねえぞ」

「星の未来より
5秒後の自分を心配するんだな」

1 侵入路を進む

巨大企業・神羅カンパニーが支配する、世界随一の大都市ミッドガル。ある夜、神羅に反旗をひるがえす武装組織「アバランチ」が、壱番魔晄炉を爆破すべく行動を開始する。そこには、今回の作戦のために雇われた元ソルジャーの青年クラウドの姿もあった。

2 魔晄炉に侵入

3 セキュリティ突破

クラウドの活躍で、アバランチの一行は魔晄炉への潜入に成功するが、リーダーのバレットは元神羅のクラウドが信用できない。「魔晄炉のせいで星があぶない」というバレットの熱弁にクラウドが聞く耳を持たなかったことで、ふたりはますます険悪な雰囲気に。

4 魔晄だまりを目指す

魔晄炉内には、レーザーや対人兵器による厳重な警戒体制が敷かれていた。クラウドとバレットは、ジェシーに先導されながら警備網を突破していく。

「さーて、神羅が送りこんできた犬じゃないってことを証明してもらおうか」

5 爆弾の設置

炉心にたどり着いたクラウドは、突然の頭痛に襲われながらも、バレットから渡された爆弾を仕掛ける。しかし、タイマーを起動させようとしたそのとき、大型警備兵器のガードスコーピオンが彼らの前に現れた。クラウドたちがどうにかガードスコーピオンを撃破すると、暴走した敵の攻撃で爆弾のタイマーが起動し、カウントダウンがはじまる。

「うかつ！　足がはさまって」

6 魔晄炉からの脱出

セットした爆弾が爆発する前に、急いで魔晄炉から脱出しようとするクラウドたち。途中でジェシーがガレキに足をはさまれるもクラウドが救出し、3人は無事に正面ゲートまでたどり着く。

7 逃走経路へ急げ

壱番魔晄炉は大爆発を起こして崩壊。アバランチの面々は、ウェッジが確保していた逃走経路を通り、間一髪のところで魔晄炉からの脱出を果たすのだった。

INDEX

CHAPTER 1 攻略ガイド

目的地である魔晄炉の炉心までのルートは、ほぼ一本道で迷う心配はない。敵の種類も少ないので、このチャプターでゲームの基本的な流れや操作方法をマスターしておこう。

壱番魔晄炉

STORY INDEX

MAIN STORY
- 侵入路を進む
- 魔晄炉に侵入
  - バレットたちに続け
- セキュリティ突破
- 魔晄だまりを目指す
  - ジェシーに続け
- 爆弾の設置
- 魔晄炉からの脱出
  - バレットと合流
- 逃走経路へ急げ

CHECK 敵を倒してオートアクションで進む

右の写真のようなオートアクションアイコンに近づくと、「障害物を飛び越える」「穴をくぐる」「ハシゴをのぼる」といった移動系のアクションを自動で行なえる。道に迷ったら、オートアクションアイコンを探してみるといい。ただし、バトル中はアイコンに近づいてもオートアクションが行なえないので、敵がいる場合は先に倒す必要がある。

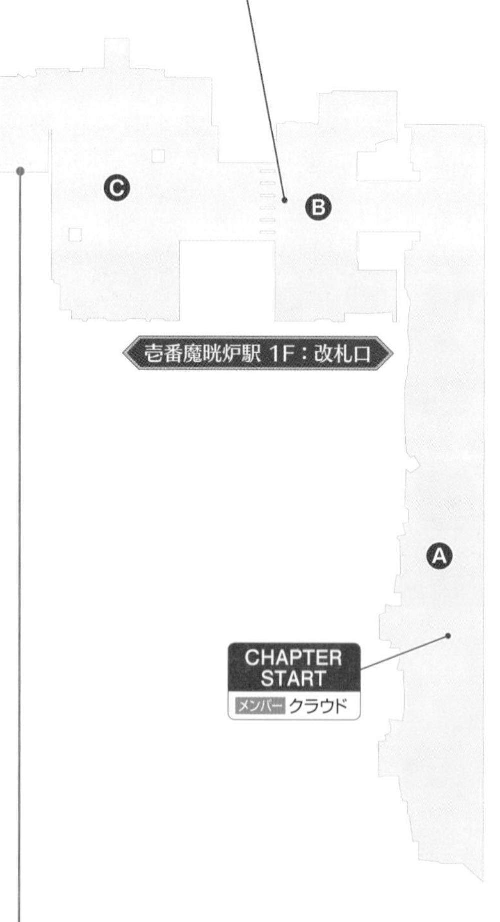

神羅ボックスの中身	
	1…魔晄石(100%) 2…ポーション(100%) 3…モーグリメダル(3%) 4…ポーション(10%)、モーグリメダル(3%)

出現する敵パーティ

出現場所	出現する敵：警備兵	出現する敵：ガードハウンド
A	×2	—
B	×2	—
C	×3	—
D	×1	×1
E	×1	×1
F	×2	×1
G	×2	—
H	×4	—

※Eの敵は、近くの宝箱を開けたあとに出現する
※Fの敵は、手順4のあとに出現する

エネミーデータ

警備兵 P.526
レベル ● 6～7
HP ● 64～169
弱点 ● 炎

ガードハウンド P.527
レベル ● 7
HP ● 1179
弱点 ● 氷

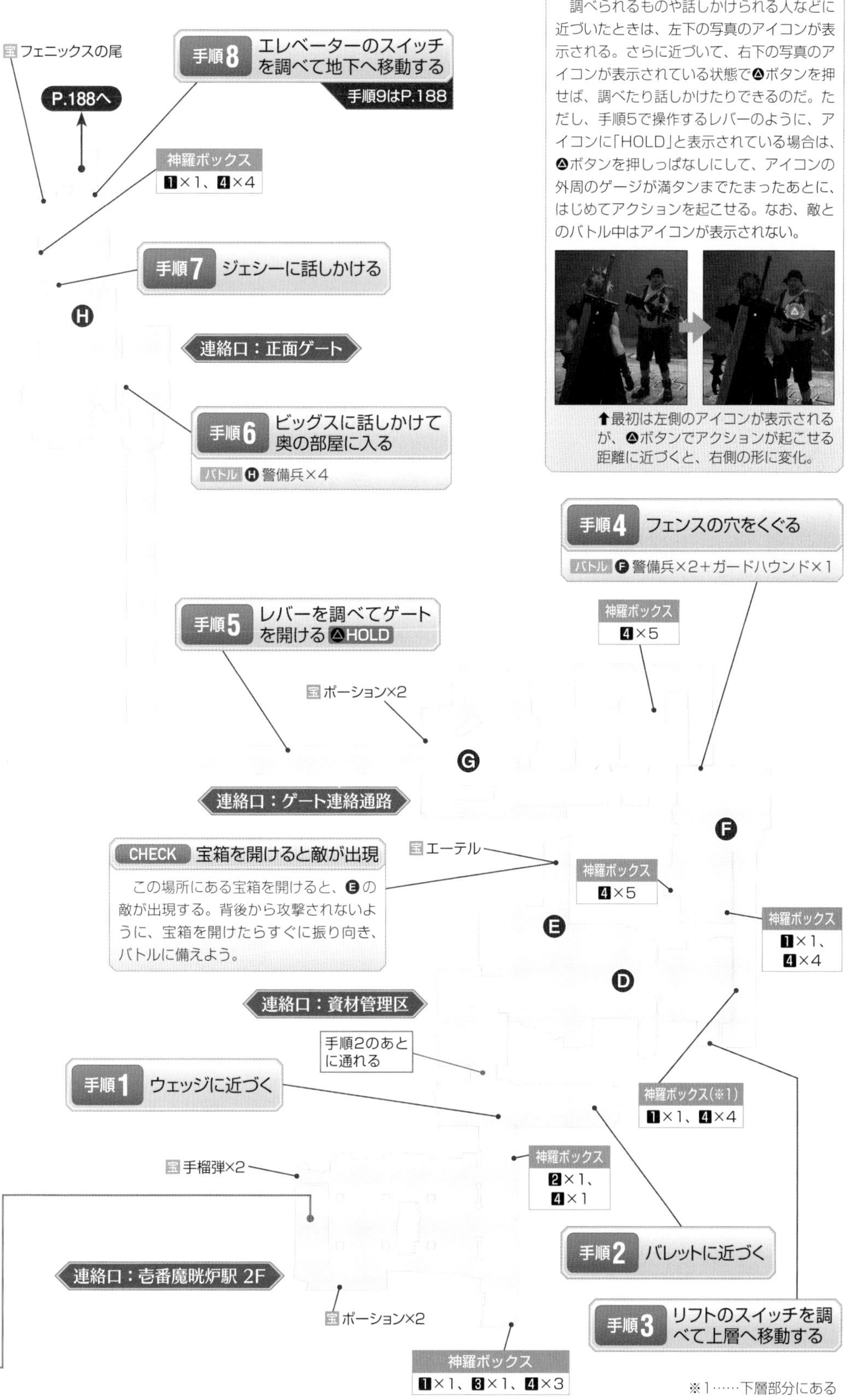

※1……下層部分にある

CHECK 宝箱を開けると敵が出現

この場所にある宝箱を開けると、Eの敵が出現する。背後から攻撃されないように、宝箱を開けたらすぐに振り向き、バトルに備えよう。

CHECK 気になるものには△ボタン

調べられるものや話しかけられる人などに近づいたときは、左下の写真のアイコンが表示される。さらに近づいて、右下の写真のアイコンが表示されている状態で△ボタンを押せば、調べたり話しかけたりできるのだ。ただし、手順5で操作するレバーのように、アイコンに「HOLD」と表示されている場合は、△ボタンを押しっぱなしにして、アイコンの外周のゲージが満タンまでたまったあとに、はじめてアクションを起こせる。なお、敵とのバトル中はアイコンが表示されない。

⬆最初は左側のアイコンが表示されるが、△ボタンでアクションが起こせる距離に近づくと、右側の形に変化。

…通行不能

手順11 炉心に近づいて爆弾をセットする

バトル Ⓝガードスコーピオン(→P.614)
入手 【HARD】射撃マニュアル 第4巻

炉心に近づいたところで、爆弾のタイマーの時間を30分と20分のふたつから選ぶ(難易度がHARDの場合は20分しか選べない)。このとき選んだ時間によって、魔晄炉から脱出するまでの制限時間と、CHAPTER 2でジェシーからもらえるアイテムの種類(→P.196)が変わるのだ。タイマーをセットすると、ガードスコーピオンが出現してバトルに突入する。

⬆ガードスコーピオンは、これまでに遭遇してきた敵よりもはるかに強い。魔法やアイテムも使って全力で戦おう。

手順12はP.190

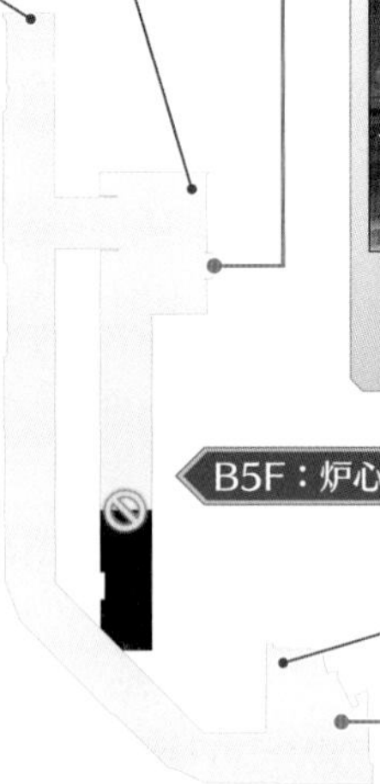

神羅ボックス ❶×1、❸×4

宝 フェニックスの尾

B5F：炉心上層 ライトブリッジ

神羅ボックス ❶×1、❸×4

手順9 バレットと協力して敵と戦う

メンバー クラウド、バレット
バトル Ⓘファーストレイ×3
バトル Ⓙモノドライブ×3

バレットがパーティメンバーに加わった直後に戦うことになるファーストレイは、すべて高い場所に設置されていて、クラウドの通常攻撃は届かない。MPを温存するためにも、バレットで戦うのがオススメだ。ファーストレイを全滅させると出現するモノドライブは、比較的低い位置にいるので、クラウドで攻撃してもいい。

⬆バレットは、銃を使った遠距離攻撃が得意。敵がクラウドの剣では届かない位置にいるときは、バレットの出番だ。

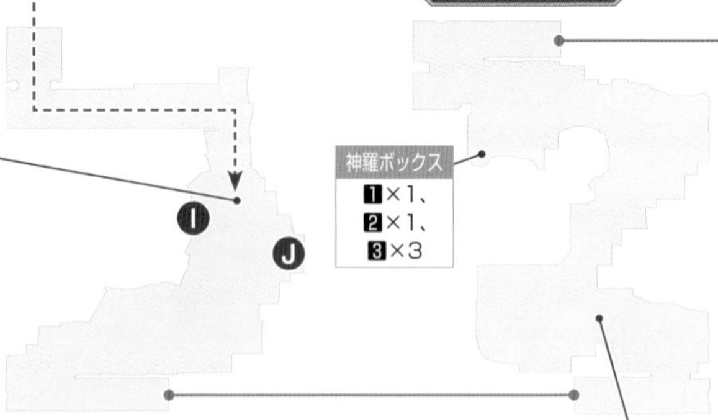

P.187より

B2F：作業通路

神羅ボックス ❶×1、❷×1、❸×3

B1F：作業通路

手順10 警備システムのレーザーに触れないように進む

この場所から先では、レーザーが進路をふさいでおり、触れるとダメージを受けてしまう(レーザーのダメージでHPが減るのは残り1まで)。レーザーが消えているときを見計らって走り抜けよう。ただし、B3Fのレーザーは、停止している時間が長いときと短いときがあり、長く停止するタイミングが場所ごとにちがうので注意。

⬅B3Fのレーザーは、手前が3連続、つぎが4連続、一番奥が7連続で照射されたあとに長く停止する。

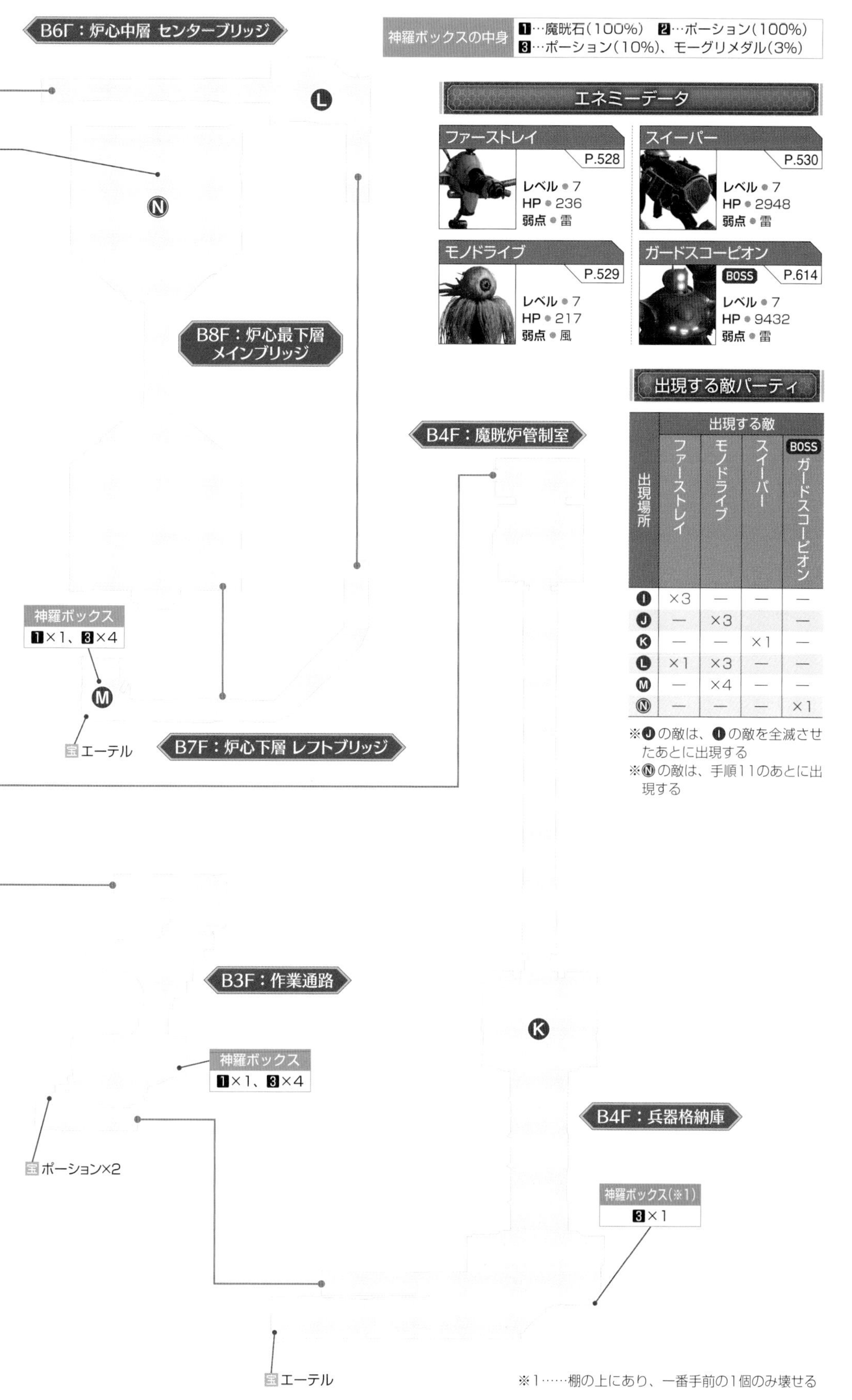

神羅ボックスの中身	❶…魔晄石(100%) ❷…ポーション(100%) ❸…ポーション(10%)、モーグリメダル(3%)

エネミーデータ

ファーストレイ P.528
レベル●7
HP●236
弱点●雷

スイーパー P.530
レベル●7
HP●2948
弱点●雷

モノドライブ P.529
レベル●7
HP●217
弱点●風

ガードスコーピオン BOSS P.614
レベル●7
HP●9432
弱点●雷

出現する敵パーティ

出現場所	ファーストレイ	モノドライブ	スイーパー	BOSS ガードスコーピオン
Ⓘ	×3	―	―	―
Ⓙ	―	×3	―	―
Ⓚ	―	―	×1	―
Ⓛ	×1	×3	―	―
Ⓜ	―	×4	―	―
Ⓝ	―	―	―	×1

※Ⓙの敵は、Ⓘの敵を全滅させたあとに出現する
※Ⓝの敵は、手順11のあとに出現する

※1……棚の上にあり、一番手前の1個のみ壊せる

STORY INDEX

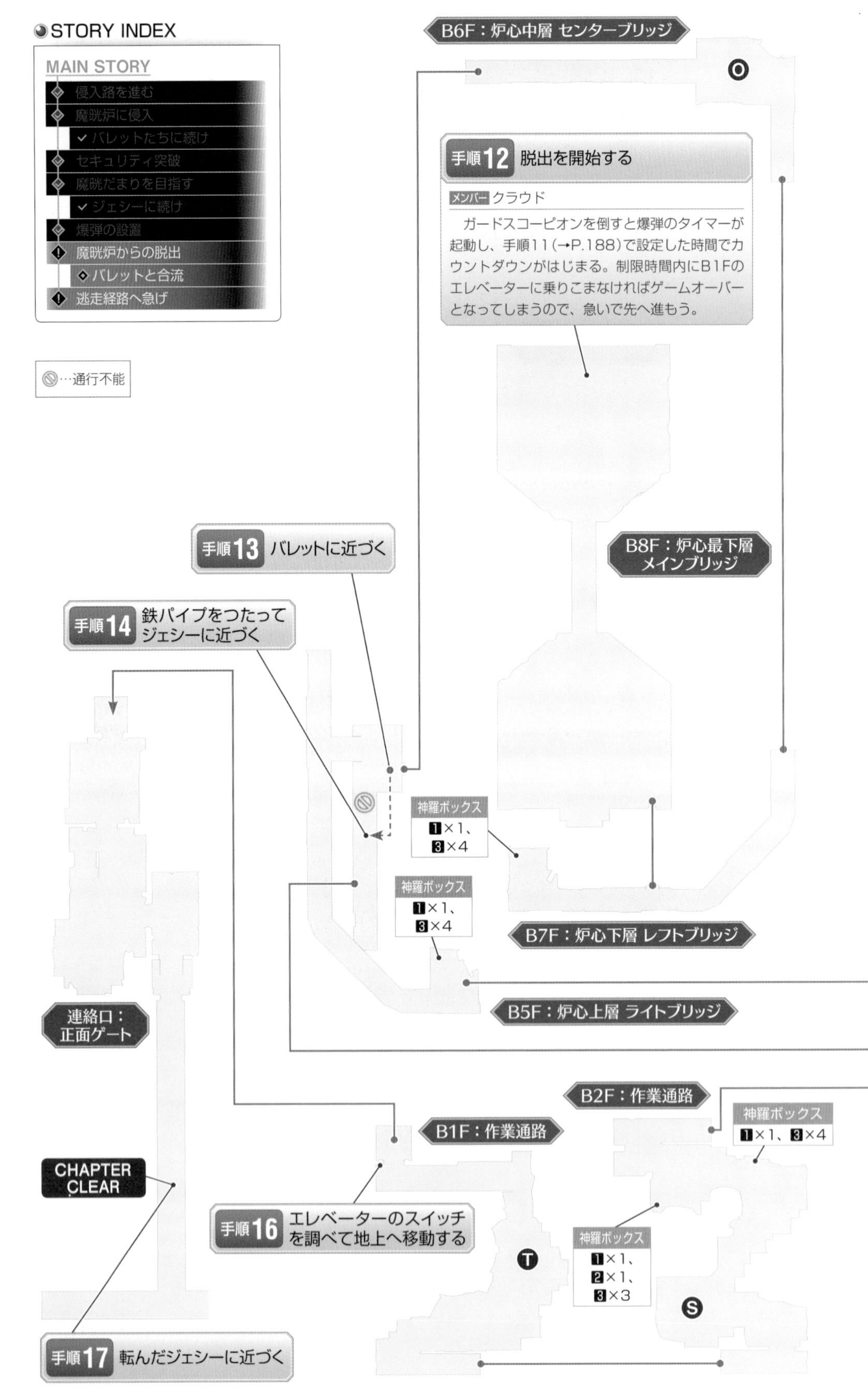

…通行不能
B6F：炉心中層 センターブリッジ
手順12 脱出を開始する
メンバー クラウド
ガードスコーピオンを倒すと爆弾のタイマーが起動し、手順11(→P.188)で設定した時間でカウントダウンがはじまる。制限時間内にB1Fのエレベーターに乗りこまなければゲームオーバーとなってしまうので、急いで先へ進もう。
B8F：炉心最下層 メインブリッジ
手順13 バレットに近づく
手順14 鉄パイプをつたってジェシーに近づく
神羅ボックス 1×1、3×4
神羅ボックス 1×1、3×4
B7F：炉心下層 レフトブリッジ
B5F：炉心上層 ライトブリッジ
連絡口：正面ゲート
B2F：作業通路
神羅ボックス 1×1、3×4
B1F：作業通路
CHAPTER CLEAR
手順16 エレベーターのスイッチを調べて地上へ移動する
神羅ボックス 1×1、2×1、3×3
手順17 転んだジェシーに近づく

出現する敵パーティ

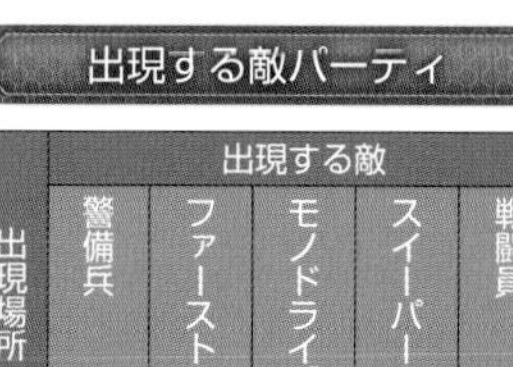

出現場所	警備兵	ファーストレイ	モノドライブ	スイーパー	戦闘員
O	—	—	×2	—	—
P	×2	—	×2	—	—
Q	—	—	—	×1	—
R	—	—	×4	—	—
S	—	—	—	—	×1
T	—	×2	—	—	×2

エネミーデータ

警備兵
P.526

レベル ● 7
HP ● 169
弱点 ● 炎

モノドライブ
P.529

レベル ● 7
HP ● 217
弱点 ● 風

ファーストレイ
P.528

レベル ● 7
HP ● 236
弱点 ● 雷

スイーパー
P.530

レベル ● 7
HP ● 2948
弱点 ● 雷

戦闘員
P.531

レベル ● 7
HP ● 1179
弱点 ● 炎

神羅ボックスの中身	1…魔晄石(100%) 2…ポーション(100%) 3…ポーション(10%)、モーグリメダル(3%)

神羅ボックス
1×1、3×4

B5F：炉心上層フロントブリッジ

B4F：仮設足場

B6F：炉心中層フロントブリッジ

P

宝 ポーション×2

手順15 ジェシーと一緒にバレットと合流する

メンバー クラウド、バレット
バトル P 警備兵×2+モノドライブ×2

B4F：魔晄炉管制室

Q

B4F：兵器格納庫

R

B3F：作業通路

神羅ボックス
1×1、3×4

神羅ボックス
1×1、3×4

Original『FFVII』Playback

PART 1

壱番街駅
～壱番魔晄炉

このコーナーでは、オリジナル版『FFⅦ』の物語の流れを、当時の画面写真で振り返っていく。ミッドガルの全景からクラウドたちが乗った列車にズームする映画的なオープニングには、胸を躍らせた人も多いだろう。

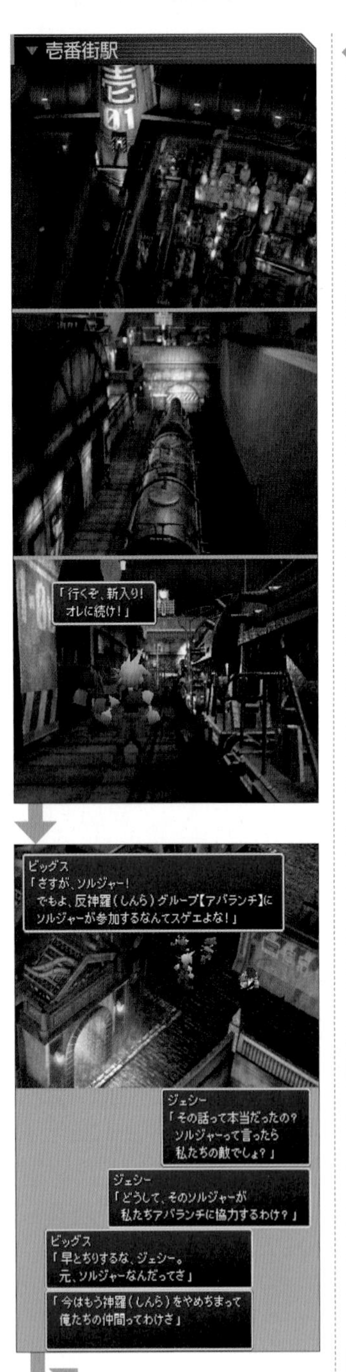

壱番街駅
「行くぞ、新入り! オレに続け!」
ビッグス「さすが、ソルジャー! でもよ、反神羅(しんら)グループ【アバランチ】にソルジャーが参加するなんてスゲエよな!」
ジェシー「その話って本当だったの? ソルジャーって言ったら私たちの敵でしょ?」
ジェシー「どうして、そのソルジャーが私たちアバランチに協力するわけ?」
ビッグス「早とちりするな、ジェシー。元、ソルジャーなんだってさ」
「今はもう神羅(しんら)をやめちまって俺たちの仲間ってわけさ」

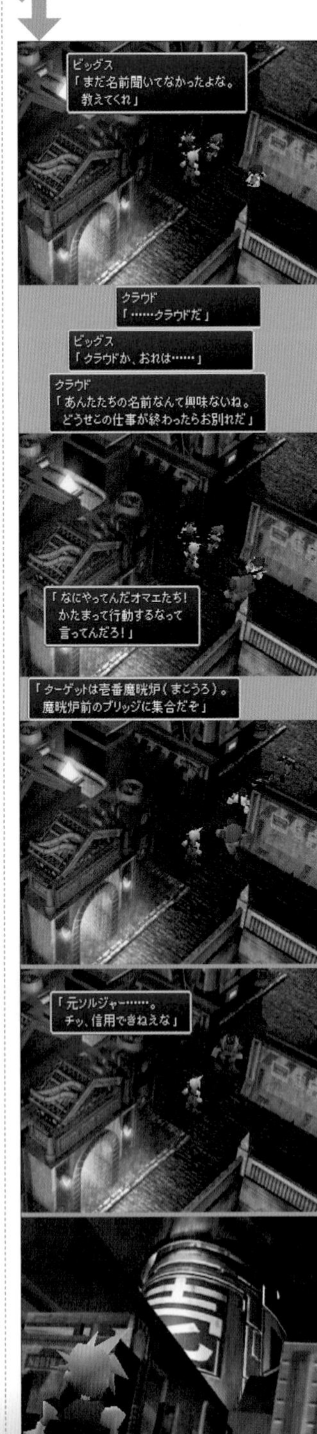

ビッグス「まだ名前聞いてなかったよな。教えてくれ」
クラウド「……クラウドだ」
ビッグス「クラウドか、おれは……」
クラウド「あんたたちの名前なんて興味ないね。どうせこの仕事が終わったらお別れだ」
「なにやってんだオマエたち! かたまって行動するなって言ってんだろ!」
「ターゲットは壱番魔晄炉(まこうろ)。魔晄炉前のブリッジに集合だぞ」
「元ソルジャー……。チッ、信用できねえな」

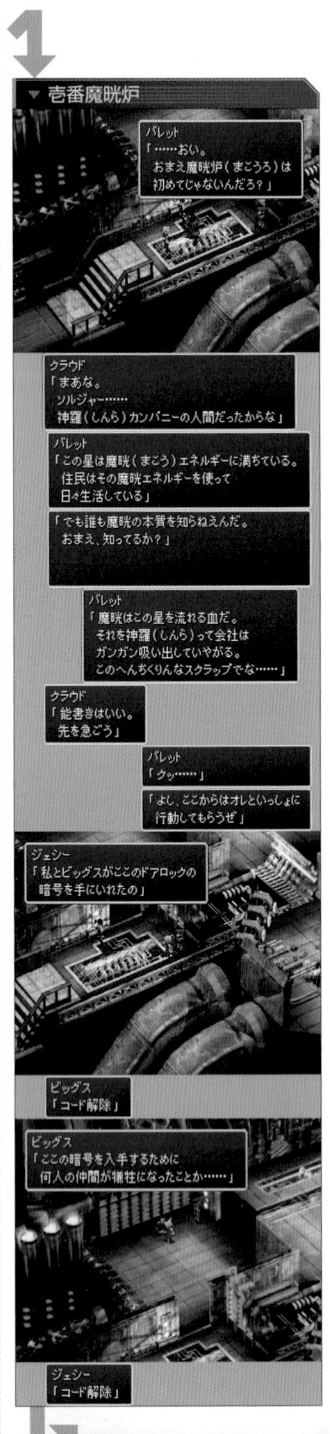

壱番魔晄炉
バレット「……おい。おまえ魔晄炉(まこうろ)は初めてじゃないんだろ?」
クラウド「まあな。ソルジャー……神羅(しんら)カンパニーの人間だったからな」
バレット「この星は魔晄(まこう)エネルギーに満ちている。住民はその魔晄エネルギーを使って日々生活している」
「でも誰も魔晄の本質を知らねえんだ。おまえ、知ってるか?」
バレット「魔晄はこの星を流れる血だ。それを神羅(しんら)って会社はガンガン吸い出していやがる。このへんちくりんなスクラップでな……」
クラウド「能書きはいい。先を急ごう」
バレット「クッ……」
「よし、ここからはオレといっしょに行動してもらうぜ」
ジェシー「私とビッグスがここのドアロックの暗号を手にいれたの」
ビッグス「コード解除」
ビッグス「ここの暗号を入手するために何人の仲間が犠牲になったことか……」
ジェシー「コード解除」

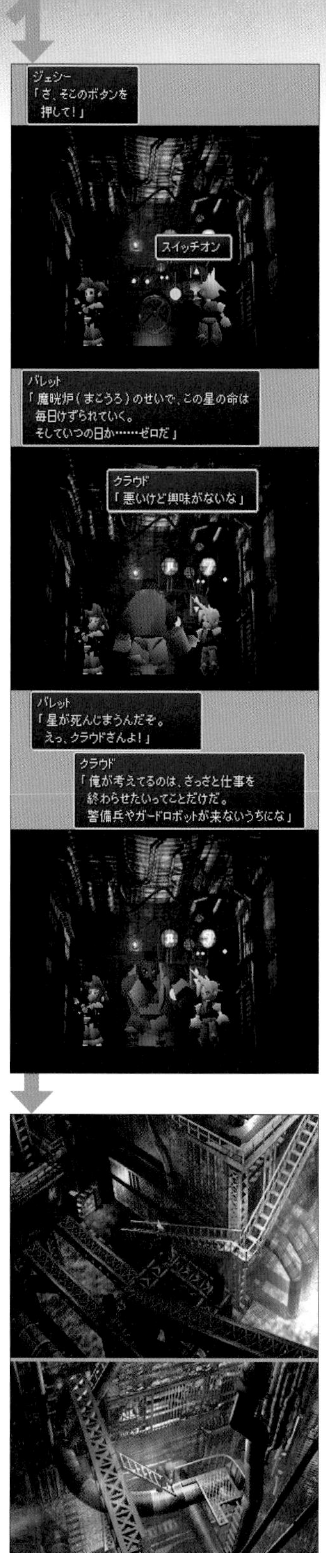
ジェシー
「さ、そこのボタンを
押して！」
スイッチオン
バレット
「魔晄炉（まこうろ）のせいで、この星の命は
毎日けずられていく。
そしていつの日か……ゼロだ」
クラウド
「悪いけど興味がないな」
バレット
「星が死んじまうんだぞ。
えっ、クラウドさんよ！」
クラウド
「俺が考えてるのは、さっさと仕事を
終わらせたいってことだけだ。
警備兵やガードロボットが来ないうちにな」

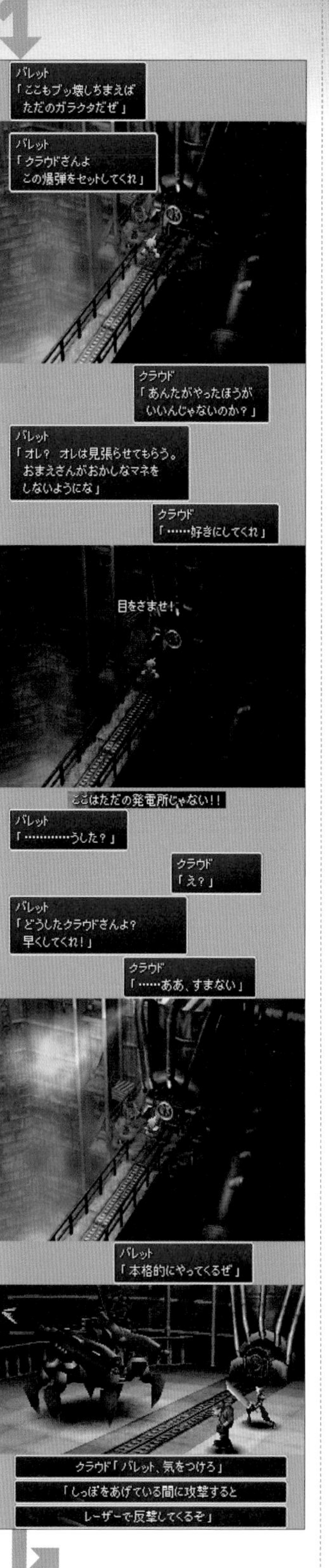
バレット
「ここもブッ壊しちまえば
ただのガラクタだぜ」
バレット
「クラウドさんよ
この爆弾をセットしてくれ」
クラウド
「あんたがやったほうが
いいんじゃないのか？」
バレット
「オレ？ オレは見張らせてもらう。
おまえさんがおかしなマネを
しないようにな」
クラウド
「……好きにしてくれ」
目をさませ！
ここはただの発電所じゃない！！
バレット
「…………うした？」
クラウド
「え？」
バレット
「どうしたクラウドさんよ？
早くしてくれ！」
クラウド
「……ああ、すまない」
バレット
「本格的にやってくるぜ」
クラウド「バレット、気をつけろ」
「しっぽをあげている間に攻撃すると
レーザーで反撃してくるぞ」

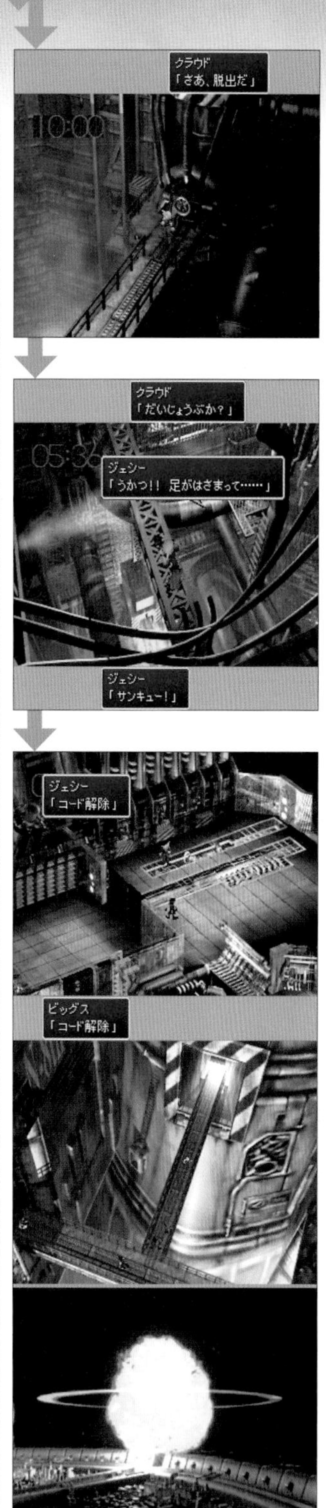
クラウド
「さあ、脱出だ」
10:00
クラウド
「だいじょうぶか？」
05:36
ジェシー
「うかつ！！ 足がはさまって……」
ジェシー
「サンキュー！」
ジェシー
「コード解除」
ビッグス
「コード解除」

PART 2(→P.200)へつづく

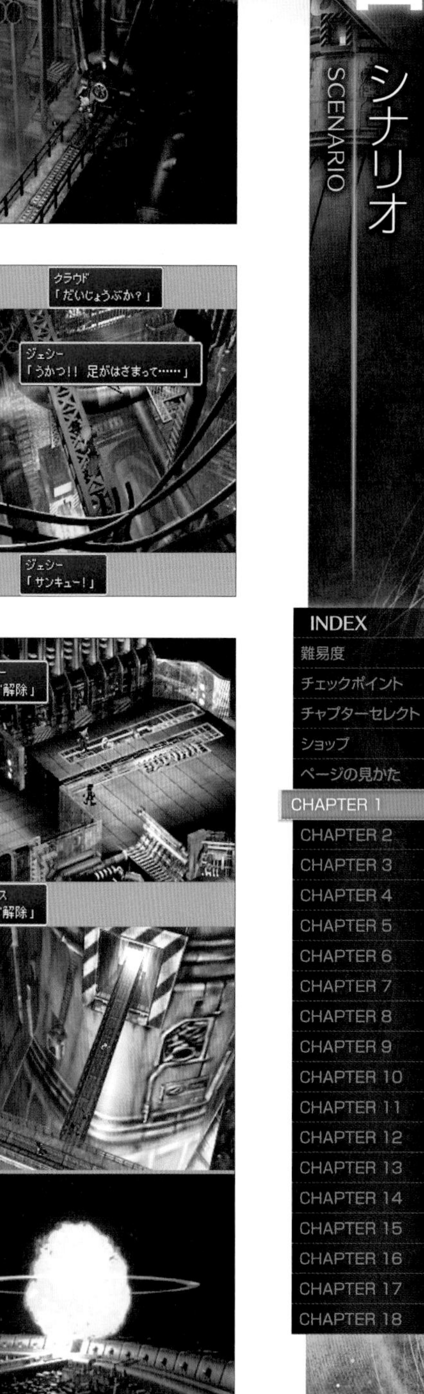

CHAPTER 2 八番街の出会い

MAIN STORY DIGEST

1

2

3

1 逃走経路を進む
2 八番街駅を目指す

爆発する壱番魔晄炉から脱出したアバランチのメンバーたちは、プレート隔壁の通路を抜けて八番街にたどり着いた。想定をはるかに超える市街地の惨状を目の当たりにしつつも、一同は最終列車に乗りこむため、バラバラに八番街駅へ向かうことに。

3 謎の男

八番街駅を目前にして高架が崩落し、クラウドは行く手をはばまれる。燃えさかる炎を見つめるうち、過去の忌まわしい記憶が脳裏によみがえり、動揺するクラウド。そんな彼の前に姿を現したのは、因縁の相手であるセフィロスだった。これは魔晄に近づきすぎたことによる幻覚なのか、それとも——？

「ありえない。あんたは、死んだ。
俺が、この手で」

4 迂回路を進む

まわり道をして駅に向かう途中、クラウドは花売りの女性と出会った。初対面でありながら積極的に話しかけてくる彼女の人なつこさに、クラウドはとまどいを隠せない。そこへ突然、ローブ姿の霧状の魔物が大量に現れ、ふたりに襲いかかってきた。花売りの女性は、魔物の群れから逃げるように走り去っていく。

「花言葉は、“再会”」

5 追跡をかわす
6 市街地の逃走

駅の周辺は、神羅の治安維持部隊によって警備が万全に固められていた。噴水広場から住宅街へまわりこんだクラウドは、つぎつぎと現れる兵士たちを倒しながら、最終列車に乗りこむルートを探す。

7 包囲網を突破

治安維持部隊の警備網を突破しようと奮闘するクラウドだったが、ついに住宅街で包囲されてしまう。そのとき、ちょうど最終列車が通りかかり、クラウドは列車の屋根の上に飛び降りることで難を逃れた。

8 最終列車

七番街スラム行きの最終列車で合流したアバランチの4人とクラウドは、追跡の目から逃れるために、客室車両の人混みにまぎれこむ。魔晄炉爆破に憤る乗客たちの言葉にさまざまな想いを抱きつつ、一行は七番街スラムへの帰途につくのだった。

「みんな、この列車と同じ。
敷かれたレールには、逆らえないんだ」

INDEX

CHAPTER 2 攻略ガイド

このチャプターではいくつかのマテリアが手に入るが、それらは武器や防具にセットすることで効果が得られる。マテリアを入手したら、メインメニューでセットするのを忘れずに。

八番街

STORY INDEX

MAIN STORY
- 逃走経路を進む
- 八番街駅を目指す
- 謎の男
- 迂回路を進む
- 追跡をかわす
- 市街地の逃走
  - 建物をつたっていく
- 包囲網を突破
- 最終列車

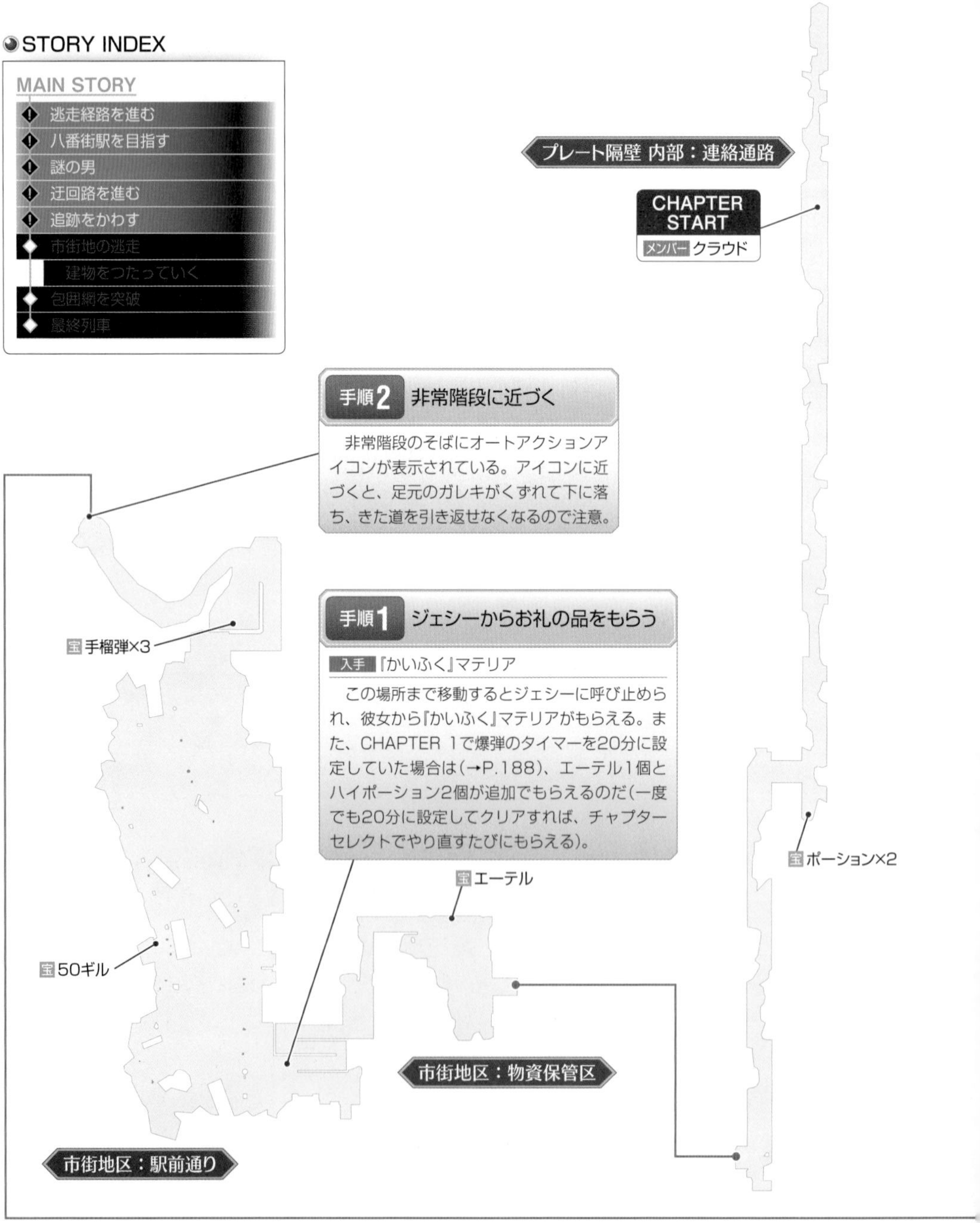

プレート隔壁 内部：連絡通路

CHAPTER START
メンバー クラウド

手順2 非常階段に近づく

非常階段のそばにオートアクションアイコンが表示されている。アイコンに近づくと、足元のガレキがくずれて下に落ち、きた道を引き返せなくなるので注意。

手順1 ジェシーからお礼の品をもらう

入手 『かいふく』マテリア

この場所まで移動するとジェシーに呼び止められ、彼女から『かいふく』マテリアがもらえる。また、CHAPTER 1で爆弾のタイマーを20分に設定していた場合は(→P.188)、エーテル1個とハイポーション2個が追加でもらえるのだ(一度でも20分に設定してクリアすれば、チャプターセレクトでやり直すたびにもらえる)。

宝 手榴弾×3

宝 ポーション×2

宝 エーテル

宝 50ギル

市街地区：物資保管区

市街地区：駅前通り

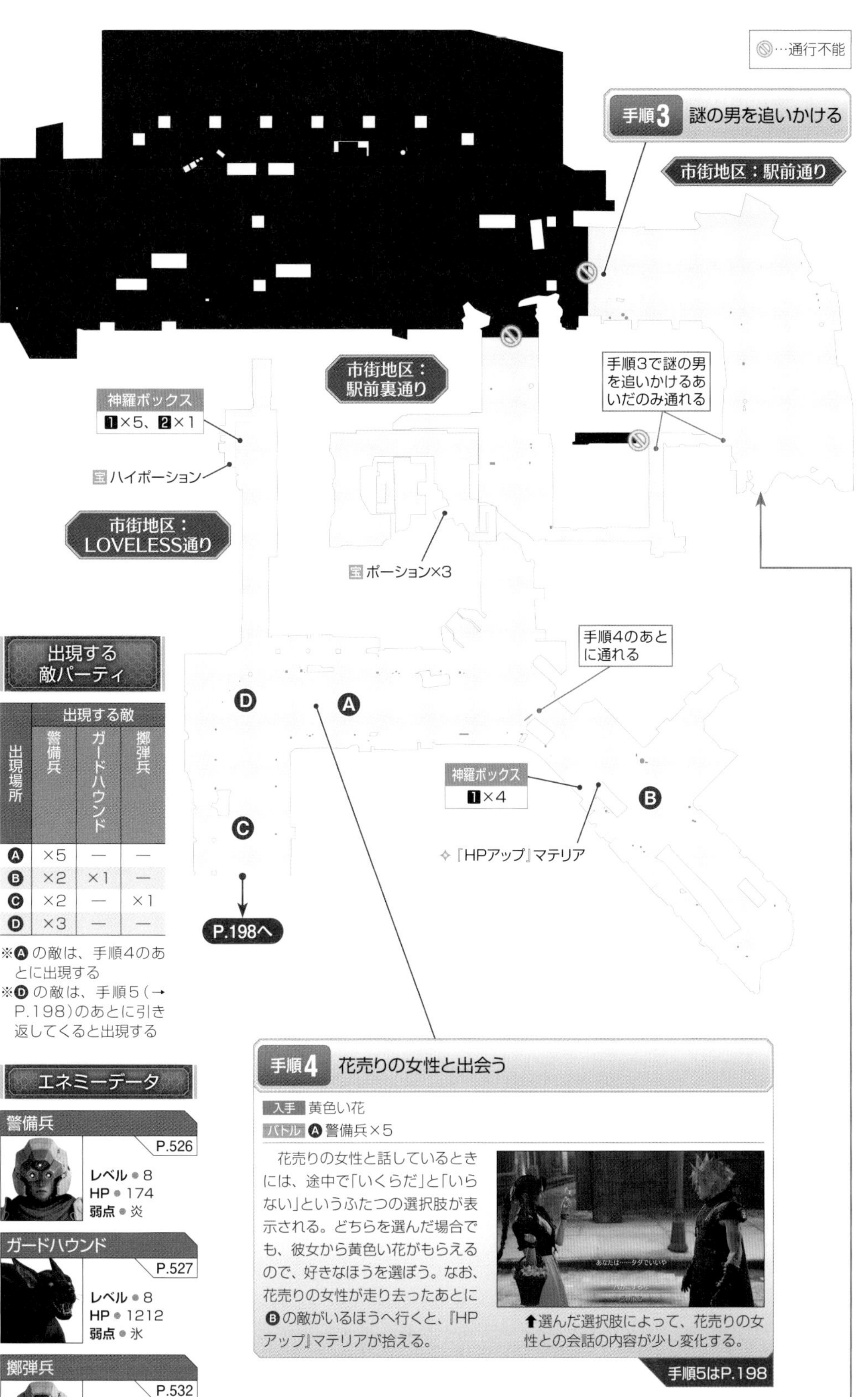

出現する敵パーティ

出現場所	出現する敵		
	警備兵	ガードハウンド	擲弾兵
Ⓐ	×5	—	—
Ⓑ	×2	×1	—
Ⓒ	×2	—	×1
Ⓓ	×3	—	—

※Ⓐの敵は、手順4のあとに出現する
※Ⓓの敵は、手順5（→P.198）のあとに引き返してくると出現する

エネミーデータ

警備兵 P.526
レベル●8
HP●174
弱点●炎

ガードハウンド P.527
レベル●8
HP●1212
弱点●氷

擲弾兵 P.532
レベル●8
HP●81
弱点●炎

手順4 花売りの女性と出会う

入手 黄色い花
バトル Ⓐ警備兵×5

花売りの女性と話しているときには、途中で「いくらだ」と「いらない」というふたつの選択肢が表示される。どちらを選んだ場合でも、彼女から黄色い花がもらえるので、好きなほうを選ぼう。なお、花売りの女性が走り去ったあとにⒷの敵がいるほうへ行くと、『HPアップ』マテリアが拾える。

⬆選んだ選択肢によって、花売りの女性との会話の内容が少し変化する。

手順5はP.198

神羅ボックスの中身	❶…ポーション（10%）、モーグリメダル（3%） ❷…魔晄石（100%）

STORY INDEX

MAIN STORY

手順5 噴水広場で敵と戦う

バトル Ⓕ 警備兵×2＋ガードハウンド×1
バトル Ⓖ 警備兵×2＋擲弾兵×2
バトル Ⓗ 戦闘員×2
バトル Ⓘ 警備兵×2＋擲弾兵×2

噴水広場では、4組の敵パーティと連続で戦うことになる。いったんバトルがはじまると、Ⓕ～Ⓘの敵をすべて倒すまで先へ進めないので、逃げようとせずに敵を全滅させよう。

手順6 ハシゴをのぼる

Ⓕ～Ⓘの敵を倒したあとは、この場所にあるハシゴをのぼれるようになる。クラウドがハシゴをのぼりはじめると、兵士たちが下から銃撃を仕掛けてくるが、同じ場所に立ち止まらなければ、それほどダメージを受けずにすむ(このダメージでHPが減るのは残り1まで)。

手順8 ジェシーに話しかける

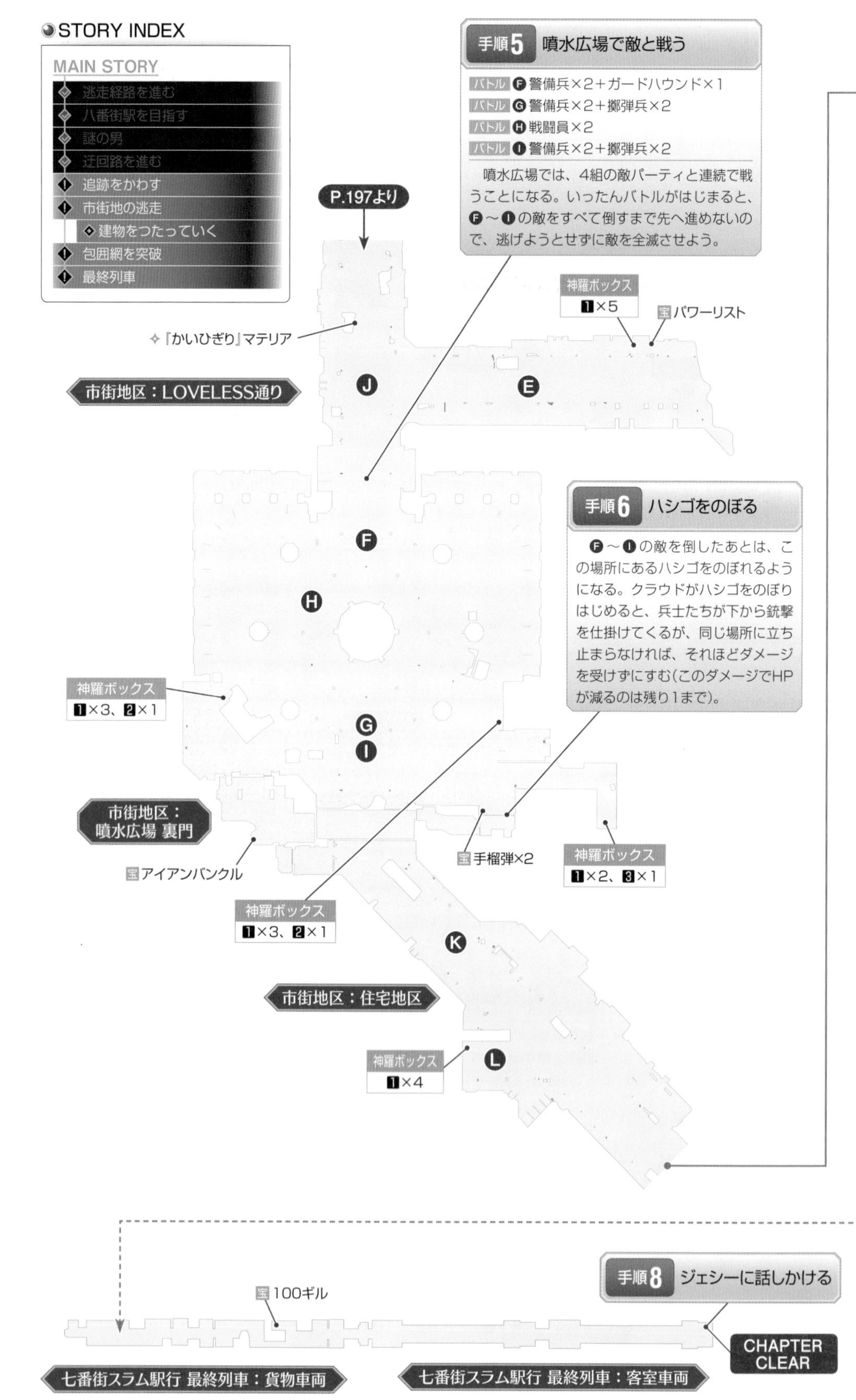

神羅ボックスの中身	❶…ポーション(10%)、モーグリメダル(3%) ❷…魔晄石(100%) ❸…ポーション(100%)

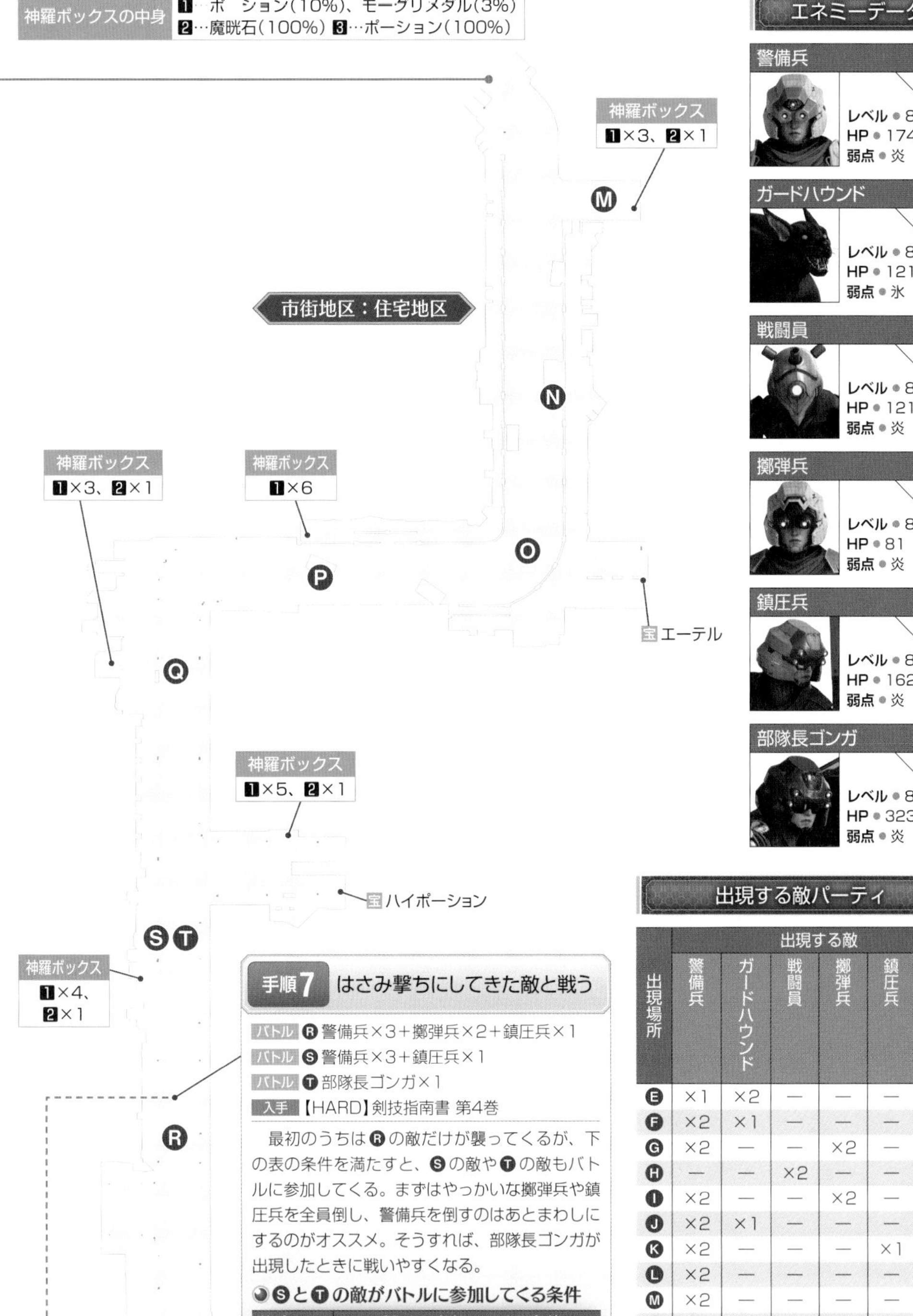

手順7 はさみ撃ちにしてきた敵と戦う

バトル Ⓡ警備兵×3＋擲弾兵×2＋鎮圧兵×1
バトル Ⓢ警備兵×3＋鎮圧兵×1
バトル Ⓣ部隊長ゴンガ×1
入手 【HARD】剣技指南書 第4巻

最初のうちはⓇの敵だけが襲ってくるが、下の表の条件を満たすと、Ⓢの敵やⓉの敵もバトルに参加してくる。まずはやっかいな擲弾兵や鎮圧兵を全員倒し、警備兵を倒すのはあとまわしにするのがオススメ。そうすれば、部隊長ゴンガが出現したときに戦いやすくなる。

ⓈとⓉの敵がバトルに参加してくる条件

敵パーティ	バトルに参加してくる条件
Ⓢ	● Ⓢの敵が待機している場所に近づく ● Ⓡの敵を全滅させる
Ⓣ	● Ⓡの敵とⓈの敵のどちらかを全滅させる ● Ⓡの敵とⓈの敵(合計10体)のうち、7体を倒す

エネミーデータ

警備兵 P.526
レベル ● 8
HP ● 174
弱点 ● 炎

ガードハウンド P.527
レベル ● 8
HP ● 1212
弱点 ● 氷

戦闘員 P.531
レベル ● 8
HP ● 1212
弱点 ● 炎

擲弾兵 P.532
レベル ● 8
HP ● 81
弱点 ● 炎

鎮圧兵 P.533
レベル ● 8
HP ● 162
弱点 ● 炎

部隊長ゴンガ P.534
レベル ● 8
HP ● 3232
弱点 ● 炎

出現する敵パーティ

出現場所	出現する敵					
	警備兵	ガードハウンド	戦闘員	擲弾兵	鎮圧兵	部隊長ゴンガ
Ⓔ	×1	×2	—	—	—	—
Ⓕ	×2	×1	—	—	—	—
Ⓖ	×2	—	—	×2	—	—
Ⓗ	—	—	×2	—	—	—
Ⓘ	×2	—	—	×2	—	—
Ⓙ	×2	×1	—	—	—	—
Ⓚ	×2	—	—	—	×1	—
Ⓛ	×2	—	—	—	—	—
Ⓜ	×2	—	—	—	—	—
Ⓝ	—	—	—	×2	—	—
Ⓞ	—	—	—	×1	×2	—
Ⓟ	—	—	—	×2	×1	—
Ⓠ	—	×2	—	—	×1	—
Ⓡ	×3	—	—	×2	×1	—
Ⓢ	×3	—	—	—	×1	—
Ⓣ	—	—	—	—	—	×1

※Ⓕ～Ⓘの敵とのバトルは連戦になり、敵を全滅させた直後につぎの敵が出現する(Ⓖの敵は、クラウドが出現場所に近づいたときにも現れる)
※Ⓙの敵は、Ⓗの敵を全滅させると出現する
※Ⓡ～Ⓣの敵の出現条件は、手順7の解説を参照

Original『FFVII』Playback PART 2
八番街・隔壁通路～ミッドガル発最終列車

八番街における重要な出来事と言えば、クラウドとエアリスの出会い。オリジナル版では、選択肢の選びかたしだいで、エアリスから花を買わないこともできた。名物キャラクター(?)の神羅課長は、最終列車で初登場。

PART 1(→P.193)より

▼八番街・隔壁通路

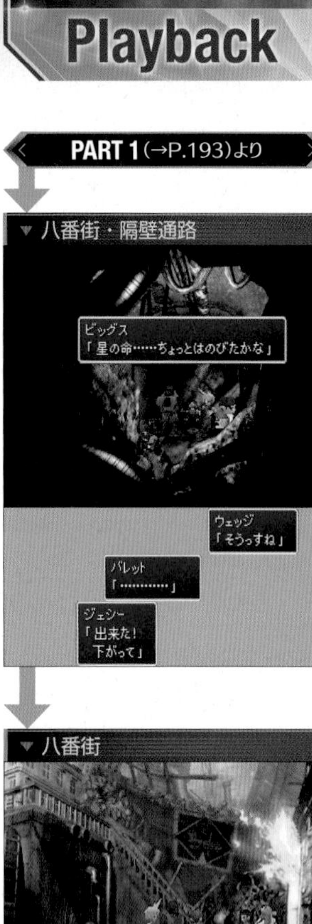

▼八番街

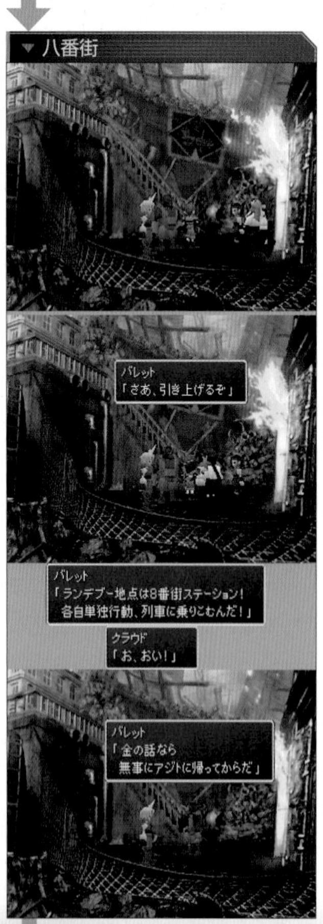

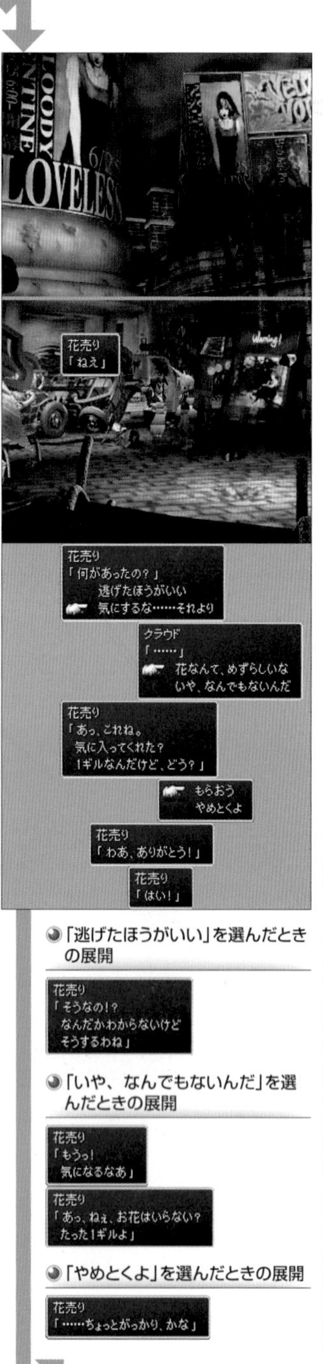

気にするな……それより

「あっ、これね。
気に入ってくれた?
1ギルなんだけど、どう?」

「わあ、ありがとう!」

●「逃げたほうがいい」を選んだときの展開

花売り
「そうなの!?
なんだかわからないけど
そうするわね」

●「いや、なんでもないんだ」を選んだときの展開

花売り
「もうっ!
気になるなあ」

花売り
「あっ、ねぇ、お花はいらない?
たった1ギルよ」

●「やめとくよ」を選んだときの展開

花売り
「……ちょっとがっかり、かな」

兵士
「おい! そこの男!!」
クラウド
「神羅兵か……」
やってやる!
めんどくさいから逃げる
兵士
「ここまでだな」
クラウド
「残念だが、おまえらの相手をしてるほど
ヒマじゃないんでな」
兵士
「たわごとを……
よし捕らえろ!!」

▼ミッドガル発最終列車

「星の命……ちょっとはのびたかな」
ウェッジ
「そうっすね」
「クラウドさん
こなかったっすね」

ビッグス
「クラウド……
やられちまったのかな」

バレット
「さあ、引き上げるぞ」
「ランデブー地点は8番街ステーション!
各自単独行動、列車に乗りこむんだ!」
「金の話なら
無事にアジトに帰ってからだ」
「ケッ……!!」

「あの野郎が金ももらわねえで
いなくなるわけねえだろ!!」

ジェシー
「クラウド……」

ビッグス
「なあ、クラウドってさ…」

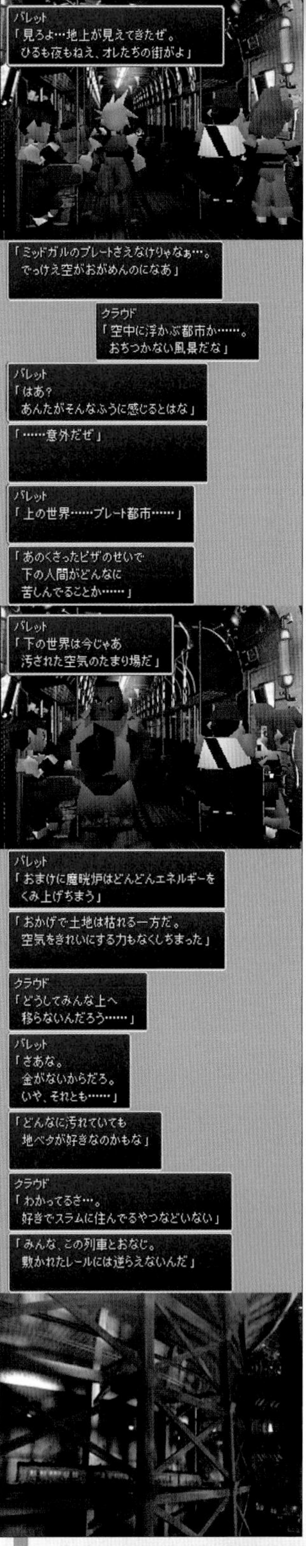

バレット
「見ろよ…地上が見えてきたぜ。
ひるも夜もねえ、オレたちの街がよ」

「ミッドガルのプレートさえなけりゃなぁ…。
でっけえ空がおがめんのになあ」

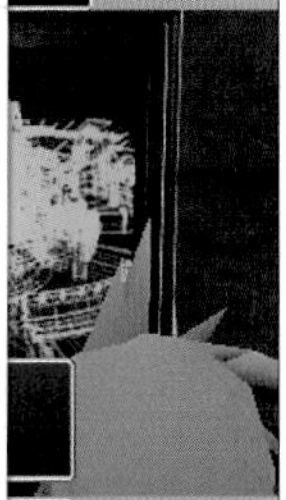

クラウド
「空中に浮かぶ都市か……。
おちつかない風景だな」

バレット
「はあ？
あんたがそんなふうに感じるとはな」

「……意外だぜ」

バレット
「上の世界……プレート都市……」

「あのくさったピザのせいで
下の人間がどんなに
苦しんでることか……」

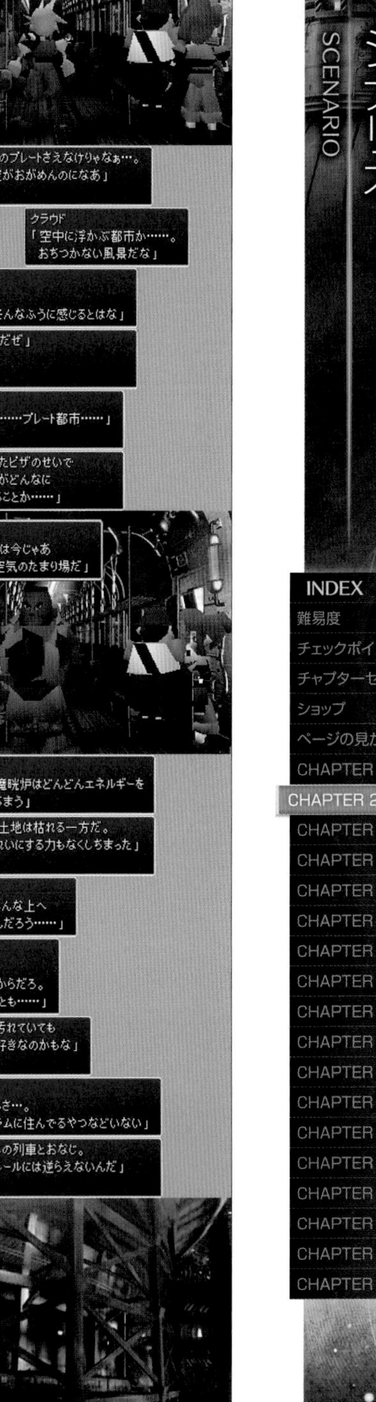

「下の世界は今じゃあ
汚された空気のたまり場だ」

バレット
「おまけに魔晄炉はどんどんエネルギーを
くみ上げちまう」

「おかげで土地は枯れる一方だ。
空気をきれいにする力もなくしちまった」

クラウド
「どうしてみんな上へ
移らないんだろう……」

バレット
「さあな。
金がないからだろ。
いや、それとも……」

「どんなに汚れていても
地べたが好きなのかもな」

クラウド
「わかってるさ…。
好きでスラムに住んでるやつなどいない」

「みんな、この列車とおなじ。
敷かれたレールには逆らえないんだ」

PART 3(→P.211)へつづく

ISBN978-4-7575-6586-9
C9476 ¥2500E
SQUARE ENIX
定価：本体2,500円+税
雑誌 62013-80

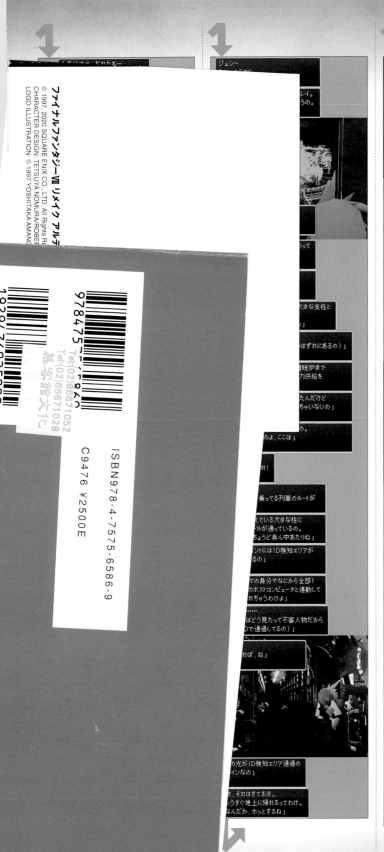

CHAPTER 3 セブンスヘブン

MAIN STORY DIGEST

「意外だな。クラウド、こんなことするんだ」

1 アジトへの帰還

七番街スラムにもどってきたクラウドは、アバランチのアジトがあるセブンスヘブンへ行き、幼なじみのティファから報酬を受け取ろうとする。しかし、今回の作戦の準備でアバランチの出費がかさんだため、約束の金額は用意されていなかった。足りないぶんは翌日受け取ることにして、クラウドはティファに紹介されたアパート「天望荘」の一室で眠りにつく。

2 うめき声

物音で目を覚ましたクラウドが隣の部屋へ様子を見に行くと、そこにはセフィロスの姿が。激しく動揺したクラウドは斬りかかろうとするも、セフィロスのように見えていたのは、隣の部屋に住む病人の男だった。ボロボロの黒いローブを着て、うわごとばかりをつぶやく彼の左肩には、「49」の数字が……。

3 スラムの日常
4 自警団の依頼
5 なんでも屋の仕事

報酬の残りを受け取るために、ティファの集金の仕事を手伝うクラウド。そのあとも、ティファの協力を得ながら、「なんでも屋」としてさまざまな仕事をこなし、スラムで着実に名前を広めていく。

6 動く神羅

セブンスヘブンの前にできていた人だかりをのぞくと、ジョニーが神羅の倉庫から火薬を盗んだ疑いで連行されるところだった。彼の口からアバランチの情報がもれることを恐れ、クラウドとティファはジョニーを救出する。しかし、救い出したジョニーの口を封じようと剣をかまえるクラウドを見て、ティファは彼が昔と変わってしまったと感じるのだった。

「クラウド、
やっぱり変わったね」

7 作戦会議

クラウドは残りの報酬をバレットから受け取るために、セブンスヘブンへもどった。ところが、バレットが現れたと思いきや、つぎの作戦へ向けた作戦会議がはじまってしまう。またもや残りの報酬を受け取りそこねたクラウドは、ティファが作ってくれたカクテルを飲みながら、店内で時間をつぶすことに。

8 不穏な影
9 ジェシーの依頼

作戦会議の結果、クラウドはアバランチのつぎの作戦に参加しないことが決まった。前回の報酬の残りを受け取って店を出たクラウドは、バレットについてかぎまわるあやしげな4人組を見つけ、自分には関係ないと思いつつも彼らを蹴散らす。その後、クラウドが自分の部屋にもどると、扉の前でジェシーが待っていた。「つぎの作戦の前に、プレートの上の七番街まで一緒に行ってほしい」と彼女はクラウドに依頼する。

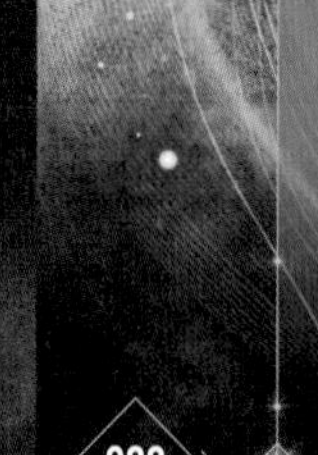

CHAPTER 3 攻略ガイド

このチャプターからは、『なんでも屋クエスト』や『バトルレポート』といったサブイベントが楽しめるようになる。さまざまな報酬が手に入るので、物語を進める合間に挑戦してみるといい。

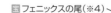

七番街スラム

STORY INDEX

アイテム屋

新商品&セール品	価格	新商品&セール品	価格
01 プレリュード	50	『ほのお』マテリア	500
ハイポーション(※7)	100(×3個)⬇	『れいき』マテリア	500
『かいふく』マテリア	600	『いかずち』マテリア	500
『ちりょう』マテリア(※7)	300(×1個)⬇	『かいひぎり』マテリア	600

手順8 ティファについていってマーレから集金する

入手 200ギル

マーレからお金をもらったあとは、自分の部屋(202号室)のベッドで休むことで、HPとMP(難易度がHARDの場合はHPのみ)を全回復できるようになる。クラウドたちのHPやMPが減ったときに利用しよう。

⊘…通行不能

宝 フェニックスの尾(※4)

ベッド(※5)

手順5 203号室の扉を調べる

手順4 扉を開けて202号室に入る

入手 500ギル

アイテム屋(※1)

新商品	価格
04 バレットのテーマ	50
ポーション	50
フェニックスの尾	300
毒消し	80

支柱前広場

七番街スラム駅

CHAPTER START

メンバー クラウド

※1……手順5のあとに利用できる　※2……手順5のあとに通れる　※3……手順2のあとに利用できる　※4……屋上にある
※5……手順8のあとに利用できる　※6……クラブDJに話しかけると入手できる

CHECK ジュークボックスで音楽を楽しもう

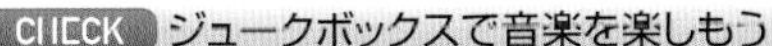

セブンスヘブンにはジュークボックスが置いてあり、好きな曲を再生して楽しめる。再生できる曲は、最初は1曲だけだが、ミュージックディスクを入手するたびに増えていく。ミュージックディスクは、特定のショップで買えるほか、街の人に話しかけたときに手に入ることもあるので、物語を進める途中で集めていこう(→P.427)。

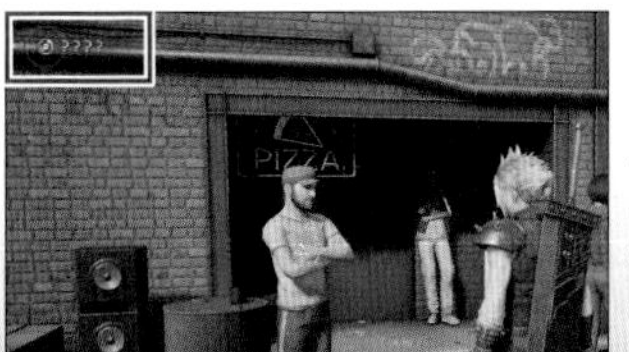

←画面左上に音楽アイコンと「????」が表示された場合、近くでミュージックディスクが手に入る。

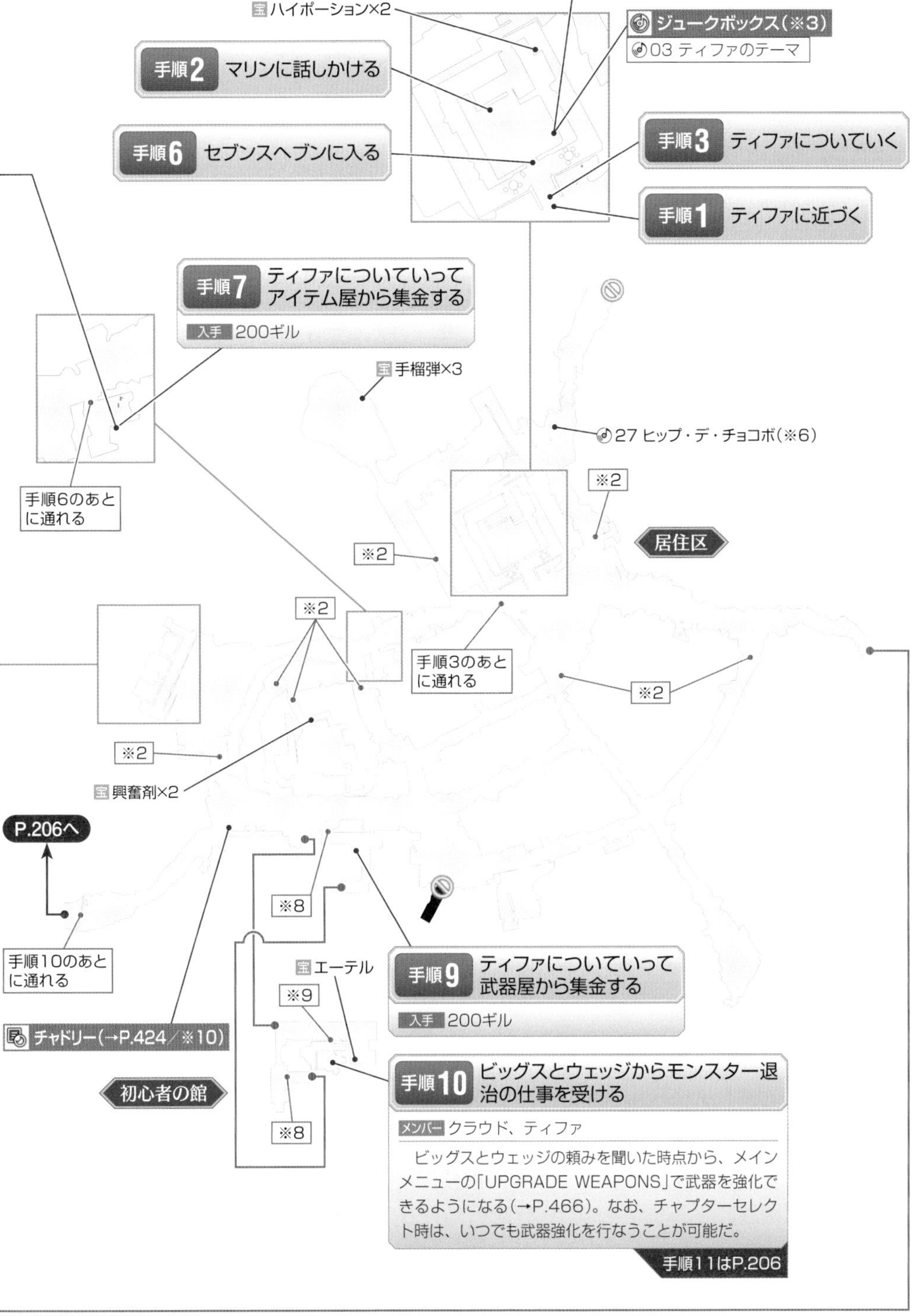

宝 ハイポーション×2
ジュークボックス(※3)
03 ティファのテーマ
手順2 マリンに話しかける
手順6 セブンスヘブンに入る
手順3 ティファについていく
手順1 ティファに近づく
手順7 ティファについていって アイテム屋から集金する
入手 200ギル
宝 手榴弾×3
27 ヒップ・デ・チョコボ(※6)
手順6のあとに通れる
※2
居住区
※2
※2
手順3のあとに通れる
※2
※2
宝 興奮剤×2
P.206へ
※8
手順10のあとに通れる
宝 エーテル
※9
手順9 ティファについていって 武器屋から集金する
入手 200ギル
チャドリー(→P.424/※10)
初心者の館
※8
手順10 ビッグスとウェッジからモンスター退治の仕事を受ける
メンバー クラウド、ティファ
ビッグスとウェッジの頼みを聞いた時点から、メインメニューの「UPGRADE WEAPONS」で武器を強化できるようになる(→P.466)。なお、チャプターセレクト時は、いつでも武器強化を行なうことが可能だ。
手順11はP.206

※7……クエスト 2 「化けネズミの軍団」をクリアしたあとに買える　※8……手順8のあとに通れる
※9……手順9のあとに通れる　※10……チャプターセレクト時のみ、手順5のあとに利用できる

STORY INDEX

出現する敵パーティ

出現場所	出現する敵 ホウルイーター	出現する敵 ウェアラット
A	×2	—
B	—	×2
C	×1	×1
D	×2	—
E	×1	×2
F	×2	—
G	—	×3
H	×3	—

※E～Hの敵は、手順12のあとに出現する

神羅ボックスの中身	1…魔晄石(10%)、ポーション(10%)、フェニックスの尾(2%)、モーグリメダル(3%)

エネミーデータ

ホウルイーター P.536
レベル ● 10
HP ● 211
弱点 ● 魔法、氷

ウェアラット P.537
レベル ● 10
HP ● 169
弱点 ● 氷

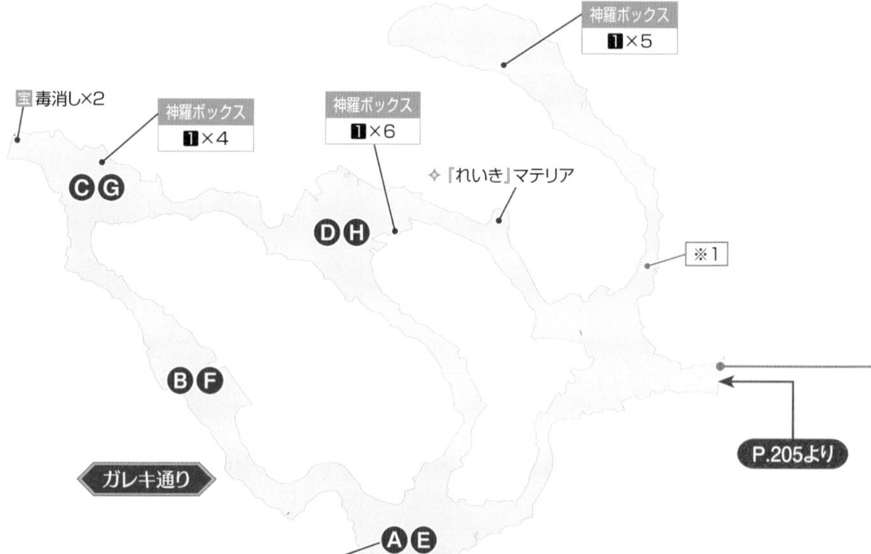

手順11 ガレキ通りのモンスターを一掃する

バトル A ホウルイーター×2
バトル B ウェアラット×2
バトル C ホウルイーター×1+ウェアラット×1
バトル D ホウルイーター×2

手順10(→P.205)で受けたビッグスとウェッジの依頼を達成するには、ガレキ通りにいる敵をすべて倒す必要がある(倒す順番は自由)。敵を全滅させたら、ビッグスたちのもとへもどろう。

手順14 ワイマーに話しかける

サブ なんでも屋クエスト(→P.406)、バトルレポート(→P.424)
入手 『みやぶる』マテリア、バトルレポート

ワイマーに会うと、『なんでも屋クエスト』に挑戦できるようになる。このチャプターでは6つのクエストが発生し、ひとつでもクリアすれば手順15が行なえるが、6つすべてをクリアした場合はEXTRA「ふたりきりの時間」が発生するのだ。なお、ワイマーと話した直後にはチャドリーが話しかけてきて、『みやぶる』マテリアとバトルレポートが手に入り、クエスト 1 「チャドリーレポート」が自動的に開始される(チャプターセレクト時はチャドリーが話しかけてこない)。

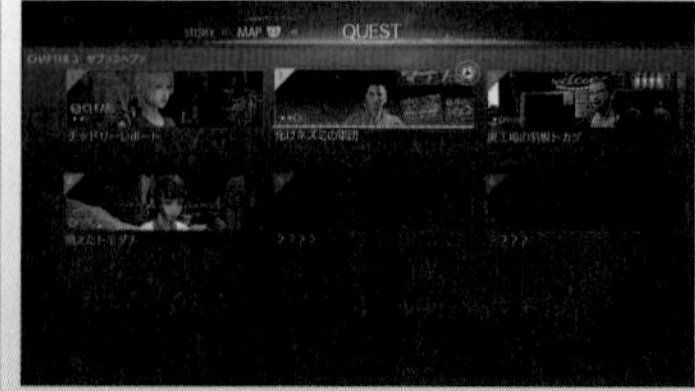

←受けられるクエストについては、マップ画面でR2ボタンを押すと切りかわる「QUEST」メニューで確認可能。

手順15はP.208

※1……クエスト 5 「さまよう軍犬」でレイジハウンドをいったん撃退したあとに通れる

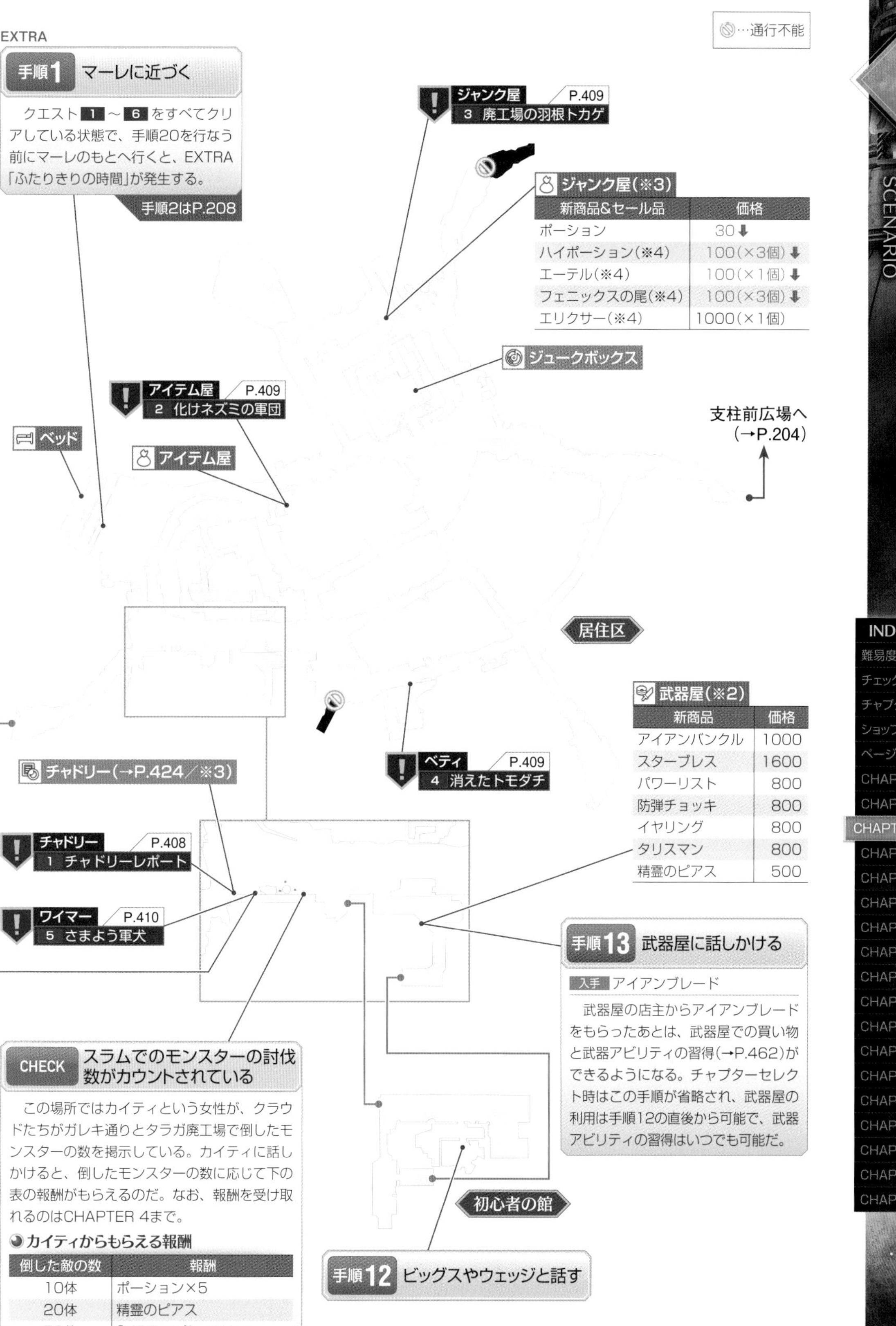

ジャンク屋(※3)

新商品&セール品	価格
ポーション	30⬇
ハイポーション(※4)	100(×3個)⬇
エーテル(※4)	100(×1個)⬇
フェニックスの尾(※4)	100(×3個)⬇
エリクサー(※4)	1000(×1個)

武器屋(※2)

新商品	価格
アイアンバンクル	1000
スターブレス	1600
パワーリスト	800
防弾チョッキ	800
イヤリング	800
タリスマン	800
精霊のピアス	500

手順13 武器屋に話しかける

入手 アイアンブレード

武器屋の店主からアイアンブレードをもらったあとは、武器屋での買い物と武器アビリティの習得(→P.462)ができるようになる。チャプターセレクト時はこの手順が省略され、武器屋の利用は手順12の直後から可能で、武器アビリティの習得はいつでも可能だ。

手順12 ビッグスやウェッジと話す

CHECK スラムでのモンスターの討伐数がカウントされている

この場所ではカイティという女性が、クラウドたちがガレキ通りとタラガ廃工場で倒したモンスターの数を掲示している。カイティに話しかけると、倒したモンスターの数に応じて下の表の報酬がもらえるのだ。なお、報酬を受け取れるのはCHAPTER 4まで。

カイティからもらえる報酬

倒した敵の数	報酬
10体	ポーション×5
20体	精霊のピアス
50体	『MPアップ』マテリア

※倒した敵の数はチャプターセレクト時も引き継ぎ、報酬がもらえるのはそれぞれ1回のみ

※2……手順13のあとに利用できる
※3……手順14のあとに利用できる
※4……いずれかひとつが入荷する。入荷する品の決まりかたはP.698を参照

● STORY INDEX

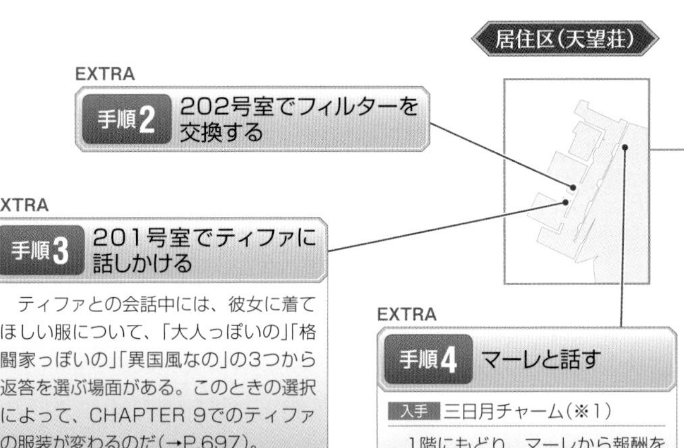

EXTRA
手順2 202号室でフィルターを交換する

EXTRA
手順3 201号室でティファに話しかける

ティファとの会話中には、彼女に着てほしい服について、「大人っぽいの」「格闘家っぽいの」「異国風なの」の3つから返答を選ぶ場面がある。このときの選択によって、CHAPTER 9でのティファの服装が変わるのだ(→P.697)。

EXTRA
手順4 マーレと話す

入手 三日月チャーム(※1)

1階にもどり、マーレから報酬をもらったところで、EXTRA「ふたりきりの時間」はクリアとなる。

出現する敵パーティ

出現場所	警備兵	ガードハウンド	ホウルイーター	ウェアラット	上級警備兵
I	×2	×1	—	—	×1
J	—	—	×4	—	—
K	—	—	×3	—	—
L	—	—	×2	×1	—

※Lの敵は、クエスト 3「廃工場の羽根トカゲ」をクリアしたあと、または手順20(→P.210)のあとに出現する

エネミーデータ

警備兵 P.526

レベル ● 10
HP ● 182
弱点 ● 炎

ガードハウンド P.527

レベル ● 10
HP ● 1263
弱点 ● 氷

ホウルイーター P.536

レベル ● 10
HP ● 211
弱点 ● 魔法、氷

ウェアラット P.537

レベル ● 10
HP ● 169
弱点 ● 氷

上級警備兵 P.540

レベル ● 11
HP ● 653
弱点 ● 炎

手順19 縛られているジョニーを調べる

手順20はP.210

神羅ボックス
1×4

手順18 扉を開けてなかに入る

バトル I 警備兵×2+ガードハウンド×1+上級警備兵×1

自動販売機

ベンチ

CHECK 戦いの準備を忘れずに

自動販売機ではアイテムの売買が、ベンチではHPとMP(難易度がHARDの場合はHPのみ)の回復が行なえる。バトルの準備をしたいときに利用するといい。

物資保管区

手順17 隠れてジョニーの様子をうかがう

手順16 隠れてジョニーの様子をうかがう

手順16および手順17の場所には、オートアクションアイコンがある。アイコンの上に立てば物陰に隠れることができるので、兵士に連行されるジョニーの様子をうかがいながら進んでいこう。

手順16のあとに通れる

居住区

手順15 ジョニーの家に近づく

※1……チャプターセレクト時は、すでに入手しているとポーションになる

FINAL FANTASY VII REMAKE ULTIMANIA

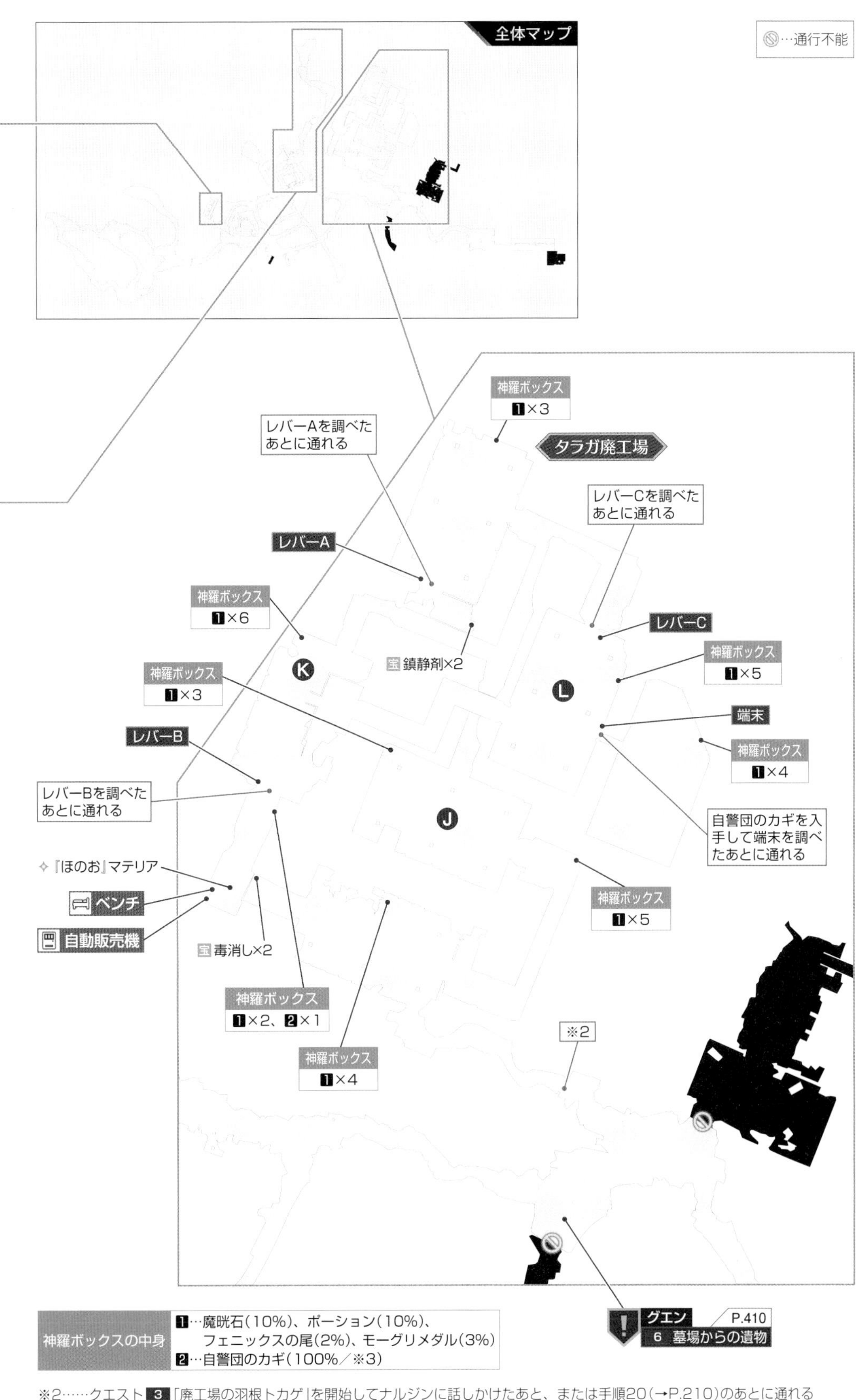

神羅ボックスの中身	1…魔晄石(10%)、ポーション(10%)、 フェニックスの尾(2%)、モーグリメダル(3%) 2…自警団のカギ(100%/※3)

※2……クエスト 3 「廃工場の羽根トカゲ」を開始してナルジンに話しかけたあと、または手順20(→P.210)のあとに通れる
※3……クエスト 6 「墓場からの異物」の進行中に1回だけ入手できる

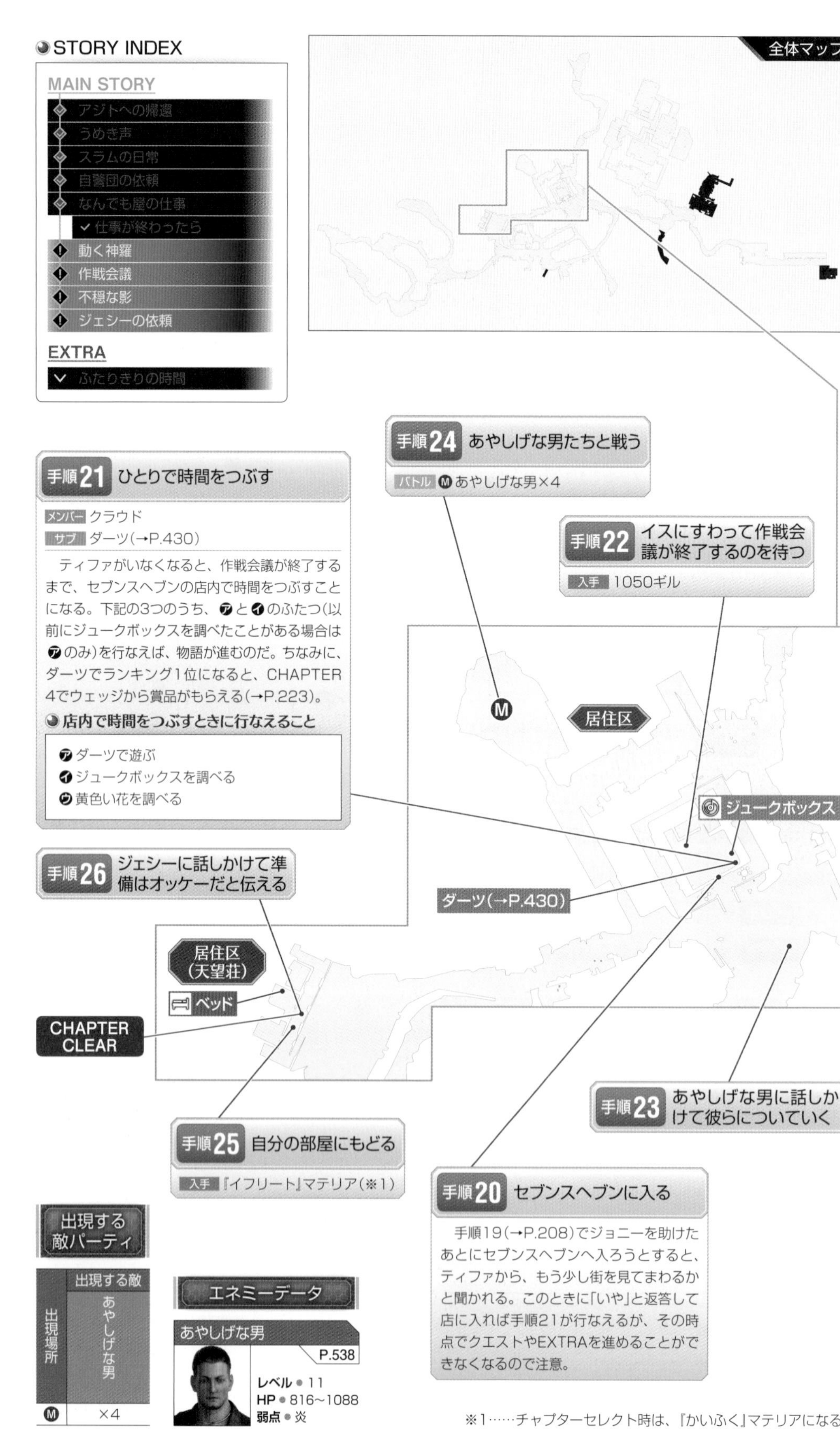

STORY INDEX

手順20 セブンスヘブンに入る

手順19(→P.208)でジョニーを助けたあとにセブンスヘブンへ入ろうとすると、ティファから、もう少し街を見てまわるかと聞かれる。このときに「いや」と返答して店に入れば手順21が行なえるが、その時点でクエストやEXTRAを進めることができなくなるので注意。

手順21 ひとりで時間をつぶす

メンバー クラウド
サブ ダーツ(→P.430)

ティファがいなくなると、作戦会議が終了するまで、セブンスヘブンの店内で時間をつぶすことになる。下記の3つのうち、㋐と㋑のふたつ(以前にジュークボックスを調べたことがある場合は㋐のみ)を行なえば、物語が進むのだ。ちなみに、ダーツでランキング1位になると、CHAPTER 4でウェッジから賞品がもらえる(→P.223)。

店内で時間をつぶすときに行なえること

- ㋐ ダーツで遊ぶ
- ㋑ ジュークボックスを調べる
- ㋒ 黄色い花を調べる

手順22 イスにすわって作戦会議が終了するのを待つ

入手 1050ギル

手順23 あやしげな男に話しかけて彼らについていく

手順24 あやしげな男たちと戦う

バトル Ⓜ あやしげな男×4

手順25 自分の部屋にもどる

入手 『イフリート』マテリア(※1)

手順26 ジェシーに話しかけて準備はオッケーだと伝える

出現する敵パーティ

出現場所	出現する敵 あやしげな男
Ⓜ	×4

エネミーデータ

あやしげな男 P.538

レベル ● 11
HP ● 816～1088
弱点 ● 炎

※1……チャプターセレクト時は、『かいふく』マテリアになる

FINAL FANTASY VII REMAKE ULTIMANIA

Original『FFVII』 PART 3 Playback

七番街スラム駅～セブンスヘブン

バレットとソリが合わないクラウドは立ち去ろうとするが、ティファが7年前の約束を思い出させて引きとめる。なお、エアリスから花を買っていると、その花をティファかマリンのどちらかにプレゼントできた。

PART 2（→P.201）より

▼七番街スラム駅

バレット
「おう!!
みんな、集まれ!!」
バレット
「よう!クラウドさんよ!
あんたも聞いとけ!」
バレット
「今回の作戦は成功だ。
だがな、気を抜くなよ」
「本番はこれからだ!
あんな爆発でびびるな!」
バレット
「次はもっと派手にかますぞ!」
バレット
「アジトに集合だ!!
いくぞ!」

▼セブンスヘブン

バレット
「よし!
先に入ってろ」
「とうちゃん!!」

「ほら、マリン!
クラウドに
おかえりなさいは?」
「おかえりなさい、クラウド。
作戦はうまくいったみたいね」
「バレットとはケンカしなかった?」
やっちゃった
ガマンした
「やっぱり?」
「バレットはあんな人だし
クラウドは子供のころから
ケンカばかりしてたしね」
「……ちょっと、心配だったんだ」

「ガマンした」を選んだときの展開

「ふ～ん。
クラウドもおとなになったのね。
子供のころは、すぐケンカだったのに」

ティファ
「よかった、みんな、無事で」
ティファ
「あら?
お花なんてめずらしいわね」
「スラムじゃ、めったにさかないのよ」
ティファ
「でも……」
「プレゼントに、お花なんて
クラウド、そうなんだ～」

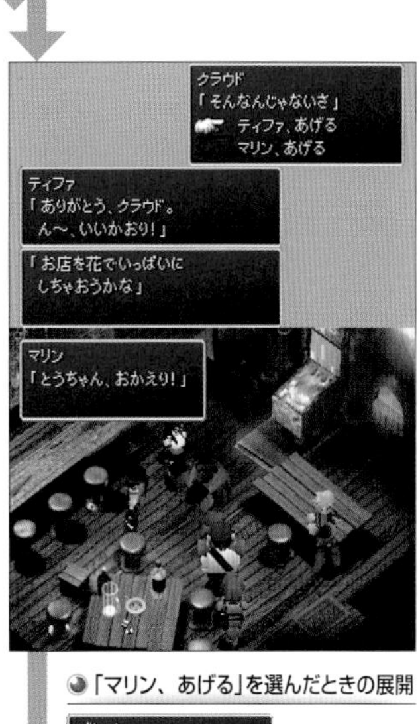

クラウド
「そんなんじゃないさ」
ティファ、あげる
マリン、あげる
ティファ
「ありがとう、クラウド。
ん～、いいかおり!」
「お店を花でいっぱいに
しちゃおうかな」
マリン
「とうちゃん、おかえり!」

「マリン、あげる」を選んだときの展開

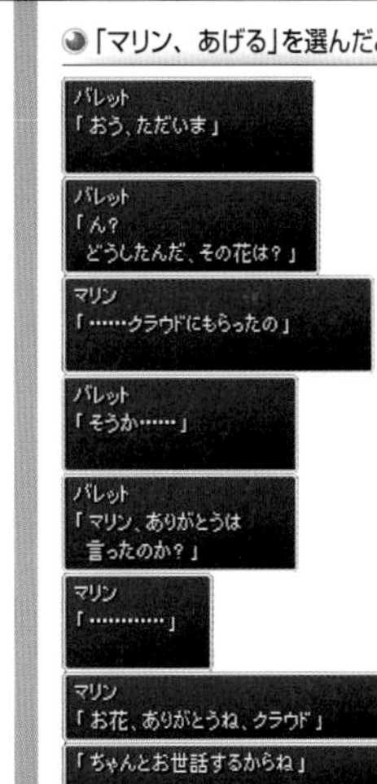

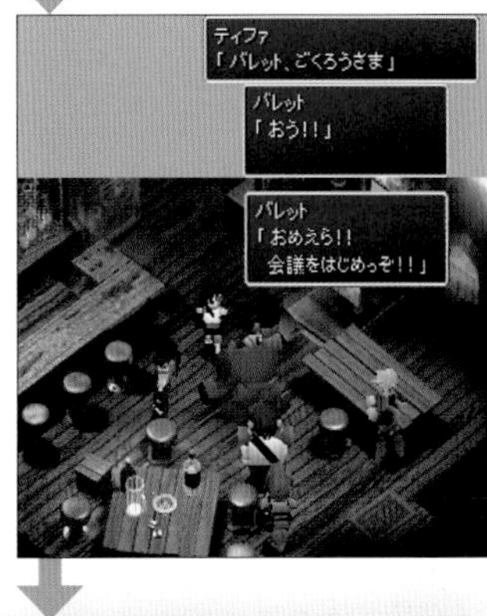

次ページへつづく

INDEX

前ページより

「どうぞ、すわって」

ティファ
「ねえ……」

「何かのむ？」
いまはそんな気分じゃないな
キツイの、くれないか

ティファ
「まってて。
いまつくるから」

ティファ
「なんだか、ほっとしちゃった。
クラウドが無事もどってきて」

クラウド
「急にどうした？
あのていどの仕事、なんでもないさ」

ティファ
「そうね……」

「クラウド、ソルジャーに
なったんだもんね」

ティファ
「……今回の報酬なんだけど
バレットからもらってね」

クラウド
「そうするよ。
報酬をもらえば、また、お別れだな」

●「いまはそんな気分じゃないな」を選んだときの展開

ティファ
「も～う!!」

「私だってちゃんとお酒ぐらい
つくれるようになったのよ」

「お客さんだって、ティファちゃんの
つくるお酒はおいしいよって
いってくれるんだから！」

気分はどう？」

クラウド
「……ふつうさ。
どうしてそんなことを聞く？」

ティファ
「ううん、なんでもない。
ただ、つかれてないのかなって…」

ティファ
「みんなのところに行ってあげて」

バレット
「おい、クラウドさんよ。
聞きたいことがあるんだ」

「きょう、オレたちが戦った相手に
ソルジャーはいたのか？」

クラウド
「いや、いなかった。
それは確実だ」

バレット
「ずいぶんと自信たっぷりじゃねえか」

クラウド
「もしソルジャーと戦っていたら
あんたたちが生きてるはずないからな」

バレット
「自分が元ソルジャーだからって
えらそうに言うんじゃねえよ！」

バレット
「確かにおまえは強い」

「おそらくソルジャーってのは
みんな強いんだろうさ」

「でもな、おまえは
反乱組織アバランチにやとわれてる身だ。
神羅のかたを持つんじゃねえ！」

クラウド
「神羅のかたをもつ？
俺はあんたの質問に答えただけだ」

「俺は上で待っている。
報酬の話がしたい」

……………ほ、報酬かよ…」

バレット
「ティファ！
そんなヤツ放っておけ！」

「どうやら神羅に
未練タラタラらしいからな！」

クラウド
「だまれ！」

「俺は神羅にもソルジャーにも
未練はない！」

「でも、かんちがいするな！」

「星の命にも

興味はない！」

「クラウド、おねがい。
力をかして」

クラウド
「ティファ……わるいけどさ」

ティファ
「星が病んでるの。
このままじゃ死んじゃう」

「誰かがなんとかしなくちゃならないの」

クラウド
「バレットたちがなんとかするんだろ？
俺には関係ないさ」

ティファ
「あ～あ！
本当に行っちゃうんだ！」

ティファ
「かわいい幼なじみのたのみも
きかずに行っちゃうんだ！」

クラウド
「ん……？」
☞ よくいうぜ！
……わるいな

ティファ
「……約束も忘れちゃったんだ」

クラウド
「約束？」

ティファ
「やっぱり忘れてる」

ティファ
「思い出して……クラウド。
あれは7年前よ……」

ティファ
「ほら、村の給水塔」

「覚えてる？」

クラウド
「ああ……あの時か」

クラウド
「ティファ、なかなか来なくて
ちょっと寒かったな」

ティファ
「お・ま・た・せ」

ティファ
「な～に？
話があるって」

クラウド
「俺……春になったら村を出て
ミッドガルへ行くよ」

ティファ
「……男の子たちって
み～んな村を出てっちゃうね」

クラウド
「俺はみんなとはちがう。
ただ仕事をさがすだけじゃない」

クラウド
「俺、ソルジャーになりたいんだ」

クラウド
「セフィロスみたいな
最高のソルジャーに」

ティファ
「セフィロス……
英雄セフィロス、か」

ティファ
「ソルジャーになるのって
難しいんでしょ？」

クラウド
「……しばらくのあいだ
村にはもどれないな、きっと」

クラウド
「……うん？」

ティファ
「大活躍したら
新聞にのるかな？」

クラウド
「がんばるよ」

ティファ
「あのね、クラウドが有名になって
その時、私が困ってたら……」

「クラウド、私を助けに来てね」

クラウド
「はぁ？」

ティファ
「私がピンチのときに
ヒーローがあらわれて助けてくれるの」

「一度くらい経験したいじゃない？」

クラウド
「はぁ？」

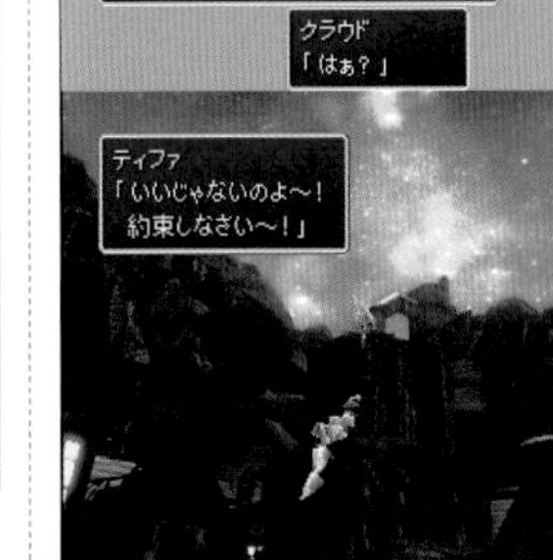
ティファ
「いいじゃないのよ～！
約束しなさい～！」

クラウド
「わかった……約束するよ」

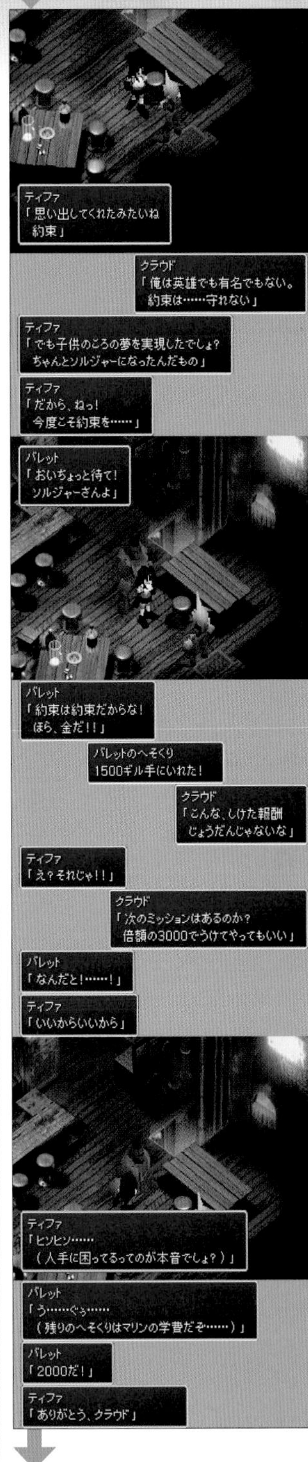
ティファ
「思い出してくれたみたいね
約束」

クラウド
「俺は英雄でも有名でもない。
約束は……守れない」

ティファ
「でも子供のころの夢を実現したでしょ？
ちゃんとソルジャーになったんだもの」

ティファ
「だから、ねっ！
今度こそ約束を……」

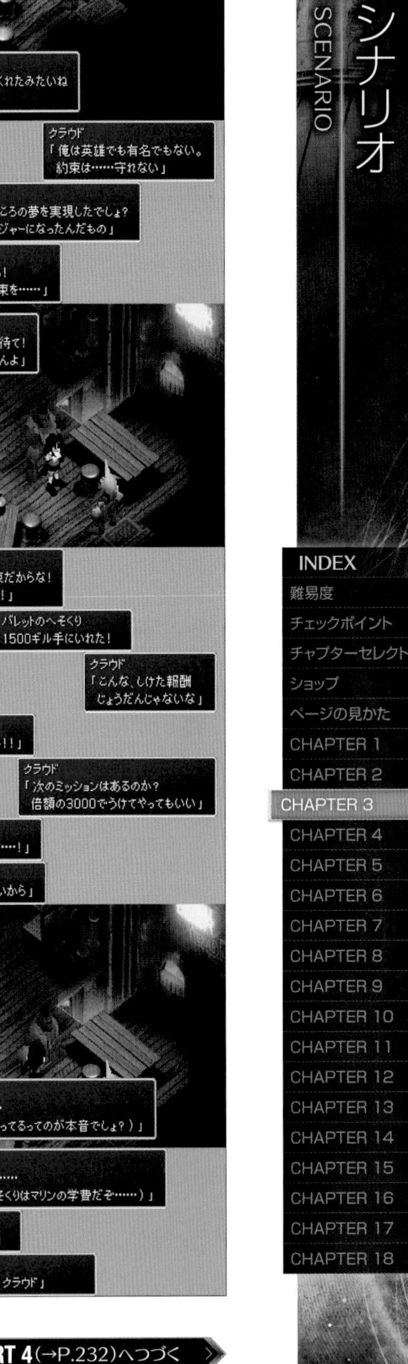
バレット
「おいちょっと待て！
ソルジャーさんよ」

バレット
「約束は約束だからな！
ほら、金だ！！」

バレットのへそくり
1500ギル手にいれた！

クラウド
「こんな、しけた報酬
じょうだんじゃないな」

ティファ
「え？それじゃ！！」

クラウド
「次のミッションはあるのか？
倍額の3000でうけてやってもいい」

バレット
「なんだと！……！」

ティファ
「いいからいいから」

ティファ
「ヒソヒソ……
（人手に困ってるってのが本音でしょ？）」

バレット
「う……ぐぅ……
（残りのへそくりはマリンの学費だぞ……）」

バレット
「2000だ！」

ティファ
「ありがとう、クラウド」

PART 4（→P.232）へつづく

CHAPTER 4
真夜中の疾走

MAIN STORY DIGEST

「私は、ローチェ。
人は私をこう呼ぶ。
スピードジャンキーと」

1 モーターチェイス

クラウドとジェシーは、ビッグスとウェッジが用意したバイクに乗り、螺旋トンネルを抜けてプレートの上の七番街を目指す。途中で警備隊やソルジャーのローチェに追跡されるも、からくも振り切って七番街にたどり着いた。

2 七番街へ
3 帰宅

七番街の一角は、神羅の一般社員が住む社宅地区になっていた。そこにあるジェシーの実家では、娘がいつ帰ってきてもいいように、今日も玄関に灯りがついている。

「パパのIDカードを探して欲しいの。
自分じゃ、やれそうになくてさ」

4 ジェシーの依頼

クラウドがジェシーから頼まれたのは、彼女の実家に忍びこみ、魔晄炉に勤めていた父親のIDカードを盗み出すことだった。ジェシーたちが母親の気を引いているあいだに、クラウドは父親の部屋に侵入し、IDカードを手に入れる。

5 七六分室に潜入

ジェシーは父親のIDカードを使い、神羅の施設「七六分室」の倉庫から爆弾用の火薬ユニットを盗み出そうとしていた。クラウド、ビッグス、ウェッジは、警備の目を引きつける陽動作戦を行なうべく、七六分室に潜入。作戦開始の合図を待つあいだに給水塔を目にしたクラウドは、かつて故郷でティファに「ピンチのときには助けに行く」と約束していたことを思い出す。

「ピンチのときに、ヒーローが助けてくれるの、
一度くらいは経験したいじゃない?」

6 陽動作戦

ジェシーからの合図を確認したクラウドたちは広場に乗りこみ、陽動作戦を開始。つぎつぎと現れる神羅の兵士や警備兵器を倒して、ソルジャーのローチェも退けるが、圧倒的な数の敵に一行はしだいに押されはじめる。そこへ突如、本家アバランチの部隊が乱入し、クラウドたちはその混乱に乗じて広場から撤退した。

「私のスピードは――どこであろうと変わらない」

「なんか俺たち、ノッてるよな？」
「この頃、特にね」

7 空地で合流
8 スラムへ帰ろう
9 ウェッジの家へ
10 残りの報酬

クラウドたちは無事に七六分室から脱出し、火薬ユニットを手に入れたジェシーと合流した。一同はさわぎに気づいた住民たちにまぎれてプレート境界面まで移動したあと、非常用のパラシュートを使って七番街スラムへ降下する。クラウドと一緒なら、なんでもやれそう――作戦が成功した高揚感で、期待に胸をふくらませるアバランチの面々。クラウドは、ジェシーの家で報酬の残りを受け取ると、自身も家路につく。

11 スラムの心得

自分の部屋にもどって休んでいたクラウドのもとへ、ティファが訪ねてきた。クラウドが昔の約束を思い出し、どこか雰囲気もやわらかくなったことに、ティファは安心する。

「あれ……
なんか、雰囲気変わった?」

12 急襲

翌朝、ただならぬ気配に目を覚ましたクラウドが外に出ると、ローブ姿の魔物の大群が七番街スラムに押し寄せていた。クラウドとティファは、魔物と戦うバレットとジェシーのもとへ駆けつけるも、ジェシーが戦闘中に足を負傷してしまう。魔物の大群がどこかへ消え去ったあと、クラウドはバレットに頼まれ、ジェシーにかわってつぎの作戦に参加することになった。

「よーし、クラウドを入れて、作戦再開だ!」
「わたしのぶんまで、かきまわして」

13 作戦決行

アバランチのつぎのターゲットは伍番魔晄炉。七番街スラム駅に集合したクラウド、バレット、ティファの3人は、意を決して列車に乗りこむ。

「どうしても、今日なのか?」
「動き出したら、止められねえんだよ」

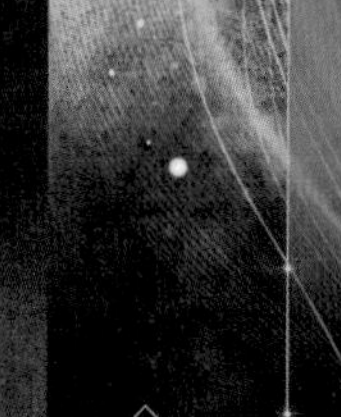

CHAPTER 4 攻略ガイド

神羅の施設「七六分室」での連戦バトルが難関となる。どうしても勝ち抜けないなら、ゲームの難易度を下げるか、訓練所で戦ってクラウドのレベルを上げてから再挑戦してみよう。

七番街

●STORY INDEX

MAIN STORY
- モーターチェイス
- 七番街へ
- 帰宅
- ジェシーの依頼
- 七六分室に潜入
- 陽動作戦
- 空地で合流
- スラムへ帰ろう
- ウェッジの家へ
- 残りの報酬
- スラムの心得
- 急襲
- 作戦決行

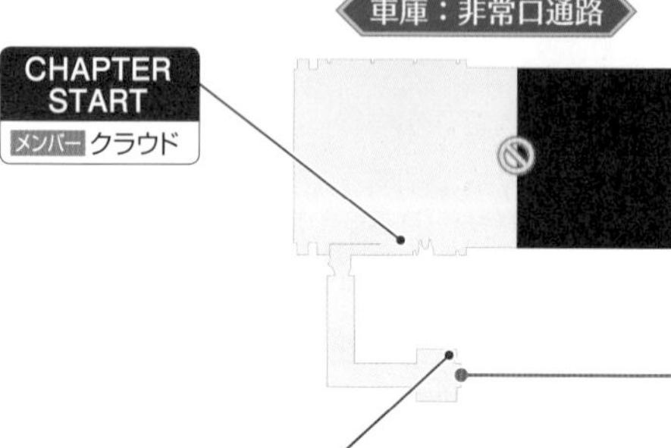

手順2 レバーを調べて扉を開ける △HOLD

手順1 バイクで七番街へ向かう

サブ バイクゲーム(→P.432)

チャプター開始直後、クラウドたちは螺旋トンネルをバイクで走り抜けて七番街へ向かうことになる。バイクを操作しながら、つぎつぎと現れる敵を倒していこう。七番街に着いたときには、クラウドが敵から受けたダメージ量とリトライの有無に応じて、ジェシーが運転の腕前を評価してくれるのだ(→P.708)。なお、チャプターセレクト時は、ポーズ中に「バイクゲームをスキップする」を選ぶことで、『バイクゲーム』を行なわずに七番街へたどり着ける。

⬅敵はいくつかの集団に分かれて出現し、ひとつの集団の敵を全滅させたあとに、つぎの集団が現れる。

➡最後は、ソルジャーのローチェとバイクで対決。ほかの敵とくらべてHPが多く、攻撃もかなり強力だ。

CHECK 訓練所で経験値&ギルかせぎ

階段を下りた先の地下室は訓練所になっており、端末を調べるとファーストレイ3体との戦闘訓練を行なえる。敵を全滅させれば経験値を獲得できるほか、訓練ボーナスとして100ギルを入手可能だ。

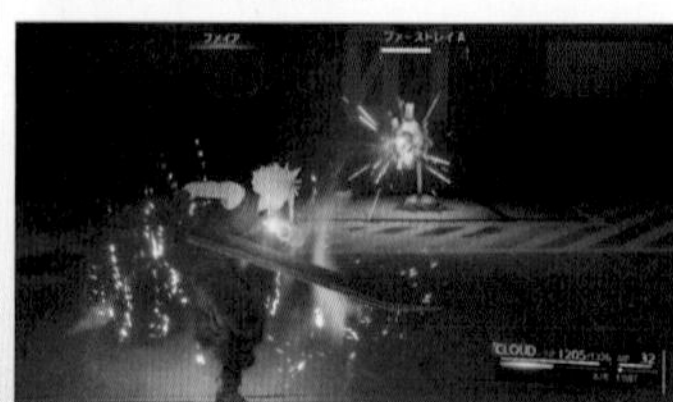

⬆一度の訓練で得られる経験値やギルは多くないが、端末を調べれば何度でも挑戦することができる。

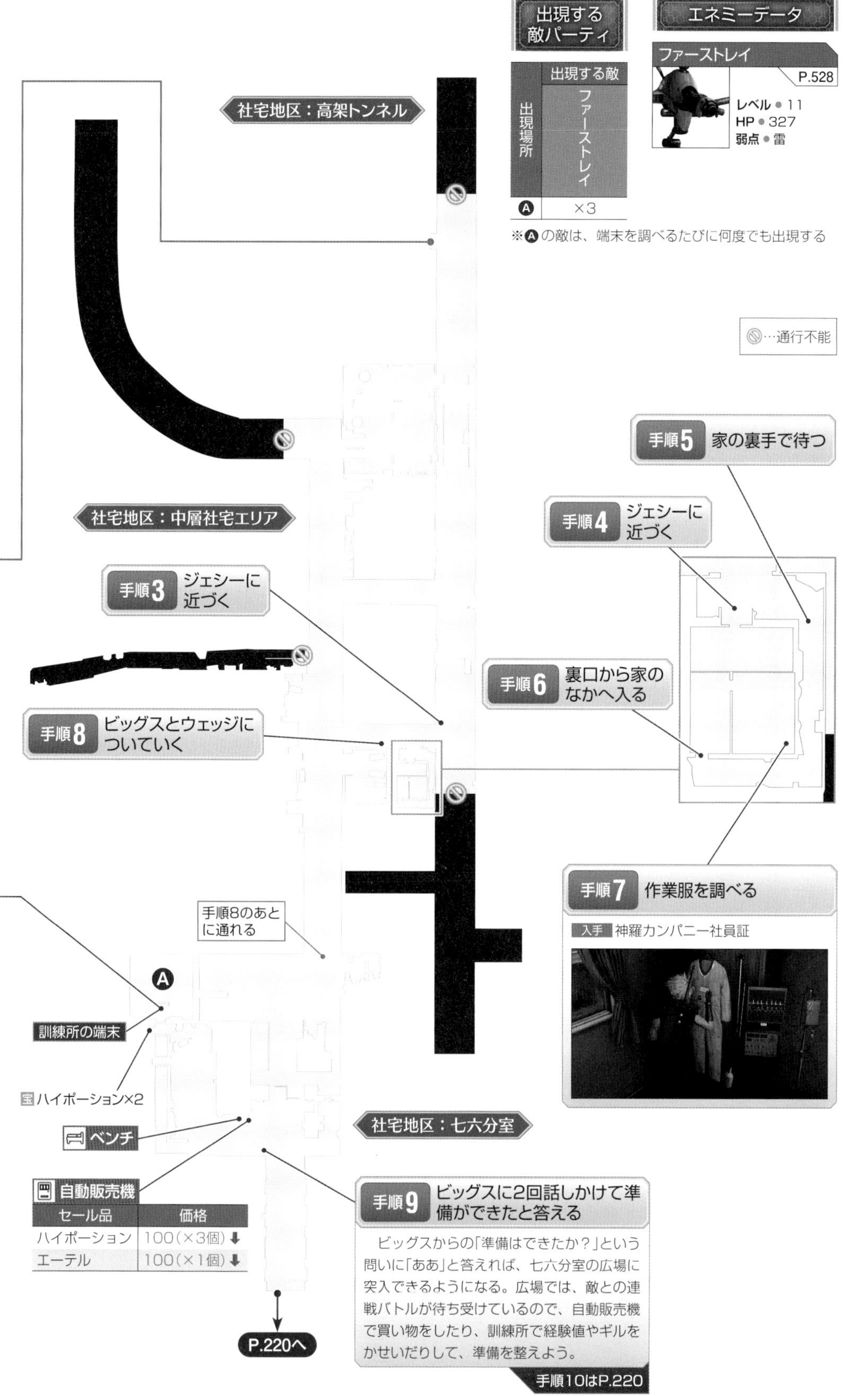

セール品	価格
ハイポーション	100(×3個)⬇
エーテル	100(×1個)⬇

P.220へ

出現する敵パーティ

出現場所	出現する敵
	ファーストレイ
Ⓐ	×3

※Ⓐの敵は、端末を調べるたびに何度でも出現する

エネミーデータ

ファーストレイ P.528

レベル ● 11
HP ● 327
弱点 ● 雷

手順7 作業服を調べる

入手 神羅カンパニー社員証

手順9 ビッグスに2回話しかけて準備ができたと答える

ビッグスからの「準備はできたか？」という問いに「ああ」と答えれば、七六分室の広場に突入できるようになる。広場では、敵との連戦バトルが待ち受けているので、自動販売機で買い物をしたり、訓練所で経験値やギルをかせいだりして、準備を整えよう。

手順10はP.220

STORY INDEX

MAIN STORY

- モーターチェイス
- 七番街へ
- 帰宅
- ジェシーの依頼
- 七六分室に潜入
- 陽動作戦
- 空地で合流
- スラムへ帰ろう
- ウェッジの家へ
- 残りの報酬
- スラムの心得
- 急襲
- 作戦決行

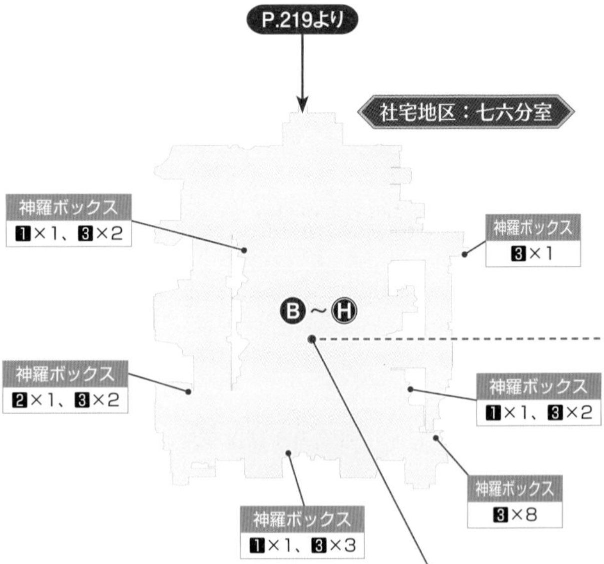

P.219より

社宅地区：七六分室

神羅ボックス 1×1、3×2

神羅ボックス 3×1

B～H

神羅ボックス 2×1、3×2

神羅ボックス 1×1、3×2

神羅ボックス 3×8

神羅ボックス 1×1、3×3

手順10 ビッグスやウェッジと協力して敵と戦う

バトル （下記参照）

入手 【HARD】剣技指南書 第6巻

七六分室の広場に突入すると、敵が右の表の順番で出現し、連続で戦うことになる(HPやMP、ATBゲージは、各バトルに引き継がれる)。2戦目では、DやEの敵のほかに最大2機のミサイルランチャーが高い場所から攻撃してくるので、ミサイルに当たらないように注意しつつ戦おう。なお、ポーズ中やゲームオーバーになったときに「バトル直前からやりなおす」を選ぶと、その時点で戦っていた敵とのバトル開始前か、連戦バトルの開始前の好きなほうからゲームをやり直せる。

←ローチェはバトル開始直前に、クラウドのHPとMPを完全に回復してくれる(難易度がHARDの場合をのぞく)。

七六分室での連戦バトルで出現する敵

順番	出現する敵
1戦目	B 警備兵×13 C 警備兵×4＋擲弾兵×2
2戦目	D 鎮圧兵×1＋上級警備兵×1 E 戦闘員×1＋上級擲弾兵×1
3戦目	F ガードハウンド×8
4戦目	G スイーパー×2
5戦目	H ローチェ

※Cの敵は、Bの警備兵を10体以上倒したあとに出現する

※Eの敵は、Dの敵を全滅させたあとに出現する

エネミーデータ
警備兵 P.526 レベル 11 HP 136 弱点 炎
戦闘員 P.531 レベル 11 HP 1632 弱点 炎
上級警備兵 P.540 レベル 11 HP 653 弱点 炎
ガードハウンド P.527 レベル 11 HP 708 弱点 氷
擲弾兵 P.532 レベル 11 HP 88 弱点 炎
上級擲弾兵 P.546 レベル 11 HP 218 弱点 炎
スイーパー P.530 レベル 11 HP 4080 弱点 雷
鎮圧兵 P.533 レベル 11 HP 218 弱点 炎
ローチェ BOSS P.616 レベル 11 HP 8160 弱点 炎

⃠…通行不能

P.222へ

社宅地区：プレート境界面

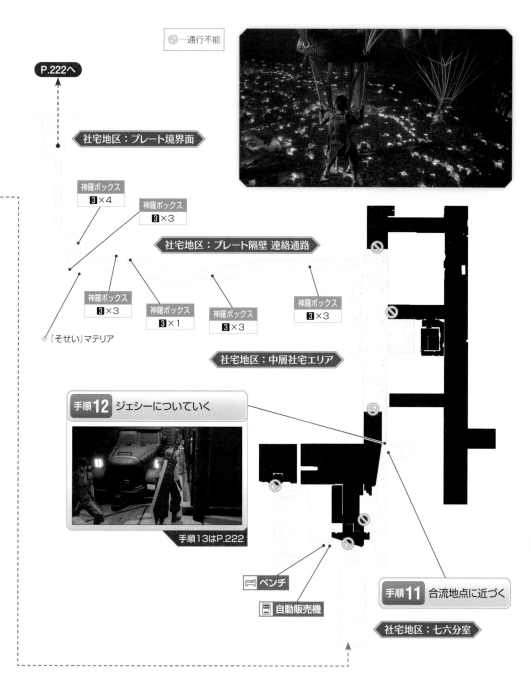

神羅ボックス
3×4

神羅ボックス
3×3

社宅地区：プレート隔壁 連絡通路

神羅ボックス
3×3

神羅ボックス
3×1

神羅ボックス
3×3

神羅ボックス
3×3

✧『そせい』マテリア

社宅地区：中層社宅エリア

手順12 ジェシーについていく

手順13はP.222

ベンチ

自動販売機

手順11 合流地点に近づく

社宅地区：七六分室

神羅ボックスの中身	1…魔晄石(100%) 2…ポーション(100%) 3…ポーション(10%)、フェニックスの尾(2%)、モーグリメダル(3%)

七番街スラム

STORY INDEX

⊘…通行不能

手順17 未知なる魔物と戦う

メンバー クラウド、ティファ

バトル ❶未知なる魔物×4(→P.618)

ベッドで眠って朝を迎えたあとは、そのまま未知なる魔物とのバトルに突入する。戦う準備が整っていないなら、ポーズ中に「バトル直前からやりなおす」を選び、手順16を行なう前にもどるといい。敵を合計6体倒すとバトルが終了し、セブンスヘブンへ向かうことになるが、途中で未知なる魔物の群れに道をふさがれるので、右の図のルートで進もう。

セブンスヘブンへ向かうときのルート

手順16 ベッドを調べて明日まで眠る

自分の部屋にもどってベッドを調べると、「明日まで眠る」「休憩する」「やめる」の3つの選択肢が表示される。「休憩する」を選んだ場合はHPとMP(難易度がHARDのときはHPのみ)を回復するだけだが、「明日まで眠る」を選んだ場合は回復が行なわれたうえで物語が進むのだ。

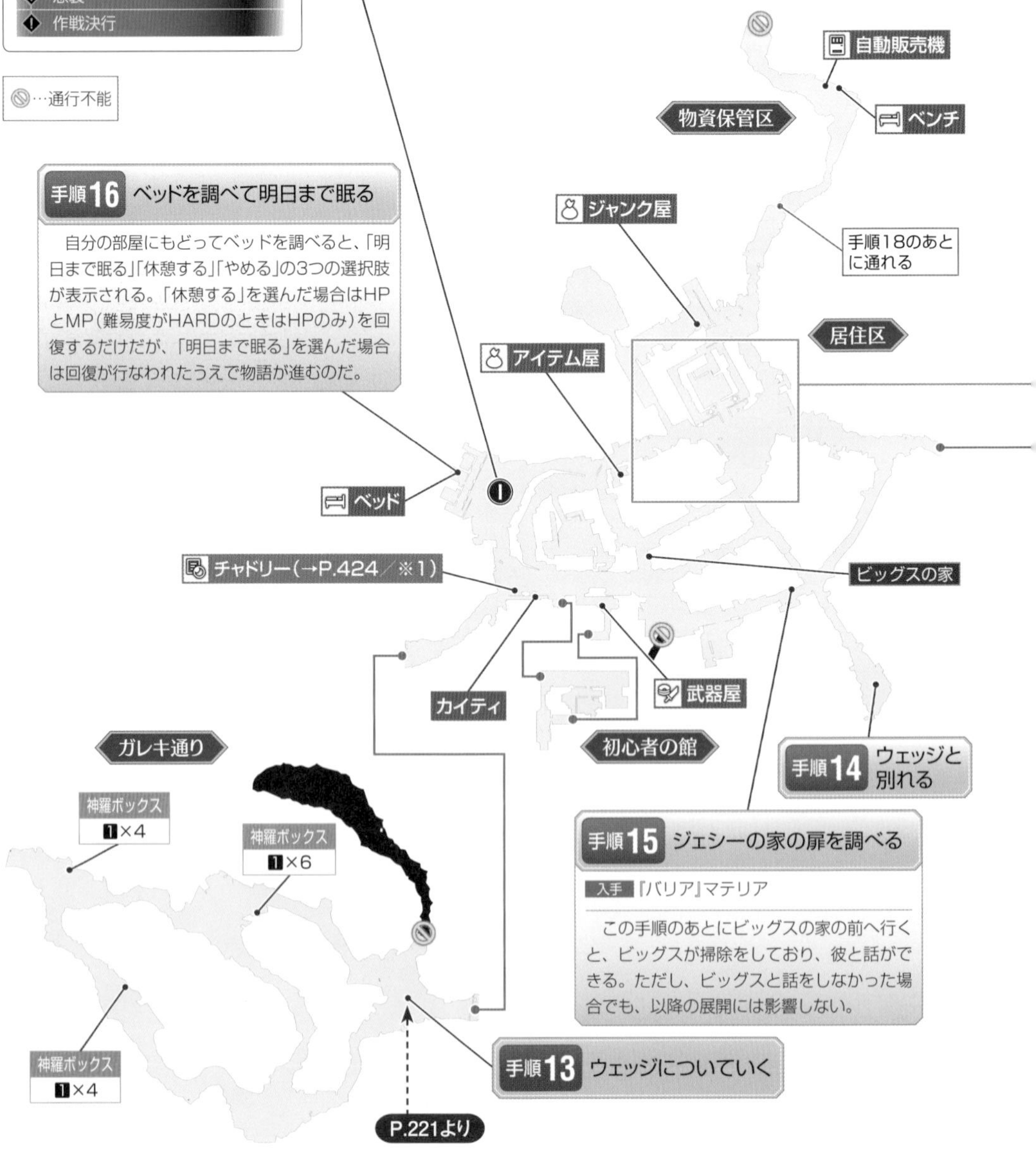

物資保管区

自動販売機

ベンチ

ジャンク屋

手順18のあとに通れる

居住区

アイテム屋

ベッド

チャドリー(→P.424/※1)

ビッグスの家

カイティ

武器屋

初心者の館

ガレキ通り

神羅ボックス ❶×4

神羅ボックス ❶×6

神羅ボックス ❶×4

手順14 ウェッジと別れる

手順15 ジェシーの家の扉を調べる

入手 『バリア』マテリア

この手順のあとにビッグスの家の前へ行くと、ビッグスが掃除をしており、彼と話ができる。ただし、ビッグスと話をしなかった場合でも、以降の展開には影響しない。

手順13 ウェッジについていく

P.221より

神羅ボックスの中身	🅘…魔晄石(10%)、ポ ション(10%)、フェニックスの尾(2%)、モーグリメダル(3%)

※1……手順13のあとから、手順18を終えて七番街スラム駅に近づくまでのあいだ利用できる
※2……手順18を終えて七番街スラム駅に近づいたあとに利用できる

出現する敵パーティ

出現場所	出現する敵 BOSS 未知なる魔物	BOSS 虚無なる魔物
Ⓘ	×4	—
Ⓙ	×3	×1

エネミーデータ

未知なる魔物 BOSS P.618
レベル ● 13
HP ● 1059
弱点 ● ——

虚無なる魔物 BOSS P.619
レベル ● 13
HP ● 2824
弱点 ● ——

※ガレキ通りとタラガ廃工場には、CHAPTER 3と同じモンスターが出現する(→P.206、209)
※Ⓘ とⓙ の未知なる魔物は、残り2体以下になるたびに追加で1体出現する(Ⓘ のバトルでは2回まで)

CHECK ダーツの賞品をもらおう

『ダーツ』(→P.430)でランキング1位を獲得している場合は、手順18のあとにウェッジから『ラッキー』マテリアがもらえる(もらえるのは、ゲームを通して1回かぎり)。

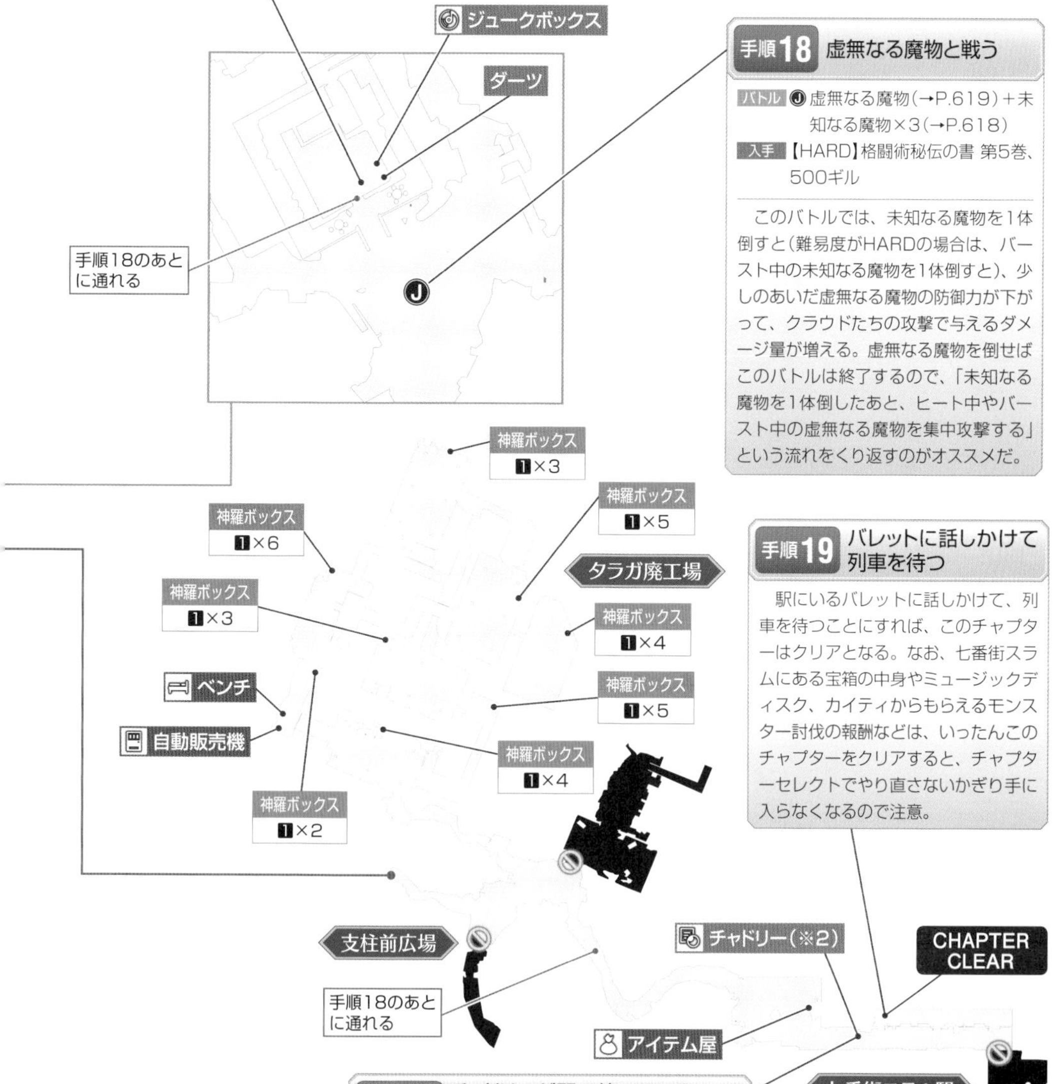

手順18 虚無なる魔物と戦う

バトル ⓙ 虚無なる魔物(→P.619)+未知なる魔物×3(→P.618)
入手 【HARD】格闘術秘伝の書 第5巻、500ギル

このバトルでは、未知なる魔物を1体倒すと(難易度がHARDの場合は、バースト中の未知なる魔物を1体倒すと)、少しのあいだ虚無なる魔物の防御力が下がって、クラウドたちの攻撃で与えるダメージ量が増える。虚無なる魔物を倒せばこのバトルは終了するので、「未知なる魔物を1体倒したあと、ヒート中やバースト中の虚無なる魔物を集中攻撃する」という流れをくり返すのがオススメだ。

手順19 バレットに話しかけて列車を待つ

駅にいるバレットに話しかけて、列車を待つことにすれば、このチャプターはクリアとなる。なお、七番街スラムにある宝箱の中身やミュージックディスク、カイティからもらえるモンスター討伐の報酬などは、いったんこのチャプターをクリアすると、チャプターセレクトでやり直さないかぎり手に入らなくなるので注意。

CHECK チャドリーが駅で待っている

手順18のあとに七番街スラム駅へ向かうと、駅のホームの手前にチャドリーが立っており、こちらに話しかけてくる。バトルレポートのレポート01をまだクリアしていなかった場合は、この時点でバトルレポート02～04が追加されるのだ。

CHAPTER 5 迷宮の犬

MAIN STORY DIGEST

1 四番街行き列車

神羅による特別警戒態勢が敷かれるなか、四番街行きの列車に乗ってプレートの上を目指すクラウド、バレット、ティファの3人。IDスキャニングも問題なく突破できると思っていたが、予期せぬ臨時のスキャニングに引っかかってしまう。

「駅は包囲されているはずだ。飛び降りよう」

2 隔離開始

臨時のスキャニングの結果を受けて車両の隔離がはじまり、警備兵器が車内に入りこんで無差別攻撃を仕掛けてきた。ほかの乗客を前方の車両へ避難させたクラウドたちは、非常用停止スイッチを押して列車の速度を落とし、車外へ飛び降りる。

3 仲間を探せ
4 作戦会議
5 目印を探せ

螺旋トンネル内で合流を果たしたクラウドたち3人は、計画を変更し、線路沿いに歩いて伍番魔晄炉を目指すことにする。アバランチの同志が描いた「忠犬スタンプ」の絵をたどり、先へ進んでいく一行。そんな彼らを、神羅はひそかに監視していた。

「イケるぜ、イケる。
俺の勘が、
そう言ってるぜ!」

「こいつの鼻に、頼る」
「スタンプの鼻が向いてる方が、行くべき道。
目印のとおりに進もう」

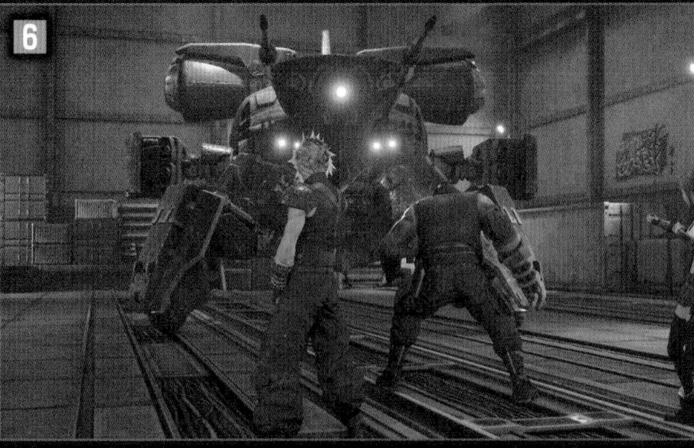

6 隠し通路

線路の終点にある車両基地跡で、神羅の大型警備兵器ダストドーザーが襲いかかってきた。クラウドたちは苦戦しつつも、神羅の想定をはるかに超える力を発揮し、ダストドーザーを撃破する。

7 伍番魔晄炉への道

車両基地跡から隠し通路に入ると、つきあたりには作業用のリフトがあった。一行はリフトに乗って、四番プレートの裏側へと下りていく。

CHAPTER 5 攻略ガイド

螺旋トンネルでは同じような景色がつづき、進むべき方向を見失ってしまいがち。信号機や忠犬スタンプの落書きなどをもとに、正しい道を進んでいるかどうかを判断するといい。

螺旋トンネル

STORY INDEX

MAIN STORY

- 四番街行き列車
- 隔離開始
- 仲間を探せ
- 作戦会議
- 目印を探せ
  - 目印発見
  - 進路確認
  - 基地前の警備
- 隠し通路
  - 階段から迂回する
- 伍番魔晄炉への道

四番街駅行 臨時列車：客室車両

手順2 バレットに近づく

手順4 隣の車両への扉を開ける

この手順を3分の制限時間内に行なったかどうかで、以降の展開が少し変化する。制限時間に間に合った場合は、クラウドとティファが一緒に列車から飛び降りるが、間に合わなかった場合は、クラウドがひとりで列車から飛び降りるのだ。

手順1 ティファに近づく

メンバー クラウド

CHAPTER START

メンバー クラウド、ティファ

手順3 ティファに近づく

バトル Ⓐスタンレイ×3
バトル Ⓑスタンレイ×2

手順2を行なったあとにティファのところへもどると、敵が襲ってくるのと同時に3分のカウントダウンがはじまる。手早くⒶとⒷの敵を倒し、隣の車両へ向かおう。

神羅ボックスの中身	
	1…魔晄石(100%) 2…ポーション(10%)、フェニックスの尾(2%)、毒消し(5%)、モーグリメダル(3%)

エネミーデータ

警備兵 P.526

レベル ● 14
HP ● 323
弱点 ● 炎

スタンレイ P.547

レベル ● 14
HP ● 525～824
弱点 ● 雷(※1)

擲弾兵 P.532

レベル ● 14
HP ● 150
弱点 ● 炎

※1……飛行モードのときは「雷、風」

出現する敵パーティ

出現場所	出現する敵：警備兵	出現する敵：擲弾兵	出現する敵：スタンレイ
Ⓐ	—	—	×3
Ⓑ	—	—	×2
Ⓒ	—	—	×3
Ⓓ	×3	—	×2
Ⓔ	—	—	×3
Ⓕ	×3	—	×2
Ⓖ	—	×3	×2

※Ⓑの敵は、Ⓐの敵を全滅させたあとに出現する
※ⒸとⒹの敵は、手順4で制限時間に間に合わなかった場合のみ出現する
※Ⓔの敵は、手順4で制限時間に間に合った場合のみ出現する

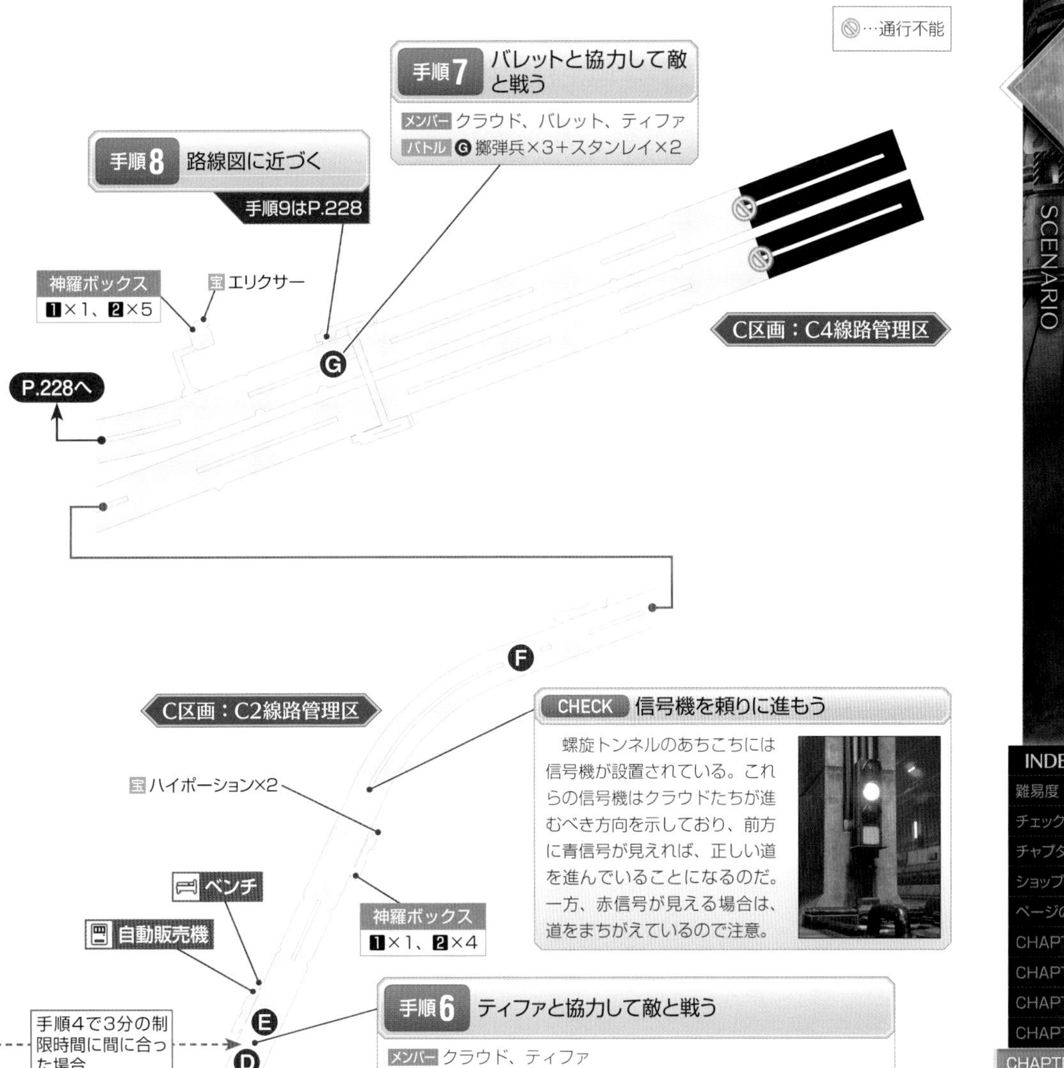

手順7 バレットと協力して敵と戦う

メンバー クラウド、バレット、ティファ

バトル G 擲弾兵×3＋スタンレイ×2

手順8 路線図に近づく

手順9はP.228

CHECK 信号機を頼りに進もう

螺旋トンネルのあちこちには信号機が設置されている。これらの信号機はクラウドたちが進むべき方向を示しており、前方に青信号が見えれば、正しい道を進んでいることになるのだ。一方、赤信号が見える場合は、道をまちがえているので注意。

手順6 ティファと協力して敵と戦う

メンバー クラウド、ティファ

バトル （下記参照）

この場所では、手順4で制限時間に間に合ったかどうかによって、展開が以下のように変わる。

- **制限時間に間に合わなかった場合**

　手順5のあとに、クラウドがこの場所にたどり着くと、ティファがDの敵と戦っており、その場でティファがパーティに加わる。

- **制限時間に間に合った場合**

　手順5はスキップされ、この場所からクラウドとティファのふたりで行動を開始。それと同時にEの敵が襲いかかってくる。

手順4で3分の制限時間に間に合わなかった場合

神羅ボックス
■2×5

C区画：C2線路管理区

C区画：C1線路管理区へ（→P.230）

手順13（→P.229）のあとに通れる

手順5 追ってきた敵と戦う

バトル C スタンレイ×3

手順4で制限時間に間に合わなかった場合はこの場所へ移動し、クラウドがひとりで螺旋トンネルの探索を開始する。

●STORY INDEX

MAIN STORY
- 四番街行き列車
- 隔離開始
- 仲間を探せ
- 作戦会議
- 目印を探せ
  - 目印発見
  - 進路確認
  - 基地前の警備
- 隠し通路
  - 階段から迂回する
- 伍番魔晄炉への道

⊘…通行不能

神羅ボックスの中身	❶…魔晄石(100%) ❷…ポーション(10%)、フェニックスの尾(2%)、毒消し(5%)、モーグリメダル(3%)

手順9 イヌの絵が描かれた階段をのぼる

螺旋トンネルを進んでいくと、下の写真のような「忠犬スタンプ」の絵が見つかる。この絵は、アバランチのメンバーが描いた道しるべで、スタンプの鼻が向いている方向へ進めば目的地に近づけるのだ。途中で道が分かれているときは、忠犬スタンプを探してみよう。

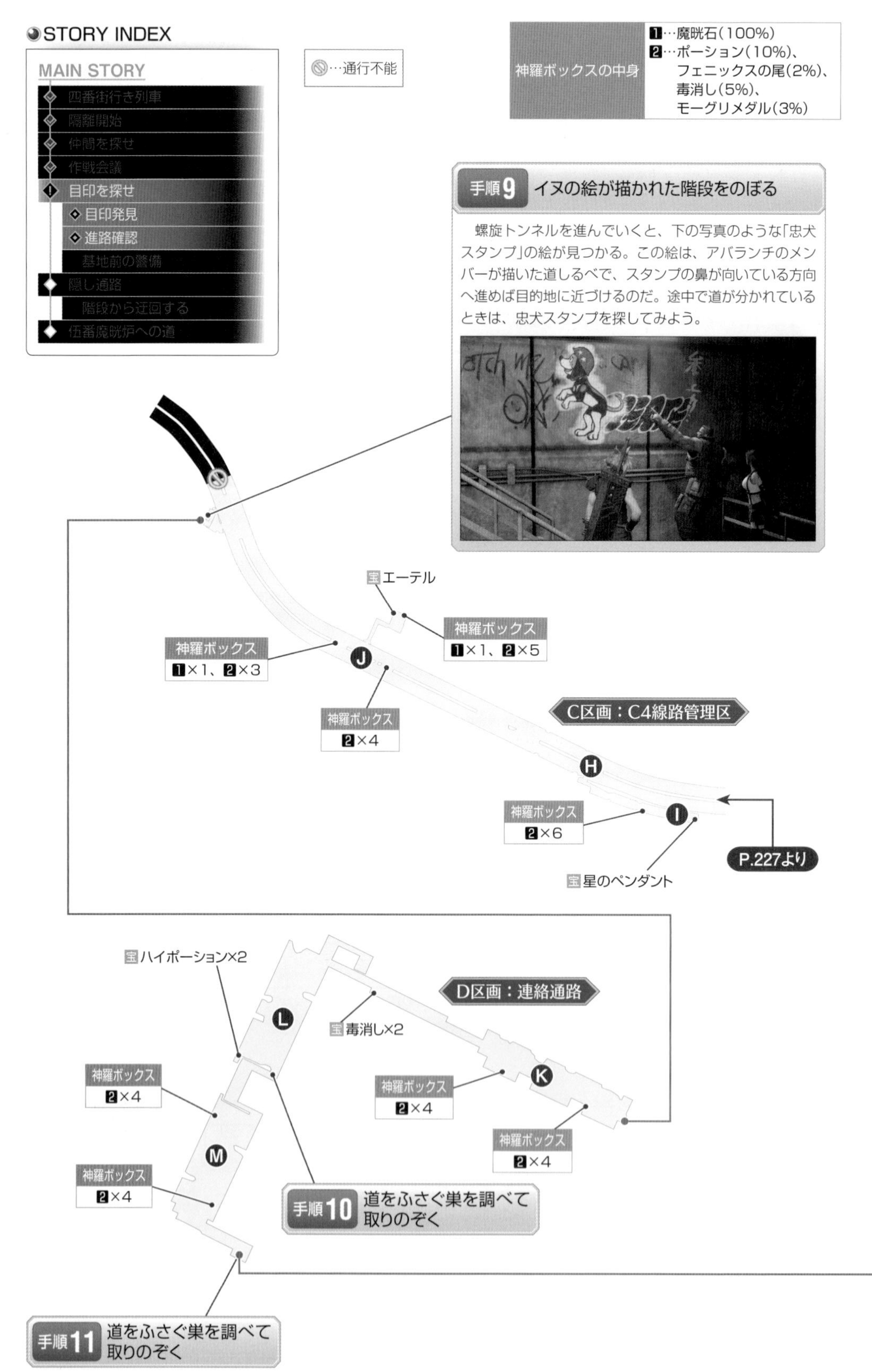

出現する敵パーティ

出現場所	警備兵	ガードハウンド	ウェアラット	上級擲弾兵	スタンレイ	グラシュトライク	クイーンシュトライク	重火兵
H	—	—	—	—	×3	—	—	—
I	—	—	×3	—	—	—	—	—
J	—	×2	—	×1	×2	—	—	—
K	—	—	×3	—	—	—	—	—
L	—	—	×2	—	—	×1	—	—
M	—	—	—	—	—	×2	—	—
N	—	—	—	—	—	×2	×1	—
O	×4	—	—	—	—	—	—	×1
P	×2	—	—	—	—	—	—	—

※Pの敵は、近くの小部屋で宝箱からレザーガードを入手したあとに出現する

エネミーデータ

警備兵
P.526

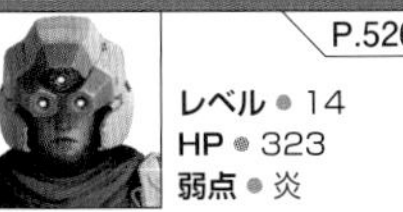

レベル ● 14
HP ● 323
弱点 ● 炎

スタンレイ
P.547

レベル ● 14
HP ● 824
弱点 ● 雷(※1)

ガードハウンド
P.527

レベル ● 14
HP ● 2247
弱点 ● 氷

グラシュトライク
P.548

レベル ● 14
HP ● 1124
弱点 ● 氷

ウェアラット
P.537

レベル ● 14
HP ● 300
弱点 ● 氷

クイーンシュトライク
P.549

レベル ● 14
HP ● 5243
弱点 ● 氷

上級擲弾兵
P.546

レベル ● 14
HP ● 300
弱点 ● 炎

重火兵
P.550

レベル ● 14
HP ● 1124
弱点 ● 炎

※1……飛行モードのときは「雷、風」

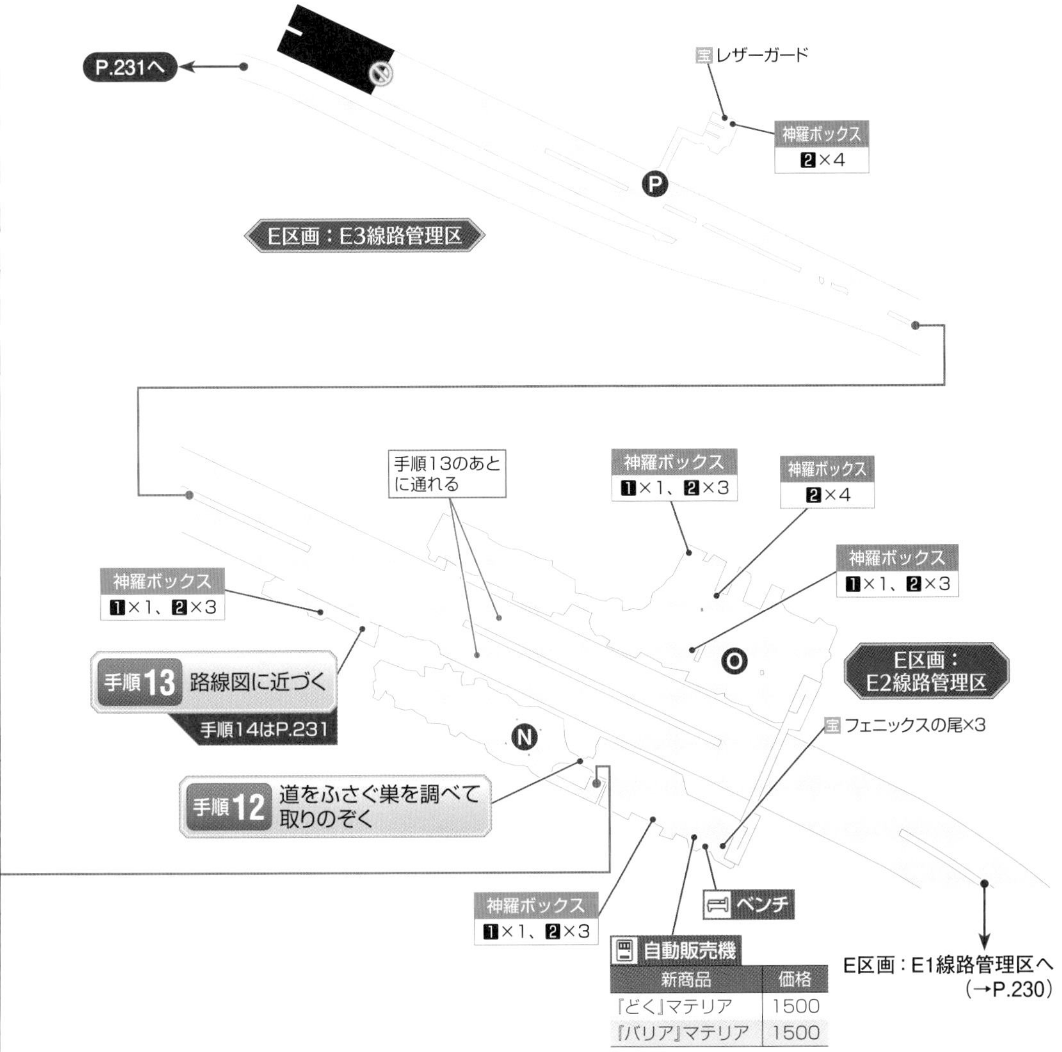

P.231へ

宝 レザーガード

神羅ボックス
2×4

P

E区画：E3線路管理区

手順13のあとに通れる

神羅ボックス
1×1、2×3

神羅ボックス
2×4

神羅ボックス
1×1、2×3

神羅ボックス
1×1、2×3

O

E区画：E2線路管理区

手順13 路線図に近づく

手順14はP.231

N

宝 フェニックスの尾×3

手順12 道をふさぐ巣を調べて取りのぞく

神羅ボックス
1×1、2×3

ベンチ

自動販売機

新商品	価格
『どく』マテリア	1500
『バリア』マテリア	1500

E区画：E1線路管理区へ
(→P.230)

STORY INDEX

MAIN STORY
- 四番街行き列車
- 隔離開始
- 仲間を探せ
- 作戦会議
- 目印を探せ
  - ✓ 目印発見
  - ✓ 進路確認
  - 基地前の警備
- 隠し通路
  - 階段から迂回する
- 伍番魔晄炉への道

神羅ボックスの中身	❶…魔晄石（100%） ❷…ポーション（10%）、フェニックスの尾（2%）、毒消し（5%）、モーグリメダル（3%）

出現する敵パーティ

出現場所	上級警備兵	スタンレイ	重火兵	ミサイルランチャー	BOSS ダストドーザー
Q	—	×3	—	—	—
R	—	×3	—	—	—
S	—	×2	—	—	—
T	—	×3	—	—	—
U	—	—	×2	×2	—
V	×2	—	—	—	—
W	—	—	—	—	×1

※Wの敵は、手順15のあとに出現する
※Wのダストドーザーのhpが残り70%以下になると、スタンレイ3体が追加で出現する

エネミーデータ

上級警備兵 P.540
レベル ● 14
HP ● 899
弱点 ● 炎

スタンレイ P.547
レベル ● 14
HP ● 824
弱点 ● 雷（※1）

重火兵 P.550

レベル ● 14
HP ● 1124
弱点 ● 炎

ミサイルランチャー P.551
レベル ● 14
HP ● 2262
弱点 ● 雷

ダストドーザー BOSS P.620
レベル ● 13
HP ● 26828
弱点 ● 雷

※1……飛行モードのときは「雷、風」

FINAL FANTASY VII REMAKE ULTIMANIA

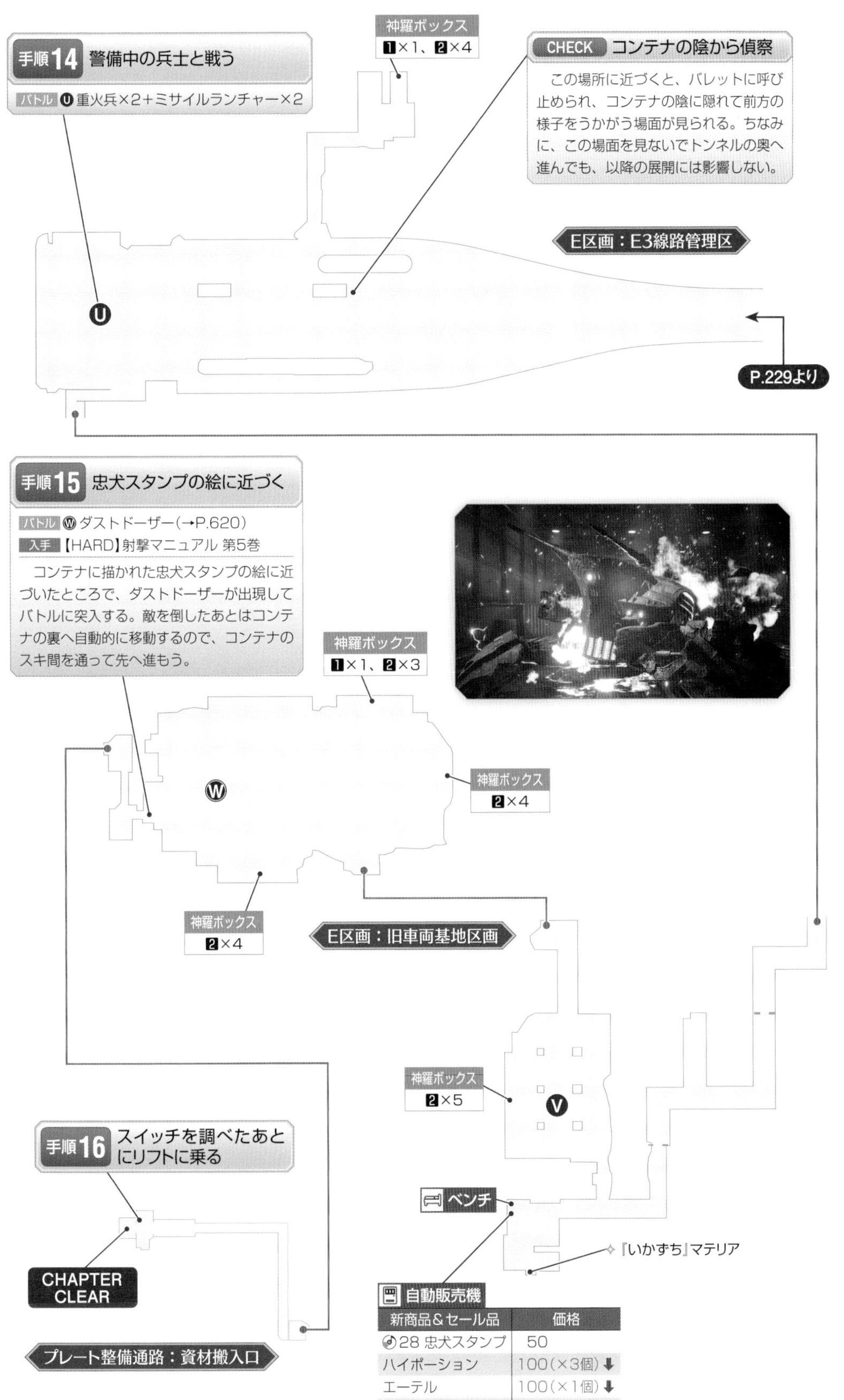

手順14 警備中の兵士と戦う

バトル Ⓤ 重火兵×2+ミサイルランチャー×2

CHECK コンテナの陰から偵察

この場所に近づくと、バレットに呼び止められ、コンテナの陰に隠れて前方の様子をうかがう場面が見られる。ちなみに、この場面を見ないでトンネルの奥へ進んでも、以降の展開には影響しない。

手順15 忠犬スタンプの絵に近づく

バトル Ⓦ ダストドーザー(→P.620)

入手 【HARD】射撃マニュアル 第5巻

コンテナに描かれた忠犬スタンプの絵に近づいたところで、ダストドーザーが出現してバトルに突入する。敵を倒したあとはコンテナの裏へ自動的に移動するので、コンテナのスキ間を通って先へ進もう。

手順16 スイッチを調べたあとにリフトに乗る

自動販売機

新商品&セール品	価格
28 忠犬スタンプ	50
ハイポーション	100(×3個)⬇
エーテル	100(×1個)⬇
フェニックスの尾	100(×1個)⬇

Original『FFVII』 PART 4 Playback

セブンスヘブン〜螺旋トンネル

伍番魔晄炉爆破へ向かう列車内にて、想定外のIDスキャンが発生。クラウドたちは車両を前へ前へと移動しつづけることで、どうにかスキャンを逃れようとする。逃げ遅れた場合は、後方の車両に閉じこめられるハメに。

PART 3(→P.213)より

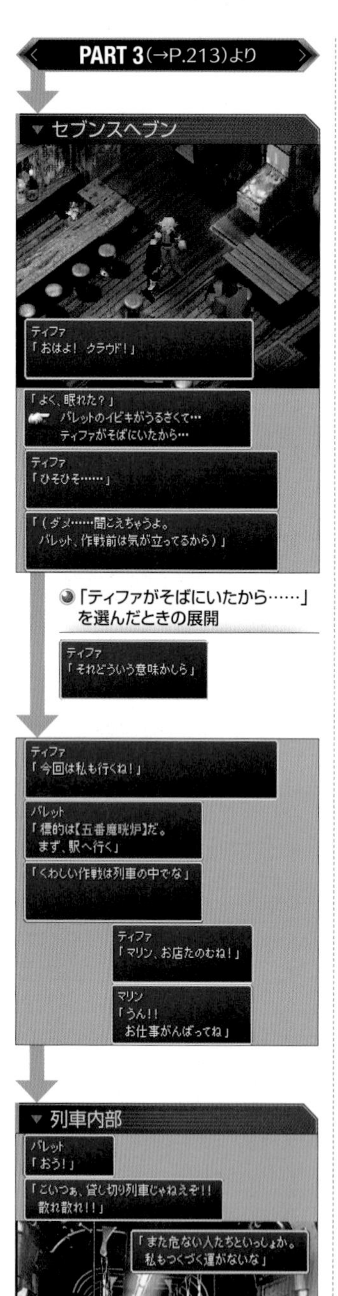

▼セブンスヘブン
ティファ
「おはよ! クラウド!」
「よく、眠れた?」
バレットのイビキがうるさくて…
ティファがそばにいたから…
ティファ
「ひそひそ……」
「(ダメ……聞こえちゃうよ。
バレット、作戦前は気が立ってるから)」
「ティファがそばにいたから……」を選んだときの展開
ティファ
「それどういう意味かしら」
ティファ
「今回は私も行くね!」
バレット
「標的は【五番魔晄炉】だ。
まず、駅へ行く」
「くわしい作戦は列車の中でな」
ティファ
「マリン、お店たのむね!」
マリン
「うん!!
お仕事がんばってね」
▼列車内部
バレット
「おう!」
「こいつぁ、貸し切り列車じゃねえぞ!!
散れ散れ!!」
「また危ない人たちといっしょか。
私もつくづく運がないな」

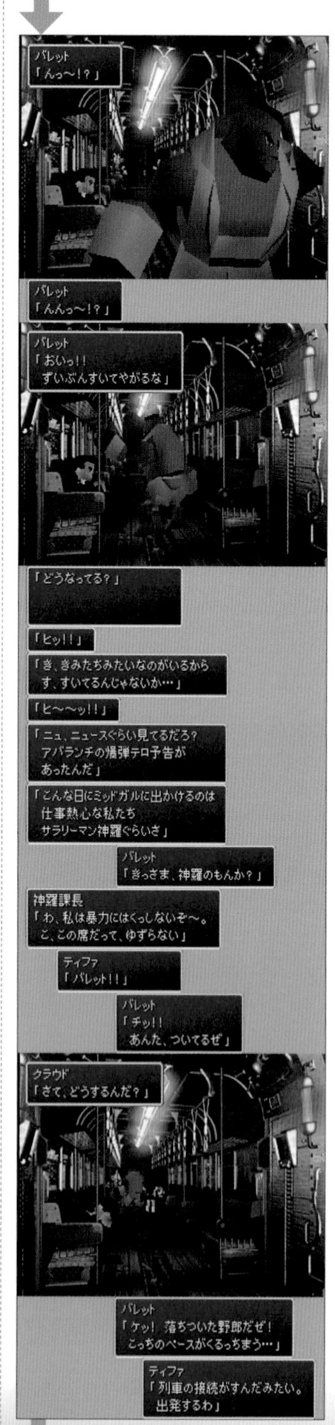

バレット
「んっ〜!?」
バレット
「んんっ〜!?」
バレット
「おいっ!!
ずいぶんすいてやがるな」
「どうなってる?」
「ヒッ!!」
「き、きみたちみたいなのがいるから
す、すいてるんじゃないか…」
「ヒ〜〜ッ!!」
「ニュ、ニュースぐらい見てるだろ?
アバランチの爆弾テロ予告が
あったんだ」
「こんな日にミッドガルに出かけるのは
仕事熱心な私たち
サラリーマン神羅ぐらいさ」
バレット
「きっさま、神羅のもんか?」
神羅課長
「わ、私は暴力にはくっしないぞ〜。
こ、この席だって、ゆずらない」
ティファ
「バレット!!」
バレット
「チッ!!
あんた、ついてるぜ」
クラウド
「さて、どうするんだ?」
バレット
「ケッ! 落ちついた野郎だぜ!
こっちのペースがくるっちまう…」
ティファ
「列車の接続がすんだみたい。
出発するわ」

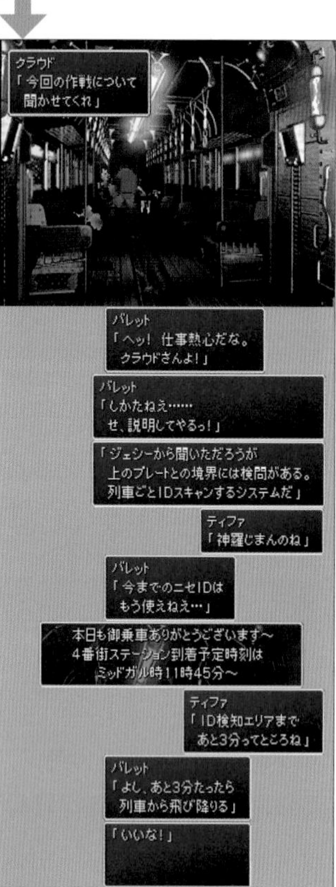

クラウド
「今回の作戦について
聞かせてくれ」
バレット
「へッ! 仕事熱心だな。
クラウドさんよ!」
バレット
「しかたねえ……
ま、説明してやるっ!」
「ジェシーから聞いただろうが
上のプレートとの境界には検問がある。
列車ごとIDスキャンするシステムだ」
ティファ
「神羅じまんのね」
バレット
「今までのニセIDは
もう使えねえ…」
本日も御乗車ありがとうございます〜
4番街ステーション到着予定時刻は
ミッドガル時11時45分〜
ティファ
「ID検知エリアまで
あと3分ってところね」
バレット
「よし、あと3分たったら
列車から飛び降りる」
「いいな!」

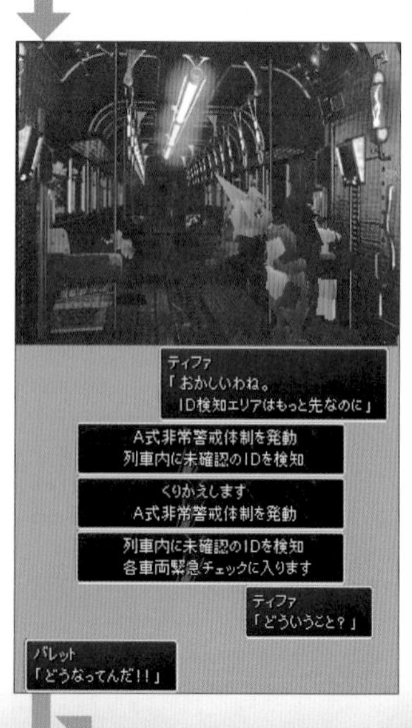

ティファ
「おかしいわね。
ID検知エリアはもっと先なのに」
A式非常警戒体制を発動
列車内に未確認のIDを検知
くりかえします
A式非常警戒体制を発動
列車内に未確認のIDを検知
各車両緊急チェックに入ります
ティファ
「どういうこと?」
バレット
「どうなってんだ!!」

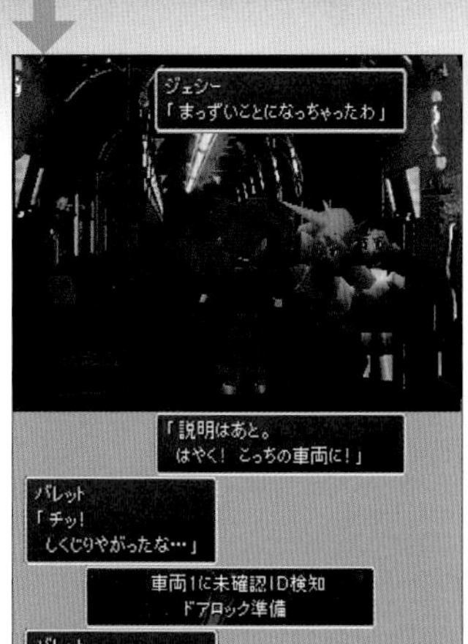

車両1で閉じこめられたときの展開

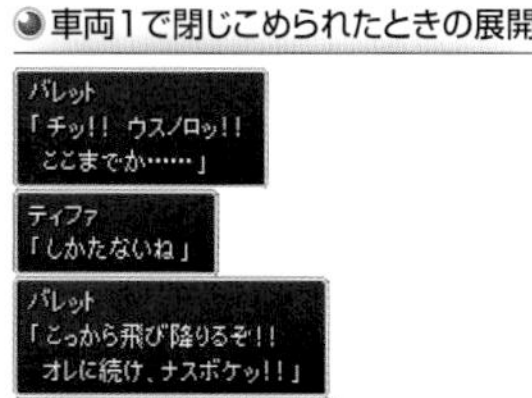

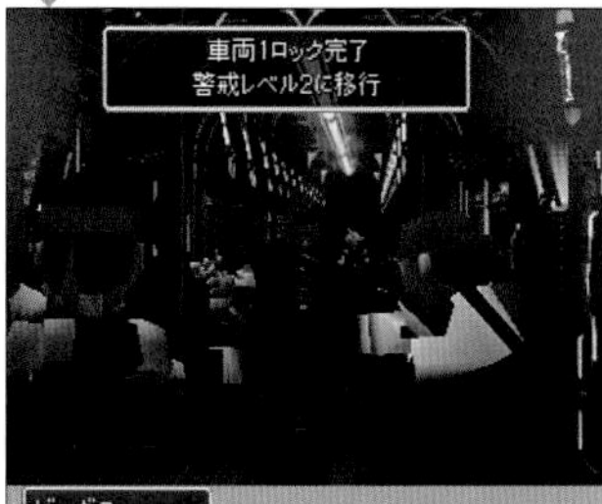

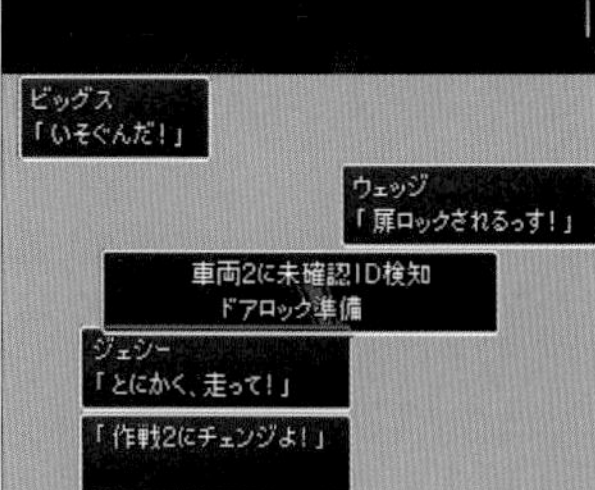

車両2で閉じこめられたときの展開

バレット
「チッ!!
もうおしまいかよ！」

ティファ
「ぜんぜんだめね！」

バレット
「こっから飛び降りるぞ!!
オレに続け、高給取り!!」

ティファ
「ふぅぅ～！
しっかりしてね！」

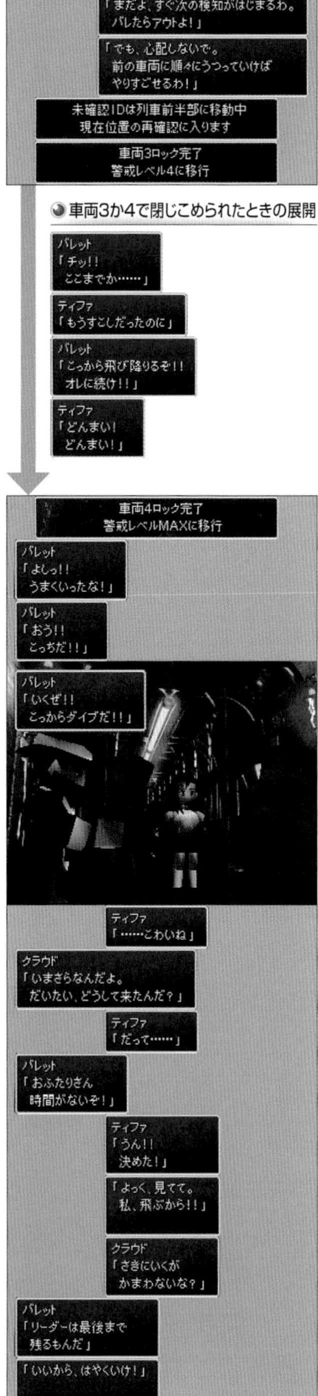

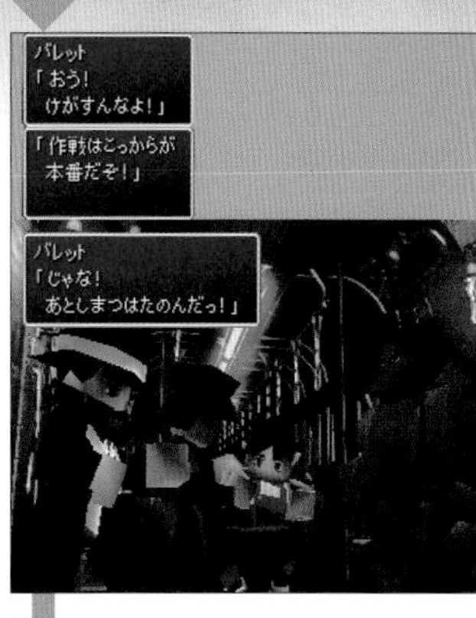

▼ 螺旋トンネル

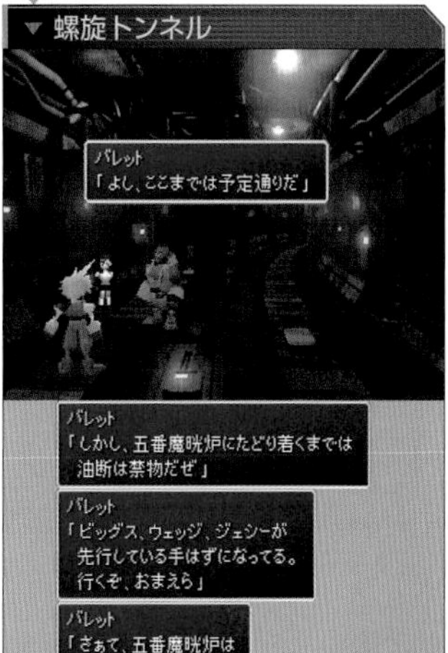

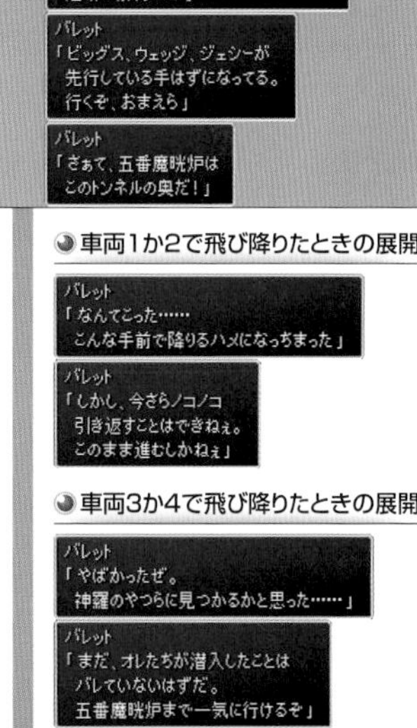

車両3か4で飛び降りたときの展開

バレット
「やばかったぜ。
神羅のやつらに見つかるかと思った……」

バレット
「まだ、オレたちが潜入したことは
バレていないはずだ。
五番魔晄炉まで一気に行けるぞ」

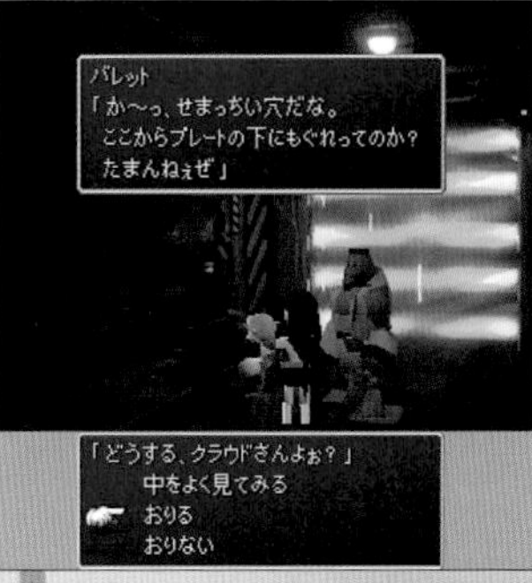

バレット
「か～っ、せまっちい穴だな。
ここからプレートの下にもぐれってのか？
たまんねぇぜ」
「どうする、クラウドさんよぉ？」
中をよく見てみる
おりる
おりない

PART 5（→P.254）へつづく

INDEX

CHAPTER 6 スラムの太陽

MAIN STORY DIGEST

1 G区画を目指す

プレートの裏側には、ミッドガル建設時の足場を流用した通路が、迷路のように張りめぐらされていた。伍番魔晄炉を目指すクラウドたちは、スラムを照らす巨大ライトを消して非常用の電力を確保することで、G区画へのゲートを開ける。

2

「やつらの巣穴へようこそって感じか、こりゃ。
どこまで腐ってやがんだ、このピザはよ」

3

2 H区画を目指す

巣を作って繁殖していたモンスターを倒しつつ、先へ進んでいくクラウドたち。換気ファンの送風に耐えながらパイプを渡り、H区画へ向かう。

3 リフトの電力確保

H区画には伍番魔晄炉につながるメインリフトが設置されていたが、やはり電力不足で動かなかった。クラウドたちは電力を確保すべく、3ヵ所にある巨大ライトを消してまわる。

4

4 メインリフトの先へ

メインリフトに乗った一行は、先行していたビッグスとの合流ポイントへ。ビッグスから補給物資と脱出用のワイヤーリールを受け取ると、クラウド、バレット、ティファの3人は、いよいよ伍番魔晄炉に侵入する。

「魔晄炉へのルートは、
ささっと確保済みよ」

CHAPTER 6 攻略ガイド

スラムを照らす巨大ライトを消して電力を復旧させれば、各所のリフトが動かせる。リフトで新たに行けるようになった場所にはマテリアが落ちているので、ぜひ入手しておきたい。

四番街 プレート内部

STORY INDEX

MAIN STORY

- G区画を目指す
  - 制御室へ向かう
  - 非常用電力の確保
- H区画を目指す
  - H区画への道
- リフトの電力確保
  - 1つ目のライト
  - 復旧した端末
  - 2つ目のライト
  - 3つ目のライト
- メインリフトの先へ

EXTRA❶

- 崩れた通路の先

EXTRA❷

- 換気ファン内部

自動販売機

新商品	価格
眠気覚まし	80
レザーガード	1600

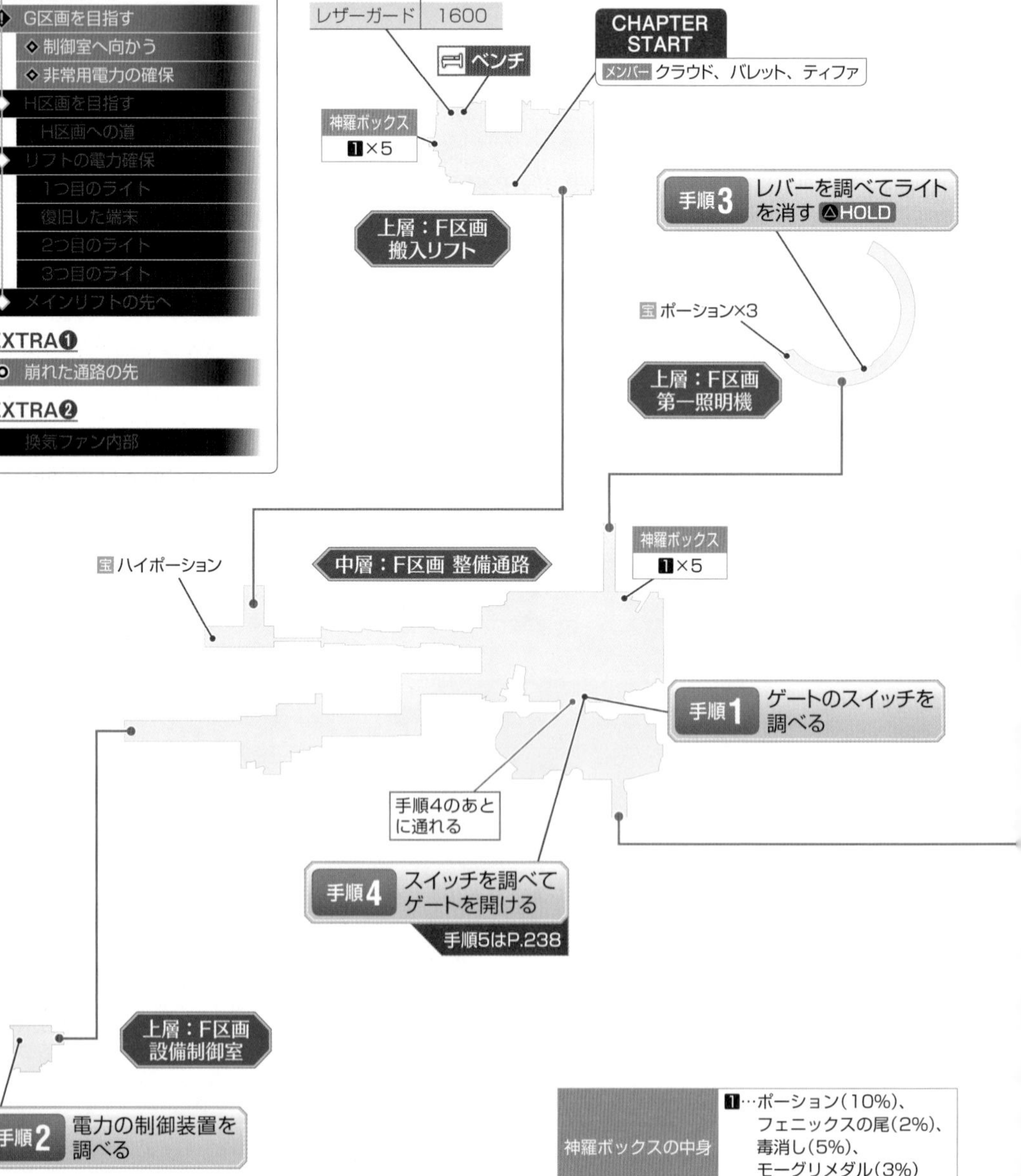

ベンチ

CHAPTER START
メンバー クラウド、バレット、ティファ

神羅ボックス ❶×5

上層：F区画 搬入リフト

手順3 レバーを調べてライトを消す △HOLD

宝 ポーション×3

上層：F区画 第一照明機

宝 ハイポーション

中層：F区画 整備通路

神羅ボックス ❶×5

手順1 ゲートのスイッチを調べる

手順4のあとに通れる

手順4 スイッチを調べてゲートを開ける

手順5はP.238

上層：F区画 設備制御室

手順2 電力の制御装置を調べる

神羅ボックスの中身	❶…ポーション(10%)、フェニックスの尾(2%)、毒消し(5%)、モーグリメダル(3%) ❷…魔晄石(100%)

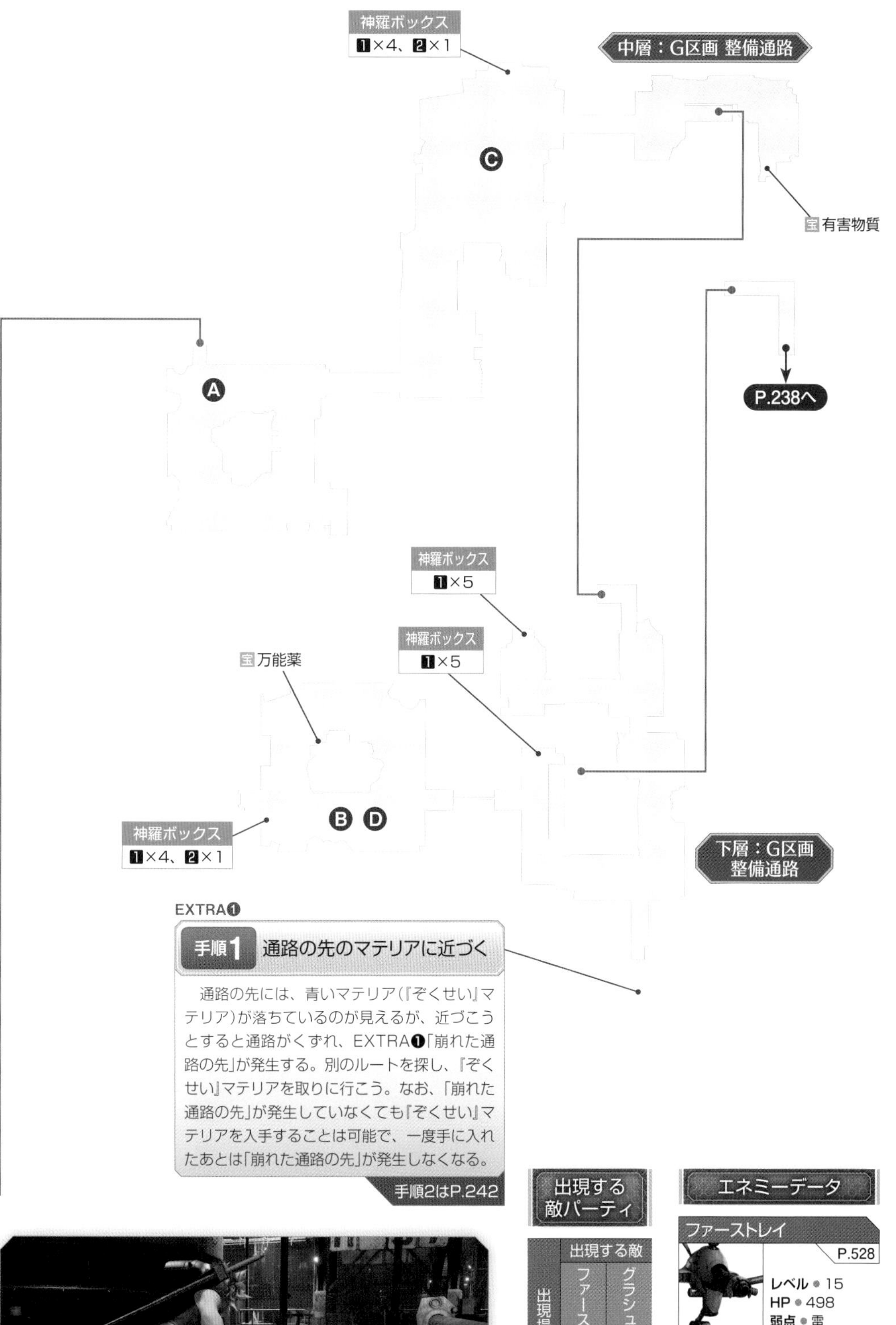

EXTRA❶

手順1 通路の先のマテリアに近づく

通路の先には、青いマテリア(『ぞくせい』マテリア)が落ちているのが見えるが、近づこうとすると通路がくずれ、EXTRA❶「崩れた通路の先」が発生する。別のルートを探し、『ぞくせい』マテリアを取りに行こう。なお、「崩れた通路の先」が発生していなくても『ぞくせい』マテリアを入手することは可能で、一度手に入れたあとは「崩れた通路の先」が発生しなくなる。

手順2はP.242

出現する敵パーティ

出現場所	出現する敵	
	ファーストレイ	グラシュトライク
A	—	×2
B	—	×3
C	×3	—
D	×4	—

※CとDの敵は、手順7(→P.239)のあとに出現する

エネミーデータ

ファーストレイ P.528

レベル ● 15
HP ● 498
弱点 ● 雷

グラシュトライク P.548

レベル ● 15
HP ● 1245
弱点 ● 氷

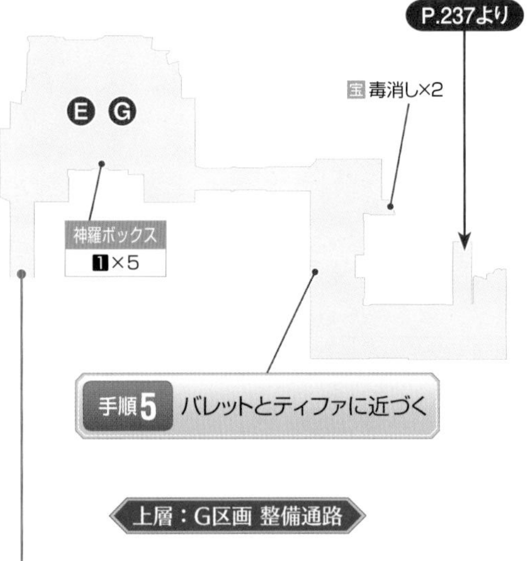

手順5 バレットとティファに近づく

上層：G区画 整備通路

神羅ボックス
❶×5

上層：プレート換気設備 作業足場

EXTRA❷

手順1 ファンの奥の召喚マテリアを見つける

　風に耐えながらパイプの上を進むさい、バレットとティファがパイプの端へたどり着く前に、カメラを動かしてファンの奥を見てみよう。すると、赤いマテリア（『チョコボ＆モーグリ』マテリア）が見つかり、EXTRA❷「換気ファン内部」が発生するのだ。なお、「換気ファン内部」が発生しなくても『チョコボ＆モーグリ』マテリアは入手可能で、一度手に入れたあとは「換気ファン内部」が発生しなくなる。

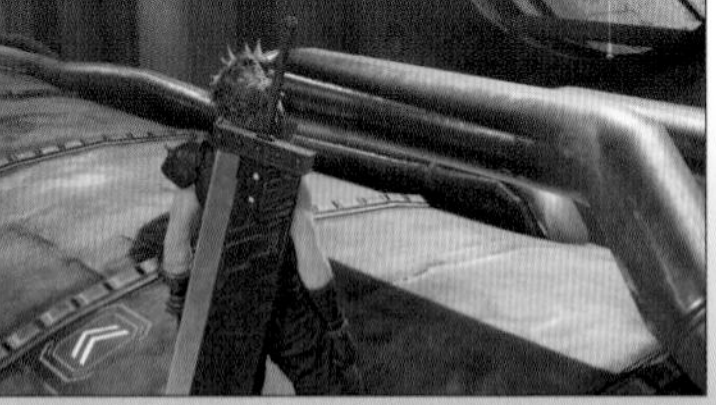

⬅オートアクションアイコンの上に乗って、クラウドがしゃがんで進みはじめると、カメラが動かせなくなるので注意。

手順2はP.240

神羅ボックスの中身	❶…ポーション（10%）、フェニックスの尾（2%）、毒消し（5%）、モーグリメダル（3%） ❷…魔晄石（100%）

※1……手順7のあとに操作盤を調べて可動式通路をつなげると通れる

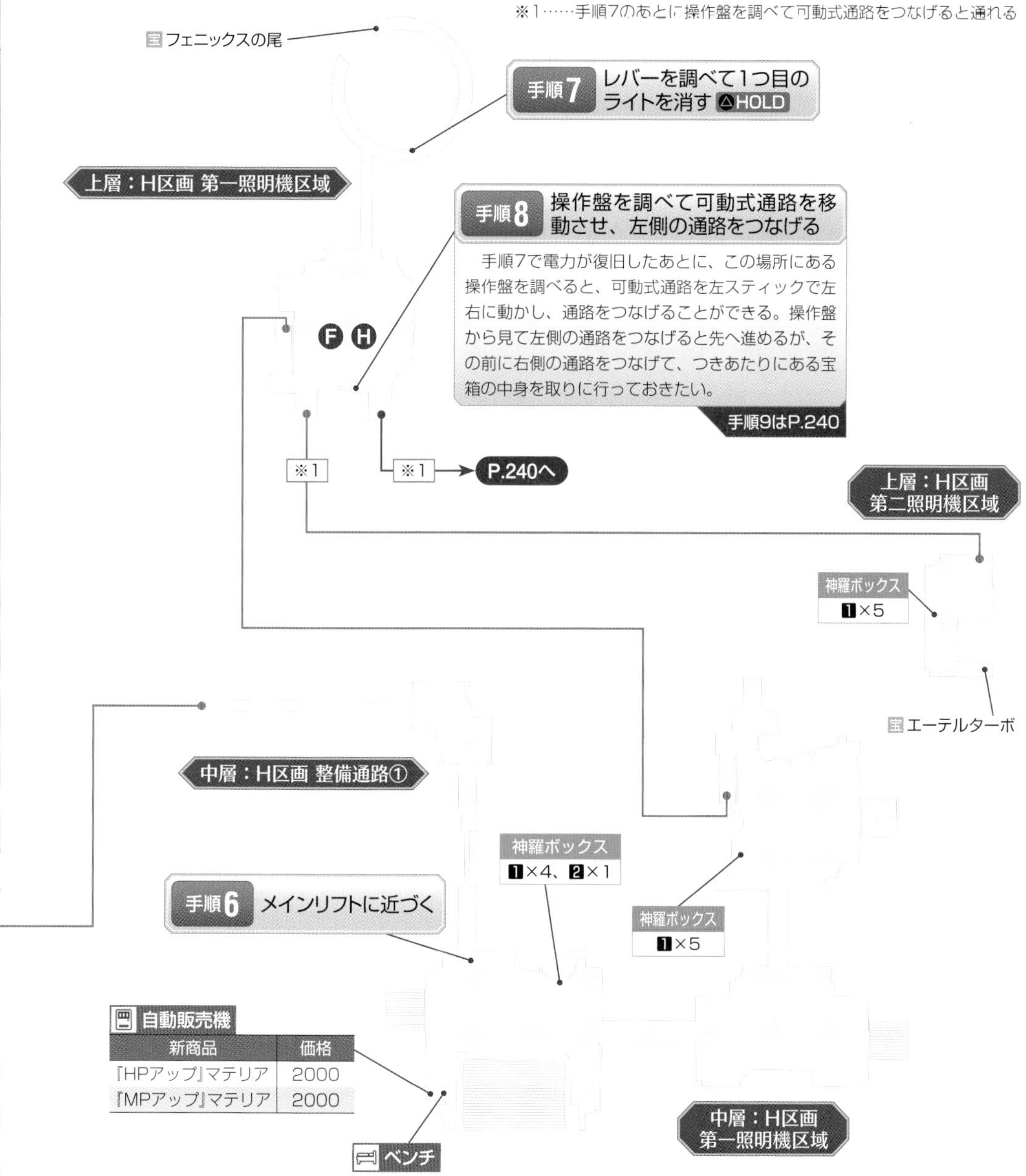

宝 フェニックスの尾

手順7 レバーを調べて1つ目のライトを消す △HOLD

上層：H区画 第一照明機区域

手順8 操作盤を調べて可動式通路を移動させ、左側の通路をつなげる

手順7で電力が復旧したあとに、この場所にある操作盤を調べると、可動式通路を左スティックで左右に動かし、通路をつなげることができる。操作盤から見て左側の通路をつなげると先へ進めるが、その前に右側の通路をつなげて、つきあたりにある宝箱の中身を取りに行っておきたい。

手順9はP.240

F H

※1

※1 → P.240へ

上層：H区画 第二照明機区域

神羅ボックス 1×5

宝 エーテルターボ

中層：H区画 整備通路①

神羅ボックス 1×4、2×1

神羅ボックス 1×5

手順6 メインリフトに近づく

自動販売機

新商品	価格
『HPアップ』マテリア	2000
『MPアップ』マテリア	2000

ベンチ

中層：H区画 第一照明機区域

出現する敵パーティ

出現場所	ファーストレイ	グラシュトライク	プアゾキュート	プロトマシンガン
E	―	×1	×2	―
F	―	×3	―	―
G	―	―	―	×2
H	×2	―	―	―

※GとHの敵は、手順7のあとに出現する

エネミーデータ

ファーストレイ P.528
レベル ● 15
HP ● 498
弱点 ● 雷

プアゾキュート P.552
レベル ● 15
HP ● 664
弱点 ● 雷

グラシュトライク P.548
レベル ● 15
HP ● 1245
弱点 ● 氷

プロトマシンガン P.554
レベル ● 15
HP ● 664
弱点 ● 雷

STORY INDEX

MAIN STORY

- G区画を目指す
  - 制御室へ向かう
  - 非常用電力の確保
- H区画を目指す
  - H区画への道
- リフトの電力確保
  - 1つ目のライト
  - 復旧した端末
  - 2つ目のライト
  - 3つ目のライト
- メインリフトの先へ

EXTRA❶

- 崩れた通路の先

EXTRA❷

- 換気ファン内部

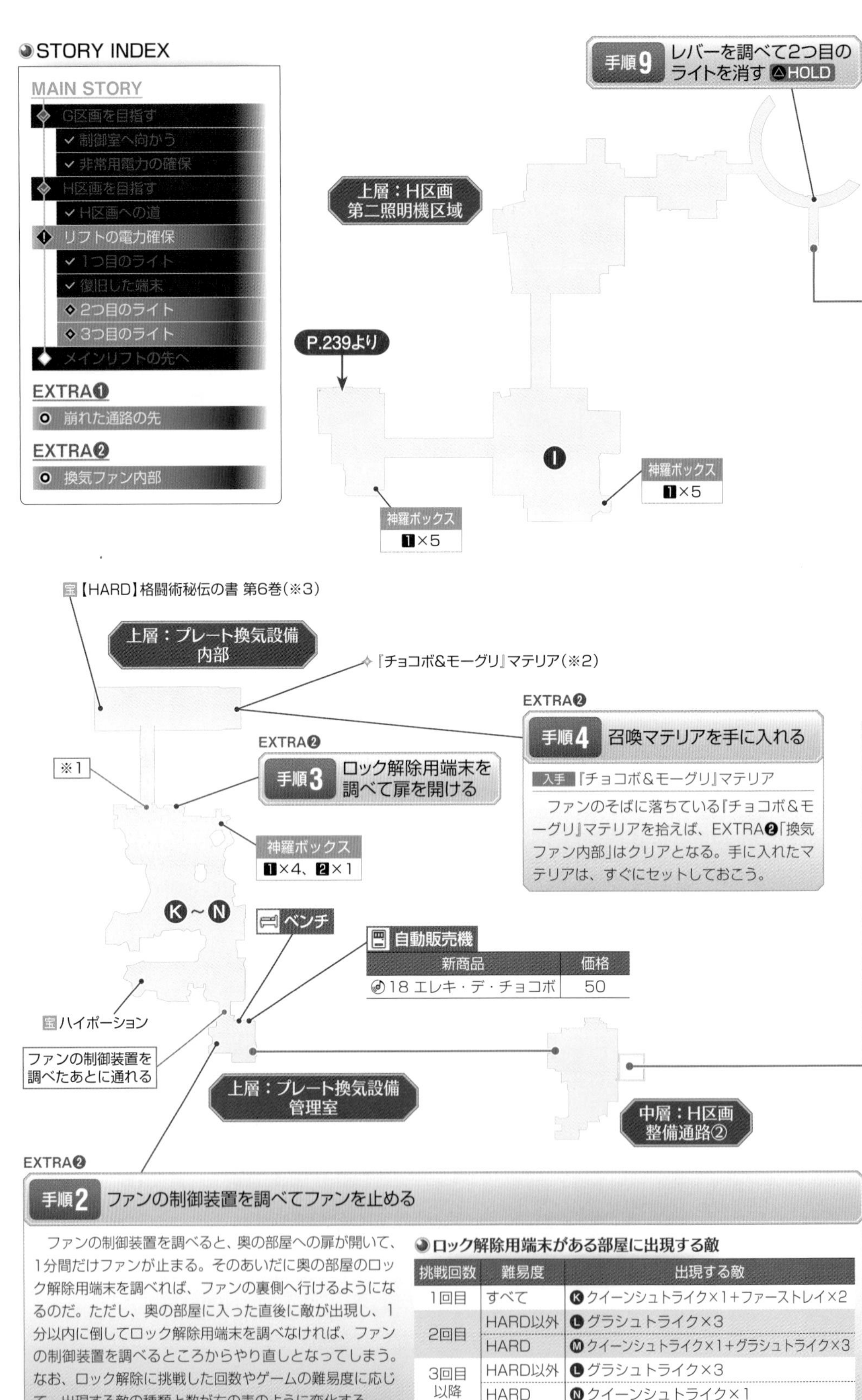

EXTRA❷

手順3 ロック解除用端末を調べて扉を開ける

EXTRA❷

手順4 召喚マテリアを手に入れる

入手 『チョコボ&モーグリ』マテリア

ファンのそばに落ちている『チョコボ&モーグリ』マテリアを拾えば、EXTRA❷「換気ファン内部」はクリアとなる。手に入れたマテリアは、すぐにセットしておこう。

自動販売機

新商品	価格
18 エレキ・デ・チョコボ	50

EXTRA❷

手順2 ファンの制御装置を調べてファンを止める

ファンの制御装置を調べると、奥の部屋への扉が開いて、1分間だけファンが止まる。そのあいだに奥の部屋のロック解除用端末を調べれば、ファンの裏側へ行けるようになるのだ。ただし、奥の部屋に入った直後に敵が出現し、1分以内に倒してロック解除用端末を調べなければ、ファンの制御装置を調べるところからやり直しとなってしまう。なお、ロック解除に挑戦した回数やゲームの難易度に応じて、出現する敵の種類と数が右の表のように変化する。

ロック解除用端末がある部屋に出現する敵

挑戦回数	難易度	出現する敵
1回目	すべて	K クイーンシュトライク×1+ファーストレイ×2
2回目	HARD以外	L グラシュトライク×3
	HARD	M クイーンシュトライク×1+グラシュトライク×3
3回目以降	HARD以外	L グラシュトライク×3
	HARD	N クイーンシュトライク×1

※1……ファンの制御装置を調べてから1分以内にロック解除用端末を調べると通れる
※2……チャプターセレクト時は、すでに入手していると出現しない
※3……すでに入手しているとポーションになる

※4……手順9のあとにリフトのスイッチを調べると移動できる

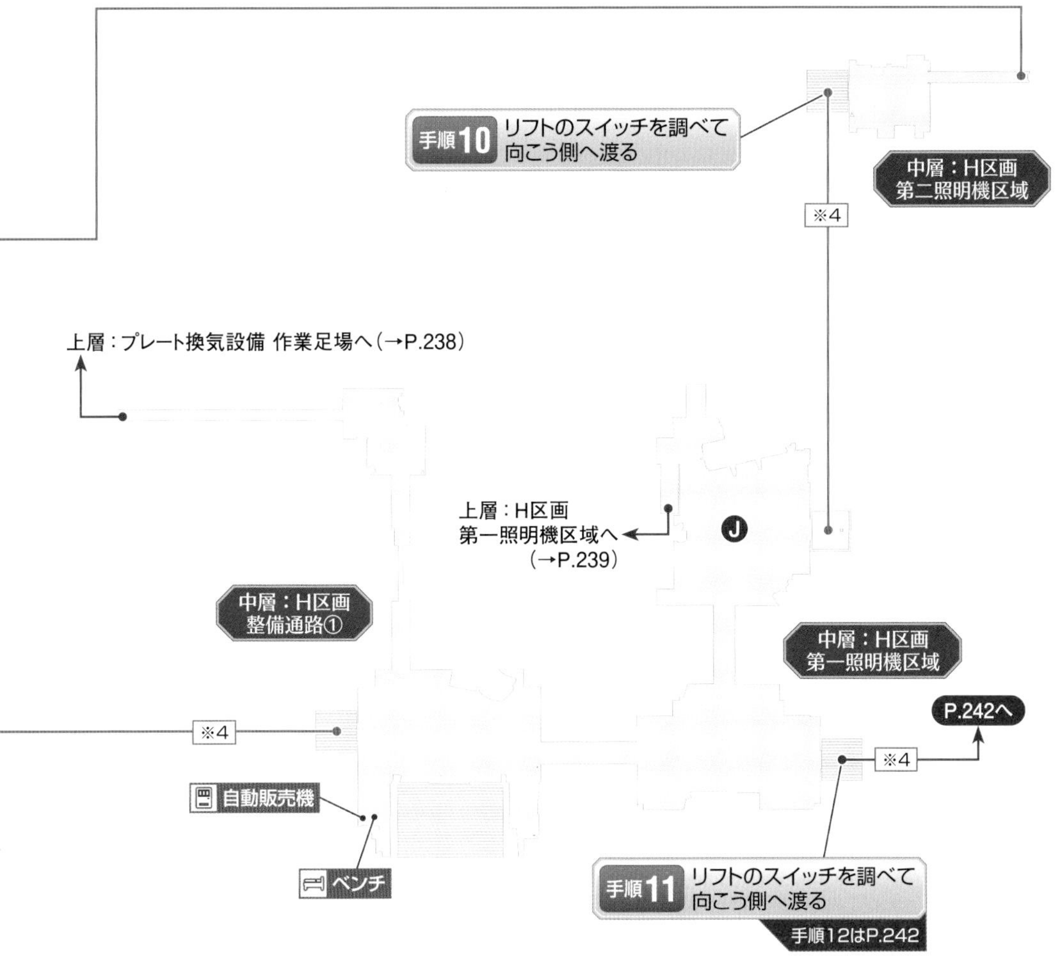

手順10 リフトのスイッチを調べて向こう側へ渡る

中層：H区画 第二照明機区域

※4

上層：プレート換気設備 作業足場へ（→P.238）

上層：H区画 第一照明機区域へ（→P.239）

J

中層：H区画 整備通路①

中層：H区画 第一照明機区域

P.242へ

※4

※4

自動販売機

ベンチ

手順11 リフトのスイッチを調べて向こう側へ渡る

手順12はP.242

神羅ボックスの中身	❶…ポーション(10%)、フェニックスの尾(2%)、毒消し(5%)、モーグリメダル(3%) ❷…魔晄石(100%)

出現する敵パーティ

出現場所	ファーストレイ	グラシュトライク	クイーンシュトライク	チュースタンク	プロトマシンガン
I	×2	—	—	×2	—
J	—	—	—	—	×4
K	×2	—	×1	—	—
L	—	×3	—	—	—
M	—	×3	×1	—	—
N	—	—	×1	—	—

※K～Nの敵の出現条件は、EXTRA ❷の手順2の解説を参照

エネミーデータ

ファーストレイ
P.528
レベル ● 15
HP ● 498
弱点 ● 雷

チュースタンク
P.553
レベル ● 15
HP ● 1328
弱点 ● 氷

グラシュトライク
P.548 
レベル ● 15
HP ● 1245
弱点 ● 氷

プロトマシンガン
P.554
レベル ● 15
HP ● 664
弱点 ● 雷

クイーンシュトライク
P.549
レベル ● 15
HP ● 5810
弱点 ● 氷

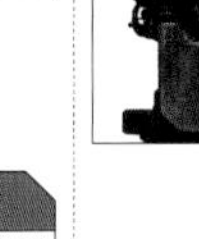

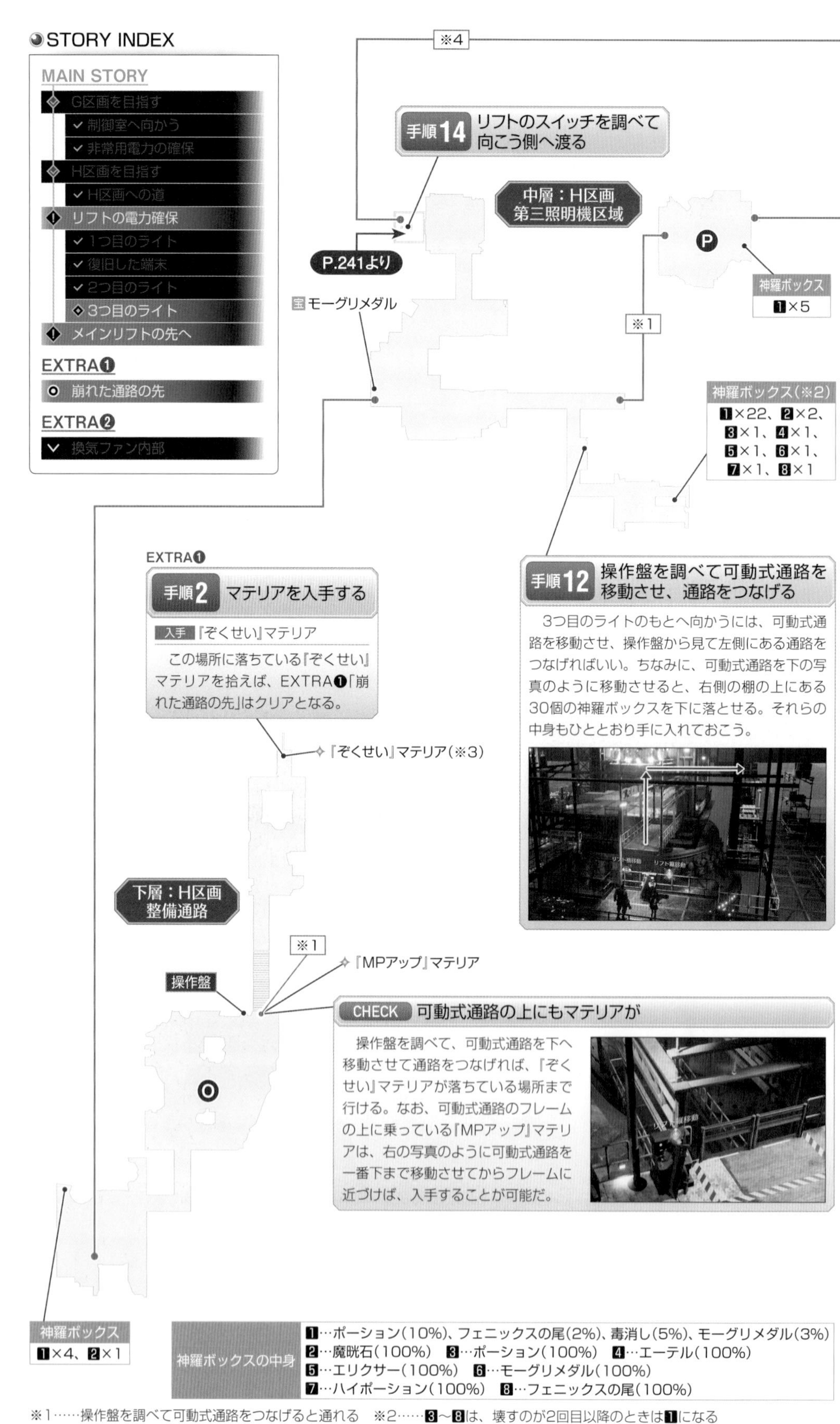

手順14 リフトのスイッチを調べて向こう側へ渡る

EXTRA❶

手順2 マテリアを入手する

入手 『ぞくせい』マテリア

この場所に落ちている『ぞくせい』マテリアを拾えば、EXTRA❶「崩れた通路の先」はクリアとなる。

手順12 操作盤を調べて可動式通路を移動させ、通路をつなげる

3つ目のライトのもとへ向かうには、可動式通路を移動させ、操作盤から見て左側にある通路をつなげればいい。ちなみに、可動式通路を下の写真のように移動させると、右側の棚の上にある30個の神羅ボックスを下に落とせる。それらの中身もひととおり手に入れておこう。

CHECK 可動式通路の上にもマテリアが

操作盤を調べて、可動式通路を下へ移動させて通路をつなげれば、『ぞくせい』マテリアが落ちている場所まで行ける。なお、可動式通路のフレームの上に乗っている『MPアップ』マテリアは、右の写真のように可動式通路を一番下まで移動させてからフレームに近づけば、入手することが可能だ。

神羅ボックスの中身	
	❶…ポーション(10%)、フェニックスの尾(2%)、毒消し(5%)、モーグリメダル(3%)
	❷…魔晄石(100%)　❸…ポーション(100%)　❹…エーテル(100%)
	❺…エリクサー(100%)　❻…モーグリメダル(100%)
	❼…ハイポーション(100%)　❽…フェニックスの尾(100%)

※1……操作盤を調べて可動式通路をつなげると通れる　※2……❸～❽は、壊すのが2回目以降のときは❶になる
※3……チャプターセレクト時は、すでに入手していると『かいふく』マテリアになる
※4……リフトのスイッチを調べると移動できる

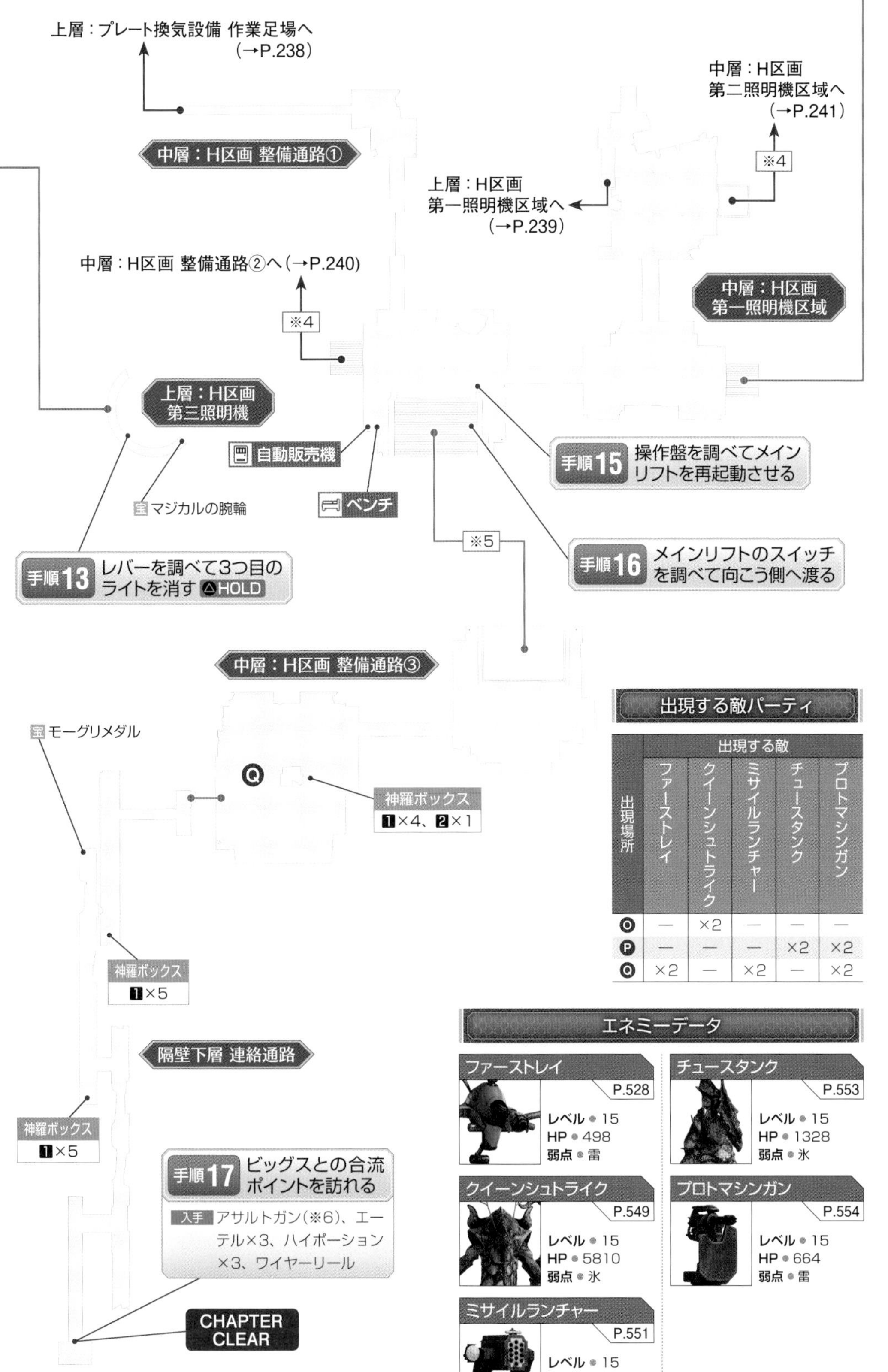

出現する敵パーティ

出現場所	出現する敵				
	ファーストレイ	クイーンシュトライク	ミサイルランチャー	チュースタンク	プロトマシンガン
O	—	×2	—	—	—
P	—	—	—	×2	×2
Q	×2	—	×2	—	×2

エネミーデータ

ファーストレイ P.528
レベル ● 15
HP ● 498
弱点 ● 雷

クイーンシュトライク P.549
レベル ● 15
HP ● 5810
弱点 ● 氷

ミサイルランチャー P.551
レベル ● 15
HP ● 2905
弱点 ● 雷

チュースタンク P.553
レベル ● 15
HP ● 1328
弱点 ● 氷

プロトマシンガン P.554
レベル ● 15
HP ● 664
弱点 ● 雷

※5……手順15のあとにリフトのスイッチを調べると移動できる
※6……チャプターセレクト時はもらえない

CHAPTER 7 伍番魔晄炉の罠

MAIN STORY DIGEST

1 魔晄だまりを目指す

ようやく伍番魔晄炉に潜入した一行は、魔晄炉内の警備が手薄であることを不審に思いながらも奥へと進んでいく。魔晄だまりにたどり着き、爆弾をセットするために炉心へ近づこうとしたそのとき、クラウドはまたもや突然の頭痛に襲われ……。

「こんなデカブツが出てきたら
ひとたまりもなさそうだな」

「セフィロス、ソルジャー……魔晄炉、神羅……
ぜんぶ……ぜんぶ、大キライ!」

2 魔晄炉からの脱出

爆弾をセットしたクラウドたちは出口を目指すが、そのときを見計らったかのようにハシゴがせり上がり、退路が断たれてしまう。そこへ、神羅の治安維持部門統括であるハイデッカーの巨大ホログラムが出現し、すべては神羅の仕組んだワナだったことが判明する。神羅はアバランチを魔晄炉に誘いこみ、犯行の一部始終をミッドガル市民に放送していたのだ。

「さあ、不満をためこんだ市民に
とびきりの娯楽を提供してもらおう」

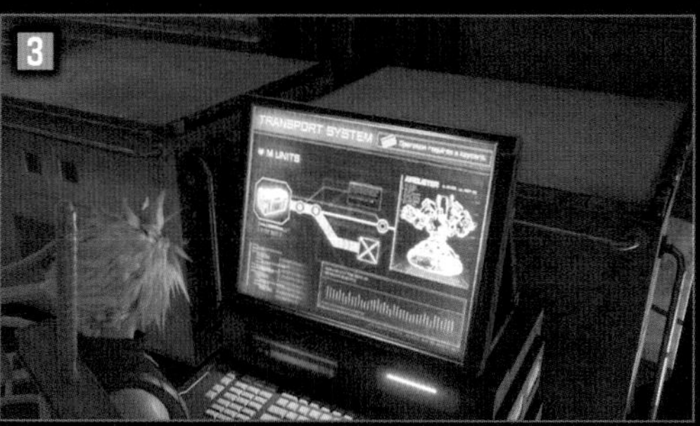

3 公開制裁の阻止

ハイデッカーは、最新鋭の大型機動兵エアバスターがアバランチの3人を倒すところを、公開制裁としてミッドガル市民に見せつけるつもりらしい。クラウドたちは、エアバスターを整備不良に追いこむことで弱体化させ、公開制裁を阻止しようと試みる。

「君たちは今から
敵国ウータイの手先だ。
市民の戦意を盛大に燃やしてくれ」

4 直接対決

出口へ向かうクラウドたちの前に、神羅カンパニーの社長であるプレジデント神羅の巨大ホログラムが出現。アバランチを「ウータイの手先」として始末するべく、エアバスターを差し向けてきた。一行はどうにか勝利を収めるも、エアバスターの爆発に巻きこまれ、クラウドはひとり地上へと落ちていく。

CHAPTER 7 攻略ガイド

このチャプターの後半では、最後に戦うエアバスターのパーツを廃棄できる。廃棄したパーツの種類に応じてエアバスターの性能が変化するので、なるべく多くのパーツを廃棄しよう。

伍番魔晄炉

STORY INDEX

MAIN STORY
- 魔晄だまりを目指す
  - パイプを降下
- 魔晄炉からの脱出
- 公開制裁の阻止
  - モニターの情報
  - エアバスターの整備状況
- 直接対決
  - 緊急ロックを解除

EXTRA
- 廃棄物の回収

⦸…通行不能

手順2 ティファたちに近づいてパイプをすべり下りる

ティファとバレットのところへ行くと、ふたりがパイプの上に乗って、下の階へすべり下りていく。オートアクションアイコンが出現したら、彼らのあとにつづこう。

B1F：外周通路

CHAPTER START
メンバー クラウド、バレット、ティファ

手順1 通路の奥まで進む

通路の奥は資材などでふさがっている。しかし、この場所まで進めば、ティファがパイプを見つけて手順2が行なえるようになるのだ。

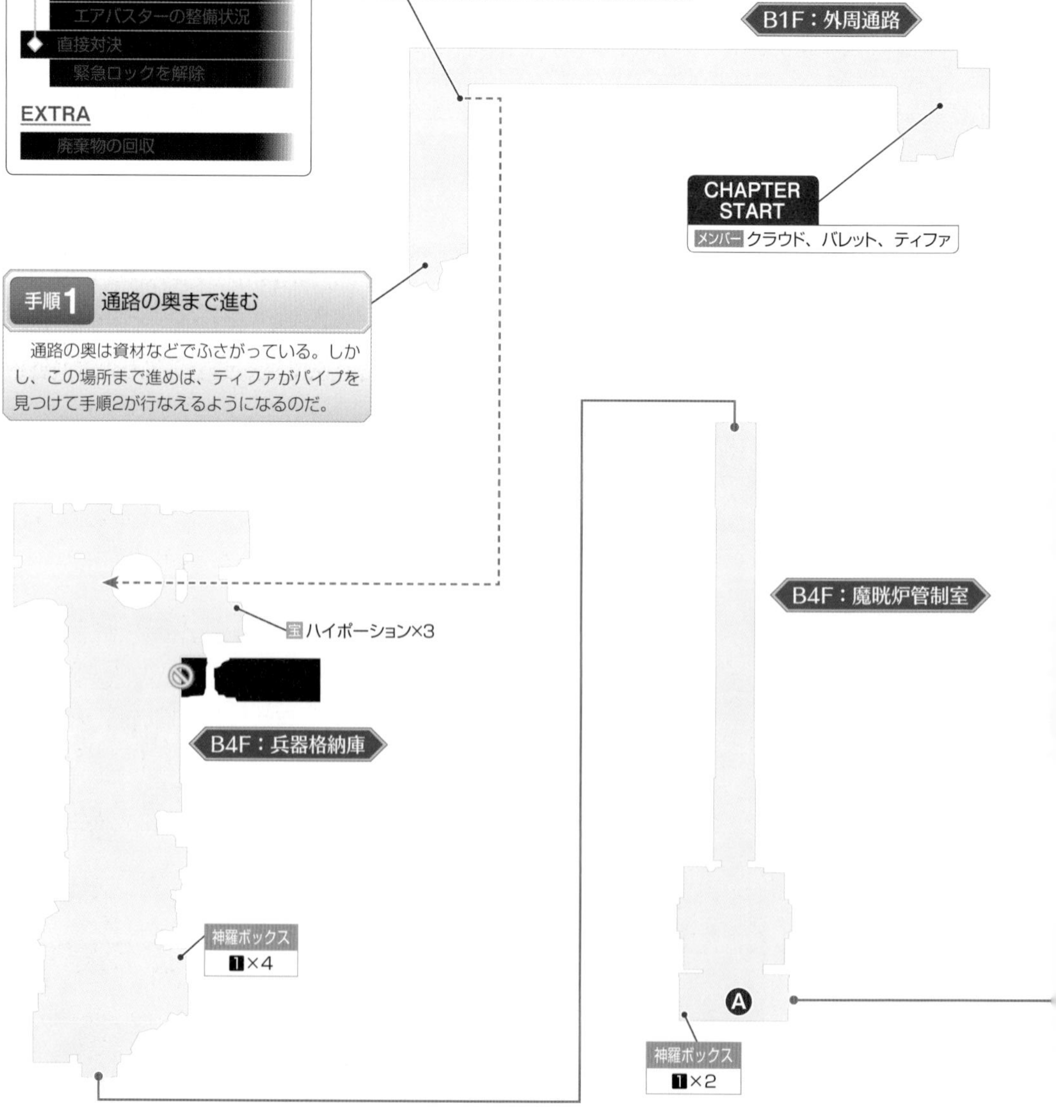

B4F：魔晄炉管制室

宝 ハイポーション×3

B4F：兵器格納庫

神羅ボックス
1×4

A

神羅ボックス
1×2

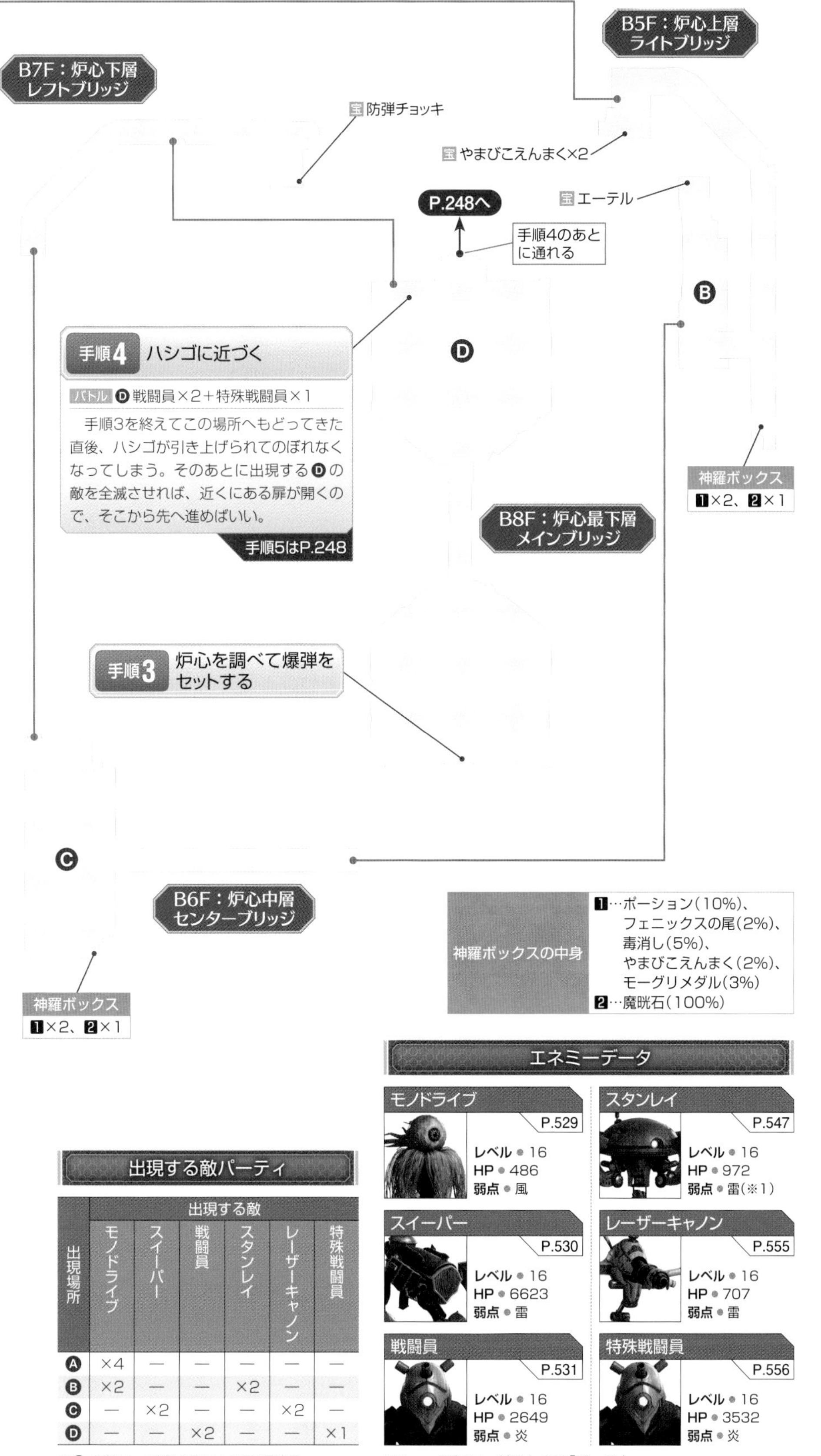

手順4 ハシゴに近づく

バトル D 戦闘員×2＋特殊戦闘員×1

手順3を終えてこの場所へもどってきた直後、ハシゴが引き上げられてのぼれなくなってしまう。そのあとに出現するDの敵を全滅させれば、近くにある扉が開くので、そこから先へ進めばいい。

手順5はP.248

手順3 炉心を調べて爆弾をセットする

神羅ボックスの中身	
1	ポーション(10%)、フェニックスの尾(2%)、毒消し(5%)、やまびこえんまく(2%)、モーグリメダル(3%)
2	魔晄石(100%)

出現する敵パーティ

出現場所	モノドライブ	スイーパー	戦闘員	スタンレイ	レーザーキャノン	特殊戦闘員
A	×4	—	—	—	—	—
B	×2	—	—	×2	—	—
C	—	×2	—	—	×2	—
D	—	—	×2	—	—	×1

※Dの敵は、手順4のあとに出現する

エネミーデータ

敵	ページ	レベル	HP	弱点
モノドライブ	P.529	16	486	風
スタンレイ	P.547	16	972	雷(※1)
スイーパー	P.530	16	6623	雷
レーザーキャノン	P.555	16	707	雷
戦闘員	P.531	16	2649	炎
特殊戦闘員	P.556	16	3532	炎

※1……飛行モードのときは「雷、風」

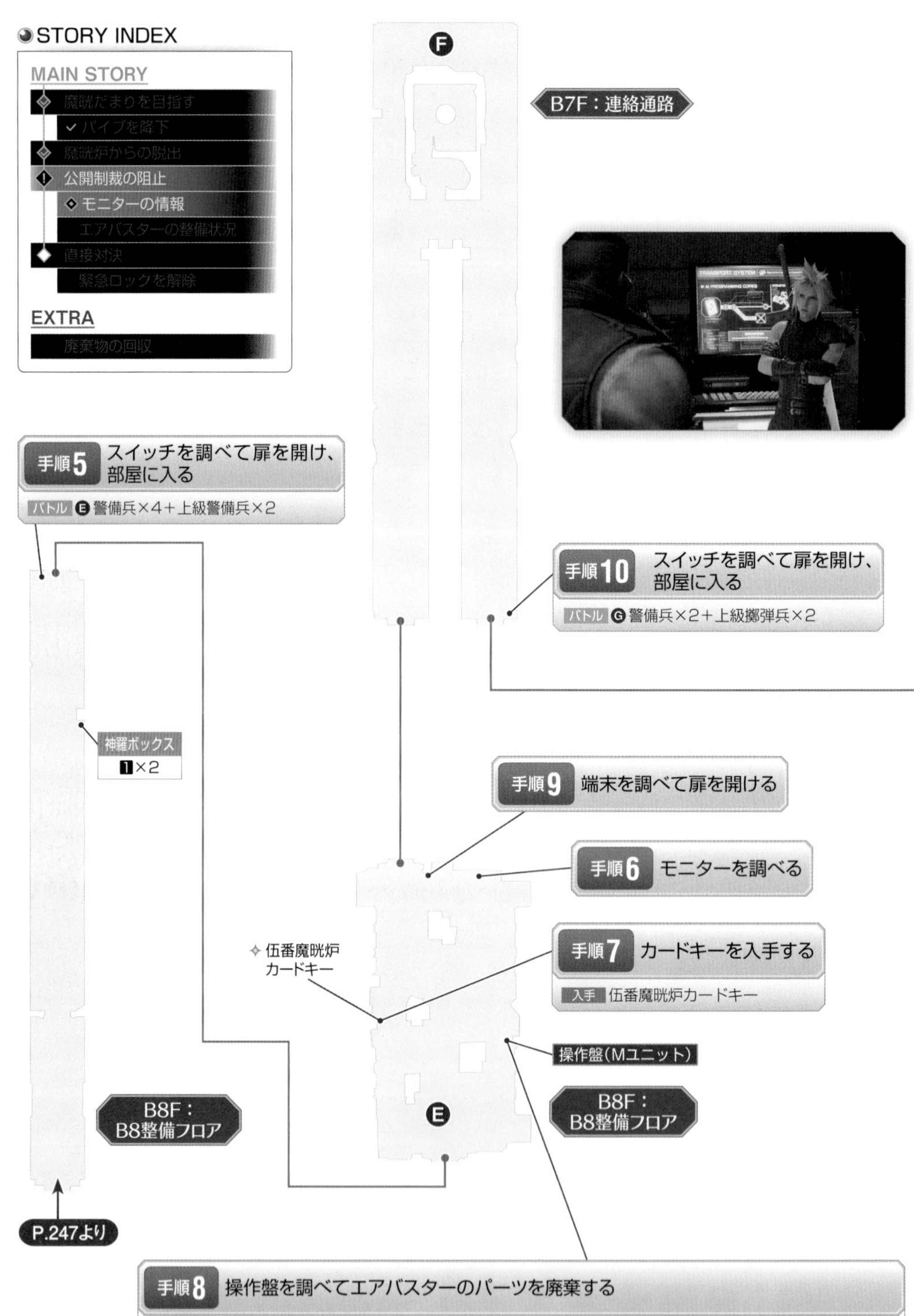

手順8 操作盤を調べてエアバスターのパーツを廃棄する

B8F～B5Fの各階にある整備フロアでは、エアバスターのパーツがリフトで運ばれている。リフトは整備フロア内の操作盤で制御されており、伍番魔晄炉カードキーを消費して操作盤を調べれば、運搬中のパーツを廃棄することが可能。パーツには右の表の3種類があるが、どのパーツを廃棄できるかは操作盤ごとに決まっている。この場所にある操作盤を調べた場合は、Mユニットが1個廃棄されるのだ。なお、廃棄したパーツの種類に応じて、EXTRAの手順3（→P.253）のあとにアイテムを入手できる。

操作盤で廃棄できるエアバスターのパーツ

パーツの名前	数	廃棄したときのエアバスターの変化（→P.623）
Mユニット	3個	（なし）
AIコア	4個	エアバスターが『フィンガービーム』を使う頻度が下がる
Bボンバー	3個	エアバスターの『ビッグボンバー』の使用回数が減る

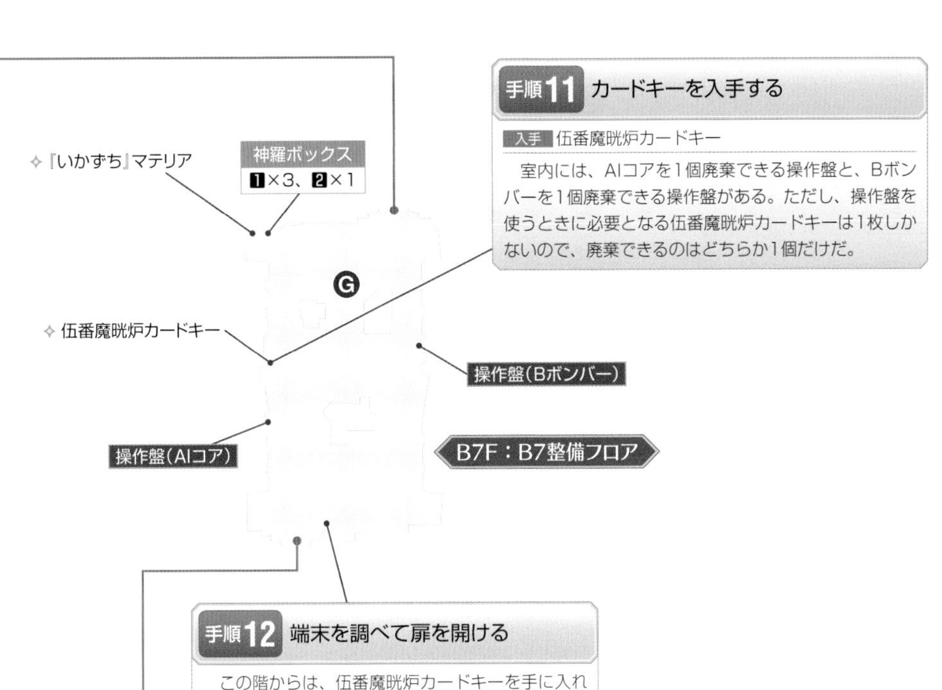

手順11 カードキーを入手する

入手 伍番魔晄炉カードキー

室内には、AIコアを1個廃棄できる操作盤と、Bボンバーを1個廃棄できる操作盤がある。ただし、操作盤を使うときに必要となる伍番魔晄炉カードキーは1枚しかないので、廃棄できるのはどちらか1個だけだ。

手順12 端末を調べて扉を開ける

この階からは、伍番魔晄炉カードキーを手に入れたり、エアバスターのパーツを廃棄したりしなくても、上の階へ進める。しかし、のちに戦うことになるエアバスターを少しでも弱体化させるためにも、各階でパーツを廃棄しておくといいだろう。ちなみに、B7F～B5Fで廃棄できるパーツは、Mユニットが2個、AIコアが4個、Bボンバーが3個の計9個あるが、伍番魔晄炉カードキーは計5枚しか入手できない。どのパーツを廃棄するか慎重に選ぼう。

P.250へ

手順13 スイッチを調べて扉を開ける

手順14はP.250

B6F：連絡通路

H

神羅ボックス
❶×4

伍番魔晄炉カードキー

神羅ボックスの中身	
	❶…ポーション(10%)、フェニックスの尾(2%)、毒消し(5%)、やまびこえんまく(2%)、モーグリメダル(3%)
	❷…魔晄石(100%)

出現する敵パーティ

出現場所	警備兵	モノドライブ	上級警備兵	上級擲弾兵	レーザーキャノン	特殊戦闘員
E	×4	—	×2	—	—	—
F	—	×2	—	—	×2	—
G	×2	—	—	×2	—	—
H	—	—	—	—	×2	×1

エネミーデータ

警備兵 P.526

レベル ● 16
HP ● 380
弱点 ● 炎

上級擲弾兵 P.546

レベル ● 16
HP ● 354
弱点 ● 炎

モノドライブ P.529

レベル ● 16
HP ● 486
弱点 ● 風

レーザーキャノン P.555

レベル ● 16
HP ● 707
弱点 ● 雷

上級警備兵 P.540

レベル ● 16
HP ● 1060
弱点 ● 炎

特殊戦闘員 P.556

レベル ● 16
HP ● 3532
弱点 ● 炎

※1……チャプターセレクト時は、すでに入手しているとポーションになる

STORY INDEX

MAIN STORY
- 魔晄だまりを目指す
  - ✓パイプを降下
- 魔晄炉からの脱出
- 公開制裁の阻止
  - ✓モニターの情報
  - エアバスターの整備状況
- 直接対決
  - 緊急ロックを解除

EXTRA
- 廃棄物の回収

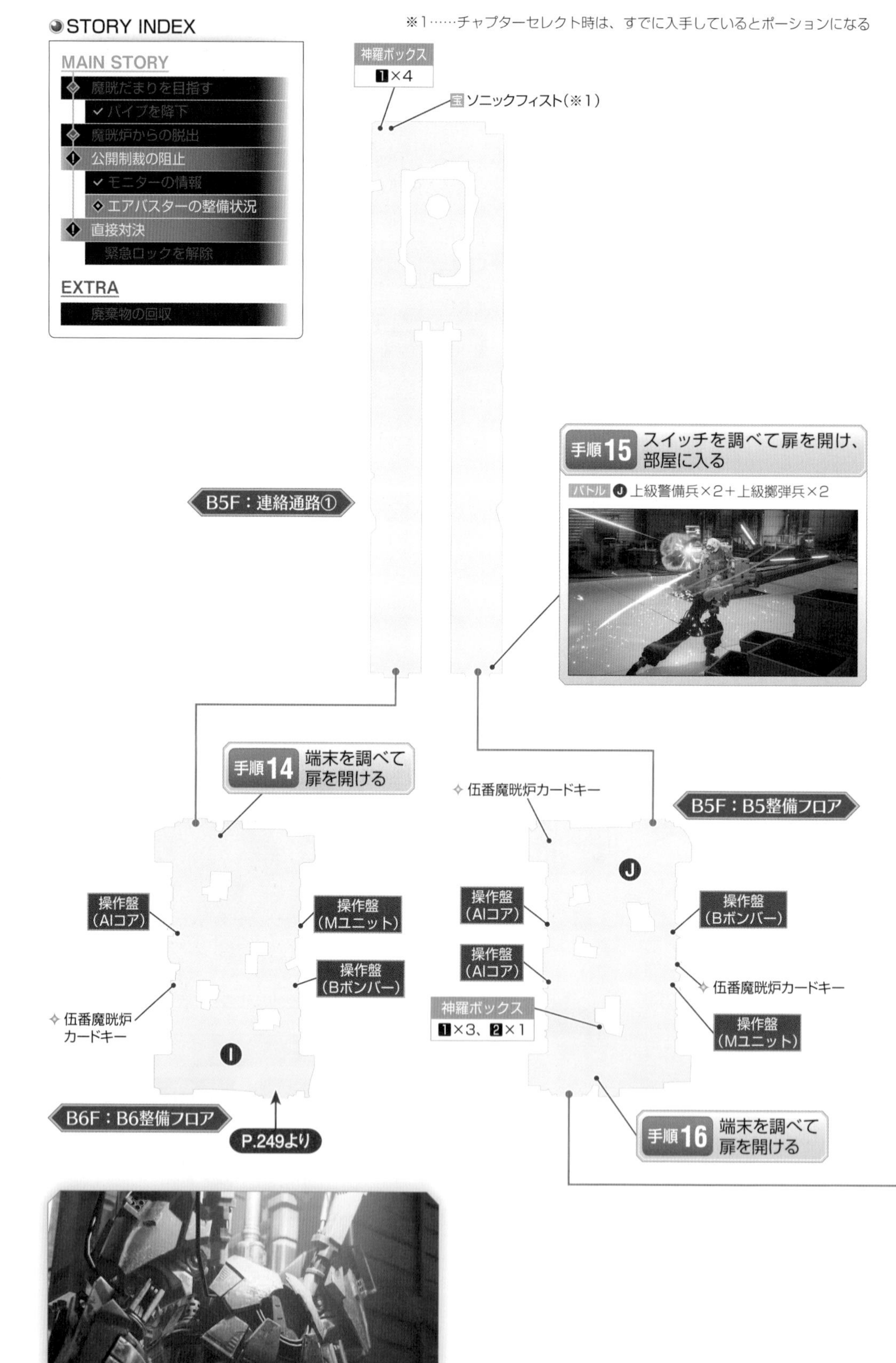

出現する敵パーティ

出現場所	出現する敵 警備兵	鎮圧兵	上級警備兵	上級擲弾兵	スタンレイ	特殊戦闘員	上級鎮圧兵	カッターマシン
Ⓘ	×2	—	×3	—	—	—	—	—
Ⓙ	—	—	×2	×2	—	—	—	—
Ⓚ	—	—	—	—	—	×2	—	—
Ⓛ	—	×2	—	×1	—	—	×2	—
Ⓜ	—	—	—	—	—	—	—	×1
Ⓝ	—	—	—	—	×4	—	—	—

※Ⓜの敵は、手順21のあとに出現する
※Ⓝの敵は、Ⓜの敵を倒してから約3分が過ぎたあとに出現する

神羅ボックスの中身	❶…ポーション(10%)、フェニックスの尾(2%)、毒消し(5%)、やまびこえんまく(2%)、モーグリメダル(3%) ❷…魔晄石(100%)

エネミーデータ

警備兵

P.526
レベル ● 16
HP ● 380
弱点 ● 炎

スタンレイ

P.547
レベル ● 16
HP ● 972
弱点 ● 雷(※2)

鎮圧兵

P.533
レベル ● 16
HP ● 354
弱点 ● 炎

特殊戦闘員

P.556
レベル ● 16
HP ● 3532
弱点 ● 炎

上級警備兵

P.540
レベル ● 16
HP ● 1060
弱点 ● 炎

上級鎮圧兵

P.557
レベル ● 16
HP ● 1060
弱点 ● 炎

上級擲弾兵
P.546 
レベル ● 16
HP ● 354
弱点 ● 炎

カッターマシン

P.558
レベル ● 16
HP ● 8830
弱点 ● 雷

※2……飛行モードのときは「雷、風」

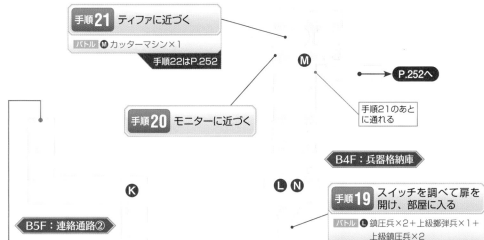

手順21 ティファに近づく
バトル Ⓜカッターマシン×1
手順22はP.252

P.252へ

手順21のあとに通れる

手順20 モニターに近づく

B4F：兵器格納庫

B5F：連絡通路②

手順19 スイッチを調べて扉を開け、部屋に入る
バトル Ⓛ鎮圧兵×2＋上級擲弾兵×1＋上級鎮圧兵×2

手順18 端末を調べて扉を開ける

この端末で扉を開けると、以降はエアバスターのパーツを廃棄できなくなる。伍番魔晄炉カードキーが残っているなら、引き返してカードキーを使い切っておきたい。なお、端末を調べた時点でカードキーが1枚でも残っていると、バレットが忠告してくれる。

神羅ボックス
❶×4

手順17 スイッチを調べて扉を開ける

B4F：魔晄炉管制室

STORY INDEX

MAIN STORY

- 魔晄だまりを目指す
  - ✓ パイプを降下
- 魔晄炉からの脱出
- 公開制裁の阻止
  - ✓ モニターの情報
  - ✓ エアバスターの整備状況
- 直接対決
  - 緊急ロックを解除

EXTRA

- 廃棄物の回収

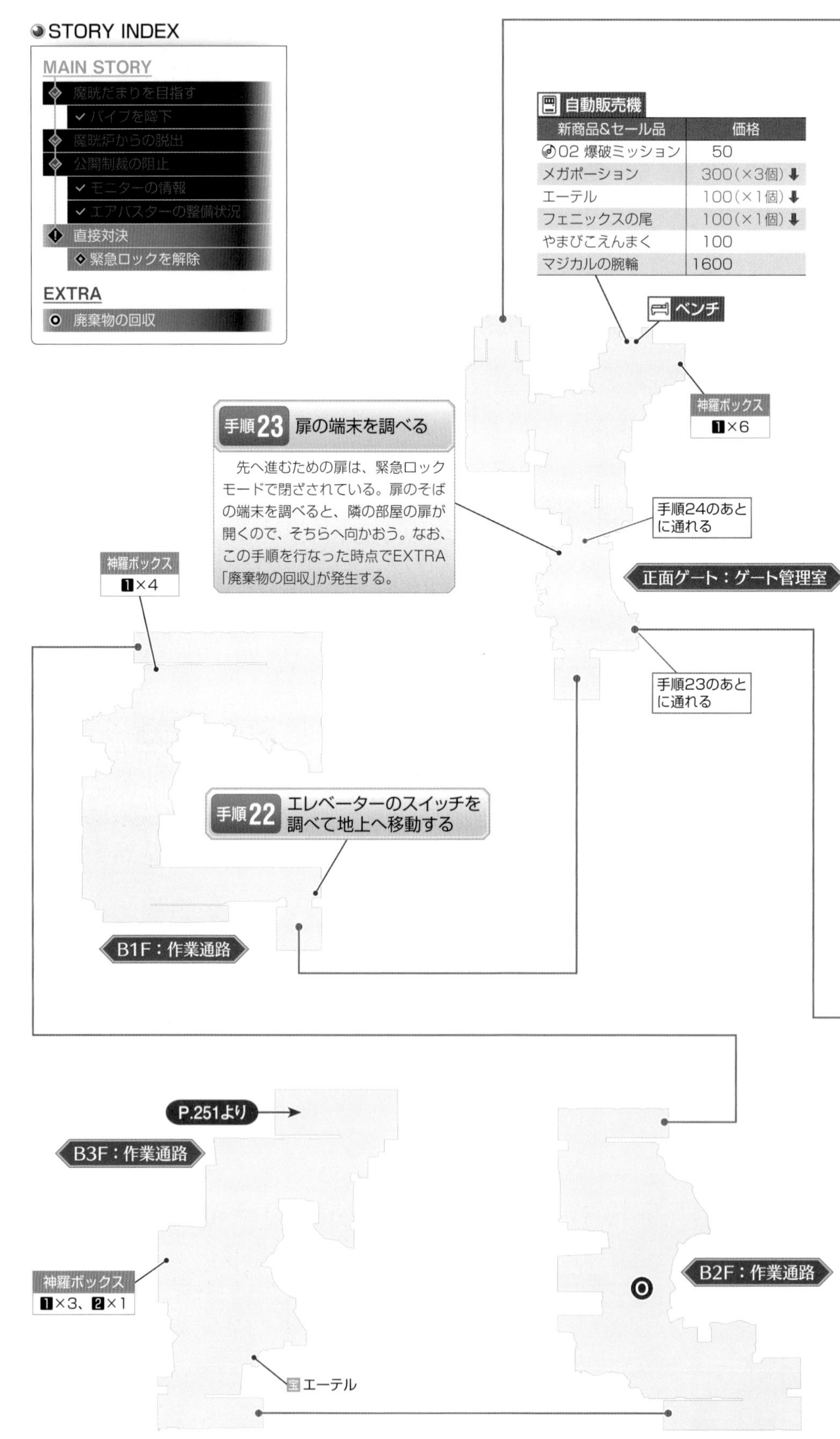

自動販売機

新商品&セール品	価格
02 爆破ミッション	50
メガポーション	300(×3個)⬇
エーテル	100(×1個)⬇
フェニックスの尾	100(×1個)⬇
やまびこえんまく	100
マジカルの腕輪	1600

手順23 扉の端末を調べる

先へ進むための扉は、緊急ロックモードで閉ざされている。扉のそばの端末を調べると、隣の部屋の扉が開くので、そちらへ向かおう。なお、この手順を行なった時点でEXTRA「廃棄物の回収」が発生する。

手順22 エレベーターのスイッチを調べて地上へ移動する

P.251より

手順25 エアバスターと戦う

バトル Ⓟエアバスター(→P.622)
入手 【HARD】射撃マニュアル 第6巻

この場所へ到着したのちにカウントダウンがはじまり、エアバスターとのバトルに突入する(バトル開始時点での残り時間は21分30秒)。制限時間内に敵を倒さなければゲームオーバーとなってしまうので、しっかりと準備を整えてからバトルにのぞみたい。

CHAPTER CLEAR

正面ゲート：ゲート連絡通路

神羅ボックスの中身	❶…ポーション(10%)、フェニックスの尾(2%)、毒消し(5%)、やまびこえんまく(2%)、モーグリメダル(3%) ❷…魔晄石(100%)

出現する敵パーティ

出現場所	モノドライブ	BOSS エアバスター
Ⓞ	×4	—
Ⓟ	—	×1

エネミーデータ

モノドライブ P.529
レベル ● 16
HP ● 486
弱点 ● 風

エアバスター BOSS P.622
レベル ● 16
HP ● 32848
弱点 ● 雷

手順24 レバーを調べて緊急ロックモードを解除する

緊急ロックモードを解除するには、クラウドたち3人がレバーを同時に操作する必要がある。右端のレバーを調べたあと、ティファの合図に合わせて、モニターに表示される矢印の向きと同じ方向へ左右のスティックを倒そう。モニターの矢印がオレンジ色に変わったときに倒せば成功で、緊急ロックモードが解除されて先へ進めるようになるのだ。なお、緊急ロックモード解除後の会話の内容は、失敗した回数に応じて変わる(→P.699)。

⬅ティファがかけ声を発して字幕が消えた直後に、モニターの矢印がオレンジ色になるので、そのタイミングでスティックを倒そう。

EXTRA

手順2 レバーを調べて扉のロックを解除する

この場所のレバーを調べたあと、手順24と同じ要領で左スティックと右スティックを倒せば、扉のロックを解除して奥の部屋へ入れるようになる。ただし、4回成功させる必要があるうえ、2回目の成功のあとは入力の受付時間が短くなるので注意(何度も失敗すると、受付時間がもとの長さにもどる)。なお、手順24と同じく、緊急ロックモード解除後の会話の内容は、失敗した回数に応じて変わる(→P.699)。

EXTRA

手順1 扉の端末を調べる

EXTRAの手順2のあとに通れる

正面ゲート：廃棄物資集積室

正面ゲート：セキュリティ制御室

✧『マジカル』マテリア(※1)

EXTRA

手順3 レバーを調べて廃棄物を回収する △HOLD

レバーを動かせば、これまでに廃棄してきたエアバスターのパーツの個数と同じ数のカプセルが出てきて、EXTRA「廃棄物の回収」はクリアとなる。各カプセルには、廃棄したパーツの種類に応じて右の表のものが入っているので、ひととおり入手しておこう。ちなみに、ビッグボンバーはバトル中に使うと敵にダメージを与えられる攻撃用のアイテム、AIコアは500ギルで売れる売却用のアイテムだ。

カプセルに入っているアイテム

廃棄したパーツ	カプセルの中身
Mユニット(1個目)	エーテル×2
Mユニット(2個目)	フェニックスの尾×2
Mユニット(3個目)	ハイポーション×2
AIコア	AIコア
Bボンバー	ビッグボンバー

※1……チャプターセレクト時は、すでに入手していると『かいふく』マテリアになる

Original『FFVII』 PART 5 Playback

四番街プレート内部～伍番魔晄炉

四番街プレート内部までは、アバランチメンバーの3人が道案内を担当。伍番魔晄炉でのエアバスターとの戦いは、パーティが左右に分断されるものの、敵の背後から攻撃すれば大ダメージを与えられてラクに勝てた。

PART 4(→P.233)より

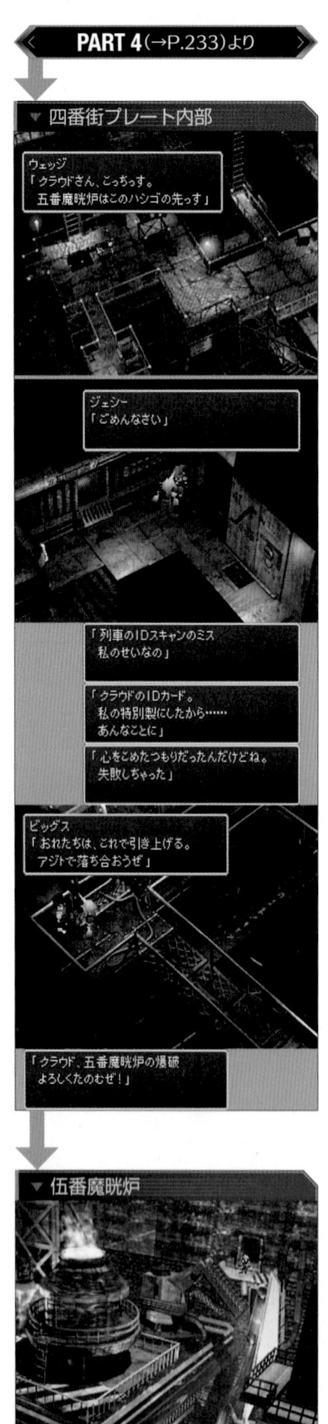

四番街プレート内部
ウェッジ
「クラウドさん、こっちっす。
五番魔晄炉はこのハシゴの先っす」
ジェシー
「ごめんなさい」
「列車のIDスキャンのミス
私のせいなの」
「クラウドのIDカード。
私の特別製にしたから……
あんなことに」
「心をこめたつもりだったんだけどね。
失敗しちゃった」
ビッグス
「おれたちは、これで引き上げる。
アジトで落ち合おうぜ」
「クラウド、五番魔晄炉の爆破
よろしくたのむぜ！」
伍番魔晄炉

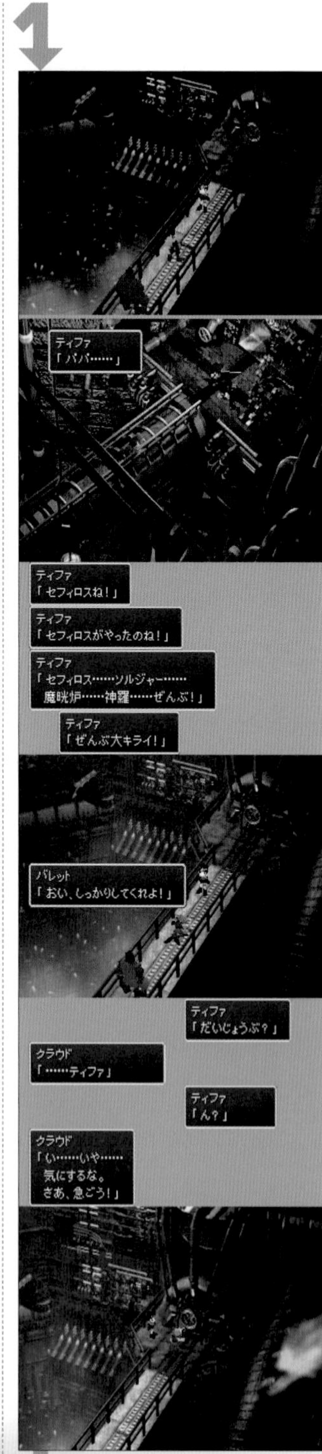

ティファ
「パパ……」
ティファ
「セフィロスね！」
ティファ
「セフィロスがやったのね！」
ティファ
「セフィロス……ソルジャー……
魔晄炉……神羅……ぜんぶ！」
ティファ
「ぜんぶ大キライ！」
バレット
「おい、しっかりしてくれよ！」
ティファ
「だいじょうぶ？」
クラウド
「……ティファ」
ティファ
「ん？」
クラウド
「い……いや……
気にするな。
さあ、急ごう！」

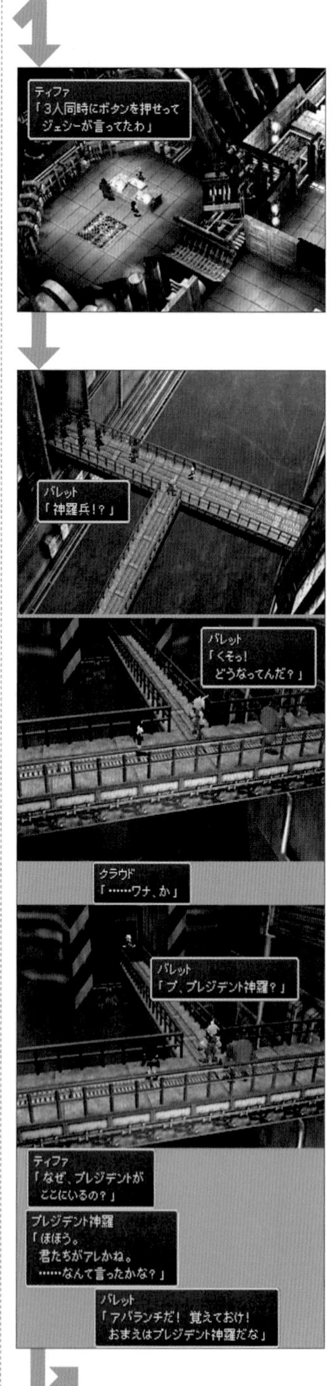

ティファ
「3人同時にボタンを押せって
ジェシーが言ってたわ」
バレット
「神羅兵！？」
バレット
「くそっ！
どうなってんだ？」
クラウド
「……ワナ、か」
バレット
「プ、プレジデント神羅？」
ティファ
「なぜ、プレジデントが
ここにいるの？」
プレジデント神羅
「ほほう。
君たちがアレかね。
……なんて言ったかな？」
バレット
「アバランチだ！ 覚えておけ！
おまえはプレジデント神羅だな」

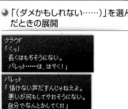

SECTION
四
シナリオ
SCENARIO

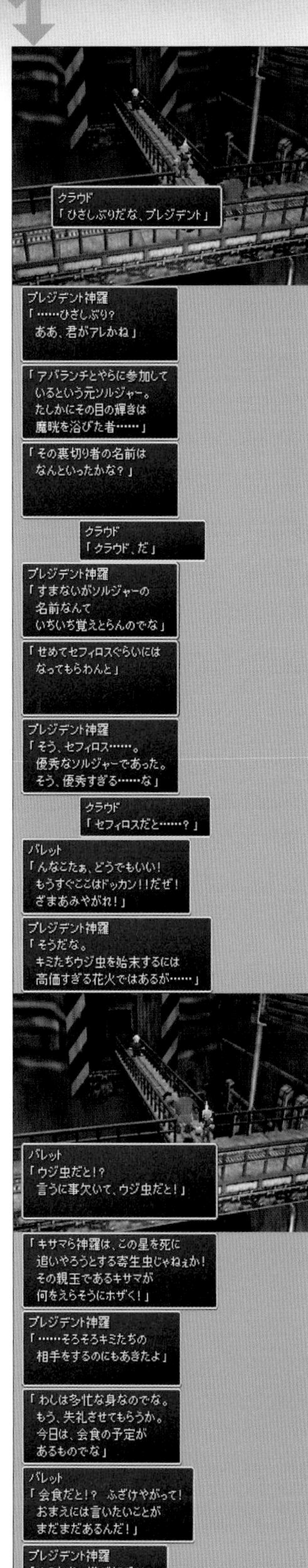

クラウド
「ひさしぶりだな、プレジデント」
プレジデント神羅
「……ひさしぶり？
ああ、君がアレかね」
「アバランチとやらに参加して
いるという元ソルジャー。
たしかにその目の輝きは
魔晄を浴びた者……」
「その裏切り者の名前は
なんといったかな？」
クラウド
「クラウド、だ」
プレジデント神羅
「すまないがソルジャーの
名前なんて
いちいち覚えとらんのでな」
「せめてセフィロスぐらいには
なってもらわんと」
プレジデント神羅
「そう、セフィロス……。
優秀なソルジャーであった。
そう、優秀すぎる……な」
クラウド
「セフィロスだと……？」
バレット
「んなこたぁ、どうでもいい！
もうすぐここはドッカン！！だぜ！
ざまあみやがれ！」
プレジデント神羅
「そうだな。
キミたちウジ虫を始末するには
高価すぎる花火ではあるが……」
バレット
「ウジ虫だと！？
言うに事欠いて、ウジ虫だと！」
「キサマら神羅は、この星を死に
追いやろうとする寄生虫じゃねぇか！
その親玉であるキサマが
何をえらそうにホザく！」
プレジデント神羅
「……そろそろキミたちの
相手をするのにもあきたよ」
「わしは多忙な身なのでな。
もう、失礼させてもらうか。
今日は、会食の予定が
あるものでな」
バレット
「会食だと！？　ふざけやがって！
おまえには言いたいことが
まだまだあるんだ！」
プレジデント神羅
「キミたちの遊び相手は
別に用意させてもらった」

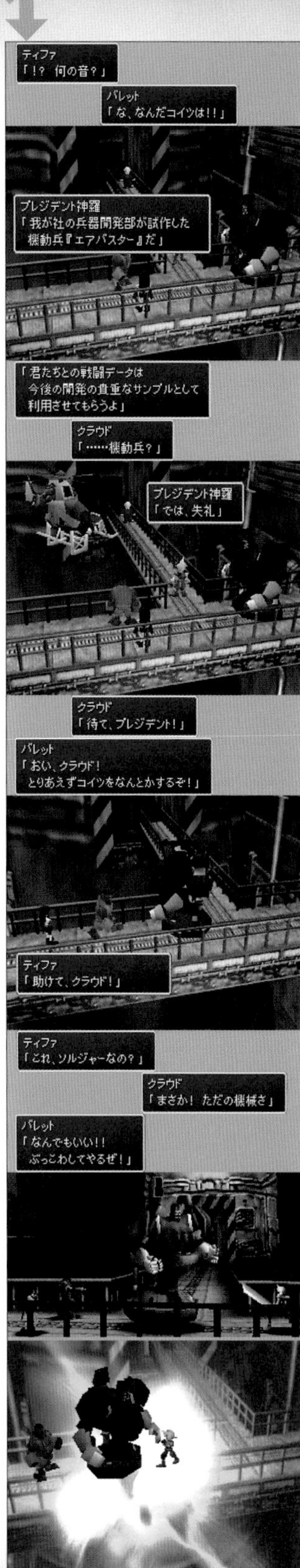

ティファ
「！？　何の音？」
バレット
「な、なんだコイツは！！」
プレジデント神羅
「我が社の兵器開発部が試作した
機動兵『エアバスター』だ」
「君たちとの戦闘データは
今後の開発の貴重なサンプルとして
利用させてもらうよ」
クラウド
「……機動兵？」
プレジデント神羅
「では、失礼」
クラウド
「待て、プレジデント！」
バレット
「おい、クラウド！
とりあえずコイツをなんとかするぞ！」
ティファ
「助けて、クラウド！」
ティファ
「これ、ソルジャーなの？」
クラウド
「まさか！　ただの機械さ」
バレット
「なんでもいい！！
ぶっこわしてやるぜ！」

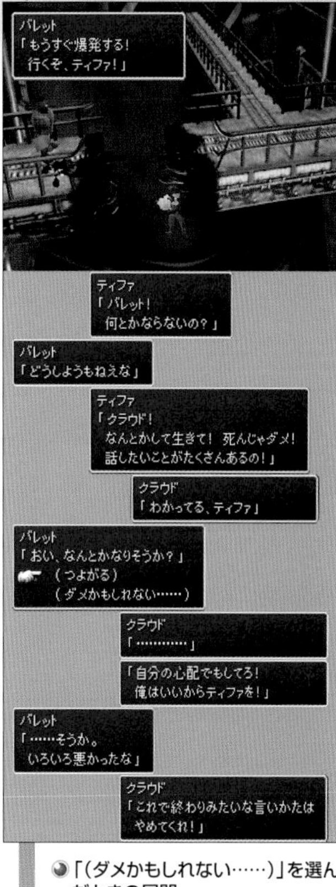

バレット
「もうすぐ爆発する！
行くぞ、ティファ！」
ティファ
「バレット！
何とかならないの？」
バレット
「どうしようもねえな」
ティファ
「クラウド！
なんとかして生きて！　死んじゃダメ！
話したいことがたくさんあるの！」
クラウド
「わかってる、ティファ」
バレット
「おい、なんとかなりそうか？」
（つよがる）
（ダメかもしれない……）
クラウド
「…………」
「自分の心配でもしてろ！
俺はいいからティファを！」
バレット
「……そうか。
いろいろ悪かったな」
クラウド
「これで終わりみたいな言いかたは
やめてくれ！」

「（ダメかもしれない……）」を選んだときの展開

クラウド
「くっ！
長くはもちそうにない。
バレット……は、はやく！」

バレット
「情けない声だすんじゃねえよ。
悪いが何もしてやれそうにない。
自分でなんとかしてくれ」

クラウド
「バレット……」

バレット
「じゃ、あとでな」

PART 6（→P.270）へつづく

INDEX

CHAPTER 8

再会の花

MAIN STORY DIGEST

1 再会

クラウドが目を覚ますと、そこは伍番街スラムの教会で、そばには八番街で出会った花売りの女性エアリスがいた。エアリスは再会を喜ぶが、ふたりのもとへ神羅の総務部調査課「タークス」のレノが現れる。「デート1回」を報酬にエアリスのボディガードを引き受けたクラウドは、レノと対決。激闘を制してレノにトドメを刺そうとしたそのとき、ローブ姿の魔物の大群が出現し、クラウドとエアリスは教会の奥へ押し流される。

「ボディガードも仕事のうちでしょ。ね、なんでも屋さん」

「ボディガードは俺たちの仕事だぞ、と」

FINAL FANTASY VII REMAKE ULTIMANIA

2 教会からの脱出
3 駅を目指す

クラウドとエアリスは、ローブ姿の魔物に助けられながら神羅の追跡を振り切り、屋根裏から教会の外へ出た。エアリスはなぜ神羅に狙われているのか？　そして、ローブ姿の魔物の正体は？──さまざまな疑問を抱いたまま、クラウドはエアリスを連れて廃屋の屋根づたいに進み、伍番街スラム駅へ向かう。

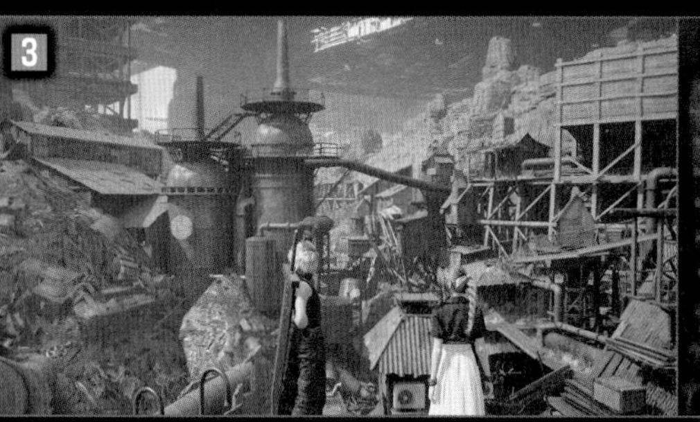

「あんたといると退屈しない」

「じゃあ、裏道、行こうか。
モンスター、いるけど」

4 駅の様子
5 裏道を抜ける

伍番街スラム駅の近くに神羅の軍用ヘリが飛来し、タークスのルードが兵士たちとともに降りてきた。クラウドとエアリスは彼らに見つからないように、廃棄物であふれる裏道を通って伍番街スラムを目指すことにする。

6 伍番街スラムのモニター

クラウドとエアリスが伍番街スラムの中心にたどり着くと、街頭モニターでは伍番魔晄炉の爆破に関するニュースが流れていた。複雑な思いを抱えてモニターを見上げつつ、ふたりはエアリスの家へと歩いていく。

7 エアリスの家へ

クラウドはボディガードとして、エアリスを無事に自宅まで送り届けた。これで仕事完了と思いきや、エアリスは「今度は自分がクラウドを七番街スラムまで送っていく」と言ってゆずらない。結局、彼女に押し切られる形で、クラウドはひと晩泊まって帰ることに。

8 リーフハウスへの届け物

孤児院のリーフハウスに頼まれた花を、エアリスと一緒に摘むクラウド。花を届けたあと、クラウドはエアリスの用事が終わるまで、ひとりで街を散策する。

「遊び場に、黒い服の人が入ってきて、
怖がった子たちが外に出ちゃったんだ」

9 秘密基地の危機

クラウドがエアリスのもとへもどると、スラムの少年ムギが彼女に助けを求めていた。秘密基地で遊んでいた子どもたちが、突然現れた黒いボロボロのマントの男におびえ、秘密基地を出てモンスターの巣窟へ逃げこんでしまったらしい。クラウドとエアリスは子どもたちを探しに行き、無事救い出す。

10 子供たちとともに

クラウドとエアリスが、救出した子どもたちをムギのもとへ連れ帰ると、黒いボロボロのマントの男が秘密基地に現れた。男に腕をつかまれたとたん、激しい頭痛に襲われ、セフィロスの幻覚を見るクラウド。5年前に死んだはずのセフィロスが、じつは生きているのかもしれない――クラウドが口にした言葉に、エアリスは「そう……なんだ」とあいまいに答える。

「レノをやったのは、こいつか?」

「あんたたちは普通の暮らしと引き換えに力を手に入れたんだろ? 欲張っちゃいけないよ」

11 出張なんでも屋

ムギから紹介された「なんでも屋」の仕事をこなしたクラウドは、帰り道で待ち伏せていたタークスのルードを返り討ちにして、エアリスの家にもどった。今夜はこのまま泊めてもらい、明日の朝にエアリスと一緒に発つ予定だったが、彼女の母エルミナから、夜のうちにひとりで出ていってほしいと頼まれる。

12 力の代償

夜もふけたころ、クラウドはひとりで家を抜け出すが、エアリスはすべてお見通しとばかりにスラムの出口で待っていた。もっと一緒にいたいから――エアリスのまっすぐすぎる言葉を聞き、七番街スラムまでの案内を頼むクラウド。しかし、うれしそうに歩き出すエアリスのうしろ姿を見たクラウドの瞳からは、なぜか涙がこぼれ落ちるのだった。

CHAPTER 8 攻略ガイド

このチャプターからしばらくは、エアリスと一緒に行動することになる。バレットやティファが装着しているマテリアは外して、クラウドとエアリスの装備品にセットしておこう。

伍番街スラム

●STORY INDEX

⊘…通行不能

教会 2F

『チャクラ』マテリア(※1)

教会 1F

CHAPTER START
メンバー クラウド

宝 タリスマン

教会 聖堂

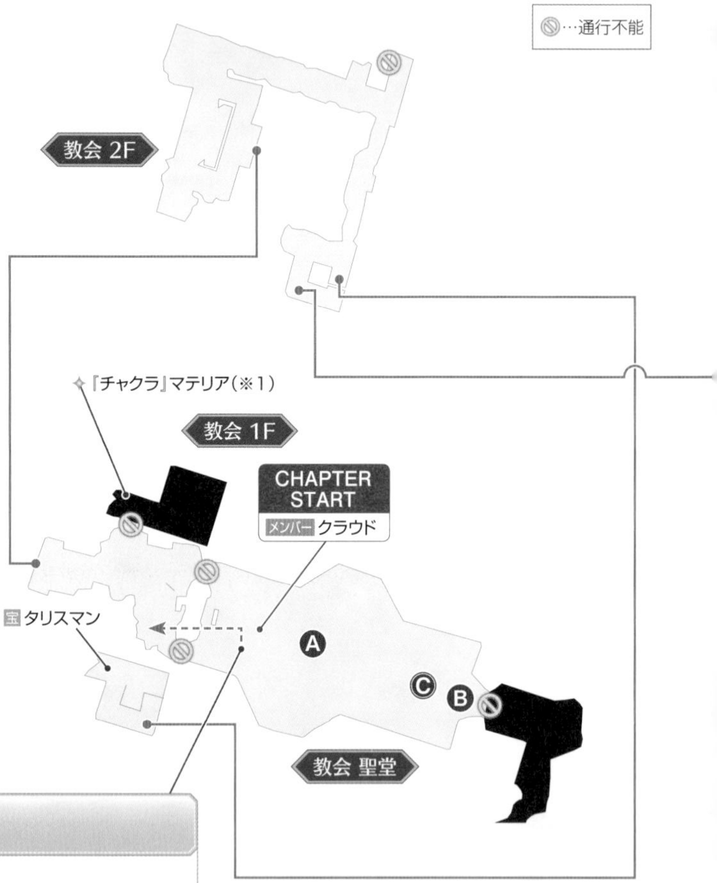

※1……手順25のあとに入手できる(→P.268)。また、チャプターセレクト時は、すでに入手していると『かいふく』マテリアになる

手順1 エアリスに話しかける

バトル Ⓐ警備兵×2+上級警備兵×1
バトル Ⓑ警備兵×2+上級警備兵×1
バトル Ⓒレノ(1回目)(→P.625)
入手 【HARD】剣技指南書 第7巻

エアリスに話しかけたあとは、Ⓐ～Ⓒの敵と連続で戦う。最後に登場するレノはかなりの強敵なので、マテリアの変更や武器の強化といった準備をあらかじめすませておこう。なお、レノに勝ってバトルが終了すると、自動的に奥の部屋へ移動する。

⬅MPやATBゲージなどは、連戦のあいだ引き継がれる。それらはレノとのバトルまで温存しておくといい。

手順2 木の棒にぶら下がって移動し、シャンデリアを調べる

教会の天井には、木の棒が格子状に張りめぐらされており、この場所から木の棒にぶら下がれば、下の図の範囲を移動できる。吹き抜けの中央付近にあるシャンデリアの近くまで移動したら、🔺ボタンで調べて階下に落とそう。

ぶら下がって移動できる範囲

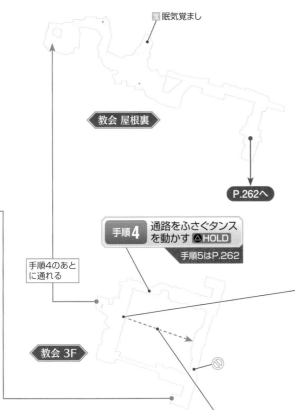

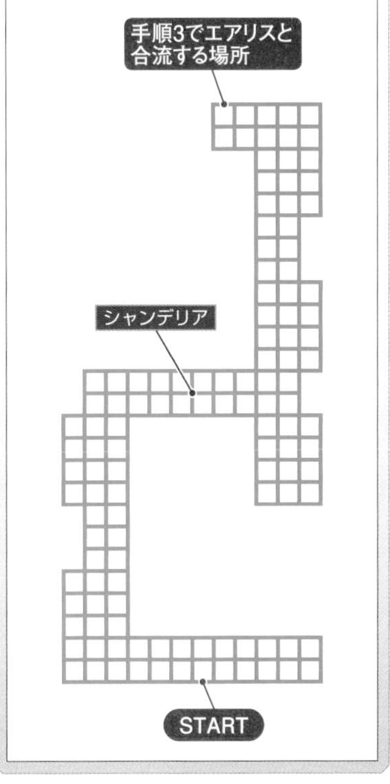

宝 眠気覚まし

教会 屋根裏

P.262へ

手順4のあとに通れる

教会 3F

手順4 通路をふさぐタンスを動かす 🔺HOLD

手順5はP.262

手順3 木の棒にぶら下がって移動し、エアリスのもとへ行く

シャンデリアを下へ落としたあとは、木の棒にぶら下がったまま移動し、エアリスと合流しよう。下からは兵士たちが銃撃を仕掛けてくるので、同じ場所にとどまるのは禁物だ(銃撃のダメージでHPが減るのは残り1まで)。

出現する敵パーティ

出現場所	警備兵	上級警備兵	BOSS レノ(1回目)
Ⓐ	×2	×1	—
Ⓑ	×2	×1	—
Ⓒ	—	—	×1

※Ⓐ～Ⓒの敵とのバトルは連戦になり、敵を全滅させた直後につぎの敵が出現する

エネミーデータ

警備兵 P.526

レベル ● 17
HP ● 397
弱点 ● 炎

上級警備兵 P.540

レベル ● 17
HP ● 1106
弱点 ● 炎

レノ(1回目) BOSS P.625

レベル ● 17
HP ● 6079
弱点 ● ——

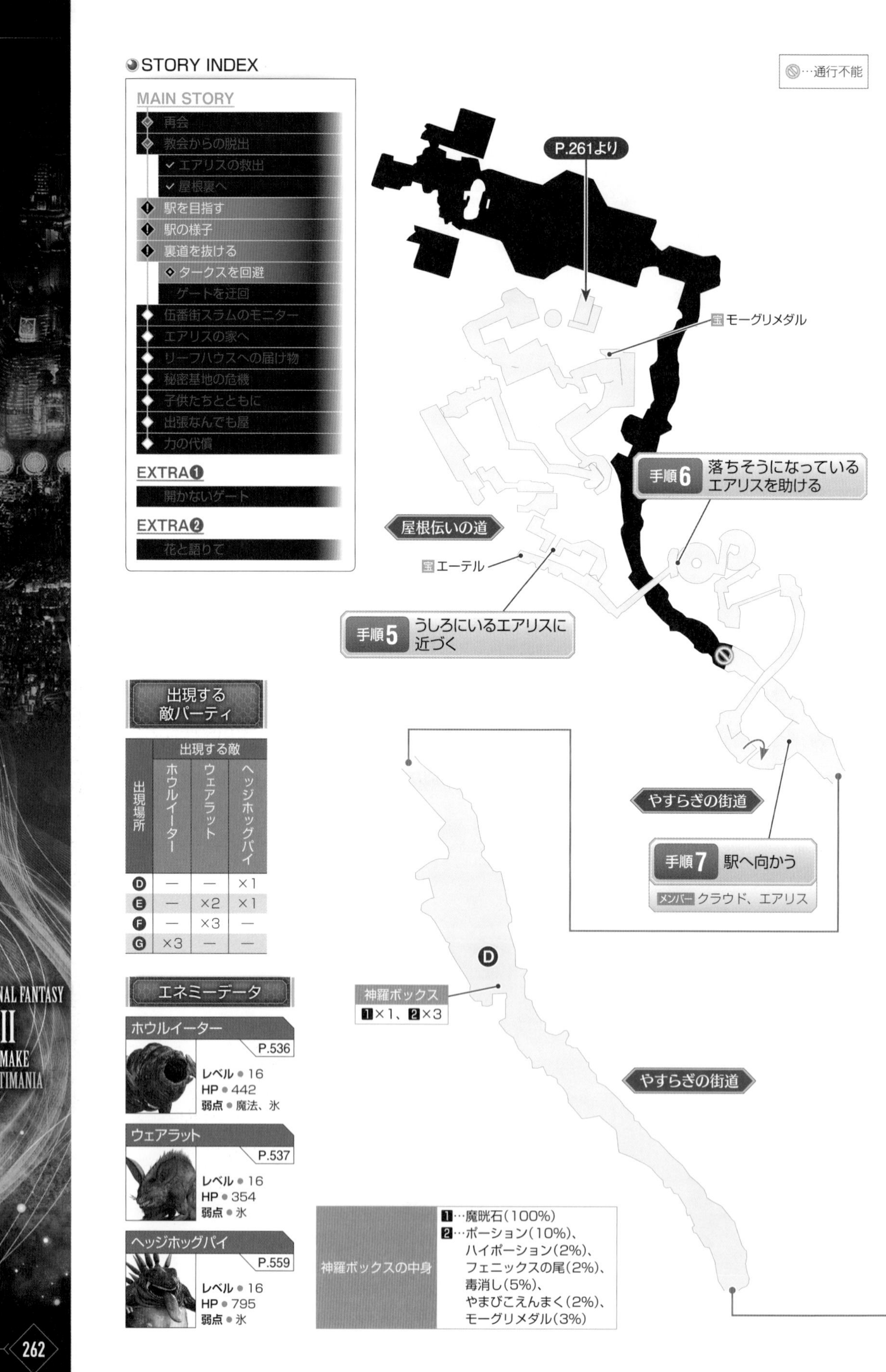

STORY INDEX

出現する敵パーティ

出現場所	出現する敵		
	ホウルイーター	ウェアラット	ヘッジホッグパイ
D	—	—	×1
E	—	×2	×1
F	—	×3	—
G	×3	—	—

エネミーデータ

ホウルイーター
P.536
レベル ● 16
HP ● 442
弱点 ● 魔法、氷

ウェアラット
P.537
レベル ● 16
HP ● 354
弱点 ● 氷

ヘッジホッグパイ
P.559
レベル ● 16
HP ● 795
弱点 ● 氷

神羅ボックスの中身	1…魔晄石(100%) 2…ポーション(10%)、ハイポーション(2%)、フェニックスの尾(2%)、毒消し(5%)、やまびこえんまく(2%)、モーグリメダル(3%)

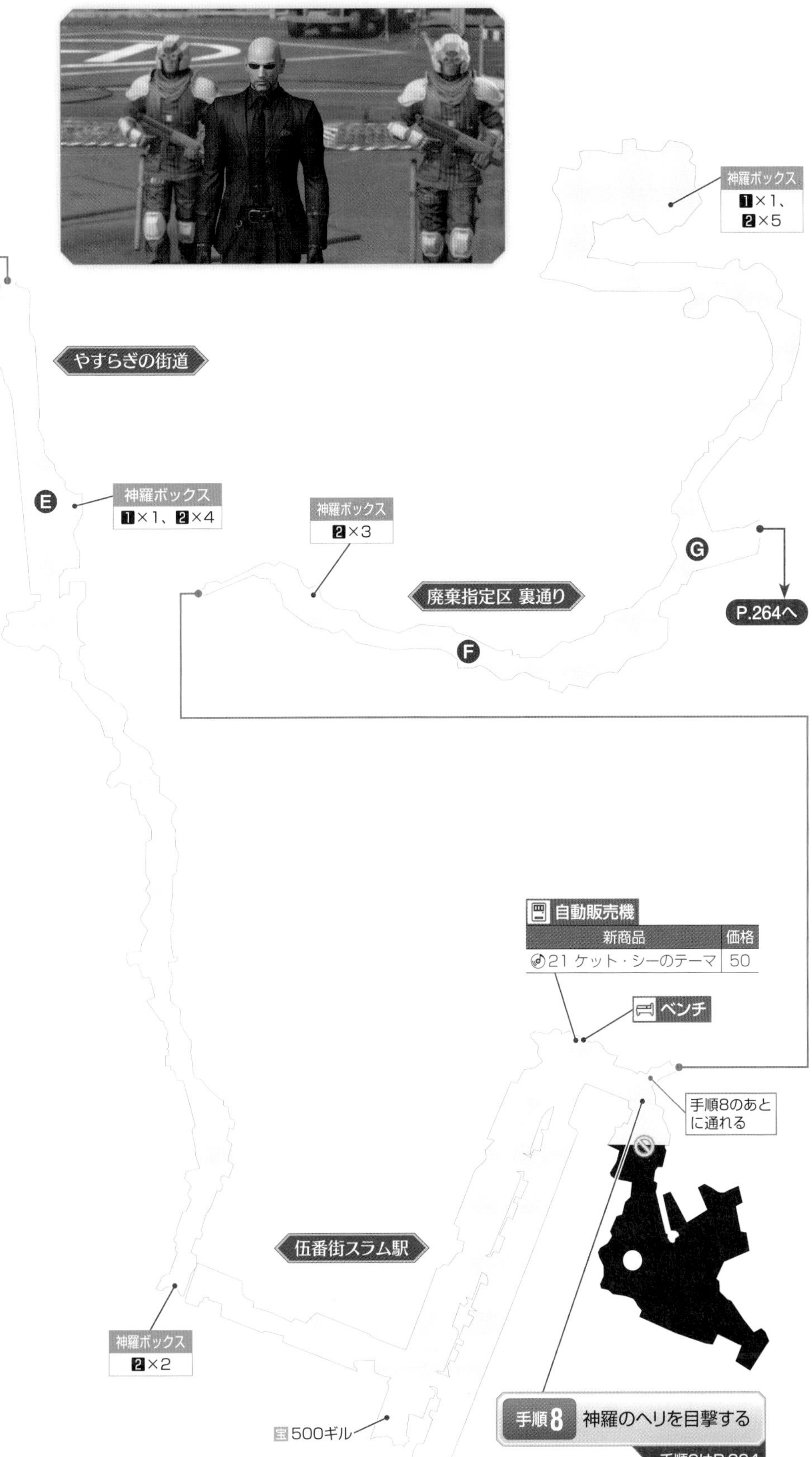

手順8 神羅のヘリを目撃する

手順9はP.264

STORY INDEX

手順10 コンテナを2回押し動かす △HOLD

手順9 ゲートのレバーを調べる △HOLD

レバーを調べると、ゲートが開かないことを確認できる。これで、手順10が行なえるようになるほか、EXTRA❶「開かないゲート」が発生するのだ。

EXTRA❶

手順1 レバーを調べてゲートを開ける △HOLD

手順14を行なう前に、この場所にあるレバーを調べると、ゲートが開いてEXTRA❶「開かないゲート」がクリアとなる。

手順12 ゲートのレバーを調べる △HOLD

レバーを調べると、この場所もレバーが壊れていてゲートが開かないことがわかる。なお、この手順を行なわなくても、手順13を行なうことは可能だ。

※1……手順15のあとに通れる

出現する敵パーティ

出現場所	ホウルイーター	ヘッジホッグパイ	スモッグファクト
H	—	×3	—
I	×2	×1	—
J	—	—	×1
K	—	×1	—

※Kの敵は、Jの敵を倒してから約30秒後に出現する

エネミーデータ

ホウルイーター P.536

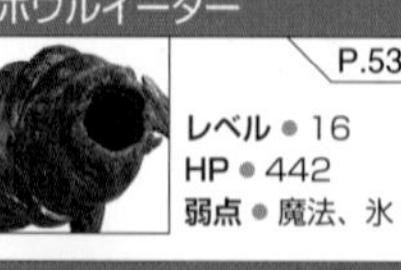

レベル ● 16
HP ● 442
弱点 ● 魔法、氷

ヘッジホッグパイ P.559

レベル ● 16
HP ● 795
弱点 ● 氷

スモッグファクト P.560

レベル ● 16
HP ● 3003
弱点 ● 雷

神羅ボックスの中身	1…ポーション(10%)、ハイポーション(2%)、フェニックスの尾(2%)、毒消し(5%)、やまびこえんまく(2%)、モーグリメダル(3%)

STORY INDEX

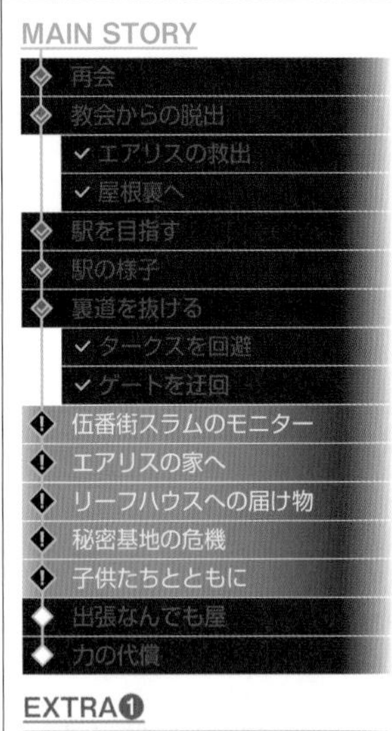

手順25 秘密基地の入口に近づく

秘密基地から出ようとするのを2回くり返すと、ムギに声をかけられ、クエスト 7 ～ 12 に挑戦できる。それらのクエストをクリアした数に応じて、CHAPTER 9でのエアリスの衣装が変わるほか(→P.697)、6つすべてをクリアすればEXTRA❷「花と語りて」が発生するのだ(→P.268)。また、手順25を終えると、ステーション通りから駅や教会へもどれるようになるので、以前は手に入れられなかったアイテム(→P.268～269を参照)を取りに行くといい。

手順26はP.268

手順19 リーフハウスに花を届ける

メンバー クラウド

リーフハウスの入口に近づくと、エアリスが花を届けに建物のなかへ入っていき、そのあとはクラウドがひとりで伍番街スラムを歩きまわれる。駅のほうや六番街スラムのほうには行けないが、宝箱を開けたりショップを利用したりできるので、スラム内をひととおりまわってみよう。なお、エアリスと別れてから約10分が過ぎるか、スラムにいるムギ(→P.700)に話しかければ、手順20が行なえるようになる。

手順18 花畑で花を摘む

花畑では、リーフハウスに届ける花を3回摘むことになる。花は右の写真の3種類から選択でき、全種類を1回ずつ選んでもいいし、同じものを複数回選んでもいい。なお、ここでの選択によって、手順25のあとにリーフハウスに飾られるフラワーアートの柄が変化する(→P.700)。

花香る小道

✧『MPアップ』マテリア(※2)

エアリスの家

⊘…通行不能

手順17 エアリスの支度が終わるのを待つ

エアリスが花を入れるカゴを取りに2階へ上がっていったら、彼女を追って2階へ上がろう。そのあと1階へもどると、支度を終えたエアリスが下りてくるのだ。

エアリスの家 屋上：ベランダ

エアリスの家 2F

出現する敵パーティ

出現場所	ウェアラット	ヘッジホッグパイ	スモッグファクト
Ⓛ	―	×3	―
Ⓜ	×2	×1	―
Ⓝ	×4	―	―
Ⓞ	×1	×2	―
Ⓟ	―	×2	×1
Ⓠ	―	×4	―
Ⓡ	―	―	×2
Ⓢ	―	―	×1
Ⓣ	―	×3	―

※Ⓟ～Ⓡの敵とのバトルは連戦になり、敵を全滅させた直後につぎの敵が出現する
※ⓈとⓉの敵は、手順22のあとに出現する

エネミーデータ

ウェアラット P.537
レベル● 16
HP● 354
弱点● 氷

ヘッジホッグパイ P.559

レベル● 16
HP● 795
弱点● 氷

スモッグファクト P.560

レベル● 16
HP● 3003
弱点● 雷

神羅ボックスの中身	❶…ポーション(10%)、ハイポーション(2%)、フェニックスの尾(2%)、毒消し(5%)、やまびこえんまく(2%)、モーグリメダル(3%)

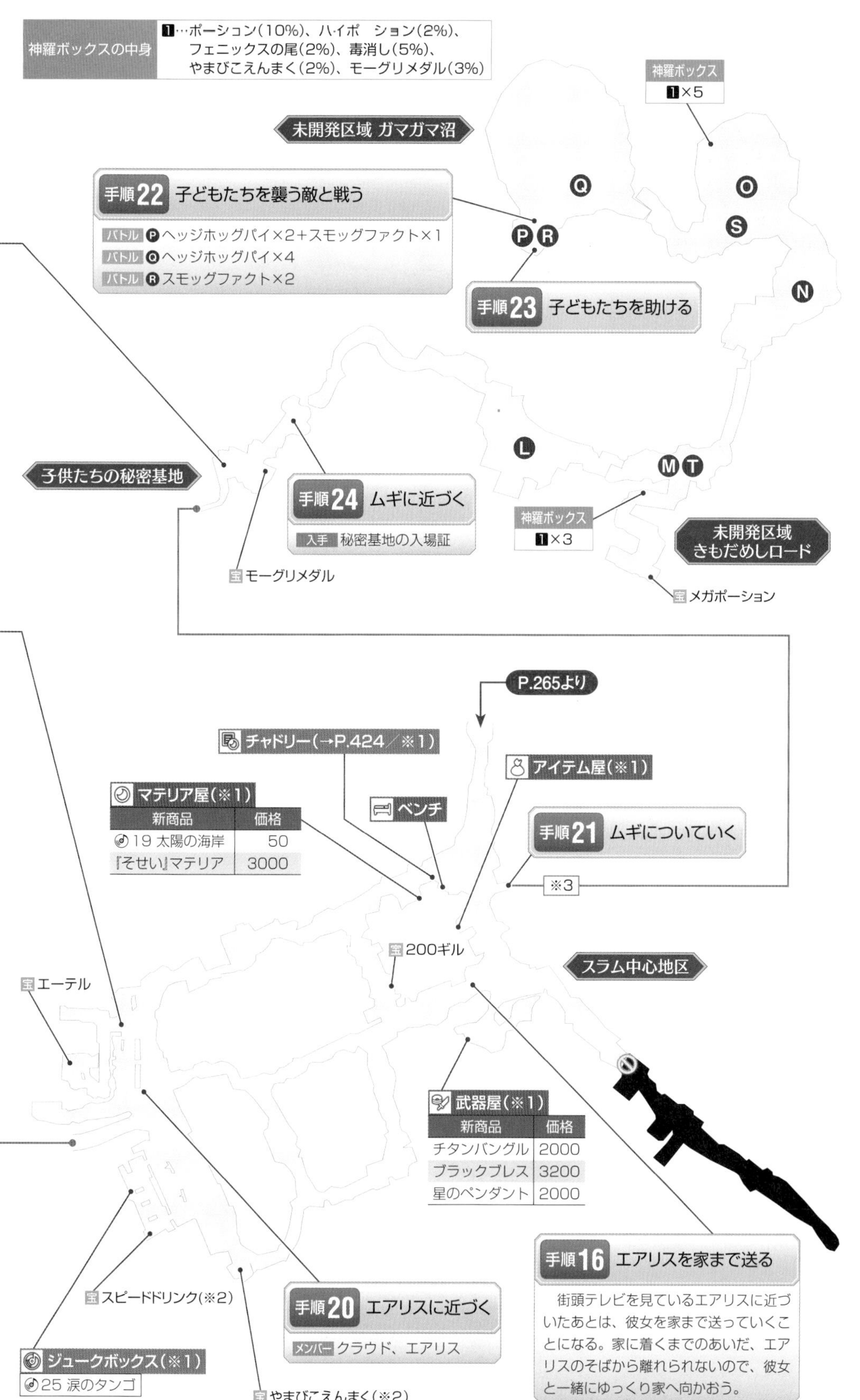

マテリア屋(※1)

新商品	価格
19 太陽の海岸	50
『そせい』マテリア	3000

武器屋(※1)

新商品	価格
チタンバングル	2000
ブラックブレス	3200
星のペンダント	2000

手順16 エアリスを家まで送る

街頭テレビを見ているエアリスに近づいたあとは、彼女を家まで送っていくことになる。家に着くまでのあいだ、エアリスのそばから離れられないので、彼女と一緒にゆっくり家へ向かおう。

※1……手順19のあとに利用できる　※2……手順19のあとに入手できる　※3……手順21のあとに通れる

STORY INDEX

MAIN STORY

EXTRA❷

手順1 エアリスに呼ばれる

クエスト 7 ～ 12 を全部クリアし、手順27を行なう前にこの場所を通りかかると、エアリスに呼ばれてEXTRA❷「花と語りて」が発生する。

手順26 ルードに近づく

バトル Ⓤルード(1回目)(→P.627)
入手 【HARD】星の神秘の書 第4巻

手順28 物音を立てないように1階へ下りて家を出る

メンバー クラウド

深夜に部屋から抜け出したときには、廊下にバケツやイスなどが散乱している。それらに触れて物音を立てると、エアリスに気づかれて部屋へもどされてしまうので、うまく避けながら進もう。1階へ下りて家を出たあと、伍番街スラムの出口まで行けば、このチャプターは終了だ。なお、エアリスに2回気づかれたあとは、廊下にあるものが下の図のように変化する。

触れると音が出る家具などの位置

●…エアリスに2回気づかれたあとはなくなるもの
★…つねに置かれているもの

EXTRA❷

手順2 エアリスに近づく

エアリスに近づき、花についてふたりで話をすれば、EXTRA❷「花と語りて」はクリアとなる。

手順27 エアリスの家に帰る

エアリスの家へ入ろうとすると、エアリスから「もう、帰っちゃう？」と聞かれる。このときに「ああ」と答えて家に入れば物語が進むが、その時点でクエストやEXTRA❷をクリアできなくなってしまうので注意。

⊘…通行不能

※1……チャプターセレクト時は、すでに入手していると『かいふく』マテリアになる
※2……手順27のあとは通れなくなる

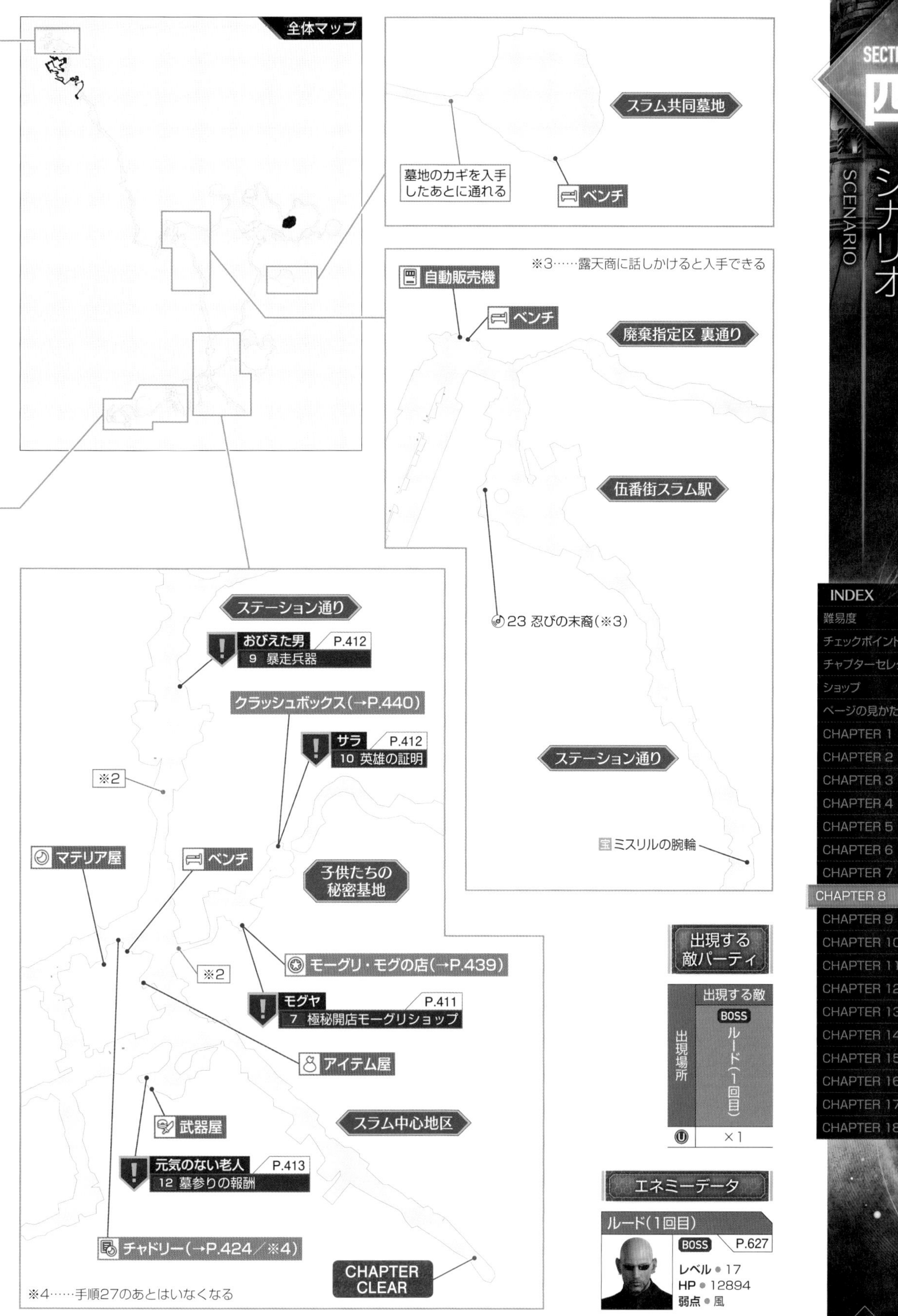

出現する敵パーティ

出現場所	出現する敵
	BOSS ルード(1回目)
Ⓤ	×1

エネミーデータ

ルード(1回目)

BOSS P.627

レベル ● 17
HP ● 12894
弱点 ● 風

Original『FFVII』Playback PART 6

スラムの教会〜エアリスの家

エアリスと再会したときの会話は、どの選択肢を選んだかだけでなく、八番街で花を買っていたか(→P.200)によっても大きく変化。深夜にエアリスの家を抜け出す場面では、ちょっとでも走るとエアリスに気づかれる。

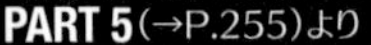
PART 5(→P.255)より

スラムの教会

『……大丈夫か？』

『……聞こえてるか？』

クラウド
「…………ああ」

『あの時は……
ヒザすりむいただけで
すんだけど……』

クラウド
「……あの時？」

『今度はどうかな？
起きられるか？』

クラウド
「……あの時？
……今度は？」

『……気にするな。
今は身体のことだけ
考えるんだ』

『……身体、動かせるか？』

クラウド
「……やってみる」

「あっ！ 動いた！」

『……どうだ？』

『ゆっくりな。
少しずつ少しずつ……』

クラウド
「……わかってるさ」

「もしもし？」

クラウド
「なあ……あんた、誰だ？」

「もしも〜し！」

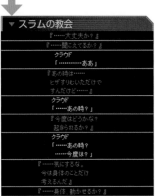

「だいじょぶ？」

「ここ、スラムの教会。
5番街よ」

「いきなり、落ちてくるんだもん。
おどろいちゃった」

クラウド
「……落ちてきた」

「屋根と、花畑、クッションに
なったのかな。
運、いいね」

クラウド
「花畑……あんたの花畑？」

クラウド
「それは悪かったな」

「気にしないで。
お花、けっこう強いし
ここ、特別な場所だから」

「ミッドガルって
草や花、あまり育たないでしょ？
でも、ここだけ花、さくの」

「好きなんだ、ここ」

「……また、会えたね」

「……おぼえてないの？」
☞ (会ったことがある……)
(たしか、初対面だ)

「(たしか、初対面だ)」を選んだときの展開

「……おぼえてないかぁ。
あなた、ボーッと歩いてたしね」

花を買っていた場合

「でも、お花、買ってくれたから
許してあげる」

花を買っていなかった場合

「まぁ、いっか」

クラウド
「ああ、覚えてるさ」
☞ 花を売ってたな
スラムの酔っぱらい

「あっ！ うれしいな〜！」

「あのときは、お花、買ってくれて
ありがと」

花を買っていなかった場合の展開

「でも、お花、買ってくれなかったね」

「まぁ、いっか」

「スラムの酔っぱらい」を選んだときの展開

「しつれいしちゃうわね！」

花を買っていた場合

「でも、お花、買ってくれたから
許してあげる」

花を買っていなかった場合

「な〜んにも覚えてないんだ」

「まぁ、いっか」

「ね、マテリア、持ってるんだね」

「わたしも持ってるんだ」

クラウド
「今はマテリアはめずらしくもなんともない」

「わたしのは特別。
だって、何の役にも立たないの」

クラウド
「……役にたたない？
使い方を知らないだけだろ？」

「そんなこと、ないけど……
でも、役に立たなくてもいいの」

「身につけてると安心できるし
お母さんが残してくれた……」

「ね、いろいろ、お話したいんだけど
どうかな？」

「せっかく、こうして
また、会えたんだし……ね？」
☞ ああ、かまわない
話すことなどない

「じゃ、待ってて。
お花の手入れ、すぐ終わるから」

「話すことなどない」を選んだときの展開

「…………………なるほど」

「あ〜あ、誰のせいかな〜。
せっかく、元気に育ったのにね〜。
お花さん、かわいそ」

「も〜すこし待ってて」

「あ！」

「そういえば、まだだった」

「おたがい、名前、知らないね」

「わたしは……」

「わたし、花売りのエアリス。
よろしくね」

「仕事は……
仕事は『なんでも屋』だ」

エアリス
「はぁ……なんでも屋さん」

クラウド
「なんでもやるのさ」

クラウド
「何がおかしい！
どうして笑う！」

エアリス
「ごめんなさい……でも、ね」

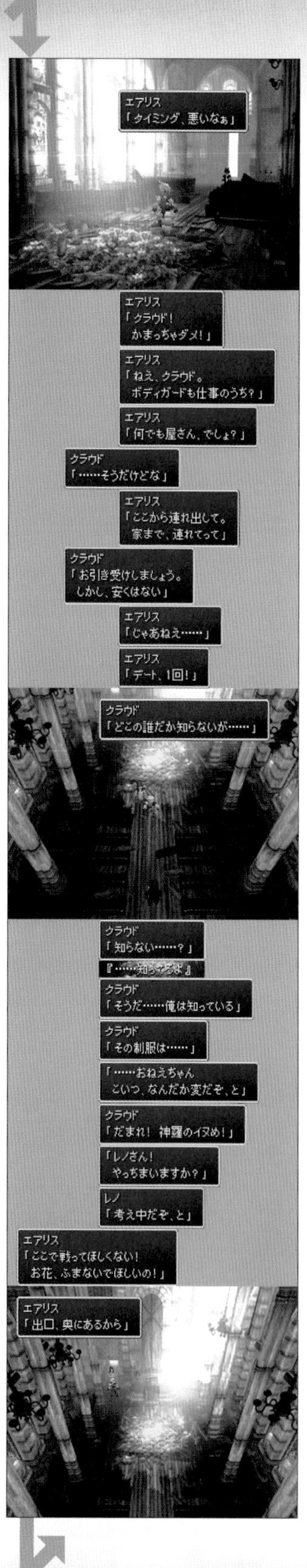
エアリス
「タイミング、悪いなぁ」
エアリス
「クラウド!
かまっちゃダメ!」
エアリス
「ねえ、クラウド。
ボディガードも仕事のうち?」
エアリス
「何でも屋さん、でしょ?」
クラウド
「……そうだけどな」
エアリス
「ここから連れ出して。
家まで、連れてって」
クラウド
「お引き受けしましょう。
しかし、安くはない」
エアリス
「じゃあねえ……」
エアリス
「デート、1回!」
クラウド
「どこの誰だか知らないが……」
クラウド
「知らない……?」
『……知ってるよ』
クラウド
「そうだ……俺は知っている」
クラウド
「その制服は……」
「……おねえちゃん
こいつ、なんだか変だぞ、と」
クラウド
「だまれ! 神羅のイヌめ!」
「レノさん!
やっちまいますか?」
レノ
「考え中だぞ、と」
エアリス
「ここで戦ってほしくない!
お花、ふまないでほしいの!」
エアリス
「出口、奥にあるから」

レノ
「あれは……魔晄の目」
レノ
「ま、いいかぁ。
お仕事お仕事、と」
レノ
「あっ!」
レノ
「お花、ふまないでね…だと」
「レノさん、ふんだ!」
「花、ぐしゃぐしゃ!」
「怒られる〜!」
レノ
「いたぞ、あそこだ!」
エアリス
「クラウド、あれ!」
クラウド
「わかっている。
どうやら見逃すつもりはないようだな」
エアリス
「どうしよう?」
クラウド
「つかまるわけにはいかないんだろ?
それなら、答えはひとつさ」
クラウド
「さあ、エアリス。
こっちだ」
クラウド
「だいじょうぶだ。
俺が受け止めてやる」
エアリス
「わかったわ。
しっかり受け止めてね」
レノ
「古代種が逃げるぞ!
撃て、撃て! あ、撃つな!」

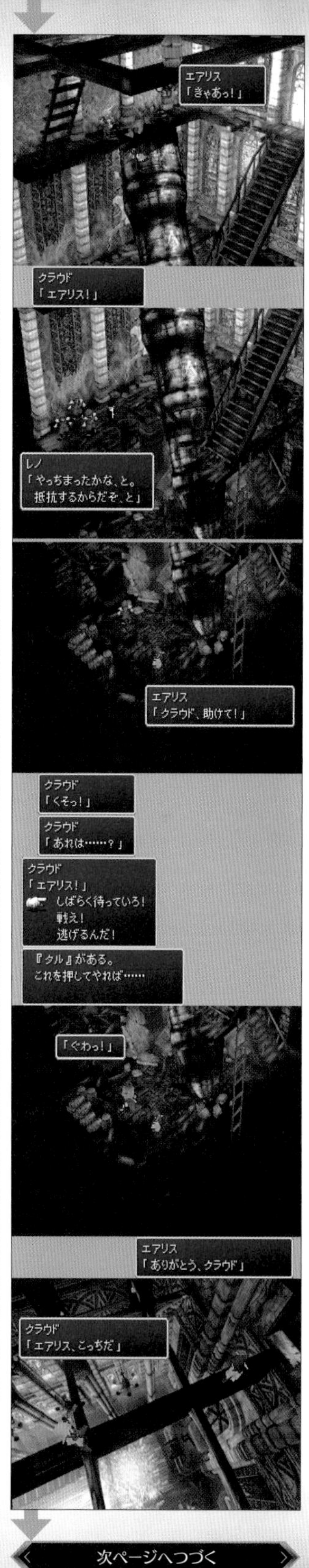
エアリス
「きゃあっ!」
クラウド
「エアリス!」
レノ
「やっちまったかな、と。
抵抗するからだぞ、と」
エアリス
「クラウド、助けて!」
クラウド
「くそっ!」
クラウド
「あれは……?」
クラウド
「エアリス!」
しばらく待っていろ!
戦え!
逃げるんだ!
『タル』がある。
これを押してやれば……
「ぐわっ!」
エアリス
「ありがとう、クラウド」
クラウド
「エアリス、こっちだ」

次ページへつづく

SECTION
四
シナリオ
SCENARIO

前ページより

▼ 伍番街スラム

エアリス
「フフフ……
まださがしてるね」

クラウド
「初めてじゃないな?
やつらが襲ってきたのは?」

エアリス
「……まあ、ね」

クラウド
「タークスだよ、あいつらは」

エアリス
「ふ〜ん……」

クラウド
「タークスは神羅の組織。
ソルジャーの人材をみつけだし
スカウトするのが役目だ」

エアリス
「こんなに乱暴なやりかたで?
まるで人さらいみたい」

クラウド
「それにウラじゃ
汚いことをやっている」

「スパイ、殺し屋……
いろいろだ」

エアリス
「そんな顔してるね」

クラウド
「でも、どうして
あんたがねらわれる?
何かわけがあるんだろ?」

エアリス
「う〜ん……べつに。
あ、わたしソルジャーの素質が
あるのかも!」

クラウド
「そうかもな。
なりたいのか?」

エアリス
「どうかな〜。
でも、あんなヤツらに
つかまるのはイヤ!」

クラウド
「それじゃあ、行くぞ!」

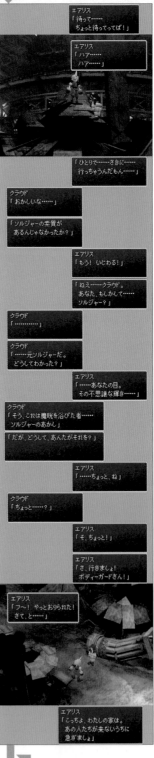

エアリス
「待って……
ちょっと待ってってば!」

エアリス
「ハア……
ハア……」

「ひとりで……さきに……
行っちゃうんだもん……」

クラウド
「おかしいな……」

「ソルジャーの素質が
あるんじゃなかったか?」

エアリス
「もう! いじわる!」

「ねえ……クラウド。
あなた、もしかして……
ソルジャー?」

クラウド
「…………」

クラウド
「……元ソルジャーだ。
どうしてわかった?」

エアリス
「……あなたの目。
その不思議な輝き……」

クラウド
「そう、これは魔晄を浴びた者……
ソルジャーのあかし」

「だが、どうして、あんたがそれを?」

エアリス
「……ちょっと、ね」

クラウド
「ちょっと……?」

エアリス
「そ、ちょっと!」

エアリス
「さ、行きましょ!
ボディーガードさん!」

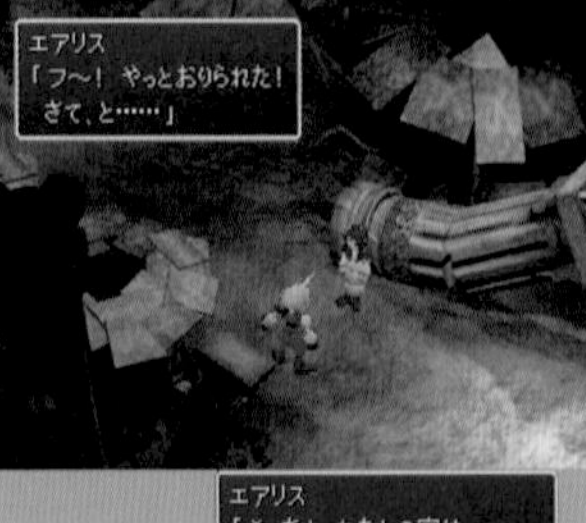
エアリス
「フ〜! やっとおりられた!
さて、と……」

エアリス
「こっちよ、わたしの家は。
あの人たちが来ないうちに
急ぎましょ」

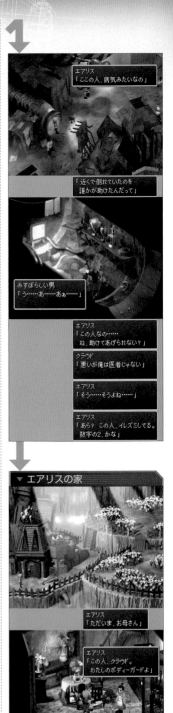

エアリス
「ここの人、病気みたいなの」
みすぼらしい男
「う……あ……あぁ……」

「近くで倒れていたのを
誰かが助けたんだって」

エアリス
「この人なの……
ね、助けてあげられない?」

クラウド
「悪いが俺は医者じゃない」

エアリス
「そう……そうよね……」

エアリス
「あら? この人、イレズミしてる。
数字の2、かな」

▼ エアリスの家

エアリス
「ただいま、お母さん」

エアリス
「この人、クラウド。
わたしのボディーガードよ」

エルミナ
「ボディーガードって……
おまえ、また狙われたのかい!?」

エルミナ
「体は!? ケガはないのかい!?」

エアリス
「だいじょうぶ。
今日はクラウドもいてくれたし」

エルミナ
「ありがとうね、クラウドさん」

エアリス
「ねぇ、これからどうするの？」

クラウド
「……7番街は遠いのか？
ティファの店に行きたいんだ」

エアリス
「ティファって……女の人？」

クラウド
「ああ」

エアリス
「彼女？」

クラウド
「彼女？
そんなんじゃない！
そんなところだ

エアリス
「ふふふ」

エアリス
「そ～んなにムキにならなくても
いいと思うけど」

「そんなところだ」を選んだときの展開

エアリス
「ふ～ん、いいねぇ」

エアリス
「でも、まあ、いいわ」

エアリス
「7番街だったわね。
私が案内してあげる」

クラウド
「冗談じゃない。
また危ない目にあったら
どうするんだ？」

エアリス
「なれてるわ」

クラウド
「なれてる！？」

クラウド
「……まあ、そうだとしても
女の力をかりるなんて…」

エアリス
「女！！ 女の力なんて！？」

エアリス
「そういう言い方されて
だまってるわけにはいかないわね」

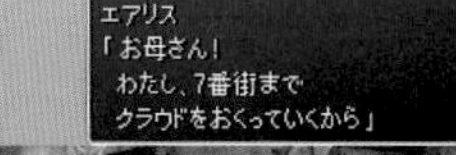
エアリス
「お母さん！
わたし、7番街まで
クラウドをおくっていくから」

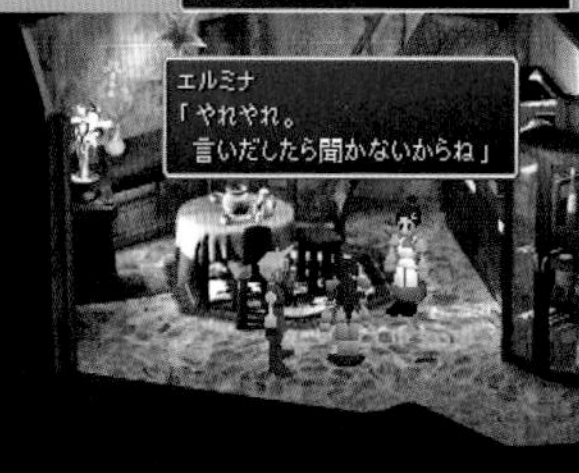
エルミナ
「やれやれ。
言いだしたら聞かないからね」

エルミナ
「でも、明日にしたらどうだい？
今日はもう遅くなってきたし」

エアリス
「うん、わかった、お母さん」

エルミナ
「エアリス、ベッドの準備をしておくれ」

エルミナ
「あんたのその目の輝きは……
ソルジャーなんだろ？」

クラウド
「ああ。
しかし、むかしの話だ…」

エルミナ
「………。
言いにくいんだけど…」

「今夜のうちに
出ていってくれないかい？
エアリスにはないしょでさ」

エルミナ
「ソルジャーなんて……
またエアリスが悲しい思いを
することになる……」

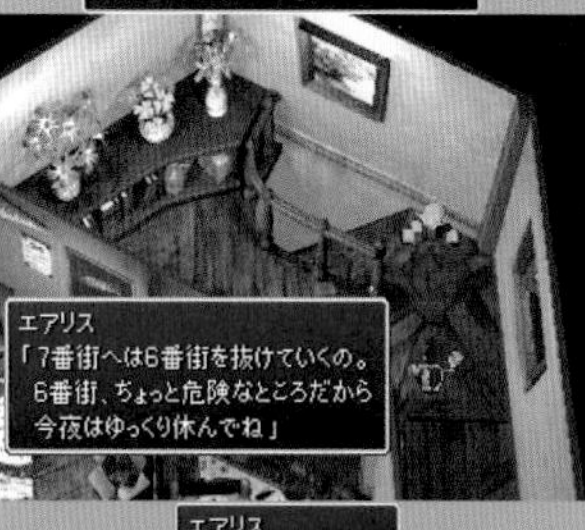
エアリス
「7番街へは6番街を抜けていくの。
6番街、ちょっと危険なところだから
今夜はゆっくり休んでね」

エアリス
「クラウド」

エアリス
「おやすみ」

クラウド
「まいったな……」

『……かなり、アレだな。
つかれてるみたいだぞ』

クラウド
「…………！？」

『こんなキチンとしたベッド
……ひさしぶりだ』

クラウド
「……ああ、そうだな」

『あれ以来、かな』

▼クラウドの夢

「本当に立派になってぇ」

「そんなんじゃ、あれだね。
女の子もほっとかないだろ？」

クラウド
「……べつに」

「……心配なんだよ」

「都会にはいろいろ誘惑が
多いんだろ？」

「ちゃんとした彼女がいれば
母さん、すこしは
安心できるってもんだ」

クラウド
「……俺はだいじょうぶだよ」

「あんたにはねぇ……」

「ちょっとお姉さんで
あんたをグイグイ引っ張っていく」

「そんな女の子が
ピッタリだと思うんだけどね」

クラウド
「……興味ないな」

▼エアリスの家

クラウド
「……いつのまにか
眠ってしまったのか」

クラウド
「6番街をこえて7番街へ、か。
1人でなんとかなりそうだな」

出ていくところを見つかったときの展開

エアリス
「もう！ またタークス、来たのかと
思ったじゃない！
おとなしく休んで！」

クラウド
「次はみつからないように……」

PART 7（→P.290）へつづく

CHAPTER 9

欲望の街

MAIN STORY DIGEST

1 エアリスの道案内
2 近道を進む
3 行き止まりの先へ

クラウドはエアリスの案内で、彼女が近道だという陥没道路を通り抜けて七番街スラムへ向かうことにした。陥没道路では、道が途切れていたり盗賊が襲ってきたりしたが、ふたりは協力しながら先へ進んでいく。

「ミグルミぜんぶ
おいていってもらおうか！」

4 別れの時

陥没道路を抜けた先は、七番街スラムのゲートにほど近い、さびれた公園だった。別れを惜しむエアリスと語り合ったのち、七番街スラムへもどろうとするクラウド。するとそこへ、ティファを乗せたチョコボ車が通りかかった。ティファの行き先がウォール・マーケットを牛耳るコルネオのところだと知り、クラウドとエアリスは急いで彼女のあとを追う。

「私、これから
コルネオのところに行くから」

5 ティファの行方

チョコボ小屋に立ち寄ったクラウドたちは、小屋の主人のチョコボ・サムからティファの情報を聞き出す。どうやらティファは、コルネオが嫁を選ぶオーディションに参加するために、彼の館へ連れていかれたらしい。

6 コルネオの館へ

ティファを連れもどすべく、ウォール・マーケットにあるコルネオの館へとやってきたクラウドとエアリス。しかし、館に入れるのは女性だけで、しかも代理人からの推薦状が必要だとレズリーに言われて追い返されてしまう。クラウドたちはウォール・マーケットにいる3人の代理人──チョコボ小屋のチョコボ・サム、手揉み屋のマダム・マム、蜜蜂の館のアニヤン・クーニャンを訪ねることにした。

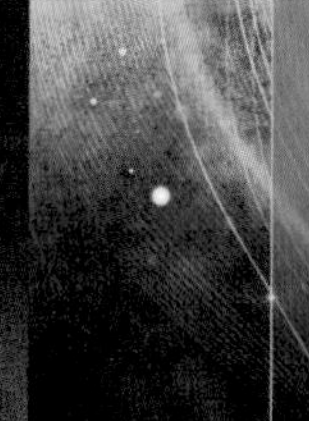

「さて、裏か表か。
当たったら姉ちゃんを推薦してやるよ」

7 3人の代理人
8 マムの要求

クラウドとエアリスは、コルネオの女性の好みを熟知しているという代理人たちに会いに行くものの、なかなか推薦状はもらえない。最後に会った手揉み屋のマダム・マムから誠意を見せろと一喝されたクラウドは、客として彼女のマッサージを受けることで、ようやく「地下闘技場の大会で優勝すれば、エアリスに推薦状とドレスを用意する」という約束を取りつける。

9 地下闘技場の戦い

推薦状をもらうため、地下闘技場のコルネオ杯に出場することになったクラウドとエアリス。モンスターや神羅の機械兵器も出場するルール無用の大会にて、ふたりはさまざまな強豪たちを退け、見事に優勝を飾る。

10 しばしの別れ
11 ティファを救え

エアリスが着替えているあいだに、クラウドはコルネオの手下のレズリーから、コルネオがいかに恐ろしい男であるかを聞かされる。エアリスの身を案じ、彼女がひとりでコルネオの館へ乗りこむのを止めようとするクラウド。しかし、エアリスはある秘策を持っているという。

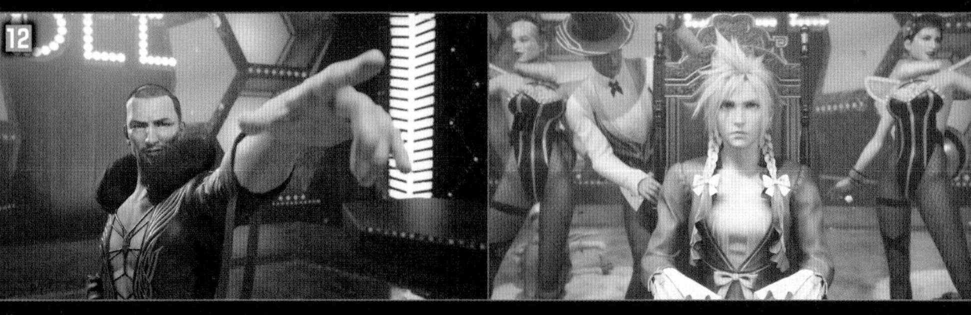

12 エアリスの秘策

エアリスが思いついた秘策──それは、クラウドに女装をさせ、ふたりでコルネオの館へ乗りこむというものだった。蜜蜂の館のステージでダンスを踊り、代理人のひとりであるアニヤンから認められたクラウドは、ドレスと化粧で女装をほどこされたのち、推薦状をもらう。

13 オーディション

女装したクラウドは、エアリスと一緒にコルネオの館へ入りこみ、ティファと再会した。ティファは、コルネオがアバランチについて手下たちに探らせていたことを知り、その理由を本人から直接聞き出すために館へ乗りこんできたのだ。ティファの目的を果たすべく、クラウドたち3人はコルネオの嫁オーディションにのぞみ、なんとクラウドが今日の嫁に選ばれる。

14 コルネオとの対決

クラウドたちはコルネオに詰め寄り、彼にアバランチを調べさせたのが神羅であることを白状させる。しかも神羅は、七番街の支柱を破壊してプレートをスラムに落下させ、アバランチをアジトもろともツブすつもりなのだという。神羅の計画を阻止するため、急いで七番街スラムへ帰ろうとするクラウドたちだったが、コルネオのワナにかかり、地下へ落とされてしまう。

「俺たちみたいな悪党が、
こうやってべらべらと真相をしゃべるのは
どんな時でしょ〜うか?」

CHAPTER 9 攻略ガイド

物語の途中で、クラウド、ティファ、エアリスがいつもとは異なる衣装で登場する。衣装は3種類ずつあるので、すべての衣装を見たければチャプターセレクトを利用しよう(→P.697)。

六番街スラム

STORY INDEX

伍番街スラム・スラム中心地区へ(→P.289)

⊘…通行不能

CHAPTER START
メンバー クラウド、エアリス

六伍街道 伍番街付近

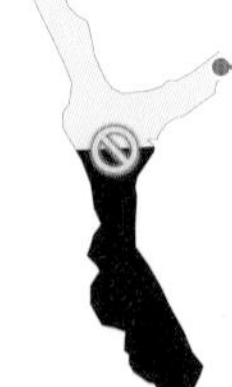

出現する敵パーティ

出現場所	羽根トカゲ	チュースタンク	プロトスイーパー
A	—	×1	—
B	×1	—	—
C	—	—	×1

神羅ボックスの中身	
	1…ポーション(10%)、ハイポーション(2%)、フェニックスの尾(2%)、毒消し(5%)、やまびこえんまく(2%)、モーグリメダル(3%)
	2…魔晄石(100%)

エネミーデータ

羽根トカゲ P.542
レベル ● 17
HP ● 3224
弱点 ● 風

チュースタンク P.553

レベル ● 17
HP ● 1474
弱点 ● 氷

プロトスイーパー P.567
レベル ● 17
HP ● 8750
弱点 ● 雷

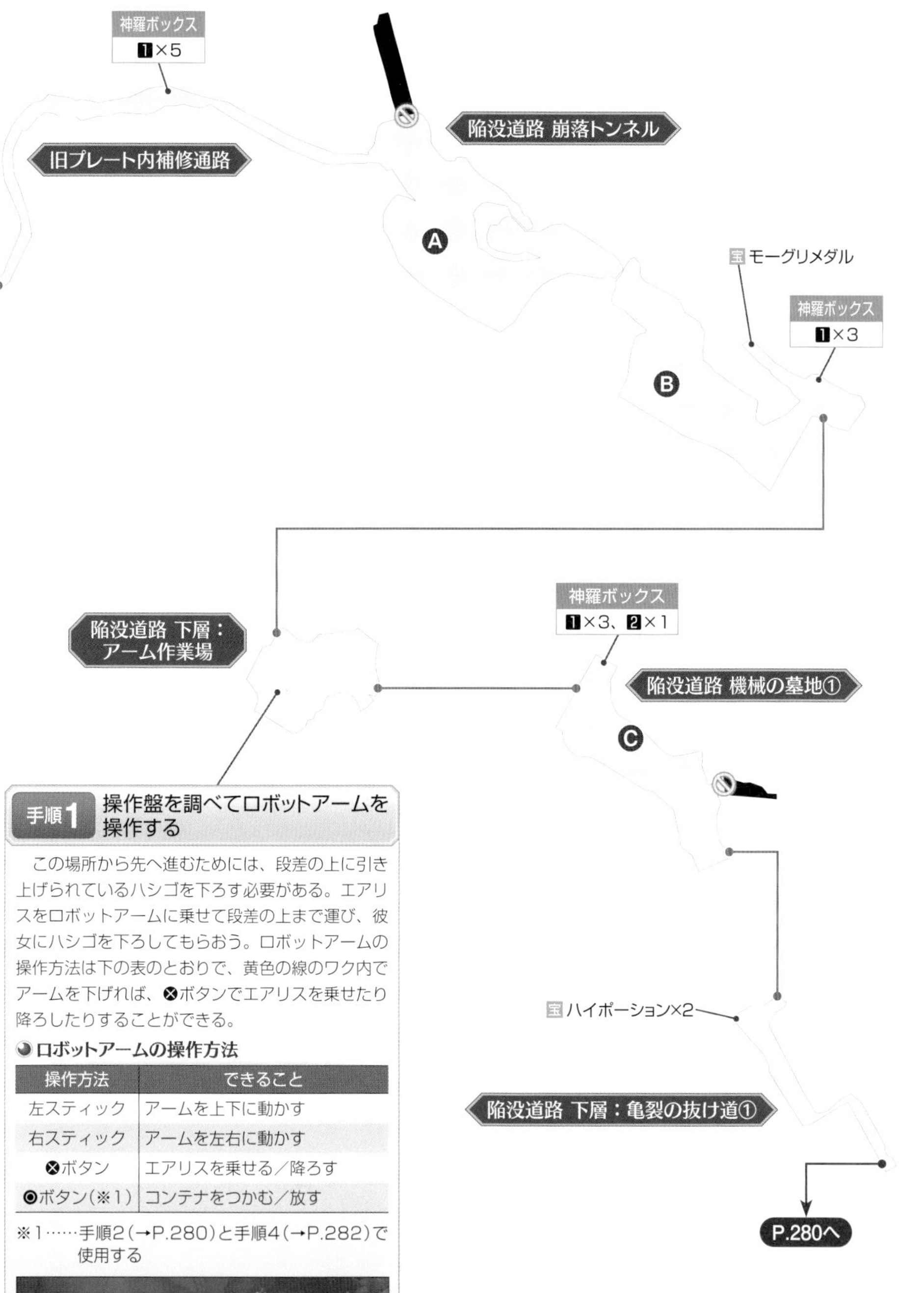

P.280へ

手順1 操作盤を調べてロボットアームを操作する

この場所から先へ進むためには、段差の上に引き上げられているハシゴを下ろす必要がある。エアリスをロボットアームに乗せて段差の上まで運び、彼女にハシゴを下ろしてもらおう。ロボットアームの操作方法は下の表のとおりで、黄色の線のワク内でアームを下げれば、⊗ボタンでエアリスを乗せたり降ろしたりすることができる。

◉ロボットアームの操作方法

操作方法	できること
左スティック	アームを上下に動かす
右スティック	アームを左右に動かす
⊗ボタン	エアリスを乗せる／降ろす
◎ボタン(※1)	コンテナをつかむ／放す

※1……手順2(→P.280)と手順4(→P.282)で使用する

⬆エアリスをアームに乗せて段差の上まで運び、黄色の線のワク内で降ろすと、彼女がハシゴを下ろして先へ進めるようになる。

手順2はP.280

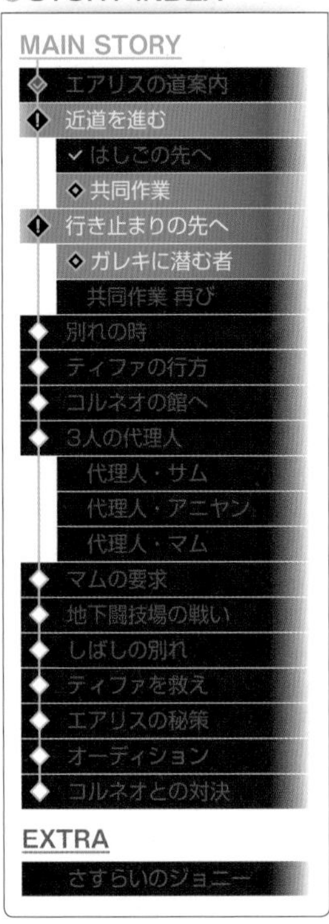

手順2 操作盤を調べてロボットアームを操作する

陥没した道路の向こう側に見えるハシゴは上に引き上げられており、そのままでは先へ進めない。この場所にもロボットアームの操作盤があるので、まずはアームを下げて◎ボタンでコンテナをつかみ、左か右のどちらかの黄色の線のワク内に置こう。そのあとにエアリスをアームに乗せて段差の上まで運び、彼女にハシゴを下ろしてもらえば、先へ進めるようになるのだ。なお、足場の上には『ふうじる』マテリアがあり、下の写真のようにアームを操作すれば、『ふうじる』マテリアを入手しつつ先へ進める。

⬅アームを下げてコンテナをつかんだら、右へ動かしてコンテナを置いたのち、アームを中央へもどそう。

⬅エアリスをアームでコンテナの上まで運ぶと、足場に落ちている『ふうじる』マテリアを彼女が拾いに行く。

⬅ふたたびエアリスをアームに乗せて、段差の上へ運べば、アームから降りた彼女がハシゴを下ろしてくれる。

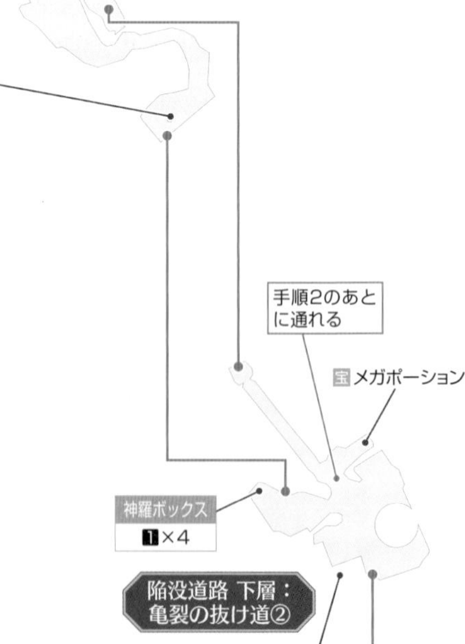

※1……トンネル内にある

※2……手順2のあいだのみ入手できる
※3……チャプターセレクト時は、すでに入手していると出現しない

神羅ボックスの中身	❶…ポーション(10%)、ハイポーション(2%)、フェニックスの尾(2%)、毒消し(5%)、やまびこえんまく(2%)、モーグリメダル(3%)

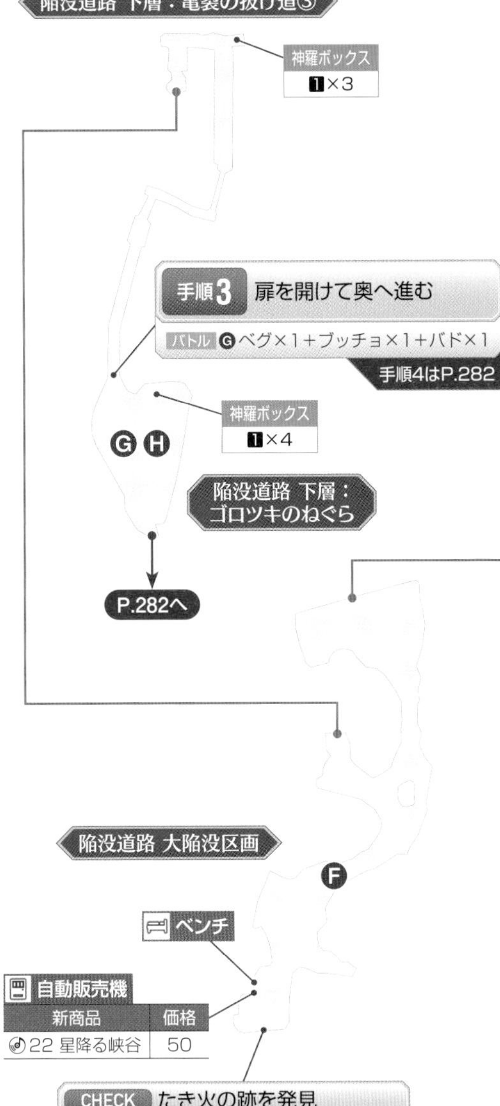

CHECK たき火の跡を発見

行き止まりでエアリスに近づくと、道路の下にたき火の跡があることにクラウドが気づく。この場面を見なくても手順3は行なえるが、見なかった場合は「STORY」メニューに「ガレキに潜む者」が表示されない。

出現する敵パーティ

出現場所	羽根トカゲ	チュースタンク	スモッグファクト	ベグ	ブッチョ	バド	バグラー
Ⓓ	―	×2	―	―	―	―	―
Ⓔ	―	―	×2	―	―	―	―
Ⓕ	×2	―	―	―	―	―	―
Ⓖ	―	―	―	×1	×1	×1	―
Ⓗ	―	―	―	―	―	―	×3

※Ⓔの敵は、出現場所の分かれ道を直進して行き止まりになっていることを確認したあとに出現する
※Ⓕの敵は、自動販売機の近くでたき火の跡を見つけたあとに出現する
※Ⓗの敵は、Ⓖの敵を全滅させてから約3分30秒後に出現する

エネミーデータ

羽根トカゲ
P.542

レベル ● 17
HP ● 3224
弱点 ● 風

チュースタンク
P.553

レベル ● 17
HP ● 1474
弱点 ● 氷

スモッグファクト
P.560

レベル ● 17
HP ● 3132
弱点 ● 雷

ベグ
P.568

レベル ● 17
HP ● 1106
弱点 ● 炎

ブッチョ
P.569

レベル ● 17
HP ● 1842
弱点 ● 炎

バド
P.570

レベル ● 17
HP ● 1106
弱点 ● 炎

バグラー
P.571

レベル ● 17
HP ● 553~1842
弱点 ● 炎

出現する敵パーティ

出現場所	プロトスイーパー	バグラー
I	×1	×2
J	—	×4

神羅ボックスの中身	I…ポーション(10%)、ハイポーション(2%)、フェニックスの尾(2%)、毒消し(5%)、やまびこえんまく(2%)、モーグリメダル(3%)

エネミーデータ

プロトスイーパー P.567 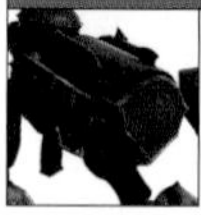
レベル ● 17
HP ● 8750
弱点 ● 雷

バグラー P.571 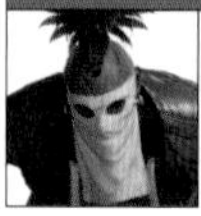
レベル ● 17
HP ● 553~1842
弱点 ● 炎

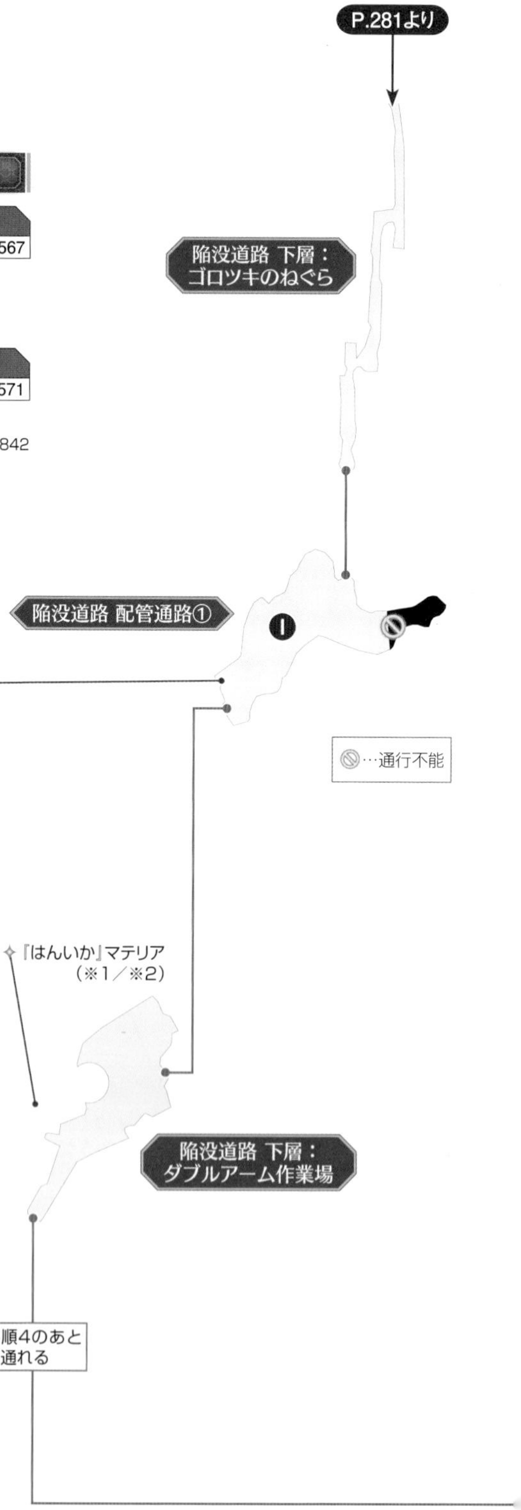

P.281より

陥没道路 下層：ゴロツキのねぐら

陥没道路 配管通路①

⊘…通行不能

手順4 操作盤を調べてロボットアームを操作する

これまでと同じように、引き上げられたハシゴをエアリスに下ろしてもらうために、ロボットアームを操作しよう。この場所ではふたつのアームを操作でき、操作するアームを△ボタンで切りかえられるので、うまく使いわけていきたい。なお、下の写真のようにアームを操作すると、足場の上の『はんいか』マテリアを入手しつつ先へ進めるが、マテリアを拾わなくていいなら、コンテナを中央のワクに2個重ねるところから行なえばOK。

←手前のアームでコンテナを右端へ運び、その上にエアリスを降ろして『はんいか』マテリアを拾ってもらう。

←エアリスをスタート地点までもどしたあとに、コンテナを中央のワクに2個重ねる。

←手前のアームで2個重なったコンテナの上にエアリスを降ろし、奥のアームで彼女をハシゴの近くまで運ぶ。

『はんいか』マテリア(※1／※2)

陥没道路 下層：ダブルアーム作業場

手順4のあとに通れる

※1……手順4のあいだのみ入手できる　※2……チャプターセレクト時は、すでに入手していると出現しない

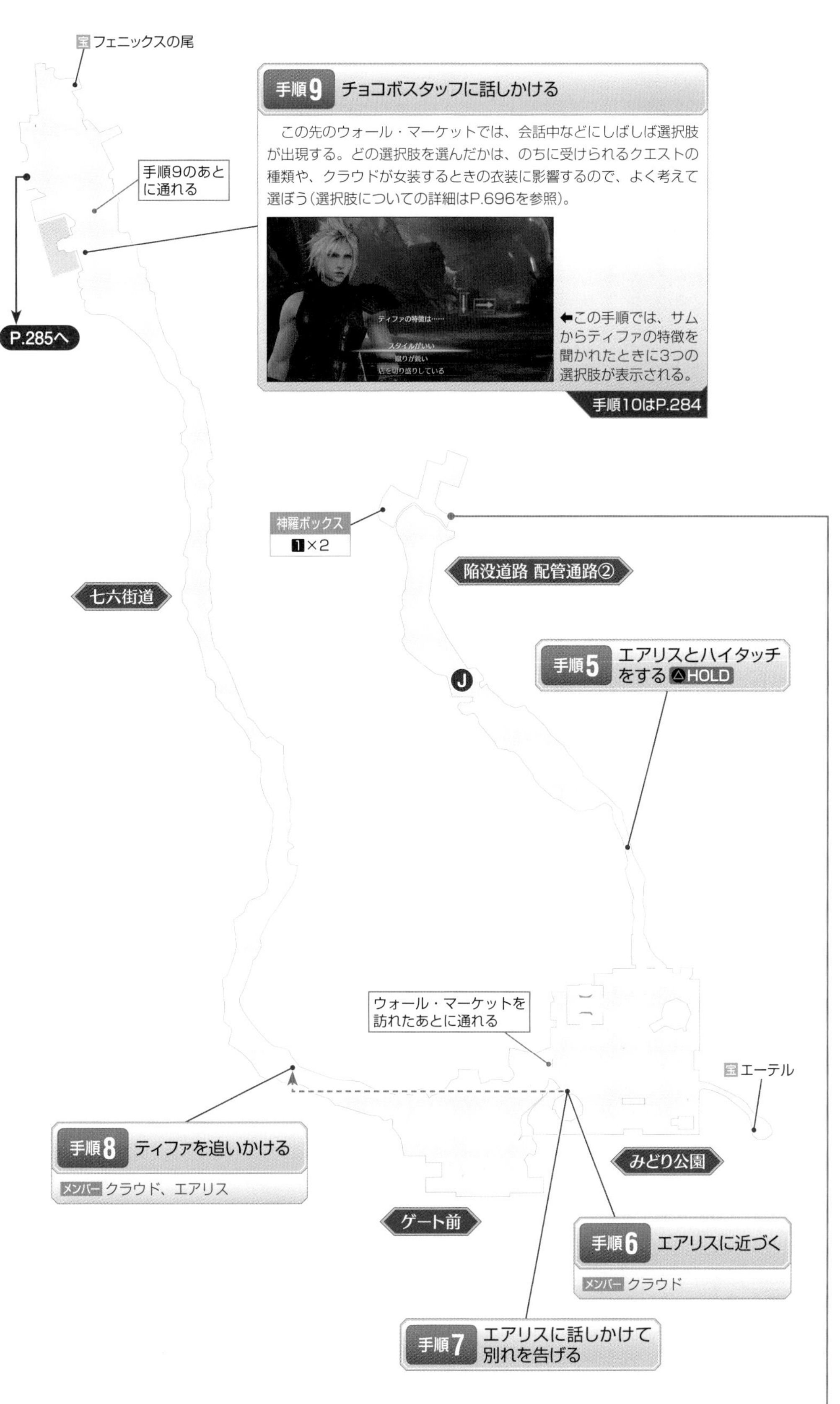

手順9 チョコボスタッフに話しかける

この先のウォール・マーケットでは、会話中などにしばしば選択肢が出現する。どの選択肢を選んだかは、のちに受けられるクエストの種類や、クラウドが女装するときの衣装に影響するので、よく考えて選ぼう(選択肢についての詳細はP.696を参照)。

⬅この手順では、サムからティファの特徴を聞かれたときに3つの選択肢が表示される。

手順10はP.284

手順5 エアリスとハイタッチをする △HOLD

手順8 ティファを追いかける

メンバー クラウド、エアリス

手順6 エアリスに近づく

メンバー クラウド

手順7 エアリスに話しかけて別れを告げる

STORY INDEX

…通行不能

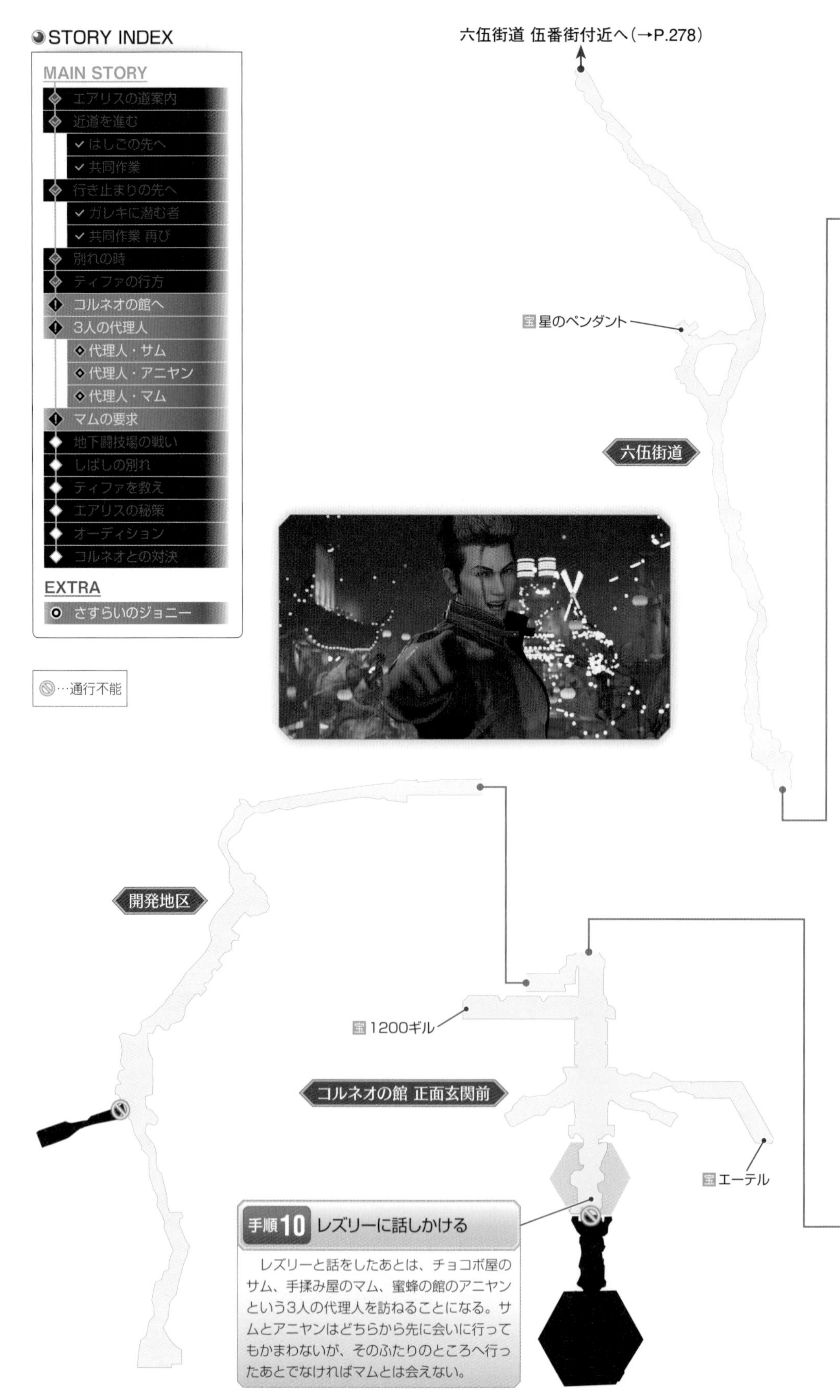

手順10 レズリーに話しかける

レズリーと話をしたあとは、チョコボ屋のサム、手揉み屋のマム、蜜蜂の館のアニヤンという3人の代理人を訪ねることになる。サムとアニヤンはどちらから先に会いに行ってもかまわないが、そのふたりのところへ行ったあとでなければマムとは会えない。

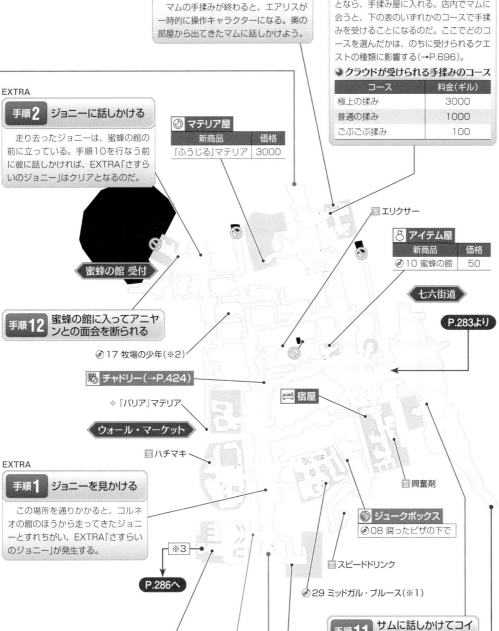

手順14 マムに話しかける

入手 コルネオ杯出場券

マムの手揉みが終わると、エアリスが一時的に操作キャラクターになる。奥の部屋から出てきたマムに話しかけよう。

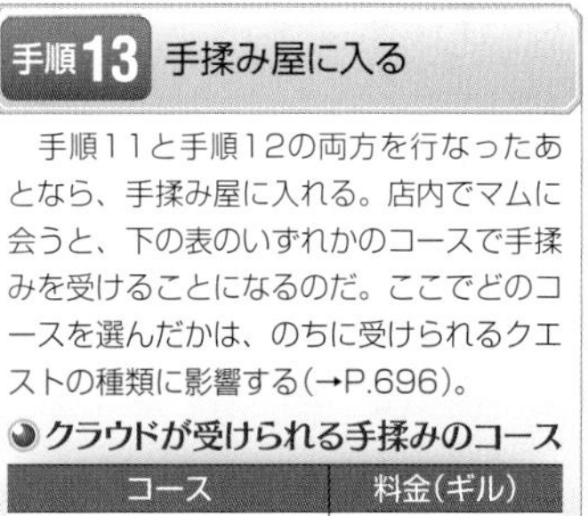

手順13 手揉み屋に入る

手順11と手順12の両方を行なったあとなら、手揉み屋に入れる。店内でマムに会うと、下の表のいずれかのコースで手揉みを受けることになるのだ。ここでどのコースを選んだかは、のちに受けられるクエストの種類に影響する(→P.696)。

クラウドが受けられる手揉みのコース

コース	料金(ギル)
極上の揉み	3000
普通の揉み	1000
ごぶごぶ揉み	100

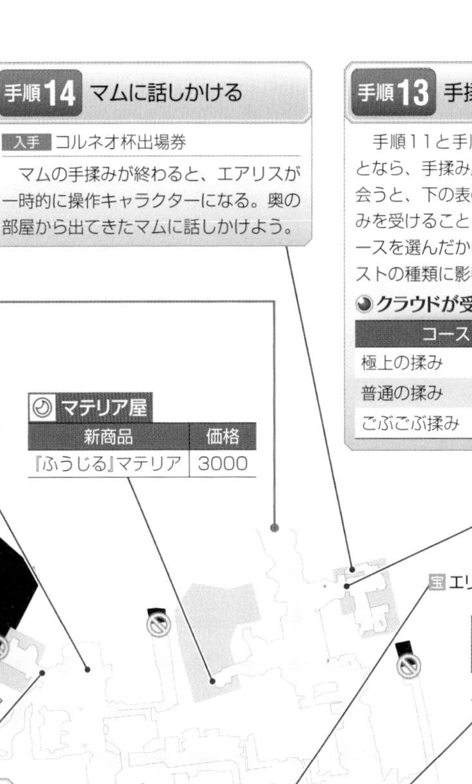

EXTRA

手順2 ジョニーに話しかける

走り去ったジョニーは、蜜蜂の館の前に立っている。手順10を行なう前に彼に話しかければ、EXTRA「さすらいのジョニー」はクリアとなるのだ。

マテリア屋

新商品	価格
『ふうじる』マテリア	3000

アイテム屋

新商品	価格
10 蜜蜂の館	50

手順12 蜜蜂の館に入ってアニヤンとの面会を断られる

ジュークボックス

08 腐ったピザの下で

EXTRA

手順1 ジョニーを見かける

この場所を通りかかると、コルネオの館のほうから走ってきたジョニーとすれちがい、EXTRA「さすらいのジョニー」が発生する。

手順11 サムに話しかけてコイントスで勝負する

入手 サムのコイン

手順15 出場者受付に話しかける

手順16はP.286

手順14のあとに通れる

武器屋

新商品	価格	新商品	価格
ハードブレイカー	2000	サバイバルベスト	5000
ニードルガード	3200	プラチナイヤリング	5000
ミスリルの腕輪	3200	いにしえのお守り	5000
フルパワーベスト	5000	ハチマキ	1500

※1……歌手に話しかけると入手できる
※2……カウガールに話しかけると入手できる
※3……手順15のあとにエレベーターのスイッチを調べると移動できる

STORY INDEX

手順17 ゲートキーパーに話しかけて試合に出場する

バトル (下記参照)
入手 【HARD】星の神秘の書 第9巻

地下闘技場で開催されるコルネオ杯に出場するには、赤いゲートの前にいるゲートキーパーに話しかければいい。対戦相手を倒して試合が終わったあとは、いったん試合場から出てしばらく待ち、つぎの試合の開始がアナウンスされたらふたたびゲートキーパーに話しかけよう。コルネオ杯の各試合での対戦相手は下の表のとおりで、最後まで勝ち抜けば物語が進むほか、手順18のあとに地下闘技場で『コルネオ・コロッセオ』に挑戦することが可能になる。

コルネオ杯での対戦相手

試合順	対戦相手
1回戦	Ⓚ猛獣使い×1 +ブラッドテイスト×2
準決勝	Ⓛベグ×1+ブッチョ×1 +バド×1+コルネオの部下×5
決勝	Ⓜスイーパー×1 +カッターマシン×1
ボーナスマッチ	Ⓝヘルハウス(※1)

手順25 ハニーガールに話しかけてアニヤンとダンスをする

サブ 蜜蜂の館のダンス(→P.449)

ハニーガールに話しかけてステージへ向かうと、ダンスの練習をしたのち、ステージでアニヤンと一緒にダンスを披露することになる(チャプターセレクト時は練習のスキップが可能)。ダンスの成績が良ければ、練習と本番のそれぞれでごほうびがもらえるのだ(→P.449)。なお、本番終了後にはクラウドが女装させられるが、そのときの衣装は、このチャプターでのクエストのクリア状況によって変わる(→P.697)。

手順26 立ち止まったクラウドに2回話しかける

入手 アニヤンの推薦状

アニヤンとのダンスが終わると、エアリスが一時的に操作キャラクターになる。蜜蜂の館から出てきたクラウドはこの場所で立ち止まるので、彼に2回話しかけよう。そのあと操作キャラクターがクラウドにもどったら、コルネオの館へ向かえばいい。

手順16 ジョニーに話しかける

自動販売機(※2)

セール品	価格
メガポーション	300(×1個)↓
エーテル	100(×1個)↓
フェニックスの尾	100(×1個)↓

P.285より

コルネオ・コロッセオ(→P.444/※6)

Ⓚ~Ⓝ

ベンチ

怪しげなドリンク(→P.696)

地下闘技場

※3

エネミーデータ

スイーパー
P.530

レベル ● 17
HP ● 6908
弱点 ● 雷

猛獣使い
P.572

レベル ● 17
HP ● 1842
弱点 ● 炎

カッターマシン
P.558

レベル ● 17
HP ● 9210
弱点 ● 雷

ブラッドテイスト
P.573

レベル ● 17
HP ● 2027
弱点 ● 氷

ベグ
P.568
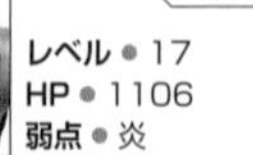
レベル ● 17
HP ● 1106
弱点 ● 炎

コルネオの部下
P.574

レベル ● 17
HP ● 1382~1842
弱点 ● 炎

ブッチョ
P.569

レベル ● 17
HP ● 1842
弱点 ● 炎

トンベリ
P.595
レベル ● 50
HP ● 1651
弱点 ● ―

バド
P.570
レベル ● 17
HP ● 1106
弱点 ● 炎

ヘルハウス
BOSS P.629

レベル ● 18
HP ● 34128
弱点 ● (バトル中に変化)

手順23 着がえたエアリスと合流する

メンバー クラウド、エアリス
入手 マムの推薦状

手順22のあとにこの場所までもどると、ドレスに着がえたエアリスが現れる。エアリスのドレスは3種類あり、CHAPTER 8でクリアしたクエストの数によって変わるのだ(→P.697)。

※1……難易度がHARDのときのみ、「トンベリ3体」や「カッターマシン1体+スイーパー1体」が追加で出現する(→P.631)
※2……セール品はコルネオ杯の1回戦、準決勝、決勝が終わると再入荷する。また、メガポーションは決勝のあとのみ在庫が3個になる
※3……手順18のあとに移動できる

手順21 エアリスのところへもどる

手揉み屋の扉を調べてエアリスのところへもどろうとすると、ジョニーがやってくる。彼はコルネオの館のほうへ走っていくので、あとをついていこう。なお、ジョニーがやってきた時点で、発生中だったクエストはクリアできなくなるほか、コルネオ・コロッセオにもCHAPTER 14まで挑戦できなくなるので注意。

手順19 マムに話しかけてエアリスを着がえさせる

入手 マムの仕事依頼リスト(※4)

メンバー クラウド

手揉み屋にいるマムに話しかけて、エアリスの着がえを頼んだあとは、クラウドがしばらくひとりで行動する。そのあいだはクエストに挑戦できるが、CHAPTER 9のここまでの選択肢の選びかたによって、マムとサムのどちらから仕事を紹介されるかが決まり(→P.696)、発生するクエストも以下のように変化するのだ。

- **マムから仕事を紹介される場合**

マムの仕事依頼リストが手に入ったあと、クエスト 13 、14a、15a の3つに挑戦できるようになる。なお、手順20はスキップされる。

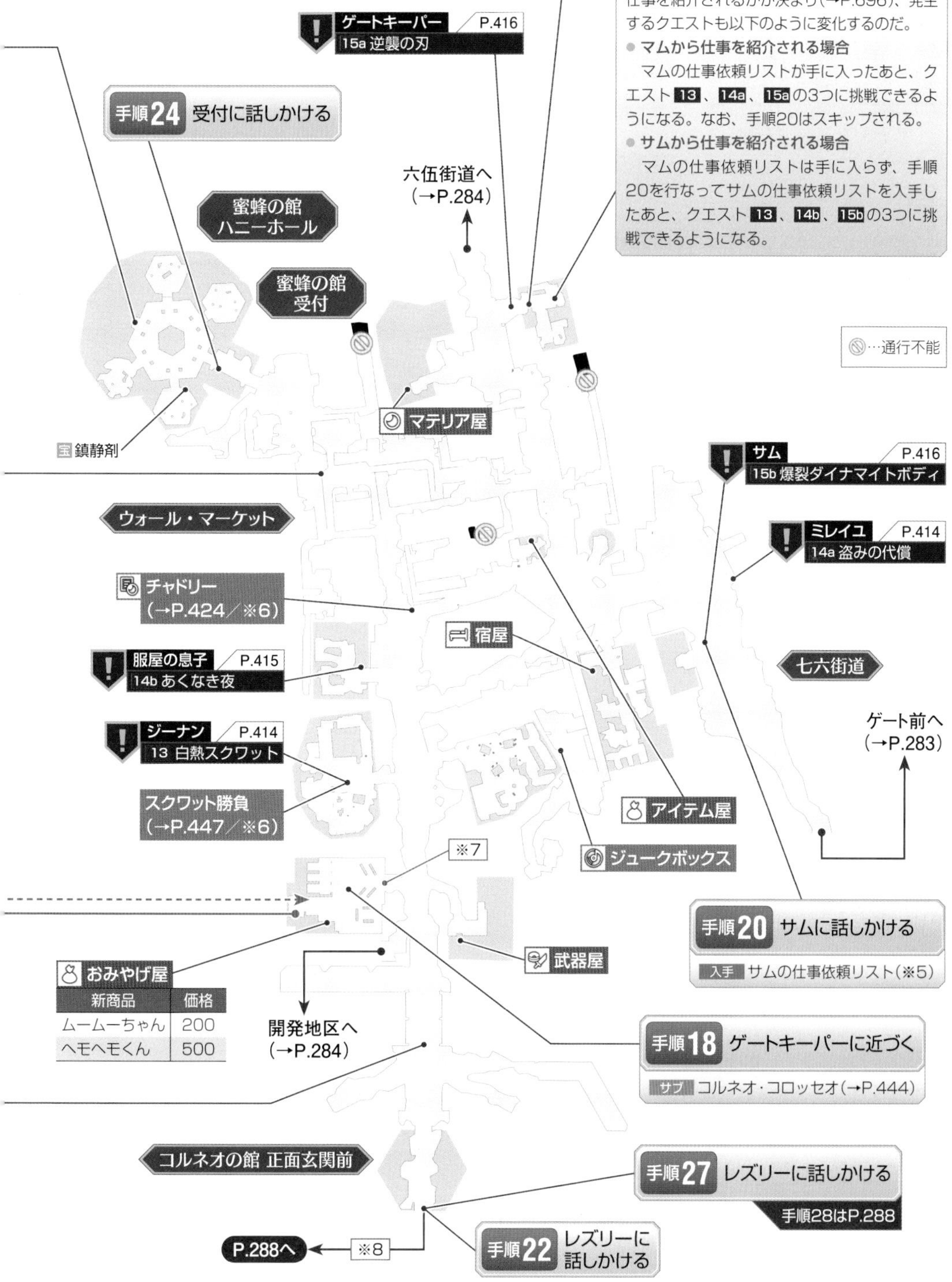

- **サムから仕事を紹介される場合**

マムの仕事依頼リストは手に入らず、手順20を行なってサムの仕事依頼リストを入手したあと、クエスト 13 、14b、15b の3つに挑戦できるようになる。

新商品	価格
ムームーちゃん	200
ヘモヘモくん	500

※4……マムから仕事を紹介されるときのみ入手できる(→P.696)　※5……サムから仕事を紹介されるときのみ入手できる(→P.696)
※6……手順21のあとは利用できない　※7……手順21のあとは通れない　※8……手順27のあとに通れる

STORY INDEX

MAIN STORY

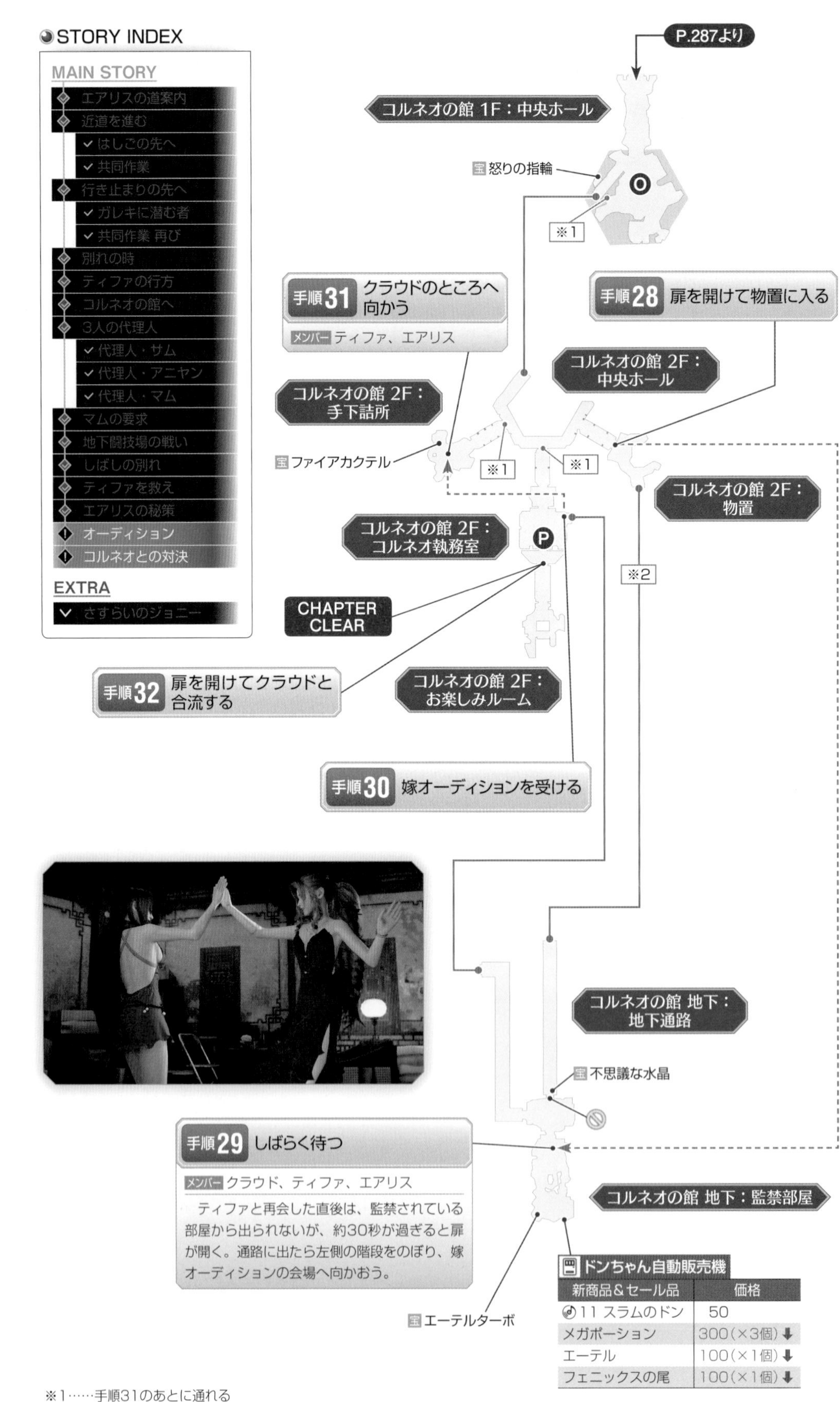

手順31 クラウドのところへ向かう

メンバー ティファ、エアリス

手順28 扉を開けて物置に入る

手順32 扉を開けてクラウドと合流する

手順30 嫁オーディションを受ける

手順29 しばらく待つ

メンバー クラウド、ティファ、エアリス

ティファと再会した直後は、監禁されている部屋から出られないが、約30秒が過ぎると扉が開く。通路に出たら左側の階段をのぼり、嫁オーディションの会場へ向かおう。

ドンちゃん自動販売機

新商品&セール品	価格
11 スラムのドン	50
メガポーション	300(×3個)↓
エーテル	100(×1個)↓
フェニックスの尾	100(×1個)↓

※1……手順31のあとに通れる
※2……手順31のあとに「上下」と書かれたマットを調べると通れる

伍番街スラム

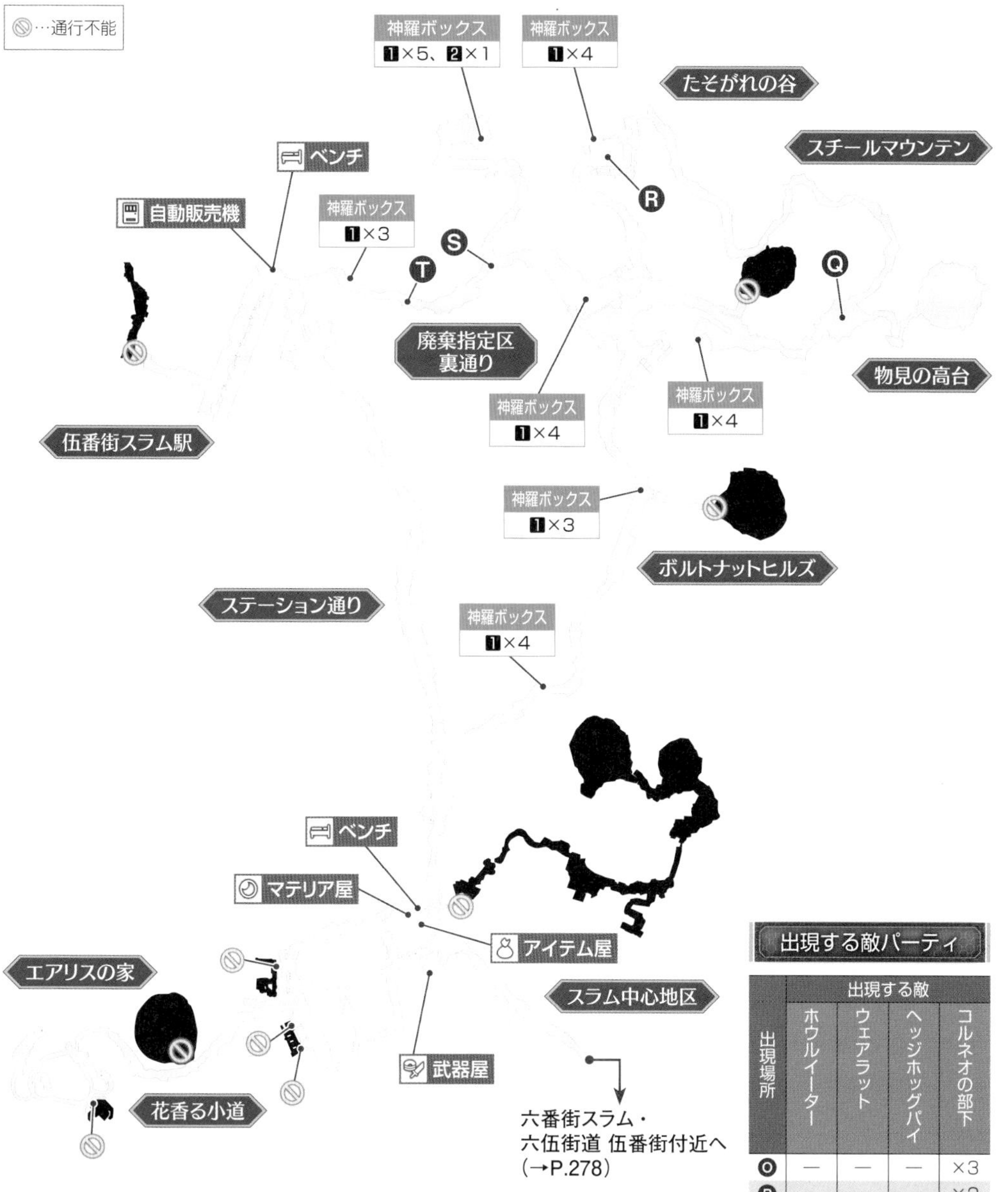

⦸…通行不能

出現する敵パーティ

出現場所	出現する敵 ホウルイーター	ウェアラット	ヘッジホッグパイ	コルネオの部下
O	—	—	—	×3
P	—	—	—	×2
Q	×2	—	×1	—
R	—	—	×3	—
S	×3	—	—	—
T	—	×3	—	—

※OとPの敵は、手順31のあとに出現する

神羅ボックスの中身	❶…ポーション(10%)、ハイポーション(2%)、フェニックスの尾(2%)、毒消し(5%)、やまびこえんまく(2%)、モーグリメダル(3%) ❷…魔晄石

エネミーデータ

ホウルイーター P.536

レベル ● 16
HP ● 442
弱点 ● 魔法、氷

ウェアラット P.537

レベル ● 16
HP ● 354
弱点 ● 氷

ヘッジホッグパイ P.559

レベル ● 16
HP ● 795
弱点 ● 氷

コルネオの部下 P.574

レベル ● 17
HP ● 921~1842
弱点 ● 炎

Original『FFVII』Playback

PART 7

伍番街スラム
〜ウォール・マーケット

ウォール・マーケットでの「コルネオの館へ潜入するために女装しなさい」というエアリスの提案に対して、うろたえるクラウド。そのわりに、蜜蜂の館に乗りこむときには相当気合いが入っているように見える。

PART 6（→P.273）より

▼伍番街スラム

クラウド
「危険だとわかっているのに
あんたにたよるわけにはいかないさ」

エアリス
「言いたいことはそれだけ？」

エアリス
「ティファさんのいる【セブンスヘブン】は
この先のスラム【6番街】を通らないと
いけないの」

「案内してあげる。さ、行きましょ！」

▼六番街スラム

エアリス
「この奥に7番街へのゲートがあるの」

クラウド
「わかった。
じゃあ、ここで別れようか。
ひとりで帰れるか？」

エアリス
「いや〜ん、帰れない〜!!
って言ったらどうするの？」
☞ 家までおくる
7番街までいっしょに

エアリス
「それってなんだかおかしくない？」

クラウド
「そうだな」

エアリス
「ちょっと休もっか」

エアリス
「なつかしい、まだあったんだ」

エアリス
「あなた、クラスは？」

クラウド
「クラス？」

エアリス
「ソルジャーのクラス」

クラウド
「ああ、俺は……」

クラウド
「クラス……
1ST（ファースト）だ」

エアリス
「ふ〜ん。 おんなじだ」

クラウド
「誰と同じだって？」

エアリス
「初めて好きになった人」

クラウド
「……つきあってた？」

エアリス
「そんなんじゃないの。
ちょっと、いいなって
思ってた」

クラウド
「もしかしたら知ってるかも
しれないな。
そいつの名前は？」

エアリス
「もう、いいの」

クラウド
「ティファ!?」

エアリス
「あれに乗っていた人がティファさん？
どこいくのかしら？
それに、様子が変だったわね……」

クラウド
「まて！」

クラウド
「俺ひとりでいい！
あんたは帰れ！」

▼ウォール・マーケット

エアリス
「ここ、いろんな意味でこわいとこよ。
とくに女の子にはね。
早くティファさん、見つけなくちゃ」

「いらっしゃい!!
もてない君でも、ここ蜜蜂の館でなら
運命の彼女に出会えるはず!!」

「あなたも彼女さがしですか？」
☞ ティファという子を知らないか？
俺はこんな場所には興味ない

「おっ、あなた、聞き耳はやいねえ。
ティファちゃんは
ムチムチの新人さんだよ」

「でも、残念です。
ティファちゃんはいま面接中」

「蜜蜂の館のならわしでね。
新人の子はドン・コルネオの屋敷に
つれてかれるんだ」

「ドン・コルネオは有名な独身貴族。
そろそろ身をかためるってんで
おヨメさんさがしに熱心でねえ」

エアリス
「ね、ここがドンの屋敷みたい。
わたし、行ってくるね」

「ティファさんに
あなたのこと
話してきてあげる」

クラウド
「ダメだ!!」

エアリス
「どうして？」

クラウド
「ここは……その……
……わかるだろ？」

エアリス
「じゃあ、どうする？
あなたもはいる？」

「俺は男だからな。

騒ぎになってしまう」

クラウド
「かといってエアリスに
いかせるわけには……
いや、しかし……」

クラウド
「まず、ティファの安全が
確認できな……」

クラウド
「なにがおかしいんだ?
エアリス?」

エアリス
「クラウド、女の子に
変装しなさい。
それしかない、うん」

クラウド
「ええっ!?」

「ちょっと待っててね。
きれいな友だち、連れてくるから」

クラウド
「エアリス!
いくらなんでも……」

エアリス
「ティファさんが
心配なんでしょ?
さ、早く早く!」

ドレス1着、くださいな」

「う～ん、ちょっと時間が
かかるかもしれませんが
かまいませんか?」

「ちょっと親父の奴
スランプなんですよ。
あ、ドレスは俺の親父が
作ってるんですよ」

エアリス
「その、親父さん、どちらに?」

「たぶん、居酒屋で
飲んだくれてますよ」

エアリス
「それじゃ……
親父さん、どうにかしないと
ドレス、ダメってこと?」

「もしかして、お客さん。
どうにかしてくださるんですか?」

エアリス
「あの～、服屋の親父さん、ですよね?」

クラウド
「服を作ってくれ」

「わしは男物の服は作らんのだが?
それに、あまり気乗りがせんしな」

エアリス
「クラウド、すこ～し、待ってて。
わたし、話すから」

エアリス
「あのね、おじさん」

「あの彼がね、一度でいいから
女の子の格好したいって言うの」

「それでね、かわいいドレス
着せてあげたいんだけど……」

「なんと!
あんな無愛想なやつがか?」

「ふむ、なかなかおもしろそうだのう。
普通の服ばかり作っておったので
ちょっとあきとったんだよ」

エアリス
「じゃあ、作ってくれる?」

「ああ、よかろう。
それで、どんなドレスがいいんじゃ?」

エアリス
「はだ触りは」
さらっとしたの
☞ さわっとしたの

エアリス
「ひかり具合は」
きらきらしたの
☞ つやつやしたの

「ふんふん、ようわかったわい。
知り合いにその手のことが趣味な奴が
おるので、ちょっと聞いてくるわい」

「うまくいったようですね。
帰ってきてからずっとドレスを
作ってましたよ」

「よう、来たな。
できとるよ。
さっそく着てみなさい」

クラウド
「これ……どうやって着るんだ?」

クラウド
「わ! なにをするんだ!」

エアリス
「やっぱり、ちょっと変。
かつら、必要だね」

「うむうむ、そうだろうと思って
知り合いに話をしておいたんじゃ」

「『男男男』とかいう看板を出しとる
ジムがあるじゃろ?
そこに、あんたと同じ趣味の人がいるんじゃ。
彼に相談してみるとよいじゃろう」

「あなたね?
かわいくなりたいのは」

「それで、かつらなんだけど……」

「兄貴!
かわいい格好は
兄貴を極めた者のみが
できるんですぜ!!」

「ということで
わしらと勝負じゃ～!」

「そうね。
こいつらとスクワットで
勝負しましょう」

「30秒でこなした回数が
こいつよりも上だったら
このかつらをあげるわ」

「じゃあ、本番やるわよ。
本番、始め!」

「あんた、すごいねぇ。
約束通り、これをあげるよ」

「やっぱり、ふんぎりがつかねえや。
ええい、これあげるよ。
これがなきゃ、入れないからな」

「おっ! 右手にかがやく『会員カード』
どうぞ、お通りください」

クラウド
「ここに女装に必要ななにかがある。
俺にはわかるんだ」

エアリス
「…………ふ～～～～ん。
そうやって、ごまかしますか」

クラウド
「いくぜ!!」

PART 8(→P.300)へつづく

CHAPTER 10 焦りの水路

MAIN STORY DIGEST

1

1 地下牢からの脱出

神羅ビルの社長室で、七番街プレート落下計画の進捗状況を尋ねるプレジデント神羅。都市開発部門統括のリーブは、甚大な被害を出す計画の中止を訴えるが、プレジデントは聞く耳を持たない。一方そのころ、地下へ落とされたクラウド、ティファ、エアリスの3人は、異臭の漂う下水道で目を覚ました。彼らはプレート落下計画がコルネオのウソではないかと疑いつつも、万が一のことを考えて七番街スラムへ急ぐ。

「これも発展の潤滑油だ。腹をくくりたまえ」

2 下水道を進む

鍵が掛かっている扉を見て、ティファはジェシーたちが以前に合鍵を作っていたことを思い出した。扉を開けて先へ進むため、3人は水のなかに隠された合鍵を探す。

3 大水路を越える

神羅のプレート落下計画が本当に実行されて、七番街スラムが破壊されたら──最悪の事態を考えてしまい、暗い気持ちに襲われるティファ。そんな彼女をエアリスは優しく励まし、七番街を守ったらクラウドを連れて買い物に行こうと約束する。

「クラウドは荷物持ち」
「い〜っぱい、持たせちゃう」

4 七番街スラムへ
5 地上への道

排水ポンプの故障を直して貯水槽の水を抜き、クラウドたちは地下下水道の出口にたどり着いた。しかし、地上へのハシゴに手をかけたとき、突然サハギンの群れが出現。ティファとエアリスを先に行かせて、ひとりで迎え撃ったクラウドは、襲ってきたサハギンを蹴り倒し、そのスキにハシゴをのぼる。

「見逃してはくれないね」
「私たち、おいしくないよ」

CHAPTER 10 攻略ガイド

地下下水道の水路にある水門は、レバーを操作して開閉できる。水路の水をためたり抜いたりすることで先へ進めるようになる場所も多いので、水門を見つけたらレバーを探してみよう。

地下下水道

STORY INDEX

MAIN STORY
- 地下牢からの脱出
- 下水道を進む
  - 合鍵を探す
- 大水路を越える
  - 水門を渡る
- 七番街スラムへ
- 地上への道
  - 手動ポンプを操作

EXTRA
- 鉄格子の先に

※1……チャプターセレクト時は、すでに入手しているとポーションになる

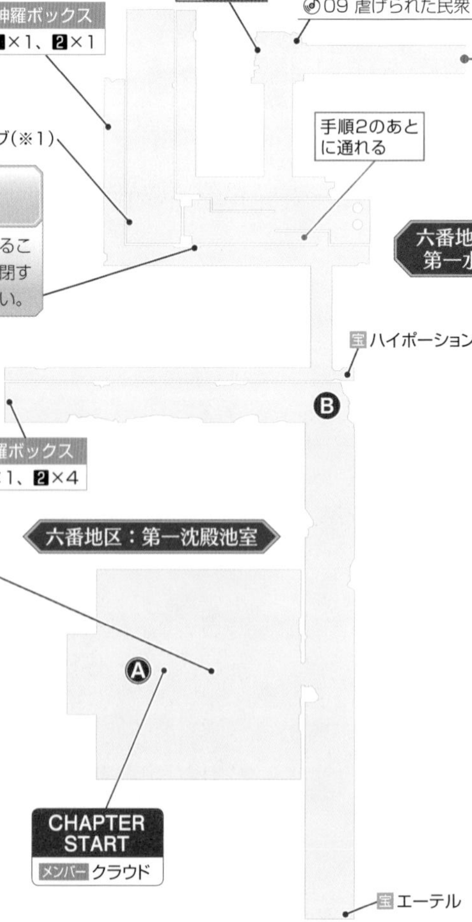

自動販売機

新商品	価格
09 虐げられた民衆	50

ベンチ

神羅ボックス 1×1、2×1

宝 フェザーグラブ(※1)

手順2のあとに通れる

六番地区：第一水路

宝 ハイポーション×2

B

神羅ボックス 1×1、2×4

六番地区：第一沈殿池室

A

CHAPTER START
メンバー クラウド

宝 エーテル

手順2 レバーを調べて水門を開ける △HOLD

水門を開けて水を抜けば、階段から水路に下りることができる。なお、水路の向こう側にも水門を開閉するレバーはあるが、調べずに先へ進んでかまわない。

手順1 倒れているティファまたはエアリスに声をかける

メンバー クラウド、ティファ、エアリス
バトル Ⓐアプス(1回目)(→P.632)
入手 【HARD】格闘術秘伝の書 第7巻

ティファかエアリスに声をかけると、イベントシーンのあとにアプス(1回目)が出現する。どちらに声をかけるかは、CHAPTER 14の「それぞれの決意」で会話する相手に影響をおよぼすので(→P.695)、よく考えて決めるようにしたい。

⬆イベントシーンでは、先に声をかけたほうが目を覚まし、クラウドと会話する。

P.296へ

手順3 ロックされた扉を調べる

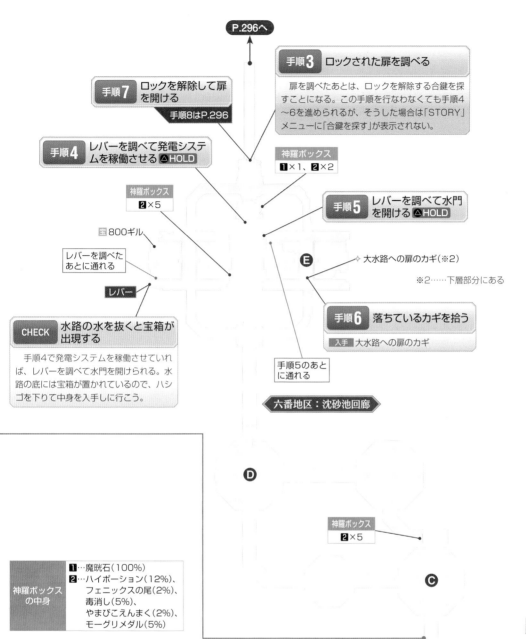

扉を調べたあとは、ロックを解除する合鍵を探すことになる。この手順を行なわなくても手順4～6を進められるが、そうした場合は「STORY」メニューに「合鍵を探す」が表示されない。

手順7 ロックを解除して扉を開ける

手順8はP.296

手順4 レバーを調べて発電システムを稼働させる △HOLD

神羅ボックス
❶×1、❷×2

神羅ボックス
❷×5

手順5 レバーを調べて水門を開ける △HOLD

宝 800ギル

レバーを調べたあとに通れる

Ⓔ

◇ 大水路への扉のカギ(※2)

※2……下層部分にある

レバー

CHECK 水路の水を抜くと宝箱が出現する

手順4で発電システムを稼働させていれば、レバーを調べて水門を開けられる。水路の底には宝箱が置かれているので、ハシゴを下りて中身を入手しに行こう。

手順6 落ちているカギを拾う

入手 大水路への扉のカギ

手順5のあとに通れる

六番地区：沈砂池回廊

Ⓓ

神羅ボックス
❷×5

Ⓒ

神羅ボックスの中身	❶…魔晄石(100%) ❷…ハイポーション(12%)、フェニックスの尾(2%)、毒消し(5%)、やまびこえんまく(2%)、モーグリメダル(5%)

六番地区：第二水路

出現する敵パーティ

出現場所	ウェアラット	サハギン	シェザーシザー	BOSS アプス(1回目)
Ⓐ	—	—	—	×1
Ⓑ	—	×1	—	—
Ⓒ	×3	—	—	—
Ⓓ	×2	—	×1	—
Ⓔ	—	—	×2	—

※Ⓔの敵は、手順4のあとに出現する

ウェアラット P.537
レベル ● 19
HP ● 390
弱点 ● 氷

シェザーシザー P.581
レベル ● 19
HP ● 488
弱点 ● 氷

サハギン P.580
レベル ● 19
HP ● 3705
弱点 ● 炎

アプス(1回目) BOSS P.632
レベル ● 19
HP ● 39000
弱点 ● 炎

STORY INDEX

MAIN STORY

- 地下牢からの脱出
- 下水道を進む
  - ✓合鍵を探す
- 大水路を越える
  - 水門を渡る
- 七番街スラムへ
- 地上への道
  - 手動ポンプを操作

EXTRA

- 鉄格子の先に

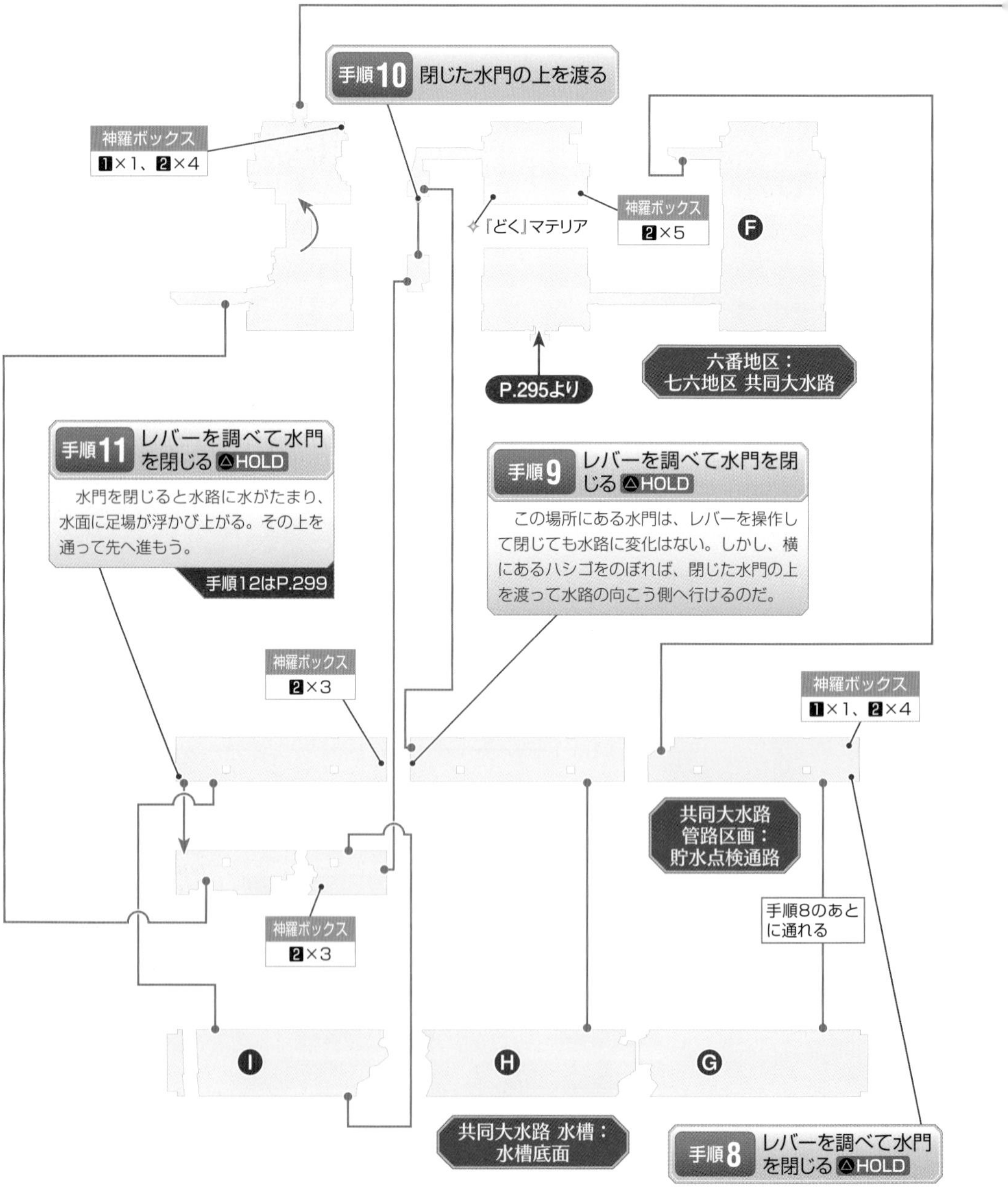

手順10 閉じた水門の上を渡る

神羅ボックス
1×1、2×4

『どく』マテリア

神羅ボックス
2×5

F

P.295より

六番地区：
七六地区 共同大水路

手順11 レバーを調べて水門を閉じる △HOLD

水門を閉じると水路に水がたまり、水面に足場が浮かび上がる。その上を通って先へ進もう。

手順12はP.299

手順9 レバーを調べて水門を閉じる △HOLD

この場所にある水門は、レバーを操作して閉じても水路に変化はない。しかし、横にあるハシゴをのぼれば、閉じた水門の上を渡って水路の向こう側へ行けるのだ。

神羅ボックス
2×3

神羅ボックス
1×1、2×4

共同大水路
管路区画：
貯水点検通路

神羅ボックス
2×3

手順8のあとに通れる

I

H

G

共同大水路 水槽：
水槽底面

手順8 レバーを調べて水門を閉じる △HOLD

FINAL FANTASY VII REMAKE ULTIMANIA

神羅ボックスの中身	❶…魔晄石(100%) ❷…ハイポーション(12%)、フェニックスの尾(2%)、毒消し(5%)、やまびこえんまく(2%)、モーグリメダル(5%)

P.298へ

K

自動販売機

ベンチ

七番地区：第三水路

七番地区：第二水路

神羅ボックス
❷×5

J

宝 重力球×2

出現する敵パーティ

出現場所	出現する敵			
	ウェアラット	プアゾキュート	サハギン	シェザーシザー
F	×3	×1	―	―
G	―	×2	―	×1
H	―	×1	―	×2
I	―	―	×1	―
J	×5	―	―	―
K	―	―	―	×2

エネミーデータ

ウェアラット
P.537

レベル ● 19
HP ● 390
弱点 ● 氷

プアゾキュート
P.552

レベル ● 19
HP ● 780
弱点 ● 雷、風

サハギン
P.580

レベル ● 19
HP ● 3705
弱点 ● 炎

シェザーシザー
P.581

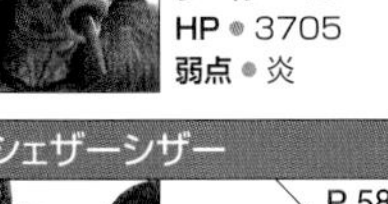

レベル ● 19
HP ● 488
弱点 ● 氷

STORY INDEX

EXTRA

手順1 鉄格子の向こう側にあるマテリアを見つける

通路の奥の鉄格子に近づいていくと、EXTRA「鉄格子の先に」が発生する。鉄格子の向こう側には『たいせい』マテリアがあるので、引き返して手に入れよう。ちなみに、「鉄格子の先に」を発生させなくても、マテリアを拾うことは可能。また、チャプターセレクト時は、以前にここで『たいせい』マテリアを入手していると、「鉄格子の先に」が発生しない。

⬆目の前にマテリアがあるが、鉄格子の手前からは入手できない。

P.297より

七番地区：第一水路

L

M

N

✧『たいせい』マテリア(※1)

EXTRA

手順2 マテリアを拾う

入手 『たいせい』マテリア

箱の上にある『たいせい』マテリアを拾えば、EXTRA「鉄格子の先に」はクリアとなる。手に入れたマテリアはすぐに装備品にセットし、APをためていくといい。

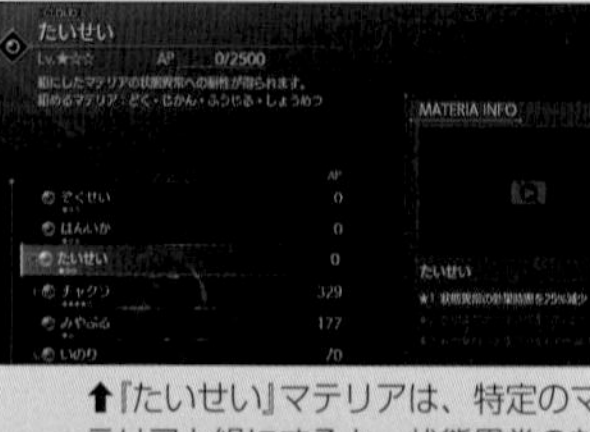

⬆『たいせい』マテリアは、特定のマテリアと組にすると、状態異常の効果時間を減らすことができる。

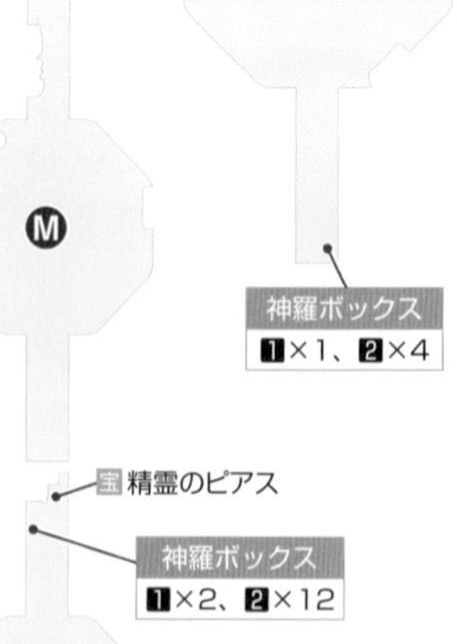

※1……チャプターセレクト時は、すでに入手していると『かいふく』マテリアになる

出現する敵パーティ

出現場所	ウェアラット	プアゾキュート	サハギン	シェザーシザー
L	×2	×1	—	×1
M	×4	×1	—	—
N	—	×1	×1	—
O	—	—	×2	—
P	—	×2	×1	—
Q	—	—	×3	—

※Oの敵は、手順14のあとに出現する
※Qの敵とのバトルでは、2分ごとにサハギン1体が追加で出現する(5回まで)

神羅ボックスの中身	1…魔晄石(100%) 2…ハイポーション(12%)、フェニックスの尾(2%)、毒消し(5%)、やまびこえんまく(2%)、モーグリメダル(5%)

エネミーデータ

ウェアラット P.537
レベル ● 19
HP ● 390
弱点 ● 氷

サハギン P.580
レベル ● 19
HP ● 3705
弱点 ● 炎

プアゾキュート P.552
レベル ● 19
HP ● 780
弱点 ● 雷、風

シェザーシザー P.581
レベル ● 19
HP ● 488
弱点 ● 氷

手順12 排水装置のレバーを調べる △HOLD

メンバー エアリス、ティファ

先へ進むためには貯水槽にたまった水を抜く必要があるが、パイプにゴミがつまっているせいで、排水装置を起動できない。レバーを調べると、一時的にクラウドがパーティから外れるので、エアリスを操作してティファとふたりで排水ポンプがある場所へ向かおう。

手順14 レバーを調べて排水装置を起動させる △HOLD

メンバー クラウド、ティファ、エアリス

手順15 ハシゴをのぼる

CHAPTER CLEAR

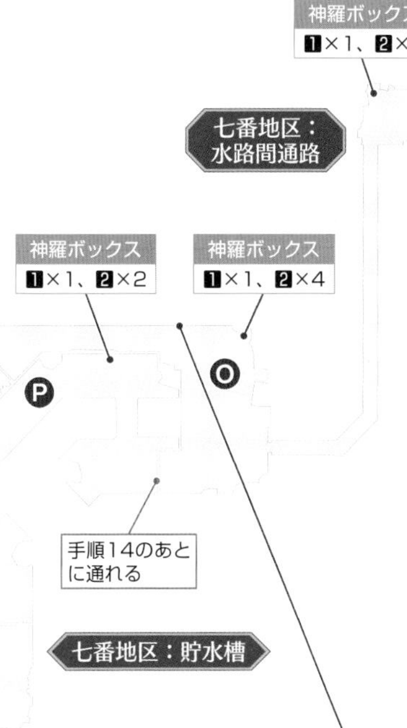

手順13 排水ポンプを操作し、パイプにつまっているゴミを押し流す

排水ポンプは、左スティックか方向キーの上でレバーを上げると、メータの針が左へ動き出す。針がメータの左端にくるまでのあいだに、◎ボタンを連打して赤いターゲットレンジを広げよう。針が右へもどりはじめたら、左スティックか方向キーの下を入力して、針をうまくターゲットレンジのなかで止めれば成功。合計3回成功すると、パイプ内のゴミを押し流せるのだ。2回成功したあとは、針が右へもどるスピードが速くなる点に注意。

←失敗した場合は、レバーを上げるところからやり直し。広げたターゲットレンジは少しせまくなるが、そこから広げていけばいい。

Original『FFVII』PART 8 Playback

ウォール・マーケット～地下下水道

コルネオの相手は、クラウド、エアリス、ティファの3人のなかから、誰かひとりが選ばれる。クラウドの女装の評価点が低いとティファが、中くらいだとエアリスが、高いとクラウドが選ばれる仕組みだった。

PART 7(→P.291)より

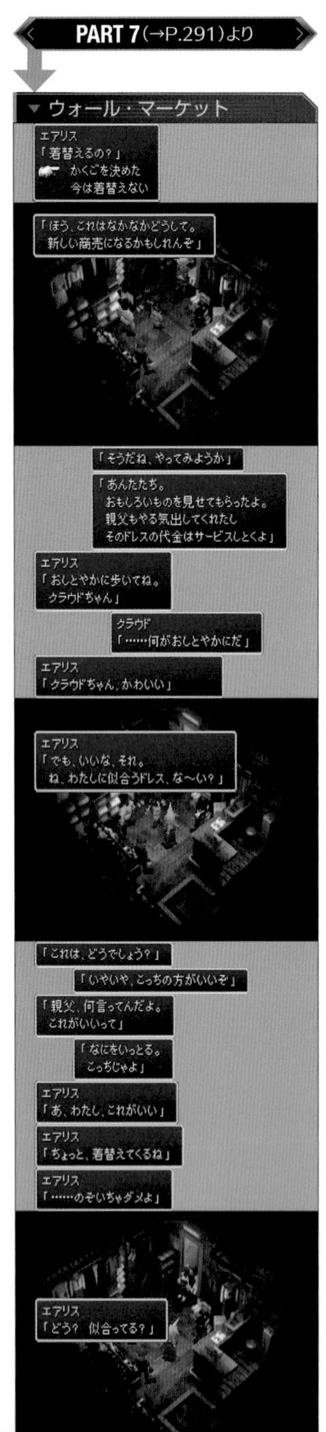

▼ウォール・マーケット
エアリス
「若替えるの?」
かくごを決めた
今は若替えない
「ほう、これはなかなかどうして。
新しい商売になるかもしれんぞ」
「そうだね、やってみようか」
「あんたたち。
おもしろいものを見せてもらったよ。
親父もやる気出してくれたし
そのドレスの代金はサービスしとくよ」
エアリス
「おしとやかに歩いてね。
クラウドちゃん」
クラウド
「……何がおしとやかにだ」
エアリス
「クラウドちゃん、かわいい」
エアリス
「でも、いいな、それ。
ね、わたしに似合うドレス、な～い?」
「これは、どうでしょう?」
「いやいや、こっちの方がいいぞ」
「親父、何言ってんだよ。
これがいいって」
「なにをいっとる。
こっちじゃよ」
エアリス
「あ、わたし、これがいい」
エアリス
「ちょっと、着替えてくるね」
エアリス
「……のぞいちゃダメよ」
エアリス
「どう? 似合ってる?」

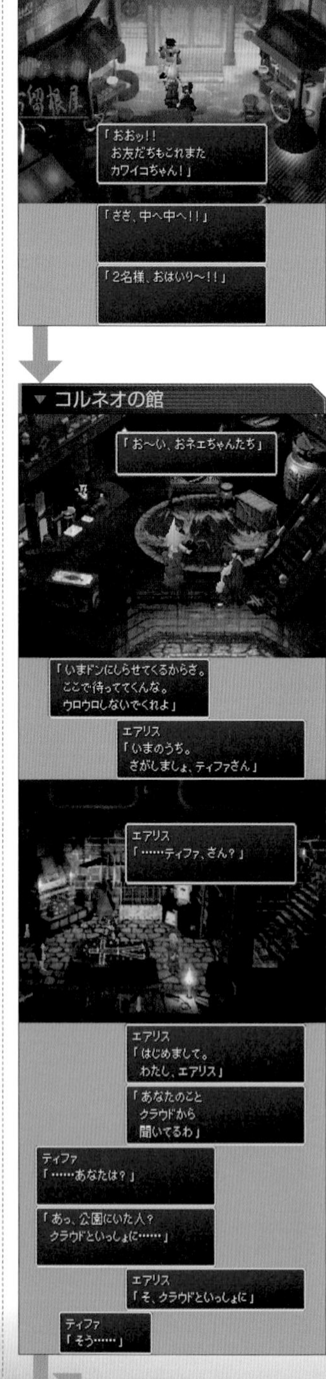

「おおッ!!
お友だちもこれまた
カワイコちゃん!」
「ささ、中へ中へ!!」
「2名様、おはいり～!!」
▼コルネオの館
「お～い、おネエちゃんたち」
「いまドンにしらせてくるからさ。
ここで待っててくんな。
ウロウロしないでくれよ」
エアリス
「いまのうち。
さがしましょ、ティファさん」
エアリス
「……ティファ、さん?」
エアリス
「はじめまして。
わたし、エアリス」
「あなたのこと
クラウドから
聞いてるわ」
ティファ
「……あなたは?」
「あっ、公園にいた人?
クラウドといっしょに……」
エアリス
「そ、クラウドといっしょに」
ティファ
「そう……」

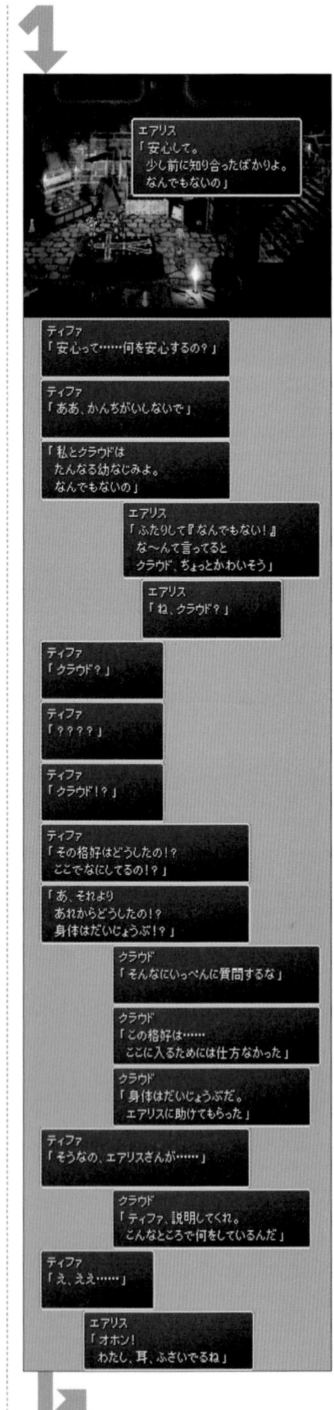

エアリス
「安心して。
少し前に知り合ったばかりよ。
なんでもないの」
ティファ
「安心って……何を安心するの?」
ティファ
「ああ、かんちがいしないで」
「私とクラウドは
たんなる幼なじみよ。
なんでもないの」
エアリス
「ふたりして『なんでもない!』
な～んて言ってると
クラウド、ちょっとかわいそう」
エアリス
「ね、クラウド?」
ティファ
「クラウド?」
ティファ
「????」
ティファ
「クラウド!?」
ティファ
「その格好はどうしたの!?
ここでなにしてるの!?」
「あ、それより
あれからどうしたの!?
身体はだいじょうぶ!?」
クラウド
「そんなにいっぺんに質問するな」
クラウド
「この格好は……
ここに入るためには仕方なかった」
クラウド
「身体はだいじょうぶだ。
エアリスに助けてもらった」
ティファ
「そうなの、エアリスさんが……」
クラウド
「ティファ、説明してくれ。
こんなところで何をしているんだ」
ティファ
「え、ええ……」
エアリス
「オホン!
わたし、耳、ふさいでるね」

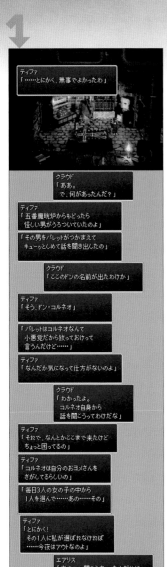

「……とにかく、無事でよかったわ」

クラウド
「ああ。
で、何があったんだ？」

ティファ
「五番魔晄炉からもどったら
怪しい男がうろついていたのよ」

「その男をバレットがつかまえて
キューッとしめて話を聞き出したの」

クラウド
「ここのドンの名前が出たわけか」

ティファ
「そう、ドン・コルネオ」

「バレットはコルネオなんて
小悪党だから放っておけって
言うんだけど……」

ティファ
「なんだか気になって仕方がないのよ」

クラウド
「わかったよ。
コルネオ自身から
話を聞こうってわけだな」

ティファ
「それで、なんとかここまで来たけど
ちょっと困ってるの」

ティファ
「コルネオは自分のおヨメさんを
さがしてるらしいの」

「毎日3人の女の子の中から
1人を選んで……あの……その」

ティファ
「とにかく！
その1人に私が選ばれなければ
……今夜はアウトなのよ」

エアリス
「あの……聞こえちゃったんだけど」

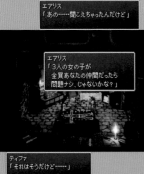

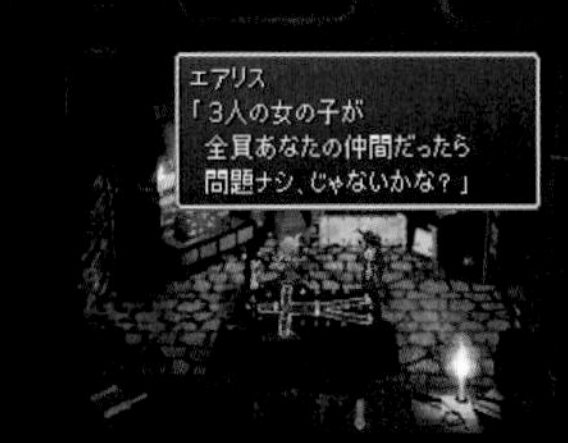

全員あなたの仲間だったら
問題ナシ、じゃないかな？」

ティファ
「それはそうだけど……」

エアリス
「ここに2人いるわよ」

クラウド
「ダメだ、エアリス！
あんたを巻きこむわけにはいかない」

エアリス
「あら？ ティファさんなら
危険な目にあってもいいの？」

クラウド
「いや、ティファは……」

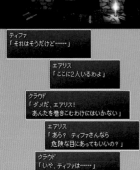

エアリス
「わたし、スラム育ちだから
危険なこと、なれてるの」

エアリス
「あなたこそ、わたし
信じてくれる？」

ティファ
「ありがとう、エアリスさん」

エアリス
「エアリス、でいいわよ」

「お～い!!」

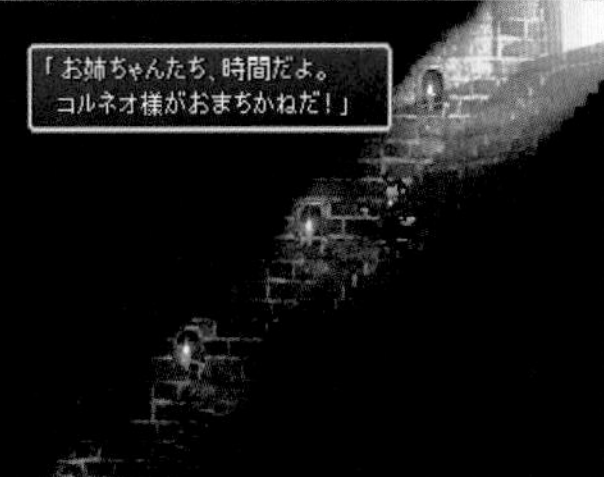

「お姉ちゃんたち、時間だよ。
コルネオ様がおまちかねだ！」

「ウロウロするなって言ったのに……
これだから、ちかごろの
おネエちゃんたちは……」

「はやくしてくれよ！」

クラウド
「聞くまでもないと思うけど
あとの1人はやっぱり……」

「俺……なんだろうな？」

ティファ
「聞くまでも」

エアリス
「ないわね」

「よ～し娘ども！」

「ドン・コルネオの前に
整列するのだぁ！」

コルネオ
「ほひ～！
いいの～、いいの～！」

コルネオ
「このコにしようかな～？」

コルネオ
「それともこのコかな～？」

コルネオ
「ほひ～!!
決めた決～めた！」

「今夜の相手は……」

「この骨太のおなごだ！」

クラウド
「ちょ、ちょ、ちょっと待て！
いや、待ってください！」

コルネオ
「ほひ～！」

「そのこばむしぐさが
ういの～、うぶいの～」

● エアリスが選ばれたときの展開

コルネオ
「このほそっこいおなごだ！」

エアリス
「まぁ、コルネオさんたら
お目が高いわ」

● ティファが選ばれたときの展開

コルネオ
「この元気そうなおなごだ！」

ティファ
「ウフフ……よろしくね♥
ドン・コルネオ」

コルネオ
「後はオマエたちにやる！」

「ヘイ!!
いただきやす！」

コルネオ
「さ～て、行こうかの～！」

次ページへつづく

INDEX

前ページより

クラウドが選ばれた場合

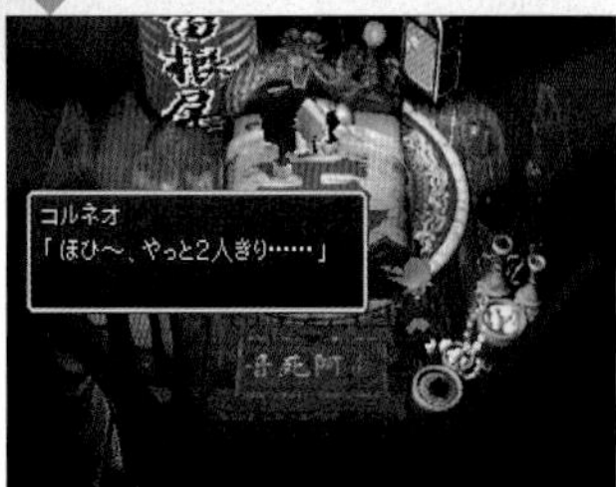

「ほひ～、やっと2人きり……」

「さあコネコちゃん……
俺のムネへカモ～ン！」

コルネオ
「ほひ～、何度見てもカワイイの～」

「お……お前も、俺のこと好きか？」
☞ もちろんですわ
　 え～と……

コルネオ
「ほひ、うれしいこと言ってくれるのォ！」

「ほんなら、ナ、ナニがしたい？」
☞ あなたのス・キ・な・コ・ト
　 べつに……

コルネオ
「ほひほひ～!! た、たまらん！
じゃあ、おねがい……」

「チューして、チュー!!」
☞ ええ……
　 それはダメ……

なんだ、なんだ！ 何者だ！」

ティファ
「クラウド……」

「まさかあなた
今ホンキで……」

コルネオ
「オ、オトコ!?
どーなってるの？」

クラウド以外が選ばれた場合

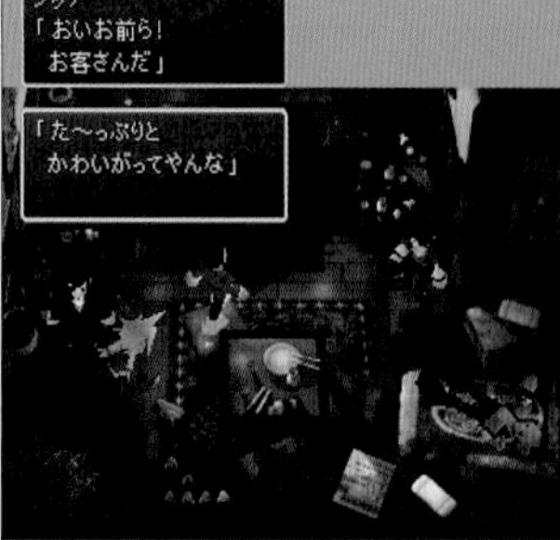

「おいお前ら！

「た～っぷりと
かわいがってやんな」

ソッチ
「へへ……どうした？
なんならオレが
相手してやろうか？」

クラウド
「いえ……
せっかくですけど
えんりょしますわ」

クラウド
「アンタらみたいのは
俺のシュミじゃないんでね!!」

ソッチ
「コノヤロ～！
だましやがったな！
やれ！やっちまえ!!」

このあとエアリスと合流してティファを助けに行くときの展開

クラウド
「エアリス!!」
☞ だいじょうぶか？
　 ティファを助けるぞ！

エアリス
「言ったでしょ。
危険なことにはなれてるって」

エアリス
「でもホントはちょっと
ドキドキしたけどね！」

このあとティファと合流してエアリスを助けに行くときの展開

「クラウド!!」

クラウド
「ティファ!!」
☞ だいじょうぶか？
　 エアリスを助けるぞ!!

ティファ
「あったりまえ！
私をアマく見ると
イタいめにあうんだから!!」

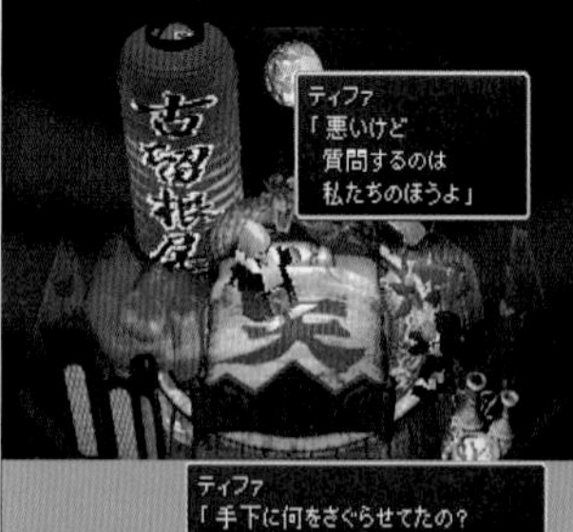

質問するのは
私たちのほうよ」

ティファ
「手下に何をさぐらせてたの？
言いなさい！ 言わないと……」

「……切り落とすぞ」

コルネオ
「や、やめてくれ！
ちゃんと話す！ なんでも話す！」

ティファ
「さ、どうぞ」

コルネオ
「……片腕が銃の男のねぐらを
探させたんだ。
そういう依頼があったんだ」

ティファ
「誰から？」

コルネオ
「ほひ～！
しゃべったら殺される！」

ティファ
「言いなさい！ 言わないと……」

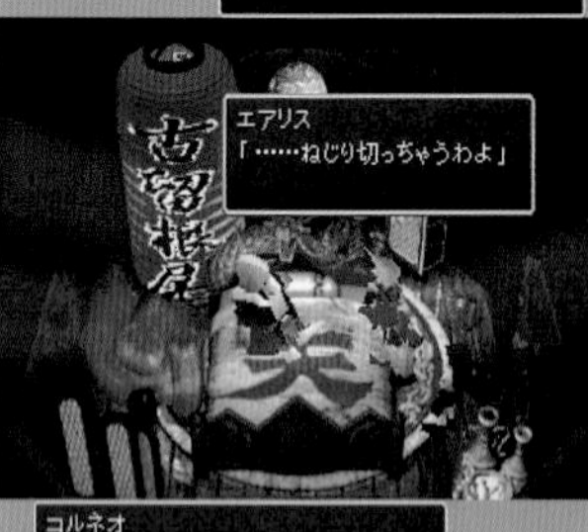

エアリス
「……ねじり切っちゃうわよ」

コルネオ
「ほひ～！
神羅のハイデッカーだ！」

「治安維持部門総括ハイデッカーだ！」

クラウド
「治安維持部門総括!?」

ティファ
「神羅ですって!!
神羅の目的は!? 言いなさい！」

「言わないと……」

ティファ
「……すりつぶすわよ」

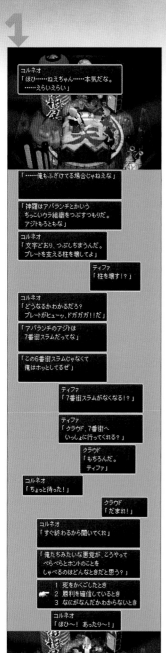

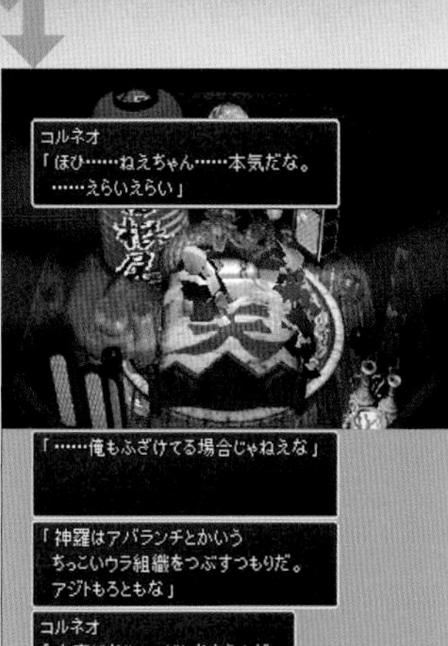

コルネオ
「ほひ……ねえちゃん……本気だな。
……えらいえらい」

「……俺もふざけてる場合じゃねえな」

「神羅はアバランチとかいう
ちっこいウラ組織をつぶすつもりだ。
アジトもろともな」

コルネオ
「文字どおり、つぶしちまうんだ。
プレートを支える柱を壊してよ」

ティファ
「柱を壊す!?」

コルネオ
「どうなるかわかるだろ?
プレートがヒューッ、ドガガガ!!だ」

「アバランチのアジトは
7番街スラムだってな」

「この6番街スラムじゃなくて
俺はホッとしてるぜ」

ティファ
「7番街スラムがなくなる!?」

ティファ
「クラウド、7番街へ
いっしょに行ってくれる?」

クラウド
「もちろんだ。
ティファ」

コルネオ
「ちょっと待った!」

クラウド
「だまれ!」

コルネオ
「すぐ終わるから聞いてくれ」

「俺たちみたいな悪党が、こうやって
ぺらぺらとホントのことを
しゃべるのはどんなときだと思う?」

1 死をかくごしたとき
2 勝利を確信しているとき
3 なにがなんだかわからないとき

コルネオ
「ほひ〜! あったり〜!」

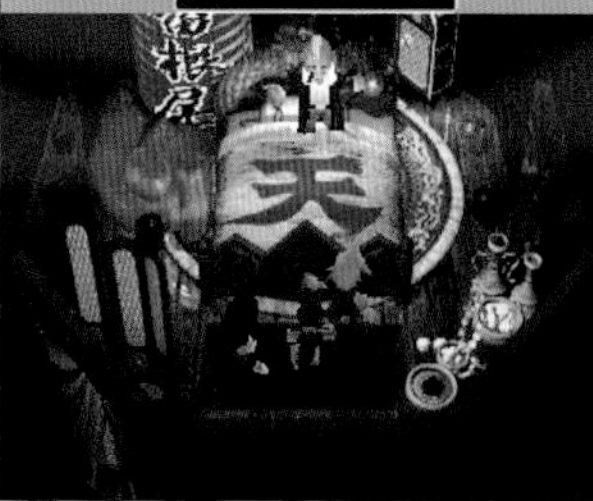

● 「1 死をかくごしたとき」を選んだときの展開

コルネオ
「ほひ〜! はっずれ〜!」

● 「3 なにがなんだかわからないとき」を選んだときの展開

コルネオ
「ほひ〜! おっし〜!」

▼ 神羅ビル

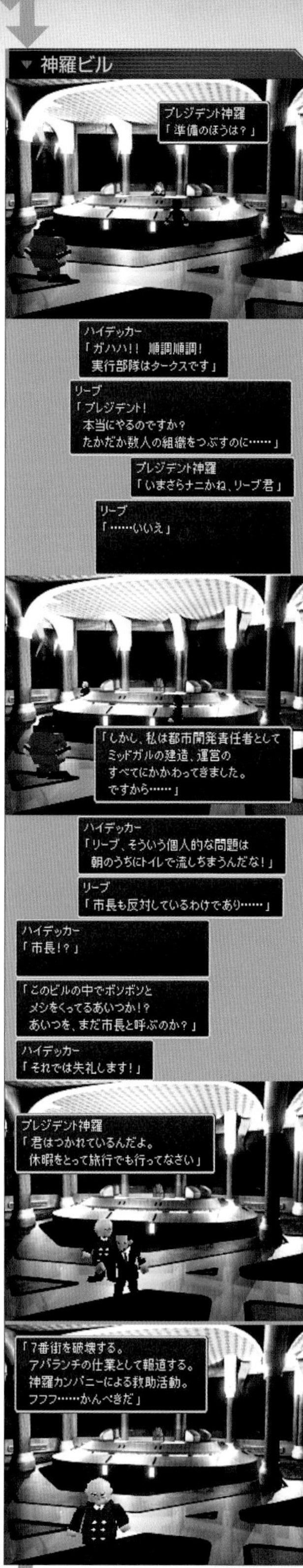

プレジデント神羅
「準備のほうは?」
ハイデッカー
「ガハハ!! 順調順調!
実行部隊はタークスです」
リーブ
「プレジデント!
本当にやるのですか?
たかだか数人の組織をつぶすのに……」
プレジデント神羅
「いまさらナニかね、リーブ君」
リーブ
「……いいえ」
「しかし、私は都市開発責任者として
ミッドガルの建造、運営の
すべてにかかわってきました。
ですから……」
ハイデッカー
「リーブ、そういう個人的な問題は
朝のうちにトイレで流しちまうんだな!」
リーブ
「市長も反対しているわけであり……」
ハイデッカー
「市長!?」
「このビルの中でボンボンと
メシをくってるあいつか!?
あいつを、まだ市長と呼ぶのか?」
ハイデッカー
「それでは失礼します!」
プレジデント神羅
「君はつかれているんだよ。
休暇をとって旅行でも行ってなさい」
「7番街を破壊する。
アバランチの仕業として報道する。
神羅カンパニーによる救助活動。
フフフ……かんぺきだ」

▼ 地下下水道

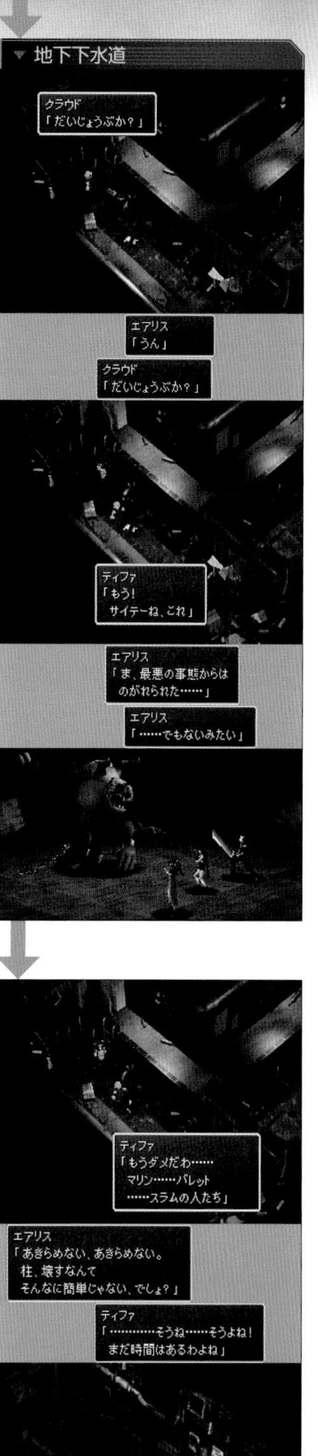

クラウド
「だいじょうぶか?」
エアリス
「うん」
クラウド
「だいじょうぶか?」
ティファ
「もう!
サイテーね、これ」
エアリス
「ま、最悪の事態からは
のがれられた……」
エアリス
「……でもないみたい」

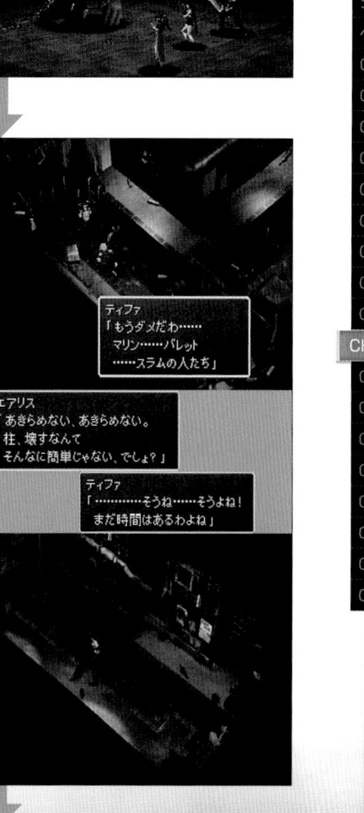

ティファ
「もうダメだわ……
マリン……バレット
……スラムの人たち」
エアリス
「あきらめない、あきらめない。
柱、壊すなんて
そんなに簡単じゃない、でしょ?」
ティファ
「…………そうね……そうよね!
まだ時間はあるわよね」

PART 9(→P.320)へつづく

CHAPTER 11

亡霊の悪戯

MAIN STORY DIGEST

1

1 廃列車の山

地下から脱出したクラウドたちは、七番街支柱のほうへ飛んでいく神羅のヘリに悪い予感を覚えつつ、列車墓場へ足を踏み入れた。夜の列車墓場では、人気がないにもかかわらず子どもの笑い声が響き、壁や地面に奇妙な絵が浮かび上がる。迷路のような列車墓場を進んだクラウドたちが車両倉庫に到着すると、彼らを招き入れるかのように入口の扉が開いた。

「アバランチへの制裁が決まった。誘導工作を開始する」

「オバケは専門外だ」

「みつけた。
ね、ちょっとお話、しよ?」

2 車両倉庫を抜ける

亡霊のイタズラによって出口への道を閉ざされ、別のルートを探して車両倉庫の2階へ進むクラウドたち。制御室で巨大な亡霊グロウガイストを倒したのち、車両倉庫の出口に近づくと、うつむいて泣く少女の亡霊が現れた。少女にマリンの姿を重ね見たティファは、過去にマリンを悲しませてしまったときのことを思い出し、言いようのない不安に駆られる。

3 仲間の元へ

神羅の無線を傍受したクラウドたちは、レノとツォンの会話を聞いて愕然とする。神羅は七番街プレート落下計画を本当に実行に移し、アバランチとの戦闘に突入していたのだ。バレットたちの無事を信じ、列車墓場のヌシであるエリゴルを倒して先を急ぐ一行。ようやく七番街スラムにたどり着くと、七番街支柱ではあちこちに炎が上がり、銃撃や爆発の音が響いていた。

「計画は本当だったんだ」

CHAPTER 11 攻略ガイド

ゴーストやディーングロウといった少し手ごわい敵が現れるほか、ボス敵とのバトルも2回待ち受けている。マテリアをうまく活用して、相手の弱点を突きながら戦うようにしたい。

列車墓場

STORY INDEX

MAIN STORY

- 廃列車の山
  - あかりを辿る
  - 何者かの気配
- 車両倉庫を抜ける
  - 墓場行き列車
  - 制御室に漂う影
  - クレーンを操作
  - 出口を目指す
- 仲間の元へ
  - 塞がれた道
  - 進路の確保

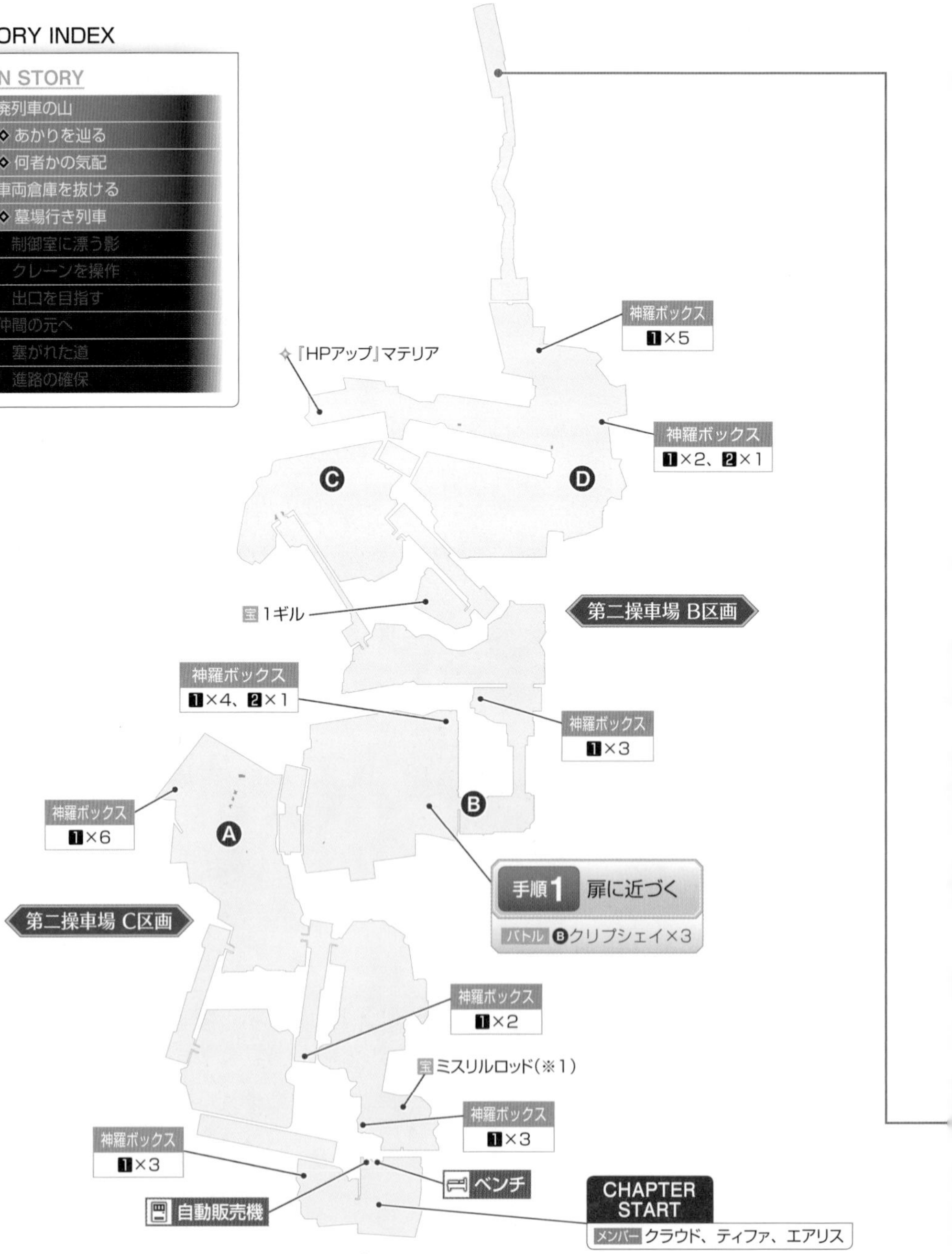

神羅ボックス ■×5

『HPアップ』マテリア

神羅ボックス ■×2、■×1

C

D

宝 1ギル

第二操車場 B区画

神羅ボックス ■×4、■×1

神羅ボックス ■×3

神羅ボックス ■×6

A

B

手順1 扉に近づく

バトル Bクリプシェイ×3

第二操車場 C区画

神羅ボックス ■×2

宝 ミスリルロッド(※1)

神羅ボックス ■×3

神羅ボックス ■×3

ベンチ

自動販売機

CHAPTER START

メンバー クラウド、ティファ、エアリス

※1……チャプターセレクト時は、すでに入手しているとポーションになる

神羅ボックスの中身	❶…ハイポーション(12%)、フェニックスの尾(2%)、毒消し(3%)、やまびこえんまく(3%)、モーグリメダル(5%) ❷…魔晄石(100%)

⊘…通行不能

出現する敵パーティ

出現場所	出現する敵		
	ウェアラット	クリプシェイ	ゴースト
Ⓐ	×3	—	—
Ⓑ	—	×3	—
Ⓒ	×2	×2	—
Ⓓ	—	×5	—
Ⓔ	—	—	×1
Ⓕ	—	×3	—

※Ⓕの敵は、手順3のあとに出現する

エネミーデータ

ウェアラット
P.537

レベル●21
HP●446
弱点●氷

クリプシェイ
P.582

レベル●21
HP●1115
弱点●氷

ゴースト
P.583

レベル●21
HP●3122
弱点●炎

車両倉庫 1F

第二操車場 A区画

P.308へ

神羅ボックス ❶×7

手順4のあとに通れる

手順2 エアリスに近づく

バトル Ⓔゴースト×1

手順3 少年のゴーストに近づく

車両倉庫の出口は、ここから少し進んだ場所にあるが、クレーンでつり下げられていた列車が落下し、出口への道がふさがれてしまう。通路を引き返して、車両倉庫の入口のほうへもどろう。

手順4 車両倉庫の入口に近づく

入口の近くへ引き返した時点で、車両倉庫の扉が閉まって外へ出られなくなる。少し待つとアナウンスが聞こえて、横にある列車の扉が開くので、そこから先へ進めばいい。

手順5はP.308

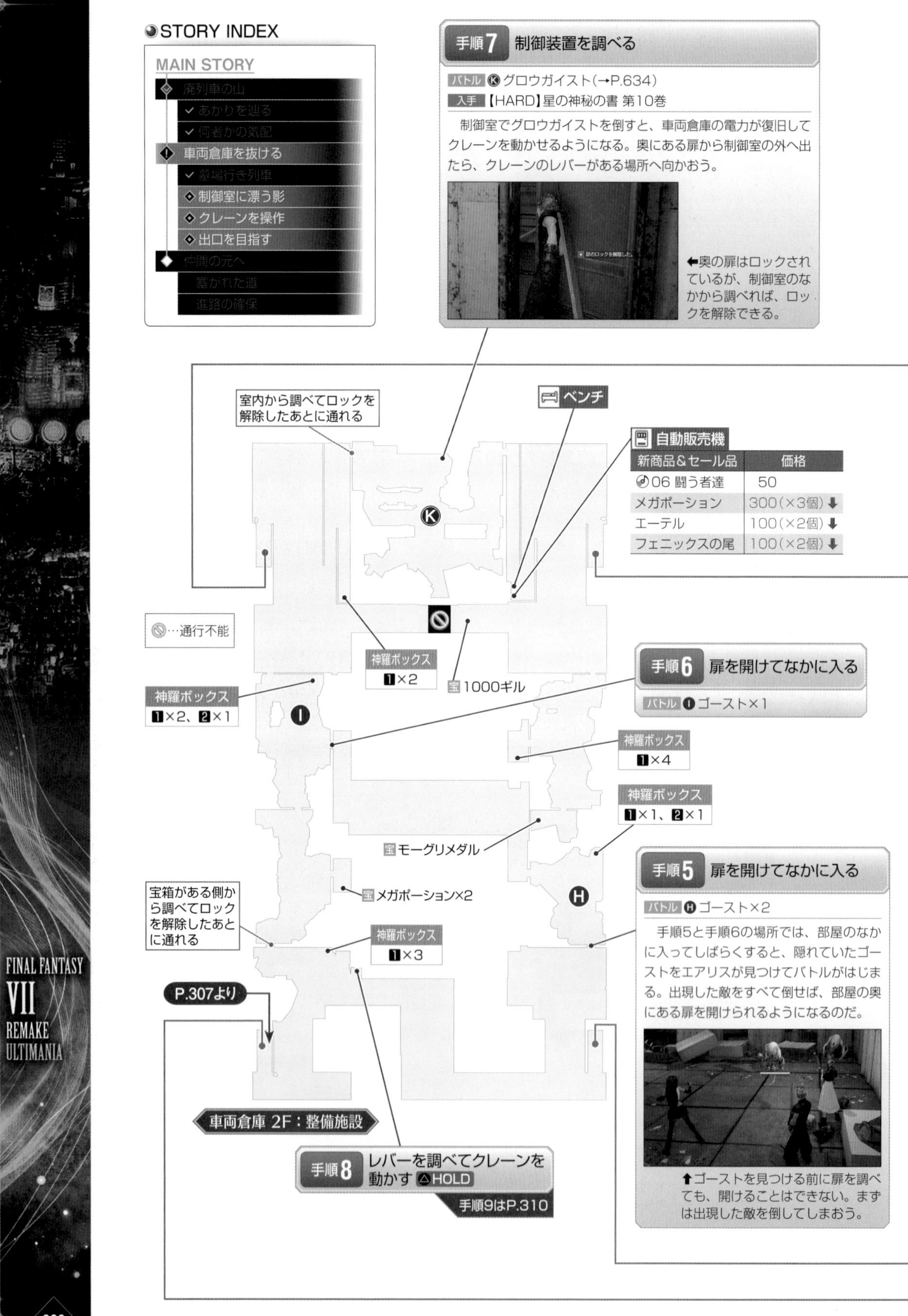

STORY INDEX

手順7 制御装置を調べる

バトル Ⓚ グロウガイスト（→P.634）

入手 【HARD】星の神秘の書 第10巻

制御室でグロウガイストを倒すと、車両倉庫の電力が復旧してクレーンを動かせるようになる。奥にある扉から制御室の外へ出たら、クレーンのレバーがある場所へ向かおう。

←奥の扉はロックされているが、制御室のなかから調べれば、ロックを解除できる。

自動販売機

新商品&セール品	価格
06 闘う者達	50
メガポーション	300（×3個）⬇
エーテル	100（×2個）⬇
フェニックスの尾	100（×2個）⬇

手順6 扉を開けてなかに入る

バトル Ⓘ ゴースト×1

手順5 扉を開けてなかに入る

バトル Ⓗ ゴースト×2

手順5と手順6の場所では、部屋のなかに入ってしばらくすると、隠れていたゴーストをエアリスが見つけてバトルがはじまる。出現した敵をすべて倒せば、部屋の奥にある扉を開けられるようになるのだ。

⬆ゴーストを見つける前に扉を調べても、開けることはできない。まずは出現した敵を倒してしまおう。

手順8 レバーを調べてクレーンを動かす △HOLD

手順9はP.310

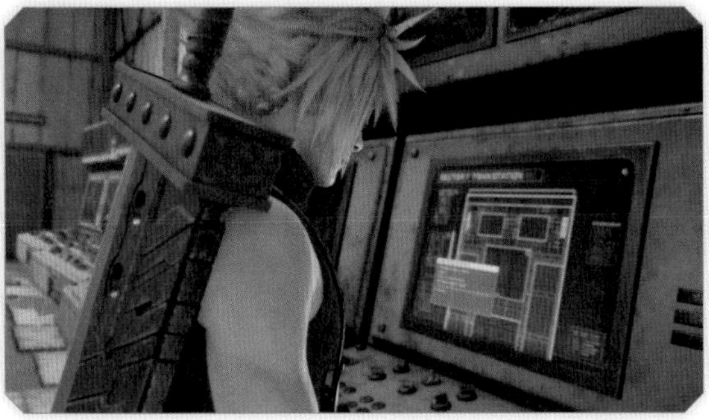

神羅ボックスの中身	1…ハイポーション(12%)、フェニックスの尾(2%)、毒消し(3%)、やまびこえんまく(3%)、モーグリメダル(5%) 2…魔晄石(100%)

出現する敵パーティ

出現場所	出現する敵 羽根トカゲ	クリプシェイ	ゴースト	BOSS グロウガイスト
G	×1	—	—	—
H	—	—	×2	—
I	—	—	×1	—
J	—	×3	—	—
K	—	—	—	×1
L	×2	—	—	—

※Kの敵は、手順7のあとに出現する

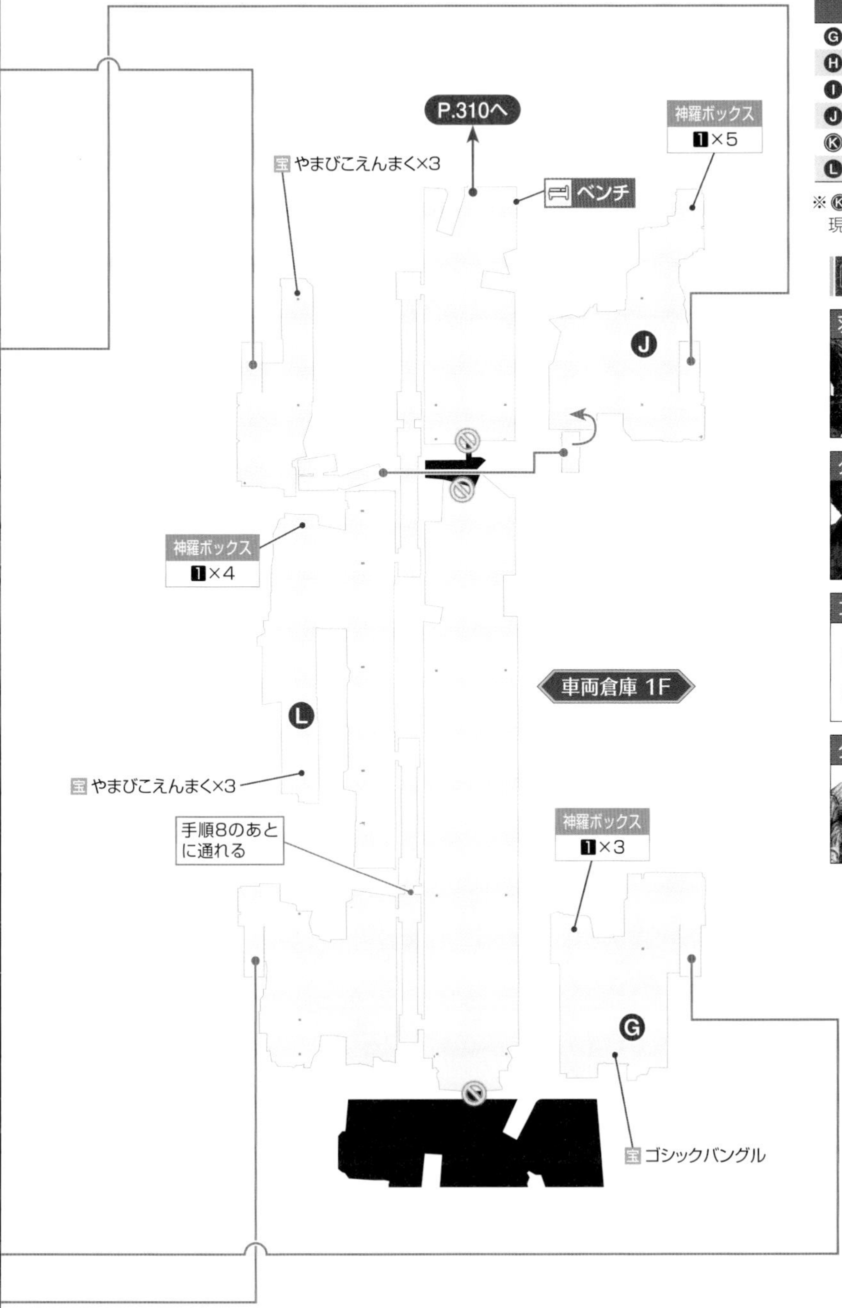

エネミーデータ

羽根トカゲ

P.542
レベル ● 21
HP ● 3903
弱点 ● 風

クリプシェイ

P.582
レベル ● 21
HP ● 1115
弱点 ● 氷

ゴースト
P.583
レベル ● 21
HP ● 3122
弱点 ● 炎

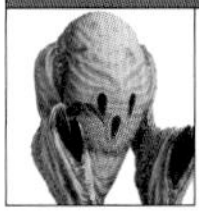

グロウガイスト

BOSS P.634
レベル ● 20
HP ● 18683
弱点 ● 炎

車両倉庫 1F

P.310へ

- 神羅ボックス 1×5
- 宝 やまびこえんまく×3
- ベンチ
- J
- 神羅ボックス 1×4
- L
- 宝 やまびこえんまく×3
- 手順8のあとに通れる
- 神羅ボックス 1×3
- G
- 宝 ゴシックバングル

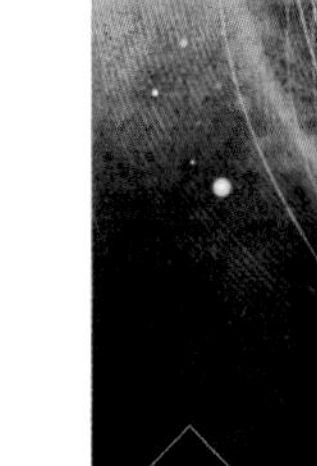

STORY INDEX

手順10 レバーを調べて列車を動かす △HOLD

列車が道をふさいでいて、そのままでは先へ進めない。ハシゴをのぼって機関車に乗りこみ、運転席にあるレバーを操作しよう。すると、機関車が少し前へ進んで奥の列車を押し動かし、道が通れるようになる。

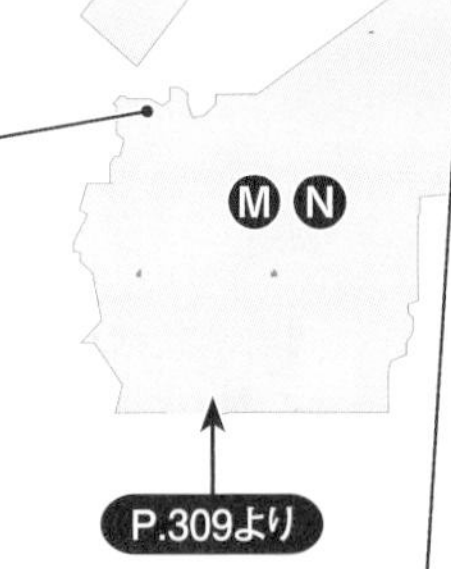

手順9 レバーを調べて転車台を稼働させる △HOLD

バトル M ウェアラット×3
バトル N ゴースト×2
バトル O クリプシェイ×4

レバーを調べたあとは、転車台が回転をはじめてMの敵が出現し、それらを倒した直後にNの敵が姿を現す。しばらくして転車台が止まるとOの敵も現れるので、できるだけすばやくMとNの敵を倒そう。HPが高いゴーストは、フェニックスの尾で即死させるのも手だ。

⬆転車台の回転が止まると道がつながり、奥から敵が近づいてくる。

神羅ボックスの中身	1…ハイポーション(12%)、フェニックスの尾(2%)、毒消し(3%)、やまびこえんまく(3%)、モーグリメダル(5%) 2…魔晄石(100%)

出現する敵パーティ

出現場所	ウェアラット	羽根トカゲ	ディーングロウ	クリプシェイ	ゴースト	BOSS エリゴル
M	×3	—	—	—	—	—
N	—	—	—	—	×2	—
O	—	—	—	×4	—	—
P	—	×1	×1	—	—	—
Q	—	—	—	—	—	×1

※Mの敵は、手順9のあとに出現する
※Nの敵は、転車台の回転が止まる前にMの敵を全滅させたときにのみ出現する
※Oの敵は、出現場所に近づくか転車台の回転が止まると出現する

エネミーデータ

ウェアラット P.537

レベル ● 21
HP ● 446
弱点 ● 氷

クリプシェイ P.582

レベル ● 21
HP ● 1115
弱点 ● 氷

羽根トカゲ P.542

レベル ● 21
HP ● 3903
弱点 ● 風

ゴースト P.583

レベル ● 21
HP ● 3122
弱点 ● 炎

ディーングロウ P.544

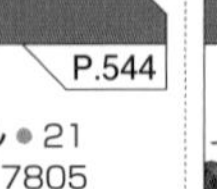

レベル ● 21
HP ● 7805
弱点 ● 風

エリゴル BOSS P.636

レベル ● 21
HP ● 31220
弱点 ● 氷(※1)

※1……空中にいるときは「氷、風」

CHAPTER CLEAR

手順14 エリゴルと戦う

バトル ◎エリゴル(→P.636)
入手 【HARD】格闘術秘伝の書 第8巻

Q

自動販売機

セール品	価格
メガポーション	300(×3個)⬇
エーテル	100(×2個)⬇
フェニックスの尾	100(×2個)⬇

貨物保管区

ベンチ

手順11 レバーを調べて列車を動かす △HOLD

神羅ボックス
❶×4

宝 メガポーション×2

手順12 レバーを調べて列車を動かす △HOLD

手順10や手順11の場所とはちがい、ここの運転席のレバーを操作すると機関車がうしろへ動く。それによって、手前にある列車に機関車が近づき、屋根の上の足場がつながるのだ。

⬆機関車を動かす前は、列車の屋根の上にある足場が途切れている。

P

第一操車場 A区画

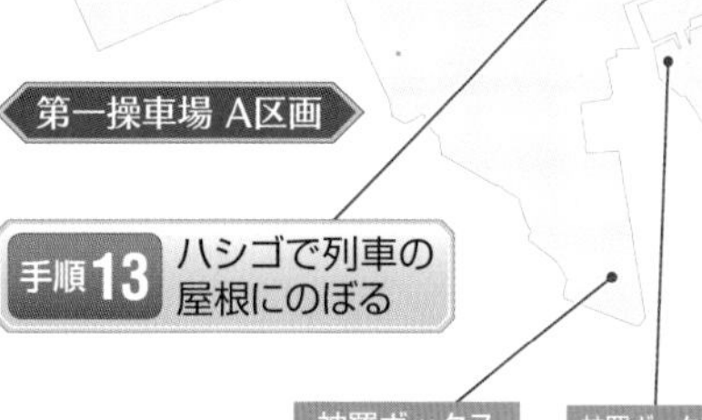

手順13 ハシゴで列車の屋根にのぼる

神羅ボックス
❶×4、❷×1

神羅ボックス
❶×3

CHAPTER 12 アバランチの死闘

MAIN STORY DIGEST

1 支柱へ急げ

神羅の狙いは、プレートを落下させて七番街スラムもろともアバランチをつぶし、さらにその悪行をアバランチのしわざに仕立て上げることだった。街や住人を守るため、七番街支柱で神羅兵と戦うアバランチのメンバー。そこへ駆けつけたクラウドは、ケガをしたウェッジをティファとエアリスにまかせ、バレットたちがいる支柱の上へひとりで向かう。

「じゃあな、クラウド。星の命、まかせた」

2 アバランチと合流

七番街支柱をのぼる途中、クラウドは大ケガをしてすわりこむビッグスを見つけた。あわてて走り寄るクラウドだったが、ビッグスは星の命をクラウドに託すと告げると、目を閉じて動かなくなってしまう。そのころ、地上ではウェッジの治療が終わり、それを見届けたティファは仲間たちがいる支柱の上へ向かった。彼女にマリンのことを頼まれたエアリスは、ウェッジの案内でセブンスヘブンを目指す。

3
「みんな、助からなきゃダメなんだ!」

3 避難誘導

ウェッジは人々に七番街から離れるよう呼びかけるが、六番街へのゲートは神羅に封鎖されて通ることができない。エアリスに励まされて勇気を出し、道を開けてほしいと兵士に詰め寄るウェッジ。その熱意が通じて封鎖は解かれ、住民たちは避難をはじめる。

シナリオ
SCENARIO

4 マリンの元へ

ウェッジと別れたエアリスは、墜落したヘリに道をふさがれつつも、なんとかセブンスヘブンに到着。おびえるマリンに優しく語りかけ、一緒に避難しようとするが、店の外にはツォンと神羅の兵士が待ちかまえていた。逃げられないと悟ったエアリスは、マリンだけでも助けるため、ツォンに取り引きを持ちかける。

5
「最期の話し相手、クラウドか。
うん、悪くないぞ」

5 最上階へ

ティファと合流したクラウドが、大きな爆発が起きた階にたどり着くと、そこには瀕死のジェシーが倒れていた。みずからの死を覚悟し、先へ進むようにふたりをうながすジェシー。クラウドとティファは、悲しみを押し殺しながら支柱のさらに上へ進む。

6 決戦

クラウドたちは最上階でバレットと協力し、プレートを落下させようとするレノとルードを倒した。しかし、一瞬のスキを突かれてプレート解放システムを起動され、さらにツォンからの通信でエアリスが神羅の手に落ちたことを知らされる。地上につながるワイヤーをすべり降り、くずれゆく支柱を脱出するクラウドたち。彼らの目の前で七番街プレートが落下し、地上のスラムを押しつぶしていった……。

CHAPTER 12 攻略ガイド

七番街支柱をのぼるときは、最初はパーティメンバーがクラウドひとりで、途中からティファが加わる。人数が少ないぶん戦力が落ちているので、残りHPやMPに注意して慎重に戦いたい。

七番街スラム

STORY INDEX

MAIN STORY
- 支柱へ急げ
- アバランチと合流
- 避難誘導
- マリンの元へ
  - 救助
- 最上階へ
- 決戦

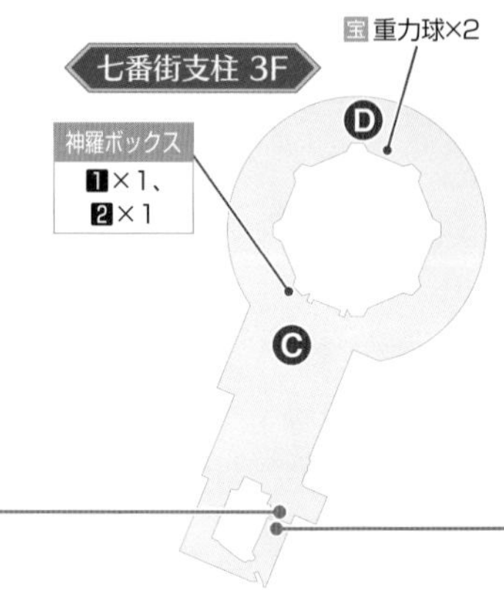

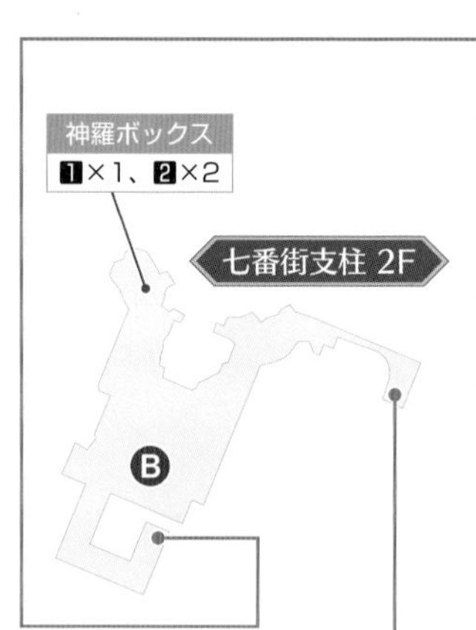

自動販売機

新商品	価格
『しょうめつ』マテリア	3000

ベンチ

七番街支柱 1F

手順1 ティファたちに近づく

バトル Ⓐ虚無なる魔物(→P.619)+未知なる魔物×5(→P.618)

ここで戦う未知なる魔物は、倒してもふたたび出現するが、1体倒すと(難易度がHARDの場合は、バースト中の未知なる魔物を1体倒すと)少しのあいだ虚無なる魔物の防御力が下がる。虚無なる魔物のHPをゼロまで減らすか、3分ほど戦いつづけると、敵がいなくなってバトルが終了するのだ。

⬆虚無なる魔物を無理に倒す必要はないので、守りを優先して戦い、バトルが終わるのを待つのも手だ。

手順2 クラウドがひとりで支柱の上へ向かう

メンバー クラウド

七番街スラム駅

Ⓐ

支柱前広場

CHAPTER START

メンバー クラウド、ティファ、エアリス

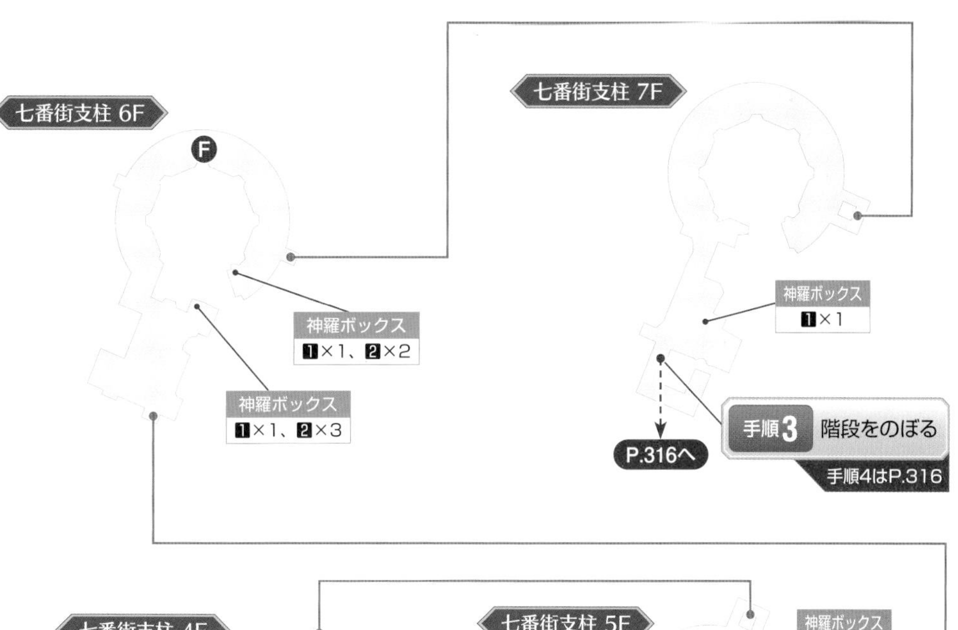

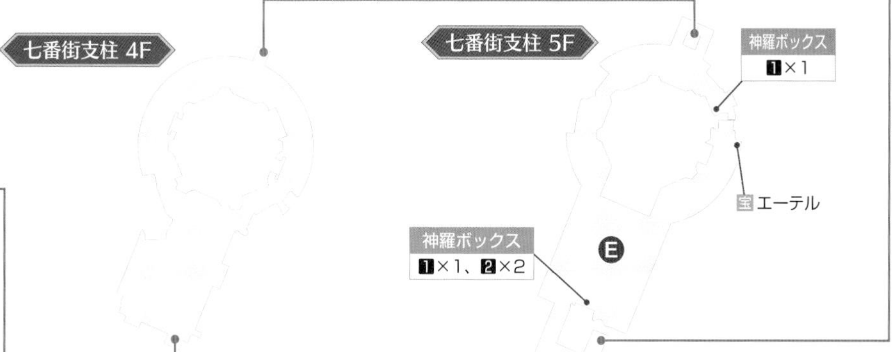

神羅ボックスの中身	1…魔晄石(100%) 2…ハイポーション(12%)、フェニックスの尾(2%)、毒消し(3%)、やまびこえんまく(3%)、モーグリメダル(5%)

出現する敵パーティ

出現場所	出現する敵							
	上級警備兵	上級擲弾兵	スタンレイ	上級鎮圧兵	マシンガン	空中兵	BOSS 未知なる魔物	BOSS 虚無なる魔物
A	—	—	—	—	—	—	×5	×1
B	×3	—	—	—	×1	—	—	—
C	—	×1	—	×2	—	—	—	—
D	—	—	×2	—	—	—	—	—
E	—	—	—	—	—	×2	—	—
F	×2	—	—	—	—	×1	—	—

※Aの未知なる魔物は、1体倒すたびに追加で1体出現する
※Dの敵は、近くの宝箱を開けたあとに出現する

エネミーデータ

上級警備兵

P.540
レベル●22
HP●1384
弱点●炎

上級擲弾兵

P.546
レベル●22
HP●462
弱点●炎

スタンレイ

P.547
レベル●22
HP●1269
弱点●雷(※1)

上級鎮圧兵

P.557
レベル●22
HP●1384
弱点●炎

マシンガン

P.584
レベル●22
HP●1153
弱点●雷

空中兵
P.585
レベル●22
HP●4036
弱点●炎、風(※2)

未知なる魔物

BOSS P.618
レベル●22
HP●2306
弱点●——

虚無なる魔物

BOSS P.619
レベル●22
HP●9224
弱点●——

※1……飛行モードのときは「雷、風」
※2……地上にいるときは「炎」のみ

INDEX

STORY INDEX

MAIN STORY

- 支柱へ急げ
- アバランチと合流
- 避難誘導
- マリンの元へ
  - 救助
- 最上階へ
- 決戦

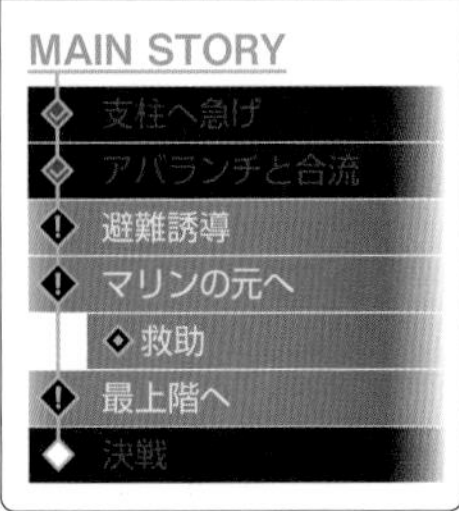

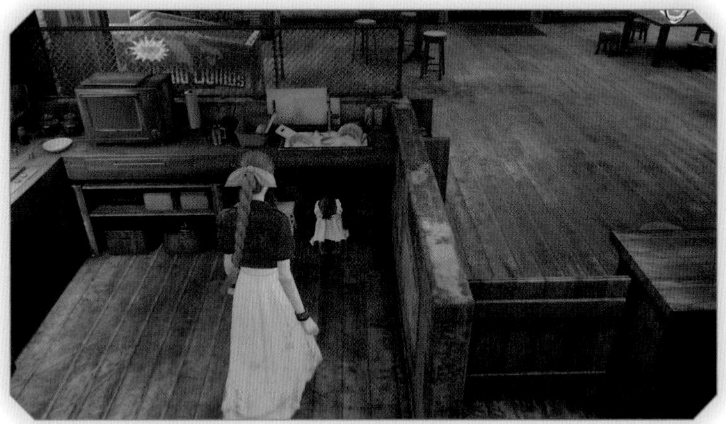

◎…通行不能

手順9 マリンに近づく

カウンターの内側に入れば、隠れているマリンを見つけられる。なお、このチャプターでは、店内にあるダーツやジュークボックスは利用できない。

手順10 セブンスヘブンの出入口に近づく

手順6 セブンスヘブンに近づく

セブンスヘブンの近くにたどり着いた直後、ヘリが目の前に墜落して、先へ進めなくなる。いったん引き返し、別の道からセブンスヘブンを目指そう。

手順4 ウェッジについていく

メンバー エアリス

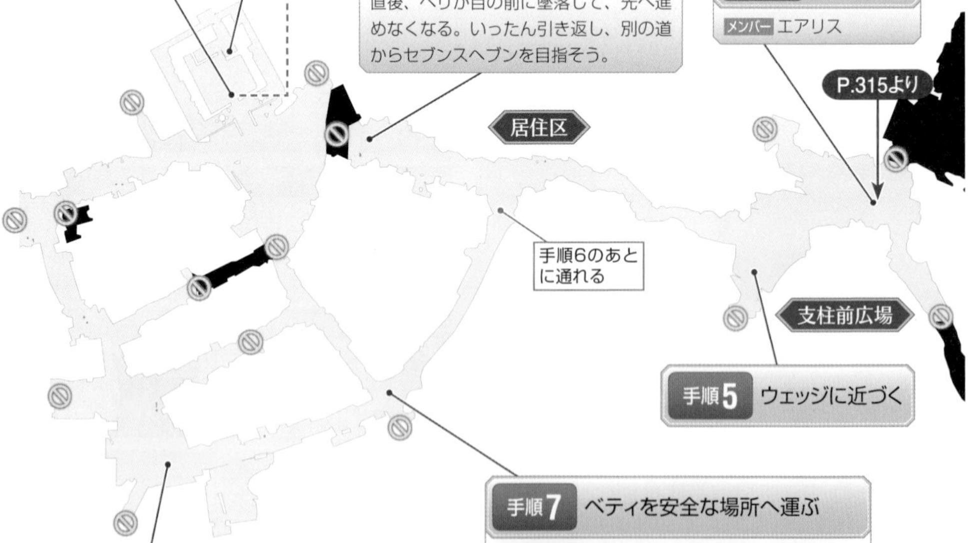

P.315より
居住区
手順6のあとに通れる
支柱前広場

手順5 ウェッジに近づく

手順7 ベティを安全な場所へ運ぶ

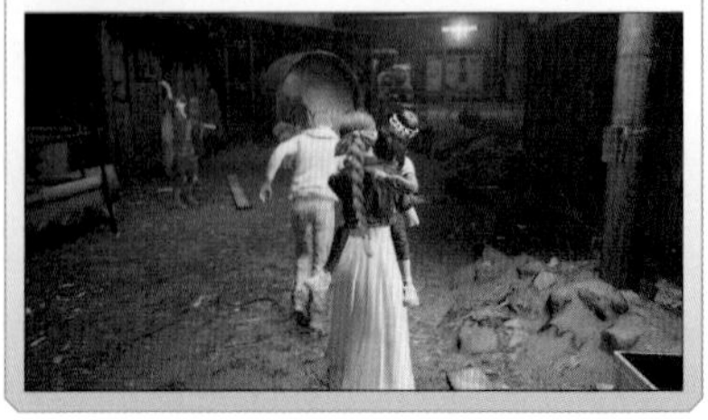

手順8 マーレに近づく

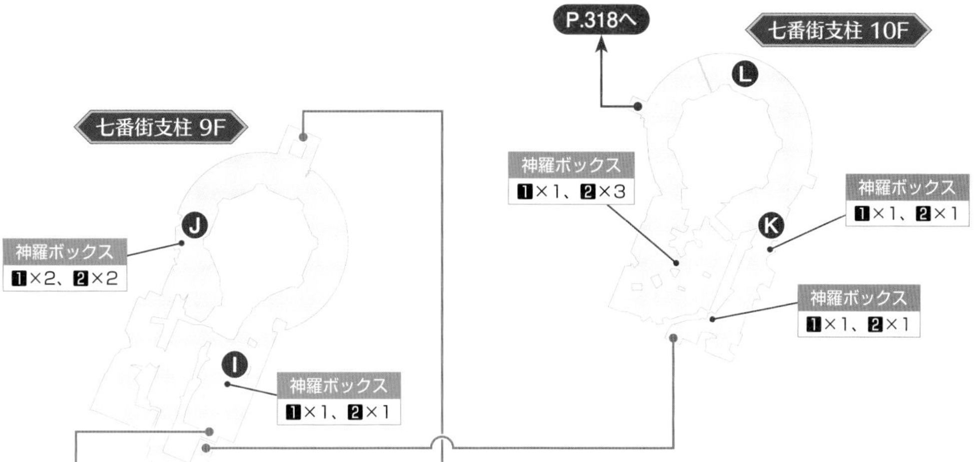

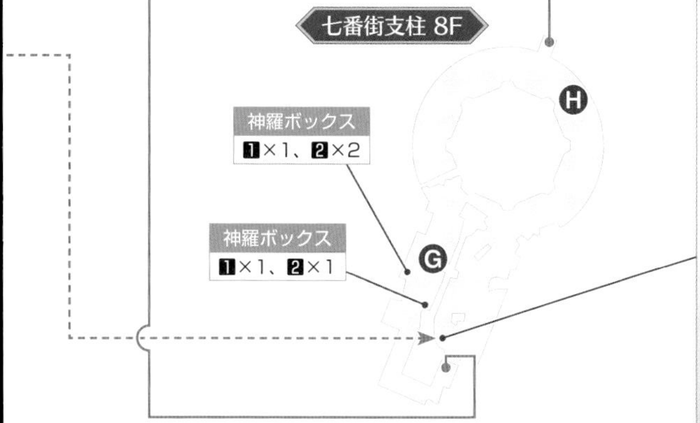

手順11 ヘリの銃撃をかわしながら上の階へ向かう

メンバー クラウド、ティファ

ここから七番街支柱 11Fまでは、支柱の周囲を飛ぶヘリに乗ったレノが、クラウドを銃撃してくる。物陰に隠れて、弾を防ぎつつ進もう(銃撃のダメージでHPが減るのは残り1まで)。

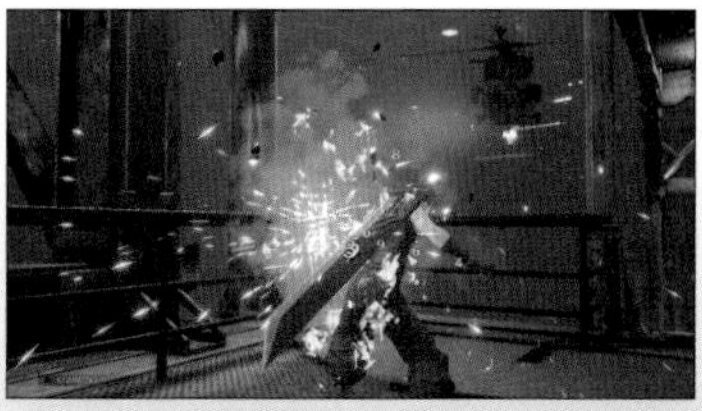

⬆ヘリの機銃は、クラウドをかなり正確に狙う。1発のダメージは小さいが、何度も受けていると危険だ。

手順12はP.319

出現する敵パーティ

出現場所	出現する敵 スタンレイ	上級鎮圧兵	マシンガン
G	—	—	×2
H	×2	—	—
I	—	—	×3
J	×3	—	—
K	—	×2	—
L	×2	—	—

神羅ボックスの中身	
	1…魔晄石(100%) 2…ハイポーション(12%)、フェニックスの尾(2%)、毒消し(3%)、やまびこえんまく(3%)、モーグリメダル(5%)

エネミーデータ

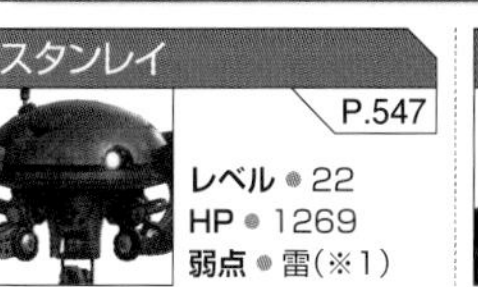

スタンレイ P.547

レベル ● 22
HP ● 1269
弱点 ● 雷(※1)

上級鎮圧兵 P.557

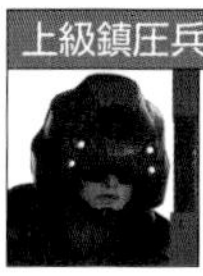

レベル ● 22
HP ● 1384
弱点 ● 炎

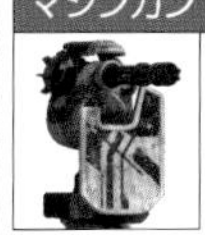

マシンガン P.584

レベル ● 22
HP ● 1153
弱点 ● 雷

※1……空中にいるときは「雷、風」

STORY INDEX

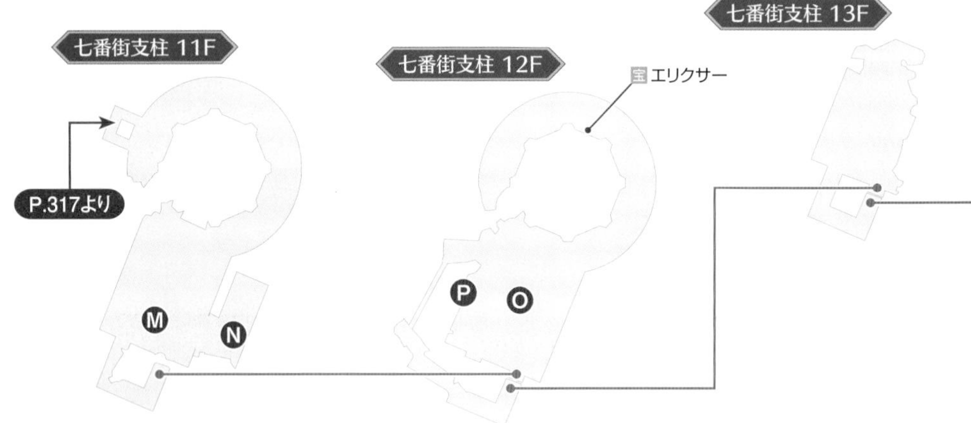

出現する敵パーティ

出現場所	出現する敵						
	上級擲弾兵	特殊戦闘員	上級鎮圧兵	マシンガン	空中兵	BOSS レノ(2回目)	BOSS ルード(2回目)
M	—	—	×2	—	—	—	—
N	×1	—	—	—	×1	—	—
O	—	×1	—	×2	—	—	—
P	—	—	—	—	×2	—	—
Q	—	—	—	—	—	×1	×1

エネミーデータ

上級擲弾兵
P.546

レベル ● 22
HP ● 462
弱点 ● 炎

特殊戦闘員
P.556

レベル ● 22
HP ● 4612
弱点 ● 炎

上級鎮圧兵
P.557

レベル ● 22
HP ● 1384
弱点 ● 炎

マシンガン
P.584

レベル ● 22
HP ● 1153
弱点 ● 雷

空中兵
P.585

レベル ● 22
HP ● 4036
弱点 ● 炎、風(※1)

レノ(2回目)
BOSS P.638

レベル ● 22
HP ● 16142
弱点 ● ——

ルード(2回目)
BOSS P.640

レベル ● 22
HP ● 16142
弱点 ● 風

※1……地上にいるときは「炎」のみ

手順12 タークスと戦う

メンバー クラウド、バレット、ティファ
バトル Ⓠレノ(2回目)(→P.638)+ルード(2回目)(→P.640)
入手 【HARD】射撃マニュアル 第7巻

支柱の最上階にたどり着くと、パーティメンバーにバレットが加わって、レノ(2回目)やルード(2回目)とのバトルがはじまる。どちらもかなりの強敵なので、アビリティやアイテムなどを駆使して全力で戦おう。なお、バトル開始前のイベントシーンで◉ボタンを長押しすれば、メインメニュー画面を開くことができる。バレットのマテリアを外していた場合は、忘れずにセットしておきたい。

⬆ルードは、最初はヘリに乗っていて、機銃や爆弾で攻撃してくる。

手順13 ティファに近づく

レノ(2回目)とルード(2回目)に勝利したあとは、30秒のカウントダウンがはじまる。すわりこんでいるティファに近づけば、クラウドたちが七番街支柱から脱出し、このチャプターはクリアとなるのだ。カウントダウンは、ゼロになってもとくに何も起きず、物語の展開にも影響しないので、あせらずに移動するといい。

⬆中央部分の床は、くずれ落ちて通れなくなる。柵沿いを通ってティファのもとへ向かおう。

七番街支柱 15F

CHAPTER CLEAR

七番街支柱 14F

自動販売機

セール品	価格
メガポーション	300(×3個)⬇
エーテル	100(×2個)⬇
フェニックスの尾	100(×2個)⬇

ベンチ

Original『FFVII』Playback PART 9

列車墓場
～七番街プレート支柱

七番街プレート支柱では、アバランチのメンバー3人が、それぞれクラウドと最後の言葉を交わす。ここで戦うレノは、こちらを結界で封じこめる『ピラミッド』を使ってくるが、結界が壊せることを暗に教えてくれた。

PART 8(→P.303)より

列車墓場

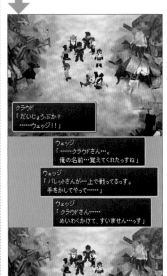

クラウド
「エアリス。
すっかり巻きこんでしまって……」
エアリス
「ここから帰れ!
な～んて言わないでね」
ティファ
「え～と……明かりのついている
車両を抜けて行けば出られそうね」

七番街プレート支柱

ティファ
「まにあった!
柱が立ってる!」
クラウド
「まて!
上から……聞こえないか?」
エアリス
「……銃声?」

クラウド
「だいじょうぶか?
……ウェッジ!!」
ウェッジ
「……クラウドさん…。
俺の名前…覚えてくれたっすね」
ウェッジ
「バレットさんが…上で戦ってるっす。
手をかしてやって……」
ウェッジ
「クラウドさん……
めいわくかけて、すいません…っす」

クラウド
「のぼるぞ!」
クラウド
「エアリス!
ウェッジをたのむ」
ティファ
「エアリス、おねがい」
「この近くに私たちの店
『セブンスヘブン』があるの」
「そこにマリンっていう名前の
小さな女の子がいるから……」
エアリス
「わかった。
安全な場所へ、ね」

ティファ
「ここは危険です!
みんな早く柱からはなれて!」
「7番街から離れて!」

ビッグス
「クラウド……
やっぱり……星の命なんて……
どうなろうと……興味ないか?」
悪いけど興味ない
それよりケガが……
ビッグス
「ありがとよ、クラウド」
「でも……おれはいいから……
バレットが……上で戦っている。
手をかしてやってくれ……」

●「悪いけど興味ない」を選んだときの展開

ビッグス
「へっ……変わんねえな。
まあ……いいや」

ジェシー
「あ……クラウド……
最後に……話せて良かった……」
最後だなんて……
そうか……
ジェシー
「もう、いい……いいの……」
「私たち……私たちの作戦で
たくさん……人、死んじゃったし……
きっと……そのむくい……ね」

●「そうか……」を選んだときの展開

ジェシー
「……そうか……ですって……?」
「フフ……相変わらず……
クールな……元ソルジャーさん。
……そこが……いいんだけどね……」

バレット
「ティファ！ クラウド！
来てくれたのか！」
「気をつけろ！ やつら
ヘリで襲ってきやがる」
ティファ
「さっそく来たわ！」
レノ
「おそかった、と
このスイッチを押すと……」
レノ
「はい、おしまい！ 作業終了」
ティファ
「解除しなくちゃ！
クラウド！ バレット！ おねがい！」
レノ
「そういうわけにはいかないぞ、と
タークスのレノさまの邪魔は
誰にもさせないぞっ……と」
レノ「こわせるものなら こわしてみろ、と」
レノ「そろそろ時間だぞ、と」

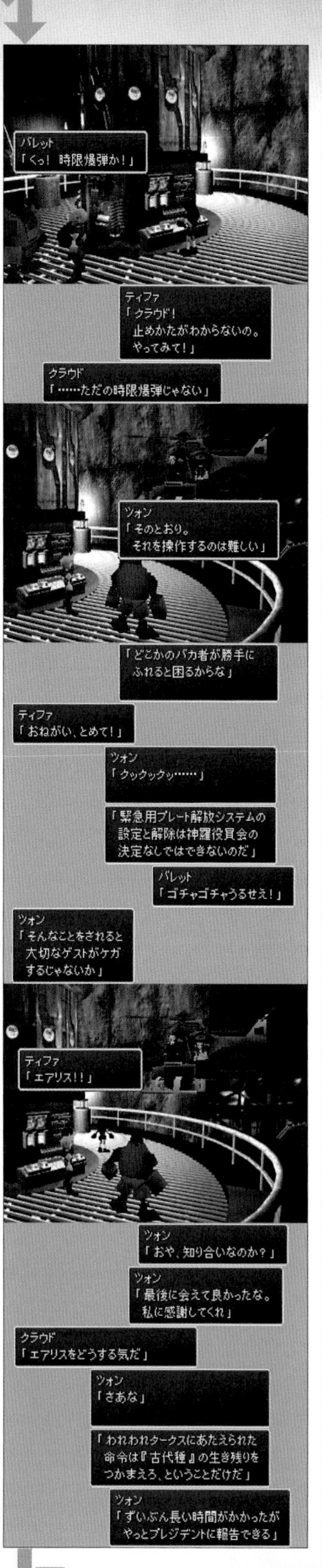

バレット
「くっ！ 時限爆弾か！」
ティファ
「クラウド！
止めかたがわからないの。
やってみて！」
クラウド
「……ただの時限爆弾じゃない」
ツォン
「そのとおり。
それを操作するのは難しい」
「どこかのバカ者が勝手に
ふれると困るからな」
ティファ
「おねがい、とめて！」
ツォン
「クックックッ……」
「緊急用プレート解放システムの
設定と解除は神羅役員会の
決定なしではできないのだ」
バレット
「ゴチャゴチャうるせえ！」
ツォン
「そんなことをされると
大切なゲストがケガ
するじゃないか」
ティファ
「エアリス！！」
ツォン
「おや、知り合いなのか？」
ツォン
「最後に会えて良かったな。
私に感謝してくれ」
クラウド
「エアリスをどうする気だ」
ツォン
「さあな」
「われわれタークスにあたえられた
命令は『古代種』の生き残りを
つかまえろ、ということだけだ」
ツォン
「ずいぶん長い時間がかかったが
やっとプレジデントに報告できる」

エアリス
「ティファ、だいじょうぶだから！
あの子、だいじょうぶだから！」
ティファ
「エアリス！」
エアリス
「だからはやく逃げて！」
ツォン
「クックックッ！
そろそろ始まるぞ。
逃げきれるかな？」
バレット
「おい、このワイヤーを使って
脱出できるぜ！」
ティファ
「上のプレートが落ちてきたら
ひとたまりもないわ。
いそがなくちゃ！」

PART 10(→P.332)へつづく

INDEX

CHAPTER 13

崩壊した世界

MAIN STORY DIGEST

1 ガレキの中を進む

プレートの落下によって、七番街スラムとその周辺はすべてが崩壊した。バレットは神羅への怒りを爆発させるが、ティファはアバランチの活動がこの惨劇につながったと考え、強い自責の念を抱く。

「私たちのせいだね」

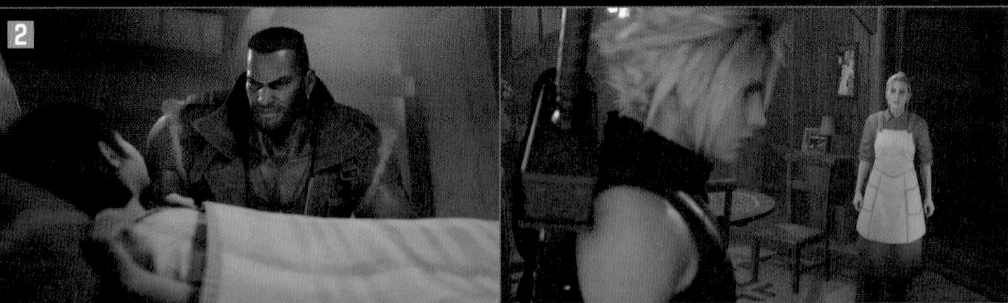

2 残された希望

3 仲間の安否

伍番街にあるエアリスの家で、マリンは無事に保護されていた。クラウドたちから事情を聞いたエルミナは、エアリスが実の娘ではなく古代種の生き残りだと明かし、神羅が彼女を解放するまで待ってほしいと頼む。ひとまず、アバランチの仲間の安否を確認することにした一行は、避難してきたワイマーから状況を聞きつつ、七番街スラムを目指すのだった。

4 地上へ這い上がる
5 帰るべき場所

変わり果てた七番街スラムで、ガレキの山となったセブンスヘブンを目の当たりにして、呆然と立ちつくすティファ。そこへウェッジが飼っていたネコが姿を現し、どこかへ導くように鳴いて去っていった。ネコのあとを追いかけたクラウドたちは、倒れているウェッジを見つけるが、地面が大きく揺れて足元がくずれ落ち、地下深くへ飲みこまれてしまう。

6 孤高のバレット

地下へ落下したバレットが目を覚ましたとき、近くに仲間の姿はなかった。道をふさぐガレキを銃で破壊し、神羅の地下実験場を突き進むバレット。怪奇虫を倒してティファと合流した彼は、ウェッジの救出に向かう。

7 ウェッジの元へ

ウェッジの無事を確認したバレットたちは神羅の実験体に襲われるが、戦いの途中でクラウドに助けられる。敵を倒したあと、バレットがひび割れた壁を銃で壊すと、その奥にはかつて人体実験が行なわれていた施設があった。垣間見えた神羅の闇にバレットとティファが思わず息をのんだ直後、ローブ姿の魔物の群れが現れ、3人はウェッジとともに地上へ押し流される。

8 帰還

ウェッジが生きていたことで希望が芽生え、ほかの仲間の帰りを待とうとするバレット。しかし、クラウドは七番街支柱で見たビッグスとジェシーの状況を思い起こし、彼らが帰ってくる可能性はないと告げた。否定したい感情を抑えて、残酷な現実を受け入れたバレットは、仲間のためにも前へ進もうと決意する。

「星に帰ったんだよ」
「帰る場所、間違えやがって」

CHAPTER 13 攻略ガイド

六番街スラムと伍番街スラムには通行不能の道が多く、探索できるのは一部の場所のみ。武器屋には新商品が並んでいるので、持っていない武器や性能が高い防具を買っておくといい。

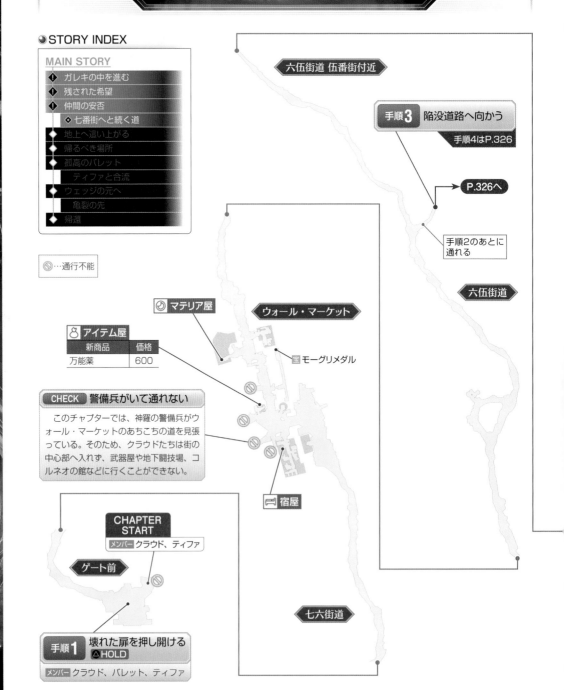

六番街スラム

STORY INDEX

MAIN STORY
- ガレキの中を進む
- 残された希望
- 仲間の安否
  - 七番街へと続く道
- 地上へ這い上がる
- 帰るべき場所
- 孤高のバレット
  - ティファと合流
- ウェッジの元へ
  - 亀裂の先
- 帰還

⊘…通行不能

六伍街道 伍番街付近

手順3 陥没道路へ向かう

手順4はP.326

P.326へ

手順2のあとに通れる

六伍街道

マテリア屋

ウォール・マーケット

アイテム屋

新商品	価格
万能薬	600

宝 モーグリメダル

CHECK 警備兵がいて通れない

このチャプターでは、神羅の警備兵がウォール・マーケットのあちこちの道を見張っている。そのため、クラウドたちは街の中心部へ入れず、武器屋や地下闘技場、コルネオの館などに行くことができない。

宿屋

CHAPTER START
メンバー クラウド、ティファ

ゲート前

七六街道

手順1 壊れた扉を押し開ける
△HOLD
メンバー クラウド、バレット、ティファ

伍番街スラム

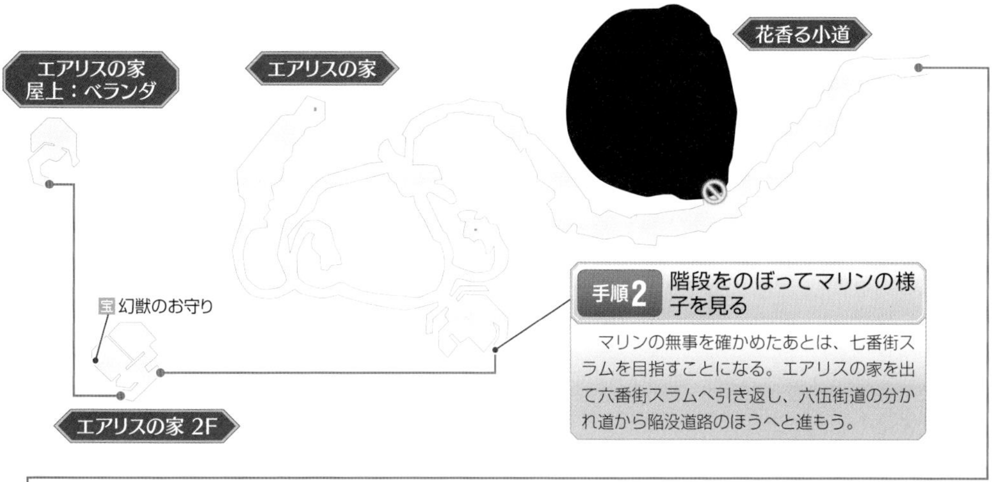

エアリスの家
屋上：ベランダ

エアリスの家

花香る小道

宝 幻獣のお守り

エアリスの家 2F

手順2 階段をのぼってマリンの様子を見る

マリンの無事を確かめたあとは、七番街スラムを目指すことになる。エアリスの家を出て六番街スラムへ引き返し、六伍街道の分かれ道から陥没道路のほうへと進もう。

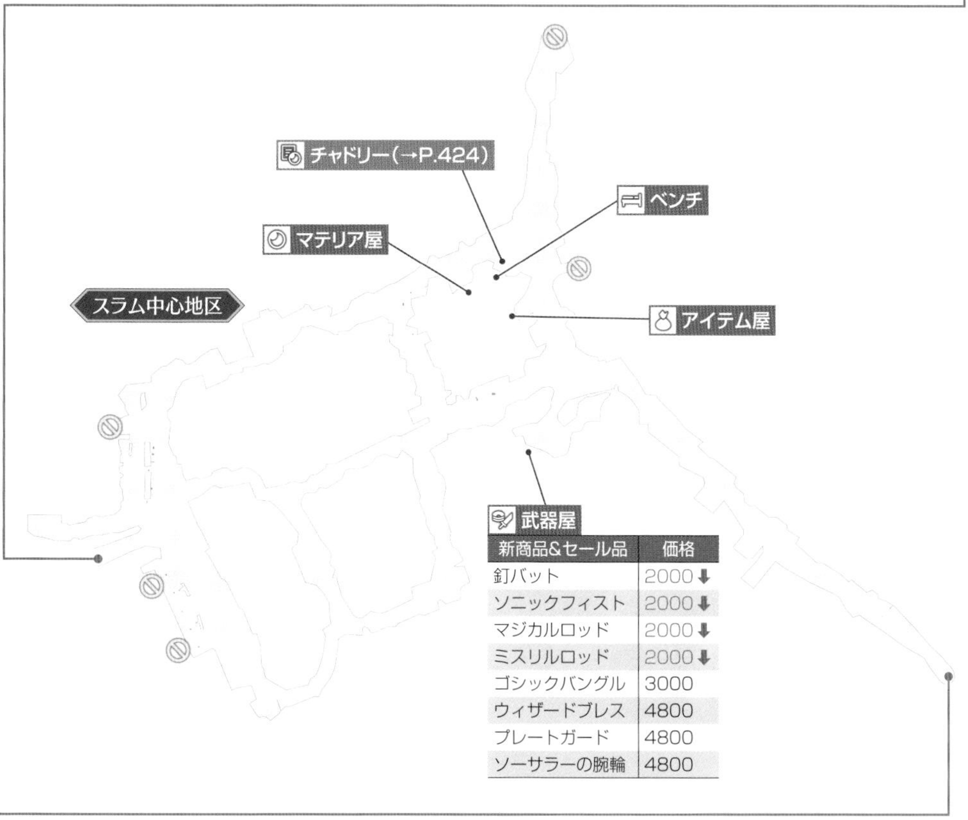

チャドリー（→P.424）

ベンチ

マテリア屋

スラム中心地区

アイテム屋

武器屋

新商品&セール品	価格
釘バット	2000↓
ソニックフィスト	2000↓
マジカルロッド	2000↓
ミスリルロッド	2000↓
ゴシックバングル	3000
ウィザードブレス	4800
プレートガード	4800
ソーサラーの腕輪	4800

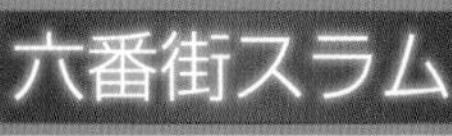

六番街スラム

STORY INDEX

MAIN STORY

- ガレキの中を進む
- 残された希望
- 仲間の安否
  - 七番街へと続く道
- 地上へ這い上がる
- 帰るべき場所
- 孤高のバレット
  - ティファと合流
- ウェッジの元へ
  - 亀裂の先
- 帰還

⦸…通行不能

旧プレート内補修通路
陥没道路 崩落トンネル
神羅ボックス 2×5
P.324より
神羅ボックス 2×3
A
神羅ボックス 1×1、2×3
陥没道路 下層：アーム作業場
陥没道路 機械の墓地①
宝 メガポーション
神羅ボックス 3×2
B
神羅ボックス 3×2
神羅ボックス 1×1、3×1
C
D
神羅ボックス 1×1、3×2
陥没道路 旧バイパス
E
神羅ボックス 3×2
宝 エーテル
F
宝 プレートガード
神羅ボックス 1×1、3×2
G
陥没道路 下層：悪党の巣穴
H
宝 重力球
神羅ボックス 3×4

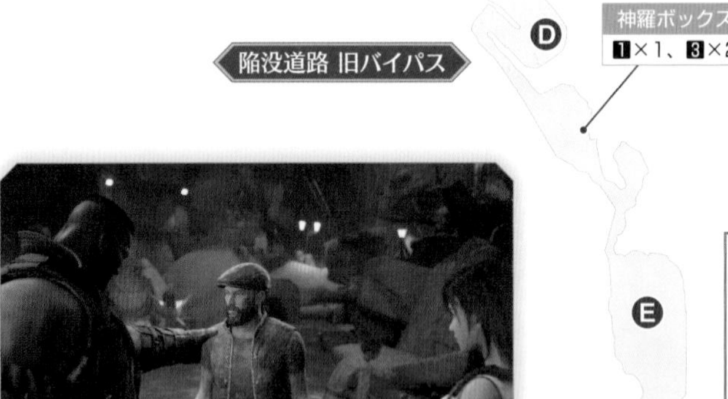

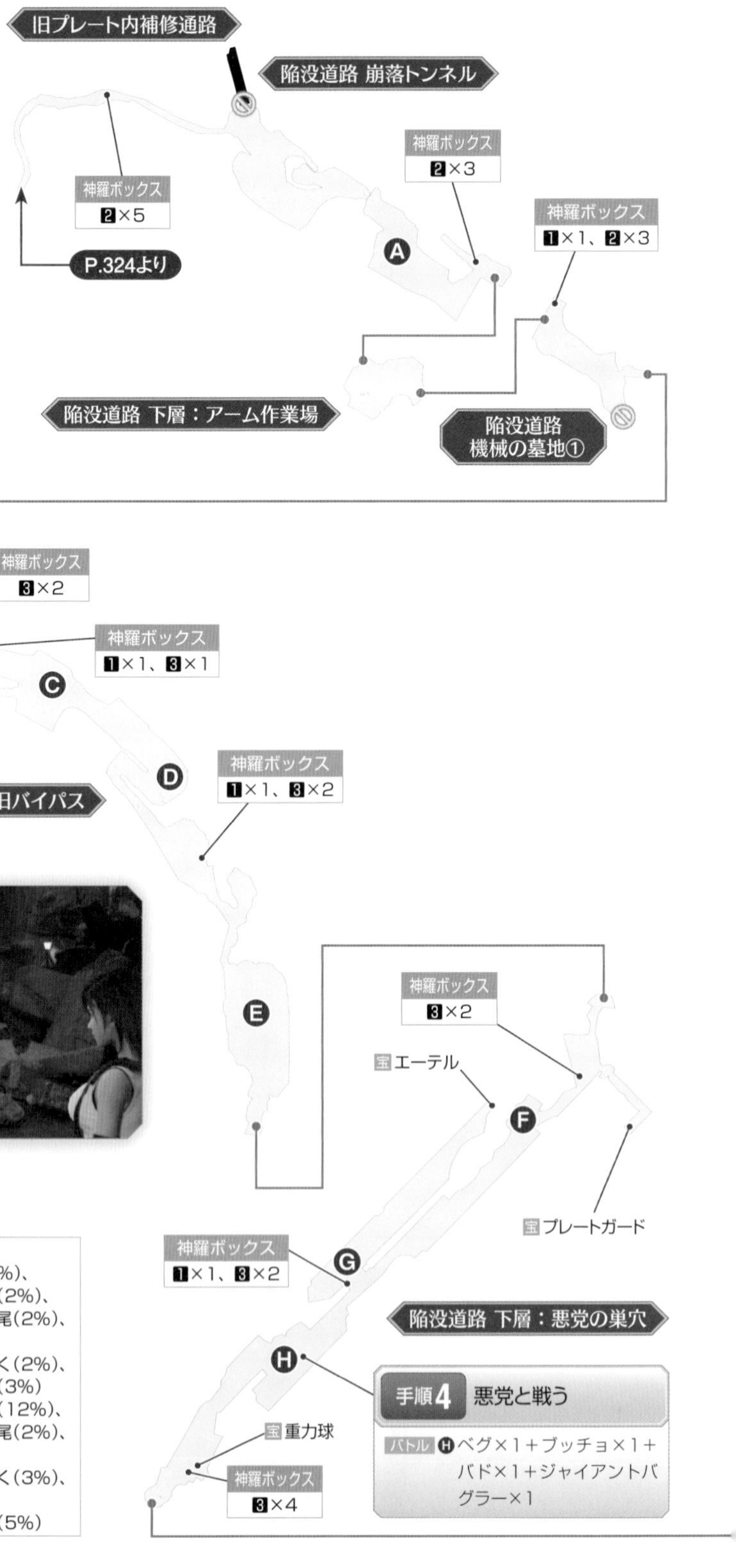

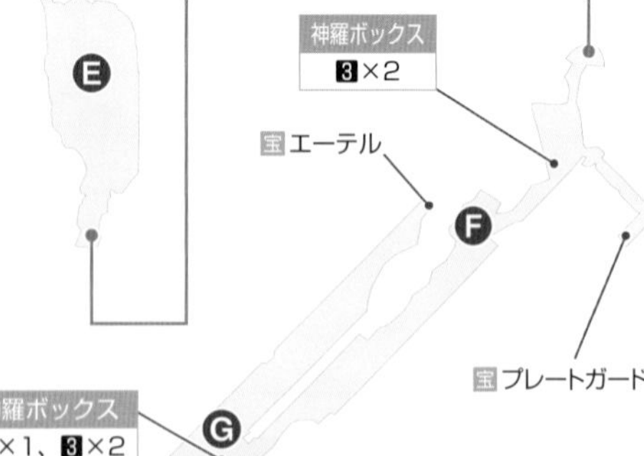

手順4 悪党と戦う

バトル H ベグ×1＋ブッチョ×1＋バド×1＋ジャイアントバグラー×1

神羅ボックスの中身	1…魔晄石(100%) 2…ポーション(10%)、ハイポーション(2%)、フェニックスの尾(2%)、毒消し(5%)、やまびこえんまく(2%)、モーグリメダル(3%) 3…ハイポーション(12%)、フェニックスの尾(2%)、毒消し(3%)、やまびこえんまく(3%)、万能薬(1%)、モーグリメダル(5%)

エネミーデータ

敵	参照	レベル	HP	弱点
ホウルイーター	P.536	21	558	魔法、氷
プロトスイーパー	P.567	21	10593	雷
バド	P.570	21	1338	炎
グランバキューム	P.586	21	1338	氷
チュースタンク	P.553	21	1784	氷
ベグ	P.568	21	1338	炎
バグラー	P.571	21	669~2230	炎
ヴァギドポリス	P.587	21	1561	氷
スモッグファクト	P.560	21	3791	雷
ブッチョ	P.569	21	2230	炎
ジャイアントバグラー	P.577	21	7805	炎

※1……すでに持っていると出現しない

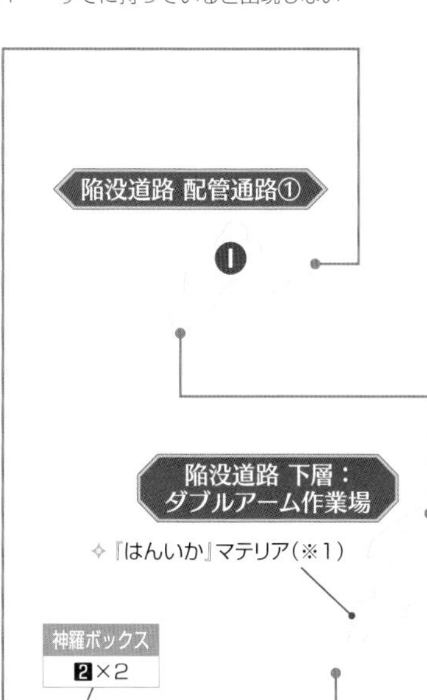

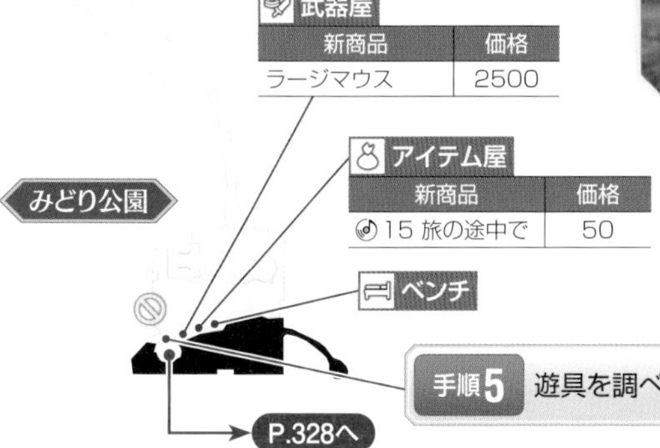

武器屋

新商品	価格
ラージマウス	2500

アイテム屋

新商品	価格
15 旅の途中で	50

手順5 遊具を調べて地下通路へ向かう

手順6はP.328

出現する敵パーティ

出現場所	ホウルイーター	チュースタンク	スモッグファクト	プロトスイーパー	ベグ	ブッチョ	バド	バグラー	ジャイアントバグラー	グランバキューム	ヴァギドポリス
A	×4	—	—	—	—	—	—	—	—	—	—
B	—	—	—	—	—	—	—	—	—	×2	—
C	—	—	—	—	—	—	—	—	—	—	×3
D	—	×2	—	—	—	—	—	—	—	—	×2
E	—	—	×1	×1	—	—	—	—	—	—	—
F	—	—	—	—	—	—	—	×2	—	—	—
G	—	—	—	—	—	—	—	×2	—	—	—
H	—	—	—	—	×1	×1	×1	—	×1	—	—
I	—	—	—	—	—	—	—	—	—	×3	—

七番街 プレート崩落区域

STORY INDEX

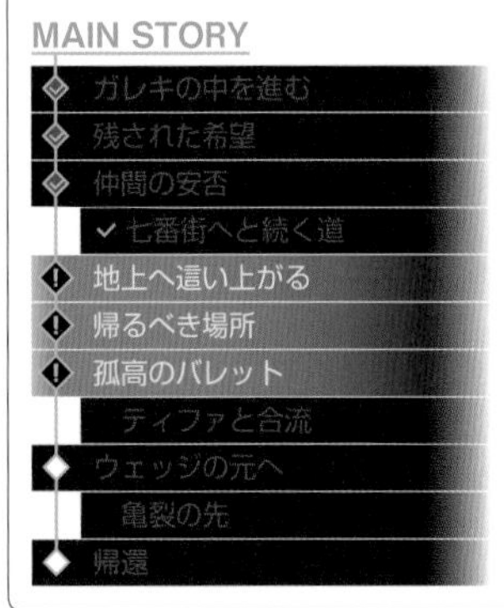

MAIN STORY
- ガレキの中を進む
- 残された希望
- 仲間の安否
  - ✓七番街へと続く道
- 地上へ這い上がる
- 帰るべき場所
- 孤高のバレット
  - ティファと合流
- ウェッジの元へ
  - 亀裂の先
- 帰還

⦸…通行不能
■…射撃で壊せる障害物

手順9 射撃してガレキを壊す

メンバー バレット

地下実験場に落下したあとは、バレットを操作して進んでいく。バレットは、銃で射撃を行なって、道をふさぐ障害物を壊すことが可能。障害物に近づくとターゲットマークが表示されるので、■ボタンで射撃しよう。なお、近接攻撃用の武器を装備しているときは障害物を壊せない点に注意。

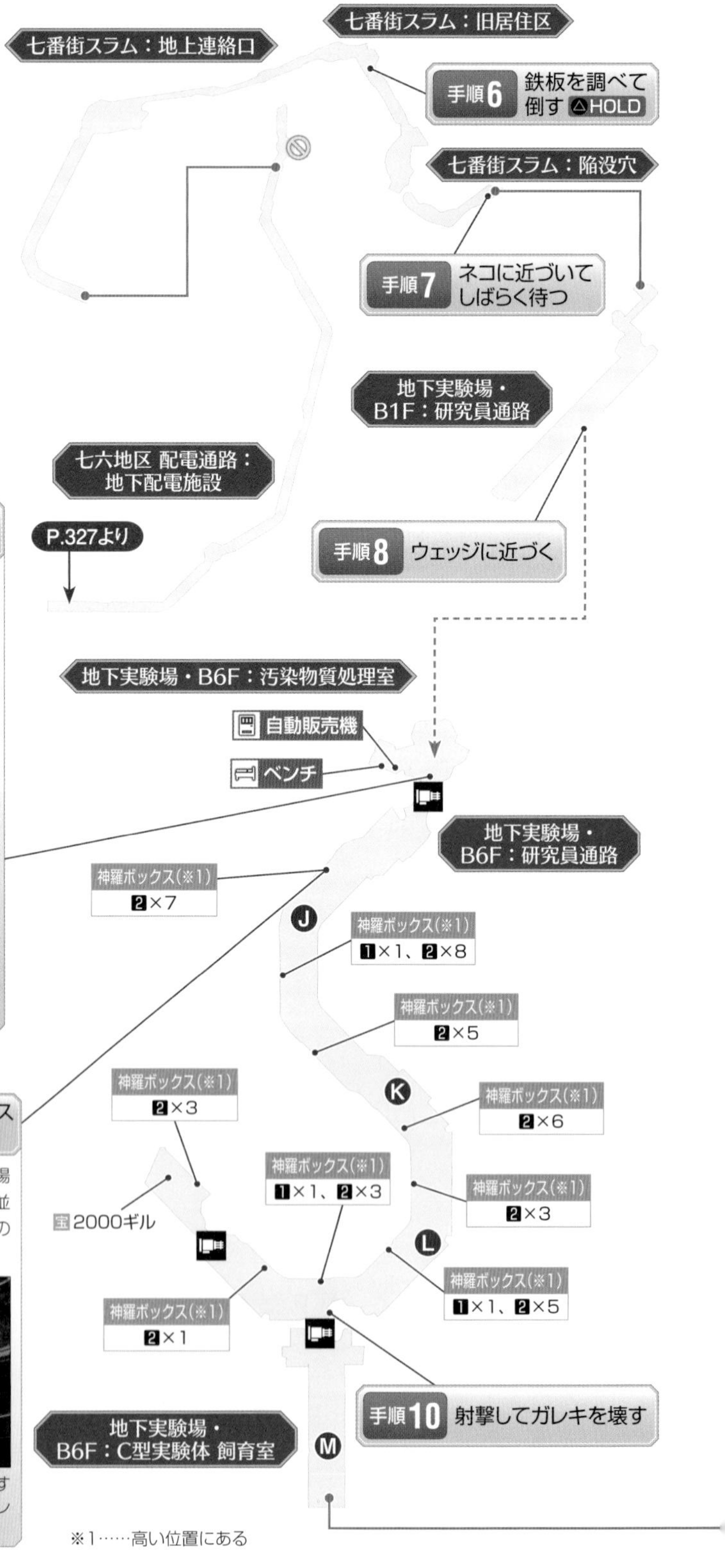

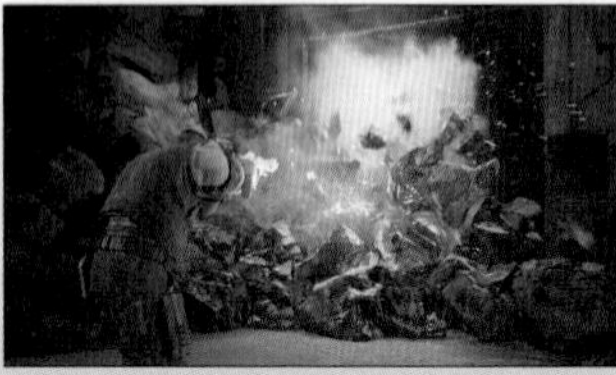

⬆射撃すると障害物が少しずつ壊れていき、約6秒間撃てば破壊できる。

CHECK 棚の上にある神羅ボックスを壊すには

B6FからB3Fのあいだでは、壁の高い場所にある棚に、たくさんの神羅ボックスが並んでいる。棚の下から射撃すれば壊せるので、中身を手に入れておこう。

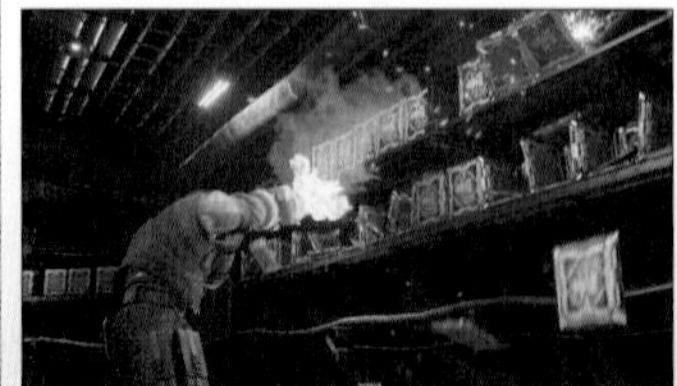

⬆棚から少し離れて■ボタンを押すと、壊れていない神羅ボックスをバレットが自動的に狙って弾を撃つ。

七番街スラム：地上連絡口
七番街スラム：旧居住区
手順6 鉄板を調べて倒す △HOLD
七番街スラム：陥没穴
手順7 ネコに近づいてしばらく待つ
地下実験場・B1F：研究員通路
七六地区 配電通路：地下配電施設
P.327より
手順8 ウェッジに近づく
地下実験場・B6F：汚染物質処理室
自動販売機
ベンチ
地下実験場・B6F：研究員通路
神羅ボックス(※1) 2×7
J
神羅ボックス(※1) 1×1、2×8
神羅ボックス(※1) 2×5
K
神羅ボックス(※1) 2×3
神羅ボックス(※1) 2×6
神羅ボックス(※1) 1×1、2×3
神羅ボックス(※1) 2×3
宝2000ギル
L
神羅ボックス(※1) 1×1、2×5
神羅ボックス(※1) 2×1
手順10 射撃してガレキを壊す
地下実験場・B6F：C型実験体 飼育室
M

※1……高い位置にある

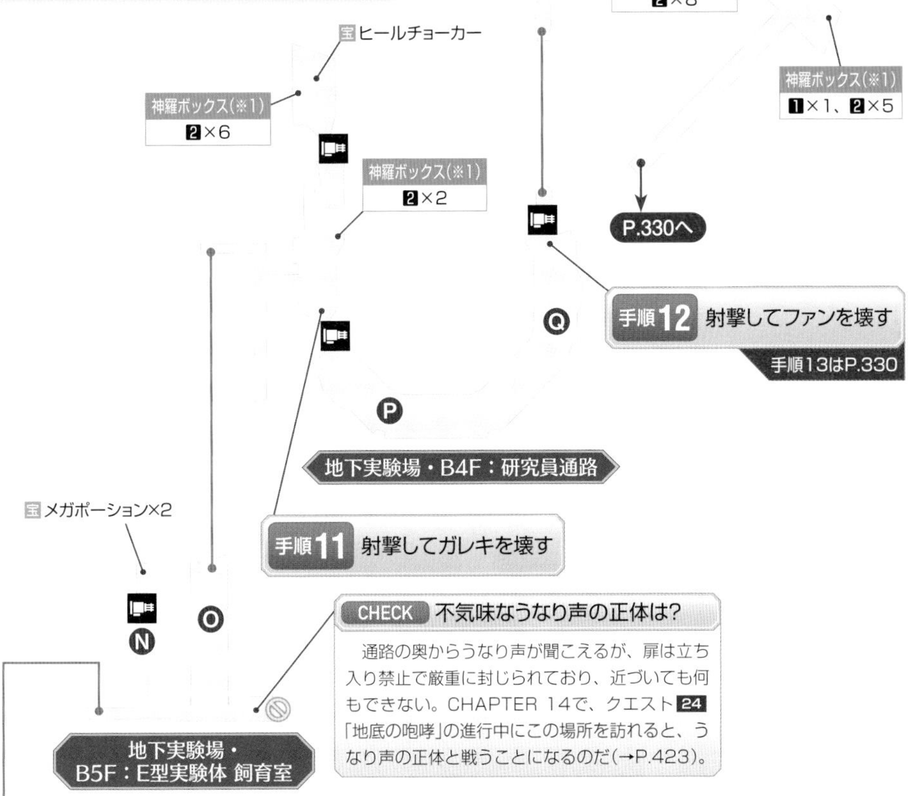

P.330へ

手順12 射撃してファンを壊す

手順13はP.330

手順11 射撃してガレキを壊す

CHECK 不気味なうなり声の正体は?

通路の奥からうなり声が聞こえるが、扉は立ち入り禁止で厳重に封じられており、近づいても何もできない。CHAPTER 14で、クエスト24「地底の咆哮」の進行中にこの場所を訪れると、うなり声の正体と戦うことになるのだ(→P.423)。

神羅ボックスの中身	❶…魔晄石(100%) ❷…ハイポーション(12%)、フェニックスの尾(2%)、毒消し(3%)、やまびこえんまく(3%)、万能薬(1%)、モーグリメダル(5%)

エネミーデータ

ホウルイーター P.536 
レベル ● 23
HP ● 593
弱点 ● 魔法、氷

ブラッドテイスト P.573 
レベル ● 23
HP ● 2607
弱点 ● 氷

ウェアラット P.537
レベル ● 23
HP ● 474
弱点 ● 氷

怪奇虫 P.588 
レベル ● 23
HP ● 178
弱点 ● 風

出現する敵パーティ

出現場所	出現する敵			
	ホウルイーター	ウェアラット	ブラッドテイスト	怪奇虫
J	—	—	—	×4
K	—	×3	—	—
L	—	—	—	×4
M	—	—	×2	—
N	—	—	—	×2
O	—	—	×1	×3
P	×2	—	—	—
Q	×1	—	—	×2
R	—	×2	—	×2

STORY INDEX

…射撃で壊せる障害物

※1……下層部分にある
※2……チャプターセレクト時は、すでに入手していると『かいふく』マテリアになる

エネミーデータ

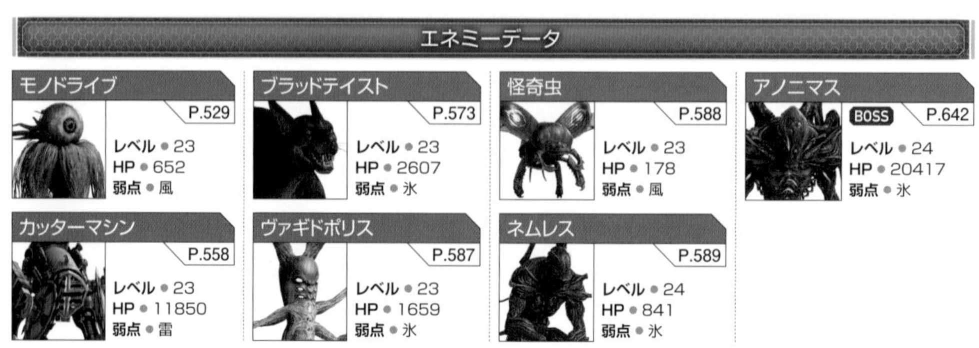

神羅ボックスの中身	❶…魔晄石(100%) ❷…ハイポーション(12%)、フェニックスの尾(2%)、毒消し(3%)、やまびこえんまく(3%)、万能薬(1%)、モーグリメダル(5%)

自動販売機

新商品&セール品	価格
14 FFⅦメインテーマ	50
メガポーション	300(×3個)⬇
エーテル	100(×2個)⬇
フェニックスの尾	100(×2個)⬇

地下実験場・B1F:研究員通路

地下実験場・B1F:休憩室

地下実験場・B1F:実験体試験場

七番街スラム:旧居住区

CHAPTER CLEAR

手順16 ウェッジに近づく

手順17 閉じこめられた部屋で敵と戦う

バトル Ⓧネムレス×12
バトル Ⓨネムレス×6

手順16を終えると部屋から出られなくなり、ネムレスが襲ってくる。ネムレスは最初に12体出現し、それらを全滅させると新たに6体が姿を現す。

手順18 ティファが柵を乗り越えて足場にのぼる

バトル Ⓩネムレス×6

新たに6体のネムレスが出現したあとは、ティファを操作して上にある足場へのぼることになる。ティファが足場にのぼるまでは、ネムレスを全滅させても同じ数の敵が現れるので、無理に戦わなくてかまわない。

⬆柵に近づくと、オートアクションで乗り越えて足場にのぼれる。

手順19 アノニマスと戦う

バトル ⓐアノニマス(➡P.642)+ネムレス×6
入手 【HARD】射撃マニュアル 第8巻

手順20 射撃して壁を壊し、空いた穴に近づく

出現する敵パーティ

出現場所	モノドライブ	カッターマシン	ブラッドテイスト	ヴァギドポリス	怪奇虫	ネムレス	BOSS アノニマス
Ⓢ	—	—	—	—	×8	—	—
Ⓣ	—	—	×2	—	—	—	—
Ⓤ	×2	×1	—	—	—	—	—
Ⓥ	—	—	×1	×2	—	—	—
Ⓦ	—	—	—	—	×16	—	—
Ⓧ	—	—	—	—	—	×12	—
Ⓨ	—	—	—	—	—	×6	—
Ⓩ	—	—	—	—	—	×6	—
ⓐ	—	—	—	—	—	×6	×1

※Ⓨの敵は、Ⓧの敵を全滅させると出現する
※Ⓩの敵は、ティファが上層へ行く前に全滅させると、そのたびに再出現する
※ⓐの敵とのバトル中は、ネムレスが追加で出現する

Original『FFVII』Playback PART 10

六番街スラム～プレート断面

エアリス救出を目指す一行は、ウォールマーケットの奥にたれ下がったワイヤーをのぼり、プレートの上を目指すことに。プレート断面では、ジンクバッテリーを使って装置を動かし、道を切り開く必要があった。

PART 9（→P.321）より

▼六番街スラム

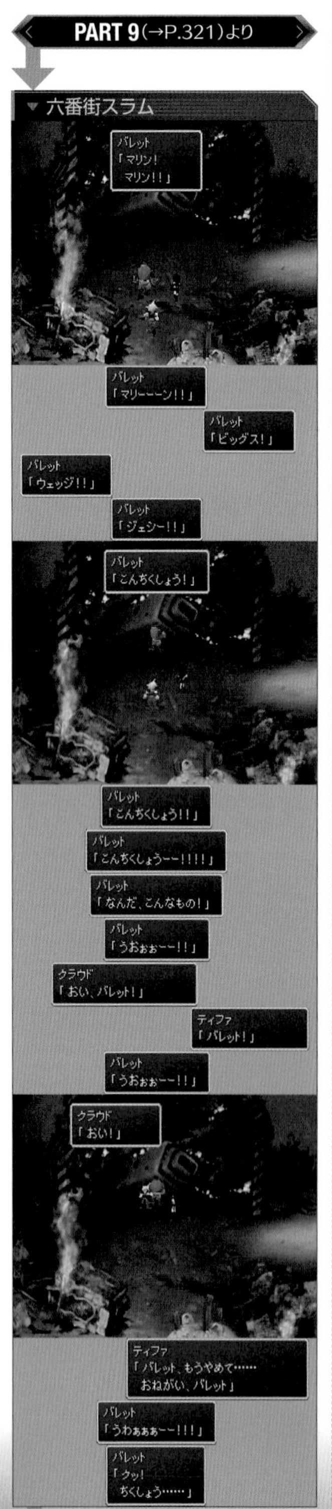

バレット「マリン！ マリン！！」
バレット「マリーーーン！！」
バレット「ビッグス！」
バレット「ウェッジ！！」
バレット「ジェシー！！」
バレット「こんちくしょう！」
バレット「こんちくしょう！！」
バレット「こんちくしょうーー！！！！」
バレット「なんだ、こんなもの！」
バレット「うおぉぉーー！！」
クラウド「おい、バレット！」
ティファ「バレット！」
バレット「うおぉぉーー！！」
クラウド「おい！」
ティファ「バレット、もうやめて…… おねがい、バレット」
バレット「うわぁぁぁーー！！！」
バレット「クッ！ ちくしょう……」

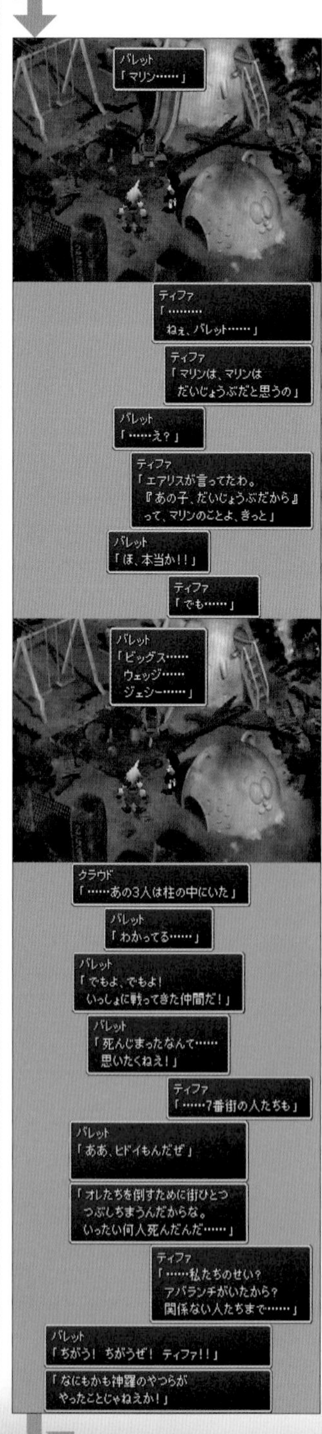

バレット「マリン……」
ティファ「……… ねぇ、バレット……」
ティファ「マリンは、マリンは だいじょうぶだと思うの」
バレット「……え？」
ティファ「エアリスが言ってたわ。『あの子、だいじょうぶだから』って、マリンのことよ、きっと」
バレット「ほ、本当か！！」
ティファ「でも……」
バレット「ビッグス…… ウェッジ…… ジェシー……」
クラウド「……あの3人は柱の中にいた」
バレット「わかってる……」
バレット「でもよ、でもよ！ いっしょに戦ってきた仲間だ！」
バレット「死んじまったなんて…… 思いたくねえ！」
ティファ「……7番街の人たちも」
バレット「ああ、ヒドイもんだぜ」
「オレたちを倒すために街ひとつ つぶしちまうんだからな。いったい何人死んだんだ……」
ティファ「……私たちのせい？ アバランチがいたから？ 関係ない人たちまで……」
バレット「ちがう！ ちがうぜ！ ティファ！！」
「なにもかも神羅のやつらが やったことじゃねえか！」

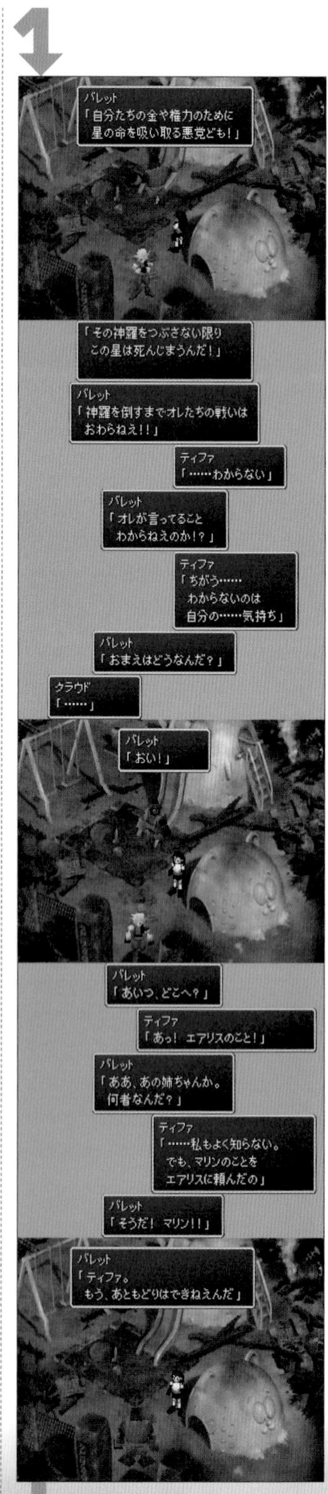

バレット「自分たちの金や権力のために 星の命を吸い取る悪党ども！」
「その神羅をつぶさない限り この星は死んじまうんだ！」
バレット「神羅を倒すまでオレたちの戦いは おわらねえ！！」
ティファ「……わからない」
バレット「オレが言ってること わからねえのか！？」
ティファ「ちがう…… わからないのは 自分の……気持ち」
バレット「おまえはどうなんだ？」
クラウド「……」
バレット「おい！」
バレット「あいつ、どこへ？」
ティファ「あっ！ エアリスのこと！」
バレット「ああ、あの姉ちゃんか。何者なんだ？」
ティファ「……私もよく知らない。でも、マリンのことを エアリスに頼んだの」
バレット「そうだ！ マリン！！」
バレット「ティファ。 もう、あともどりはできねえんだ」

「クラウド！」

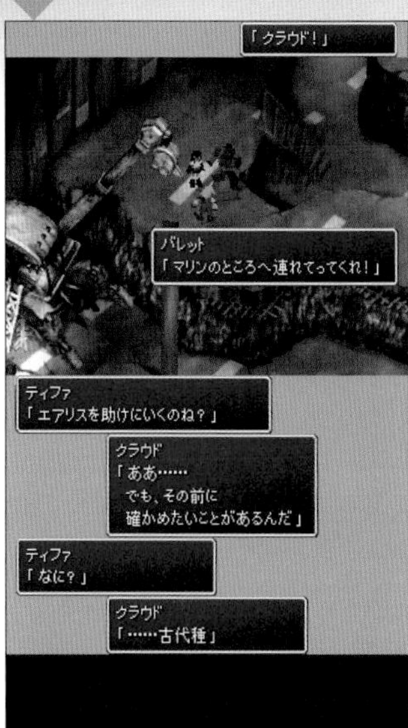

バレット
「マリンのところへ連れてってくれ！」

ティファ
「エアリスを助けにいくのね？」

クラウド
「ああ……
でも、その前に
確かめたいことがあるんだ」

ティファ
「なに？」

クラウド
「……古代種」

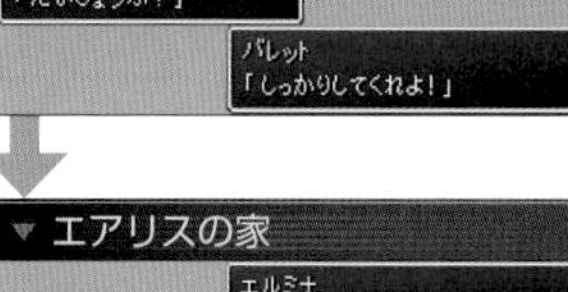

「われこそ古代種の血をひきし者。
この星の正統なる後継者！」

クラウド
「セフィロス……？」

ティファ
「だいじょうぶ？」

バレット
「しっかりしてくれよ！」

▼ エアリスの家

エルミナ
「クラウド……だったね」

クラウド
「……すまない。
神羅にさらわれた」

ここから連れていかれたからね」

クラウド
「ここで？」

エルミナ
「エアリスが望んだことだよ……」

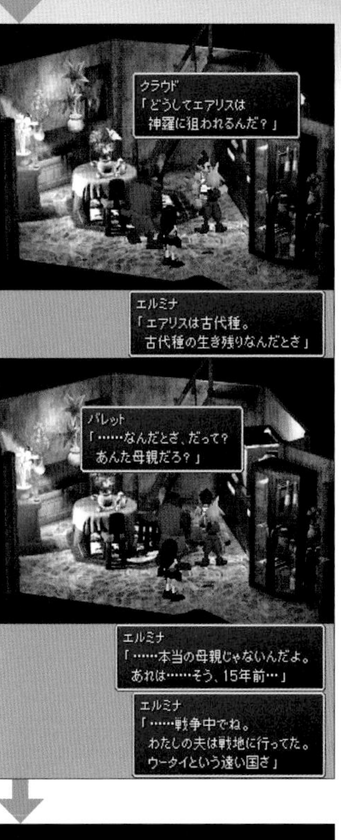

神羅に狙われるんだ？」

エルミナ
「エアリスは古代種。
古代種の生き残りなんだとさ」

あんた母親だろ？」

エルミナ
「……本当の母親じゃないんだよ。
あれは……そう、15年前…」

エルミナ
「……戦争中でね。
わたしの夫は戦地に行ってた。
ウータイという遠い国さ」

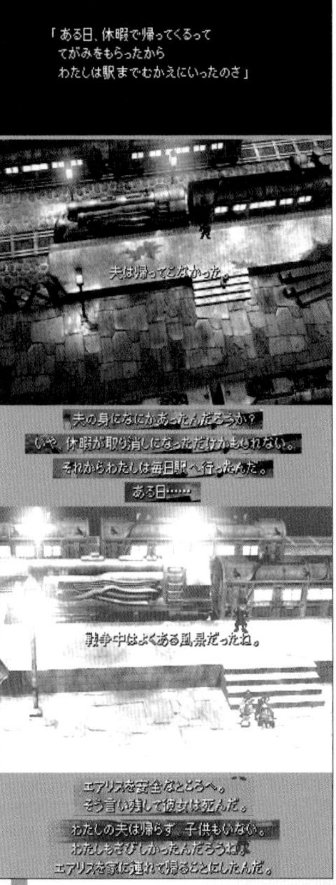

「ある日、休暇で帰ってくるって
てがみをもらったから
わたしは駅までむかえにいったのさ」

夫の身になにかあったんだろうか？
いや、休暇が取り消しになっただけかもしれない。
それからわたしは毎日駅へ行ったんだ。
ある日……

戦争中はよくある風景だったね。

エアリスを安全なところへ。
そう言い残して彼女は死んだ。
わたしの夫は帰らず、子供もいない。
わたしもさびしかったんだろうね。
エアリスを家に連れて帰ることにしたんだ。

「エアリスはすぐに
わたしになついてくれた。
よくしゃべる子でねえ。
いろいろ話してくれたよ」

「どこかの研究所みたいな
ところから母親と逃げ出したこと。
お母さんは星に帰っただけだから
さびしくなんかない……いろいろね」

「星に帰っただって？」

エルミナ
「わたしには意味がわからなかったよ。
夜空の星かって聞いたら
ちがう、この星だっていわれて……」

「まあ、いろんな意味で不思議な
子供だったね」

エアリス
「お母さん」

エアリス
「泣かないでね」

「エアリスが突然言い出した。
何があったのかって聞いたら……」

「お母さんの大切な人が
死んじゃったよ」

「心だけになってお母さんに
会いにきたけど
でも、星に帰ってしまったの」

「わたしは信じなかった」

「でも…」

「それから何日かして…
夫が戦死したという知らせが…
届いたんだ…」

「……とまあ、こんな具合でね」

「いろいろあったけど
わたしたちは幸せだった。
ところがある日……」

次ページへつづく

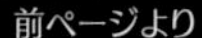
前ページより

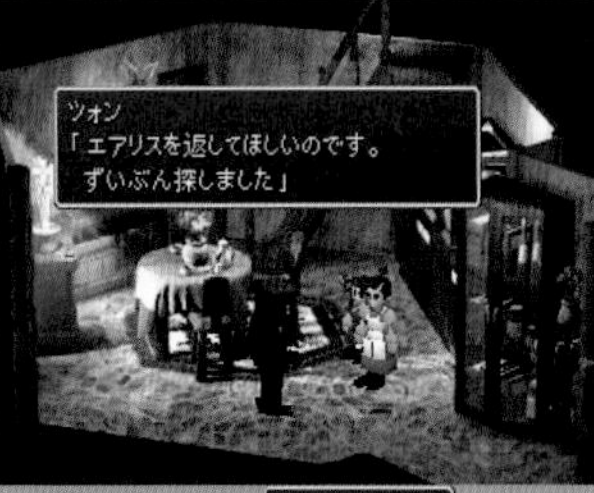

ツォン
「エアリスを返してほしいのです。
ずいぶん探しました」

エアリス
「いやっ!
絶対いやっ!」

ツォン
「エアリス、君は大切な子供なんだ。
君は特別な血をひいている」

「君の本当のお母さんの血。
『古代種』の血だ」

「もちろん聞いたよ。
『古代種』って何だってね」

ツォン
「古代種は至上の幸福が約束された土地へ
我々を導いてくれるのです」

「エアリスはこのまずしいスラムの人々に
幸福を与えることができるのです」

「ですから我々神羅カンパニーは
ぜひともエアリスの協力を……」

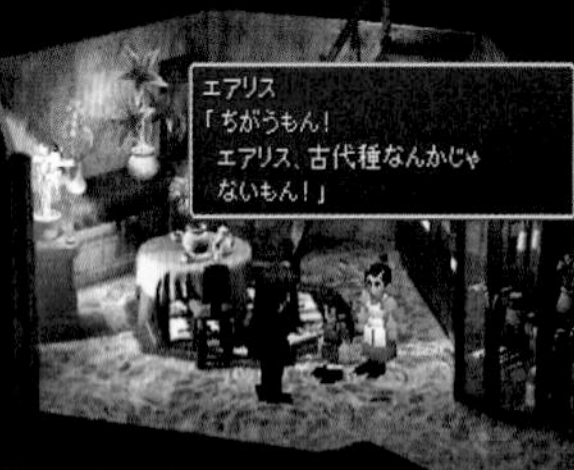

エアリス
「ちがうもん!
エアリス、古代種なんかじゃ
ないもん!」

ツォン
「でもエアリス、君はときどき
誰もいないのに声が
聞こえることがあるだろ?」

エアリス
「そんなことないもん!」

「でも、わたしにはわかっていた。
あの子の不思議な能力……」

「一生けんめい、かくそうとしていたから
わたしは気がつかないふりを
していたけどね」

「よく何年も神羅から

エルミナ
「神羅はエアリスの協力が必要だったから
手荒なマネはできなかったんだろうね」

ティファ
「じゃあ、今回はどうして……」

エルミナ
「小さな女の子を連れて
ここに帰って来たんだ」

「その途中でツォンのやつに
みつかってしまったらしくてね。
逃げ切れなかったんだろ、きっと」

「女の子の無事と引き替えに
自分が神羅に行くことに
なったんだ」

クラウド
「マリン、だな」

バレット
「マリン!!
マリンのためにエアリスは
つかまったのか!」

マリンはオレの娘だ。
すまねえ……本当に……」

エルミナ
「あんたが父親かい!?
あんた、娘をほったらかして
何をやってるんだい!?」

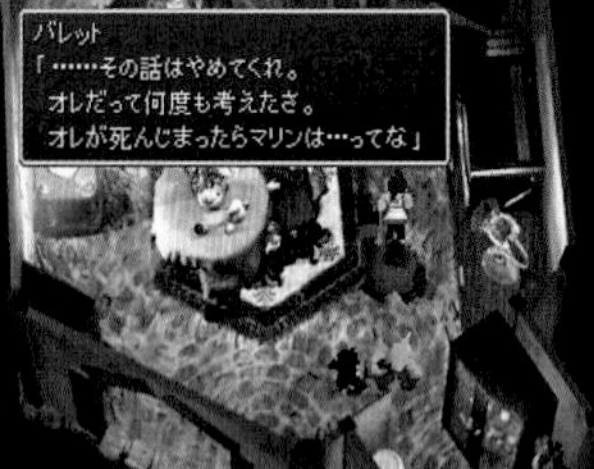

「……その話はやめてくれ。
オレだって何度も考えたさ。
オレが死んじまったらマリンは…ってな」

バレット
「でもよ、答えはでねえんだ。
マリンといつもいっしょにいたい。
でも、それじゃあ戦えない」

バレット
「戦わなければ星が死ぬ」

バレット
「おう! オレは戦うぜ!」

バレット
「でも、マリンが心配だ。
いつでもそばにいてやりたい」

バレット
「な? グルグルまわっちまうんだ」

エルミナ
「……わからないでもないけどね。
ま、とにかく2階で眠ってるから
会っておやりよ」

ティファ
「私のせい……。
私がエアリスを巻きこんだから」

エルミナ
「あんた、気にするんじゃないよ。
エアリスだってそんなふうに
思っちゃいないよ」

「マリン……良かった……
無事で良かった……」

マリン
「とうちゃん
泣いちゃダメだよ。
おヒゲ、いたいよ!」

バレット
「クラウド!」

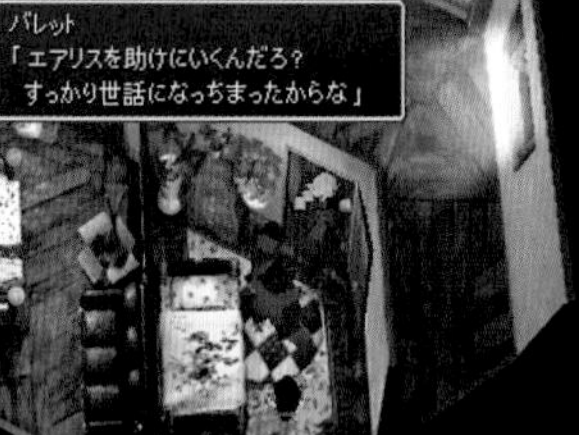

バレット
「エアリスを助けにいくんだろ?
すっかり世話になっちまったからな」

バレット
「それに相手が神羅となれば
黙っちゃいられねえ!
オレも行くぜ!」

マリン
「あのね、あのね、エアリスがね
いっぱい聞いてたよ」

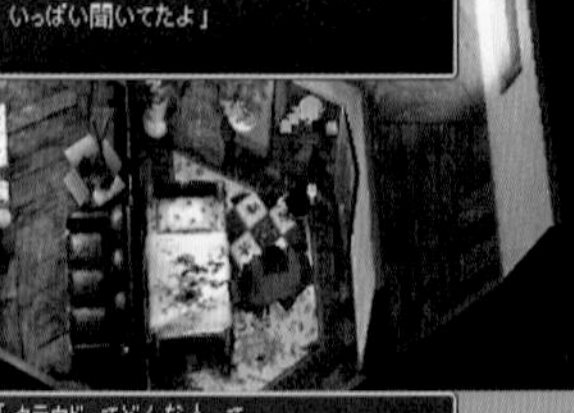

「クラウドってどんな人って。
クラウドのこと好きなんだよ、きっと」
俺にはわからないよ
そうだといいな

マリン
「ティファにはないしょに
しといてあげるね」

●「俺にはわからないよ」を選んだときの展開

マリン
「ドンカン!」

ティファ
「エアリスのところへ行くのね」
クラウド
「ああ」
ティファ
「私も行くから」
クラウド
「神羅の本社にのりこむ。
……カクゴが必要だぞ」
ティファ
「わかってるわ」
ティファ
「それに今は思いきり身体を
動かしたい気分なの」
ティファ
「じっとしてると……なんか、ダメ」
バレット
「すまねえが、もうしばらく
マリンをあずかってくれねえか？」
エルミナ
「ああ、かまわないよ」
バレット
「それから、ここは危険だ。
どこかへ移ったほうがいい」
エルミナ
「……そうだねえ。
でも、必ず迎えにくるんだよ。
死んじゃいけないよ」
ティファ
「神羅ビルにはどうやって？」
バレット
「もう、上に行く列車は使えねぇ…」
ティファ
「………」
ティファ
「とりあえず、【ウォールマーケット】に
行きましょう。あそこなら何か
いい手が見つかるかもしれないわ」

▼ ウォール・マーケット

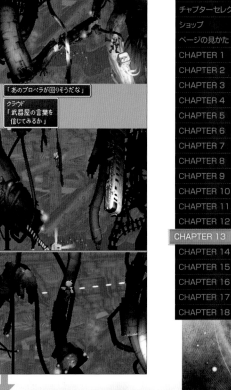

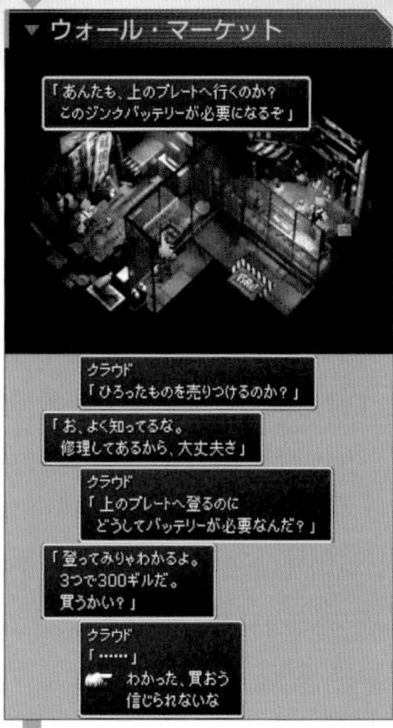

「あんたも、上のプレートへ行くのか？
このジンクバッテリーが必要になるぞ」
クラウド
「ひろったものを売りつけるのか？」
「お、よく知ってるな。
修理してあるから、大丈夫さ」
クラウド
「上のプレートへ登るのに
どうしてバッテリーが必要なんだ？」
「登ってみりゃわかるよ。
3つで300ギルだ。
買うかい？」
クラウド
「……」
わかった、買おう
信じられないな

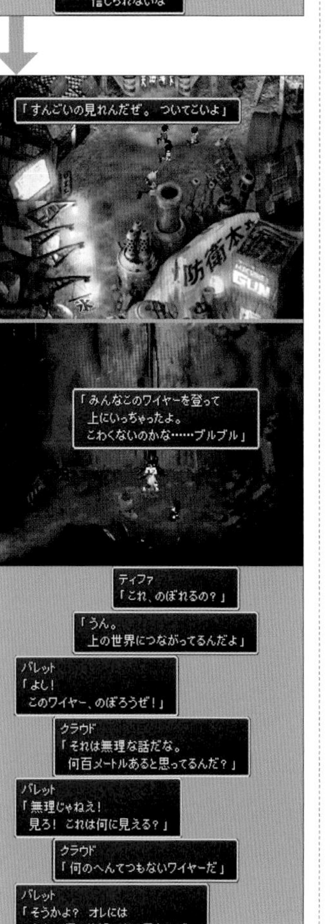

「すんごいの見れんだぜ。ついてこいよ」
「みんなこのワイヤーを登って
上にいっちゃったよ。
こわくないのかな……ブルブル」
ティファ
「これ、のぼれるの？」
「うん。
上の世界につながってるんだよ」
バレット
「よし！
このワイヤー、のぼろうぜ！」
クラウド
「それは無理な話だな。
何百メートルあると思ってるんだ？」
バレット
「無理じゃねえ！
見ろ！これは何に見える？」
クラウド
「何のへんてつもないワイヤーだ」
バレット
「そうかよ？オレには
金色に輝く希望の糸に見えるぜ」

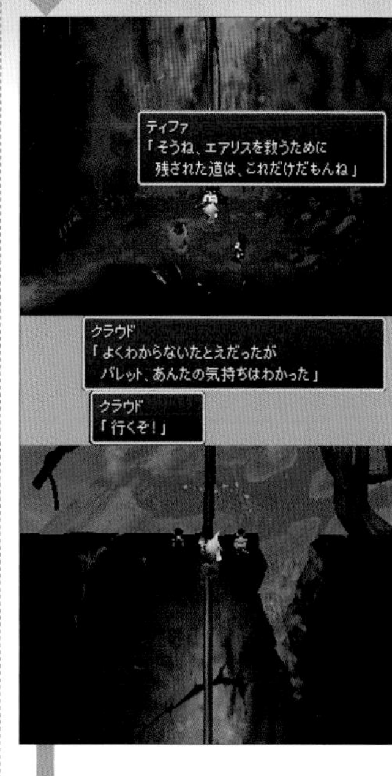

ティファ
「そうね、エアリスを救うために
残された道は、これだけだもんね」
クラウド
「よくわからないたとえだったが
バレット、あんたの気持ちはわかった」
クラウド
「行くぞ！」

▼ プレート断面

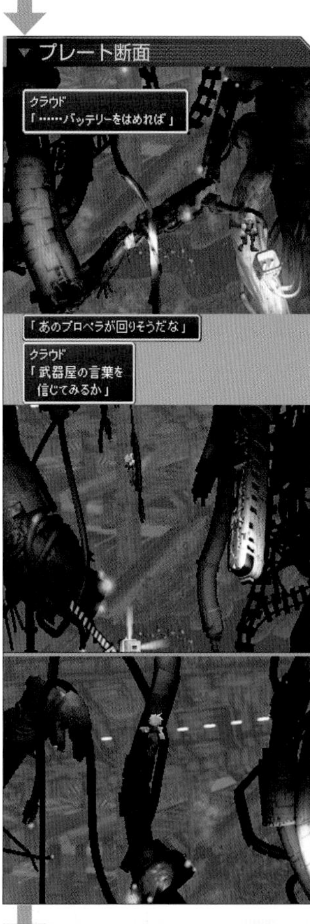

PART 11（→P.376）へつづく

CHAPTER 14

希望を求めて

MAIN STORY DIGEST

1 それぞれの決意

ウェッジをエアリスの家へ運んだクラウドは、神羅が人体実験を行なっていることをエルミナに話し、エアリスの奪還を訴える。ひと晩考えたエルミナは覚悟を決め、エアリスの救出を3人に頼んだ。マリンとの別れをすませたあと、クラウドたちは神羅ビルに乗りこむ方法を見つけ出すため、裏ルートにくわしそうなコルネオに会いに行くことにする。

「じゃあ、いってらっしゃい」

2 情報収集

七番街を破壊したアバランチは敵国ウータイの手先だ――伍番街スラムでは、キリエが人々に事実と異なる情報を広めていた。抗議することもできず、ウォール・マーケットへ向かったクラウドたちは、コルネオの館でレズリーと再会。彼に事情を話すと、プレートの上へ行く方法を教えるのと引きかえに、コルネオの隠れ家への同行を頼まれる。不信感を抱きつつも、クラウドは依頼を引き受け、地下下水道へ向かった。

3 地下下水道を進む
4 隠れ家へ

あちこちがくずれた地下下水道を進み、コルネオの隠れ家にたどり着いた一行。ところが、突然現れたアプスベビーがレズリーを襲い、小さな袋を盗んで走り去った。その袋に隠れ家の鍵が入っていると聞き、クラウドたちは急いでアプスベビーを追う。

5 鍵の奪還

アプスベビーから取りもどした袋には、鍵ではなく黄色い花のペンダントが入っていた。レズリーはかつて恋人にそのペンダントを贈ったが、コルネオの嫁に選ばれた彼女は、ペンダントを返して姿を消したのだという。恋人を守れなかった弱い自分を変えるために、レズリーはコルネオに復讐しようとしていたのだ。

6 因縁の決着
7 再会のために

コルネオはプレート落下計画をもらしたことで神羅の怒りを買い、地下に隠れていた。クラウドたちは彼の隠れ家に踏みこむが、襲ってきたアプスと戦っているあいだに逃げられてしまう。復讐をあきらめようとしないレズリーに、ペンダントの花の花言葉が「再会」だと教えるティファ。別れぎわの恋人の想いに気づいたレズリーは、彼女を見つけ出そうと決意する。

8 壁を越える

六番街スラムへもどったクラウドたちは、レズリーから約束どおりプレートの上へ行くための道具──ワイヤーガンを受け取った。去っていくレズリーを見送ったあと、3人はワイヤーガンを使って、六番街と七番街をへだてる高い壁を一気に飛び越える。

「準備はいいか。
この壁を越えちまうと、
簡単には、戻ってこれねえぞ」

INDEX

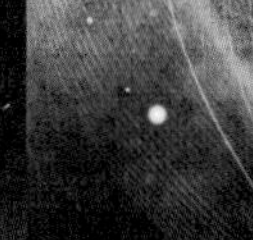

CHAPTER 14 攻略ガイド

すべてのチャプターのなかで、探索できる範囲がもっとも広い。クエストを進めるときは、さまざまな場所を行き来することになるので、チョコボ車を使って移動の時間を短くしよう。

伍番街スラム

STORY INDEX

神羅ボックスの中身	❶…ポーション(10%)、ハイポーション(2%)、フェニックスの尾(2%)、毒消し(5%)、やまびこえんまく(2%)、モーグリメダル(3%)

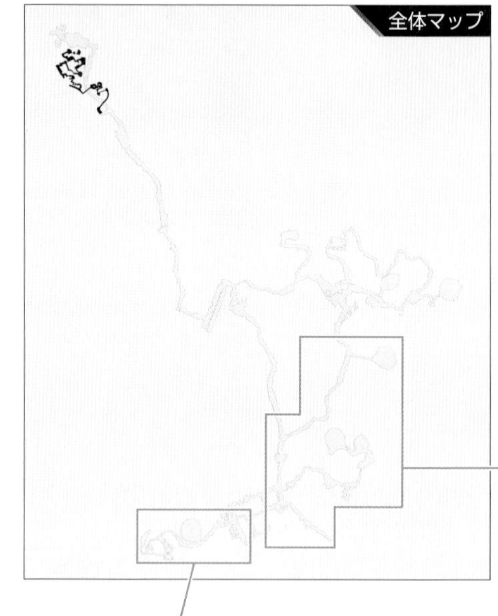

手順1 仲間のひとりに近づく

庭にバレット、ティファ、エアリスのうちひとりがいて、近づくとクラウドがその相手と会話をする。3人のなかの誰がいるかは、CHAPTER 3などでのクラウドの行動によって決まるのだ(→P.695)。

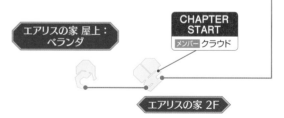

※1……手順2のあとに通れる
※2……手順2のあとに出現する。チャプターセレクト時は、すでに入手していると『かいふく』マテリアになる
※3……クエスト 18「手下のうらみ」を開始したあとに通れる

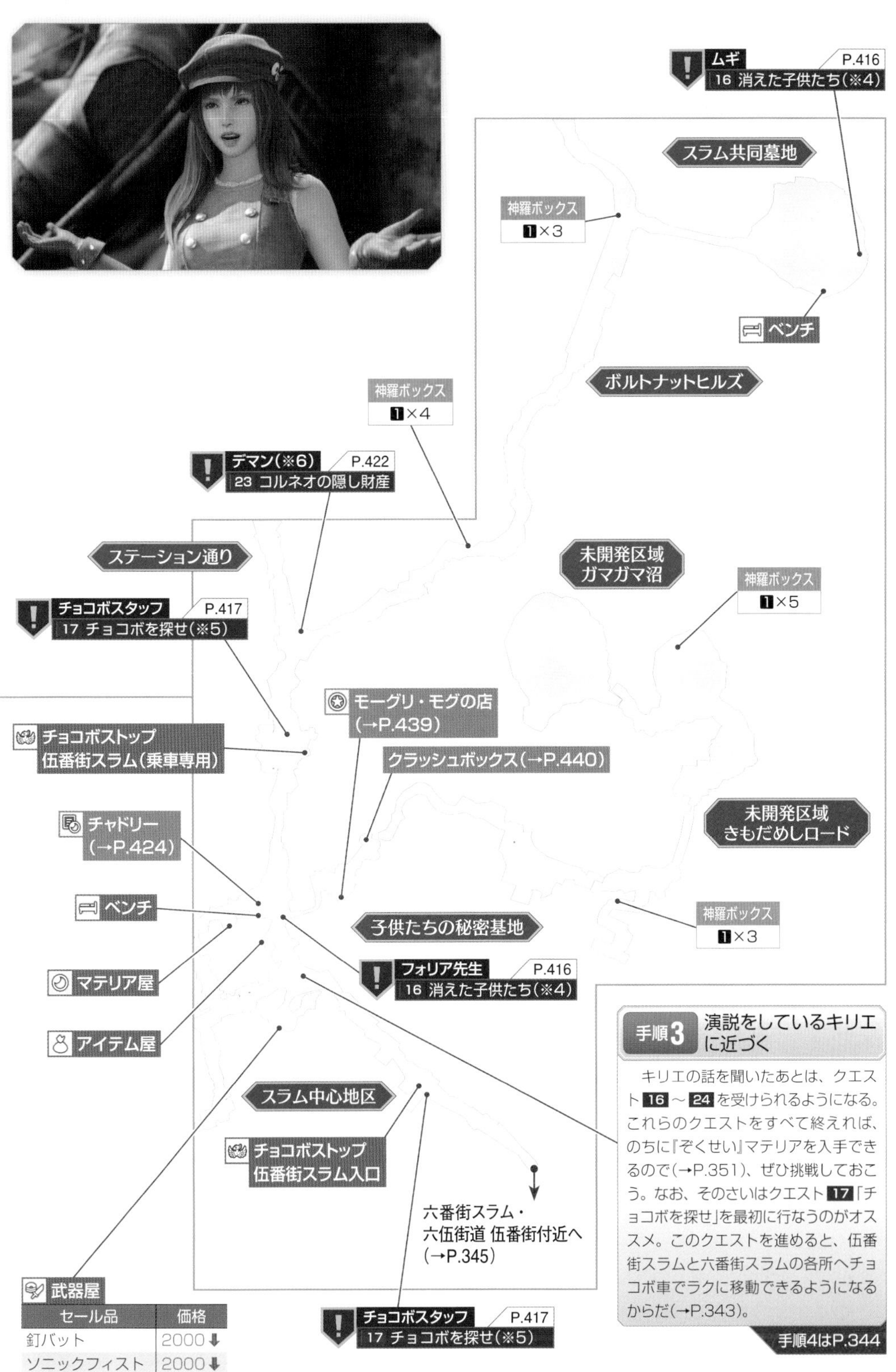

武器屋

セール品	価格
釘バット	2000⬇
ソニックフィスト	2000⬇
マジカルロッド	2000⬇
ミスリルロッド	2000⬇

手順3 演説をしているキリエに近づく

キリエの話を聞いたあとは、クエスト16～24を受けられるようになる。これらのクエストをすべて終えれば、のちに『ぞくせい』マテリアを入手できるので(→P.351)、ぜひ挑戦しておこう。なお、そのさいはクエスト17「チョコボを探せ」を最初に行なうのがオススメ。このクエストを進めると、伍番街スラムと六番街スラムの各所へチョコボ車でラクに移動できるようになるからだ(→P.343)。

手順4はP.344

※4……スラム中心地区かスラム共同墓地のどちらかで開始できる
※5……スラム中心地区かステーション通りのどちらかで開始できる
※6……クエスト23を開始する前にクエスト22「おてんば盗賊」を開始した場合は、やすらぎの街道に移動する(→P.340)

STORY INDEX

全体マップ

教会 聖堂

教会 1F

デマン(※1) P.422
23 コルネオの隠し財産

チョコボストップ
伍番街スラム 教会前

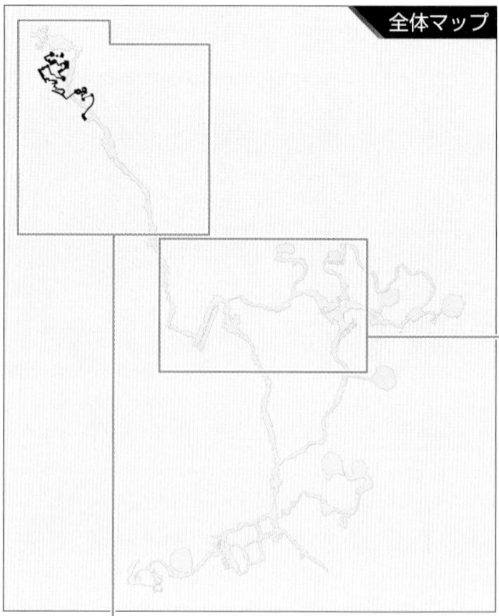

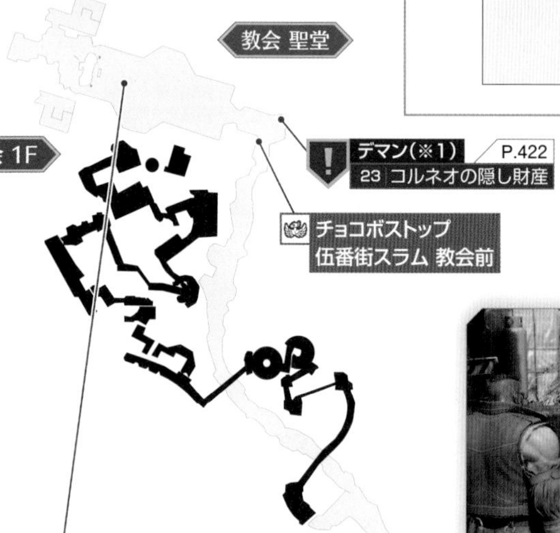

※1……クエスト 23 を開始する前にクエスト 22「おてんば盗賊」を開始した場合のみステーション通り(→P.339)から移動してくる

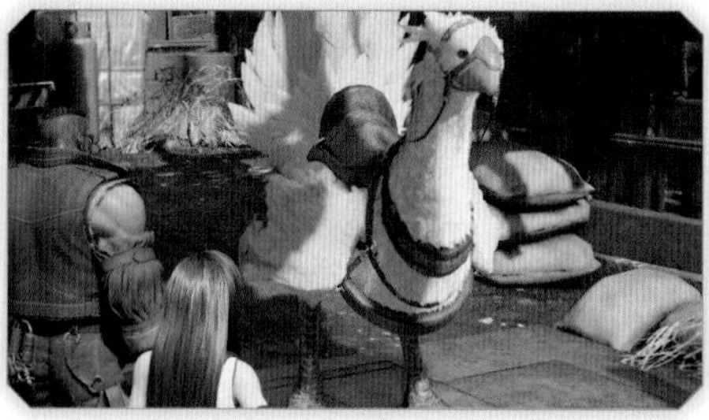

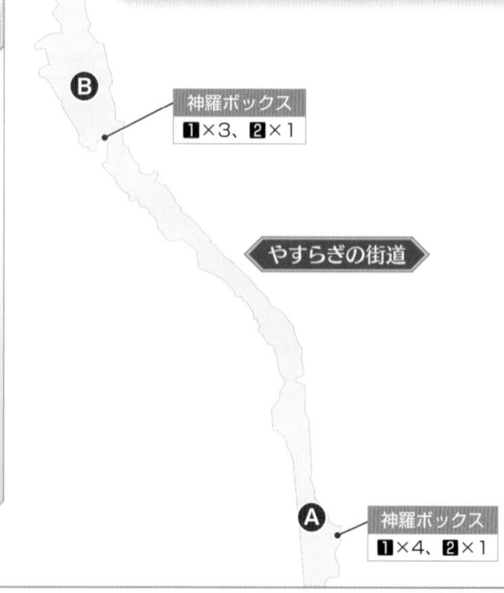

EXTRA

手順1 クエスト 22「おてんば盗賊」をクリアする

入手 コルネオ宝物庫のカギ、ジョニーの財布

伍番街スラム駅で開始できるクエスト 22「おてんば盗賊」(→P.421)を終えた直後に、EXTRA「盗まれたジョニーの財布」が発生する。手に入れたジョニーの財布を、持ち主へ届けに行こう。

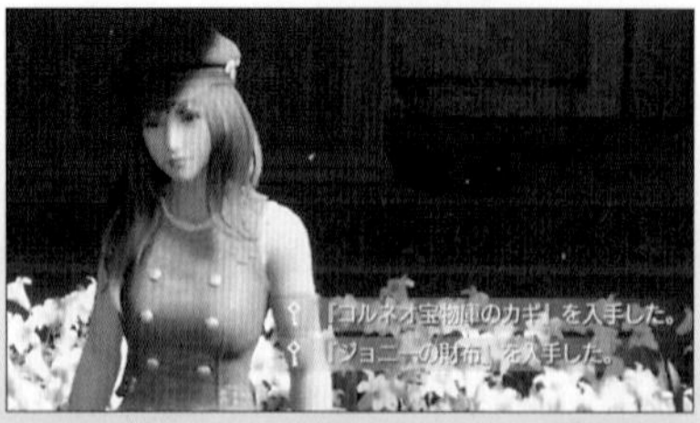

「コルネオ宝物庫のカギ」を入手した。
「ジョニーの財布」を入手した。

⬆ジョニーの財布は、クエスト 22 の報酬としてキリエからもらえる。

B 神羅ボックス
1×3、2×1

やすらぎの街道

A 神羅ボックス
1×4、2×1

神羅ボックスの中身	1…ポーション(10%)、ハイポーション(2%)、フェニックスの尾(2%)、毒消し(5%)、やまびこえんまく(2%)、モーグリメダル(3%) 2…魔晄石(100%)

出現する敵パーティ

出現場所	ホウルイーター	羽根トカゲ	ヘッジホッグパイ	グランバキューム
A	—	—	×2	—
B	—	—	×3	—
C	—	—	×3	—
D	×2	—	—	—
E	—	—	—	×3
F	—	×2	—	—

※Fの敵は、クエスト17「チョコボを探せ」でボルトナットヒルズにいるチョコボを助けたあとに出現する

エネミーデータ

ホウルイーター P.536
レベル ● 23
HP ● 593
弱点 ● 魔法、氷

ヘッジホッグパイ P.559
レベル ● 23
HP ● 1067
弱点 ● 氷

羽根トカゲ P.542
レベル ● 23
HP ● 4148
弱点 ● 風

グランバキューム P.586
レベル ● 23
HP ● 1422
弱点 ● 氷

神羅ボックス 1×4
神羅ボックス 1×5、2×1
たそがれの谷
E
やすらぎの街道
廃棄指定区 裏通り
自動販売機
ベンチ
神羅ボックス 1×3
D
C
神羅ボックス 1×2
神羅ボックス 1×4
F
ジョニー P.421
22 おてんば盗賊
ボルトナットヒルズ
チョコボストップ 伍番街スラム駅前
伍番街スラム駅
ステーション通り

EXTRA

手順2 ジョニーに話しかける

伍番街スラム駅でジョニーに話しかければ、EXTRA「盗まれたジョニーの財布」はクリア。それと同時に、持っていたジョニーの財布はなくなる。

STORY INDEX

神羅ボックスの中身	1…ポーション(10%)、ハイポーション(2%)、フェニックスの尾(2%)、毒消し(5%)、やまびこえんまく(2%)、モーグリメダル(3%)

出現場所	出現する敵
	スモッグファクト
G	×1

スモッグファクト P.560
レベル ● 23
HP ● 4029
弱点 ● 雷

CHECK コルネオボックスの中身は変化する

クエスト23「コルネオの隠し財産」(→P.422)で訪れるコルネオ宝物庫には、神羅ボックスに似た「コルネオボックス」があり、壊すと中身の魔晄石やアイテムが手に入る。壊したコルネオボックスは、プレイデータをセーブしてからロードすると、ふたたび出現して壊すことが可能。ただし、壊したのが2回目以降のときは、1回目に壊したときと中身の候補が変わる。

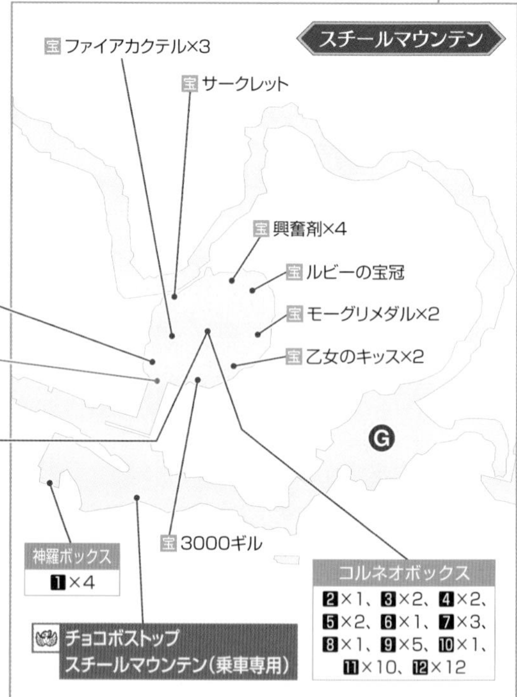

コルネオボックスの中身	壊したのが1回目のとき
	2…エリクサー(100%) 3…乙女のキッス(100%) 4…ムームーちゃん(100%) 5…ヘモヘモくん(100%) 6～9…モーグリメダル(100%) 10～12…ハイポーション(12%)、フェニックスの尾(2%)、毒消し(3%)、やまびこえんまく(3%)、万能薬(1%)、モーグリメダル(5%)
	壊したのが2回目以降のとき
	2～4 7 11…ハイポーション(12%)、フェニックスの尾(2%)、ムームーちゃん(5%)、毒消し(3%)、やまびこえんまく(3%)、万能薬(1%)、モーグリメダル(5%) 5 9 12…ハイポーション(12%)、フェニックスの尾(2%)、ヘモヘモくん(5%)、毒消し(3%)、やまびこえんまく(3%)、万能薬(1%)、モーグリメダル(5%) 6 10…魔晄石(10%)、ハイポーション(12%)、フェニックスの尾(2%)、ムームーちゃん(5%)、毒消し(3%)、やまびこえんまく(3%)、万能薬(1%)、モーグリメダル(5%) 8…魔晄石(10%)、ハイポーション(12%)、フェニックスの尾(2%)、ヘモヘモくん(5%)、毒消し(3%)、やまびこえんまく(3%)、万能薬(1%)、モーグリメダル(5%)

知識のマテリア《 チョコボ車を使えばふたつのスラムでの移動が便利になる

CHAPTER 14では、伍番街スラムと六番街スラムで「チョコボ車」という乗り物が運行している。スラムの各所には、チョコボ車の発着所「チョコボストップ」があり、それを調べて運賃を払うと、別のチョコボストップまで行けるのだ。クエスト 17 「チョコボを探せ」(→P.417)を行なえば、利用可能なチョコボストップが増えたり運賃が無料になったりするので(くわしくは左下を参照)、ふたつのスラムでの移動に役立てよう。

チョコボ車の特徴

- クエスト 17 でチョコボを助けるたびに、新たなチョコボストップが利用可能になる
- 一部のチョコボストップは乗車専用で、移動先には選べない
- 運賃は1回300ギル。クエスト 17 をクリアしたあとは無料
- チャプターセレクト時は、以前に利用できたチョコボストップは最初から利用可能で、クエスト 17 をクリアしていれば運賃も無料

←チョコボが描かれた看板がチョコボストップの目印。乗車と降車ができる場所は赤色、乗車専用の場所は緑色の看板になっている。

チョコボストップがある場所

※ 乗車専用 ……乗車はできるが移動先には選べない
※1……伍番街スラム・やすらぎの街道でチョコボを助けたあとに利用可能
※2……伍番街スラム・ボルトナットヒルズでチョコボを助けたあとに利用可能
※3……六番街スラム・陥没道路 旧バイパスでチョコボを助けたあとに利用可能
※4……チョコボ・スタッフに話しかけるとチョコボ車に乗れる

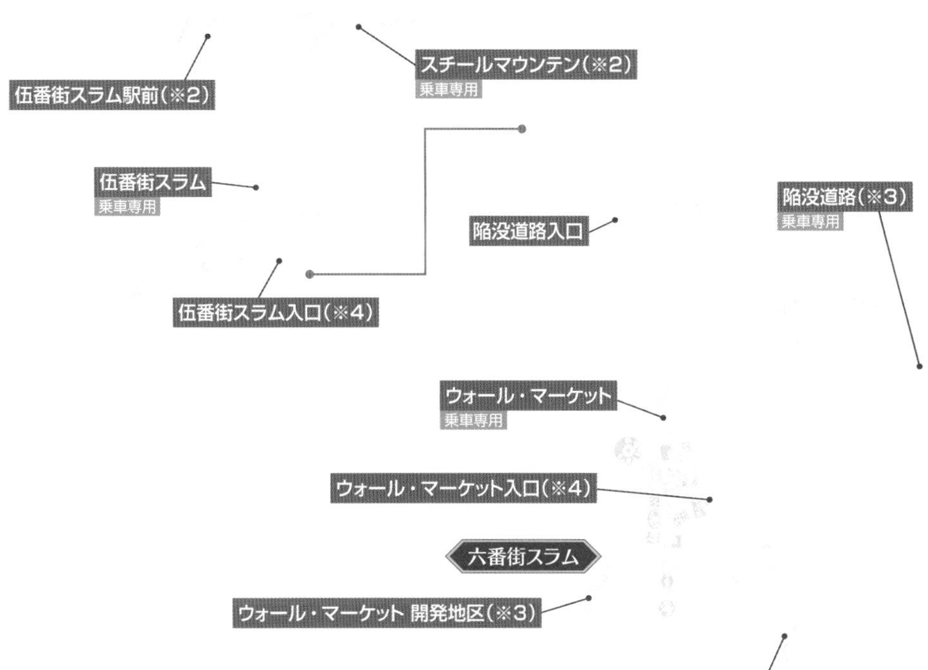

六番街スラム

STORY INDEX

MAIN STORY
- それぞれの決意
- 情報収集
- 地下下水道を進む
- 隠れ家へ
- 鍵の奪還
- 因縁の決着
- 再会のために
- 壁を越える

EXTRA
- 盗まれたジョニーの財布

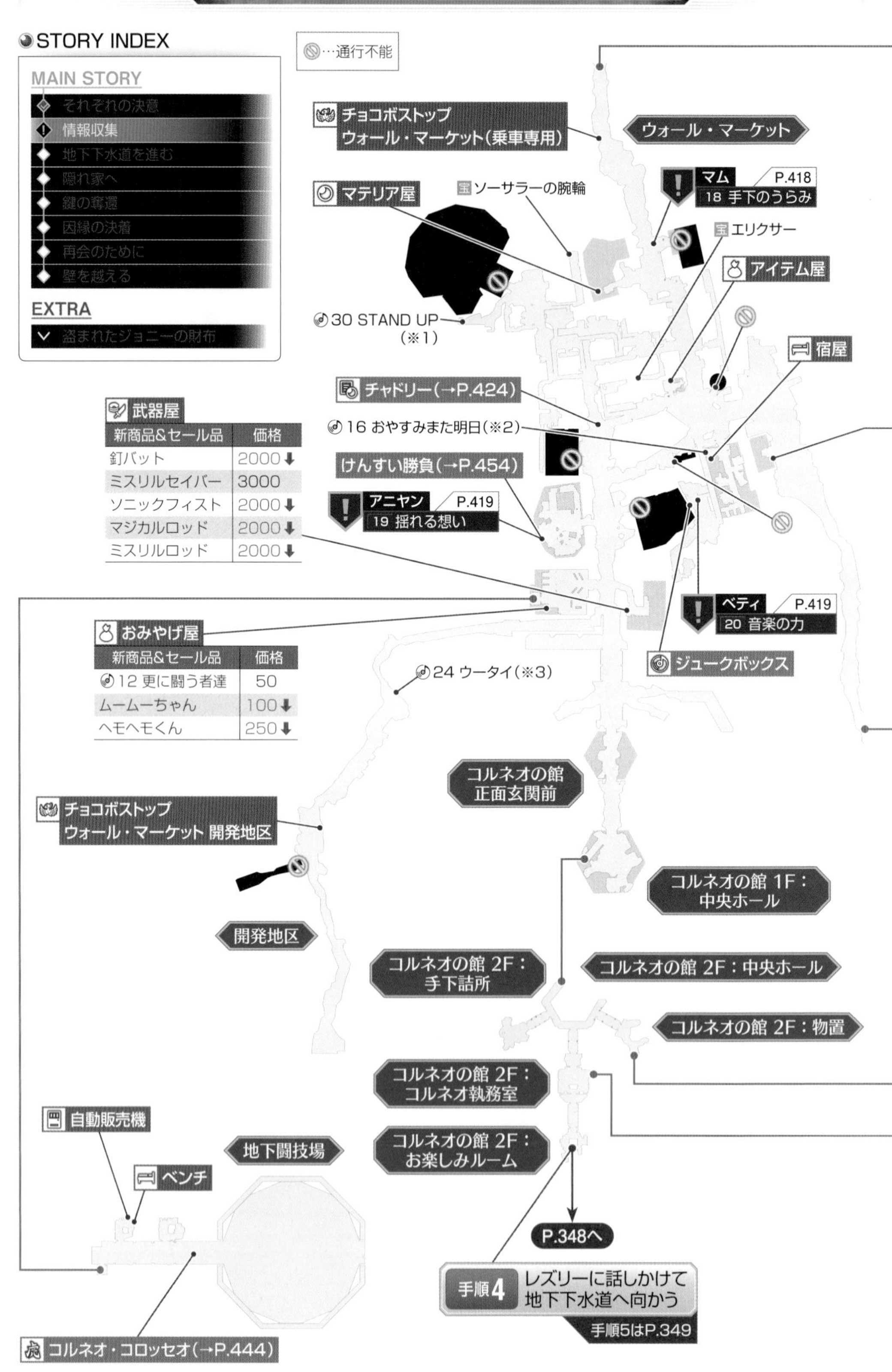

武器屋

新商品&セール品	価格
釘バット	2000⬇
ミスリルセイバー	3000
ソニックフィスト	2000⬇
マジカルロッド	2000⬇
ミスリルロッド	2000⬇

おみやげ屋

新商品&セール品	価格
12 更に闘う者達	50
ムームーちゃん	100⬇
ヘモヘモくん	250⬇

※1……若者に話しかけると入手できる　※2……宿泊客に話しかけると入手できる　※3……作業員に話しかけると入手できる

神羅ボックスの中身	■1…ポーション(10%)、ハイポーション(2%)、フェニックスの尾(2%)、毒消し(5%)、やまびこえんまく(2%)、モーグリメダル(3%)

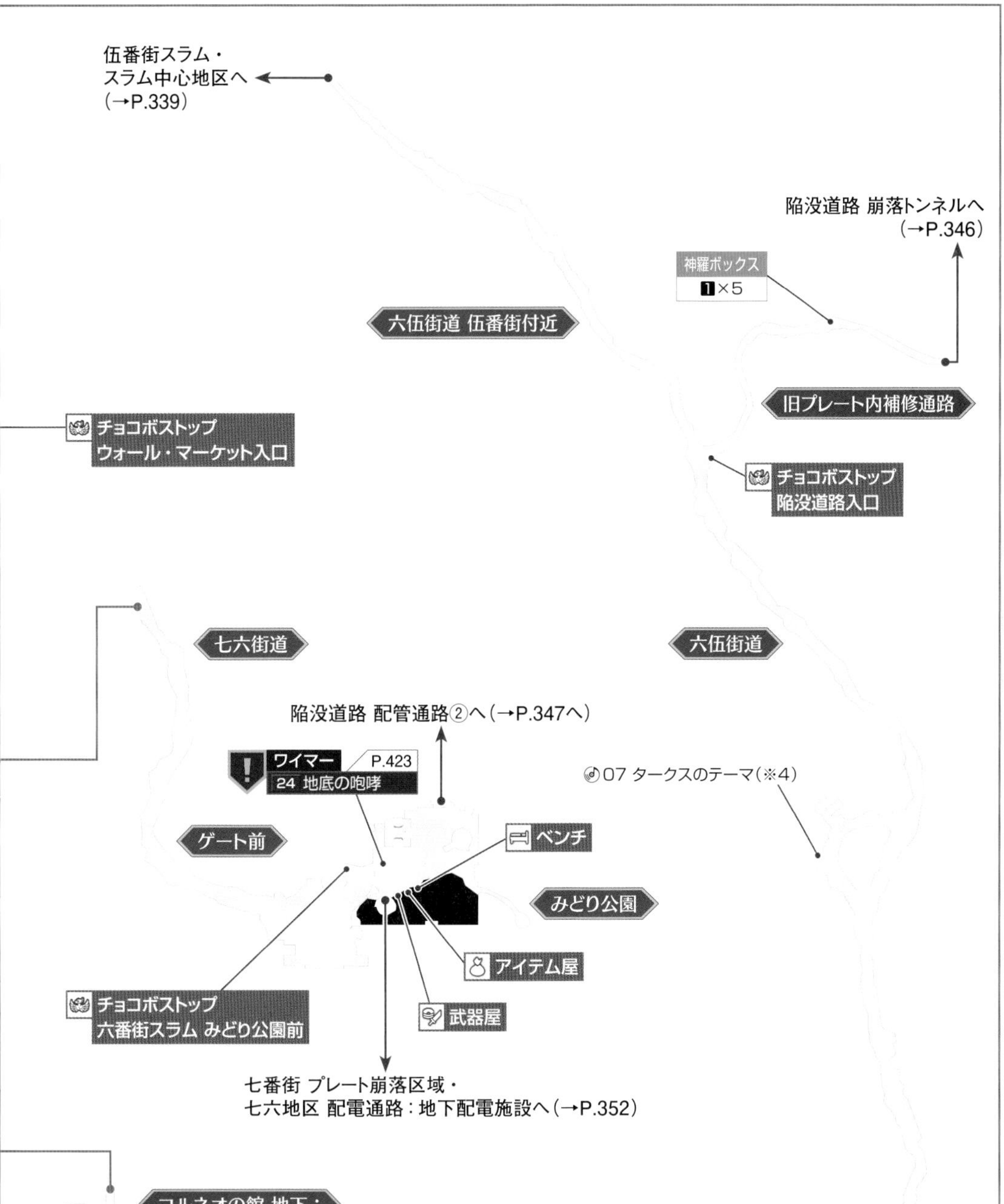

伍番街スラム・
スラム中心地区へ
(→P.339)

陥没道路 崩落トンネルへ
(→P.346)

神羅ボックス
■1×5

六伍街道 伍番街付近

旧プレート内補修通路

チョコボストップ
ウォール・マーケット入口

チョコボストップ
陥没道路入口

七六街道

六伍街道

陥没道路 配管通路②へ(→P.347へ)

ワイマー P.423
24 地底の咆哮

07 タークスのテーマ(※4)

ゲート前

ベンチ

みどり公園

アイテム屋

チョコボストップ
六番街スラム みどり公園前

武器屋

七番街 プレート崩落区域・
七六地区 配電通路:地下配電施設へ(→P.352)

コルネオの館 地下:
地下通路

『チャクラ』マテリア(※5)

ドンちゃん自動販売機

コルネオの館 地下:
監禁部屋

CHECK 監禁されたコッチを解放してあげよう

地下の監禁部屋には、コルネオの手下だったコッチが捕らえられている。話しかけて助けてあげれば、コッチが走り去ったあとに『チャクラ』マテリアが残されているのだ。なお、チャプターセレクト時は、以前にこの場所で『チャクラ』マテリアを手に入れていると、かわりに『かいふく』マテリアを入手できる。

※4……老婦人に話しかけると入手できる　※5……チャプターセレクト時は、すでに入手していると『かいふく』マテリアになる

エネミーデータ

敵	参照	レベル	HP	弱点
ホウルイーター	P.536	24	601	魔法、氷
チュースタンク	P.553	24	1922	氷
スモッグファクト	P.560	24	4084	雷
ベグ	P.568	24	1442	炎
ブッチョ	P.569	24	2402	炎
バド	P.570	24	1442	炎
バグラー	P.571	24	721~2402	炎
ジャイアントバグラー	P.577	24	8407	炎
ヴァギドポリス	P.587	24	1682	氷

出現する敵パーティ

出現場所	ホウルイーター	チュースタンク	スモッグファクト	ベグ	ブッチョ	バド	バグラー	ジャイアントバグラー	ヴァギドポリス
H	×4	—	—	—	—	—	—	—	—
I	×3	—	—	—	—	—	—	—	—
J	—	—	×2	—	—	—	—	—	—
K	—	—	—	—	—	—	—	—	×2
L	—	—	—	—	—	—	—	—	×3
M	—	×1	—	—	—	—	—	—	×1
N	×2	—	—	—	—	—	—	—	—
O	—	×3	—	—	—	—	—	—	—
P	—	—	—	—	—	—	×2	—	—
Q	—	—	—	—	—	—	×2	—	—
R	—	—	—	×1	×1	×1	—	×1	—
S	×3	—	—	—	—	—	—	—	—

※Oの敵は、クエスト17「チョコボを探せ」で陥没道路 旧バイパスにいるチョコボを助けたあとに出現する
※Rの敵は、CHAPTER 14のクエストをクリアした数が3つ、6つ、9つになったあとに、それぞれ1回ずつ出現する

神羅ボックスの中身	
1	ポーション(10%)、ハイポーション(2%)、フェニックスの尾(2%)、毒消し(5%)、やまびこえんまく(2%)、モーグリメダル(3%)
2	魔晄石(100%)
3	魔晄石(10%)、ハイポーション(12%)、フェニックスの尾(2%)、毒消し(3%)、やまびこえんまく(3%)、万能薬(1%)、モーグリメダル(5%)

コルネオボックスの中身	
壊したのが1回目のとき	
4	モーグリメダル(100%)
5	魔晄石(10%)、ハイポーション(12%)、フェニックスの尾(2%)、毒消し(3%)、やまびこえんまく(3%)、万能薬(1%)、モーグリメダル(5%)
壊したのが2回目以降のとき	
4 5	魔晄石(10%)、ハイポーション(12%)、フェニックスの尾(2%)、毒消し(3%)、やまびこえんまく(3%)、万能薬(1%)、モーグリメダル(5%)

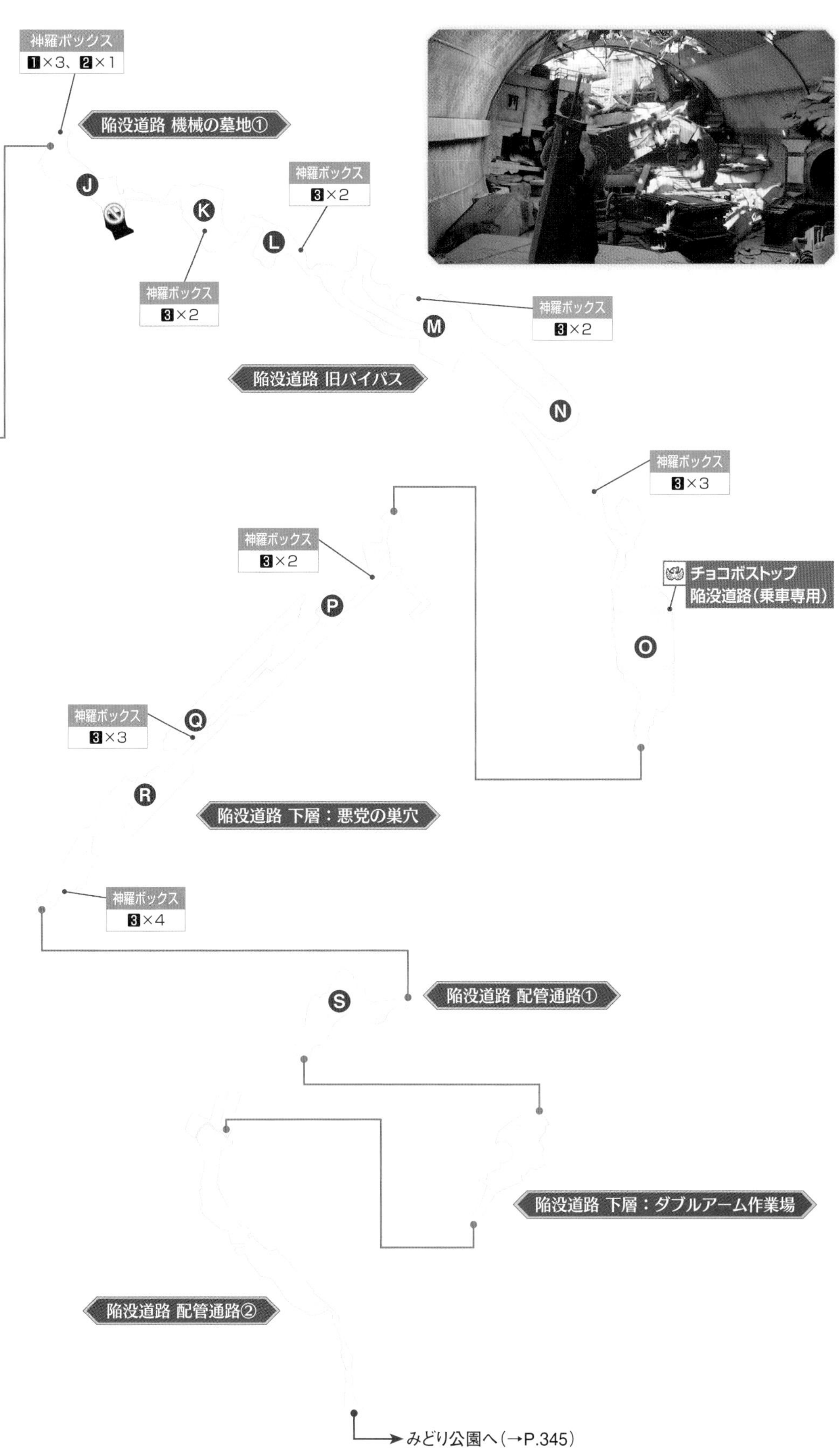

神羅ボックス
1×3、2×1
陥没道路 機械の墓地①
J
K
L
神羅ボックス
3×2
神羅ボックス
3×2
M
神羅ボックス
3×2
陥没道路 旧バイパス
N
神羅ボックス
3×3
神羅ボックス
3×2
チョコボストップ
陥没道路(乗車専用)
P
O
神羅ボックス
3×3
Q
R
陥没道路 下層：悪党の巣穴
神羅ボックス
3×4
S
陥没道路 配管通路①
陥没道路 下層：ダブルアーム作業場
陥没道路 配管通路②
みどり公園へ(→P.345)

地下下水道

●STORY INDEX

MAIN STORY

EXTRA

自動販売機

新商品	価格
乙女のキッス	150

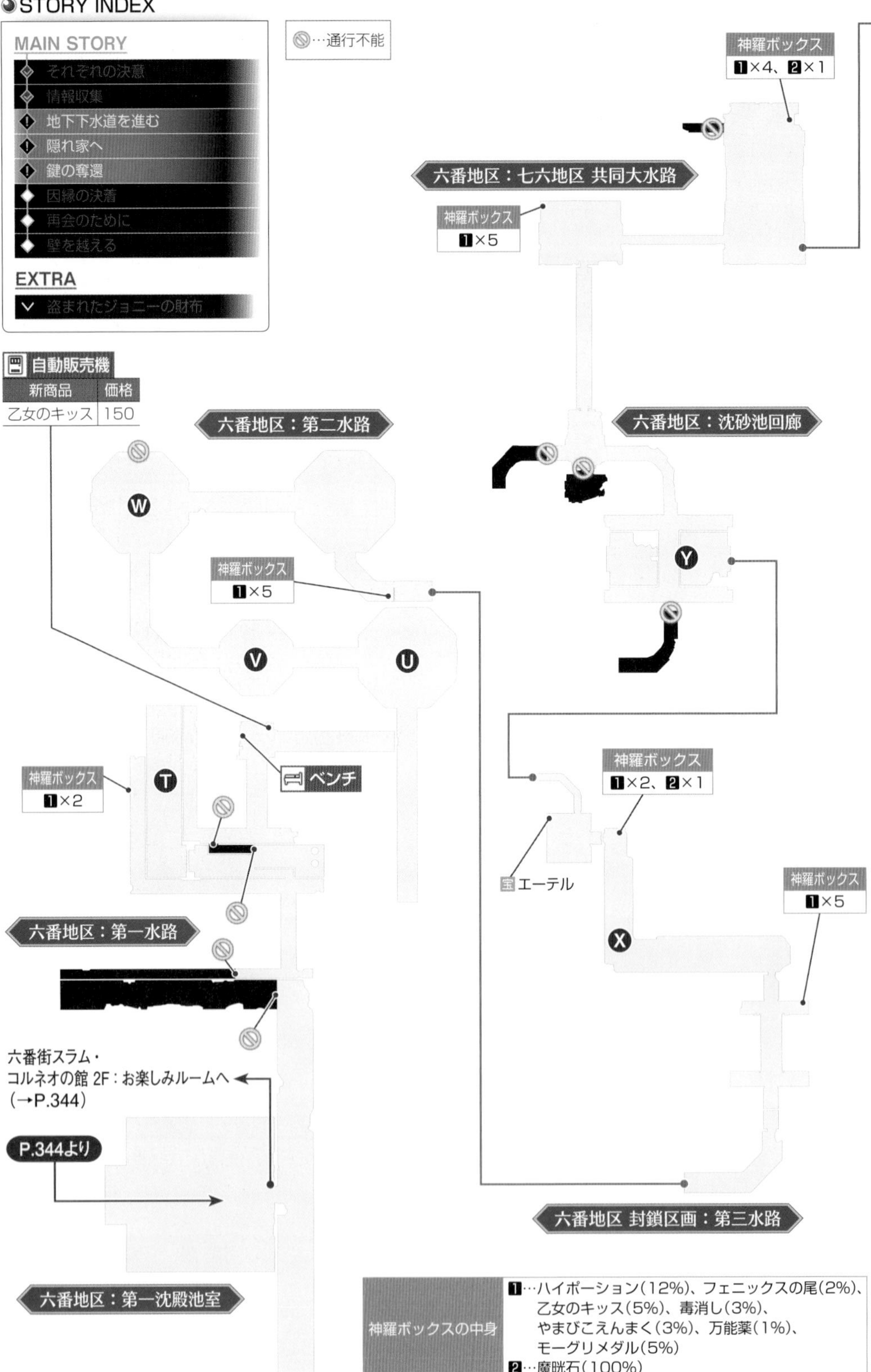

神羅ボックスの中身	
	1…ハイポーション(12%)、フェニックスの尾(2%)、乙女のキッス(5%)、毒消し(3%)、やまびこえんまく(3%)、万能薬(1%)、モーグリメダル(5%) 2…魔晄石(100%)

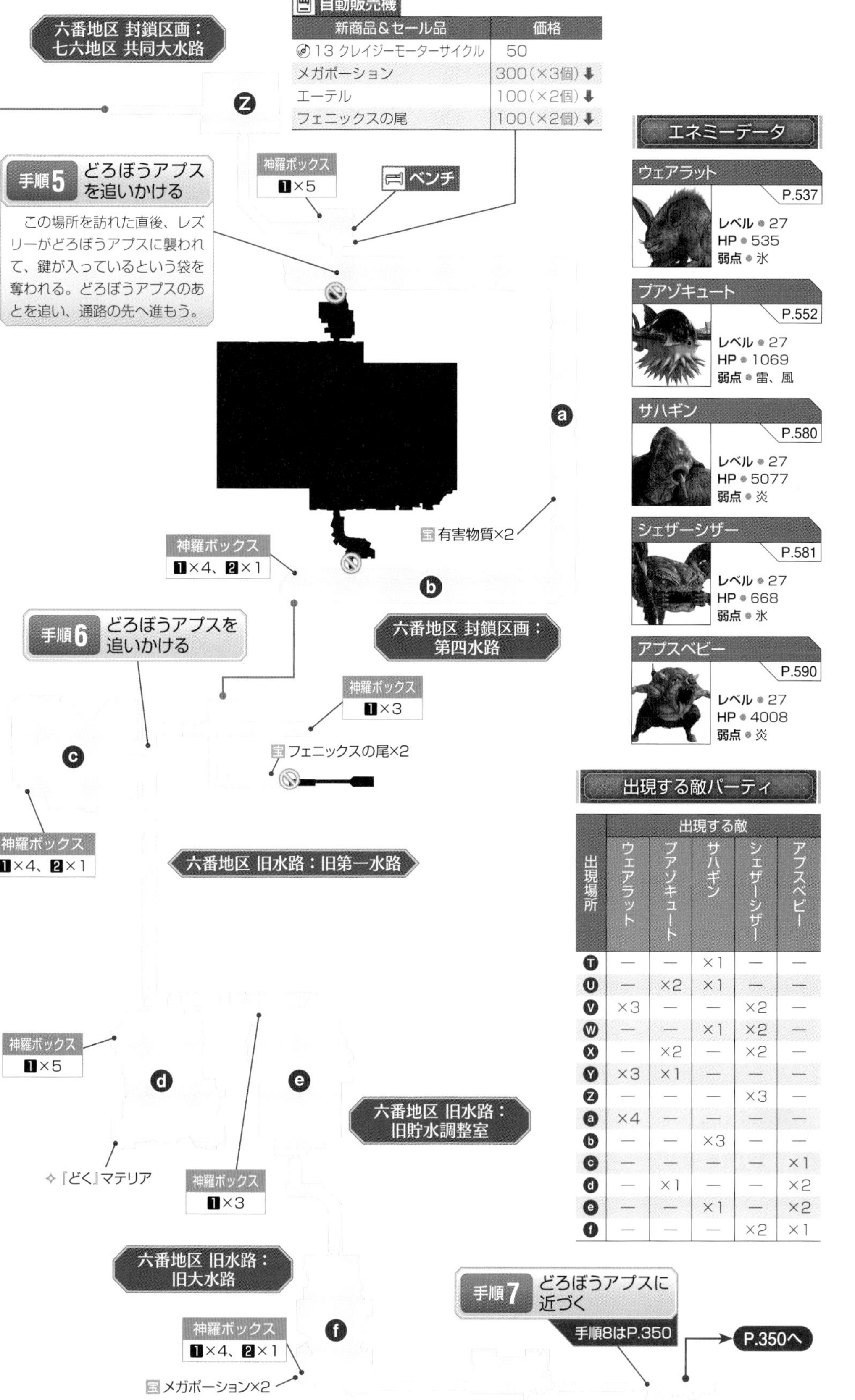

自動販売機

新商品＆セール品	価格
13 クレイジーモーターサイクル	50
メガポーション	300(×3個)⬇
エーテル	100(×2個)⬇
フェニックスの尾	100(×2個)⬇

手順5 どろぼうアプスを追いかける

この場所を訪れた直後、レズリーがどろぼうアプスに襲われて、鍵が入っているという袋を奪われる。どろぼうアプスのあとを追い、通路の先へ進もう。

手順6 どろぼうアプスを追いかける

手順7 どろぼうアプスに近づく

手順8はP.350

エネミーデータ

ウェアラット P.537
レベル ● 27
HP ● 535
弱点 ● 氷

プアゾキュート P.552
レベル ● 27
HP ● 1069
弱点 ● 雷、風

サハギン P.580
レベル ● 27
HP ● 5077
弱点 ● 炎

シェザーシザー P.581
レベル ● 27
HP ● 668
弱点 ● 氷

アプスベビー P.590
レベル ● 27
HP ● 4008
弱点 ● 炎

出現する敵パーティ

出現場所	出現する敵				
	ウェアラット	プアゾキュート	サハギン	シェザーシザー	アプスベビー
T	—	—	×1	—	—
U	—	×2	×1	—	—
V	×3	—	—	×2	—
W	—	—	×1	×2	—
X	—	×2	—	×2	—
Y	×3	×1	—	—	—
Z	—	—	—	×3	—
a	×4	—	—	—	—
b	—	—	×3	—	—
c	—	—	—	—	×1
d	—	×1	—	—	×2
e	—	—	×1	—	×2
f	—	—	—	×2	×1

STORY INDEX

MAIN STORY
- それぞれの決意
- 情報収集
- 地下下水道を進む
- 隠れ家へ
- 鍵の奪還
- 因縁の決着
- 再会のために
- 壁を越える

EXTRA
- 盗まれたジョニーの財布

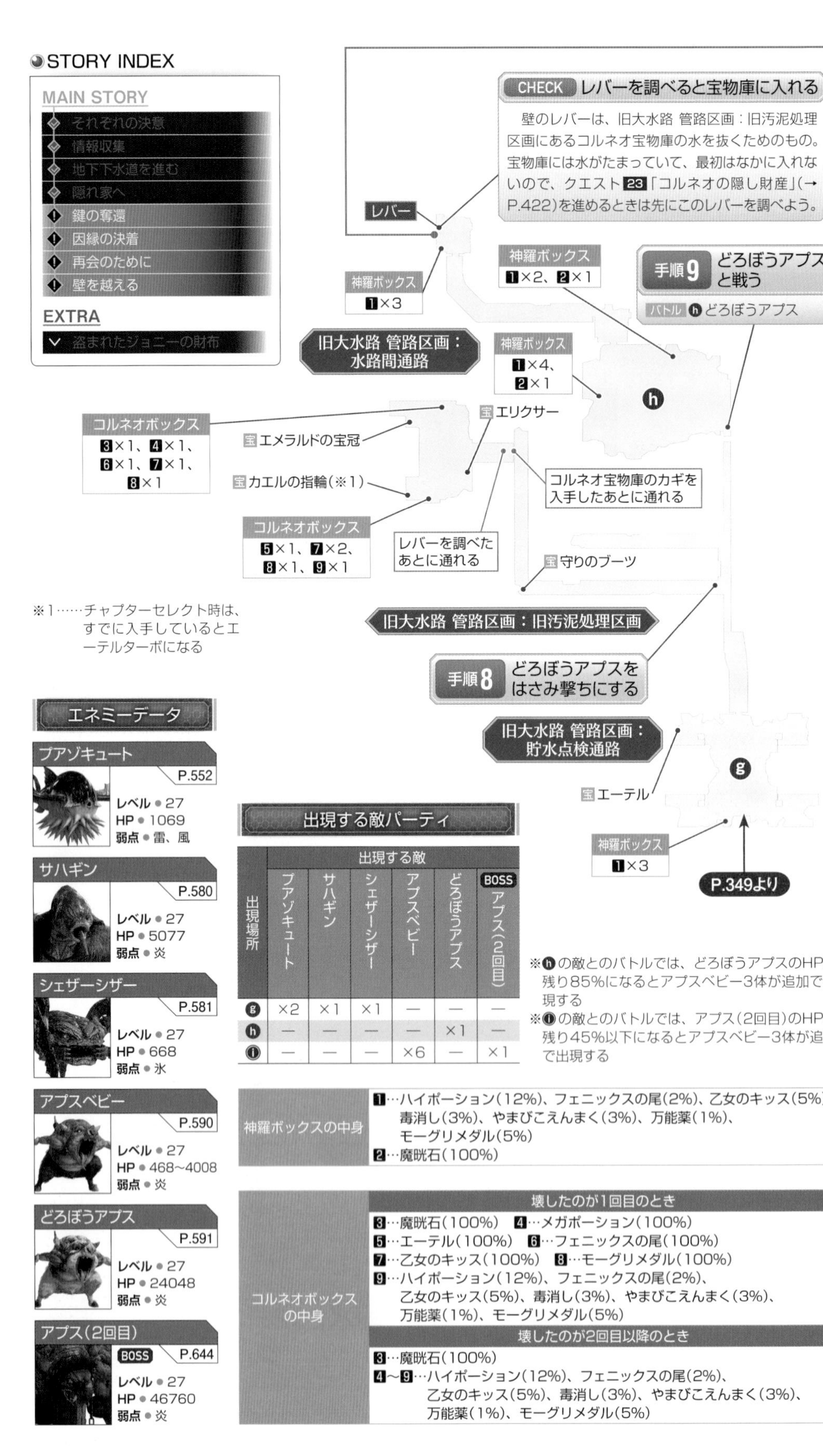

※1……チャプターセレクト時は、すでに入手しているとエーテルターボになる

エネミーデータ

ブアゾキュート P.552
レベル ● 27
HP ● 1069
弱点 ● 雷、風

サハギン P.580
レベル ● 27
HP ● 5077
弱点 ● 炎

シェザーシザー P.581
レベル ● 27
HP ● 668
弱点 ● 氷

アプスベビー P.590
レベル ● 27
HP ● 468～4008
弱点 ● 炎

どろぼうアプス P.591
レベル ● 27
HP ● 24048
弱点 ● 炎

アプス(2回目) BOSS P.644
レベル ● 27
HP ● 46760
弱点 ● 炎

出現する敵パーティ

出現場所	ブアゾキュート	サハギン	シェザーシザー	アプスベビー	どろぼうアプス	BOSS アプス(2回目)
g	×2	×1	×1	—	—	—
h	—	—	—	—	×1	—
i	—	—	—	×6	—	×1

※h の敵とのバトルでは、どろぼうアプスのHPが残り85%になるとアプスベビー3体が追加で出現する
※i の敵とのバトルでは、アプス(2回目)のHPが残り45%以下になるとアプスベビー3体が追加で出現する

神羅ボックスの中身	
	1…ハイポーション(12%)、フェニックスの尾(2%)、乙女のキッス(5%)、毒消し(3%)、やまびこえんまく(3%)、万能薬(1%)、モーグリメダル(5%) 2…魔晄石(100%)

コルネオボックスの中身	
	壊したのが1回目のとき
	3…魔晄石(100%)　4…メガポーション(100%) 5…エーテル(100%)　6…フェニックスの尾(100%) 7…乙女のキッス(100%)　8…モーグリメダル(100%) 9…ハイポーション(12%)、フェニックスの尾(2%)、乙女のキッス(5%)、毒消し(3%)、やまびこえんまく(3%)、万能薬(1%)、モーグリメダル(5%)
	壊したのが2回目以降のとき
	3…魔晄石(100%) 4～9…ハイポーション(12%)、フェニックスの尾(2%)、乙女のキッス(5%)、毒消し(3%)、やまびこえんまく(3%)、万能薬(1%)、モーグリメダル(5%)

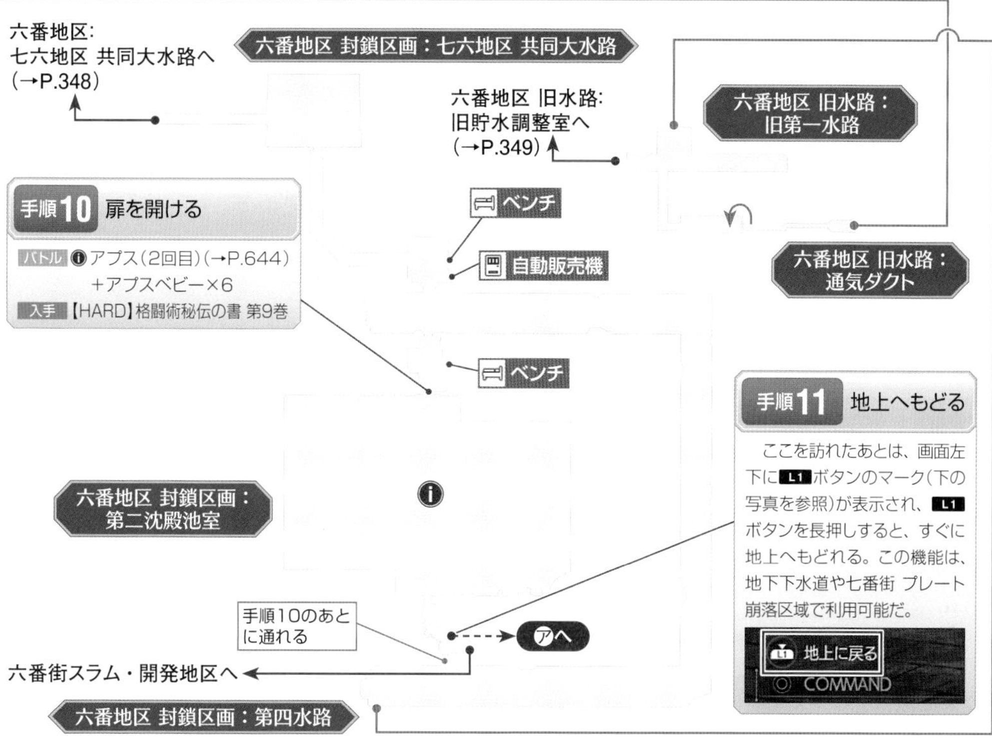

手順10 扉を開ける

バトル ❶アプス(2回目)(→P.644)
+アプスベビー×6
入手 【HARD】格闘術秘伝の書 第9巻

手順11 地上へもどる

ここを訪れたあとは、画面左下にL1ボタンのマーク(下の写真を参照)が表示され、L1ボタンを長押しすると、すぐに地上へもどれる。この機能は、地下下水道や七番街 プレート崩落区域で利用可能だ。

六番街スラム

手順12 レズリーと別れる

入手 ワイヤーガン

CHECK スラムエンジェルからの贈り物が置かれている

クエスト 16 〜 24 をすべてクリアしていると、道ばたにスラムエンジェルの手紙が置かれている。手紙と一緒に貴重な『ぞくせい』マテリアが手に入るので、見落とさずに拾おう。なお、手紙を拾えるのは1回のみで、入手後にチャプターセレクトを行なってクエストをクリアし直しても、ここには何も置かれていない。

手順13 壁を越える

ワイヤーガンで壁を越えれば、CHAPTER 14は終了となる。まだクリアしていないクエストがある場合は、壁を越える前に終わらせておこう。また、『モーグリメダル』『クラッシュボックス』『コルネオ・コロッセオ』『けんすい勝負』も以降のチャプターでは行なえないので、やり残しがないようにしたい。

※2……チャプターセレクト時は、すでに入手していると出現しない

七番街 プレート崩落区域

⦸…通行不能

七六地区 配電通路：地下配電施設 立入禁止区

クエスト 24「地底の咆哮」を開始したあとに通れる

七六地区 配電通路：地下配電施設

自動販売機

ベンチ

六番街スラム・みどり公園へ（→P.345）

地下実験場・B1F：休憩室

※1……下層部分にある

地下実験場・B2F：D型実験体 飼育場

神羅ボックス（※1）
❶×2

神羅ボックス
❶×2、❷×1

j

k

l

神羅ボックス
❶×2

神羅ボックス
❶×2

地下実験場・B2F：F型実験体 飼育場

FINAL FANTASY VII REMAKE ULTIMANIA

※2……高い位置にある

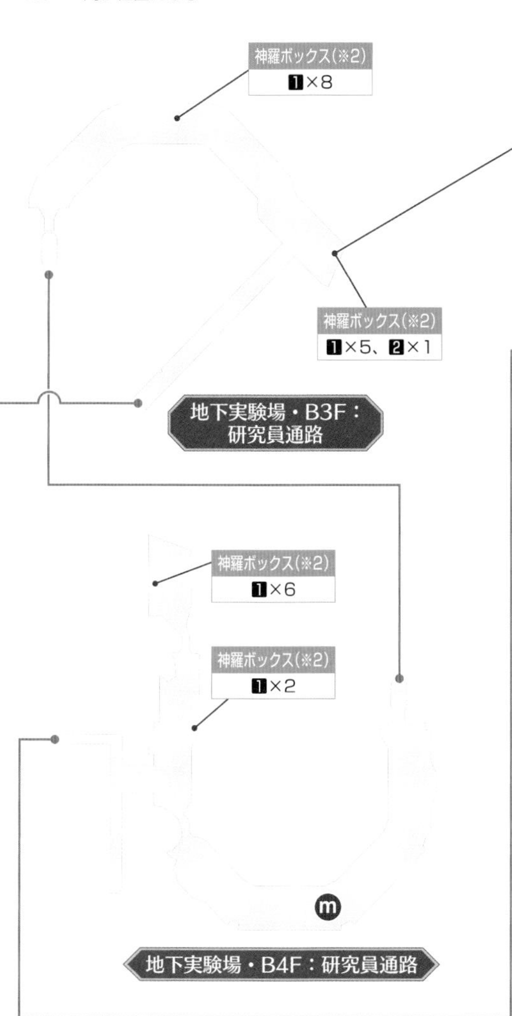

地下実験場・B5F：E型実験体 飼育室

地下実験場・B5F：B型実験体 隔離場

CHECK 棚の上にある神羅ボックスも剣で壊せる

高い場所の棚に置かれた神羅ボックスは、クラウドが棚の真下で剣を振れば壊すことが可能。うまく攻撃が当たるように、クラウドの位置や向きを調整しよう。

⬅バレットとちがってクラウドは射撃ができないが、天井付近の神羅ボックス以外は壊して中身を入手できる。

神羅ボックスの中身	❶…ハイポーション(12%)、フェニックスの尾(2%)、毒消し(3%)、やまびこえんまく(3%)、万能薬(1%)、モーグリメダル(5%) ❷…魔晄石(100%)

出現する敵パーティ

出現場所	出現する敵 スイーパー	レイジハウンド	ピアシングアイ	ブラッドテイスト	グランバキューム	ヴァギドポリス
j	―	×1	―	―	―	×2
k	×1	―	×2	―	―	―
l	―	―	―	×2	―	―
m	―	―	―	―	×3	―

エネミーデータ

スイーパー P.530

レベル● 23
HP● 8888
弱点● 雷

ブラッドテイスト P.573

レベル● 23
HP● 2607
弱点● 氷

レイジハウンド P.543

レベル● 23
HP● 17775
弱点● 氷

グランバキューム P.586

レベル● 23
HP● 1422
弱点● 氷

ピアシングアイ P.563

レベル● 23
HP● 4740
弱点● 風

ヴァギドポリス P.587

レベル● 23
HP● 1659
弱点● 氷

CHAPTER 15

落日の街

MAIN STORY DIGEST

1 崩れ落ちた街

夕日に照らされた七番街では、倒壊した建物のガレキや鉄骨のそばで、人々がなげき悲しんでいた。クラウドたちはエアリスを神羅から救出すべく、自警団の忠告を無視して、崩落の危険がある街の奥へ向かう。

「星を壊す悪い奴らをぶっつぶす。お姉ちゃんを助けて、絶対帰る!」

2 上を目指して

崩壊した七番街を進む途中、敵の姿を見つけて様子をうかがうクラウド。どうやら、大型飛行兵器ヘリガンナーを有する部隊が、アバランチの残党を捜しているらしい。血気にはやるバレットをクラウドは冷静に押しとどめ、敵から隠れて進むことにする。

3 捜索隊をかわす

行く手に神羅の捜索隊を発見した一行は、戦いを避けて進むため、道路を覆っている屋根にワイヤーガンで飛び乗った。ところが、屋根は3人の重さに耐え切れずにくずれ落ち、道路に落下したクラウドたちは神羅兵に発見されてしまう。

6

4 上へ続く道
5 銃撃戦

くずれた七番街プレートをのぼっていく途中で、ヘリガンナーが空中から激しい銃撃を浴びせてきた。しかし、クラウドたちはひるむことなく、物陰に隠れて攻撃を防ぎつつ、銃撃が止んだスキを突いて先へ進む。

「クラウドも手伝ってくれる?」
「安くないぞ」

6 神羅の追撃

地上160m付近の足場からは、かつて七番街スラムがあった場所を一望できた。見渡すかぎりにガレキが広がる無残な光景に、しばし言葉を失うバレットとティファ。変わり果てた街の姿を目に焼きつけたふたりは、また店を開くことを静かに決意する。

7 プレートの上へ

ふたたび現れたヘリガンナーに逃げ道をふさがれてしまい、やむを得ず戦うクラウドたち。激闘のすえに勝利するも、ヘリガンナーが大爆発を起こして足場がくずれてしまった。とっさにワイヤーガンを使い、間一髪のところで落下をまぬがれた3人は、いよいよエアリスが待つ神羅の本拠地へ乗りこむ。

「さあ、もう一息」
「こっからだな」
「準備運動は終わりだ」

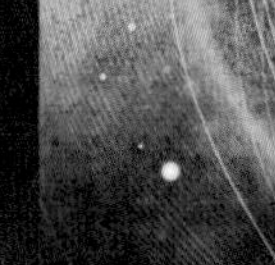

CHAPTER 15 攻略ガイド

道が途切れている地点では、ワイヤーガンを使って高い足場へ飛び移り、先へ進んでいく。ワイヤーガンでの移動は一方通行で、基本的にもとの場所にはもどれないので注意したい。

七番街 プレート断面

STORY INDEX

MAIN STORY

- 崩れ落ちた街
- 上を目指して
- 捜索隊をかわす
- 上へ続く道
  - 崩れかけたビル
- 銃撃戦
  - 階段の先へ
- 神羅の追撃
- プレートの上へ

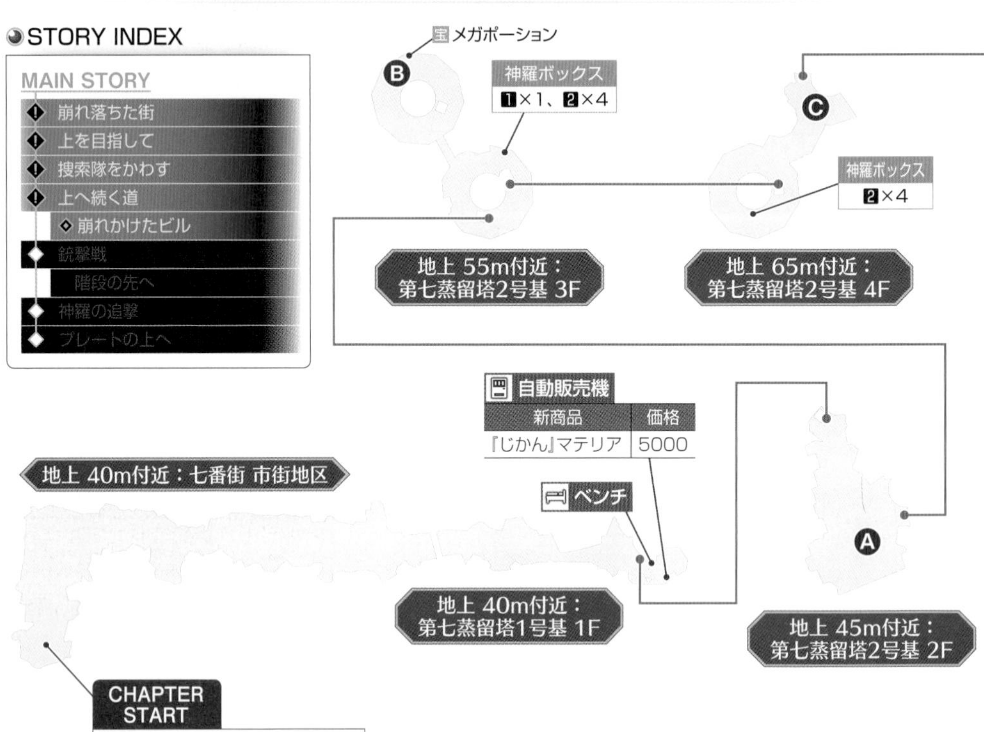

神羅ボックスの中身	1…魔晄石(100%) 2…ハイポーション(12%)、フェニックスの尾(2%)、毒消し(3%)、やまびこえんまく(3%)、万能薬(1%)、モーグリメダル(5%)

出現する敵パーティ

出現場所	出現する敵							
	ガードハウンド	上級警備兵	ディーングロウ	上級擲弾兵	空中兵	ビオバードック	ソルジャー3rd	特殊空中兵
A	—	—	—	—	—	×3	—	—
B	—	—	—	—	—	×2	—	—
C	—	—	×2	—	—	—	—	—
D	—	—	—	—	—	—	×2	—
E	×1	×2	—	—	—	—	—	—
F	—	×2	—	—	×1	—	—	—
G	—	×2	—	×2	—	—	—	—
H	—	×2	—	×2	×1	—	—	—
I	—	—	—	—	—	—	×2	×1

※E～Hの敵とのバトルは連戦になり、敵を全滅させた直後につぎの敵が出現する(これらの敵は、操作キャラクターが出現場所に近づいたときにも現れる)

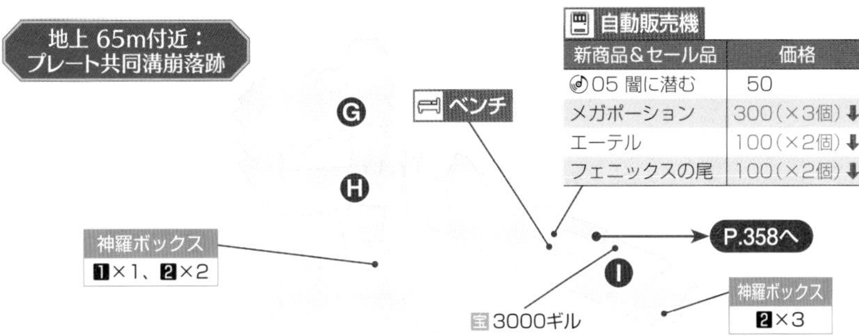

自動販売機

新商品&セール品	価格
05 闇に潜む	50
メガポーション	300(×3個)⬇
エーテル	100(×2個)⬇
フェニックスの尾	100(×2個)⬇

手順3 神羅の兵士と戦う

バトル E ガードハウンド×1+上級警備兵×2
バトル F 上級警備兵×2+空中兵×1
バトル G 上級警備兵×2+上級擲弾兵×2
バトル H 上級警備兵×2+上級擲弾兵×2+空中兵×1

F～Hの敵は、ひとつ前の敵パーティを全滅させると、出現して襲いかかってくる。ただし、それぞれの出現場所に近づいた場合は、前の敵が残っていても姿を現すので、あまり道を進みすぎずに、敵パーティをひとつずつ倒していくのが安全だ。

手順4はP.358

手順1 ワイヤーガンで移動する

ロープが落ちている場所では、△ボタンでワイヤーガンを撃って、高い位置にある足場へ移動できる。飛び乗れる足場にはロープがたれ下がっているので、カメラを動かして周囲を探してみよう。

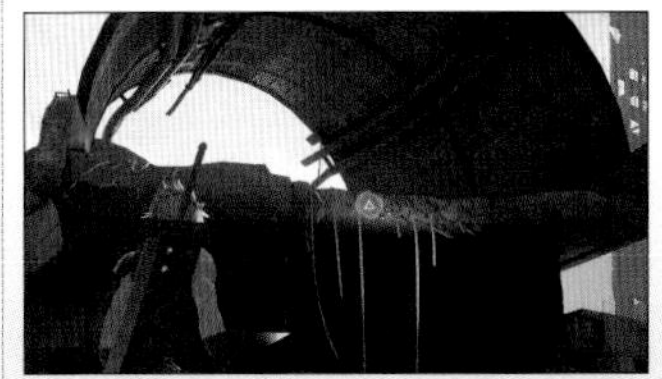

⬆飛び乗れる足場が画面の中央付近にくるようにカメラを動かせば、△ボタンでワイヤーガンを撃てる。

手順2 ワイヤーガンで移動する

地上 80m付近：
ミッドガル環状線 第七トンネル

D

神羅ボックス
1×1、2×5

CHECK 敵が落とした無線機を拾うと……

Dの敵のひとりは、倒されたときに地面に無線機を落とす。これを拾うと、クラウドが無線機で神羅の兵士と会話をするのだ。なお、この場面を見たかどうかは以降の展開には影響しない。

地上 80m付近：
神羅化学工業 七番ビル

エネミーデータ

ガードハウンド P.527
レベル●29
HP●4299
弱点●氷

ディーングロウ P.544

レベル●29
HP●10031
弱点●風

空中兵 P.585

レベル●29
HP●5016
弱点●炎、風(※1)

ソルジャー3rd P.603
レベル●29
HP●5732
弱点●炎

上級警備兵 P.540

レベル●29
HP●1720
弱点●炎

上級擲弾兵 P.546

レベル●29
HP●574
弱点●炎

ビオバードック P.602

レベル●29
HP●3010
弱点●氷、風

特殊空中兵 P.604

レベル●29
HP●3440
弱点●炎、風(※1)

※1……地上にいるときは「炎」のみ

INDEX

STORY INDEX

地上 120m付近：
神羅建設タンク脚柱 1F

L

CHECK 宝箱のもとへ向かおう

ワイヤーガンで上の階へのぼると、セントラルタワー 8Fの宝箱を開けに行ける。中身を手に入れたあとは、宝箱の近くでワイヤーガンを使えば、ふたたびこの場所へもどれるのだ。

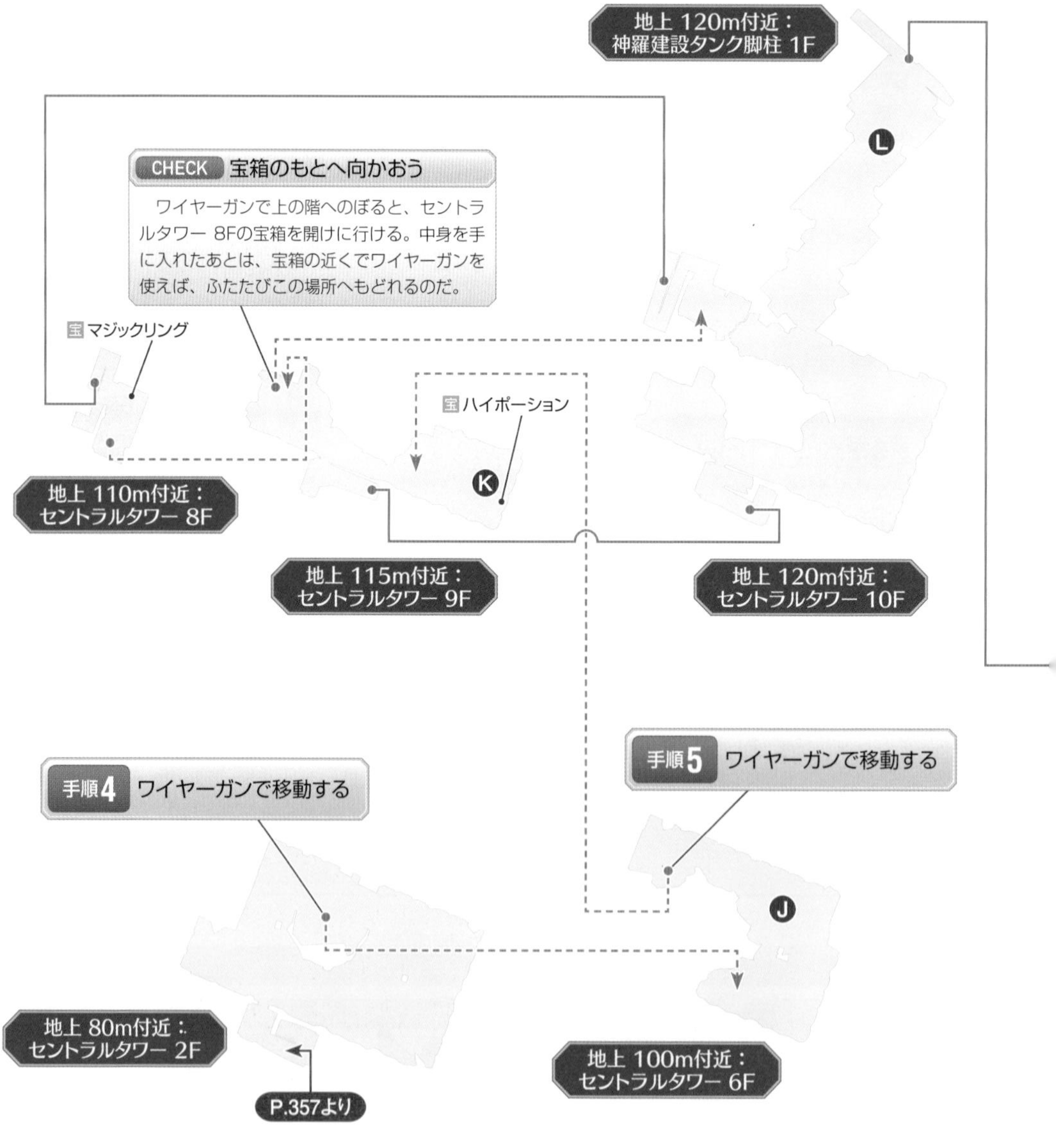

宝 マジックリング

宝 ハイポーション

K

地上 110m付近：
セントラルタワー 8F

地上 115m付近：
セントラルタワー 9F

地上 120m付近：
セントラルタワー 10F

手順5 ワイヤーガンで移動する

手順4 ワイヤーガンで移動する

J

地上 80m付近：
セントラルタワー 2F

P.357より

地上 100m付近：
セントラルタワー 6F

神羅ボックスの中身	1…魔晄石(100%) 2…ハイポーション(12%)、フェニックスの尾(2%)、毒消し(3%)、やまびこえんまく(3%)、万能薬(1%)、モーグリメダル(5%)

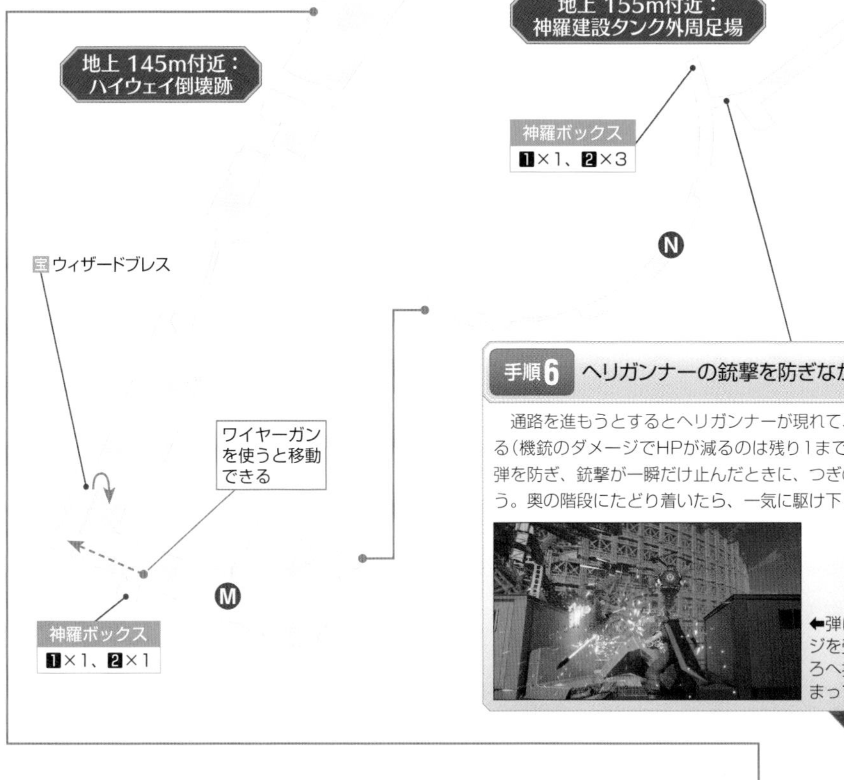

手順6 ヘリガンナーの銃撃を防ぎながら進む

通路を進もうとするとヘリガンナーが現れて、機銃を撃ってくる(機銃のダメージでHPが減るのは残り1まで)。物陰に隠れて弾を防ぎ、銃撃が一瞬だけ止んだときに、つぎの物陰へ走りこもう。奥の階段にたどり着いたら、一気に駆け下りればいい。

⬅弾に当たるとダメージを受けるうえ、うしろへ押しもどされてしまって先に進めない。

手順7はP.360

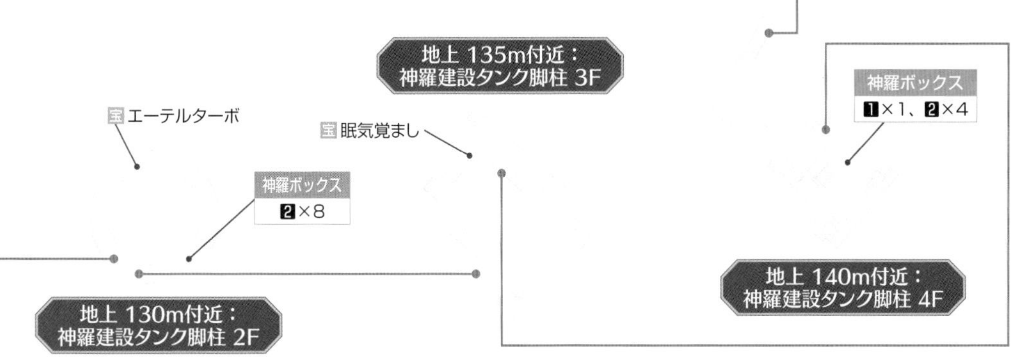

出現する敵パーティ

出現場所	ディーングロウ	スタンレイ	ビオバードック	スタンテイザー	グレネードソーサー
J	—	×3	—	×2	—
K	—	×2	—	×2	—
L	—	—	—	—	×1
M	×1	—	×2	—	—
N	—	—	×1	—	—

エネミーデータ

ディーングロウ P.544
レベル ● 29
HP ● 10031
弱点 ● 風

スタンテイザー P.605
レベル ● 29
HP ● 1290
弱点 ● 雷(※1)

スタンレイ P.547
レベル ● 29
HP ● 1577
弱点 ● 雷(※1)

グレネードソーサー P.606
レベル ● 29
HP ● 10031
弱点 ● 雷

ビオバードック P.602
レベル ● 29
HP ● 3010
弱点 ● 氷、風

※1……飛行モードのときは「雷、風」

STORY INDEX

MAIN STORY

- 崩れ落ちた街
- 上を目指して
- 捜索隊をかわす
- 上へ続く道
  - ✓ 崩れかけたビル
- 銃撃戦
  - ✓ 階段の先へ
- 神羅の追撃
- プレートの上へ

※1……階段の下にある

地上 190m付近：建設クレーン 下層マスト

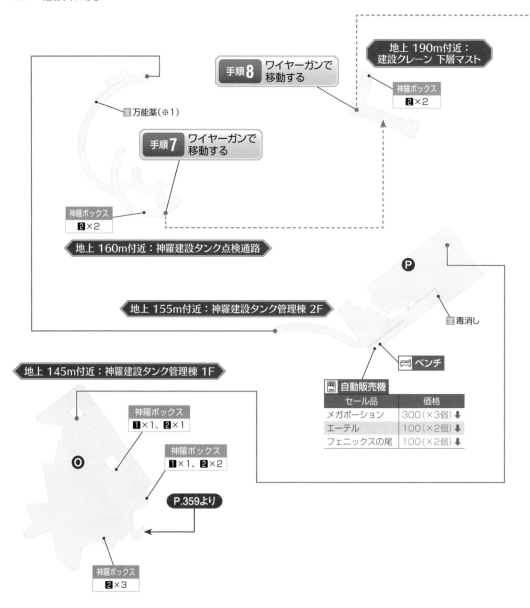

手順8 ワイヤーガンで移動する

神羅ボックス 2×2

宝 万能薬(※1)

手順7 ワイヤーガンで移動する

神羅ボックス 2×2

地上 160m付近：神羅建設タンク点検通路

P

地上 155m付近：神羅建設タンク管理棟 2F

宝 毒消し

ベンチ

自動販売機

セール品	価格
メガポーション	300(×3個)↓
エーテル	100(×2個)↓
フェニックスの尾	100(×2個)↓

地上 145m付近：神羅建設タンク管理棟 1F

神羅ボックス 1×1、2×1

神羅ボックス 1×1、2×2

O

P.359より

神羅ボックス 2×3

手順10 ヘリガンナーと戦う

バトル ◎ヘリガンナー(→P.646)
入手 【HARD】射撃マニュアル 第12巻

ヘリガンナーとのバトルでは、しばらく戦っていると、クラウドたちが自動的に別の足場へと移動する。その場所にも神羅ボックス(❶×2、❷×11)が置かれているので、戦いの合間に余裕があったら壊しておくのもいい。

⬅ヘリガンナーの攻撃が当たって神羅ボックスが壊れたときも、中身を入手できる。

プレート接合面

神羅ボックス ❷×11

神羅ボックス ❶×1、❷×6

Q

CHAPTER CLEAR

手順9 ヘリガンナーから逃げる

画面の奥からヘリガンナーが機銃を撃ってくるので、手前側へ走って逃げよう。敵は一定の間隔で撃ったりやめたりをくり返すが、撃ちはじめるときは、直前にクラウドがいた場所を狙う。そのため、通路の右端か左端を走り、銃撃が止んだときに反対側の端へ移動すれば、弾をよけられるのだ。しばらく逃げると、手順10の場所へたどり着ける。

⬆銃撃が止んだら、斜めに走って反対側の端へ。すると、敵はクラウドがすでにいない場所を狙って撃ちはじめる。

神羅ボックスの中身	❶…魔晄石(100%) ❷…ハイポーション(12%)、フェニックスの尾(2%)、毒消し(3%)、やまびこえんまく(3%)、万能薬(1%)、モーグリメダル(5%)

出現する敵パーティ

出現場所	特殊空中兵	グレネードソーサー	BOSS ヘリガンナー
Ⓞ	—	×2	—
Ⓟ	×2	—	—
◎	—	—	×1

エネミーデータ

スタンレイ
P.547

レベル ● 29
HP ● 1577
弱点 ● 雷(※2)

グレネードソーサー
P.606

レベル ● 29
HP ● 10031
弱点 ● 雷

特殊空中兵
P.604

レベル ● 29
HP ● 3440
弱点 ● 炎、風(※3)

ヘリガンナー
BOSS P.646

レベル ● 29
HP ● 51588
弱点 ● 雷、風(※4)

スタンテイザー
P.605

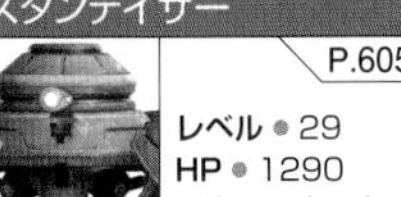

レベル ● 29
HP ● 1290
弱点 ● 雷(※2)

※Ⓞの敵とのバトルでは、2分ごとにスタンレイ1体とスタンテイザー1体が追加で出現する(5回まで)
※2……飛行モードのときは「雷、風」 ※3……地上にいるときは「炎」のみ
※4……難易度がHARDのときは「風」のみ

CHAPTER 16 神羅ビル潜入

MAIN STORY DIGEST

1

2

3

1 潜入
2 地下駐車場を突破

厳重な警戒態勢が敷かれた、夜の神羅ビル。クラウドたちは道路を走る神羅の車に飛び乗り、地下駐車場からビルへ潜入しようとする。車の屋根に隠れ、検問を無事に突破できたと思いきや、バレットのミスで警備兵に見つかってしまい、戦って切り抜けることに。

「この中なら、私がいちばん、身軽でしょ。ふたりは、見張りをお願い」

4

3 神羅ビルの情報
4 カードキー入手

神羅ビルの内部を進むために必要なカードキーを手に入れようと、封鎖された受付への侵入を試みるティファ。照明器具をつたって受付に飛び降り、無事にカードキーを入手した彼女は、情報端末を操作して、宝条の研究施設が65階にあることを突き止める。

5

6

5 スカイフロアを目指す
6 見学ツアー

59階の受付を訪れ、見学ツアーの客として上の階へ行けるようになったクラウドたちは、ヴィジュアルシアターで不思議な映像を目にする。星に迫る巨大な隕石、逃げまどう人々——そして映像の最後に現れたのは、クラウドの因縁の相手セフィロスだった。

7

7 協力者

ミッドガルの市長ドミノは、自分を冷遇する神羅をうらみ、本家アバランチと手を組んでいた。クラウドたちはドミノやその協力者の助けを得て、上の階へ行くためのカードキーを入手。もうじき重役会議が行なわれると聞き、大会議室がある64階へ向かう。

8

8 敵情視察

天井の通気ダクトに潜入したクラウドの眼下で、神羅の重役会議がはじまった。プレジデント神羅は、リーブが提案したプレートの再建計画に耳を貸さず、約束の地での新たな魔晄都市の建設を宣言する。約束の地の場所をエアリスから聞き出すように命じられ、今後の実験のプランを披露する宝条。そのおぞましい内容に、さすがの重役たちも嫌悪の表情を浮かべる。

「肉体よりも、精神的に痛めつける
やり方が、私は好きでね」

9

「『レッドⅩⅢ』
宝条がつけた、
型式番号だ」

9 エアリス救出作戦

クラウドたちは宝条を追って研究施設へ侵入し、ポッドに閉じこめられたエアリスを発見。ロックを壊して彼女を助け出すと、別のポッドに捕らえられていた赤毛の獣——レッドⅩⅢも解放された。宝条が逃げていったエレベーターに目をやったクラウドは、突然激しい幻聴と幻覚に襲われ、意識を失って倒れこむ。

CHAPTER 16 攻略ガイド

神羅ビルの内部に侵入したあとは、敵とほとんど出会わずに探索を進めていける。バトルを行ないたい場合は、63階にある『神羅バトルシミュレーター』に挑戦してみるといい。

神羅ビル

STORY INDEX

MAIN STORY
- 潜入
- 地下駐車場を突破
- 神羅ビルの情報
- カードキー入手
- スカイフロアを目指す
  - エレベーターを使う
  - 非常階段を使う
- 見学ツアー
- 協力者
- 敵情視察
- エアリス救出作戦

※1……チャプターセレクト時は、すでに入手しているとエーテルになる

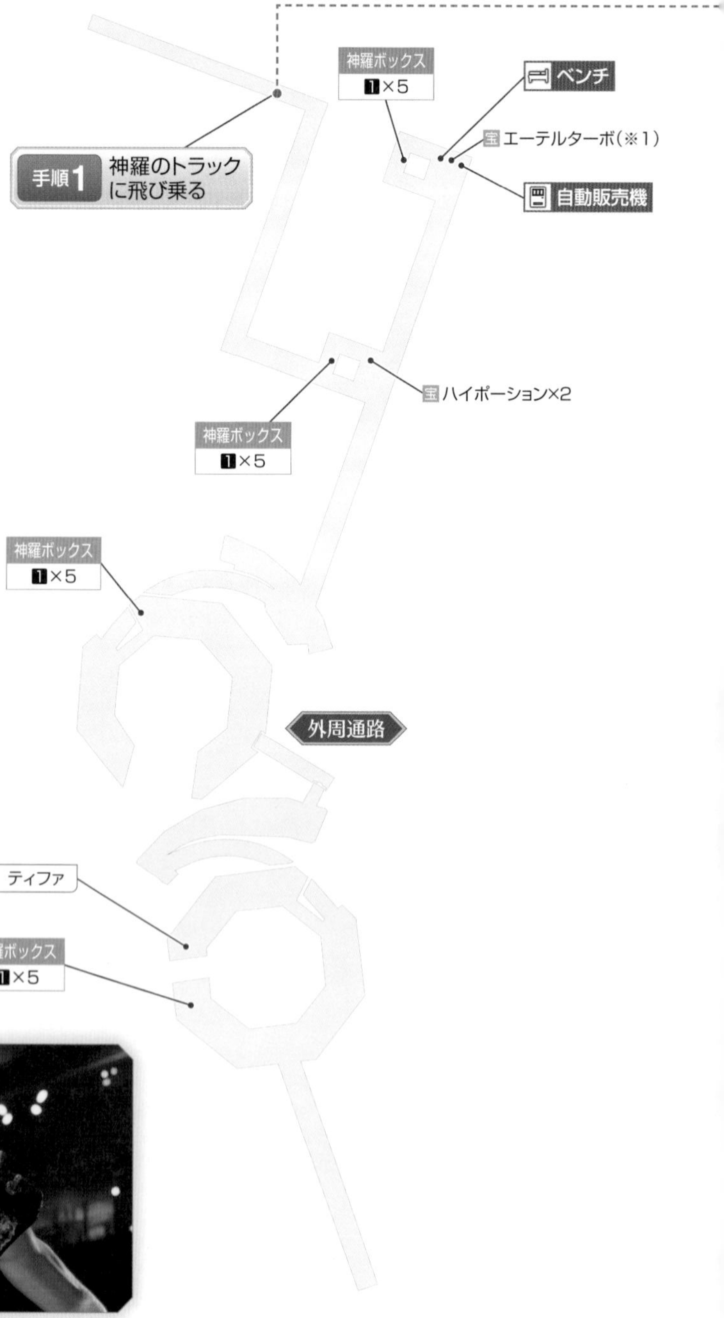

神羅ボックスの中身	❶…ハイポーション(12%)、フェニックスの尾(2%)、毒消し(3%)、やまびこえんまく(3%)、万能薬(1%)、モーグリメダル(5%)

出現する敵パーティ

出現場所	出現する敵				
	ガードハウンド	上級警備兵	上級擲弾兵	上級鎮圧兵	ソルジャー3rd
A	―	×3	―	―	―
B	―	×3	×2	―	―
C	―	×2	―	―	―
D	―	―	―	―	×2
E	×1	×2	―	―	―
F	×2	―	×2	―	―
G	×1	―	―	×3	―
H	×2	―	―	―	×2

※Bの敵は、出現場所に近づくかAの敵を全滅させると出現する
※Dの敵は、出現場所に近づくかCの敵を全滅させると出現する
※Fの敵は、出現場所に近づくかEの敵を全滅させると出現する
※Hの敵は、出現場所に近づくかGの敵を全滅させると出現する

エネミーデータ

ガードハウンド
P.527

レベル ● 31
HP ● 4896
弱点 ● 氷

上級警備兵
P.540

レベル ● 31
HP ● 1959
弱点 ● 炎

上級擲弾兵
P.546
レベル ● 31
HP ● 653
弱点 ● 炎

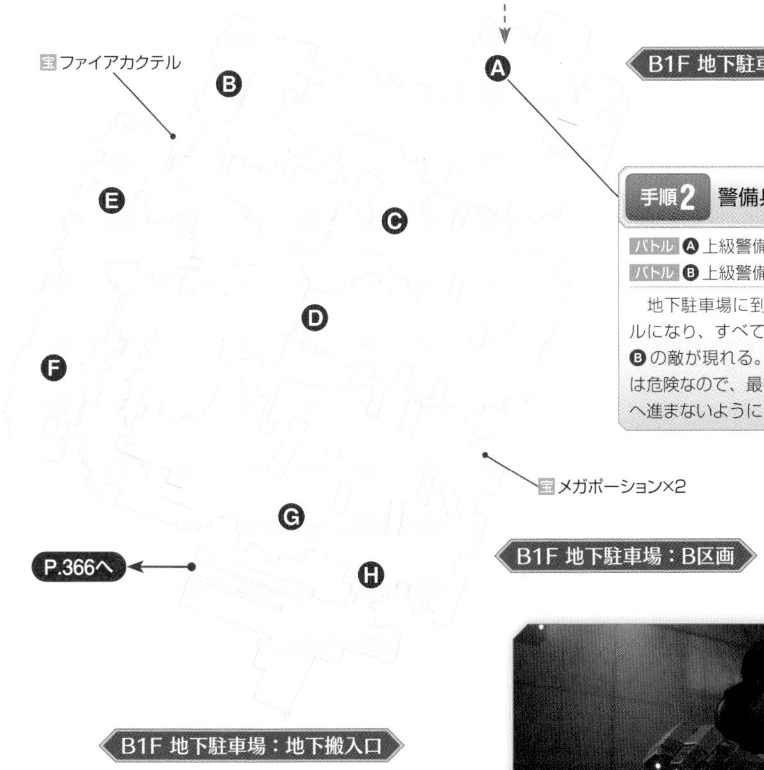

上級鎮圧兵
P.557

レベル ● 31
HP ● 1959
弱点 ● 炎

ソルジャー3rd
P.603 
レベル ● 31
HP ● 6528
弱点 ● 炎

B1F 地下駐車場：A区画

宝 ファイアカクテル

手順2 警備兵と戦う

バトル A 上級警備兵×3
バトル B 上級警備兵×3＋上級擲弾兵×2

地下駐車場に到着した直後にAの敵とバトルになり、すべて倒すか駐車場の奥へ行くと、Bの敵が現れる。両方を同時に相手にするのは危険なので、最初に現れた敵を倒すまでは先へ進まないようにしたい。

手順3はP.366

宝 メガポーション×2

B1F 地下駐車場：B区画

P.366へ

B1F 地下駐車場：地下搬入口

STORY INDEX

MAIN STORY

- 潜入
- 地下駐車場を突破
- 神羅ビルの情報
- カードキー入手
- スカイフロアを目指す
  - エレベーターを使う
  - 非常階段を使う
- 見学ツアー
- 協力者
- 敵情視察
- エアリス救出作戦

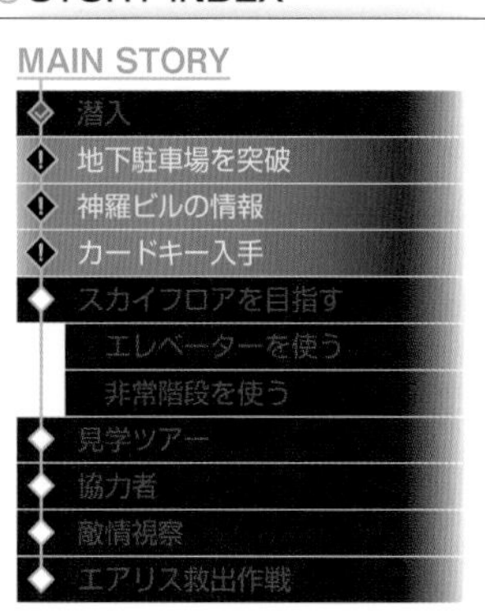

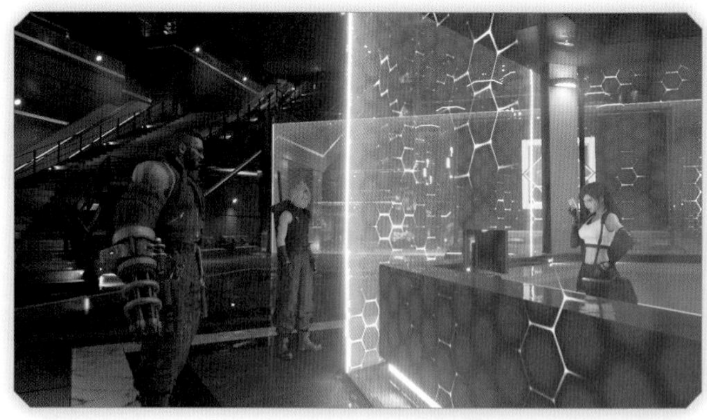

CHECK 格子状のバーにぶら下がって進める

ライトを取りつける格子状のバーが頭上にあり、オートアクションで飛びつくと、ぶら下がったまま移動できる。格子状のバーは、この奥の場所にもひとつあって、ぶら下がって進めば宝箱が置かれた足場へ渡れるのだ。

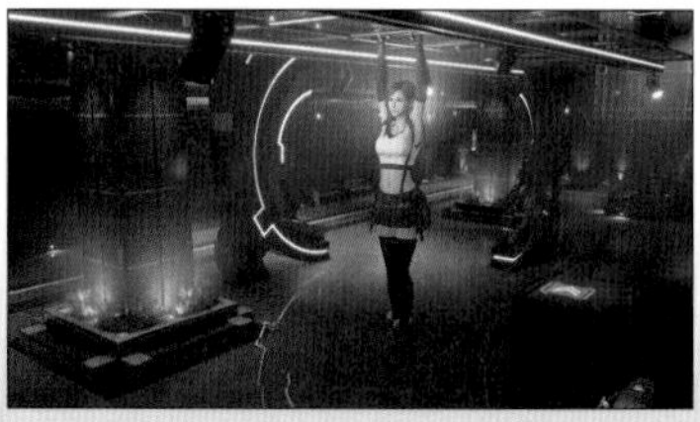

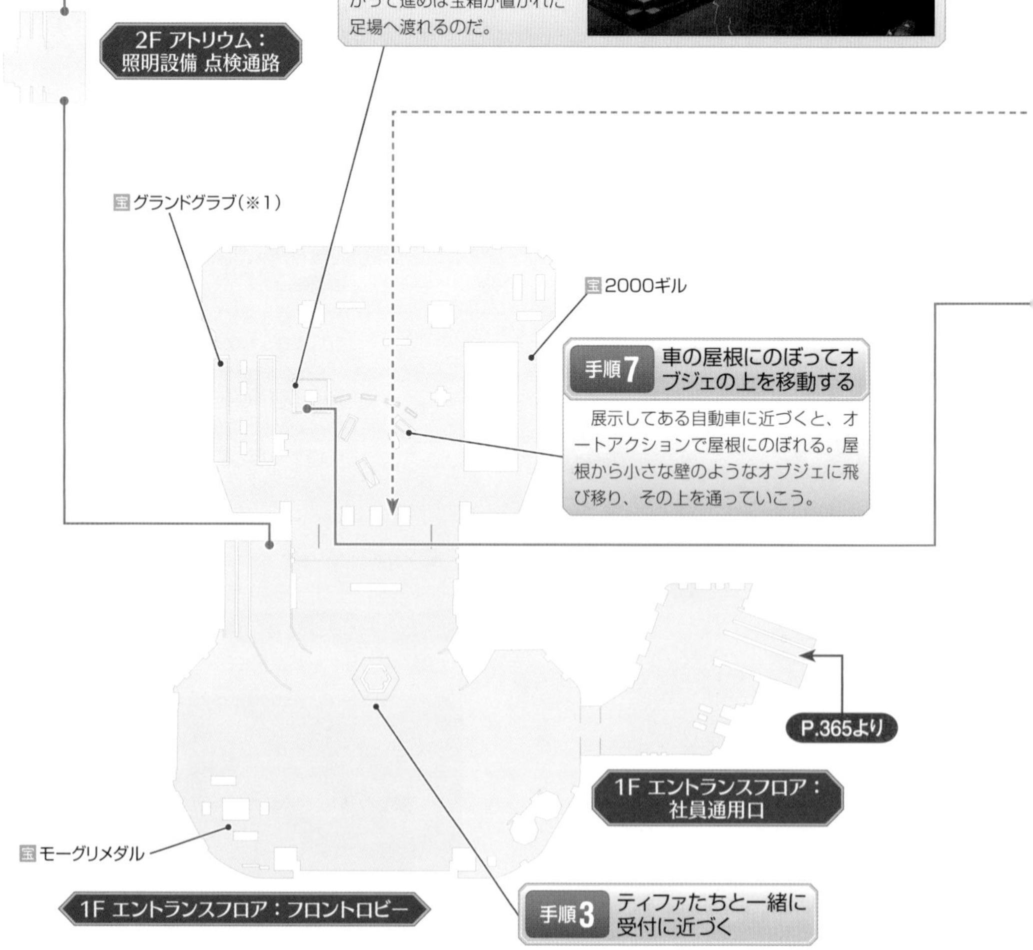

2F アトリウム：照明設備 点検通路
宝 グランドグラブ(※1)
宝 2000ギル
宝 モーグリメダル
1F エントランスフロア：社員通用口
1F エントランスフロア：フロントロビー
P.365より

手順7 車の屋根にのぼってオブジェの上を移動する

展示してある自動車に近づくと、オートアクションで屋根にのぼれる。屋根から小さな壁のようなオブジェに飛び移り、その上を通っていこう。

手順3 ティファたちと一緒に受付に近づく

※1……チャプターセレクト時は、すでに入手しているとポーションになる

⊘…通行不能

手順4 カードキーの端末を調べる

手順5 照明器具の上を飛び移って進む

メンバー ティファ

手順9 照明機具の上を飛び移って進む

3F エレベーターフロア：カフェラウンジ

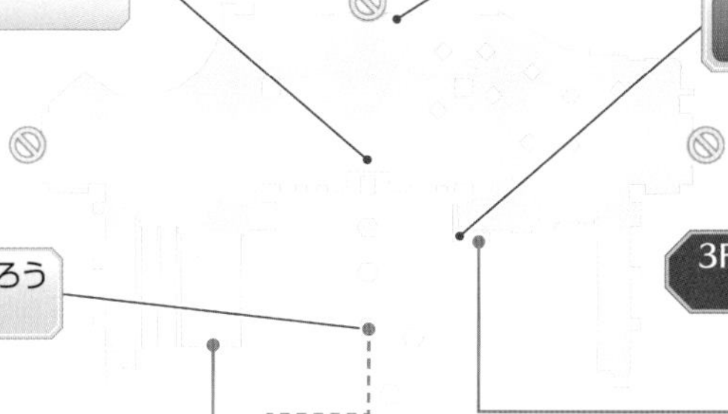

手順6 照明器具に飛び移ろうとして下に落ちる

3F エレベーターフロア：照明設備

P.368へ

手順10 ロープを飛び移って進み、受付ブース内に飛び降りる

ティファがロープに飛び移ったあとは、前後に揺れる彼女が手前へもどってくるタイミングで△ボタンを押せば、揺れを大きくできる。揺れを2回大きくするとティファがつぎのロープへ飛び移るので、それをくり返せば受付ブース内に飛び降りられるのだ。

⬆ロープにつかまったティファは振り子のように揺れ、手前へもどるときに△ボタンのマークが表示される。

手順11はP.368

2F アトリウム：照明設備 点検通路

手順8 格子状のバーにぶら下がって移動する

ここから先は、頭上に吊された格子状のバーにぶら下がって足場を渡っていき、上へのハシゴがある場所を目指す。バーの一部は、ライトが設置されていて通れないので、右の図のルートで進んでいくといい。

⬆カメラを動かして下から見上げると、通るルートを確認しやすい。

ハシゴがある足場まで移動するルート

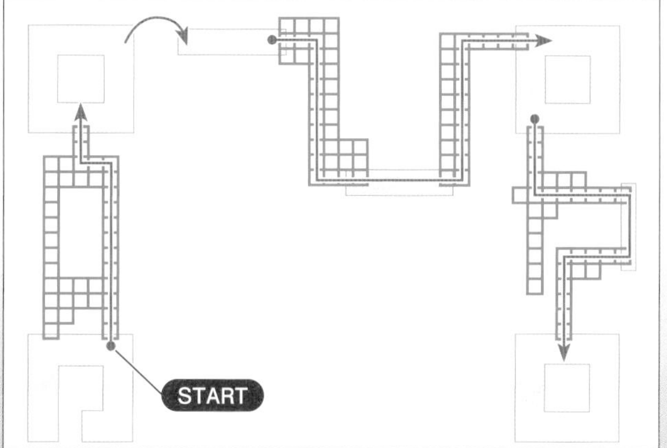

STORY INDEX

MAIN STORY
- 潜入
- 地下駐車場を突破
- 神羅ビルの情報
- カードキー入手
- スカイフロアを目指す
  - エレベーターを使う
  - 非常階段を使う
- 見学ツアー
- 協力者
- 敵情視察
- エアリス救出作戦

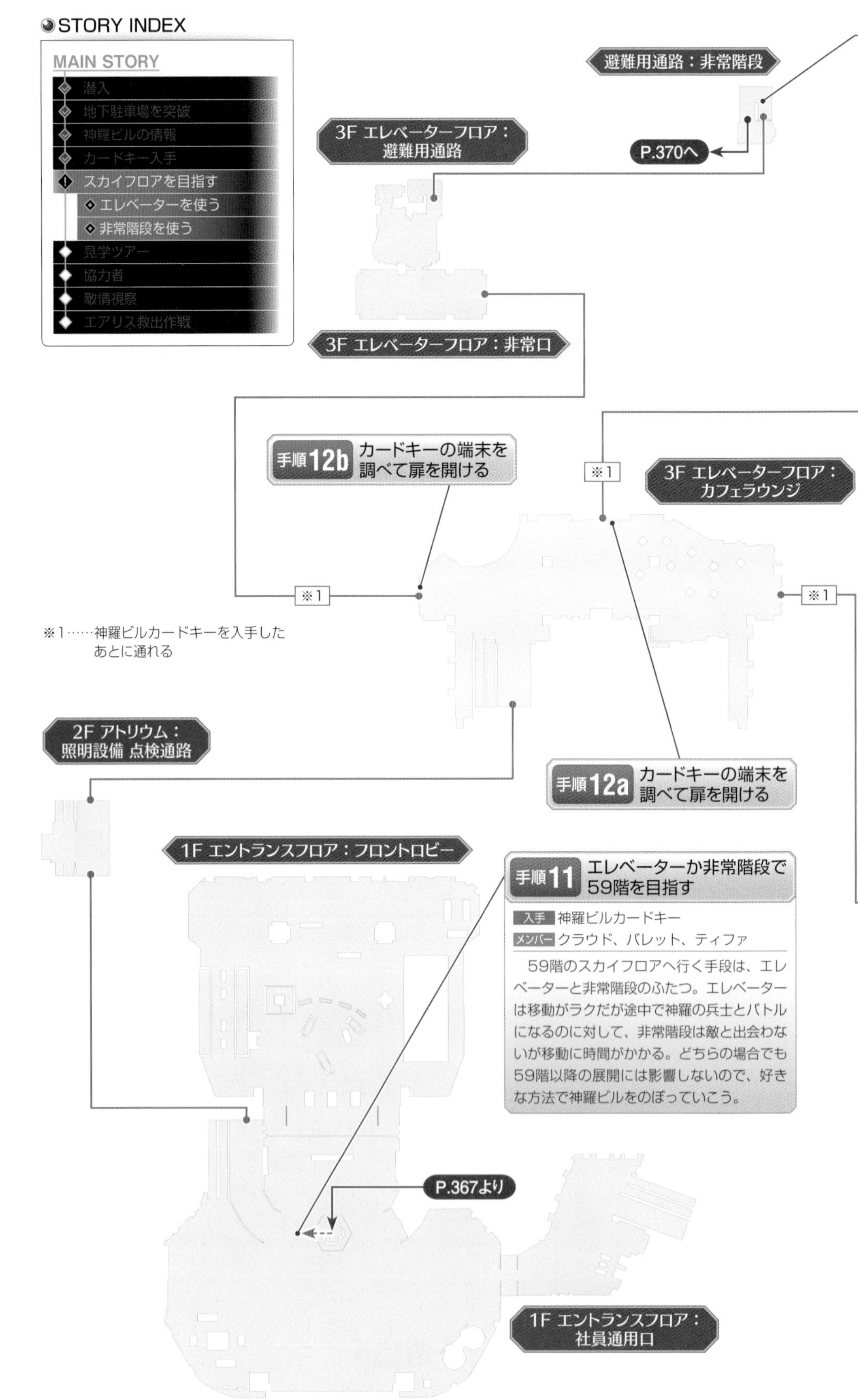

手順12b カードキーの端末を調べて扉を開ける

手順12a カードキーの端末を調べて扉を開ける

※1……神羅ビルカードキーを入手したあとに通れる

手順11 エレベーターか非常階段で59階を目指す

入手 神羅ビルカードキー

メンバー クラウド、バレット、ティファ

59階のスカイフロアへ行く手段は、エレベーターと非常階段のふたつ。エレベーターは移動がラクだが途中で神羅の兵士とバトルになるのに対して、非常階段は敵と出会わないが移動に時間がかかる。どちらの場合でも59階以降の展開には影響しないので、好きな方法で神羅ビルをのぼっていこう。

手順13b 非常階段をのぼる

非常階段には宝箱はなく、途中のフロアにも立ち寄れない。上の階を目指して、ひたすら階段をのぼりつづけよう。59階までたどり着いたら、手順16(→P.370)の場所へ行けばいい。ちなみに、非常階段では画面右下のパーティメンバーの表示に、それぞれがいるフロア数が追加され、フロア数が大きいメンバーが上になるように並び順が変わっていく。

←階段をのぼる速度は上の階へ行くほど遅くなる。なお、59階に到達したときの3人の順位が何かに影響することはない。

手順16はP.370

P.370へ

20F 科学部門オフィス：エレベーターホール

10F 総務部オフィス：エレベーターホール

3F エレベーターフロア：エレベーターホール

手順15a ボタンを調べてエレベーターに乗り、上の階へ移動する

バトル J 上級警備兵×3

手順16はP.370

手順13a ボタンを調べてエレベーターに乗り、上の階へ移動する

手順14a ボタンを調べてエレベーターに乗り、上の階へ移動する

バトル I 上級警備兵×2

エレベーターを利用した場合は、10階と20階で自動的に停止してドアが開き、外にいる神羅の兵士たちとバトルになる。現れた敵をすべて倒してから、改めてエレベーターに乗りこめばOK。

宝 ヘヴィメタル(※2)

3F エレベーターフロア：ショールーム

※2……チャプターセレクト時は、すでに入手しているとポーションになる

エネミーデータ

上級警備兵 P.540

レベル ● 31
HP ● 1959
弱点 ● 炎

出現する敵パーティ

出現場所	出現する敵：上級警備兵
I	×2
J	×3

※IとJの敵は、非常階段で59階までのぼったあとは出現しない

STORY INDEX

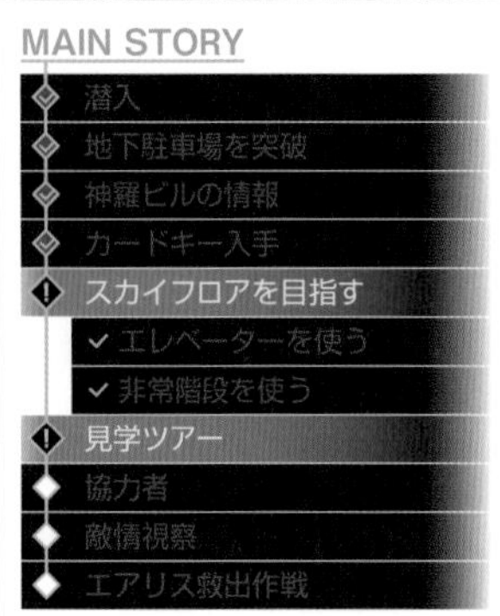

59F スカイフロア：エスカレーターホール

59F スカイフロア：スカイアトリウム

手順17 どちらかの場所で、カードキーの端末を調べて扉を開ける

手順16 受付を調べる

ホログラムの受付嬢と話すと、神羅ビルカードキーのID情報が見学ツアーパスに更新される。これにより、60階まで行けるようになるので、スカイフロアのさらに奥へと進もう。

P.369より

P.368より

59F スカイフロア：スカイラウンジ

CHECK 夜景を見て怒るバレット

ソファが並ぶラウンジでは、バレットとティファが窓のそばへ走っていく。ふたりに近づくと、キレイな夜景を見たバレットが、星の命に無関心な人々への怒りを口にするのだ。

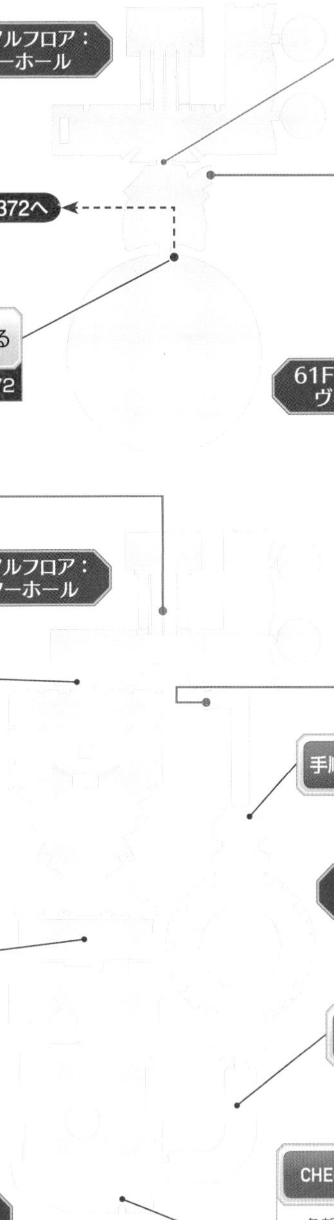

61F ヴィジュアルフロア：
エスカレーターホール

手順23(→P.372)のあとにカードキーの端末を調べると通れる

P.372へ

手順22 装置を調べる

手順23はP.372

61F ヴィジュアルフロア：
ヴィジュアルシアター

60F メモリアルフロア：
エスカレーターホール

手順18 カードキーの端末を調べて扉を開ける

手順21 装置を調べてカードキーを更新する

60F メモリアルフロア：
プレジデント神羅ブース

60F メモリアルフロア：
魔晄エネルギーブース

手順19 ナビゲーターの話を最後まで聞く

通路を進むと、神羅カンパニーの紹介映像が映し出され、ナビゲーターの説明がはじまる。この話が終わるまでは、先へ進むための扉が開かないので注意。

手順20 ナビゲーターの話を最後まで聞く

CHECK ホログラムを調べて各部門の紹介を聞こう

各部門のブースには、その部門を統括する人物のホログラムがあり、調べると事業内容を音声で説明してくれる。ただし、一部の部門はメンテナンス中となっており、説明を聞けるのは宇宙開発部門、科学部門、都市開発部門の3つのみ。

リーブ
プレートや支柱　市街地や鉄道といった
ミッドガル全体を管理　メンテナンスしております

⬆リーブや宝条といった幹部が、自分の統括する部門について語る。

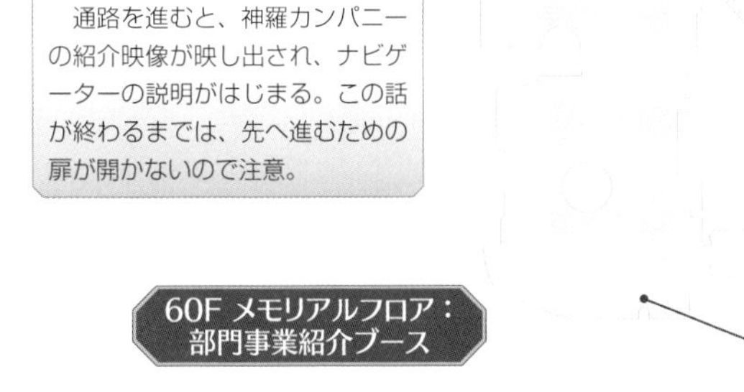

60F メモリアルフロア：
部門事業紹介ブース

STORY INDEX

MAIN STORY

- 潜入
- 地下駐車場を突破
- 神羅ビルの情報
- カードキー入手
- スカイフロアを目指す
  - ✓エレベーターを使う
  - ✓非常階段を使う
- 見学ツアー
- 協力者
- 敵情視察
- エアリス救出作戦

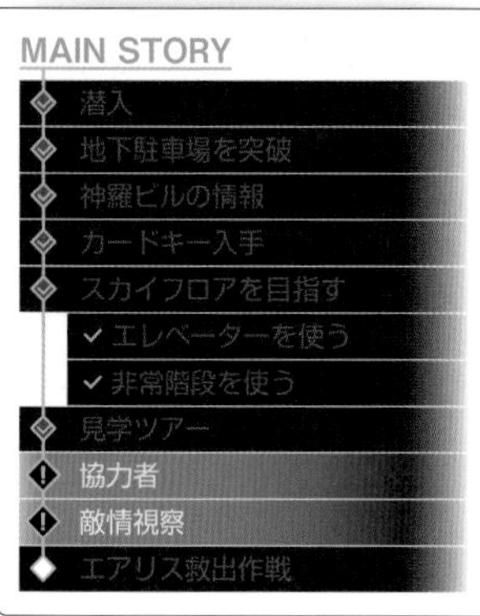

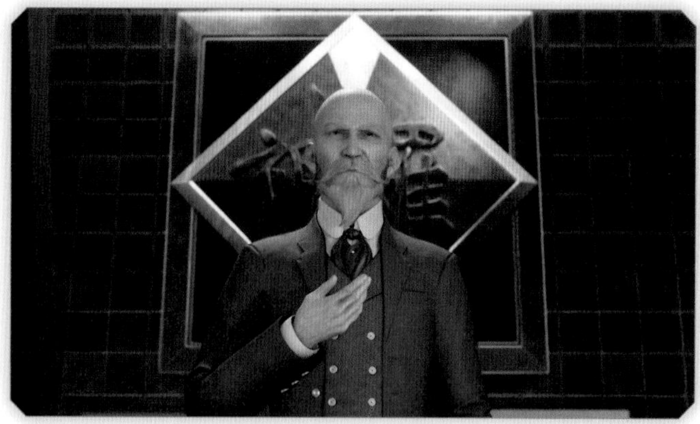

※1……手順23のあとに通れる

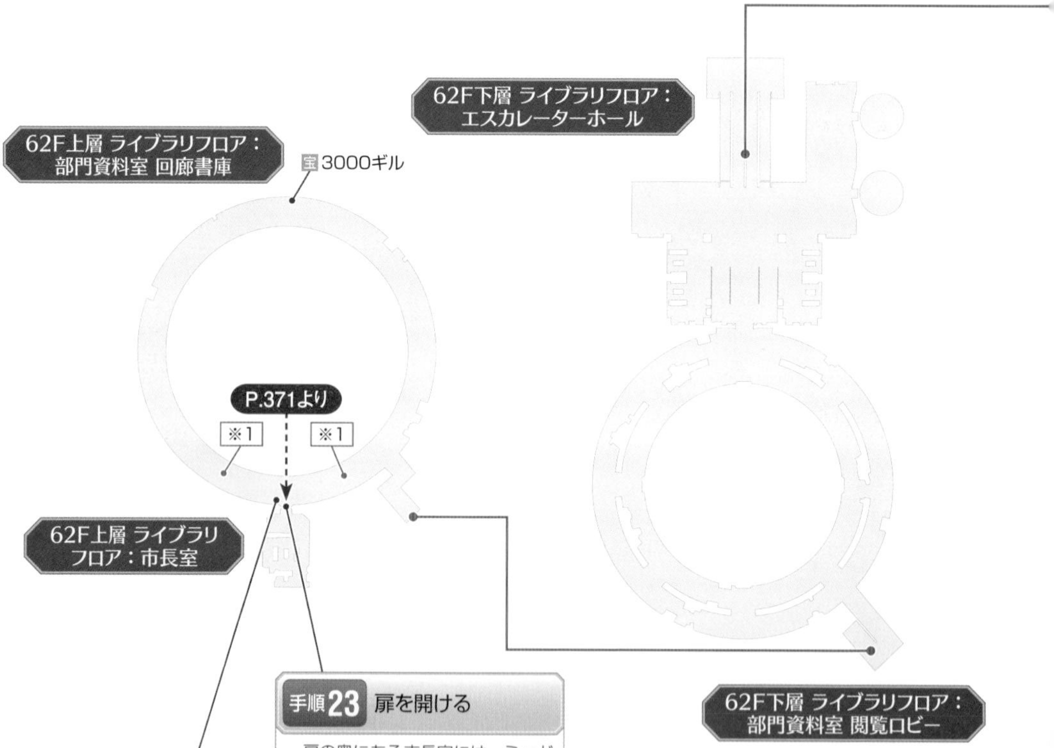

62F下層 ライブラリフロア：エスカレーターホール
62F上層 ライブラリフロア：部門資料室 回廊書庫
宝 3000ギル
P.371より
※1
※1
62F上層 ライブラリフロア：市長室
62F下層 ライブラリフロア：部門資料室 閲覧ロビー

手順23 扉を開ける

扉の奥にある市長室には、ミッドガルの市長ドミノがいる。彼と話をすれば、神羅ビルカードキーのID情報が更新され、63階のリフレッシュフロアへ行けるようになるのだ。

CHECK ハットから情報と武器がもらえる

手順23を終えてからハットと話すと、63階で捜す協力者の情報と引きかえに10000ギルを要求される。かなり高額だが、情報に加えてハートビート(バレット用武器)をもらえるので、支払うのがオススメだ。なお、チャプターセレクト時は、すでにハートビートを持っているとお金を要求されず、情報も聞けない。

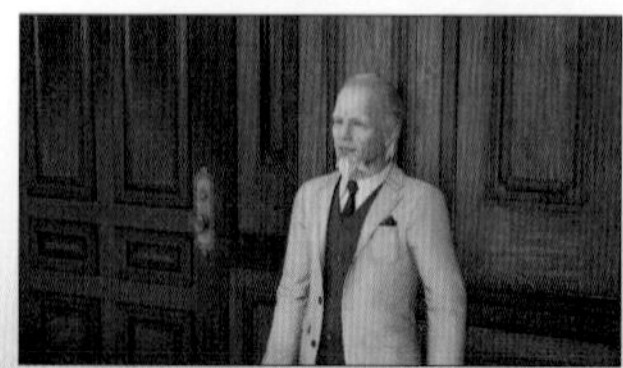

※2……手順26のあとに利用できる

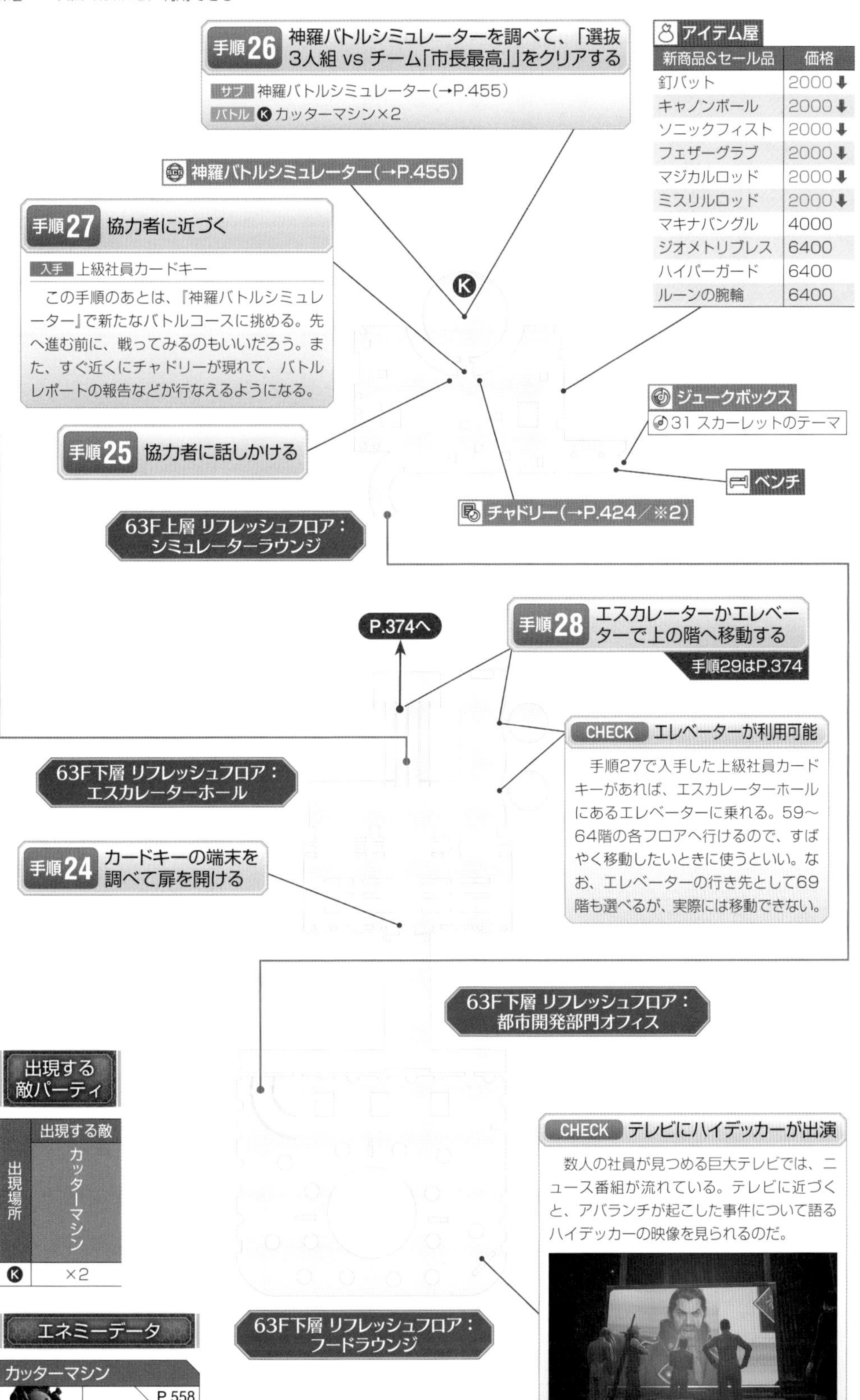

手順26 神羅バトルシミュレーターを調べて、「選抜3人組 vs チーム「市長最高」」をクリアする
サブ 神羅バトルシミュレーター(→P.455)
バトル Ⓚカッターマシン×2
神羅バトルシミュレーター(→P.455)
手順27 協力者に近づく
入手 上級社員カードキー
この手順のあとは、『神羅バトルシミュレーター』で新たなバトルコースに挑める。先へ進む前に、戦ってみるのもいいだろう。また、すぐ近くにチャドリーが現れて、バトルレポートの報告などが行なえるようになる。
手順25 協力者に話しかける
アイテム屋
ジュークボックス
31 スカーレットのテーマ
ベンチ
チャドリー(→P.424/※2)
63F上層 リフレッシュフロア：シミュレーターラウンジ
P.374へ
手順28 エスカレーターかエレベーターで上の階へ移動する
手順29はP.374
CHECK エレベーターが利用可能
手順27で入手した上級社員カードキーがあれば、エスカレーターホールにあるエレベーターに乗れる。59〜64階の各フロアへ行けるので、すばやく移動したいときに使うといい。なお、エレベーターの行き先として69階も選べるが、実際には移動できない。
63F下層 リフレッシュフロア：エスカレーターホール
手順24 カードキーの端末を調べて扉を開ける
63F下層 リフレッシュフロア：都市開発部門オフィス
CHECK テレビにハイデッカーが出演
数人の社員が見つめる巨大テレビでは、ニュース番組が流れている。テレビに近づくと、アバランチが起こした事件について語るハイデッカーの映像を見られるのだ。
63F下層 リフレッシュフロア：フードラウンジ

⬆ハイデッカーは、事件を起こしたアバランチの逮捕を市民に約束する。

新商品&セール品	価格
釘バット	2000⬇
キャノンボール	2000⬇
ソニックフィスト	2000⬇
フェザーグラブ	2000⬇
マジカルロッド	2000⬇
ミスリルロッド	2000⬇
マキナバングル	4000
ジオメトリブレス	6400
ハイパーガード	6400
ルーンの腕輪	6400

出現する敵パーティ

出現場所	出現する敵
	カッターマシン
Ⓚ	×2

エネミーデータ

カッターマシン P.558

レベル ● 31
HP ● 16320
弱点 ● 雷

STORY INDEX

※1……手順33の場所の少し手前まで進んだあとに出現する
※2……宝条研究室カードキーを入手したあとに通れる

⊘…通行不能

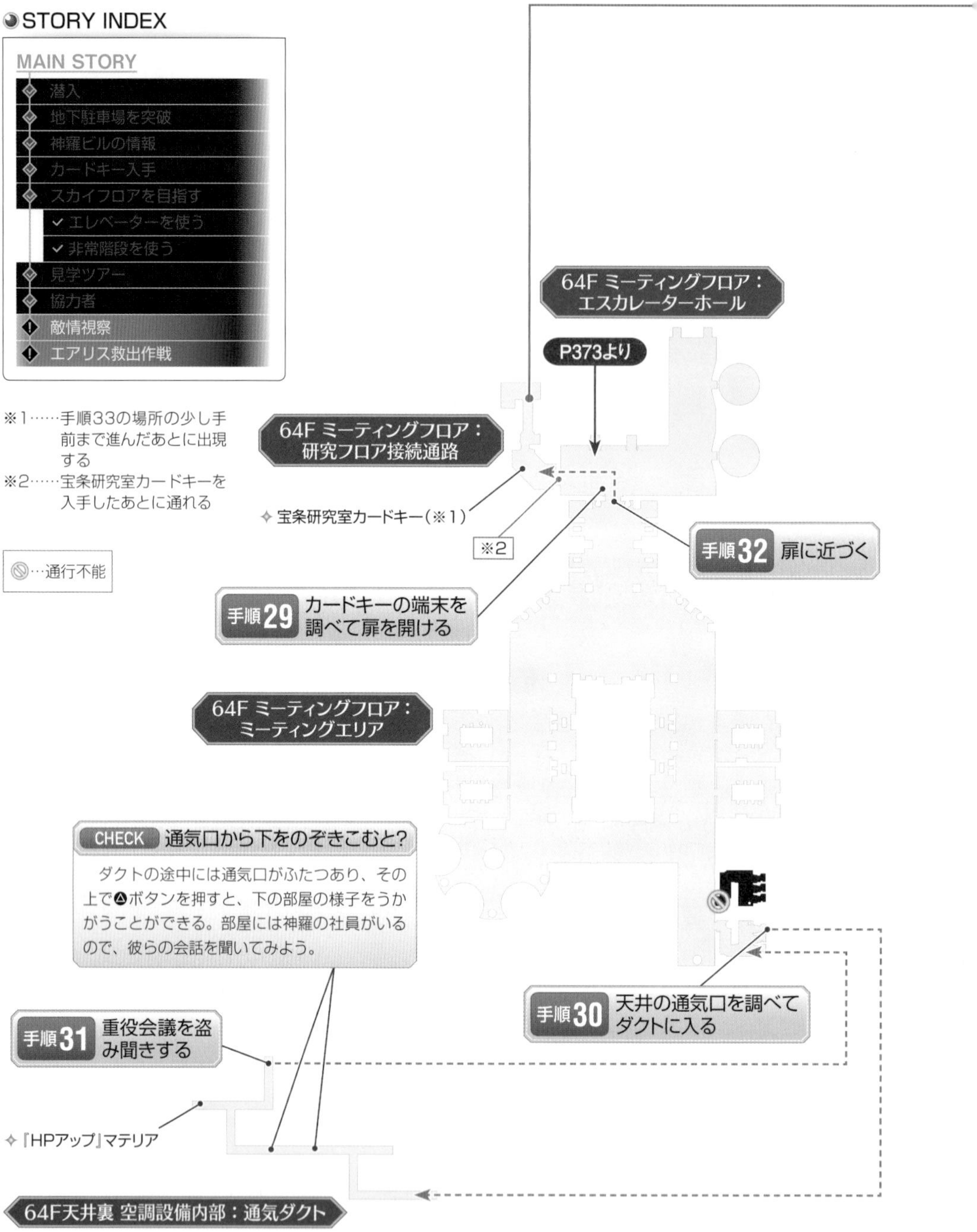

64F ミーティングフロア：エスカレーターホール

P373より

64F ミーティングフロア：研究フロア接続通路

✧ 宝条研究室カードキー(※1)

※2

手順32 扉に近づく

手順29 カードキーの端末を調べて扉を開ける

64F ミーティングフロア：ミーティングエリア

CHECK 通気口から下をのぞきこむと?

ダクトの途中には通気口がふたつあり、その上で🔺ボタンを押すと、下の部屋の様子をうかがうことができる。部屋には神羅の社員がいるので、彼らの会話を聞いてみよう。

手順30 天井の通気口を調べてダクトに入る

手順31 重役会議を盗み聞きする

✧『HPアップ』マテリア

64F天井裏 空調設備内部：通気ダクト

エネミーデータ

上級警備兵 P.540

レベル ● 31
HP ● 1959
弱点 ● 炎

上級擲弾兵 P.546

レベル ● 31
HP ● 653
弱点 ● 炎

上級鎮圧兵 P.557

レベル ● 31
HP ● 1959
弱点 ● 炎

重装甲戦闘員 P.607

レベル ● 31
HP ● 8976
弱点 ● 雷

強化戦闘員 P.608

レベル ● 31
HP ● 2938
弱点 ● ——

サンプル：H0512 BOSS P.648

レベル ● 31
HP ● 42432
弱点 ● ——

H0512-OPT BOSS P.650

レベル ● 31
HP ● 4080
弱点 ● ——

H0512-OPTα BOSS P.651

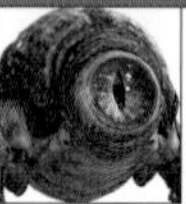

レベル ● 31
HP ● 2938
弱点 ● ——

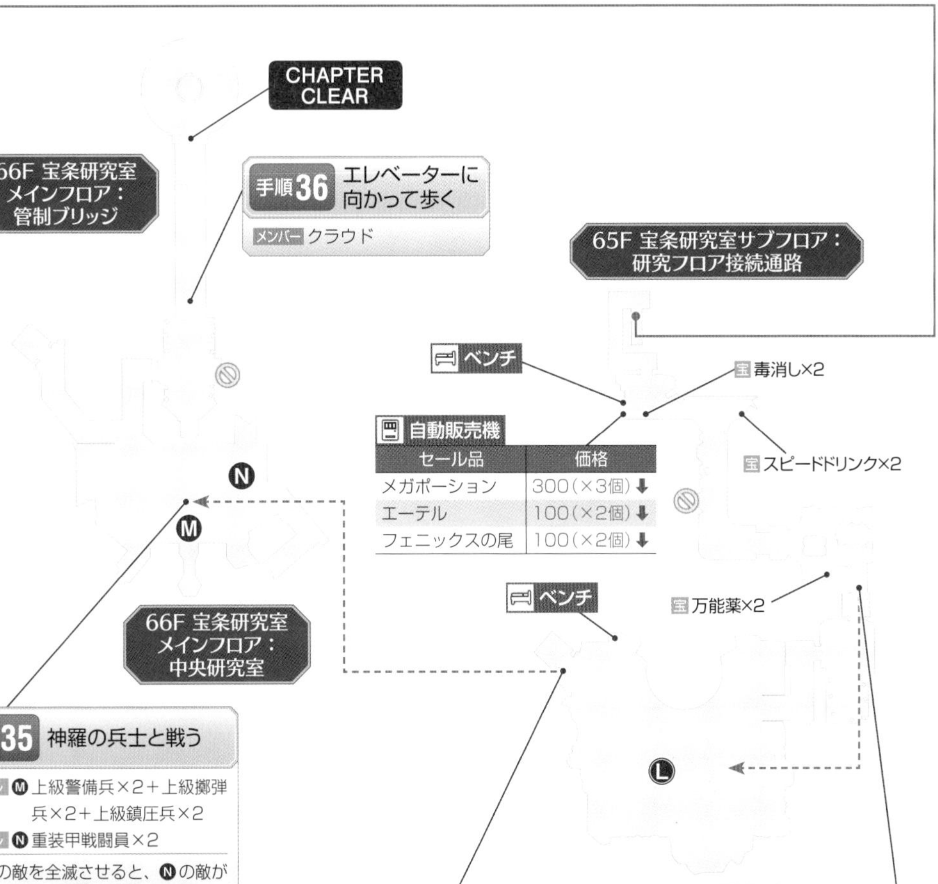

CHAPTER CLEAR

66F 宝条研究室
メインフロア：
管制ブリッジ

手順36 エレベーターに向かって歩く

メンバー クラウド

65F 宝条研究室サブフロア：
研究フロア接続通路

ベンチ

宝 毒消し×2

自動販売機

セール品	価格
メガポーション	300（×3個）⬇
エーテル	100（×2個）⬇
フェニックスの尾	100（×2個）⬇

宝 スピードドリンク×2

ベンチ

宝 万能薬×2

66F 宝条研究室
メインフロア：
中央研究室

手順35 神羅の兵士と戦う

バトル Ⓜ 上級警備兵×2＋上級擲弾兵×2＋上級鎮圧兵×2
バトル Ⓝ 重装甲戦闘員×2

Ⓜの敵を全滅させると、Ⓝの敵が増援として出現する。連戦になるので、1戦目のバトルに勝っても気を抜かないように。

65F 宝条研究室サブフロア：
サンプル試験室

手順34 エレベーターのボタンを調べて上の階へ移動する

エレベーターで移動した先では、ⓂとⓃの敵とのバトルが待ち受けている。ボタンを調べる前に、近くのベンチで休憩してHPとMPを回復させておいたほうが安全だ。

手順33 宝条に近づく

バトル Ⓛ サンプル：H0512（→P.648）＋H0512-OPT×3（→P.650）
入手 【HARD】剣技指南書 第12巻

通路で宝条に近づくとそのまま部屋のなかへ移動し、Ⓛの敵が現れる。手ごわい相手なので、戦いの準備を整えておこう。なお、この手順の少し手前の場所（万能薬×2が入った宝箱のそば）を訪れてから通路を引き返せば、宝条研究室カードキーが拾える。63階より下のフロアでやり残したことがある場合は、ロックされている扉をカードキーで開けて、エスカレーターホールへもどるといいだろう。

出現する敵パーティ

出現場所	上級警備兵	上級擲弾兵	上級鎮圧兵	重装甲戦闘員	BOSS サンプル：H0512	BOSS H0512-OPT
Ⓛ	—	—	—	—	×1	×3
Ⓜ	×2	×2	×2	—	—	—
Ⓝ	—	—	—	×2	—	—

※Ⓛの敵とのバトル中は、H0512-OPTαとH0512-OPTβが追加で出現する
※Ⓝの重装甲戦闘員は、『装甲解除』を使うと強化戦闘員に変わる

H0512-OPTβ 
BOSS P.651
レベル ● 31
HP ● 1306
弱点 ● ――

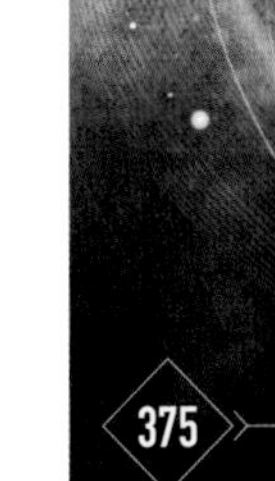

Original『FFVII』Playback

PART 11

神羅ビル
バレット「おい、このビルにはくわしいんだろ？」
バレット「前にきいたことがあるぜ」
「このビルの60階から上は特別ブロックとかで社員でも簡単には入れないってな」
「エアリスが連れていかれたのもそこにちがいねえ」
「今なら警備にもスキがある。おおし、いくぜっ！！」
ティファ「ちょっとまってよ！まさか正面からのりこむつもり？」
バレット「決まってるだろ！神羅のやつらをけちらして……」
ティファ「そんなのムチャよ！もっと見つかりにくい方法を……」

神羅ビルに正面から乗りこんでエレベーターを使った場合、ランダムな階で停止し、その階に応じた敵とのバトルが発生。まれに一般社員が乗ってこようとするが、臨戦態勢のクラウドたちを見て、たまらず逃げ出す。

PART 10（→P.335）より

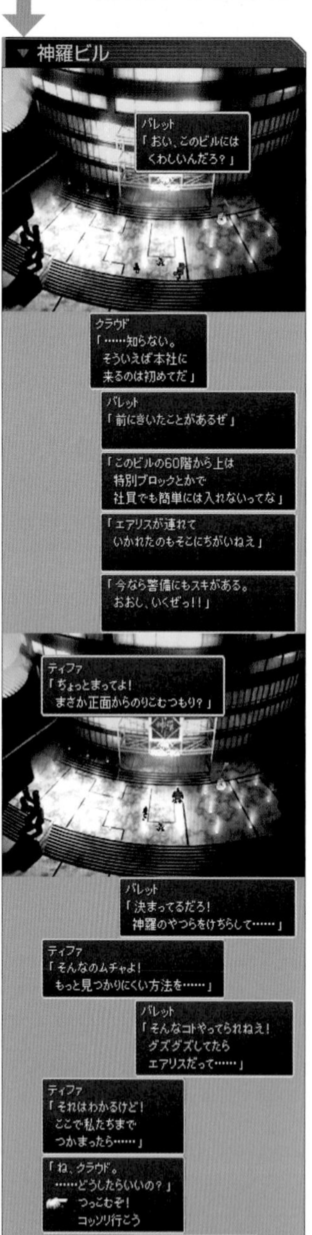

ティファ「それはわかるけど！ここで私たちまでつかまったら……」

つっこむぞ！

バレット「そうこなくっちゃな！おおし、いくぜっ！！」

「コッソリ行こう」を選んだときの展開

ティファ「でしょ？こんな時こそしんちょうに他のルートを探しましょ！」

エレベーターで移動する場合

ティファ「……どうしたの？」

クラウド「エアリスを助け出すまで騒ぎはおこしたくなかった」
「まあ、無理だろうとは思っていたが……」
バレット「へへへ」
クラウド「なんだよ、気持ち悪いな」
バレット「あんたでも他人のために戦うことがあるんだな。見直したぜ」
クラウド「あんたに見直されてもうれしくない」
バレット「いや、なんていうか……いろいろ悪かったな」

バレット「な、何だ！？」

ティファ「見て、あれ！」
バレット「かまわねえクラウド！どこでもいいから止めちまえ！」

神羅社員がエレベーターに乗ろうとしてきたときの展開

「ヒャッ！！」
「あ、あの、いいんです。まちがいでした。私、のりませんから」
「ヒエ〜ッ！！」

神羅社員が2回以上エレベーターに乗ろうとしてきたときの展開

「ヒャッ！！」
「ま、まだのってらしたんですか……え、ええ、私は今回もパスしますです」
「ヒエ〜ッ！！」

階段で移動する場合

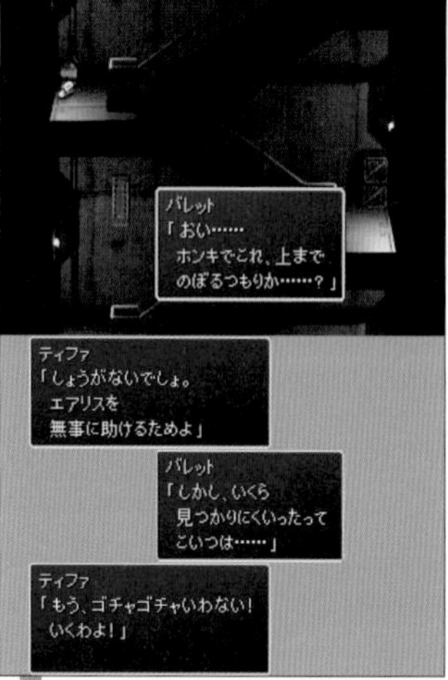

バレット「おい……ホンキでこれ、上までのぼるつもりか……？」
ティファ「しょうがないでしょ。エアリスを無事に助けるためよ」
バレット「しかし、いくら見つかりにくいったってこいつは……」
ティファ「もう、ゴチャゴチャいわない！いくわよ！」

階段をのぼっているあいだに聞けるセリフの一例

Ⓐ
バレット「……しかしこの階段どこまで続くんだ？」
ティファ「さあ……階段にきいて」
バレット「このままずっと続くなんてことはないよなあ？」

Ⓑ
バレット「もうイヤだ！オレはもどるぞ！」
ティファ「今までのぼったのとおなじだけ階段おりて？」

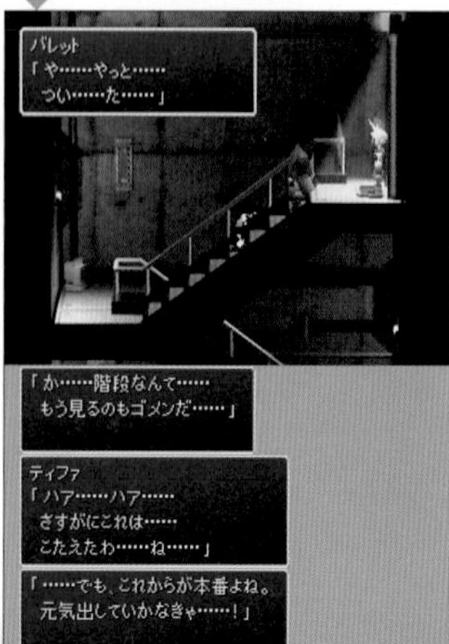

バレット「や……やっと……つい……た……」
「か……階段なんて……もう見るのもゴメンだ……」
ティファ「ハア……ハア……さすがにこれは……こたえたわ……ね……」
「……でも、これからが本番よね。元気出していかなきゃ……！」

FINAL FANTASY VII REMAKE ULTIMANIA

「侵入者を排除しろ!」

ティファ
「エアリス、無事だといいね」

バレット
「ここからが本番だ。ゆだんするな」

バレット
「みろよ、警備のやつらが
ウロウロしてやがるぜ」

「クラウド、まずおまえが
さきに行ってあいずしてくれ。
オレたちがあとにつづく」

ティファ
「忘れないで!
私たちの目的はあくまでも
エアリスを助けだすこと」

バレット
「わかってるって!」

何度も見つかってしまい、警備兵をすべて倒したときの展開

バレット
「やーっぱり
こうなっちまうんだよな……」

「こんなことなら
はじめっから……」

ティファ
「シッ!
とにかく先を急ぎましょ」

「ハハーン……わかったぞ。
さてはお前、アレだな?
いまウワサの……」

「神羅カンパニー修理課 !!」

「いや〜、このビルも
そろそろあちこちに
ガタがきててなあ」

「この階のドア
開きっぱなしなんだ。
早く直してくれよな」

「あ、そうそう
いちおう他の階も
見回ってくれよ。
これ、やるから」

「エアリスはどこだ!」を選んだときの展開

「エアリス?
その名を知っているとは
お前まさか!?」

「エアリスってあのコだろ。
受付の。
じつはオレもあのコ
気になってるんだよね」

「ウーン、はやくも
ライバル出現……」

「え、そうじゃない?
なんだ、人違いか」

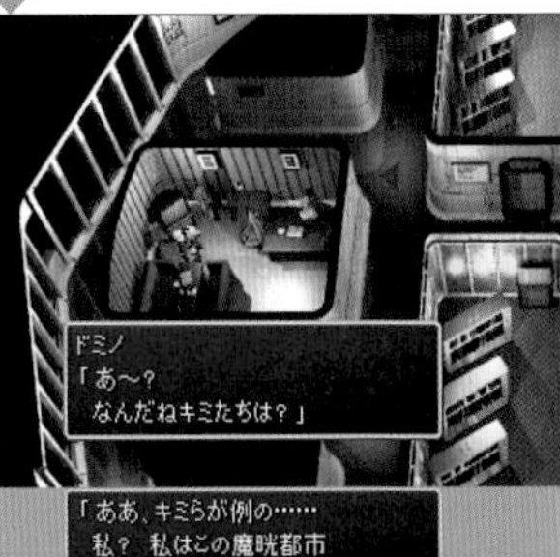

ドミノ
「あ〜?
なんだねキミたちは?」

「ああ、キミらが例の……
私? 私はこの魔晄都市
ミッドガルの市長、ドミノだ」

「とは言っても名前だけ。
ホントのところ、ミッドガルの
すべては神羅のものだ」

「今の私の仕事といったら
神羅カンパニーの資料管理……」

「ミッドガルの市長が!
神羅の資料を!
ハア……」

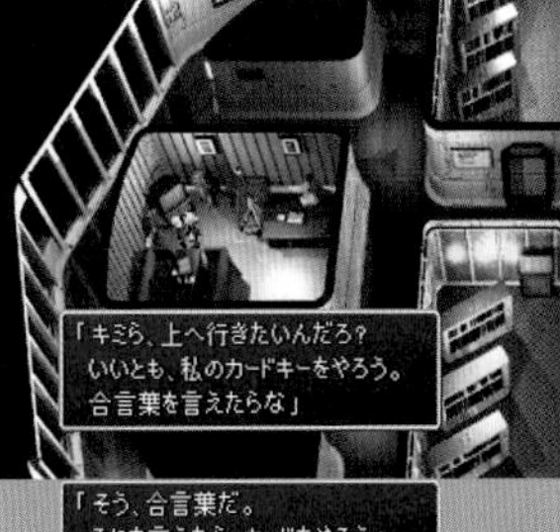

「キミら、上へ行きたいんだろ?
いいとも、私のカードキーをやろう。
合言葉を言えたらな」

「そう、合言葉だ。
それを言えたら、カードをやろう」

ドミノ
「合言葉がわかったのか?
では言ってみたまえ」

「合言葉は?」
市長最高!!
神羅最低!!
魔晄最高!!
市長爆発!!
魔晄爆発!!
神羅爆発!!
ちょっと待ってくれ

ドミノ
「市 長 最 高 !!」

「なんとすばらしいひびき!
そのとおり!
ミッドガルの市長は最高!
誰が何と言おうと最高!」

「市長最高!!」以外が合言葉の答えだったときの展開

Ⓐ ドミノ
「神 羅 最 低 !!」

「なんとすばらしいひびき!
そのとおり!
プレジデント神羅は最低!
私こそミッドガルの主!」

Ⓑ ドミノ
「市 長 爆 発 !!」

「なんとすばらしいひびき!
そのとおり!
私の怒りは最高レベルに!
もう爆発しそうだ!」

Ⓒ ドミノ
「魔 晄 爆 発 !!」

「なんとすばらしいひびき!
そのとおり!
魔晄エネルギーを爆発させろ!
そして私を真の市長に!」

ドミノ
「なんでこんなコトするか?」

「きまってるじゃないか。
イヤガラセだよ。
イヤガラセ」

「いいか、神羅はずっと私を
苦しめてきたんだぞ」

「だから私はここで
キミたちをなやませ
今度はキミたちが上へ行って
神羅のやつらを困らせる」

「どうだ、これでおあいこだろ。
ヒ、ヒヒ、ヒヒヒ……」

次ページへつづく

前ページより

クラウド
「ミッドガル……
魔晄エネルギーを吸い出し
生きつづける都市の模型か……」

「模型が欠けている……」
ミッドガルパーツをはめよう
ほうっておこう

クラウド
「……なにかが開いたような
音がしたな……」

キーアイテム『カードキー66』を手にいれた!

汚いから流そうか?
登ってみようか?
やっぱり出よう

バレット
「ヒュ〜!
そうそうたる顔ぶれだぜ」

リーブ
「7番街の被害報告が出ました」

「すでに稼働していた工場部分と
現在までの投資額を考えると
我が社の損害は
100億ギルはくだらないかと……」

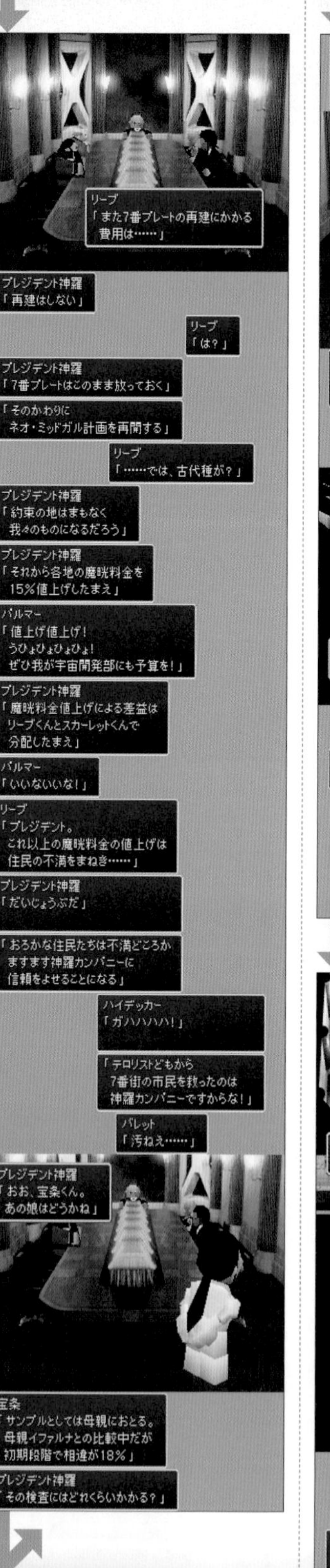

リーブ
「また7番プレートの再建にかかる
費用は……」

プレジデント神羅
「再建はしない」

リーブ
「は?」

プレジデント神羅
「7番プレートはこのまま放っておく」

「そのかわりに
ネオ・ミッドガル計画を再開する」

リーブ
「……では、古代種が?」

プレジデント神羅
「約束の地はまもなく
我々のものになるだろう」

プレジデント神羅
「それから各地の魔晄料金を
15%値上げしたまえ」

パルマー
「値上げ値上げ!
うひょひょひょひょ!
ぜひ我が宇宙開発部にも予算を!」

プレジデント神羅
「魔晄料金値上げによる差益は
リーブくんとスカーレットくんで
分配したまえ」

パルマー
「いいないいな!」

リーブ
「プレジデント。
これ以上の魔晄料金の値上げは
住民の不満をまねき……」

プレジデント神羅
「だいじょうぶだ」

「おろかな住民たちは不満どころか
ますます神羅カンパニーに
信頼をよせることになる」

ハイデッカー
「ガハハハハ!」

「テロリストどもから
7番街の市民を救ったのは
神羅カンパニーですからな!」

バレット
「汚ねえ……」

プレジデント神羅
「おお、宝条くん。
あの娘はどうかね」

宝条
「サンプルとしては母親におとる。
母親イファルナとの比較中だが
初期段階で相違が18%」

プレジデント神羅
「その検査にはどれくらいかかる?」

宝条
「ざっと、120年。
我々が生きてるあいだは無理だろう。
もちろんあのサンプルもな」

宝条
「だから古代種を繁殖させようと思うのだ。
しかも、長命で実験に耐えうる
強さも持たせることができる」

プレジデント神羅
「約束の地はどうなる?
計画に支障はでないのか?」

宝条
「……そのつもりだ。
母は強く……そして弱みを持つ」

神羅
「では、会議を終わる」

スカーレット
「臭うわね……」

クラウド
「いまのはエアリスの話……だよな」

バレット
「わかんねえ」

ティファ
「たぶん、ね」

クラウド
「あとをつけよう」

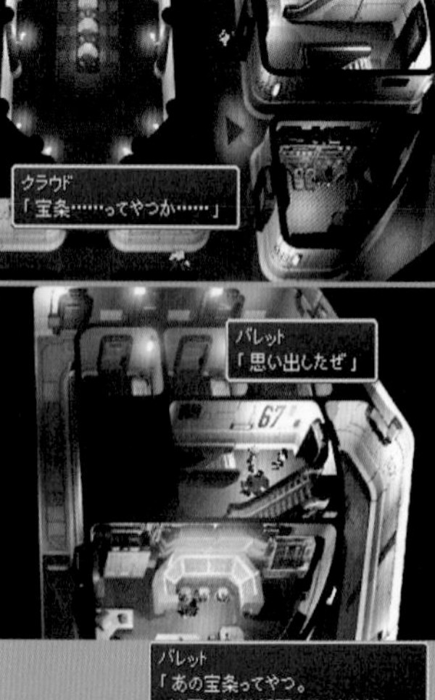

クラウド
「宝条……ってやつか……」

バレット
「思い出したぜ」

バレット
「あの宝条ってやつ。
神羅の科学部門の責任者だ。
クラウド、知らねえのか?」

クラウド
「じっさいに見るのは初めてだ。
そうか……あいつが……」

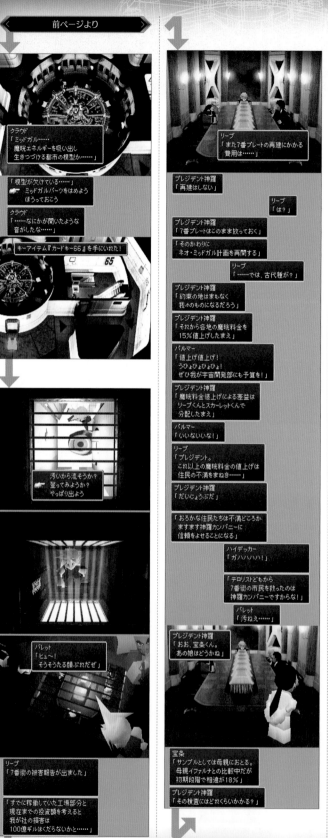

FINAL FANTASY VII REMAKE ULTIMANIA

「今日の実験サンプルは
そいつですか？」

宝条
「そうだ。
すぐ実験にとりかかる。
上の階にあげてくれ」

宝条
「かわいいサンプルよ……」

ティファ
「生物実験に
使われるのかな？」

クラウド
「ジェノバ……」
そうか……ここに運んだのか」

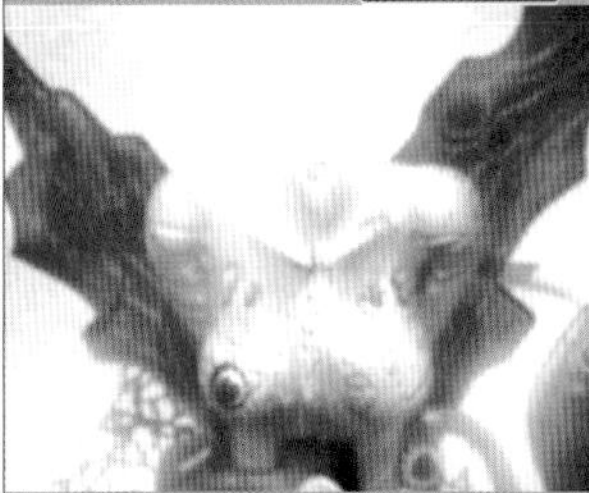

ティファ
「クラウド、しっかりして！」

クラウド
「見たか？」

バレット
「何を？」

クラウド
「動いてる……生きてる？」

バレット
「何だい、この首なしは？
けっ、バカバカしい。
さっさと行こうぜ」

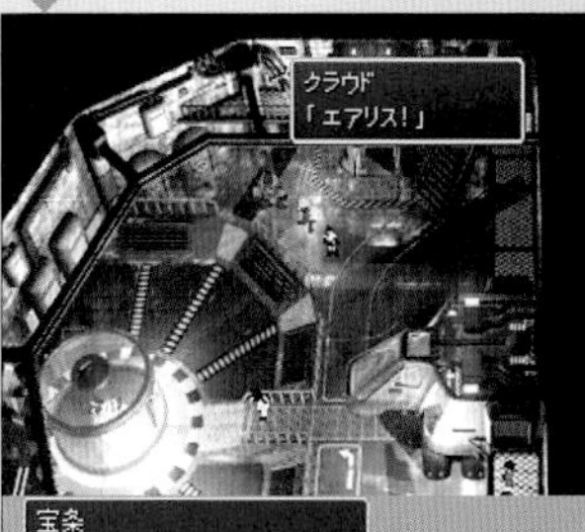

宝条
「エアリス？
ああ、この娘の名前だったな。
何か用か？」

クラウド
「エアリスを返してもらおう」

宝条
「…………部外者だな」

バレット
「最初に気づけよ」

宝条
「世の中にはどうでもいいことが
多いのでな」

宝条
「私を殺そうというのか？
それはやめた方がいいな」

「ここの装置はデリケートだ。
私がいなくなったら
操作できまい？ ん？」

クラウド
「くっ」

宝条
「そうそう。
こういう時こそ論理的思考によって
行動することをおすすめするよ」

宝条
「さあ、サンプルを投入しろ！」

クラウド
「何をする気だ！」

宝条
「滅びゆく種族に愛の手を……
どちらも絶滅寸前だ」

宝条
「私が手を貸さないと
この種の生物は滅んでしまうからな」

ティファ
「……生物？ ひどいわ！
エアリスは人間なのよ！」

バレット
「許せねえ！」

クラウド
「バレット！
何とかならないのか？」

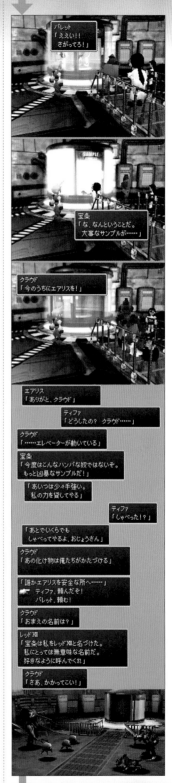

バレット
「えええい！！
さがってろ！」

SAMPLE
宝条
「な、なんということだ。
大事なサンプルが……」

クラウド
「今のうちにエアリスを！」

エアリス
「ありがと、クラウド」

ティファ
「どうしたの？ クラウド……」

クラウド
「……エレベーターが動いている」

宝条
「今度はこんなハンパな奴ではないぞ。
もっと凶暴なサンプルだ！」

「あいつは少々手強い。
私の力を貸してやる」

ティファ
「しゃべった！？」

「あとでいくらでも
しゃべってやるよ、おじょうさん」

クラウド
「あの化け物は俺たちがかたづける」

「誰かエアリスを安全な所へ……」
☞ ティファ、頼んだぞ！
バレット、頼む！

クラウド
「おまえの名前は？」

レッドXIII
「宝条は私をレッドXIIIと名づけた。
私にとっては無意味な名前だ。
好きなように呼んでくれ」

クラウド
「さあ、かかってこい！」

PART 12(→P.394)へつづく

INDEX

CHAPTER 17 混沌からの脱出

MAIN STORY DIGEST

「わたし、どうにかして助けたい。
みんなを、星を」

1 脱出方法を探る

意識を失っていたクラウドは、エアリスが幼いころに暮らした部屋で目を覚ました。くわしい事情を聞かれたエアリスは、自分が古代種だと明かし、神羅のほかに本当の敵がいると告げる。そのとき、室内のテレビモニターにウェッジから通信が入った。本家アバランチが神羅ビルへの襲撃を開始したと知り、脱出するために屋上へ向かう一行。しかし、研究施設の最上層でセフィロスと遭遇し、下の階へ落とされてしまう。

2 仲間との合流

仲間とはぐれ、特秘研究施設『鑼牟(どらむ)』で宝条の実験体に襲われるクラウドたち。なんとか合流した彼らが研究施設の最上層へもどると、巨大な培養ポッドが破壊され、なかに入っていた禍々しいジェノバの身体は何者かに持ち去られていた。

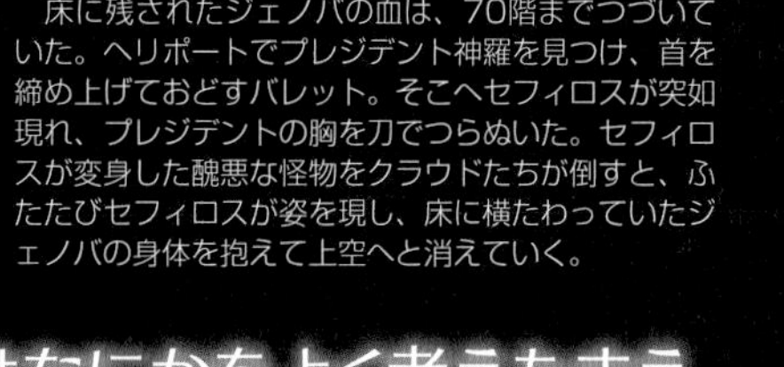

「今一度、正義とはなにかをよく考えたまえ。持ち時間は、ほとんどないがね」

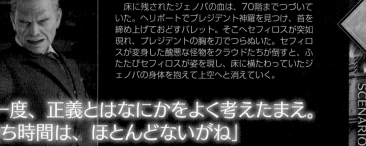

3 血の跡

床に残されたジェノバの血は、70階までつづいていた。ヘリポートでプレジデント神羅を見つけ、首を締め上げておどすバレット。そこへセフィロスが突如現れ、プレジデントの胸を刀でつらぬいた。セフィロスが変身した醜悪な怪物をクラウドたちが倒すと、ふたたびセフィロスが姿を現し、床に横たわっていたジェノバの身体を抱えて上空へと消えていく。

4 対峙

クラウドたちを救助しにきた本家アバランチのヘリが撃墜され、空からの脱出は不可能となった。着陸した神羅のヘリからルーファウス神羅が降り立つのを見て、クラウドは仲間を逃がし、ひとりで敵に立ち向かう。ルーファウスを追いつめた直後、神羅のヘリに邪魔されてピンチにおちいるクラウドだったが、もどってきたティファに間一髪で助けられる。

「だらしないぞ。ヒーローなのに」

5 脱出

ビルの1階に下りたバレットたちは、ハイデッカーが率いる警備兵に包囲されてしまう。ハイデッカーがエアリスを捕らえようとしたそのとき、大型バイクに乗ったクラウドが現れ、警備兵をつぎつぎとなぎ倒した。敵が混乱するスキに、ティファが運転する自動三輪車に乗りこむバレットたち。警備兵の包囲を突破した一行は、窓を突き破って神羅ビルから脱出する。

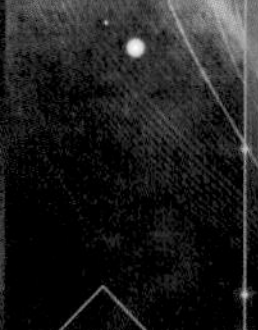

CHAPTER 17 攻略ガイド

このチャプターで探索する実験場『鑼牟(どらむ)』は非常に入り組んだ構造で、気を抜くと迷ってしまいやすい。自分がいる場所とつぎの目的地を、しっかり確認しながら進んでいこう。

神羅ビル

STORY INDEX

MAIN STORY

- 脱出方法を探る
- 仲間との合流
  - ▶CLOUD
  - バレットと合流
  - 中央端末を操作
  - 第二研究室
  - 第四研究室
  - レッドXIIIの危機
  - ▶TIFA
  - 第三研究室
  - レッドXIIIの危機
  - 中央端末へ向かう
  - エレベーター発見
  - 音の正体
- 血の跡
- 対峙
- 脱出

⊘…通行不能

※1……チャプターセレクト時は、すでに入手しているとポーションになる
※2……手順2のあとに通れる
※3……チャプターセレクト時は、すでに入手しているとモーグリメダルになる

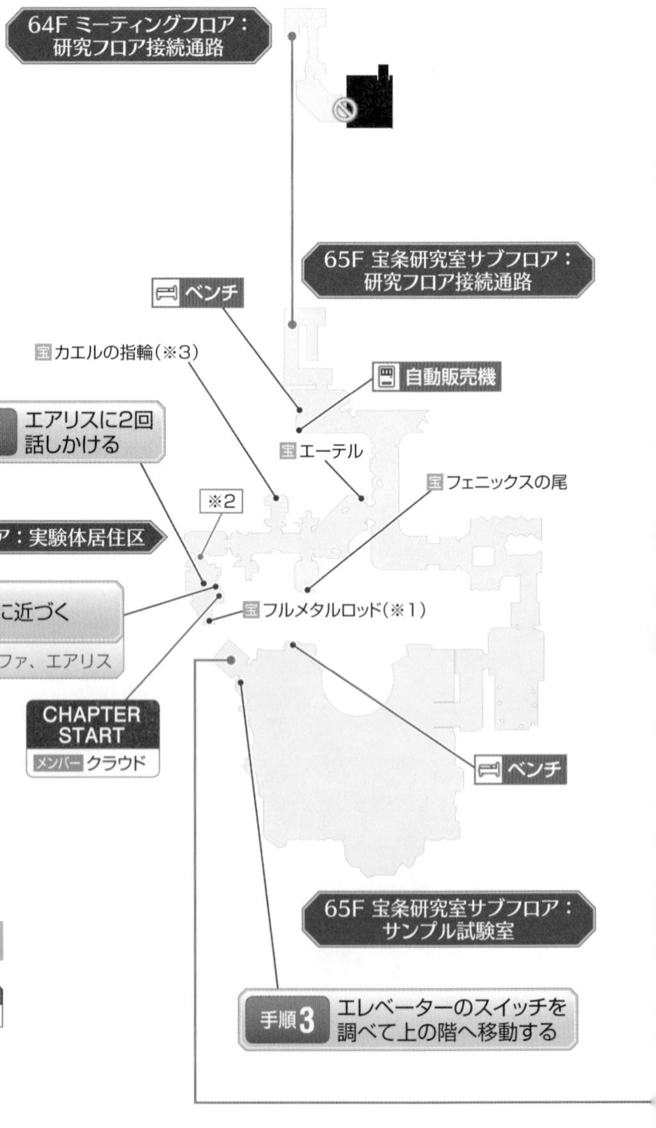

64F ミーティングフロア:研究フロア接続通路

65F 宝条研究室サブフロア:研究フロア接続通路

ベンチ

宝 カエルの指輪(※3)

自動販売機

手順1 エアリスに2回話しかける

宝 エーテル

宝 フェニックスの尾

※2

65F 宝条研究室サブフロア:実験体居住区

手順2 モニターに近づく
メンバー クラウド、ティファ、エアリス

宝 フルメタルロッド(※1)

CHAPTER START
メンバー クラウド

ベンチ

65F 宝条研究室サブフロア:サンプル試験室

手順3 エレベーターのスイッチを調べて上の階へ移動する

出現する敵パーティ

出現場所	出現する敵
	ネムレス
A	×4

エネミーデータ

ネムレス P.589

レベル ● 31
HP ● 1632
弱点 ● 氷

FINAL FANTASY VII REMAKE ULTIMANIA

P.384へ

鑼牟 第二層：第一区画 A通路

手順8 レバーを調べて足場を出現させる
△HOLD

制御盤のレバーを下ろすと、壁のなかに収納されていた実験用ポッドがせり出し、それを足場にして向こう側へ渡れる。この先にも、同じ方法で足場を出現させられる場所があるので、覚えておきたい。

手順9はP.384

手順7 はぐれた仲間を捜しに行く
メンバー クラウド

鑼牟 最上層：ジェノバポッド

鑼牟 最上層：メインブリッジ

手順6 ジェノバに近づく

手順5 エレベーターのスイッチを調べて上の階へ移動する

※4……チャプターセレクト時に利用できる

神羅バトルシミュレーター（→P.455）

66F 宝条研究室メインフロア：管制ブリッジ

66F 宝条研究室メインフロア：バトルシミュレーター

チャドリー（→P.424／※4）

チャプターセレクト時に通れる

66F 宝条研究室メインフロア：休憩室

自動販売機

ベンチ

手順4 研究室を荒らした実験体と戦う
バトル Ⓐネムレス×4

Ⓐ

66F 宝条研究室メインフロア：中央研究室

CHECK チャプターセレクトのときはチャドリーに会える

チャプターセレクト時は、この場所にチャドリーがいて、マテリアの購入や武器強化のリセットなどが行なえる。また、ベンチがある休憩室の奥へ行けば、『神羅バトルシミュレーター』で高ランクのバトルコースに挑戦可能だ。

⬅チャドリーはクラウドが訪れるのを待っており、近づくと向こうから話しかけてくる。

INDEX

STORY INDEX

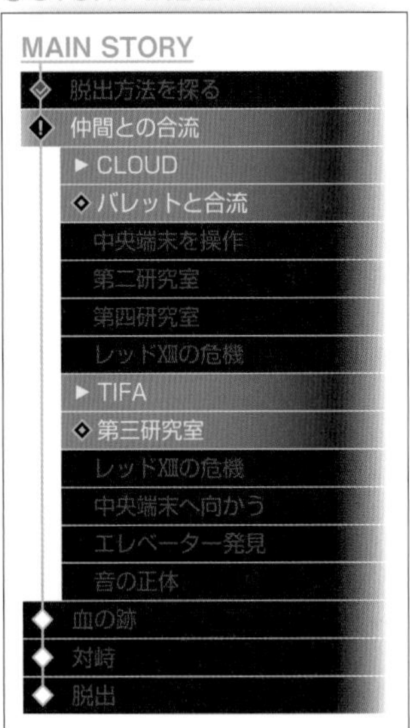

MAIN STORY

手順10 レッドXIIIにレバーを下ろしてもらって、足場を出現させる

赤いアイコン(右の写真を参照)が表示される場所では、△ボタンを押すとレッドXIIIが壁を走って向こう側の通路へ渡り、制御盤のレバーを下ろしてくれる。すると、実験用ポッドの足場が出現するので、そこを渡って先へ進もう。なお、レッドXIIIが同行していないときや、向こう側の通路にレバーがない場所では、足場は出現させられない。

自動販売機

セール品	価格
メガポーション	300(×3個)⬇
エーテル	100(×2個)⬇

神羅ボックス 1×3

鑼牟 第二層：第一研究室 連絡通路

P.383より

C

『どく』マテリア

B

鑼牟 第一層：サンプル培養区画

手順9 レッドXIIIと協力して敵と戦う

バトル C ネムレス×2

Cの敵とバトルになる前に、レッドXIIIが合流する。これ以降は、レッドXIIIがゲストキャラクターとしてクラウドに同行し、探索やバトルに力を貸してくれるのだ。

⬆レッドXIIIはバトル中に自分の判断で行動する。コマンドを入力したり、操作を切りかえたりはできない。

神羅ボックスの中身	1…ハイポーション(12%)、フェニックスの尾(2%)、毒消し(3%)、やまびこえんまく(3%)、万能薬(1%)、モーグリメダル(5%)

出現する敵パーティ

出現場所	モノドライブ	ピアシングアイ	ネムレス	モススラッシャー
B	×2	—	—	—
C	—	—	×2	—
D	×2	×2	—	—
E	—	—	×2	—
F	—	—	—	×1

※D～Fの敵とのバトルは連戦になり、敵を全滅させた直後につぎの敵が出現する

エネミーデータ

モノドライブ P.529
レベル●31
HP●898
弱点●風

ネムレス P.589
レベル●31
HP●1632
弱点●氷

ピアシングアイ P.563
レベル●31
HP●6528
弱点●風

モススラッシャー P.609
レベル●31
HP●12240
弱点●雷、風

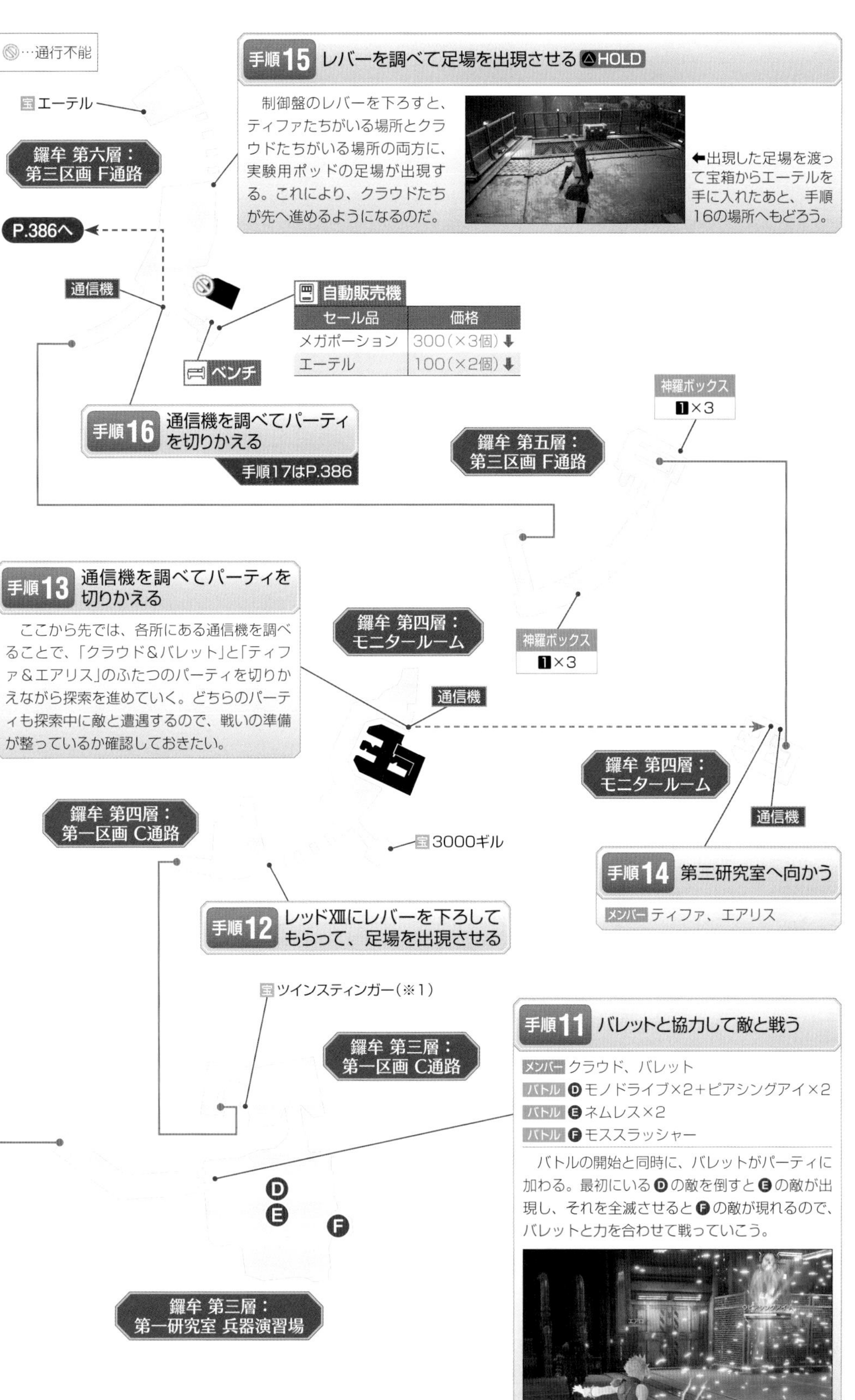

手順15 レバーを調べて足場を出現させる △HOLD

制御盤のレバーを下ろすと、ティファたちがいる場所とクラウドたちがいる場所の両方に、実験用ポッドの足場が出現する。これにより、クラウドたちが先へ進めるようになるのだ。

←出現した足場を渡って宝箱からエーテルを手に入れたあと、手順16の場所へもどろう。

自動販売機

セール品	価格
メガポーション	300（×3個）↓
エーテル	100（×2個）↓

手順16 通信機を調べてパーティを切りかえる

手順17はP.386

手順13 通信機を調べてパーティを切りかえる

ここから先では、各所にある通信機を調べることで、「クラウド&バレット」と「ティファ&エアリス」のふたつのパーティを切りかえながら探索を進めていく。どちらのパーティも探索中に敵と遭遇するので、戦いの準備が整っているか確認しておきたい。

手順14 第三研究室へ向かう

メンバー ティファ、エアリス

手順12 レッドXIIIにレバーを下ろしてもらって、足場を出現させる

手順11 バレットと協力して敵と戦う

メンバー クラウド、バレット
バトル D モノドライブ×2＋ピアシングアイ×2
バトル E ネムレス×2
バトル F モススラッシャー

バトルの開始と同時に、バレットがパーティに加わる。最初にいるDの敵を倒すとEの敵が出現し、それを全滅させるとFの敵が現れるので、バレットと力を合わせて戦っていこう。

↑ネムレス以外の敵は風属性の攻撃に弱い。『エアロ』などが有効だ。

※1……チャプターセレクト時は、すでに入手しているとポーションになる

STORY INDEX

神羅ボックスの中身	
	❶…ハイポーション(12%)、フェニックスの尾(2%)、毒消し(3%)、やまびこえんまく(3%)、万能薬(1%)、モーグリメダル(5%)
	❷…魔晄石(100%)

出現する敵パーティ

出現場所	ブラッドテイスト	ネムレス	スタンテイザー	グレネードソーサー	ゼネネ
G	—	—	×2	×1	—
H	—	×3	—	—	—
I	×3	—	—	—	—
J	—	—	—	—	×1
K	—	—	—	—	×2

※❶のブラッドテイストは、1体倒すたびに追加で1体出現する(3回まで)

エネミーデータ

ブラッドテイスト P.573

レベル●31
HP●3591
弱点●氷

ネムレス P.589

レベル●31
HP●1632
弱点●氷

スタンテイザー P.605

レベル●31
HP●1469
弱点●雷(※1)

グレネードソーサー P.606

レベル●31
HP●11424
弱点●雷

ゼネネ P.610

レベル●31
HP●8160
弱点●——

※1……飛行モードのときは「雷、風」

手順19 「03」のスイッチを調べて第三研究室の扉を開ける △HOLD

中央端末にある「01」～「04」のスイッチは、第一～第四研究室の扉と対応しており、スイッチを調べて下に倒せば、同じ番号の研究室に入れるようになる。ただし、一度に開けられる扉はひとつだけで、別のスイッチを下へ倒すと、それまで開いていた扉は閉じてしまう。

⬆下へ倒して研究室の扉を開けているスイッチは、ライトが緑になる。

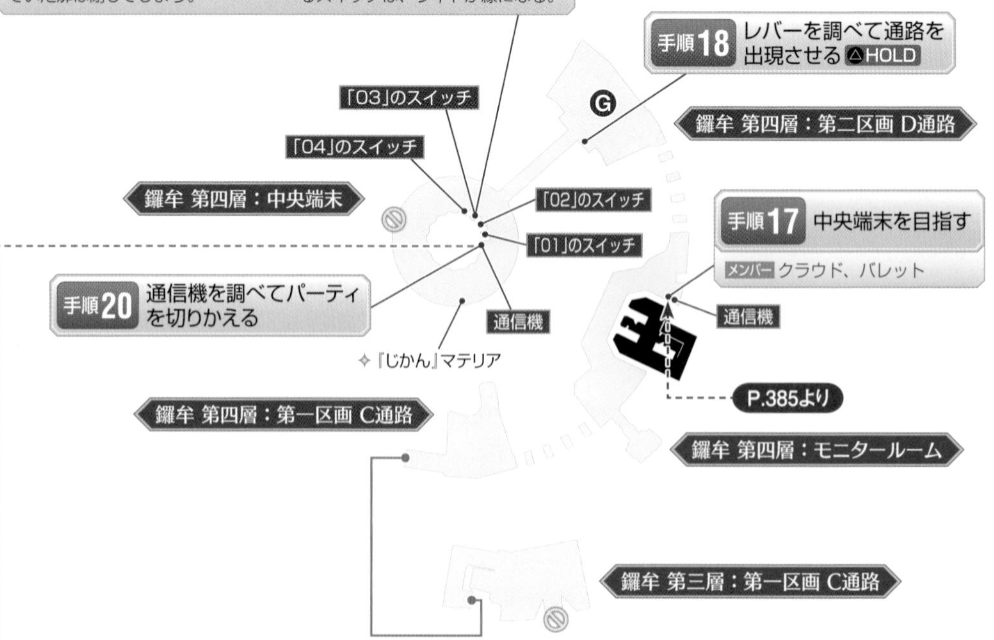

手順24 パイプの上を渡る

敵に見つからないようにパイプの上を渡っていく途中で、パイプが壊れてティファたちが下に落ちてしまう。壊れたパイプの先には宝箱が置かれているので、Ⓚの敵を倒したら、ハシゴをのぼって中身を取りにこよう。

⬅パイプから落下したティファとエアリスは、下にいた2体のゼネネに襲われる。

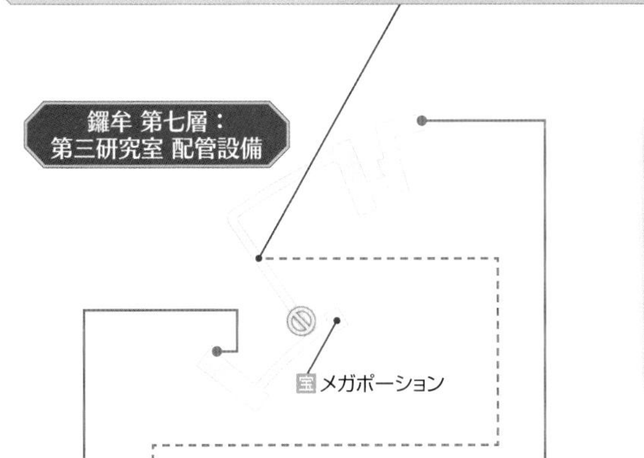

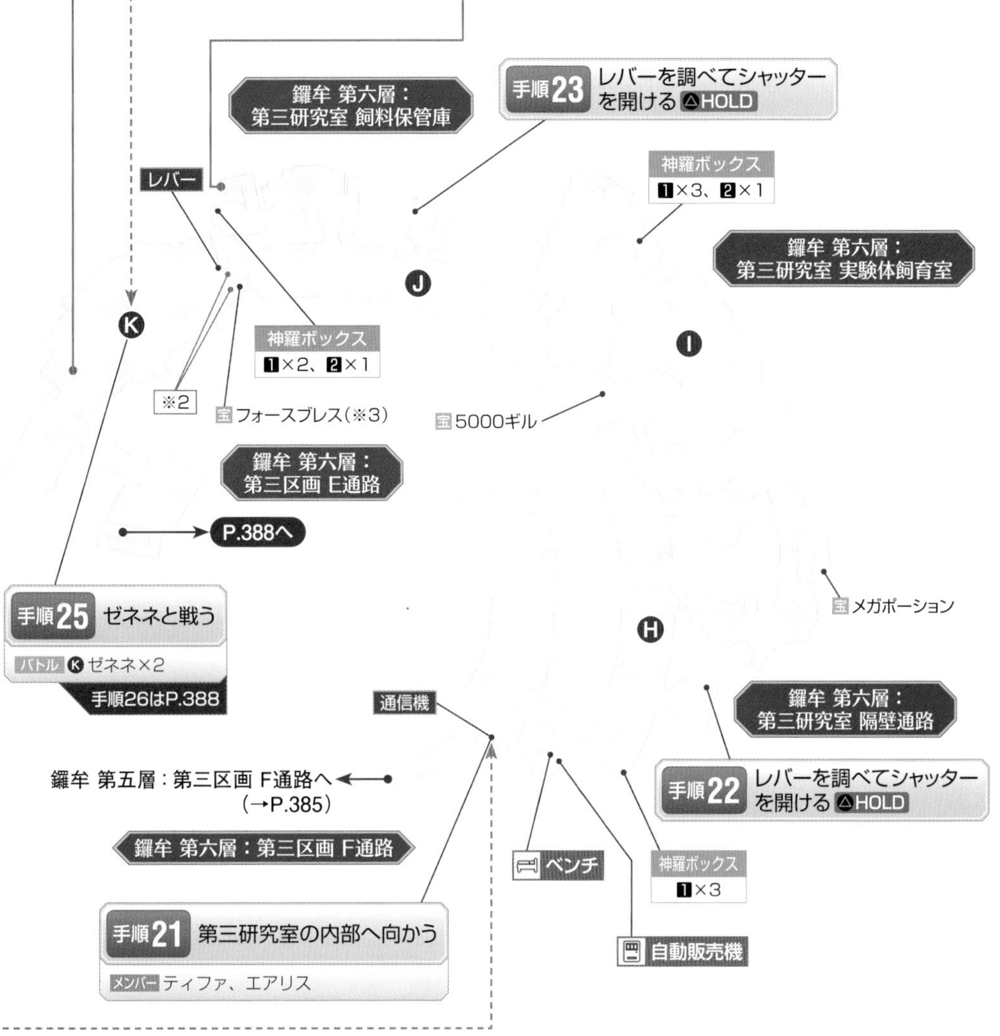

鑼牟 第七層：第三研究室 配管設備

宝 メガポーション

鑼牟 第六層：第三研究室 飼料保管庫

手順23 レバーを調べてシャッターを開ける △HOLD

神羅ボックス
❶×3、❷×1

鑼牟 第六層：第三研究室 実験体飼育室

レバー

Ⓙ

Ⓚ

Ⓘ

神羅ボックス
❶×2、❷×1

※2

宝 フォースブレス(※3)

宝 5000ギル

鑼牟 第六層：第三区画 E通路

P.388へ

手順25 ゼネネと戦う

バトル Ⓚ ゼネネ×2

手順26はP.388

宝 メガポーション

Ⓗ

鑼牟 第六層：第三研究室 隔壁通路

通信機

鑼牟 第五層：第三区画 F通路へ
(→P.385)

手順22 レバーを調べてシャッターを開ける △HOLD

鑼牟 第六層：第三区画 F通路

ベンチ

神羅ボックス
❶×3

手順21 第三研究室の内部へ向かう

メンバー ティファ、エアリス

自動販売機

※2……近くのレバーを調べたあとに通れる　※3……チャプターセレクト時は、すでに入手しているとポーションになる

STORY INDEX

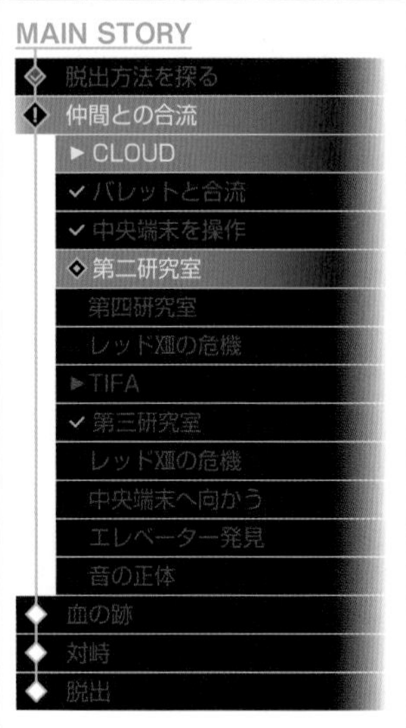

神羅ボックスの中身	❶…ハイポーション(12%)、フェニックスの尾(2%)、毒消し(3%)、やまびこえんまく(3%)、万能薬(1%)、モーグリメダル(5%) ❷…魔晄石(100%)

手順26 レバーを調べて足場を出現させる △HOLD

制御盤のレバーを下ろすと、すぐ横に足場がせり出すのと同時に、クラウドたちがいる第四層にも足場が出現する。パーティを切りかえるために、足場を渡って通信機のもとへ向かおう。

鑼牟 第六層：第二区画 H通路

P.390へ

神羅ボックス ❶×1、❷×3

神羅ボックス ❶×3

鑼牟 第六層：第二研究室 実験体改良室

手順32 ブレインポッドと戦う

バトル Ⓟ ブレインポッド(→P.652)

手順33はP.390

神羅ボックス ❶×5、❷×1

鑼牟 第五層：第二研究室 監視ブリッジ

宝 万能薬×2

宝 チェインバングル(※1)

通信機

鑼牟 第六層：第三区画 G通路

手順27 通信機を調べてパーティを切りかえる

P.387より

神羅ボックス ❶×2、❷×1

鑼牟 第五層：第三区画 E通路

神羅ボックス ❶×2、❷×1

※1……チャプターセレクト時は、すでに入手しているとポーションになる

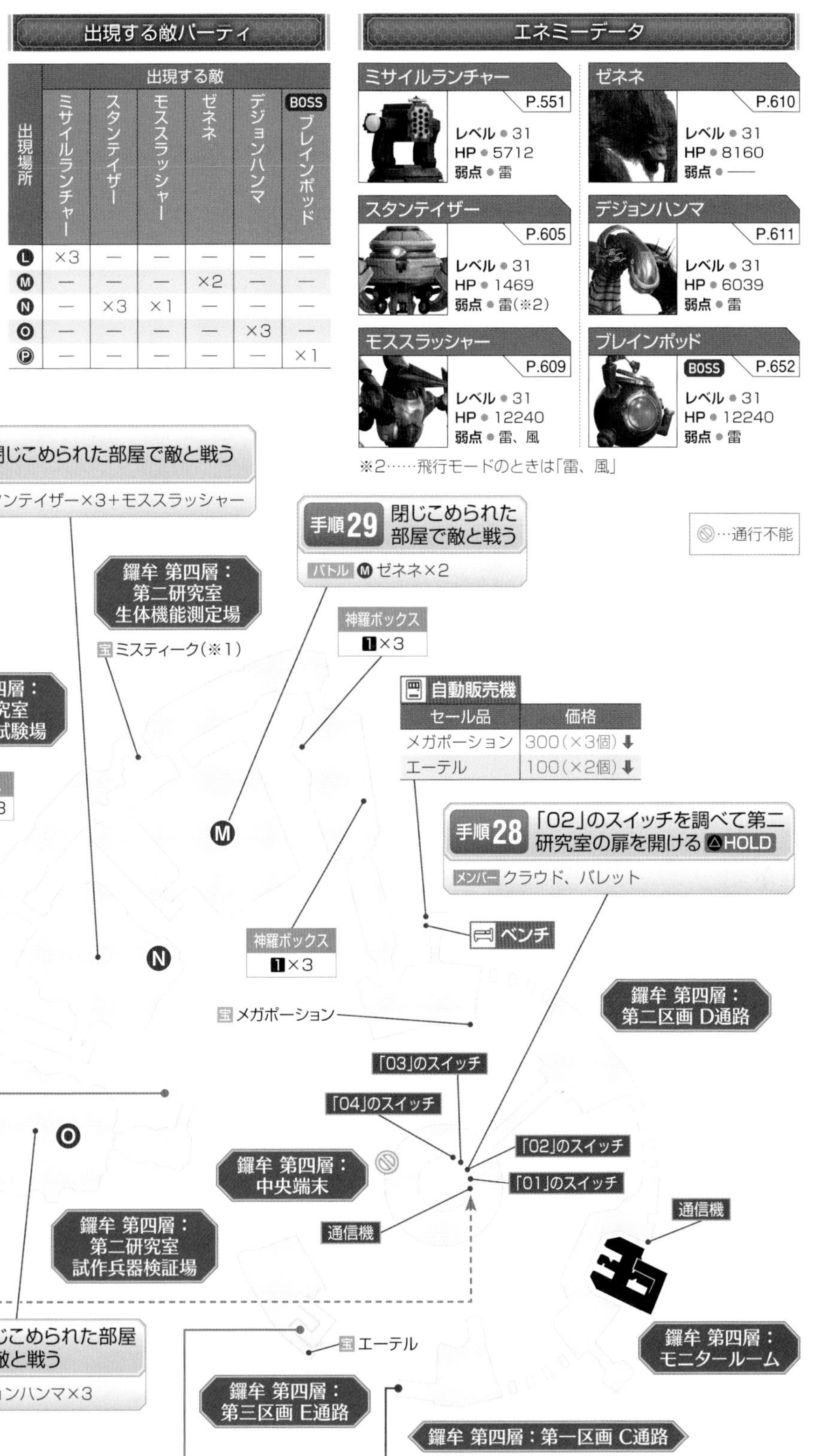

出現する敵パーティ

出現場所	ミサイルランチャー	スタンテイザー	モススラッシャー	ゼネネ	デジョンハンマ	BOSS ブレインポッド
L	×3	—	—	—	—	—
M	—	—	—	×2	—	—
N	—	×3	×1	—	—	—
O	—	—	—	—	×3	—
P	—	—	—	—	—	×1

エネミーデータ

ミサイルランチャー P.551
レベル ● 31
HP ● 5712
弱点 ● 雷

ゼネネ P.610
レベル ● 31
HP ● 8160
弱点 ● ——

スタンテイザー P.605
レベル ● 31
HP ● 1469
弱点 ● 雷(※2)

デジョンハンマ P.611
レベル ● 31
HP ● 6039
弱点 ● 雷

モススラッシャー P.609
レベル ● 31
HP ● 12240
弱点 ● 雷、風

ブレインポッド BOSS P.652
レベル ● 31
HP ● 12240
弱点 ● 雷

※2……飛行モードのときは「雷、風」

手順30 閉じこめられた部屋で敵と戦う
バトル N スタンテイザー×3+モススラッシャー

手順29 閉じこめられた部屋で敵と戦う
バトル M ゼネネ×2

手順28 「02」のスイッチを調べて第二研究室の扉を開ける △HOLD
メンバー クラウド、バレット

手順31 閉じこめられた部屋で敵と戦う
バトル O デジョンハンマ×3

自動販売機

セール品	価格
メガポーション	300(×3個)⬇
エーテル	100(×2個)⬇

鑼牟 第三層：第一区画 C通路へ(→P.386)

STORY INDEX

手順34 通信機を調べてパーティを切りかえる

手順33を終えると、ネムレスに襲われたレッドXIIIが下の階層へ落ちてしまう。落下した場所でレッドXIIIはひとりで敵と戦いはじめ、攻撃を受けるたびに画面上部のHPゲージが減少していく。落下してから10分(難易度がHARDの場合は6分)が経過すると、HPゲージがゼロまで減ってゲームオーバーになってしまうので、通信機を調べてティファたちのパーティに切りかえたあと、急いでレッドXIIIのもとへ向かおう。

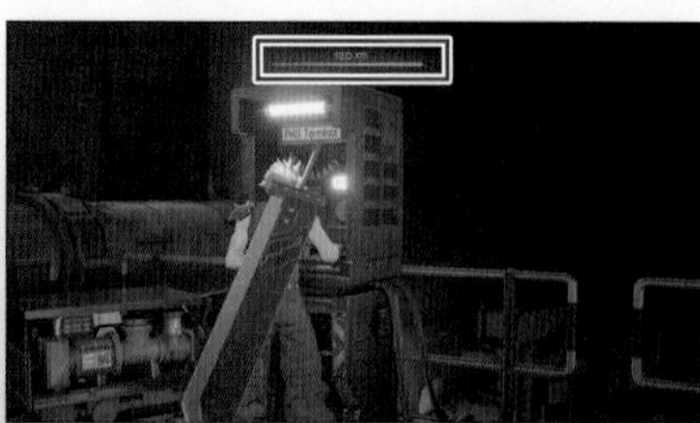

⬅HPゲージは、レッドXIIIが落ちるのと同時に表示される。ゲージの残りに気をつけながら急いで行動すること。

手順34のあとに自動的に移動する

手順41 第四研究室の内部へ向かう

メンバー クラウド、バレット

手順43 扉のレバーに近づく

バトル Ⓥ ソードダンス(→P.654)

レバーのそばへ行ったときに現れるソードダンスは、HPが残り60%以下になると、ティファとエアリスがいる場所へ移動していく。その時点で手順43は終わり、パーティが自動的に切りかわる。

⬆敵が移動するイベントシーン中に◉ボタンを長押しすれば、手順44の前にメインメニュー画面を開ける。

手順44はP.392

通信機

鐵牟 第七層:第四区画 I通路

手順33 レッドXIIIにレバーを下ろしてもらって、足場を出現させる

バトル Ⓠ ネムレス×2

神羅ボックス ■×3

鐵牟 第七層:第二区画 H通路

P.388より

神羅ボックス ■×3

P.392へ

鐵牟 第八層:第四研究室 合成室

ベンチ

手順42 レバーを調べて扉を開ける △HOLD

鐵牟 第八層:第四区画 H通路

手順39のあとに通れる

宝 メガポーション×2

自動販売機

セール品	価格
メガポーション	300(×3個)⬇
エーテル	100(×2個)⬇

鐵牟 第八層:第四研究室 第一ドレーン

FINAL FANTASY VII REMAKE ULTIMANIA

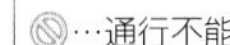

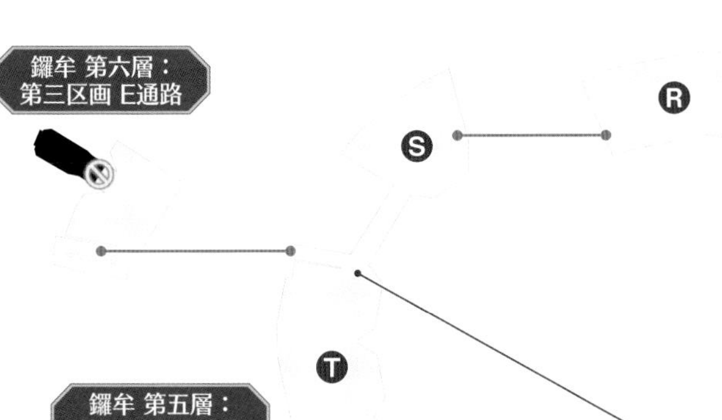

手順35 レッドXIIIのもとへ向かう

メンバー ティファ、エアリス

手順36 レッドXIIIと協力して敵と戦う

バトル Ⓣ ネムレス×3

この場所で、レッドXIIIがネムレスと戦っている。レッドXIIIのHPゲージがゼロになる前に、敵を全滅させよう。なお、3体いる敵のうち2体を倒すと、新たに2体のネムレスが現れるので注意。

⬆レッドXIIIはゲストキャラクターとしてバトルに参加し、敵を倒したあともティファたちに同行する。

手順37 レッドXIIIにレバーを下ろしてもらって、足場を出現させる

手順38 レバーを調べて通路を出現させる △HOLD

バトル Ⓤ スタンレイ×2+スタンテイザー×2

手順39 「04」のスイッチを調べて第四研究室の扉を開ける △HOLD

手順40 通信機を調べてパーティを切りかえる

神羅ボックスの中身	❶…ハイポーション(12%)、フェニックスの尾(2%)、毒消し(3%)、やまびこえんまく(3%)、万能薬(1%)、モーグリメダル(5%) ❷…魔晄石(100%)

出現する敵パーティ

出現場所	スタンレイ	ネムレス	スタンテイザー	強化戦闘員	デジョンハンマ	BOSS ソードダンス
Ⓠ	—	×2	—	—	—	—
Ⓡ	—	—	—	—	×2	—
Ⓢ	—	—	—	×2	—	—
Ⓣ	—	×3	—	—	—	—
Ⓤ	×2	—	×2	—	—	—
Ⓥ	—	—	—	—	—	×1

※Ⓣのネムレスは、残り1体になると追加で2体出現する(1回のみ)
※Ⓥの敵は、手順43のあとに出現する

エネミーデータ

スタンレイ P.547 
レベル ● 31
HP ● 1796
弱点 ● 雷(※1)

強化戦闘員 P.608
レベル ● 31
HP ● 2938
弱点 ● ──

ネムレス P.589 
レベル ● 31
HP ● 1632
弱点 ● 氷

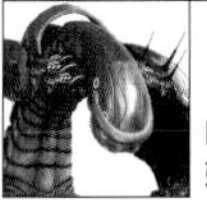

デジョンハンマ P.611
レベル ● 31
HP ● 6039
弱点 ● 雷

スタンテイザー P.605 
レベル ● 31
HP ● 1469
弱点 ● 雷(※1)

ソードダンス BOSS P.654
レベル ● 31
HP ● 19584
弱点 ● ──

※1……飛行モードのときは「雷、風」

STORY INDEX

手順48 エレベーターのスイッチを調べて屋上へ向かう

スイッチを調べて、屋上へ向かうかどうかの選択肢で「はい」を選べば上の階へ行けるが、そのあとは鑼牟へもどれなくなる。敵を倒してレベルを上げたい場合や、取り逃したアイテムを入手したい場合は、選択肢で「いいえ」を選び、下層へのエレベーターで引き返すといい。

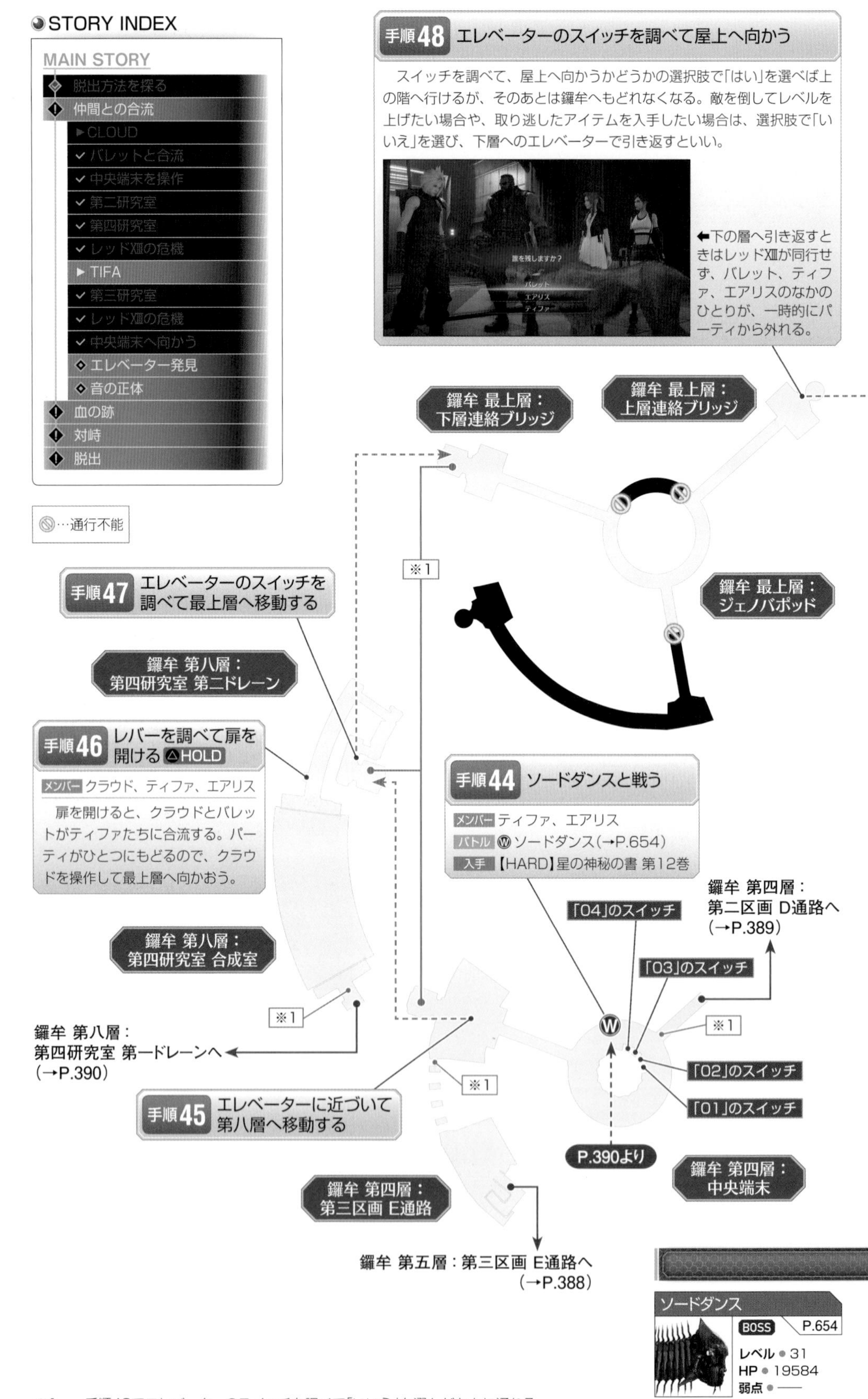

←下の層へ引き返すときはレッドXIIIが同行せず、バレット、ティファ、エアリスのなかのひとりが、一時的にパーティから外れる。

手順47 エレベーターのスイッチを調べて最上層へ移動する

手順46 レバーを調べて扉を開ける △HOLD

メンバー クラウド、ティファ、エアリス

扉を開けると、クラウドとバレットがティファたちに合流する。パーティがひとつにもどるので、クラウドを操作して最上層へ向かおう。

手順44 ソードダンスと戦う

メンバー ティファ、エアリス

バトル Ⓦソードダンス（→P.654）

入手 【HARD】星の神秘の書 第12巻

手順45 エレベーターに近づいて第八層へ移動する

ソードダンス BOSS P.654

レベル ● 31

HP ● 19584

弱点 ● ——

※1……手順48でエレベーターのスイッチを調べて「いいえ」を選んだあとに通れる

手順53 ハンドレッドガンナーと戦う

メンバー バレット、エアリス
バトル Ⓩハンドレッドガンナー(→P.663)
入手 【HARD】星の神秘の書 第13巻

ルーファウスを倒したあとは、つづけてハンドレッドガンナーとのバトルに突入する。途中のイベントシーンで◎ボタンを長押しすれば、バトルがはじまる前にメインメニュー画面を開けるので、準備を整えておこう。

58F アトリウム

Ⓩ

CHAPTER CLEAR

70F プレジデントフロア：屋上ヘリポート

手順52 バレットたちに近づく

バトル Ⓨルーファウス(→P.659)＋ダークネイション(→P.662)
入手 【HARD】剣技指南書 第14巻

Ⓨ

手順49 プレジデント神羅に近づく

バトル Ⓧジェノバ Beat(→P.656)
入手 【HARD】格闘術秘伝の書 第14巻

電波塔：アンテナ脚柱

手順50 セフィロスを追いかける

メンバー クラウド

手順51 ハシゴをのぼる

Ⓧ

ベンチ

ベンチ

自動販売機

セール品	価格
メガポーション	300(×3個)↓
エーテル	100(×2個)↓
フェニックスの尾	100(×2個)↓

70F プレジデントフロア：社長室

自動販売機

セール品	価格
メガポーション	300(×3個)↓
エーテル	100(×2個)↓
フェニックスの尾	100(×2個)↓

69F エグゼクティブフロア：エントランス

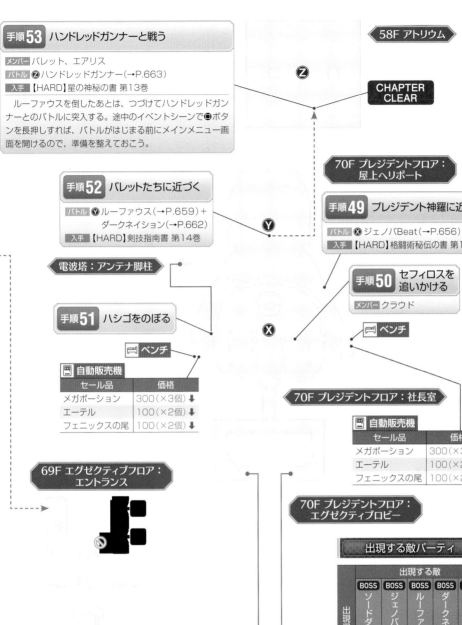

70F プレジデントフロア：エグゼクティブロビー

69F エグゼクティブフロア：エグゼクティブロビー

出現する敵パーティ

出現場所	出現する敵				
	BOSS ソードダンス	BOSS ジェノバBeat	BOSS ルーファウス	BOSS ダークネイション	BOSS ハンドレッドガンナー
Ⓦ	×1	—	—	—	—
Ⓧ	—	×1	—	—	—
Ⓨ	—	—	×1	×1	—
Ⓩ	—	—	—	—	×1

※Ⓧの敵は、手順49のあとに出現する
※Ⓨの敵は、手順52のあとに出現する

エネミーデータ

ジェノバBeat 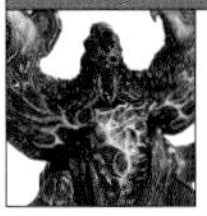
BOSS P.656
レベル● 31
HP● 78336
弱点● ——

ルーファウス

BOSS P.659
レベル● 31
HP● 14688
弱点● ——

ダークネイション

BOSS P.662
レベル● 31
HP● 13056
弱点● ——

ハンドレッドガンナー
BOSS P.663
レベル● 31
HP● 86496
弱点● (バトル中に変化)

Original『FFVII』Playback PART 12

神羅ビル

エアリスを救出したものの、直後につかまってしまうクラウド一行。脱獄後は、ミッドガル脱出へ向けて急展開がつづき、ハンドレッドガンナー、ヘリガンナー、ルーファウスとの事実上の3連戦が待ち受ける。

PART 11(→P.379)より

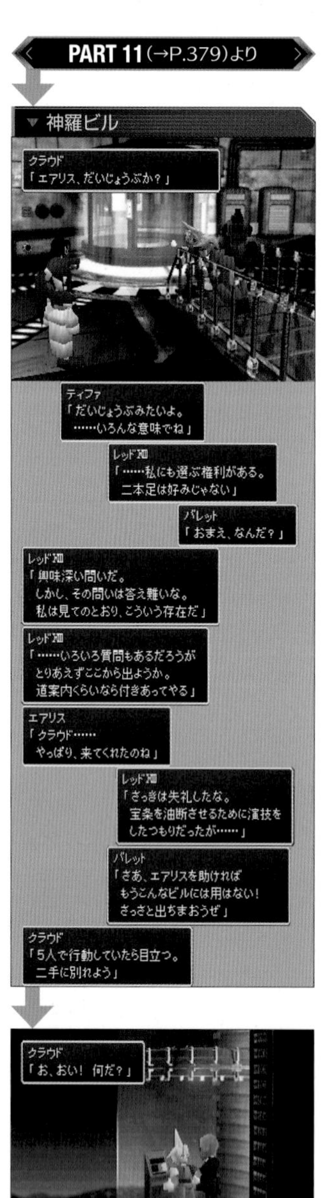

▼神羅ビル
クラウド
「エアリス、だいじょうぶか?」
ティファ
「だいじょうぶみたいよ。
……いろんな意味でね」
レッドXIII
「……私にも選ぶ権利がある。
二本足は好みじゃない」
バレット
「おまえ、なんだ?」
レッドXIII
「興味深い問いだ。
しかし、その問いは答え難いな。
私は見てのとおり、こういう存在だ」
レッドXIII
「……いろいろ質問もあるだろうが
とりあえずここから出ようか。
道案内くらいなら付きあってやる」
エアリス
「クラウド……
やっぱり、来てくれたのね」
レッドXIII
「さっきは失礼したな。
宝条を油断させるために演技を
したつもりだったが……」
バレット
「さあ、エアリスを助ければ
もうこんなビルには用はない!
さっさと出ちまおうぜ」
クラウド
「5人で行動していたら目立つ。
二手に別れよう」
クラウド
「お、おい! 何だ?」
ルード
「上を押してもらおうか?」
クラウド
「タークス?
ワナ……か」
ツォン
「スリリングな気分をあじわえたと思うが……
楽しんでもらえたかな?」
クラウド
「くっ……」

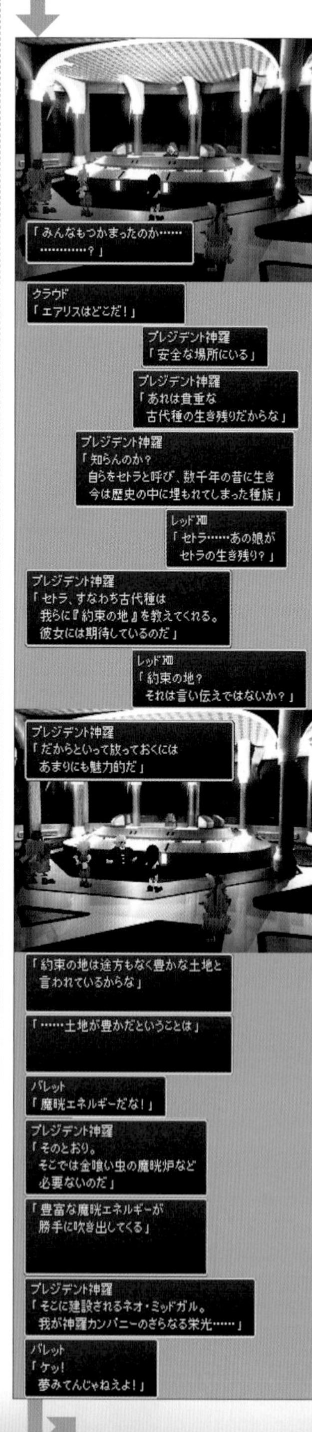

「みんなもつかまったのか……
…………?」
クラウド
「エアリスはどこだ!」
プレジデント神羅
「安全な場所にいる」
プレジデント神羅
「あれは貴重な
古代種の生き残りだからな」
プレジデント神羅
「知らんのか?
自らをセトラと呼び、数千年の昔に生き
今は歴史の中に埋もれてしまった種族」
レッドXIII
「セトラ……あの娘が
セトラの生き残り?」
プレジデント神羅
「セトラ、すなわち古代種は
我らに『約束の地』を教えてくれる。
彼女には期待しているのだ」
レッドXIII
「約束の地?
それは言い伝えではないか?」
プレジデント神羅
「だからといって放っておくには
あまりにも魅力的だ」
「約束の地は途方もなく豊かな土地と
言われているからな」
「……土地が豊かだということは」
バレット
「魔晄エネルギーだな!」
プレジデント神羅
「そのとおり。
そこでは金喰い虫の魔晄炉など
必要ないのだ」
「豊富な魔晄エネルギーが
勝手に吹き出してくる」
プレジデント神羅
「そこに建設されるネオ・ミッドガル。
我が神羅カンパニーのさらなる栄光……」
バレット
「ケッ!
夢みてんじゃねえよ!」

プレジデント神羅
「おやおや、知らないのか?
最近では金と力さえあれば
夢はかなうのだ」
プレジデント神羅
「さて、会見はこれで終わりだ」
ルード
「さあ! さがれ!」
バレット
「待ちやがれ!
テメエには言いたいことが
山ほどあるんだ!」
プレジデント神羅
「何かあるなら……
秘書をとおしてくれたまえ」
バレットはどうしてるかな
レッドXIIIはどうしてるかな
エアリスはどうしてるかな
バレット
「おい」
バレット
「エアリスは古代種で
古代種の本当の呼び名はセトラ」
「それで古代種は約束の地って場所を
知っていて、神羅はその約束の地が
欲しい、と」
バレット
「でも、約束の地ってのは
言い伝えに出てくるだけで
本当にあるのかどうかはわからねえ」
バレット
「これでいいのか?」
バレット
「約束の地には豊富な
魔晄エネルギーがあると
神羅の連中は考えてる」
バレット
「ってえことは、神羅はそこに行ったら
また魔晄エネルギーをガンガン
吸い上げちまうってことだ」
バレット
「……そこも土地が枯れちまうな。
星が……病んでいくわけだ」
バレット
「放っちゃおけねえ!
アバランチ、メンバー募集だ」
「オレ、ティファ、クラウド……
それにエアリスもだな」

レッドXIII
「………………じっちゃん」

バレット
「じっちゃん！？　へへへへ
じっちゃん、ねえ……へへへへ」

レッドXIII
「なにがおかしい」

バレット
「いや、べつに……へへへ」

エアリスはどうしてるかな

エアリス
「クラウド、そこにいるの？」

クラウド
「エアリス！？　無事か？」

エアリス
「うん、だいじょぶ」

エアリス
「きっと、クラウドが
来てくれるって思ってた」

クラウド
「ボディーガード、依頼しただろ？」

エアリス
「報酬はデート1回、だったよね？」

ティファ
「………………なるほど」

エアリス
「……！？　ティファ！
ティファもそこにいるの！」

ティファ
「あのね、エアリス。
質問があるんだけど」

エアリス
「な～に？」

ティファ
「約束の地って本当にあるの？」

エアリス
「……わからない」

エアリス
「わたし、知ってるのは……」

『セトラの民、星より生まれ
星と語り、星を開く』

「えっと……それから……」

『セトラの民、約束の地へ帰る。
至上の幸福、星が与えし定めの地』

ティファ
「……どういう意味？」

エアリス
「言葉以上の意味、知らないの」

ティファ
「星が何か言うの？」

エアリス
「人が大勢いて、ざわざわしてるかんじ。
だから何を言ってるのか
よくわからない」

クラウド
「今も聞こえるのか？」

エアリス
「わたし、聞こえたのはスラムの教会だけ。
ミッドガルはもうダメだって
母さん……本当の母さんが言ってた」

エアリス
「いつかミッドガルから逃げなさい。
星と話して、エアリスの約束の地
見つけなさい」

「……母さんが言ってた」

「大人になったら聞こえなくなるんだと
思ってたけど……」

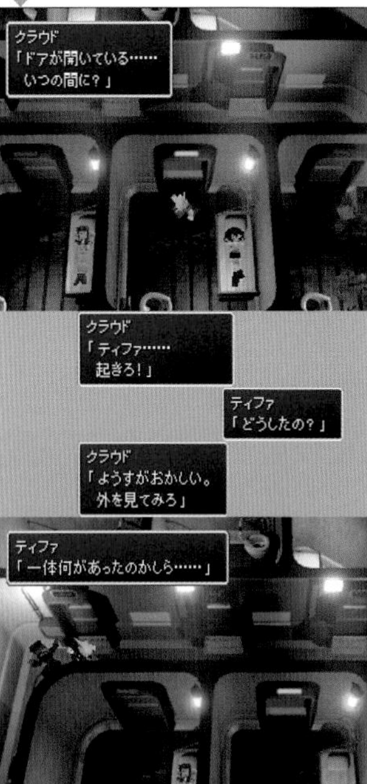

クラウド
「ドアが開いている……
いつの間に？」
クラウド
「ティファ……
起きろ！」
ティファ
「どうしたの？」
クラウド
「ようすがおかしい。
外を見てみろ」
ティファ
「一体何があったのかしら……」
クラウド
「きっとここのカギを持っているはずだ……」
クラウド
「ほら、ティファはエアリスを。
俺はバレットたちを助ける」

クラウド
「バレット、レッドXIII……来てくれ。
ようすが変なんだ」
バレット
「どうやって入ってきた？
どうして扉が開いているんだ！？」
バレット
「どうしちまったんだよ？」
レッドXIII
「人間の仕業ではないな」
レッドXIII
「私がこの先の様子を見てくる」
バレット
「こいつの後始末はオレにまかせて
おまえらは先に行け。
神羅に見つからねえうちによ！」

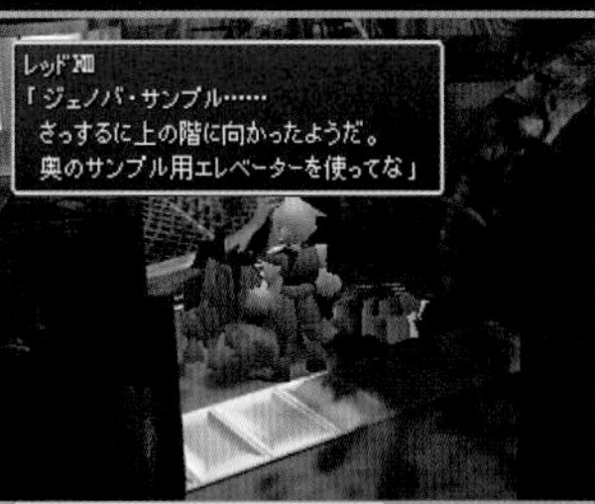

レッドXIII
「ジェノバ・サンプル……
さっするに上の階に向かったようだ。
奥のサンプル用エレベーターを使ってな」

クラウド
「……逃げたのか？
ジェノバ……？」

レッドXIII
「何か目的に向かっているような……
上に……？」

次ページへつづく

前ページより

バレット
「死んでる……
神羅カンパニーのボスが死んだ……」

ティファ
「この刀は？！」

クラウド
「セフィロスのものだ！！」

ティファ
「……セフィロスは生きているのね？」

クラウド
「……そうみたいだな。
この刀を使えるのは
セフィロスしかいないはずだ」

バレット
「誰がやったっていいじゃねえか！
これで神羅も終わりだぜ！」

「うひょ！」

パルマー
「こここここころさないでくれ！」

クラウド
「何があったんだ？」

パルマー
「セ、セフィロス。
セフィロスが来た」

クラウド
「見たのか？　セフィロスを見たのか？」

パルマー
「ああ、見た！　この目で見た！」

クラウド
「本当に見たんだな？」

パルマー
「うひょ！
こんな時にウソなんか言わない！
それに声も聞いたんだ、うひょ！」

パルマー
「えっと『約束の地は渡さない』って
ブツブツ言ってた」

ティファ
「それじゃあ、なに？」

「約束の地っていうのは本当にあって
セフィロスは約束の地を
神羅から守るためにこんなことを？」

バレット
「いいやつじゃねえのか？」

クラウド
「約束の地を守る？
いいやつ？　ちがう！！」

「そんな単純な話じゃない！
俺は知ってるんだ！
セフィロスの目的はちがう！」

バレット
「ルーファウス！
しまった！　アイツがいたか！」

ティファ
「誰なの？」

バレット
「副社長ルーファウス。
プレジデントの息子だ」

ルーファウス
「そうか……
やはりセフィロスは生きていたか。
……ところで」

ルーファウス
「おまえたちはなんだ？」

クラウド
「元ソルジャー・クラス1ST。
クラウドだ！」

バレット
「アバランチだ！」

ティファ
「同じく！」

エアリス
「……スラムの花売り」

レッドXIII
「……実験サンプル」

ルーファウス
「おかしな組み合わせだ」

ルーファウス
「さて、私はルーファウス。
この神羅カンパニーの社長だ」

バレット
「オヤジが死んだらさっそく社長か！」

ルーファウス
「そうだ、社長就任のあいさつでも
聞かせてやろうか」

ルーファウス
「……オヤジは金の力で世界を
支配しようとした。
なるほどうまくいっていたようだ」

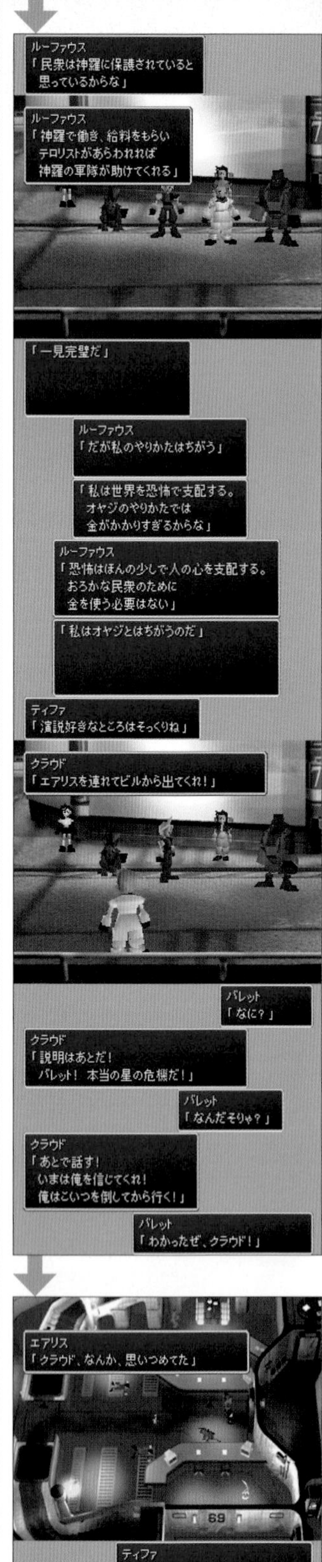

ルーファウス
「民衆は神羅に保護されていると
思っているからな」
ルーファウス
「神羅で働き、給料をもらい
テロリストがあらわれれば
神羅の軍隊が助けてくれる」
「一見完璧だ」
ルーファウス
「だが私のやりかたはちがう」
「私は世界を恐怖で支配する。
オヤジのやりかたでは
金がかかりすぎるからな」
ルーファウス
「恐怖はほんの少しで人の心を支配する。
おろかな民衆のために
金を使う必要はない」
「私はオヤジとはちがうのだ」
ティファ
「演説好きなところはそっくりね」
クラウド
「エアリスを連れてビルから出てくれ！」
バレット
「なに？」
クラウド
「説明はあとだ！
バレット！　本当の星の危機だ！」
バレット
「なんだそりゃ？」
クラウド
「あとで話す！
いまは俺を信じてくれ！
俺はこいつを倒してから行く！」
バレット
「わかったぜ、クラウド！」
エアリス
「クラウド、なんか、思いつめてた」
ティファ
「……私、クラウドを待つわ！
みんなはエレベーターで先に！」

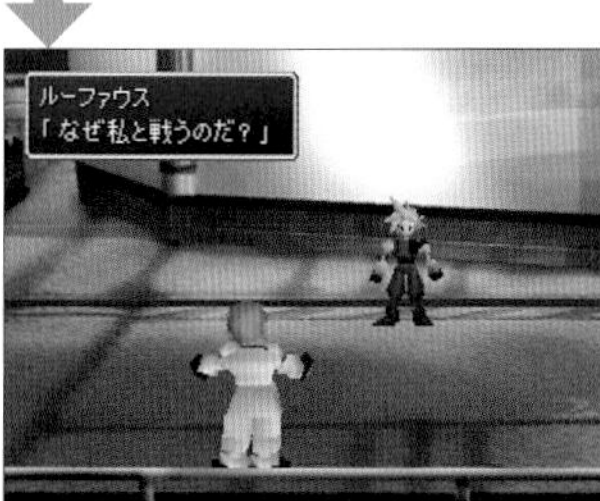
ルーファウス
「なぜ私と戦うのだ？」

クラウド
「おまえは約束の地を求めて
セフィロスを追う」

ルーファウス
「ふむ、その通り」

ルーファウス
「ん？ おまえ、セフィロスが古代種だと
知っているのか？」

クラウド
「……いろいろあってな。
とにかく、おまえにもセフィロスにも
約束の地はわたせない！」

ルーファウス
「なるほど。
友だちにはなれないようだな」

ルーファウス「クックックッ……」

ルーファウス「ク…… 今日の相手はここまで…だ…」

ティファ
「ルーファウスは？」

クラウド
「とどめはさせなかった。
面倒なことになりそうだ」

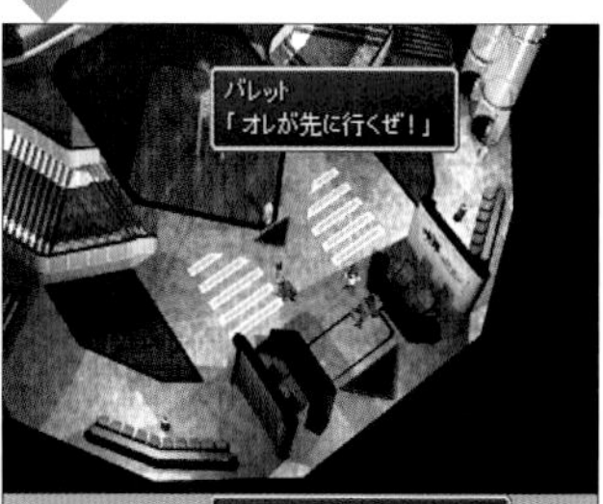
バレット
「オレが先に行くぜ！」

バレット
「チッ……！
すっかりかこまれてやがる」

「オレひとりならともかく
このメンツじゃ……」

エアリス
「……やっぱり、あなたたちだけ
逃げて」

「あの人たちがねらっているのは
わたし。
あなたたちだけなら……」

バレット
「へッ、そうはいかねえな」

「アンタはマリンを守るために
ヤツらに捕まった。
今度は、オレがアンタを守る番だ」

バレット
「これ以上ヤツらの……神羅の
好き勝手にはさせねえ」

エアリス
「……ありがと、バレットさん」

バレット
「へへッ、よしてくれよ。
『バレットさん』なんて
オレのガラじゃねえや」

レッドXIII
「……さて」

「キミたちの話が終わったなら
そろそろここから逃げ出す方法を
考えてみないか？」

バレット
「ん？あ、ああ……
チェッ、いやに冷静なやつだな。
どこかの誰かさんみたいだぜ」

レッドXIII
「なにか？」

バレット
「いや、なんでもねえよ。
さて、どうするか……」

ティファ
「バレット！！」

バレット
「ティファ！
クラウドは！？」

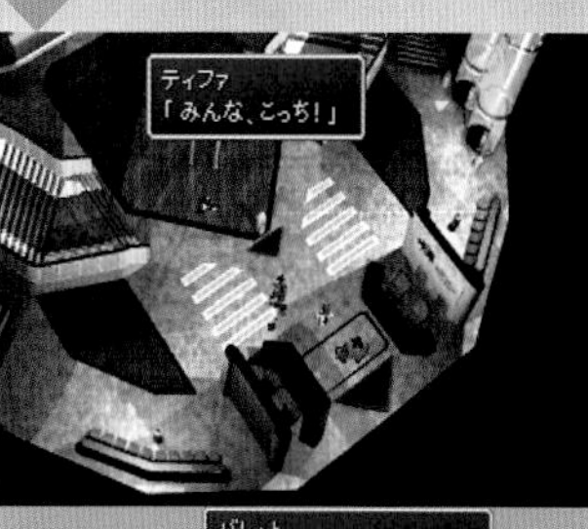
ティファ
「みんな、こっち！」

バレット
「ええ！？
どうしたんだよ？
クラウドは？」

ティファ
「話は後！
いいから早く！！」

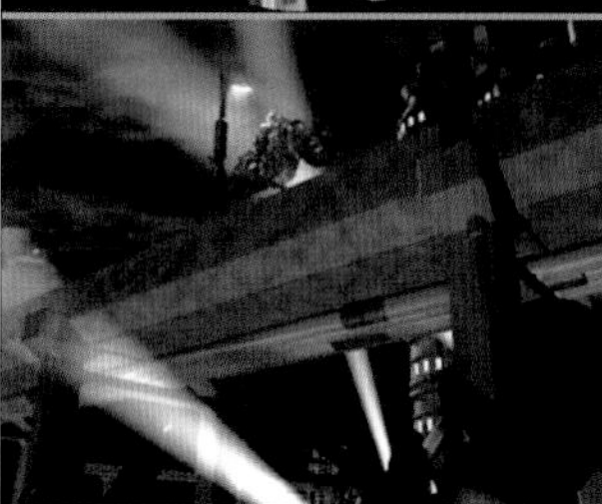

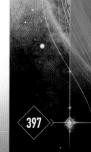

PART 13(→P.403)へつづく

INDEX
難易度
チェックポイント
チャプターセレクト
ショップ
ページの見かた
CHAPTER 1
CHAPTER 2
CHAPTER 3
CHAPTER 4
CHAPTER 5
CHAPTER 6
CHAPTER 7
CHAPTER 8
CHAPTER 9
CHAPTER 10
CHAPTER 11
CHAPTER 12
CHAPTER 13
CHAPTER 14
CHAPTER 15
CHAPTER 16
CHAPTER 17
CHAPTER 18

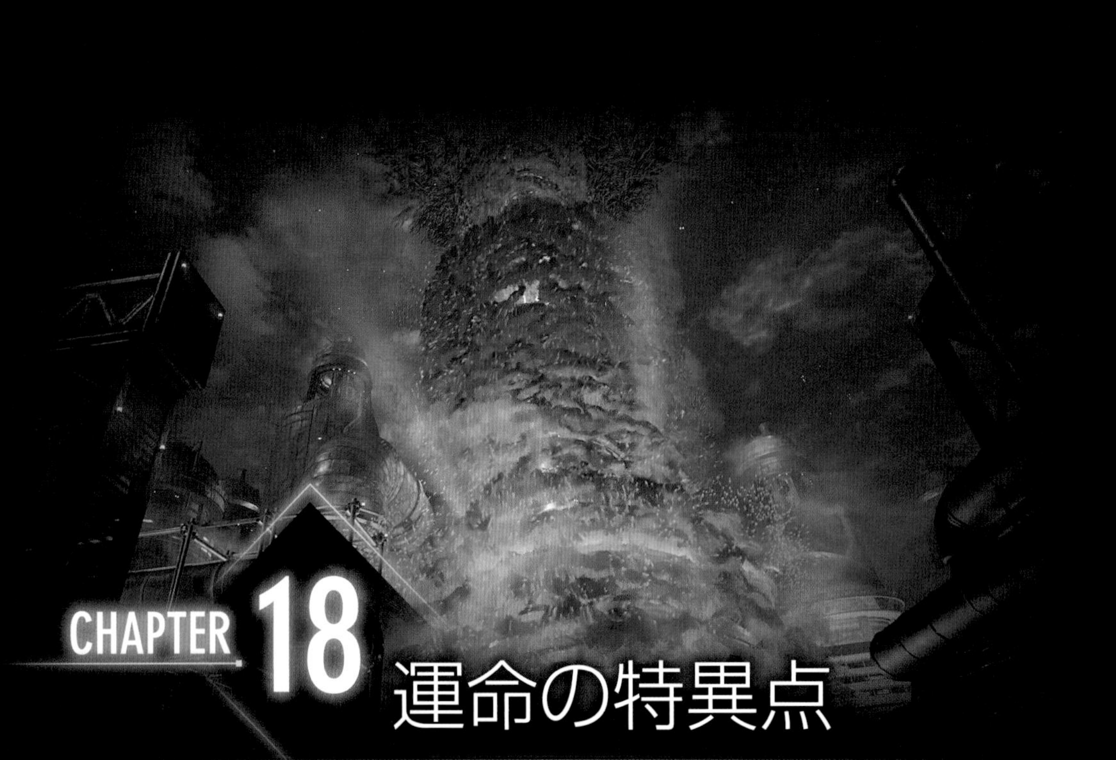

CHAPTER 18

運命の特異点

MAIN STORY DIGEST

1 疾走

ハイウェイを走るクラウドたちのうしろで、ローブ姿の魔物——フィーラーの群れに覆われていく神羅ビル。執拗に追ってくる神羅の追撃部隊を倒したクラウドは、行く手にセフィロスが立っているのを見て、とっさにブレーキをかける。

2 特異点

ハイウェイの終端に姿を現したセフィロスは、フィーラーが作る壁の向こう側へ消えた。クラウドたちは運命の分岐点となる壁を越え、異空間で巨大なフィーラーと戦い、自分たちが捨てようとしている風景を見る。そして、フィーラーを撃破した一行は、星の本当の敵を倒して新たな運命を切り開くため、因縁の相手セフィロスに立ち向かうのだった。

「ここで、終わらせる」

FINAL FANTASY VII REMAKE ULTIMANIA

CHAPTER 18 攻略ガイド

壁の向こう側にある運命の特異点では、手ごわいフィーラーたちが何度も襲ってくる。それらの戦いにすべて勝利し、セフィロスが待つ場所へたどり着けば、エンディングは目の前だ。

ミッドガル・ハイウェイ

STORY INDEX

MAIN STORY
- 疾走
- 特異点

手順1 バイクでハイウェイを走る

サブ バイクゲーム(→P.432)

チャプターがはじまると、バイクに乗ったクラウドと自動三輪車に乗ったティファたちが、ミッドガル・ハイウェイを走っていく。走行中は敵がつぎつぎと襲ってくるので、すばやく攻撃して撃退しよう。最後に出現するモーターボールを倒せば、ハイウェイの終端に到着するのだ。なお、チャプターセレクト時は、ポーズ中に「バイクゲームをスキップする」を選ぶと、この手順を行なわずに先へ進める。

⬆モーターボールとの戦いではアクセルとブレーキをうまく使い、敵の左右へまわりこんで攻撃していこう。

手順2 壁の向こう側へ行く

壁を越えた先の場所では、ショップや休憩所は利用できず、メインメニュー画面も開けない。装備の変更やマテリアのセット、アイテムの売買などは、壁の向こう側へ行く前にすませておくこと。

メガポーション	700			2
メガポーション	300		3	2
エーテル	500			0
エーテル	100		2	0
エリクサー	1000	01	1	0
フェニックスの尾	300			0
フェニックスの尾	100		2	0
毒消し	80			0
やまびこえんまく	100			0

⬆手前にある自動販売機では、エリクサーが売られている。この先の戦いに備えて、買っておきたい。

手順3はP.400

P.400へ

ハイウェイ 終端

ベンチ

CHAPTER START
メンバー クラウド

自動販売機

セール品	価格
メガポーション	300(×3個)⬇
エーテル	100(×2個)⬇
フェニックスの尾	100(×2個)⬇

運命の特異点

● STORY INDEX

手順6 バレットやティファと協力して敵と戦う

メンバー クラウド、バレット、ティファ
バトル Ⓑ フィーラー＝プラエコ(→P.665)＋フィーラー＝ロッソ(→P.667)＋フィーラー＝ヴェルデ(→P.668)＋フィーラー＝ジャッロ(→P.669)

手順4の場所と同じく、フィーラー＝ロッソたち3体はHPがある程度まで減ると姿を消し、フィーラー＝プラエコが『大いなる断罪』を使ってくる(この攻撃でHPが減るのは残り1まで)。そのあとは、自動車でふさがれていた道が通れるようになるので、さらに奥へと向かおう。

手順7 道の先へ逃げる

メンバー クラウド

手順8 バレットやティファと協力して敵と戦う

メンバー クラウド、バレット、ティファ
バトル Ⓒ フィーラー＝プラエコ(→P.665)＋フィーラー＝ロッソ(→P.667)

フィーラー＝ロッソは、HPがゼロになった時点でバーストする。バースト中のロッソを攻撃すると、フィーラー＝プラエコにダメージを与えることができ、プラエコのHPをある程度まで減らせばロッソを倒せるのだ。

手順5 道の先へ逃げる

メンバー クラウド

Ⓑ Ⓒ Ⓐ

運命の特異点①

手順3 くずれたハイウェイを進む

ここから先は、遠くに巨大なフィーラー＝プラエコがいて、バトル中の状態がずっとつづく(ただし、フィーラー＝プラエコ以外の敵が出現していないときは、時間が経過してもATBゲージが増えず、MPも回復しない)。なお、手順3〜10の場所で、ポーズ中などに「バトル直前からやりなおす」を選んだときは、手順2から再開となるので注意。

⬆バトル中だが、道がくずれている場所はオートアクションで進める。

P.399より

手順4 バレットやティファと協力して敵と戦う

メンバー クラウド、バレット、ティファ
バトル Ⓐ フィーラー＝プラエコ(→P.665)＋フィーラー＝ロッソ(→P.667)＋フィーラー＝ヴェルデ(→P.668)＋フィーラー＝ジャッロ(→P.669)

フィーラー＝ロッソ、ヴェルデ、ジャッロの3体は、ある程度ダメージを受けると姿を消す。その直後にフィーラー＝プラエコが『運命の奔流』を使い(この攻撃でHPが減るのは残り1まで)、ガレキが吹き飛ばされて先へ進めるようになるのだ。ちなみに、ここから手順10までのバトルで、クラウド以外の仲間がどれくらい活躍したかによって、セフィロスとの戦いの展開が変化する(→P.402)。

運命の特異点③

P.402へ

運命の特異点②

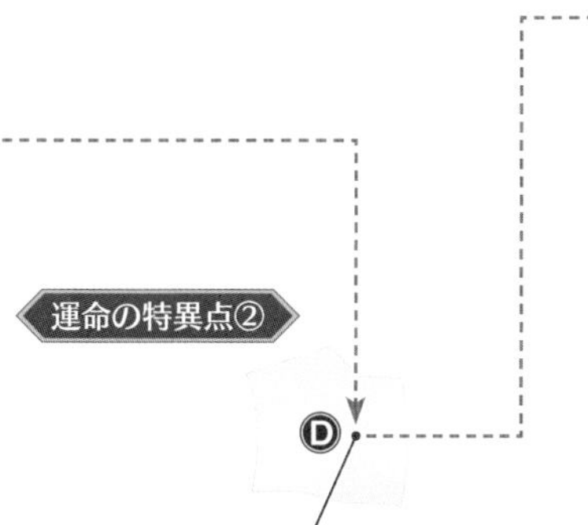

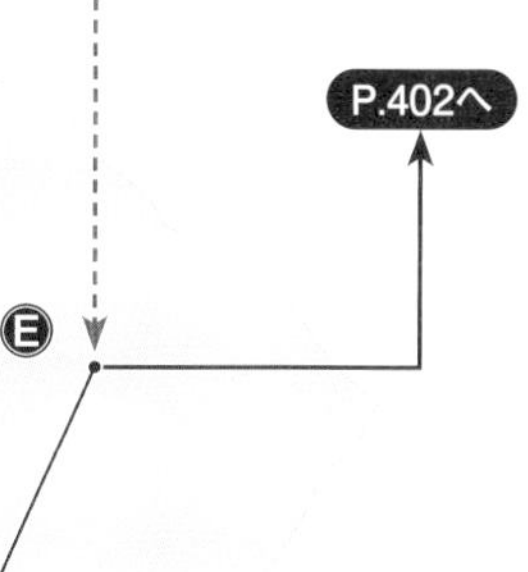

手順9 バレットと協力して敵と戦う

メンバー クラウド、バレット
バトル Ⓓ フィーラー＝プラエコ(→P.665)＋フィーラー＝ヴェルデ(→P.668)＋フィーラー＝ジャッロ(→P.669)

この場所では、レッドXIIIがゲストキャラクターとして一緒に戦う。バトルの流れは手順8と同じで、フィーラー＝ヴェルデかジャッロのHPをゼロにしてバーストさせたあと、さらに攻撃してフィーラー＝プラエコにダメージを与えていく。プラエコのHPをある程度まで減らせば、バーストしたヴェルデやジャッロを倒すことが可能だ。

⬆敵がバーストしたら、強力な攻撃で一気に大ダメージを与えたい。

手順10 ティファやエアリスと協力して敵と戦う

メンバー クラウド、ティファ、エアリス
バトル Ⓔ フィーラー＝プラエコ(→P.665)＋フィーラー＝ロッソ(→P.667)＋フィーラー＝ヴェルデ(→P.668)＋フィーラー＝ジャッロ(→P.669)＋フィーラー＝バハムート(→P.670)
入手 【HARD】射撃マニュアル 第14巻

復活したフィーラー＝ロッソたち3体は、ある程度HPが減るとフィーラー＝バハムートに変化する。バハムートを倒せばロッソたち3体にもどるので、これまでと同じようにHPをゼロにしてバーストさせ、フィーラー＝プラエコにダメージを与えることで倒そう。3体すべて倒したら、近づいてきたプラエコを攻撃すればいい。なお、このバトルが終わるとパーティ全員のHPとMP(難易度がHARDの場合はHPのみ)が全回復する。

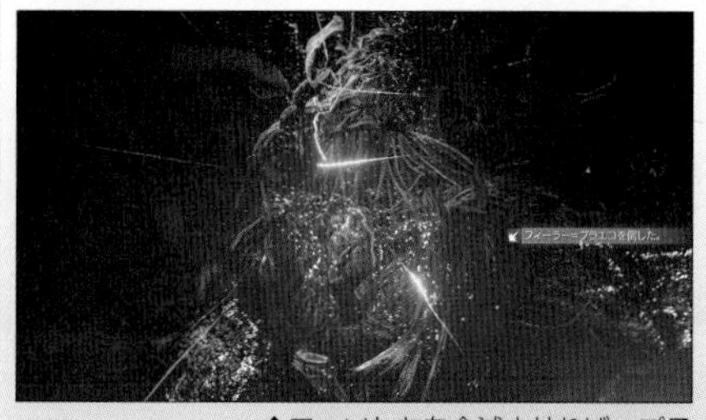

⬆ロッソたちを全滅させれば、プラエコを攻撃して倒すことができる。

手順11はP.402

出現する敵パーティ

出現場所	BOSS フィーラー＝プラエコ	BOSS フィーラー＝ロッソ	BOSS フィーラー＝ヴェルデ	BOSS フィーラー＝ジャッロ	BOSS フィーラー＝バハムート
Ⓐ	×1	×1	×1	×1	―
Ⓑ	×1	×1	×1	×1	―
Ⓒ	×1	×1	―	―	―
Ⓓ	×1	―	×1	×1	―
Ⓔ	×1	×1	×1	×1	×1

エネミーデータ

フィーラー＝プラエコ

BOSS P.665
レベル ● 34
HP ● 140880
弱点 ● ――

フィーラー＝ロッソ

BOSS P.667
レベル ● 34
HP ● 5900~13208
弱点 ● ――

フィーラー＝ヴェルデ

BOSS P.668
レベル ● 34
HP ● 5724~13208
弱点 ● ――

フィーラー＝ジャッロ

BOSS P.669
レベル ● 34
HP ● 6076~13208
弱点 ● ――

フィーラー＝バハムート

BOSS P.670
レベル ● 34
HP ● 17610
弱点 ● ――

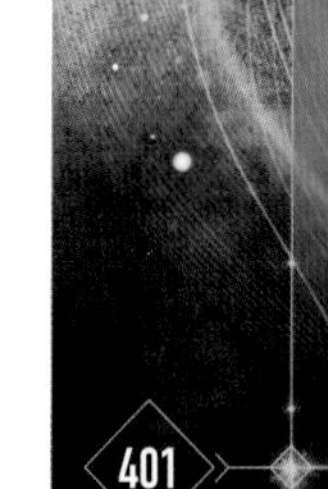

STORY INDEX

MAIN STORY

- 疾走
- 特異点

運命の特異点④

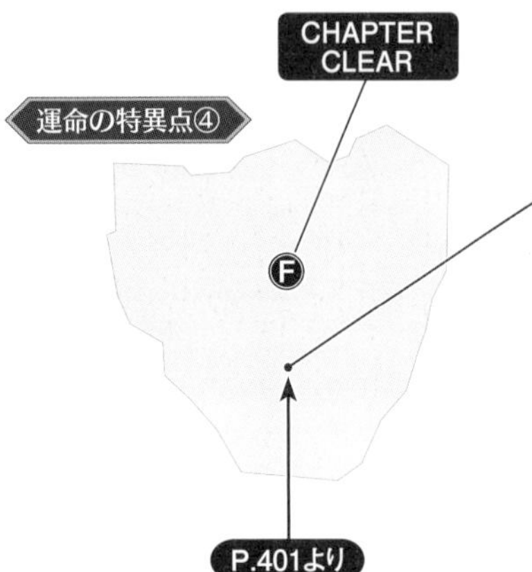

手順11 セフィロスと戦う

メンバー クラウド

バトル Ⓕ セフィロス(→P.671)

入手 【HARD】星の神秘の書 第14巻

最終決戦となるセフィロスとのバトルは、パーティにクラウドしかいない状態ではじまるが、敵が第2段階になるときにひとり目の仲間が、第3段階になるときにふたり目の仲間が現れてパーティに加わる。誰がどの順番でパーティに加わるかは、ここまでのバトルにおける仲間たちの行動で決まるのだ(下記を参照)。なお、このバトルでは、ポーズ中などに「バトル直前からやりなおす」を選ぶと、セフィロスと戦う直前からやり直すことができる。

⬅バトルの前にマテリアのセットなどを行ないたい場合は、イベントシーン中に◉ボタンを長押ししよう。

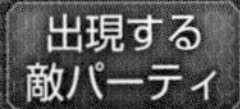

出現する敵パーティ

出現場所	出現する敵
	BOSS セフィロス
Ⓕ	×1

エネミーデータ

セフィロス

BOSS P.671

レベル ● 34

HP ● 65157

弱点 ● (バトル中に変化)

知識のマテリア《 フィーラーとのバトルで活躍した仲間が最終決戦に現れる

バレット、ティファ、エアリスの3人は、フィーラー=プラエコやフィーラー=ロッソなどとのバトル(P.400～401の手順4、手順6、手順8～10)で特定の行動をするたびに、画面に表示されないポイントが加算されていく(表1を参照)。手順10が終了すると、それぞれに加算されたポイントの量によって、3人の順位が決定。その順位をもとに、手順11のセフィロスとのバトルでパーティに加わるひとり目とふたり目の仲間が、表2のように選ばれるのだ。一緒にセフィロスと戦いたい仲間がいる場合は、フィーラー=プラエコたちとのバトルでその仲間を操作して、ポイントができるだけ多く加算されるように表1の行動をさせておくといい。

表1 ポイントが加算される仲間の行動

※表内の行動を1回行なうごとに、行なった仲間にポイントが加算される
※カエル状態になっている仲間にはポイントが加算されない

行動	加算されるポイント		
	バレット	ティファ	エアリス
アビリティ、魔法、アイテムを使う	24	20	44
リミット技を使う	120	100	220
フィーラー=ロッソ、ヴェルデ、ジャッロのいずれかのHPをゼロにしてバーストさせる	120	100	220
フィーラー=バハムートまたはフィーラー=プラエコにトドメを刺す	―	250	550

表2 ポイントの順位とパーティに加わる仲間の対応

ポイントの順位	パーティに加わる仲間	
	ひとり目	ふたり目
1位がティファで2位がエアリスだった	ティファ	エアリス
1位がエアリスで2位がティファだった	エアリス	ティファ
3位がエアリスだった	ティファ	バレット
3位がティファだった	エアリス	バレット

Original『FFVII』Playback PART 13

ミッドガル・ハイウェイ～スラム外辺

モーターボール戦では、直前のバイクゲームで受けたダメージが引き継がれるため、バトル開始直後に大ピンチとなる可能性も。ミッドガルを出発するさいのパーティ編成時には、組み合わせしだいで仲間の感想を聞けた。

PART 12（→P.397）より

ミッドガル・ハイウェイ

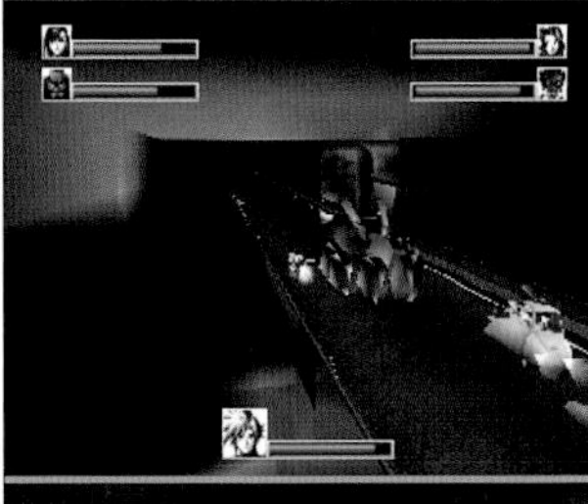

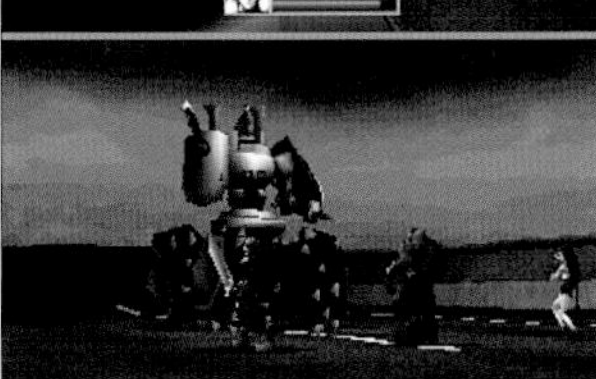

クラウド
「セフィロスは生きている。
俺は……あのときの決着を
つけなくてはならない」

バレット
「それが星を救うことになるんだな？」

クラウド
「……おそらく、な」

バレット
「おっし、オレは行くぜ！」

エアリス
「わたしも、行く。
……知りたいこと、あるから」

クラウド
「古代種のことか？」

エアリス
「……いろいろ、たくさん」

ティファ
「さらばミッドガル、ね」

スラム外辺

レッドXIII
「私は故郷に帰るつもりだ。
それまではいっしょに行ってやる」

ティファ
「……旅がはじまるのね」

旅はきらいか？
危険だぞ、いいのか？

ティファ
「……どうかな。
でも、もう帰るところないもの。
旅が好きとかキライとか関係ないわ」

「危険だぞ、いいのか?」を選んだときの展開

ティファ
「……う～ん。
でもほら、クラウドが約束守ってくれれば
だいじょうぶよね、きっと」

エアリス
「そういえば、わたし
ミッドガル出るの、初めて……」

そうか……不安か？
危険だぞ、いいのか？

エアリス
「ちょっと、う～ん、かなり、かな。
でも、なんでも屋さんが
いっしょだし、ね？」

「危険だぞ、いいのか?」を選んだときの展開

エアリス
「言うと思った！」

バレット
「エアリスのおふくろさんには
安全な場所に移るようにって
言っといたからマリンも安全だな」

そうだな
さ～て、どうかな

エアリス
「もう、ミッドガルはイヤだって
言ってた……ちょうど良かったかな」

「さ～て、どうかな」を選んだときの展開

エアリス
「やめてよ、クラウド！
わたしだって心配なんだから」

クラウド
「さて……」

もう少しここにいよう
行こうか！

バレット
「ここから先
団体行動にはリーダーが必要だ。
リーダーといえばオレしかいねえ」

ティファ
「そうかしら……」

エアリス
「どう考えてもクラウド、よね」

バレット
「チッ…………わかったよ。
ここから【北東にカームって町】があるんだ。
何かあったらそこを集合場所にしよう」

バレット
「それにしたって野っ原を5人でゾロゾロ
歩くなんて危なくてしょうがねえ。
おまえ、パーティーを2組に分けてみろ」

エアリスとティファをパーティーに入れたときの展開

バレット
「……やると思ったぜ」

バレットとレッドXIIIをパーティーに入れたときの展開

エアリス
「……予想外の」

ティファ
「……組み合わせ」

ティファ
「まあ、男同士、楽しくやりなさい」

バレット
「じゃあ、カームでな！」

ティファ
「それじゃあ、カームで！」

キャラクターモデリングディレクター

風野正昭

Masaaki Kazeno

代表作 FFⅧ、FFⅨ、FFⅩ、FFⅫ、FFⅩⅢ、FFⅩⅢ-2、ライトニング リターンズ FFⅩⅢ、メビウス FF、キングダム ハーツ

Q どのような作業を担当されましたか？
A クラウドたちやモンスターの3Dモデル全般のディレクションと、デザインの発注や管理です。あとは、CEROレーティング(年齢制限)が上がらないように、法務や倫理チームとも連携をしました。

Q 各キャラクターのモデリングを担当したスタッフとは、どんなやり取りがありましたか？
A 3Dモデルの制作開始時に、オリジナル版のデザインやいろいろな資料を見ながら、担当者と方向性を決める話し合いをしました。それが決まってしまえば、あとは経験豊富なスタッフによって、こちらの想像を超える良い3Dモデルができあがるんです。

Q 完成までに大きく変わった部分はありますか？
A どのキャラクターも、開発の終盤まで調整がつづくのである程度は変化するのですが、そのなかでもティファの顔は大きく変わりました。

Q とくに気に入っているキャラクターは？
A ローチェです。本作で新しく登場したキャラクターなのに、クラウドたちに見おとりしない、強烈な個性を持っているところが好きですね。

Q もっとも苦労した点は？
A ゲーム内の表現をCERO C(15歳以上対象)の区分に収める調整に苦労しました。品質を上げるための苦労は楽しいからいいのですが、CERO Cの区分に収めるには自分たちの表現したいことをあきらめなければならないこともあり、一番大変でしたね。

Q 開発中の忘れられない思い出を教えてください。
A ケット・シーとデブモーグリを作って会議でお披露目したところ、周囲でヒソヒソ話がはじまり、そのときにはじめて今作でケット・シーが仲間にならないと知りました。次回作では、ケット・シーとデブモーグリをより魅力的に登場させたいです。

自分だけが知っている本作の秘密

ウェッジが飼っている三毛ネコ「ニャル、バニ、パス」は、シッポの色以外は同じ模様で顔を見ても区別がつきませんが、目の色がわずかにちがいます。CHAPTER 4の、3匹の顔が並んでアップになる場面で確認してみてください。

メインキャラクターモデラー&リードキャラクターアーティスト

鈴木 大

Dai Suzuki

代表作 FFⅩⅢ、FFⅩⅢ-2、ライトニング リターンズ FFⅩⅢ、メビウス FF、ラスト レムナント

Q どのような作業を担当されましたか？
A アセット(ゲームを構成する素材データ)の仕様を決めたり作業ツールを用意したりして、開発環境を整えていました。モデルの制作では、メイン級のキャラクターの作業をすることが多かったです。

Q CHAPTER 9で登場するドレスは、どのようにして作られましたか？
A エアリスのドレスについては、ストーリーの設定に合わせて、3種類の豪華さに差をつけることが重要でした。また、髪形を変えるのは作業のコストが高いのですが、絶対に必要な要素だったので、それぞれのドレスに合う髪形にしています。モデルが完成したあとも、ドレスのデザインを見直したりシェーダー(陰影や色などの見えかたに関する処理)で質感を高めたりと、かなり力を入れました。

Q とくに気に入っているキャラクターは？
A コルネオです！　彼の表情、声、演技、すべてが最高ですね。

Q 完成までに変更された部分はありますか？
A 最初は宝条が胸に神羅の社員証をつけていたのですが、彼はそんなものを律儀につけるタイプじゃないだろうということで、取っ払いました。

Q 開発中の忘れられない思い出を教えてください。
A あるキャラクターの衣装について、「ベルトのデザインに変更が入りました！」と言われて見てみたら、ベルトがちがうどころか、まったく知らない新しい服を着ていました。

Q 今回の作品でもっとも見てほしいところは？
A カットシーンには、ふだん操作しているキャラクターのモデルがそのまま登場しているのですが、ライティング(光を当てる処理)で何倍もキレイになっているので、ぜひじっくり見くらべてください。

自分だけが知っている本作の秘密

3Dモデルを作るときはまず参考画像を集めるようにしていて、モルボルはアボカドとゴーヤを参考にしました。本当はドリアンっぽくしたかったのですが、トゲトゲをたくさんつけるとデータ量が多くなるので断念したんです。

SECTION 伍

SUB EVENT & MINI GAME

サブイベント&ミニゲーム

FINAL FANTASY VII REMAKE ULTIMANIA

サブイベント＆ミニゲーム 01

なんでも屋クエスト

スラムには、「なんでも屋」のクラウドに仕事を頼みたがっている住民がたくさんいる。彼らからの依頼を受けて、さまざまな問題に取り組んでいこう。

遊べる時期 CHAPTER 3、8、9、14

基礎知識 困っている人たちの頼みを解決していく

特定のチャプターでは、スラムの住民たちから仕事(クエスト)を受けることができる。条件を満たすと各地にクエストが発生するので、依頼人のもとへ行って開始しよう。頼まれる内容は、指定された敵(クエストエネミー)を討伐したり人捜しをしたりと、クエストごとに異なる。開始後に手順を進めていき、目的を達成してから依頼人に報告すればクリアとなって、報酬がもらえるのだ。

クエストの特徴

- 同時に複数のクエストを並行して進められる
- 目的を達成したときには、依頼人のもとへ瞬時にもどることができる
- クリアしたときには、HPとMPが全回復する(ゲームの難易度がHARDだとMPは回復しない)
- 発生する時期がチャプターごとに決まっており、メインストーリーを特定のタイミングまで進めるとクリアできなくなる(下の表を参照)
- チャプターごとのクエストのクリア状況が、一部の要素に影響を与える(下の表を参照)

⬆クエストの目的を達成すると、依頼人のもとへもどるかどうかの選択肢が表示される。すぐに報告したいなら「はい」を選ぼう。

各チャプターのクエスト発生時期とクリア状況による影響

CHAPTER	クエストが発生する時期	クリア状況が影響を与える要素
3	「なんでも屋の仕事」でワイマーに話しかけてから、「動く神羅」でジョニーを救出してセブンスヘブンに入るまで	● EXTRA「ふたりきりの時間」の発生(三日月チャームの入手とCHAPTER 9でティファが着るドレスの種類／→P.207、697) ● CHAPTER 14冒頭のシーンの内容(→P.695)
8	「出張なんでも屋」が開始してから、エアリスの家に帰るまで	● EXTRA「花と語りて」の発生(→P.268) ● CHAPTER 9でエアリスが着るドレスの種類(→P.697) ● CHAPTER 14冒頭のシーンの内容(→P.695)
9	「しばしの別れ」が開始してから、手揉み屋にもどってジョニーに声をかけられるまで	● クラウドが着るドレスの種類(→P.697)
14	「情報収集」でキリエの演説を聴いてから、「壁を越える」でバレットに壁を越えると伝えるまで	● CHAPTER 14終盤のシーンの内容(→P.700) ● スラムエンジェルの手紙と『ぞくせい』マテリアの入手(→P.351)

CHAPTER 9では発生するクエストが変化する

CHAPTER 9では、チャプター開始以降のクラウドの行動内容に応じて、マムとサムのどちらに仕事を紹介してもらえるかが変わる。それによって、発生するクエストも変化するのだ(→P.287)。なお、発生しなかったクエストを受けたい場合は、チャプターセレクト(→P.176)を利用するといい。

⬅「しばしの別れ」で仕事依頼リストを渡してきた人物に対応するクエストが発生する。

進めかた 「QUEST」メニューとクエストアイコンを参考にしよう

クエストを進めるときは、「QUEST」メニューやクエストアイコンが役に立つ。「QUEST」メニューでは、発生しているクエストを一覧できるほか、◎ボタンを押すとクエストの内容も確認可能だ。クエストアイコンは、依頼人や手順に関係する人などに表示されるだけでなく、マップ、コンパス、ナビマップでは目的地の場所を示してくれる。

⬆タッチパッドボタンでマップを表示後、R2ボタンを押すと「QUEST」メニューに切りかわる。

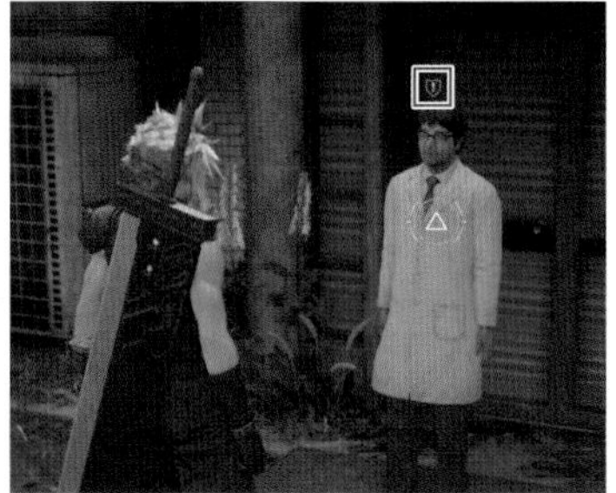

⬆緑色の！マークがクエストアイコン。マップなどには表示されない場合もあるので注意しよう。

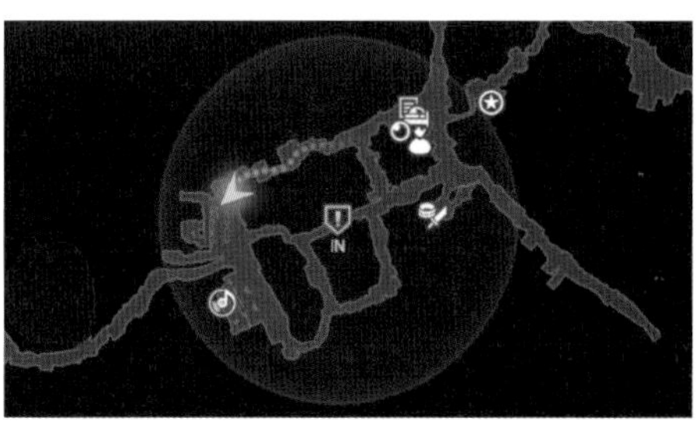

⬅目的地が不明のときは、「IN」と書かれたクエストアイコンと探索範囲を表す円がマップに表示される。

「QUEST」メニューの表示の見かた

クエストの進行状況
手順が進むにつれてゲージが伸びていく。クリアするか、失敗する（クリアせずに発生時期が終わる）と、下の写真の表示が加わる。

CLEAR! ……クリア

FAILED ……失敗

クエストの番号

クエストの名前
まだ発生していない場合は「？？？？」と表示される。

優先クエストを示すマーク
マップや「QUEST」メニューで◎ボタンを押して優先クエストに設定すると、コンパスやナビマップで目的地を示すクエストアイコンが大きくなり、目的地までの距離も確認できるようになる。

チャプターセレクト時のちがい

エンディングを迎えたあとにチャプターセレクトを行なうと、選んだチャプター内のすべてのクエストが発生前の状態に初期化され、クエスト中に入手しただいじなものも失われる（一部例外あり／右記参照）。初期化されたクエストをクリアすれば、ふたたび報酬を手に入れることが可能だが、もらえるものが変わるクエストもあるので気をつけておこう。さらに、ゲームの難易度をHARDにすれば、特定のクエストでクエストエネミーを倒したときにスキルアップブックが手に入る。失敗に終わったクエストに再挑戦するだけでなく、スキルアップブックでクラウドたちを強化するためにも、ふたたびクエストを受けてみるといい。

⬅以前にクリアしたことがあるクエストは、「QUEST」メニューで右下にチェックマークがつく。

チャプターセレクト時の初期化の例外

- クエスト 1 「チャドリーレポート」進行中にもらったバトルレポートは、チャプターセレクト時に失われない
- クエスト 17 「チョコボを探せ」進行中に利用できるようになったチョコボストップは、チャプターセレクト後も引きつづき利用可能。また、クエスト 17 をクリアしたときに報酬としてもらったチョコボ車フリーパスは、チャプターセレクト時に失われない
- CHAPTER 14で全クエストをクリアしたときに拾えるスラムエンジェルの手紙（→P.351）は、チャプターセレクト時に失われない（同時に拾える『ぞくせい』マテリアと併せて、入手できるのはゲームを通して1回かぎり）

クエストリスト

なんでも屋のクラウドは、分岐まで含めると26種類のクエストに挑戦できる。それぞれの発生条件や進めかたを解説していこう。

リストの見かた

2 化けネズミの軍団
依頼人 アイテム屋
発生条件 「なんでも屋の仕事」でワイマーに話しかける
クリア条件 居住区で化けネズミ×3を倒す
報酬 ハイポーション×5
七番街スラム
❷ウェアラット×4を倒す
❹化けネズミ(→P.541)×3を倒す
入手 【HARD】剣技指南書 第5巻
依頼人 アイテム屋
❶アイテム屋に話しかける 開始
❸アイテム屋に話しかける(※3)
❺アイテム屋に報告する クリア
居住区
進行手順
クリア後の変化
クエスト 5 「さまよう軍犬」が発生する
アイテム屋の品ぞろえが増える(ハイポーションと『ちりょう』マテリアが買えるようになる)
※チャプターセレクト時は、以前にクリアしたことがあると手順❷～❸が省略される
※3……手順❷のあと、ほかのクエストをクリアするか、バトルを行なうかすると、この手順を行なわなくても手順❹に進める

❶クエスト番号……クエストの番号。基本的に「QUEST」メニューで表示されるものに準拠している。

❷クエストの名前

❸依頼人……クエストの依頼人。この人に話しかけるとクエストを開始できる。

❹発生条件……クエストが発生する条件。それぞれのチャプターでクエストをクリアできなくなる条件についてはP.406を参照。

❺クリア条件……記載された条件を達成したあと依頼人に報告すればクエストをクリアできる(一部のものは報告しなくてもクリア可能)。

❻報酬……クリアしたときに得られるアイテムやギル。

❼進行手順……クエストを進める手順。開始はその手順を行なうとクエストが開始されることを、クリアはその手順を行なうとクエストがクリアとなることを示す。「入手【HARD】○○」は、難易度がHARDのときにのみ併記されたアイテムが入手できることを表す(そのアイテムをすでに持っている場合は入手できない)。

❽マップ……手順を行なう場所。記号などの意味はP.183を参照。

❾クリア後の変化……クエストのクリア後に起こる変化。大半のものは、チャプターセレクト(→P.176)でやり直すとクリア前の状態に初期化される。

CHAPTER 3で発生するクエスト

1 チャドリーレポート

依頼人	チャドリー
発生条件	「なんでも屋の仕事」でワイマーに話しかける
クリア条件	『みやぶる』マテリアを使って2種類の敵の情報を見破り、『バトルレポート』のレポート01を達成する
報酬	500ギル(さらに、クエスト開始時に一度だけ『みやぶる』マテリアとバトルレポートをもらえる)

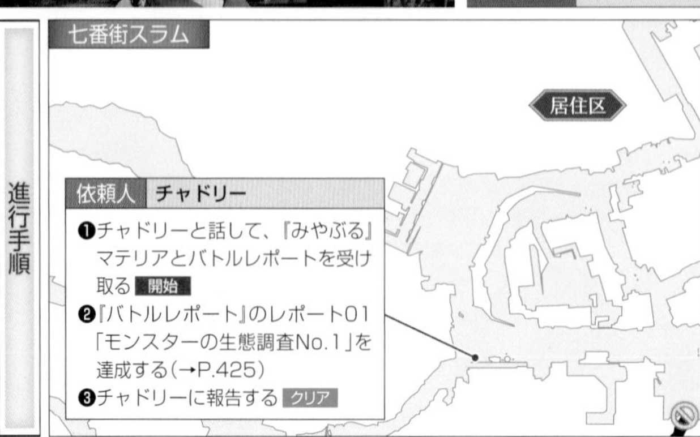

進行手順
七番街スラム
居住区

依頼人 チャドリー

❶チャドリーと話して、『みやぶる』マテリアとバトルレポートを受け取る 開始

❷『バトルレポート』のレポート01「モンスターの生態調査No.1」を達成する(→P.425)

❸チャドリーに報告する クリア

クリア後の変化

- 『バトルレポート』のレポート02～04が追加される(→P.425／※1)
- チャドリーに話しかけて、マテリアを購入したり、武器の強化をリセットしたりできるようになる(→P.426／※2)

※チャプターセレクト時は手順❶が省略される

※1……チャプターセレクト時は最初から追加されている

※2……チャプターセレクト時は最初から利用できるが、クエスト 1 の進行中は利用できない

2 化けネズミの軍団

依頼人	アイテム屋
発生条件	「なんでも屋の仕事」でワイマーに話しかける
クリア条件	居住区で化けネズミ×3を倒す
報酬	ハイポーション×5

進行手順

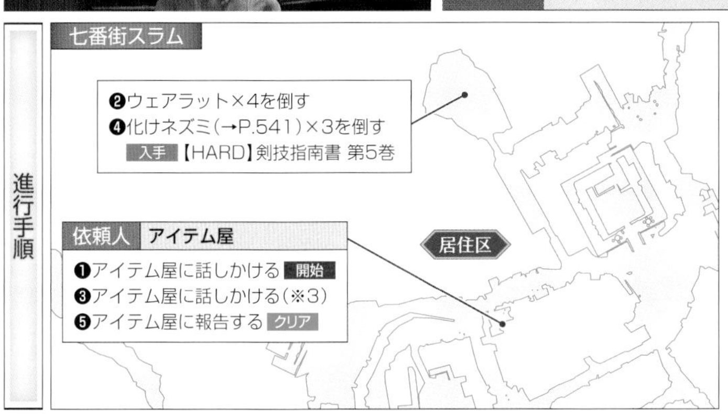
七番街スラム
❷ウェアラット×4を倒す
❹化けネズミ(→P.541)×3を倒す
入手 【HARD】剣技指南書 第5巻
居住区
依頼人 アイテム屋
❶アイテム屋に話しかける 開始
❸アイテム屋に話しかける(※3)
❺アイテム屋に報告する クリア

クリア後の変化

- クエスト 5 「さまよう軍犬」が発生する
- アイテム屋の品ぞろえが増える(ハイポーションと『ちりょう』マテリアが買えるようになる)

※チャプターセレクト時は、以前にクリアしたことがあると手順❷〜❸が省略される
※3……手順❷のあと、ほかのクエストをクリアするか、バトルを行なうかすると、この手順を行なわなくても手順❹に進める

3 廃工場の羽根トカゲ

依頼人	ジャンク屋
発生条件	「なんでも屋の仕事」でワイマーに話しかける
クリア条件	タラガ廃工場の2ヵ所で羽根トカゲを倒す
報酬	500ギル

進行手順

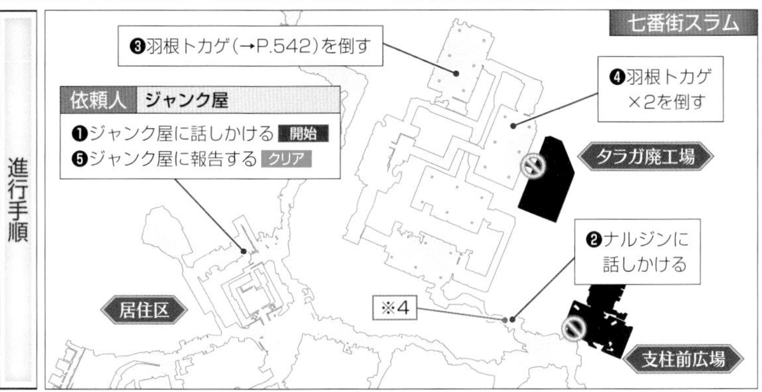
七番街スラム
❸羽根トカゲ(→P.542)を倒す
❹羽根トカゲ×2を倒す
依頼人 ジャンク屋
❶ジャンク屋に話しかける 開始
❺ジャンク屋に報告する クリア
タラガ廃工場
❷ナルジンに話しかける
居住区
※4
支柱前広場

クリア後の変化

- クエスト 6 「墓場からの異物」が発生する
- ジャンク屋の品ぞろえが増える(→P.698)

※手順❸と❹はどちらから行なってもかまわない
※4……手順❷のあとに通れる

4 消えたトモダチ

依頼人	ベティ
発生条件	「なんでも屋の仕事」でワイマーに話しかける
クリア条件	ベティのトモダチである3匹の白いネコを捜す
報酬	乙女のキッス

進行手順

七番街スラム
❸白いネコをつかまえようとして逃げられる
居住区
❹白いネコをつかまえようとして逃げられる
❷白いネコをつかまえようとして逃げられる
依頼人 ベティ
❶ベティに話しかける 開始
❺ベティに報告する クリア

※手順❷〜❹はどんな順番で行なってもかまわない

5 さまよう軍犬

依頼人	ワイマー
発生条件	クエスト 2「化けネズミの軍団」をクリアする
クリア条件	ガレキ通りでレイジハウンドを倒す
報酬	エリクサー

進行手順

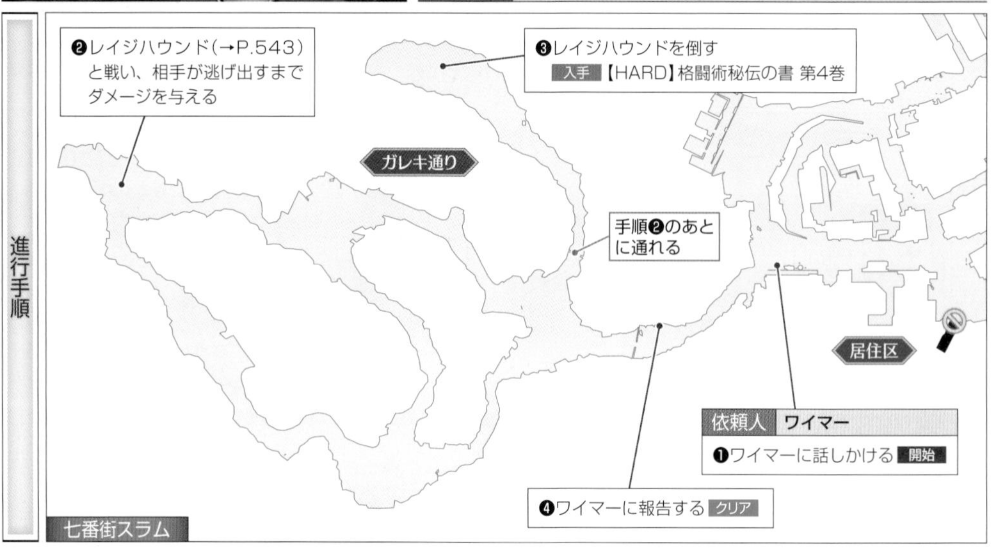
❷レイジハウンド(→P.543)と戦い、相手が逃げ出すまでダメージを与える
❸レイジハウンドを倒す
入手【HARD】格闘術秘伝の書 第4巻
ガレキ通り
手順❷のあとに通れる
居住区
依頼人 ワイマー
❶ワイマーに話しかける 開始
❹ワイマーに報告する クリア
七番街スラム

6 墓場からの異物

依頼人	グエン
発生条件	クエスト 3「廃工場の羽根トカゲ」をクリアする
クリア条件	タラガ廃工場で自警団のカギを手に入れたあと、ディーングロウを倒す
報酬	スターブレス

進行手順

七番街スラム
近くのレバーを操作してシャッターを開けたあとに通れる
タラガ廃工場
❸自警団のカギで扉を開ける
❷神羅ボックスを壊して自警団のカギを手に入れる
❹ディーングロウ(→P.544)を倒す
支柱前広場
依頼人 グエン
❶グエンに話しかける 開始
❺グエンに報告する クリア

CHAPTER 8で発生するクエスト

7 極秘開店モーグリショップ

依頼人	モグヤ
発生条件	「出張なんでも屋」を開始する
クリア条件	モーグリ・モグの店でモーグリメダルとモーグリ・モグ会員証を交換する
報酬	(なし)

進行手順

伍番街スラム
依頼人 モグヤ
❶モグヤに話しかける 開始
❷モーグリ・モグの店で、モーグリメダルとモーグリ・モグ会員証を交換する クリア
子供たちの秘密基地
クリア後の変化
● モーグリ・モグの店(→P.439)に新商品が入荷される(クエスト 12「墓参りの報酬」を進められるようになる)

8 見回りの子供たち

依頼人	フォリア先生
発生条件	「出張なんでも屋」を開始する
クリア条件	もどってこない5人の子どもたちを連れもどしたあと、未開発区域 ガマガマ沼でヘッジホッグキングたちを倒す
報酬	釘バット(すでに持っている場合はポーション)

進行手順

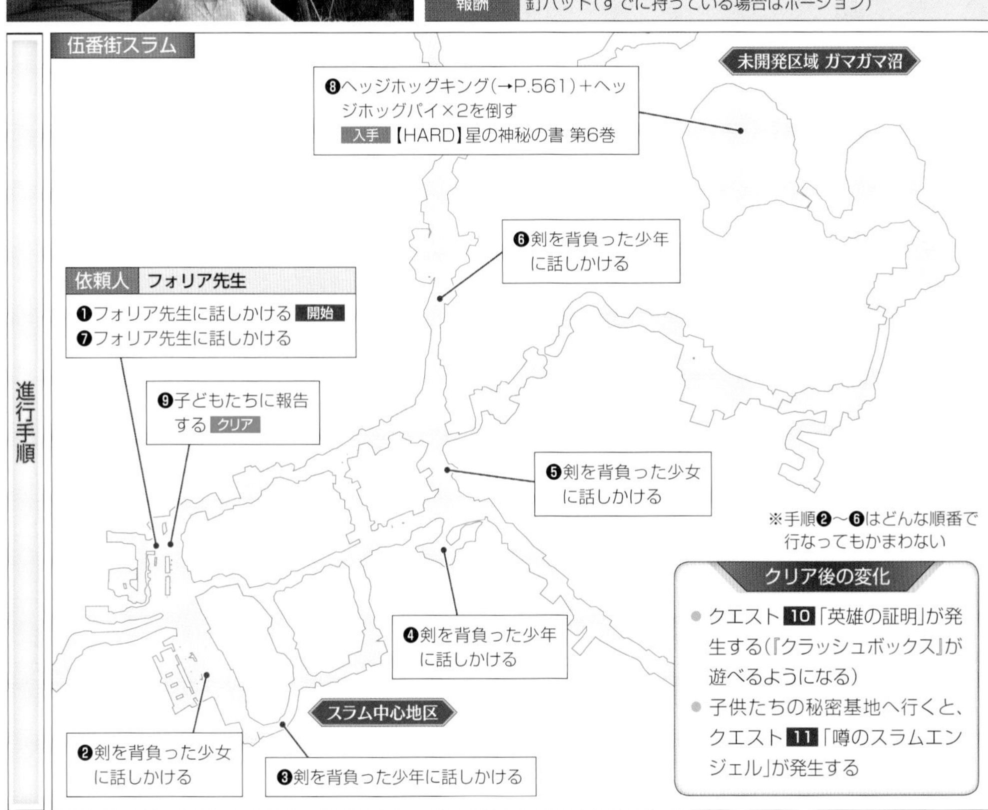

伍番街スラム
未開発区域 ガマガマ沼
❽ヘッジホッグキング(→P.561)+ヘッジホッグパイ×2を倒す
入手 【HARD】星の神秘の書 第6巻
❻剣を背負った少年に話しかける
依頼人 フォリア先生
❶フォリア先生に話しかける 開始
❼フォリア先生に話しかける
❾子どもたちに報告する クリア
❺剣を背負った少女に話しかける
※手順❷〜❻はどんな順番で行なってもかまわない
❹剣を背負った少年に話しかける
スラム中心地区
❷剣を背負った少女に話しかける
❸剣を背負った少年に話しかける
クリア後の変化
● クエスト 10「英雄の証明」が発生する(『クラッシュボックス』が遊べるようになる)
● 子供たちの秘密基地へ行くと、クエスト 11「噂のスラムエンジェル」が発生する

9 暴走兵器

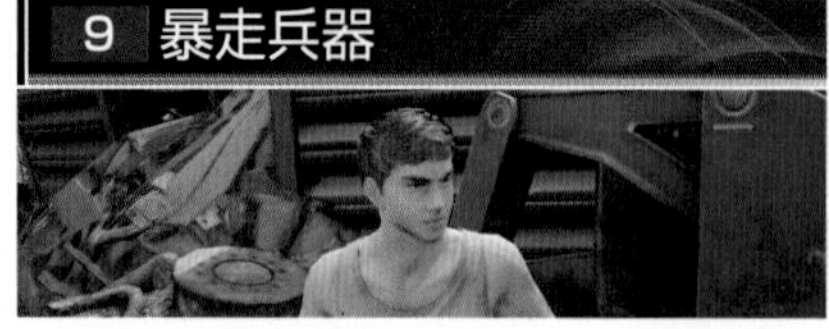

依頼人	おびえた男
発生条件	「出張なんでも屋」を開始する
クリア条件	廃棄指定区 裏通りとたそがれの谷でピアシングアイを倒す
報酬	守りのブーツ

進行手順

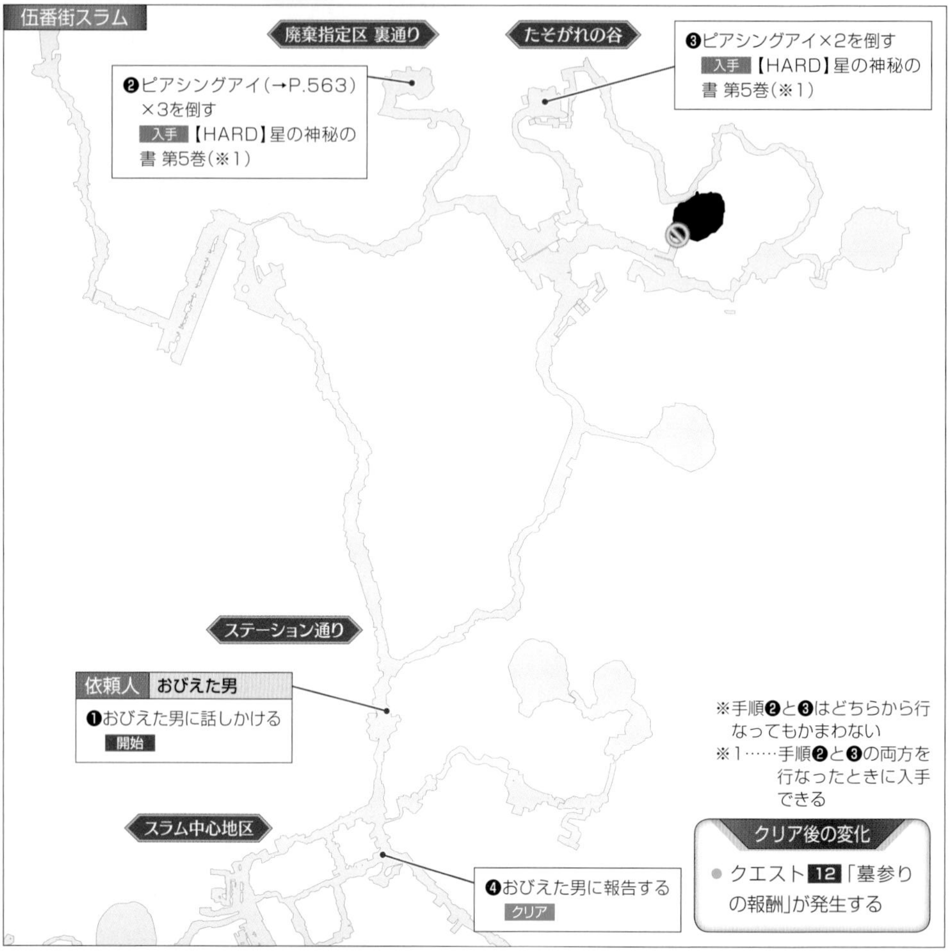

伍番街スラム
廃棄指定区 裏通り
たそがれの谷
❷ピアシングアイ(→P.563)×3を倒す
入手【HARD】星の神秘の書 第5巻(※1)
❸ピアシングアイ×2を倒す
入手【HARD】星の神秘の書 第5巻(※1)
ステーション通り
依頼人 おびえた男
❶おびえた男に話しかける 開始
スラム中心地区
❹おびえた男に報告する クリア
※手順❷と❸はどちらから行なってもかまわない
※1……手順❷と❸の両方を行なったときに入手できる
クリア後の変化
クエスト 12「墓参りの報酬」が発生する

10 英雄の証明

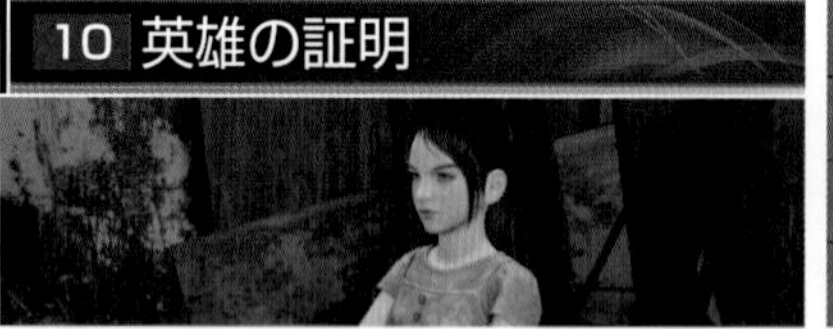

依頼人	サラ
発生条件	クエスト 8「見回りの子供たち」をクリアする
クリア条件	『クラッシュボックス』で10000以上のスコアを獲得する
報酬	なし(『クラッシュボックス』の景品を獲得できる)

進行手順

伍番街スラム
依頼人 サラ
❶サラに話しかける 開始
❷『クラッシュボックス』(→P.440)で10000以上のスコアを獲得する クリア
子供たちの秘密基地
クリア後の変化
『クラッシュボックス』を自由に遊べるようになる

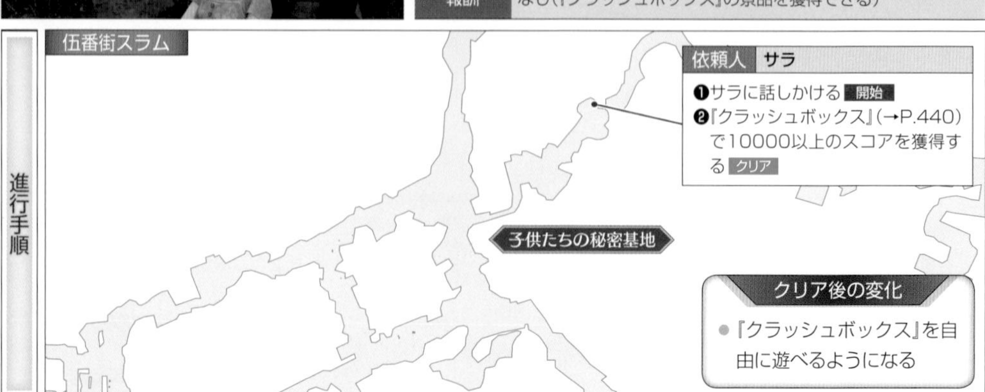

11 噂のスラムエンジェル

依頼人	デマン
発生条件	クエスト 8「見回りの子供たち」をクリア後に、子供たちの秘密基地でムギと会話する
クリア条件	物見の高台でトクシックダクトを倒したあと、スラムエンジェルの予告状を手に入れる
報酬	2000ギル

進行手順

伍番街スラム
物見の高台
❺スラムエンジェルの予告状を拾う
❹トクシックダクト(→P.564)を倒す
入手【HARD】星の神秘の書 第7巻
スラム中心地区
❷ミレイユに話しかける
依頼人 デマン
❶デマンに話しかける 開始
❸デマンに話しかける
❻デマンに報告する クリア

12 墓参りの報酬

依頼人	元気のない老人
発生条件	クエスト 9「暴走兵器」をクリアする
クリア条件	墓地のカギを手に入れたあと、スラム共同墓地でネフィアウィーバー×3を倒す
報酬	ニードルガード

進行手順

伍番街スラム
※手順❸～❹は、手順❶や❷の前に行なってもかまわない。なお、手順❶の前に手順❸を行なっていた場合は、手順❷が省略される
※2……この手順は行なわなくてもかまわない
スラム共同墓地
❹墓地のカギで扉を開ける
❺ネフィアウィーバー(→P.565)×3を倒す
入手【HARD】星の神秘の書 第8巻
❸クエスト 7「極秘開店モーグリショップ」(→P.411)をクリアしたあと、モーグリ・モグの店で、モーグリメダルと墓地のカギを交換する
❷ムギに話しかける(※2)
スラム中心地区
子供たちの秘密基地
依頼人 元気のない老人
❶元気のない老人に話しかける 開始
❻元気のない老人に報告する クリア

CHAPTER 9で発生するクエスト

13 白熱スクワット

依頼人	ジーナン
発生条件	「しばしの別れ」でサムかマムに仕事を紹介される
クリア条件	『スクワット勝負』の初級で勝利する
報酬	メガポーション×3(チャプターセレクト時は、以前にクリアしたことがあるとポーション)

進行手順

依頼人 **ジーナン**

❶ジーナンに話しかける 開始
❷ジーナンに話しかけて、『スクワット勝負』(→P.447)の初級で勝利する クリア

クリア後の変化

- 『スクワット勝負』の中級以上が遊べるようになる

14a 盗みの代償

依頼人	ミレイユ
発生条件	「しばしの別れ」でマムに仕事を紹介される(→P.696)
クリア条件	陥没道路 配管通路②でベグたちを倒す
報酬	エーテルターボ

進行手順

依頼人 **ミレイユ**

❶ミレイユに話しかける 開始
❸ミレイユに報告して報酬とホンモノの予告状を手に入れる クリア

❷ベグ+ブッチョ+バド+ジャイアントバグラー(→P.577)を倒す(※1)
入手 【HARD】剣技指南書 第8巻

※1……この手順のあとは自動的に依頼人のもとへもどって、手順❸が行なわれる

14b あくなき夜

依頼人	服屋の息子
発生条件	「しばしの別れ」でサムに仕事を紹介される(→P.696)
クリア条件	VIP会員証を入手して服屋のオヤジに渡し、彼を服屋に連れもどす
報酬	エーテルターボ

進行手順

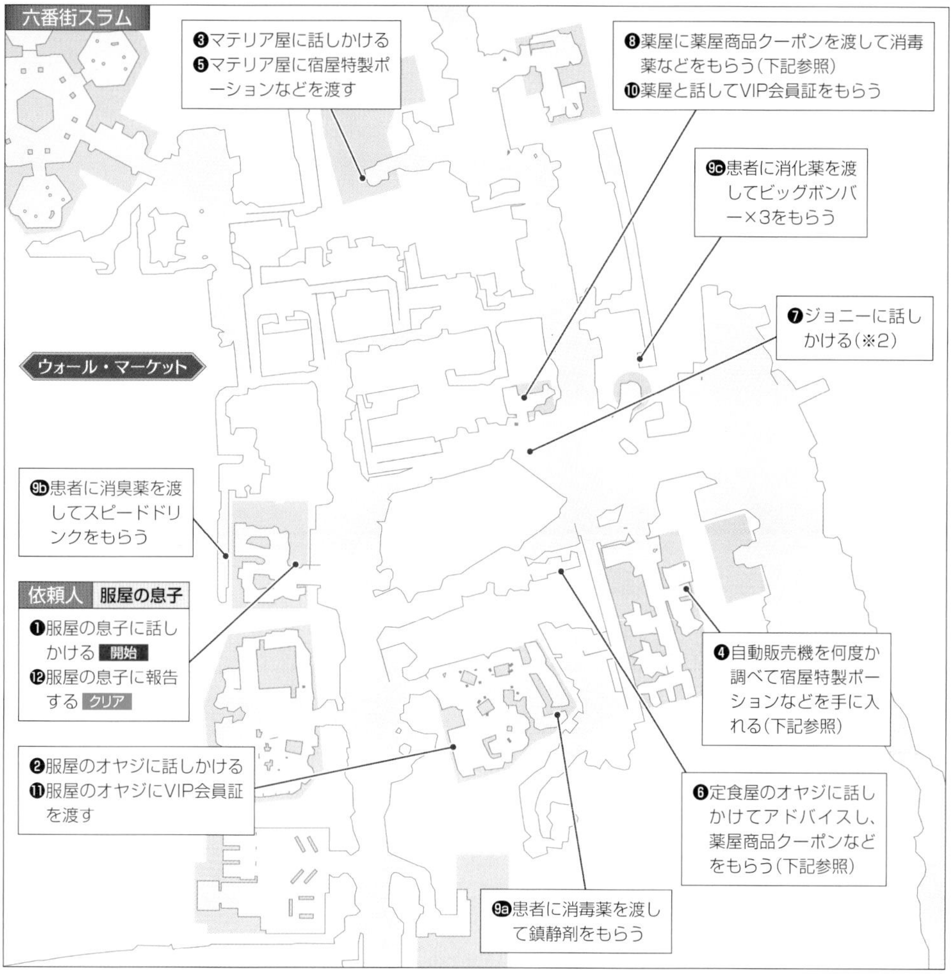

六番街スラム

ウォール・マーケット

依頼人 服屋の息子
❶服屋の息子に話しかける 開始
⓬服屋の息子に報告する クリア

❷服屋のオヤジに話しかける
⓫服屋のオヤジにVIP会員証を渡す

❸マテリア屋に話しかける
❺マテリア屋に宿屋特製ポーションなどを渡す

❹自動販売機を何度か調べて宿屋特製ポーションなどを手に入れる(下記参照)

❻定食屋のオヤジに話しかけてアドバイスし、薬屋商品クーポンなどをもらう(下記参照)

❼ジョニーに話しかける(※2)

❽薬屋に薬屋商品クーポンを渡して消毒薬などをもらう(下記参照)
❿薬屋と話してVIP会員証をもらう

9a患者に消毒薬を渡して鎮静剤をもらう

9b患者に消臭薬を渡してスピードドリンクをもらう

9c患者に消化薬を渡してビッグボンバー×3をもらう

※手順9a〜9cはいずれかひとつを行なえばつぎの手順に進める
※2……この手順は行なわなくてもかまわない

知識のマテリア《 マテリアを使いこなしているとおトクなことがある

クエスト 14b 「あくなき夜」では、マテリアの使用状況に応じて、いくつかの手順を進めるときに展開が変化する。具体的には右の表のとおりで、特定のマテリアを使いこなしていると、より良いものが手に入るのだ。なお、手順❽でもらえる薬は、手順❿以降やクエストクリア後でも患者に渡せるが、手揉み屋にもどってジョニーに声をかけられると渡せなくなる。

マテリアの使用状況に応じて入手できるもの

手順	マテリアの使用状況		入手できるもの
❹	『みやぶる』マテリアで見破った敵の数	15種類以下	宿屋特製ポーション+眠気覚まし
		16〜30種類	宿屋特製ポーション+宿屋特製興奮剤+フェニックスの尾
		31種類以上	宿屋特製ポーション+宿屋特製興奮剤+自販機のアレ+モーグリメダル
❻	選んだアドバイスに対応したマテリア(※3)の最高レベル	未所持か★1	薬屋商品クーポン+毒消し
		★2	薬屋商品クーポン+万能薬
		★3	薬屋商品クーポン+モーグリメダル
❽	『ちりょう』マテリアの最高レベル	未所持か★1	消毒薬
		★2	消毒薬+消臭薬
		★3	消毒薬+消臭薬+消化薬

※3……『ほのお』『れいき』『いかずち』のいずれか

15a 逆襲の刃

手揉屋

依頼人	ゲートキーパー
発生条件	クエスト 13「白熱スクワット」と 14a「盗みの代償」をクリアする
クリア条件	地下闘技場のスペシャルマッチに出場して、カッターマシン=カスタムを倒す
報酬	マジカルロッド(すでに持っている場合はポーション)

進行手順

地下闘技場
ウォール・マーケット
六番街スラム
依頼人 ゲートキーパー
❶ゲートキーパーから試合に出てほしいと頼まれる 開始
❷ゲートキーパーに話しかけてスペシャルマッチに参加し、カッターマシン=カスタム(→P.578)を倒す
入手 【HARD】剣技指南書 第9巻
❸マムから報酬を受け取る クリア

15b 爆裂ダイナマイトボディ

依頼人	サム
発生条件	クエスト 13「白熱スクワット」と 14b「あくなき夜」をクリアする
クリア条件	地下闘技場のスペシャルマッチに出場して、ボム×2を倒す
報酬	マジカルロッド(すでに持っている場合はポーション)

進行手順

六番街スラム
地下闘技場
七六街道
依頼人 サム
❶サムに話しかける 開始
❷ゲートキーパーに話しかけてスペシャルマッチに参加し、ボム(→P.576)×2を倒す
入手 【HARD】剣技指南書 第10巻
❸サムから報酬を受け取る クリア

CHAPTER 14で発生するクエスト

16 消えた子供たち

依頼人	フォリア先生
発生条件	「情報収集」でキリエの演説を聴く
クリア条件	スラム共同墓地でファントム×2を倒す
報酬	『じかん』マテリア

進行手順

伍番街スラム
スラム共同墓地
スラム中心地区
依頼人 フォリア先生
❶フォリア先生に話しかける(※1) 開始
❷ムギに近づいたあと、出現したファントム(→P.592)×2を倒す クリア
入手 【HARD】格闘術秘伝の書 第10巻

※1……この手順は行なわなくてもかまわない

17 チョコボを探せ

依頼人	チョコボスタッフ
発生条件	「情報収集」でキリエの演説を聴く
クリア条件	逃げ出した3羽のチョコボを捜してギザールの野菜を与える
報酬	チョコボ車フリーパス

※手順❷～❹でチョコボを助けると、対応するチョコボストップが利用可能になる(下記参照)。なお、チャプターセレクト時は、以前に利用可能になっていたチョコボストップが最初から利用できる
※手順❷～❹はどんな順番で行なってもかまわない

進行手順

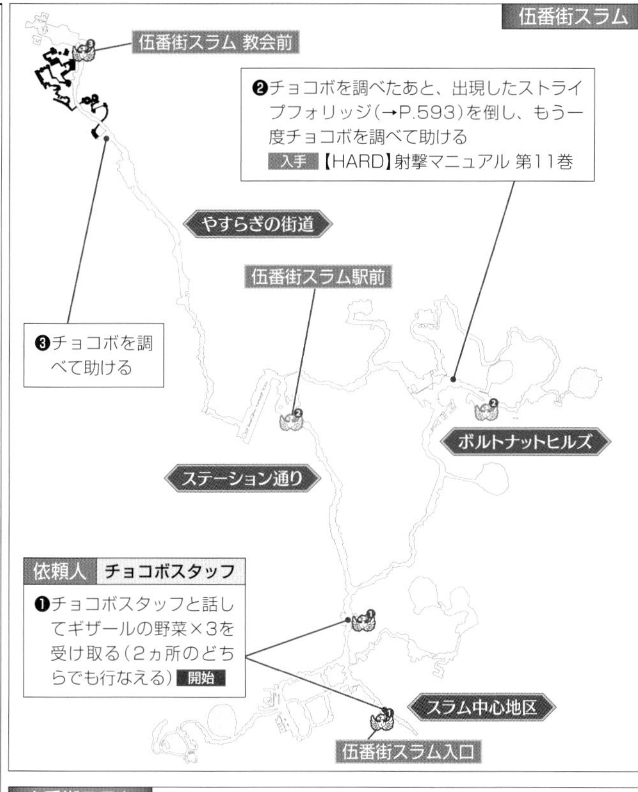

伍番街スラム
伍番街スラム 教会前
❷チョコボを調べたあと、出現したストライプフォリッジ(→P.593)を倒し、もう一度チョコボを調べて助ける
入手 【HARD】射撃マニュアル 第11巻
やすらぎの街道
伍番街スラム駅前
❸チョコボを調べて助ける
ボルトナットヒルズ
ステーション通り
依頼人 チョコボスタッフ
❶チョコボスタッフと話してギザールの野菜×3を受け取る(2ヵ所のどちらでも行なえる) 開始
スラム中心地区
伍番街スラム入口

六番街スラム

陥没道路入口

❹チョコボを調べたあと、出現したミュータントテイル(→P.594)×3を倒し、もう一度チョコボを調べて助ける
入手 【HARD】格闘術秘伝の書 第11巻

陥没道路 旧バイパス

ウォール・マーケット入口

七六街道

六番街スラム みどり公園前

ウォール・マーケット 開発地区

❺サムに報告する クリア

チョコボストップ(→P.343)の見かた
❶……最初から利用できる
❷……手順❷のあとに利用できる
❸……手順❸のあとに利用できる
❹……手順❹のあとに利用できる

※チョコボストップの名前は、行き先を決めるときに表示されるもの(名前を併記していないチョコボストップは乗車専用)

クリア後の変化

- チョコボ車を無料で利用できるようになる(チャプターセレクト時は、以前にクリアしたことがあると最初から無料で利用できる)

18 手下のうらみ

依頼人	マム
発生条件	「情報収集」でキリエの演説を聴く
クリア条件	伍番街スラム・花香る小道でトンベリを倒す
報酬	(なし)

進行手順

六番街スラム

依頼人 マム

❶マムに話しかける 開始

ウォール・マーケット

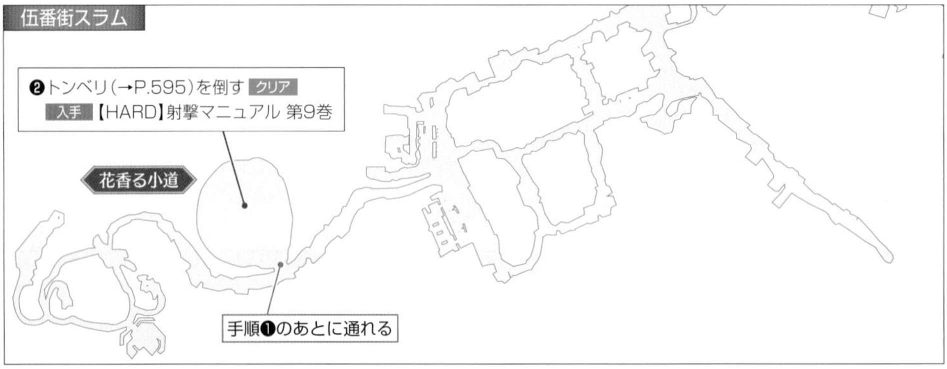

伍番街スラム

❷トンベリ(→P.595)を倒す クリア

入手 【HARD】射撃マニュアル 第9巻

花香る小道

手順❶のあとに通れる

19 揺れる想い

依頼人	アニヤン
発生条件	「情報収集」でキリエの演説を聴く
クリア条件	『けんすい勝負』の初級で勝利する
報酬	格闘術秘伝の書 第3巻(チャプターセレクト時は、以前にクリアしたことがあるとポーション)

進行手順

依頼人 アニヤン

❶アニヤンに話しかける 開始
❷アニヤンに話しかけて、『けんすい勝負』(→P.454)の初級で勝利する クリア

クリア後の変化

- 『けんすい勝負』の中級以上が遊べるようになる

20 音楽の力

依頼人	ベティ
発生条件	「情報収集」でキリエの演説を聴く
クリア条件	ウォール・マーケットのジュークボックスで「12 更に闘う者達」「16 おやすみまた明日」「30 STAND UP」の3曲を流す
報酬	射撃マニュアル 第3巻(チャプターセレクト時は、以前にクリアしたことがあるとポーション)

進行手順

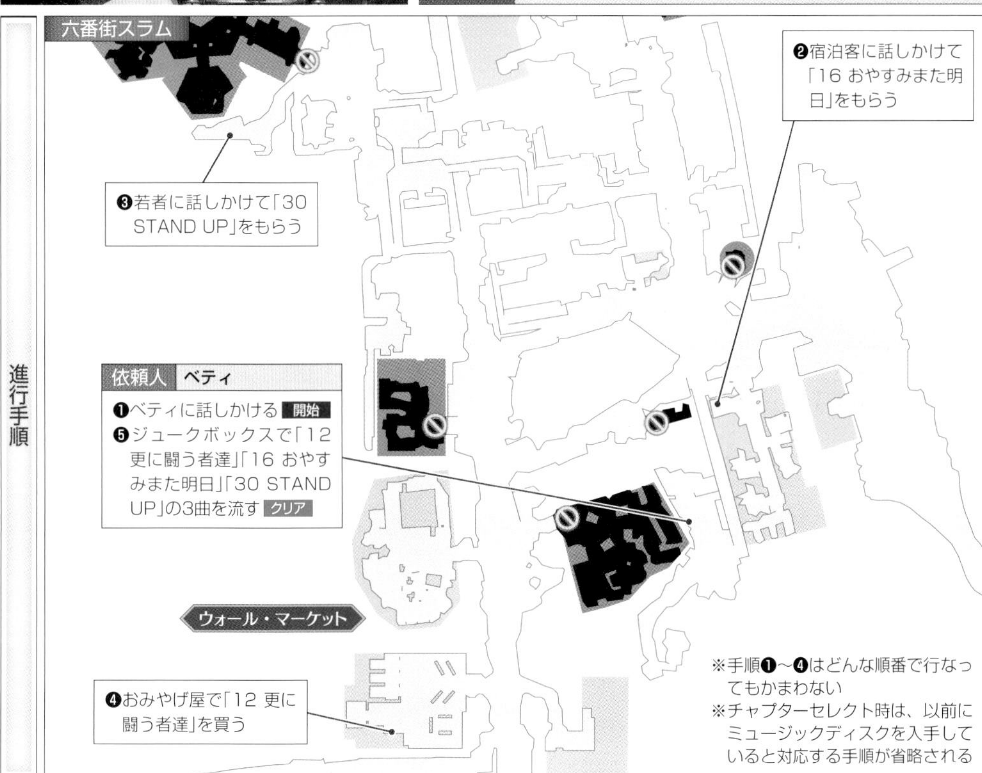

依頼人 ベティ

❶ベティに話しかける 開始
❺ジュークボックスで「12 更に闘う者達」「16 おやすみまた明日」「30 STAND UP」の3曲を流す クリア

❷宿泊客に話しかけて「16 おやすみまた明日」をもらう

❸若者に話しかけて「30 STAND UP」をもらう

❹おみやげ屋で「12 更に闘う者達」を買う

※手順❶〜❹はどんな順番で行なってもかまわない
※チャプターセレクト時は、以前にミュージックディスクを入手していると対応する手順が省略される

21 秘伝の薬

依頼人	町医者
発生条件	「情報収集」でキリエの演説を聴く
クリア条件	薬の材料である、モーグリのすり鉢、薬効の花、ベヒーモスのツノを手に入れる
報酬	星の神秘の書 第3巻(チャプターセレクト時は、以前にクリアしたことがあるとポーション)

進行手順

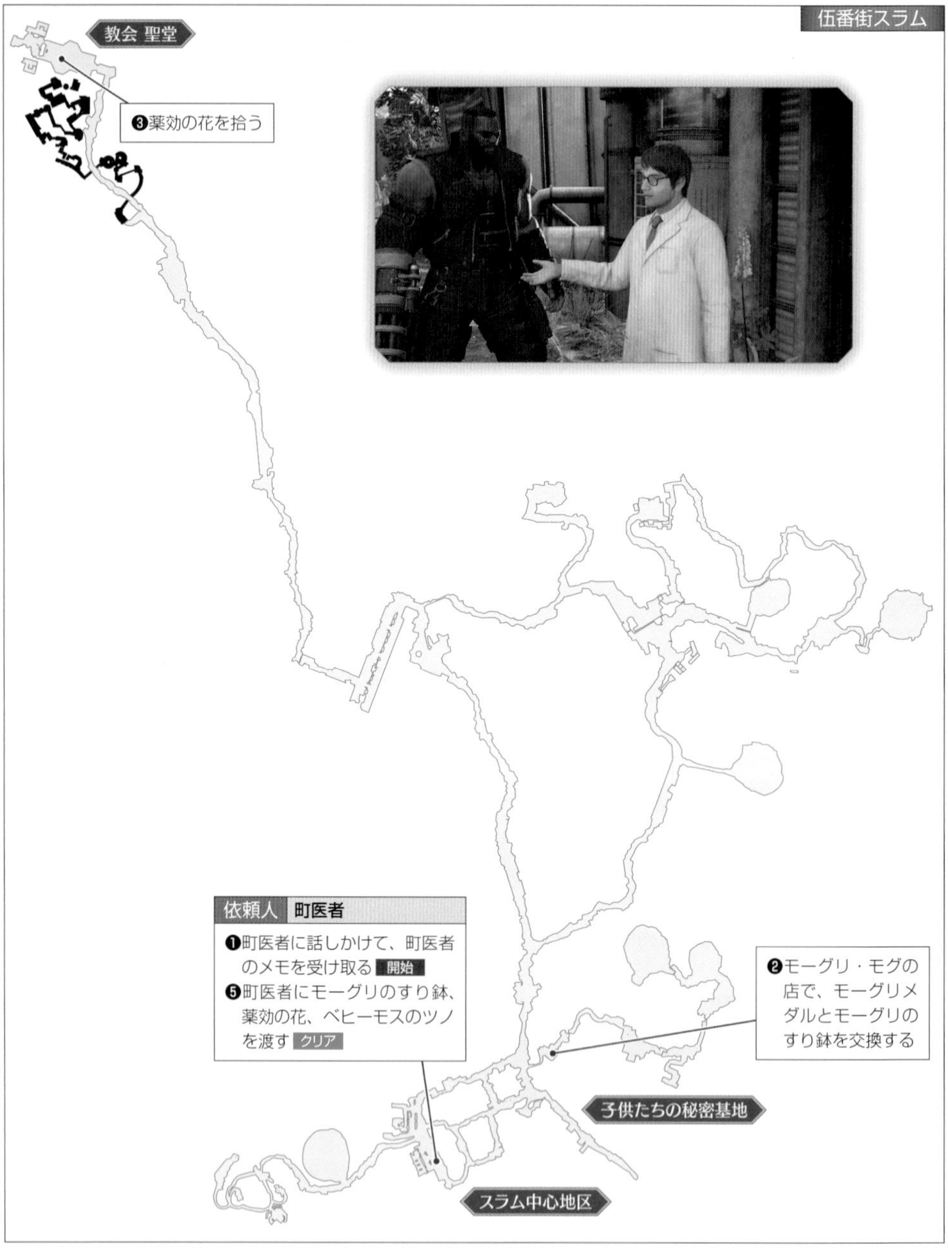

伍番街スラム

教会 聖堂

❸薬効の花を拾う

子供たちの秘密基地

スラム中心地区

依頼人 町医者

❶町医者に話しかけて、町医者のメモを受け取る 開始

❺町医者にモーグリのすり鉢、薬効の花、ベヒーモスのツノを渡す クリア

❷モーグリ・モグの店で、モーグリメダルとモーグリのすり鉢を交換する

❹クエスト 24「地底の咆哮」(→P.423)でベヒーモス零式を倒し、ベヒーモスのツノを手に入れる

※手順❶～❹はどんな順番で行なってもかまわない

22 おてんば盗賊

依頼人	ジョニー
発生条件	「情報収集」でキリエの演説を聴く
クリア条件	キリエのかわりに地下闘技場のスペシャルマッチに出場して、猛獣使い+ヘルハウンドを倒す
報酬	コルネオ宝物庫のカギ、ジョニーの財布、コルネオ宝物庫のメモ(※1)

進行手順

伍番街スラム

依頼人 ジョニー
❶ジョニーに話しかける 開始

❷キリエに話しかける
❹キリエに報告する クリア

六番街スラム

❸ゲートキーパーに話しかけてスペシャルマッチに参加し、猛獣使い+ヘルハウンド(→P.596)を倒す
入手 【HARD】剣技指南書 第11巻

クリア後の変化

- コルネオ宝物庫のカギを使ってクエスト 23 「コルネオの隠し財産」(→P.422)を進められるようになる
- EXTRA「盗まれたジョニーの財布」が発生する(ジョニーに財布を届ければクリアできる)

※1……クエスト 23 「コルネオの隠し財産」ですでに入手している場合はもらえない

INDEX

23 コルネオの隠し財産

依頼人	デマン
発生条件	「情報収集」でキリエの演説を聴く
クリア条件	コルネオ宝物庫のカギを手に入れたあと、3ヵ所の宝物庫にある宝箱から3つの宝冠を入手し、マーレに渡す
報酬	剣技指南書 第3巻(チャプターセレクト時は、以前にクリアしたことがあるとポーション)

進行手順

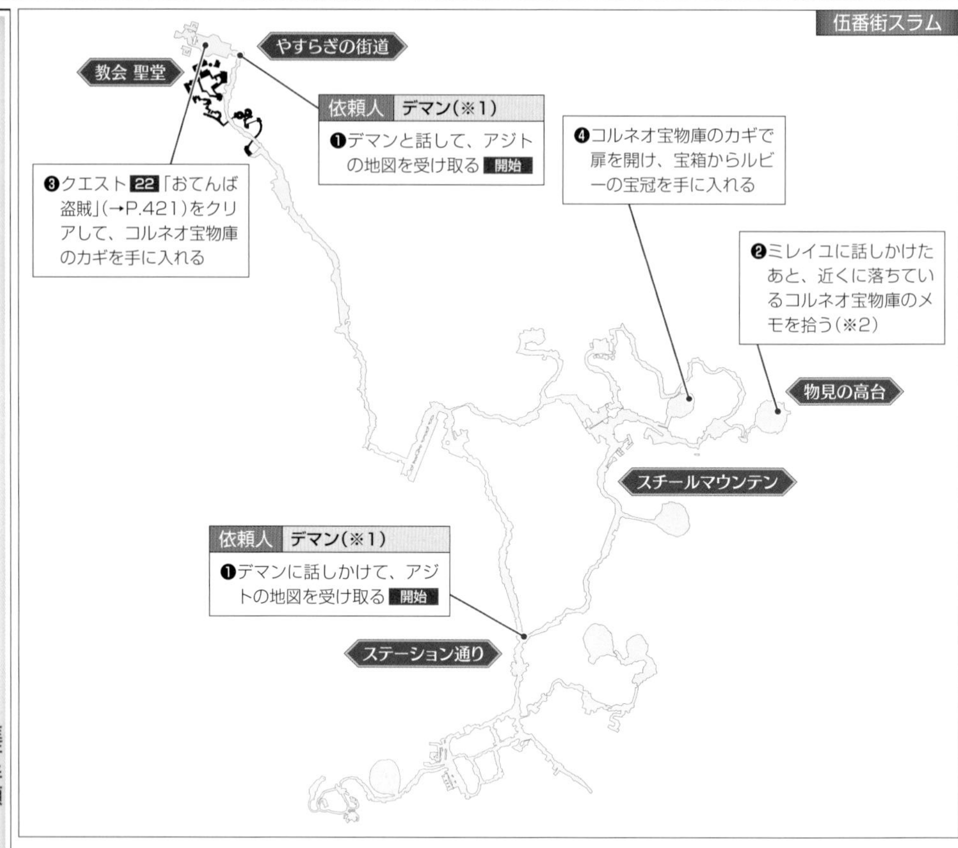
伍番街スラム
やすらぎの街道
教会 聖堂
依頼人 デマン(※1)
❶デマンと話して、アジトの地図を受け取る 開始
❸クエスト 22 「おてんば盗賊」(→P.421)をクリアして、コルネオ宝物庫のカギを手に入れる
❹コルネオ宝物庫のカギで扉を開け、宝箱からルビーの宝冠を手に入れる
❷ミレイユに話しかけたあと、近くに落ちているコルネオ宝物庫のメモを拾う(※2)
物見の高台
スチールマウンテン
依頼人 デマン(※1)
❶デマンに話しかけて、アジトの地図を受け取る 開始
ステーション通り

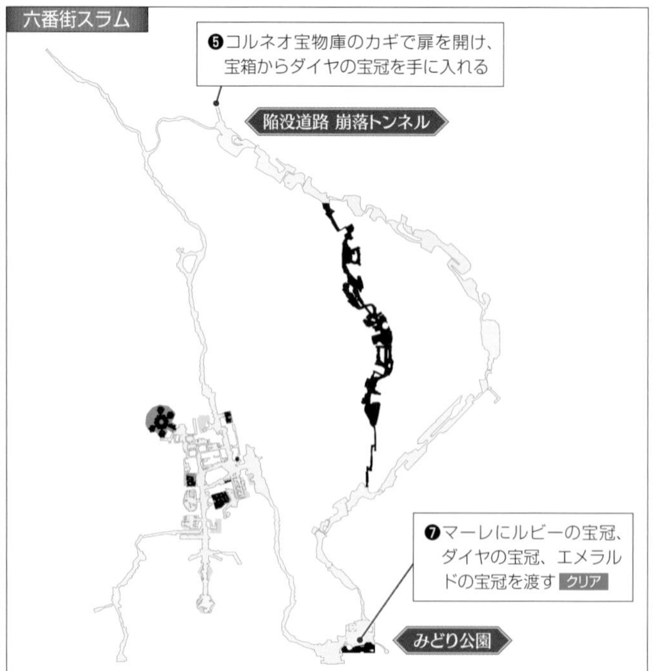
六番街スラム
❺コルネオ宝物庫のカギで扉を開け、宝箱からダイヤの宝冠を手に入れる
陥没道路 崩落トンネル
❼マーレにルビーの宝冠、ダイヤの宝冠、エメラルドの宝冠を渡す クリア
みどり公園

※手順❹～❻はどんな順番で行なってもかまわない

※1……最初はステーション通りにいるが、手順❶を行なう前にクエスト 22 「おてんば盗賊」を開始するとやすらぎの街道に移動する

※2……この手順は行なわなくてもかまわない

進行手順

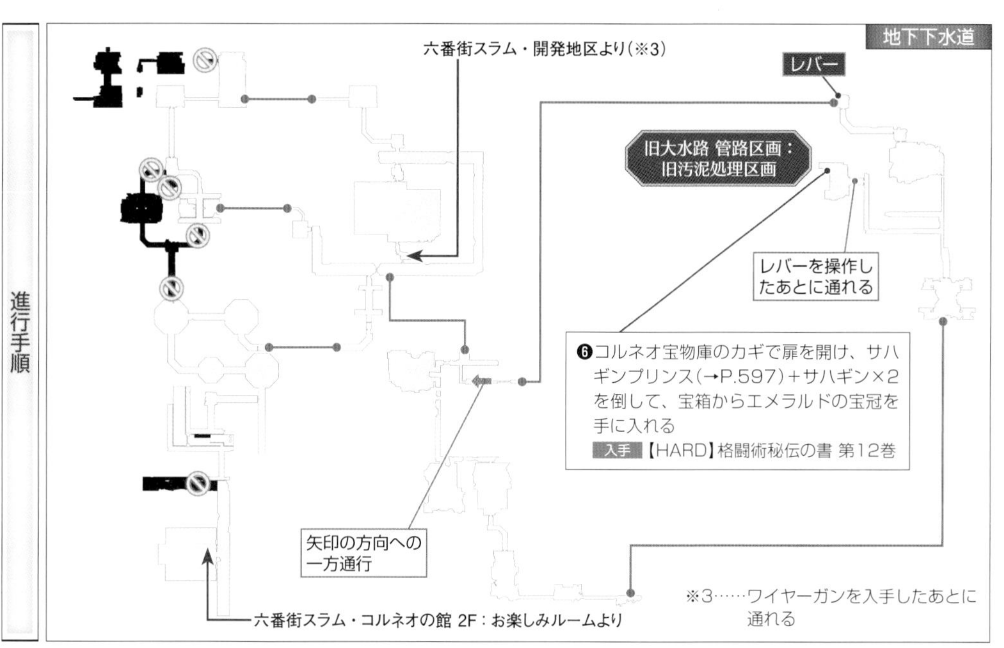

地下下水道
六番街スラム・開発地区より(※3)
レバー
旧大水路 管路区画：
旧汚泥処理区画
レバーを操作し
たあとに通れる
❻コルネオ宝物庫のカギで扉を開け、サハギンプリンス(→P.597)+サハギン×2を倒して、宝箱からエメラルドの宝冠を手に入れる
入手【HARD】格闘術秘伝の書 第12巻
矢印の方向への
一方通行
六番街スラム・コルネオの館 2F：お楽しみルームより
※3……ワイヤーガンを入手したあとに通れる

24 地底の咆哮

依頼人	ワイマー
発生条件	「情報収集」でキリエの演説を聴く
クリア条件	地下実験場・B5F：E型実験体 隔離場でベヒーモス零式を倒す
報酬	キャノンボール(すでに持っている場合はポーション)

進行手順

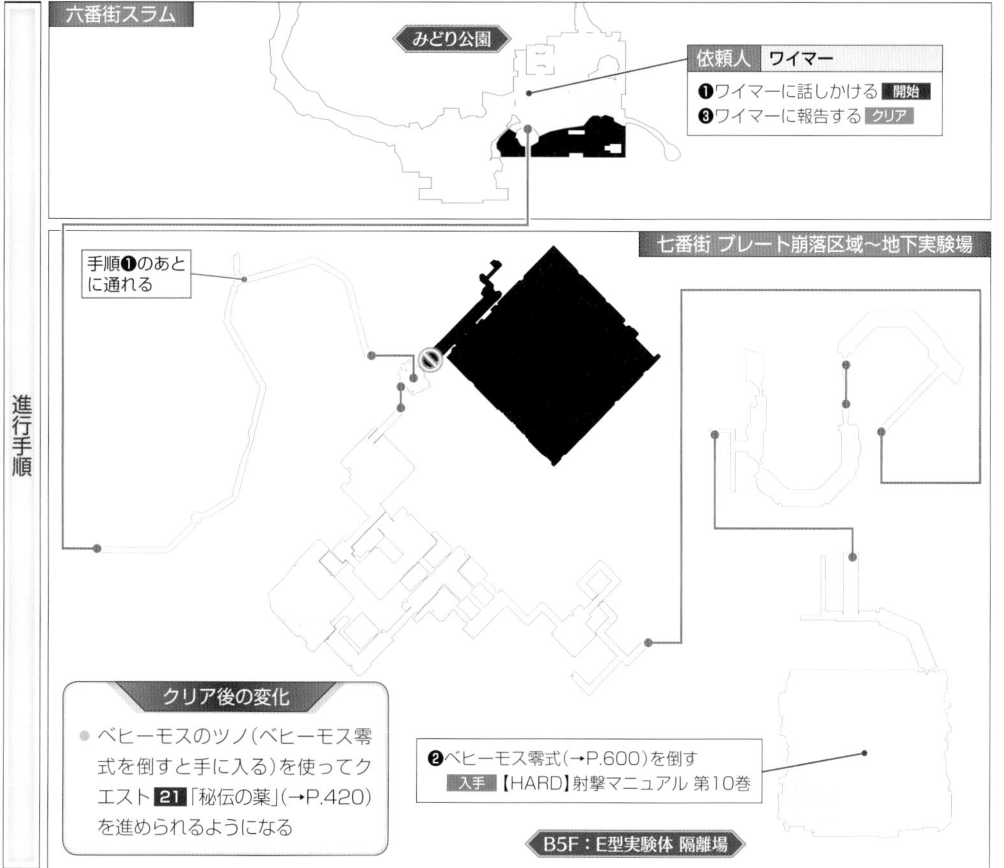

六番街スラム
みどり公園
依頼人 ワイマー
❶ワイマーに話しかける 開始
❸ワイマーに報告する クリア
七番街 プレート崩落区域～地下実験場
手順❶のあと
に通れる
❷ベヒーモス零式(→P.600)を倒す
入手【HARD】射撃マニュアル 第10巻
B5F：E型実験体 隔離場

クリア後の変化

- ベヒーモスのツノ(ベヒーモス零式を倒すと手に入る)を使ってクエスト 21「秘伝の薬」(→P.420)を進められるようになる

サブイベント&ミニゲーム 02

バトルレポート

神羅カンパニーの科学部門に所属するチャドリーからは、研究のためのデータ収集を頼まれる。彼に協力することで、新たなマテリアを入手できるのだ。

遊べる時期	CHAPTER 3以降

仕組み　マテリア開発に必要な調査を行なう

CHAPTER 3の「なんでも屋の仕事」で七番街スラムのワイマーに話しかけると、会話が終わった直後にチャドリーがモンスターの生態調査を頼んできて、『みやぶる』マテリアとバトルレポート(だいじなもの)を渡される。これ以降は、バトルレポートで指示された依頼(ミッション)を達成してチャドリーに報告するたびに、彼の研究が進んで新たなマテリアが開発されていく。完成したマテリアは、チャドリーから購入したりもらったりできるのだ。ちなみに、最初に頼まれるレポート01の達成は、クエスト 1 「チャドリーレポート」のクリア条件にもなっている(→P.408)。

⬅バトルレポートは、メインストーリーを進めるうえで、かならず受け取ることになる。

チャプターセレクト時のちがい

チャプターセレクトを行なっても、バトルレポートは所持したままで、各レポートの進行状況や開発されたマテリアの購入状況などもすべて引き継がれる。そのため、CHAPTER 3でワイマーと会話したあとに、チャドリーが調査の依頼をしてこない(『みやぶる』マテリアをもらえない)。

調査依頼　バトル中に条件を満たしてから報告すればクリア

バトルレポートを入手したあとは、メインメニューに「BATTLE REPORT」の項目が加わり、ミッションの内容などを確認できる。最初に頼まれるレポートは1個のみだが、特定のレポートをクリアしたりメインストーリーを進めたりすれば新たなものが追加されていく(右ページを参照)。各レポートは、指定された行動をバトル中に行なってミッションを達成後、チャドリーに報告すればクリアとなるのだ(依頼前の行動もカウントされるので、依頼を受けた瞬間に達成される場合もある)。

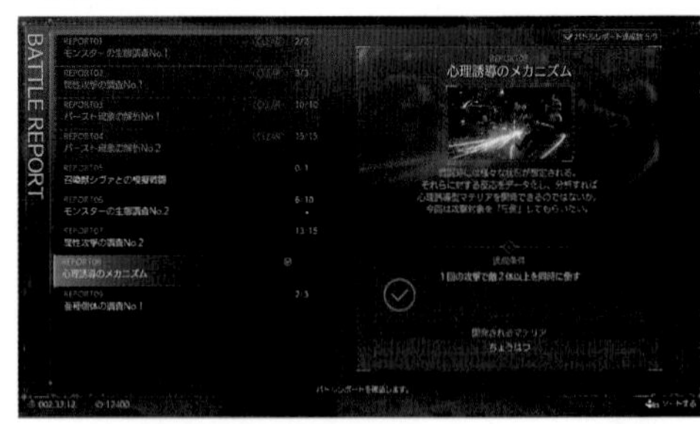

⬆バトルレポート画面には、各レポートの達成条件や報酬のほか、進行状況も表示される。

「召喚獣バトル」の依頼もある

一部のバトルレポートでは、仮想空間で再現された召喚獣との模擬戦闘を行なう「召喚獣バトル」を依頼される。召喚獣バトルは、チャドリーに話しかけて「VR MISSION」を選び、相手を指定して挑むことが可能。模擬戦闘に勝てば、その召喚獣を呼び出せる召喚マテリアをもらえるのだ。

⬅対戦できる召喚獣の種類は、特定のバトルレポートをクリアすることで増えていく。

バトルレポートリスト

No.	タイトル	クリアの必要があるバトルレポート	達成条件	開発されるマテリア
▼CHAPTER 3〜4で追加				
01	モンスターの生態調査No.1	──	2種類のエネミーに『みやぶる』を使う	オートケアル
02	属性攻撃の調査No.1	01(※1)	炎、氷、雷の各属性の攻撃を、その属性が弱点のエネミーに1回ずつ当てる	かぜ
03	バースト現象の解析No.1	01(※1)	バースト中のエネミーに固有アビリティを当ててATBゲージを1段階分たまった状態にすることを10回行なう	せんせいこうげき
04	バースト現象の解析No.2	01(※1)	15種類のエネミーをバーストさせる	ATBブースト
▼CHAPTER 8以降で追加				
05	召喚獣シヴァとの模擬戦闘	01〜04のいずれか1個	召喚獣バトルでシヴァを倒す	シヴァ
06	モンスターの生態調査No.2	──	10種類のエネミーに『みやぶる』を使う	ガードきょうか
07	属性攻撃の調査No.2	──	15種類のエネミーに弱点属性の攻撃を当てる	ぬすむ
08	心理誘導のメカニズム	──	1回の行動で2体以上のエネミーを同時に倒す	ちょうはつ
09	亜種個体の調査No.1	──	3種類の亜種モンスター(→P.523)を倒す	まほうついげき
▼CHAPTER 9以降で追加				
10	召喚獣デブチョコボとの模擬戦闘	06〜09	召喚獣バトルでデブチョコボを倒す	デブチョコボ
11	モンスターの生態調査No.3	──	20種類のエネミーに『みやぶる』を使う	アイテムたつじん
12	バースト現象の解析No.3	──	バースト中の敵を攻撃してダメージ倍率を200%まで上げる	うけながし
13	ヴィジョン状態の解析	──	リミット技『ヴィジョン』を2回使う	ATBれんけい
14	バースト現象の解析No.4	──	40種類のエネミーをバーストさせる	ATBバースト
▼CHAPTER 13以降で追加				
15	召喚獣リヴァイアサンとの模擬戦闘	11〜14	召喚獣バトルでリヴァイアサンを倒す	リヴァイアサン
16	モンスターの生態調査No.4	11	30種類のエネミーに『みやぶる』を使う	てきのわざ
17	技能習得のメカニズム	02、07、12	パーティメンバー全員で合計16種類の武器アビリティを習得する	わざたつじん
18	魔力消費のメカニズム	03、08、13	全12種類の魔法マテリアを最大レベルまで上げる	MPきゅうしゅう
19	亜種個体の調査No.2	09、14	10種類の亜種モンスター(→P.523)を倒す	HPきゅうしゅう
20	召喚獣バハムートとの模擬戦闘	01〜19	召喚獣バトルでバハムートを倒す	バハムート

※1……クリアしなくても、CHAPTER 4の「作戦決行」で七番街スラム駅にいるチャドリーから話しかけられたときに追加される

マテリア　開発されたマテリアはチャドリーから購入できる

バトルレポートをクリアしてチャドリーが新たなマテリアを開発すると、そのマテリアを彼から購入できるようになる(召喚マテリアをのぞく)。チャドリーから買えるマテリアは、いずれも在庫が1〜3個とかぎられているうえ、同じものは1個買うごとに購入価格が高くなっていく。

←ここでしか入手できない貴重なマテリアばかりなので、ぜひ購入しておきたい。

チャドリーから購入できるマテリア

名前	在庫	購入価格 1個目	購入価格 2個目	購入価格 3個目	詳細
かぜ	3個	100	2000	5000	P.494
まほうついげき	1個	100	──	──	P.496
HPきゅうしゅう	2個	100	5000	──	P.496
MPきゅうしゅう	1個	100	──	──	P.496
みやぶる(※2)	1個	1000	──	──	P.496
ATBブースト	1個	100	──	──	P.496
ぬすむ	1個	100	──	──	P.498
てきのわざ	1個	100	──	──	P.498
うけながし	3個	100	2000	5000	P.498
せんせいこうげき	2個	100	5000	──	P.498
オートケアル	1個	100	──	──	P.498
アイテムたつじん	2個	100	5000	──	P.500
ATBバースト	3個	100	2000	5000	P.500
ATBれんけい	1個	100	──	──	P.500
ちょうはつ	1個	100	──	──	P.500
ガードきょうか	3個	100	2000	5000	P.500
わざたつじん	3個	100	2000	5000	P.500

※2……レポート01をクリアするか、CHAPTER 4の「作戦決行」で七番街スラム駅にいるチャドリーから話しかけられると購入できるようになる

チャドリー　時期に応じてさまざまな場所に現れる

チャドリーは、メインストーリーの時期に合わせて、下の表のように居場所を変えていく。会えるタイミングがかぎられているので、バトルレポートのミッションを達成したら、早めに報告するようにしたい。なお、チャドリーに話しかけたときには、マテリアの購入や召喚獣バトルのほか、武器強化のリセット(→P.467)も行なえる。

←チャプターセレクトを利用してチャドリーに会いに行くならCHAPTER 14がオススメ。

●バトルレポートの報告やマテリアの購入などができる時期

※A～Fは下の「チャドリーの居場所」と対応

CHAPTER	時期	チャドリーの居場所
3	「なんでも屋の仕事」でワイマーに話しかけてから(※1)、「ジェシーの依頼」でジェシーに準備ができたと伝えるまで	A七番街スラム・居住区
4	「ウェッジの家へ」が開始してから、「作戦決行」で七番街スラム駅に近づくまで	A七番街スラム・居住区
	上記のあと、七番街スラム駅でバレットに列車を待つと伝えるまで	B七番街スラム・七番街スラム駅
8	「リーフハウスへの届け物」でリーフハウスに花を届けてから、「出張なんでも屋」でエアリスの家に帰るまで	C伍番街スラム・スラム中心地区
9	「コルネオの館へ」が開始してから、「しばしの別れ」で手揉み屋にもどってジョニーに声をかけられるまで	D六番街スラム・ウォール・マーケット
13	「残された希望」が開始してから、「地上へ這い上がる」で七番街スラムを訪れるまで	C伍番街スラム・スラム中心地区
14	「情報収集」でキリエの演説を聴いてから、「壁を越える」でバレットに壁を越えると伝えるまで	C伍番街スラム・スラム中心地区、D六番街スラム・ウォール・マーケット
16	「敵情視察」が開始してから、「エアリス救出作戦」で65F 宝条研究室サブフロア：サンプル試験室にいる宝条に近づくまで	E神羅ビル・63F上層 リフレッシュフロア：シミュレーターラウンジ
17	チャプターセレクト時の「脱出方法を探る」で66F 宝条研究室メインフロア：管制ブリッジを訪れてから、鐲牟 最上層：メインブリッジの通路を進んでジェノバを見つけるまで	F神羅ビル・66F 宝条研究室メインフロア：管制ブリッジ

※1……チャプターセレクト時は「スラムの日常」が開始したときから報告や購入などができる

●チャドリーの居場所

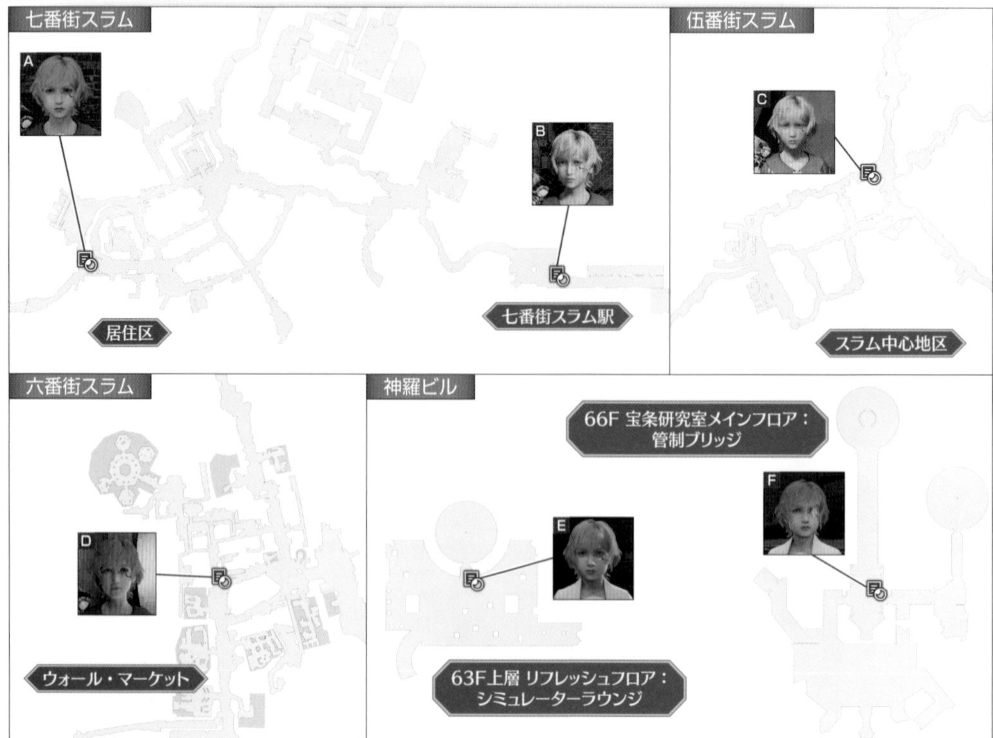

サブイベント&ミニゲーム 03

ミュージックディスク

さまざまな場所で入手できるミュージックディスクには、『FFⅦ』関連の楽曲が録音されている。多くのディスクを集めて、数々の名曲を楽しんでほしい。

遊べる時期 CHAPTER 3以降

ディスク収集 音楽が収録されたディスクを手に入れよう

ミュージックディスクとは、音楽が1曲ずつ収録されているアイテムのこと。全部で31種類あり、大半のディスクは各地のショップにて50ギルで購入できるが、ジュークボックスを調べたり街の人に話しかけたりして手に入れるものもある(くわしくはP.428～429を参照)。所持しているディスクは、メインメニューの「ITEMS」を選べばジャケットイラストとともに確認することが可能だ。

⬅ディスクの入手場所では収録曲が流れており、画面左上に音楽アイコンが表示される。

チャプターセレクト時のちがい

入手していたミュージックディスクは、チャプターセレクト後も引き継がれる。なお、チャプターセレクトをするときには、未入手のディスクの枚数がチャプターごとに表示されるので(→P.176)、それを参考にしてディスクを集めるといい。

音楽再生 手持ちのディスクはジュークボックスで再生できる

集めたミュージックディスクは、下記の4ヵ所にあるジュークボックスを利用すれば聴くことができる。ジュークボックスを調べると、持っているディスクのリストが表示されるので、聴きたい曲を◎ボタンで再生しよう(再生停止は◎ボタン)。ちなみに、再生中に⊗ボタンでリストを閉じると、その曲がジュークボックスから流れたままになる。

⬅利用できるジュークボックスの手前の床には、専用のガイドが表示される。

ジュークボックスがある場所

七番街スラム
(CHAPTER 3、4)
居住区(セブンスヘブン)

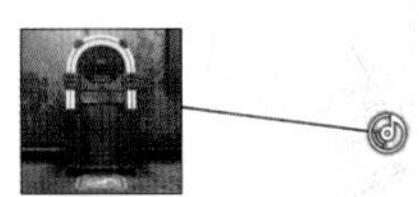

伍番街スラム
(CHAPTER 8、14)
スラム中心地区(町内会の建物)

六番街スラム
(CHAPTER 9、14)
ウォール・マーケット

神羅ビル
(CHAPTER 16)
63F上層 リフレッシュフロア:シミュレーターラウンジ

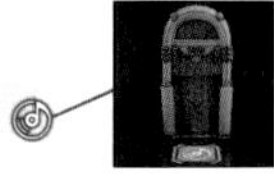

ミュージックディスクリスト

すべてのミュージックディスクの入手方法とジャケットイラストを紹介。入手時期が短いものもあるので、取りのがしには注意しよう。

01 プレリュード

入手できるCHAPTER ● 3、4
入手方法 ● 七番街スラム・居住区のアイテム屋で50ギルで購入する

02 爆破ミッション

入手できるCHAPTER ● 7
入手方法 ● 伍番魔晄炉・正面ゲート：ゲート管理室の自動販売機で50ギルで購入する

03 ティファのテーマ

入手できるCHAPTER ● 3、4
入手方法 ● 七番街スラム・居住区（セブンスヘブン）でジュークボックスを調べる

04 バレットのテーマ

入手できるCHAPTER ● 3、4
入手方法 ● 七番街スラム・七番街スラム駅のアイテム屋で50ギルで購入する

05 闇に潜む

入手できるCHAPTER ● 15
入手方法 ● 七番街 プレート断面・地上 65m付近：セントラルタワー 1Fの自動販売機で50ギルで購入する

06 闘う者達

入手できるCHAPTER ● 11
入手方法 ● 列車墓場・車両倉庫 2F：整備施設の自動販売機で50ギルで購入する

07 タークスのテーマ

入手できるCHAPTER ● 14
入手方法 ● 六番街スラム・六伍街道で老婦人に話しかける

08 腐ったピザの下で

入手できるCHAPTER ● 9、14
入手方法 ● 六番街スラム・ウォール・マーケットの宿屋裏でジュークボックスを調べる

09 虐げられた民衆

入手できるCHAPTER ● 10、14
入手方法 ● 地下下水道・六番地区：第一水路の自動販売機で50ギルで購入する

10 蜜蜂の館

入手できるCHAPTER ● 9、13、14
入手方法 ● 六番街スラム・ウォール・マーケットのアイテム屋（薬屋）で50ギルで購入する

11 スラムのドン

入手できるCHAPTER ● 9、14
入手方法 ● 六番街スラム・コルネオの館 地下：監禁部屋のドンちゃん自動販売機で50ギルで購入する

12 更に闘う者達

入手できるCHAPTER ● 14
入手方法 ● 六番街スラム・ウォール・マーケット（闘技場 1F）のおみやげ屋で50ギルで購入する

13 クレイジーモーターサイクル

入手できるCHAPTER ● 14
入手方法 ● 地下下水道・六番地区 封鎖区画：第四水路の自動販売機で50ギルで購入する

14 FFⅦメインテーマ

入手できるCHAPTER ● 13、14
入手方法 ● 地下実験場・B1F：休憩室の自動販売機で50ギルで購入する

15 旅の途中で

入手できるCHAPTER ● 13、14
入手方法 ● 六番街スラム・みどり公園のアイテム屋で50ギルで購入する

16 おやすみまた明日

入手できるCHAPTER ● 14
入手方法 ● 六番街スラム・ウォール・マーケット（宿屋）で宿泊客に話しかける

17 牧場の少年

入手できるCHAPTER ● 9、14
入手方法 ● 六番街スラム・ウォール・マーケットのガールズバー前でカウガールに話しかける

18 エレキ・デ・チョコボ

入手できるCHAPTER ● 6
入手方法 ● 四番街 プレート内部・上層：プレート換気設備 管理室の自動販売機で50ギルで購入する

19 太陽の海岸

入手できるCHAPTER ● 8、9、13、14
入手方法 ● 伍番街スラム・スラム中心地区のマテリア屋で50ギルで購入する

20 ゴールドソーサー

入手できるCHAPTER ● 8、14
入手方法 ● 伍番街スラム・子供たちの秘密基地のモーグリ・モグの店でモーグリメダル1枚と交換する

21 ケット・シーのテーマ

入手できるCHAPTER ● 8、9、14
入手方法 ● 伍番街スラム・伍番街スラム駅の自動販売機で50ギルで購入する

22 星降る峡谷

入手できるCHAPTER ● 9
入手方法 ● 六番街スラム・陥没道路 大陥没区画の自動販売機で50ギルで購入する

23 忍びの末裔

入手できるCHAPTER ● 8、9、14
入手方法 ● 伍番街スラム・伍番街スラム駅の広場で露天商に話しかける

24 ウータイ

入手できるCHAPTER ● 14
入手方法 ● 六番街スラム・開発地区で作業員に話しかける

25 涙のタンゴ

入手できるCHAPTER ● 8、14
入手方法 ● 伍番街スラム・スラム中心地区（町内会の建物）でジュークボックスを調べる

26 闘う者達 REMAKE

入手できるCHAPTER ● 9
入手方法 ● 『蜜蜂の館のダンス』の練習で、すべての判定で「Great」（最終成績が「Great×10」）を達成する

27 ヒップ・デ・チョコボ

入手できるCHAPTER ● 3、4
入手方法 ● 七番街スラム・居住区のクラブハウス前でクラブDJに話しかける

28 忠犬スタンプ

入手できるCHAPTER ● 5
入手方法 ● 螺旋トンネル・E区画：旧車両基地区画の自動販売機で50ギルで購入する

29 ミッドガル・ブルース

入手できるCHAPTER ● 9
入手方法 ● 六番街スラム・ウォール・マーケット（居酒屋）で歌手に話しかける

30 STAND UP

入手できるCHAPTER ● 14
入手方法 ● 六番街スラム・ウォール・マーケットの蜜蜂の館裏で若者に話しかける

31 スカーレットのテーマ

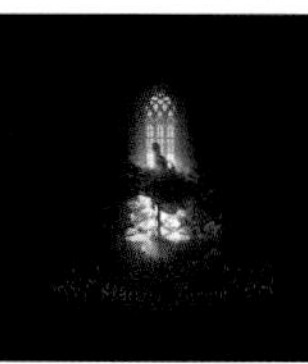

入手できるCHAPTER ● 16
入手方法 ● 神羅ビル・63F上層 リフレッシュフロア：シミュレーターラウンジでジュークボックスを調べる

知識のマテリア《 CDに収録されている曲もある

ミュージックディスクの下記の7曲は、CD『SQUARE ENIX JAZZ -FINAL FANTASY Ⅶ-』に収録されている。このCDは、『FFⅦ』の曲をジャズアレンジで楽しめる1枚だ。

CDに収録されている曲

- 02 爆破ミッション
- 03 ティファのテーマ
- 13 クレイジーモーターサイクル
- 14 FFⅦメインテーマ
- 15 旅の途中で
- 21 ケット・シーのテーマ
- 22 星降る峡谷

サブイベント&ミニゲーム 04

ダーツ

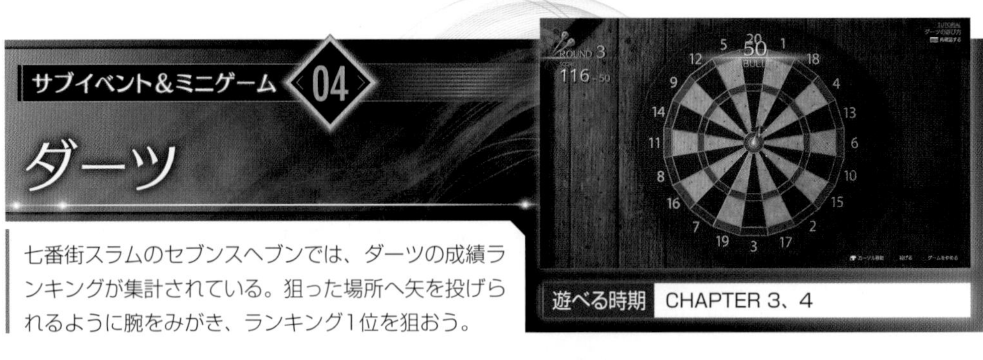

七番街スラムのセブンスヘブンでは、ダーツの成績ランキングが集計されている。狙った場所へ矢を投げられるように腕をみがき、ランキング1位を狙おう。

遊べる時期 CHAPTER 3、4

仕組み　セブンスヘブンのランキングで1位を目指す

CHAPTER 3と4で訪れるセブンスヘブンの壁にはダーツ盤が設置されており、特定の時期にこれを調べればダーツで遊ぶことができる。店の客や店員たちのあいだでは「セブンスヘブンダーツランキング」が競われているので、上位を目指してダーツをプレイしよう。見事1位になれば、CHAPTER 4の「作戦決行」でセブンスヘブンを出るときにウェッジから『ラッキー』マテリアがもらえるのだ。現在の順位を知りたいときは、ダーツ盤の近くにある貼り紙を調べて確認するといい。

『ダーツ』が遊べる場所と時期

- CHAPTER 3の「作戦会議」が開始してから、店の外であやしげな男を見つけるまで
- CHAPTER 4の「作戦決行」が開始してから、七番街スラム駅でバレットに列車を待つと伝えるまで

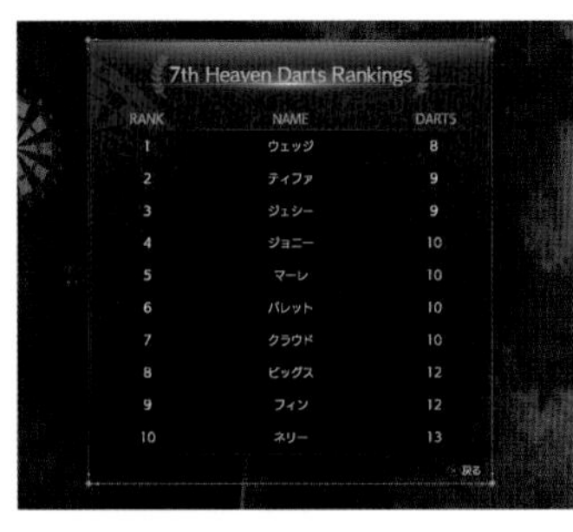

7th Heaven Darts Rankings
RANK NAME DARTS
1 ウェッジ 8
2 ティファ 9
3 ジェシー 9
4 ジョニー 10
5 マーレ 10
6 バレット 10
7 クラウド 10
8 ビッグス 12
9 フィン 12
10 ネリー 13

←それまでの最高成績によってランキングが決定。同じ成績だとクラウドが下位になる。

チャプターセレクト時のちがい

ランキングの内容は、チャプターセレクト時に引き継がれる。なお、『ラッキー』マテリアをもらえるのは、ゲームを通して1回かぎり。

ルール　できるだけ少ない回数で持ち点をゼロまで減らそう

セブンスヘブンで遊べるダーツでは、「ゼロワン」というルールが採用されている。おおまかに説明すると、矢を投げて自分の持ち点を減らしていき、ぴったりゼロにするまでに投げた回数が少ないほど好成績となるのだ(くわしいルールは左下を参照)。ちなみに、クリアしたときには、その時点でのランキングのほかに、矢を投げた回数とラウンドごとの平均得点も表示される。

「ゼロワン」のルール

- 最初に301点の持ち点(スコア)が与えられる
- 矢を投げて命中した場所に応じて得点が決まり(右記参照)、そのぶん持ち点が減る
- 矢を3回投げると1ラウンドが終了し、つぎのラウンドに進む
- 持ち点がぴったりゼロになればクリア
- 持ち点がマイナスになると「バスト」になり、そのラウンドの開始時の持ち点にもどって、つぎのラウンドに進む

ダーツ盤のエリアごとの得点

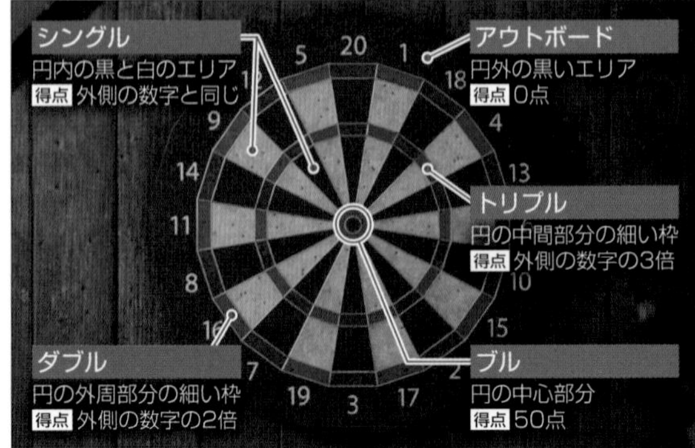

投げかた　左スティックと◎ボタンの操作で矢を投げる

ダーツの矢は、ダーツ盤のどこかに現れる円形の「ターゲットカーソル」を左スティックで動かして◎ボタンを押せば、カーソルの位置に向けて投げられる。ただし、ターゲットカーソルは最初の出現位置へ引っ張られるように動くうえ、円が小さくなったタイミングで◎ボタンを押さないと、狙った場所に矢が命中しづらい。投げるまでの時間もかぎられているので、正確ですばやい操作が必要となるのだ。

⬆命中させたい場所とターゲットカーソルの中心が重なるように左スティックを操作しつつ、円が最小になった瞬間に◎ボタンを押すのが理想。

⬅つぎの1投でクリアできる状態だと「命中させればクリアになるエリア」が黄色く光る。

◉矢を投げるときの表示の見かた

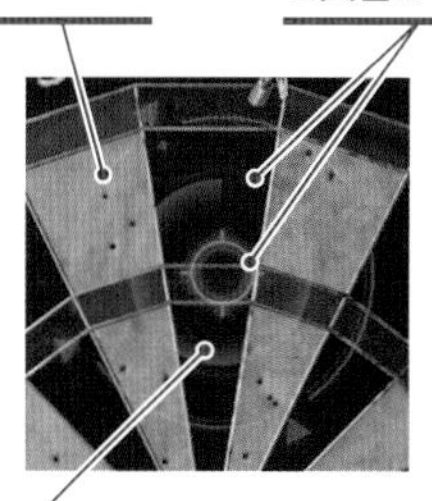

ターゲットカーソル
矢を投げる場所の目安となる円。拡大と縮小をくり返す。

ガイド
ターゲットカーソルの位置や大きさの基準となる、水色の大きな円と黄色の小さな円。

タイマーゲージ
投げるまでの残り時間を表す円形のゲージ。時間とともに減っていき、なくなると（約7.5秒経過すると）自動的に矢を投げてしまう。

◉ターゲットカーソルの特徴

- 1回ごとに、出現する位置が変わる
- 左スティックを大きく入力しつづけると、その方向へ移動するが、入力をゆるめると最初の出現位置まで自動的にもどろうとする
- 拡大と縮小をくり返しており、◎ボタンを押したときの大きさによって、どれだけ正確に投げられるかが変わる（下の表を参照）

◉ボタンを押したときのターゲットカーソルの大きさによるちがい

ターゲットカーソルの大きさ	評価	矢が当たる場所
もっとも小さくなっている	PERFECT！	ターゲットカーソルの中心
黄色のガイドと同じか、それよりも小さい	GREAT！	黄色のガイドに沿ったドーナツ状の範囲のどこか
黄色のガイドよりも大きく、水色のガイドよりも小さい	GOOD	水色のガイドに沿ったドーナツ状の範囲のどこか
水色のガイドと同じか、それよりも大きい	BAD	水色のガイドよりも外側のどこか

ADVICE　ブルを確実に狙えるようになるのが重要

「ゼロワン」は最短6回でクリアできるが、ランキング1位になるのが目標なら、7回投げて「ブルに6回、1のシングルに1回当てる」方法がオススメだ。また、狙いどおりに命中させるには、◎ボタンを押すタイミングだけでなく左スティックの的確な操作も要求される。狙う場所の近くまでカーソルを動かしたら、左スティックをわずかに入力しつづけて位置をコントロールしよう。

◉1位を目指すために覚えておきたいこと

- 1回での最高得点は20のトリプル（60点）だが、そこよりも範囲が広いブル（50点）を狙うほうが、矢を命中させやすい
- 矢を投げる制限時間内に「PERFECT！」を狙えるタイミングは2回ある
- 最初からやり直したいときは、⊗ボタンを押せばプレイを終了できる

INDEX
なんでも屋クエスト
バトルレポート
ミュージックディスク
ダーツ
バイクゲーム
モーグリメダル
クラッシュボックス
コルネオ・コロッセオ
スクワット勝負
蜜蜂の館のダンス
けんすい勝負
神羅バトルシミュレーター

サブイベント&ミニゲーム 05

バイクゲーム

バイクに乗ったクラウドが道路などを疾走する場面では、神羅の追っ手が襲ってくる。このときには、通常のバトルとはちがった戦いが展開されるのだ。

遊べる時期 CHAPTER 4、18

ルール バイクで走りながら敵を倒していこう

CHAPTER 4とCHAPTER 18の開始直後には、クラウドがバイクに乗って走りながら敵と戦っていく『バイクゲーム』に挑戦することになる。クラウドや仲間がダメージを受けないように注意しつつ、つぎつぎと現れる敵を倒していこう。すべての敵を倒せばクリアとなって、先へ進めるのだ(どちらのチャプターでも、一度クリアするとチャプターセレクトをしないかぎり再挑戦はできない)。

ちなみに、CHAPTER 4の『バイクゲーム』では、受けたダメージ量などの結果によって直後の会話シーンの内容が変わったりトロフィーを獲得することができたりする(→P.708)。

⬆『バイクゲーム』中は、画面右下にクラウドと仲間のHPゲージ、左下に必殺技ゲージが表示される。操作方法は画面左上で確認可能。

⬅クラウドのバイクはつねに前進しており、壁や障害物などにぶつかっても停止しない。

『バイクゲーム』の基本ルール

- 順番に現れる敵集団を全滅させていき、すべての敵を倒せばクリアとなる
- クラウドのほかに仲間も併走して、攻撃や回復を行なってくれる
- クラウドや仲間は、壁、障害物、エネミーとぶつかってもダメージを受けない
- クラウドか仲間のどちらかのHPがゼロになるとゲームオーバーになる(最大HPは下の表を参照)
- ポーズメニューやゲームオーバー時のメニューで「バトル直前からやりなおす」を選ぶと、クラウドと仲間のHPが全回復し、出現中の敵集団とのバトルからリトライできる

クラウドと仲間の最大HP

CHAPTER	クラウドの最大HP	仲間の最大HP
4	1000	300
18	1200	600

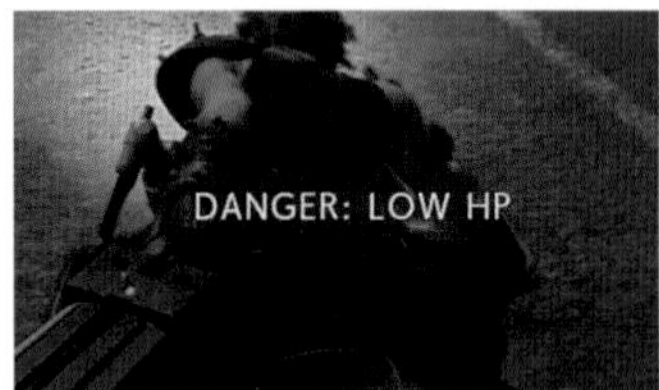

⬅クラウドのHPが残り20%以下になると、このような表示が出て警告音が鳴る。

チャプターセレクト時のちがい

基本的な内容は、チャプターセレクト時でも同じ。ただし、OPTIONSボタンでのポーズ中やゲームオーバーになったときのメニューに「バイクゲームをスキップする」が追加されており、それを選べば『バイクゲーム』を終了して先へ進める。

ゲームの難易度によって難しさが変わる

『バイクゲーム』の難しさは、通常のバトルと同様に、ゲームの難易度に応じて変化する。難易度が影響するおもな要素は右記のとおりだ。なお、『バイクゲーム』中はメインメニューを開けないので、難易度を変更したいときは少し前からやり直そう。

ゲームの難易度で変わるおもなもの

- 敵の攻撃で受けるダメージ量(→P.435)
- クラウドのHPが回復する回数(→P.434)
- 必殺技ゲージのたまりかた(右ページを参照)

アクション バイクの操作と攻撃を同時に行なう

『バイクゲーム』中は、左スティックでの左右移動のほかに、さまざまなアクションができる。敵はクラウドの前方を走ることが多いので、アクセルで速度を上げて追いついてから攻撃を行なおう。なお、バイクの速度は上限と下限が決まっており、それよりも速くなったり遅くなったりはしない。

加速／減速

R2ボタンを押しつづけると走行速度が速くなり、L2ボタンを押すとブレーキがかかる。両方とも押していないあいだは、少しずつ減速していく。ちなみに、ブレーキをかけているときは左右への移動速度が上がり、敵の攻撃をかわしやすくなる。

ジャンプ

道路上に設置されたジャンプ台を通過すると、自動的にジャンプする。ジャンプ後は、着地時に必殺技ゲージ(下記参照)が満タンになり、バイクの速度の上限が5秒間アップする。ジャンプ台を利用できるのは、特定の敵の出現中のみ(→P.434)。

通常攻撃

○ボタンでバイクの右側に、□ボタンでバイクの左側に剣を振って攻撃する。同じボタンを連打すれば、3回まで連続攻撃を行なえる。当たった敵に与えるダメージ量は、連続攻撃の1～2段目は各30、3段目は60。なお、通常攻撃の動作中は、バイクの走行速度を落とさずに走っていられる。

ガード

R1ボタンを押しつづけていると、クラウドが前方に剣を構えてガードを行ない、敵の攻撃で受けるダメージ量を0.7倍に減らせる。さらに、攻撃を受けたときに、よろめいて操作できない状態になったりバイクのスピードが一気に下がったりするのを防ぐことも可能だ。ただし、ガード中はバイクの速度が大きく下がっていくので注意。

必殺技

画面左下の必殺技ゲージが満タン(下の写真の状態)になると、必殺技を使用できる。使える必殺技は、△ボタンで出せる近接攻撃の『スピンスラッシュ』と、L1ボタンを押しながら△ボタンで出せる遠距離攻撃の『ゲイルスライサー』の2種類。必殺技ゲージは、ゲームの難易度に応じて右の表のようにたまっていく。

L1 遠距離
△ スピンスラッシュ

必殺技ゲージの増えかた

条件	ゲージの増加量	
	CLASSIC、EASY	NORMAL、HARD
時間が経過する	1秒につき50のペース(20秒で満タン)	1秒につき25のペース(40秒で満タン)
敵に攻撃を当てる	1ヒットにつき36	1ヒットにつき18
敵の攻撃を受ける	NORMALでのダメージ量×3	
ジャンプする	満タンになる	

※ゲージは1000で満タンになり、必殺技を使うとゼロにもどる

スピンスラッシュ

⬆その場で激しく回転して周囲の敵をまとめて攻撃し、120のダメージを最大2回与える。攻撃が届く範囲は、通常攻撃よりもかなり広い。

ゲイルスライサー

⬆ロックオン中の敵に向けて、貫通する衝撃波を放ち、180のダメージを与える。狙う相手はL1ボタンを押したまま右スティックで変更可能。

仲間 攻撃と回復でクラウドをサポート

CHAPTER 4ではバイクに乗ったウェッジたちが、CHAPTER 18ではトラックに乗ったティファたちが、クラウドと併走して戦いに参加してくれる。ただし、敵の攻撃で仲間のHPがゼロになると、クラウドが無事でもゲームオーバーになってしまう。仲間への攻撃を防ぐのは難しいので、現れた敵をすばやく倒すことで攻撃される回数を減らそう。

⬅仲間たちは、クラウドから一番遠くにいる敵を優先して攻撃する。

仲間の特徴

- 銃で敵を攻撃する。1発で与えるダメージ量は、CHAPTER 4では5、CHAPTER 18では2。ただし、敵のHPは1までしか減らせない
- 特定のタイミングで、クラウドのHPを回復することがある(仲間のHPは回復しない)
- 『バイクゲーム』開始およびリトライから一定時間は、HPが1までしか減らない(下の表を参照)

仲間のHPが1までしか減らない時間

CHAPTER	HARD以外	HARD
4	14分	8分30秒
18	25分	15分

敵の出現 出現する敵の順番はチャプターごとに決まっている

『バイクゲーム』の敵は、チャプターごとに下記の流れで出現する。基本的に、現れた敵集団を全滅させると、つぎの敵集団が襲ってくるという仕組みだ。また、特定の敵集団を倒すとクラウドのHPが回復するが、ゲームの難易度がHARDのときは回復の回数やHPの回復量が減るので気をつけよう。

⬅仲間がクラウドのHPを回復したときには、このような表示が出る。

『バイクゲーム』の流れ

※★……HPが回復、☆……HPが回復(難易度がHARD以外のときのみ)、ジャンプ……ジャンプ台が出現

CHAPTER 4

※HPの回復は、クラウドのHPが200以下(残り20%以下)まで減っていた場合のみ行なわれ、回復後のHPは500(残り50%)になる

- バイク警備兵×1 ジャンプ
- ↓
- バイク警備兵×2 ジャンプ
- ↓
- バイク警備兵×3 ジャンプ
- ↓ ☆
- 上級バイク警備兵×2 ジャンプ
- ↓ ☆
- スタンレイ×4 ジャンプ
- ↓ ☆
- バイク警備兵×1＋上級バイク警備兵×1＋スタンレイ×2 ジャンプ
- ↓ ☆
- バイク警備兵×4
- ↓ ☆
- ローチェ(※1)

CHAPTER 18

※HPの回復量は、難易度がHARD以外だと840(最大値の70%)、HARDだと600(最大値の50%)

- バイク警備兵×4
- ↓
- 軍用トラック＋バイク警備兵×∞(※2)
- ↓
- 軍用ヘリ(※3)
- ↓ ☆
- スタンレイ×3
- ↓
- モススラッシャー(※2)
- ↓ ☆
- 軍用ヘリ＋ソルジャー3rd×2 ジャンプ
- ↓ ★
- モーターボール

※1……直前に上級バイク警備兵が2体現れるが、何もせずにすぐにいなくなる
※2……リトライした場合は、ひとつ前の敵集団からやり直しになる　※3……『ミサイル』を2回行なうといなくなる

エネミーデータ

『バイクゲーム』で出現する敵は、全部で9種類。ほかの場所にも現れるエネミーもいるが、能力や攻撃内容は異なるので注意しよう。

※「ダメージ」の値はゲームの難易度がNORMALのときのもの。CLASSICやEASYのときは0.6倍、HARDのときは2.0倍になる

バイク警備兵

HP		
HP	CLASSIC、EASY	120
	NORMAL、HARD	120

使う攻撃

名前	ダメージ	特徴
マシンガン(短)	3×3発	相手に向けてマシンガンを撃つ(※4)
マシンガン(中)	3×12発	相手に向けてマシンガンを撃つ(※4)
マシンガン(長)	3×20発	相手に向けてマシンガンを撃つ。HARDでのみ使用
ロッド攻撃	10	横に並んだ相手をロッドでなぐる

※4……仲間に対して使った場合は、1発ごとのダメージが5になる

上級バイク警備兵

HP		
HP	CLASSIC、EASY	360
	NORMAL、HARD	360

使う攻撃

名前	ダメージ	特徴
マシンガン(短)	5×3発	相手に向けてマシンガンを撃つ(※5)
マシンガン(中)	5×12発	相手に向けてマシンガンを撃つ(※5)
マシンガン(長)	5×20発	相手に向けてマシンガンを撃つ。HARDでのみ使用
ロッド攻撃	10	横に並んだ相手をロッドでなぐる
手榴弾	40	相手の前方に手榴弾を投げて爆発させる

※5……仲間に対して使った場合は、1発ごとのダメージが8になる

おもな性質

- 『手榴弾』は、手榴弾を取り出したあと、自分がクラウドの前方にいるときは3秒後に、クラウドと並んでいるときは1秒後に投げる

手榴弾

スタンレイ

HP		
HP	CLASSIC、EASY	60
	NORMAL、HARD	60

使う攻撃

名前	ダメージ	特徴
マシンガン	3×6発	相手に向けてマシンガンを撃つ。CHAPTER 4ではHARDでのみ使用
電磁放電	15	約1秒間、自身の周囲に電撃を放つ
シャインブラスト	30×1～3発	浮上してクラウドに照準を合わせたあと、HARD以外のときは1発、HARDのときは3発の電撃弾を放つ

おもな性質

- 『シャインブラスト』は、同時に1体しか使わない

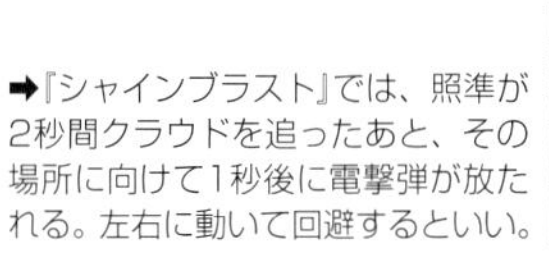

➡『シャインブラスト』では、照準が2秒間クラウドを追ったあと、その場所に向けて1秒後に電撃弾が放たれる。左右に動いて回避するといい。

ローチェ

HP	
CLASSIC、EASY	2100
NORMAL、HARD	3000

使う攻撃

名前	ダメージ	特徴
かまいたち	10×6発	前方から広範囲に向けて、6発の衝撃波を順番に放つ。HARDのときは、放つ範囲が道幅全体に広がる
真空波	60	前方からクラウドに向けて、3発の衝撃波を同時に放つ。HARDのときは、狙いが正確になる
斬撃	9×3回	横に並んだクラウドを3連続で斬る
幅寄せ斬撃	50	クラウドを壁ぎわに追いつめ、剣で攻撃する
バックスタンプ	30	クラウドの目前でバイクの後輪を地面にたたきつけて、周囲に衝撃波を発生させる
突進	40	前方からクラウドに向かって突っこむ
挑発サンダー	200	かならず当たる強力な電撃をクラウドに放つ
連続サンダー	10×9発	クラウドの前方の地面に雷を9発落とす
壁走りスタンプ	80	大きくジャンプしてクラウドの目前に着地し、衝撃波を発生させる。ガードでダメージを軽減されない

かまいたち

おもな性質

- 出現直後は、はるか前方を走る「先行モード」で、クラウドに追いつかれるか60秒以上経過すると接近戦を仕掛ける「近接モード」になる。その後、15秒以上経過すると「先行モード」にもどり、以降も同じ条件でモードが切りかわっていく
- 先行モード中は『かまいたち』『真空波』のみを使う
- 先行モード中に必殺技の『ゲイルスライサー』を受けると、少しのあいだ減速して追いつかれやすくなる
- 近接モード中は『斬撃』『幅寄せ斬撃』『バックスタンプ』『突進』のみを使う
- 近接モード中にクラウドが低速で8秒以上走っていると、「まさかリタイアなんてしないよな」と言う。その後、クラウドが低速のまま4秒以上経過すると、「失望させないでくれよ？」と言って『挑発サンダー』を使う
- HPが残り60%未満のときは、先行モードにならない。そのかわりに、近接モードで10秒以上経過すると、左右どちらかの壁を走って『連続サンダー』→『壁走りスタンプ』の順に使う

ADVICE できるだけスピードを落とさずに戦おう

クラウドが低速で走りつづけていると、回避できないうえにダメージが大きい『挑発サンダー』をローチェが使ってくる。ローチェとのバトルでは、つねに R2 ボタンで加速するようにして、ブレーキをかけるのは『幅寄せ斬撃』『バックスタンプ』『連続サンダー』『壁走りスタンプ』をかわすときだけにしよう。

←『連続サンダー』を1発受けたあとは、左右に動かずにいれば、以降の雷は当たらない。

軍用トラック

HP	
CLASSIC、EASY	1000
NORMAL、HARD	1000

使う攻撃

名前	ダメージ	特徴
機銃射撃	1発ごとに1	クラウドに照準を合わせたあと、その方向に機銃を5秒間連射する。弾が当たったクラウドは大幅に減速する

おもな性質

- クラウドを壁ぎわに追いつめるように動く
- 2～3体のバイク警備兵が同時に出現する。バイク警備兵は、全滅しても10秒後に再出現する
- バイク警備兵がいるあいだは、クラウドが軍用トラックに追いつけない

モススラッシャー

HP		
	CLASSIC、EASY	1700
	NORMAL、HARD	2400

使う攻撃

名前	ダメージ	特徴
カッターストーム	1個ごとに5	前方で左右に動きながら、数個のカッターを6回飛ばす。HPが残り70%未満になると、1回に飛ばすカッターの数が増える
スピードラッシュ	10×16回	腹部から回転刃を出して「8」を描くように動く
ダブルクロー	30×2発	クラウドの横に並んで2本の腕で切り裂く
ドリルアタック	100	前方からクラウドに向かって突っこむ

おもな性質

- 「はるか前方へ行って『カッターストーム』→クラウドが近くにいれば『スピードラッシュ』×0〜2」という行動をくり返す
- 『スピードラッシュ』をクラウドにガードされると、約5秒間ひるんで動きを止める
- HPが残り30%以下になると、腹部が破壊されて『ダブルクロー』『ドリルアタック』のみを使うようになる。また、腹部が破壊された直後には、スタンレイが1体出現する
- モススラッシャーが『ドリルアタック』を使った直後のみ、クラウドがスタンレイに追いつける

⬆『スピードラッシュ』を使ってきたらR1ボタンでガードし、モススラッシャーがひるんでいるスキに攻撃を仕掛けるといい。

軍用ヘリ

HP		
	CLASSIC、EASY	―
	NORMAL、HARD	―

使う攻撃

名前	ダメージ	特徴
ミサイル	60×4発	前方に4個のマーカーを表示したあと、その場所にミサイルを発射する

おもな性質

- ダメージを受けない。同時に出現した2体のソルジャー3rdが全滅すると、直後に撃墜される
- 一定の間隔で『ミサイル』をくり返す
- 必殺技の『ゲイルスライサー』を受けると、約5秒間『ミサイル』の使用を中断する

ソルジャー3rd

HP		
	CLASSIC、EASY	1200
	NORMAL、HARD	1200

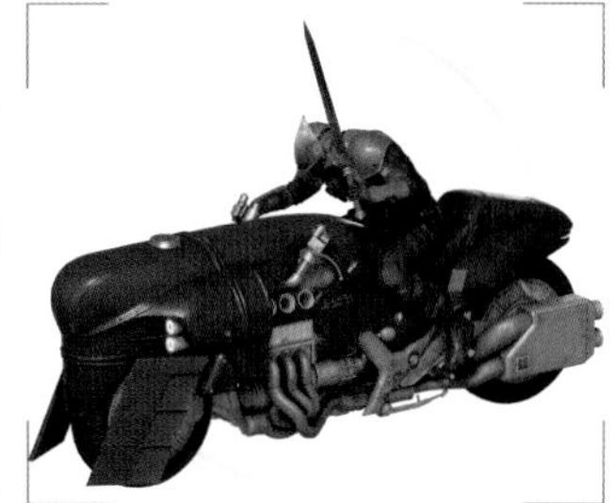

使う攻撃

名前	ダメージ	特徴
斬撃	8	横に並んだ相手を剣で斬る
2連続斬撃	8×2回	横に並んだ相手を2連続で斬る
3連続斬撃	9×3回	横に並んだ相手を3連続で斬る
突進	40	前方からクラウドに向かって突っこむ

おもな性質

- ゲームの難易度がHARD以外のときは、同時に出現した2体のソルジャー3rdの合計HPが残り50%未満になるまで『突進』を使わない

モーターボール

HP		
HP	CLASSIC、EASY	7000
	NORMAL、HARD	10000

使う攻撃

名前	ダメージ	特徴
機銃射撃	2×30発	クラウドに向けて機銃を2発ずつ連射する
タイヤスタンプ	50	クラウドがいる側のタイヤ3個を地面にたたきつけて、周囲に衝撃を与える
高圧電流砲	150	クラウドがいる側に向けて両腕から約4秒間ビームを照射する
ローリングファイア	1ヒットごとに30	火炎放射をしつつ回転する
電磁機雷	1個につき20	電撃を放つ機雷を道路にバラまく。機雷の数は、本体のHPが残り50%未満になると大幅に増え、残り20%未満になると少し減る。HARD以外のときは、連続で行なうとバラまく機雷の数が減っていく
チャージ電流砲	200	道路の中央に移動し、巨大な赤い電流弾を発射する

おもな性質

- 本体の左右に3個ずつ、合計6個のタイヤがついており、それぞれ240のHPを持つ
- HPが残り1以上のタイヤがあるときは、本体は受けるダメージ量が10分の1になり、HPが1までしか減らない
- 本体のHPが残り80%未満のときは1個、残り50%未満のときは2個のタイヤに、4秒間ダメージを防ぐ青いバリアを張ることがある
- 通常時は『機銃射撃』『タイヤスタンプ』を使い、本体のHPが残り90%未満のときは『高圧電流砲』も使う。また、たまに下半身を反転させて、タイヤの位置を入れかえる
- すべてのタイヤのHPがゼロになると、12秒間バーストする
- バースト中は、受けた攻撃に応じてダメージ倍率が100%から上がっていく(下記参照)。上昇した倍率は、次回のバースト時にも引き継がれる
- バーストが終わると『ローリングファイア』を使い、直後にいずれか4個のタイヤのHPが全回復する。さらに、本体のHPが残り80%未満のときは、はるか前方を走る「先行モード」になる
- 先行モード中は『電磁機雷』をくり返す。ただし、本体のHPが残り50%未満のときは『電磁機雷』の直後に『チャージ電流砲』を2回、残り20%未満のときは『チャージ電流砲』を1回使う
- 先行モードは、クラウドに追いつかれるか120秒(※1)以上経過すると解除される

※1……ゲームの難易度がHARD以外のときは、モーターボール戦でゲームオーバーになった回数に応じて短縮されていく。最終的にはNORMALだと15秒まで減り、CLASSICやEASYだと先行モードにならなくなる

ADVICE タイヤを壊してバーストさせたときに全力で攻める

バーストしていない状態のモーターボールはダメージをほとんど受けないため、まずはタイヤのHPを減らそう。HPが残っているタイヤは青白く光るので、それを目印にしながら、アクセルとブレーキを活用して敵の左右にまわりこんで攻撃するといい。すべてのタイヤのHPをゼロにしてモーターボールをバーストさせたら、本体を攻撃してダメージを与えていけばOKだが、当てた攻撃に応じてダメージ倍率も上昇する(下の表を参照)。必殺技ゲージがたまっている場合は、『スピンスラッシュ』で倍率を大きく上げるのがオススメだ。

⬆横に並んでタイヤを攻撃していると『タイヤスタンプ』や『高圧電流砲』を使ってくる。攻撃の準備がはじまったら減速してかわそう。

● バースト中のダメージ倍率の上昇量

攻撃	上昇量
通常攻撃(1～2段目)	6%
通常攻撃(3段目)	12%
必殺技『スピンスラッシュ』	25%×2回
必殺技『ゲイルスライサー』	30%
仲間の攻撃	1%

⬅バーストが終わると『ローリングファイア』を使うので、ブレーキをかけていったん離れるのが安全。

サブイベント&ミニゲーム 06

モーグリメダル

伍番街スラムに住む少年モグヤは、おとぎ話『モーグリ・モグの物語』の大ファン。彼にモーグリメダルを届ければ、お礼の品と交換してもらえる。

遊べる時期 CHAPTER 8、14(アイテムとの交換)

仕組み メダルを集めてアイテムと交換してもらおう

CHAPTER 8でクエスト 7 「極秘開店モーグリショップ」が発生すると、下記の場所にモグヤが現れて、手持ちのモーグリメダルと商品を交換できる「モーグリ・モグの店」が開店する。最初はモーグリ・モグ会員証しか交換できないが、これを入手すればクエスト 7 がクリアとなり、新商品が入荷されるのだ。さらにCHAPTER 14では、クエスト 7 をクリアしたかどうかにかかわらず、この店を利用できる。各地でモーグリメダルをたくさん手に入れ、アイテムと交換していこう。

モーグリ・モグの店の場所と利用できる時期

伍番街スラム

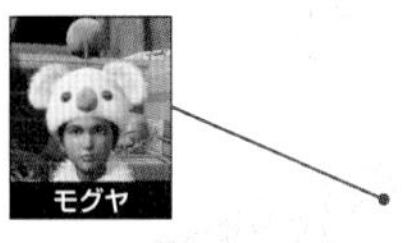

子供たちの秘密基地

- CHAPTER 8の「出張なんでも屋」が開始してから、エアリスの家に帰るまで
- CHAPTER 14の「情報収集」でキリエの演説を聴いてから、「壁を越える」でバレットに壁を越えると伝えるまで

モーグリメダルの入手方法

- 各地の宝箱から手に入れる
- 各地の神羅ボックスやコルネオボックスから手に入れる
- 『クラッシュボックス』の参加賞としてもらう
- クエスト 14b 「あくなき夜」の進行中に手に入れる(→P.415)

⬅神羅ボックスは何度でも再出現するため、モーグリメダルをくり返し入手可能だ。

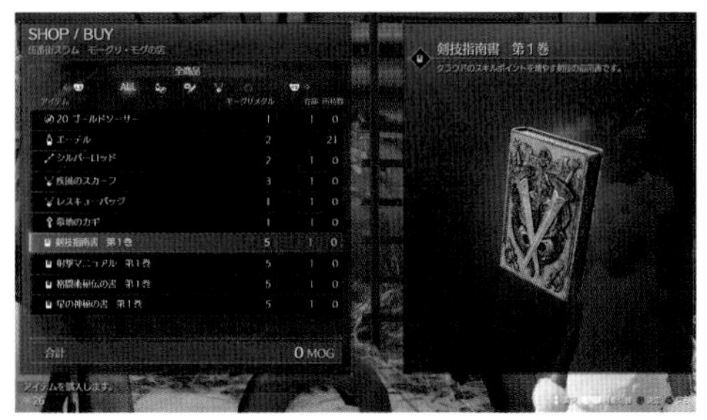

⬆武器、アクセサリ、スキルアップブックなど、ここでしか手に入らないものが多数入荷される。

モーグリメダルと交換できるアイテム

アイテム	必要な枚数	在庫	交換できるチャプター	
			8	14
モーグリ・モグ会員証	1枚	1個	●	―
◎20 ゴールドソーサー	1枚	1個	●	●
エーテル	2枚	∞	●	●
エーテルターボ	4枚	∞	―	●
エリクサー	8枚	∞	―	●
アトミックシザー	7枚	1個	―	●
シルバーロッド	2枚	1個	●	●
カエルの指輪	1枚	1個	―	●
疾風のスカーフ	3枚	1個	●	●
レスキューバッジ	1枚	1個	●	●
墓地のカギ	1枚	1個	●	―
モーグリのすり鉢	1枚	1個	―	●
剣技指南書 第1巻	5枚	1個	●	●
射撃マニュアル 第1巻	5枚	1個	●	●
格闘術秘伝の書 第1巻	5枚	1個	●	●
星の神秘の書 第1巻	5枚	1個	●	●

チャプターセレクト時のちがい

モーグリメダルの所持数や商品の交換状況は、チャプターセレクトで引き継がれる。ただし、クエストの進行に関わるだいじなもの(モーグリ・モグ会員証、墓地のカギ、モーグリのすり鉢)はチャプターセレクト時に失われ、もう一度モーグリメダルと交換する必要があるので気をつけよう。

サブイベント&ミニゲーム 07

クラッシュボックス

伍番街スラムの子どもたちのあいだでは、『クラッシュボックス』という戦いの訓練が流行している。ハイスコアを獲得して、秘密基地の"英雄"になろう。

遊べる時期 CHAPTER 8、14

ルール　制限時間内にできるだけ多くのボックスを壊す

CHAPTER 8でクエスト 10 「英雄の証明」が発生したあとは、下記の場所でサラに話しかけると『クラッシュボックス』で遊べる。これは、フィールドの各所に配置された多数のボックスを壊すことでスコアを獲得していくゲームで、制限時間内に獲得したスコアがターゲットスコア以上になれば景品がもらえるのだ。なお、『クラッシュボックス』にはノーマルモードとハードモードの2種類の難易度があり、CHAPTER 8ではノーマルモードのみ、CHAPTER 14ではノーマルとハードの両方のモードに挑める。

⬆挑戦中は、画面右上にターゲットスコアと現在のスコア、中央上部に残り時間が表示される。参加するのはクラウドひとりだけだ。

『クラッシュボックス』が遊べる場所と時期

伍番街スラム

サラ

子供たちの秘密基地

- CHAPTER 8の「出張なんでも屋」でクエスト 8 「見回りの子供たち」をクリアしてから、エアリスの家に帰るまで
- CHAPTER 14の「情報収集」でキリエの演説を聴いてから、「壁を越える」でバレットに壁を越えると伝えるまで

『クラッシュボックス』の景品

ターゲットスコア	ノーマルモード	ハードモード
10000	エリクサー	エリクサー
20000	三日月チャーム	三日月チャーム
30000	魔法の歯車	トランスポーター
(参加賞)	モーグリメダル	モーグリメダル

※参加賞以外は、各ターゲットスコアをはじめて達成したときのみもらえる
※参加賞は、スコアに関係なく毎回もらえる

チャプターセレクト時のちがい

チャプターセレクトを行なったときには、モードごとのベストスコア(それまでの最高スコア)や景品の入手状況が引き継がれる。そのため、参加賞以外の景品は、あらためてターゲットスコアを達成しても再度入手することはできない。

ハードモードは制限時間やボックスの配置が変わる

CHAPTER 14で挑戦できるハードモードは、ノーマルモードとくらべてボックスの配置が異なるほか、初期制限時間が1分30秒から30秒に短縮されている。ただし、残り時間を延長する赤ボックス(右ページを参照)が増えており、最長で3分間プレイをつづけることが可能だ。

⬅ハードモードはボックスの配置がまばらなうえに最初の制限時間が短いため、壊していく順番が重要になる。

能力 通常時よりもクラウドの能力が制限される

『クラッシュボックス』では、クラウドの戦闘能力が大幅に制限される(右記参照)。「基本アクションと2種類の武器アビリティだけが使える」ことと、「ステータスや装備品によって与えるダメージ量が変わらない」ことを頭に入れておきたい。

←選べるバトルコマンドはふたつだけ。使いたい武器アビリティに対応した武器を装備して挑戦しよう。

『クラッシュボックス』での制限

- 使用できるバトルコマンドは、装備中の武器で使える武器アビリティと『ブレイバー』のみで、魔法やリミット技、アイテムなどは使えない
- ショートカットは、使用できる武器アビリティ2種類だけが登録された状態になる
- ボックスに与えるダメージ量は、各アクションの威力の値と同じ。ただし、『破暁撃』の威力は40、『インフィニットエンド』の威力は1000になる
- クリティカルは発生しない

ボックス 特徴の異なる4種類のボックスが出現

ボックスは右の表の4種類があり、HPや獲得できるスコアが異なる。さらに、2種類の青ボックスは攻撃するとATBゲージが増加し、赤ボックスは壊すと残り時間が延長されるのだ。ちなみに、アサルトモードの『たたかう』のコンボだと、黄ボックスは3段目まで、青ボックスは5段目まで当てれば壊せる。

←大型青ボックス以外は、クラウドがぶつかったり攻撃が当たったりすると転がっていく。積んであるボックスに突っこんで山をくずすこともできる。

ボックスの種類

種類	解説
黄ボックス	HP 35　スコア 50 特徴 (とくになし)
青ボックス	HP 105　スコア 100 特徴 攻撃を当てるとATBゲージが30増加する
赤ボックス	HP 1　スコア 0 特徴 壊すと残り時間が10秒延長される
大型青ボックス	HP 1000　スコア 1500 特徴 攻撃を当てるとATBゲージが30増加する

ADVICE 赤ボックスを確実に壊していくのがポイント

アサルトモードでの『たたかう』のコンボでボックスを壊しつつ、ATBゲージがたまったら武器アビリティで大型青ボックスを攻撃するのが、『クラッシュボックス』の基本的な進めかた。残り時間をできるだけ延長するためにも、赤ボックスは最優先で壊すようにしていこう。さらなる高得点を狙うなら、右記のコツも覚えておくといい。

高得点を出すためのコツ

- 武器アビリティは、アイアンブレードで使える『ラピッドチェイン』か、ハードブレイカーで使える『インフィニットエンド』がオススメ
- 『かいひぎり』マテリアをセットし、回避直後に■ボタンで出せる攻撃を積極的に使っていく
- ボックスが広範囲に散らばらないように、なるべく壁に向かって転がるような方向から攻撃する
- 疾風のスカーフや『せんせいこうげき』マテリアを使えば、ATBゲージがたまった状態で開始できる

↑高く積まれたボックスは、ぶつかって落としておくと攻撃に巻きこみやすい。

←大型青ボックスが並んでいるところで武器アビリティを使えば、2個を同時に攻撃できて効率的。

ボックス配置マップ

高いスコアを獲得するためには、ボックスの配置を覚えておくことが欠かせない。以下のマップを参考にして、ハイスコアを目指そう。

ノーマルモード

初期制限時間 1分30秒

50……黄ボックス
100……青ボックス
……赤ボックス
1500……大型青ボックス

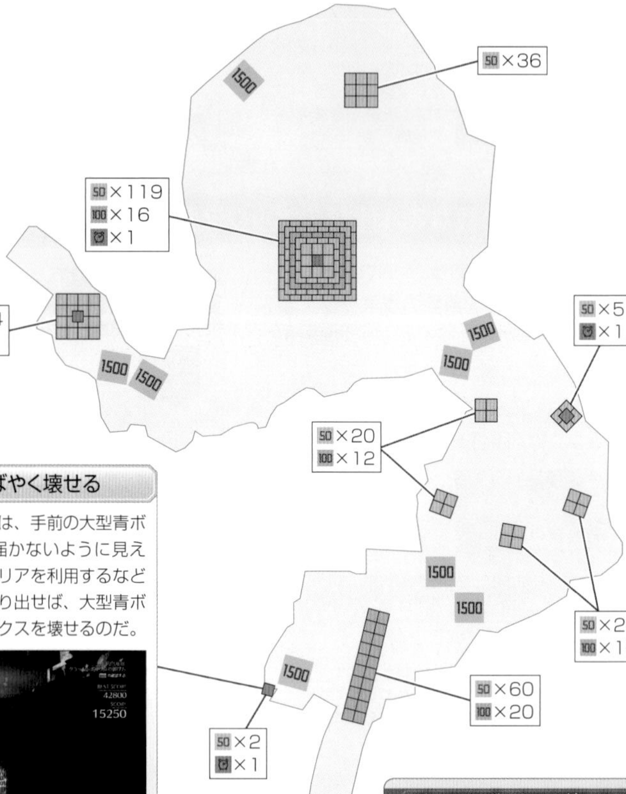

50×36
50×119 100×16 ×1
50×64 ×1
50×5 ×1
50×20 100×12
50×20 100×12
50×60 100×20
50×2 ×1
START
50×16
100×6
50×16
50×4 ×1
50×12
50×3 ×1
50×48
1500

CHECK 赤ボックスはすばやく壊せる

この場所にある赤ボックスには、手前の大型青ボックスを壊さなければ攻撃が届かないように見える。しかし、『かいひぎり』マテリアを利用するなどして広い範囲をなぎ払う技をくり出せば、大型青ボックスを残したままでも赤ボックスを壊せるのだ。

00:51:87
+10
42800
15250

⬆大型青ボックスに密着して攻撃範囲が広い技を使えば、奥の赤ボックスに当たる。

すべてのボックスを壊したときのスコア

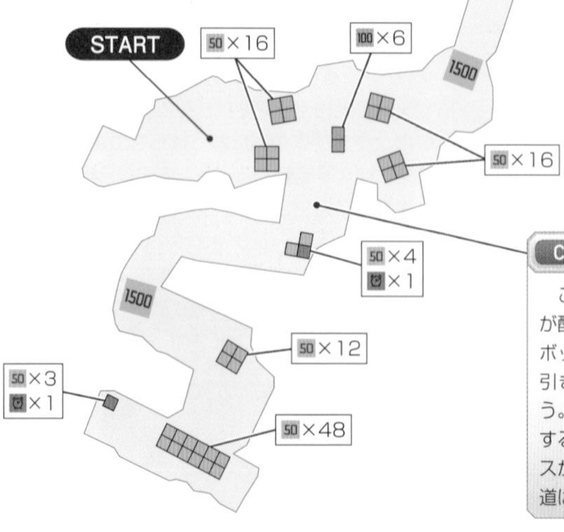

RESULTS
BEST SCORE 48750
SCORE 48850
NEW RECORD

CHECK 坂道をのぼらないのも手

ここから先の坂道には、多くのボックスが配置されている。しかし、ほとんどが黄ボックスであるうえ、袋小路になっていて引き返してくるのに時間がかかってしまう。30000点のターゲットスコアに到達することが目標なら、坂の手前の赤ボックスが積まれた山だけを壊して先へ進み、坂道はのぼらないのが無難。

ハードモード

初期制限時間 30秒

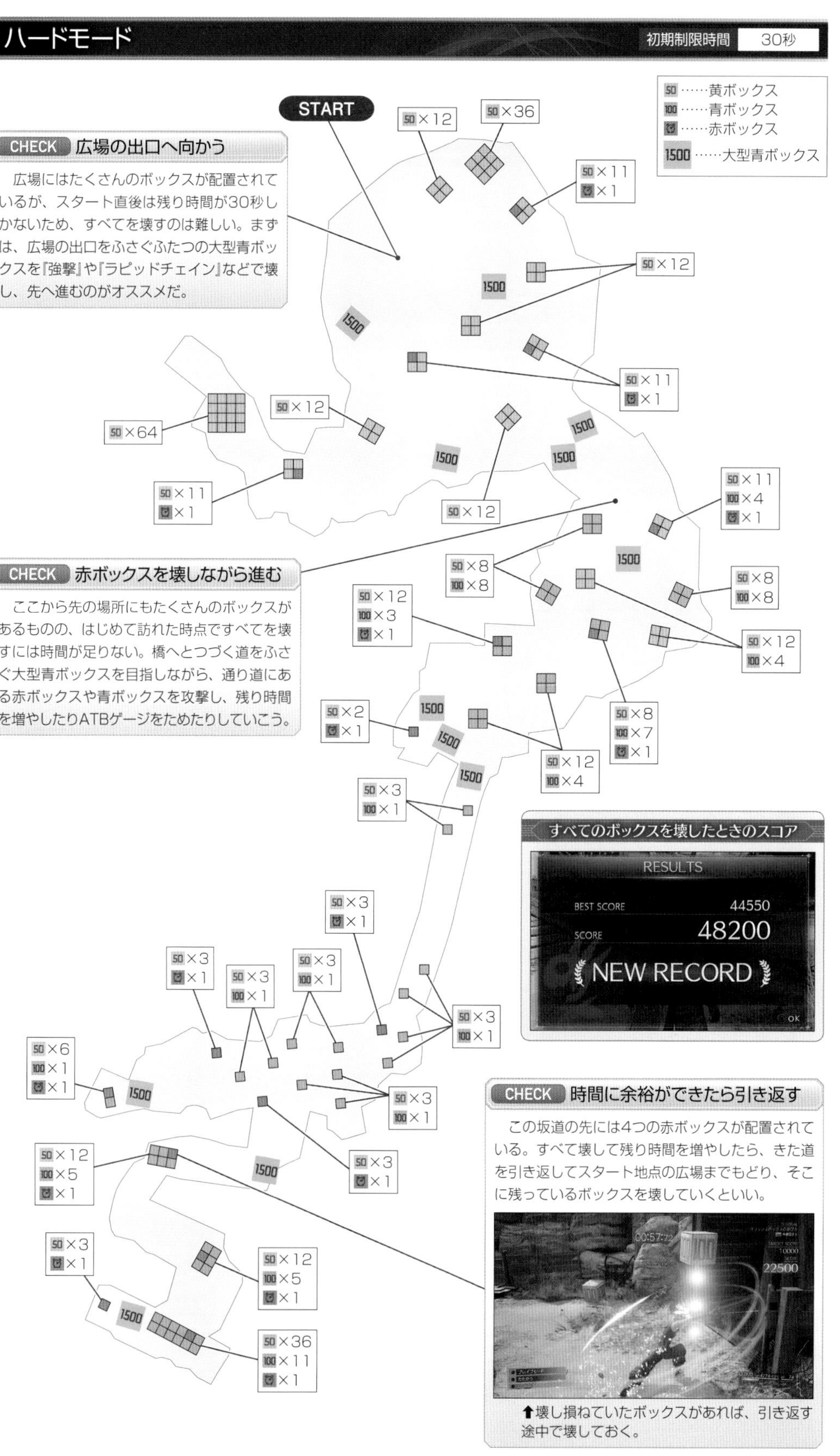

CHECK 広場の出口へ向かう

広場にはたくさんのボックスが配置されているが、スタート直後は残り時間が30秒しかないため、すべてを壊すのは難しい。まずは、広場の出口をふさぐふたつの大型青ボックスを『強撃』や『ラピッドチェイン』などで壊し、先へ進むのがオススメだ。

CHECK 赤ボックスを壊しながら進む

ここから先の場所にもたくさんのボックスがあるものの、はじめて訪れた時点ですべてを壊すには時間が足りない。橋へとつづく道をふさぐ大型青ボックスを目指しながら、通り道にある赤ボックスや青ボックスを攻撃し、残り時間を増やしたりATBゲージをためたりしていこう。

すべてのボックスを壊したときのスコア

CHECK 時間に余裕ができたら引き返す

この坂道の先には4つの赤ボックスが配置されている。すべて壊して残り時間を増やしたら、きた道を引き返してスタート地点の広場までもどり、そこに残っているボックスを壊していくといい。

⬆壊し損ねていたボックスがあれば、引き返す途中で壊しておく。

サブイベント&ミニゲーム 08

コルネオ・コロッセオ

ウォール・マーケットの地下闘技場では、猛者たちによるバトルが日夜くり広げられている。このバトルで勝利を収めれば、豪華な報酬を獲得できるのだ。

遊べる時期 CHAPTER 9、14

ルール 指定されたメンバーで5連戦を勝ち抜こう

CHAPTER 9のウォール・マーケットでマムの要求に応えてコルネオ杯で優勝したあとは、地下闘技場でゲートキーパーに話しかけて『コルネオ・コロッセオ』に挑戦できる。『コルネオ・コロッセオ』とは、指定されたメンバーのみでパーティを編成し、5組の対戦相手との連戦に挑む特殊なバトルのこと。いくつかのバトルコース(右ページを参照)のなかから挑戦するものを選び、参加費を払って戦いをはじめよう。途中で全滅せずに最後まで勝ち抜けばクリアとなり、報酬がもらえるのだ。なお、コロッセオでのバトルでは、以下のように通常のバトルとは異なる部分があるので覚えておきたい。

『コルネオ・コロッセオ』でのバトルの特徴

- すべての消費アイテムは使用できない
- バトル中にアイテムとギルを入手できない(経験値、AP、熟練度は獲得できる)
- ポーズメニューで「あきらめる」を選ぶと、リタイアできる(参加費はもどってこない)
- 途中で全滅したりリタイアしたりしても、そこまでに獲得した経験値、AP、熟練度は失われない

←一部のクエスト進行中は、ゲートキーパーに話しかけたときに選択肢が表示され、「フリーバトル」を選べば参加できる。

『コルネオ・コロッセオ』が遊べる場所と時期

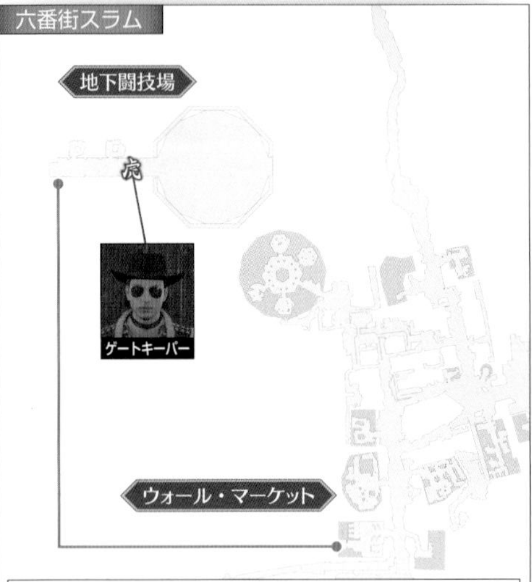

- CHAPTER 9の「地下闘技場の戦い」でボーナスマッチ勝利後にゲートキーパーと会話してから、「しばしの別れ」で手揉み屋にもどってジョニーに声をかけられるまで(エアリスが参加できるのは、「地下闘技場の戦い」で着がえをはじめるまで)
- CHAPTER 14の「情報収集」でキリエの演説を聴いてから、「壁を越える」でバレットに壁を越えると伝えるまで

チャプターセレクト時のちがい

バトルコースの選択画面では、通常だと「そのチャプターで挑戦できるコースのなかで、参加メンバーの条件を満たしているもの」だけが表示される。しかし、チャプターセレクト時はつねに全コースが表示され、参加メンバーの条件さえ満たせばチャプターに関係なく挑戦可能だ。なお、各コースのクリア状況などは、チャプターセレクト時に引き継がれる。

コース	ランク	参加費
バレット vs ワイルドアニマルズ	★1	100
ティファ vs ワイルドアニマルズ	★1	100
エアリス vs ワイルドアニマルズ	★1	100
選抜2人組 vs スラムアウトローズ	★2	200
クラウド vs 神羅愚連隊	★3	300
バレット vs 神羅愚連隊	★3	300
ティファ vs 神羅愚連隊	★3	300
エアリス vs 神羅愚連隊	★3	300
選抜3人組 vs 神羅ウォリアーズ	★3	300
選抜2人組 vs チーム「うらみ節」	★4	400

←文字が暗くなっているバトルコースは、参加メンバーの条件を満たしていないため選べない。

バトルコース　進行状況と参加メンバーの条件を満たすコースに挑戦可能

『コルネオ・コロッセオ』で挑戦できるバトルコースは全部で11個あり、参加メンバーや対戦相手、初回クリア時の報酬などのほか、挑戦可能なチャプターが異なる(下の表を参照)。なかでも、エアリスが参加メンバーに含まれているコースは、挑戦できる時期がとても短いので注意しておこう。

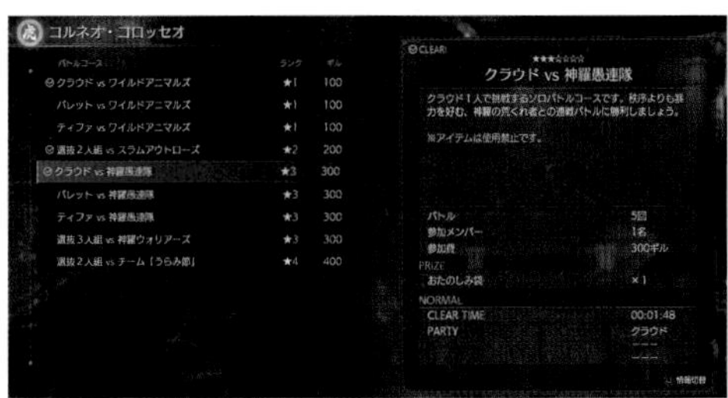

⬆バトルコース選択画面では、クリアずみのコースにチェックマークが表示される。また、◉ボタンを押すと、戦ったことがある敵を確認可能。

バトルコースについて知っておきたいこと

- コース名の「vs」のうしろに書かれた対戦相手が現れる
- コースごとに設定されているランクが高いほど参加費が上がり、敵のレベルも高くなる
- 挑戦前にコースの難易度(CLASSIC、EASY、NORMAL)を選べる。難易度がバトルにどのように影響するかは、本編と同じ(→P.121)
- コース開始時にパーティ全員のHPとMPが全回復し、終了時にもとの値にもどる
- 1戦ごとに、HPが最大値の50%、MPが最大値の30%回復する(戦闘不能状態からも復活する)
- どのコースも、2回目以降のクリア時は報酬が「おたのしみ袋」になる(→P.446)
- 各コースの難易度ごとに、最速クリアタイムが記録される

『コルネオ・コロッセオ』で挑戦できるバトルコース

※●……挑戦できる、○……チャプターセレクト時のみ挑戦できる、――……挑戦できない

バトルコース	ランク	参加費	参加メンバー	敵のレベル	初回クリア時の報酬	挑戦できるチャプター	
						9	14
クラウド vs ワイルドアニマルズ	★1	100	クラウド	20	究極奥義の書『クライムハザード』	●	●
バレット vs ワイルドアニマルズ	★1	100	バレット	20	究極奥義の書『カタストロフィ』	――	●
ティファ vs ワイルドアニマルズ	★1	100	ティファ	20	究極奥義の書『ドルフィンブロウ』	――	●
エアリス vs ワイルドアニマルズ	★1	100	エアリス	20	究極奥義の書『星の守護』	●(※1)	――
選抜2人組 vs スラムアウトローズ	★2	200	いずれか2名	20	グッドヴィジョン	●(※1)	●
クラウド vs 神羅愚連隊	★3	300	クラウド	25	剣技指南書 第2巻	○	●
バレット vs 神羅愚連隊	★3	300	バレット	25	射撃マニュアル 第2巻	――	●
ティファ vs 神羅愚連隊	★3	300	ティファ	25	格闘術秘伝の書 第2巻	――	●
エアリス vs 神羅愚連隊	★3	300	エアリス	25	星の神秘の書 第2巻	○(※1)	――
選抜3人組 vs 神羅ウォリアーズ	★3	300	いずれか3名	25	タロットカード	――	●
選抜2人組 vs チーム「うらみ節」	★4	400	いずれか2名	25	モーグリのお守り	○(※1)	●

※1……エアリスがパーティにいるあいだのみ挑戦できる

対戦相手ごとの出現するエネミー

※バグラーの🅰などの記号はP.571、コルネオの部下の🅰などの記号はP.574と対応

対戦相手	出現するエネミー				
	BATTLE 1	BATTLE 2	BATTLE 3	BATTLE 4	BATTLE 5
ワイルドアニマルズ	ウェアラット×2	プアゾキュート×1 +ホウルイーター×2	ガードハウンド×2	ヘッジホッグパイ×1 +グラシュトライク×1	羽根トカゲ×1
スラムアウトローズ	バグラー(🅲曲刀)×1 +コルネオの部下(🅱拳銃)×1 +コルネオの部下(🅲機関銃)×1	コルネオの部下(🅴ナイフ)×1	コルネオの部下(🅰銃剣)×1 +バグラー(🅰釘バット)×2	部隊長ゴンガ×1	部隊長ゴンガ×1 +バグラー(🅱片手斧)×2 +バグラー(🅰鉄パイプ)×2
神羅愚連隊	警備兵×1 +擲弾兵×2 +プロトマシンガン×1	重火兵×2	戦闘員×1 +ファーストレイ×2	鎮圧兵×1 +スタンレイ×2	スイーパー×1 +ミサイルランチャー×1
神羅ウォリアーズ	特殊戦闘員×1 +上級警備兵×1 +ゴースト×1	空中兵×1 +クリプシェイ×2	サハギン×1 +上級擲弾兵×2	上級鎮圧兵×1 +シェザーシザー×1 +マシンガン×1 +レーザーキャノン×1	クイーンシュトライク×1 +ネフィアウィーバー×2
チーム「うらみ節」	ヘッジホッグキング×1 +ヘッジホッグパイ×1	レイジハウンド×1	トクシックダクト×1 +化けネズミ×1	ディーングロウ×1 +ボム×1	カッターマシン=カスタム×1 +ピアシングアイ×1

報酬　初回と2回目以降では報酬が変わる

5連戦のバトルを最後まで勝ち抜くとバトルコースはクリアとなり、報酬がもらえる。そのコースをはじめてクリアしたときは特別なものが手に入るが(→P.445)、2回目以降のときは報酬が「おたのしみ袋」になってギルやアイテムを入手可能。おたのしみ袋の中身は、コースのランクに応じて左下の表の確率で選ばれる。なお、挑戦前にどの難易度を選んでいても、もらえる報酬は変わらない。

『コルネオ・コロッセオ』のおたのしみ袋の中身

ランク	出現確率と中身			
	50%	30%	15%	5%
★1 ★2	500ギル	ハイポーション×2 毒消し×2 フェニックスの尾×1	ハイポーション×3 眠気覚まし×2 スピードドリンク×1	メガポーション×1 手榴弾×1 エーテル×1
★3 ★4	1000ギル	ハイポーション×3 重力球×1 フェニックスの尾×1	メガポーション×1 万能薬×1 スピードドリンク×1	メガポーション×2 ファイアカクテル×1 エーテル×1
(※1)	1500ギル	ハイポーション×1 重力球×1 フェニックスの尾×1	メガポーション×2 万能薬×1 スピードドリンク×1	メガポーション×3 ファイアカクテル×1 エーテル×1

※1……ランク★3のうち「選抜3人組 vs 神羅ウォリアーズ」のみ

⬆おたのしみ袋の中身はバトルコースをクリアしたときに明らかになる。

ADVICE　『コルネオ・コロッセオ』のバトルに勝つためのアドバイス

いくつかのバトルコースについて、行なっておきたい準備やバトル中の戦いかたを解説する。勝てないときは、以降のアドバイスを参考にしてほしい。それでも苦戦するようなら、CLASSICかEASYの難易度を選ぶといいだろう。

● ○○ vs 神羅愚連隊

出現するのは、神羅の兵士と兵器のみ。神羅兵は炎属性の攻撃に、兵器は雷属性の攻撃に弱いので、参加メンバーに『ほのお』と『いかずち』マテリアをセットしておくと、バトルが比較的ラクになる。『ほのお』は『ぞくせい』マテリアと組にして防具にセットすれば、2戦目で出現する重火兵から受けるダメージを大きく減らすことが可能だ。5戦目では、ミサイルによる攻撃が強力なミサイルランチャーを先に倒すのがオススメ。

● 選抜3人組 vs 神羅ウォリアーズ

各種の攻撃魔法が使えるマテリアと『そせい』をセットし、右上の表のように戦おう。5戦目のネフィアウィーバーは、毒状態や睡眠状態を発生させてくるので、ハチマキ(なければ星のペンダント)を全員に装備させておきたい。

⬅ネフィアウィーバーに『ブリザド』を使えば、大ダメージを与えつつ敵を打ち上げられる(腹部が赤く光っているときをのぞく)。

各バトルのアドバイス

バトル	アドバイス
1戦目	ゴーストは、『レイズ』を当てれば一撃で倒せる
2戦目	積極的に攻撃を仕掛けてくるだけでなく、威力の大きい『キラースパイク』も使うクリプシェイを先に倒すといい
3戦目	最大HPが低い上級擲弾兵を倒してから、サハギンとの戦いに集中すればOK
4戦目	こちらをスタン状態にしてくるレーザーキャノンを、『サンダー』などを使って最初に倒そう。シェザーシザーには魔法攻撃が効果的
5戦目	敵全員の弱点である氷属性の攻撃を主体に攻める。腹部が光っていないネフィアウィーバー(→P.566)から倒していくと戦いやすい

● 選抜2人組 vs チーム「うらみ節」

いくつかのクエストの進行中に戦うことになる敵ばかりが出現する。いずれも手ごわい相手なので、参加メンバーのレベルがあまり高くない場合は、下の表のページに掲載されているアドバイスを見るといい。なお、これらのアドバイスどおりに戦うなら、炎属性以外の3つの属性の攻撃魔法を使えるようにしておく必要がある。

注意したい敵のアドバイスの掲載ページ

敵	出現バトル	ページ
ヘッジホッグキング	1戦目	P.562
レイジハウンド	2戦目	P.545
トクシックダクト	3戦目	P.566
ディーングロウ	4戦目	P.545
ボム	4戦目	P.579
カッターマシン=カスタム	5戦目	P.579
ピアシングアイ	5戦目	P.566

サブイベント&ミニゲーム 09

スクワット勝負

エクササイズ・ジム「ダンダンダン」を訪れると、ジムのトレーナーがクラウドに対して勝負を持ちかける。身体を鍛え抜いた男たちとのスクワット対決に挑もう。

遊べる時期 CHAPTER 9

ルール 筋肉自慢たちとスクワットの回数を競う

CHAPTER 9のウォール・マーケットでは、エクササイズ・ジムのメンバーやトレーナーのジーナンとスクワット勝負ができる。勝負はクラウドと対戦相手の1対1で行なわれ、制限時間内にスクワットをした回数の多いほうが勝利となるのだ(回数が同じだった場合は対戦相手の勝ち)。なお、最初はクエスト 13「白熱スクワット」を進める手順として対戦するが、このクエストをクリアすればランクを選んで挑戦できるようになる(下記参照)。

『スクワット勝負』が遊べる場所と時期

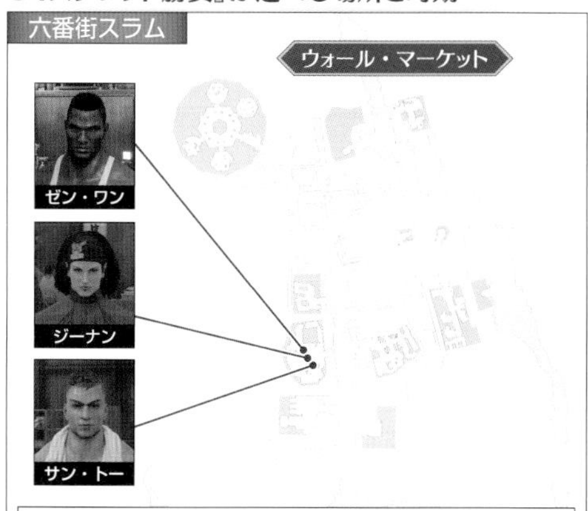

- CHAPTER 9の「しばしの別れ」が開始してから、手揉み屋にもどってジョニーに声をかけられるまで

⬆『スクワット勝負』中は、画面中央上部に残り時間が、クラウドと対戦相手それぞれの下側にスクワットをした回数が表示される。

チャプターセレクト時のちがい

チャプターセレクトをしたときには、ランクごとの勝利状況(景品の入手状況)が引き継がれる。なお、CHAPTER 9の全クエストが発生前の状態にもどるので、ランクを選んで挑戦するには、もう一度クエスト 13 をクリアしなければならない。

対戦相手によってランクが異なる

『スクワット勝負』で対戦できる相手は3人いて、それぞれ初級、中級、上級のランクに対応している。各ランクをはじめてクリアしたときには景品を入手可能。最初に挑戦できるランクは初級だけだが、初級で勝利すれば(クエスト 13 をクリアすれば)中級、中級で勝利すれば上級と、順番に対戦できるようになっていく。ランクが高いほど、制限時間が長くなり、対戦相手のスクワット回数が増えて勝つのが難しくなるのだ。

⬅対戦相手の3人はジム内に並んで立っているので、勝負したい人に話しかけよう。

『スクワット勝負』のランク

ランク	対戦相手	制限時間	景品
初級	ゼン・ワン	1分	メガポーション×3(※2)
中級	サン・トー	1分15秒	『ラッキー』マテリア
上級	ジーナン	1分30秒	チャンピオンベルト

※2……クエスト 13 の報酬として入手する(→P.414)

ボタン操作 クラウドの動きに合わせてボタンを入力する

対戦が開始されるとクラウドがスクワットの動きをはじめるので、動きが止まったタイミングに合わせて4つのボタンを順番に押していこう。正しくボタンを入力できれば、クラウドが動作をつづけていくのだ(くわしくは右記を参照)。開始直後などには、下の写真のようなアシストアイコンが表示されるので、それを見てタイミングを計るといい。

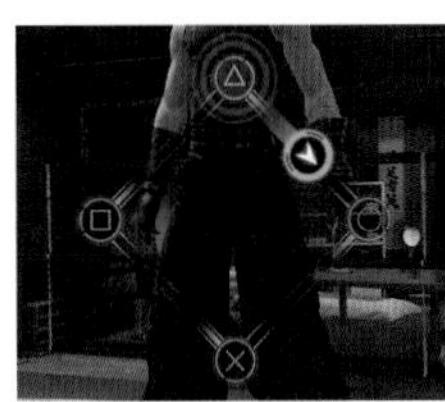

←線でつながった4つのボタンのマークがアシストアイコン。カーソルの動きに合わせてボタンを押そう。

スクワットの仕組み

- 押すボタンは△からはじまり、「○→×→□→△」と時計まわりに1周押すたびにスクワットの回数が1増える
- クラウドの動きは、スクワットの回数が増えるにつれて速くなっていき、20回連続で行なうと最高速度(初期状態の3倍)に達する
- ボタンを押すタイミングがズレたり、ちがうボタンを押したりすると、クラウドが転んでスクワットが一時中断され、動く速さが初期状態にもどる
- 勝負開始直後と転んだ直後のみ、ボタンの入力タイミングを示すアシストアイコンとカーソルがしばらくのあいだ表示される

「ふんばり」が発生したらボタンを連打

中級と上級では、疲れてきたクラウドが、しゃがんだタイミングで「ふんばり」を行なうことがある。ふんばり中は、一時的にアシストアイコンが表示され、カーソルが×ボタンの位置で止まってしまう。この状態になったら、×ボタンを連打して、ボタンマークの周囲に出現する黄色いゲージをためよう。ゲージが1周するまでたまれば、ふんばりが終わってクラウドがスクワットの動きを再開するのだ。なお、連打のペースが遅いと、ゲージを1周させるために押す回数が増えてしまうので注意。

ふんばりの特徴

- それまでのボタンの入力タイミングが良ければ、ふんばりが発生しにくくなる(下記参照)
- ふんばり中は、×ボタンを1回押すたびにゲージが20%たまる。ただし、たまったゲージは時間とともに少しずつ減っていく

←ふんばりが発生する直前にアシストアイコンが表示され、×ボタンの連打に合わせて黄色いゲージがたまっていく。ゲージが1周してふんばりが終わると、アシストアイコンは消える。

知識のマテリア 「疲労度」がたまるとふんばりが発生する

ふんばりの発生には、画面に表示されない「疲労度」が影響している。スクワットは「クラウドの動きが止まる直前から、止まって0.5秒経過するまで」に正しいボタンを押せば入力成功となるが、その時間内のいつ押したかによって疲労度がたまり、100以上になるとふんばりが発生するのだ(ふんばりが終わると疲労度はゼロになる)。

疲労度のたまりかた

ボタンを押したタイミング	たまる量
動きが止まる直前	10
動きが止まって0.17秒以内	5
動きが止まって0.17～0.33秒のあいだ	10
動きが止まって0.33～0.5秒のあいだ	15
ボタン入力に失敗する(クラウドが転ぶ)	30

ADVICE 転ばないようにすることがもっとも重要

一度転ぶと大きなタイムロスになるので、転ばないことを心がけていこう。タイミングが早くなりすぎるのを避けるためにも、クラウドの動きが止まったのを見てからボタンを押すようにするといい。動きが止まるときのポーズは右のとおりだ。

サブイベント&ミニゲーム 10

蜜蜂の館のダンス

ウォール・マーケットにある蜜蜂の館では、華麗なダンスショーが毎夜開催されている。アニヤンから推薦状をもらうため、クラウドもそのステージに立つのだ。

遊べる時期 CHAPTER 9

ルール リズムラインの動きに沿って正しいボタンを押していく

CHAPTER 9のウォール・マーケットでエアリスがドレスに着がえたあと、蜜蜂の館でハニーガールに話しかけてステージに向かうと(→P.286の手順25)、クラウドがダンスを披露することになる。ダンス中は光の筋(リズムライン)とボタンを示す表示(ガイドパネル)が現れるので、リズムラインがガイドパネルを通過するタイミングで、パネルのマークと同じボタンを押していこう。ダンスには練習と本番があり、練習は終了直後ならふたたびプレイできるが、本番は1回かぎりで再挑戦できない。

⬅ガイドパネルの色は、押すボタンのマークと同じになっている。

チャプターセレクト時のちがい

チャプターセレクト時は、練習をスキップしてすぐに本番をはじめられる。なお、ダンス後に手に入るごほうび(下記参照)のうち、練習でもらえるものはゲームを通じて1回しか入手できない。一方、本番でもらえるものは、チャプターセレクト時に失われてしまうが、改めて条件を満たせば再入手できる。

入力タイミングに応じて成績が決まる

ダンス中は、リズムラインがガイドパネルと重なった瞬間(ジャストタイミング)を基準にして、ボタン入力の評価が下の表のように判定され、画面に表示されないポイントが加算される。この評価やポイントに応じて、ごほうび(右記参照)やエアリスの反応(→P.709)が変わるのだ。なお、各評価の数は、ダンス終了時にまとめて発表される。

ボタン入力の評価の判定ルール

評価	ボタン入力のタイミング	ポイント
Great	ジャストタイミングの前後それぞれ0.2秒間	5
Good	ジャストタイミングの前後それぞれ0.4秒間(※1)	3
Bad	上記以外(ボタンを押さなかったり、押すボタンをまちがえたりした場合も含む)	0

※1……Greatの範囲をのぞく

成績によってもらえるごほうび

ダンス	ごほうび
練習	評価がすべてGreatだと、ミュージックディスクの「26 闘う者達 REMAKE」がもらえる
本番	最終的なポイントが112以上(満点の8割以上)だと、アニヤンのピアス(だいじなもの)がもらえる

⬅アニヤンのピアスを手に入れた場合は、女装したクラウドが実際に身につける。

ADVICE ガイドパネルが現れるタイミングを覚えておこう

ダンスで好成績を収めたいなら、ガイドパネルがいつ現れるかを覚えることが大事だ。P.450～453には、ガイドパネルが表示されるタイミングをタイムチャートと画面写真でまとめているので、それを参考にしながらプレイしてみるといい。

⬅リズムラインが通過してガイドパネル全体が白く光るのを目安に、ボタンを押そう。

ガイドパネル タイムチャート

ダンス中に表示されるガイドパネルを、時間の流れに沿って紹介。掲載している写真は、リズムラインがパネルと重なる直前のものだ。

練習

START

0.5秒

1 ○

2 ○

3 ×

4 ×

5 ○

6 ×

7 ×

8 △

9 □

10 ○

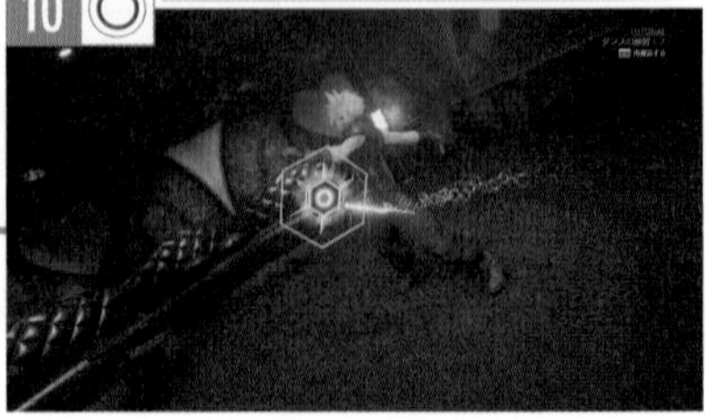

FINISH

本番

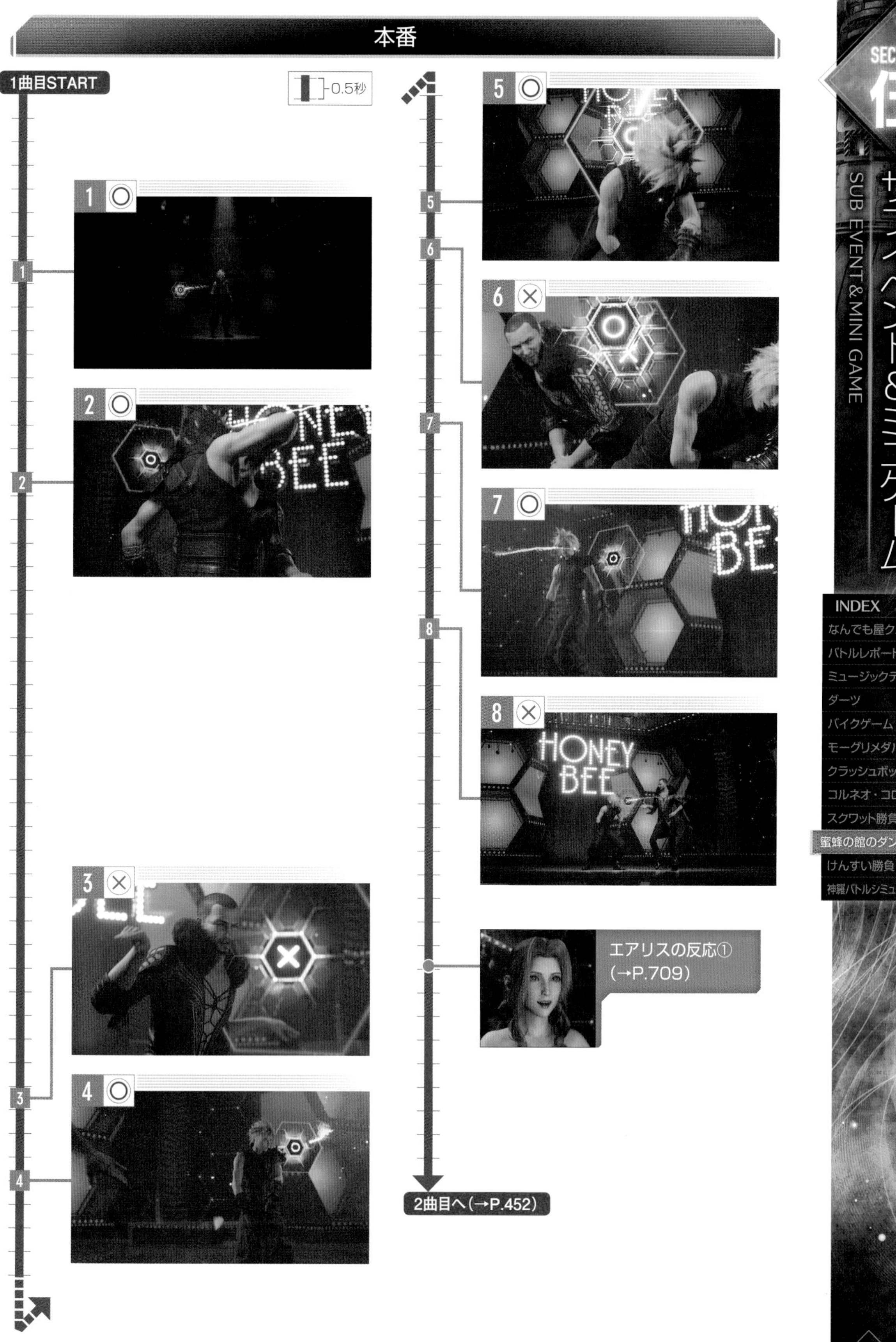

ガイドパネルタイムチャート：本番（つづき）

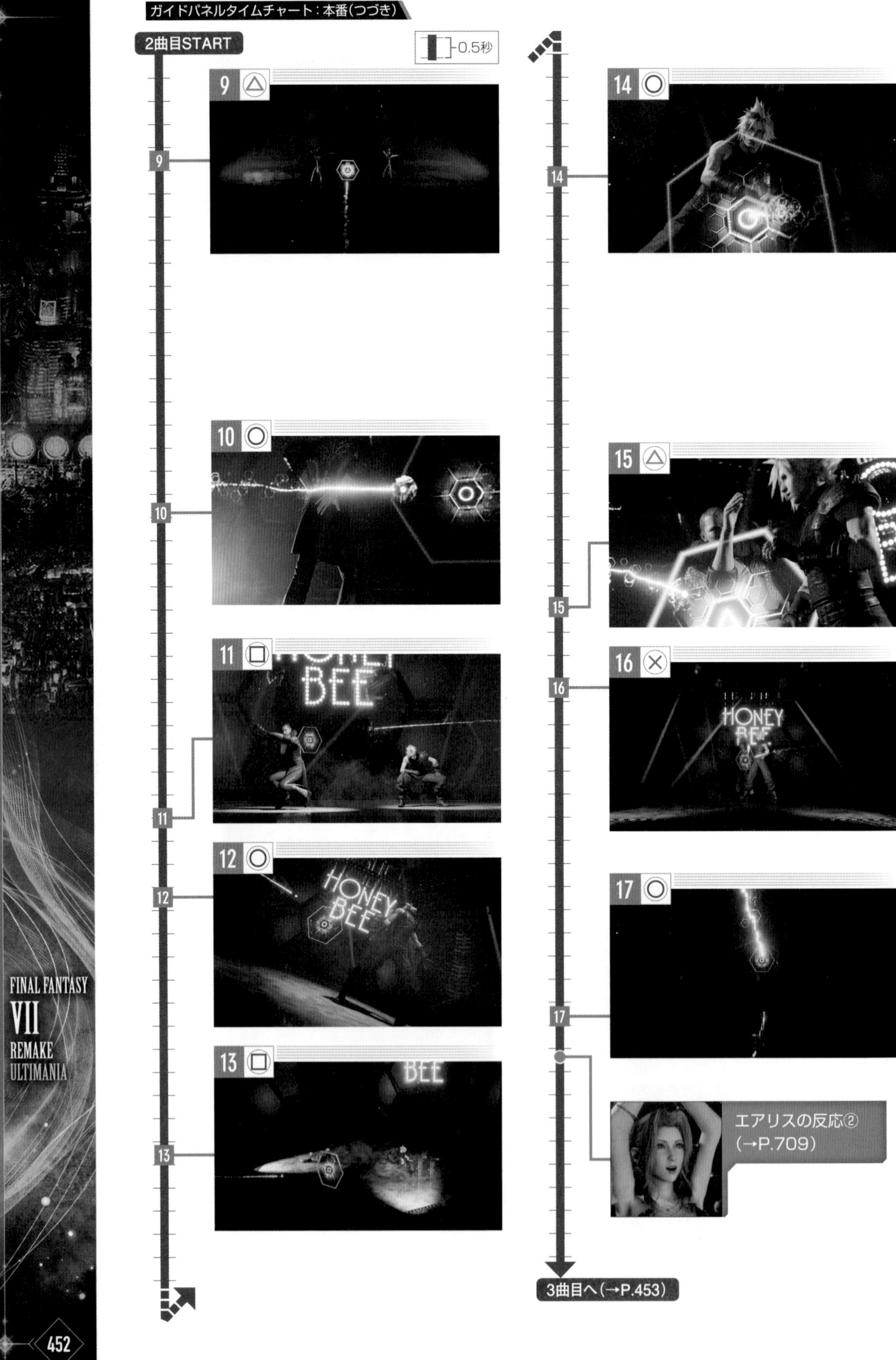

3曲目START
0.5秒
18
19
20
21
22
23
24
25
26
27
28
FINISH

サブイベント&ミニゲーム 11

けんすい勝負

プレート落下後にエクササイズ・ジム「ダンダンダン」を再訪すると、今度はティファが勝負に誘われる。筋肉を信じる男たちとのけんすい対決に挑戦しよう。

遊べる時期 CHAPTER 14

ルール 筋肉自慢たちとけんすいの回数を競う

CHAPTER 14になると、CHAPTER 9で『スクワット勝負』を遊べた場所で、ティファが『けんすい勝負』に挑戦できる。最初はクエスト 19 「揺れる想い」の進行中にアニヤンと初級ランクで対戦し、勝利してクエストをクリアすれば自由に遊べるようになるのだ。対決のルールは『スクワット勝負』とほとんど変わらないが(→P.447)、いくつか異なる点があるので気をつけておこう。

⬆『けんすい勝負』では、ティファがジムのメンバーやトレーナーたちと対決する。

⬆カーソルが動くルートは上の2通りで、さらに進行方向のちがいがあるので、ボタンを押す順番は「△→○→□→×」「△→×→□→○」「△→×→○→□」「△→□→○→×」のいずれかになる。

『けんすい勝負』が遊べる時期

- CHAPTER 14の「情報収集」でキリエの演説を聴いてから、「壁を越える」でバレットに壁を越えると伝えるまで

『スクワット勝負』とのちがい

- 2ラウンド制となり、各ラウンドで行なったけんすいの回数の合計で勝敗が決まる
- ボタンを押す順番(左下の写真を参照)とスタート時のボタンが、ラウンドごとにランダムで変わる
- ふんばりが発生する場所が、スタート時のボタンになる
- 中級は10回連続、上級は9回連続でけんすいを行なうと、ティファの動きが最高速度に達する。また、上級の最高速度は初期状態の3.5倍になる

『けんすい勝負』のランク

ランク	対戦相手	制限時間	景品
初級	ゼン・ワン	30秒×2	格闘術秘伝の書 第3巻(※1)
中級	サン・トー	30秒×2	『マジカル』マテリア
上級	ジーナン	40秒×2	チャンピオンベルト

※クエスト 19 進行中の対戦相手はアニヤンになる
※1……クエスト 19 の報酬として入手する(→P.419)

チャプターセレクト時のちがい

『スクワット勝負』と同じで、ランクごとの勝利状況が引き継がれるほか、ランクを選んで挑戦するにはクエスト 19 を再度クリアする必要がある。

ADVICE ボタンの入力順番をしっかりと確認しよう

基本的な攻略方法は『スクワット勝負』と同じで、ティファの動きが止まるタイミングを見きわめるのが大切だ。さらに、ボタンを押す順番が複雑になる点には注意が必要。アシストアイコンが表示されているあいだに、押す順番を記憶しよう。

サブイベント&ミニゲーム 12

神羅バトルシミュレーター

遊べる時期 CHAPTER 16、17

神羅ビルには、仮想空間での模擬戦を体験できるシミュレーターが設置されている。これを利用すれば、ほかには現れないような強敵と戦うことも可能だ。

ルール 仮想空間での5連戦バトルに挑戦しよう

CHAPTER 16では、神羅ビル内の右記の場所で起動装置を調べると、バトルシミュレーターを起動できる。シミュレーターでのバトルの仕組みは『コルネオ・コロッセオ』と同じで(→P.444)、挑戦するバトルコースを選んだら、指定されたメンバーで敵との連続バトルを戦っていく。最初は選べるバトルコースがひとつのみだが、それをクリアすればほかのコースにも挑めるようになる(→P.456)。

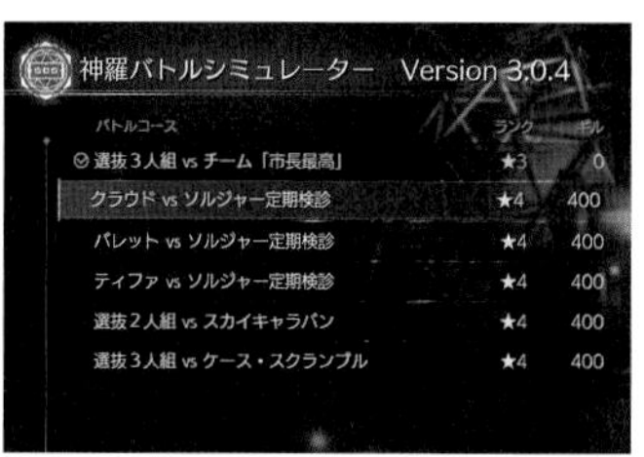

⬅コロッセオよりもランクが高めのバトルコースに挑戦できる。

『神羅バトルシミュレーター』が遊べる場所と時期

神羅ビル

63F上層 リフレッシュフロア：シミュレーターラウンジ

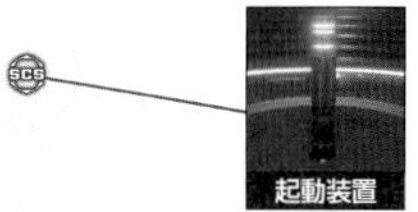

● CHAPTER 16の「協力者」で協力者を見つけてから、「エアリス救出作戦」で65F 宝条研究室サブフロア：サンプル試験室にいる宝条に近づくまで

チャプターセレクト時のちがい

『コルネオ・コロッセオ』と同じく、チャプターセレクトを行なうとクリア状況などが引き継がれ、バトルコース選択時に全コースが表示されるようになる。さらに、CHAPTER 17の下記の場所でもシミュレーターが利用可能になり、新たなコースに挑めるのだ。難易度がHARD限定のものもあって苦戦は必至だが、全コースをクリアすればチャドリーが自身の秘密を打ち明けてくるので、ぜひチャレンジしてみよう。

チャプターセレクト時に遊べる場所と時期

神羅ビル

66F 宝条研究室メインフロア：バトルシミュレーター

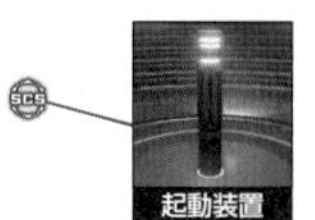

● CHAPTER 17の「脱出方法を探る」で66F 宝条研究室メインフロア：中央研究室のネムレス×4を倒してから、鑼牟 最上層：メインブリッジの通路を進んでジェノバを見つけるまで

宝条研究室のバトルシミュレーターの特徴

● ここでのみ挑戦できるバトルコースがあり、ランクが★5以上のものは難易度がHARDに限定される(HARDでも、コース開始時やバトルの合間にMPが回復する)
● 最高ランクのバトルコースは、それ以外のバトルコースに加えて、『バトルレポート』のレポートと『コルネオ・コロッセオ』のバトルコースをすべてクリアすれば挑戦可能になる

⬅バトルシミュレーターの手前にはチャドリーも現れるので、武器強化のリセットなどを頼める。

INDEX

『神羅バトルシミュレーター』で挑戦できるバトルコース

※●……挑戦できる、○……チャプターセレクト時のみ挑戦できる、——……挑戦できない

バトルコース	ランク	参加費	参加メンバー	敵のレベル	初回クリア時の報酬	挑戦できるチャプター	
						16	17
選抜3人組 vs チーム「市長最高」	★3	0	いずれか3名	31	メガポーション	●	○
クラウド vs ソルジャー定期検診	★4	400	クラウド	35	マキナバングル	●	○
バレット vs ソルジャー定期検診	★4	400	バレット	35	ハイパーガード	●	○
ティファ vs ソルジャー定期検診	★4	400	ティファ	35	ルーンの腕輪	●	○
エアリス vs ソルジャー定期検診	★4	400	エアリス	35	ジオメトリブレス	——	○
選抜2人組 vs スカイキャラバン	★4	400	いずれか2名	35	『ギルアップ』マテリア	●	○
選抜3人組 vs ケース・スクランブル	★4	400	いずれか3名	35	『けいけんちアップ』マテリア	●	○
▼チャプターセレクト時の宝条研究室でのみ表示されるコース(難易度HARD限定)							
クラウド vs ソルジャー3rd昇進試験	★5	500	クラウド	50	剣技指南書 第13巻	——	○
バレット vs ソルジャー3rd昇進試験	★5	500	バレット	50	射撃マニュアル 第13巻	——	○
ティファ vs ソルジャー3rd昇進試験	★5	500	ティファ	50	格闘術秘伝の書 第13巻	——	○
エアリス vs ソルジャー3rd昇進試験	★5	500	エアリス	50	星の神秘の書 第11巻	——	○
選抜2人組 vs ツインチャンピオン	★5	500	いずれか2名	50	『ヴィジョン』マテリア	——	○
選抜3人組 vs レジェンドモンスターズ	★6	600	いずれか3名	50	『ヴィジョン』マテリア	——	○
選抜3人組 vs トップシークレッツ(※1)	★7	700	いずれか3名	50	神々の黄昏	——	○

※最初に挑戦できる「選抜3人組 vs チーム「市長最高」」クリア後に協力者と会話すると、ほかのバトルコースが表示される
※1……『バトルレポート』の全レポート、『コルネオ・コロッセオ』の全バトルコース、『神羅バトルシミュレーター』のランク★7以外の全バトルコースをクリアすれば挑戦可能になる

対戦相手ごとの出現するエネミー

対戦相手	出現するエネミー				
	BATTLE 1	BATTLE 2	BATTLE 3	BATTLE 4	BATTLE 5
チーム「市長最高」(※2)	カッターマシン×2	——	——	——	——
ソルジャー定期検診	サハギンプリンス×1	ファントム×1	ジャイアントバグラー×1	ソルジャー3rd×1	カッターマシン×1
スカイキャラバン	怪奇虫×16	スタンレイ×2 +ビオバードック×2	モノドライブ×4 +チュースタンク×2	特殊空中兵×2	ストライプフォリッジ×1
ケース・スクランブル	アプスベビー×1	ミュータントテイル×1 +ヴァギドポリス×2	ヘルハウンド×1 +ブラッドテイスト×2	スモッグファクト×1 +グランバキューム×2	グレネードソーサー×1 +プロトスイーパー×1
ソルジャー3rd昇進試験	ネムレス×1 +強化戦闘員×1	ゼネネ×1	デジョンハンマ×1	重装甲戦闘員×1	モススラッシャー×1
ツインチャンピオン	ファントム×1 +ゴースト×1	特殊戦闘員×1 +特殊空中兵×1	ジャイアントバグラー×1 +ソルジャー3rd×1	ヘルハウンド×1 +ゼネネ×1	スイーパー×1 +クイーンシュトライク×1
レジェンドモンスターズ	ボム×1	トンベリ×1	ベヒーモス零式×1	ボム×1 +トンベリ×1	モルボル×1
トップシークレッツ	シヴァ×1	デブチョコボ×1(※3)	リヴァイアサン×1	バハムート×1(※4)	ブラウド・クラッド零号機×1

※2……対戦する敵は1組のみ　※3……バトルの途中で??、サボテンダー、????が出現することもある
※4……バトルの途中でイフリート×1も出現する

『神羅バトルシミュレーター』のおたのしみ袋の中身

ランク	出現確率と中身			
	50%	30%	15%	5%
★3	1000ギル	ハイポーション×3 重力球×1 フェニックスの尾×1	メガポーション×1 万能薬×1 スピードドリンク×1	メガポーション×2 ファイアカクテル×1 エーテル×1
★4	2000ギル	ハイポーション×2 重力球×1 スピードドリンク×1	メガポーション×3 万能薬×1 エーテル×1	メガポーション×4 ビッグボンバー×1 エーテルターボ×1
★5 ★6 ★7	2500ギル	メガポーション×3 万能薬×1 エーテル×1	メガポーション×4 ビッグボンバー×1 エーテルターボ×1	エリクサー×1

ADVICE 『神羅バトルシミュレーター』の完全クリアを目指そう

『神羅バトルシミュレーター』で戦う敵はかなり強く、とくにランク★5以上のバトルコースは難易度がHARDしか選べない。これらのコースは、事前にチャプターセレクトで各チャプターをやり直し、レベルを上げたりアイテムを集めたりすることでパーティの戦力を強化してから挑むといい。以下では、ランク★5～7のバトルコースについて、準備や戦いかた、注意したい敵のアドバイスが掲載されているページを紹介するので、すべてのコースをクリアするのに役立ててほしい。

● ○○ vs ソルジャー3rd昇進試験

雷属性の攻撃を使う敵が多い点と、3～5戦目の敵がいずれも雷属性に弱い点が特徴。『いかずち』と『ぞくせい』マテリアを組にして防具にセットし、雷属性の攻撃で受けるダメージを減らしつつサンダー系の魔法を使えるようにしておくと、非常に戦いやすくなる。とくに、『ぞくせい』が★2以上なら、5戦目がかなりラクになるはずだ。アクセサリは守りのブーツを装備し、3戦目でストップ状態になるのを防ぎたい。

◉ 注意したい敵のアドバイスの掲載ページ

敵	出現バトル	ページ
ゼネネ	2戦目	P.613
デジョンハンマ	3戦目	P.613
モススラッシャー	5戦目	P.612

● 選抜2人組 vs ツインチャンピオン

遠くの敵に『たたかう』を当てられる、バレットやエアリスを参加させるのがオススメ。そのうえで、各種の攻撃魔法が使えるマテリアと『そせい』をセットし、下の表のように戦おう。

◉ 各バトルのアドバイス

バトル	アドバイス
1戦目	ゴーストを『レイズ』で倒したあと、ファントムにも『レイズ』でダメージを与えていく。ファントムはすぐに消えるせいで『レイズ』を当てにくいので、姿を現した瞬間や『霊気吸収』で動きが止まったところを狙おう
2戦目	空中から『火炎放射』や『ケミカルガス』などを使ってくる特殊空中兵を、ファイア系(またはエアロ系)の魔法で先に倒す。特殊戦闘員にも、ファイア系の魔法で攻めていけばOK
3戦目	現れる2体の敵には、どちらも『ファイア』などで大ダメージを与えられる。動きが遅めなうえに遠くの相手を攻撃する手段を持たないジャイアントバグラーから離れつつ、ソルジャー3rdを先に攻撃していくといい
4戦目	攻撃が強力なヘルハウンドが危険。『レイズ』での攻撃を連発してなるべく早く倒したい。残ったゼネネは、武器アビリティや魔法でヒートさせれば倒しやすい
5戦目	『マシンガン』でこちらをひるませるスイーパーをサンダー系の魔法で攻撃し、大ダメージを与えつつヒートさせて先に倒す。クイーンシュトライクにはブリザド系の魔法が効果的

● 選抜3人組 vs レジェンドモンスターズ

出現する敵は 表1 の4種族のみ。それらに対抗するために、表2 のマテリアを準備しておきたい。トンベリは、HPが減ると手ごわくなるので、4戦目はボムから倒したほうがいいだろう。

◉ 表1 注意したい敵のアドバイスの掲載ページ

敵	出現バトル	ページ
ボム	1戦目、4戦目	P.579
トンベリ	2戦目、4戦目	P.599
ベヒーモス零式	3戦目	P.601
モルボル	5戦目	P.687

◉ 表2 準備しておきたいマテリア

名前	解説
ほのお、ぞくせい	組にして防具にセットし、ボムの攻撃で受けるダメージを減らす。『ぞくせい』は★2以上が望ましい
どく	ベヒーモス零式に毒状態を発生させるためにセットする
てきのわざ	てきのわざの『くさい息』はこのバトルコースの5戦目でしか習得できないので、習得したければ誰かにセットしておく必要がある

● 選抜3人組 vs トップシークレッツ

召喚獣との連戦のあとにプラウド・クラッド零号機と戦う、最難関のバトルコース。武器を強化し、マテリアも十分に成長させたうえで、P.684で紹介している準備を行ない、P.674～689のアドバイスを参考に挑もう。参加メンバーは、近接攻撃役のクラウド+遠隔攻撃役のバレット&エアリスがオススメだが、ティファを選んでバースト中に大ダメージを与えていく手もある。基本的には、1戦目と3戦目はバレットを、2戦目と5戦目はクラウドをおもに操作し、4戦目では敵に狙われていない仲間を操作すると戦いやすい。

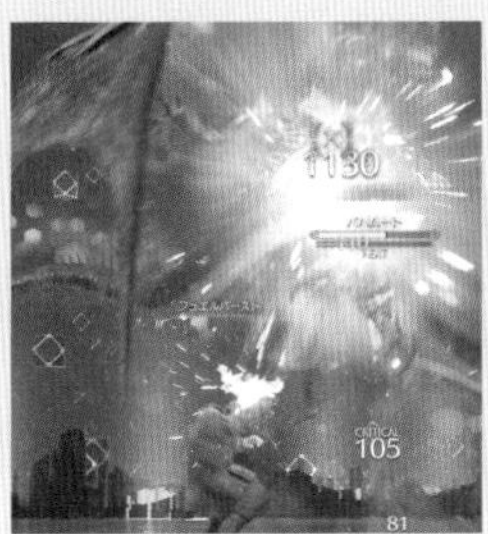

⬅4戦目に勝つのがとくに難しい。「カウントダウン：○」の表示中にバハムートをヒートさせ、『フユエルバースト』などでバーストゲージを大きく増やすことが重要だ。

キャラクタープロダクションマネージャー

番谷 航

Wataru Bantani

代表作 FFXIII、FFXIII-2、ライトニング リターンズ FFXIII、キングダム ハーツIII、The 3rd Birthday、ポッ拳

Q どのような作業を担当されましたか？

A おもに海外の開発会社へのデータ発注、インターネット会議を通じての進行管理、納品されるデータをチェックする社内チームのサポート、街やスラムの住人たちのデータ管理などを行なっていました。納品データのチェックは、もっとも多いときで1日に80件近くもあり、チームのスタッフは毎日が膨大なデータとの戦いだったと思います。

Q とくに気に入っているキャラクターは？

A 街のなかにいる、名もない住人たちですね。彼らは、それぞれが思い思いの会話をしたり個性豊かなしぐさをしたりしながら、日々の生活を送っています。スラムで遊んだり踊ったりする子ども、ウォール・マーケットで夜の街ならではの遊びに興じる大人たち――そういった人々を観察するのが気に入っています。印象的な風貌の人や、何となく誰かに似ていそうな雰囲気の人もいますので、奥深い住人たちをながめてみてください。

Q もっとも苦労した点は？

A キャラクター、エネミー、小道具など、キャラクターセクションのあつかったアセット(ゲームを構成する素材データ)は2000点ほどあり、それに関わるスタッフたちの協力のもと、制作作業を進めていきました。キャラクターセクションは、ほかのチームが作業をはじめるためのアセットを提供する、開発工程のスタート地点とも言える部門です。そのため、後続のたくさんの人たちの手が止まらず、作業をスケジュール通りに進められるように心がけました。ただ、一部のアセットは特殊な作業期間で仕上げなければならず、ほかの大量のアセットをさばきながら、そういった特殊な作業に対応してスケジュールを調整するのは、とても大変でしたね。

! 自分だけが知っている本作の秘密

街やスラムの住人は、豊かな生活感を出すために張り切って大量に作ったのですが、さまざまな事情により大半が使われませんでした。ゲーム中で見かける住人たち以外にも、本当はたくさんのキャラクターがいたんです……。

アニメーションディレクター

相馬文志

Yoshiyuki Soma

代表作 FFVIII、FFIX、FFX、FFX-2、FFXIII、FFXIII-2、ライトニング リターンズ FFXIII、メビウス FF、キングダム ハーツ

Q どのような作業を担当されましたか？

A 表向きはアニメーション全般のディレクションと管理ですが、開発チームに途中から参加したということもあって、基本的には各パートの中心メンバーに大部分をまかせていました。実態は、日々のさまざまな雑務をこなす雑用係ですね。

Q 『FFVII』のコンピレーション作品で参考にしたものはありますか？

A 『FFVII アドベントチルドレン』の映像をゲームに落としこむというのが、今作のテーマのひとつでもあります。そのため、発売された当時に一度観ていたものを改めて見返し、CGのクオリティ的な部分とキャラクター性の再確認を行ないました。

Q もっとも苦労した点は？

A それぞれのパートで苦労があったなかで、あえて選ぶとすれば、クラウド、ティファ、エアリスのドレスでしょうか。3種類ずつあるドレスは共通のモーションで動かしているのですが、基本設定だけではすべてに対応することは難しく、開発終盤の締め切りギリギリまで調整作業に追われました。

Q 次回作ではどんなことに挑戦したいですか？

A すべての面でクオリティアップを行ないつつ、キャラクターの挙動や、フィールドでの探索とバトルのつながりかたを、より自然にしたいですね。今作のフィールドとバトルの切り分けは、オリジナル版の雰囲気を残した適度なバランスですが、そこをもっと本当の意味でシームレスに近づける必要があると思っています。フィールドでの快適な操作やアクション、エネミーや街の人の動きの追求、自然な会話シーンなど、関係各所と協力してレベルアップさせていきたいです。

! 自分だけが知っている本作の秘密

キャラクターの髪や衣装は風に吹かれて揺れますが、カットシーン中のクラウドのツンツンヘアーの揺れかたは、とくに手間がかかっています。髪のパーツひとつひとつで設定をこまかく分け、クラウドらしいツンツンになるよう、場面ごとに微調整しているんですよ。

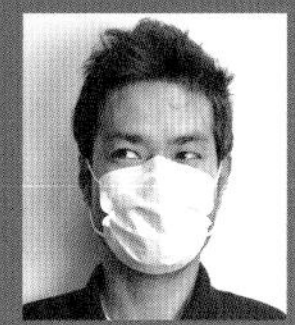

バトルアニメーションディレクター

山地裕之

Hiroyuki Yamaji

代表作 FFXIII、FFXIII-2、ライトニング リターンズ FFXIII、ディシディア デュオデシムFF、キングダム ハーツII、ロマンシング サガ -ミンストレルソング-

Q キャラクターの動作はどのように決めましたか？

A 全体的に、オリジナル版のイメージを踏襲して作っています。そのうえで、クラウドは「全身を使った豪快さ」、バレットは「重量感」、ティファは「激しい連打」、エアリスは「華麗さ」といった今作ならではの要素を加えて、懐かしさと新鮮さの両方を感じてもらえるようにしました。

Q ベルトが何本もぶら下がっているルーファウスは、動かすのが大変ではありませんでしたか？

A 複雑な形状の服なので、最初に見たときは大変そうだと思いました。でも、デザインがとてもカッコイイですし、実際に動かしてみると動作を豪華に見せてくれる効果があって、逆に助かりましたね。大変さで言うと、エアリスのスカートのように丈が長くてスリットがないもののほうが、脚を広げすぎないようにと気を使います。

Q とくに気に入っているモーションは？

A カエル状態のときの動作全般です。人間の姿の激しいアクションに負けない動きを目標に、「とにかくおもしろいものに。ふざけてもOK」と担当者にお願いしました。ふつうに進めたら見る機会は少ないと思いますので、カエルの指輪を装備してカエルしばりで遊んでいただけるとありがたいです。

Q 今回新しく導入した技術はありますか？

A 通常のエネミーには「ボディドライバー」という技術が使われていて、トドメを刺されるときにどんな攻撃をどのように受けたかによって、そのあとの身体の動きが変化します。エネミーの種類によっても、ゴーストは実体化できなくなって壁や床を通過しながら消えていったり、巨体のジャイアントバグラーはヒザからくずれ落ちたりと、倒されたときの動きがちがうので注目してみてください。

! 自分だけが知っている本作の秘密

ブレインポッドが第2段階になるときに、小さい穴から大きい穴へ頭をピョコピョコ飛ばすシーンがあるのですが、途中で失敗して大きな穴のフチにぶつかっています。開発内部でも気づいている人はいないんじゃないかな。

リードアニメーター

長塚拓幸

Hiroyuki Nagatsuka

代表作 FFXIII、FFXIII-2、ライトニング リターンズ FFXIII、FFXV、ディシディア デュオデシムFF、聖剣伝説2 シークレット オブ マナ

Q 今回の作品で心がけていた点を教えてください。

A キャラクターの体重を感じさせるアニメーションにしつつ、動かしたときの気持ちよさも重視しました。体重を感じさせることは現実的な絵作りにつながり、キャラクターの存在感の向上にひと役買うのですが、ゲームである以上操作のレスポンスを犠牲にはできません。そのため、ちょうどいい落としどころを求めて、調整をくり返しました。

Q モーションを作りやすかったキャラクターは？

A バレットですね。何もしなくても存在感があって、どんな動きでも彼がやれば勝手にバレットらしくなってしまうんです。年齢が近くて動きのアイデアがわきやすいのも助かりました。オジサンばかり出てくるゲームとか作ってみたいですね(笑)。

Q オリジナル版を意識した部分はありますか？

A ウォール・マーケットで使われるアニメーションは、とくにオリジナル版を意識して作っています。スクワットや女装イベントなど、本作のイベントのなかでもコミカルで印象的なものが多いので、オリジナル版のアニメーションを何度も確認し、当時の雰囲気を感じられるように仕上げました。

Q とくに気に入っているアニメーションは？

A クラウドがベンチにすわるアニメーションです。今回はテントがなくてイスにすわってHPとMPを回復するとプランナーから聞き、アニメーションの制作に入ったのですが、バスターソードを背負ったまますわるにはどうしたらいいのか、いろいろ悩みました。試行錯誤中に作った「背中から剣を外してヒザの上に置く」は、すわっている様子がおもしろすぎて大不評。最終的に、柄を持って剣をズラしながらすわるというシンプルな動作にしましたが、理にかなった説得力のある動きで、気に入っています。

! 自分だけが知っている本作の秘密

エアリスの家のドアは、ほかの家のドアよりもサイズが少し大きい特注品です。そのため、クラウド、バレット、ティファ、エアリスの4人には、エアリスの家のドアのためだけに専用モーションを用意しました。

リードアニメーター

内島康雅

Yasumasa Uchijima

代表作 FFXV、ディシディアFF、ディシディア デュオデシムFF、FF零式、キングダム ハーツII、キングダム ハーツ 3D[ドリーム ドロップ ディスタンス]

Q どのような作業を担当されましたか?

A カットシーン以外のイベントシーン用のモーションや、街の人のモーションの作成などを担当しました。イベントシーン用のモーションはインゲーム(フィールドの探索やバトルなどの部分)での演出なので、キャラクターに繊細な演技をさせつつレスポンスも重視する必要があります。また、街の人のモーションは、街の規模や住人の量などから演技の方向性を決めましたが、今作は街で行動する機会が多いことを考えて、見たときの第一印象を大切にしながらも、飽きのこない自然な動きを目指しました。

Q どのようにして作業を進めましたか?

A 今作にはクラウドやアバランチのメンバーなど、個性豊かなキャラクターがたくさん登場しますが、アニメーターはそれらの人々をリアルに表現しなければなりません。そこで、各キャラクターを魅力的に見せるための要素を話し合い、「外見的特徴」「精神的特徴」「才能」などを設定しました。こうすることで、ちょっとしたしぐさにもそのキャラクターの個性が出てくるんです。要素を設定できないキャラクターは存在感が薄れてしまうので、話し合いを何度もくり返して特徴を洗い出してから、モーションを作っていきました。

Q 今回の作品で心がけた点を教えてください。

A ひとつ目は、昔からのファンのかたが懐かしみながら遊べるように、オリジナル版をプレイしているからこそ楽しめる部分を盛りこむこと。ふたつ目は、オリジナル版を未経験のかたに本作を最新のゲームとして楽しんでもらえるように、現在のゲームのトレンドを意識しつつ新しい要素に挑戦すること。このふたつを忘れないようにしていました。

! 自分だけが知っている本作の秘密

スラムなどの住人は、街の特徴を引き立たせるために、ひとりひとりにちゃんと背景の物語を設定してあります。彼らもみずからの欲求で動き、喜んだり、怒ったり、悲しんだりしているので、ぜひ街のスミズミまで探索して、住人たちの様子をながめてみてください。

フェイシャルディレクター

岩澤 晃

Akira Iwasawa

代表作 FFVII アドベントチルドレン、クライシス コア -FFVII-、ライトニング リターンズ FFXIII、FFXV、FF零式、KHシリーズ、The 3rd Birthday、ドラッグ オン ドラグーン3

Q どんなことに気をつけて表情を作りましたか?

A クラウドはクールで無口な印象ですが、それは『FFVII アドベントチルドレン』以降のイメージです。本作のクラウドは成長過程なので、いろいろな感情を出すように心がけました。『アドベントチルドレン』を見たことのあるかたは少しギャップを感じるかもしれませんが、アバランチのメンバーと打ち解けていくなかで少しずつ変化するクラウドの表情を、楽しんでいただけたらと思います。

Q 全世界同時発売による苦労はありましたか?

A 日本語、英語、ドイツ語、フランス語の4つのボイスにリップシンク(セリフと口の動きを合わせること)を対応させるのが、めちゃくちゃ大変でした。ドイツ語とフランス語ははじめての試みで、音声解析の技術が進化したからやってみようと決まったのですが、チェックや調整のコストが倍になってしまい、最後のほうは後悔していましたね。締め切りのギリギリまで、プログラマーやフェイシャルのスタッフが作業に追われました。

Q 今回新しく導入した技術はありますか?

A 今作ではボイスの音声データをもとに、自動で感情を解析しています。ボイスから「ニュートラル、喜び、怒り、哀しみ」を読み取って、それらの感情に合わせて表情が自動的に変わるので、アニメーションを手付けした場面以外でも、キャラクターに自然な表情をさせられるようになりました。

Q とくに気に入っている表情は?

A CHAPTER 4の最後で七番街プレートから飛び降りたときの、風で皮膚が揺れるウェッジの顔です。現実だと本当はそこまで揺れないのですが、それではおもしろくないので大げさに揺らしてみたら、いい感じになりました。じつはあの場面だけ、皮膚を物理シミュレーションで動かしています。

! 自分だけが知っている本作の秘密

ジェシーの「なんつって!」がとても特徴的なボイスだったので、最初は変顔をさせていたのですが、ちょっとやりすぎたせいか評判が悪く、かわいく舌を出す方向に変更しました。

SECTION 六

ITEM

アイテム

FINAL FANTASY VII REMAKE ULTIMANIA

アイテム解説 01

アイテムの基礎知識

ミッドガルを探索していくと、さまざまなアイテムを手に入れられる。アイテムには複数のカテゴリーがあるので、分類ごとの特徴を覚えておこう。

アイテムは8つのカテゴリーに分かれている

アイテムには下の表のカテゴリーがあり、それぞれ使い道が異なる。8つのカテゴリーのうち、武器、防具、アクセサリの3つは各キャラクターが身につける装備品で、マテリアは武器や防具のマテリア穴(右ページを参照)にセットして使うアイテムだ。装備品やマテリアの変更は、CHAPTER 2でジェシーから『かいふく』マテリアをもらうところまで物語を進めると(→P.196の手順1)、メインメニューの「MATERIA＆EQUIPMENT」で行なえるようになる(チャプターセレクト時はいつでも変更可能)。

◉アイテムのカテゴリー

※○……売却できる、△……一部のものは売却できる、×……売却できない

カテゴリー	特徴	売却	入手できる数
武器	装備すると、おもに物理攻撃力と魔法攻撃力が上がり、武器ごとに異なる「武器アビリティ」を使用できる。いずれかの武器をつねに装備しておく必要があり、素手にはなれない。武器強化(→P.466)で性能を上げられる	×	各1個のみ
防具	装備すると、物理防御力と魔法防御力が上がる。「○○ガード」は物理防御力重視、「○○の腕輪」は魔法防御力重視、「○○バングル」はそれらのバランス重視、「○○ブレス」はマテリア穴重視になっているのが特徴(※1)。装備変更時に◉ボタンで外すと、何も装備していない状態になる	△	アイテムによって異なる
アクセサリ	装備すると、アクセサリごとに異なるさまざまな効果が得られる。防具と同様に、装備変更時に◉ボタンで外すと、何も装備していない状態になる	△	
マテリア	武器や防具のマテリア穴にセットして使う。APをためることでレベルが上がるものが多く、レベルに応じて性能や売却価格が高くなる(→P.465)	△	
消費アイテム(※2)	基本的に、バトルコマンドの『ITEM』で使用でき、使うと消費される。HPやMPを回復するものは、バトル中以外でも◉ボタンでコマンドを開くと使用可能。どの消費アイテムも、難易度がHARDのときは使用できない	○	
だいじなもの	物語や『なんでも屋クエスト』(→P.406)を進めるうえで使ったり手に入れたりする重要なアイテム	×	
ミュージックディスク	音楽が記録されており、ジュークボックスで再生できる(→P.427)	×	各1個のみ
スキルアップブック	最大SPが上がるものと、リミット技を習得できるものがあり、持っているだけで効果が得られる。大半のスキルアップブックは、難易度がHARDのときのみ入手可能	×	

※1……これらの名前に該当しないものなど、一部例外がある(→P.488)
※2……メインメニューの「ITEMS」では、「アイテム」と表示される

知識のマテリア《 武器アビリティは習得すればどの武器でも使用可能

装備している武器に応じて使える武器アビリティには、「熟練度」という数値がある。熟練度は右記のように上がり、100%に達するとその武器アビリティをキャラクターが習得して、ほかの武器でも使えるようになるのだ。熟練度を上げるのはそれほど時間がかからないので、新しい武器を手に入れたら、早めに武器アビリティを習得しておくといいだろう。なお、バスターソードの武器アビリティ『バーストスラッシュ』だけは、最初から熟練度が100%になっている。

◉熟練度の上がりかた

- 初期値は0%で、武器アビリティを使うたびに10%上がる(命中しなくてもいい)
- 特定の条件(→P.85～109)を満たすと「熟練度ボーナス」を獲得でき、さらに20%(一部の武器アビリティは30%)上がる

破暁撃
熟練度30%

←熟練度は、数値の左に表示されるゲージでも確認できる。

アイテム解説 02

マテリア

マテリアはキレイな色をした球状のアイテムで、武器や防具の穴にセットして使う。バトルを有利に進めるには、適切にマテリアを選んでおくことが不可欠だ。

マテリアの色でおもな効果がわかる

装備中の武器や防具のマテリア穴にマテリアをセットすると、特定のアビリティや魔法が使えるようになったり、各種ステータスが上がったりといった効果が得られる。マテリアは効果に応じて下の表の5つに分類され、それぞれ色がちがう。

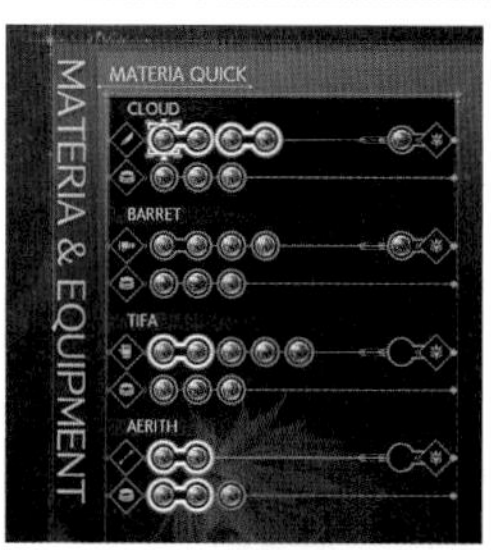

←マテリアの名前の左側には、分類を表すアイコンがついている。

マテリアの分類と特徴

分類	おもな効果	ステータスの変化
魔法マテリア	マテリアの種類とレベルに応じた魔法を使えるようになる	最大MPが上がるほか、一部のものは魔力と精神も上昇する
支援マテリア	連結穴(→P.464)を利用して特定のマテリアと組にすることで、さまざまな効果が発揮される	変化しない
コマンドマテリア	特定のアビリティを使えるようになる	変化しない
独立マテリア	各種ステータスを特定の割合で大きく上げたり、バトルで入手する経験値やギルを増やしたりするなど、マテリアごとに効果が異なる。基本的に、セットしておくだけで自動的に効果が発揮される	大半のものは、何らかのステータスが上がる
召喚マテリア	召喚マテリア穴(→P.464)にセットすることで、特定の召喚獣を呼び出せるようになる	最大MPとともに、何らかのステータスが上がる

装備品を変更する画面でマテリアをセット

物語を進めて新たなマテリアを手に入れたら、メインメニューの「MATERIA＆EQUIPMENT」で装備品のマテリア穴にセットしてみよう。『ぞくせい』マテリア(→P.494)以外のマテリアは、武器と防具のどちらのマテリア穴にセットしても、得られる効果は同じだ。なお、装備品を別のものに変更するときは、マテリアの引き継がれかたに武器と防具で下の表のようなちがいがある。

←MATERIA＆EQUIPMENTの画面で R1 ボタンを押すと、「マテリアクイック」で全員のマテリアを確認しながらセットできる。

装備変更時のマテリアの引き継がれかた

カテゴリー	マテリアの引き継がれかた
武器	● もとの武器のマテリアを引き継ぐかどうかを選べる。引き継ぐと、もとの武器と同じものがセットされる(※3) ● もとの武器にセットしていたマテリアは記憶されており、同じ武器を再度装備すればもとにもどせる(記憶中の状態だと、右の写真にある頭文字がグレーになる)
防具	● もとの防具のマテリアが外れて、同じものが自動的にセットされる(※3) ● ■ボタンで防具を外すと、セットしていたマテリアもすべて外れる

※3……マテリア穴がもとの装備品よりも少ない場合、減った穴にセットしていたマテリアは外れる

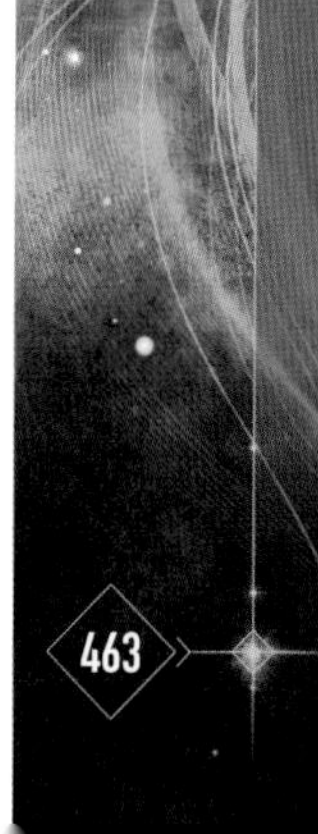

←誰かが利用しているマテリアには、そのキャラクターの頭文字(パーティから離脱中の場合は「>>」のマークがつく)が表示される。

SECTION 六 ITEM アイテム

INDEX

マテリアを活用するには装備品選びが大切

それぞれの武器や防具は、マテリア穴の数が異なっており、マテリアをセットできる数に差がある。さらに、連結穴(下記参照)があるかどうかもちがうので、装備品を選ぶときはマテリア穴をよく確認しよう。なお、武器のマテリア穴は、武器強化での拡張(→P.470)によって追加や連結が可能。初期状態だとマテリア穴がひとつもない釘バット(クラウド用の武器)でも、拡張すれば十分にマテリアを活用できるようになるのだ。

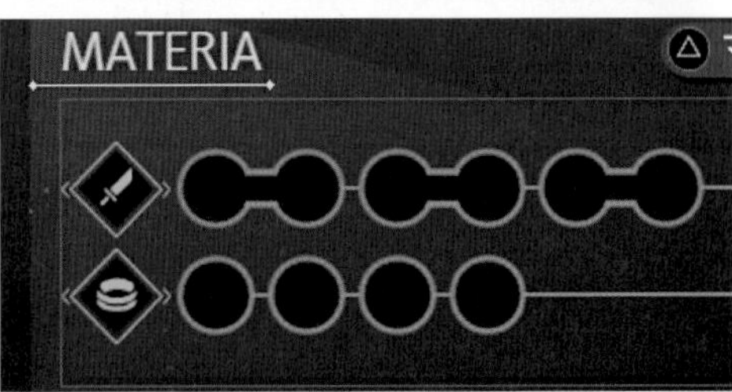

⬆武器や防具のマテリア穴は、多いもので4つあり、すべての武器は拡張を行なうことで6つまで増やせる。

「連結穴」でふたつのマテリアを組にしよう

ふたつのマテリア穴がつながっているものを「連結穴」と呼ぶ(右の写真を参照)。連結穴に支援マテリアと特定のマテリアを一緒にセットして組にすると、支援マテリアの効果が発揮されるのだ。支援マテリア以外のマテリアを2個セットすることも可能だが、そのさいの効果は通常の穴にセットした場合と変わらない。武器と防具の連結穴が合わせてふたつ以上あるときは、下記のようにセットすれば、ひとつの行動に対して複数の効果が得られる。

⬅支援マテリアの効果が発揮されるようにふたつのマテリアをセットすると、連結穴の周囲が明るく光る。

◉通常の穴と連結穴の見た目のちがい

連結穴	通常の穴 (連結されていない穴)

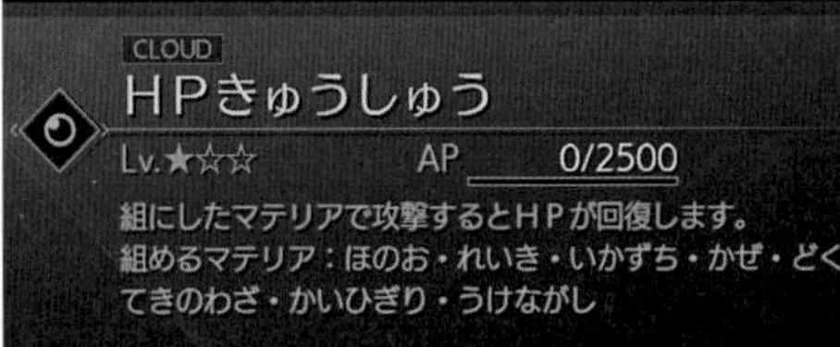

⬆支援マテリアの説明には、組にできるマテリアが記されている。連結穴にマテリアをセットするときは参考にしよう。なお、『APアップ』は、召喚マテリアをのぞくすべてのマテリアと組にできるので記されていない。

◉複数の連結穴にマテリアをセットしたときの効果の例

複数の効果が得られる組み合わせ

ほのお+はんいか　ほのお+HPきゅうしゅう

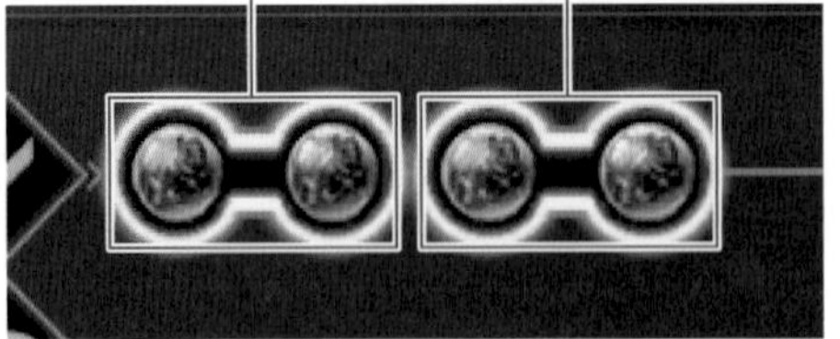

⬆「同種のマテリア+異なる支援マテリア」の組を複数作った例。このようにセットすることで、『ファイア』などの魔法を範囲化しつつ、HPを吸収する効果も持たせられる。

複数の効果が得られない組み合わせ

ほのお+ぞくせい　れいき+ぞくせい

⬆武器か防具のどちらかに『ぞくせい』マテリアを複数セットした場合は、左側の組のみ有効となり、もうひとつの『ぞくせい』マテリアの効果は発揮されない。

召喚マテリアは専用のマテリア穴にセットする

召喚マテリアは、「召喚マテリア穴」という特別なマテリア穴(右の写真を参照)にセットして使う。各キャラクターが1個ずつ召喚マテリアをセット可能で、セットしたマテリアの召喚獣を特定のバトルで呼び出せるようになる(→P.142)。

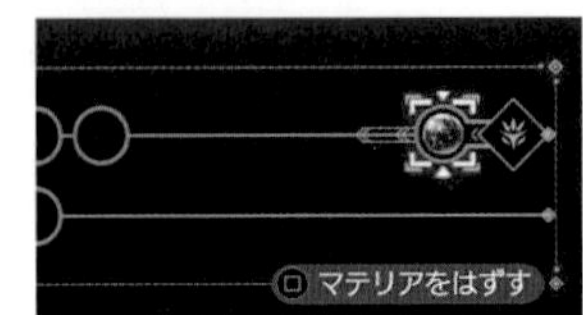

⬅武器のマテリア穴の右側にあるのが召喚マテリア穴。いずれかの召喚マテリアを手に入れたあとに表示される。

APをためるとマテリアが成長していく

マテリアを自由にセットできるようになったあとは、バトルで敵を倒してAP(アビリティポイント)を獲得するたびに、セット中のすべてのマテリアにAPがたまる。APが規定値に達すればマテリアのレベルが上がり、右の表のように性能が強化されるのだ。レベルアップに必要なAPや、レベルの上限は、マテリアごとに異なる(→P.494~501)。

ちなみに、APはマテリアをセット中のキャラクターが戦闘不能状態になっていても得られるが、パーティから離脱している場合は得られない。また、APの獲得量は、『APアップ』マテリアで増やせるほか、チャプターセレクト時(→P.176)にも増える。

◉マテリアのレベルが上がったときの性能の変化

分類	性能の変化
魔法マテリア	使える魔法の種類が増える
支援マテリア、コマンドマテリア、独立マテリア	効果が強くなる、範囲が広がる、効果が得られる回数が増えるなど(一部のものは、レベルが上がらない)
召喚マテリア	(レベルが上がらない)

Materia Level Up!

⬅マテリアのレベルが上がると、それを示すメッセージが表示される。

◉マテリアのレベルやAPなどの情報の見かた

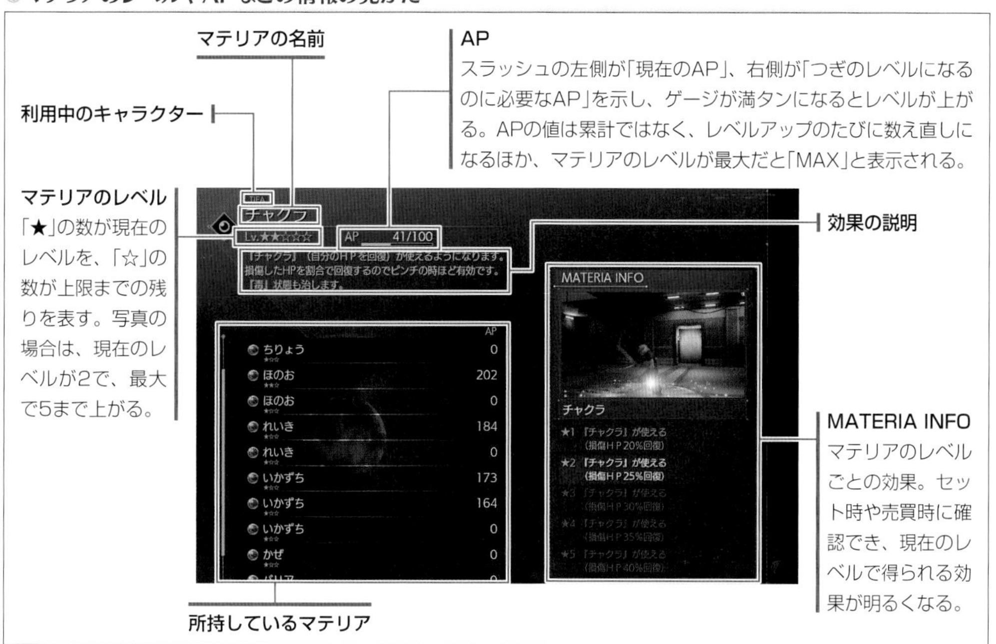
マテリアの名前
AP
スラッシュの左側が「現在のAP」、右側が「つぎのレベルになるのに必要なAP」を示し、ゲージが満タンになるとレベルが上がる。APの値は累計ではなく、レベルアップのたびに数え直しになるほか、マテリアのレベルが最大だと「MAX」と表示される。
利用中のキャラクター
マテリアのレベル
「★」の数が現在のレベルを、「☆」の数が上限までの残りを表す。写真の場合は、現在のレベルが2で、最大で5まで上がる。
チャクラ
Lv.★★☆☆☆
AP 41/100
効果の説明
MATERIA INFO
ちりょう 0
ほのお 202
ほのお 0
れいき 184
れいき 0
いかずち 173
いかずち 164
いかずち 0
かぜ 0
チャクラ
★1 『チャクラ』が使える (損傷HP20%回復)
★2 『チャクラ』が使える (損傷HP25%回復)
MATERIA INFO
マテリアのレベルごとの効果。セット時や売買時に確認でき、現在のレベルで得られる効果が明るくなる。
所持しているマテリア

知識のマテリア《 マテリアのレベルに応じて売却価格も上がる

マテリアはレベルが上がるにつれて、ショップでの売却価格が右の表のように大きく上昇していく。ただし、ショップで売れるのは、右下にまとめた一部のものにかぎられるので覚えておこう。

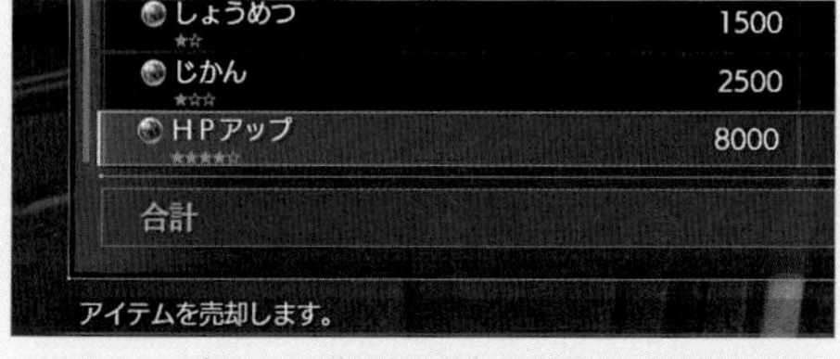
しょうめつ 1500
じかん 2500
HPアップ 8000
合計
アイテムを売却します。

⬆ショップで売れるマテリアは、手放してもふたたび入手可能で、『いのり』マテリア以外ならショップで買うこともできる。

◉マテリアの売却価格の上がりかた

マテリアのレベル	売却価格の倍率
★2	2倍
★3	4倍
★4	8倍
★5	16倍

◉売却可能なマテリア

- 魔法マテリア(『かぜ』マテリア以外すべて)
- いのり
- HPアップ
- MPアップ
- かいひぎり

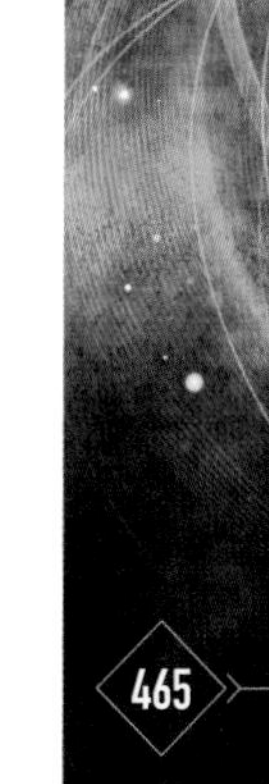

武器強化

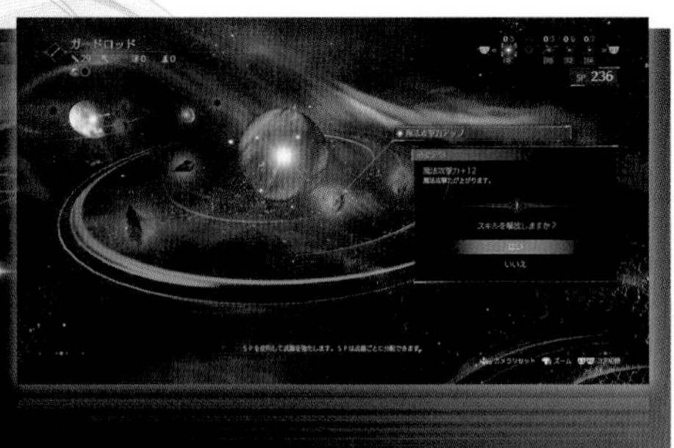

どの武器の内部にも、マテリアの一種である「コア」が存在している。コアに秘められた武器スキルを解放すれば、武器の性能を上げられるのだ。

キャラクターのSPを使って武器スキルを解放

CHAPTER 3で七番街スラム・初心者の館を訪れると、メインメニューの「UPGRADE WEAPONS」で武器強化を行なえるようになる(チャプターセレクト時はいつでも行なえる)。武器強化では、キャラクターのSP(スキルポイント)を使うことで、各武器の武器スキル(→P.468)を解放して、さまざまな効果を獲得可能。画面には下の写真のような情報が表示されるので、それらを参考に武器スキルを解放していこう。なお、SPの最大値は右上の方法で上がっていき、どの武器を強化するときでも、最大値と同じ量までSPを使える。

最大SPを上げる方法

- キャラクターのレベルを上げる
- 特定のスキルアップブックを入手する

※くわしくは右ページのコラムを参照

←強化する武器を選ぶときには、それぞれの武器に使える残りSPを確認できる。

武器強化の画面の見かた

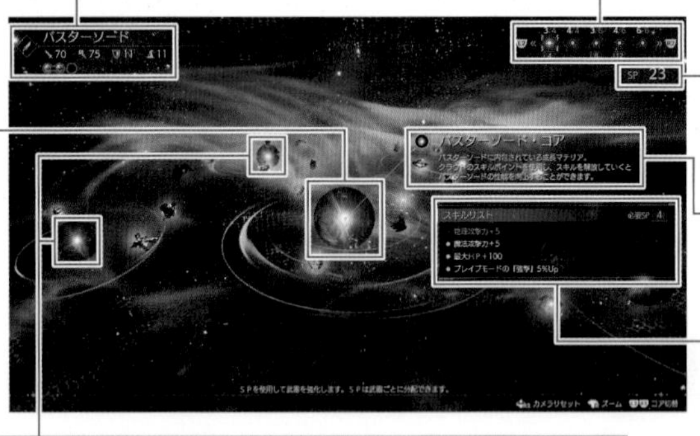

強化する武器の情報
名前、装備時のステータス(物理攻撃力、魔法攻撃力、物理防御力、魔法防御力)の上昇量、マテリア穴の状態。

コア
最初から出現しているコア。キャラクターごとに色が異なる。

サブコア
武器レベル(右ページを参照)に応じて追加で出現するコア。出現している場合は、選択中のコアをL2・R2ボタンで切りかえられる。

各コアの情報
各コアの武器スキルの解放状況と、解放に必要なSP。選択中のコアは青く光る。

SP
この武器の強化に使える残りSP。

選択中のコア

スキルリスト
選択中のコアが持っている武器スキルの効果の一覧。すでに解放しているものは明るく表示される。「必要SP」は、そのコアの武器スキルをひとつ解放するのに必要なSP。

武器スキル選択時(方向キーで武器スキルを選ぶ)

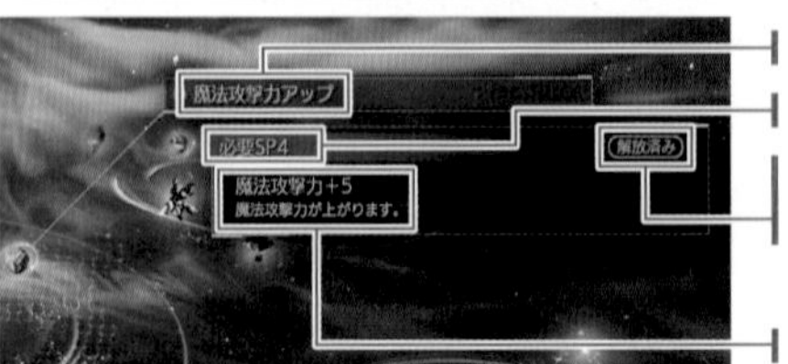

武器スキルの名前

必要SP

「解放済み」マーク
すでに解放している場合に表示される。

武器スキルの効果と説明

※武器強化の画面では、右スティックを左右に入力するとカメラを動かせるほか、上下に入力するとズームも可能。R3ボタンを押すと、ズームがリセットされる

武器強化は何回でもリセットが可能

武器強化で使ったSPは、チャドリーに話しかけて「WEAPON RESET」を選べばもとにもどせる。リセットには武器ごとに1回100ギルの費用がかかるが、回数の制限はない。武器強化をリセットすると、自動モード(下記参照)は解除される。

←チャドリーの居場所は、物語の時期に応じて変わる(→P.426)。

武器レベルが上がるにつれて解放可能な武器スキルが増えていく

最大SPが右の表の値に達すると、そのキャラクターの武器レベル(WEAPON LEVEL)が上がる。武器レベルに応じて「サブコア」と呼ばれる追加のコアが出現し、解放できる武器スキルが増えるのだ。サブコアの数や出現するタイミングは武器ごとに異なり(→P.472~487)、あとから出現するコアほど、武器スキルの解放に必要なSPが多くなっている。

←UPGRADE WEAPONSの画面では、現在の最大SPと武器レベルのほか、つぎのレベルまでに必要な最大SPを確認可能。

武器レベルを上げるのに必要な最大SP

武器レベル	必要な最大SP	
	累計	つぎのレベルまで
1	0	20
2	20	15
3	35	25
4	60	50
5	110	140
6	250	—

←武器レベルが上がったときには、このようなメッセージが表示される。

おまかせで強化したい武器は「自動モード」に設定しよう

UPGRADE WEAPONSの画面で武器を選ぶときに△ボタンを押すと、その武器の強化を「自動モード」に設定できる。自動モードには右の表の3タイプがあり、選んだタイプに応じて瞬時に強化が行なわれるので便利だ。なお、どのタイプを選んでも、『マテリア穴拡張』は最優先で解放される。

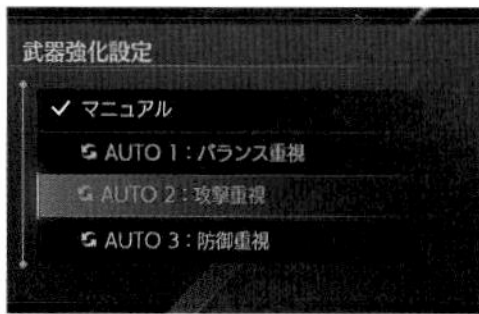

←△ボタンで武器強化設定を開いて、好きなタイプを選ぼう。自動モードを解除したいときは、一番上の「マニュアル」を選べばいい。

自動モードのタイプごとの特徴

タイプ	特徴
AUTO 1 バランス重視	解放時の必要SPが少ないものを優先し、なるべく多くの武器スキルを解放する。必要SPが同じ場合は、何らかのステータスが上がるものが優先される
AUTO 2 攻撃重視	物理攻撃力や魔法攻撃力が上がる武器スキルを優先的に解放する。残りのSPも、攻撃に関する武器スキルの解放に使われやすい
AUTO 3 防御重視	最大HP、物理防御力、魔法防御力が上がる武器スキルを優先的に解放する。残りのSPも、防御に関する武器スキルの解放に使われやすい

知識のマテリア《 最大SPは356まで上げられる

最大SPは、レベルアップやスキルアップブックの入手によって右の表のように上がり、限界まで上げるとどのキャラクターも356になる。各武器の武器スキルを全解放するのに必要なSPも356で共通なので、最終的にはすべての武器スキルを解放可能だ。ただし、大半のスキルアップブックは、難易度がHARDのときにしか手に入らない。HARDに挑戦しない場合は最大SPが246までしか上がらず、武器レベルも最大の6にできないので注意。

最大SPの上がりかた

方法	上がりかた
キャラクターのレベルアップ	基本的に、レベルが1上がるごとに5ずつ上昇(レベルが49から50に上がるときのみ11上昇)。レベルごとの最大SPの基本値は全キャラクター共通で、上限の50までレベルを上げると216になる
スキルアップブックの入手	特定のスキルアップブック(→P.508)を手に入れるたびに10ずつ上昇。キャラクターひとりにつき14冊あり、すべて集めると合計で140上がる

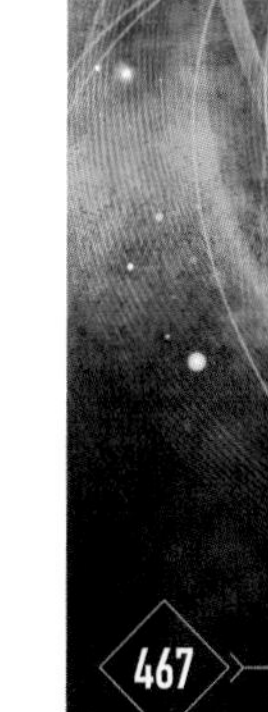

武器スキルリスト
WEAPON SKILL LIST

※1などの数字は、解放できるようになる武器レベルを表す(各種ステータスが上がる武器スキルの場合は省略している)
※各武器を装備したときのステータスの上昇量の最大値は、P.472〜487を参照

名前	効果	その武器スキルを持つ武器
最大HPアップ	最大HPが100〜350上がる	クラウド バスターソード、アイアンブレード、釘バット バレット ガトリングガン、アサルトガン、ラージマウス、ハートビート ティファ レザーグローブ、グランドグラブ エアリス すべての武器
最大MPアップ	最大MPが5〜15上がる	クラウド バスターソード、ミスリルセイバー、ツインスティンガー バレット ガトリングガン、アトミックシザー ティファ レザーグローブ、ソニックフィスト、ミスリルクロー エアリス すべての武器
物理攻撃力アップ	物理攻撃力が4〜20上がる	クラウド 釘バット以外の武器　バレット すべての武器 ティファ すべての武器
魔法攻撃力アップ	魔法攻撃力が4〜18上がる	クラウド 釘バット以外の武器　バレット すべての武器 ティファ すべての武器　エアリス すべての武器
物理防御力アップ	物理防御力が4〜8上がる	クラウド バスターソード、アイアンブレード バレット ガトリングガン、アサルトガン ティファ レザーグローブ エアリス ガードロッド、ストライクロッド
魔法防御力アップ	魔法防御力が4〜8上がる	クラウド バスターソード、ミスリルセイバー バレット ガトリングガン　ティファ レザーグローブ エアリス ガードロッド、フルメタルロッド
運アップ	運が5上がる	クラウド 釘バット エアリス ストライクロッド
すばやさアップ	すばやさが3〜7上がる	ティファ ミスリルクロー以外の武器
マテリア穴拡張	マテリア穴がひとつ追加される、または連結される(→P.470)	全員のすべての武器
炎属性攻撃アップ	炎属性の攻撃で与えるダメージ量が5%増える	クラウド ツインスティンガー1 バレット アトミックシザー1 ティファ ソニックフィスト2 エアリス シルバーロッド3、マジカルロッド3
氷属性攻撃アップ	氷属性の攻撃で与えるダメージ量が5%増える	(『炎属性攻撃アップ』と同じ)
雷属性攻撃アップ	雷属性の攻撃で与えるダメージ量が5%増える	(『炎属性攻撃アップ』と同じ)
風属性攻撃アップ	風属性の攻撃で与えるダメージ量が5%増える	(『炎属性攻撃アップ』と同じ)
四属性攻撃アップ	炎・氷・雷・風属性の攻撃で与えるダメージ量が5%増える	クラウド アイアンブレード6 バレット アサルトガン6
四属性防御アップ	炎・氷・雷・風属性の攻撃で受けるダメージ量が5%減る	クラウド ツインスティンガー6 バレット ラージマウス6 ティファ ミスリルクロー4 エアリス ガードロッド5、マジカルロッド6
『ぞくせい』効果アップ	『ぞくせい』マテリアで武器に属性を付与しているときに加算される各属性のダメージ量が10%増える	クラウド ミスリルセイバー4、ツインスティンガー1 バレット アトミックシザー1 ティファ ソニックフィスト3、ミスリルクロー5 エアリス マジカルロッド3
強化効果時間延長	自分に発生した有利な状態変化の持続時間が10%長くなる	クラウド ハードブレイカー1、ツインスティンガー4 バレット アサルトガン2、キャノンボール4 ティファ メタルナックル2、ソニックフィスト2 エアリス マジカルロッド1、フルメタルロッド1
弱体化効果時間延長	自分が発生させた不利な状態変化の持続時間が10%長くなる	クラウド ツインスティンガー4 バレット アトミックシザー1 ティファ ソニックフィスト2 エアリス シルバーロッド4、マジカルロッド1
状態異常耐性値アップ	状態異常耐性値(→P.136)が5上がる	クラウド 釘バット4、ミスリルセイバー4 バレット アサルトガン2 ティファ ソニックフィスト3、ミスリルクロー4 エアリス シルバーロッド6、ミスリルロッド6、フルメタルロッド1
クリティカル率アップ	クリティカルが発生するすべての攻撃において、クリティカル率が10%上がる(1.1倍になる/→P.133)	クラウド 釘バット1 バレット ハートビート1 ティファ グランドグラブ1 エアリス ストライクロッド3

名前	効果	その武器スキルを持つ武器
クリティカル ダメージアップ	クリティカルが発生したときに与えるダメージ量が10～25%増える(増加量は右記のように武器ごとに異なる)	クラウド 釘バット[1][5](各25%) バレット ハートビート[1][5](各10%) ティファ グランドグラブ[1][5](各10%) エアリス ストライクロッド[3][5](各10%)
アビリティ クリティカル率アップ	武器アビリティで攻撃を行なうときのクリティカル率が10%上がる(1.1倍になる／→P.133)	クラウド 釘バット[4]、ハードブレイカー[6] バレット キャノンボール[5]、ハートビート[4] ティファ グランドグラブ[5]
部位破壊の 攻撃力アップ	破壊できる部位を攻撃したときに与えるダメージ量が10%増える	クラウド 釘バット[4]、ハードブレイカー[3] バレット キャノンボール[4] エアリス ストライクロッド[3]
ATB増加量アップ	攻撃を当てたときのATBゲージの増加量が10%増える	バレット キャノンボール[1] ティファ メタルナックル[6]、フェザーグラブ[3]、ミスリルクロー[5]
攻撃魔法 MP消費量ダウン	『ほのお』『れいき』『いかずち』『かぜ』『どく』マテリアで使える魔法の消費MPが20%減る(小数点以下切り捨て)	クラウド ミスリルセイバー[6] バレット アトミックシザー[6] ティファ ミスリルクロー[4] エアリス シルバーロッド[5]、マジカルロッド[5]
MP満タンで 魔法アップ	MPが満タンだと、魔法で与えるダメージ量が20%増える	クラウド ミスリルセイバー[4] バレット アトミックシザー[6] ティファ ミスリルクロー[4] エアリス シルバーロッド[4]、ミスリルロッド[4]
HPが高いと 物理攻撃力アップ	HPが残り75%以上だと、バトル中に物理攻撃力が5上がる	クラウド ミスリルセイバー[4] バレット ラージマウス[4] ティファ ミスリルクロー[5]
HPが高いと 魔法攻撃力アップ	HPが残り75%以上だと、バトル中に魔法攻撃力が5上がる	クラウド アイアンブレード[2] バレット アサルトガン[3]、ラージマウス[4] エアリス ストライクロッド[6]、フルメタルロッド[4]
ピンチで クリティカル率アップ	HPが残り25%以下だと、クリティカル率が50%上がる(1.5倍になる／→P.133)	クラウド 釘バット[3][5] バレット ハートビート[4][6] ティファ グランドグラブ[4] エアリス ストライクロッド[3][5]
ピンチで リミットブースト	HPが残り25%以下だと、リミットゲージの増加量が5%増える	クラウド アイアンブレード[3]、釘バット[5] バレット ラージマウス[5] ティファ グランドグラブ[4] エアリス ミスリルロッド[5]、ストライクロッド[4]
バックアタッカー	敵を背後から攻撃すると、与えるダメージ量が10%増える	ティファ メタルナックル[2]、フェザーグラブ[3]
ザンガン流精神統一	バトル開始時に30～70%の確率で、『秘技解放』を1回使った状態になる(確率は右記のように武器ごとに異なる)	ティファ レザーグローブ[4](50%)、メタルナックル[4](30%)、ソニックフィスト[4](50%)、フェザーグラブ[4](70%)、ミスリルクロー[4](30%)、グランドグラブ[4](70%)
リミット技強化	リミット技で与えるダメージ量が5%増える	クラウド バスターソード[5]、釘バット[6]、ハードブレイカー[5] バレット ガトリングガン[5]、アサルトガン[4]、ラージマウス[5]、キャノンボール[5] ティファ レザーグローブ[3]、グランドグラブ[6]
ブレイブモード強化	ブレイブモード時の『強撃』で与えるダメージ量が5%増える	クラウド バスターソード[1]、ハードブレイカー[3]
カウンターアップ	ブレイブモード時のガードカウンターで与えるダメージ量が5%増える	クラウド アイアンブレード[1]
たたかう強化	『たたかう』で与えるダメージ量が5%増える	クラウド 釘バット[3]、ハードブレイカー[3] バレット アサルトガン[2]、キャノンボール[1]、ハートビート[5] ティファ メタルナックル[2]、フェザーグラブ[3]、グランドグラブ[4] エアリス ガードロッド[3]、マジカルロッド[4]
ジャンプ攻撃強化	空中の敵に対し、ジャンプして『たたかう』で与えるダメージ量が5%増える	クラウド ハードブレイカー[3] ティファ メタルナックル[2]、フェザーグラブ[3]
ぶっぱなす強化	『ぶっぱなす』で与えるダメージ量が10%増える	バレット ガトリングガン[3]、ハートビート[5]
秘技強化	『強打』『爆裂拳』『掌打ラッシュ』で与えるダメージ量が10%増える	ティファ レザーグローブ[2]、グランドグラブ[4]
テンペスト強化	『テンペスト』で与えるダメージ量が5%増える	エアリス ガードロッド[3]、フルメタルロッド[5]
物理ガード強化	物理攻撃をガードしたときに、受けるダメージ量がさらに10%減る	クラウド アイアンブレード[1]、ツインスティンガー[5] バレット アサルトガン[2] ティファ フェザーグラブ[1] エアリス ガードロッド[3]、フルメタルロッド[4]

武器スキルリスト(つづき)

名前	効果	その武器スキルを持つ武器
魔法ガード強化	魔法攻撃をガードしたときに、受けるダメージ量がさらに10%減る	クラウド ツインスティンガー5 バレット キャノンボール4 ティファ フェザーグラブ1 エアリス ガードロッド3、フルメタルロッド4
回復魔法MP消費量ダウン	『かいふく』マテリアで使える魔法の消費MPが20%減る(小数点以下切り捨て)	クラウド ツインスティンガー6 バレット アサルトガン6、アトミックシザー6 ティファ ソニックフィスト6 エアリス ガードロッド5、シルバーロッド5
MP回復スピードアップ:小	バトル中のMPの回復速度が約1.1倍になる(回復にかかる時間が10%短くなる)	クラウド バスターソード3、ツインスティンガー5 バレット アトミックシザー5、キャノンボール6 エアリス ガードロッド4、マジカルロッド5
MP回復スピードアップ:大	バトル中のMPの回復速度が2倍になる(回復にかかる時間が50%短くなる)	クラウド ミスリルセイバー5 ティファ ソニックフィスト5 エアリス シルバーロッド4
HPが高いと物理防御力アップ	HPが残り75%以上だと、バトル中に物理防御力が5上がる	クラウド アイアンブレード2 バレット アサルトガン3 ティファ ソニックフィスト6 エアリス ミスリルロッド5、フルメタルロッド5
HPが高いと魔法防御力アップ	HPが残り75%以上だと、バトル中に魔法防御力が5上がる	クラウド ツインスティンガー6 バレット アトミックシザー6 ティファ ソニックフィスト6 エアリス ミスリルロッド5
ピンチで物理防御力アップ	HPが残り25%以下だと、バトル中に物理防御力が10上がる	クラウド 釘バット4 バレット ラージマウス4、ハートビート4 ティファ メタルナックル5、グランドグラブ1 エアリス ストライクロッド5
ピンチで魔法防御力アップ	HPが残り25%以下だと、バトル中に魔法防御力が10上がる	(『ピンチで物理防御力アップ』と同じ)
ピンチで回復アップ	HPが残り25%以下だと、バトル中に自分に対するHPの回復量が50%増える	クラウド アイアンブレード3 バレット ラージマウス4 ティファ レザーグローブ5 エアリス フルメタルロッド4
キルドレイン	自分の攻撃で敵を倒すと、自分のHPが最大値の5%回復する	クラウド ハードブレイカー5 バレット キャノンボール5、ハートビート6 ティファ メタルナックル4 エアリス ミスリルロッド4
バーストドレイン	バースト状態の敵に対し、固有アビリティ(※1)で攻撃してHPを20以上減らすと、自分のHPが「減らしたHPの量の5%」回復する(小数点以下切り捨て)	クラウド ハードブレイカー4 バレット アサルトガン5、キャノンボール5 ティファ フェザーグラブ3 エアリス マジカルロッド4、ストライクロッド6
ダメージアスピル	最大HPの10%以上のダメージを受けると、自分のMPが「受けたダメージ量÷自分の最大HP×10」回復する(小数点以下切り捨て)	クラウド アイアンブレード4、ミスリルセイバー4 バレット ラージマウス4 エアリス シルバーロッド5
ラストリーヴ	HPが残り2以上だと、HPがゼロになるダメージを受けてもHPが1残る(即死の効果は防げない)。1回のバトルで1度だけ有効	クラウド アイアンブレード6、釘バット6、ツインスティンガー6 バレット アサルトガン6、キャノンボール6、ハートビート6 ティファ ミスリルクロー6、グランドグラブ6 エアリス ガードロッド6、シルバーロッド6、マジカルロッド6、フルメタルロッド6

※1……クラウドは、『強撃』、ガードカウンター、ブレイブモードからアサルトモードへの切りかえ時に行なう攻撃が該当

知識のマテリア《 拡張によるマテリア穴の変化のしかたは武器ごとに決まっている

武器強化で武器スキル『マテリア穴拡張』を解放すると、新たな穴をひとつ追加したり、すでにあるふたつの穴を連結させたりできる。マテリア穴の追加と連結の順番は、武器ごとに決まっていて(→P.472~487)、どちらを行なうかを選ぶことはできない。ちなみに、『マテリア穴拡張』をすべて解放すれば、どの武器も連結穴が3つの状態になる(マテリアを6個セット可能)。

⬆武器スキルの効果欄には、新たなマテリア穴が追加されるなら「追加」、すでにあるマテリア穴が連結されるなら「連結」と表示される。

アイテムリスト

ITEM LIST

本作に登場するアイテムは200種類以上におよび、オリジナル版『FFⅦ』にはなかったものも多数追加されている。各アイテムのくわしい効果や入手方法を、一挙に紹介しよう。

リストの見かた

【カテゴリーごとに、メインメニューの「ITEMS」での並び順で掲載】

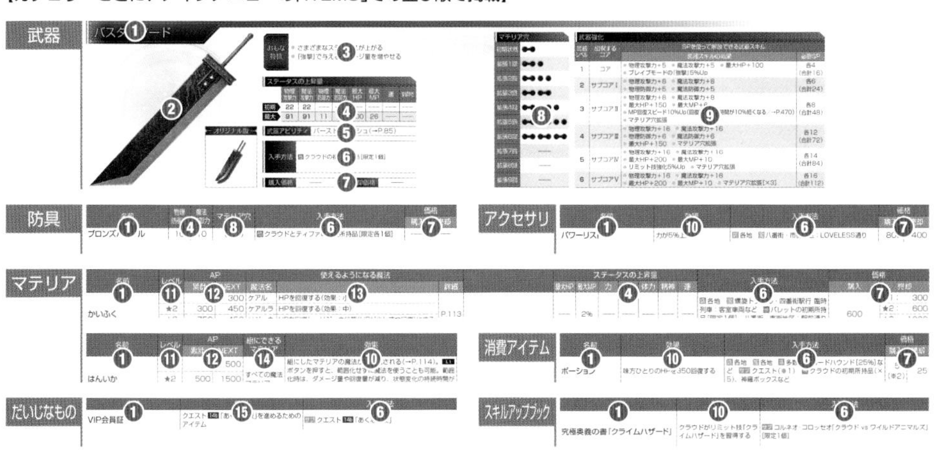

❶**名前**……アイテムの名前。DLCは、ダウンロードコンテンツとしてのみ入手できることを示す。

❷**外見**……アイテムの外見。オリジナル版『FFⅦ』にも登場していたアイテムは、そのCG(インターナショナル版に同梱の「FFⅦ パーフェクトガイド」に収録されていたもの)も掲載している。

❸**おもな特徴**……その武器のおもな特徴。

❹**ステータスの上昇量**……装備したとき(マテリアはセットしたとき)の各種ステータスの上昇量。武器については、最大まで強化した場合の値も掲載している。

❺**武器アビリティ**……装備したときに使用できる武器アビリティ(→P.462)。

❻**入手方法**……アイテムの入手方法。マークの意味は以下のとおり。その方法で複数手に入る場合は個数を( )内に、時期がかぎられている場合は時期を[ ]内に記載している。[限定○個]の表記は、チャプターセレクト(→P.176)でくり返しプレイしても、その方法では○個しか入手できないことを示す。

- 店…そのアイテムを販売するショップがあるエリア
- 宝…そのアイテムが入った宝箱がある場所(マテリアや一部のだいじなものは、拾える場所)
- 落…そのアイテムを落とすエネミー。通常ドロップかレアドロップの区分と落とす基本確率を[ ]内に記載している
- 盗…そのアイテムを盗めるエネミー。盗める基本確率を[ ]内に記載(確率は運の値に応じて上がり、盗めなかったときにも上昇する/→P.705)
- サブ…そのアイテムを入手できるサブイベントやミニゲーム
- 他…上記以外の入手方法

❼**価格**……ショップで売買するときの価格(購入価格は、セール品ではないときの通常価格)。売却価格が「——」のものは売却できない。

❽**マテリア穴**……マテリア穴の配置。武器のマテリア穴については、拡張による変化(左ページのコラムを参照)も掲載している。

❾**武器強化**……武器レベル(→P.467)に応じて出現するコアと、そのコアで解放できる武器スキル(各種ステータスが上がるもの以外は、**赤色の太字**で記載)。同じ武器スキルが複数ある場合は、数を[ ]内に記載している。「必要SP」には、そのコアの武器スキルをひとつ解放するのに必要なSPと、すべて解放するのに必要な合計SPを記載。

❿**効果**……装備したり使ったりしたときの効果。

⓫**レベル**……マテリアのレベル。

⓬**AP**……マテリアのレベルを上げるのに必要なAP。

⓭**使えるようになる魔法/アビリティ**……そのマテリアを装備品にセットしたときに使えるようになる魔法やアビリティの名前と効果。

⓮**組にできるマテリア**……連結穴(→P.464)で組にしたときに支援マテリアの効果が発揮されるマテリア。

⓯**解説**……用途などの解説。

※アイテムリスト内では、CHAPTERを「CH」と表記している　※ミュージックディスクについては、P.428～429を参照

INDEX

武器(クラウド用)

バスターソード

オリジナル版

おもな特徴
● さまざまなステータスが上がる ●『強撃』で与えるダメージ量を増やせる

ステータスの上昇量

	物理攻撃力	魔法攻撃力	物理防御力	魔法防御力	最大HP	最大MP	運	すばやさ
初期	22	22	―	―	―	―	―	―
最大	91	91	11	11	800	26	―	―

武器アビリティ	バーストスラッシュ(→P.85)
入手方法	 他 クラウドの初期所持品[限定1個]
購入価格	―
売却価格	―

アイアンブレード

おもな特徴
● 魔法攻撃力と物理防御力が高い ● 属性攻撃で与えるダメージ量を増やせる ● 物理攻撃へのガードを強化可能 ● HPが残り少ないときの回復量を増やせる

ステータスの上昇量

	物理攻撃力	魔法攻撃力	物理防御力	魔法防御力	最大HP	最大MP	運	すばやさ
初期	23	31	―	―	―	―	―	―
最大	77	105	13	―	350	―	―	―

武器アビリティ	ラピッドチェイン(→P.86)
入手方法	他 七番街スラム・居住区で武器屋からもらう(→P.207)[限定1個]
購入価格	―
売却価格	―

釘バット

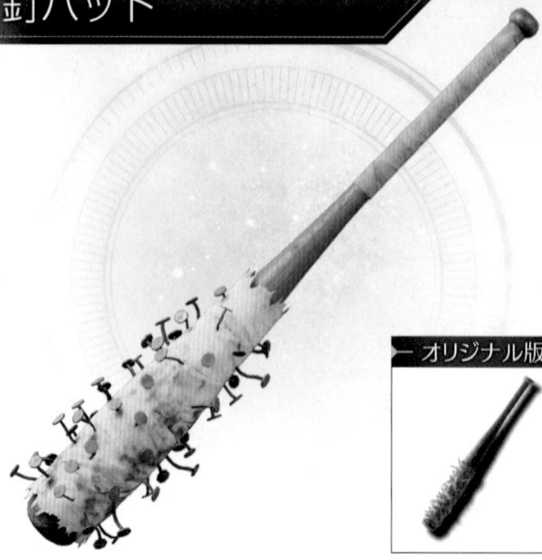

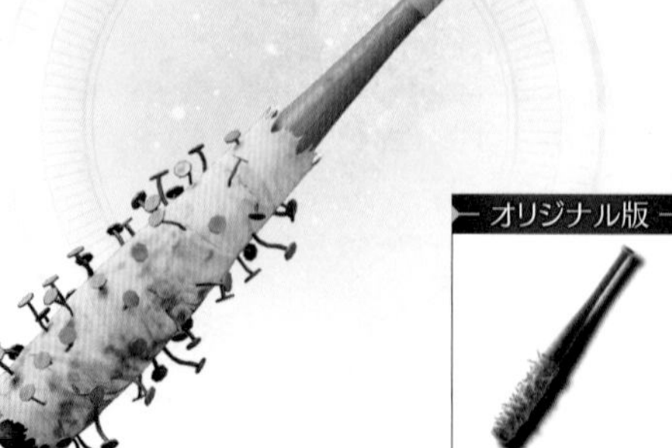

オリジナル版

おもな特徴
● 最大HPが大きく上がり、運も上がる ● クリティカル率が上がり、クリティカル発生時に与えるダメージ量も大幅に増やせる ●『強撃』が専用の動作になる(→P.84)

ステータスの上昇量

	物理攻撃力	魔法攻撃力	物理防御力	魔法防御力	最大HP	最大MP	運	すばやさ
初期	30	30	―	―	―	―	―	―
最大	30	30	―	―	1050	―	5	―

武器アビリティ	ディスオーダー(→P.86)
入手方法	サブ クエスト 8 「見回りの子供たち」[限定1個](※1)
購入価格	―
売却価格	―

※1……入手しなかった場合は、伍番街スラム[CH13~14]、六番街スラム(ウォール・マーケット)[CH14]、神羅ビル(63F)でセール品として2000ギルで買える[限定1個]

マテリア穴

初期状態	●-●
拡張1回	●-● ●
拡張2回	●-● ● ●
拡張3回	●-● ●-●
拡張4回	●-● ●-● ●
拡張5回	●-● ●-● ● ●
拡張6回	●-● ●-● ●-●
拡張7回	——
拡張8回	——
拡張9回	——

武器強化

武器レベル	出現するコア	SPを使って解放できる武器スキル 武器スキルの効果	必要SP
1	コア	● 物理攻撃力＋5 ● 魔法攻撃力＋5 ● 最大HP＋100 ● ブレイブモードの『強撃』5%Up	各4 (合計16)
2	サブコアⅠ	● 物理攻撃力＋8 ● 魔法攻撃力＋8 ● 物理防御力＋5 ● 魔法防御力＋5	各6 (合計24)
3	サブコアⅡ	● 物理攻撃力＋8 ● 魔法攻撃力＋8 ● 最大HP＋150 ● 最大MP＋6 ● MP回復スピード10%Up(回復にかかる時間が10%短くなる／→P.470) ● マテリア穴拡張	各8 (合計48)
4	サブコアⅢ	● 物理攻撃力＋16 ● 魔法攻撃力＋16 ● 物理防御力＋6 ● 魔法防御力＋6 ● 最大HP＋150 ● マテリア穴拡張	各12 (合計72)
5	サブコアⅣ	● 物理攻撃力＋16 ● 魔法攻撃力＋16 ● 最大HP＋200 ● 最大MP＋10 ● リミット技強化5%Up ● マテリア穴拡張	各14 (合計84)
6	サブコアⅤ	● 物理攻撃力＋16 ● 魔法攻撃力＋16 ● 最大HP＋200 ● 最大MP＋10 ● マテリア穴拡張[×3]	各16 (合計112)

マテリア穴

初期状態	● ● ●
拡張1回	● ● ● ●
拡張2回	●-● ● ●
拡張3回	●-● ● ● ●
拡張4回	●-● ● ● ● ●
拡張5回	●-● ●-● ● ●
拡張6回	●-● ●-● ●-●
拡張7回	——
拡張8回	——
拡張9回	——

武器強化

武器レベル	出現するコア	SPを使って解放できる武器スキル 武器スキルの効果	必要SP
1	コア	● 物理防御力＋5 ● 最大HP＋150 ● ガード時の物理ダメージ10%Down ● ブレイブモードのカウンター5%Up	各4 (合計16)
2	サブコアⅠ	● 物理攻撃力＋6 ● 魔法攻撃力＋6 ● HPが高いと魔法攻撃力＋5 ● HPが高いと物理防御力＋5	各6 (合計24)
3	サブコアⅡ	● 物理攻撃力＋8 ● 魔法攻撃力＋6[×2] ● 最大HP＋200 ● ピンチでリミットブースト5%Up ● ピンチで回復50%Up	各8 (合計48)
4	サブコアⅢ	● 物理攻撃力＋12 ● 魔法攻撃力＋8[×2] ● 物理防御力＋8 ● ダメージアスピル(ダメージを受けるとMPが回復／→P.470) ● マテリア穴拡張	各12 (合計72)
5	サブコアⅣ	● 物理攻撃力＋14 ● 魔法攻撃力＋10[×2] ● マテリア穴拡張[×3]	各14 (合計84)
6	サブコアⅤ	● 物理攻撃力＋14 ● 魔法攻撃力＋10[×2] ● 四属性攻撃5%Up ● ラストリーヴ(致死ダメージを受けても1回だけHPが1残る／→P.470) ● マテリア穴拡張[×2]	各16 (合計112)

マテリア穴

初期状態	(なし)
拡張1回	●
拡張2回	● ●
拡張3回	● ● ●
拡張4回	● ● ● ●
拡張5回	● ● ● ● ●
拡張6回	● ● ● ● ● ●
拡張7回	●-● ● ● ● ●
拡張8回	●-● ●-● ● ●
拡張9回	●-● ●-● ●-●

武器強化

武器レベル	出現するコア	SPを使って解放できる武器スキル 武器スキルの効果	必要SP
1	コア	● 最大HP＋200[×2] ● 運＋5 ● クリティカル率10%Up ● クリティカルダメージ25%Up	各8 (合計40)
2	——	——	——
3	サブコアⅠ	●『たたかう』強化5%Up ● ピンチでクリティカル率50%Up ● マテリア穴拡張[×3]	各10 (合計50)
4	サブコアⅡ	● 最大HP＋200 ● 状態異常耐性値＋5 ● ピンチで物理防御力＋10 ● ピンチで魔法防御力＋10 ● 部位破壊の攻撃力10%Up ● アビリティクリティカル率10%Up	各12 (合計72)
5	サブコアⅢ	● 最大HP＋200 ● クリティカルダメージ25%Up ● ピンチでリミットブースト5%Up ● ピンチでクリティカル率50%Up ● マテリア穴拡張[×3]	各14 (合計98)
6	サブコアⅣ	● 最大HP＋250 ● リミット技強化5%Up ● ラストリーヴ(致死ダメージを受けても1回だけHPが1残る／→P.470) ● マテリア穴拡張[×3]	各16 (合計96)

 武器(クラウド用)

ハードブレイカー

オリジナル版

おもな特徴	
	● 物理攻撃力がとても高い ● 『強撃』で与えるダメージ量を増やせる

ステータスの上昇量

	物理攻撃力	魔法攻撃力	物理防御力	魔法防御力	最大HP	最大MP	運	すばやさ
初期	57	19	―	―	―	―	―	―
最大	137	46	―	―	―	―	―	―

武器アビリティ　インフィニットエンド(→P.86)

入手方法　店 六番街スラム(ウォール・マーケット)[CH9、14/限定1個](※1)

購入価格　2000　　売却価格　―

ミスリルセイバー

オリジナル版

おもな特徴	
	● 魔法攻撃力がとても高いうえに、MP満タン時に魔法で与えるダメージ量を増やせる ● 攻撃魔法の消費MPを減らせる ● MPの回復速度を大きく上げられる

ステータスの上昇量

	物理攻撃力	魔法攻撃力	物理防御力	魔法防御力	最大HP	最大MP	運	すばやさ
初期	24	72	―	―	―	―	―	―
最大	46	138	―	10	―	10	―	―

武器アビリティ　破暁撃(→P.86)

入手方法　店 六番街スラム(ウォール・マーケット)[CH14/限定1個](※1)

購入価格　3000　　売却価格　―

ツインスティンガー

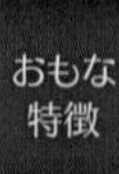

おもな特徴	
	● 最初から連結穴がふたつある ● 属性攻撃で与えるダメージ量を増やせる ● 最大MPが上がり、回復魔法の消費MPを減らせる ● 物理攻撃と魔法攻撃へのガードを強化可能

ステータスの上昇量

	物理攻撃力	魔法攻撃力	物理防御力	魔法防御力	最大HP	最大MP	運	すばやさ
初期	46	46	―	―	―	―	―	―
最大	73	73	―	―	―	35	―	―

武器アビリティ　反撃の構え(→P.86)

入手方法　宝 神羅ビル・鑼牟 第三層:第一区画 C通路[限定1個]

購入価格　―　　売却価格　―

※1……入手しなかった場合は、神羅ビル(63F)で買える[限定1個]

マテリア穴	
初期状態	●-● ●
拡張1回	●-● ● ●
拡張2回	●-● ●-●
拡張3回	●-● ●-● ●
拡張4回	●-● ●-● ● ●
拡張5回	●-● ●-● ●-●
拡張6回	──
拡張7回	──
拡張8回	──
拡張9回	──

武器強化

武器レベル	出現するコア	SPを使って解放できる武器スキル	
		武器スキルの効果	必要SP
1	コア	● 物理攻撃力＋4［×2］ ● 魔法攻撃力＋4 ● 強化効果時間10％Up	各8 （合計32）
2	──	──	──
3	サブコアⅠ	●『たたかう』強化5％Up ● ジャンプ攻撃強化5％Up ● ブレイブモードの『強撃』5％Up ● 部位破壊の攻撃力10％Up	各10 （合計40）
4	サブコアⅡ	● 物理攻撃力＋8［×3］ ● 魔法攻撃力＋5 ● バーストドレイン（バースト状態の敵を固有アビリティで攻撃するとHPが回復／→P.470）	各12 （合計60）
5	サブコアⅢ	● 物理攻撃力＋8［×3］ ● 魔法攻撃力＋8 ● リミット技強化5％Up ● キルドレイン（自分の攻撃で敵を倒すとHPが回復／→P.470） ● マテリア穴拡張［×2］	各14 （合計112）
6	サブコアⅣ	● 物理攻撃力＋12［×2］ ● 魔法攻撃力＋10 ● アビリティクリティカル率10％Up ● マテリア穴拡張［×3］	各16 （合計112）

マテリア穴	
初期状態	●-● ● ●
拡張1回	●-● ● ● ●
拡張2回	●-● ●-● ●
拡張3回	●-● ●-● ● ●
拡張4回	●-● ●-● ●-●
拡張5回	──
拡張6回	──
拡張7回	──
拡張8回	──
拡張9回	──

武器強化

武器レベル	出現するコア	SPを使って解放できる武器スキル	
		武器スキルの効果	必要SP
1	コア	● 物理攻撃力＋6 ● 魔法攻撃力＋6［×2］ ● 魔法防御力＋5 ● 最大MP＋10	各10 （合計50）
2	──	──	──
3	──	──	──
4	サブコアⅠ	●『ぞくせい』マテリア効果10％Up ● 状態異常耐性値＋5 ● ダメージアスピル（ダメージを受けるとMPが回復／→P.470） ● MP満タンで魔法20％Up ● HPが高いと物理攻撃力＋5	各14 （合計70）
5	サブコアⅡ	● 物理攻撃力＋8 ● 魔法攻撃力＋10［×3］ ● 魔法防御力＋5 ● MP回復スピード50％Up（回復にかかる時間が50％短くなる／→P.470） ● マテリア穴拡張［×2］	各16 （合計128）
6	サブコアⅢ	● 物理攻撃力＋8 ● 魔法攻撃力＋12［×2］ ● 攻撃魔法MP消費量20％Down ● マテリア穴拡張［×2］	各18 （合計108）

マテリア穴	
初期状態	●-● ●-●
拡張1回	●-● ●-● ●
拡張2回	●-● ●-● ● ●
拡張3回	●-● ●-● ●-●
拡張4回	──
拡張5回	──
拡張6回	──
拡張7回	──
拡張8回	──
拡張9回	──

武器強化

武器レベル	出現するコア	SPを使って解放できる武器スキル	
		武器スキルの効果	必要SP
1	コア	● 炎属性攻撃5％Up ● 氷属性攻撃5％Up ● 雷属性攻撃5％Up ● 風属性攻撃5％Up ●『ぞくせい』マテリア効果10％Up	各10 （合計50）
2	──	──	──
3	──	──	──
4	サブコアⅠ	● 最大MP＋10［×2］ ● 強化効果時間10％Up ● 弱体化効果時間10％Up ● マテリア穴拡張	各14 （合計70）
5	サブコアⅡ	● 物理攻撃力＋12 ● 魔法攻撃力＋12 ● 最大MP＋15 ● ガード時の物理ダメージ10％Down ● ガード時の魔法ダメージ10％Down ● MP回復スピード10％Up（回復にかかる時間が10％短くなる／→P.470） ● マテリア穴拡張［×2］	各16 （合計128）
6	サブコアⅢ	● 物理攻撃力＋15 ● 魔法攻撃力＋15 ● 四属性防御5％Up ● HPが高いと魔法防御力＋5 ● 回復魔法MP消費量20％Down ● ラストリーヴ（致死ダメージを受けても1回だけHPが1残る／→P.470）	各18 （合計108）

INDEX

武器(バレット用)

ガトリングガン

オリジナル版

おもな特徴
- さまざまなステータスが上がる
- 固有アビリティを強化可能

ステータスの上昇量

	物理攻撃力	魔法攻撃力	物理防御力	魔法防御力	最大HP	最大MP	運	すばやさ
初期	19	19	―	―	―	―	―	―
最大	77	77	9	9	950	21	―	―

武器アビリティ フュエルバースト(→P.92)

入手方法 他 バレットの初期所持品[限定1個]

購入価格 ― 売却価格 ―

アサルトガン

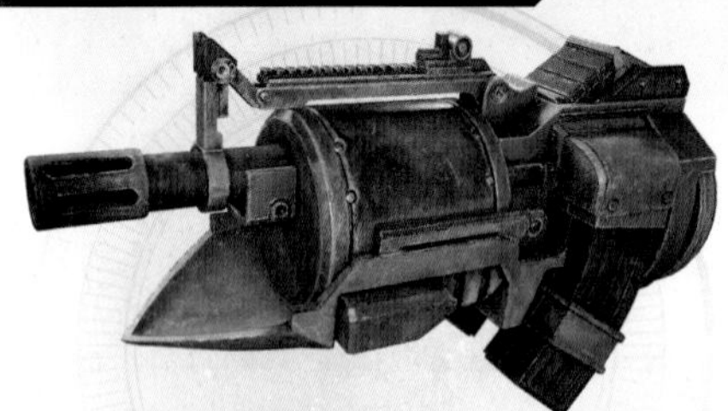

オリジナル版

おもな特徴
- 魔法攻撃力と物理防御力が高い
- 属性攻撃で与えるダメージ量を増やせる
- 回復魔法の消費MPを減らせる
- 物理攻撃へのガードを強化可能

ステータスの上昇量

	物理攻撃力	魔法攻撃力	物理防御力	魔法防御力	最大HP	最大MP	運	すばやさ
初期	22	33	―	―	―	―	―	―
最大	62	93	13	―	350	―	―	―

武器アビリティ アバランチ魂(→P.92)

入手方法 他 四番街 プレート内部・隔壁下層 連絡通路でビッグスからもらう(→P.243)[限定1個]

購入価格 ― 売却価格 ―

ラージマウス

おもな特徴
- 最大HPが大きく上がる
- 残りHPが多いときに物理攻撃力と魔法攻撃力を、少ないときに物理防御力、リミットゲージの増加量、HPの回復量を強化可能

ステータスの上昇量

	物理攻撃力	魔法攻撃力	物理防御力	魔法防御力	最大HP	最大MP	運	すばやさ
初期	45	30	―	―	―	―	―	―
最大	93	62	―	―	1250	―	―	―

武器アビリティ アンガーマックス(→P.92)

入手方法 店 六番街スラム(みどり公園)[CH13〜14/限定1個](※1)

購入価格 2500 売却価格 ―

※1……入手しなかった場合は、神羅ビル(63F)で買える[限定1個]

マテリア穴	
初期状態	●
拡張1回	● ●
拡張2回	● ● ●
拡張3回	●-● ●
拡張4回	●-● ● ●
拡張5回	●-● ● ● ●
拡張6回	●-● ●-● ●
拡張7回	●-● ●-● ● ●
拡張8回	●-● ●-● ●-●
拡張9回	——

武器強化

武器レベル	出現するコア	SPを使って解放できる武器スキル 武器スキルの効果	必要SP
1	コア	● 物理攻撃力＋5 ● 魔法攻撃力＋5 ● 最大HP＋100 ● マテリア穴拡張	各4 (合計16)
2	サブコアⅠ	● 物理攻撃力＋5 ● 魔法攻撃力＋5 ● 物理防御力＋4 ● 魔法防御力＋4 ● 最大HP＋100 ● マテリア穴拡張	各6 (合計36)
3	サブコアⅡ	● 物理攻撃力＋8 ● 魔法攻撃力＋8 ● 最大HP＋150 ● 最大MP＋5 ● 『ぶっぱなす』強化10%Up ● マテリア穴拡張	各8 (合計48)
4	サブコアⅢ	● 物理攻撃力＋12 ● 魔法攻撃力＋12 ● 物理防御力＋5 ● 魔法防御力＋5 ● 最大HP＋200 ● マテリア穴拡張	各10 (合計60)
5	サブコアⅣ	● 物理攻撃力＋14 ● 魔法攻撃力＋14 ● 最大HP＋200 ● 最大MP＋8 ● リミット技強化5%Up ● マテリア穴拡張	各14 (合計84)
6	サブコアⅤ	● 物理攻撃力＋14 ● 魔法攻撃力＋14 ● 最大HP＋200 ● 最大MP＋8 ● マテリア穴拡張[×3]	各16 (合計112)

マテリア穴	
初期状態	●-●
拡張1回	●-● ●
拡張2回	●-● ● ●
拡張3回	●-● ●-●
拡張4回	●-● ●-● ●
拡張5回	●-● ●-● ● ●
拡張6回	●-● ●-● ●-●
拡張7回	——
拡張8回	——
拡張9回	——

武器強化

武器レベル	出現するコア	SPを使って解放できる武器スキル 武器スキルの効果	必要SP
1	コア	● 魔法攻撃力＋6 ● 物理防御力＋5 ● 最大HP＋150 ● マテリア穴拡張	各4 (合計16)
2	サブコアⅠ	● 『たたかう』強化5%Up ● ガード時の物理ダメージ10%Down ● 強化効果時間10%Up ● 状態異常耐性値＋5	各6 (合計24)
3	サブコアⅡ	● 物理攻撃力＋6 ● 魔法攻撃力＋6 ● 物理防御力＋8 ● 最大HP＋200 ● HPが高いと魔法攻撃力＋5 ● HPが高いと物理防御力＋5	各8 (合計48)
4	サブコアⅢ	● 物理攻撃力＋6[×2] ● 魔法攻撃力＋8[×2] ● リミット技強化5%Up ● マテリア穴拡張	各12 (合計72)
5	サブコアⅣ	● 物理攻撃力＋10 ● 魔法攻撃力＋10[×2] ● バーストドレイン(バースト状態の敵を固有アビリティで攻撃するとHPが回復／→P.470) ● マテリア穴拡張[×2]	各14 (合計84)
6	サブコアⅤ	● 物理攻撃力＋12 ● 魔法攻撃力＋12 ● 四属性攻撃5%Up ● 回復魔法MP消費量20%Down ● ラストリーヴ(致死ダメージを受けても1回だけHPが1残る／→P.470) ● マテリア穴拡張[×2]	各16 (合計112)

マテリア穴	
初期状態	●-● ●
拡張1回	●-● ● ●
拡張2回	●-● ●-●
拡張3回	●-● ●-● ●
拡張4回	●-● ●-● ● ●
拡張5回	●-● ●-● ●-●
拡張6回	——
拡張7回	——
拡張8回	——
拡張9回	——

武器強化

武器レベル	出現するコア	SPを使って解放できる武器スキル 武器スキルの効果	必要SP
1	コア	● 物理攻撃力＋8 ● 魔法攻撃力＋10 ● 最大HP＋250[×3] ● マテリア穴拡張	各10 (合計60)
2	——	——	——
3	——	——	——
4	サブコアⅠ	● HPが高いと物理攻撃力＋5 ● HPが高いと魔法攻撃力＋5 ● ピンチで物理防御力＋10 ● ピンチで魔法防御力＋10 ● ダメージアスピル(ダメージを受けるとMPが回復／→P.470) ● ピンチで回復50%Up	各12 (合計72)
5	サブコアⅡ	● 物理攻撃力＋10[×2] ● 魔法攻撃力＋10 ● 最大HP＋250 ● リミット技強化5%Up ● ピンチでリミットブースト5%Up ● マテリア穴拡張[×2]	各14 (合計112)
6	サブコアⅢ	● 物理攻撃力＋10[×2] ● 魔法攻撃力＋12 ● 最大HP＋250 ● 四属性防御5%Up ● マテリア穴拡張[×2]	各16 (合計112)

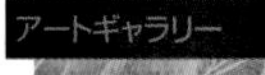

武器(バレット用)

アトミックシザー

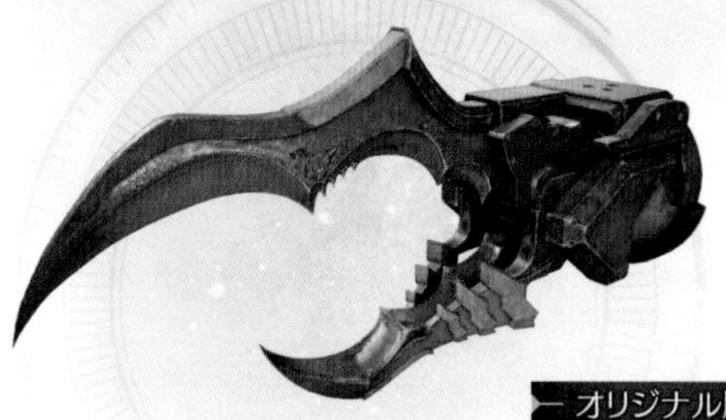

オリジナル版

おもな特徴
- 近接攻撃武器(→P.90)
- 物理攻撃力が高く、最大MPが上がる
- 属性攻撃やMP満タン時の魔法を強化可能
- 攻撃魔法と回復魔法の消費MPを減らせる

ステータスの上昇量

	物理攻撃力	魔法攻撃力	物理防御力	魔法防御力	最大HP	最大MP	運	すばやさ
初期	53	39	—	—	—	—	—	—
最大	101	73	—	—	—	28	—	—

武器アビリティ エナジーアッパー(→P.93)

入手方法 サブ モーグリメダル(7枚と交換)[CH14/限定1個]

購入価格 —— **売却価格** ——

キャノンボール

オリジナル版

おもな特徴
- 近接攻撃武器(→P.90)
- 物理攻撃力がとても高い
- 攻撃時のATBゲージの増加量を増やせる
- 魔法攻撃へのガードを強化可能

ステータスの上昇量

	物理攻撃力	魔法攻撃力	物理防御力	魔法防御力	最大HP	最大MP	運	すばやさ
初期	65	17	—	—	—	—	—	—
最大	117	31	—	—	—	—	—	—

武器アビリティ グランドブロウ(→P.93)

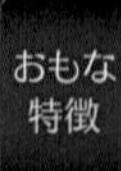

入手方法 サブ クエスト 24「地底の咆哮」[限定1個](※1)

購入価格 —— **売却価格** ——

ハートビート

おもな特徴
- 魔法攻撃力がとても高い
- クリティカル率が上がり、クリティカル発生時のダメージ量も増やせる
- 固有アビリティを強化可能

ステータスの上昇量

	物理攻撃力	魔法攻撃力	物理防御力	魔法防御力	最大HP	最大MP	運	すばやさ
初期	34	65	—	—	—	—	—	—
最大	54	105	—	—	650	—	—	—

武器アビリティ ゼロレンジシュート(→P.94)

入手方法 他 神羅ビル・62F上層 ライブラリフロア:部門資料室 回廊書庫でハットに10000ギルを渡す(→P.372)[限定1個]

購入価格 —— **売却価格** ——

※1……入手しなかった場合は、神羅ビル(63F)でセール品として2000ギルで買える[限定1個]

マテリア穴	
初期状態	●●●
拡張1回	●●●●
拡張2回	●-● ●●
拡張3回	●-● ●-●
拡張4回	●-● ●-● ●
拡張5回	●-● ●-● ●●
拡張6回	●-● ●-● ●-●
拡張7回	—
拡張8回	—
拡張9回	—

武器強化

武器レベル	出現するコア	SPを使って解放できる武器スキル	
		武器スキルの効果	必要SP
1	コア	● 炎属性攻撃5%Up ● 氷属性攻撃5%Up ● 雷属性攻撃5%Up ● 風属性攻撃5%Up ● 『ぞくせい』マテリア効果10%Up ● 弱体化効果時間10%Up	各10 (合計60)
2	—	—	—
3	—	—	—
4	サブコアⅠ	● 物理攻撃力+12 ● 魔法攻撃力+8 ● 最大MP+8 ● マテリア穴拡張[×3]	各12 (合計72)
5	サブコアⅡ	● 物理攻撃力+16 ● 魔法攻撃力+14 ● 最大MP+10[×2] ● MP回復スピード10%Up(回復にかかる時間が10%短くなる／→P.470) ● マテリア穴拡張[×3]	各14 (合計112)
6	サブコアⅢ	● 物理攻撃力+10[×2] ● 魔法攻撃力+12 ● HPが高いと魔法防御力+5 ● 攻撃魔法MP消費量20%Down ● 回復魔法MP消費量20%Down ● MP満タンで魔法20%Up	各16 (合計112)

マテリア穴	
初期状態	●-● ●●
拡張1回	●-● ●●●
拡張2回	●-● ●●●●
拡張3回	●-● ●-● ●●
拡張4回	●-● ●-● ●-●
拡張5回	—
拡張6回	—
拡張7回	—
拡張8回	—
拡張9回	—

武器強化

武器レベル	出現するコア	SPを使って解放できる武器スキル	
		武器スキルの効果	必要SP
1	コア	● 物理攻撃力+6[×2] ● 魔法攻撃力+6 ● 『たたかう』強化5%Up ● ATB増加量10%Up	各10 (合計50)
2	—	—	—
3	—	—	—
4	サブコアⅠ	● 強化効果時間10%Up ● ガード時の魔法ダメージ10%Down ● 部位破壊の攻撃力10%Up ● マテリア穴拡張[×2]	各14 (合計70)
5	サブコアⅡ	● 物理攻撃力+8[×3] ● 魔法攻撃力+8 ● リミット技強化5%Up ● キルドレイン(自分の攻撃で敵を倒すとHPが回復／→P.470) ● バーストドレイン(バースト状態の敵を固有アビリティで攻撃するとHPが回復／→P.470) ● アビリティクリティカル率10%Up	各16 (合計128)
6	サブコアⅢ	● 物理攻撃力+8[×2] ● MP回復スピード10%Up(回復にかかる時間が10%短くなる／→P.470) ● ラストリーヴ(致死ダメージを受けても1回だけHPが1残る／→P.470) ● マテリア穴拡張[×2]	各18 (合計108)

マテリア穴	
初期状態	●●●●
拡張1回	●●●●●
拡張2回	●●●●●●
拡張3回	●-● ●●●●
拡張4回	●-● ●-● ●●
拡張5回	●-● ●-● ●-●
拡張6回	—
拡張7回	—
拡張8回	—
拡張9回	—

武器強化

武器レベル	出現するコア	SPを使って解放できる武器スキル	
		武器スキルの効果	必要SP
1	コア	● 魔法攻撃力+10 ● 最大HP+300 ● クリティカル率10%Up ● クリティカルダメージ10%Up ● マテリア穴拡張	各10 (合計50)
2	—	—	—
3	—	—	—
4	サブコアⅠ	● アビリティクリティカル率10%Up ● ピンチでクリティカル率50%Up ● ピンチで物理防御力+10 ● ピンチで魔法防御力+10 ● マテリア穴拡張	各14 (合計70)
5	サブコアⅡ	● 物理攻撃力+10 ● 魔法攻撃力+15 ● 最大HP+350 ● 『たたかう』強化5%Up ● 『ぶっぱなす』強化10%Up ● クリティカルダメージ10%Up ● マテリア穴拡張[×2]	各16 (合計128)
6	サブコアⅢ	● 物理攻撃力+10 ● 魔法攻撃力+15 ● ピンチでクリティカル率50%Up ● キルドレイン(自分の攻撃で敵を倒すとHPが回復／→P.470) ● ラストリーヴ(致死ダメージを受けても1回だけHPが1残る／→P.470) ● マテリア穴拡張	各18 (合計108)

INDEX

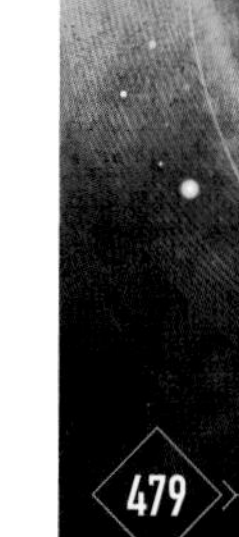

武器(ティファ用)

レザーグローブ

オリジナル版

おもな特徴
● さまざまなステータスが上がる
● 固有アビリティを強化可能
● HPが残り少ないときの回復量を増やせる

ステータスの上昇量

	物理攻撃力	魔法攻撃力	物理防御力	魔法防御力	最大HP	最大MP	運	すばやさ
初期	32	22	―	―	―	―	―	―
最大	109	74	8	8	850	23	―	15

武器アビリティ	かかと落とし(→P.101)
入手方法	他 ティファの初期所持品[限定1個]
購入価格	―
売却価格	―

メタルナックル

オリジナル版

おもな特徴
● 物理攻撃力がとても高い
● 攻撃時のATBゲージの増加量を増やせる

ステータスの上昇量

	物理攻撃力	魔法攻撃力	物理防御力	魔法防御力	最大HP	最大MP	運	すばやさ
初期	54	12	―	―	―	―	―	―
最大	164	36	―	―	―	―	―	7

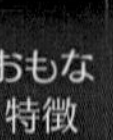

武器アビリティ	ライズビート(→P.102)
入手方法	落 ダストドーザー[通常:100%/限定1個]
購入価格	―
売却価格	―

ソニックフィスト

おもな特徴
● 最初から連結穴がふたつある
● 最大MP、すばやさ、属性攻撃を強化可能
● 回復魔法の消費MPを減らせる
● MPの回復速度を大きく上げられる

ステータスの上昇量

	物理攻撃力	魔法攻撃力	物理防御力	魔法防御力	最大HP	最大MP	運	すばやさ
初期	32	21	―	―	―	―	―	―
最大	87	58	―	―	―	31	―	21

武器アビリティ	バックフリップ(→P.102)
入手方法	宝 伍番魔晄炉・B5F:連絡通路①[限定1個](※1)
購入価格	―
売却価格	―

※1……入手しなかった場合は、伍番街スラム[CH13~14]、六番街スラム(ウォール・マーケット)[CH14]、神羅ビル(63F)でセール品として2000ギルで買える[限定1個]

マテリア穴	
初期状態	●-●
拡張1回	●-● ●
拡張2回	●-● ● ●
拡張3回	●-● ●-●
拡張4回	●-● ●-● ●
拡張5回	●-● ●-● ● ●
拡張6回	●-● ●-● ●-●
拡張7回	—
拡張8回	—
拡張9回	—

武器強化

武器レベル	出現するコア	SPを使って解放できる武器スキル 武器スキルの効果	必要SP
1	コア	●物理攻撃力+5 ●すばやさ+5 ●最大HP+100 ●最大MP+5	各4 (合計16)
2	サブコアⅠ	●物理攻撃力+6 ●最大HP+150 ●『秘技』強化10%Up ●マテリア穴拡張	各6 (合計24)
3	サブコアⅡ	●物理攻撃力+10 ●魔法攻撃力+10 ●最大HP+200 ●最大MP+8 ●すばやさ+5 ●リミット技強化5%Up	各8 (合計48)
4	サブコアⅢ	●物理攻撃力+18 ●魔法攻撃力+14 ●物理防御力+8 ●魔法防御力+8 ●ザンガン流精神統一の発動率50%(バトル開始時に『秘技解放』の効果) ●マテリア穴拡張	各12 (合計72)
5	サブコアⅣ	●物理攻撃力+18 ●魔法攻撃力+14 ●最大HP+200 ●ピンチで回復50%Up ●マテリア穴拡張[×2]	各14 (合計84)
6	サブコアⅤ	●物理攻撃力+20 ●魔法攻撃力+14 ●最大HP+200 ●最大MP+10 ●すばやさ+5 ●マテリア穴拡張[×2]	各16 (合計112)

マテリア穴	
初期状態	●-●
拡張1回	●-● ●
拡張2回	●-● ● ●
拡張3回	●-● ● ● ●
拡張4回	●-● ● ● ● ●
拡張5回	●-● ●-● ● ●
拡張6回	●-● ●-● ●-●
拡張7回	—
拡張8回	—
拡張9回	—

武器強化

武器レベル	出現するコア	SPを使って解放できる武器スキル 武器スキルの効果	必要SP
1	コア	●物理攻撃力+4[×3] ●すばやさ+3	各4 (合計16)
2	サブコアⅠ	●『たたかう』強化5%Up ●ジャンプ攻撃強化5%Up ●強化効果時間10%Up ●バックアタッカー10%Up(背後から攻撃するとダメージアップ)	各6 (合計24)
3	サブコアⅡ	●物理攻撃力+8[×3] ●魔法攻撃力+5 ●すばやさ+4 ●マテリア穴拡張	各8 (合計48)
4	サブコアⅢ	●物理攻撃力+10[×2] ●魔法攻撃力+5 ●キルドレイン(自分の攻撃で敵を倒すとHPが回復/→P.470) ●ザンガン流精神統一の発動率30%(バトル開始時に『秘技解放』の効果) ●マテリア穴拡張	各12 (合計72)
5	サブコアⅣ	●物理攻撃力+12[×2] ●魔法攻撃力+6 ●ピンチで物理防御力+10 ●ピンチで魔法防御力+10 ●マテリア穴拡張	各14 (合計84)
6	サブコアⅤ	●物理攻撃力+15[×2] ●魔法攻撃力+8 ●ATB増加量10%Up ●マテリア穴拡張[×3]	各16 (合計112)

マテリア穴	
初期状態	●-● ●-●
拡張1回	●-● ●-● ●
拡張2回	●-● ●-● ● ●
拡張3回	●-● ●-● ●-●
拡張4回	—
拡張5回	—
拡張6回	—
拡張7回	—
拡張8回	—
拡張9回	—

武器強化

武器レベル	出現するコア	SPを使って解放できる武器スキル 武器スキルの効果	必要SP
1	コア	●物理攻撃力+6 ●魔法攻撃力+5 ●すばやさ+5 ●最大MP+6	各4 (合計16)
2	サブコアⅠ	●炎属性攻撃5%Up ●氷属性攻撃5%Up ●雷属性攻撃5%Up ●風属性攻撃5%Up ●強化効果時間10%Up ●弱体化効果時間10%Up	各6 (合計36)
3	サブコアⅡ	●物理攻撃力+8 ●魔法攻撃力+5 ●すばやさ+5 ●最大MP+6 ●『ぞくせい』マテリア効果10%Up ●状態異常耐性値+5	各8 (合計48)
4	サブコアⅢ	●物理攻撃力+10 ●魔法攻撃力+8 ●すばやさ+5 ●最大MP+6 ●ザンガン流精神統一の発動率50%(バトル開始時に『秘技解放』の効果) ●マテリア穴拡張	各10 (合計60)
5	サブコアⅣ	●物理攻撃力+15 ●魔法攻撃力+9 ●最大MP+6 ●MP回復スピード50%Up(回復にかかる時間が50%短くなる/→P.470) ●マテリア穴拡張[×2]	各14 (合計84)
6	サブコアⅤ	●物理攻撃力+16 ●魔法攻撃力+10 ●最大MP+7 ●すばやさ+6 ●回復魔法MP消費量20%Down ●HPが高いと物理防御力+5 ●HPが高いと魔法防御力+5	各16 (合計112)

INDEX

武器（ティファ用）

フェザーグラブ

おもな特徴
- 物理攻撃力が高く、すばやさが上がる
- 攻撃時のATBゲージの増加量を増やせる
- 『ザンガン流精神統一』の発動確率が高い
- 物理攻撃と魔法攻撃へのガードを強化可能

ステータスの上昇量

	物理攻撃力	魔法攻撃力	物理防御力	魔法防御力	最大HP	最大MP	運	すばやさ
初期	50	33	──	──	──	──	──	──
最大	120	80	──	──	──	──	──	28

武器アビリティ オーバードライブ（→P.102）

入手方法 宝 地下下水道・六番地区：第一水路［限定1個］（※1）

購入価格 ── **売却価格** ──

ミスリルクロー

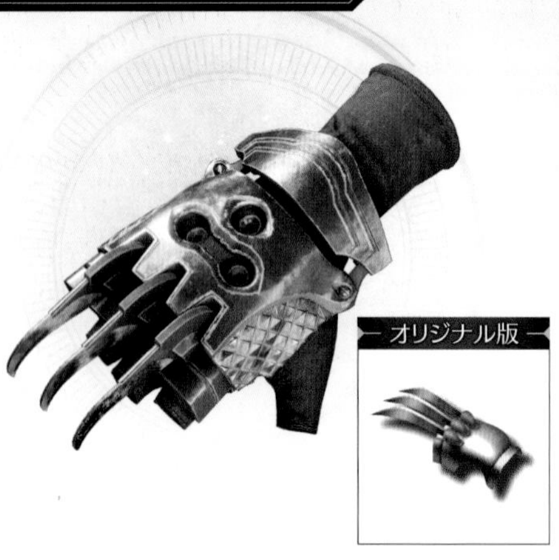

オリジナル版

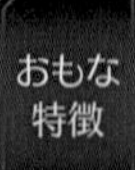

おもな特徴
- 魔法攻撃力がとても高いうえに、MP満タン時に魔法で与えるダメージ量を増やせる
- 攻撃時のATBゲージの増加量を増やせる
- 攻撃魔法の消費MPを減らせる

ステータスの上昇量

	物理攻撃力	魔法攻撃力	物理防御力	魔法防御力	最大HP	最大MP	運	すばやさ
初期	28	55	──	──	──	──	──	──
最大	55	109	──	──	──	10	──	──

武器アビリティ 闘気スフィア（→P.102）

入手方法 落 アノニマス［通常：100%／限定1個］

購入価格 ── **売却価格** ──

グランドグラブ

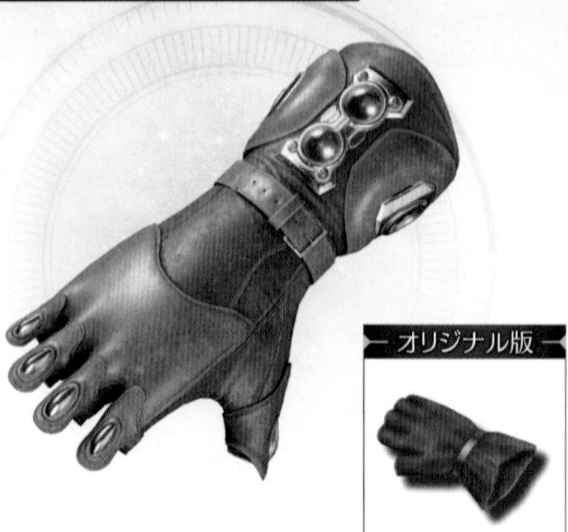

オリジナル版

おもな特徴
- 最大HPやクリティカル率が上がり、クリティカル発生時のダメージ量も増やせる
- 『ザンガン流精神統一』の発動確率が高い
- 固有アビリティを強化可能

ステータスの上昇量

	物理攻撃力	魔法攻撃力	物理防御力	魔法防御力	最大HP	最大MP	運	すばやさ
初期	51	41	──	──	──	──	──	──
最大	82	66	──	──	1150	──	──	11

武器アビリティ 正拳突き（→P.102）

入手方法 宝 神羅ビル・1F エントランスフロア：フロントロビー［限定1個］

購入価格 ── **売却価格** ──

※1……入手しなかった場合は、神羅ビル（63F）でセール品として2000ギルで買える［限定1個］

マテリア穴	
初期状態	●●●
拡張1回	●●●●
拡張2回	●-●●●
拡張3回	●-●●-●
拡張4回	●-●●-●●
拡張5回	●-●●-●●●
拡張6回	●-●●-●●-●
拡張7回	——
拡張8回	——
拡張9回	——

武器強化

武器レベル	出現するコア	SPを使って解放できる武器スキル 武器スキルの効果	必要SP
1	コア	● 物理攻撃力+6 ● 魔法攻撃力+6 ● すばやさ+7 ● ガード時の物理ダメージ10%Down ● ガード時の魔法ダメージ10%Down	各8 (合計40)
2	——	——	——
3	サブコアⅠ	●『たたかう』強化5%Up ● ジャンプ攻撃強化5%Up ● ATB増加量10%Up ● バックアタッカー10%Up(背後から攻撃するとダメージアップ) ● バーストドレイン(バースト状態の敵を固有アビリティで攻撃するとHPが回復/→P.470)	各10 (合計50)
4	サブコアⅡ	● 物理攻撃力+10[×2] ● 魔法攻撃力+12 ● すばやさ+7 ● ザンガン流精神統一の発動率70%(バトル開始時に『秘技解放』の効果) ● マテリア穴拡張	各12 (合計72)
5	サブコアⅢ	● 物理攻撃力+10[×2] ● 魔法攻撃力+14 ● すばやさ+7 ● マテリア穴拡張[×3]	各14 (合計98)
6	サブコアⅣ	● 物理攻撃力+12[×2] ● 魔法攻撃力+15 ● すばやさ+7 ● マテリア穴拡張[×2]	各16 (合計96)

マテリア穴	
初期状態	●-●●
拡張1回	●-●●●
拡張2回	●-●●-●
拡張3回	●-●●-●●
拡張4回	●-●●-●●●
拡張5回	●-●●-●●-●
拡張6回	——
拡張7回	——
拡張8回	——
拡張9回	——

武器強化

武器レベル	出現するコア	SPを使って解放できる武器スキル 武器スキルの効果	必要SP
1	コア	● 物理攻撃力+7 ● 魔法攻撃力+7[×2] ● 最大MP+10 ● マテリア穴拡張	各10 (合計50)
2	——	——	——
3	——	——	——
4	サブコアⅠ	● 状態異常耐性値+5 ● 四属性防御5%Up ● ザンガン流精神統一の発動率30%(バトル開始時に『秘技解放』の効果) ● MP満タンで魔法20%Up ● 攻撃魔法MP消費量20%Down	各14 (合計70)
5	サブコアⅡ	● 物理攻撃力+10 ● 魔法攻撃力+10[×2] ●『ぞくせい』マテリア効果10%Up ● HPが高いと物理攻撃力+5 ● ATB増加量10%Up ● マテリア穴拡張[×2]	各16 (合計128)
6	サブコアⅢ	● 物理攻撃力+10 ● 魔法攻撃力+10[×2] ● ラストリーヴ(致死ダメージを受けても1回だけHPが1残る/→P.470) ● マテリア穴拡張[×2]	各18 (合計108)

マテリア穴	
初期状態	●-●●●
拡張1回	●-●●●●
拡張2回	●-●●●●●
拡張3回	●-●●-●●●
拡張4回	●-●●-●●-●
拡張5回	——
拡張6回	——
拡張7回	——
拡張8回	——
拡張9回	——

武器強化

武器レベル	出現するコア	SPを使って解放できる武器スキル 武器スキルの効果	必要SP
1	コア	● 最大HP+250 ● すばやさ+5 ● クリティカル率10%Up ● クリティカルダメージ10%Up ● ピンチで物理防御力+10 ● ピンチで魔法防御力+10	各10 (合計60)
2	——	——	——
3	——	——	——
4	サブコアⅠ	●『たたかう』強化5%Up ●『秘技』強化10%Up ● ザンガン流精神統一の発動率70%(バトル開始時に『秘技解放』の効果) ● ピンチでクリティカル率50%Up ● ピンチでリミットブースト5%Up ● マテリア穴拡張	各12 (合計72)
5	サブコアⅡ	● 物理攻撃力+15 ● 魔法攻撃力+12 ● 最大HP+300[×2] ● すばやさ+6 ● クリティカルダメージ10%Up ● アビリティクリティカル率10%Up ● マテリア穴拡張	各14 (合計112)
6	サブコアⅢ	● 物理攻撃力+16 ● 魔法攻撃力+13 ● 最大HP+300 ● リミット技強化5%Up ● ラストリーヴ(致死ダメージを受けても1回だけHPが1残る/→P.470) ● マテリア穴拡張[×2]	各16 (合計112)

INDEX

武器(エアリス用)

ガードロッド

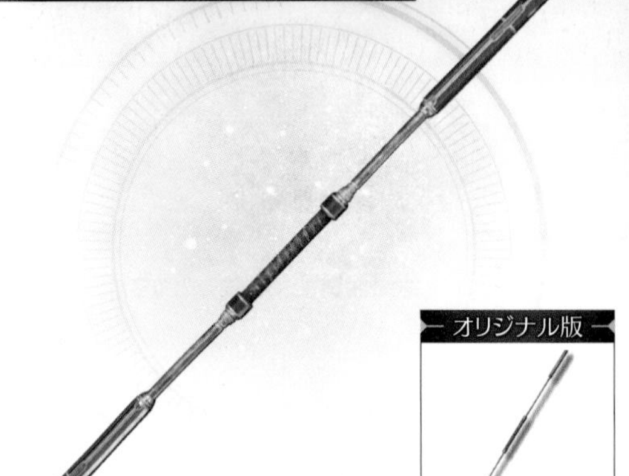

オリジナル版

おもな特徴
● さまざまなステータスが上がる
● 固有アビリティを強化可能
● 回復魔法の消費MPを減らせる
● 物理攻撃と魔法攻撃へのガードを強化可能

ステータスの上昇量

	物理攻撃力	魔法攻撃力	物理防御力	魔法防御力	最大HP	最大MP	運	すばやさ
初期	29	43	—	—	—	—	—	—
最大	29	109	7	7	650	34	—	—

武器アビリティ 聖なる魔法陣(→P.107)

入手方法 他 エアリスの初期所持品[限定1個]

購入価格 —— 売却価格 ——

シルバーロッド

おもな特徴
● 魔法攻撃力が高い
● 属性攻撃やMP満タン時の魔法を強化可能
● 攻撃魔法と回復魔法の消費MPを減らせる
● MPの回復速度を大きく上げられる

ステータスの上昇量

	物理攻撃力	魔法攻撃力	物理防御力	魔法防御力	最大HP	最大MP	運	すばやさ
初期	27	50	—	—	—	—	—	—
最大	27	120	—	—	350	10	—	—

武器アビリティ イノセンスフォース(→P.108)

入手方法 サブ モーグリメダル(2枚と交換)[限定1個]

購入価格 —— 売却価格 ——

マジカルロッド

おもな特徴
● 最初から連結穴がふたつある
● 最大MPが大きく上がる
● 属性攻撃で与えるダメージ量を増やせる
● 攻撃魔法の消費MPを減らせる

ステータスの上昇量

	物理攻撃力	魔法攻撃力	物理防御力	魔法防御力	最大HP	最大MP	運	すばやさ
初期	24	36	—	—	—	—	—	—
最大	24	87	—	—	300	46	—	—

武器アビリティ マジカルサーバント(→P.108)

入手方法 サブ クエスト 15a「逆襲の刃」または 15b「爆裂ダイナマイトボディ」[限定1個](※1)

購入価格 —— 売却価格 ——

※1……入手しなかった場合は、伍番街スラム[CH13～14]、六番街スラム(ウォール・マーケット)[CH14]、神羅ビル(63F)でセール品として2000ギルで買える[限定1個]

マテリア穴

初期状態	●●
拡張1回	●●●
拡張2回	●━● ●
拡張3回	●━● ● ●
拡張4回	●━● ●━●
拡張5回	●━● ●━● ●
拡張6回	●━● ●━● ● ●
拡張7回	●━● ●━● ●━●
拡張8回	――
拡張9回	――

武器強化

武器レベル	出現するコア	SPを使って解放できる武器スキル 武器スキルの効果	必要SP
1	コア	●魔法攻撃力+12 ●物理防御力+7 ●魔法防御力+7 ●最大HP+150 ●最大MP+8	各8 (合計40)
2	――	――	――
3	サブコアⅠ	●『たたかう』強化5%Up ●『テンペスト』強化5%Up ●ガード時の物理ダメージ10%Down ●ガード時の魔法ダメージ10%Down ●マテリア穴拡張	各10 (合計50)
4	サブコアⅡ	●魔法攻撃力+18 ●最大HP+150 ●最大MP+8 ●MP回復スピード10%Up(回復にかかる時間が10%短くなる/→P.470) ●マテリア穴拡張[×2]	各12 (合計72)
5	サブコアⅢ	●魔法攻撃力+18 ●最大HP+150 ●最大MP+8 ●四属性防御5%Up ●回復魔法MP消費量20%Down ●マテリア穴拡張[×2]	各14 (合計98)
6	サブコアⅣ	●魔法攻撃力+18 ●最大HP+200 ●最大MP+10 ●ラストリーヴ(致死ダメージを受けても1回だけHPが1残る/→P.470) ●マテリア穴拡張[×2]	各16 (合計96)

マテリア穴

初期状態	●━●
拡張1回	●━● ●
拡張2回	●━● ● ●
拡張3回	●━● ● ● ●
拡張4回	●━● ●━● ●
拡張5回	●━● ●━● ● ●
拡張6回	●━● ●━● ●━●
拡張7回	――
拡張8回	――
拡張9回	――

武器強化

武器レベル	出現するコア	SPを使って解放できる武器スキル 武器スキルの効果	必要SP
1	コア	●魔法攻撃力+10 ●最大HP+150 ●最大MP+10 ●マテリア穴拡張	各8 (合計32)
2	――	――	――
3	サブコアⅠ	●炎属性攻撃5%Up ●氷属性攻撃5%Up ●雷属性攻撃5%Up ●風属性攻撃5%Up	各10 (合計40)
4	サブコアⅡ	●魔法攻撃力+10[×2] ●MP回復スピード50%Up(回復にかかる時間が50%短くなる/→P.470) ●MP満タンで魔法20%Up ●弱体化効果時間10%Up	各12 (合計60)
5	サブコアⅢ	●魔法攻撃力+10[×2] ●最大HP+200 ●攻撃魔法MP消費量20%Down ●回復魔法MP消費量20%Down ●ダメージアスピル(ダメージを受けるとMPが回復/→P.470) ●マテリア穴拡張[×2]	各14 (合計112)
6	サブコアⅣ	●魔法攻撃力+10[×2] ●状態異常耐性値+5 ●ラストリーヴ(致死ダメージを受けても1回だけHPが1残る/→P.470) ●マテリア穴拡張[×3]	各16 (合計112)

マテリア穴

初期状態	●━● ●━●
拡張1回	●━● ●━● ●
拡張2回	●━● ●━● ● ●
拡張3回	●━● ●━● ●━●
拡張4回	――
拡張5回	――
拡張6回	――
拡張7回	――
拡張8回	――
拡張9回	――

武器強化

武器レベル	出現するコア	SPを使って解放できる武器スキル 武器スキルの効果	必要SP
1	コア	●魔法攻撃力+5 ●最大MP+8[×2] ●弱体化効果時間10%Up ●強化効果時間10%Up	各8 (合計40)
2	――	――	――
3	サブコアⅠ	●炎属性攻撃5%Up ●氷属性攻撃5%Up ●雷属性攻撃5%Up ●風属性攻撃5%Up ●『ぞくせい』マテリア効果10%Up	各10 (合計50)
4	サブコアⅡ	●魔法攻撃力+7[×2] ●最大MP+10 ●『たたかう』強化5%Up ●バーストドレイン(バースト状態の敵を固有アビリティで攻撃するとHPが回復/→P.470) ●マテリア穴拡張	各12 (合計72)
5	サブコアⅢ	●魔法攻撃力+8[×2] ●最大MP+10 ●攻撃魔法MP消費量20%Down ●MP回復スピード10%Up(回復にかかる時間が10%短くなる/→P.470) ●マテリア穴拡張[×2]	各14 (合計98)
6	サブコアⅣ	●魔法攻撃力+8[×2] ●最大HP+300 ●最大MP+10 ●四属性防御5%Up ●ラストリーヴ(致死ダメージを受けても1回だけHPが1残る/→P.470)	各16 (合計96)

INDEX

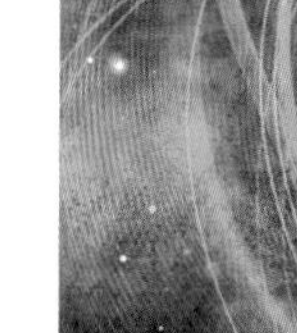

武器(エアリス用)

ミスリルロッド

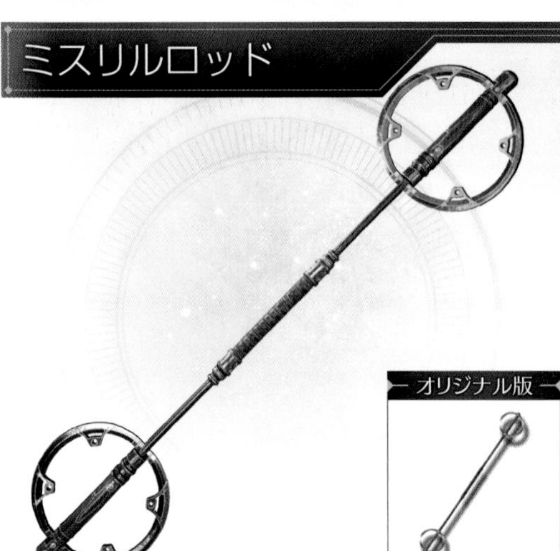

おもな特徴	● 魔法攻撃力がとても高いうえに、MP満タン時に魔法で与えるダメージ量を増やせる

ステータスの上昇量

	物理攻撃力	魔法攻撃力	物理防御力	魔法防御力	最大HP	最大MP	運	すばやさ
初期	24	92	──	──	──	──	──	──
最大	24	164	──	──	400	13	──	──

オリジナル版

武器アビリティ	ジャッジメントレイ(→P.108)
入手方法	宝 列車墓場・第二操車場 C区画[限定1個](※1)
購入価格	──
売却価格	──

ストライクロッド

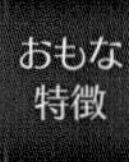

おもな特徴	● 最大HPが大きく上がり、物理防御力や運も上がる ● クリティカル率が上がり、クリティカル発生時のダメージ量も増やせる

ステータスの上昇量

	物理攻撃力	魔法攻撃力	物理防御力	魔法防御力	最大HP	最大MP	運	すばやさ
初期	39	34	──	──	──	──	──	──
最大	39	76	13	──	850	27	5	──

オリジナル版

武器アビリティ	光の盾(→P.108)
入手方法	盗 エリゴル[25%/限定1個]
購入価格	──
売却価格	──

フルメタルロッド

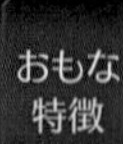

おもな特徴	● 魔法攻撃力と魔法防御力が高い ● 固有アビリティを強化可能 ● 物理攻撃と魔法攻撃へのガードを強化可能 ● HPが残り少ないときの回復量を増やせる

ステータスの上昇量

	物理攻撃力	魔法攻撃力	物理防御力	魔法防御力	最大HP	最大MP	運	すばやさ
初期	50	82	──	──	──	──	──	──
最大	50	131	──	13	300	18	──	──

オリジナル版

武器アビリティ	応援の魔法陣(→P.109)
入手方法	宝 神羅ビル・65F 宝条研究室サブフロア:実験体居住区[限定1個]
購入価格	──
売却価格	──

※1……入手しなかった場合は、伍番街スラム[CH13〜14]、六番街スラム(ウォール・マーケット)[CH14]、神羅ビル(63F)でセール品として2000ギルで買える[限定1個]

マテリア穴	
初期状態	● ● ●
拡張1回	● ● ● ●
拡張2回	●━● ● ●
拡張3回	●━● ●━●
拡張4回	●━● ●━● ●
拡張5回	●━● ●━● ● ●
拡張6回	●━● ●━● ●━●
拡張7回	——
拡張8回	——
拡張9回	——

武器強化

武器レベル	出現するコア	SPを使って解放できる武器スキル	
		武器スキルの効果	必要SP
1	コア	● 魔法攻撃力＋5［×2］ ● 最大MP＋13 ● マテリア穴拡張［×2］	各10 （合計50）
2	——	——	——
3	——	——	——
4	サブコアⅠ	● 魔法攻撃力＋6［×3］ ● キルドレイン（自分の攻撃で敵を倒すとHPが回復／→P.470） ● MP満タンで魔法20％Up	各14 （合計70）
5	サブコアⅡ	● 魔法攻撃力＋10［×2］ ● 最大HP＋200 ● HPが高いと物理防御力＋5 ● HPが高いと魔法防御力＋5 ● ピンチでリミットブースト5％Up ● マテリア穴拡張［×2］	各16 （合計128）
6	サブコアⅢ	● 魔法攻撃力＋12［×2］ ● 最大HP＋200 ● 状態異常耐性値＋5 ● マテリア穴拡張［×2］	各18 （合計108）

マテリア穴	
初期状態	●━● ● ●
拡張1回	●━● ●━●
拡張2回	●━● ●━● ●
拡張3回	●━● ●━● ● ●
拡張4回	●━● ●━● ●━●
拡張5回	——
拡張6回	——
拡張7回	——
拡張8回	——
拡張9回	——

武器強化

武器レベル	出現するコア	SPを使って解放できる武器スキル	
		武器スキルの効果	必要SP
1	コア	● 魔法攻撃力＋8 ● 物理防御力＋5 ● 最大HP＋200 ● 運＋5	各8 （合計32）
2	——	——	——
3	サブコアⅠ	● クリティカル率10％Up ● クリティカルダメージ10％Up ● ピンチでクリティカル率50％Up ● 部位破壊の攻撃力10％Up	各10 （合計40）
4	サブコアⅡ	● 魔法攻撃力＋10 ● 最大HP＋200 ● 最大MP＋12 ● ピンチでリミットブースト5％Up ● マテリア穴拡張	各12 （合計60）
5	サブコアⅢ	● 魔法攻撃力＋12 ● 最大HP＋200 ● 最大MP＋15 ● ピンチで物理防御力＋10 ● ピンチで魔法防御力＋10 ● クリティカルダメージ10％Up ● ピンチでクリティカル率50％Up ● マテリア穴拡張	各14 （合計112）
6	サブコアⅣ	● 魔法攻撃力＋12 ● 物理防御力＋8 ● 最大HP＋250 ● HPが高いと魔法攻撃力＋5 ● バーストドレイン（バースト状態の敵を固有アビリティで攻撃するとHPが回復／→P.470） ● マテリア穴拡張［×2］	各16 （合計112）

マテリア穴	
初期状態	●━● ●
拡張1回	●━● ● ●
拡張2回	●━● ● ● ●
拡張3回	●━● ● ● ● ●
拡張4回	●━● ●━● ● ●
拡張5回	●━● ●━● ●━●
拡張6回	——
拡張7回	——
拡張8回	——
拡張9回	——

武器強化

武器レベル	出現するコア	SPを使って解放できる武器スキル	
		武器スキルの効果	必要SP
1	コア	● 魔法攻撃力＋5 ● 魔法防御力＋5 ● 最大MP＋8 ● 強化効果時間10％Up ● 状態異常耐性値＋5	各10 （合計50）
2	——	——	——
3	——	——	——
4	サブコアⅠ	● ガード時の物理ダメージ10％Down ● ガード時の魔法ダメージ10％Down ● HPが高いと魔法攻撃力＋5 ● ピンチで回復50％Up ● マテリア穴拡張	各14 （合計70）
5	サブコアⅡ	● 魔法攻撃力＋10［×2］ ● 魔法防御力＋8 ● 最大MP＋10 ● 『テンペスト』強化5％Up ● HPが高いと物理防御力＋5 ● マテリア穴拡張［×2］	各16 （合計128）
6	サブコアⅢ	● 魔法攻撃力＋12［×2］ ● 最大HP＋300 ● ラストリーヴ（致死ダメージを受けても1回だけHPが1残る／→P.470） ● マテリア穴拡張［×2］	各18 （合計108）

INDEX

防具 PROTECTOR

名前	物理防御力	魔法防御力	マテリア穴	入手方法	価格	
					購入	売却
ブロンズバングル	10	10	(なし)	他 クラウドとティファの初期所持品[限定各1個]	──	──
アイアンバングル	16	16	●	店 七番街スラム、七番街、螺旋トンネル、四番街 プレート内部、伍番魔晄炉、伍番街スラム[CH8〜9] 宝 八番街・市街地区:噴水広場 裏門 他 バレットの初期所持品[限定1個]	1000	500
スターブレス	3	3	●●	店(アイアンバングルと同じ) サブ クエスト 6「墓場からの異物」	1600	800
レザーガード	26	6	●●	店 四番街 プレート内部、伍番魔晄炉、伍番街スラム[CH8〜9]、六番街スラム(陥没道路) 宝 螺旋トンネル・E区画:E3線路管理区	1600	800
マジカルの腕輪	6	26	●●	店 伍番魔晄炉、伍番街スラム[CH8〜9]、六番街スラム(陥没道路) 宝 四番街 プレート内部・上層:H区画 第三照明機	1600	800
チタンバングル	25	25	●●	店 伍番街スラム[CH8〜9]、六番街スラム(陥没道路、ウォール・マーケット)[CH9]、地下下水道[CH10]、列車墓場、七番街スラム(七番街支柱) 落 エアバスター[通常:100%]	2000	1000
ブラックブレス	5	5	●-●●	店(チタンバングルと同じ) 宝 伍番街スラム・たそがれの谷	3200	1600
ニードルガード	40	10	●-●	店 六番街スラム(ウォール・マーケット)[CH9]、地下下水道[CH10]、列車墓場、七番街スラム(七番街支柱) サブ クエスト 12「墓参りの報酬」	3200	1600
ミスリルの腕輪	10	40	●-●	店(ニードルガードと同じ) 宝 伍番街スラム・ステーション通り 他 エアリスの初期所持品[限定1個]	3200	1600
ゴシックバングル	33	33	●●●	店 伍番街スラム[CH13〜14]、六番街スラム(みどり公園)[CH13〜14]、六番街スラム(ウォール・マーケット)[CH14]、地下実験場、地下下水道[CH14]、七番街 プレート断面 宝 列車墓場・車両倉庫 1F	3000	1500
ウィザードブレス	7	7	●●●●	店(ゴシックバングルと同じ) 宝 七番街 プレート断面・地上 145m付近:ハイウェイ倒壊跡 盗 レノ(2回目)[10%]	4800	2400
プレートガード	53	13	●●●	店(ゴシックバングルと同じ) 宝 六番街スラム・陥没道路 下層:悪党の巣穴 落 グレネードソーサー[レア:5%] 盗 グレネードソーサー[5%]、ルード(2回目)[10%]	4800	2400
ソーサラーの腕輪	13	53	●●●	店(ゴシックバングルと同じ) 宝 六番街スラム・ウォール・マーケット[CH14]	4800	2400
マキナバングル	39	39	●-●●	店 神羅ビル(63〜70F)、ミッドガル・ハイウェイ 落 ヘリガンナー[通常:100%] サブ 神羅バトルシミュレーター「クラウド vs ソルジャー定期検診」[限定1個]	4000	2000
ジオメトリブレス	8	8	●-●●●	店(マキナバングルと同じ) サブ 神羅バトルシミュレーター「エアリス vs ソルジャー定期検診」[CH17(※1)/限定1個]	6400	3200
ハイパーガード	62	16	●-●●	店(マキナバングルと同じ) サブ 神羅バトルシミュレーター「バレット vs ソルジャー定期検診」[限定1個]	6400	3200
ルーンの腕輪	16	62	●-●●	店(マキナバングルと同じ) サブ 神羅バトルシミュレーター「ティファ vs ソルジャー定期検診」[限定1個]	6400	3200
チェインバングル	50	50	●-● ●-●	宝 神羅ビル・鑼牟 第五層:第二研究室 監視ブリッジ[限定1個]	──	──
フォースブレス	9	9	●-● ●-●	宝 神羅ビル・鑼牟 第六層:第三研究室 飼料保管庫[限定1個] 落 ソードダンス[通常:100%]	──	4000
ヘヴィメタル	124	20	(なし)	宝 神羅ビル・3F エレベーターフロア:ショールーム[限定1個] 盗 モススラッシャー[5%]	──	4000
ミスティーク	20	124	(なし)	宝 神羅ビル・鑼牟 第四層:第二研究室 機械性能試験場[限定1個] 落 ジェノバBeat[通常:100%]	──	4000
DLC ミッドガルバングル	18	18	●	(※2)	──	──
DLC 神羅バングル	20	20	●●	(※2)	──	──
DLC コルネオの腕輪	22	22	●-●	(※2)	──	──

※1……チャプターセレクト時のみ挑戦可能　※2……2020年4月10日現在、海外版のDLCとしてのみ入手可能

オリジナル版
ブロンズバングル

オリジナル版
アイアンバングル

スターブレス

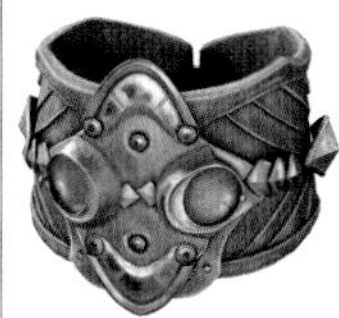
レザーガード

マジカルの腕輪

オリジナル版
チタンバングル

ブラックブレス

ニードルガード

オリジナル版
ミスリルの腕輪

ゴシックバングル

ウィザードブレス

プレートガード

ソーサラーの腕輪

マキナバングル

ジオメトリブレス

ハイパーガード

オリジナル版
ルーンの腕輪

チェインバングル

オリジナル版
フォースブレス

ヘヴィメタル

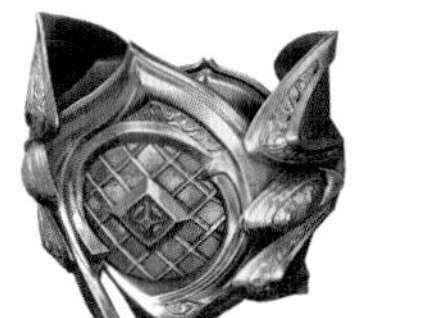
ミスティーク

DLC ミッドガルバングル

DLC 神羅バングル

DLC コルネオの腕輪

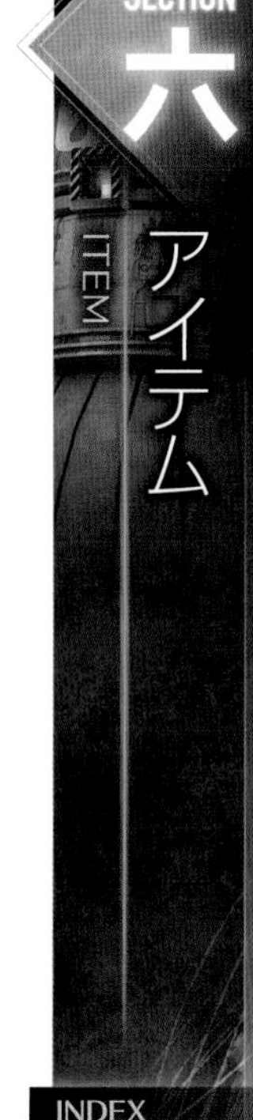

INDEX

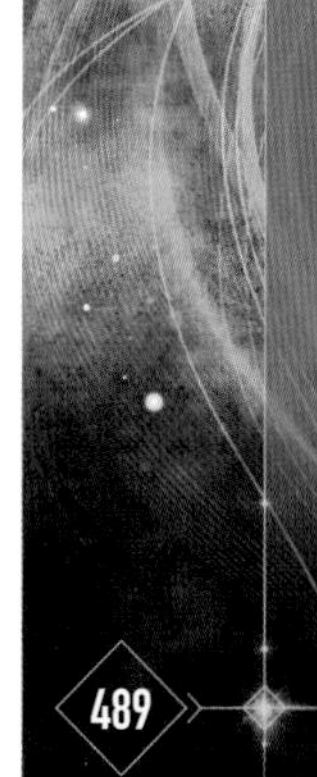

アクセサリ ACCESSORY

名前	効果	入手方法	価格	
			購入	売却
パワーリスト	力が5%上がる	店各地 宝八番街・市街地区：LOVELESS通り	800	400
防弾チョッキ	体力が5%上がる	店各地 宝伍番魔晄炉・B7F：炉心下層 レフトブリッジ	800	400
イヤリング	魔力が5%上がる	店各地	800	400
タリスマン	精神が5%上がる	店各地 宝伍番街スラム・教会 1F 盗サンプル：H0512［通常：100%］	800	400
フルパワーリスト	力が10%上がる	店六番街スラム（ウォール・マーケット）［CH9、14］、地下下水道、列車墓場、七番街スラム（七番街支柱）、伍番街スラム［CH13～14］、六番街スラム（みどり公園）［CH13～14］、地下実験場、七番街プレート断面、神羅ビル（外周通路、63～70F）、ミッドガル・ハイウェイ	5000	2500
サバイバルベスト	体力が10%上がる	店（フルパワーリストと同じ）	5000	2500
プラチナイヤリング	魔力が10%上がる	店（フルパワーリストと同じ）	5000	2500
いにしえのお守り	精神が10%上がる	店（フルパワーリストと同じ） 盗サンプル：H0512［12%］	5000	2500
チャンピオンベルト	最大HPが10%、力が5%上がる	盗ジャイアントバグラー［12%］ サブスクワット勝負（上級）［限定1個］、けんすい勝負（上級）［限定1個］	——	5000
サークレット	最大MPが10%、魔力が5%上がる	宝伍番街スラム・スチールマウンテン［要・コルネオ宝物庫のカギ］	——	5000
星のペンダント	毒状態を防ぐ	店伍番街スラム、六番街スラム（ウォール・マーケット）［CH9、14］、地下下水道、列車墓場、七番街スラム（七番街支柱）、六番街スラム（みどり公園）［CH13～14］、地下実験場、七番街 プレート断面、神羅ビル（外周通路、63～70F）、ミッドガル・ハイウェイ 宝螺旋トンネル・C区画：C4線路管理区、六番街スラム・六伍街道	1500	750
ハチマキ	睡眠状態を防ぐ	店六番街スラム（ウォール・マーケット）［CH9、14］、地下下水道、列車墓場、七番街スラム（七番街支柱）、伍番街スラム［CH13～14］、六番街スラム（みどり公園）［CH13～14］、地下実験場、七番街プレート断面、神羅ビル（外周通路、63～70F）、ミッドガル・ハイウェイ 宝六番街スラム・ウォール・マーケット	1500	750
守りのブーツ	スロウ、ストップ状態を防ぐ	宝地下下水道・旧大水路 管路区画：旧汚泥処理区画 サブクエスト 9「暴走兵器」	——	2500
タロットカード	自分が発生させた不利な状態変化の持続時間が25%長くなる（※1）	サブコルネオ・コロッセオ「選抜3人組 vs 神羅ウォリアーズ」［CH14／限定1個］	——	——
不思議な水晶	自分に発生した不利な状態変化の持続時間が25%短くなる	宝六番街スラム・コルネオの館 地下：地下通路	——	1000
マジックリング	自分が発生させた有利な状態変化の持続時間が25%長くなる	宝七番街 プレート断面・地上 110m付近：セントラルタワー 8F 盗ベヒーモス零式［5%］	——	1500
怒りの指輪	バトル中、つねにバーサク状態（→P.138）になる	宝六番街スラム・コルネオの館 1F：中央ホール	——	1000
カエルの指輪	バトル中、つねにカエル状態（→P.138）になる	宝地下下水道・旧大水路 管路区画：旧汚泥処理区画［要・コルネオ宝物庫のカギ／限定1個］、神羅ビル・65F 宝条研究室サブフロア：実験体居住区［限定1個］ サブモーグリメダル（1枚と交換）［CH14／限定1個］	——	——
トランスポーター	ATBゲージを消費するたびに、リミットゲージが「ATBゲージの消費した段階数×20」増える	サブクラッシュボックス（ハードモード／30000点以上）［限定1個］	——	——

※1……武器スキル『弱体化効果時間延長』（→P.468）と効果が重複し、その場合は合計で35%長くなる

オリジナル版

パワーリスト

オリジナル版

防弾チョッキ

オリジナル版

イヤリング

オリジナル版

タリスマン

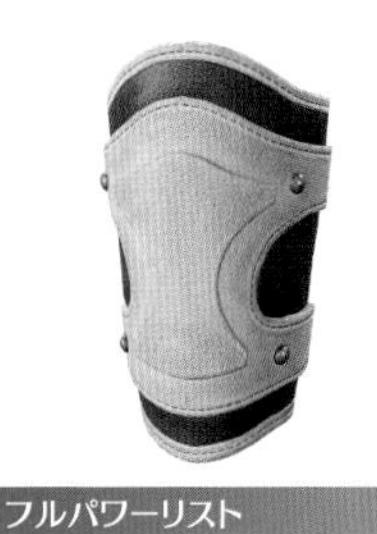

フルパワーリスト

サバイバルベスト

プラチナイヤリング

いにしえのお守り

オリジナル版

チャンピオンベルト

オリジナル版

サークレット

オリジナル版

星のペンダント

オリジナル版

ハチマキ

守りのブーツ

タロットカード

不思議な水晶

マジックリング

オリジナル版

怒りの指輪

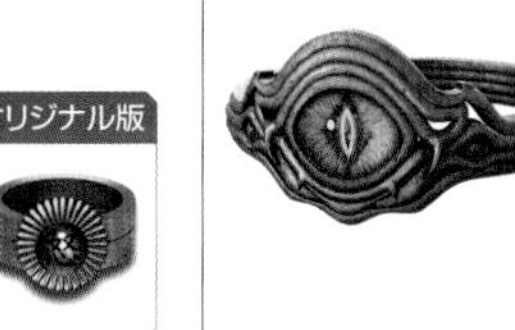

カエルの指輪

トランスポーター

INDEX

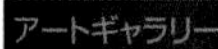
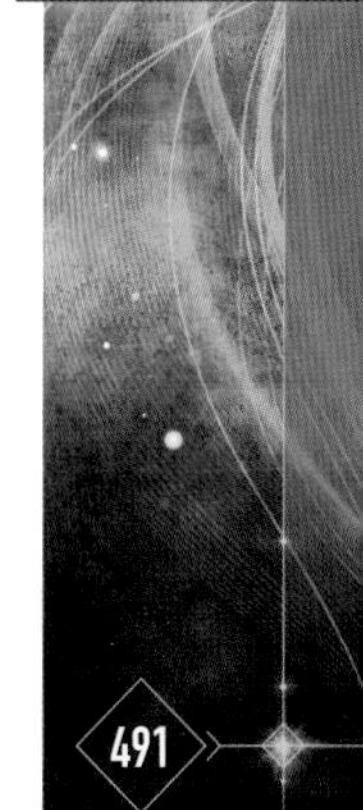

アクセサリ(つづき)

名前	効果	入手方法	価格	
			購入	売却
魔法の歯車	魔法を使うたびに、リミットゲージが「消費MP×2」増える	サブ クラッシュボックス(ノーマルモード/30000点以上)[限定1個]	—	—
精霊のピアス	バトル中、つねにリレイズ状態(→P.137)になる。戦闘不能状態から復活すると、装備していた精霊のピアスは壊れて消える	店 各地[CH3~7、9以降] 宝 地下下水道・七番地区:第一水路 他 七番街スラム・居住区でカイティから討伐報酬として受け取る(20体以上/→P.207)	500	250
三日月チャーム	操作キャラクターでないときに、受けるダメージ量が20%減る	サブ クラッシュボックス(ノーマルモード、ハードモード/20000点以上)[限定各1個] 他 七番街スラム・居住区でマーレからもらう(クエスト 1 ~ 6 をすべてクリアしたあと/→P.208)[限定1個]	—	—
疾風のスカーフ	バトル開始時のATBゲージの蓄積量が多くなる(→P.126)	サブ モーグリメダル(3枚と交換)[限定1個]	—	—
グッドヴィジョン	リミット技『ヴィジョン』を使うと、ATBゲージが満タンになる	サブ コルネオ・コロッセオ「選抜2人組 vs スラムアウトローズ」[限定1個]	—	—
レスキューバッジ	HPが残り25%以下だと、バトル中に自分に対するHPの回復量が25%増える(※1)	サブ モーグリメダル(1枚と交換)[限定1個]	—	—
ヒールチョーカー	バトル中に自分の行動(蘇生を含む)によるHPの回復量が20%増える	宝 地下実験場・B4F:研究員通路	—	2500
幻獣のお守り	自分が呼び出した召喚獣のレベルが通常よりも5高くなる(→P.143)	宝 伍番街スラム・エアリスの家 2F[CH13、14]	—	2500
モーグリのお守り	敵がアイテムを落とす確率が2倍になる	サブ コルネオ・コロッセオ「選抜2人組 vs チーム「うらみ節」」[CH14(※2)/限定1個]	—	—
神々の黄昏	バトル開始時に、リミットゲージが満タンになる。以降も、満タンでないときに1秒あたり10のペースでリミットゲージが増えていく	サブ 神羅バトルシミュレーター「選抜3人組 vs トップシークレッツ」[CH17(※3)/限定1個]	—	—
DLC スーパースターベルト	HPが残り2以上だと、HPがゼロになるダメージを受けてもHPが1残る(即死の効果は防げない)。1回のバトルで1度だけ有効	(※4)	—	—
DLC 魔晄の水晶	炎・氷・雷・風属性の攻撃で受けるダメージ量が5%減る	(※4)	—	—

※1……武器スキル『ピンチで回復アップ』(→P.470)と効果が重複し、その場合は合計で75%増える
※2……チャプターセレクト時はCH9でも挑戦可能　※3……チャプターセレクト時のみ挑戦可能で、選べる難易度がHARDに限定される
※4……2020年4月10日現在、海外版のDLCとしてのみ入手可能

設定画

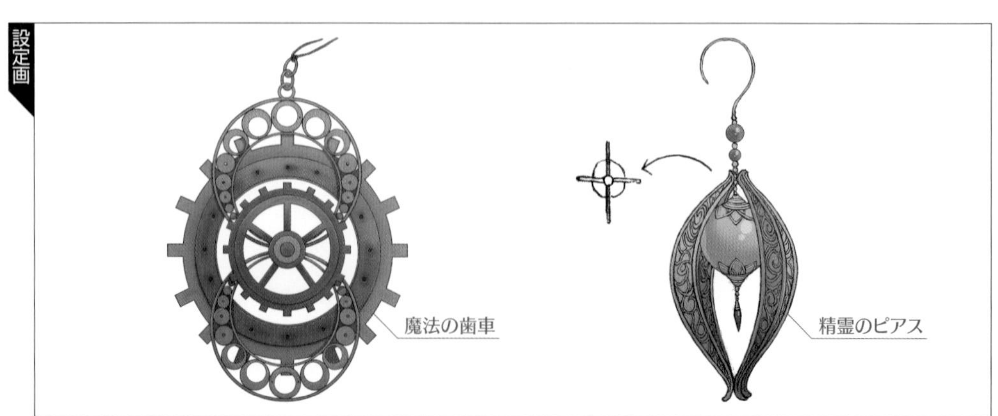

魔法の歯車

精霊のピアス

三日月チャーム

疾風のスカーフ

グッドヴィジョン

レスキューバッジ

ヒールチョーカー

幻獣のお守り

モーグリのお守り

神々の黄昏

DLC スーパースターベルト

DLC 魔晄の水晶

設定画

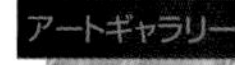

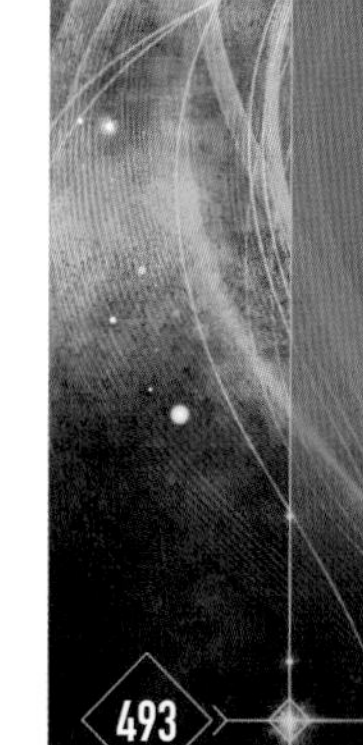

マテリア

魔法マテリア

名前	レベル	AP		使えるようになる魔法		
		累計	NEXT	魔法名	効果	詳細
かいふく	★1	0	300	ケアル	HPを回復する(効果：小)	P.113
	★2	300	450	ケアルラ	HPを回復する(効果：中)	
	★3	750	450	リジェネ	HPを回復し、リジェネ状態(HPが少しずつ回復)にする	
	★4	1200	——	ケアルガ	HPを回復する(効果：大)	
ちりょう	★1	0	300	ポイゾナ	毒状態を解除する	P.113
	★2	300	900	エスナ	不利な状態変化(戦闘不能、スタン状態をのぞく)をすべて解除する	
	★3	1200	——	レジスト	レジスト状態(不利な状態変化を無効化)にする	
そせい	★1	0	5000	レイズ	戦闘不能状態を解除し、HPを回復する	P.113
	★2	5000	——	アレイズ	戦闘不能状態を解除し、HPを全回復する	
ほのお	★1	0	300	ファイア	炎属性の魔法ダメージを与える(効果：小)	P.112
	★2	300	900	ファイラ	炎属性の魔法ダメージを与える(効果：中)	
	★3	1200	——	ファイガ	炎属性の魔法ダメージを与える(効果：大)	
れいき	★1	0	300	ブリザド	氷属性の魔法ダメージを与える(効果：小)	P.112
	★2	300	900	ブリザラ	氷属性の魔法ダメージを与える(効果：中)	
	★3	1200	——	ブリザガ	氷属性の魔法ダメージを与える(効果：大)	
いかずち	★1	0	300	サンダー	雷属性の魔法ダメージを与える(効果：小)	P.112
	★2	300	900	サンダラ	雷属性の魔法ダメージを与える(効果：中)	
	★3	1200	——	サンダガ	雷属性の魔法ダメージを与える(効果：大)	
かぜ	★1	0	300	エアロ	風属性の魔法ダメージを与える(効果：小)	P.112
	★2	300	900	エアロラ	風属性の魔法ダメージを与える(効果：中)	
	★3	1200	——	エアロガ	風属性の魔法ダメージを与える(効果：大)	
どく	★1	0	300	バイオ	魔法ダメージを与え(効果：小)、毒状態(HPが少しずつ減少)にする	P.113
	★2	300	900	バイオラ	魔法ダメージを与え(効果：中)、毒状態にする	
	★3	1200	——	バイオガ	魔法ダメージを与え(効果：大)、毒状態にする	
バリア	★1	0	300	バリア	バリア状態(物理ダメージを半減)にする	P.114
	★2	300	900	マバリア	マバリア状態(魔法ダメージを半減)にする	
	★3	1200	——	ウォール	バリア＋マバリア状態にする	
ふうじる	★1	0	300	スリプル	睡眠状態(行動不能)にする	P.114
	★2	300	900	サイレス	沈黙状態(魔法使用不能)にする	
	★3	1200	——	バーサク	バーサク状態(与えるダメージ量と受けるダメージ量が増加)にする	
しょうめつ	★1	0	1200	デバリア	バリア、マバリア、リフレク、シールド状態を解除する	P.114
	★2	1200	——	デスペル	有利な状態変化をすべて解除する	
じかん	★1	0	300	ヘイスト	ヘイスト状態(ATBゲージの増加量がアップ)にする	P.114
	★2	300	900	スロウ	スロウ状態(ATBゲージの増加量がダウン)にする	
	★3	1200	——	ストップ	ストップ状態(行動不能)にする	

支援マテリア

名前	レベル	AP		組にできるマテリア	効果
		累計	NEXT		
ぞくせい	★1	0	2500	以下の4種類 ほのお れいき いかずち かぜ	組にしたマテリアに対応する属性が装備品に付与され、下記の効果が得られる(武器か防具のどちらかに複数セットした場合は、左側の組のみ有効／→P.464) ● 組にしたマテリアと属性の対応……ほのお：炎属性、れいき：氷属性、いかずち：雷属性、かぜ：風属性 武器にセットした場合 攻撃時のダメージに、付与した属性を持つ「同じ威力の魔法ダメージの○%」が加算される ● 属性ダメージの倍率……★1 8% ★2 15% ★3 23% 防具にセットした場合 付与した属性への耐性が上がる ● 属性耐性……★1 半減 ★2 無効 ★3 吸収
	★2	2500	7500		
	★3	10000	——		

※1……CH3～4では、クエスト 2 「化けネズミの軍団」をクリアしている場合のみ、七番街スラムでセール品として300ギルで買える[限定1個]

	ステータスの上昇量							入手方法	価格	
	最大HP	最大MP	力	魔力	体力	精神	運		購入	売却
	—	2%	—	—	—	—	—	店各地 宝螺旋トンネル・四番街駅行 臨時列車：客室車両など 他バレットの初期所持品[限定1個]、八番街・市街地区：駅前通りでジェシーからもらう(→P.196)など	600	★1：300 ★2：600 ★3：1200 ★4：2400
	—	2%	—	—	—	—	—	店各地(※1)	1500	★1：750 ★2：1500 ★3：3000
	—	5%	—	1	—	1	—	店各地[CH8以降] 宝七番街・社宅地区：プレート境界面	3000	★1：1500 ★2：3000
	—	2%	—	—	—	—	—	店各地 宝七番街スラム・タラガ廃工場 他クラウドの初期所持品[限定1個]	500	★1：250 ★2：500 ★3：1000
	—	2%	—	—	—	—	—	店各地 宝七番街スラム・ガレキ通り、地下実験場・B2F：D型実験体 飼育場 他エアリスの初期所持品[限定1個]	500	★1：250 ★2：500 ★3：1000
	—	2%	—	—	—	—	—	店各地 宝螺旋トンネル・E区画：旧車両基地区画、伍番魔晄炉・B7F：B7整備フロア 他バレットの初期所持品[限定1個]	500	★1：250 ★2：500 ★3：1000
	—	2%	—	—	—	—	—	サブバトルレポート(レポート02達成後にチャドリーから購入可能)[限定3個]	1個目：100 2個目：2000 3個目：5000	—
	—	2%	—	—	—	—	—	店各地[CH5以降] 宝地下下水道・六番地区：七六地区 共同大水路、六番地区 旧水路：旧第一水路、神羅ビル・鑼牟 第一層：サンプル培養区画 盗アノニマス[12%]	1500	★1：750 ★2：1500 ★3：3000
	—	5%	—	1	—	1	—	店各地[CH5以降] 宝六番街スラム・ウォール・マーケット 他七番街スラム・居住区でジェシーからもらう(→P.222)	1500	★1：750 ★2：1500 ★3：3000
	—	2%	—	—	—	—	—	店各地[CH9以降] 宝六番街スラム・陥没道路 下層：亀裂の抜け道②	3000	★1：1500 ★2：3000 ★3：6000
	—	5%	—	1	—	1	—	店各地[CH12以降] 落グロウガイスト[通常：100%]	3000	★1：1500 ★2：3000
	—	5%	—	1	—	1	—	店七番街 プレート断面、神羅ビル(外周通路、63～70F)、ミッドガル・ハイウェイ 宝神羅ビル・鑼牟 第四層：中央端末 サブクエスト 16「消えた子供たち」	5000	★1：2500 ★2：5000 ★3：10000

	ステータスの上昇量							入手方法	価格	
	最大HP	最大MP	力	魔力	体力	精神	運		購入	売却
	—	—	—	—	—	—	—	宝四番街 プレート内部・下層：H区画 整備通路[限定1個]、六番街スラム・開発地区(クエスト 16 ～ 24 をすべてクリアしたあと／→P.351)[限定1個]	—	—

支援マテリア(つづき)

名前	レベル	AP		組にできるマテリア	効果
		累計	NEXT		
はんいか	★1	0	500	すべての魔法マテリア	組にしたマテリアの魔法が範囲化される(→P.114)。L1ボタンを押すと、範囲化せずに魔法を使うことも可能。範囲化時は、ダメージ量や回復量が減り、状態変化の持続時間が短くなる ● 範囲化時の効果減少率……★1 60%　★2 45%　★3 25%
	★2	500	1500		
	★3	2000	──		
たいせい	★1	0	2500	以下の4種類 どく じかん ふうじる しょうめつ	組にしたマテリアに対応する不利な状態変化の持続時間が短くなる(即死は発生確率が下がる) ● 組にしたマテリアと状態変化の対応……どく:毒、じかん:スロウ&ストップ、ふうじる:沈黙&睡眠&バーサク、しょうめつ:即死 ● 持続時間の減少率……★1 25%　★2 50%　★3 無効
	★2	2500	7500		
	★3	10000	──		
まほうついげき	★1	──	──	以下の5種類 ほのお れいき いかずち かぜ どく	操作キャラクターでないときにのみ効果が発揮され、操作キャラクターがバトルコマンドを敵に使うと、その敵に対して、組にしたマテリアで使えるもっともランクが低い魔法を自動的に使う(MPやATBゲージが不足している場合は使わない)
HPきゅうしゅう	★1	0	2500	以下の8種類 ほのお れいき いかずち かぜ どく てきのわざ かいひぎり うけながし	組にしたマテリアによる攻撃で敵にダメージを与えると、自分のHPが「与えたダメージ量の○%」回復する ● 回復量の倍率……★1 20%　★2 30%　★3 40%
	★2	2500	7500		
	★3	10000	──		
MPきゅうしゅう	★1	──	──	以下の5種類 ほのお れいき いかずち かぜ どく	組にしたマテリアによる攻撃で敵にダメージを与えると、自分のMPが「与えたダメージ量の0.1%」回復する
APアップ	★1	──	──	召喚マテリアをのぞくすべてのマテリア	組にしたマテリアが獲得するAPが2倍になる

コマンドマテリア

名前	レベル	AP		使えるようになるアビリティ		
		累計	NEXT	アビリティ名	効果	詳細
チャクラ	★1	0	50	チャクラ	自分のHPを「HPが減っている量の○%」回復し、毒状態を解除する ● 回復量の倍率……★1 20%　★2 25%　★3 30%　★4 35%　★5 40%	P.115
	★2	50	100			
	★3	150	300			
	★4	450	900			
	★5	1350	──			
みやぶる	★1	0	300	みやぶる	敵の情報を見破る ● 対象……★1 敵1体　★2 敵全体	P.115
	★2	300	──			
ATBブースト	★1	0	300	ATBブースト	L1ボタンを押しながらR1ボタンで使用でき、自分のATBゲージのたまっている量を2倍に増やす。使用後は、しばらく使えなくなる ● 使用できなくなる時間……★1 360秒　★2 300秒　★3 240秒　★4 180秒　★5 120秒	P.115
	★2	300	600			
	★3	900	600			
	★4	1500	900			
	★5	2400	──			
いのり	★1	0	300	いのり	味方全員のHPを「魔法攻撃力×威力(下記参照)×(0.95〜1.05)」回復する ● 威力……★1 4　★2 5　★3 6　★4 7　★5 8	P.115
	★2	300	600			
	★3	900	600			
	★4	1500	900			
	★5	2400	──			

※1……達成していない場合は、CH4の「作戦決行」で七番街スラム駅にいるチャドリーから話しかけられたあとに購入可能

	ステータスの上昇量							入手方法	価格	
	最大HP	最大MP	力	魔力	体力	精神	運		購入	売却
	—	—	—	—	—	—	—	宝 六番街スラム・陥没道路 下層：ダブルアーム作業場［限定1個］	—	—
	—	—	—	—	—	—	—	宝 地下下水道・七番地区：第一水路［限定1個］、地下実験場・B2F：D型実験体 飼育場［限定1個］	—	—
	—	—	—	—	—	—	—	サブ バトルレポート（レポート09達成後にチャドリーから購入可能）［限定1個］	100	—
	—	—	—	—	—	—	—	サブ バトルレポート（レポート19達成後にチャドリーから購入可能）［限定2個］	1個目： 100 2個目：5000	—
	—	—	—	—	—	—	—	サブ バトルレポート（レポート18達成後にチャドリーから購入可能）［限定1個］	100	—
	—	—	—	—	—	—	—	他『あるきまにあ』マテリア（→P.500）をセットして5000歩の距離を移動する	—	—

	ステータスの上昇量							入手方法	価格	
	最大HP	最大MP	力	魔力	体力	精神	運		購入	売却
	—	—	—	—	—	—	—	宝 伍番街スラム・教会 1F［限定1個］、六番街スラム・コルネオの館 地下：監禁部屋［CH14／限定1個］ 他 ティファの初期所持品［限定1個］	—	—
	—	—	—	—	—	—	—	サブ クエスト 1「チャドリーレポート」［限定1個］、バトルレポート（レポート01達成後にチャドリーから購入可能／※1）［限定1個］	1000	—
	—	—	—	—	—	—	—	サブ バトルレポート（レポート04達成後にチャドリーから購入可能）［限定1個］	100	—
	—	—	—	—	—	—	—	宝 伍番街スラム・スチールマウンテン［要・コルネオ宝物庫のカギ］ 他 エアリスの初期所持品［限定1個］	—	★1： 250 ★2： 500 ★3： 1000 ★4： 2000 ★5： 4000

コマンドマテリア(つづき)

名前	レベル	AP		使えるようになるアビリティ		
		累計	NEXT	アビリティ名	効果	詳細
ぬすむ	★1	——	——	ぬすむ	敵1体からアイテムを盗む	P.115
てきのわざ	★1	——	——	アイスオーラ(※1)	周囲の敵に氷属性の魔法ダメージを与えつづける状態になる	P.115
				自爆(※1)	自分が戦闘不能状態になり、周囲の敵に魔法ダメージを与える	
				霊気吸収(※1)	周囲の敵に魔法ダメージを与えつづけて自分のHPを回復する状態になる	
				くさい息(※1)	範囲内の敵を毒+沈黙+睡眠状態にする	

独立マテリア

名前	レベル	AP		効果
		累計	NEXT	
HPアップ	★1	0	500	最大HPが上がる。複数セット時は、効果が重複する(+100%が上限) ● 上昇量の倍率……★1 10% ★2 20% ★3 30% ★4 40% ★5 50%
	★2	500	1000	
	★3	1500	3500	
	★4	5000	5000	
	★5	10000	——	
MPアップ	★1	0	500	最大MPが上がる。複数セット時は、効果が重複する(+100%が上限) ● 上昇量の倍率……★1 10% ★2 20% ★3 30% ★4 40% ★5 50%
	★2	500	1000	
	★3	1500	3500	
	★4	5000	5000	
	★5	10000	——	
マジカル	★1	0	500	魔力が上がる。複数セット時は、効果が重複する ● 上昇量の倍率……★1 5% ★2 10% ★3 15% ★4 20% ★5 25%
	★2	500	1000	
	★3	1500	3500	
	★4	5000	5000	
	★5	10000	——	
ラッキー	★1	0	500	運が上がる。複数セット時は、効果が重複する ● 上昇量の倍率……★1 10% ★2 20% ★3 30% ★4 40% ★5 50%
	★2	500	1000	
	★3	1500	3500	
	★4	5000	5000	
	★5	10000	——	
ギルアップ	★1	——	——	バトルで獲得するギルが2倍になる
けいけんちアップ	★1	——	——	味方全員が獲得する経験値が2倍になる
かいひぎり	★1	0	1000	⊗ボタンで回避した直後に◉ボタンで、攻撃範囲が広いアクションを使えるようになる。動作はキャラクターごとに異なり、マテリアのレベルに応じて、効果の大きさが変わる(→P.83、90〜91、98〜99、106〜107)
	★2	1000	——	
うけながし	★1	0	500	R1ボタンを押しながら⊗ボタンで、ガードと回避の性質を持つアクションを使えるようになる。動作はキャラクターごとに異なり、マテリアのレベルに応じて、効果の大きさが変わる(→P.83、90〜91、99、106〜107)
	★2	500	——	
せんせいこうげき	★1	0	250	バトル開始時のATBゲージの蓄積量が多くなる。マテリアのレベルに応じて、効果の大きさが変わる(→P.126)
	★2	250	750	
	★3	1000	——	
オートケアル	★1	0	100	操作キャラクターでないときにのみ効果が発揮され、自分や仲間のHPが最大値の25%以下になると、そのキャラクターに対して自動的に『ケアル』を使う(『かいふく』マテリアを一緒にセットしておく必要はないが、MPやATBゲージが不足している場合は使えない) ● 1回のバトルで使える回数……★1 3回 ★2 10回
	★2	100	——	

※1……敵のアクションを受けると、60%の確率で使えるようになる(→P.115)

ステータスの上昇量							入手方法	価格	
最大HP	最大MP	力	魔力	体力	精神	運		購入	売却
—	—	—	—	—	—	—	サブ バトルレポート(レポート07達成後にチャドリーから購入可能)[限定1個]	100	—
—	—	—	—	—	—	—	サブ バトルレポート(レポート16達成後にチャドリーから購入可能)[限定1個]	100	—

ステータスの上昇量							入手方法	価格	
最大HP	最大MP	力	魔力	体力	精神	運		購入	売却
10〜50%	—	—	—	—	—	—	店 各地[CH6以降] 宝 八番街・市街地区:LOVELESS通り、列車墓場・第二操車場 B区画、神羅ビル・64F天井裏 空調設備内部:通気ダクト	2000	★1: 1000 ★2: 2000 ★3: 4000 ★4: 8000 ★5: 16000
—	10〜50%	—	—	—	—	—	店 各地[CH6以降] 宝 四番街 プレート内部・下層:H区画 整備通路、伍番街スラム・エアリスの家 他 七番街スラム・居住区でカイティから討伐報酬として受け取る(50体以上/→P.207)	2000	★1: 1000 ★2: 2000 ★3: 4000 ★4: 8000 ★5: 16000
—	—	—	5〜25%	—	—	—	宝 伍番魔晄炉・正面ゲート:廃棄物資集積室[限定1個] サブ けんすい勝負(中級)[限定1個]	—	—
—	—	—	—	—	—	10〜50%	サブ ダーツ(ランキングで1位になったあとにウェッジからもらう/→P.223)[限定1個]、スクワット勝負(中級)[限定1個]	—	—
—	—	—	—	—	—	1	サブ 神羅バトルシミュレーター「選抜2人組 vs スカイキャラバン」[限定1個]	—	—
—	—	—	—	—	—	1	サブ 神羅バトルシミュレーター「選抜3人組 vs ケース・スクランブル」[限定1個]	—	—
—	—	—	—	1	—	—	店 各地 宝 八番街・市街地区:LOVELESS通り	600	★1: 300 ★2: 600
—	—	—	—	1	—	—	サブ バトルレポート(レポート12達成後にチャドリーから購入可能)[限定3個]	1個目: 100 2個目:2000 3個目:5000	—
—	—	—	—	—	—	1	サブ バトルレポート(レポート03達成後にチャドリーから購入可能)[限定2個]	1個目: 100 2個目:5000	—
—	—	—	—	—	—	—	サブ バトルレポート(レポート01達成後にチャドリーから購入可能)[限定1個]	100	—

独立マテリア(つづき)

名前	レベル	AP 累計	AP NEXT	効果
アイテムたつじん	★1	0	250	バトル中に使った消費アイテムによる回復量やダメージ量が増える ● 上昇率の倍率……★1 30% ★2 40% ★3 50%
	★2	250	750	
	★3	1000	――	
ATBバースト	★1	0	250	敵をバーストさせるたびに、自分のATBゲージが増える ● ATBゲージの増加量……★1 400 ★2 650 ★3 900
	★2	250	750	
	★3	1000	――	
ATBれんけい	★1	0	1000	ATBゲージを消費するバトルコマンドを2回連続で使うたびに、仲間全員のATBゲージが増える(2回目のバトルコマンドを1回目の動作中に入力し、動作をつなげる必要がある/※1) ● ATBゲージの増加量……★1 400 ★2 500 ★3 600
	★2	1000	3000	
	★3	4000	――	
ちょうはつ	★1	0	100	操作キャラクターでないときにのみ効果が発揮され、仲間のHPが最大値の25%以下になると、敵(一部のものをのぞく)の注意を引きつけて自分を狙われやすくする。効果が切れたあとは、しばらく使えなくなる ● 効果の持続時間……★1 60秒 ★2 90秒 ★3 120秒 ● 使用できなくなる時間……★1 90秒 ★2 60秒 ★3 30秒
	★2	100	200	
	★3	300	――	
ガードきょうか	★1	0	250	ガード時に、受けるダメージ量が減り、ATBゲージの増加量が増える。マテリアのレベルに応じて、効果の大きさが変わる(→P.131)
	★2	250	750	
	★3	1000	――	
わざたつじん	★1	0	250	ATBゲージを消費するバトルコマンドを3種類使うたびに、自分のATBゲージが増える(使ったバトルコマンドの種類は、効果を得るたびにリセットされる) ● ATBゲージの増加量……★1 400 ★2 650 ★3 900
	★2	250	750	
	★3	1000	――	
ヴィジョン	★1	――	――	リミット技『ヴィジョン』(→P.115)を使えるようになる
あるきまにあ	★1	――	――	装備品にセットしているあいだは歩数がカウントされ、目標の5000歩を達成したときに、このマテリアが『APアップ』マテリアに変化する(壁に向かって歩くなど、実際に移動していない状況ではカウントされない)

召喚マテリア

名前	レベル	AP 累計	AP NEXT	効果	詳細
イフリート	★1	――	――	イフリートを召喚できるようになる	P.146
チョコボ&モーグリ	★1	――	――	チョコボ&モーグリを召喚できるようになる	P.148
シヴァ	★1	――	――	シヴァを召喚できるようになる	P.150
デブチョコボ	★1	――	――	デブチョコボを召喚できるようになる	P.152
リヴァイアサン	★1	――	――	リヴァイアサンを召喚できるようになる	P.154
バハムート	★1	――	――	バハムートを召喚できるようになる	P.156
DLC カーバンクル	★1	――	――	カーバンクルを召喚できるようになる	P.158
DLC サボテンダー	★1	――	――	サボテンダーを召喚できるようになる	P.160
DLC コチョコボ	★1	――	――	コチョコボを召喚できるようになる	P.162

魔法マテリア

支援マテリア

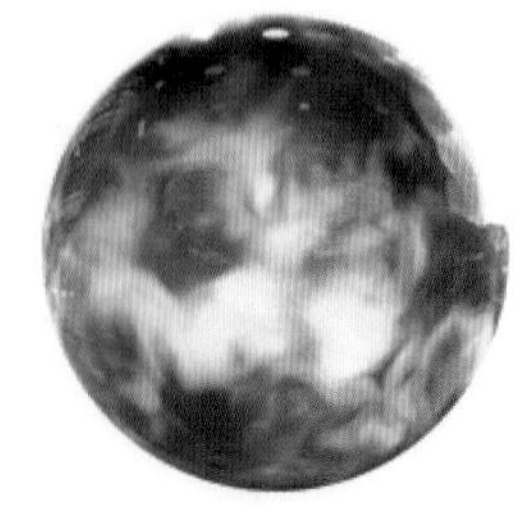
コマンドマテリア

※1……消費アイテム、味方に使う魔法、『反撃の構え』(失敗時)を1回目に使った場合や、クラウドの『ブレイバー』、ティファの『バックフリップ』を2回連続で使った場合は、動作がつながらず、効果が発揮されない
※2……チャプターセレクト時のみ挑戦可能で、選べる難易度がHARDに限定される

ステータスの上昇量							入手方法	価格	
最大HP	最大MP	力	魔力	体力	精神	運		購入	売却
—	—	—	—	—	1	—	サブ バトルレポート(レポート11達成後にチャドリーから購入可能)[限定2個]	1個目：100 2個目：5000	—
—	—	—	—	—	—	—	サブ バトルレポート(レポート14達成後にチャドリーから購入可能)[限定3個]	1個目：100 2個目：2000 3個目：5000	—
—	—	—	—	—	1	—	サブ バトルレポート(レポート13達成後にチャドリーから購入可能)[限定1個]	100	—
—	—	—	—	1	1	—	サブ バトルレポート(レポート08達成後にチャドリーから購入可能)[限定1個]	100	—
—	—	—	—	1	1	—	サブ バトルレポート(レポート06達成後にチャドリーから購入可能)[限定3個]	1個目：100 2個目：2000 3個目：5000	—
—	—	—	—	—	1	—	サブ バトルレポート(レポート17達成後にチャドリーから購入可能)[限定3個]	1個目：100 2個目：2000 3個目：5000	—
—	—	1	1	1	1	—	サブ 神羅バトルシミュレーター「選抜2人組 vs ツインチャンピオン」[CH17(※2)／限定1個]、「選抜3人組 vs レジェンドモンスターズ」[CH17(※2)／限定1個] 他 エアリスの初期所持品[限定1個]	—	—
—	—	—	—	—	—	—	宝 伍番街スラム・エアリスの家[CH14／限定1個]	—	—

ステータスの上昇量							入手方法
最大HP	最大MP	力	魔力	体力	精神	運	
—	2%	2	—	2	—	—	他 七番街スラム・居住区でジェシーからもらう(→P.210)[限定1個]
—	2%	—	2	—	—	2	宝 四番街 プレート内部・上層：プレート換気設備 内部[限定1個]
—	4%	—	2	—	—	—	サブ バトルレポート(レポート05達成後にチャドリーからもらう)[限定1個]
5%	2%	2	—	—	—	—	サブ バトルレポート(レポート10達成後にチャドリーからもらう)[限定1個]
—	5%	—	2	—	2	—	サブ バトルレポート(レポート15達成後にチャドリーからもらう)[限定1個]
—	5%	2	2	—	—	—	サブ バトルレポート(レポート20達成後にチャドリーからもらう)[限定1個]
2%	2%	—	—	—	—	—	他 本作のダウンロード版の購入特典[限定1個]
2%	2%	—	—	—	—	—	他 本作のスクウェア・エニックス e-STOREでの購入特典[限定1個]
2%	2%	—	—	—	—	—	他 本作のセブンネットショッピングでの購入特典[限定1個]

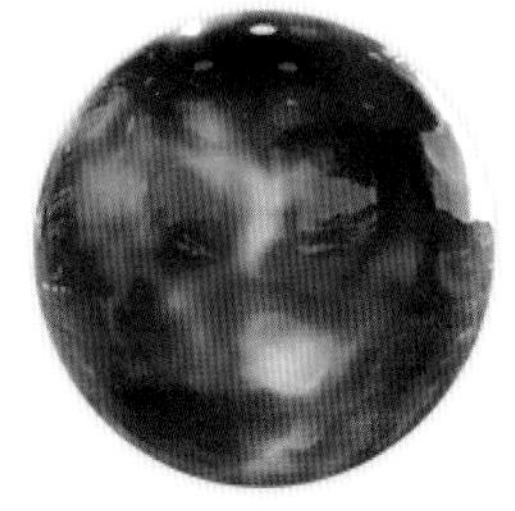

独立マテリア

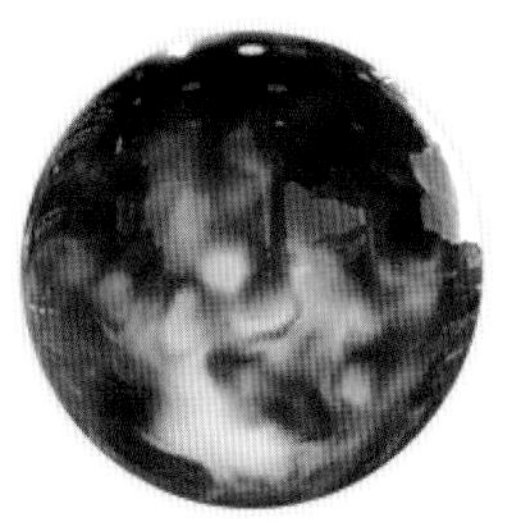

召喚マテリア

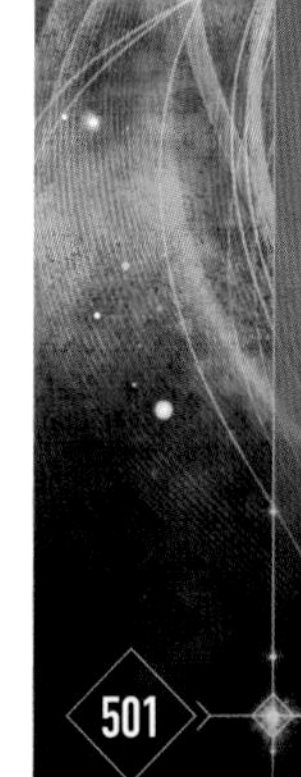

消費アイテム

ITEM

名前	効果	入手方法	価格	
			購入	売却
ポーション	味方ひとりのHPを350回復する	店各地 宝各地 落多数 盗ガードハウンド[25%]など サブクエスト(※1) 他クラウドの初期所持品(×5)、神羅ボックスなど	50(※2)	25
ハイポーション	味方ひとりのHPを700回復する	店各地 宝各地 落多数 盗上級警備兵[15%]、重火兵[15%]、特殊戦闘員[25%]など サブクエスト 2「化けネズミの軍団」(×5)、コルネオ・コロッセオ(おたのしみ袋)など 他神羅ボックス、コルネオボックスなど	300(※3)	150
メガポーション	味方ひとりのHPを1500回復する	店各地[CH7以降] 宝各地 落特殊空中兵[通常:8%]、ソルジャー3rd[通常:12%]、ジャイアントバグラー[レア:5%]など 盗ルード(1回目)[10%] サブコルネオ・コロッセオ(おたのしみ袋)、神羅バトルシミュレーター「選抜3人組 vs チーム「市長最高」」[限定1個]など 他コルネオボックス[限定1個]	700(※4)	350
エーテル	味方ひとりのMPを20回復する	店各地 宝各地 落多数 盗モノドライブ[5%]、スイーパー[5%]、ディーングロウ[5%]、ヘッジホッグパイ[5%]、レノ(1回目)[10%] サブモーグリメダル(2枚と交換)、コルネオ・コロッセオ(おたのしみ袋)、神羅バトルシミュレーター(おたのしみ袋) 他クラウドの初期所持品、神羅ボックス[CH6/限定1個]、コルネオボックス[限定1個]など	500(※3)	250
エーテルターボ	味方ひとりのMPを全回復する	宝四番街 プレート内部・上層:H区画 第二照明機区域、六番街スラム・コルネオの館 地下:監禁部屋、地下実験場・B2F:D型実験体 飼育場など 落ソルジャー3rd[レア:5%]、ピアシングアイ[レア:5%]、プロトスイーパー[レア:5%]など 盗ソルジャー3rd[5%]、ピアシングアイ[5%]、プロトスイーパー[5%]など サブクエスト 14a「盗みの代償」、14b「あくなき夜」、モーグリメダル(4枚と交換)[CH14]、神羅バトルシミュレーター(おたのしみ袋)	—	1
エリクサー	味方ひとりのHPとMPを全回復する	店七番街スラム[限定1個]、ミッドガル・ハイウェイ[限定1個] 宝螺旋トンネル・C区画:C4線路管理区など 落トンベリ[通常:100%]、ローチェ[通常:100%] 盗トンベリ[5%]、ローチェ[5%] サブクエスト 5「さまよう軍犬」、モーグリメダル(8枚と交換)[CH14]、クラッシュボックス(ノーマルモード、ハードモード/10000点以上)[限定各1個]、神羅バトルシミュレーター(おたのしみ袋) 他神羅ボックス[CH6/限定1個]、コルネオボックス[限定1個]	1000	1
フェニックスの尾	味方ひとりの戦闘不能状態を解除し、HPを最大値の20%回復する	店各地 宝各地 落スイーパー[通常:10%]など 盗羽根トカゲ[5%] サブクエスト 14b「あくなき夜」、コルネオ・コロッセオ(おたのしみ袋)、神羅バトルシミュレーター(おたのしみ袋) 他神羅ボックス、コルネオボックスなど	300(※3)	150
毒消し	味方ひとりの毒状態を解除する	店各地 宝七番街スラム・ガレキ通り(×2)など 落ブラッドテイスト[通常:12%/レア:5%]など 盗ブラッドテイスト[25%]など サブクエスト 14b「あくなき夜」、コルネオ・コロッセオ(おたのしみ袋) 他神羅ボックス、コルネオボックス	80	40
乙女のキッス	味方ひとりのカエル状態を解除する	店地下下水道[CH14]、神羅ビル(63、66F) 宝伍番街スラム・スチールマウンテン(×2)[要・コルネオ宝物庫のカギ] サブクエスト 4「消えたトモダチ」 他神羅ボックス、コルネオボックス	150	75
眠気覚まし	味方ひとりの睡眠状態を解除する	店各地[CH6以降] 宝伍番街スラム・教会 屋根裏、七番街 プレート断面・地上 135m付近:神羅建設タンク脚柱 3F 落ブアゾキュート[通常:12%] 盗ブアゾキュート[5%] サブクエスト 14b「あくなき夜」、コルネオ・コロッセオ(おたのしみ袋)	80	50
やまびこえんまく	味方ひとりの沈黙状態を解除する	店各地[CH7以降] 宝伍番魔晄炉・B5F:炉心上層 ライトブリッジ(×2)、伍番街スラム・スラム中心地区、列車墓場・車両倉庫 1F(×6) 落カッターマシン[通常:12%]、デジョンハンマ[レア:5%]など 盗カッターマシン[15%]、デジョンハンマ[5%]など 他神羅ボックス、コルネオボックス	100	50

※1……個数限定の報酬をすでに入手していると、チャプターセレクト時にかわりに手に入る
※2……セール品の場合は「30」 ※3……セール品の場合は「100」 ※4……セール品の場合は「300」

名前	効果	入手方法	価格	
			購入	売却
興奮剤	味方ひとりのかなしい状態を解除する。かなしい状態になっていない場合は、いかり状態にする	宝七番街スラム・居住区(×2)、六番街スラム・ウォール・マーケット、伍番街スラム・スチールマウンテン(×4)[要・コルネオ宝物庫のカギ] 落擲弾兵[レア:5%]、上級擲弾兵[レア:5%]、強化戦闘員[レア:5%]、ジャイアントバグラー[通常:12%]、サハギン[レア:5%]など 盗強化戦闘員[5%]、あやしげな男[15%]、コルネオの部下[15%]、猛獣使い[15%]、サハギン[15%]など	──	50
鎮静剤	味方ひとりのいかり状態を解除する。いかり状態になっていない場合は、かなしい状態にする	宝七番街スラム・タラガ廃工場(×2)、六番街スラム・蜜蜂の館 ハニーホール 落鎮圧兵[レア:5%]、上級鎮圧兵[レア:5%]、重装甲戦闘員[レア:5%]、シェザーシザー[レア:3%]、ヴァギドポリス[レア:5%]、部隊長ゴンガ[レア:5%] 盗重装甲戦闘員[5%]、シェザーシザー[15%]、ヴァギドポリス[5%] サブクエスト14b「あくなき夜」	──	50
万能薬	味方ひとりの不利な状態変化(戦闘不能、スタン状態をのぞく)をすべて解除する	店各地[CH13以降] 宝四番街 プレート内部・下層:G区画 整備通路、伍番街スラム・スチールマウンテン、七番街 プレート断面・地上 160m付近:神羅建設タンク点検通路など 盗ゼネネ[5%] サブクエスト14b「あくなき夜」、コルネオ・コロッセオ(おたのしみ袋)、神羅バトルシミュレーター(おたのしみ袋) 他神羅ボックス、コルネオボックス	600	300
スピードドリンク	味方ひとりをヘイスト状態にする(→P.116)	宝伍番街スラム・スラム中心地区、六番街スラム・ウォール・マーケット、神羅ビル・65F 宝条研究室サブフロア:サンプル試験室(×2) 落バグラー[レア:5%]、ベグ[レア:5%]、ブッチョ[レア:5%]、バド[レア:5%] 盗バグラー[5%]、ベグ[5%]、ブッチョ[5%]、バド[5%] サブクエスト14b「あくなき夜」、コルネオ・コロッセオ(おたのしみ袋)、神羅バトルシミュレーター(おたのしみ袋)	──	500
手榴弾	範囲内の敵に200の物理ダメージを与える(→P.116)	宝壱番魔晄炉・連絡口:壱番魔晄炉駅 2F(×2)、八番街・市街地区:駅前通り(×3)、市街地区:LOVELESS通り(×2)、七番街スラム・居住区(×3) 落多数 盗警備兵[15%]、擲弾兵[15%]、上級擲弾兵[15%]、鎮圧兵[15%]、上級鎮圧兵[15%]、戦闘員[25%]、部隊長ゴンガ[15%] サブコルネオ・コロッセオ(おたのしみ袋)	──	40
有害物質	範囲内の敵に50の物理ダメージを与え、毒状態にする(→P.116)	宝四番街 プレート内部・中層:G区画 整備通路、地下下水道・六番地区 封鎖区画:第四水路(×2) 落ゼネネ[レア:5%]、ブレインポッド[通常:12%]、スモッグファクト[通常:12%]、アプスベビー[通常:12%]、どろぼうアプス[通常:12%]	──	1
クモの糸	範囲内の敵をスロウ状態にする(→P.116)	落グラシュトライク[通常:8%]、クイーンシュトライク[通常:12%] 盗グラシュトライク[15%]、クイーンシュトライク[25%]	──	1
重力球	範囲内の敵に残りHPの25%のダメージを与える(→P.116)	宝地下下水道・七番地区:第二水路(×2)、七番街スラム・七番街支柱 3F(×2)、六番街スラム・陥没道路 下層:悪党の巣穴 落空中兵[レア:5%]、特殊空中兵[レア:5%]、ミサイルランチャー[通常:5%]など 盗空中兵[5%]、特殊空中兵[5%]、ミサイルランチャー[10%]など サブコルネオ・コロッセオ(おたのしみ袋)、神羅バトルシミュレーター(おたのしみ袋)	──	1
ビッグボンバー	範囲内の敵に500の物理ダメージを与える(→P.116)	サブクエスト14b「あくなき夜」(×3)、神羅バトルシミュレーター(おたのしみ袋) 他廃棄したビッグボンバーを伍番魔晄炉・正面ゲート:廃棄物資集積室で回収する(×1~3/→P.253)	──	1
ファイアカクテル	範囲内の敵に90の炎属性の魔法ダメージを最大4回与える(→P.116)	宝六番街スラム・コルネオの館 2F:手下詰所、伍番街スラム・スチールマウンテン(×3)[要・コルネオ宝物庫のカギ]、神羅ビル・B1F 地下駐車場:B区画 落ボム[通常:100%] 盗ボム[25%]、ダストドーザー[12%] サブコルネオ・コロッセオ(おたのしみ袋)、神羅バトルシミュレーター(おたのしみ袋)	──	200
ムームーちゃん	範囲内の敵に250の物理ダメージを与える(→P.116)	店六番街スラム(コルネオ・コロッセオ)[CH9、14] 落ヘルハウス[通常:50%] 他コルネオボックス	200(※5)	100
ヘモヘモくん	範囲内の敵に500の物理ダメージを与える(→P.116)	店六番街スラム(コルネオ・コロッセオ)[CH9、14] 落ヘルハウス[レア:25%] 盗ヘルハウス[25%] 他コルネオボックス	500(※6)	250
AIコア	(売却専用のアイテム)	盗エアバスター[12%] 他廃棄したAIコアを伍番魔晄炉・正面ゲート:廃棄物資集積室で回収する(×1~4/→P.253)	──	500

※5……セール品の場合は「100」(CH14でセール品となる)
※6……セール品の場合は「250」(CH14でセール品となる)

だいじなもの KEY ITEM

名前	解説	入手方法
モーグリメダル	伍番街スラムにあるモーグリ・モグの店で商品と交換可能なメダル(→P.439)	宝 四番街 プレート内部・中層：H区画 第三照明機区域、隔壁下層 連絡通路、伍番街スラム・屋根伝いの道、子供たちの秘密基地、六番街スラム・陥没道路 崩落トンネル、列車墓場・車両倉庫 2F：整備施設、六番街スラム・ウォール・マーケット[CH13、14]、開発地区[CH14](×3)、伍番街スラム・スチールマウンテン(×2)[要・コルネオ宝物庫のカギ]、神羅ビル・1F エントランスフロア：フロントロビー、65F 宝条研究室サブフロア：実験体居住区(※1) サブ クエスト 14b「あくなき夜」(×2)、クラッシュボックス(参加賞) 他 神羅ボックス、コルネオボックス
黄色い花	"再会"の花言葉を持つ花。セブンスヘブンでティファに渡す	他 八番街・市街地区：LOVELESS通りでエアリスからもらう(→P.197)
バトルレポート	バトルレポートを確認するときに使う通信端末。メインメニューで使用できる	サブ クエスト 1「チャドリーレポート」
自警団のカギ	クエスト 6「墓場からの異物」を進めるためのアイテム	サブ クエスト 6「墓場からの異物」
神羅カンパニー社員証	ジェシーの父親の社員証	他 七番街・社宅地区：中層社宅エリアで作業服を調べる(→P.219)
ワイヤーリール	高所から降下するためのワイヤーを撃ち出す道具	他 四番街 プレート内部・隔壁下層 連絡通路でビッグスからもらう(→P.243)
伍番魔晄炉カードキー	入手した数だけ、伍番魔晄炉でリフトを操作してエアバスターのパーツを廃棄できる	宝 伍番魔晄炉・B8F：B8整備フロア～B5F：B5整備フロア(×5)
秘密基地の入場証	持っていると、伍番街スラムの秘密基地に入れるようになる	他 伍番街スラム・子供たちの秘密基地でムギからもらう(→P.267)
墓地のカギ	クエスト 12「墓参りの報酬」を進めるためのアイテム	サブ モーグリメダル(1枚と交換)[CH8]
スラムエンジェルの予告状	クエスト 11「噂のスラムエンジェル」を進めるためのアイテム	サブ クエスト 11「噂のスラムエンジェル」
モーグリ・モグ会員証	持っていると、モーグリ・モグの店でさまざまな商品を交換できるようになる	サブ モーグリメダル(1枚と交換)[CH8]
サムのコイン	チョコボが彫刻された裏表のないコイン	他 六番街スラム・七六街道でサムからもらう(→P.285)
コルネオ杯出場券	コルネオ杯に出場するのに必要なチケット	他 六番街スラム・ウォール・マーケットでマムからもらう(→P.285)
マムの仕事依頼リスト	クエスト 13「白熱スクワット」、14a「盗みの代償」、15a「逆襲の刃」の依頼が書かれたリスト	他 六番街スラム・ウォール・マーケットでマムからもらう(→P.287)
サムの仕事依頼リスト	クエスト 13「白熱スクワット」、14b「あくなき夜」、15b「爆裂ダイナマイトボディ」の依頼が書かれたリスト	他 六番街スラム・七六街道でサムからもらう(→P.287)
ニセモノの予告状	クエスト 14a「盗みの代償」開始時に手に入るアイテム	サブ クエスト 14a「盗みの代償」
ホンモノの予告状	クエスト 14a「盗みの代償」クリア時に手に入るアイテム	サブ クエスト 14a「盗みの代償」
宿屋特製ポーション	クエスト 14b「あくなき夜」を進めるためのアイテム	サブ クエスト 14b「あくなき夜」
宿屋特製興奮剤	クエスト 14b「あくなき夜」を進めるためのアイテム	サブ クエスト 14b「あくなき夜」
自販機のアレ	クエスト 14b「あくなき夜」を進めるためのアイテム	サブ クエスト 14b「あくなき夜」
薬屋商品クーポン	クエスト 14b「あくなき夜」を進めるためのアイテム	サブ クエスト 14b「あくなき夜」
消毒薬	クエスト 14b「あくなき夜」を進めるためのアイテム	サブ クエスト 14b「あくなき夜」
消臭薬	クエスト 14b「あくなき夜」を進めるためのアイテム	サブ クエスト 14b「あくなき夜」
消化薬	クエスト 14b「あくなき夜」を進めるためのアイテム	サブ クエスト 14b「あくなき夜」

※1……この場所にある宝箱からカエルの指輪をすでに入手していると、チャプターセレクト時にかわりに手に入る

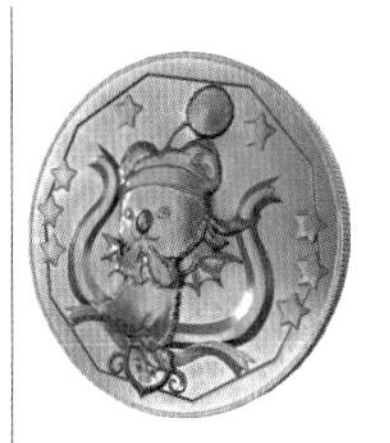
モーグリメダル

黄色い花

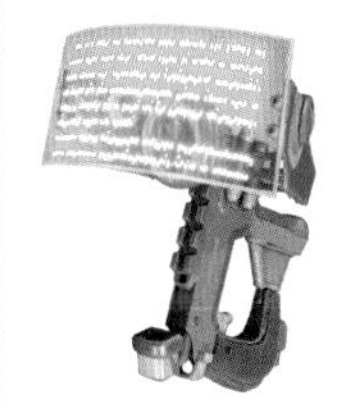
バトルレポート

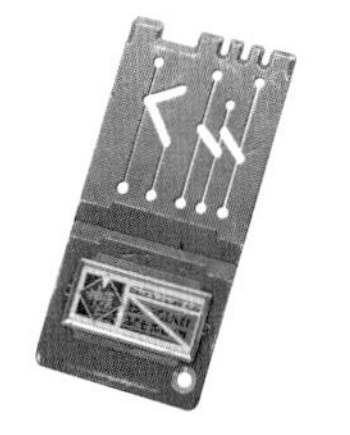
自警団のカギ

神羅カンパニー社員証

ワイヤーリール

伍番魔晄炉カードキー

秘密基地の入場証

墓地のカギ

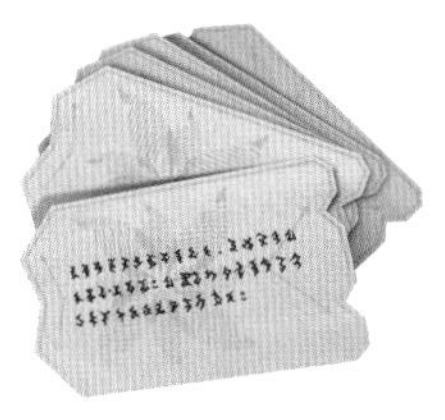
スラムエンジェルの予告状

モーグリ・モグ会員証

サムのコイン

コルネオ杯出場券

マムの仕事依頼リスト

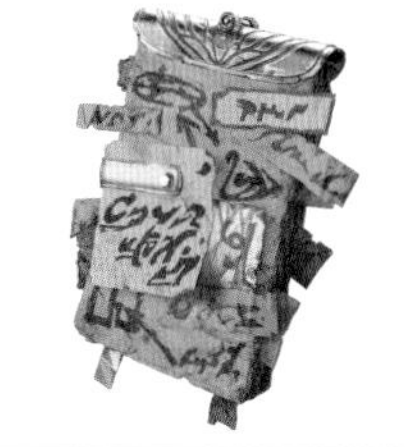
サムの仕事依頼リスト

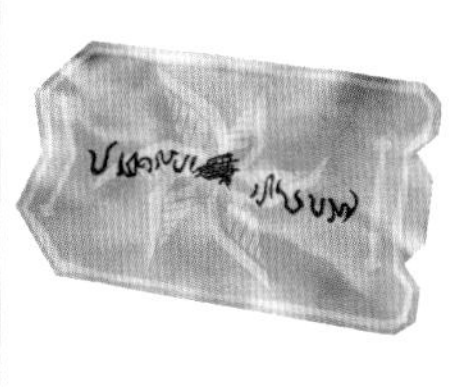
ニセモノの予告状

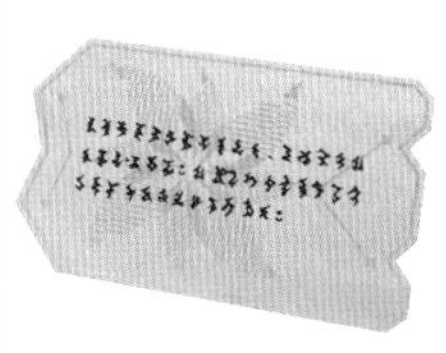
ホンモノの予告状

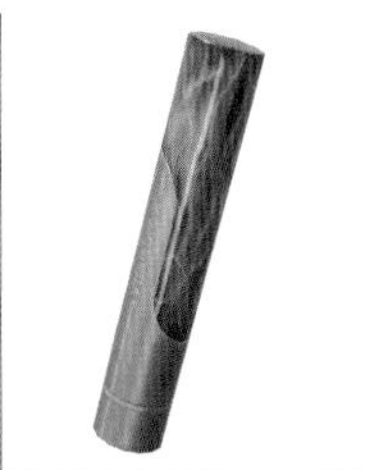
宿屋特製ポーション

宿屋特製興奮剤

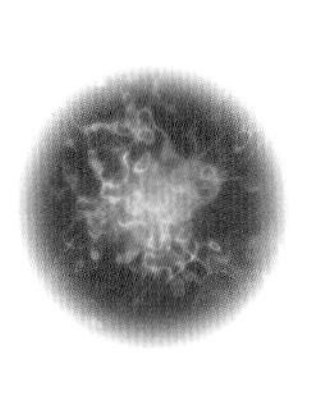
自販機のアレ

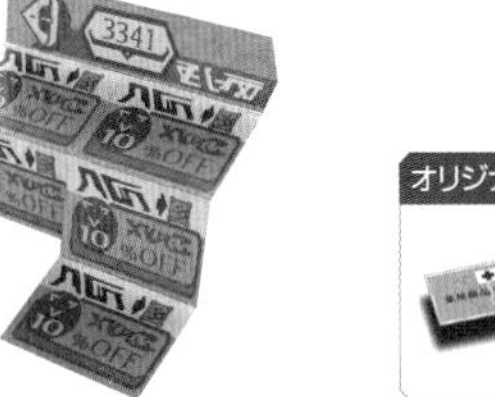
オリジナル版

薬屋商品クーポン

オリジナル版

消毒薬

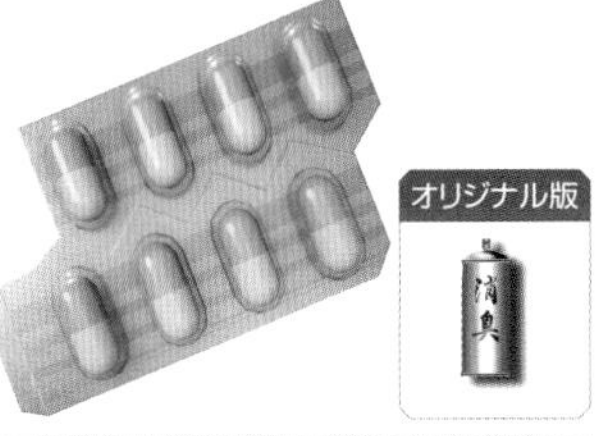
オリジナル版

消臭薬

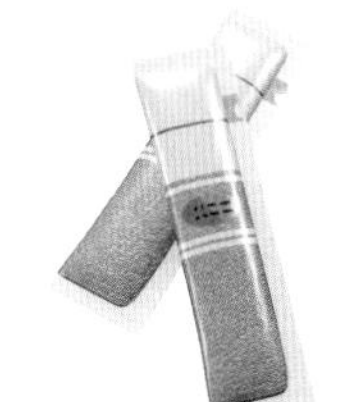
オリジナル版

消化薬

SECTION 六
ITEM
アイテム

INDEX

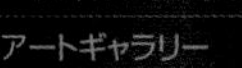
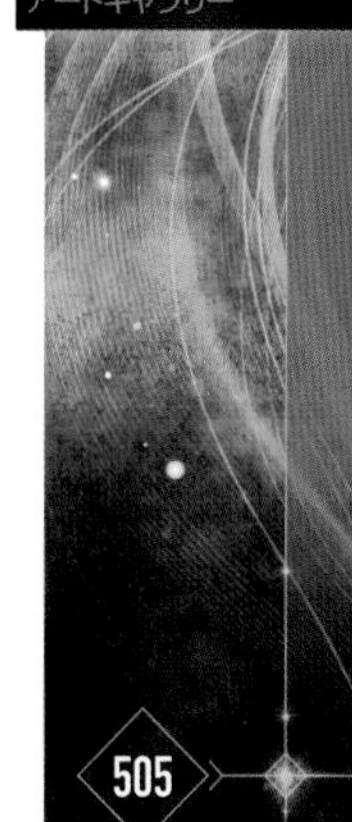

だいじなもの(つづき)

名前	解説	入手方法
VIP会員証	クエスト 14b「あくなき夜」を進めるためのアイテム	サブ クエスト 14b「あくなき夜」
マムの推薦状	コルネオの嫁オーディションに参加するのに必要な推薦状	他 六番街スラム・コルネオの館 正面玄関前でエアリスからもらう(→P.286)
アニヤンのピアス	蜜蜂の館でダンスの才能を認められた証	サブ 蜜蜂の館のダンス(満点の8割以上)
アニヤンの推薦状	コルネオの嫁オーディションに参加するのに必要な推薦状	他 蜜蜂の館のダンス終了後にもらう(→P.286)
アジトの地図	クエスト 23「コルネオの隠し財産」を進めるためのアイテム	サブ クエスト 23「コルネオの隠し財産」
コルネオ宝物庫のメモ	クエスト 23「コルネオの隠し財産」を進めるためのアイテム	サブ クエスト 22「おてんば盗賊」または 23「コルネオの隠し財産」
コルネオ宝物庫のカギ	クエスト 23「コルネオの隠し財産」を進めるためのアイテム	サブ クエスト 22「おてんば盗賊」
ジョニーの財布	キリエに盗まれた財布。伍番街スラム駅でジョニーに渡す	サブ クエスト 22「おてんば盗賊」
スラムエンジェルの手紙	スラムエンジェルからのメッセージが書かれた手紙	宝 六番街スラム・開発地区(クエスト 16～24 をすべてクリアしたあと/→P.351)
大水路への扉のカギ	地下下水道で大水路へつづく扉を開けるのに必要なカギ	宝 地下下水道・六番地区:沈砂池回廊[CH10]
ギザールの野菜	クエスト 17「チョコボを探せ」を進めるためのアイテム	サブ クエスト 17「チョコボを探せ」(×3)
チョコボ車フリーパス	持っていると、無料でチョコボ車を利用できるようになる	サブ クエスト 17「チョコボを探せ」
町医者のメモ	クエスト 21「秘伝の薬」を進めるためのアイテム	サブ クエスト 21「秘伝の薬」
薬効の花	クエスト 21「秘伝の薬」を進めるためのアイテム	サブ クエスト 21「秘伝の薬」
モーグリのすり鉢	クエスト 21「秘伝の薬」を進めるためのアイテム	サブ モーグリメダル(1枚と交換)[CH14]
ベヒーモスのツノ	クエスト 21「秘伝の薬」を進めるためのアイテム	落 ベヒーモス零式[通常:100%]
ルビーの宝冠	クエスト 23「コルネオの隠し財産」を進めるためのアイテム	宝 伍番街スラム・スチールマウンテン[要・コルネオ宝物庫のカギ]
ダイヤの宝冠	クエスト 23「コルネオの隠し財産」を進めるためのアイテム	宝 六番街スラム・陥没道路 崩落トンネル[要・コルネオ宝物庫のカギ]
エメラルドの宝冠	クエスト 23「コルネオの隠し財産」を進めるためのアイテム	宝 地下下水道・旧大水路 管路区画:旧汚泥処理区画[要・コルネオ宝物庫のカギ]
ワイヤーガン	高所に移動するためのワイヤーを撃ち出す道具。七番街のプレート断面で使う	他 六番街スラム・開発地区でレズリーからもらう(→P.351)
神羅ビルカードキー	神羅ビルのゲスト用カードキー。IDを更新していくと、63階まで入れるようになる	他 神羅ビル・1F エントランスフロア:フロントロビーにある受付に飛び降りる(→P.367、368)
上級社員カードキー	神羅カンパニーの上級社員が持つカードキー。64階のミーティングフロアに入れる	他 神羅ビル・63F上層 リフレッシュフロア:シミュレーターラウンジで協力者からもらう(→P.373)
宝条研究室カードキー	神羅ビル内にある宝条研究室の入口を通るのに必要なカードキー。64階のエスカレーターホールに引き返せる	宝 神羅ビル・64F ミーティングフロア:研究フロア接続通路(少し先へ進んでから引き返すと落ちている/→P.374)

設定画

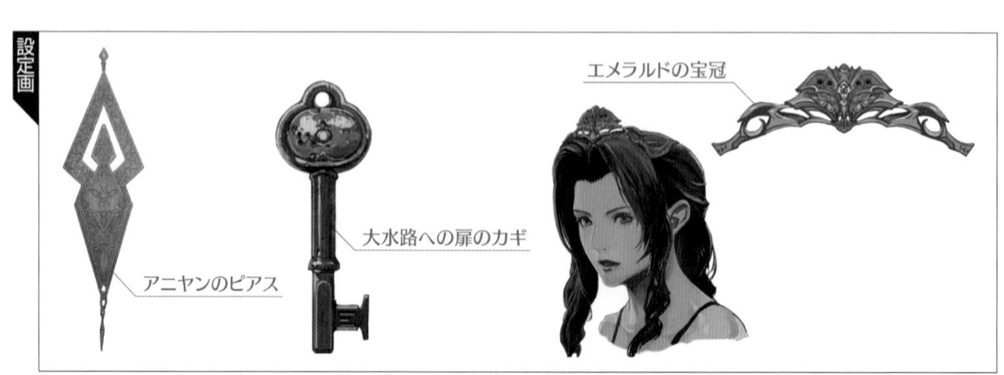

FINAL FANTASY VII REMAKE ULTIMANIA

VIP会員証

マムの推薦状

アニヤンのピアス

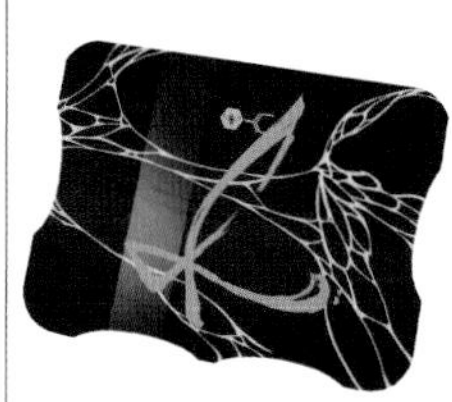

アニヤンの推薦状

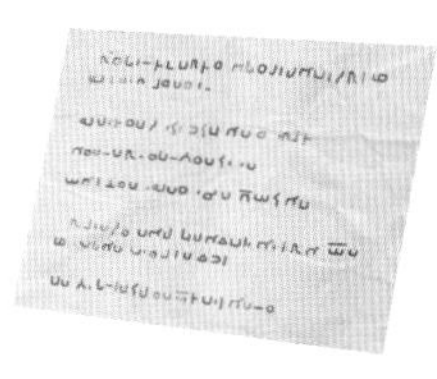

アジトの地図

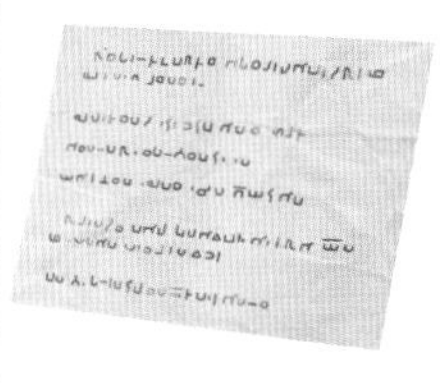

コルネオ宝物庫のメモ

コルネオ宝物庫のカギ

ジョニーの財布

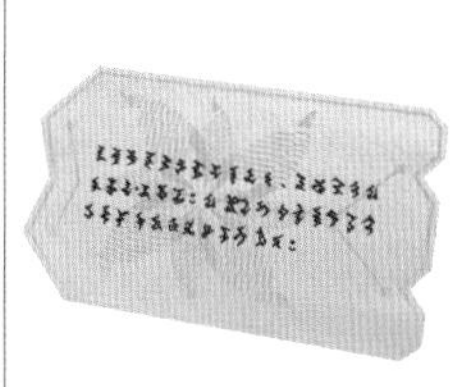

スラムエンジェルの手紙

大水路への扉のカギ

オリジナル版

ギザールの野菜

チョコボ車フリーパス

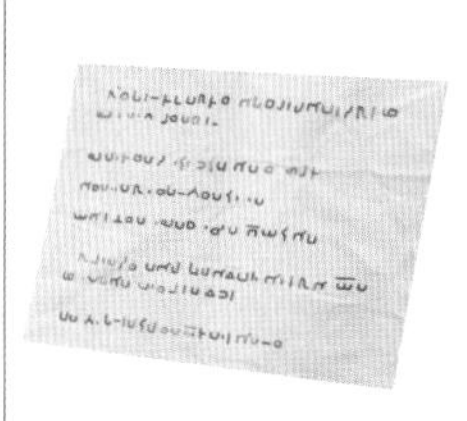

町医者のメモ

薬効の花

モーグリのすり鉢

ベヒーモスのツノ

ルビーの宝冠

ダイヤの宝冠

エメラルドの宝冠

ワイヤーガン

神羅ビルカードキー

上級社員カードキー

宝条研究室カードキー

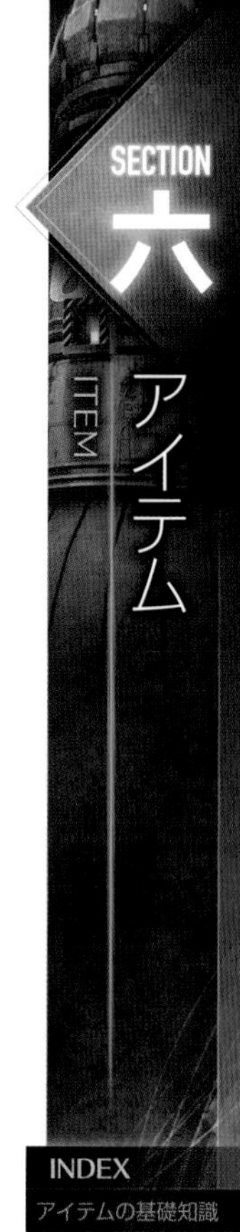

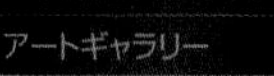

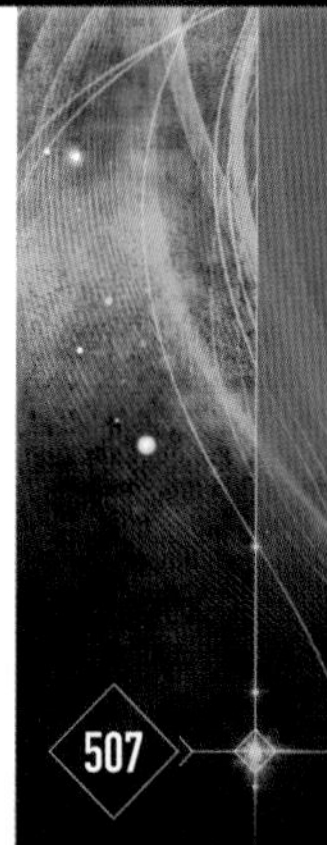

スキルアップブック SKILL UP BOOK

▼最大SPが上がるもの

名前	効果		入手方法
剣技指南書	1冊につきクラウドの最大SPが10上がる	第1巻	サブ モーグリメダル(5枚と交換)[限定1個]
		第2巻	サブ コルネオ・コロッセオ「クラウド vs 神羅愚連隊」[CH14(※1)/限定1個]
		第3巻	サブ クエスト 23「コルネオの隠し財産」[限定1個]
		第4巻	他 CH2で部隊長ゴンガを倒す【HARD】[限定1個]
		第5巻	サブ クエスト 2「化けネズミの軍団」【HARD】[限定1個]
		第6巻	他 CH4でローチェを倒す【HARD】[限定1個]
		第7巻	他 CH8でレノ(1回目)を倒す【HARD】[限定1個]
		第8巻	サブ クエスト 14a「盗みの代償」【HARD】[限定1個]
		第9巻	サブ クエスト 15a「逆襲の刃」【HARD】[限定1個]
		第10巻	サブ クエスト 15b「爆裂ダイナマイトボディ」【HARD】[限定1個]
		第11巻	サブ クエスト 22「おてんば盗賊」【HARD】[限定1個]
		第12巻	他 CH16でサンプル:H0512を倒す【HARD】[限定1個]
		第13巻	サブ 神羅バトルシミュレーター「クラウド vs ソルジャー3rd昇進試験」[CH17(※2)/限定1個]
		第14巻	他 CH17でルーファウスを倒す【HARD】[限定1個]
射撃マニュアル	1冊につきバレットの最大SPが10上がる	第1巻	サブ モーグリメダル(5枚と交換)[限定1個]
		第2巻	サブ コルネオ・コロッセオ「バレット vs 神羅愚連隊」[CH14/限定1個]
		第3巻	サブ クエスト 20「音楽の力」[限定1個]
		第4巻	他 CH1でガードスコーピオンを倒す【HARD】[限定1個]
		第5巻	他 CH5でダストドーザーを倒す【HARD】[限定1個]
		第6巻	他 CH7でエアバスターを倒す【HARD】[限定1個]
		第7巻	他 CH12でレノ(2回目)+ルード(2回目)を倒す【HARD】[限定1個]
		第8巻	他 CH13でアノニマスを倒す【HARD】[限定1個]
		第9巻	サブ クエスト 18「手下のうらみ」【HARD】[限定1個]
		第10巻	サブ クエスト 24「地底の咆哮」【HARD】[限定1個]
		第11巻	サブ クエスト 17「チョコボを探せ」【HARD】[限定1個]
		第12巻	他 CH15でヘリガンナーを倒す【HARD】[限定1個]
		第13巻	サブ 神羅バトルシミュレーター「バレット vs ソルジャー3rd昇進試験」[CH17(※2)/限定1個]
		第14巻	他 CH18でフィーラー=プラエコを倒す【HARD】[限定1個]
格闘術秘伝の書	1冊につきティファの最大SPが10上がる	第1巻	サブ モーグリメダル(5枚と交換)[限定1個]
		第2巻	サブ コルネオ・コロッセオ「ティファ vs 神羅愚連隊」[CH14/限定1個]
		第3巻	サブ クエスト 19「揺れる想い」[限定1個]
		第4巻	サブ クエスト 5「さまよう軍犬」【HARD】[限定1個]
		第5巻	他 CH4で虚無なる魔物を倒す【HARD】[限定1個]
		第6巻	宝 四番街 プレート内部・上層:プレート換気設備 内部【HARD】[限定1個]
		第7巻	他 CH10でアプス(1回目)を倒す【HARD】[限定1個]
		第8巻	他 CH11でエリゴルを倒す【HARD】[限定1個]
		第9巻	他 CH14でアプス(2回目)を倒す【HARD】[限定1個]
		第10巻	サブ クエスト 16「消えた子供たち」【HARD】[限定1個]
		第11巻	サブ クエスト 17「チョコボを探せ」【HARD】[限定1個]
		第12巻	サブ クエスト 23「コルネオの隠し財産」【HARD】[限定1個]
		第13巻	サブ 神羅バトルシミュレーター「ティファ vs ソルジャー3rd昇進試験」[CH17(※2)/限定1個]
		第14巻	他 CH17でジェノバBeatを倒す【HARD】[限定1個]

※1……チャプターセレクト時はCH9でも挑戦可能　※2……チャプターセレクト時のみ挑戦可能で、選べる難易度がHARDに限定される
※3……チャプターセレクト時のみ挑戦可能

名前	効果		入手方法
星の神秘の書	1冊につきエアリスの最大SPが10上がる	第1巻	サブ モーグリメダル(5枚と交換)[限定1個]
		第2巻	サブ コルネオ・コロッセオ「エアリス vs 神羅愚連隊」[CH9(※3)/限定1個]
		第3巻	サブ クエスト 21「秘伝の薬」[限定1個]
		第4巻	他 CH8でルード(1回目)を倒す【HARD】[限定1個]
		第5巻	サブ クエスト 9「暴走兵器」【HARD】[限定1個]
		第6巻	サブ クエスト 8「見回りの子供たち」【HARD】[限定1個]
		第7巻	サブ クエスト 11「噂のスラムエンジェル」【HARD】[限定1個]
		第8巻	サブ クエスト 12「墓参りの報酬」【HARD】[限定1個]
		第9巻	他 CH9でヘルハウスを倒す【HARD】[限定1個]
		第10巻	他 CH11でグロウガイストを倒す【HARD】[限定1個]
		第11巻	サブ 神羅バトルシミュレーター「エアリス vs ソルジャー3rd昇進試験」[CH17(※2)/限定1個]
		第12巻	他 CH17でソードダンスを倒す【HARD】[限定1個]
		第13巻	他 CH17でハンドレッドガンナーを倒す【HARD】[限定1個]
		第14巻	他 CH18でセフィロスを倒す【HARD】[限定1個]

▼リミット技を習得できるもの

名前	効果	入手方法
究極奥義の書『クライムハザード』	クラウドがリミット技『クライムハザード』を習得する	サブ コルネオ・コロッセオ「クラウド vs ワイルドアニマルズ」[限定1個]
究極奥義の書『カタストロフィ』	バレットがリミット技『カタストロフィ』を習得する	サブ コルネオ・コロッセオ「バレット vs ワイルドアニマルズ」[CH14/限定1個]
究極奥義の書『ドルフィンブロウ』	ティファがリミット技『ドルフィンブロウ』を習得する	サブ コルネオ・コロッセオ「ティファ vs ワイルドアニマルズ」[CH14/限定1個]
究極奥義の書『星の守護』	エアリスがリミット技『星の守護』を習得する	サブ コルネオ・コロッセオ「エアリス vs ワイルドアニマルズ」[CH9/限定1個]

剣技指南書

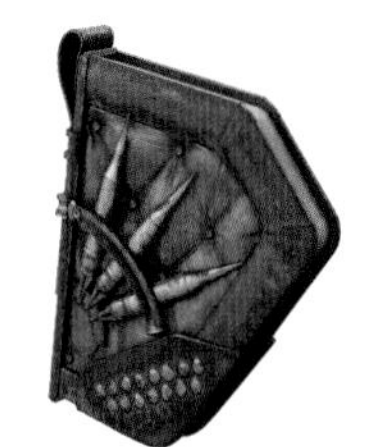
射撃マニュアル

格闘術秘伝の書

星の神秘の書

究極奥義の書『クライムハザード』

究極奥義の書『カタストロフィ』

究極奥義の書『ドルフィンブロウ』

究極奥義の書『星の守護』

『ファイナルファンタジーVII リメイク』

アートギャラリー

ART GALLERY

～アイテム編～

クラウド用武器

アイアンブレード

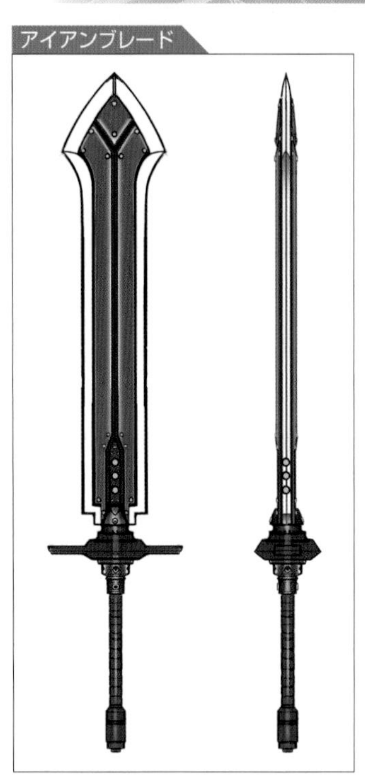

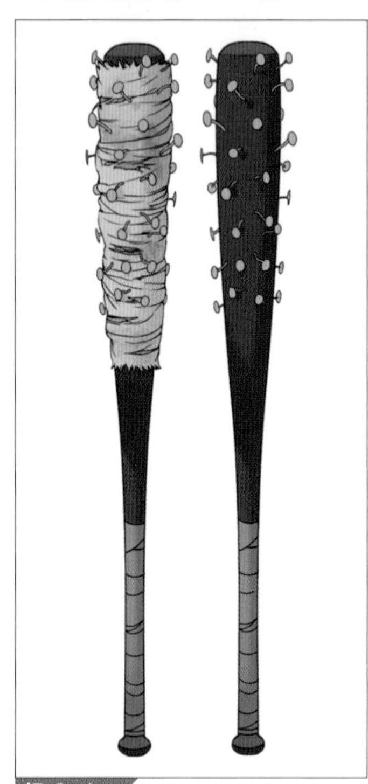

釘バット

ミスリルセイバー

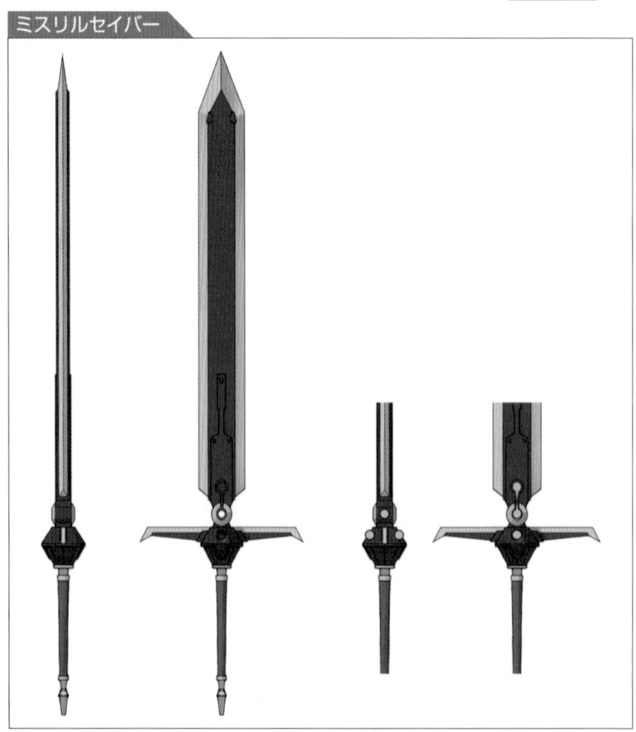

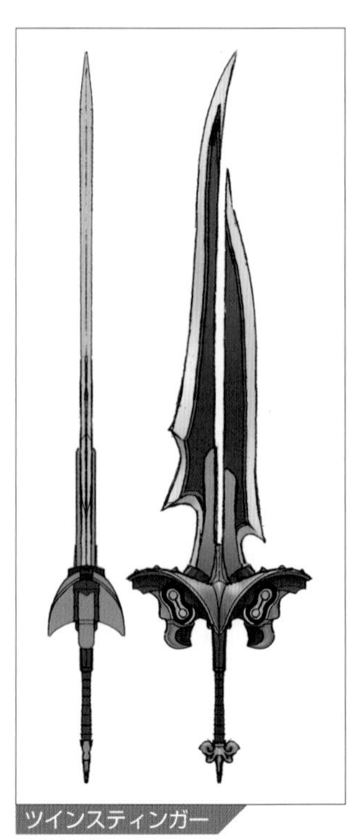

ツインスティンガー

バレット用武器

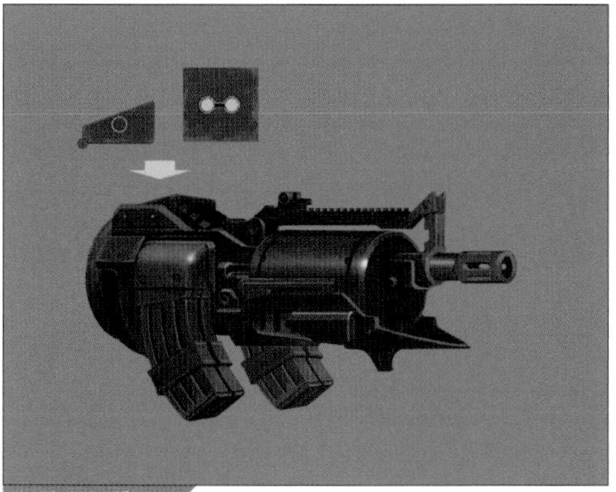
アサルトガン

ラージマウス
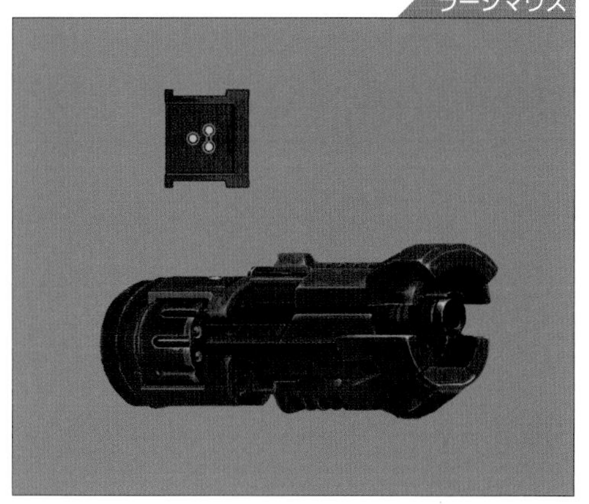

アトミックシザー
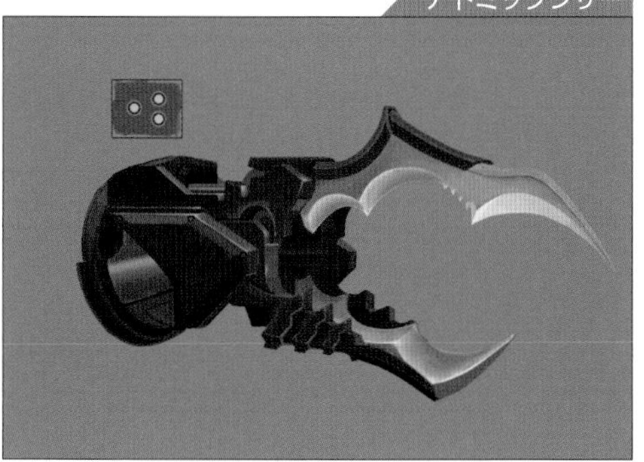

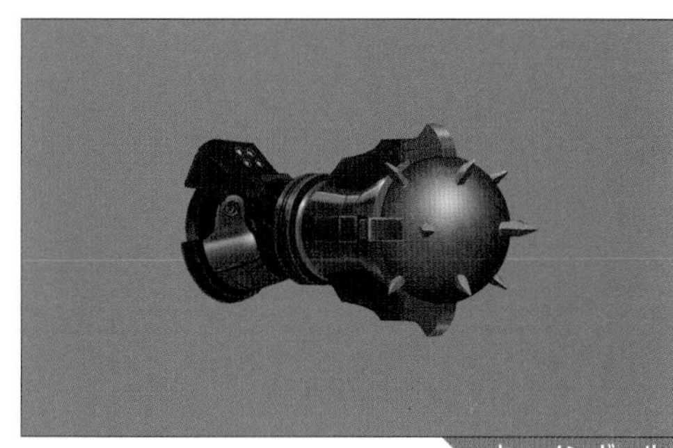
キャノンボール

ハートビート
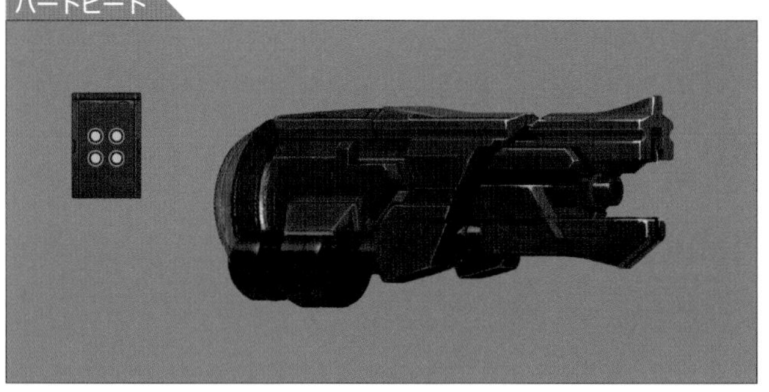

アバランチメンバーの武器

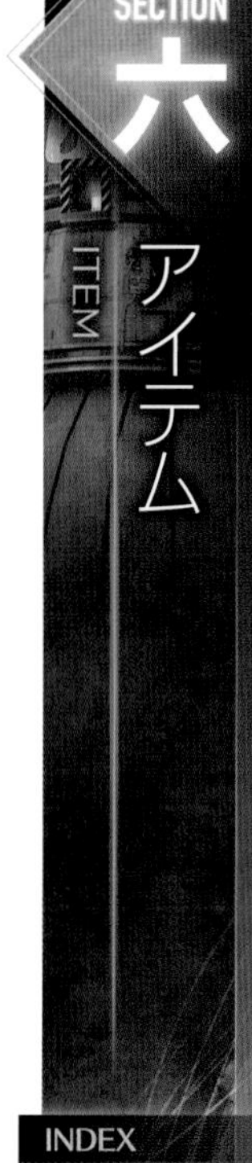

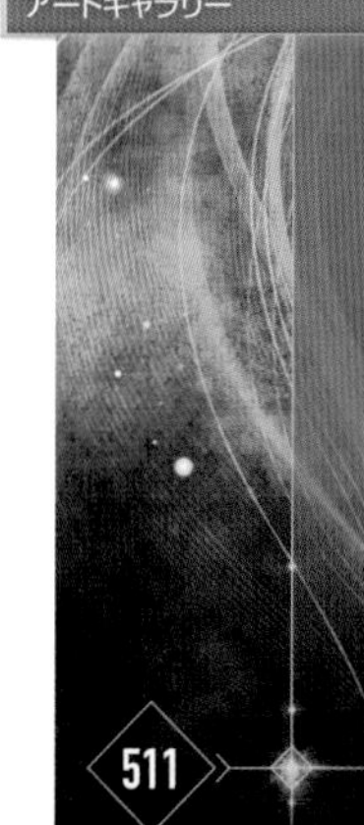

ティファ用武器

レザーグローブ

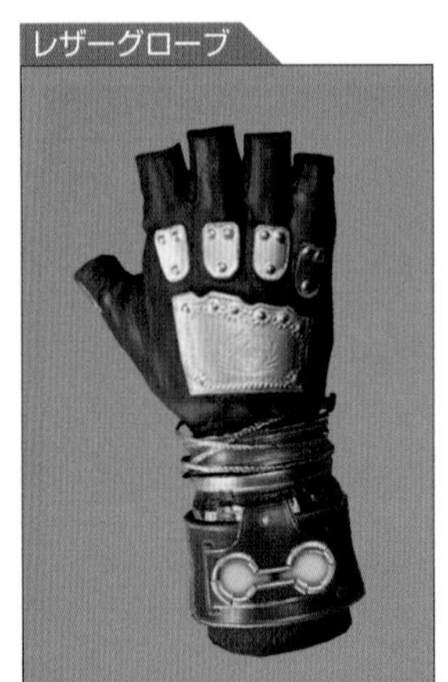

メタルナックル

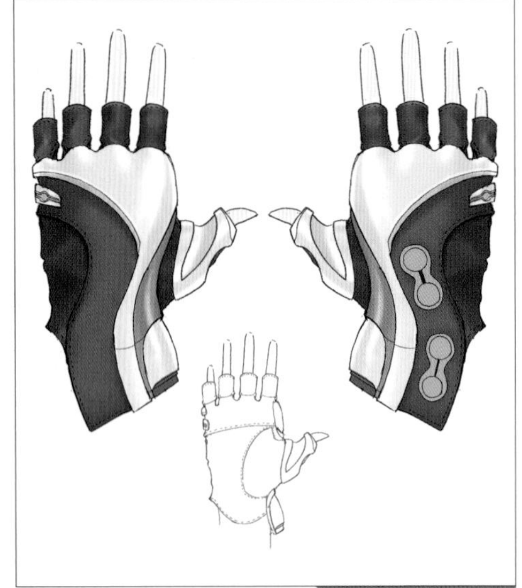

ソニックフィスト

フェザーグラブ

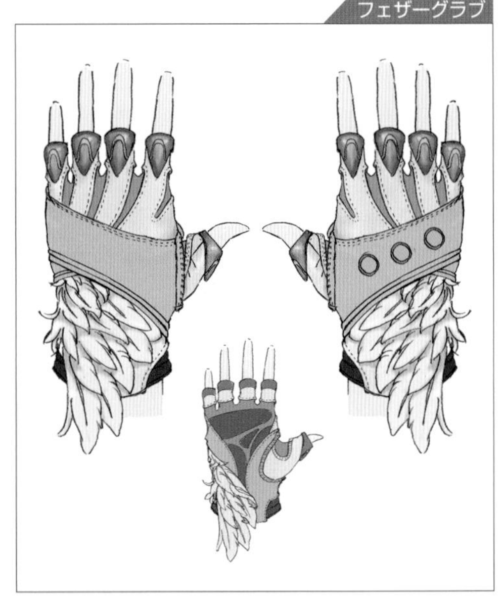

ミスリルクロー

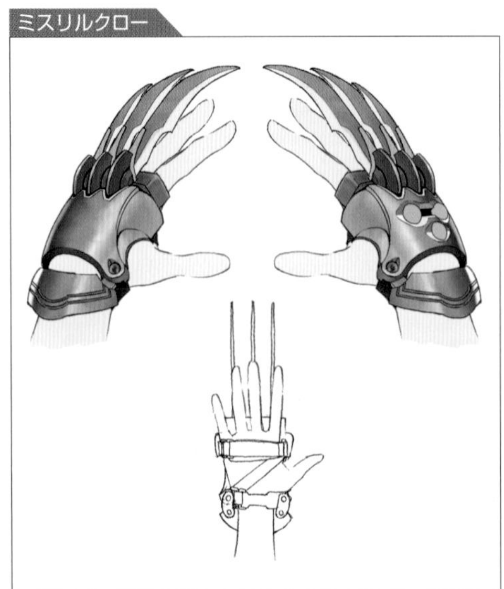

グランドグラブ

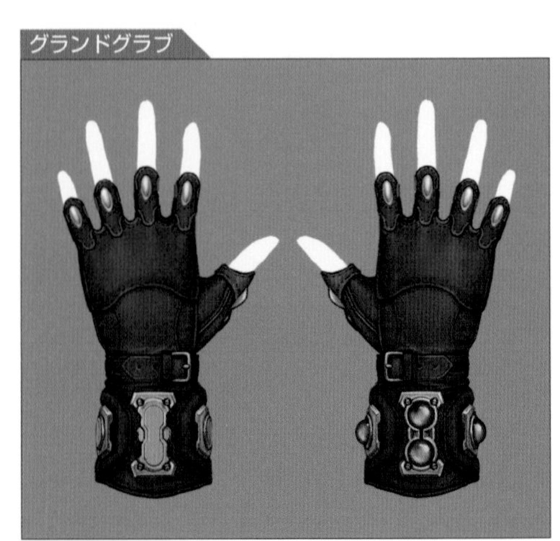

エアリス用武器

マジカルロッド

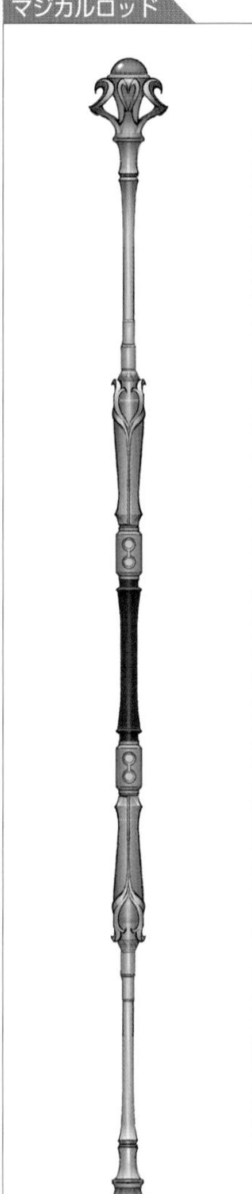

ミスリルロッド

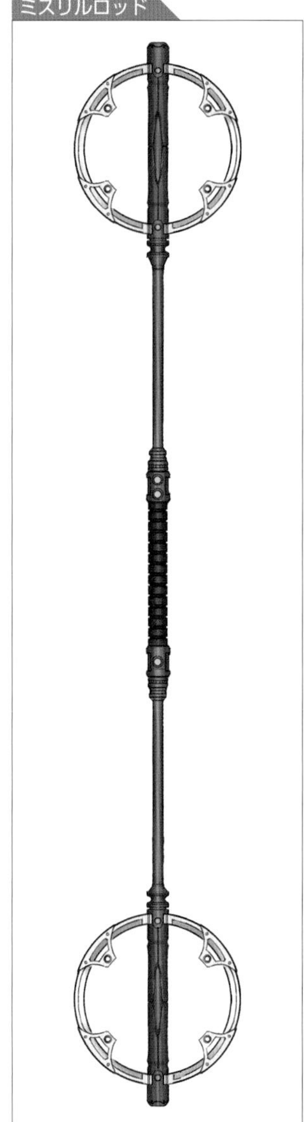

フルメタルロッド

レッドXIII用装備品

【レッドXIII装着イメージ】

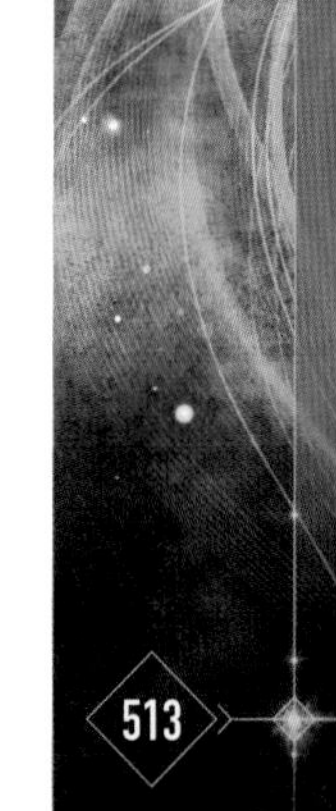

防具

ブロンズバングル

アイアンバングル

スターブレス

レザーガード

マジカルの腕輪

チタンバングル

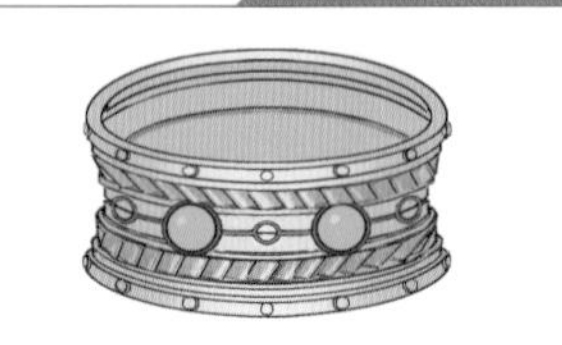

ブラックブレス

ニードルガード

ウィザードブレス

プレートガード

ソーサラーの腕輪

マキナバングル

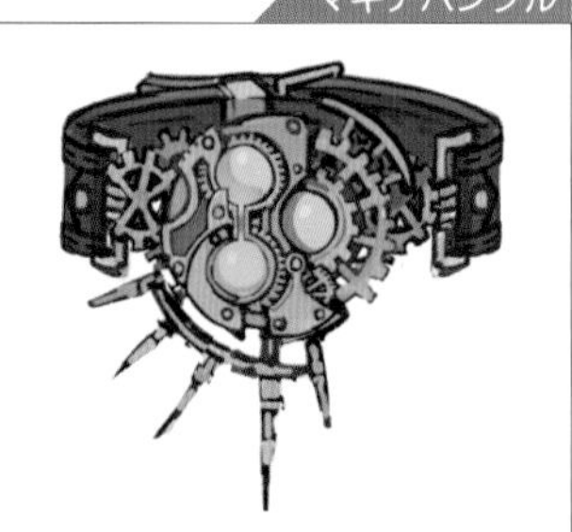

ジオメトリブレス

ハイパーガード

ルーンの腕輪

チェインバングル

フォースブレス

ヘヴィメタル

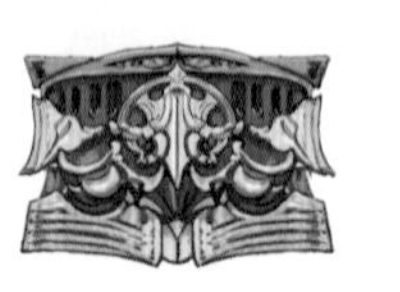

ミスティーク

アクセサリ

パワーリスト
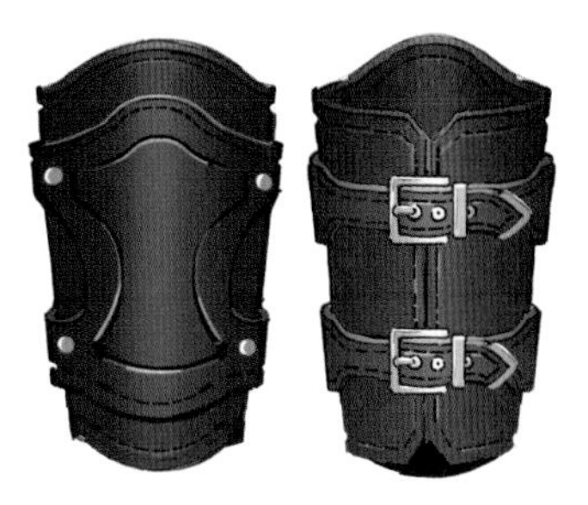

イヤリング
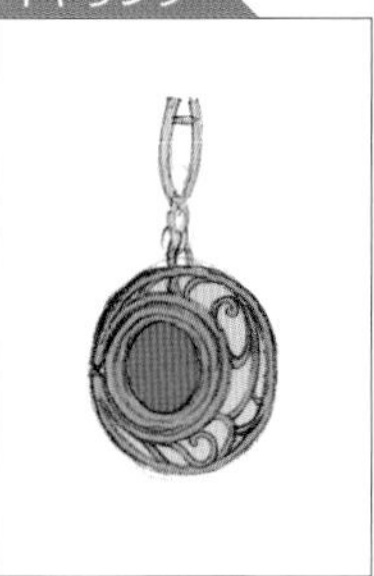

サークレット

チャンピオンベルト

守りのブーツ

トランスポーター
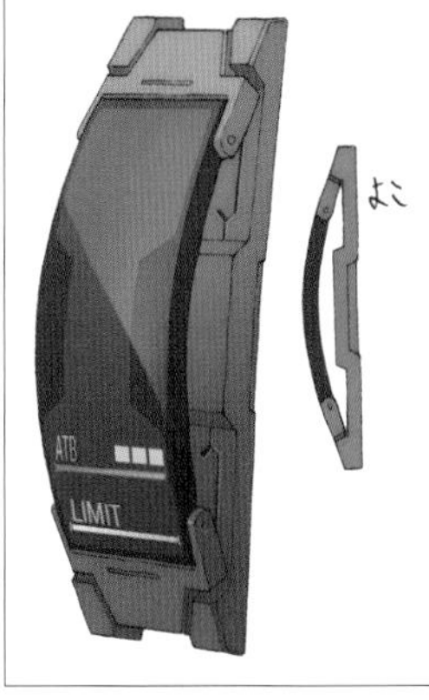

不思議な水晶

マジックリング

カエルの指輪
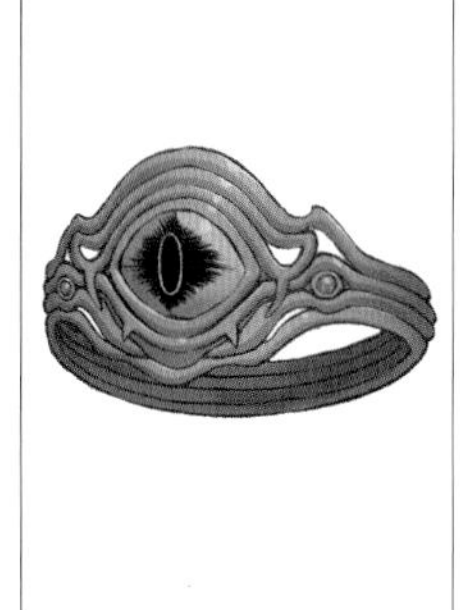

だいじなもの

モーグリメダル

◆表面◆

自警団のカギ
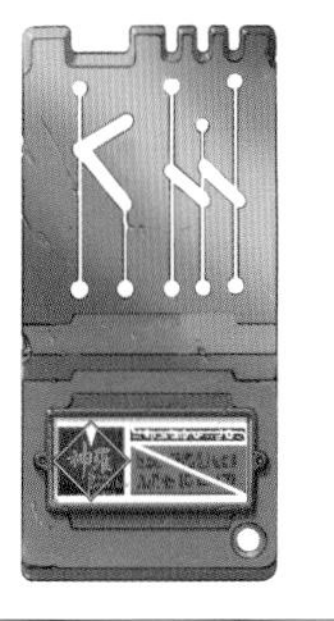

サムのコイン

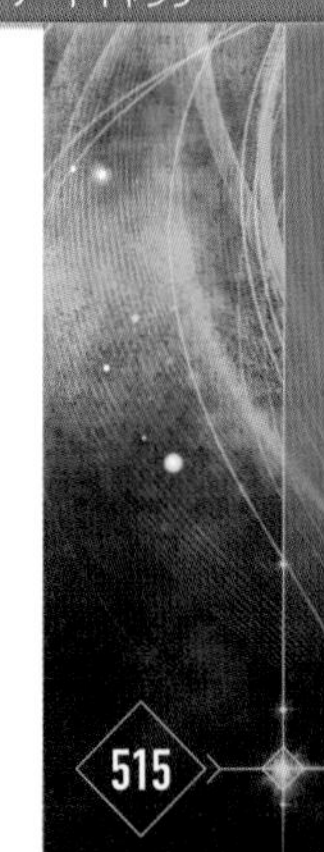

エンヴァイロメントディレクター

三宅貴子

Takako Miyake

代表作 FFⅨ、FFⅩ、FFⅩ-2、FFⅩⅢ、FFⅩⅢ-2、ライトニング リターンズ FFⅩⅢ、キングダムハーツ、メビウス FF

Q どのような作業を担当されましたか？

A 背景を3Dで作る仕事です。アートチームからイメージアートを、シナリオチームから世界の設定を受け取って、それを立体に起こします。さらに、企画チームが作ったさまざまな遊びのプランを見て、それらを体験できるような場所に仕上げました。

Q 全体を通じてのテーマを教えてください。

A オリジナル版のミッドガルが現実にあったらどんなふうに見えるか、がテーマでした。

Q オリジナル版から変えようとした部分は？

A 当時はプレイヤーの想像にまかされていた部分や、画面外の部分について考察した結果、ときには思い切ったアレンジも必要だと考えました。たとえば「四番街 プレート内部」は、今作ではプレートからぶら下がる巨大ライトの周辺という場所に変わりましたが、そうなったきっかけはスラムに対する考察です。オリジナル版のスラムは上空から光に照らされていて、それは何の光だろうと考えたことから、スラムを照らす巨大なライトの設定が決まり、その周辺を歩きたいという声が多く出て、今作の四番街プレート内部が生まれたんです。

Q オリジナル版を強く意識した部分は？

A 「ごちゃ混ぜの要素で見る人を楽しませる」という絵の作りかたが、オリジナル版の大きな魅力だと思います。描かれているひとつひとつの要素同士は相容れないけれど、それらが見事に組み合わされていて、見ているだけで楽しくてワクワクする、というものです。その魅力を今作でも引き継ぎたいと意識したので、絵作りのさいには整合性を考える一方で、それを見たら無条件にワクワクしてしまう、という印象を大事にしました。

! 自分だけが知っている本作の秘密

壱番魔晄炉駅 2Fの魔晄炉へのゲートがあるコンクリートの壁には、「No more lies」や「反対」といった、魔晄炉反対派の落書きが複数書かれています。神羅によって消されたという設定なので、文字はかなり薄いですが、目をこらせば読めるかもしれません。

カットシーンディレクター

三宅秀和

Hidekazu Miyake

代表作 FFⅦ、FFⅩⅢ、FFⅩⅢ-2、ライトニング リターンズ FFⅩⅢ、ディシディアFF、メビウスFF、アインハンダー

Q 今回新しく導入した技術はありますか？

A イベントシーンの開始時と終了時にあった、黒いフェードインやフェードアウトをなくしています。ロード時間を短縮したり、前後の場面との整合性をとったりする必要があり、技術的な難易度が高いわりに気づきにくいところなのですが、体験版で評価してくださる声が多くて驚きました。

Q 一番こだわって制作した部分は？

A ボス敵とのバトル中に挿入されるイベントシーンは、短くてカッコイイものを目指しました。演技を追加すると尺（時間の長さ）が伸び、簡潔にすると今度は物足りなくなってしまうという試行錯誤のくり返しで、何度も内容を調整しています。

Q 今回の作品でもっとも見てほしいところは？

A 蜜蜂の館のダンスシーンでは、クラウドの意外な才能が発見できると思います。バトルとダンスを融合させた演技と、キレイな女性に囲まれたクラウドの反応をコミカルに演出しましたが、いかがでしたか？　そのほか、神羅ビルを脱出するときにクラウドが窓に剣を投げるシーンで、ひとり取り残された兵士の心の葛藤にも注目してほしいです。

Q 意外な意図をこめた部分を教えてください。

A 召喚獣の必殺技は、演出の時間のちがいが使いやすさの差にならないように、すべての召喚獣で演出の長さをほぼ同じにしました。攻撃の威力や属性などのデータを見て、召喚獣を選んでください。

Q つぎの作品ではどんなことに挑戦したいですか？

A オリジナル版ではゴールドソーサーのムービーを担当したのですが、そのころの私は求められた作業もできない未熟な新人でした。新たに作り直す機会をいただけることに感謝しつつ、仕事を達成できなかったあのときのくやしさを晴らしたいですね。

! 自分だけが知っている本作の秘密

通常のゲームだと、ハイクオリティなイベントのシーン数は多くても150前後なのですが、今作はなんと600シーン近くも作られています。クオリティを下げずにシーンの数を増やすのは、容易なことではありませんでした。

ライティングディレクター

山口威一郎

Iichiro Yamaguchi

代表作 ダージュ オブ ケルベロス -FFⅦ-、FFⅩⅢ、FFⅩⅢ-2、ライトニング リターンズ FFⅩⅢ、FFⅩⅣ、FFⅩⅤ、キングスグレイブ FFⅩⅤ、ディシディア デュオデシムFF

Q どのような作業を担当されましたか？

A おもに背景やカットシーンのライティングのディレクションをしました。真っ暗な世界をライトで照らし、フィールドの背景やカットシーンのキャラクターなどをキレイに見えるようにする仕事です。

Q 今回のライティングで心がけたことは？

A 「その場面でプレイヤーに何を見せるべきか」に気をつけています。たとえばフィールドのライティングでは、探索を進めるための視線誘導をしたうえで、要所要所に変化をつけて目を飽きさせないようにしました。一方、カットシーンでは、演技をしているキャラクターに注目させたり、キャラクターと背景をうまくなじませたりする工夫をしています。

Q もっとも苦労した点は？

A ライトは処理負荷が大きく、その調整に最後まで苦労しました。フィールド用のライトのほかにカットシーン用のライトもあるので、ふたつのバランスをどう取るかが悩ましかったですね。

Q オリジナル版の雰囲気を再現するにあたって、意識したことを教えてください。

A 『FFⅦ』のテーマカラーであるグリーンを基調に、色合いが豊かになるようにしました。当初は現実のライトをベースに、ゲーム内のライトの色を決めていたのですが、あまりにも現実的すぎる色になってしまったので、オリジナル版の色調などを参考に、現実から少しくずした印象にしています。

Q 開発中の忘れられない思い出を教えてください。

A エンヴァイロメントチームのスタッフと一緒に、川崎の工場地帯や埼玉の地下放水路などへ資料写真の撮影に行ったのはいい思い出です。そのときの写真を参考にして、壱番魔晄炉や地下下水道、七番街支柱などのライティングを行ないました。

◆ 自分だけが知っている本作の秘密

プレートの下から見た魔晄炉が、すべて「壱番魔晄炉」となっていることに開発終盤で気づき、正しい番号にこっそり差しかえました。一部は間に合わずバグあつかいとなりましたが、最終的にはどの魔晄炉も修正してあります。

リードUIアーティスト

廖 雪恵

Hsueh Huei Liao

代表作 メビウス FF

Q どのような作業を担当されましたか？

A UI（メインメニュー画面などの、プレイヤーに情報を伝える表示）全般のデザインとアニメーションの制作、それらの実装作業です。ほかにも、魔晄炉や神羅ビルにあるモニターの画面や、ウォール・マーケットの看板などをデザインしました。

Q UIのデザインをするうえで心がけたことは？

A ミッドガルの世界に没頭してもらうため、フィールド上のUIは最低限にして、装飾も入れない方針にしました。「シンプル、透明感、奥行き」の3つが、今作のUIのメインコンセプトです。ただ、『FF』は「FANTASY」のイメージもかなり重要なので、シンプルさの上に「星、ライフストリーム、光、影」といったストーリー内の要素を取り入れています。

Q もっとも苦労したことを教えてください。

A ウィンドウを透明に見せつつ文字を読みやすくすることです。背景の明るさは場所ごとにちがい、バトル中は激しいエフェクトも出るので、さまざまなシチュエーションで確認しながら調整しました。

Q 複数の言語に対応させるのは大変だったのでは？

A どの言語でもバランスがくずれないようにUIをデザインするのは難しかったですね。全世界同時発売なので、初期の段階からローカライズ部に協力してもらい、それぞれの言語で表示するときの文字数や文法構成などをこまかくチェックしたんですよ。

Q オリジナル版を強く意識した部分は？

A メインメニュー画面の「青いウィンドウ」の懐かしさを感じさせることですね。その懐かしさを、あのころから成長したプレイヤーに合わせて進化させ、洗練された大人のデザインを目指しました。

◆ 自分だけが知っている本作の秘密

本作はオリジナル版のようなセーブポイントは登場しませんが、セーブ中に画面の左上に表示されるアイコンをセーブポイントの形にしました（→P.718）。それから、クラウドのリミット技『凶斬り』で表示される「凶」の文字と、ウォール・マーケットにある掛け軸の文字は、書道が得意なUIスタッフが書いたものです。

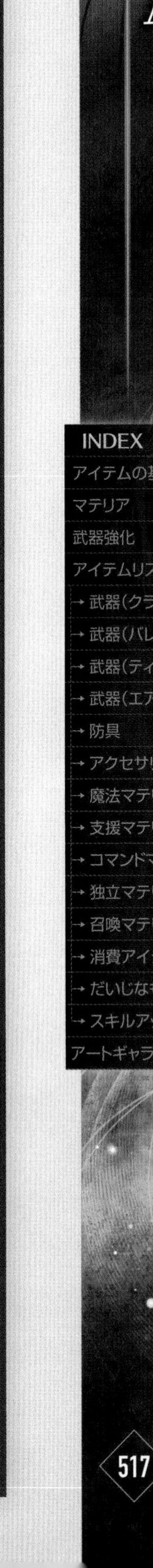

リードカットシーンアーティスト&モーションキャプチャーディレクター

作山 豪

Go Sakuyama

代表作　FFXIII、FFXIII-2、ライトニング リターンズ FFXIII、FFXIV、FF零式、ディシディアFF NT、ドラゴンクエストXI、The 3rd Birthday、ニーア ゲシュタルト／レプリカント

Q オリジナル版の場面をカットシーンとして作るときに、気をつけたことを教えてください。

A オリジナル版を再現することにこだわりすぎないように気をつけました。当時にくらべると今作は表現がリアルなので、動きに矛盾があると目についてしまいます。そのため、オリジナル版のイメージを壊さないようにしつつも、それに固執はせず、違和感のないシーン作りを心がけました。

Q どのように作業を進めましたか？

A おもなキャラクターの動きの9割くらいはモーションキャプチャーを使っているのですが、オリジナル版での雰囲気を再現するために、モーションを演じる役者のみなさんと話し合いながら、ていねいに作っていきました。今作の役者さんは本当に演技がうまく、意見もきちんと伝えてくれるので、信頼関係のある良いチームになったと思っています。

Q とくに気に入っているカットシーンは？

A CHAPTER 9の最後の、コルネオの館でのシーンですね。コルネオのモーションは「見た人が眉をひそめるくらい気持ち悪い演技をしてほしい」と役者さんにお願いして演じてもらっています。じつは、クラウドとコルネオは同じ役者さんが担当しているのですが、クールなクラウドとホットなコルネオを演じ分ける役者さんの演技の幅に驚きましたね。

Q 開発中の忘れられない思い出を教えてください。

A モーションキャプチャーの収録回数は100回以上だったので、週に2～3日は収録をして、そのたびに「反省会」と称した飲み会を行ないます。演技や演出の相談、意見交換などをする重要な時間なのですが、毎回となると大変でした。「勝つか、肝臓を持っていかれるかだ！」とは私の迷言です。

! 自分だけが知っている本作の秘密

開発中、スタッフたちは『FFVII リメイク』関連の動画やメッセージに励まされていました。私も新たなPVが発表されるたびに、それを観た世界中のみなさんの反応を拝見して、元気をもらいました。PVを観て泣いてくださるかたもいて、こちらが感激してしまいましたね。

シニアアシスタントプロデューサー

渡邊勇磨

Yuma Watanabe

代表作　FFXIV、メビウス FF

Q どのような作業を担当されましたか？

A 北瀬プロデューサー（北瀬佳範氏）からのオーダーに応えることに加え、宣伝に関わる部分の開発作業の進捗管理や調整を担当しつつ、国内外のマーケティングチームと連携して、さまざまな宣伝企画を実施しました。わかりやすいところで言うと、各種のPVやテレビCMなどの制作があります。これらの映像は、スケジュールを管理しつつ、撮影や一部の編集をみずから行なったりもしました。

Q 全世界同時発売による苦労はありましたか？

A 同時発売ということは、全世界のみなさまに作品の情報も可能なかぎり同時に伝えていく必要があります。さまざまな国の祝日やイベントのスケジュールを考慮したうえで、法律や文化に沿った表現で情報を発信しなければならず、本作の良さを伝えるためには数え切れない苦労がありました。ただ、ファンのかたがたが喜んでくださったり、ふだんゲームをやらない人が興味を持ってくださったりしたときには、苦労したかいがあったと感じましたね。

Q 開発中の忘れられない思い出を教えてください。

A 各メディアに配布する宣伝素材の内容は、基本的にすんなりと決まるのですが、ジェシーのときだけは難航しました。ジェシーは、元気に明るく振る舞う一面と、ときおり見せる自立したプロフェッショナルな一面が魅力的なキャラクターです。開発スタッフはみんなジェシーが好きで、「元気なジェシーを見せたい！」「いいや、この切なげな表情こそ『FFVII リメイク』のジェシーにふさわしい！」と、大の大人たちがどのジェシーの表情がいいか熱く議論をしていたのはおもしろかったですね。

! 自分だけが知っている本作の秘密

2019年のE3（世界最大級のゲームイベント）で公開するPVのために、地下下水道でクラウドとティファがサハギンと戦うシーンを撮影することになりました。ところが、当時そのシーンを撮るには排水ポンプの仕掛けをクリアする必要があり、試作段階の仕掛けが難しすぎて、しばらく誰も撮影できなかったんです（笑）。

SECTION 七

ENEMY

エネミー

FINAL FANTASY VII REMAKE ULTIMANIA

エネミー解説

エネミーの基礎知識

ミッドガルの各地では、神羅兵や野生のモンスターなどの敵と戦うことになる。敵に関する基本的な知識を身につけて、実際のバトルに役立てよう。

エネミーには5つの分類がある

それぞれの敵は、「人間」「生物」「人工生命」「機械」「解析不能」の5つの分類のいずれかに属している。分類はエネミーレポート(→P.523)で確認可能で、同じ分類に属する敵は、性質に多少の傾向があるのだ(下の表を参照)。また、分類とは別に「アンデッド系」の敵も4種族いて、これらは本来ならHPを回復するはずの行動でダメージを受け、ゴーストは戦闘不能状態を解除する効果で即死もする。

分類別・バトルでの性質の傾向

分類	バトルでの性質の傾向
人間	● 炎属性が弱点
生物	● 氷属性が弱点
人工生命	● 氷属性が弱点　● 大型のものは部位を持つ
機械	● 雷属性が弱点　● 大型のものは部位を持つ ● 毒状態と睡眠状態を無効化する

※「解析不能」は、とくに目立つ傾向がない

アンデッド系の敵

- ゴースト(→P.583)　● ファントム(→P.592)
- ヘルハウンド(→P.596)
- グロウガイスト(→P.634)

⬆アンデッド系の敵とのバトル中は、『ケアル』やフェニックスの尾といった回復用の魔法やアイテムを、その敵に対して使うことができる。

敵のステータスはレベルによって変化

同じ種族の敵でも、出現するチャプターによってステータスが異なる場合が多い。これは、敵のレベル(画面には表示されない)が出現場所ごとにちがい、レベルに応じてステータスが決まるためだ。基本的には、チャプターが進むにつれて敵のレベルが高くなっていき、ステータスも上がる。そのほか、ゲームの難易度も右記のようにステータスに影響をおよぼすので頭に入れておこう。ちなみに、敵を倒したときに得られる経験値やギルはレベルが高いほど多くなるが、APは変わらない。

⬆ガードハウンドのHPは、CHAPTER 1に出現するレベル7と、CHAPTER 16に出現するレベル31では、これだけちがう(どちらも難易度はNORMAL)。

ゲームの難易度によるステータスへの影響

- 難易度がEASYやCLASSICのときは、最大HPがNORMALのときの0.55倍になる
- 難易度がHARDのときは、出現場所に関係なく敵のレベルが50になる。ただし、『召喚獣バトル』(→P.424)では、難易度が一時的にNORMALになる

※『コルネオ・コロッセオ』(→P.444)と『神羅バトルシミュレーター』(→P.455)では、ゲームの難易度にかかわらず、バトルコース開始時に選んだ難易度が適用される

バーストのしやすさは敵によってちがう

すべての敵にはバーストゲージがあり、このゲージが満タンになるとバーストする(→P.134)。バーストゲージの長さは一定だが、「ゲージの最大値」や「受けた攻撃のタイプと属性に応じたゲージの増加量の倍率」が敵ごとに決まっているので、バーストのしやすさには差がつくのだ。なお、一部のボス敵は、それ以外の敵とくらべてヒート中のバーストゲージの増加量が多めになっている。そういったボス敵をバーストさせたいときは、ヒート状態にしてからダメージを与えていくのが効果的だ。

⬆難易度がEASYやCLASSICのときは、バーストゲージの最大値が0.35倍に減るため、バースト状態がかなり発生しやすい。

⬆ファーストレイやミサイルランチャーのように、特定のタイプや属性の攻撃以外ではバーストゲージがまったく増えない敵もいる。

エネミーには部位があることも

大型の敵には、本体とはデータの異なる「部位」を持つものがいる。部位の特徴は以下のとおりで、部位にダメージを与えると、同じ量のダメージを本体にも与えられるのだ。しかも、HPを持つ部位は、残りHPをゼロにすれば破壊でき、それによって本体が使うアクションを減らすことなどが可能。HPを持たない部位も、本体にくらべてダメージを与えやすかったり本体のバーストゲージを増やしやすかったりするので、部位に攻撃できる状況では、そちらを狙ったほうがいいだろう。

部位の特徴

- ターゲットにできて、本体とは別に攻撃が当たる。ただし、範囲攻撃を使っても、本体と同時に攻撃が当たることはない
- ステータスやダメージ倍率などが本体と異なる
- HPを持つ部位と持たない部位がある。どちらの場合も、部位に攻撃したときは、部位に与えたダメージ量のぶん本体のHPも減る
- バーストゲージを持たない。また、状態変化が発生しない(攻撃によるバーストゲージの増加や状態変化の発生は本体に起こる)

⬅部位のなかには、特定のタイミングでしかターゲットにできず攻撃も当たらないものがある。

部位破壊の流れ

⬆部位をターゲットにしてダメージを与え、HPを減らしていく。

⬆部位の残りHPをゼロにすれば、その部位を破壊することができる。

⬆破壊後の部位は、消滅するか外見が変化し、こちらの攻撃が当たらなくなる。

多くの敵はATBゲージによって行動を決める

クラウドたちと同様に、敵もATBゲージを持っており、ATBゲージを消費しない行動と消費する行動を使い分ける(敵のATBゲージの特徴は下記を参照)。基本的には、ATBゲージがたまるまではゲージを消費しない行動を、たまったあとはゲージを消費する行動をとるのだ。ゲージを消費する行動の消費量は「全部」の場合が多いが、一部の敵では例外もあるので注意。ちなみに、ボス敵の大半はATBゲージに影響されず、独自のペースで行動する。

敵のATBゲージの特徴

- 画面には表示されない
- 最大値は敵ごとに異なる(1000の場合が多い)
- 初期値は0〜750のいずれか
- 敵の種類に関係なく、1秒につき70のペースで増える

⬆ATBゲージを消費する行動は、アクション名が表示される傾向がある。

クラウドたちの誰を狙うかは「敵対心」で決定

多くの敵は、それぞれのパーティメンバーに対して「敵対心」という画面には表示されないパラメータを持っており、敵対心の値が一番高い相手に攻撃を行なう。攻撃したあとは、その相手への敵対心が下がり、それ以外の相手への敵対心が上がる(左下の表を参照)。同じ相手がずっと攻撃されつづけることはないが、操作キャラクターは敵対心が上がりやすく下がりにくいせいで2回連続で狙われる場合も多いので、残りHPには注意しよう。なお、敵対心を持たず、独自の判断で狙う相手を決める敵もいる。

各キャラクターへの敵対心の変化

その敵が攻撃した相手	相手ごとの敵対心の変化	
	操作キャラクター	操作していないキャラクター
操作キャラクター	↓↓下がる	↑少し上がる
操作していないキャラクター	↑↑↑大きく上がる	↓↓↓↓ゼロになる(パーティが3人の場合、攻撃されなかったほうは少し上がる)

※『ちょうはつ』マテリアの効果中は、発動したキャラクターへの敵対心が最大の状態で固定される

⬅『ちょうはつ』マテリアが発動すると、そのキャラクターが狙われつづける。ただし、敵対心を持たない敵には『ちょうはつ』自体が発動しない。

ボス敵は段階に応じて行動が変わる

ボス敵の大半は、行動パターンに2〜4の段階がある。HPの残りが一定の割合まで減るなどの特定の条件を満たすと、つぎの段階へと移行し、使うアクションの種類などを変えるのだ。そのときには基本的に、ボス敵のバーストゲージはゼロになり、行動不能になる状態(下記を参照)が敵味方ともに解ける。ちなみに、段階を移行する条件を満たしてから実際に移行が完了するまでのあいだは、敵のHPが特定の値以下に減らないので、段階をいくつか飛ばして倒すことはできない。

段階が移行するときに解除される状態

- 睡眠状態
- ストップ状態
- ヒート状態(敵のみ)
- バースト状態(敵のみ)

⬆段階が移行するときには、あいだにイベントシーンが挿入される場合がほとんど。

⬆敵のHPが減らない状態になったときは、そのことを示すマークがHPゲージに表示される。

エネミーレポートでデータを確認しよう

メインメニューの「ENEMY REPORT」では、戦ったことがある敵のさまざまな情報を見られる。最初は多くの項目が「？」で伏せられているが、『みやぶる』を使った敵は、すべて確認できるようになるのだ。「RESISTANCES（耐性）」と「BATTLE LOG（倒した数や、その敵に行なったことの履歴）」の欄は、R1ボタンを押すたびに「ABILITIES（おもな使用アクション）」と切りかえられる。なお、バトル中にタッチパッドボタンを押せば、その時点での敵の情報を見ることが可能。

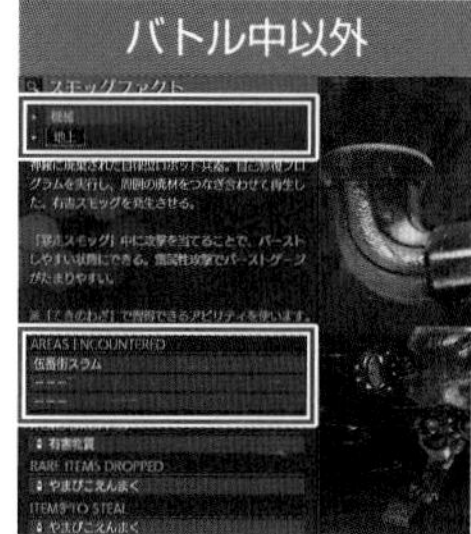

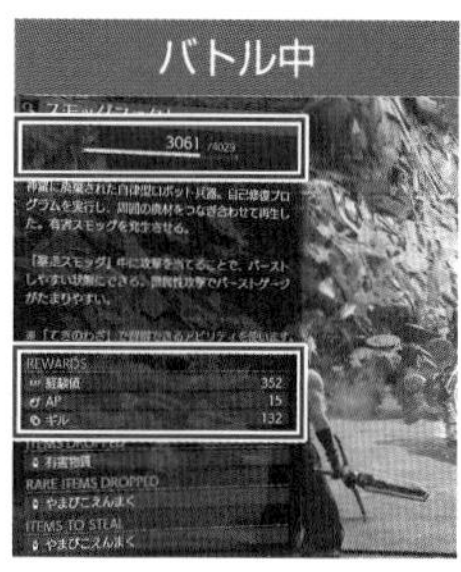

⬆バトル中に確認できるエネミーレポートは内容が一部異なり、分類の位置に残りHPと最大HPが、出現場所の位置に獲得できる経験値、AP、ギルが表示される。

⯐化けネズミ
ホウルイーター
⯐グランバキューム
羽根トカゲ

⬅『みやぶる』を使った敵には、虫メガネのマークがつく。名前の頭の丸い印は、その敵が原種から変異した「亜種モンスター」であることを表す。

⬅「ABILITIES」で緑色の文字のものは、てきのわざとして習得可能。習得したあとは、文字の色が青色に変わる。

エネミーレポートに登録される敵

※⯐は亜種モンスターであることを示す

No.	名前	詳細
001	警備兵	P.526
002	上級警備兵	P.540
003	擲弾兵	P.532
004	上級擲弾兵	P.546
005	鎮圧兵	P.533
006	上級鎮圧兵	P.557
007	重火兵	P.550
008	戦闘員	P.531
009	特殊戦闘員	P.556
010	重装甲戦闘員	P.607
011	強化戦闘員	P.608
012	空中兵	P.585
013	特殊空中兵	P.604
014	ソルジャー3rd	P.603
015	ガードハウンド	P.527
016	⯐レイジハウンド	P.543
017	ブラッドテイスト	P.573
018	モノドライブ	P.529
019	⯐ピアシングアイ	P.563
020	ファーストレイ	P.528
021	レーザーキャノン	P.555
022	ミサイルランチャー	P.551
023	プロトマシンガン	P.554
024	マシンガン	P.584
025	スタンレイ	P.547
026	スタンテイザー	P.605
027	グレネードソーサー	P.606
028	スイーパー	P.530
029	プロトスイーパー	P.567
030	カッターマシン	P.558
031	カッターマシン＝カスタム	P.578
032	モススラッシャー	P.609
033	ゼネネ	P.610
034	デジョンハンマ	P.611
035	ブレインポッド	P.652
036	ソードダンス	P.654
037	あやしげな男	P.538
038	コルネオの部下	P.574
039	猛獣使い	P.572

No.	名前	詳細
040	バグラー	P.571
041	ベグ	P.568
042	ブッチョ	P.569
043	バド	P.570
044	ジャイアントバグラー	P.577
045	ウェアラット	P.537
046	⯐化けネズミ	P.541
047	ホウルイーター	P.536
048	⯐グランバキューム	P.586
049	羽根トカゲ	P.542
050	ディーングロウ	P.544
051	⯐ストライプフォリッジ	P.593
052	グラシュトライク	P.548
053	クイーンシュトライク	P.549
054	⯐ネフィアウィーバー	P.565
055	プアゾキュート	P.552
056	チュースタンク	P.553
057	ヘッジホッグパイ	P.559
058	⯐ヘッジホッグキング	P.561
059	スモッグファクト	P.560
060	⯐トクシックダクト	P.564
061	シェザーシザー	P.581
062	サハギン	P.580
063	⯐サハギンプリンス	P.597
064	クリプシェイ	P.582
065	ゴースト	P.583
066	⯐ファントム	P.592
067	トンベリ	P.595
068	怪奇虫	P.588
069	ヴァギドポリス	P.587
070	⯐ミュータントテイル	P.594
071	ビオパードック	P.602
072	ヘルハウンド	P.596
073	ボム	P.576
074	モルボル	P.686
075	部隊長ゴンガ	P.534
076	ローチェ	P.616
077	レノ	P.625 P.638

No.	名前	詳細
078	ルード	P.627 P.640
079	ルーファウス	P.659
080	ダークネイション	P.662
081	ガードスコーピオン	P.614
082	ダストドーザー	P.620
083	エアバスター	P.622
084	ヘリガンナー	P.646
085	ハンドレッドガンナー	P.663
086	プラウド・クラッド零号機	P.688
087	サンプル：H0512	P.648
088	H0512-OPT	P.650
089	ジェノバBeat	P.656
090	ヘルハウス	P.629
091	アプス	P.632 P.644
092	アプスベビー	P.590
093	⯐どろぼうアプス	P.591
094	グロウガイスト	P.634
095	エリゴル	P.636
096	アノニマス	P.642
097	ネムレス	P.589
098	ベヒーモス零式	P.600
099	シヴァ	P.674
100	デブチョコボ	P.676
101	？？	P.678
102	？？？？	P.679
103	サボテンダー	P.678
104	リヴァイアサン	P.680
105	バハムート	P.682
106	イフリート	P.685
107	未知なる魔物	P.618
108	虚無なる魔物	P.619
109	フィーラー＝プラエコ	P.665
110	フィーラー＝ロッソ	P.667
111	フィーラー＝ヴェルデ	P.668
112	フィーラー＝ジャッロ	P.669
113	フィーラー＝バハムート	P.670
114	セフィロス	P.671

エネミーページの見かた

110種類以上のエネミーの各種データと、手ごわい敵とのバトルに勝つためのアドバイスをお届けする。ふつうに戦っているだけでは気づきにくい、エネミーの詳細な情報が満載だ。

ノーマル敵、ボス敵のそれぞれについて、シナリオでの登場順で掲載。召喚獣バトルや『神羅バトルシミュレーター』(→P.455)でしか戦えない敵は、最後に掲載している

ノーマル敵

ボス敵

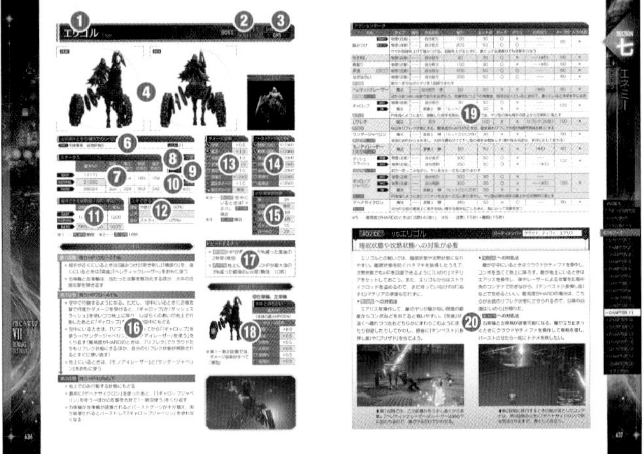

❶**名前**……その敵の名前。

❷**分類**……その敵の分類(→P.520)。

❸**レポートNo.**……エネミーレポート(→P.523)における、その敵の掲載順。

❹**敵の外見**……その敵の見た目。オリジナル版『FFVII』にも出現する場合は、同作品での外見も掲載している。

❺**ADVICEの掲載場所**……その敵と戦ううえでのアドバイスの掲載ページ。⑳「ADVICE」があるノーマル敵にのみ記載している。

❻**出現場所とその場所でのレベル**……その敵が出現するチャプターおよび場所と、それぞれのチャプターで出現するときのレベル(難易度がHARDの場合は、どの場所でもレベルが50になる)。出現する場所が多い場合は、おもな場所を記載している。「CH」はチャプター、「SUB」はサブイベントを表す。

❼**ステータス**……それぞれの難易度における、その敵のステータス。レベルに幅がある場合は、「最小レベルでの値〜最大レベルでの値」の形で記載している。難易度がCLASSICの場合のステータスは、「EASY」の値と同じ。

❽**基本キープ値**……その敵がアクションを実行していないときにダメージリアクションをとるかどうかに影響する値(→P.133)。基本的には、この値よりも高いカット値を持つ攻撃を受けるとダメージリアクションをとる。

❾**バーストゲージ**……その敵のバーストゲージの最大値。記載された値までバースト値(→P.134)がたまるとバーストする。難易度がEASYかCLASSICのときは、最大値が0.35倍になる。

❿**バースト時間**……その敵がバーストしている時間。

⓫**獲得できる経験値・AP・ギル**……それぞれの難易度における、その敵を倒したときに得られる経験値などの値。レベルに幅がある場合は、「最小レベルでの値〜最大レベルでの値」の形で記載。チャプターセレクト時は、経験値が2倍、APが3倍になる(「HARD」では、それらの効果が適用されたあとの値を記載)。

⓬**入手できるアイテム**……その敵を倒したときに(「盗み」は、『ぬすむ』が成功したときに)得られるアイテムと、得られる確率の基本値。「通常」は通常ドロップを、「レア」はレアドロップを表し、1体の敵から両方が手に入ることもある。

⓭**ダメージ倍率**……タイプや属性を持つ攻撃、および固定ダメージまたは割合ダメージの攻撃で、その敵が受けるダメージの倍率。倍率が「×1.0」よりも高い場合は、**赤色の太字**で記載している。倍率以外の表記の意味は、以下のとおり。

- **無効**…ダメージを受けない
- **吸収**…ダメージを受けずに、HPが回復する

⓮**バーストゲージ増加倍率**……その敵がタイプや属性を持つ攻撃を受けたときのバーストゲージの増加量にかかる倍率。クラウドたちのアクションのバースト値にこれらの倍率を掛けた値が、バーストゲージの増加量になる。「無効」は、バーストゲージが増えないことを表す。

⑮**状態異常耐性値**……その敵に不利な状態変化が発生したときの持続時間に影響する値。記載された値が高いほど、2回目以降に発生したときの持続時間が短くなる(→P.136)。「100」はその状態変化が1回しか発生しないことを、「無効」は1回も発生しないことを表す。

⑯**特徴的な性質**……その敵のおおまかな行動や特殊な性質の説明。

⑰**ヒートする状況**……その敵がヒート状態になる条件と、記載された条件でヒートしている時間の基本値(立ち直る動作などのぶんを含んでいないため、実際の時間は基本値よりも長くなる)。「バーストゲージ増加量○倍」は、記載された条件でヒートしているあいだのバーストゲージの増加量が○倍になることを、「無効:○秒」は、ヒートが終わったあとの○秒間は同じ条件でヒートしないことを表す。「打ち上げられる」などのダメージリアクションについては、P.133を参照。

⑱**部位のデータ**……その敵の部位(→P.521)において、本体とデータが異なる部分をまとめたもの。部位を持つ敵にのみ記載している。

⑲**アクションデータ**……その敵が使うアクションのデータ。各項目の意味は下記のとおり。

⑳**ADVICE**……その敵に対する有効な戦いかたなどの解説。ボス敵の場合は、戦うときのパーティメンバーも記載している。

⑲「アクションデータ」の見かた

アクションデータ

名前 ㉑		タイプ ㉓	属性 ㉔	効果範囲 ㉕	威力 ㉖	カット値 ㉗	ガード ㉘	ダウン ㉙	状態変化 ㉚	キープ値 ㉛	ATB消費 ㉜
絶叫		物理(遠隔)	――	自分周囲	1ヒットごとに30	50	△	×	スタン(5秒)	40	×
		周囲の空間をゆがませるほど㉝叫び声を上げる									
サンダラ		魔法	雷	敵単体	150	50	△	×	――	40	×
死の踊り	しがみつき ㉒	物理(近接)	――	敵単体	100	50	×	×	――	40	○
	自爆	魔法	――	敵単体	900	50	×	○	――		
		身体をふるわせたあと、目の前の相手にしがみついて約7.5秒間拘束してから自爆する。ただし、拘束中にHPが最大値の3%減るか、武器アビリティ、魔法、リミット技のいずれかの攻撃でダメージを受けると、拘束を解く【『自爆』をてきのわざとして習得可能】									

㉑**名前**……アクションの名前。画面に名前が表示される行動は、**赤色の太字**で記載している。マークの意味は、以下のとおり。

…沈黙状態が発生しているあいだは使えない

H…難易度がHARDのときにのみ使う

第1段階 **など**…ボス敵がその段階のときにのみ使う

㉒**データの分類**……データがちがう複数の攻撃をくり出す場合に、それらを区別するための名前。

㉓**タイプ**……攻撃のタイプ(→P.132)。「――」はタイプを持たないことを示す。

㉔**属性**……攻撃が持つ属性(→P.132)。「――」は属性を持たないことを示す。

㉕**効果範囲**……効果がおよぶ範囲(うしろに「・弾」とついている場合は、障害物などに当たると消えることを示す)。「味方」はエネミーを、「敵」はクラウドたちを表す。特別な表記の意味は、以下のとおり。

- **敵単体**…ターゲットにした敵1体にのみ効果がある
- **自分前方、自分後方、自分側方、自分下方**…自分の特定方向の一定範囲内にいる敵に効果がある
- **着弾周囲**…弾などが当たった場所とその近くにいる敵に効果がある
- **設置周囲**…手榴弾や機雷など、地面に置かれた物体の周囲にいる敵に効果がある
- **直線上**…まっすぐ飛ぶ弾やレーザーの軌道上にいる敵に効果がある
- **攻撃軌道上**…相手を追いかけて飛ぶ弾などの軌道上にいる敵に効果がある
- **特定範囲**…攻撃ごとに決まった範囲に効果がある

㉖**威力**……攻撃の威力(→P.135)。「――」はダメージを与えないことを示す。2回以上ヒットする場合は、以下の形で表記している。

- **a+b**…威力aの攻撃とbの攻撃を順にくり出す
- **a×b回**…威力aの攻撃をb回くり出す
- **1ヒットごとにa**…威力aの攻撃が何度かヒットする

㉗**カット値**……相手がダメージリアクションをとるかどうかに影響する値(→P.133)。攻撃を行なわない行動には「――」と記載。

㉘**ガード**……そのアクションをクラウドたちがガードできるかどうか。記号の意味は、以下のとおり。

○…ガードできる　×…ガードできない

△…基本的にガードできるが、ブレイブモード中のクラウドはガードできない

㉙**ダウン**……そのアクションが相手をダウンさせる(吹き飛ばしたり、打ち上げたり、たたきつけたりする)かどうか。「○」はダウンさせることを、「×」はダウンさせないことを示す。例外的に、クラウドたちを行動不能にする時間が長めのアクションは、ダウンさせなくても「○」にしている。

㉚**状態変化**……そのアクションが発生させる状態変化の種類と、持続時間の基本値(スタン状態の持続時間は、立ち直る動作などのぶんを含んでいないため、実際の時間は基本値よりも長くなる)。「永続」は、時間経過では解除されない(ほかの条件で解除される場合はある)ことを、「――」は状態変化が発生しないことを示す。

㉛**キープ値**……動作中にダメージリアクションをとるかどうかに影響する値(→P.133)。

㉜**ATB消費**……そのアクションの使用時にエネミーがATBゲージ(→P.522)を消費するかどうか。「○」は消費することを、「×」は消費しないことを表す。「○」のアクションは、スロウ状態が発生していると使うペースが遅くなる。

㉝**説明**……そのアクションの説明。一部のアクションでは省略している。

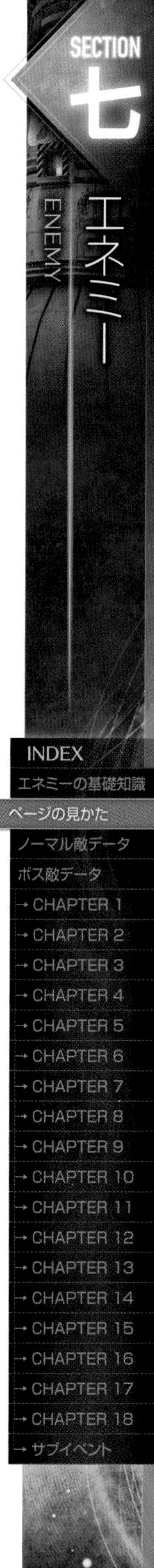

警備兵 Security Officer

▸人間
▸地上

レポートNo.
» 001 «

FRONT

BACK

オリジナル版

おもな出現場所とその場所でのレベル

	場所	レベル
CH1	壱番魔晄炉・壱番魔晄炉駅 1F：改札口　など	6〜7
CH4	七番街・社宅地区：七六分室	11
SUB	コルネオ・コロッセオ(→P.444)	25

ステータス

	最大HP(※1)	物理攻撃力	魔法攻撃力	物理防御力	魔法防御力
EASY	35〜293	27〜79	27〜79	10〜26	10〜26
NORMAL	64〜533				
HARD	1014	148	148	45	45

基本キープ値	バーストゲージ	バースト時間
20	25	10秒

獲得できる経験値・AP・ギル

	経験値	AP	ギル
EASY / NORMAL	9〜72	2	4〜46
HARD	528	6	171

入手できるアイテム(※2)

通常	ポーション(12%)
レア	手榴弾(5%)
盗み	手榴弾(15%)

ダメージ倍率

物理	×1.0
魔法	×1.0
炎属性	**×2.0**
氷属性	×1.0
雷属性	×1.0
風属性	×1.0
固定ダメージ	×1.0
割合ダメージ	×1.0

バーストゲージ増加倍率

物理(近接)	×1.0
物理(遠隔)	×1.0
魔法	×1.0
炎属性	×1.0
氷属性	×1.0
雷属性	×1.0
風属性	×1.0

状態異常耐性値

毒	35
沈黙	35
睡眠	35
スロウ	35
ストップ	35
バーサク	35

特徴的な性質

- 攻撃の合間には、相手から一定の距離(個体差あり)を維持しようとする
- 『マシンガン』や『手榴弾』を使うことが多いが、相手が近くにいるときは『トンファー』か『蹴り』で攻撃を行なう場合もある

▸ヒートする状況

- 打ち上げられたり、吹き飛ばされたり、たたきつけられたりしているあいだ

アクションデータ

名前	タイプ	属性	効果範囲	威力	カット値	ガード	ダウン	状態変化	キープ値	ATB消費
蹴り	物理(近接)	―	自分前方	50	30	○	×	―	20	×
	左足を前に出してキックを放つ									
トンファー	物理(近接)	―	自分前方	70	30	○	×	―	20	×
	武器をトンファーに持ちかえてなぐりつける									
マシンガン	物理(遠隔)	―	直線上・弾	1ヒットごとに33	0(※3)	△	×	―	20	○
	銃から弾を9発撃つ。3発しか撃たないこともある(そのときは、アクション名が表示されず、ATBゲージも消費しない)									
手榴弾	物理(遠隔)	―	設置周囲	300	50	△	○	―	40	○
	前方に手榴弾を投げる。手榴弾は約3秒後に爆発する									

※1……CHAPTER 4の七番街・社宅地区：七六分室に出現する個体は、最大HPがほかの個体よりも約42%低い
※2……CHAPTER 1に出現する特定の個体は、「通常：ポーション(100%)、レア：―」
※3……難易度がHARDのときは「30」

ガードハウンド Guard Dog

▸生物
▸地上

レポートNo. » 015 «

FRONT

BACK

オリジナル版

おもな出現場所とその場所でのレベル

	場所	レベル
CH1	壱番魔晄炉・連絡口：資材管理区	7
CH4	七番街・社宅地区：七六分室	11
CH16	神羅ビル・B1F 地下駐車場：B区画	31

特徴的な性質

- 攻撃の合間には、相手の周囲をまわるように動く
- CHAPTER 1で出現したときは、『ネックバイト』を使わない

ステータス

	最大HP(※4)	物理攻撃力	魔法攻撃力	物理防御力	魔法防御力
EASY	648~2693	32~114	27~99	11~31	11~31
NORMAL	1179~4896				
HARD	7074	175	148	45	45

基本キープ値	バーストゲージ	バースト時間
40	15	10秒

ヒートする状況

- 打ち上げられたり、吹き飛ばされたり、たたきつけられたりしているあいだ

獲得できる経験値・AP・ギル

	経験値	AP	ギル
EASY	13~145	3	6~101
NORMAL			
HARD	774	9	268

入手できるアイテム

通常	ポーション(12%)
レア	ポーション(5%)
盗み	ポーション(25%)

ダメージ倍率

物理	×1.0
魔法	×1.0
炎属性	×1.0
氷属性	×2.0
雷属性	×1.0
風属性	×1.0
固定ダメージ	×1.0
割合ダメージ	×1.0

バーストゲージ増加倍率

物理(近接)	×1.0
物理(遠隔)	×1.0
魔法	×2.0
炎属性	×1.0
氷属性	×1.0
雷属性	×1.0
風属性	×1.0

状態異常耐性値

毒	35
沈黙	35
睡眠	35
スロウ	35
ストップ	35
バーサク	35

アクションデータ

名前	タイプ	属性	効果範囲	威力	カット値	ガード	ダウン	状態変化	キープ値	ATB消費
かみつき	物理(近接)	―	敵単体	100	0(※3)	○	×	―	40	×
	跳びかかってかみつく									
スナップウィップ	物理(近接)	―	自分周囲	300	30	○	×	―	40	○
	首元の触手をムチのように振りまわす									
ネックバイト 跳びつき	物理(近接)	―	敵単体	100	50	×	×	―	40	○
ネックバイト かみつき	物理(近接)	―	敵単体	20×4回	50	×	×	―		
	相手に跳びかかって約4秒間拘束しつつ、何度もかみつく。ただし、拘束中にHPが最大値の3%減るか、武器アビリティ、魔法、リミット技のいずれかの攻撃でダメージを受けると、拘束を解く									

※4……CHAPTER 4の七番街・社宅地区：七六分室に出現する個体は、最大HPがほかの個体よりも約57%低い

ファーストレイ Sentry Ray

▸機械
▸地上

レポートNo. » 020 «

FRONT

BACK

オリジナル版

おもな出現場所とその場所でのレベル

CH1	壱番魔晄炉・B1F：作業通路　など	レベル 7
CH6	四番街 プレート内部・上層：H区画 第一照明機区域　など	レベル 15
SUB	コルネオ・コロッセオ(→P.444)	レベル 25

特徴的な性質

- バーストゲージの最大値が低いが、無属性か雷属性の魔法攻撃でしかバーストゲージが増えない
- 移動を行なわず、台座を回転させて相手を狙いつつ『レーザー』を使うことをくり返す

ステータス

	最大HP	物理攻撃力	魔法攻撃力	物理防御力	魔法防御力
EASY	130〜409	27〜79	27〜79	11〜26	11〜26
NORMAL	236〜744				
HARD	1415	148	148	45	45

基本キープ値	バーストゲージ	バースト時間
20	4	10秒

ヒートする状況

(なし)

獲得できる経験値・AP・ギル

	経験値	AP	ギル
EASY / NORMAL	7〜56	1	3〜35
HARD	410	3	128

入手できるアイテム

通常	――
レア	――
盗み	――

ダメージ倍率

物理	×1.0
魔法	×1.0
炎属性	×1.0
氷属性	×1.0
雷属性	**×2.0**
風属性	×0.1
固定ダメージ	×1.0
割合ダメージ	×1.0

バーストゲージ増加倍率

物理(近接)	無効
物理(遠隔)	無効
魔法	×1.0
炎属性	無効
氷属性	無効
雷属性	**×2.0**
風属性	無効

状態異常耐性値

毒	無効
沈黙	35
睡眠	無効
スロウ	35
ストップ	35
バーサク	35

アクションデータ

名前	タイプ	属性	効果範囲	威力	カット値	ガード	ダウン	状態変化	キープ値	ATB消費
レーザー	魔法	――	直線上・弾	100	30	△	×	――	40	×
	射出口にエネルギーをためたあと、正面にレーザーを発射する									

設定画

FINAL FANTASY VII REMAKE ULTIMANIA

モノドライブ Monodrive

▸人工生命
▸飛行

レポートNo. » 018 «

FRONT

BACK

オリジナル版

おもな出現場所とその場所でのレベル

場所	レベル
CH1 壱番魔晄炉・B1F：作業通路　など	レベル 7
CH17 神羅ビル・鑼牟 第一層：サンプル培養区画　など	レベル 31
SUB 神羅バトルシミュレーター(→P.455)	レベル 35

特徴的な性質

- バトル開始時やバトルの途中に、赤く光って警告音を鳴らすことがある(効果はとくにない)
- 『ファイア』を使うときに高く上昇する

ステータス

	最大HP	物理攻撃力	魔法攻撃力	物理防御力	魔法防御力
EASY	119〜541	27〜109	31〜121	1	12〜38
NORMAL	217〜984				
HARD	1298	148	166	1	50

基本キープ値	バーストゲージ	バースト時間
20	30	10秒

ヒートする状況

- 打ち上げられたり、吹き飛ばされたり、たたきつけられたりしているあいだ

獲得できる経験値・AP・ギル

	経験値	AP	ギル
EASY / NORMAL	6〜85	3	4〜82
HARD	352	9	171

入手できるアイテム(※1)

通常	ポーション(12%)
レア	エーテル(5%)
盗み	エーテル(5%)

設定画

ダメージ倍率

物理	×1.0
魔法	×1.0
炎属性	×1.0
氷属性	×1.0
雷属性	×1.0
風属性	**×2.0**
固定ダメージ	×1.0
割合ダメージ	×1.0

バーストゲージ増加倍率

物理(近接)	×1.0
物理(遠隔)	×1.0
魔法	×1.0
炎属性	×1.0
氷属性	×1.0
雷属性	×1.0
風属性	×1.0

状態異常耐性値

毒	35
沈黙	35
睡眠	35
スロウ	35
ストップ	無効
バーサク	35

アクションデータ

名前	タイプ	属性	効果範囲	威力	カット値	ガード	ダウン	状態変化	キープ値	ATB消費
ドリルドライブ	物理(近接)	——	自分前方	100	30	○	×	——	20	×
	回転しながら水平方向に高速で突進し、触手を突き刺す									
ファイア	魔法	炎	敵単体・弾	300	50	△	×	——	40	○

※1……CHAPTER 1に出現する特定の個体は、「通常：ポーション(100%)、レア：——」

INDEX

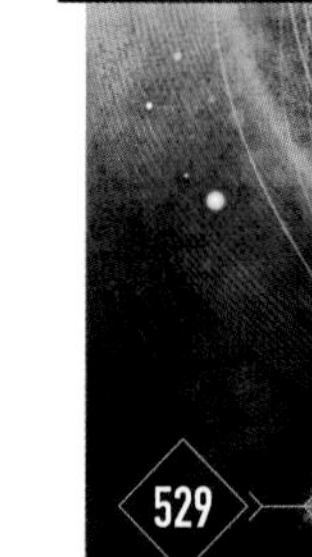

スイーパー Sweeper

▸機械
▸地上

レポートNo. 028

ADVICE » P.535

FRONT

BACK

オリジナル版

おもな出現場所とその場所でのレベル

	場所	レベル
CH1	壱番魔晄炉・B4F：兵器格納庫	7
CH14	地下実験場・B2F：D型実験体 飼育場	23
SUB	コルネオ・コロッセオ(→P.444)	25

ステータス

	最大HP	物理攻撃力	魔法攻撃力	物理防御力	魔法防御力
EASY	1621〜5111	60〜154	60〜154	60〜180	11〜26
NORMAL	2948〜9293				
HARD	17685	328	328	342	45

基本キープ値	バーストゲージ	バースト時間
60	80	10秒

獲得できる経験値・AP・ギル

	経験値	AP	ギル
EASY	27〜216	5	15〜177
NORMAL			
HARD	1584	15	656

入手できるアイテム(※1)

通常	フェニックスの尾(10%)
レア	エーテル(5%)
盗み	エーテル(5%)

ダメージ倍率

物理	×1.0
魔法	×1.0
炎属性	×1.0
氷属性	×1.0
雷属性	**×2.0**
風属性	×1.0
固定ダメージ	×1.0
割合ダメージ	×1.0

バーストゲージ増加倍率

物理(近接)	×1.0
物理(遠隔)	×1.0
魔法	×1.0
炎属性	×1.0
氷属性	×1.0
雷属性	×1.0
風属性	×1.0

状態異常耐性値

毒	無効
沈黙	35
睡眠	無効
スロウ	35
ストップ	35
バーサク	35

特徴的な性質

- 攻撃を行なった直後に、つぎに狙う相手のほうを向いたあと、少し待機する
- 相手が離れた位置にいると、すばやく移動して距離を詰める
- HPが残り50%以下になると、両腕の銃で上空へ向けて威嚇射撃を行なう。そのあとは攻撃を行なうペースが速くなるほか、『フットスタンプ』を使うようになる

▸ヒートする状況

- HPが最大値の20%減った直後の5秒間

アクションデータ

名前	タイプ	属性	効果範囲	威力	カット値	ガード	ダウン	状態変化	キープ値	ATB消費
突撃	物理(近接)	―	自分前方	300	50	○	○	―	60	○
	蒸気を噴き出していったん停止したあと、正面方向に高速で突進する									
フットスタンプ	物理(近接)	―	敵単体	300+200	50	×	○	―	60	○
	ジャンプからの踏みつけで相手を約4秒間拘束したあと、もう一度踏みつける。ただし、拘束中にHPが最大値の5%減るか、武器アビリティ、魔法、リミット技のいずれかの攻撃でダメージを受けると、拘束を解く									
マシンガン	物理(遠隔)	―	直線上・弾	1ヒットごとに12	0(※2)	△	×	―	60	×
	右腕または左腕の銃から弾を8発撃つ									
ダブルマシンガン	物理(遠隔)	―	直線上・弾	1ヒットごとに12	0(※2)	△	×	―	60	×
	右腕と左腕の銃から同時に弾を8発ずつ撃つ									
スモークショット	魔法	炎	自分前方	300	50	△	×	―	60	○
	前方をなぎ払うように機体の正面から炎を放つ									

※1……CHAPTER 1に出現する特定の個体は、「通常：フェニックスの尾(100%)、レア：──」
※2……難易度がHARDのときは「30」

戦闘員 Shock Trooper

▸人間
▸地上

レポートNo. 》008《

FRONT

BACK

オリジナル版

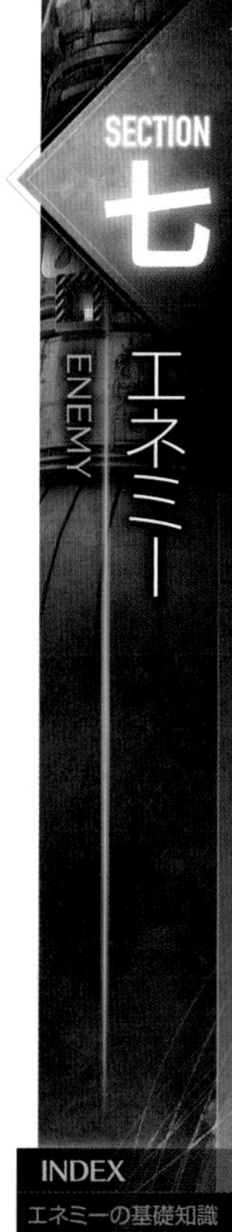

おもな出現場所とその場所でのレベル

	場所	レベル
CH1	壱番魔晄炉・B2F：作業通路　など	7
CH7	伍番魔晄炉・B8F：炉心最下層 メインブリッジ	16
SUB	コルネオ・コロッセオ(→P.444)	25

ステータス

	最大HP	物理攻撃力	魔法攻撃力	物理防御力	魔法防御力
EASY	648～2044	44～117	27～79	11～26	36～103
NORMAL	1179～3717				
HARD	7074	238	148	45	194

基本キープ値	バーストゲージ	バースト時間
60	20	10秒

獲得できる経験値・AP・ギル

	経験値	AP	ギル
EASY	19～151	4	12～138
NORMAL			
HARD	1112	12	513

入手できるアイテム

通常	ポーション(12%)
レア	手榴弾(10%)
盗み	手榴弾(25%)

ダメージ倍率

物理	×1.0
魔法	×1.0
炎属性	**×2.0**
氷属性	×1.0
雷属性	×1.0
風属性	×1.0
固定ダメージ	×1.0
割合ダメージ	×1.0

バーストゲージ増加倍率

物理(近接)	×1.0
物理(遠隔)	×1.0
魔法	×1.0
炎属性	×1.0
氷属性	×1.0
雷属性	×1.0
風属性	×1.0

状態異常耐性値

毒	35
沈黙	35
睡眠	35
スロウ	35
ストップ	35
バーサク	35

特徴的な性質

- 攻撃の合間には、相手の『たたかう』や固有アビリティによる攻撃が当たらない状態になることがある
- バースト中に炎属性の魔法を受けると、バースト状態が解除されるが、直後に腕の武器から爆発が起こり、最大HPの5%のダメージを受けつつ吹き飛ばされてヒート状態になる
- 『パルクールキック』は、特定の壁が近くにあるときにのみ使う

▶ヒートする状況

- 打ち上げられたり、吹き飛ばされたり、たたきつけられたりしているあいだ

アクションデータ

名前	タイプ	属性	効果範囲	威力	カット値	ガード	ダウン	状態変化	キープ値	ATB消費
ハンドクロー	物理(近接)	―	自分前方	25×2回+50	30	○	×	―	40	×
	左右の手のツメで1回ずつ攻撃してから、ジャンプしてツメを大きく振る									
ドロップキック	物理(近接)	―	自分前方	300	50	○	○	―	60	○
	その場で高くジャンプし、斜め下方向にキックをくり出す									
バックフリップキック	物理(近接)	―	自分周囲	200	50	○	○	―	60	○
	後方宙返りをしながら蹴り上げる									
パルクールキック	物理(近接)	―	自分前方	300	50	○	○	―	100	○
	近くの壁に向かってジャンプし、壁を蹴った反動を利用して相手にキックを放つ									

擲弾兵 Grenadier

▸人間
▸地上

レポートNo. 》003《

FRONT

BACK

オリジナル版

おもな出現場所とその場所でのレベル

	場所	レベル
CH2	八番街・市街地区：LOVELESS通り　など	8
CH4	七番街・社宅地区：七六分室	11
SUB	コルネオ・コロッセオ（→P.444）	25

ステータス

	最大HP（※1）	物理攻撃力	魔法攻撃力	物理防御力	魔法防御力
EASY	45〜136	57〜143	57〜143	11〜26	11〜26
NORMAL	81〜248				
HARD	472	301	301	45	45

基本キープ値
20

バーストゲージ
25

バースト時間
10秒

特徴的な性質

- 警備兵がいる場合、その後方に立つことが多い
- 攻撃の合間には、遠い距離を維持しようとする。相手に背を向けて走り、急いで離れることもある
- 『グレネードランチャー』や『クラッカー機雷』を使うことが多いが、相手が近くにいるときは『トンファー』か『蹴り』で攻撃を行なう場合もある

獲得できる経験値・AP・ギル

	経験値	AP	ギル
EASY	13〜55	2	10〜92
NORMAL			
HARD	398	6	342

入手できるアイテム

通常	手榴弾（12%）
レア	興奮剤（5%）
盗み	手榴弾（15%）

ヒートする状況

- 打ち上げられたり、吹き飛ばされたり、たたきつけられたりしているあいだ

ダメージ倍率

物理	×1.0
魔法	×1.0
炎属性	**×2.0**
氷属性	×1.0
雷属性	×1.0
風属性	×1.0
固定ダメージ	×1.0
割合ダメージ	×1.0

バーストゲージ増加倍率

物理（近接）	×1.0
物理（遠隔）	×1.0
魔法	×1.0
炎属性	×1.0
氷属性	×1.0
雷属性	×1.0
風属性	×1.0

状態異常耐性値

毒	35
沈黙	35
睡眠	35
スロウ	35
ストップ	35
バーサク	35

アクションデータ

名前	タイプ	属性	効果範囲	威力	カット値	ガード	ダウン	状態変化	キープ値	ATB消費
蹴り	物理（近接）	—	自分前方	50	30	○	×	—	20	○
	左足を前に出してキックを放つ。ATBゲージを消費しないこともある									
トンファー	物理（近接）	—	自分前方	70	30	○	×	—	20	○
	武器をトンファーに持ちかえてなぐりつける。ATBゲージを消費しないこともある									
グレネードランチャー	物理（遠隔）	—	着弾周囲・弾	1ヒットごとに100	30	△	×	—	20	○
	何かに当たると爆発する弾を、1発ずつ装填しながら3発撃つ。1発しか撃たないこともある（そのときは、アクション名が表示されず、ATBゲージも消費しない）									
クラッカー機雷	物理（遠隔）	—	設置周囲	1ヒットごとに20	30	△	×	—	20	×
	前方に機雷を投げる。機雷は約10秒が経過するか、クラウドたちが近づくと爆発する									

※1……CHAPTER 4の七番街・社宅地区：七六分室に出現する個体は、最大HPがほかの個体よりも20%低い

鎮圧兵 Riot Trooper

▸人間
▸地上

レポートNo. » 005 «

FRONT

BACK

おもな出現場所とその場所でのレベル

	場所	レベル
CH2	八番街・市街地区：住宅地区	レベル 8
CH7	伍番魔晄炉・B4F：兵器格納庫	レベル 16
SUB	コルネオ・コロッセオ(→P.444)	レベル 25

ステータス

	最大HP	物理攻撃力	魔法攻撃力	物理防御力	魔法防御力
EASY	89〜273	28〜79	28〜79	11〜26	11〜26
NORMAL	162〜496				
HARD	944	148	148	45	45

基本キープ値	バーストゲージ	バースト時間
20	25	10秒

獲得できる経験値・AP・ギル

	経験値	AP	ギル
EASY	20〜95	2	5〜41
NORMAL			
HARD	702	6	154

入手できるアイテム

通常	手榴弾(12%)
レア	鎮静剤(5%)
盗み	手榴弾(15%)

ダメージ倍率

物理	×1.0
魔法	×1.0
炎属性	×2.0
氷属性	×1.0
雷属性	×1.0
風属性	×1.0
固定ダメージ	×1.0
割合ダメージ	×1.0

バーストゲージ増加倍率

物理(近接)	×1.0
物理(遠隔)	×1.0
魔法	×1.0
炎属性	×1.0
氷属性	×1.0
雷属性	×1.0
風属性	×1.0

状態異常耐性値

毒	35
沈黙	35
睡眠	35
スロウ	35
ストップ	35
バーサク	35

特徴的な性質

- 攻撃の合間には、やや近い距離を維持しようとする
- 大型の盾を構えており、盾に当たった『たたかう』や固有アビリティによる攻撃をガードして、受けるダメージ量を0.2倍に減らすほか大半の近接攻撃を弾き返す。ただし、『スタンロッド』や『シールドバッシュ』を使ったあとは、少しのあいだ無防備になる
- 盾で武器アビリティを受けると、ガードしたあと少しのあいだよろめき、ガードができなくなる
- 一部の武器アビリティ、魔法、リミット技、アイテムによる攻撃などは盾でガードできない
- 『スタンロッド』を使うときは、直前に右腕を2回振ったりまわしたりする

▸ヒートする状況

- 打ち上げられたり、吹き飛ばされたり、たたきつけられたりしているあいだ

アクションデータ

名前	タイプ	属性	効果範囲	威力	カット値	ガード	ダウン	状態変化	キープ値	ATB消費
スタンロッド	物理(近接)	—	自分前方	100×3回	30	○	×	スタン(3秒)	20	○
	電気を帯びた警棒を3回振る。1回しか振らないこともある(そのときは、アクション名が表示されず、ATBゲージも消費しない)									
シールドバッシュ	物理(近接)	—	自分前方	100	30	○	×	—	20	×
	盾を武器がわりにして自分の前方をなぎ払う									

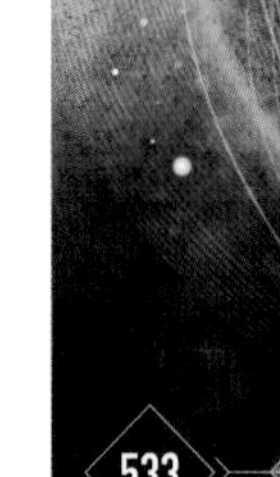

部隊長ゴンガ The Huntsman

▸人間
▸地上

レポートNo. » 075 «

ADVICE » P.535

おもな出現場所とその場所でのレベル

	場所	レベル
CH2	八番街・市街地区：住宅地区	8
SUB	コルネオ・コロッセオ(→P.444)	20

ステータス

	最大HP	物理攻撃力	魔法攻撃力	物理防御力	魔法防御力
EASY	1778～4836	53～119	53～119	38～88	38～88
NORMAL	3232～8792				
HARD	18864	283	283	194	194

基本キープ値	バーストゲージ	バースト時間
60	70	10秒

獲得できる経験値・AP・ギル

	経験値	AP	ギル
EASY / NORMAL	150～750	10	75～375
HARD	4500	30	1125

入手できるアイテム

通常	手榴弾(12%)
レア	鎮静剤(5%)
盗み	手榴弾(15%)

ダメージ倍率

物理	×1.0
魔法	×1.0
炎属性	**×2.0**
氷属性	×1.0
雷属性	×1.0
風属性	×1.0
固定ダメージ	×1.0
割合ダメージ	×1.0

バーストゲージ増加倍率

物理(近接)	×1.0
物理(遠隔)	×1.0
魔法	×1.0
炎属性	×1.0
氷属性	×1.0
雷属性	×1.0
風属性	×1.0

状態異常耐性値

毒	35
沈黙	35
睡眠	35
スロウ	35
ストップ	35
バーサク	35

特徴的な性質

- 攻撃の合間には、やや近い距離を維持しようとする
- 大型の赤い盾を構えており、盾に当たった『たたかう』、固有アビリティ、武器アビリティでの攻撃をガードして、受けるダメージ量を0.2倍に減らすほか大半の近接攻撃を弾き返す。ただし、『スタンロッド』や『シールドバッシュ』を使ったあとは、わずかのあいだ無防備になる
- 魔法、リミット技、アイテムによる攻撃などは盾でガードできない
- 『スタンロッド』を使うときは、直前に警棒を回転させる。また、『シールドタックル』を使うときは、直前に足を開いて叫ぶ

▸ヒートする状況

- 打ち上げられたり、吹き飛ばされたり、たたきつけられたりしているあいだ
- HPが最大値の15%減った直後の5秒間

アクションデータ

名前	タイプ	属性	効果範囲	威力	カット値	ガード	ダウン	状態変化	キープ値	ATB消費
スタンロッド	物理(近接)	―	自分前方	100×5回	50	○	×	スタン(3秒)	60	○
	電気を帯びた警棒を5回振る									
シールドバッシュ	物理(近接)	―	自分前方	100	30	○	×	―	60	×
	盾を武器がわりにして自分の前方をなぎ払う									
シールドタックル	物理(近接)	―	自分前方	200+100	50	○	○	―	60	○
	盾を構えたまますばやく前方に突進したあと、盾で相手を弾き飛ばす									

ADVICE » vsスイーパー

データの掲載ページ P.530

敵の正面以外から魔法攻撃を使っていこう

スイーパーは基本的に、ターゲットのほうを向いて少し準備動作をとったあと、向きを変えずに攻撃を行なう。そのため、横にまわりこむように移動しながら戦えば、あまり攻撃を受けないはずだ。敵は物理防御力にくらべて魔法防御力がかなり低いので、魔法攻撃で攻めていくのが効果的。スイーパーのHPを減らしてヒート状態にしたら、『バーストスラッシュ』『フュエルバースト』などでバーストを狙いたい。

⬅近くにいるスイーパーがこちらのほうを向いたら、側面にまわりこんで攻撃をかわす。

⬆蒸気を噴き出して正面部分を赤くしたスイーパーは、直後に『スモークショット』を使ってくる。敵の横へ逃げるか、遠くに離れよう。

⬆CHAPTER 1で戦うときは、おもにバレットを操作し、遠くからの攻撃でATBゲージをためつつ『サンダー』で弱点を突くと倒しやすい。

ADVICE » vs部隊長ゴンガ

データの掲載ページ P.534

ガードされないように攻撃を仕掛けていく

頑丈な盾を持っており、多くの攻撃を盾でガードするほか、近接攻撃(クラウドの『たたかう』『ブレイバー』など)を弾き返してくる。魔法での攻撃はガードされないので、ATBゲージがたまったら『ファイア』などを積極的に使っていきたい。ゲージがたまっていないときは、右の写真のように、クラウドが『シールドバッシュ』に対してカウンターを狙う手もある。なお、『スタンロッド』に対してもカウンターは可能だが、そのあとに連続攻撃の残りを受けてスタンしてしまいがち。敵が『スタンロッド』を使ってきたときは、大きく離れて避けたほうが安全だ。

⬅敵が警棒で盾をたたいたら、『シールドバッシュ』を使ってくる。ブレイブモードでガードを行なおう。

⬆ある程度のダメージを与えると、部隊長ゴンガはヒート状態になる。このときは、攻撃を盾でガードされる心配がないので、バーストゲージを増やすチャンス。

⬅ガードに成功すれば、受けるダメージを減らせるうえ、カウンターによる反撃をたたきこむことが可能。

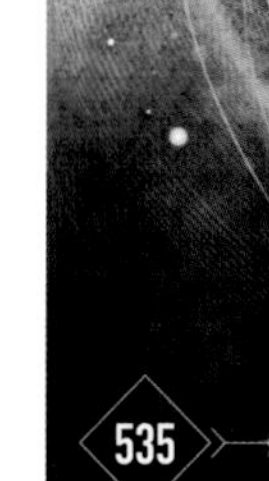

ホウルイーター Gorger

▸生物
▸地上

レポートNo. » 047 «

FRONT

BACK

オリジナル版

おもな出現場所とその場所でのレベル

CH3 七番街スラム・ガレキ通り　など	レベル 10
CH14 伍番街スラム・たそがれの谷　など	レベル 23～24
SUB コルネオ・コロッセオ(→P.444)	レベル 20

ステータス

	最大HP	物理攻撃力	魔法攻撃力	物理防御力	魔法防御力
EASY	116～331	33～77	33～77	44～100	13～25
NORMAL	211～601				
HARD	1179	148	148	194	45

基本キープ値	バーストゲージ	バースト時間
20	30	10秒

特徴的な性質

- ほかのホウルイーターが『ホールドサイズ』で誰かを拘束していると、その相手に『毒のツバ』を使う
- ほかのホウルイーターがいないときは『ホールドサイズ』を使わない
- 七番街スラム・タラガ廃工場に出現したときは、壁に張りついて移動することがある。張りついているあいだは、『毒のツバ』のみを使う

獲得できる経験値・AP・ギル

	経験値	AP	ギル
EASY	29～86	3	29～120
NORMAL			
HARD	696	9	491

入手できるアイテム

通常	ポーション(12%)
レア	毒消し(5%)
盗み	毒消し(25%)

ヒートする状況

- 打ち上げられたり、吹き飛ばされたり、たたきつけられたりしているあいだ

ダメージ倍率

物理	×1.0
魔法	×2.0
炎属性	×1.0
氷属性	×2.0
雷属性	×1.0
風属性	×1.0
固定ダメージ	×1.0
割合ダメージ	×1.0

バーストゲージ増加倍率

物理(近接)	×1.0
物理(遠隔)	×1.0
魔法	×1.0
炎属性	×1.0
氷属性	×1.0
雷属性	×1.0
風属性	×1.0

状態異常耐性値

毒	35
沈黙	35
睡眠	35
スロウ	35
ストップ	35
バーサク	35

アクションデータ

名前	タイプ	属性	効果範囲	威力	カット値	ガード	ダウン	状態変化	キープ値	ATB消費
かみつき	物理(近接)	―	敵単体	100	30	○	×	―	20	×
	前方に小さく跳びかかってかみつく									
カマ	物理(近接)	―	敵単体	300	50	○	×	―	40	○
	カマ状の前脚を振りかぶったまま少し静止したあと、前方に振り下ろす									
ホールドサイズ 跳びつき	物理(近接)	―	敵単体	80	50	×	×	―	40	○
ホールドサイズ かみつき	物理(近接)	―	敵単体	36×4回	50	×	×	―		
	前方に小さくジャンプして前脚で相手を7秒弱のあいだ拘束しつつ、何度もかみつく。ただし、拘束中に武器アビリティ、魔法、リミット技のいずれかの攻撃でダメージを受けると、拘束を解く									
毒のツバ	魔法	―	着弾周囲・弾	1ヒットごとに30	30	△	×	毒(180秒)	20(※1)	×(※2)
	毒を含んだ体液を球状にして数発吐き出す									

※1……壁に張りついているときは「40」　※2……壁に張りついているときは「○」

ウェアラット Wererat

▶生物
▶地上

レポートNo. 》045《

FRONT

BACK

おもな出現場所とその場所でのレベル

場所	レベル
CH3 七番街スラム・ガレキ通り　など	10
CH14 地下下水道・六番地区：第二水路　など	27
SUB コルネオ・コロッセオ(→P.444)	20

ステータス

	最大HP	物理攻撃力	魔法攻撃力	物理防御力	魔法防御力
EASY	93〜294	42〜106	33〜85	13〜28	13〜28
NORMAL	169〜535				
HARD	944	193	148	45	45

基本キープ値	バーストゲージ	バースト時間
20	30	10秒

獲得できる経験値・AP・ギル

	経験値	AP	ギル
EASY	19〜68	1	8〜42
NORMAL			
HARD	448	3	137

入手できるアイテム

通常	ポーション(12%)
レア	エーテル(2%)
盗み	毒消し(25%)

ダメージ倍率

物理	×1.0
魔法	×1.0
炎属性	×1.0
氷属性	**×2.0**
雷属性	×1.0
風属性	×1.0
固定ダメージ	×1.0
割合ダメージ	×1.0

バーストゲージ増加倍率

物理(近接)	×1.0
物理(遠隔)	×1.0
魔法	×1.0
炎属性	×1.0
氷属性	×1.0
雷属性	×1.0
風属性	×1.0

状態異常耐性値

毒	35
沈黙	35
睡眠	35
スロウ	35
ストップ	35
バーサク	35

特徴的な性質

- すばやく走りまわりながら、早いペースで攻撃を行なう
- 特定の場所に出現したときは、HPが残り少ない場合や別のウェアラットが倒された場合に、『チューチュー』を使って新たなウェアラットを出現させることがある(バトル中に合計2回まで)

ヒートする状況

- 打ち上げられたり、吹き飛ばされたり、たたきつけられたりしているあいだ

アクションデータ

名前	タイプ	属性	効果範囲	威力	カット値	ガード	ダウン	状態変化	キープ値	ATB消費
かみつき	物理(近接)	—	敵単体	100	0(※3)	○	×	—	20	×
	前方に小さく跳びかかってかみつく									
どろんこ	物理(遠隔)	—	自分後方・弾	1ヒットごとに30	50	△	×	—	40	○
	うしろ脚で地面をかいて土煙を巻き上げる									
チューチュー	—	—	—	—	—	—	—	—	20	×
	ウェアラットを1〜3体呼ぶ									

※3……難易度がHARDのときは「30」

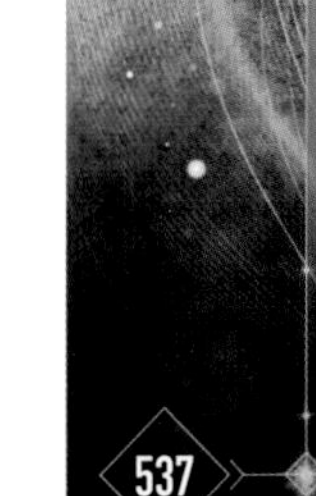

あやしげな男 Hoodlum

▸人間
▸地上

レポートNo.
» 037 «

FRONT
あやしげな男A

BACK
あやしげな男A

FRONT
あやしげな男B

BACK
あやしげな男B

FRONT
あやしげな男C

BACK
あやしげな男C

FRONT
あやしげな男D

BACK
あやしげな男D

※Aなどのアルファベットは、外見ごとに本書で独自につけたもの

おもな出現場所とその場所でのレベル

CH3 七番街スラム・居住区	レベル 11

ステータス

	最大HP	物理攻撃力	魔法攻撃力	物理防御力	魔法防御力
EASY	AB449 CD598	46	36	47	13
NORMAL	AB816 CD1088				
HARD	AB3537 CD4716	193	148	194	45

基本キープ値
20
バーストゲージ
50
バースト時間
10秒

獲得できる経験値・AP・ギル

	経験値	AP	ギル
EASY NORMAL	A42 BD32 C38	1	A75 BD34 C68
HARD	A1006 BD774 C928	3	A981 BD446 C892

入手できるアイテム

通常	AB手榴弾(12%) CDポーション(12%)
レア	──
盗み	興奮剤(15%)

特徴的な性質

- さまざまな外見をしたものがおり、持っている武器に応じたアクションを使う。外見ごとに、最大HPや経験値などが異なる
- HPが残り90%以下になるとドーピング薬を飲む。そのあとの約60秒間は、『はがいじめ』『クモの糸』『重力球』を使わないが、薬の効果で一部のステータスが右の表の値に上がるのに加え、攻撃の威力が1.5倍になる(『射撃』をのぞく)
- ドーピング薬の効果が切れると、60秒間スロウ状態になる
- あやしげな男が残り2体以下になると、持っている武器を捨てて命乞いをはじめ、クラウドと会話する(会話中もバトルはつづく)。ただし、会話が終わるとナイフを取り出し、以降はナイフを利用した攻撃を行なう。会話中にクラウドが近づいてきた場合は、『手榴弾』を使ったあと、すぐさまナイフを取り出す

ダメージ倍率

物理	×1.0
魔法	×1.0
炎属性	×2.0
氷属性	×1.0
雷属性	×1.0
風属性	×1.0
固定ダメージ	×1.0
割合ダメージ	×1.0

バーストゲージ増加倍率

物理(近接)	×1.0
物理(遠隔)	×1.0
魔法	×1.0
炎属性	×1.0
氷属性	×1.0
雷属性	×1.0
風属性	×1.0

状態異常耐性値

毒	35
沈黙	35
睡眠	35
スロウ	35
ストップ	35
バーサク	35

▶ヒートする状況

- 打ち上げられたり、吹き飛ばされたり、たたきつけられたりしているあいだ

ドーピング中のデータ

通常時とのちがい

最大HP(残りHPも同じ割合で変わる)
AB通常時の約1.67倍 CD通常時の1.5倍
物理防御力
EASY&NORMAL：81 HARD：342
魔法防御力
EASY&NORMAL：64 HARD：268
基本キープ値
40
バーストゲージ増加倍率
すべて「無効」

アクションデータ

名前	タイプ	属性	効果範囲	威力	カット値	ガード	ダウン	状態変化	キープ値	ATB消費
▼すべての個体が使う										
ケンカキック	物理(近接)	──	自分前方	100	30	○	×	──	40	×
	左足を前に出してキックを放つ。ドーピング中は相手をダウンさせる									
突進(※1)	物理(近接)	──	自分前方	300	50	○	×	──	40	○
	ナイフを前方に構えて突進する									
乱れ斬り(※1)	物理(近接)	──	自分前方	20×5回	30	○	×	──	40	×
	ナイフを5回連続で左右に振る									
はがいじめ	物理(近接)	──	敵単体	──	50	×	×	──	40	○
	相手を背後からしめつけて約15秒間拘束し、ほかのエネミーに攻撃させる									
手榴弾(※2)	物理(遠隔)	──	設置周囲	300	50	△	○	──	40	○
	前方に手榴弾を投げる。手榴弾は約3秒後に爆発する									
▼バトル開始時にナイフを持っている個体のみ使う										
クモの糸	物理(遠隔)	──	着弾周囲	──	0	×	×	スロウ(40秒)	40	○
▼バトル開始時に拳銃を持っている個体のみ使う										
射撃(※3)	物理(遠隔)	──	直線上・弾	1ヒットごとに33	0(※4)	△	×	──	40	○
	銃から弾を9発ほど撃つ。1～3発しか撃たないこともある(そのときは、アクション名が表示されず、ATBゲージも消費しない)									
重力球	魔法	──	着弾周囲	(残りHPの25%)	50	×	○	──	40	○
▼バトル開始時に機関銃を持っている個体のみ使う										
射撃(※3)	物理(遠隔)	──	直線上・弾	1ヒットごとに33	0(※4)	△	×	──	40	○
	銃から弾を9発ほど撃つ。3発しか撃たないこともある(そのときは、アクション名が表示されず、ATBゲージも消費しない)									
ポーション	回復	──	味方単体	(HPを350回復)	──	──	──	──	40	○
ハイポーション H	回復	──	味方単体	(HPを700回復)	──	──	──	──	40	○

※1……バトル開始時にナイフを持っていない個体は、命乞いをして武器をナイフに持ちかえたあとにのみ使う
※2……Cは使わない　※3……命乞いをしたあとは使わない　※4……難易度がHARDのときは「30」

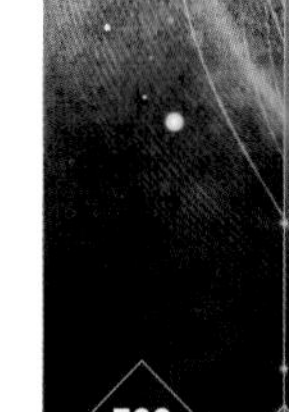

上級警備兵 Elite Security Officer

▶人間
▶地上

レポートNo. » 002 «

FRONT

BACK

おもな出現場所とその場所でのレベル

CH3 七番街スラム・物資保管区	レベル 11
CH16 神羅ビル・B1F 地下駐車場：A区画　など	レベル 31
SUB コルネオ・コロッセオ(→P.444)	レベル 25

ステータス

	最大HP	物理攻撃力	魔法攻撃力	物理防御力	魔法防御力
EASY	359〜1077	52〜139	36〜99	58〜166	58〜166
NORMAL	653〜1959				
HARD	2830	220	148	243	243

基本キープ値	バーストゲージ	バースト時間
40	25	10秒

特徴的な性質

- 攻撃を受けると『トンファー』で反撃することがある
- 『トンファー』をガードされると、少しのあいだうずくまる。そのあいだは、キープ値が20に下がる
- HPが残り70%以下のエネミーに『ポーション』(そのエネミーの最大HPが2500〜4999なら『ハイポーション』、5000以上なら『メガポーション』)を使うことがある

獲得できる経験値・AP・ギル

	経験値	AP	ギル
EASY	42〜189	3	34〜169
NORMAL			
HARD	1006	9	446

入手できるアイテム

通常	ポーション(12%)
レア	ハイポーション(5%)
盗み	ハイポーション(15%)

ヒートする状況

- 打ち上げられたり、吹き飛ばされたり、たたきつけられたりしているあいだ

ダメージ倍率

物理	×1.0
魔法	×1.0
炎属性	**×2.0**
氷属性	×1.0
雷属性	×1.0
風属性	×1.0
固定ダメージ	×1.0
割合ダメージ	×1.0

バーストゲージ増加倍率

物理(近接)	×1.0
物理(遠隔)	×1.0
魔法	×1.0
炎属性	×1.0
氷属性	×1.0
雷属性	×1.0
風属性	×1.0

状態異常耐性値

毒	35
沈黙	35
睡眠	35
スロウ	35
ストップ	35
バーサク	35

アクションデータ

名前	タイプ	属性	効果範囲	威力	カット値	ガード	ダウン	状態変化	キープ値	ATB消費
トンファー	物理(近接)	—	自分前方	70+80	30	○	×	—	40	×
	武器をトンファーに持ちかえてなぐりつける									
ショットガン	物理(遠隔)	—	直線上・弾	1ヒットごとに16	0(※1)	△	×	—	40	○
	6発の弾を同時に発射するショットガンで3回撃つ。1回しか撃たないこともある(そのときは、アクション名が表示されず、ATBゲージも消費しない)									
手榴弾	物理(遠隔)	—	設置周囲	300	50	△	○	—	40	○
	前方に手榴弾を投げる。手榴弾は約3秒後に爆発する									
ポーション	回復	—	味方単体	(HPを350回復)	—	—	—	—	40	○
ハイポーション H	回復	—	味方単体	(HPを700回復)	—	—	—	—	40	○
メガポーション H	回復	—	味方単体	(HPを1500回復)	—	—	—	—	40	○

※1……難易度がHARDのときは「30」

化けネズミ Doomrat

▸生物
▸地上

レポートNo. 》046《

FRONT

BACK

おもな出現場所とその場所でのレベル

出現場所	レベル
SUB クエスト 2「化けネズミの軍団」(→P.409)	レベル 10
SUB コルネオ・コロッセオ(→P.444)	レベル 25

ステータス

	最大HP	物理攻撃力	魔法攻撃力	物理防御力	魔法防御力
EASY	1389~4089	59~136	50~117	44~103	44~103
NORMAL	2526~7434				
HARD	14148	283	238	194	194

基本キープ値	バーストゲージ	バースト時間
60	40	10秒

獲得できる経験値・AP・ギル

	経験値	AP	ギル
EASY	20~65	3	114~531
NORMAL			
HARD	476	9	1968

入手できるアイテム

通常	──
レア	──
盗み	──

ダメージ倍率

物理	×1.0
魔法	×1.0
炎属性	×1.0
氷属性	×2.0
雷属性	×1.0
風属性	×1.0
固定ダメージ	×1.0
割合ダメージ	×1.0

バーストゲージ増加倍率

物理(近接)	×1.0
物理(遠隔)	×1.0
魔法	×1.0
炎属性	×1.0
氷属性	×1.0
雷属性	×1.0
風属性	×1.0

状態異常耐性値

毒	35
沈黙	35
睡眠	35
スロウ	35
ストップ	35
バーサク	35

特徴的な性質

- すばやく走りまわりながら、早いペースで攻撃を行なう
- 化けネズミが残り2体以上のときは、いずれかの化けネズミが武器アビリティや魔法でダメージを受けることが3~4回くり返されたときか、クラウドたちが回復用の魔法やアイテムを使用したときに『ネズミ返し』を使う
- 『ネズミ返し』を使う直前には、化けネズミが集まって走りまわる。このときに武器アビリティや魔法でダメージを受けると、『ネズミ返し』を使うのをやめる
- ほかの化けネズミが『ネズミ返し』で誰かを拘束していると、その相手に『どろんこ』を使う
- 化けネズミが残り1体になると、『チューチュー』を使って新たな化けネズミを2体出現させることがある(バトル中に1回のみ)

ヒートする状況

- 打ち上げられたり、吹き飛ばされたり、たたきつけられたりしているあいだ
- HPが最大値の15%減った直後の3秒間

アクションデータ

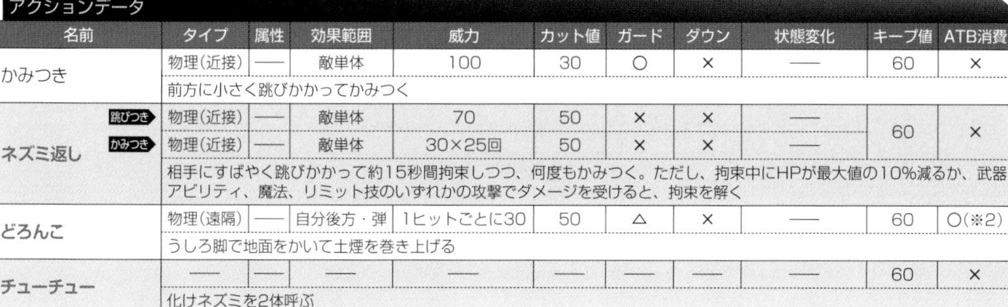

名前	タイプ	属性	効果範囲	威力	カット値	ガード	ダウン	状態変化	キープ値	ATB消費
かみつき	物理(近接)	──	敵単体	100	30	○	×	──	60	×
	前方に小さく跳びかかってかみつく									
ネズミ返し 跳びつき	物理(近接)	──	敵単体	70	50	×	×	──	60	×
ネズミ返し かみつき	物理(近接)	──	敵単体	30×25回	50	×	×	──		
	相手にすばやく跳びかかって約15秒間拘束しつつ、何度もかみつく。ただし、拘束中にHPが最大値の10%減るか、武器アビリティ、魔法、リミット技のいずれかの攻撃でダメージを受けると、拘束を解く									
どろんこ	物理(遠隔)	──	自分後方・弾	1ヒットごとに30	50	△	×	──	60	○(※2)
	うしろ脚で地面をかいて土煙を巻き上げる									
チューチュー	──	──	──	──	──	──	──	──	60	×
	化けネズミを2体呼ぶ									

※2……『ネズミ返し』で拘束した相手に使う場合は「×」

SECTION 七 ENEMY エネミー

羽根トカゲ Lesser Drake

▸生物
▸飛行

レポートNo. » 049 «

FRONT

BACK

おもな出現場所とその場所でのレベル

	場所	レベル
CH9	六番街スラム・陥没道路：崩落トンネル　など	17
CH14	伍番街スラム・ボルトナットヒルズ	23
SUB	クエスト 3「廃工場の羽根トカゲ」(→P.409)	10

ステータス

	最大HP	物理攻撃力	魔法攻撃力	物理防御力	魔法防御力
EASY	811〜2281	50〜113	67〜151	29〜61	60〜134
NORMAL	1474〜4148				
HARD	8253	238	328	120	268

基本キープ値
60

バーストゲージ
10

バースト時間
10秒

特徴的な性質

- クラウドたちの頭上近くの高さを飛んでいることが多い。ヒート状態やバースト状態のときは、ダウンして地上近くに降りてくる
- 魔法攻撃でダメージを受けると、地上近くまで降りてきたあと『ウィングカッター』を3回ほど連続で使う
- 上空にいるときに攻撃を受けると、『ウインドバリア』を使うことがある

獲得できる経験値・AP・ギル

	経験値	AP	ギル
EASY	52〜143	3	60〜240
NORMAL			
HARD	1224	9	1026

入手できるアイテム

通常	ポーション(12%)
レア	重力球(5%)
盗み	フェニックスの尾(5%)

▸ヒートする状況

- 打ち上げられたり、吹き飛ばされたり、たたきつけられたりしているあいだ
- 物理攻撃でHPが最大値の25%減った直後の1秒間

ダメージ倍率

物理	×1.0
魔法	×1.0
炎属性	×1.0
氷属性	×1.0
雷属性	×1.0
風属性	**×2.0**
固定ダメージ	×1.0
割合ダメージ	×1.0

バーストゲージ増加倍率

物理(近接)	×0.25
物理(遠隔)	×0.25
魔法	×1.0
炎属性	×0.25
氷属性	×0.25
雷属性	×0.25
風属性	**×2.0**

状態異常耐性値

毒	35
沈黙	35
睡眠	35
スロウ	35
ストップ	35
バーサク	35

アクションデータ

名前		タイプ	属性	効果範囲	威力	カット値	ガード	ダウン	状態変化	キープ値	ATB消費
ウィングカッター		物理(近接)	―	自分前方	100	30	○	×	―	60	×
		地面に近い高度で、蛇行しながら突進する									
グライド		物理(近接)	―	敵単体	100	30	○	×	―	60	×
		羽ばたいて高度を上げたあと、勢いよく滑空して体当たりする									
トルネード	弾	魔法	風	敵単体・弾	100	30	△	×	―	60	○
	竜巻	魔法	風	着弾周囲	40×3回	50	△	○	―		
		着弾すると竜巻に変化する風の弾を飛ばす。竜巻は相手を打ち上げる									
ウインドバリア		魔法	風	自分前方	50	50	△	○	―	60	×
		自分の前方に風を発生させ、相手を弾き飛ばす									

レイジハウンド Wrath Hound

▸生物
▸地上

レポートNo. 016

ADVICE » P.545

FRONT

BACK

おもな出現場所とその場所でのレベル

場所	レベル
CH14 地下実験場・B2F：D型実験体 飼育場	23
SUB クエスト 5 「さまよう軍犬」(→P.410)	10
SUB コルネオ・コロッセオ(→P.444)	25

ステータス

	最大HP	物理攻撃力	魔法攻撃力	物理防御力	魔法防御力
EASY	3473〜10222	101〜229	33〜79	60〜141	35〜80
NORMAL	6315〜18585				
HARD	35370	508	148	268	148

基本キープ値
60

バーストゲージ
80

バースト時間
10秒

獲得できる経験値・AP・ギル

	経験値	AP	ギル
EASY	20〜65	8	266〜1239
NORMAL			
HARD	476	24	4592

入手できるアイテム

通常	──
レア	──
盗み	──

ダメージ倍率

物理	×1.0
魔法	×1.0
炎属性	×1.0
氷属性	**×2.0**
雷属性	×1.0
風属性	×1.0
固定ダメージ	×1.0
割合ダメージ	×1.0

バーストゲージ増加倍率

物理(近接)	×1.0
物理(遠隔)	×1.0
魔法	×1.0
炎属性	×1.0
氷属性	×1.0
雷属性	×1.0
風属性	×1.0

状態異常耐性値

毒	35
沈黙	35
睡眠	35
スロウ	35
ストップ	35
バーサク	35

特徴的な性質

- クエスト 5 「さまよう軍犬」で最初に出現したときは、HPが残り70%以下になると、逃げ出してバトルが終わる(逃げた先で戦うときは、HPが残り70%の状態からスタート)。逃げ出すまでは、『スピアウィップ』『ネックバイト』を使わない
- 『スピアウィップ』が当たると、その相手に『ネックバイト』を使う
- HPが残り50%、30%、10%以下になるか、『ネックバイト』が当たると、暴走モードになる。暴走モードは、バーストするまでつづく
- 暴走モード中は、「横に跳んでから早いペースで『かみつき』や『スナップウィップ』を1〜2回使うことを数回行なう→『ネックバイト』」をくり返す。また、暴走モード中に『ネックバイト』をはじめて使うまでは、基本キープ値が40に下がる

▶ヒートする状況

- 打ち上げられたり、吹き飛ばされたり、たたきつけられたりしているあいだ
- 暴走モードでないときに、HPが最大値の7%減った直後の動作中

アクションデータ

名前		タイプ	属性	効果範囲	威力	カット値	ガード	ダウン	状態変化	キープ値	ATB消費
かみつき		物理(近接)	──	敵単体	100	30	○	×	──	60	×
		跳びかかってかみつく									
スナップウィップ		物理(近接)	──	自分前方	100	50	○	×	──	60	×
		首元の触手をムチのように振りまわす									
突進		物理(近接)	──	自分前方	300	50	○	○	──	60	○
		足で地面をかいたあと、高速で体当たりする									
スピアウィップ		物理(近接)	──	自分周囲	30+70	50	○	×	──	60	×
		首元の触手を振りまわしてから相手に突き刺す									
ネックバイト	跳びつき	物理(近接)	──	敵単体	100	50	×	×	──	60	×
	かみつき	物理(近接)	──	敵単体	1ヒットごとに30	50	×	×	──		
		相手に跳びかかって約1秒間または約5秒間拘束しつつ、何度もかみつく。ただし、拘束中にHPが最大値の10%減るか、武器アビリティ、魔法、リミット技のいずれかの攻撃でダメージを受けると、拘束を解く									

ディーングロウ Cerulean Drake

▸生物
▸飛行

レポートNo. 050

ADVICE » P.545

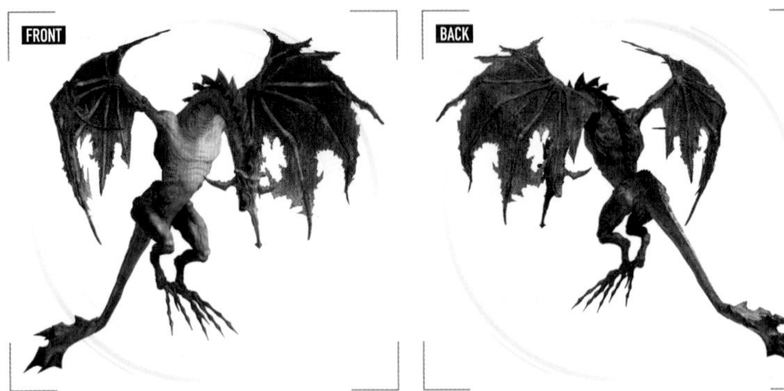

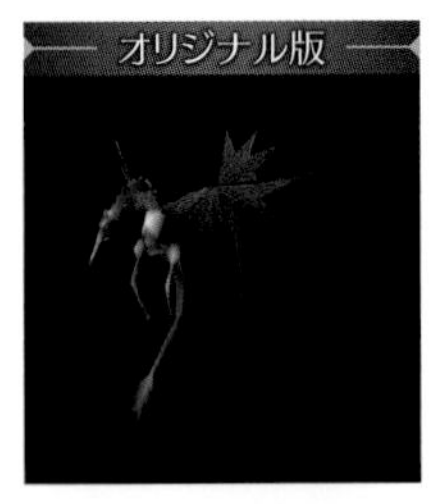

おもな出現場所とその場所でのレベル

	場所	レベル
CH11	列車墓場・第一操車場 A区画	21
CH15	七番街 プレート断面・地上 65m付近：第七蒸留塔2号基 4F など	29
SUB	クエスト 6「墓場からの異物」(→P.410)	10

ステータス

	最大HP	物理攻撃力	魔法攻撃力	物理防御力	魔法防御力
EASY	1621〜5517	59〜167	84〜240	44〜117	60〜161
NORMAL	2947〜10031				
HARD	16506	283	418	194	268

基本キープ値	バーストゲージ	バースト時間
60	17	10秒

獲得できる経験値・AP・ギル

	経験値	AP	ギル
EASY	73〜297	5	76〜446
NORMAL			
HARD	1742	15	1312

入手できるアイテム

通常	重力球(12%)
レア	フェニックスの尾(5%)
盗み	エーテル(5%)

ダメージ倍率

物理	×1.0
魔法	×1.0
炎属性	×1.0
氷属性	×1.0
雷属性	×1.0
風属性	**×2.0**
固定ダメージ	×1.0
割合ダメージ	×1.0

バーストゲージ増加倍率

物理(近接)	×0.25
物理(遠隔)	×0.25
魔法	×1.0
炎属性	×0.25
氷属性	×0.25
雷属性	×0.25
風属性	**×2.0**

状態異常耐性値

毒	35
沈黙	35
睡眠	35
スロウ	35
ストップ	35
バーサク	35

特徴的な性質

- かなり高い空中を飛んでいることが多いが、ときどき地上近くまで降りてくる。ヒート状態やバースト状態のときは、ダウンして地上近くに降りてくる
- HPが残り60%以下になると、『アイスオーラ』を使って氷のオーラを発生させる。『アイスオーラ』の効果は、氷属性以外の魔法を受けると解除される
- 『アイスオーラ』の効果が解除されると、約15〜20秒後(炎属性の魔法で解除された場合は約25〜40秒後)に、ふたたび『アイスオーラ』を使う
- 『アイスオーラ』の効果中に、『フローズンマーカー』を使うことがある。このときに発生する氷のマーカーは、約30秒が経過するか、『アイスオーラ』の効果が解除されると消える

ヒートする状況

- 打ち上げられたり、吹き飛ばされたり、たたきつけられたりしているあいだ
- 物理攻撃でHPが最大値の30%減った直後の2秒間

アクションデータ

名前	タイプ	属性	効果範囲	威力	カット値	ガード	ダウン	状態変化	キープ値	ATB消費
ウィングカッター	物理(近接)	—	自分前方	100	30	○	×	—	60	×
	地面に近い高度で、蛇行しながら突進する。高度を変えながら突進することもある									
グライドダイブ	物理(近接)	—	敵単体	—	20	×	×	—	60	○
スリングショット	物理(近接)	—	敵単体	300	50	×	○	—	60	○
	『グライドダイブ』で相手をつかんだあと、『スリングショット』で地面にこすりつける									
ブリザド 弾	魔法	氷	敵単体・弾	—	30	△	×	—	60	×
ブリザド 氷塊	魔法	氷	敵単体	75	50	△	×	—		
フリーズブレス	魔法	氷	着弾周囲・弾	100	50	△	×	—	60	○
	相手に向かって冷気を吐き出す									
フリジングダスト	魔法	氷	着弾周囲	100	50	△	×	—	60	×
	上空をまっすぐ飛びながら、着弾すると爆発する氷の粒を落下させる									
アイスオーラ	魔法	氷	自分周囲	1ヒットごとに10	30	×	×	—	80	×
	氷のオーラをまとい、近づいた相手にダメージを与える【てきのわざとして習得可能】									
フローズンマーカー	魔法	氷	敵単体	100	30	△	×	—	60	×
	相手に氷のマーカーをつけてロックオンする。ロックオン中は、約6秒に1回のペースで、相手に氷の弾を飛ばす									

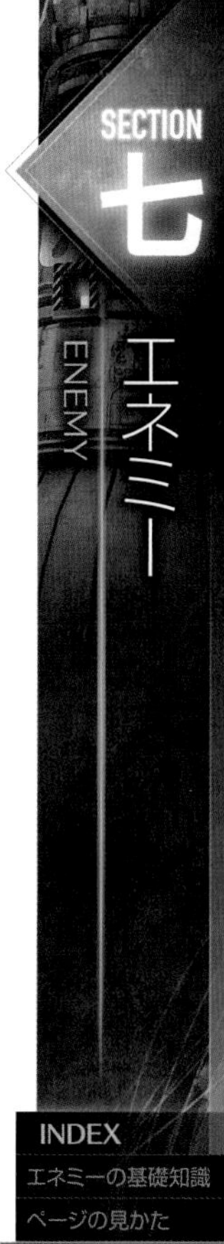

ADVICE » vsレイジハウンド

データの掲載ページ P.543

敵が暴走モードになった直後が攻撃のチャンス

ダメージが大きい物理攻撃をすばやく仕掛けてくるのがレイジハウンドの特徴。クラウドがブレイブモードになってガードを行ない、カウンターを狙いながら戦おう。ガードできない『ネックバイト』は、敵の後方にまわりこむように移動すると比較的かわしやすいが、たとえ拘束されても、ほかのキャラクターが武器アビリティや魔法などを当てれば解放できる。この戦いかたは、レイジハウンドが暴走モードになっているときも通用するものの、暴走モードになった直後の敵は、カット値が50以上の攻撃でひるむので、魔法や武器アビリティを活用したほうが有利にバトルを進められる。たとえば、敵の攻撃の合間にブリザド系の魔法を当てれば、氷属性に弱いレイジハウンドに大ダメージを与えつつ、ヒート状態にできるのだ。

⬅暴走モード中の敵は、身体から火花が飛び散り、目を青白く光らせながら激しく攻撃してくる。このモードは、レイジハウンドがバーストするまでつづく。

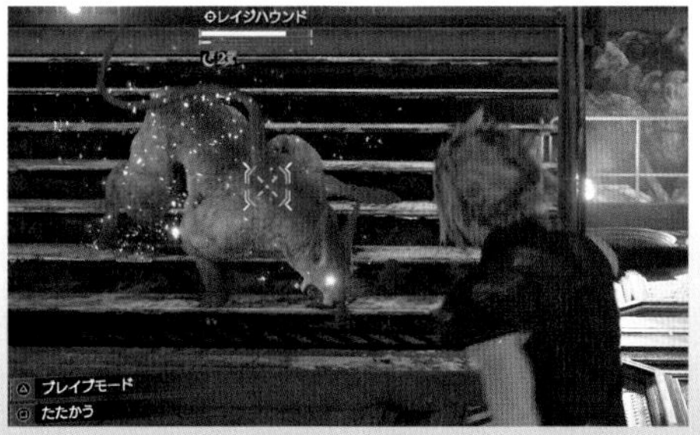

⬆状態異常への耐性は高くないため、もし使えるなら『バイオ』や『スリプル』が有効。『バリア』を併用し、受けるダメージを減らしてもいい。

⬆レイジハウンドは強敵だが、CHAPTER 14の地下実験場に出現したときは、逃げることが可能。戦いを避けて進むのも、ひとつの手だ。

ADVICE » vsディーングロウ

データの掲載ページ P.544

風属性の魔法が非常に役立つ

ディーングロウは高い位置を飛行していることが多く、近接攻撃を当てにくい。ATBゲージがたまっているときは、魔法でダメージを与えよう。とくに、エアロ系の魔法なら、敵の弱点を突けるうえ、バーストゲージを大量にためることが可能だ。HPが減った敵は『アイスオーラ』を使うようになるが、このアクションで氷のオーラが発生しているあいだは、オーラに触れるとダメージを受けるだけでなく、『フローズンマーカー』でパーティのひとりが定期的に攻撃されてしまう。ディーングロウに氷属性以外の魔法を当てれば氷のオーラを消せるので、『アイスオーラ』を使われたときも『エアロ』などで攻撃するといい。

⬆なんでも屋クエストでディーングロウと戦う場合は、事前にバトルレポート02をクリアし、『かぜ』のマテリアを買っておきたい。

⬅『フローズンマーカー』を受けると、身体の周囲に氷のマーカーがつき、数秒おきに氷の弾が飛んでくるようになる。

⬆クラウドやティファが上空の敵に『たたかう』を使うときは、敵の下に移動してから◼ボタンを連打し、ジャンプ攻撃のコンボを行なおう。

INDEX

上級擲弾兵 Elite Grenadier

▶人間
▶地上

レポートNo. » 004 «

FRONT

BACK

おもな出現場所とその場所でのレベル

場所	レベル
CH4 七番街・社宅地区：七六分室	レベル 11
CH16 神羅ビル・B1F 地下駐車場：A区画　など	レベル 31
SUB コルネオ・コロッセオ(→P.444)	レベル 25

特徴的な性質

- 警備兵や上級警備兵がいる場合、その後方に立つことが多い
- 攻撃の合間には、遠い距離を維持しようとする。相手に背を向けて走り、急いで離れることもある
- 『ナパームランチャー』や『クラッカー機雷』を使うことが多いが、相手が近くにいるときは『トンファー』か『蹴り』で攻撃を行なう場合もある

ステータス

	最大HP	物理攻撃力	魔法攻撃力	物理防御力	魔法防御力
EASY	120～359	69～184	69～184	13～31	13～31
NORMAL	218～653				
HARD	944	301	301	45	45

基本キープ値	バーストゲージ	バースト時間
20	25	10秒

獲得できる経験値・AP・ギル

	経験値	AP	ギル
EASY	31～141	3	68～338
NORMAL			
HARD	754	9	892

入手できるアイテム

通常	手榴弾(12%)
レア	興奮剤(5%)
盗み	手榴弾(15%)

ヒートする状況

- 打ち上げられたり、吹き飛ばされたり、たたきつけられたりしているあいだ

ダメージ倍率

物理	×1.0
魔法	×1.0
炎属性	×2.0
氷属性	×1.0
雷属性	×1.0
風属性	×1.0
固定ダメージ	×1.0
割合ダメージ	×1.0

バーストゲージ増加倍率

物理(近接)	×1.0
物理(遠隔)	×1.0
魔法	×1.0
炎属性	×1.0
氷属性	×1.0
雷属性	×1.0
風属性	×1.0

状態異常耐性値

毒	35
沈黙	35
睡眠	35
スロウ	35
ストップ	35
バーサク	35

アクションデータ

名前	タイプ	属性	効果範囲	威力	カット値	ガード	ダウン	状態変化	キープ値	ATB消費
蹴り	物理(近接)	―	自分前方	50	30	○	×	―	40	○
	左足を前に出してキックを放つ。ATBゲージを消費しないこともある									
トンファー	物理(近接)	―	自分前方	70	30	○	×	―	40	○
	武器をトンファーに持ちかえてなぐりつける。ATBゲージを消費しないこともある									
ナパームランチャー 爆発	物理(遠隔)	―	着弾周囲・弾	1ヒットごとに150	50	△	×	―	40	○
ナパームランチャー 床の炎	魔法	炎	設置周囲	1ヒットごとに25	0	×	×	―		
	何かに当たると大きく爆発する弾を、1発ずつ装填しながら3発撃つ。爆発した場所には、炎が約3秒間残る。1発しか撃たないこともある(そのときは、アクション名が表示されず、ATBゲージも消費しない)									
クラッカー機雷	物理(遠隔)	―	設置周囲	1ヒットごとに20	30	△	×	―	40	×
	前方に機雷を3回連続で投げる。機雷は約10秒が経過するか、クラウドたちが近づくと爆発する									

スタンレイ Slug-Ray

▸機械
▸飛行

レポートNo. » 025 «

FRONT

BACK

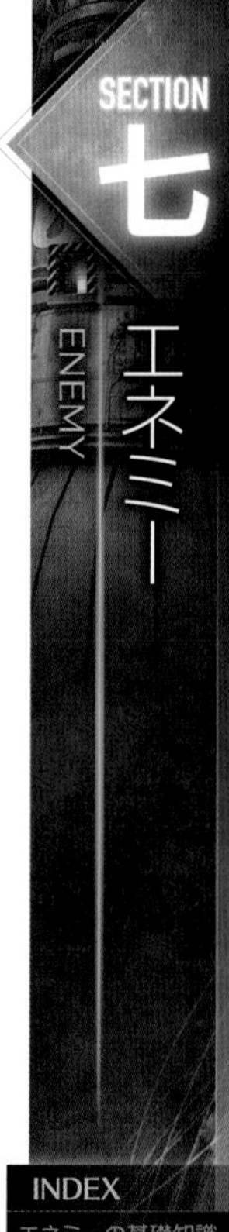

おもな出現場所とその場所でのレベル

	場所	レベル
CH5	螺旋トンネル・四番街駅行 臨時列車：客室車両　など	13〜14
CH17	神羅ビル・鑼牟 第四層：第三区画 E通路	31
SUB	神羅バトルシミュレーター(→P.455)	35

ステータス

	最大HP	物理攻撃力	魔法攻撃力	物理防御力	魔法防御力
EASY	388〜1082	55〜138	43〜109	59〜234	15〜34
NORMAL	706〜1967				
HARD	2358〜2594	193	148	194〜312	45

基本キープ値
40
バーストゲージ
30(※1)
バースト時間
10秒

獲得できる経験値・AP・ギル

	経験値	AP	ギル
EASY / NORMAL	28〜147	2	43〜234
HARD	620	6	491

入手できるアイテム

通常	ハイポーション(5%)
レア	重力球(5%)
盗み	重力球(5%)

ダメージ倍率

物理	×1.0
魔法	×1.0
炎属性	×1.0
氷属性	×1.0
雷属性	**×2.0**
風属性	×1.0(※2)
固定ダメージ	×1.0
割合ダメージ	×1.0

バーストゲージ増加倍率

物理(近接)	×2.0(※3)
物理(遠隔)	×2.0(※3)
魔法	×1.0
炎属性	×1.0
氷属性	×1.0
雷属性	×1.0
風属性	×1.0

状態異常耐性値

毒	無効
沈黙	35
睡眠	無効
スロウ	35
ストップ	35
バーサク	35

特徴的な性質

- 地上で行動する「地上モード」と、空中で行動する「飛行モード」を切りかえながら戦う(地上モードにならない個体もいる)
- 地上モードのときは『マシンガン』『テンタクルスピア』、飛行モードのときは『マシンガン』『一斉射撃』『シャインブラスト』『電磁機雷』を使う
- スタンしている相手に『一斉射撃』『テンタクルスピア』を使うことがある

▸ヒートする状況

- 打ち上げられたり、吹き飛ばされたり、たたきつけられたりしているあいだ
- 飛行モード中にHPが最大値の20%減った直後の動作中

アクションデータ

名前	タイプ	属性	効果範囲	威力	カット値	ガード	ダウン	状態変化	キープ値	ATB消費
テンタクルスピア	物理(近接)	──	敵単体	200	30	○	×	──	40	○
	地上から少しジャンプしつつ、脚をヤリ状にとがらせて突進する									
マシンガン 地上時	物理(遠隔)	──	直線上・弾	1ヒットごとに7	20	△	×	──	40	×
マシンガン 空中時	物理(遠隔)	──	直線上・弾	1ヒットごとに14	20	△	×	──	40	×
	銃口から弾を連射する。地上モード時のほうが飛行モード時よりも威力が低いが、約2倍の数の弾を発射する									
一斉射撃	物理(遠隔)	──	直線上・弾	1ヒットごとに14	20	△	×	──	40	○
	銃口から弾を8発ほど撃つ									
電磁機雷	魔法	──	自分周囲	100	50	△	×	──	60	×
	自分の周囲に球状の電磁波を発生させる									
シャインブラスト	魔法	──	着弾周囲・弾	300	50	△	×	スタン(2秒)	60	○
	相手をロックオンしたあと電撃弾を発射する									

※1……CHAPTER 5の螺旋トンネル・E区画：旧車両基地区画で出現する個体は「200」
※2……飛行モード中は「**×2.0**」(CHAPTER 5の螺旋トンネル・E区画：旧車両基地区画で出現する個体をのぞく)
※3……CHAPTER 5の螺旋トンネル・E区画：旧車両基地区画で出現する個体は「×1.0」

INDEX

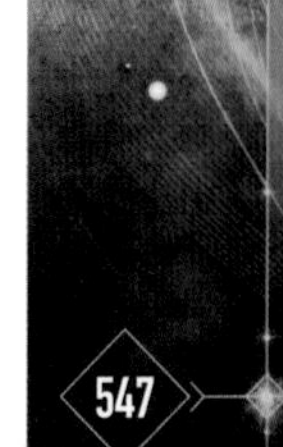

グラシュトライク Grashtrike

▶生物
▶地上

レポートNo. » 052 «

FRONT

BACK

オリジナル版

おもな出現場所とその場所でのレベル

	場所	レベル
CH5	螺旋トンネル・D区画：連絡通路　など	14
CH6	四番街 プレート内部・上層：G区画 整備通路　など	15
SUB	コルネオ・コロッセオ(→P.444)	20

ステータス

	最大HP	物理攻撃力	魔法攻撃力	物理防御力	魔法防御力
EASY	618〜907	82〜119	82〜119	62〜88	62〜88
NORMAL	1124〜1649				
HARD	3537	283	283	194	194

基本キープ値
40

バーストゲージ
20

バースト時間
7秒

獲得できる経験値・AP・ギル

	経験値	AP	ギル
EASY	53〜70	3	39〜54
NORMAL			
HARD	928	9	357

入手できるアイテム

通常	クモの糸(8%)
レア	ハイポーション(3%)
盗み	クモの糸(15%)

ダメージ倍率

物理	×1.0
魔法	×1.0
炎属性	×1.0
氷属性	**×2.0**
雷属性	×1.0
風属性	×1.0
固定ダメージ	×1.0
割合ダメージ	×1.0

バーストゲージ増加倍率

物理(近接)	×1.0
物理(遠隔)	×1.0
魔法	×1.0
炎属性	×1.0
氷属性	**×2.0**
雷属性	×1.0
風属性	×1.0

状態異常耐性値

毒	35
沈黙	35
睡眠	35
スロウ	35
ストップ	35
バーサク	35

特徴的な性質

- 基本的には『カマ』『クロスカッター』『毒針』を使う。ただし、グラシュトライクが2体以上いる場合、そのうちの1体は遠くから『糸』を使うことをくり返す
- 「HPが残り40%以下になる」「一緒に出現したほかのグラシュトライクがすべて倒される」「一緒に出現したクイーンシュトライクのHPが残り90%以下になる」のいずれかの条件を満たすと腹部が発光し、60秒間バリア状態になるほか、行動のペースが上がるうえに『フライングスラッシュ』も使うようになる
- 『フライングスラッシュ』で相手がダウンした場合、つづけて『毒針』を使う

▶ヒートする状況

- 打ち上げられたり、吹き飛ばされたり、たたきつけられたりしているあいだ

アクションデータ

名前	タイプ	属性	効果範囲	威力	カット値	ガード	ダウン	状態変化	キープ値	ATB消費
カマ	物理(近接)	—	敵単体	100	30	○	×	—	40	×
	左右の前脚を上げ、前方に振り下ろす									
クロスカッター	物理(近接)	—	敵単体	300	50	○	×	—	40	○
	左右の前脚を交差させつつ振り下ろす									
毒針	物理(近接)	—	敵単体	100	30	○	×	毒(120秒)	40	×
	尻尾の先端にある毒針を刺す。『フライングスラッシュ』の直後に使った場合は、カット値が50になる									
フライングスラッシュ	物理(近接)	—	敵単体	300	50	○	×	—	40	○
	ジャンプしつつ左右の前脚を上げ、前方に振り下ろす									
糸	魔法	—	着弾周囲	—	0	×	×	スロウ(15秒)	40	○
	糸を遠くに吐き出す。吐き出した糸は、壁や地面に当たると広がって約4秒間残る									

クイーンシュトライク Queen Grashtrike

▸生物 ▸地上 レポートNo. 053

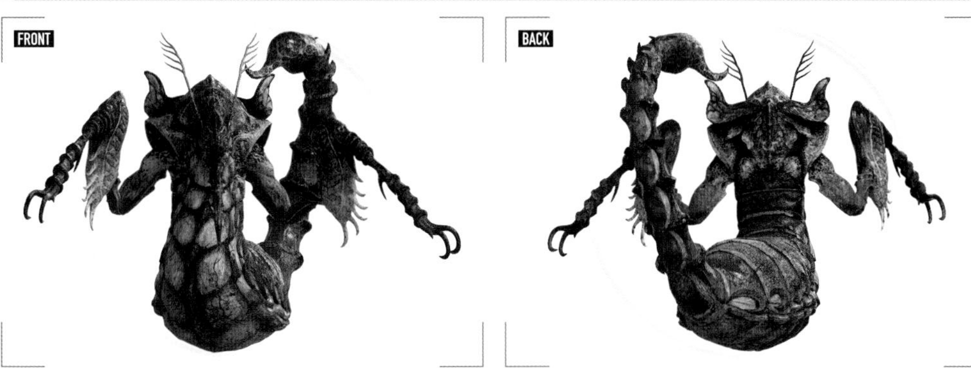

おもな出現場所とその場所でのレベル

	場所	レベル
CH5	螺旋トンネル・E区画：E2線路管理区	14
CH6	四番街 プレート内部・上層：プレート換気設備 内部 など	15
SUB	コルネオ・コロッセオ(→P.444)	25

ステータス

	最大HP	物理攻撃力	魔法攻撃力	物理防御力	魔法防御力
EASY	2884~4770	107~173	82~136	99~164	62~103
NORMAL	5243~8673				
HARD	16506	373	283	312	194

基本キープ値	バーストゲージ	バースト時間
60	70	10秒

獲得できる経験値・AP・ギル

	経験値	AP	ギル
EASY	153~367	6	14~35
NORMAL			
HARD	2692	18	131

入手できるアイテム

通常	クモの糸(12%)
レア	ハイポーション(5%)
盗み	クモの糸(25%)

ダメージ倍率

物理	×1.0
魔法	×1.0
炎属性	×1.0
氷属性	**×2.0**
雷属性	×1.0
風属性	×1.0
固定ダメージ	×1.0
割合ダメージ	×1.0

バーストゲージ増加倍率

物理(近接)	×1.0
物理(遠隔)	×1.0
魔法	×1.0
炎属性	×1.0
氷属性	×1.0
雷属性	×1.0
風属性	×1.0

状態異常耐性値

毒	35
沈黙	35
睡眠	35
スロウ	35
ストップ	35
バーサク	35

特徴的な性質

- 地面を移動しない。ただし、『クロスカッター』などの動作による前方へのジャンプは行なうほか、操作キャラクターに近づかれたり、近接攻撃を何回も受けたりすると、上方に糸を吐いて空中を高速で移動し、大きく位置を変えることがある
- 一緒に出現したグラシュトライクがすべて倒されると、腹部が発光して積極的に攻撃を行なうようになるほか、『フライングスラッシュ』を使いはじめる。グラシュトライクと一緒に出現しなかったときは、バトル開始時に腹部が発光して同様の状態になる

▸ヒートする状況

- 打ち上げられたり、吹き飛ばされたり、たたきつけられたりしているあいだ
- HPが最大値の18%減った直後の3秒間

アクションデータ

名前	タイプ	属性	効果範囲	威力	カット値	ガード	ダウン	状態変化	キープ値	ATB消費
カマ	物理(近接)	—	敵単体	100	50	○	×	—	60	×
	左右の前脚を上げ、前方に振り下ろす									
クロスカッター	物理(近接)	—	敵単体	100	50	○	×	—	60	×
	小さくジャンプし、左右の前脚を交差させつつ振り下ろす									
毒針(弱)	物理(近接)	—	敵単体	100	50	○	×	毒(180秒)	60	×
	尻尾の先端にある毒針を刺す									
毒針	物理(近接)	—	敵単体	100+120	50	○	○	毒(240秒)	60	○
	尻尾の先端にある毒針を2回刺す									
フライングスラッシュ	物理(近接)	—	自分前方	300	50	○	○	—	60	○
	大きくジャンプしつつ左右の前脚を上げ、前方に振り下ろす									
糸	魔法	—	着弾周囲	—	0	×	×	スロウ(15秒)	60	×
	糸を遠くに吐き出す(腹部が発光しているときは5発同時に吐き出す)。吐き出した糸は、壁や地面に当たると広がって約4秒間残る									
女王の糸 糸	魔法	—	敵単体	80	50	×	×	—	60	○
女王の糸 毒針	物理(近接)	—	敵単体	100+120	50	×	○	毒(240秒)		
	遠くまでまっすぐに糸を飛ばし、相手をからめ取って拘束したあと、糸をたぐって引き寄せた相手に尻尾の先端の毒針を2回刺す。ただし、拘束中に魔法や武器アビリティで合計2回ダメージを受けるか、リミット技でダメージを受けると、拘束を解く									

重火兵 Flametrooper

▶人間
▶地上

レポートNo. » 007 «

FRONT

BACK

おもな出現場所とその場所でのレベル

	場所	レベル
CH5	螺旋トンネル・E区画：E2線路管理区　など	14
SUB	コルネオ・コロッセオ(→P.444)	25

ステータス

	最大HP	物理攻撃力	魔法攻撃力	物理防御力	魔法防御力
EASY	618〜1022	45〜79	94〜154	62〜103	62〜103
NORMAL	1124〜1859				
HARD	3537	148	328	194	194

基本キープ値	バーストゲージ	バースト時間
40	100	5秒

獲得できる経験値・AP・ギル

	経験値	AP	ギル
EASY	51〜120	3	59〜143
NORMAL			
HARD	890	9	535

入手できるアイテム

通常	ポーション(12%)
レア	ハイポーション(5%)
盗み	ハイポーション(15%)

ダメージ倍率

物理	×0.5
魔法	×1.0
炎属性	**×2.0**
氷属性	×1.0
雷属性	×1.0
風属性	×1.0
固定ダメージ	×1.0
割合ダメージ	×1.0

バーストゲージ増加倍率

物理(近接)	×1.0
物理(遠隔)	×1.0
魔法	×1.0
炎属性	×1.0
氷属性	×1.0
雷属性	×1.0
風属性	×1.0

状態異常耐性値

毒	35
沈黙	35
睡眠	35
スロウ	35
ストップ	35
バーサク	35

特徴的な性質

- 相手と少し離れた位置から『火炎放射』『爆裂火炎』を使う
- 背後からの攻撃でHPが最大値の6%減ると、背中のタンクが爆発し、自分が最大HPの10%のダメージを受けて吹き飛ばされる
- 背中のタンクが爆発したあとは、『火炎放射』の威力が大幅に下がり、自分の目の前しか攻撃できなくなるほか、『爆裂火炎』を使わなくなる。そのかわりに、『蹴り』を使いはじめる

▶ヒートする状況

- 打ち上げられたり、吹き飛ばされたり、たたきつけられたりしているあいだ

アクションデータ

名前	タイプ	属性	効果範囲	威力	カット値	ガード	ダウン	状態変化	キープ値	ATB消費
蹴り	物理(近接)	—	自分前方	50	30	○	×	—	40	×
	左足を前に出してキックを放つ									
火炎放射	魔法	炎	自分前方	1ヒットごとに33	30	△	×	—	40	(※1)
	火炎放射器から炎を数秒間噴射しつづける。火炎放射器を左右に振りながら行なったり、噴射をすぐにやめたりすることもある。背中のタンクが爆発したあとは、炎がほとんど出なくなり、威力が「1ヒットごとに3」に下がる									
爆裂火炎	魔法	炎	着弾周囲・弾	300	50	△	×	—	40	○
	勢いよく炎を吹きつける									

※1……火炎の発射をすぐにやめたときや、背中のタンクが爆発したあとは「×」(アクション名は表示されない)、それ以外のときは「○」

ミサイルランチャー Sentry Launcher

▶機械
▶地上

レポートNo. 022

FRONT

BACK

オリジナル版

おもな出現場所とその場所でのレベル

	場所	レベル
CH5	螺旋トンネル・E区画：E3線路管理区	14
CH17	神羅ビル・鑼牟 第五層：第三区画 E通路	31
SUB	コルネオ・コロッセオ(→P.444)	25

ステータス

	最大HP	物理攻撃力	魔法攻撃力	物理防御力	魔法防御力
EASY	1442~3142	119~248	70~149	99~213	15~31
NORMAL	2622~5712				
HARD	8253	418	238	312	45

基本キープ値
60

バーストゲージ
8

バースト時間
10秒

獲得できる経験値・AP・ギル

	経験値	AP	ギル
EASY	77~252	3	46~156
NORMAL			
HARD	1334	9	410

入手できるアイテム

通常	重力球(5%)
レア	——
盗み	重力球(10%)

ダメージ倍率

物理	×1.0
魔法	×1.0
炎属性	×1.0
氷属性	×1.0
雷属性	×2.0
風属性	×0.1
固定ダメージ	×1.0
割合ダメージ	×1.0

バーストゲージ増加倍率

物理(近接)	無効
物理(遠隔)	無効
魔法	×1.0
炎属性	無効
氷属性	無効
雷属性	×2.0
風属性	無効

状態異常耐性値

毒	無効
沈黙	35
睡眠	無効
スロウ	35
ストップ	35
バーサク	35

特徴的な性質

- 移動を行なわず、台座を回転させて相手を狙う
- バーストゲージの最大値が低いが、無属性か雷属性の魔法攻撃でしかバーストゲージが増えない
- パーティメンバー同士の距離が近いと、『全弾発射』を使う確率が上がる。ただし、相手が自分の近くにいるときは使わない
- 『全弾発射』は一度使ったら約25秒間は再使用しない

▶ヒートする状況

(なし)

アクションデータ

名前	タイプ	属性	効果範囲	威力	カット値	ガード	ダウン	状態変化	キープ値	ATB消費
ミサイル	物理(遠隔)	—	着弾周囲・弾	1ヒットごとに120	50	△	×	—	60	×
	砲身からミサイルを3発撃つ									
全弾発射	物理(遠隔)	—	着弾周囲・弾	1ヒットごとに120	50	△	×	—	60	×
	砲身からミサイルを13発撃つ									
電磁リジェクター	魔法	—	自分周囲	100	50	△	○	—	60	×
	自分の周囲に半球状の電磁波を発生させる									

INDEX

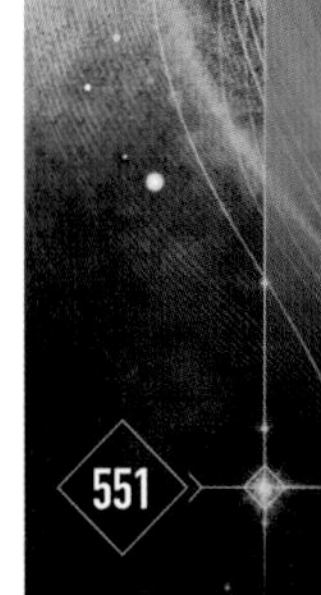

プアゾキュート Blugu

▶生物
▶飛行

レポートNo.
» 055 «

BACK

オリジナル版

おもな出現場所とその場所でのレベル

	場所	レベル
CH6	四番街 プレート内部・上層：G区画 整備通路	レベル 15
CH14	地下下水道・六番地区：第二水路　など	レベル 27
SUB	コルネオ・コロッセオ(→P.444)	レベル 20

ステータス

	最大HP	物理攻撃力	魔法攻撃力	物理防御力	魔法防御力
EASY	365～588	67～106	67～106	16～28	16～28
NORMAL	664～1069				
HARD	1887	193	193	45	45

基本キープ値
20

バーストゲージ
30

バースト時間
10秒

特徴的な性質

- 睡眠状態の相手がいない場合は、遠くにいる相手には『アワ地獄』を連発し、近くにいる相手には何もせずに移動のみを行なうことが多い
- 睡眠状態の相手がいる場合は、『アワ地獄』を使わず、『トゲ回転』や『トゲプレス』で攻撃を行なう
- 上空に浮き上がり、ほとんど攻撃を行なわなくなることがある

獲得できる経験値・AP・ギル

	経験値	AP	ギル
EASY	36～88	2	42～104
NORMAL			
HARD	580	6	342

入手できるアイテム

通常	眠気覚まし(12%)
レア	──
盗み	眠気覚まし(5%)

ヒートする状況

- 打ち上げられたり、吹き飛ばされたり、たたきつけられたりしているあいだ

ダメージ倍率

物理	×1.0
魔法	×1.0
炎属性	×1.0
氷属性	×1.0
雷属性	**×2.0**
風属性	**×2.0**
固定ダメージ	×1.0
割合ダメージ	×1.0

バーストゲージ増加倍率

物理(近接)	×1.0
物理(遠隔)	×1.0
魔法	×1.0
炎属性	×1.0
氷属性	×1.0
雷属性	×1.0
風属性	×1.0

状態異常耐性値

毒	35
沈黙	35
睡眠	35
スロウ	35
ストップ	無効
バーサク	35

アクションデータ

名前	タイプ	属性	効果範囲	威力	カット値	ガード	ダウン	状態変化	キープ値	ATB消費
トゲ回転	物理(近接)	──	敵単体	100	30	○	×	──	40	×
	横に回転して腹部のトゲで攻撃する									
トゲプレス	物理(近接)	──	自分前方	300	30	○	×	──	40	○
	宙返りしたあと、腹部のトゲを突き出しながら突進する									
アワ地獄	魔法	──	自分前方・弾	1ヒットごとに17	0(※1)	△	×	睡眠(15秒)	40	×
	前方に多数のアワを吐き出す。上空にいるときに使うこともある(その場合はATBゲージを消費する)									

※1……難易度がHARDのときは「30」

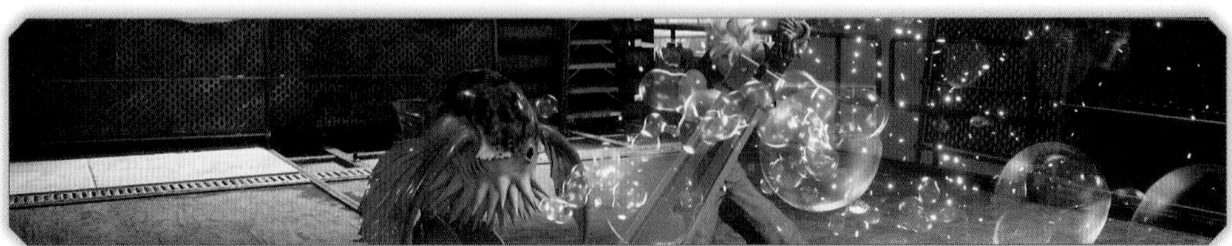

チュースタンク Terpsicolt

▸生物
▸飛行

レポートNo.
» 056 «

FRONT

BACK

オリジナル版

おもな出現場所とその場所でのレベル

	場所	レベル
CH6	四番街 プレート内部・上層：H区画 第二照明機区域　など	15
CH14	六番街スラム・陥没道路：旧バイパス	24
SUB	神羅バトルシミュレーター(→P.455)	35

ステータス

	最大HP	物理攻撃力	魔法攻撃力	物理防御力	魔法防御力
EASY	730〜1574	67〜138	52〜109	68〜145	16〜34
NORMAL	1328〜2861				
HARD	3773	193	148	194	45

基本キープ値
40
バーストゲージ
15
バースト時間
15秒

獲得できる経験値・AP・ギル

	経験値	AP	ギル
EASY	43〜166	3	54〜213
NORMAL			
HARD	696	9	446

入手できるアイテム

通常	ポーション(12%)
レア	ハイポーション(8%)
盗み	ポーション(12%)

ダメージ倍率

物理	×1.0
魔法	×1.0
炎属性	×1.0
氷属性	**×2.0**
雷属性	×1.0
風属性	×1.0
固定ダメージ	×1.0
割合ダメージ	×1.0

バーストゲージ増加倍率

物理(近接)	×1.0
物理(遠隔)	×1.0
魔法	×1.0
炎属性	×1.0
氷属性	×1.0
雷属性	×1.0
風属性	×1.0

状態異常耐性値

毒	35
沈黙	35
睡眠	35
スロウ	35
ストップ	35
バーサク	35

特徴的な性質

- 『吸血』のかみつきで与えたダメージ量と同じだけ自分のHPを回復する
- 「攻撃を受けてひるむ」「HPが最大値の25%減る」「『吸血』を使う」のいずれかの条件を満たすと、回転モードになる
- 回転モードのときは、つねに『回転攻撃』を行なっており、触れた相手にダメージを与える。また、受けるダメージ量が半分に減り、基本キープ値が100に上がる
- 回転モードは、ヒートするか約35秒が経過すると解除される。そのあとも、条件を満たすたびに回転モードになる

▸ヒートする状況

- 打ち上げられたり、吹き飛ばされたり、たたきつけられたりしているあいだ
- 回転モード中に物理攻撃でHPが最大値の5%減った直後の5秒間

アクションデータ

名前	タイプ	属性	効果範囲	威力	カット値	ガード	ダウン	状態変化	キープ値	ATB消費
ツメ	物理(近接)	—	敵単体	100	30	○	×	—	40	×
	尻尾を振り、先端のツメで引っかく									
吸血 尻尾	物理(近接)	—	敵単体	50	50	×	×	—	40	○
吸血 かみつき	物理(近接)	—	敵単体	35×4回	50	×	×	—		
	尻尾で相手をからめ取って6秒強拘束しつつ、何度もかみつく。ただし、拘束中に武器アビリティ、魔法、リミット技のいずれかの攻撃でダメージを受けると、拘束を解く									
回転攻撃	物理(近接)	—	自分周囲	1ヒットごとに50	30	○	×	—	100	×
	身体を激しく横回転させながら飛びまわる									
ローリングクロー	物理(近接)	—	自分前方	300	30	○	×	—	40	○
	身体を激しく横回転させたまま突進する									

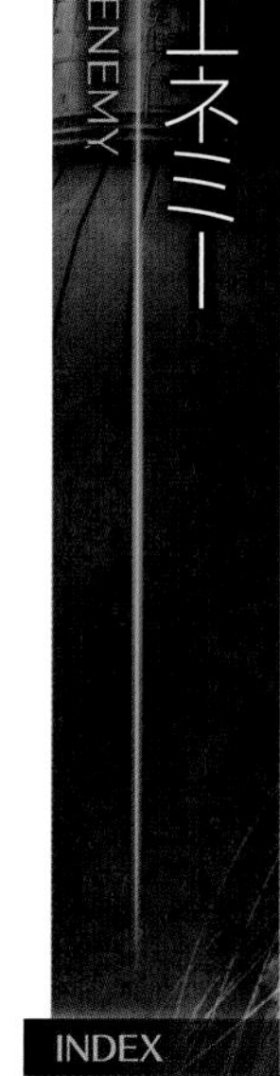

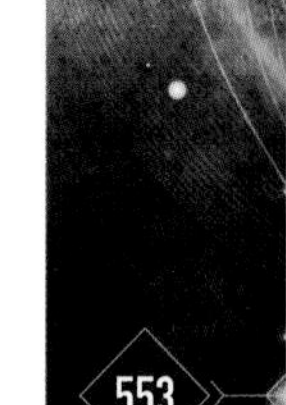

プロトマシンガン Sentry Gun Prototype

▶機械
▶地上

レポートNo. » 023 «

FRONT

BACK

オリジナル版

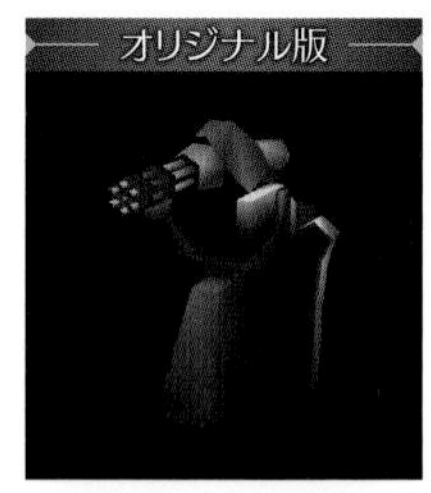

おもな出現場所とその場所でのレベル

CH6	四番街 プレート内部・中層：H区画 第一照明機区域　など	レベル 15
SUB	コルネオ・コロッセオ(→P.444)	レベル 25

ステータス

	最大HP	物理攻撃力	魔法攻撃力	物理防御力	魔法防御力
EASY	365～546	52～79	52～79	68～103	16～26
NORMAL	664～992				
HARD	1887	148	148	194	45

基本キープ値
40
バーストゲージ
4
バースト時間
10秒

獲得できる経験値・AP・ギル

	経験値	AP	ギル
EASY	51～107	3	43～95
NORMAL			
HARD	780	9	357

入手できるアイテム

通常	―
レア	―
盗み	―

ダメージ倍率

物理	×1.0
魔法	×1.0
炎属性	×1.0
氷属性	×1.0
雷属性	**×2.0**
風属性	×0.1
固定ダメージ	×1.0
割合ダメージ	×1.0

バーストゲージ増加倍率

物理(近接)	無効
物理(遠隔)	無効
魔法	×1.0
炎属性	無効
氷属性	無効
雷属性	**×2.0**
風属性	無効

状態異常耐性値

毒	無効
沈黙	35
睡眠	無効
スロウ	35
ストップ	35
バーサク	35

特徴的な性質

- 移動を行なわず、台座を回転させて相手を狙う。ただし、後方へ回転させることはできない
- バーストゲージの最大値が低いが、無属性か雷属性の魔法攻撃でしかバーストゲージが増えない
- ふだんは『マシンガン』を使うことをくり返すが、HPが残り40%以下のときは『オーバーフロー』を使うことがある。『オーバーフロー』を使ったあとは、15秒間攻撃を行なわない

▶ヒートする状況

(なし)

設定画

アクションデータ

名前	タイプ	属性	効果範囲	威力	カット値	ガード	ダウン	状態変化	キープ値	ATB消費
マシンガン	物理(遠隔)	―	直線上・弾	1ヒットごとに5	20	△	×	―	40	×
	銃口から弾を約2秒間撃ちつづける									
オーバーフロー	物理(遠隔)	―	直線上・弾	1ヒットごとに7	20	△	×	―	40	×
	銃口から弾を約3.5秒間撃ちつづける									

レーザーキャノン Laser Cannon

▶機械
▶地上

レポートNo. 》021《

FRONT

BACK

オリジナル版

おもな出現場所とその場所でのレベル

	場所	レベル
CH7	伍番魔晄炉・B7F：連絡通路　など	16
SUB	コルネオ・コロッセオ(→P.444)	25

ステータス

	最大HP	物理攻撃力	魔法攻撃力	物理防御力	魔法防御力
EASY	389～546	58～79	89～117	16～26	16～26
NORMAL	707～992				
HARD	1887	148	238	45	45

基本キープ値	バーストゲージ	バースト時間
40	4	10秒

特徴的な性質

- 移動を行なわず、台座を回転させて相手を狙う
- バーストゲージの最大値が低いが、無属性か雷属性の魔法攻撃でしかバーストゲージが増えない
- 「『レーザー』を1～2回使う→『スタンレーザー』を使う」という行動をくり返す

▶ヒートする状況

（なし）

獲得できる経験値・AP・ギル

	経験値	AP	ギル
EASY	62～135	2	11～24
NORMAL			
HARD	1006	6	89

入手できるアイテム

通常	―
レア	―
盗み	―

ダメージ倍率

物理	×1.0
魔法	×1.0
炎属性	×1.0
氷属性	×1.0
雷属性	×2.0
風属性	×0.1
固定ダメージ	×1.0
割合ダメージ	×1.0

バーストゲージ増加倍率

物理(近接)	無効
物理(遠隔)	無効
魔法	×1.0
炎属性	無効
氷属性	無効
雷属性	×2.0
風属性	無効

状態異常耐性値

毒	無効
沈黙	35
睡眠	無効
スロウ	35
ストップ	35
バーサク	35

アクションデータ

名前	タイプ	属性	効果範囲	威力	カット値	ガード	ダウン	状態変化	キープ値	ATB消費
レーザー	魔法	―	直線上・弾	100	30	△	×	―	40	×
	射出口にエネルギーをためたあと、正面に青いレーザーを発射する									
スタンレーザー	魔法	―	直線上・弾	100	50	△	×	スタン(3秒)	40	×
	射出口にエネルギーをためたあと、正面に紫のレーザーを発射する									

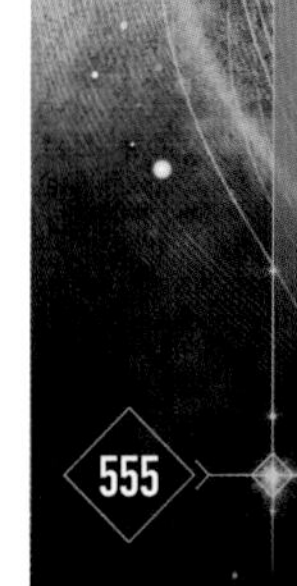

特殊戦闘員 Elite Shock Trooper

▸人間
▸地上

レポートNo.
» 009 «

おもな出現場所とその場所でのレベル

	場所	レベル
CH7	伍番魔晄炉・B8F：炉心最下層 メインブリッジ など	16
CH12	七番街支柱 12F	22
SUB	コルネオ・コロッセオ(→P.444)	25

ステータス

	最大HP	物理攻撃力	魔法攻撃力	物理防御力	魔法防御力
EASY	1943～2726	104～136	104～136	71～103	115～164
NORMAL	3532～4956				
HARD	9432	283	283	194	312

基本キープ値
60

バーストゲージ
15

バースト時間
5秒

獲得できる経験値・AP・ギル

	経験値	AP	ギル
EASY	91～196	5	82～179
NORMAL			
HARD	1446	15	667

入手できるアイテム

通常	手榴弾(12%)
レア	ハイポーション(10%)
盗み	ハイポーション(25%)

ダメージ倍率

物理	×1.0
魔法	×1.0
炎属性	**×2.0**
氷属性	×1.0
雷属性	×1.0
風属性	×1.0
固定ダメージ	×1.0
割合ダメージ	×1.0

バーストゲージ増加倍率

物理(近接)	×1.0
物理(遠隔)	×1.0
魔法	×1.0
炎属性	×1.0
氷属性	×1.0
雷属性	×1.0
風属性	×1.0

状態異常耐性値

毒	35
沈黙	35
睡眠	35
スロウ	35
ストップ	35
バーサク	35

特徴的な性質

- 攻撃の合間には、相手の『たたかう』や固有アビリティによる攻撃が当たらない状態になることがある
- ほかの戦闘員や特殊戦闘員が『バックフリップキック』で打ち上げた相手に『波動』を使うことがある
- 『パルクールキック』は、特定の壁が近くにあるときにのみ使う
- 天井が低い場所では、天井に張りついて『マシンガンビーム』や『波動』を使うことがある。張りついているあいだは、キープ値が100になる

▸ヒートする状況

- 打ち上げられたり、吹き飛ばされたり、たたきつけられたりしているあいだ

アクションデータ

名前	タイプ	属性	効果範囲	威力	カット値	ガード	ダウン	状態変化	キープ値	ATB消費
ハンドクロー	物理(近接)	―	自分前方	25×2回+50	30	○	×	―	40	×
	左右の手のツメで1回ずつ攻撃してから、ジャンプしてツメを大きく振る									
ドロップキック	物理(近接)	―	自分前方	300	50	○	○	―	60	○
	その場で高くジャンプし、斜め下方向にキックをくり出す									
バックフリップキック	物理(近接)	―	自分周囲	200	50	○	○	―	60	○
	後方宙返りをしながら蹴り上げる									
パルクールキック	物理(近接)	―	自分前方	300	50	○	○	―	100	○
	近くの壁に向かってジャンプし、壁を蹴った反動を利用して相手にキックを放つ									
マシンガンビーム	魔法	―	直線上・弾	1ヒットごとに12	0(※1)	△	×	―	40	×
	腕の武器を光らせたあと、小さなエネルギー弾を8発撃つ									
波動	魔法	―	着弾周囲・弾	300	50	△	×	―	60	○
	腕の武器にエネルギーをため、大きなエネルギー弾を放つ。『バックフリップキック』で打ち上げた相手に使ったときはATBゲージを消費しない									

※1……難易度がHARDのときは「30」

上級鎮圧兵 Elite Riot Trooper

▸人間
▸地上

レポートNo. 006

FRONT

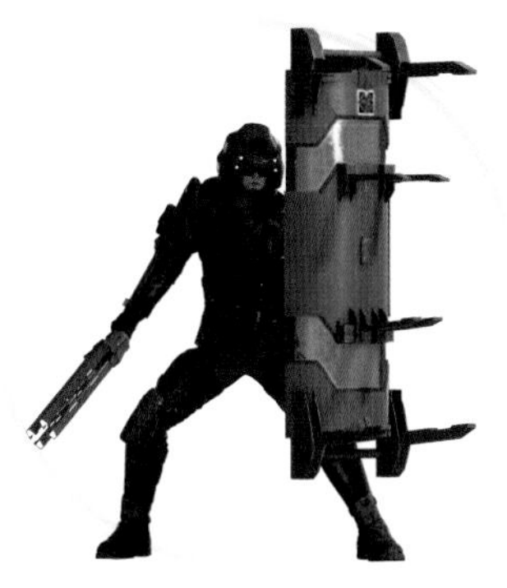

BACK

おもな出現場所とその場所でのレベル

章	場所	レベル
CH7	伍番魔晄炉・B4F：兵器格納庫	16
CH16	神羅ビル・B1F 地下駐車場：B区画 など	31
SUB	コルネオ・コロッセオ(→P.444)	25

ステータス

	最大HP	物理攻撃力	魔法攻撃力	物理防御力	魔法防御力
EASY	583〜1077	74〜124	58〜99	54〜101	89〜166
NORMAL	1060〜1959				
HARD	2830	193	148	148	243

基本キープ値
40

バーストゲージ
25

バースト時間
10秒

獲得できる経験値・AP・ギル

	経験値	AP	ギル
EASY	83〜251	3	49〜152
NORMAL			
HARD	1342	9	401

入手できるアイテム

通常	手榴弾(12%)
レア	鎮静剤(5%)
盗み	手榴弾(15%)

ダメージ倍率

物理	×1.0
魔法	×1.0
炎属性	×2.0
氷属性	×1.0
雷属性	×1.0
風属性	×1.0
固定ダメージ	×1.0
割合ダメージ	×1.0

バーストゲージ増加倍率

物理(近接)	×1.0
物理(遠隔)	×1.0
魔法	×1.0
炎属性	×1.0
氷属性	×1.0
雷属性	×1.0
風属性	×1.0

状態異常耐性値

毒	35
沈黙	35
睡眠	35
スロウ	35
ストップ	35
バーサク	35

特徴的な性質

- 攻撃の合間には、やや近い距離を維持しようとする
- 高性能な大型の盾を構えており、盾に当たった『たたかう』、固有アビリティ、武器アビリティをガードして、受けるダメージ量を0.2倍に減らすほか大半の近接攻撃を弾き返す。ただし、『パニッシュロッド』や『シールドバッシュ』を使ったあとは、少しのあいだ無防備になる
- 魔法、リミット技、アイテムによる攻撃などは盾でガードできない
- HPが残り50%以下のときは、近接攻撃を盾でガードした直後に『スタンロッド』で反撃することがある
- 『パニッシュロッド』を使うときは、直前に右腕を2回振ったりまわしたりする

ヒートする状況

- 打ち上げられたり、吹き飛ばされたり、たたきつけられたりしているあいだ

アクションデータ

名前	タイプ	属性	効果範囲	威力	カット値	ガード	ダウン	状態変化	キープ値	ATB消費
スタンロッド	物理(近接)	―	自分前方	100	30	○	×	スタン(3秒)	40	×
	電気を帯びた警棒を振り下ろす									
シールドバッシュ	物理(近接)	―	自分前方	100	30	○	×	―	40	×
	盾を武器がわりにして自分の前方をなぎ払う									
シールドタックル	物理(近接)	―	自分前方	200+100	50	○	○	―	40	○
	盾を構えたまますばやく前方に突進したあと、盾で相手を弾き飛ばす									
パニッシュロッド	魔法	―	直線上・弾	100×3回	30	△	×	スタン(3秒)	40	○
	電気を帯びた警棒を振り、前方に衝撃波を3回飛ばす。衝撃波を1回しか飛ばさないこともある(そのときは、アクション名が表示されず、ATBゲージも消費しない)									

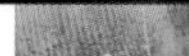

カッターマシン Cutter

▸機械
▸地上

レポートNo. » 030 «

ADVICE » P.562

FRONT

BACK

おもな出現場所とその場所でのレベル

CH7	伍番魔晄炉・B4F：兵器格納庫	レベル16
CH13	地下実験場・B2F：D型実験体 飼育場	レベル23
SUB	神羅バトルシミュレーター（→P.455）	レベル31〜35

ステータス

	最大HP	物理攻撃力	魔法攻撃力	物理防御力	魔法防御力
EASY	4857〜9834	150〜282	58〜109	98〜200	71〜145
NORMAL	8830〜17880				
HARD	23580	418	148	268	194

基本キープ値
60
バーストゲージ
70
バースト時間
5秒

獲得できる経験値・AP・ギル

	経験値	AP	ギル
EASY / NORMAL	119〜457	5	96〜378
HARD	1900	15	787

入手できるアイテム

通常	やまびこえんまく（12%）
レア	フェニックスの尾（5%）
盗み	やまびこえんまく（15%）

ダメージ倍率

物理	×1.0
魔法	×1.0
炎属性	×1.0
氷属性	×1.0
雷属性	×2.0
風属性	×1.0
固定ダメージ	×1.0
割合ダメージ	×1.0

バーストゲージ増加倍率

物理（近接）	×1.0
物理（遠隔）	×1.0
魔法	×1.0
炎属性	×1.0
氷属性	×1.0
雷属性	×1.0
風属性	×1.0

状態異常耐性値

毒	無効
沈黙	35
睡眠	無効
スロウ	35
ストップ	35
バーサク	35

特徴的な性質

- 右カッターや左カッターが破壊されると、破壊されたカッターを使うアクションの威力が半分に下がり、相手のリアクションが小さくなる
- 「ヒートする」「バーストする」「右カッターか左カッターが破壊される」のいずれかの条件を満たすと、暴走モードになる。以降は、上記の条件を満たすたびに通常のモードと暴走モードが切りかわるが、右カッターと左カッターが両方とも破壊されたあとは、暴走モードにならない
- 暴走モードのときは、行動のペースがとても速くなるほか、『連続のこぎり』『振り下ろし』も使う

▸ヒートする状況

- 暴走モードでないときにHPが最大値の20%減った直後の7秒間

部位のデータ

Ⓐ右カッター、左カッター

本体とのちがい	
最大HP	
（本体の最大HPの27%）	
ダメージ倍率	
物理	×0.5

アクションデータ

名前	タイプ	属性	効果範囲	威力	カット値	ガード	ダウン	状態変化	キープ値	ATB消費
チェーンソー	物理（近接）	—	自分前方	50×2回	30	○	×	—	60	×
	少し前進しながら、左右のカッターを1回ずつ大きく振る									
回転のこぎり	物理（近接）	—	自分周囲	100	50	○	○	—	60	×
	前傾姿勢で構えたあと、その場でスピンしてカッターで攻撃する									
突撃 カッター	物理（近接）	—	自分前方	1ヒットごとに10	30	○	×	—	60	○
突撃 突進	物理（近接）	—	自分前方	150	50	○	○	—		
	左右のカッターを前に突き出し、それらを激しく回転させながら突進する									
連続のこぎり	物理（近接）	—	自分前方	30×5回	30	○	×	—	60	×
	左右のカッターですばやく何回も斬りつける									
振り下ろし	物理（近接）	—	自分前方	100	50	○	○	—	60	×
	左右のカッターを大きく振りかぶり、勢いよく振り下ろす									
ブレードディスク	物理（遠隔）	—	攻撃軌道上・弾	1ヒットごとに40	50	△	×	—	60	×
	前方に6個の小さなカッターを発射。カッターは壁などで跳ね返りながら弧を描いて進み、約2.5秒後に消える									
サイレスガス	魔法	—	自分前方	100	50	△	×	沈黙（40秒）	60	×
	機体の正面から赤黒いガスを放つ									

ヘッジホッグパイ Hedgehog Pie

▸生物
▸地上

レポートNo. » 057 «

FRONT

BACK

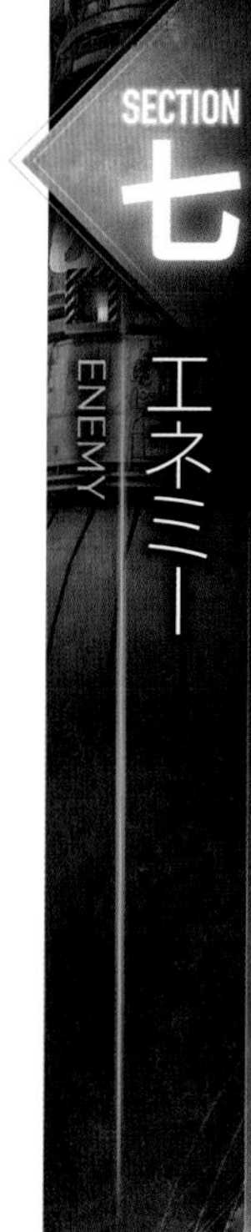

おもな出現場所とその場所でのレベル

	場所	レベル
CH8	伍番街スラム・やすらぎの街道 など	16
CH14	伍番街スラム・廃棄指定区 裏通り など	23
SUB	コルネオ・コロッセオ(→P.444)	20～25

ステータス

	最大HP	物理攻撃力	魔法攻撃力	物理防御力	魔法防御力
EASY	437～614	74～98	104～136	71～103	16～26
NORMAL	795～1116				
HARD	2123	193	283	194	45

基本キープ値	バーストゲージ	バースト時間
40(※1)	25	5秒

獲得できる経験値・AP・ギル

	経験値	AP	ギル
EASY	55～116	3	38～83
NORMAL			
HARD	856	9	312

入手できるアイテム

通常	ハイポーション(12%)
レア	エーテル(5%)
盗み	エーテル(5%)

ダメージ倍率

物理	×1.0
魔法	×1.0
炎属性	×1.0
氷属性	**×2.0**
雷属性	×1.0
風属性	×1.0
固定ダメージ	×1.0
割合ダメージ	×1.0

バーストゲージ増加倍率

物理(近接)	×1.0
物理(遠隔)	×1.0
魔法	×1.0
炎属性	×1.0
氷属性	×2.0(※2)
雷属性	×1.0
風属性	×1.0

状態異常耐性値

毒	35
沈黙	35
睡眠	35
スロウ	35
ストップ	35
バーサク	35

特徴的な性質

- HPが残り50%以下のときは、1回だけ『ぬすみ食い』を使い、クラウドたちのポーションを奪って自分に使用することがある(ほかのアイテムは奪わない)。相手がポーションを持っていない場合は、何も盗めずに終わる
- 「攻撃を受けてひるむ」「アビリティや魔法を受ける」「『ぬすみ食い』でポーションを使う」のいずれかの条件を満たすと激怒する
- ヘッジホッグキング(→P.561)の『みんなを守る』の効果中は、防御面を中心に大幅に強化され(→P.562)、『バウンドアタック』『ファイラ』を使う
- ヘッジホッグキングの『自分を守る』の効果中は激怒する
- 激怒したあとは、60秒間バーサク状態になるほか、『ファイア』のかわりに『ファイラ』を使う

▶ヒートする状況

- 打ち上げられたり、吹き飛ばされたり、たたきつけられたりしているあいだ

アクションデータ

名前		タイプ	属性	効果範囲	威力	カット値	ガード	ダウン	状態変化	キープ値	ATB消費
体当たり		物理(近接)	―	敵単体	100	0(※3)	○	×	―	40	×
		前方に小さく宙返りして背中のトゲをぶつける									
バウンドアタック	途中の攻撃	物理(近接)	―	敵単体	1ヒットごとに100	30	○	×	―	60	×
	最後の一撃	物理(近接)	―	敵単体	50	50	○	○	―		
		5回ほど飛び跳ねながら相手に近づき、当たったら頭上でバウンドをくり返す									
ファイア		魔法	炎	敵単体・弾	100	50	△	×	―	40	○
ファイラ		魔法	炎	敵全体・弾	200	50	△	×	―	60	○
		すべての相手に1発ずつ火球を飛ばす									
ぬすみ食い	盗む	魔法	―	敵単体	―	50	×	×	―	40	○
	ポーション	回復	―	自分	(HPを350回復)	―	―	―	―		
		相手からポーションを盗んで自分に使う									

※1……激怒したあとは「60」 ※2……激怒したあとは「×1.0」 ※3……難易度がHARDのときは「30」

スモッグファクト Smogger

▶機械
▶地上

レポートNo. » 059 «

おもな出現場所とその場所でのレベル

	場所	レベル
CH8	伍番街スラム・ボルトナットヒルズ　など	レベル 16
CH14	伍番街スラム・スチールマウンテン　など	レベル 23〜24
SUB	神羅バトルシミュレーター(→P.455)	レベル 35

ステータス

	最大HP	物理攻撃力	魔法攻撃力	物理防御力	魔法防御力
EASY	1652〜3344	150〜282	58〜109	139〜283	16〜34
NORMAL	3003〜6080				
HARD	8018	418	148	379	45

基本キープ値	バーストゲージ	バースト時間
60	30	10秒

獲得できる経験値・AP・ギル

	経験値	AP	ギル
EASY / NORMAL	95〜360	5	69〜271
HARD	1502	15	564

入手できるアイテム

通常	有害物質(12%)
レア	やまびこえんまく(5%)
盗み	やまびこえんまく(5%)

ダメージ倍率

物理	×1.0
魔法	×1.0
炎属性	×1.0
氷属性	×1.0
雷属性	**×2.0**
風属性	×1.0
固定ダメージ	×1.0
割合ダメージ	×1.0

バーストゲージ増加倍率

物理(近接)	×1.0
物理(遠隔)	×1.0
魔法	×1.0
炎属性	×1.0
氷属性	×1.0
雷属性	**×2.0**
風属性	×1.0

状態異常耐性値

毒	無効
沈黙	35
睡眠	無効
スロウ	35
ストップ	35
バーサク	35

特徴的な性質

- 『暴走スモッグ』で走りまわっているとき以外は、動きがやや遅い
- 『有害スモッグ』で、「相手を毒状態にする煙」か「相手を沈黙状態にする煙」をしばらく地面に残す
- 倒されたときに『自爆』を使うことがある

▶ヒートする状況

- 『暴走スモッグ』の動作中

設定画

アクションデータ

名前		タイプ	属性	効果範囲	威力	カット値	ガード	ダウン	状態変化	キープ値	ATB消費
パンチ		物理(近接)	—	敵単体	100	30	○	×	—	60	×
		左腕を前方に振り上げる									
暴走スモッグ	突進	物理(近接)	—	攻撃軌道上	100	50	○	×	—	60	○
	地面の煙	魔法	—	設置周囲	100	50	△	×	いかり(永続)		
		3回ほど方向転換を行なったり、エネルギーを帯びた煙をところどころに残したりしながら突進。煙は地面に約15秒間残る									
有害スモッグ	噴出した煙	魔法	—	自分前方	1ヒットごとに60	30	×	×	(※1)	60	×
	地面の煙	魔法	—	設置周囲	1ヒットごとに4	30	×	×	(※1)		
		頭部を前に突き出して紫色の煙を噴出。煙は地面に約15秒間残る									
自爆		物理(遠隔)	—	自分周囲	300	50	×	○	—	60	×
		体内から球状のコアを射出。コアは約2秒後に爆発する【てきのわざとして習得可能】									

※1……毒(120秒)、沈黙(15秒)のどちらか

ヘッジホッグキング Hedgehog Pie King

▸生物
▸地上

レポートNo. 058

ADVICE » P.562

FRONT

BACK

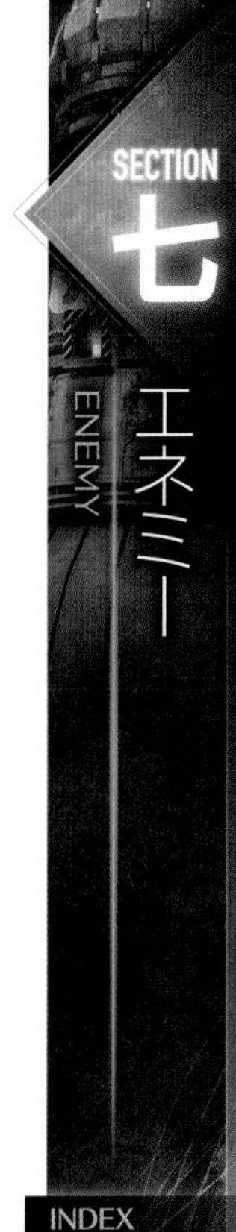

おもな出現場所とその場所でのレベル

場所	レベル
SUB クエスト 8「見回りの子供たち」(→P.411)	レベル 17
SUB コルネオ・コロッセオ(→P.444)	レベル 25

ステータス

	最大HP	物理攻撃力	魔法攻撃力	物理防御力	魔法防御力
EASY	7092～9540	67～87	70～91	17～26	33～47
NORMAL	12894～17346				
HARD	33012	166	175	45	86

基本キープ値	バーストゲージ	バースト時間
60	60	3秒

獲得できる経験値・AP・ギル

	経験値	AP	ギル
EASY	32～65	7	252～531
NORMAL			
HARD	476	21	1968

入手できるアイテム

通常	—
レア	—
盗み	—

ダメージ倍率

物理	×1.0
魔法	×1.0
炎属性	×1.0
氷属性	**×2.0**
雷属性	×1.0
風属性	×1.0
固定ダメージ	×1.0
割合ダメージ	×1.0

バーストゲージ増加倍率

物理(近接)	×1.0(※2)
物理(遠隔)	×1.0(※2)
魔法	×1.0(※2)
炎属性	×1.0
氷属性	×1.0
雷属性	×1.0
風属性	×1.0

状態異常耐性値

毒	35
沈黙	35
睡眠	35
スロウ	35
ストップ	35
バーサク	35

特徴的な性質

- バトル開始直後に『みんなを守る』を使い、一緒に出現したヘッジホッグパイの防御面を大幅に強化する。『みんなを守る』の効果中は、『スイートドリーム』を使う
- 自分のHPが減ってヒートしたあとは、『自分を守る』を使い、自分の防御面を大幅に強化する(このとき、『みんなを守る』の効果は解除される)。『自分を守る』の効果中は、『スロウ』『スイートドリーム』を使う
- 『自分を守る』の効果中に、いずれかのヘッジホッグパイのHPが残り60%以下になると、ふたたび『みんなを守る』を使う(このとき、『自分を守る』の効果は解除される)
- 一緒に出現したヘッジホッグパイがすべて倒されると、『自分を守る』の効果を解き、バーサク状態(永続)になる。以降は、『体当たり』『スロウ』『スイートドリーム』を使う

▸ヒートする状況

- 打ち上げられたり、吹き飛ばされたり、たたきつけられたりしているあいだ
- HPが最大値の20%減った直後の3秒間

アクションデータ

名前	タイプ	属性	効果範囲	威力	カット値	ガード	ダウン	状態変化	キープ値	ATB消費
体当たり	物理(近接)	—	敵単体	100	30	○	×	—	40	×
	前方に小さく宙返りして背中のトゲをぶつける									
スロウ	魔法	—	敵単体	—	0	×	×	スロウ(40秒)	60	×
スイートドリーム	魔法	—	対象周囲	—	0	×	×	睡眠(15秒)	60	○
	相手の周囲の地面に青い霧を発生させる。自分の周囲の地面に発生させることもある(そのときは、アクション名が表示されず、ATBゲージも消費しない)									
みんなを守る	—	—	自分以外の味方	—	—	—	—	(P.562参照)	60	×
	ヘッジホッグパイを大幅に強化する(→P.562)									
自分を守る	—	—	自分	—	—	—	—	(下記参照)	60	×
	自分を、「バリア状態(永続)+マバリア状態(永続)+10秒ごとにHPが最大値の5%回復する状態(永続)」にする									

※2……『みんなを守る』の効果中は「無効」

ADVICE » VSカッターマシン

データの掲載ページ P.558

両方のカッターを破壊すれば戦いやすくなる

本体とは別に右カッターと左カッターという部位があり、それらを破壊すると、壊れたカッターによる攻撃が弱体化する。さらに、両方のカッターを破壊すれば、敵が暴走状態で激しく攻撃してくることもなくなるため、まずはカッターの破壊を目指したい。部位を含め、カッターマシンには雷属性の攻撃がよく効くので、本体を攻撃してATBゲージをためつつ、カッターに『サンダー』などを使っていくといい。ただし、魔法を受けたカッターマシンは、沈黙の効果がある『サイレスガス』を正面に放ってくる。そのため、『サンダー』などは、本体の正面以外にいるときや、敵の攻撃動作中に使うのが基本だ。なお、カッターマシンの攻撃の多くは前方の相手への近接攻撃だが、攻撃範囲がやや広いので、横にまわりこんでかわし切るのは難しい。受けるダメージをガードで減らすか、操作キャラクターを変更して別方向から攻めよう。

部位破壊前

部位破壊後

⬆カッターが破壊されたあとも、敵はそのカッターを使ったアクションを行なうが、こちらが受けるダメージは半分程度に少なくなる。

⬆敵本体の正面で魔法を使うと、反撃の『サイレスガス』をかわし切れない場合がある。魔法はタイミングを考えて使うようにしたい。

ADVICE » VSヘッジホッグキング

データの掲載ページ P.561

強化されていないほうの敵を攻撃していくのが基本

ヘッジホッグキング(以下「キング」)は、かならずヘッジホッグパイ(以下「パイ」)と一緒に出現して『みんなを守る』や『自分を守る』を使い、キングかパイのどちらか一方を強化する。強化されているほうは非常に倒しにくいため、強化されていないほうを攻撃しよう。どちらが強化されるかは右の図のように切りかわっていくので、「キングのHPを減らしてヒートさせること」と「パイのHPを減らすこと」を交互にくり返し、キングから先に倒せばいい(強化が解かれたパイを一気に倒せるなら、それがベスト)。パイの強力な攻撃を受けないよう、パイに狙われていないスキに攻撃を仕掛けるのが理想だ。『バウンドアタック』などのアクション名が見えているときは、ひたすら逃げて攻撃をかわすのが無難だろう。

⬅可能であれば、『デバリア』や『スリプル』などを使い、パイから倒していく手もある。

◉『みんなを守る』『自分を守る』による強化の切りかわりかた

	ヘッジホッグパイ	ヘッジホッグキング
『みんなを守る』の効果中	強化：○ (下記参照)	強化：×
『自分を守る』の効果中	強化：×	強化：○ (バリア+マバリア+HP自動回復)

⬆ ヘッジホッグパイのHPが残り60%以下(『自分を守る』→『みんなを守る』)
⬇ ヘッジホッグキングのHPが最大値の20%減る(『みんなを守る』→『自分を守る』)

◉『みんなを守る』の効果中のヘッジホッグパイの状態

- 最大HPと残りHPが約1.4倍に増える
- 基本キープ値が60に上がる
- 物理タイプと魔法タイプでのバーストゲージ増加倍率が0.25倍に、氷属性でのバーストゲージ増加倍率が1.0倍に下がる
- 「バリア状態(永続)+マバリア状態(永続)+2秒ごと(ヘッジホッグパイが攻撃を受けているあいだは1秒ごと)にHPが最大値の2%回復する状態(永続)」になる

ピアシングアイ Mark Ii Monodrive

▸人工生命
▸飛行

レポートNo. » 019 «

ADVICE » P.566

FRONT

BACK

おもな出現場所とその場所でのレベル

CH14	地下実験場・B2F：D型実験体 飼育場	レベル 23
CH17	神羅ビル・鑼牟 第三層：第一研究室 兵器演習場	レベル 31
SUB	クエスト 9「暴走兵器」(→P.412)	レベル 17

ステータス

	最大HP	物理攻撃力	魔法攻撃力	物理防御力	魔法防御力
EASY	2026～3590	140～223	140～223	17～31	17～31
NORMAL	3684～6528				
HARD	9432	373	373	45	45

基本キープ値
60

バーストゲージ
100

バースト時間
10秒

獲得できる経験値・AP・ギル

	経験値	AP	ギル
EASY	32～90	4	101～300
NORMAL			
HARD	476	12	787

入手できるアイテム

通常	ハイポーション(12%)
レア	エーテルターボ(5%)
盗み	エーテルターボ(5%)

ダメージ倍率

物理	×1.0
魔法	×1.0
炎属性	×1.0
氷属性	×1.0
雷属性	×1.0
風属性	×2.0
固定ダメージ	×1.0
割合ダメージ	×1.0

バーストゲージ増加倍率

物理(近接)	×1.0
物理(遠隔)	×1.0
魔法	×1.0
炎属性	×1.0
氷属性	×1.0
雷属性	×1.0
風属性	×1.0

状態異常耐性値

毒	35
沈黙	35
睡眠	35
スロウ	35
ストップ	無効
バーサク	35

特徴的な性質

- バトル開始時に、赤く光って警告音を鳴らし、青い物理バリアを張って物理攻撃を無効にする。ピアシングアイが2体以上いる場合、物理バリアを張るのは1体だけで、残りの個体は緑色の魔法バリアを張って魔法攻撃を無効にする
- 物理バリアを張っている個体は、あまり動きまわらず、ときどき上空へ移動して『ファイア』『トリプルファイア』を使う。また、魔法バリアを張っている個体のHPが最大値の10%減ると、一度だけその個体に『物理耐性付与』を使う
- 魔法バリアを張っている個体は、すばやく動きまわって『ドリルドライブ』『グラウンドドリル』を使う
- 物理バリアは、魔法攻撃でHPが最大値の10%減ると消える。その少しあとに、バリアが消えた個体は魔法バリアを張り、残りの個体のうち1体のバリアが物理バリアに変化する
- ピアシングアイが1体だけのときは、数回攻撃を行なうたびに、物理バリアと魔法バリアが切りかわる

▶ヒートする状況

- 打ち上げられたり、吹き飛ばされたり、たたきつけられたりしているあいだ

アクションデータ

名前	タイプ	属性	効果範囲	威力	カット値	ガード	ダウン	状態変化	キープ値	ATB消費
ドリルドライブ	物理(近接)	―	自分前方	100	30	○	×	―	60	×
	回転しながら水平方向に高速で突進し、触手を突き刺す									
グラウンドドリル	物理(近接)	―	自分周囲	300	50	○	○	―	60	×
	地中にもぐって動きまわり、相手の足元から飛び出しつつ触手を突き刺す									
ファイア	魔法	炎	敵単体・弾	100	50	△	×	―	60	×
トリプルファイア	魔法	炎	敵単体・弾	100×3回	50	△	×	―	60	○
	火球を3回連続で同じ相手に飛ばす									
物理耐性付与	―	―	味方単体	―	―	―	―	―	60	×
	物理攻撃で受けるダメージ量を半分に減らすバリアを付与する									

INDEX

トクシックダクト Chromogger

▶機械
▶地上

レポートNo. » 060 «

ADVICE » P.566

おもな出現場所とその場所でのレベル

SUB クエスト 11「噂のスラムエンジェル」(→P.413)	レベル 17
SUB コルネオ・コロッセオ(→P.444)	レベル 25

ステータス

	最大HP	物理攻撃力	魔法攻撃力	物理防御力	魔法防御力
EASY	15197~20444	156~192	60~79	146~199	17~26
NORMAL	27630~37170				
HARD	70740	418	148	379	45

基本キープ値
60

バーストゲージ
40

バースト時間
10秒

獲得できる経験値・AP・ギル

	経験値	AP	ギル
EASY	32~65	10	420~885
NORMAL			
HARD	476	30	3280

入手できるアイテム

通常	—
レア	—
盗み	—

ダメージ倍率

物理	×1.0
魔法	×1.0
炎属性	×1.0
氷属性	×1.0
雷属性	**×2.0**
風属性	×1.0
固定ダメージ	×1.0
割合ダメージ	×1.0

バーストゲージ増加倍率

物理(近接)	無効
物理(遠隔)	無効
魔法	無効
炎属性	無効
氷属性	無効
雷属性	無効
風属性	無効

状態異常耐性値

毒	無効
沈黙	35
睡眠	無効
スロウ	35
ストップ	35
バーサク	35

特徴的な性質

- 動きがやや遅い
- 鉄球に当たった近接攻撃を弾き返す
- 鉄球に魔法攻撃が当たったときにしかバーストゲージが増えない
- 約50秒おきに『回転スモッグ』を使う
- HPが残り45%以下になると、『鉄球おとし』を頻繁に使うようになるほか、「『鉄球おとし』→『鉄球おとし』」「『鉄球おとし』→『有害スモッグ』」と行動することがある

▶ヒートする状況

- 物理攻撃でHPが最大値の10%減った直後の5秒間

部位のデータ

Ⓐ鉄球

本体とのちがい

最大HP	
(HPを持たない)	
ダメージ倍率	
物理	×0.1
バーストゲージ増加倍率	
魔法	×1.0
炎属性	×0.5
氷属性	×0.5
雷属性	**×2.0**
風属性	×0.5

アクションデータ

名前		タイプ	属性	効果範囲	威力	カット値	ガード	ダウン	状態変化	キープ値	ATB消費
パンチ	振り上げ	物理(近接)	—	自分前方	300	50	○	○	—	60	×
	鉄球落下	物理(近接)	—	自分前方	150	30	○	×	—		
	左腕の鉄球を前方に振り上げる。そのあと、鉄球は地面に落ちる										
鉄球おとし	鉄球	物理(近接)	—	自分前方	500	50	○	○	—	60	○
	衝撃波	物理(近接)	—	着弾周囲	100	30	○	×	—		
	左腕を縦方向にまわし、鉄球を相手の頭上からたたきつける。HPが残り45%以下のときは、ATBゲージを消費しないことがある										
有害スモッグ	噴出した煙	魔法	—	自分前方	100	30	△	×	沈黙(15秒)	60	×
	地面の煙	魔法	—	設置周囲	1ヒットごとに5	30	×	×	沈黙(15秒)		
	頭部を前に突き出して赤い煙を噴出。煙は地面に約30秒間残る										
回転スモッグ	噴出した煙	魔法	—	自分周囲	100	30	△	×	スタン(3秒)	60	×
	地面の煙	魔法	—	設置周囲	1ヒットごとに5	30	×	×	スタン(3秒)		
	頭部を前に突き出し、その場で回転しながら電気を帯びた煙を噴出。煙は地面に約20秒間残る										

ネフィアウィーバー Venomantis

▸生物
▸地上

レポートNo. » 054 «

ADVICE » P.566

FRONT

BACK

おもな出現場所とその場所でのレベル

場所	レベル
SUB クエスト 12「墓参りの報酬」(→P.413)	17
SUB コルネオ・コロッセオ(→P.444)	25

ステータス

	最大HP	物理攻撃力	魔法攻撃力	物理防御力	魔法防御力
EASY	5066~6815	108~136	108~136	74~103	74~103
NORMAL	9210~12390				
HARD	23580	283	283	194	194

基本キープ値	バーストゲージ	バースト時間
40	50	10秒

獲得できる経験値・AP・ギル

	経験値	AP	ギル
EASY	32~65	4	252~531
NORMAL			
HARD	476	12	1968

入手できるアイテム

通常	―
レア	―
盗み	―

ダメージ倍率

物理	×1.0
魔法	×1.0
炎属性	×1.0
氷属性	**×2.0**
雷属性	×1.0
風属性	×1.0
固定ダメージ	×1.0
割合ダメージ	×1.0

バーストゲージ増加倍率

物理(近接)	×1.0
物理(遠隔)	×1.0
魔法	×1.0
炎属性	×1.0
氷属性	×1.0
雷属性	×1.0
風属性	×1.0

状態異常耐性値

毒	35
沈黙	35
睡眠	35
スロウ	35
ストップ	35
バーサク	35

特徴的な性質

- どの攻撃も、何らかの不利な状態変化を発生させる
- 通常時(腹部が発光していないとき)は、『カマ』『クロスカッター』を使う
- ネフィアウィーバーが2体以上いる場合、そのうちの1体は腹部が黄色に発光し、下記のように行動する
  - 『糸』を3回使ったあと、『睡眠弾』をくり返す
  - 『睡眠弾』を使いはじめたあとは、攻撃を何回か受けるたびに『睡眠針』で反撃する
  - 『睡眠針』が当たると、腹部の光が赤に変わる。その少しあとに、腹部が発光していないいずれかの個体の腹部が黄色に発光する
- 腹部が赤く発光している個体は、基本キープ値が60に上がり、すばやく動きまわって『睡眠針』『フライングスラッシュ』を使う

ヒートする状況

- 打ち上げられたり、吹き飛ばされたり、たたきつけられたりしているあいだ

アクションデータ

名前	タイプ	属性	効果範囲	威力	カット値	ガード	ダウン	状態変化	キープ値	ATB消費
カマ	物理(近接)	―	敵単体	100	50	○	×	毒(180秒)	60	×
	左右の前脚を上げ、前方に振り下ろす									
クロスカッター	物理(近接)	―	敵単体	100	50	○	×	毒(180秒)	60	○
	左右の前脚を交差させつつ振り下ろす。ATBゲージを消費しないこともある									
フライングスラッシュ	物理(近接)	―	敵単体	300	50	○	○	毒(180秒)	60	○
	ジャンプしつつ左右の前脚を上げ、前方に振り下ろす。ATBゲージを消費しないこともある									
睡眠針	物理(近接)	―	敵単体	100	50	○	×	睡眠(15秒)	60	×
	尻尾の先端にある毒針を刺す									
睡眠弾	魔法	―	着弾周囲・弾	―	0	×	×	睡眠(15秒)	60	×
	尻尾から弾を発射する。弾は、壁や地面などに当たると、睡眠効果を持つ煙を出す。煙は壁や地面に2.5秒弱のあいだ残る									
糸	魔法	―	着弾周囲	―	0	×	×	スロウ(15秒)	60	×
	糸を5発同時に吐き出す。吐き出した糸は、壁や地面に約4秒間残る									

ADVICE »vsピアシングアイ

データの掲載ページ P.563

青いバリアを魔法攻撃で破壊しよう

特定のタイプの攻撃を無効にする、2種類のバリア(右の写真を参照)がやっかい。ピアシングアイが2体以上いるときに、緑色のバリアの個体のHPを減らすと、その敵が『物理耐性付与』の効果を得て物理攻撃まで効きにくくなってしまう。青いバリアの個体に、『エアロ』やエアリスの『たたかう』などの魔法攻撃でダメージを与えよう。その個体が緑色のバリアを張り、別の個体が青いバリアを張ったら、青いバリアの個体に同じことをくり返し、敵全体のHPを少しずつ減らしていく。ピアシングアイが残り1体になり、定期的にバリアの種類を切りかえるようになったあとは、防がれないほうのタイプの攻撃を使っていけばOK。

青いバリア
(物理攻撃無効)

緑色のバリア
(魔法攻撃無効)

ADVICE »vsトクシックダクト

データの掲載ページ P.564

距離をとって鉄球に魔法攻撃を当てていく

トクシックダクトの近くにいると、『鉄球おとし』で大ダメージを受ける恐れがある。間合いを広げながら、『有害スモッグ』などで発生する地面の煙をかわしたうえで、遠くまで届く攻撃でダメージを与えていこう。基本的には、鉄球に魔法攻撃を当て、ダメージを与えつつバーストゲージをためるのが有効だが、物理攻撃を使うのであれば、鉄球にはほとんど効かないので本体に仕掛けるといい。ちなみに、HPが残り45%以下になったトクシックダクトは、『鉄球おとし』を多用しはじめる(2回連続で使う場合もある)。敵との距離には、よりいっそう気をつけよう。

⬅エアリスを操作キャラクターにして、鉄球に『たたかう』やサンダー系の魔法を当てていくのがオススメ。

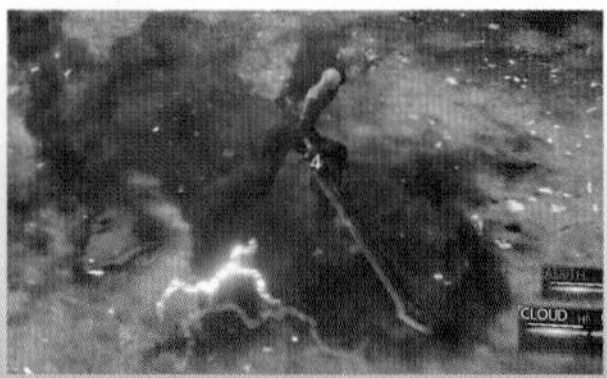

➡『回転スモッグ』では、スタンの効果を持つ煙が発生するが、すばやく突っ切れば、効果を受けずにすむ。

ADVICE »vsネフィアウィーバー

データの掲載ページ P.565

腹部が光っていないものから倒すのがオススメ

ネフィアウィーバーには、腹部の光の色が異なる3種類の状態がある(下の写真を参照)。光が赤いときがもっとも危険な攻撃を使ってくるが、バトル開始直後にその状態の敵はいない。そのため、『睡眠弾』を使う黄色い敵を優先的に攻撃したくなるものの、それを実行すると、黄色い敵が赤い敵に変化するうえ、腹部が光っていない敵も黄色い敵に変わってしまう。腹部が光っていない敵を先に倒してから、黄色い敵を攻撃して赤い敵に変化させるといいだろう。腹部が光っていない敵には、『ブリザド』などが効果的だ。

腹部が光っていない | 使う攻撃▶ カマ、クロスカッター

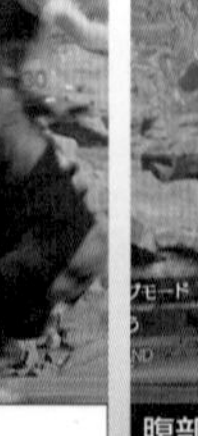

腹部の光が黄色い | 使う攻撃▶ 糸、睡眠弾

腹部の光が赤い | 使う攻撃▶ 睡眠針、フライングスラッシュ

プロトスイーパー Sweeper Prototype

▶機械
▶地上

レポートNo.
» 029 «

ADVICE » P.579

FRONT

BACK

おもな出現場所とその場所でのレベル

	場所	レベル
CH9	六番街スラム・陥没道路：機械の墓地① など	17
CH13	六番街スラム・陥没道路：旧バイパス	21
SUB	神羅バトルシミュレーター（→P.455）	35

ステータス

	最大HP	物理攻撃力	魔法攻撃力	物理防御力	魔法防御力
EASY	4813~9342	156~282	156~282	131~256	17~34
NORMAL	8750~16986				
HARD	22401	418	418	342	45

基本キープ値
60
バーストゲージ
100
バースト時間
10秒

特徴的な性質

- 『マシンガン』を2回使った腕は暴走モードになり、部位として出現する。腕の暴走モードは、本体がバーストするか、腕への攻撃で本体のHPが最大値の7%減ると解除され、本体のバーストゲージが30増える
- 『突撃』『スモークショット』を合計2回使うと、本体が暴走モードになる。本体の暴走モードは、バーストすると解除される

獲得できる経験値・AP・ギル

	経験値	AP	ギル
EASY	32~114	6	210~788
NORMAL			
HARD	476	18	1640

入手できるアイテム

通常	フェニックスの尾（10%）
レア	エーテルターボ（5%）
盗み	エーテルターボ（5%）

▶ヒートする状況

（なし）

部位のデータ

Ⓐ右腕、左腕

本体とのちがい
最大HP
（HPを持たない）

※それぞれの腕の暴走モード中にしか攻撃が当たらない

ダメージ倍率

物理	×1.0
魔法	×1.0
炎属性	×1.0
氷属性	×1.0
雷属性	**×2.0**
風属性	×1.0
固定ダメージ	×1.0
割合ダメージ	×1.0

バーストゲージ増加倍率

物理（近接）	×1.0
物理（遠隔）	×1.0
魔法	×1.0
炎属性	×1.0
氷属性	×1.0
雷属性	×1.0
風属性	×1.0

状態異常耐性値

毒	無効
沈黙	35
睡眠	無効
スロウ	35
ストップ	35
バーサク	35

アクションデータ

名前	タイプ	属性	効果範囲	威力	カット値	ガード	ダウン	状態変化	キープ値	ATB消費
突撃	物理（近接）	—	自分前方	300	50	○	○	—	60	○
	蒸気を噴き出していったん停止したあと、正面方向に高速で突進する。ATBゲージを消費しないこともある									
フットスタンプ	物理（近接）	—	敵単体	300+200	50	×	○	—	60	○
	ジャンプからの踏みつけで相手を約4秒間拘束したあと、もう一度踏みつける。ただし、拘束中にHPが最大値の5%減るか、武器アビリティ、魔法、リミット技のいずれかの攻撃でダメージを受けると、拘束を解く									
マシンガン	物理（遠隔）	—	直線上・弾	1ヒットごとに12	0（※1）	△	×	—	60	×
	右腕または左腕の銃から弾を7発撃つ									
ミサイル	物理（遠隔）	—	着弾周囲・弾	1ヒットごとに20	50	△	×	—	60	×
	右腕または左腕の銃からミサイルを5発撃つ									
ダブルマシンガン	物理（遠隔）	—	直線上・弾	1ヒットごとに12	0（※1）	△	×	—	60	×
	右腕と左腕の銃から同時に弾を7発ずつ撃つ									
ダブルミサイル	物理（遠隔）	—	着弾周囲・弾	1ヒットごとに20	50	△	×	—	60	×
	右腕と左腕の銃から同時にミサイルを5発ずつ撃つ									
スモークショット 発射した炎	魔法	炎	自分前方	300	50	△	×	—	60	○
スモークショット 床の炎	魔法	炎	設置周囲	1ヒットごとに10	30	×	×	—		
	前方をなぎ払うように機体の正面から炎を放つ。暴走モードの本体が使ったときのみ、地面に炎が約7秒間残る。ATBゲージを消費しないこともある									

※1……難易度がHARDのときは「30」

INDEX

ベグ Begu(Beck)

▸人間
▸地上

レポートNo. » 041 «

おもな出現場所とその場所でのレベル

	場所	レベル
CH9	六番街スラム・陥没道路 下層：ゴロツキのねぐら	17
CH14	六番街スラム・陥没道路 下層：悪党の巣穴	24
SUB	クエスト 14a「盗みの代償」(→P.414)	17

ステータス

	最大HP(※1)	物理攻撃力	魔法攻撃力	物理防御力	魔法防御力
EASY	608～793	92～117	60～77	74～100	17～25
NORMAL	1106～1442				
HARD	2830	238	148	194	45

基本キープ値
20

バーストゲージ
300

バースト時間
10秒

獲得できる経験値・AP・ギル

	経験値	AP	ギル
EASY	61～114	3	80～153
NORMAL			
HARD	928	9	624

入手できるアイテム

通常	ポーション(12%)
レア	スピードドリンク(5%)
盗み	スピードドリンク(5%)

ダメージ倍率

物理	×1.0
魔法	×1.0
炎属性	**×2.0**
氷属性	×1.0
雷属性	×1.0
風属性	×1.0
固定ダメージ	×1.0
割合ダメージ	×1.0

バーストゲージ増加倍率

物理(近接)	×1.0
物理(遠隔)	×1.0
魔法	**×2.0**
炎属性	×1.0
氷属性	×1.0
雷属性	×1.0
風属性	×1.0

状態異常耐性値

毒	35
沈黙	35
睡眠	35
スロウ	35
ストップ	35
バーサク	35

特徴的な性質

- バーストゲージの最大値が高い
- ベグたちとバグラー(→P.571)が合計2体以上いるときに『しびれ罠』を使うことがある(全員で合計3個設置している場合は使わない)
- 『しびれ罠』でスタンしている相手に『スる』を使ってギルを盗む。盗んだギルは、自分が倒されるとクラウドたちの所持金にもどる

ヒートする状況

- 打ち上げられたり、吹き飛ばされたり、たたきつけられたりしているあいだ

アクションデータ

名前	タイプ	属性	効果範囲	威力	カット値	ガード	ダウン	状態変化	キープ値	ATB消費
めった切り	物理(近接)	—	自分前方	(30または50)×3回	30	○	×	—	40	×
	片手斧で3回攻撃する。攻撃の動作はさまざまで、身体をひねって斧を横に振ったときのみ威力が50になる									
かっさばく	物理(近接)	—	自分前方	300	50	○	×	—	40	○
	その場でジャンプし、片手斧を勢いよく振り下ろす									
スる	魔法	—	敵単体	—	50	×	×	—	40	×
	50～1500程度のギルを盗む。相手の所持金よりも多くは盗めない									
しびれ罠	魔法	—	設置周囲	—	70	×	×	スタン(10秒)	40	×
	触れるとスタンするワナを足元に置く。ワナは、効果が発動するか約60秒が経過すると消える									

※1……クエスト 14a「盗みの代償」に出現する個体は、最大HPがほかの個体よりも約33%低い

ブッチョ Buccho(Butch)

▸人間
▸地上

レポートNo. » 042 «

FRONT

BACK

おもな出現場所とその場所でのレベル

CH9	六番街スラム・陥没道路 下層：ゴロツキのねぐら	レベル 17
CH14	六番街スラム・陥没道路 下層：悪党の巣穴	レベル 24
SUB	クエスト 14a「盗みの代償」(→P.414)	レベル 17

ステータス

	最大HP(※2)	物理攻撃力	魔法攻撃力	物理防御力	魔法防御力
EASY	1013～1321	92～117	60～77	74～100	17～25
NORMAL	1842～2402				
HARD	4716	238	148	194	45

基本キープ値
40
バーストゲージ
30
バースト時間
15秒

獲得できる経験値・AP・ギル

	経験値	AP	ギル
EASY	82～152	3	57～109
NORMAL			
HARD	1238	9	446

入手できるアイテム

通常	ポーション(12%)
レア	スピードドリンク(5%)
盗み	スピードドリンク(5%)

ダメージ倍率

物理	×1.0
魔法	×1.0
炎属性	**×2.0**
氷属性	×1.0
雷属性	×1.0
風属性	×1.0
固定ダメージ	×1.0
割合ダメージ	×1.0

バーストゲージ増加倍率

物理(近接)	×1.0
物理(遠隔)	×1.0
魔法	**×2.0**
炎属性	×1.0
氷属性	×1.0
雷属性	×1.0
風属性	×1.0

状態異常耐性値

毒	35
沈黙	35
睡眠	35
スロウ	35
ストップ	35
バーサク	35

特徴的な性質

- ベグたちとバグラー(→P.571)が合計2体以上いるときに『しびれ罠』を使うことがある(全員で合計3個設置している場合は使わない)
- 『しびれ罠』でスタンしている相手に『スる』を使ってギルを盗む。盗んだギルは、自分が倒されるとクラウドたちの所持金にもどる

▸ヒートする状況

- 打ち上げられたり、吹き飛ばされたり、たたきつけられたりしているあいだ

アクションデータ

名前	タイプ	属性	効果範囲	威力	カット値	ガード	ダウン	状態変化	キープ値	ATB消費
めった切り	物理(近接)	―	自分前方	(30または50)×3回	30	○	×	―	40	×
	曲刀で3回攻撃する。攻撃の動作はさまざまで、身体をひねって曲刀を横に振ったときのみ威力が50になる									
かっさばく	物理(近接)	―	自分前方	300	50	○	×	―	40	○
	その場でジャンプし、曲刀を勢いよく振り下ろす									
スる	魔法	―	敵単体	―	50	×	×	―	40	×
	50～1500程度のギルを盗む。相手の所持金よりも多くは盗めない									
しびれ罠	魔法	―	設置周囲	―	70	×	×	スタン(10秒)	40	×
	触れるとスタンするワナを足元に置く。ワナは、効果が発動するか約60秒が経過すると消える									

※2……クエスト 14a「盗みの代償」に出現する個体は、最大HPがほかの個体よりも30%低い

バド Bado(Burke)

▸人間
▸地上

レポートNo.
» 043 «

おもな出現場所とその場所でのレベル

	場所	レベル
CH9	六番街スラム・陥没道路 下層：ゴロツキのねぐら	レベル 17
CH14	六番街スラム・陥没道路 下層：悪党の巣穴	レベル 24
SUB	クエスト 14a「盗みの代償」(→P.414)	レベル 17

ステータス

	最大HP(※1)	物理攻撃力	魔法攻撃力	物理防御力	魔法防御力
EASY	608～793	92～117	60～77	74～100	17～25
NORMAL	1106～1442				
HARD	2830	238	148	194	45

基本キープ値
20

バーストゲージ
300

バースト時間
10秒

特徴的な性質

- バーストゲージの最大値が高い
- ベグたちとバグラー(→P.571)が合計2体以上いるときに『しびれ罠』を使うことがある(全員で合計3個設置している場合は使わない)
- 『しびれ罠』でスタンしている相手に『スる』を使ってギルを盗む。盗んだギルは、自分が倒されるとクラウドたちの所持金にもどる

獲得できる経験値・AP・ギル

	経験値	AP	ギル
EASY	51～95	3	103～196
NORMAL			
HARD	774	9	803

入手できるアイテム

通常	ポーション(12%)
レア	スピードドリンク(5%)
盗み	スピードドリンク(5%)

ヒートする状況

- 打ち上げられたり、吹き飛ばされたり、たたきつけられたりしているあいだ

ダメージ倍率

物理	×1.0
魔法	×1.0
炎属性	**×2.0**
氷属性	×1.0
雷属性	×1.0
風属性	×1.0
固定ダメージ	×1.0
割合ダメージ	×1.0

バーストゲージ増加倍率

物理(近接)	×1.0
物理(遠隔)	×1.0
魔法	**×2.0**
炎属性	×1.0
氷属性	×1.0
雷属性	×1.0
風属性	×1.0

状態異常耐性値

毒	35
沈黙	35
睡眠	35
スロウ	35
ストップ	35
バーサク	35

アクションデータ

名前	タイプ	属性	効果範囲	威力	カット値	ガード	ダウン	状態変化	キープ値	ATB消費
スイング	物理(近接)	―	自分前方	90または130	30	○	×	―	40	×
	釘バットで攻撃する。攻撃の動作はさまざまで、身体をひねって釘バットを横に振ったときのみ威力が130になる									
フルスイング	物理(近接)	―	自分前方	300	50	○	○	―	40	○
	釘バットを両手で構えたあと、勢いよく振る									
スる	魔法	―	敵単体	―	50	×	×	―	40	×
	50～1500程度のギルを盗む。相手の所持金よりも多くは盗めない									
しびれ罠	魔法	―	設置周囲	―	70	×	×	スタン(10秒)	40	×
	触れるとスタンするワナを足元に置く。ワナは、効果が発動するか約60秒が経過すると消える									

※1……クエスト 14a「盗みの代償」に出現する個体は、最大HPがほかの個体よりも約33%低い

バグラー Bandit

▸人間
▸地上

レポートNo. » 040 «

FRONT
バグラー🅐

FRONT
バグラー🅑

FRONT
バグラー🅒

オリジナル版

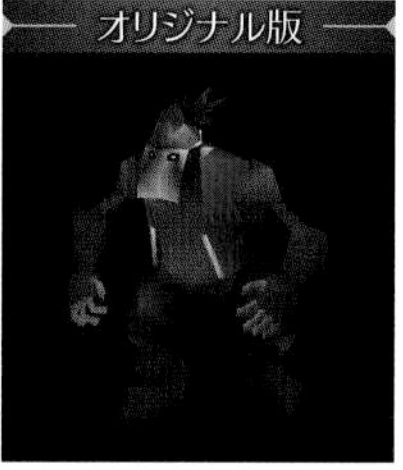

※名前は「ヴァイス」

※🅐などのアルファベットは、外見ごとに本書で独自につけたもの

おもな出現場所とその場所でのレベル

	場所	レベル
CH9	六番街スラム・陥没道路 配管通路① など	レベル 17
CH14	六番街スラム・陥没道路 下層：悪党の巣穴	レベル 24
SUB	コルネオ・コロッセオ(→P.444)	レベル 20

ステータス

	最大HP	物理攻撃力	魔法攻撃力	物理防御力	魔法防御力
EASY	(※2)	76〜97	60〜77	74〜100	17〜25
NORMAL	(※3)				
HARD	(※4)	193	148	194	45

基本キープ値

🅐40 🅑🅒20

バーストゲージ

🅐30 🅑🅒300

バースト時間

🅐15秒 🅑🅒10秒

獲得できる経験値・AP・ギル

	経験値	AP	ギル
EASY	(※5)	3	(※6)
NORMAL			
HARD	(※7)	9	(※8)

入手できるアイテム

通常	ポーション(12%)
レア	スピードドリンク(5%)
盗み	スピードドリンク(5%)

ダメージ倍率

物理	×1.0
魔法	×1.0
炎属性	**×2.0**
氷属性	×1.0
雷属性	×1.0
風属性	×1.0
固定ダメージ	×1.0
割合ダメージ	×1.0

バーストゲージ増加倍率

物理(近接)	×1.0
物理(遠隔)	×1.0
魔法	**×2.0**
炎属性	×1.0
氷属性	×1.0
雷属性	×1.0
風属性	×1.0

状態異常耐性値

毒	35
沈黙	35
睡眠	35
スロウ	35
ストップ	35
バーサク	35

特徴的な性質

- さまざまな外見をしたものがおり、持っている武器に応じたアクションを使う。外見ごとに、最大HPや経験値などが異なる
- ベグたち(→P.568〜570)とバグラーが合計2体以上いるときに『しびれ罠』を使うことがある(全員で合計3個設置している場合は使わない)
- 『しびれ罠』でスタンしている相手に『スる』を使ってギルを盗む。盗んだギルは、自分が倒されるとクラウドたちの所持金にもどる
- CHAPTER 9で六番街スラム・陥没道路配管通路に出現したときは、『スる』を使ったあと特定の場所へ移動し、そこにたどり着くとバトルから逃げ出す。移動の途中で行動不能(ヒート状態や睡眠状態など)になった場合は、怒って逃げるのをやめ、60秒間バーサク状態になるほか、『しびれ罠』を使わなくなる

▶ヒートする状況

- 打ち上げられたり、吹き飛ばされたり、たたきつけられたりしているあいだ

アクションデータ ※それぞれのアクションの効果についてはP.568〜570を参照

名前	タイプ	属性	効果範囲	威力	カット値	ガード	ダウン	状態変化	キープ値	ATB消費
▼すべての個体が使う										
スる	魔法	―	敵単体	―	50	×	×	―	40	×
しびれ罠	魔法	―	設置周囲	―	70	×	×	スタン(10秒)	40	×
▼片手斧、曲刀を持っている個体のみ使う										
めった切り	物理(近接)	―	自分前方	(30または50)×3回	30	○	×	―	40	×
かっさばく	物理(近接)	―	自分前方	300	50	○	×	―	40	○
▼釘バット、鉄パイプを持っている個体のみ使う										
スイング	物理(近接)	―	自分前方	90または130	30	○	×	―	40	×
フルスイング	物理(近接)	―	自分前方	300	50	○	(※9)	―	40	○

※2……🅐1013〜1321 🅑304〜397 🅒405〜529 ※3……🅐1842〜2402 🅑553〜721 🅒737〜961
※4……🅐4716 🅑1415 🅒1887 ※5……🅐82〜152 🅑61〜114 🅒51〜95
※6……🅐57〜109 🅑80〜153 🅒103〜196 ※7……🅐1238 🅑928 🅒774 ※8……🅐446 🅑624 🅒803
※9……釘バットを持っている個体は「○」、鉄パイプを持っている個体は「×」

猛獣使い Beastmaster

▶人間
▶地上

レポートNo.
» 039 «

おもな出現場所とその場所でのレベル

CH9	六番街スラム・地下闘技場	レベル 17
SUB	クエスト 22「おてんば盗賊」(→P.421)	レベル 24

ステータス

	最大HP	物理攻撃力	魔法攻撃力	物理防御力	魔法防御力
EASY	1013～1321	76～97	60～77	74～100	17～25
NORMAL	1842～2402				
HARD	4716	193	148	194	45

基本キープ値
20
バーストゲージ
50
バースト時間
10秒

獲得できる経験値・AP・ギル

	経験値	AP	ギル
EASY	51～95	1	0
NORMAL			
HARD	774	3	0

入手できるアイテム

通常	ポーション(12%)
レア	──
盗み	興奮剤(15%)

ダメージ倍率

物理	×1.0
魔法	×1.0
炎属性	**×2.0**
氷属性	×1.0
雷属性	×1.0
風属性	×1.0
固定ダメージ	×1.0
割合ダメージ	×1.0

バーストゲージ増加倍率

物理(近接)	×1.0
物理(遠隔)	×1.0
魔法	×1.0
炎属性	×1.0
氷属性	×1.0
雷属性	×1.0
風属性	×1.0

状態異常耐性値

毒	35
沈黙	35
睡眠	35
スロウ	35
ストップ	35
バーサク	35

特徴的な性質

- HPが残り90%以下になると、ドーピング薬を飲む。そのあとの約60秒間は、『クモの糸』を使わないが、薬の効果で一部のステータスが下の表の値に上がるのに加え、攻撃の威力が1.5倍になる
- ドーピング薬の効果が切れると、60秒間スロウ状態になる

▶ヒートする状況

- 打ち上げられたり、吹き飛ばされたり、たたきつけられたりしているあいだ

ドーピング中のデータ

通常時とのちがい

最大HP(残りHPも同じ割合で変わる)
通常時の1.5倍
物理防御力
EASY&NORMAL：131～156、HARD：342
魔法防御力
EASY&NORMAL：103～122、HARD：268
基本キープ値
40
バーストゲージ増加倍率
すべて「無効」

アクションデータ

名前	タイプ	属性	効果範囲	威力	カット値	ガード	ダウン	状態変化	キープ値	ATB消費
ケンカキック	物理(近接)	──	自分前方	100	30	○	×	──	40	×
	左足を前に出してキックを放つ。ドーピング中は相手をダウンさせる									
突進	物理(近接)	──	自分前方	300	50	○	×	──	40	○
	ナイフを前方に構えて突進する									
乱れ斬り	物理(近接)	──	自分前方	20×5回	30	○	×	──	40	×
	ナイフを5回連続で左右に振る									
クモの糸	物理(遠隔)	──	着弾周囲	──	0	×	×	スロウ(40秒)	40	○

ブラッドテイスト Bloodhound

▶生物
▶地上

レポートNo. » 017 «

FRONT

BACK

オリジナル版

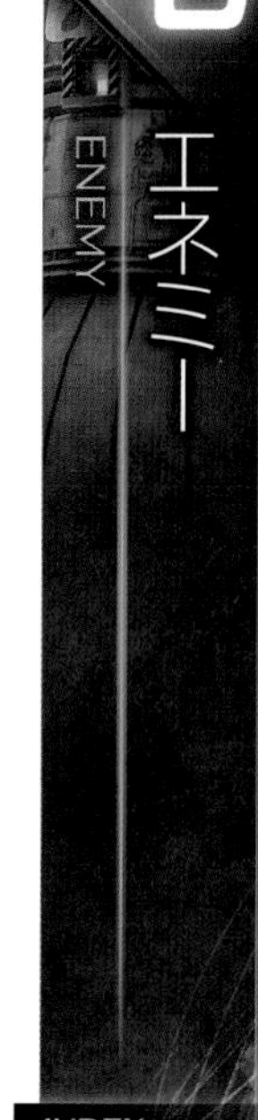

おもな出現場所とその場所でのレベル

	場所	レベル
CH9	六番街スラム・地下闘技場	17
CH17	神羅ビル・鑼牟 第六層：第三研究室 実験体飼育室	31
SUB	神羅バトルシミュレーター(→P.455)	35

ステータス

	最大HP	物理攻撃力	魔法攻撃力	物理防御力	魔法防御力
EASY	1115~2164	92~167	60~109	46~90	74~145
NORMAL	2027~3934				
HARD	5188	238	148	120	194

基本キープ値	バーストゲージ	バースト時間
40	20	10秒

特徴的な性質

- 攻撃の合間には、相手の魔法による攻撃が当たらない状態になることがある
- 攻撃で与えたダメージの5分の1(『ドレインウィップ』では、与えたダメージと同じ量)だけ、自分のHPを回復する
- HPが残り70%以下のときは、『ネックバイト』『ドレインウィップ』を使うことがある

▶ヒートする状況

- 打ち上げられたり、吹き飛ばされたり、たたきつけられたりしているあいだ

獲得できる経験値・AP・ギル

	経験値	AP	ギル
EASY	69~248	3	26~96
NORMAL			
HARD	1044	9	201

入手できるアイテム

通常	毒消し(12%)
レア	毒消し(5%)
盗み	毒消し(25%)

ダメージ倍率

物理	×1.0
魔法	×1.0
炎属性	×1.0
氷属性	×2.0
雷属性	×1.0
風属性	×1.0
固定ダメージ	×1.0
割合ダメージ	×1.0

バーストゲージ増加倍率

物理(近接)	×1.0
物理(遠隔)	×1.0
魔法	×2.0
炎属性	×1.0
氷属性	×1.0
雷属性	×1.0
風属性	×1.0

状態異常耐性値

毒	35
沈黙	35
睡眠	35
スロウ	35
ストップ	35
バーサク	35

アクションデータ

名前	タイプ	属性	効果範囲	威力	カット値	ガード	ダウン	状態変化	キープ値	ATB消費
かみつき	物理(近接)	—	敵単体	100	0(※1)	○	×	—	40	×
	跳びかかってかみつく									
スナップウィップ	物理(近接)	—	自分周囲	300	50	○	×	—	40	○
	首元の触手をムチのように振りまわす									
ネックバイト 跳びつき	物理(近接)	—	敵単体	100	50	×	×	—	40	○
ネックバイト かみつき	物理(近接)	—	敵単体	20×4回	50	×	×	—		
	相手に跳びかかって約4秒間拘束しつつ、何度もかみつく。ただし、拘束中にHPが最大値の3%減るか、武器アビリティ、魔法、リミット技のいずれかの攻撃でダメージを受けると、拘束を解く									
ドレインウィップ	物理(近接)	—	自分前方	300	50	○	×	—	40	○
	首元の触手を振ってから相手に突き刺す									

※1……難易度がHARDのときは「30」

コルネオの部下 Corneo Lackey

▸人間
▸地上

レポートNo. » 038 «

FRONT
コルネオの部下A

BACK
コルネオの部下A

オリジナル版

FRONT
コルネオの部下B

FRONT
コルネオの部下C

FRONT
コルネオの部下D

FRONT
コルネオの部下E

FRONT
コルネオの部下F

FRONT
コルネオの部下G

※Aなどのアルファベットは、外見ごとに本書で独自につけたもの

おもな出現場所とその場所でのレベル

出現場所	レベル
CH9 六番街スラム・地下闘技場　など	レベル 17
SUB コルネオ・コロッセオ(→P.444)	レベル 20

ステータス

	最大HP	物理攻撃力	魔法攻撃力	物理防御力	魔法防御力
EASY	A507～907 B1013～1209 CE760～907 D760～1013 F1013 G760	ABC E76～84 DFG76	ABC E60～66 DFG60	ABC E74～88 DFG74	ABC E17～20 DFG17
NORMAL	A921～1649 B1842～2198 CE1382～1649 D1382～1842 F1842 G1382				
HARD	A2358～3537 BF4716 CEG3537 D3537～4716	193	148	194	45

ダメージ倍率

物理	×1.0
魔法	×1.0
炎属性	×2.0
氷属性	×1.0
雷属性	×1.0
風属性	×1.0
固定ダメージ	×1.0
割合ダメージ	×1.0

バーストゲージ増加倍率

物理(近接)	×1.0
物理(遠隔)	×1.0
魔法	×1.0
炎属性	×1.0
氷属性	×1.0
雷属性	×1.0
風属性	×1.0

状態異常耐性値

毒	35
沈黙	35
睡眠	35
スロウ	35
ストップ	35
バーサク	35

獲得できる経験値・AP・ギル

	経験値	AP	ギル
EASY / NORMAL	AB51～58 C46～52 D61 E56～64 F56 G51	1	AC57～67 B34～40 D114 E114～134 FG57
HARD	ABG774 C696 D928 EF852	3	ACFG446 B268 DE892

基本キープ値
20

バーストゲージ
50

バースト時間
10秒

入手できるアイテム

通常	AF手榴弾(12%) B手榴弾(25%) CDEGポーション(12%)
レア	──
盗み	興奮剤(15%)

特徴的な性質

- 基本的には、あやしげな男(→P.538)と同じ特徴を持つ。ただし、命乞いはしない

ヒートする状況

- 打ち上げられたり、吹き飛ばされたり、たたきつけられたりしているあいだ

ドーピング中のデータ

通常時とのちがい

最大HP(残りHPも同じ割合で変わる)

A(ナイフ装備)通常時の2倍
CEG通常時の約1.67倍
A(銃剣装備)D(銃剣装備)通常時の約1.67倍
BF通常時の1.5倍
D(拳銃装備)通常時の1.5倍

物理防御力

EASY&NORMAL：131～156、HARD：342

魔法防御力

EASY&NORMAL：103～122、HARD：268

基本キープ値

40

バーストゲージ増加倍率

すべて「無効」

アクションデータ

名前	タイプ	属性	効果範囲	威力	カット値	ガード	ダウン	状態変化	キープ値	ATB消費
▼すべての個体が使う										
ケンカキック	物理(近接)	──	自分前方	100	30	○	×	──	40	×
	左足を前に出してキックを放つ。ドーピング中は相手をダウンさせる									
▼大半の個体が使う										
はがいじめ(※1)	物理(近接)	──	敵単体	──	50	×	×	──	40	○
	相手を背後からしめつけて15秒ほど拘束し、ほかのエネミーに攻撃させる。ただし、拘束中にHPが最大値の3%減るか、武器アビリティ、魔法、リミット技のいずれかの攻撃でダメージを受けると、拘束を解く									
手榴弾(※2)	物理(遠隔)	──	設置周囲	300	50	△	○	──	40	○
	前方に手榴弾を投げる。手榴弾は約3秒後に爆発する									
ポーション(※3)	回復	──	味方単体	(HPを350回復)	──	──	──	──	40	○
ハイポーション(※3) H	回復	──	味方単体	(HPを700回復)	──	──	──	──	40	○
▼ナイフを持っている個体のみ使う										
突進	物理(近接)	──	自分前方	300	50	○	×	──	40	○
	ナイフを前方に構えて突進する									
乱れ斬り	物理(近接)	──	自分前方	20×5回	30	○	×	──	40	×
	ナイフを5回連続で左右に振る									
クモの糸	物理(遠隔)	──	着弾周囲	──	0	×	×	スロウ(40秒)	40	○
▼拳銃を持っている個体のみ使う										
射撃	物理(遠隔)	──	直線上・弾	1ヒットごとに33	0(※4)	△	×	──	40	○
	銃から弾を9発ほど撃つ。1～3発しか撃たないこともある(そのときは、アクション名が表示されず、ATBゲージも消費しない)									
重力球	魔法	──	着弾周囲	(残りHPの25%)	50	×	○	──	40	○
▼機関銃を持っている個体のみ使う										
射撃	物理(遠隔)	──	直線上・弾	1ヒットごとに33	0(※4)	△	×	──	40	○
	銃から弾を9発ほど撃つ。3発しか撃たないこともある(そのときは、アクション名が表示されず、ATBゲージも消費しない)									
▼銃剣を持っている個体のみ使う										
斬りつけ	物理(近接)	──	自分前方	100	30	○	×	──	40	×
	銃剣を振り下ろす									
突き	物理(近接)	──	自分前方	300	50	○	×	──	40	○
	銃剣を引いてから、剣の部分で突く									
マシンガン	物理(遠隔)	──	直線上・弾	1ヒットごとに33	0(※4)	△	×	──	40	○
	銃から弾を18発ほど撃つ。6発しか撃たないこともある(そのときは、アクション名が表示されず、ATBゲージも消費しない)									

※1……銃剣を持っている個体は使わない　※2……DEは使わない
※3……ナイフか拳銃を持っている個体は使わない　※4……難易度がHARDのときは「30」

ボム Bomb

▶生物
▶地上

レポートNo. 》073《

ADVICE 》P.579

FRONT

BACK

オリジナル版

おもな出現場所とその場所でのレベル

場所	レベル
SUB クエスト 15b「爆裂ダイナマイトボディ」(→P.416)	レベル 17
SUB コルネオ・コロッセオ(→P.444)	レベル 25
SUB 神羅バトルシミュレーター(→P.455)	レベル 50

ステータス

	最大HP	物理攻撃力	魔法攻撃力	物理防御力	魔法防御力
EASY	4052〜5452	108〜136	188〜229	(※1)	(※1)
NORMAL	7368〜9912				
HARD	18864	283	508	(※1)	(※1)

基本キープ値
60

バーストゲージ
65

バースト時間
10秒

獲得できる経験値・AP・ギル

	経験値	AP	ギル
EASY	116〜238	5	168〜354
NORMAL			
HARD	1742	15	1312

入手できるアイテム

通常	ファイアカクテル(100%)
レア	——
盗み	ファイアカクテル(25%)

ダメージ倍率

物理	×1.0
魔法	×1.0
炎属性	無効
氷属性	×1.0
雷属性	×1.0
風属性	×1.0
固定ダメージ	×1.0
割合ダメージ	×1.0

バーストゲージ増加倍率

物理(近接)	×1.0
物理(遠隔)	×1.0
魔法	×1.0
炎属性	×1.0
氷属性	×1.0
雷属性	×1.0
風属性	×1.0

状態異常耐性値

毒	35
沈黙	35
睡眠	35
スロウ	35
ストップ	無効
バーサク	無効

特徴的な性質

- 大きさの段階が4段階あり、大きくなるほど防御面は低下するが、特定の攻撃の威力が上がったり効果範囲が広がったりする
- 大きさの段階は、『加熱』と3回表示されるか、『加熱』の動作中に攻撃(操作していない仲間の『たたかう』をのぞく)を受けるかすると、『膨張』と表示されて1段階上がる。ただし、ヒート状態かバースト状態になると1段階下がる
- 『加熱』『膨張』の動作中に攻撃(操作していない仲間の『たたかう』をのぞく)を受けると『カウンターファイア』を使う
- HPが残り25%以下のときは、激しく火花を散らすことがある。その動作中に攻撃を受けると、『カウンターファイア』を使ったあと、『自爆』を使って力尽きる

ヒートする状況

- 『火炎』『ファイアボール』の動作中にHPが最大値の5%減った直後の5秒間

アクションデータ

名前	タイプ	属性	効果範囲	威力	カット値	ガード	ダウン	状態変化	キープ値	ATB消費
体当たり	物理(近接)	——	敵単体	(下記参照)	30	○	×	——	60	×
	少し下がってから勢いよく相手にぶつかる。大きさの段階(「特徴的な性質」を参照)に応じて、威力が「80→90→100→120」とアップしていくほか、3〜4段階目のときはターゲット以外にも攻撃が当たる									
火炎	魔法	炎	自分前方	(下記参照)	30	△	×	——	40	×
	左から右へ向きを変えながら正面に炎を吐く。大きさの段階に応じて、威力(1ヒットあたりの値)が「72→76→80→84」とアップしていく									
ファイアボール 弾	魔法	炎	攻撃軌道上・弾	(下記参照)	50	△	×	——	40	○
ファイアボール 爆発	魔法	炎	着弾周囲	(下記参照)	50	△	×	——		
	相手を追いかけ、何かに当たると爆発する火の弾を放つ。大きさの段階に応じて、弾の威力が「150→175→200→225」、爆発の威力が「50→75→100→125」とアップしていく。また、4段階目のときの爆発は相手をダウンさせる									
自爆	魔法	炎	自分周囲	500	50	△	○	——	100	×
	自分の命と引きかえに大爆発を起こす【てきのわざとして習得可能】									
カウンターファイア	魔法	炎	敵単体・弾	50	50	×	×	——	60	×
	ダメージを与えてきた相手に火の弾を飛ばす									

※1……大きさの段階に応じて、難易度がHARD以外のときは「120〜164→103〜141→74〜103→17〜26」、HARDのときは「312→268→194→45」と変わる

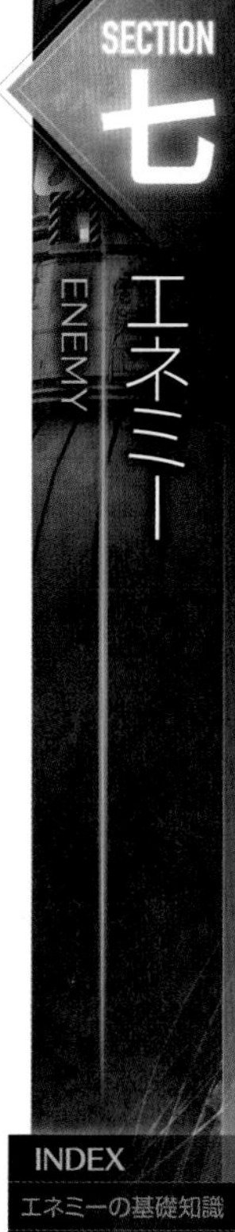

ジャイアントバグラー Grungy Bandit

▸人間
▸地上

レポートNo. 044

FRONT

おもな出現場所とその場所でのレベル

場所	レベル
CH14 六番街スラム・陥没道路 下層：悪党の巣穴	レベル 24
SUB クエスト 14a「盗みの代償」(→P.414)	レベル 17
SUB 神羅バトルシミュレーター(→P.455)	レベル 35〜50

ステータス

	最大HP	物理攻撃力	魔法攻撃力	物理防御力	魔法防御力
EASY	3546〜6884	220〜397	60〜109	154〜300	17〜34
NORMAL	6447〜12516				
HARD	16506	598	148	401	45

基本キープ値	バーストゲージ	バースト時間
60	80	10秒

獲得できる経験値・AP・ギル

	経験値	AP	ギル
EASY / NORMAL	210〜762	5	84〜315
HARD	3168	15	656

入手できるアイテム

通常	興奮剤(12%)
レア	メガポーション(5%)
盗み	チャンピオンベルト(12%)

ダメージ倍率

物理	×1.0
魔法	×1.0
炎属性	**×2.0**
氷属性	×1.0
雷属性	×1.0
風属性	×1.0
固定ダメージ	×1.0
割合ダメージ	×1.0

バーストゲージ増加倍率

物理(近接)	×1.0
物理(遠隔)	×1.0
魔法	×1.0
炎属性	×1.0
氷属性	×1.0
雷属性	×1.0
風属性	×1.0

状態異常耐性値

毒	35
沈黙	35
睡眠	35
スロウ	35
ストップ	35
バーサク	35

特徴的な性質

- 物理防御力が高く、魔法防御力は低い
- 攻撃を受けてヒートしたあとは、『リフトアップスラム』か『ネックハンギングツリー』を使う
- バースト状態が終わると、怒って60秒間バーサク状態になる
- バーサク状態のあいだは、攻撃を行なうペースが上がる
- バーストするとバーサク状態が解除される

▸ヒートする状況

- 打ち上げられたり、吹き飛ばされたり、たたきつけられたりしているあいだ
- HPが最大値の5%減った直後の動作中
- 『リフトアップスラム』『ネックハンギングツリー』が空振りした直後の動作中

アクションデータ

名前	タイプ	属性	効果範囲	威力	カット値	ガード	ダウン	状態変化	キープ値	ATB消費
突っ張り	物理(近接)	―	自分前方	20×5回+75	50	○	×	―	60	×
	左足で地面を踏みしめたあと、平手による突きを6回行なう									
タックル	物理(近接)	―	自分前方	50+100	50	○	○	―	60	×
	右ヒジを身体の前に突き出し、前傾姿勢で突進する									
ジャンピングニーアタック	物理(近接)	―	自分前方	200	50	○	○	―	60	○
	身体をかがめてからゆっくり走り、飛びヒザ蹴りをくり出す									
リフトアップスラム	物理(近接)	―	敵単体	150	50	×	○	―	60	×
	両手を広げてから相手の身体をつかんで一瞬だけ拘束し、頭上に持ち上げたあと地面にたたきつける									
ネックハンギングツリー しめつけ	物理(近接)	―	敵単体	20×5回	50	×	×	―	60	×
ネックハンギングツリー たたきつけ	物理(近接)	―	敵単体	180	50	×	○	―		
	相手の首をつかんで拘束し、首を持ち上げてしめつけたあと、約5秒後に地面にたたきつける。ただし、拘束中にHPが最大値の5%減るか、武器アビリティ、魔法、リミット技のいずれかの攻撃でダメージを受けると、拘束を解く									

カッターマシン＝カスタム Jury-Rigged Cutter

▸機械
▸地上

レポートNo. » 031 «

ADVICE » P.579

FRONT

BACK

おもな出現場所とその場所でのレベル

SUB クエスト 15a「逆襲の刃」(→P.416)	レベル 17
SUB コルネオ・コロッセオ(→P.444)	レベル 25

ステータス

	最大HP	物理攻撃力	魔法攻撃力	物理防御力	魔法防御力
EASY	7598～10222	156～192	60～79	17～26	74～103
NORMAL	13815～18585				
HARD	35370	418	148	45	194

基本キープ値
60
バーストゲージ
80
バースト時間
10秒

獲得できる経験値・AP・ギル

	経験値	AP	ギル
EASY	231～475	9	336～708
NORMAL			
HARD	3484	27	2624

入手できるアイテム

通常	エーテル(100%)
レア	――
盗み	エーテルターボ(25%)

ダメージ倍率

物理	×1.0
魔法	×1.0
炎属性	×1.0
氷属性	×1.0
雷属性	**×2.0**
風属性	×1.0
固定ダメージ	×1.0
割合ダメージ	×1.0

バーストゲージ増加倍率

物理(近接)	×1.0
物理(遠隔)	×1.0
魔法	×1.0
炎属性	×1.0
氷属性	×1.0
雷属性	×1.0
風属性	×1.0

状態異常耐性値

毒	無効
沈黙	35
睡眠	無効
スロウ	35
ストップ	35
バーサク	35

特徴的な性質

- 右カッターと左カッターは、本体のバースト中のみ部位として出現する
- 右カッターや左カッターが破壊されると、破壊されたカッターを使うアクションの威力が半分に下がり、当たった相手のリアクションが小さくなる
- バトル開始直後などにガスを噴き出し、それを自分で浴びて30秒間バーサク状態になる。ガスは敵味方を問わず効果がある
- HPが残り50%以下のときは、アビリティによる攻撃を右カッターか左カッターでガードすることがある。ただし、そのカッターが破壊されている場合は、ガードができない

▸ヒートする状況

- HPが最大値の10%減った直後の動作中

部位のデータ

Ⓐ右カッター、左カッター

本体とのちがい
最大HP
(本体の最大HPの10%)

※バースト中にしか攻撃が当たらない

アクションデータ

名前	タイプ	属性	効果範囲	威力	カット値	ガード	ダウン	状態変化	キープ値	ATB消費
チェーンソー	物理(近接)	――	自分前方	50×2回	30	○	×	――	60	×
回転のこぎり	物理(近接)	――	自分周囲	100	50	○	○	――	60	×
突撃 カッター	物理(近接)	――	自分前方	1ヒットごとに10	30	○	×	――	60	○(※1)
突撃 突進	物理(近接)	――	自分前方	150	50	○	○	――		
連続のこぎり	物理(近接)	――	自分前方	20×5回	30	○	×	――	60	×
みじんぎり 斬りつけ	物理(近接)	――	自分前方	20×7回	50	○	×	――	60	×
みじんぎり 振り下ろし	物理(近接)	――	自分前方	100	50	○	○	――		
	左右のカッターですばやく何回も斬りつけ、最後にカッターを勢いよく振り下ろす									
カウンタースラッシュ	物理(近接)	――	自分前方	50	50	○	×	――	60	×
	少しうしろへ下がりつつカッターで斬りつける									
フットスタンプ	物理(近接)	――	自分前方	150	50	○	○	――	60	○
	ジャンプして相手を踏みつける。相手を拘束する効果はない									
ブレードディスク	物理(遠隔)	――	攻撃軌道上・弾	1ヒットごとに40	50	△	×	――	60	×
	前方に10個の小さなカッターを発射。カッターは壁などで跳ね返りながら弧を描いて進み、約2.5秒後に消える									
アンガーガス	魔法	――	自分前方	100	50	△	×	いかり(永続)	60	×
	機体の正面から赤いガスを放つ									

※1……『回転のこぎり』を中断して使ったときは「×」

ADVICE » VSプロトスイーパー

データの掲載ページ P.567

腕と本体の暴走を止めながら戦おう

プロトスイーパーは、『マシンガン』を何回か使うと腕が、『突撃』や『スモークショット』を何回か使うと本体が、それぞれ赤く熱を帯びて暴走モードになり、強力な攻撃を使用しはじめる。腕は暴走モードのあいだのみ部位として出現するので、ふだんはATBゲージを温存しておき、右腕か左腕が赤くなっているのが見えたら『サンダー』などで攻撃しよう。暴走した腕にある程度ダメージを与えると、腕の暴走モードが解除されるのと同時に、バーストゲージが大きくたまる。本体の暴走モードは、腕の暴走を止めることをくり返し、バーストさせて解除すればOKだ。

⬆暴走モードになった腕は、『マシンガン』ではなく『ミサイル』を使う。両腕とも暴走すると攻撃がかなり激しくなるので、早めに対処したい。

ADVICE » VSボム

データの掲載ページ P.576

炎属性耐性を上げておき敵の身体が黒いときに攻撃

注意すべきは、多用してくる炎属性の攻撃。『ぞくせい』と『ほのお』マテリアを組にして防具にセットし、受けるダメージを減らすのが有効だ。また、ボムは『火炎』や『ファイアボール』の攻撃動作中に身体が黒くなり、そのときにダメージを与えるとヒートさせることができる。敵の周囲をまわって攻撃を避けつつ、動作が長い『火炎』の使用中にダメージを与えてヒートを狙おう。なお、レベルが2以上の『ぞくせい』マテリアを利用して炎属性の攻撃を防ぐようにすれば、こちらがダメージを受けるのは『体当たり』だけになる。

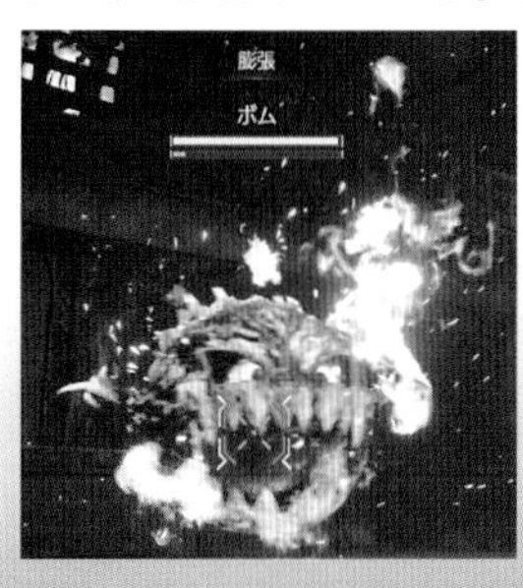

⬅ボムは、『加熱』の動作中に攻撃されたりすると膨張して大きくなり、ヒート状態かバースト状態が発生すると小さくなる。大きいボムほど攻撃の威力が高いので注意。

⬅HPが減って火花を散らしているときのボムに攻撃すると『自爆』を使ってくる。遠くからならダメージを与えてもかまわないが、近距離からの攻撃は避けよう。

ADVICE » VSカッターマシン=カスタム

データの掲載ページ P.578

受けるダメージをバリア状態で減らしつつバーストを目指す

使ってくる攻撃の多くはカッターマシン(→P.558)と同じだが、ガードを行なったり、アクションを中断して別の攻撃を仕掛けてきたりと、行動のしかたは異なる。カッターマシンと同様に、カッターを破壊すれば大幅に弱体化するものの、この敵のカッターはバースト中にしか部位として出現しない。まずは『バーストスラッシュ』などを使い、敵をバーストさせることを狙おう。そのときは、『バリア』の効果を得ておけば、大半の攻撃で受けるダメージが減って攻めやすくなる。敵がバーストしたら、『サンダー』などを使用し、急いでカッターを破壊したいところだ。

⬅ダメージを与えていくと、敵をヒート状態にできる。ヒート状態の時間は短いので、すばやくバーストゲージをためよう。

➡HPが減った敵は、アビリティでの攻撃をカッターでガードしようとすることがあるが、カッターを破壊すれば防がれなくなる。

サハギン Sahagin

▸生物
▸地上

レポートNo. » 062 «

FRONT

BACK

オリジナル版

おもな出現場所とその場所でのレベル

	出現場所	レベル
CH10	地下下水道・六番地区：第一水路　など	19
CH14	地下下水道・六番地区 封鎖区画：第四水路　など	27
SUB	コルネオ・コロッセオ(→P.444)	25

ステータス

	最大HP	物理攻撃力	魔法攻撃力	物理防御力	魔法防御力
EASY	2038～2792	124～161	84～111	127～175	130～179
NORMAL	3705～5077				
HARD	8961	310	202	309	316

基本キープ値	バーストゲージ	バースト時間
60	(※1)	10秒

獲得できる経験値・AP・ギル

	経験値	AP	ギル
EASY	125～257	4	65～140
NORMAL			
HARD	1678	12	462

入手できるアイテム

通常	ポーション(8%)
レア	興奮剤(5%)
盗み	興奮剤(15%)

ダメージ倍率

物理	×1.0
魔法	×1.0
炎属性	**×2.0**
氷属性	×1.0
雷属性	×1.0
風属性	×1.0
固定ダメージ	×1.0
割合ダメージ	×1.0

バーストゲージ増加倍率

物理(近接)	×0.25
物理(遠隔)	×0.25
魔法	×1.0
炎属性	**×2.0**
氷属性	**×1.5**
雷属性	×1.0
風属性	×1.0

状態異常耐性値

毒	35
沈黙	35
睡眠	35
スロウ	35
ストップ	35
バーサク	35

特徴的な性質

- 物理攻撃でバーストゲージがたまりにくい
- CHAPTER 10で出現する個体は槍型のモリを、CHAPTER 14で出現する大半の個体は三つ又のモリを持っている。三つ又のモリを持っている個体は、攻撃のペースがやや速いほか、『ガマの呪い』を使う
- HPが残り30%以下のときは、『モリ投げ』を使うことがある。『モリ投げ』を使うとモリは消滅し、以降は『サハギンブロー』『サハギンキック』『水鉄砲』『水噴射』を使う
- CHAPTER 10の地下下水道・七番地区：貯水槽で出現したときは、モリが消滅したあとに、一時的に下水へ飛びこむことがあり、その場合はときどき水面から飛び上がって『水鉄砲(水上)』を使う。水中にいるあいだは、攻撃のターゲットにならない

ヒートする状況

- 打ち上げられたり、吹き飛ばされたり、たたきつけられたりしているあいだ
- 水面から飛び上がったときにダメージを受けた直後の3秒間

アクションデータ

名前	タイプ	属性	効果範囲	威力	カット値	ガード	ダウン	状態変化	キープ値	ATB消費
モリ	物理(近接)	―	敵単体	100	30	○	×	―	60	×
ジャンプ	物理(近接)	―	自分周囲	300	50	○	○	―	60	○
	高くジャンプし、相手の頭上からモリを突き刺す									
サハギンブロー	物理(近接)	―	敵単体	80	0(※2)	○	×	―	60	×
サハギンキック	物理(近接)	―	敵単体	150	50	○	×	―	60	○
モリ投げ モリ	物理(遠隔)	―	自分前方	300	50	△	×	―	60	×
モリ投げ 爆発	魔法	―	着弾周囲	300	50	△	○	カエル(40秒)		
	その場でジャンプし、モリを投げる。モリは相手を貫通して地面に刺さり、爆発して消える									
水鉄砲(地上)	魔法	―	着弾周囲・弾	100	0(※2)	△	×	―	60	×
	口から勢いよく水を噴き出す									
水鉄砲(水上)	魔法	―	着弾周囲・弾	100	50	△	×	―	100	○
水噴射	魔法	―	自分前方	120	50	△	×	―	60	○
	右から左へ向きを変えながら正面に水を吐く									
ガマの呪い	魔法	―	敵周囲	―	50	×	×	カエル(40秒)	60	×
	詠唱を行なったあと、煙を相手の足元に発生させる。煙に触れた相手はカエル状態になる(すでにカエル状態の場合はもとにもどる)									

※1……CHAPTER 10で出現する個体は「15」、CHAPTER 14で出現する個体は「25」　※2……難易度がHARDのときは「30」

シェザーシザー Scissorclaw

▸生物
▸地上

レポートNo. 061

FRONT

BACK

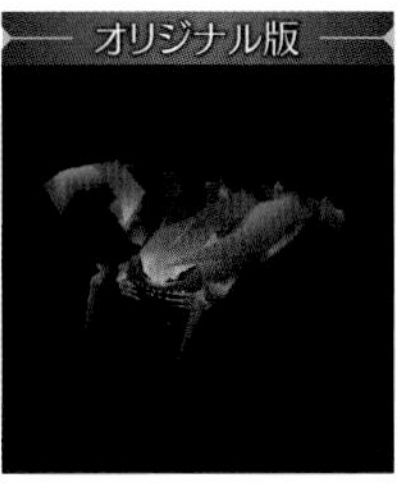

おもな出現場所とその場所でのレベル

	場所		レベル
CH10	地下下水道・六番地区：第二水路　など	レベル	19
CH14	地下下水道・六番地区 封鎖区画：第三水路　など	レベル	27
SUB	コルネオ・コロッセオ(→P.444)	レベル	25

ステータス

	最大HP	物理攻撃力	魔法攻撃力	物理防御力	魔法防御力
EASY	268～367	63～85	63～85	128～177	19～28
NORMAL	488～668				
HARD	1179	148	148	312	45

基本キープ値
60
バーストゲージ
15
バースト時間
10秒

獲得できる経験値・AP・ギル

	経験値	AP	ギル
EASY	41～87	3	93～203
NORMAL			
HARD	580	9	669

入手できるアイテム

通常	ポーション(8%)
レア	鎮静剤(3%)
盗み	鎮静剤(15%)

ダメージ倍率

物理	×0.1(※3)
魔法	×1.0(※4)
炎属性	×1.0
氷属性	**×2.0**
雷属性	×1.0
風属性	×1.0
固定ダメージ	×1.0
割合ダメージ	×1.0

バーストゲージ増加倍率

物理(近接)	×1.0
物理(遠隔)	×1.0
魔法	×1.0
炎属性	×1.0
氷属性	**×2.0**
雷属性	×1.0
風属性	×1.0

状態異常耐性値

毒	35
沈黙	35
睡眠	35
スロウ	35
ストップ	35
バーサク	35

特徴的な性質

- 物理攻撃で受けるダメージを大幅に減らす
- ダメージを受けると『ガード』を使うことがある。『ガード』の効果中は、物理攻撃を無効にしつつ、魔法攻撃で受けるダメージを大幅に減らす
- 『ガード』の効果中に前方から近接攻撃を受けたときは、『ダブルシザー』で反撃することがある

▸ヒートする状況

- 打ち上げられたり、吹き飛ばされたり、たたきつけられたりしているあいだ

アクションデータ

名前		タイプ	属性	効果範囲	威力	カット値	ガード	ダウン	状態変化	キープ値	ATB消費
体当たり		物理(近接)	―	敵単体	100	30	○	×	―	60	○
		すばやく相手に近づき、ジャンプしてぶつかる									
ダブルシザー		物理(近接)	―	敵単体	300	50	○	×	―	60	×
		左右のハサミを前方に振り下ろす									
アワ	噴出した泡	魔法	―	着弾周囲・弾	1ヒットごとに80	10	△	×	―	60	○
	床の泡	魔法	―	設置周囲	1ヒットごとに40	30	×	×	―		
		前方に多数の泡を噴出する。噴出した泡は、壁や地面に当たると約10秒間残る。ATBゲージを消費しないこともある									
ガード		―	―	自分	―	―	―	―	―	60	×
		ハサミを構え、動かずに身を守る									

※3……『ガード』の動作中は「無効」　※4……『ガード』の動作中は「×0.1」

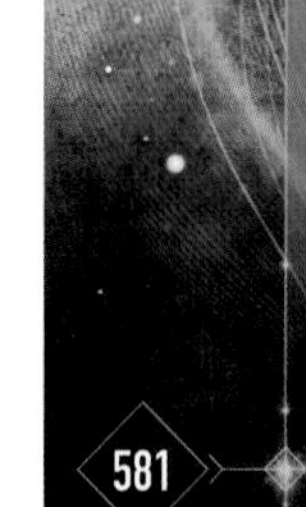

クリプシェイ Cripshay

▸生物
▸地上

レポートNo. » 064 «

FRONT

BACK

オリジナル版

おもな出現場所とその場所でのレベル

	場所	レベル
CH11	列車墓場・第二操車場 C区画　など	21
SUB	コルネオ・コロッセオ(→P.444)	25

ステータス

	最大HP	物理攻撃力	魔法攻撃力	物理防御力	魔法防御力
EASY	613~681	103~113	69~79	90~103	125~141
NORMAL	1115~1239				
HARD	2358	229	148	194	268

基本キープ値
20

バーストゲージ
80

バースト時間
10秒

獲得できる経験値・AP・ギル

	経験値	AP	ギル
EASY	45~74	3	19~32
NORMAL			
HARD	532	9	120

入手できるアイテム

通常	ポーション(8%)
レア	ハイポーション(5%)
盗み	ハイポーション(5%)

ダメージ倍率

物理	×1.0
魔法	×1.0
炎属性	×1.0
氷属性	**×2.0**
雷属性	×1.0
風属性	×1.0
固定ダメージ	×1.0
割合ダメージ	×1.0

バーストゲージ増加倍率

物理(近接)	×1.0
物理(遠隔)	×1.0
魔法	×1.0
炎属性	×1.0
氷属性	×1.0
雷属性	×1.0
風属性	×1.0

状態異常耐性値

毒	35
沈黙	35
睡眠	35
スロウ	35
ストップ	35
バーサク	35

特徴的な性質

- 『突進』をガードされた直後に『ダブルスパイク』を使うことがある
- 『突進』で相手にぶつかる直前に、動作を中断して『吸血』を使うことがある
- 『吸血』で与えたダメージ量の2倍だけ自分のHPを回復する
- 『キラースパイク』が当たった相手に、別のクリプシェイがつづけて『キラースパイク』を使うことがある

ヒートする状況

- 打ち上げられたり、吹き飛ばされたり、たたきつけられたりしているあいだ

設定画

アクションデータ

名前	タイプ	属性	効果範囲	威力	カット値	ガード	ダウン	状態変化	キープ値	ATB消費
ハサミ	物理(近接)	──	敵単体	100	30	○	×	──	60	×
	頭部のハサミを広げたあと、はさみつける									
突進	物理(近接)	──	自分前方	100	50	○	×	──	60	×
	頭部のハサミを閉じて直進する									
ダブルスパイク	物理(近接)	──	敵単体	100	50	○	×	──	80	×
	頭部のハサミで突き上げる									
吸血 跳びつき	物理(近接)	──	敵単体	──	50	×	×	──	60	○
吸血 かみつき	物理(近接)	──	敵単体	50×6回	0	×	×	──		
	相手にすばやく跳びかかって2秒弱拘束しつつ、何度もかみつく。ただし、拘束中にHPが最大値の10%減るか、武器アビリティ、魔法、リミット技のいずれかの攻撃でダメージを受けると、拘束を解く									
キラースパイク	物理(近接)	──	自分前方	300	50	○	○	──	60	○
	力をためて赤いオーラを発したあと、勢いよく跳びかかる。別のクリプシェイの『キラースパイク』につづけて使うこともある(そのときは、アクション名が表示されず、ATBゲージも消費しない)									

ゴースト Ghost

▸解析不能 ▸地上 レポートNo. » 065 «

FRONT

BACK

オリジナル版

おもな出現場所とその場所でのレベル

CH11	列車墓場・車両倉庫 1F など	レベル 21
SUB	コルネオ・コロッセオ(→P.444)	レベル 25
SUB	神羅バトルシミュレーター(→P.455)	レベル 50

ステータス

	最大HP	物理攻撃力	魔法攻撃力	物理防御力	魔法防御力
EASY	1717〜1909	69〜79	219〜229	90〜103	177〜199
NORMAL	3122〜3470				
HARD	6603	148	508	194	379

基本キープ値	バーストゲージ	バースト時間
60	27	10秒

獲得できる経験値・AP・ギル

	経験値	AP	ギル
EASY	102〜169	3	32〜55
NORMAL			
HARD	1230	9	205

入手できるアイテム

通常	エーテル(10%)
レア	エーテルターボ(5%)
盗み	エーテルターボ(5%)

ダメージ倍率

物理	×1.0
魔法	×1.0
炎属性	×2.0
氷属性	×0.5
雷属性	×1.0
風属性	×1.0
固定ダメージ	×1.0
割合ダメージ	×1.0

バーストゲージ増加倍率

物理(近接)	×1.0
物理(遠隔)	×1.0
魔法	×1.0
炎属性	×1.0
氷属性	×1.0
雷属性	×1.0
風属性	×1.0

状態異常耐性値

毒	35
沈黙	無効
睡眠	35
スロウ	35
ストップ	無効
バーサク	35

特徴的な性質

- HPを回復する効果でダメージを受け、戦闘不能状態から復活させる効果で即死する
- 一時的に姿を消すことがある。そのあいだは、攻撃のターゲットにならない
- 物理攻撃を受けると『シールド』を、魔法攻撃を受けると『リフレク』を使うことがある。ただし、どちらかのアクションの効果中は、もう一方のアクションを使わない
- 『うらめしだま』で与えたダメージ量と同じだけ自分のHPを回復する

▶ヒートする状況

- 打ち上げられたり、吹き飛ばされたり、たたきつけられたりしているあいだ

設定画

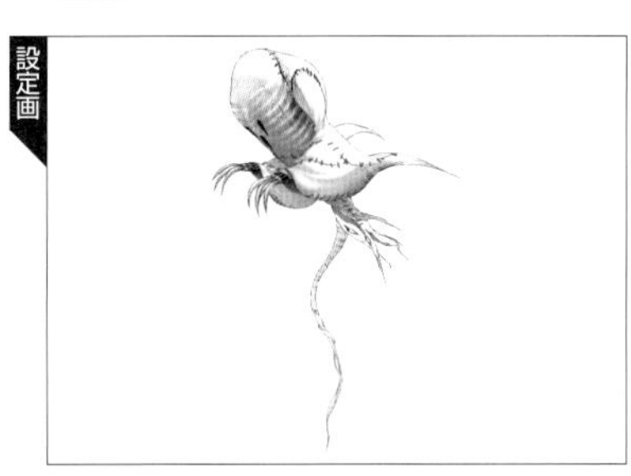

アクションデータ

名前	タイプ	属性	効果範囲	威力	カット値	ガード	ダウン	状態変化	キープ値	ATB消費
ひっかく	物理(近接)	—	自分前方	40+60	30	○	×	—	60	○
	左右の手で1回ずつ引っかく。ATBゲージを消費しないこともある									
パニッシュクロー	物理(近接)	—	自分前方	150+150	50	×	○	—	60	○
	消えた状態から急に姿を現し、左右の手で1回ずつ引っかく									
バーニングクロー	魔法	炎	自分周囲	100	50	△	○	—	60	○
	右手に炎を発生させてから、回転しつつ引っかく。ATBゲージを消費しないこともある									
ファイア	魔法	炎	敵単体・弾	100	50	△	×	—	60	○
	炎の弾を飛ばす。ATBゲージを消費しないこともある									
パニッシュファイア	魔法	炎	敵単体・弾	150	50	△	×	—	60	○
	消えた状態から急に姿を現し、炎の弾を飛ばす									
シールド	魔法	—	自分	—	—	—	—	シールド(60秒)	60	×
リフレク	魔法	—	自分	—	—	—	—	リフレク(20秒)	60	×
うらめしだま	魔法	—	敵単体・弾	300	50	△	×	—	60	○
	霊力をこめた弾を飛ばす									
とりつく	魔法	—	敵単体	—	50	×	×	かなしい(永続)	60	○
	相手に憑依し、その相手がセットしているマテリアの魔法のいずれかを使う(→P.707)									

マシンガン Sentry Gun

▶機械
▶地上

レポートNo. » 024 «

FRONT

BACK

おもな出現場所とその場所でのレベル

CH12	七番街支柱 2F　など	レベル 22
SUB	コルネオ・コロッセオ(→P.444)	レベル 25

ステータス

	最大HP	物理攻撃力	魔法攻撃力	物理防御力	魔法防御力
EASY	634〜681	73〜79	73〜79	151〜164	22〜26
NORMAL	1153〜1239				
HARD	2358	148	148	312	45

基本キープ値
40
バーストゲージ
4
バースト時間
10秒

獲得できる経験値・AP・ギル

	経験値	AP	ギル
EASY	92〜133	2	17〜24
NORMAL			
HARD	1002	6	89

入手できるアイテム

通常	──
レア	──
盗み	──

ダメージ倍率

物理	×0.5
魔法	×1.0
炎属性	×1.0
氷属性	×1.0
雷属性	**×2.0**
風属性	×0.1
固定ダメージ	×1.0
割合ダメージ	×1.0

バーストゲージ増加倍率

物理(近接)	無効
物理(遠隔)	無効
魔法	×1.0
炎属性	無効
氷属性	無効
雷属性	**×2.0**
風属性	無効

状態異常耐性値

毒	無効
沈黙	35
睡眠	無効
スロウ	35
ストップ	35
バーサク	35

特徴的な性質

- 移動を行なわず、台座を回転させて相手を狙う
- バーストゲージの最大値が低いが、無属性か雷属性の魔法攻撃でしかバーストゲージが増えない
- 自分の攻撃が当たる場所に相手が約4秒間とどまっていると、「カウントダウン：3」と表示される。カウントは、3からはじまって1ずつ減っていく
- 「カウントダウン：0」と表示されたあとは、相手をロックオンしてから、『フォーカスシュート』をくり返す。ロックオンは、自分の攻撃が当たらない場所に相手が移動するか、相手が戦闘不能状態になるまでつづく

▶ヒートする状況

(なし)

アクションデータ

名前	タイプ	属性	効果範囲	威力	カット値	ガード	ダウン	状態変化	キープ値	ATB消費
マシンガン	物理(遠隔)	──	直線上・弾	1ヒットごとに5	20	△	×	──	40	×
	銃口から弾を2秒強撃ちつづける									
フォーカスシュート	物理(遠隔)	──	直線上・弾	1ヒットごとに7	20	△	×	──	40	×
	銃口から弾を2.5秒弱撃ちつづける									

空中兵 Helitrooper

▸人間
▸飛行

レポートNo. » 012 «

FRONT

BACK

オリジナル版

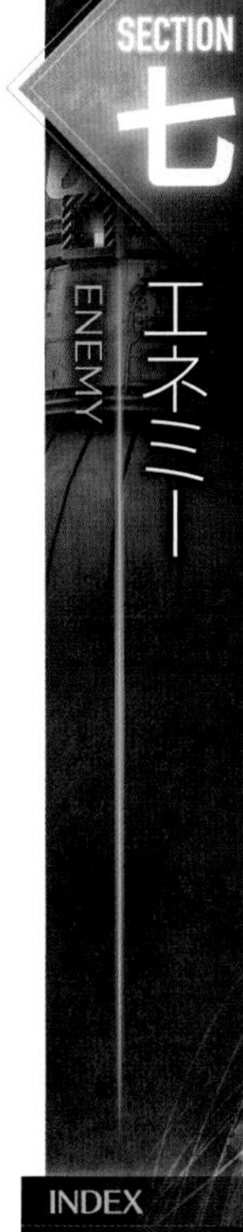

おもな出現場所とその場所でのレベル

	場所	レベル
CH12	七番街支柱 5F など	22
CH15	七番街 プレート断面・地上 65m付近：プレート共同溝崩落跡	29
SUB	コルネオ・コロッセオ(→P.444)	25

ステータス

	最大HP	物理攻撃力	魔法攻撃力	物理防御力	魔法防御力
EASY	2220~2759	128~167	73~93	58~73	22~28
NORMAL	4036~5016				
HARD	8253	283	148	120	45

基本キープ値	バーストゲージ	バースト時間
60(※1)	20	10秒

獲得できる経験値・AP・ギル

	経験値	AP	ギル
EASY	158~284	4	96~174
NORMAL			
HARD	1668	12	513

入手できるアイテム

通常	ハイポーション(8%)
レア	重力球(5%)
盗み	重力球(5%)

ダメージ倍率

物理	×1.0
魔法	×1.0
炎属性	×2.0
氷属性	×1.0
雷属性	×1.0
風属性	×2.0(※2)
固定ダメージ	×1.0
割合ダメージ	×1.0

バーストゲージ増加倍率

物理(近接)	×1.0
物理(遠隔)	×1.0
魔法	×1.0
炎属性	×1.0
氷属性	×1.0
雷属性	×1.0
風属性	×2.0(※2)

状態異常耐性値

毒	35
沈黙	35
睡眠	35
スロウ	35
ストップ	無効
バーサク	無効

特徴的な性質

- 空中を飛んでいることが多い。『キック』『プロペラ』を使うときやバーストしたときは、地上近くに降りてくる
- 空中を飛んでいるときに近接攻撃を受けると、『キック』を使うことがある
- 風属性の魔法を2回連続で受けたあとやバーストしたあとは、飛ぶことができなくなり、地上で『プロペラソード』をくり返す

▸ヒートする状況

- 打ち上げられたり、吹き飛ばされたり、たたきつけられたりしているあいだ
- 空中にいるときに風属性の攻撃でHPが最大値の20%減った直後の5秒間
- 『キック』『プロペラ』が空振りした直後の3秒間

アクションデータ

名前	タイプ	属性	効果範囲	威力	カット値	ガード	ダウン	状態変化	キープ値	ATB消費
キック	物理(近接)	—	自分前方	100	30	○	×	—	60	×
	空中から急降下しつつ蹴りを放つ									
プロペラ	物理(近接)	—	自分前方	300	50	○	○	—	60	○
	空中から急降下しつつ右手のプロペラで斬りつける									
プロペラソード	物理(近接)	—	自分前方	100	30	○	×	—	20	×
	右手のプロペラで斬りつける									
マシンガン	物理(遠隔)	—	直線上・弾	1ヒットごとに16	0(※3)	△	×	—	60	×
	銃から弾を6発撃つ									

※1……地上にいるときは「20」 ※2……地上にいるときは「×1.0」 ※3……難易度がHARDのときは「30」

グランバキューム Ringmaw

▶生物
▶地上

レポートNo. » 048 «

FRONT

BACK

おもな出現場所とその場所でのレベル

出現場所	レベル
CH13 六番街スラム・陥没道路：旧バイパス　など	レベル 21
CH14 伍番街スラム・たそがれの谷　など	レベル 23
SUB 神羅バトルシミュレーター(→P.455)	レベル 35

ステータス

	最大HP	物理攻撃力	魔法攻撃力	物理防御力	魔法防御力
EASY	736～1180	88～138	88～138	113～182	69～111
NORMAL	1338～2146				
HARD	2830	193	193	243	148

基本キープ値	バーストゲージ	バースト時間
20	30	7秒

獲得できる経験値・AP・ギル

	経験値	AP	ギル
EASY	103～305	3	83～252
NORMAL			
HARD	1268	9	525

入手できるアイテム

通常	毒消し(12%)
レア	ハイポーション(5%)
盗み	毒消し(25%)

ダメージ倍率

物理	×1.0
魔法	×1.0
炎属性	×1.0
氷属性	**×2.0**
雷属性	×1.0
風属性	×1.0
固定ダメージ	×1.0
割合ダメージ	×1.0

バーストゲージ増加倍率

物理(近接)	×1.0
物理(遠隔)	×1.0
魔法	×1.0
炎属性	×1.0
氷属性	×1.0
雷属性	×1.0
風属性	×1.0

状態異常耐性値

毒	35
沈黙	35
睡眠	35
スロウ	35
ストップ	35
バーサク	35

特徴的な性質

- 『捕食』を使うと強化モードになることが多い(バトル開始時から強化モードになっている個体もいる)
- 強化モードのときは身体が青いオーラで包まれ、基本キープ値が60に上がる
- ヒート状態やバースト状態になると、強化モードが解除される。ただし、それらの状態が終わった直後に、『捕食』を使ってふたたび強化モードになる
- 『ホールドサイズ』のかみつきで与えたダメージ量の半分だけ自分のHPを回復する
- ほかのグランバキュームが『ホールドサイズ』で誰かを拘束していると、その相手に『毒のツバ』を使う

ヒートする状況

- 打ち上げられたり、吹き飛ばされたり、たたきつけられたりしているあいだ
- 強化モード中にHPが最大値の45%減った直後のリアクション中

アクションデータ

名前	タイプ	属性	効果範囲	威力	カット値	ガード	ダウン	状態変化	キープ値	ATB消費
かみつき	物理(近接)	—	敵単体	100	30	○	×	—	60	×
	前方に小さく跳びかかってかみつく									
カマ	物理(近接)	—	敵単体	300	50	○	×	—	60	○
	カマ状の前脚を振りかぶったまま少し静止したあと、前方に振り下ろす									
ホールドサイズ 跳びつき	物理(近接)	—	敵単体	100	50	×	×	—	60	○
ホールドサイズ かみつき	魔法	—	敵単体	50×4回	30	×	×	睡眠(15秒)		
	前方に小さくジャンプして前脚で相手を約4秒間拘束しつつ、何度もかみつく。ただし、拘束中にHPが最大値の10%減るか、武器アビリティ、魔法、リミット技のいずれかの攻撃でダメージを受けると、拘束を解く									
毒のツバ	魔法	—	着弾周囲・弾	1ヒットごとに50	30	△	×	毒(120秒)	60	×
	毒を含んだ体液を球状にして数発吐き出す									
捕食	回復	—	自分	(最大HPの35%)	—	—	—	—	60	×
	穴を掘って地中にもぐり、直後に穴から飛び出る									

ヴァギドポリス Varghidpolis

▸人工生命
▸地上

レポートNo. » 069 «

FRONT

BACK

オリジナル版

おもな出現場所とその場所でのレベル

	場所	レベル
CH13	六番街スラム・陥没道路：旧バイパス　など	21～23
CH14	地下実験場・B2F：D型実験体 飼育場　など	23～24
SUB	神羅バトルシミュレーター(→P.455)	35

ステータス

	最大HP	物理攻撃力	魔法攻撃力	物理防御力	魔法防御力
EASY	859～1377	69～109	126～196	21～34	146～234
NORMAL	1561～2504				
HARD	3302	148	283	45	312

基本キープ値
40

バーストゲージ
10

バースト時間
5秒

獲得できる経験値・AP・ギル

	経験値	AP	ギル
EASY	71～218	4	65～208
NORMAL			
HARD	922	12	441

入手できるアイテム

通常	フェニックスの尾(12%)
レア	鎮静剤(5%)
盗み	鎮静剤(5%)

ダメージ倍率

物理	×1.0
魔法	×1.0
炎属性	×1.0
氷属性	**×2.0**
雷属性	×1.0
風属性	×1.0
固定ダメージ	×1.0
割合ダメージ	×1.0

バーストゲージ増加倍率

物理(近接)	×1.0
物理(遠隔)	×1.0
魔法	×1.0
炎属性	×1.0
氷属性	×1.0
雷属性	×1.0
風属性	×1.0

状態異常耐性値

毒	35
沈黙	35
睡眠	35
スロウ	35
ストップ	35
バーサク	35

特徴的な性質

- ふだんは『針』『グルグルパンチ』を使う
- 近接攻撃を受けると、『絶叫』を使うことがある
- 『絶叫』でスタンした相手に『サンダラ』を使う
- HPが残り45%以下のときは、『死の踊り』を使うことがある

▶ヒートする状況

- 打ち上げられたり、吹き飛ばされたり、たたきつけられたりしているあいだ

設定画

アクションデータ

名前	タイプ	属性	効果範囲	威力	カット値	ガード	ダウン	状態変化	キープ値	ATB消費
グルグルパンチ	物理(近接)	—	自分前方	1ヒットごとに18	30	○	×	—	40	○
	すばやく前進しながら両腕をグルグルまわしてなぐる									
針	物理(遠隔)	—	敵単体・弾	1ヒットごとに20	30	△	×	—	40	×
	地面に這いつくばり、尾の部分から針を5本飛ばす									
絶叫	物理(遠隔)	—	自分周囲	1ヒットごとに30	50	△	×	スタン(5秒)	40	×
	周囲の空間をゆがませるほどの叫び声を上げる									
サンダラ	魔法	雷	敵単体	150	50	△	×	—	40	×
死の踊り しがみつき	物理(近接)	—	敵単体	100	50	×	×	—	40	○
自爆	魔法	—	敵単体	900	50	×	○	—		
	身体をふるわせたあと、目の前の相手にしがみついて約7.5秒間拘束してから自爆する。ただし、拘束中にHPが最大値の3%減るか、武器アビリティ、魔法、リミット技のいずれかの攻撃でダメージを受けると、拘束を解く【『自爆』をてきのわざとして習得可能】									

怪奇虫 Bugaboo

▶生物
▶飛行

レポートNo. 》068《

オリジナル版

おもな出現場所とその場所でのレベル

CH13 地下実験場・B6F：研究員通路　など	レベル 23
SUB 神羅バトルシミュレーター（→P.455）	レベル 35

特徴的な性質

- 特定のバトルでは、出現数が非常に多い
- 群れとなって飛びまわり、そのうちの数体がほぼ同時に攻撃を行なうことが多い

ステータス

	最大HP	物理攻撃力	魔法攻撃力	物理防御力	魔法防御力
EASY	98～148	94～138	75～109	98～145	24～34
NORMAL	178～269				
HARD	354	193	148	194	45

基本キープ値	バーストゲージ	バースト時間
20	100	10秒

ヒートする状況

- 打ち上げられたり、吹き飛ばされたり、たたきつけられたりしているあいだ

獲得できる経験値・AP・ギル

	経験値	AP	ギル
EASY	16～32	1	10～21
NORMAL			
HARD	132	3	43

入手できるアイテム

通常	──
レア	──
盗み	──

設定画

ダメージ倍率

物理	×1.0
魔法	×1.0
炎属性	×1.0
氷属性	×1.0
雷属性	×1.0
風属性	**×2.0**
固定ダメージ	×1.0
割合ダメージ	×1.0

バーストゲージ増加倍率

物理（近接）	×1.0
物理（遠隔）	×1.0
魔法	×1.0
炎属性	×1.0
氷属性	×1.0
雷属性	×1.0
風属性	×1.0

状態異常耐性値

毒	35
沈黙	35
睡眠	35
スロウ	35
ストップ	35
バーサク	35

アクションデータ

名前	タイプ	属性	効果範囲	威力	カット値	ガード	ダウン	状態変化	キープ値	ATB消費
飛行突進	物理（近接）	──	自分前方	15	30	○	×	──	60	×
	まっすぐ飛んで相手にぶつかる									
溶解液	魔法	──	着弾周囲・弾	10	30	△	×	──	40	×
	口から緑色の体液を飛ばす									

※「／」の左側はCHAPTER 13で出現したときの、右側はCHAPTER 17で出現したときのデータ

ネムレス Unknown Entity

▶人工生命 ▶地上 レポートNo. » 097 «

FRONT

BACK

おもな出現場所とその場所でのレベル

	場所	レベル
CH13	地下実験場・B1F：実験体試験場	24
CH17	神羅ビル・66F 宝条研究室メインフロア：中央研究室　など	31
SUB	神羅バトルシミュレーター(→P.455)	50

ステータス

	最大HP	物理攻撃力	魔法攻撃力	物理防御力	魔法防御力
EASY	463／898	97／124	117／174	63／132	1／213
NORMAL	841／1632				
HARD	1651／2358	193	238／283	120／194	1／312

基本キープ値
40

バーストゲージ
50／100

バースト時間
10秒／5秒

獲得できる経験値・AP・ギル

	経験値	AP	ギル
EASY	0／120	0／3	0／26
NORMAL			
HARD	0／634	0／9	0／68

入手できるアイテム

通常	──／興奮剤(5%)
レア	──
盗み	──／興奮剤(5%)

ダメージ倍率

物理	×1.0
魔法	×1.0
炎属性	×1.0
氷属性	**×2.0**
雷属性	×0.5
風属性	×1.0
固定ダメージ	×1.0
割合ダメージ	×1.0

バーストゲージ増加倍率

物理(近接)	×1.0
物理(遠隔)	×1.0
魔法	×1.0
炎属性	×1.0
氷属性	**×1.5**
雷属性	×1.0
風属性	×1.0

状態異常耐性値

毒	無効
沈黙	35
睡眠	35
スロウ	35
ストップ	無効
バーサク	35

特徴的な性質

- 後方から攻撃を受けたときはひるみやすい(キープ値が20と見なされる)
- 状況に応じて、下の表のアクションを使う

ヒートする状況

- 打ち上げられたり、吹き飛ばされたり、たたきつけられたりしているあいだ

状況別・ネムレスが使うアクション

※「●」……使う、「──」……使わない、「H」……難易度がHARDのときのみ使う
※「第1段階」「第2段階」はアノニマス(→P.642)の段階を表す

	アノニマスとのバトル直前		アノニマスとのバトル中		CHAPTER 17
	前半	後半	第1段階	第2段階	
かみつき	●	●	●	●	●
ひっかき	──	●	●	●	●
溶解液	──	●	──	●	●
しびれ液	──	●	──	──	──
サンダガ	──	──	──	●	●
シールド	──	──	──	●	──
リフレク	──	──	──	●	──
スリプル	──	──	──	H	──

アクションデータ

名前	タイプ	属性	効果範囲	威力	カット値	ガード	ダウン	状態変化	キープ値	ATB消費
かみつき	物理(近接)	──	自分前方	100／150	30	○	×	──	40	×
	跳びかかってかみつく									
ひっかき	物理(近接)	──	自分前方	80／100	30	○	×	──	40	×
	手を横に振って引っかく									
しびれ液	物理(遠隔)	──	着弾周囲・弾	──	30	△	×	スタン(3秒)	40	×
	触手から青い液体を飛ばす									
溶解液	魔法	──	着弾周囲・弾	15／35	30	△	×	──	40	×
	触手から赤い液体を飛ばす									
サンダガ	魔法	雷	味方単体／敵単体	500／300	──／50	──／△	──／×	──	40	×／○
	大きな雷を落とす。CHAPTER 13で出現する個体はアノニマスに使う									
シールド	魔法	──	自分	──	──	──	──	シールド(永続／※1)	40	×
リフレク	魔法	──	自分	──	──	──	──	リフレク(永続／※1)	40	×
スリプル H	魔法	──	敵単体	──	0	×	×	睡眠(15秒)	40	×

※1……発生するのはシールド状態とリフレク状態のどちらか一方のみ(あとから発生した効果で上書きされる)

※「／」の左側は地下下水道・六番地区 旧水路：旧第一水路や神羅バトルシミュレーターなどで出現したときの、右側はアプス(2回目)(→P.644)と一緒に出現したときのデータ

アプスベビー Abzu Shoat

▸生物 ▸地上

レポートNo. » 092 «

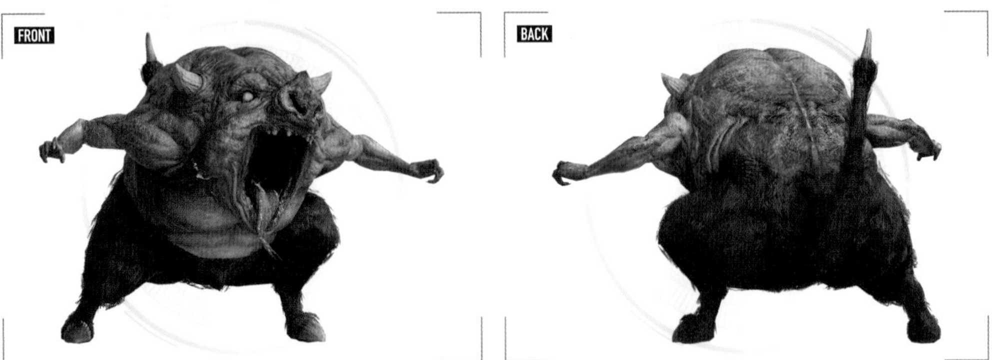

おもな出現場所とその場所でのレベル

	場所	レベル
CH14	地下下水道・六番地区 旧水路：旧第一水路　など	27
SUB	神羅バトルシミュレーター(→P.455)	35

ステータス

	最大HP	物理攻撃力	魔法攻撃力	物理防御力	魔法防御力
EASY	2204~2950／257	190~253／94	148~196／94	111~145／1	111~145／1
NORMAL	4008~5364／468				
HARD	7074／2594	373／166	283／166	194／212	194／212

基本キープ値	バーストゲージ	バースト時間
40	20／10	10秒

獲得できる経験値・AP・ギル

	経験値	AP	ギル
EASY / NORMAL	341~539／341	2	390~615／390
HARD	2234	6	1283

入手できるアイテム

通常	有害物質(12%)
レア	毒消し(5%)
盗み	毒消し(5%)

ダメージ倍率

物理	×1.0
魔法	×1.0
炎属性	**×2.0**
氷属性	×1.0
雷属性	×1.0
風属性	×1.0
固定ダメージ	×1.0
割合ダメージ	×1.0／無効

バーストゲージ増加倍率

物理(近接)	×0.25／×1.0
物理(遠隔)	×0.25／×1.0
魔法	×0.25／×1.0
炎属性	×1.0／×0.25
氷属性	×1.0／×0.25
雷属性	×1.0／×0.25
風属性	×1.0／×**2.0**

状態異常耐性値

毒	35
沈黙	35
睡眠	35
スロウ	35
ストップ	35
バーサク	35

特徴的な性質

- 地下下水道・六番地区 旧水路：旧第一水路などで出現したときは、以下の性質を持つ
  - 『とっしん』が相手に当たると、「『あつめる』→『ふりまわす』→ヒートする→『なげる』」の順に行動する。ヒートしているあいだにバーストした場合は、『なげる』を使わない
- アプス(2回目)と一緒に出現したときは、以下の性質を持つ
  - 『あつめる』『ふりまわす』『なげる』を使わない
  - アプスの行動に合わせて、数体が同時に『とっしん』や『汚水鉄砲』を使うことがある
  - アプスが第1～第2段階のあいだは、HPが残り30%以下になると(難易度がHARDの場合はバーストしたときも)、下水に飛びこんで攻撃のターゲットにならなくなり、40秒程度経過するとHPが全回復して再出現する

▸ヒートする状況

- 打ち上げられたり、吹き飛ばされたり、たたきつけられたりしているあいだ
- 『ふりまわす』を使ったあとの地面にへたりこんでいるときにHPが最大値の5%減った直後の5秒間

アクションデータ

名前	タイプ	属性	効果範囲	威力	カット値	ガード	ダウン	状態変化	キープ値	ATB消費
頭突き	物理(近接)	―	敵単体	100	30	○	×	―	60／40	×
	小さくジャンプして相手に頭をぶつける									
とっしん	物理(近接)	―	自分前方	250	50	○	×	―	60／40	○
	短い距離をすばやく走り、相手にぶつかる									
スライディングタックル	物理(近接)	―	自分前方	200	30	○	×	―	40	×
	ヘッドスライディングして相手にぶつかる。動作の終わりぎわは、威力が「100」になる									
あつめる	―	―	自分	―	―	―	―	―	60	×
	地面に落ちている、武器として使えそうなもの(カサなど)を拾う									
ふりまわす	物理(近接)	―	自分周囲	250~300(※1)	50	○	○	―	60	○
	身体を回転させながら、拾ったものを振りまわす。威力は、『あつめる』で拾ったものごとに異なる									
なげる	物理(遠隔)	―	着弾周囲	330~380(※2)	50	△	×	―	60	×
	拾ったものを投げる。威力は、『あつめる』で拾ったものごとに異なる									
汚水鉄砲	魔法	―	着弾周囲・弾	100	0(※3)	△	×	―	60／40	×
	口から勢いよく水を噴き出す									

※1……カサ：250、かばん：260、トロフィー：270、イス：280、ダンベル：290、消火器：300
※2……カサ：330、かばん：340、トロフィー：350、イス：360、ダンベル：370、消火器：380
※3……難易度がHARDのときは「30」

どろぼうアプス Mischievous Shoat

▶生物 ▶地上

レポートNo. 》093《

ADVICE 》P.598

FRONT

BACK

おもな出現場所とその場所でのレベル

CH14 地下下水道・旧大水路 管路区画：旧汚泥処理区画 レベル 27

ステータス

	最大HP	物理攻撃力	魔法攻撃力	物理防御力	魔法防御力
EASY	13226	190	148	111	111
NORMAL	24048				
HARD	42444	373	283	194	194

基本キープ値
60

バーストゲージ
80

バースト時間
10秒

獲得できる経験値・AP・ギル

	経験値	AP	ギル
EASY	173	2	390
NORMAL			
HARD	1122	6	1283

入手できるアイテム

通常	有害物質(12%)
レア	毒消し(5%)
盗み	毒消し(5%)

ダメージ倍率

物理	×1.0
魔法	×1.0
炎属性	×2.0
氷属性	×1.0
雷属性	×1.0
風属性	×1.0
固定ダメージ	×1.0
割合ダメージ	×1.0

バーストゲージ増加倍率

物理(近接)	×1.0
物理(遠隔)	×1.0
魔法	×1.0
炎属性	×1.0
氷属性	×1.0
雷属性	×1.0
風属性	×1.0

状態異常耐性値

毒	35
沈黙	35
睡眠	35
スロウ	35
ストップ	無効
バーサク	無効

特徴的な性質

- HPが残り85%よりも多いときは、部屋のスミのゴミをあさったあと、拾った手榴弾を『なげる』で放り投げることがある
- HPが残り85%以下になると、アプスベビーを3体呼び出す。そのあとは、鳴き声で指示を出し、すべてのアプスベビーに『あつめる』→『ふりまわす』を使わせることがある
- HPが残り40%以下のときは、落ちているバーベルを持ち上げたあと、『なげる』で放り投げることがある。『なげる』を使う前にヒートした場合は、その時点でバーベルを手放し、『なげる』を使わない

▶ヒートする状況

- 打ち上げられたり、吹き飛ばされたり、たたきつけられたりしているあいだ
- バーベルを拾ってから『なげる』を使うまでのあいだにHPが最大値の10%減った直後の3秒間

アクションデータ

名前	タイプ	属性	効果範囲	威力	カット値	ガード	ダウン	状態変化	キープ値	ATB消費
頭突き	物理(近接)	──	敵単体	100	30	○	×	──	60	×
	小さくジャンプして相手に頭をぶつける									
とっしん	物理(遠隔)	──	自分前方	250	50	△	○	──	60	○
	短い距離をすばやく走り、相手にぶつかる									
なげる 手榴弾	物理(遠隔)	──	設置周囲	300	50	△	×	──	60	○
なげる バーベル	物理(遠隔)	──	着弾周囲	400	50	△	×	──		
	拾ったものを投げる。手榴弾を投げた場合は、約4秒後に爆発する									
汚水鉄砲	魔法	──	着弾周囲・弾	100	0(※3)	△	×	──	60	×
	口から勢いよく水を噴き出す									

ファントム Phantom

▶解析不能
▶地上

レポートNo. 066

ADVICE » P.598

FRONT

BACK

おもな出現場所とその場所でのレベル

出現場所	レベル
SUB クエスト16「消えた子供たち」(→P.416)	23
SUB 神羅バトルシミュレーター(→P.455)	35～50

ステータス

	最大HP	物理攻撃力	魔法攻撃力	物理防御力	魔法防御力
EASY	7821～11801	113～167	227～339	98～145	189～283
NORMAL	14220～21456				
HARD	28296	238	508	194	379

基本キープ値
60

バーストゲージ
40

バースト時間
15秒

獲得できる経験値・AP・ギル

	経験値	AP	ギル
EASY	56～114	4	616～1260
NORMAL			
HARD	476	12	2624

入手できるアイテム

通常	――
レア	――
盗み	――

ダメージ倍率

物理	×1.0
魔法	×1.0
炎属性	**×2.0**
氷属性	×0.5
雷属性	×1.0
風属性	×1.0
固定ダメージ	×1.0
割合ダメージ	×0.5

バーストゲージ増加倍率

物理(近接)	×1.0
物理(遠隔)	×1.0
魔法	×1.0
炎属性	×1.0
氷属性	×1.0
雷属性	×1.0
風属性	×1.0

状態異常耐性値

毒	35
沈黙	無効
睡眠	35
スロウ	35
ストップ	無効
バーサク	35

特徴的な性質

- HPを回復する効果でダメージを受ける(戦闘不能状態から復活させる効果で即死はしない)。また、特定の回復効果ではバーストゲージも増える(増加量は、ケアル:4、ケアルラ:6、ケアルガ:10、回復用のアイテム:3)
- 攻撃を受けたときなどに、一時的に姿を消す。そのあいだは、攻撃のターゲットにならない
- 炎属性の魔法かアイテムによる攻撃を受けると、身体が燃えて姿を消すことができなくなる。その約10秒後に、『ブリザラ』で攻撃を行ないつつ身体の炎を消してから、『リフレク』を使う
- HPが残り90%以下のときは、定期的に『霊気吸収』を使い、与えたダメージ量と同じだけ自分のHPを回復する。『霊気吸収』を使う間隔は、残りHPが減るにつれて短くなる

▶ヒートする状況

- 打ち上げられたり、吹き飛ばされたり、たたきつけられたりしているあいだ
- リフレク状態を『デバリア』か『デスペル』で解除された直後の2秒間

アクションデータ

名前		タイプ	属性	効果範囲	威力	カット値	ガード	ダウン	状態変化	キープ値	ATB消費
ひっかく		物理(近接)	――	敵単体	40+60	30	○	×	――	60	×
		左右の手で1回ずつ引っかく									
パニッシュクロー		物理(近接)	――	敵単体	40+60	30	○	×	――	60	×
		消えた状態から急に姿を現し、左右の手で1回ずつ引っかく									
アイスクロー		魔法	氷	自分周囲	300	50	△	○	――	60	○
		右手に冷気を発生させてから、回転しつつ引っかく。消えた状態から姿を現すのと同時に使ったときはATBゲージを消費しない									
ブリザド	弾	魔法	氷	敵単体・弾	――	30	△	×	――	60	×
	氷塊	魔法	氷	敵単体	70	50	△	×	――		
ブリザラ	弾	魔法	氷	敵単体・弾	――	50	△	×	――	60	×
	氷塊	魔法	氷	敵単体	200	50	△	×	――		
リフレク		魔法	――	自分	――	――	――	――	リフレク(永続)	60	×
霊気吸収		魔法	――	自分周囲	1ヒットごとに50	50	×	×	――	60	×
		相手のHPを吸収する空間を、自分の周囲に約8秒間作り出す【てきのわざとして習得可能】									

ストライプフォリッジ Rust Drake

▶生物
▶飛行

レポートNo. » 051 «

ADVICE » P.598

FRONT　BACK

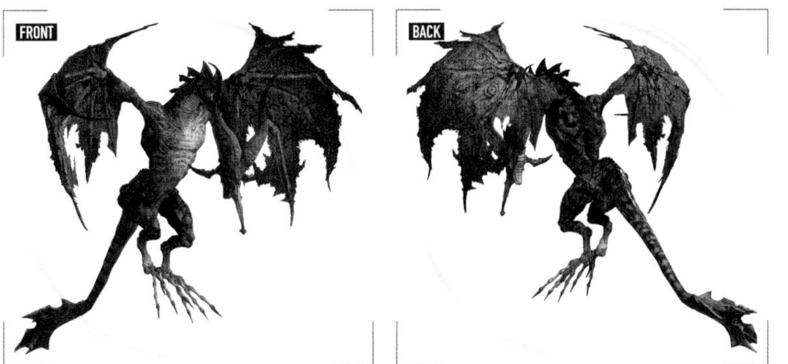

おもな出現場所とその場所でのレベル

出現場所	レベル
SUB クエスト 17「チョコボを探せ」(→P.417)	23
SUB 神羅バトルシミュレーター(→P.455)	35

ステータス

	最大HP	物理攻撃力	魔法攻撃力	物理防御力	魔法防御力
EASY	9776～14751	113～167	113～167	1	44～65
NORMAL	17775～26820				
HARD	35370	238	238	1	86

基本キープ値	バーストゲージ	バースト時間
60	80	10秒

獲得できる経験値・AP・ギル

	経験値	AP	ギル
EASY	56～114	7	616～1260
NORMAL			
HARD	476	21	2624

入手できるアイテム

通常	──
レア	──
盗み	──

ダメージ倍率

物理	×1.0
魔法	×1.0
炎属性	×1.0
氷属性	**×2.0**
雷属性	×1.0
風属性	**×2.0**
固定ダメージ	×1.0
割合ダメージ	×1.0

バーストゲージ増加倍率

物理(近接)	×1.0
物理(遠隔)	×1.0
魔法	×1.0
炎属性	×1.0
氷属性	×1.0
雷属性	×1.0
風属性	×1.0

状態異常耐性値

毒	35
沈黙	35
睡眠	35
スロウ	35
ストップ	35
バーサク	35

特徴的な性質

- 相手の残りHPに応じた割合ダメージを与える攻撃を使うことがある
- バトル開始直後に、闇をまとって魔法吸収モードになる。そのあいだは、魔法タイプへの耐性が「吸収」になる
- 魔法吸収モードは、バーストするか、『グラビガ』の詠唱中にHPが最大値の25%減ると解除される
- 魔法吸収モードが解除されると、『グライド』などを使ったあと、ふたたび魔法吸収モードになる(攻撃を行なわずに、いきなり魔法吸収モードになることもある)
- クエスト 17「チョコボを探せ」で出現したときは、『スリングショット』を使わない

▶ヒートする状況

- 打ち上げられたり、吹き飛ばされたり、たたきつけられたりしているあいだ
- 魔法吸収モードが解除されているあいだ

アクションデータ

名前	タイプ	属性	効果範囲	威力	カット値	ガード	ダウン	状態変化	キープ値	ATB消費
ウィングカッター	物理(近接)	──	自分前方	100	50	○	×	──	60	×
	地面に近い高度で、蛇行しながら突進する									
グライド	物理(近接)	──	自分前方	100	50	○	○	──	60	×
	羽ばたいて高度を上げたあと、勢いよく滑空して体当たりする									
スリングショット	物理(近接)	──	敵単体	300	50	○	○	──	60	○
	相手をつかんだあと、地面にこすりつける									
ファイアブレス	魔法	炎	自分前方	150	50	△	×	──	60	×
	上空をまっすぐ飛びながら地面に向かって炎を吐く									
ワームホール	魔法	──	設置周囲	(下記参照)	30	×	×	──	60	×
	相手の位置に小さな重力球を約45秒間発生させる。重力球はクラウドたちを吸い寄せつつ、触れている相手に残りHPの10%のダメージを何回も与える									
ダークボール	魔法	──	敵単体・弾	(残りHPの25%)×3回	50	△	×	──	60	×
	相手に向かってゆっくり飛ぶ重力球を口から3つ吐き出す									
グラビガ	魔法	──	敵周囲	(残りHPの75%)	50	×	×	──	99	○
	約10秒間詠唱したあと、すべての相手の位置に大きな重力球を発生させ、直後に爆発させる									

ミュータントテイル Trypapolis

▸人工生命 ▸地上

レポートNo. 070

ADVICE » P.599

FRONT

BACK

おもな出現場所とその場所でのレベル

場所	レベル
SUB クエスト 17「チョコボを探せ」(→P.417)	24
SUB 神羅バトルシミュレーター(→P.455)	35

ステータス

	最大HP	物理攻撃力	魔法攻撃力	物理防御力	魔法防御力
EASY	3303〜4917	97〜138	156〜224	25〜34	25〜34
NORMAL	6005〜8940				
HARD	11790	193	328	45	45

基本キープ値	バーストゲージ	バースト時間
40	50	1秒

獲得できる経験値・AP・ギル

	経験値	AP	ギル
EASY	59〜114	5	648〜1260
NORMAL			
HARD	476	15	2624

入手できるアイテム

通常	―
レア	―
盗み	―

ダメージ倍率

物理	×0.1
魔法	×0.1
炎属性	×1.0
氷属性	×1.0
雷属性	×1.0
風属性	×1.0
固定ダメージ	×1.0
割合ダメージ	×1.0

バーストゲージ増加倍率

物理(近接)	×1.0
物理(遠隔)	×1.0
魔法	×1.0
炎属性	×1.0
氷属性	×1.0
雷属性	×1.0
風属性	×1.0

状態異常耐性値

毒	35
沈黙	35
睡眠	35
スロウ	35
ストップ	35
バーサク	35

特徴的な性質

- あらゆる攻撃で受けるダメージを大幅に減らす
- 『踊り』の動作中にひるむと、分裂してネオミュータントを出現させる(ネオミュータントのデータは下の表を参照)。それが倒された場合は(『自爆』を使って倒れた場合も含む)、ネオミュータントの最大HPと同じ量だけ自分の残りHPが減る

▸ヒートする状況

- 打ち上げられたり、吹き飛ばされたり、たたきつけられたりしているあいだ

ネオミュータントのデータ

本体とのちがい

最大HP
(本体の最大HPの30%)

基本キープ値
20

バースト時間
10秒

ダメージ倍率	
物理	×1.0
魔法	×1.0
氷属性	×2.0

アクションデータ

名前	タイプ	属性	効果範囲	威力	カット値	ガード	ダウン	状態変化	キープ値	ATB消費
▼ミュータントテイルのみ使う										
針	物理(遠隔)	―	直線上・弾	1ヒットごとに20	30	△	×	―	40	×
	地面に這いつくばり、尾の部分から針を5本飛ばす									
絶叫	物理(遠隔)	―	自分周囲	1ヒットごとに30	50	△	×	スタン(5秒)	40	×
	周囲の空間をゆがませるほどの叫び声を約2秒間上げる									
エアロガ 弾	魔法	風	敵単体	―	50	△	×	―	40	○
竜巻	魔法	風	敵単体	300	50	△	○	―		
踊り	―	―	自分	―	―	―	―	―	100	×
	不思議な踊りを踊る。とくに効果はない									
▼ネオミュータントのみ使う										
グルグルパンチ	物理(近接)	―	敵単体	1ヒットごとに15	30	○	×	―	40	×
自爆 しがみつき	物理(近接)	―	敵単体	30	50	×	×	―	40	○
自爆	魔法	―	敵単体	100	50	△	○	―		
	身体をふるわせたあと、目の前の相手にしがみついて約7秒間拘束してから自爆する。ただし、HPが最大値の10%減るか、武器アビリティ、魔法、リミット技のいずれかの攻撃でダメージを受けると、拘束を解く【てきのわざとして習得可能】									

トンベリ Tonberry

▸生物
▸地上

レポートNo. » 067 «

ADVICE » P.599

FRONT

BACK

オリジナル版

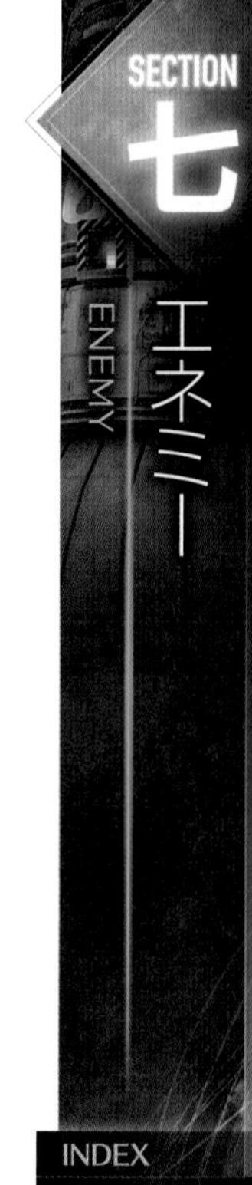

おもな出現場所とその場所でのレベル

CH9 六番街スラム・地下闘技場(難易度がHARDのときのみ)	レベル 50
SUB クエスト 18「手下のうらみ」(→P.418)	レベル 23
SUB 神羅バトルシミュレーター(→P.455)	レベル 50

ステータス

	最大HP	物理攻撃力	魔法攻撃力	物理防御力	魔法防御力
EASY	10428	94	189	98	200
NORMAL	18960				
HARD	37728(※1)	193	418	194	401

基本キープ値
60
バーストゲージ
150(※2)
バースト時間
10秒

獲得できる経験値・AP・ギル

	経験値	AP	ギル
EASY	186	7	154
NORMAL			
HARD	1584	21	656

入手できるアイテム

通常	エリクサー(100%)
レア	——
盗み	エリクサー(5%)

※ヘルハウスとのバトルで出現したときは、経験値、AP、ギル、アイテムは入手できない

ダメージ倍率

物理	×1.0
魔法	×1.0
炎属性	×1.0
氷属性	×1.0
雷属性	×1.0
風属性	×1.0
固定ダメージ	×1.0
割合ダメージ	×1.0

バーストゲージ増加倍率

物理(近接)	×1.0
物理(遠隔)	×1.0
魔法	×1.0
炎属性	×1.0
氷属性	×1.0
雷属性	×1.0
風属性	×1.0

状態異常耐性値

毒	無効
沈黙	無効
睡眠	35
スロウ	35
ストップ	35
バーサク	無効

特徴的な性質

- 『包丁』『やつあたり』『うらめしや』で相手を即死させる
- 近接攻撃以外の攻撃を操作キャラクターから受けると、『うらみ節』で反撃する。また、そのあとに『やつあたり』を使うことがある
- 自分の攻撃を当てられないままHPが最大値の10%減ったあとは、魔法や一部のアビリティの対象に選ばれると、『うらめしや』で即座に反撃する
- HPが残り75%以下のときは、反撃以外でも『うらみ節』を使うことがある
- HPが残り55%以下のときは、一時的に姿を消して相手のすぐ後方にワープすることがある。姿を消しているあいだは、攻撃のターゲットにならない
- HPが残り35%以下のときは、『うらみ骨髄』を使うことがある。また、『うらみ骨髄』でストップ状態になった相手に『包丁』を使う

▶ヒートする状況

- 打ち上げられたり、吹き飛ばされたり、たたきつけられたりしているあいだ
- ターゲットとの距離が遠くて『包丁』を実行できずに立ち止まっているあいだ(HPが残り55%以上のときのみ)
- 『包丁』『うらみ骨髄』が空振りして立ち止まっているあいだ

アクションデータ

名前	タイプ	属性	効果範囲	威力	カット値	ガード	ダウン	状態変化	キープ値	ATB消費
包丁	物理(近接)	——	敵単体	150	50	○	×	戦闘不能	60	×
	相手に走り寄り、左手の包丁で刺す									
やつあたり	物理(近接)	——	敵単体	150	50	○	×	戦闘不能	60	×
	目を光らせ、近くの相手を左手の包丁で刺す									
うらみ節	魔法	——	敵単体・弾	(自分のHPが減った量の5%)	50	×	○	——	70	×
	右手のランタンから怨念を飛ばし、相手を約6秒間動けない状態にする									
うらめしや	魔法	——	敵単体	——	50	×	○	戦闘不能	100	×
	相手の近くに3体の怨霊を発生させてぶつける									
うらみ骨髄	魔法	——	自分周囲	——	50	×	×	ストップ(10秒)	70	○
	右手のランタンから光を放ち、周囲の相手をストップ状態にする									

※1……ヘルハウスとのバトルで出現したときは「1651」 ※2……ヘルハウスとのバトルで出現したときは「100」

ヘルハウンド Hellhound

▸人工生命 ▸地上

レポートNo. » 072 «

ADVICE » P.599

FRONT

BACK

おもな出現場所とその場所でのレベル

SUB クエスト 22「おてんば盗賊」(→P.421)	レベル 24
SUB 神羅バトルシミュレーター(→P.455)	レベル 35〜50

ステータス

	最大HP	物理攻撃力	魔法攻撃力	物理防御力	魔法防御力
EASY	19156〜28519	97〜138	168〜242	25〜34	159〜234
NORMAL	34829〜51852				
HARD	68382	193	355	45	312

基本キープ値
60
バーストゲージ
70
バースト時間
10秒

獲得できる経験値・AP・ギル

	経験値	AP	ギル
EASY	198〜381	5	162〜315
NORMAL			
HARD	1584	15	656

入手できるアイテム

通常	―
レア	―
盗み	―

ダメージ倍率

物理	×1.0
魔法	×1.0
炎属性	吸収
氷属性	**×2.0**
雷属性	×1.0
風属性	×1.0
固定ダメージ	×1.0
割合ダメージ	×0.5

バーストゲージ増加倍率

物理(近接)	×1.0
物理(遠隔)	×1.0
魔法	×1.0
炎属性	無効
氷属性	**×1.5**
雷属性	×1.0
風属性	×1.0

状態異常耐性値

毒	35
沈黙	35
睡眠	35
スロウ	35
ストップ	35
バーサク	35

特徴的な性質

- HPを回復する効果でダメージを受ける(戦闘不能状態から復活させる効果で即死はしない)
- バトル開始直後に『ヘルロアー』を使い、身体が炎を帯びる。以降も、身体の炎が一部(または全部)消えているときに『ヘルロアー』を使うことがある
- 氷属性の攻撃を受けると身体の右側の炎が消え、HPを回復する効果を受けると身体の左側の炎が消える。また、バーストすると身体の炎がすべて消える
- 特定のアクションを行なうときに、身体の右側が炎を帯びている状態だと右の頭から赤い炎を吐き、身体の左側が炎を帯びている状態だと左の頭から紫の炎を吐く

ヒートする状況

- 打ち上げられたり、吹き飛ばされたり、たたきつけられたりしているあいだ
- 身体の炎が消えた直後のリアクション中

アクションデータ

名前		タイプ	属性	効果範囲	威力	カット値	ガード	ダウン	状態変化	キープ値	ATB消費
ツメ		物理(近接)	―	自分前方	200	50	○	○	―	60	×
ダイブファング		物理(近接)	―	敵単体	250	50	○	○	―	60	×
ヘルロアー		魔法	炎	自分周囲	(残りHPの15%)	50	△	○	―	60	×
フェイタルバイト	かみつき	物理(近接)	―	敵単体	50	50	×	×	―	60	○
	赤い炎	魔法	炎	敵単体	1ヒットごとに10	5	△	×	―		
	紫の炎	魔法	―	敵単体	(残りHPの2%/※1)	5	△	×	―		
	相手に跳びかかって約4秒間拘束しつつ、左右の頭から炎をあびせる。ただし、拘束中にHPが最大値の1%減ると、拘束を解く										
ライオットスピン	突進	物理(近接)	―	自分前方	500	50	○	○	―	60	○
	赤い炎	魔法	炎	自分側方	1ヒットごとに100	1	△	×	―		
	紫の炎	魔法	―	自分側方	(残りHPの25%/※1)	1	△	×	―		
	身体を丸め、回転しながら突進する。それと同時に、左右に炎を吐き出す										
ヘルウェーブ	赤い炎	魔法	炎	自分前方	1ヒットごとに40	5	△	×	―	60	×
	紫の炎	魔法	―	自分前方	(残りHPの15%/※1)	5	△	×	―		
	左右の頭から正面に炎を吐く。頭を振りながら炎を吐くこともある										
ヘルバースト	赤い炎	魔法	炎	着弾周囲・弾	1ヒットごとに50	30	△	○	―	60	○
	紫の炎	魔法	―	着弾周囲・弾	(残りHPの5%/※1)	30	△	○	―		
	左右の頭から、炎の弾を約5秒間吐きつづける										

※1……1ヒットごとのダメージ

サハギンプリンス Sahagin Prince

▶生物
▶地上

レポートNo. » 063 «

FRONT

BACK

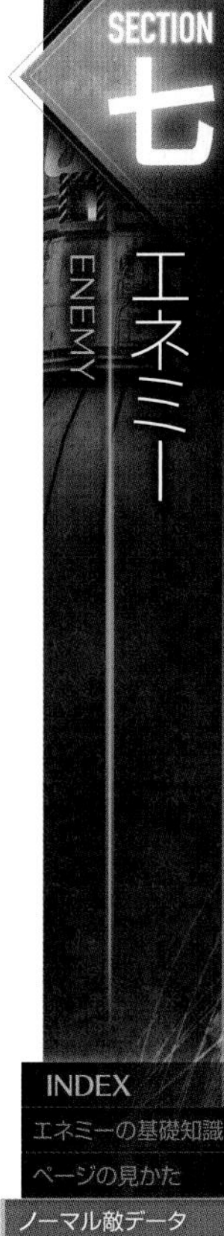

おもな出現場所とその場所でのレベル

出現場所	レベル
SUB クエスト 23「コルネオの隠し財産」(→P.422)	レベル 27
SUB 神羅バトルシミュレーター(→P.455)	レベル 35

ステータス

	最大HP	物理攻撃力	魔法攻撃力	物理防御力	魔法防御力
EASY	10287~13768	106~138	106~138	111~145	111~145
NORMAL	18704~25032				
HARD	33012	193	193	194	194

基本キープ値	バーストゲージ	バースト時間
60	60	10秒

獲得できる経験値・AP・ギル

	経験値	AP	ギル
EASY	72~114	6	800~1260
NORMAL			
HARD	476	18	2624

入手できるアイテム

通常	──
レア	──
盗み	──

ダメージ倍率

物理	×1.0
魔法	×1.0
炎属性	**×2.0**
氷属性	×1.0
雷属性	×1.0
風属性	×1.0
固定ダメージ	×1.0
割合ダメージ	×1.0

バーストゲージ増加倍率

物理(近接)	無効(※2)
物理(遠隔)	無効(※2)
魔法	無効(※2)
炎属性	×1.0
氷属性	×1.0
雷属性	×1.0
風属性	×1.0

状態異常耐性値

毒	35
沈黙	35
睡眠	35
スロウ	35
ストップ	35
バーサク	35

特徴的な性質

- ふだんは『ヤリ』『乱れ突き』『ジャンプ』『スプラッシュハプーン』『ガマの呪い』を使う
- HPが残り86%以下になると、カウンターモードになってバリア状態(永続)が発生する。バーストするとカウンターモードは解除され、同時にバリア状態も解除される
- ふだんはバーストゲージがたまらないが、カウンターモードのときはバーストゲージがたまりやすい
- カウンターモードのときは、『水鉄砲』『水噴射』も使うほか、攻撃を受けると『カウンターアタック』で反撃したり大きく跳んで距離をとったりすることがある
- バーストが終わったあと、HPが最大値の14%減ると、ふたたびカウンターモードになる

▶ヒートする状況

- 打ち上げられたり、吹き飛ばされたり、たたきつけられたりしているあいだ
- カウンターモード中

アクションデータ

名前	タイプ	属性	効果範囲	威力	カット値	ガード	ダウン	状態変化	キープ値	ATB消費
ヤリ	物理(近接)	──	自分前方	100	30	○	×	──	60	×
乱れ突き	物理(近接)	──	自分前方	75+50+75+100	30	○	×	──	60	×
	ヤリで正面を4回連続で突く									
ジャンプ	物理(近接)	──	自分周囲	300	50	○	○	──	60	○
	高くジャンプし、相手の頭上からヤリを突き刺す。ATBゲージを消費しないこともある									
カウンターアタック ヤリ	物理(近接)	──	自分周囲	200	50	○	×	──	60	×
カウンターアタック 衝撃波	物理(近接)	──	直線上・弾	200	50	○	×	──		
	ヤリを回転させ、攻撃してきた相手に衝撃波を飛ばす									
水鉄砲	魔法	──	着弾周囲・弾	100	0(※3)	△	×	──	60	×
水噴射	魔法	──	自分前方	100	50	△	×	──	60	×
	右から左へ向きを変えながら正面に水を吐く									
スプラッシュハプーン	魔法	──	自分周囲	200	50	△	○	──	60	×
	ヤリを地面に刺してから、周囲に水を噴き上げる									
ガマの呪い	魔法	──	敵周囲	──	50	×	×	カエル(15秒)	60	○
	ヤリを地面に刺してから、煙を相手の足元に発生させる。煙に触れた相手はカエル状態になる(すでにカエル状態の場合はもとにもどる)。ATBゲージを消費しないこともある									

※2……カウンターモード中は「×1.0」 ※3……難易度がHARDのときは「30」

ADVICE » vsどろぼうアプス

データの掲載ページ P.591

途中で呼ばれるアプスベビーを先に倒そう

どろぼうアプス自体は、最大HPがとても高いだけで、さほど手ごわい相手ではない。しかし、HPが残り85%以下になると、アプスベビーを3体呼び出す。それらを無視してどろぼうアプスから倒そうとした場合、アプスベビーの『ふりまわす』などで手痛いダメージを受けやすいので、アプスベビーから先に倒すのがオススメだ。あらかじめ、クラウドたち3人全員に『ほのお』マテリアをセットしておいたうえで、敵が1体のあいだはATBゲージを温存し、どろぼうアプスが仲間を呼んだ直後に、全員でアプスベビーにファイア系の魔法を連発するといい。

⬆どろぼうアプスは、アプスベビー全員に『ふりまわす』を使わせることがある。『ふりまわす』は、威力が大きいうえ、こちらの行動を中断させやすい危険な技だ。

ADVICE » vsファントム

データの掲載ページ P.592

身体を燃やしてから戦うか回復効果でダメージを与える

頻繁に姿を消すため、こちらの攻撃を連続で当てにくい敵だが、炎属性の魔法かアイテムが当たって身体が燃えているあいだは、姿を消せなくなる。そのため、まずは敵に『ファイア』などを使うのが基本。ただし、身体が燃えてから約10秒後に、ファントムは身体の炎を消したうえで『リフレク』を使う。この『リフレク』の効果は時間経過では解除されないので、『しょうめつ』マテリアの魔法でリフレク状態を解除しつつ敵をヒートさせたあと、『ファイア』などで身体を燃やすところからくり返そう。ちなみに、ファントムにはHPを回復する効果でダメージを与えられる。与えるダメージが大きめな『レイズ』やフェニックスの尾を使っていくのも、ひとつの戦いかただ。

⬅炎属性の魔法などを受けて身体が燃えているファントムは、姿を消すことができなくなる。

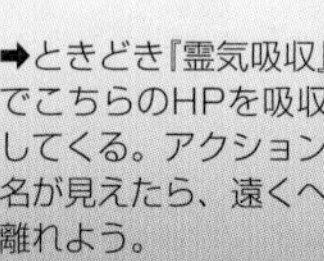
➡ときどき『霊気吸収』でこちらのHPを吸収してくる。アクション名が見えたら、遠くへ離れよう。

ADVICE » vsストライプフォリッジ

データの掲載ページ P.593

集中攻撃で『グラビガ』の発動を阻止

ストライプフォリッジはバトル開始と同時に魔法吸収モードになり、魔法攻撃のダメージを吸収する。上空を飛んでいることが多いので、バレットの『たたかう』など、遠くまで届く物理攻撃でダメージを与えていこう。『ワームホール』で重力球が発生したときは、触れてダメージを受けないよう、重力球から離れながら戦うといい。敵は、定期的に低空に降りてきて『グラビガ』の詠唱をはじめるが、約10秒間の詠唱中にHPが最大値の25%減ると、『グラビガ』の発動が止まって魔法吸収モードが一時的に解除される。ふだんはATBゲージをなるべく温存しておき、『グラビガ』の詠唱がはじまったら、『アンガーマックス』や『ブレイバー』など、強力な攻撃を仕掛けたい。

⬆『グラビガ』の発動を止めるのはやや難しいが、成功すれば敵がヒートし、バーストを狙いやすくなる。失敗したときは、『グラビガ』を受けて減ったHPをすぐに回復しよう。

ADVICE » vsミュータントテイル

データの掲載ページ P.594

分裂した相手を狙えば効率的にHPを減らせる

ミュータントテイルは、あらゆる攻撃で受けるダメージを大きく減らし、バースト時間も1秒と非常に短い。しかし、『踊り』で踊っているあいだに、カット値が50以上の攻撃(武器アビリティ、魔法、『強撃』の最後の一撃など)を当ててひるませると、分裂してネオミュータントを出現させる。ネオミュータントにはふつうに攻撃が通用するので、そちらにダメージを与えていこう。ネオミュータントを倒したときに、分裂元のミュータントテイルのHPが最大値の30%減るため、敵を分裂させて倒すことを3〜4回くり返せば、ミュータントテイルのHPをゼロにできる。

⬆ミュータントテイルを攻撃してATBゲージをため、『踊り』のアクション名が見えたら武器アビリティなどを使う。

ADVICE » vsトンベリ

データの掲載ページ P.595

『包丁』で狙われていない人が近接攻撃で攻めよう

トンベリとのバトルでは戦闘不能状態になりやすいので、フェニックスの尾や『レイズ』などを準備しておきたい。トンベリは、ゆっくり歩いて『包丁』や『うらみ節』を使うことをくり返すが、遠隔攻撃や魔法に対しては強力な反撃を行なう場合がある。少し離れて、敵が誰を狙っているかを確認しつつ、クラウドとティファのうち狙われていないほうが『たたかう』で攻めるといい(近接攻撃武器を装備したバレットが攻撃しても可)。『包丁』を避けられそうにない場合は、ガードを行ない、即死するのだけは防ごう。また、HPが残り55%以下に減ったあとのトンベリは、ターゲットの背後にワープした直後に『包丁』などを使うことがある。敵がワープしたらまっすぐ前方に走り、すばやく遠くへ離れれば、『包丁』などを受けずにすむ。

⬅操作キャラクターが遠くまで届く攻撃を行なうと、トンベリは『うらみ節』(場合によっては『うらめしや』)を使って反撃してくる。

⬅敵のHPが減るほど、『うらみ節』は強力になる。直前の『うらみ節』で受けたダメージ量よりも多いHPを保ちながら戦うようにしたい。

ADVICE » vsヘルハウンド

データの掲載ページ P.596

『レイズ』などで炎を消しつつ大ダメージ

口から赤い炎と紫の炎を吐いて、激しい攻撃を仕掛けてくる。氷属性の魔法を当てると赤い炎を、回復用の魔法やアイテムを当てると紫の炎を一時的に吐いてこなくなるので、ヘルハウンドが攻撃の動作中などであまり動かないときに、それらのアクションを使っていこう。なお、戦闘不能状態を解除する魔法やアイテムをヘルハウンドに使うと、敵の最大HPの一定割合のダメージ(上限は9999)を与えることができる。フェニックスの尾や『レイズ』などを連発し、敵のHPを一気に減らすのが非常に有効だ。

⬆ヘルハウンドは最大HPがとても高いが、フェニックスの尾ではその10%、『レイズ』なら20%のダメージを与えられる。

ベヒーモス零式 Type-0 Behemoth

▸人工生命
▸地上

レポートNo. » 098 «

FRONT

BACK

おもな出現場所とその場所でのレベル

SUB	クエスト 24「地底の咆哮」(→P.423)	レベル 27
SUB	神羅バトルシミュレーター(→P.455)	レベル 50

ステータス

	最大HP	物理攻撃力	魔法攻撃力	物理防御力	魔法防御力
EASY	22044	169	169	194(※1)	194(※1)
NORMAL	40080				
HARD	70740	328	328	342(※2)	342(※2)

基本キープ値
60
バーストゲージ
100
バースト時間
10秒

獲得できる経験値・AP・ギル

	経験値	AP	ギル
EASY	240	15	200
NORMAL			
HARD	1584	45	656

入手できるアイテム

通常	ベヒーモスのツノ(100%)
レア	――
盗み	マジックリング(5%)

ダメージ倍率

物理	×1.0(※3)
魔法	×1.0(※3)
炎属性	×1.0(※3)
氷属性	×1.0(※3)
雷属性	×1.0(※3)
風属性	×1.0(※3)
固定ダメージ	×1.0
割合ダメージ	×0.1

※1……ツノを破壊したあとは「111」
※2……ツノを破壊したあとは「194」
※3……暴走モード中は「×0.5」

バーストゲージ増加倍率

物理(近接)	無効
物理(遠隔)	無効
魔法	無効
炎属性	無効
氷属性	無効
雷属性	無効
風属性	無効

状態異常耐性値

毒	35
沈黙	35
睡眠	無効
スロウ	35
ストップ	100
バーサク	35

特徴的な性質

- 魔法を使ってきた相手に『カウンターフレア』で反撃する
- 『暴走モード』を使うと、約30秒のあいだ暴走モードになり、攻撃が全体的に強力になるほか、自分が受けるダメージ量を減らす
- 上半身か下半身が破壊されたときは、一時的に倒れこんで走れなくなるが、約45～50秒が経過すると、『スタミナチャージ』を使って上半身と下半身を復活させつつそれらのHPを全回復する
- 上半身が破壊されていると『頭振り』『尻尾攻撃』『馬蹴り』を、下半身が破壊されていると『座り爪』『ボディスピン』『ボディスラム』を使う
- 攻撃を受けてもバーストゲージがたまらないが、上半身か下半身を破壊されるとバーストゲージが半分たまり、両方とも破壊されるとバーストする。ただし、『スタミナチャージ』を使うとバーストゲージがゼロにもどる
- ツノは、本体がバーストしていないときはダメージを受けない
- ツノが破壊されるとバースト状態が解除され、上半身と下半身のHPが最大値の50%回復するが、そのあとは下記の変化が起こる
  - 物理防御力と魔法防御力が40%強下がる
  - 『カウンターフレア』『暴走モード』を使わなくなる
  - 『スタミナチャージ』でのHPの回復量が半分になる
- クエスト 24「地底の咆哮」で出現したときは、HPが残り2%以下になると、『？？？？』を使ってから力尽きる。それまでは、HPが残り1%未満にならない

ヒートする状況

(なし)

部位のデータ

Ⓐ上半身

本体とのちがい
最大HP
(本体の最大HPの10%)

Ⓑ下半身

本体とのちがい
最大HP
(本体の最大HPの15%)

Ⓒツノ

本体とのちがい
最大HP
(本体の最大HPの21%)

ダメージ倍率	
物理	無効(※4)
魔法	無効(※4)

※4……バースト中は「×1.0」

アクションデータ

名前		タイプ	属性	効果範囲	威力	カット値	ガード	ダウン	状態変化	キープ値	ATB消費
ひっかき		物理(近接)	――	自分前方	200	50	○	○	――	60	×
たたきつけ		物理(近接)	――	自分前方	200	50	○	○	――	60	×
たたきつけ(暴走モード)	脚	物理(近接)	――	自分前方	300	50	○	○	――	60	×
	衝撃波	魔法	――	自分前方	350	50	△	○	――		
		右の前脚を地面にたたきつける。暴走モード中は、たたきつけた前脚の周囲に衝撃波を発生させる									

名前	タイプ	属性	効果範囲	威力	カット値	ガード	ダウン	状態変化	キープ値	ATB消費
しゃくりあげ	物理(近接)	―	自分前方	200	50	×	○	―	60	×
しゃくりあげ(暴走モード)	物理(近接)	―	自分前方	300	50	×	○	―	60	×
	頭を引いてからツノで突き上げる									
のしかかり たたきつけ	物理(近接)	―	敵単体	200	50	×	×	―	60	×
のしかかり 引っかき	物理(近接)	―	敵単体	200×3回	50	×	○	―		
のしかかり 衝撃波	魔法	―	自分前方	300	50	△	○	―		
	左右の前脚を上げてから地面にたたきつける。前脚が相手に当たった場合は約8秒間拘束し、激しく吠えてから3回引っかく。ただし、拘束中にHPが最大値の1%減ると、拘束を解く。暴走モード中は、たたきつけた前脚の周囲に衝撃波を発生させる									
スピンアタック 身体	物理(近接)	―	自分周囲	200	50	○	○	―	60	×
スピンアタック 衝撃波	魔法	―	自分周囲	350	50	△	○	―		
	その場で身体を横に高速で回転させる。暴走モード中は周囲に衝撃波を発生させるほか、2～3回連続で使うこともある									
リープアタック	物理(近接)	―	自分周囲	200	50	○	○	―	60	○
リープアタック(暴走モード) 身体	物理(近接)	―	自分周囲	200または300	50	○	○	―	60	○
リープアタック(暴走モード) 衝撃波	魔法	―	自分周囲	350	50	△	○	―		
	ジャンプしたあと、身体を横に高速で回転させる。暴走モード中は、ジャンプ時と着地時に衝撃波を発生させる									
カウンターフレア	魔法	―	敵周囲	350	50	△	○	―	60	×
カウンターフレア(暴走モード)	魔法	―	敵周囲	525	70	△	○	―	60	×
	相手のいる場所に爆発を起こす									
暴走モード	物理(近接)	―	自分周囲	10	50	○	○	―	60	×
	激しく吠えて暴走モードになる									
体当たり	物理(近接)	―	自分前方	100	30	○	×	―	60	×
尻尾攻撃	物理(近接)	―	自分後方	200	50	○	○	―	60	×
頭振り	物理(近接)	―	自分前方	350	50	○	○	―	60	×
馬蹴り	物理(近接)	―	自分後方	350	50	○	○	―	60	×
座り爪	物理(近接)	―	自分前方	200	50	○	○	―	60	×
	『尻尾攻撃』『頭振り』『馬蹴り』『座り爪』は、倒れこんだまま身体の一部を使って攻撃を行なう									
ボディスピン	物理(近接)	―	自分周囲	250	50	○	○	―	60	×
	その場付近で激しく転げまわる									
ヘヴィプレス 下半身	物理(近接)	―	自分周囲	350	50	○	○	―	60	×
ヘヴィプレス 衝撃波	物理(近接)	―	自分周囲	200	50	○	○	―		
	前脚で下半身を持ち上げてから地面にたたきつけ、衝撃波を発生させる									
スタミナチャージ	物理(近接)	―	自分周囲	100	50	○	○	―	60	×
	激しく吠えて衝撃波を発生させる。それと同時に、自分の部位のHPを回復する(「特徴的な性質」を参照)									
???? 衝撃波	魔法	―	自分周囲	100	50	△	○	―	100	×
???? 岩	物理(近接)	―	自分周囲	100～700	50	○	○	―		
	激しく吠えて衝撃波を発生させたあと、室内の各所にさまざまな大きさの岩を落とす。岩は自分にも当たる									

ADVICE » VSベヒーモス零式

毒で敵のHPを減らしつつ離れた位置から攻撃

攻撃範囲が広いアクションを頻繁に仕掛けてくるだけでなく、ときどき暴走モードになって激しく暴れまわる強敵。接近戦を挑むのは避け、バレットなどが遠くから攻撃しつつ、近寄られたら逃げるかガードを行なおう。敵の暴走モード中(身体の一部が赤く光っているあいだ)は、こちらの攻撃があまり効かないので、ひたすら離れつづけるといい。『バイオ』などを使って敵をつねに毒状態にしておき、毒の効果でHPを減らしていくのが効果的だ。魔法に対して反撃で使ってくる『カウンターフレア』は、アクション名が見えた瞬間に回避を2回ほど行なえばかわせる。

ベヒーモス零式は、上半身と下半身の片方を破壊されるとしばらくのあいだ倒れこみ、両方とも破壊されるとバーストする。正面からの攻撃はツノに当たって無効化されやすいので、側面かうしろから、どちらかの部位を攻撃していこう。敵は倒れこんだあとも攻撃をつづけるが、遠くの相手に対しては『カウンターフレア』以外では攻撃できなくなる。引きつづき遠くからダメージを与え、残りの部位を破壊してバーストを狙いたい。

⬅倒れこんだ敵の部位破壊に手間取っていると、『スタミナチャージ』を使われて部位が復活してしまう。

⬆力尽きそうになった敵は、『????』を使い、岩を降らせてくる。部屋の外周部分にいたほうが被害は小さいので、急いで部屋の中央から離れよう。

ビオバードック Byobapolis

▸人工生命
▸飛行

レポートNo. » 071 «

おもな出現場所とその場所でのレベル

	場所	レベル
CH15	七番街 プレート断面・地上 45m付近：第七蒸留塔2号基 2F など	29
SUB	神羅バトルシミュレーター(→P.455)	35

ステータス

	最大HP	物理攻撃力	魔法攻撃力	物理防御力	魔法防御力
EASY	1656〜2065	118〜138	191〜224	117〜145	206〜256
NORMAL	3010〜3755				
HARD	4952	193	328	194	342

基本キープ値	バーストゲージ	バースト時間
60	20	5秒

獲得できる経験値・AP・ギル

	経験値	AP	ギル
EASY	405〜572	4	178〜252
NORMAL			
HARD	2376	12	525

入手できるアイテム

通常	フェニックスの尾(12%)
レア	興奮剤(5%)
盗み	興奮剤(5%)

ダメージ倍率

物理	×1.0
魔法	×1.0
炎属性	×1.0
氷属性	**×2.0**
雷属性	×1.0
風属性	**×2.0**
固定ダメージ	×1.0
割合ダメージ	×1.0

バーストゲージ増加倍率

物理(近接)	×1.0
物理(遠隔)	×1.0
魔法	×1.0
炎属性	×1.0
氷属性	×1.0
雷属性	×1.0
風属性	**×2.0**

状態異常耐性値

毒	35
沈黙	35
睡眠	35
スロウ	35
ストップ	35
バーサク	35

特徴的な性質

- クラウドたちの頭上近くか、それより低い高さを飛んでいることが多い。バースト状態のときは、ダウンして地上近くに降りてくる
- 『念力』を使うときに高く上昇する
- スタンした相手に『サンダラ』を使う

▸ヒートする状況

- 打ち上げられたり、吹き飛ばされたり、たたきつけられたりしているあいだ

アクションデータ

名前	タイプ	属性	効果範囲	威力	カット値	ガード	ダウン	状態変化	キープ値	ATB消費
針	物理(遠隔)	―	敵単体・弾	1ヒットごとに100	30	△	×	―	60	×
	尾の部分から針を6本飛ばす									
粘着液	魔法	―	着弾周囲・弾	1ヒットごとに30	0(※1)	△	×	スロウ(40秒)	60	×
	球状の液体を3発吐き出す									
サンダラ	魔法	雷	敵単体	150	50	△	×	―	60	×
念力	魔法	―	着弾周囲・弾	300	50	△	×	―	60	○
	念力で自分の目の前に岩を出現させ、相手に飛ばす									

※1……難易度がHARDのときは「30」

ソルジャー3rd 3-C SOLDIER Operator

▸人間
▸地上

レポートNo. » 014 «

FRONT

BACK

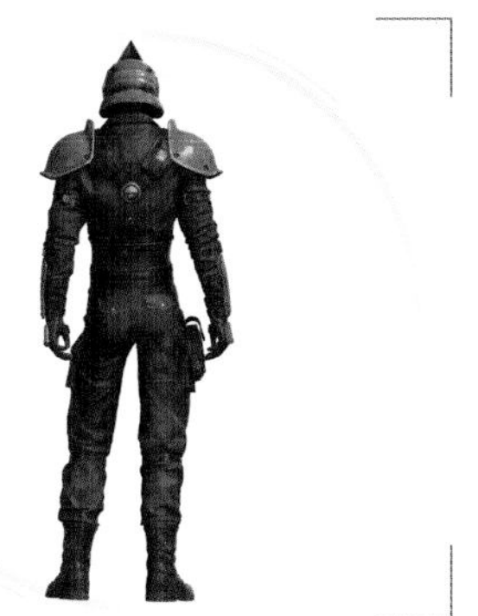

オリジナル版

おもな出現場所とその場所でのレベル

	場所	レベル
CH15	七番街 プレート断面・地上 65m付近：セントラルタワー 1F	29
CH16	神羅ビル・B1F 地下駐車場：A区画	31
SUB	神羅バトルシミュレーター（→P.455）	35～50

ステータス

	最大HP	物理攻撃力	魔法攻撃力	物理防御力	魔法防御力
EASY	3153～3934	167～196	118～138	73～90	117～145
NORMAL	5732～7152				
HARD	9432	283	193	120	194

基本キープ値	バーストゲージ	バースト時間
60	35	10秒

獲得できる経験値・AP・ギル

	経験値	AP	ギル
EASY	473～668	6	261～369
NORMAL			
HARD	2780	18	770

入手できるアイテム

通常	メガポーション(12%)
レア	エーテルターボ(5%)
盗み	エーテルターボ(5%)

ダメージ倍率

物理	×1.0
魔法	×1.0
炎属性	**×2.0**
氷属性	×1.0
雷属性	×1.0
風属性	×1.0
固定ダメージ	×1.0
割合ダメージ	×1.0

バーストゲージ増加倍率

物理(近接)	×1.0
物理(遠隔)	×1.0
魔法	×1.0
炎属性	×1.0
氷属性	×1.0
雷属性	×1.0
風属性	×1.0

状態異常耐性値

毒	35
沈黙	35
睡眠	35
スロウ	35
ストップ	35
バーサク	35

特徴的な性質

- 『連続攻撃』を1～2回くり出したあと、いずれかの魔法を使うことが多い
- 画面に表示されない「耐久力」を持つ。耐久力は下記のように減っていく
  - ダメージを受けると、少しだけ減る(受けたダメージが大きいほど、減る量がわずかに多くなる)
  - 『連続攻撃』『飛翔閃』をガードされると、多めに減る(「相手がガードの構えをはじめた直後」にガードされた場合はさらに多く減る)
- 耐久力がゼロまで減ると、ぐったりして約5秒間キープ値が20に下がる。その後、耐久力がもとにもどる(同時に、『真空波』で反撃することがある)
- 自分の前方からコンボを仕掛けられると、その途中で、攻撃が当たらない状態になりつつ後方か横方向へ移動してかわすことがある
- HPが残り50%以下のときは、武器アビリティによる攻撃をガードして、受けるダメージを0.2倍に減らすほか大半の近接攻撃を弾き返すことがある

▶ヒートする状況

- 打ち上げられたり、吹き飛ばされたり、たたきつけられたりしているあいだ

アクションデータ

名前	タイプ	属性	効果範囲	威力	カット値	ガード	ダウン	状態変化	キープ値	ATB消費
連続攻撃	物理(近接)	―	自分前方	(下記参照)	30	○	×	―	60	×
	剣で3回攻撃する(空振りしたときはそこで攻撃を止める)。攻撃の動作は複数あり、威力は動作ごとに「20」「30」「50」のいずれかになる									
飛翔閃	物理(近接)	―	自分前方	300	50	○	○	―	60	○
	走り寄ったあと跳びかかり、剣を振り下ろす									
真空波	魔法	風	直線上・弾	300	50	×	○	―	60	○
	身体を横に回転させて剣を振りまわし、大きな真空の刃を放つ。ATBゲージを消費しないこともある									
かまいたち	魔法	風	直線上・弾	250	50	△	×	―	60	○
	剣を何度も振って、小さな真空の刃を前方につぎつぎと放つ									
ブリザド 弾	魔法	氷	敵単体・弾	―	30	△	×	―	60	×
ブリザド 氷塊	魔法	氷	敵単体	200	30	△	×	―		
ブリザラ 弾	魔法	氷	敵単体・弾	―	50	△	×	―	60	○
ブリザラ 氷塊	魔法	氷	敵単体	450	50	△	×	―		
サンダー	魔法	雷	敵単体	200	30	△	×	―	60	×
サンダラ	魔法	雷	敵単体	450	50	△	×	―	60	○
スリプル	魔法	―	敵単体	―	50	×	×	睡眠(40秒)	60	○

特殊空中兵 Elite Helitrooper

▸人間
▸飛行

レポートNo. » 013 «

おもな出現場所とその場所でのレベル

	場所	レベル
CH15	七番街 プレート断面・地上65m付近：セントラルタワー 1F　など	29
SUB	神羅バトルシミュレーター(→P.455)	35〜50

ステータス

	最大HP	物理攻撃力	魔法攻撃力	物理防御力	魔法防御力
EASY	1892〜2361	167〜196	118〜138	161〜200	117〜145
NORMAL	3440〜4292				
HARD	5660	283	193	268	194

基本キープ値	バーストゲージ	バースト時間
60(※1)	100	10秒

獲得できる経験値・AP・ギル

	経験値	AP	ギル
EASY	379〜535	5	226〜320
NORMAL			
HARD	2226	15	667

入手できるアイテム

通常	メガポーション(8%)
レア	重力球(5%)
盗み	重力球(5%)

ダメージ倍率

物理	×1.0
魔法	×1.0
炎属性	**×2.0**
氷属性	×1.0
雷属性	×1.0
風属性	×2.0(※2)
固定ダメージ	×1.0
割合ダメージ	×1.0

バーストゲージ増加倍率

物理(近接)	×1.0
物理(遠隔)	×1.0
魔法	×1.0
炎属性	×1.0
氷属性	×1.0
雷属性	×1.0
風属性	×2.0(※2)

状態異常耐性値

毒	35
沈黙	35
睡眠	35
スロウ	35
ストップ	無効
バーサク	無効

特徴的な性質

- 空中を飛んでいることが多い。『キック』『プロペラ』を使うときやバーストしたときは、地上近くに降りてくる
- 空中を飛んでいるときに近接攻撃を受けると、『キック』を使うことがある
- 風属性の魔法を2回連続で受けたあとやバーストしたあとは、飛ぶことができなくなり、地上で『プロペラソード』『双刃乱舞』をくり返す

ヒートする状況

- 打ち上げられたり、吹き飛ばされたり、たたきつけられたりしているあいだ
- 空中にいるときに風属性の攻撃でHPが最大値の20%減った直後の5秒間

アクションデータ

名前	タイプ	属性	効果範囲	威力	カット値	ガード	ダウン	状態変化	キープ値	ATB消費
キック	物理(近接)	―	自分前方	100	30	○	×	―	60	×
	空中から急降下しつつ蹴りを放つ									
プロペラ	物理(近接)	―	自分前方	300	50	○	○	―	60	○
	空中から急降下しつつ右手のプロペラで斬りつける									
プロペラソード	物理(近接)	―	自分前方	100	30	○	×	―	20	×
	右手のプロペラで斬りつける									
双刃乱舞	物理(近接)	―	自分前方	50×6回	50	○	×	―	40	○
	左右の手のプロペラを同時に3回振りまわす									
火炎放射	魔法	炎	自分前方	100	0(※3)	△	×	―	60	×
	右手の武器から炎を噴射する									
ケミカルガス 噴射ガス	魔法	―	自分前方	300	50	△	×	かなしい(永続)	60	○
ケミカルガス 地面のガス	魔法	―	設置周囲	1ヒットごとに25	0	×	×	かなしい(永続)		
	右手の武器からガスを噴射する。ガスは地面に約12秒間残る									

※1……地上にいるときは「20」　※2……地上にいるときは「×1.0」　※3……難易度がHARDのときは「30」

スタンテイザー Shock-Ray

▸機械
▸飛行

レポートNo. » 026 «

FRONT

BACK

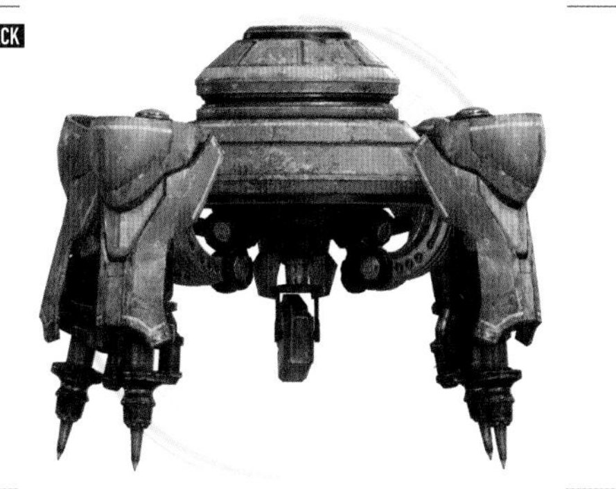

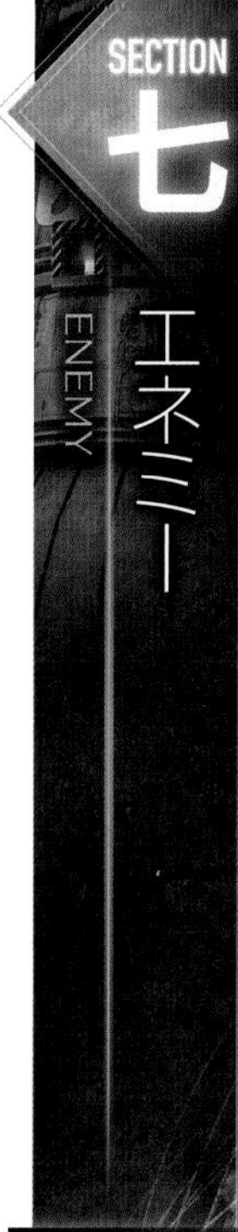

おもな出現場所とその場所でのレベル

	場所	レベル
CH15	七番街 プレート断面・地上 100m付近：セントラルタワー 6F など	29
CH17	神羅ビル・鏡牟 第四層：第二区画 D通路 など	31

ステータス

	最大HP	物理攻撃力	魔法攻撃力	物理防御力	魔法防御力
EASY	710～808	118～124	118～124	28～31	188～213
NORMAL	1290～1469				
HARD	2123	193	193	45	312

基本キープ値	バーストゲージ	バースト時間
40	120	10秒

獲得できる経験値・AP・ギル

	経験値	AP	ギル
EASY	105～116	2	166～186
NORMAL			
HARD	620	6	491

入手できるアイテム

通常	ハイポーション(5%)
レア	重力球(5%)
盗み	重力球(5%)

ダメージ倍率

物理	×1.0
魔法	×1.0
炎属性	×1.0
氷属性	×1.0
雷属性	**×2.0**
風属性	×1.0(※4)
固定ダメージ	×1.0
割合ダメージ	×1.0

バーストゲージ増加倍率

物理(近接)	**×2.0**
物理(遠隔)	**×2.0**
魔法	×1.0
炎属性	×1.0
氷属性	×1.0
雷属性	×1.0
風属性	×1.0

状態異常耐性値

毒	無効
沈黙	35
睡眠	無効
スロウ	35
ストップ	35
バーサク	35

特徴的な性質

- 地上で行動する「地上モード」と、空中で行動する「飛行モード」を切りかえながら戦う
- スタンした相手に『一斉射撃』を使うことがある
- 一緒に出現した特定のエネミーとリンクすることがある。リンク中は、そのエネミーとのあいだに青いラインが表示され、リンクした相手に応じて下記の行動をとる
  - スタンレイ(→P.547)……『バリア』『マバリア』を使うか、スタンレイが『シャインブラスト』を連発できるようにする
  - グレネードソーサー(→P.606)……相手を押し返すバリアを張らせる。グレネードソーサーがバーストしたあとは、『リペア』を使いつづける
  - モススラッシャー(→P.609)……電力を供給し、蓄電レベルが上がるペースを速める

▶ヒートする状況

- 打ち上げられたり、吹き飛ばされたり、たたきつけられたりしているあいだ
- 飛行モード中にHPが最大値の20%減った直後のリアクション中

アクションデータ

名前	タイプ	属性	効果範囲	威力	カット値	ガード	ダウン	状態変化	キープ値	ATB消費
テンタクルスピア	物理(近接)	—	自分前方	100	50	○	×	—	40	×
	地上から少しジャンプしつつ、脚をヤリ状にとがらせて突進する									
エナジーキャノン	物理(遠隔)	—	着弾周囲・弾	100	30	△	×	スタン(2秒)	40	×
	小さな電撃弾を発射する									
一斉射撃	物理(遠隔)	—	着弾周囲・弾	100	30	△	×	スタン(2秒)	40	○
	複数のスタンテイザーが同じ相手に小さな電撃弾を発射する。スタンテイザーが1体のときも使う									
バリア	魔法	—	味方単体	—	—	—	—	バリア(60秒)	80	×
マバリア	魔法	—	味方単体	—	—	—	—	マバリア(60秒)	80	×
リペア	魔法	—	味方単体	(最大HPの2%)×3回	—	—	—	—	60	×
	脚をすぼめ、回復効果のある光を発生させる									

※4……飛行モード時は「×2.0」

グレネードソーサー Blast-Ray

▶機械
▶地上

レポートNo. » 027 «

ADVICE » P.612

FRONT

BACK

おもな出現場所とその場所でのレベル

	場所	レベル
CH15	七番街 プレート断面・地上 120m付近:セントラルタワー 10F など	29
CH17	神羅ビル・鑼牟 第四層:第二区画 D通路	31
SUB	神羅バトルシミュレーター(→P.455)	35

ステータス

	最大HP	物理攻撃力	魔法攻撃力	物理防御力	魔法防御力
EASY	5517〜6884	167〜196	167〜196	235〜293	188〜234
NORMAL	10031〜12516				
HARD	16506	283	283	392	312

基本キープ値	バーストゲージ	バースト時間
60	300	10秒

獲得できる経験値・AP・ギル

	経験値	AP	ギル
EASY	540〜762	5	245〜347
NORMAL			
HARD	3168	15	722

入手できるアイテム

通常	手榴弾(12%)
レア	プレートガード(5%)
盗み	プレートガード(5%)

ダメージ倍率

物理	×1.0
魔法	×1.0
炎属性	×1.0
氷属性	×1.0
雷属性	**×2.0**
風属性	×1.0
固定ダメージ	×1.0
割合ダメージ	×1.0

バーストゲージ増加倍率

物理(近接)	×1.0
物理(遠隔)	×1.0
魔法	×1.0
炎属性	×1.0
氷属性	×1.0
雷属性	×1.0
風属性	×1.0

状態異常耐性値

毒	無効
沈黙	35
睡眠	無効
スロウ	35
ストップ	35
バーサク	35

特徴的な性質

- HPが最大値の10%(タレットモード中は12%のこともある)減るたびに、ひるんでバーストゲージが100増える。それ以外ではバーストゲージが増えない
- 近くから『たたかう』を仕掛けられたときに『プレス』で反撃することがある
- HPが残り95%以下のときは、「タレットモード」になることがある。タレットモード中は移動を行なわず、『タレットミサイル』を連発しつつ、相手が近くにいるときは『タレット電磁機雷』を使う。タレットモードは、約30〜45秒が経過するか、バーストすると解除される
- バーストするか、スタンテイザー(→P.605)とリンクしていると、相手を押し返すバリアを自分の周囲に張る(バリアに攻撃能力はない)
- バーストが終わると、操作キャラクターをロックオンしたあと『集中砲火』→『電撃』と行動し、直後にバリアとロックオンを解除する。『電撃』を使う前にHPが最大値の15%減った場合は、ひるんでバリアとロックオンを解除し、『電撃』は使わない

ヒートする状況

(なし)

アクションデータ

名前		タイプ	属性	効果範囲	威力	カット値	ガード	ダウン	状態変化	キープ値	ATB消費
プレス	跳びはじめ	物理(近接)	―	自分周囲	30	30	○	×	―	60	×
	着地	物理(近接)	―	自分周囲	100	50	○	○	―		
	衝撃波	物理(近接)	―	自分周囲	70	30	○	×	―		
		相手に跳びかかって押しつぶす。着地と同時に、周囲に衝撃波を発生させる									
グレネード		物理(遠隔)	―	着弾周囲・弾	1ヒットごとに100	50	△	×	―	60	×
		砲身からグレネード弾を3発撃つ。正面に3発撃つ場合と、正面および左右斜めに1発ずつ撃つ場合がある									
集中砲火		物理(遠隔)	―	着弾周囲・弾	1ヒットごとに100	50	△	○	―	60	○
		砲身からグレネード弾を7発撃つ。ロックオンした相手に使うときはATBゲージを消費しない									
タレットミサイル		物理(遠隔)	―	着弾周囲・弾	1ヒットごとに80	50	△	×	―	80	×
		機体上部の発射口からミサイルを7発撃つ									
タレット電磁機雷		魔法	―	自分周囲	100	50	△	○	―	80	×
		自分の周囲に半球状の電磁波を発生させる									
電撃	電撃	魔法	雷	敵単体・弾	500	50	×	○	―	60	×
	放電	魔法	雷	自分周囲	150	50	△	○	―		
		空中に浮き上がり、相手に強力な電撃を放つ。さらに、自分の周囲にも放電する									

FINAL FANTASY VII REMAKE ULTIMANIA

重装甲戦闘員 Armored Shock Trooper

▸機械 ▸地上

レポートNo. » 010 «

FRONT

BACK

オリジナル版

※名前は「強化戦闘員」

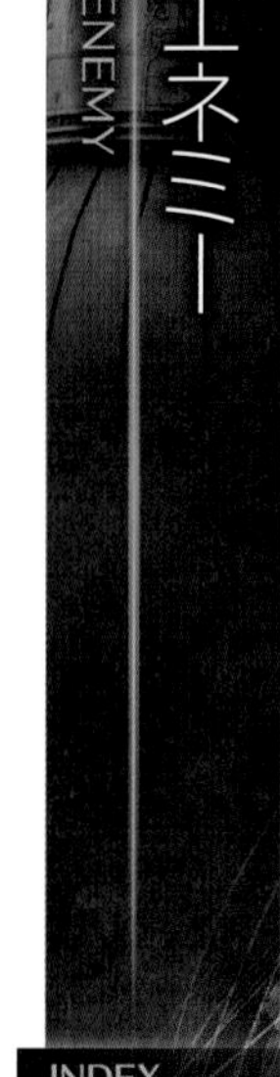

おもな出現場所とその場所でのレベル

	場所	レベル
CH16	神羅ビル・66F 宝条研究室メインフロア：中央研究室	31
SUB	神羅バトルシミュレーター(→P.455)	50

ステータス

	最大HP	物理攻撃力	魔法攻撃力	物理防御力	魔法防御力
EASY	4937	248	99	259	31
NORMAL	8976				
HARD	12969	418	148	379	45

基本キープ値
60
バーストゲージ
30
バースト時間
5秒

獲得できる経験値・AP・ギル

	経験値	AP	ギル
EASY	462	4	975
NORMAL			
HARD	2446	12	2565

入手できるアイテム

通常	手榴弾(12%)
レア	鎮静剤(5%)
盗み	鎮静剤(5%)

ダメージ倍率

物理	×0.5
魔法	×1.0
炎属性	×1.0
氷属性	×1.0
雷属性	×2.0
風属性	×1.0
固定ダメージ	×1.0
割合ダメージ	×1.0

バーストゲージ増加倍率

物理(近接)	×1.0
物理(遠隔)	×1.0
魔法	×1.0
炎属性	×1.0
氷属性	×1.0
雷属性	×1.0
風属性	×1.0

状態異常耐性値

毒	35
沈黙	35
睡眠	35
スロウ	35
ストップ	35
バーサク	無効

特徴的な性質

- 歩きながら『マシンガン』『ワイドマシンガン』を使うことが多いが、相手が近くにいるときは『サークルスラッシュ』で攻撃を行なう場合もある
- 神羅ビル・66F 宝条研究室メインフロア：中央研究室で出現したときは、HPが残り50%以下になると、『装甲解除』を使って強化戦闘員(→P.608)に変化する(HPは全回復する)。『装甲解除』で装甲を爆破する前に倒された場合は、強化戦闘員に変化しない

▸ヒートする状況

(なし)

アクションデータ

名前	タイプ	属性	効果範囲	威力	カット値	ガード	ダウン	状態変化	キープ値	ATB消費
サークルスラッシュ	物理(近接)	―	自分周囲	100	30	○	○	―	60	×
	右腕の光線剣を構えてから、横に回転して斬りつける									
ローラーダッシュ	物理(近接)	―	自分前方	300	50	○	○	―	60	○
	低い姿勢で構え、その姿勢のまま高速で突進する									
マシンガン	物理(遠隔)	―	直線上・弾	1ヒットごとに16	0(※1)	△	×	―	60	×
	左腕の銃から弾を6発撃つ									
ワイドマシンガン	物理(遠隔)	―	自分前方・弾	1ヒットごとに16	0(※1)	△	×	―	60	×
	左腕の銃を左右に振りながら弾を約2秒間撃ちつづける									
装甲解除	物理(遠隔)	―	自分周囲	500	50	△	○	―	100	×
	かがんだ状態で浮き上がったあと、自分の装甲を爆破する									

※1……難易度がHARDのときは「30」

強化戦闘員 Enhanced Shock Trooper

▸人間
▸地上

レポートNo. » 011 «

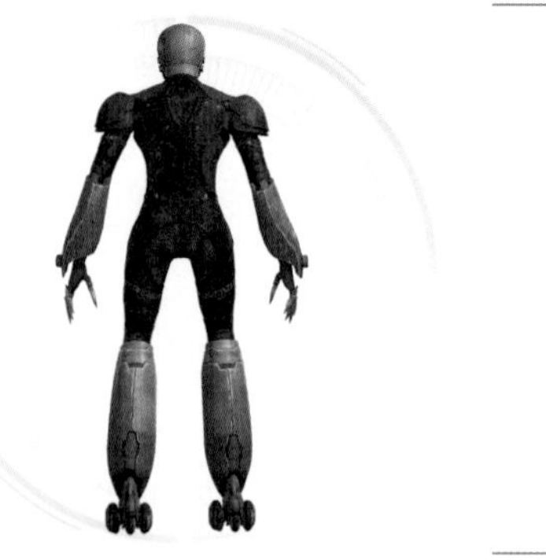

おもな出現場所とその場所でのレベル

	場所	レベル
CH16	神羅ビル・66F 宝条研究室メインフロア:中央研究室	31
CH17	神羅ビル・鏵牟 第五層:第三区画 E通路	31
SUB	神羅バトルシミュレーター(→P.455)	50

ステータス

	最大HP	物理攻撃力	魔法攻撃力	物理防御力	魔法防御力
EASY	1616	124	174	31	259
NORMAL	2938				
HARD	4245	193	283	45	379

基本キープ値	バーストゲージ	バースト時間
40	25	15秒

獲得できる経験値・AP・ギル

	経験値	AP	ギル
EASY	247	1	351
NORMAL			
HARD	1324	3	923

入手できるアイテム

通常	手榴弾(12%)
レア	興奮剤(5%)
盗み	興奮剤(5%)

ダメージ倍率

物理	×1.0
魔法	×0.5
炎属性	×1.0
氷属性	×1.0
雷属性	×1.0
風属性	×1.0
固定ダメージ	×1.0
割合ダメージ	×1.0

バーストゲージ増加倍率

物理(近接)	×1.0
物理(遠隔)	×1.0
魔法	×1.0
炎属性	**×2.0**
氷属性	×1.0
雷属性	×1.0
風属性	×1.0

状態異常耐性値

毒	35
沈黙	35
睡眠	35
スロウ	35
ストップ	35
バーサク	35

特徴的な性質

- 炎属性の攻撃を受けると、バーストゲージが多く増える(ダメージ量は増えない)
- すばやく動きまわりながら攻撃を行なう
- 『ローラースピン』を2回連続で使うことが多い
- 魔法を受けると、1回だけ『リフレク』を使う

ヒートする状況

- 打ち上げられたり、吹き飛ばされたり、たたきつけられたりしているあいだ

アクションデータ

名前	タイプ	属性	効果範囲	威力	カット値	ガード	ダウン	状態変化	キープ値	ATB消費
ローラーダッシュ	物理(近接)	―	自分前方	100	30	○	×	―	60	×
	すばやく相手に近づいてタックルする									
ローラースピン	物理(近接)	―	自分周囲	100	30	○	×	―	60	×
	ジャンプしつつ横に回転し、両手のツメを振りまわす									
バックフリップキック	物理(近接)	―	自分周囲	50×2回	30	○	○	―	60	×
	後方宙返りをしながら蹴り上げる									
トルネードスピン	魔法	風	攻撃軌道上・弾	1ヒットごとに250	50	△	○	―	60	○
	高速でスピンし、さまざまな方向に合計で10個ほど小さな竜巻を飛ばす									
リフレク	魔法	―	自分	―	―	―	―	リフレク(60秒)	60	×

モススラッシャー M.O.T.H. Unit

▸機械 ▸地上

レポートNo. » 032 «

ADVICE » P.612

FRONT

BACK

オリジナル版

おもな出現場所とその場所でのレベル

	場所	レベル
CH17	神羅ビル・鋼牢 第三層：第一研究室 兵器演習場　など	31
SUB	神羅バトルシミュレーター(→P.455)	50

ステータス

	最大HP	物理攻撃力	魔法攻撃力	物理防御力	魔法防御力
EASY	6732	174	248	183	183
NORMAL	12240				
HARD	17685	283	418	268	268

基本キープ値	バーストゲージ	バースト時間
60	40	10秒

獲得できる経験値・AP・ギル

	経験値	AP	ギル
EASY	750	6	500
NORMAL			
HARD	3960	18	1312

入手できるアイテム

通常	―
レア	―
盗み	ヘヴィメタル(5%)

ダメージ倍率

物理	×1.0
魔法	×1.0
炎属性	×1.0
氷属性	×1.0
雷属性	×2.0
風属性	×2.0
固定ダメージ	×1.0
割合ダメージ	×1.0

バーストゲージ増加倍率

物理(近接)	×1.0(※1)
物理(遠隔)	×1.0(※1)
魔法	×1.0(※1)
炎属性	×1.0(※1)
氷属性	×1.0(※1)
雷属性	×1.0(※1)
風属性	×1.0(※1)

状態異常耐性値

毒	無効
沈黙	35
睡眠	無効
スロウ	35
ストップ	35
バーサク	35

特徴的な性質

- ヒート中にしかバーストゲージが増えない
- 「蓄電レベル」があり、時間が経過するかサンダー系の魔法を受けるとレベルが上がる。蓄電レベルの初期値は1、最大値は3
- 蓄電レベルが上がるまでの時間は、基本的には60秒だが、残りHPが少なかったり、スタンテイザー(→P.605)とリンクしていたりすると短くなる(→P.612)
- 蓄電レベルが1のときは、つねに『カッタースピン』を行なっており、触れた相手にダメージを与える
- 蓄電レベルが2～3のときは、『カッタースピン』を行なわなくなり、『ハイボルテージ』を使うほか、近接攻撃以外の攻撃に『放電』で反撃することがある
- 蓄電レベルが3のときは、1～2回攻撃してから『オーバーレブ』を使う。そのあとは、しばらく動作が止まり、蓄電レベルが1にもどる

▶ヒートする状況

- 『オーバーレブ』を使ったあとの約8秒間

アクションデータ

名前		タイプ	属性	効果範囲	威力	カット値	ガード	ダウン	状態変化	キープ値	ATB消費
ダブルクロー	左腕	物理(近接)	―	自分前方	40	30	○	×	―	60	×
	右腕	物理(近接)	―	自分前方	60	50	○	○	―		
		前進しながら、左腕→右腕の順にツメを振る									
スピードラッシュ		物理(近接)	―	自分周囲	1ヒットごとに40	30	○	×	―	60	×
		腹部の刃を高速で回転させながら、8の字を描くように動く									
ラッシュアタック		物理(近接)	―	自分前方	200	50	○	○	―	60	○
		すばやく相手に突進する									
カッタースピン		物理(近接)	―	自分周囲	1ヒットごとに10	30	○	×	―	60	×
		腹部の刃を高速で回転させつづける									
カッターストーム	回転刃	物理(近接)	―	自分周囲	1ヒットごとに10	0(※2)	○	×	―	60	×
	カッター	魔法	―	攻撃軌道上・弾	1ヒットごとに100	30	△	×	―		
		腹部の刃を高速で回転させたあと、8個のカッターをさまざまな方向に発射する。カッターは弧を描いて進み、約2.5秒後に消える									
放電		魔法	雷	敵単体・弾	300	50	△	×	―	80	×
ハイボルテージ		魔法	雷	敵単体・弾	500	50	△	○	―	80	○
オーバーレブ		魔法	雷	敵単体・弾	800	50	△	○	―	80	×
		たまった電気を右腕に集めて発射する。電気の威力は『オーバーレブ』>『ハイボルテージ』>『放電』の順に高い									

※1……ヒート中以外は「無効」
※2……難易度がHARDのときは「30」

ゼネネ Zenene

▸人工生命
▸地上

レポートNo. » 033 «

ADVICE » P.613

FRONT

BACK

オリジナル版

おもな出現場所とその場所でのレベル

CH17	神羅ビル・鋼牟 第四層：第二研究室 生体機能測定場 など	レベル 31
SUB	神羅バトルシミュレーター(→P.455)	レベル 50

ステータス

	最大HP	物理攻撃力	魔法攻撃力	物理防御力	魔法防御力
EASY	4488	174	174	31	132
NORMAL	8160				
HARD	11790	283	283	45	194

基本キープ値
40
バーストゲージ
55
バースト時間
10秒

獲得できる経験値・AP・ギル

	経験値	AP	ギル
EASY	357	5	98
NORMAL			
HARD	1890	15	257

入手できるアイテム

通常	エーテル(8%)
レア	有害物質(5%)
盗み	万能薬(5%)

ダメージ倍率

物理	×1.0
魔法	×1.0
炎属性	×0.5
氷属性	×1.0
雷属性	×1.0
風属性	×1.0
固定ダメージ	×1.0
割合ダメージ	×1.0

バーストゲージ増加倍率

物理(近接)	×1.0
物理(遠隔)	×1.0
魔法	×1.0
炎属性	×1.0
氷属性	×1.0
雷属性	×1.0
風属性	×1.0

状態異常耐性値

毒	35
沈黙	35
睡眠	35
スロウ	35
ストップ	35
バーサク	35

特徴的な性質

- バトル開始から約30～45秒が経過すると、『毒モードチェンジ』を使って毒モードになる。毒モードは解除されることはない
- 毒モードのときは、『キバ』『回転トゲ』『ネックバイト』『プアゾシャワー』のデータがすべて下記のように変わる
  - 威力が1.5倍(『プアゾシャワー』は約1.3倍)に上がる
  - カット値が50に上がる
  - 毒状態を120秒間(『回転トゲ』は180秒間)発生させる効果を持つようになる
  - 『ネックバイト』でかみつく回数が4回に増える
- 毒モードのときは、特定の壁に張りついて『回転トゲ』を使うことがあるほか、『ゲヘナガナー』の毒液が地面に残るようになる(アクションデータを参照)

ヒートする状況

- 打ち上げられたり、吹き飛ばされたり、たたきつけられたりしているあいだ

アクションデータ

名前	タイプ	属性	効果範囲	威力	カット値	ガード	ダウン	状態変化	キープ値	ATB消費
キバ	物理(近接)	―	敵単体	100	30	○	×	―	60	×
回転トゲ	物理(近接)	―	自分前方	100	30	○	○	―	60	×
	身体を丸めて縦回転しながら突進し、背中のトゲをぶつける									
ネックバイト 跳びつき	物理(近接)	―	敵単体	―	30	×	×	―	60	×
ネックバイト かみつき	物理(近接)	―	敵単体	50×2回	30	×	×	―		
	相手に跳びかかって約1～2秒間拘束しつつ、何度もかみつく。ただし、拘束中にHPが最大値の5%減るか、武器アビリティ、魔法、リミット技のいずれかの攻撃でダメージを受けると、拘束を解く									
毒モードチェンジ	物理(近接)	―	自分周囲	100	50	×	○	―	100	×
	その場で踏ん張って衝撃波を発生させつつ、自分の身体に毒を帯びて毒モードになる									
プアゾシャワー	魔法	―	自分前方	1ヒットごとに30	30	△	×	毒(180秒)	60	○
	首を左右に振りながら正面に毒霧を吐く									
ゲヘナガナー	魔法	―	着弾周囲・弾	100	30	△	×	毒(180秒)	60	○
ゲヘナガナー(毒モード時) 吐いた毒液	魔法	―	着弾周囲・弾	150	50	△	×	毒(120秒)	60	○
ゲヘナガナー(毒モード時) 地面の毒液	魔法	―	設置周囲	1ヒットごとに50	10	△	×	毒(120秒)		
	口から毒液を吐き出す。毒モードのときは、液体が地面に当たると別の3ヵ所にも飛び散り(飛び散った毒液は「威力：100、カット値：30」)、それぞれ約2.5秒間残る									

デジョンハンマ Sledgeworm

▶機械
▶地上

レポートNo. 034

ADVICE » P.613

FRONT

BACK

オリジナル版

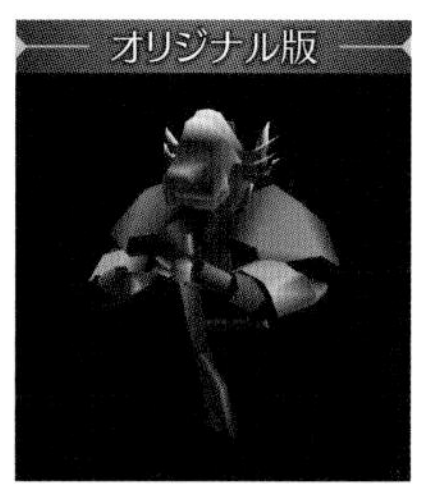

おもな出現場所とその場所でのレベル

CH17	神羅ビル・鑼牟 第四層：第二研究室 試作兵器検証場 など	レベル 31
SUB	神羅バトルシミュレーター(→P.455)	レベル 50

ステータス

	最大HP	物理攻撃力	魔法攻撃力	物理防御力	魔法防御力
EASY	3321	297	174	132	213
NORMAL	6039				
HARD	8725	508	283	194	312

基本キープ値	バーストゲージ	バースト時間
60	35	10秒

獲得できる経験値・AP・ギル

	経験値	AP	ギル
EASY	600	7	275
NORMAL			
HARD	3168	21	722

入手できるアイテム

通常	重力球(10%)
レア	やまびこえんまく(5%)
盗み	やまびこえんまく(5%)

ダメージ倍率

物理	×1.0
魔法	×1.0
炎属性	×1.0
氷属性	×1.0
雷属性	**×2.0**
風属性	×0.1
固定ダメージ	×1.0
割合ダメージ	×1.0

バーストゲージ増加倍率

物理(近接)	×1.0
物理(遠隔)	×1.0
魔法	×1.0
炎属性	×1.0
氷属性	×1.0
雷属性	×1.0
風属性	×1.0

状態異常耐性値

毒	無効
沈黙	35
睡眠	無効
スロウ	35
ストップ	35
バーサク	35

特徴的な性質

- 土台の穴のなかに隠れ、複数の土台間をワープすることがある(土台の外へは移動しない)。隠れているあいだは、攻撃のターゲットにならない
- ストップ状態になった相手に『フェイタルストライク』を使う
- HPが最大値の20%減ってヒートしたあとは暴走モードになる。暴走モード中はヒート状態がつづくが、行動のペースが上がるほか、自分への攻撃をワープで避けることがある。約60秒が経過するかバーストすると、暴走モードは終わる
- HPが残り95%以下のときは、土台に電流を発生させることがあり、その約10秒後に『土台放電』を使う。『土台放電』は、電流を発生させたあとにHPが最大値の15%減るかバースト状態になると使うのをやめるが、阻止されなかった場合は「電流を発生→『土台放電』を使う」と行動することをくり返す

▶ヒートする状況

- HPが最大値の20%減った直後の動作中
- 暴走モード中

アクションデータ

名前	タイプ	属性	効果範囲	威力	カット値	ガード	ダウン	状態変化	キープ値	ATB消費
飛び出し	物理(近接)	―	自分周囲	20	30	○	×	―	60	×
	土台の穴から勢いよく出現し、触れた相手にダメージを与える									
ハンマーラッシュ	物理(近接)	―	自分前方	100	50	○	×	―	60	×
	右腕のハンマーを大きく横に振る									
ロッククラッシャー	物理(近接)	―	自分前方	100	50	○	○	―	80	○
	両腕でハンマーを振り上げ、力をこめて地面にたたきつける									
フェイタルストライク	物理(近接)	―	自分前方	50×2回+200	50	○	○	―	80	○
	右腕のハンマーを2回振ったあと、力をこめて地面にたたきつける									
ハンマーウェーブ	物理(遠隔)	―	攻撃軌道上・弾	100	0(※1)	△	×	―	60	○
	右腕のハンマーを振り上げ、衝撃波を相手に飛ばす。ATBゲージを消費しないこともある									
ポイズンハンマー	魔法	―	自分前方	50	30	△	×	毒(180秒)	60	×
	右腕のハンマーに毒を含ませてから振る									
ストップハンマー	魔法	―	自分前方	50	50	×	×	ストップ(10秒)	60	○
	右腕を頭上でまわし、相手をストップ状態にする空間を前方に発生させる									
土台放電	魔法	雷	(下記参照)	200	50	×	○	―	80	×
	それぞれの土台に発生させた電流を一気に放電し、土台の周囲の広い範囲に爆発を起こす									

※1……難易度がHARDのときは「30」

ADVICE » VSグレネードソーサー

データの掲載ページ P.606

弾を避けつつ雷属性の魔法で攻めていく

最大HP、物理防御力、魔法防御力が高めで倒しにくい敵だが、雷属性が弱点。『いかずち』マテリアを全員にセットしておき、サンダー系の魔法で弱点を突けるようにするのが理想だ。基本的な戦いかたは、『グレネード』『集中砲火』で撃ってくる弾を、横へまわりこんでかわしながら攻撃するというもの。敵がバーストしたときは、こちらを押しもどすバリアを張るので、『サンダー』などの魔法や遠隔攻撃のアビリティを連発し、バリアの外からダメージを与えていこう。なお、グレネードソーサーは、バーストが終わった少しあとに、『電撃』で強力な弾を放つ。この攻撃はガードできないので、バーストが終わったあとに敵のHPを最大値の15%減らして発動を止めるか、狙われた人のHPを回復して『電撃』に耐えるかしたい。

⬆敵はときどき、その場から動かずにミサイルを連発することがある。ミサイルのターゲットはランダムなので、発射されたらガードを行なおう。

⬆CHAPTER 15でグレネードソーサーが2体出現する場所には柱がある。柱に隠れ、敵が撃ってくる弾を防ぐようにすれば戦いやすいはずだ。

ADVICE » VSモススラッシャー

データの掲載ページ P.609

『オーバーレブ』に耐えてからバーストを狙おう

モススラッシャーは、下の表の時間が過ぎるか、サンダー系の魔法を受けると、画面には表示されない「蓄電レベル」が上がり、蓄電レベルが3になって『オーバーレブ』を使ったあとは8秒ほどヒートする(このとき、蓄電レベルは1にもどる)。『サンダー』などで弱点を突いてダメージを与えつつ蓄電レベルを上げ、ヒートしているあいだにバーストを狙おう。ただし、『オーバーレブ』は威力が非常に高いので、『ぞくせい』と『いかずち』マテリアを組にして防具にセットしたり『マバリア』を使ったりして、受けるダメージを減らさないと危険だ。なお、蓄電レベルが1のときは、敵の身体の周囲を刃が回転しており、触れるとダメージを受けてひるまされる。バレットなどが遠くから攻撃しつつATBゲージをため、早めにサンダー系の魔法を当てて蓄電レベルを2に上げるといいだろう。

◉蓄電レベルが上がるまでの時間の目安

モススラッシャーの残りHP	時間の目安
100～71%	60秒
70～41%	45秒
40%以下	30秒

※モススラッシャーとリンクしているスタンテイザー(→P.605)がいる場合は、リンクしているのが1体だと約40～55%、2体だと約55～70%、時間が短くなる

⬅蓄電レベルは敵の見た目でも判別可能。レベルが高いほど、激しくスパークする。

⬆バトル開始直後などの、モススラッシャーの刃が回転しているときに近づくと、刃によるダメージを受けてしまうので注意。

ADVICE » vsゼネネ

データの掲載ページ P.610

ひるませながら攻めれば一方的に倒せる

時間が経過すると毒モードに変化し、攻撃の威力が上がるほか、どのアクションでも毒状態を発生させてくるのが特徴。星のペンダントなどで毒状態の発生を防いだうえで、集中攻撃して早めに倒したい。ゼネネの基本キープ値は40なので、攻撃中でないときにアビリティや魔法などを当てると、ひるませることが可能。ティファとエアリスのふたりで戦うときは、ティファが「『闘気スフィア』を使う→敵がひるんでいるあいだに『たたかう』を連発してATBゲージをためる→再度『闘気スフィア』を使う」というのをくり返せば、比較的ラクに倒せるだろう。エアリスの『光の盾』で、敵の接近や『ゲヘナガナー』の毒液を防ぐと万全だ。

⬆『毒モードチェンジ』使用後のゼネネは、身体の一部が毒を帯びて緑色に光る。モードが変わった敵は強力な攻撃を使ってくるので、優先的に狙おう。

通常時

毒モード時

⬅毒モードのときは、『ゲヘナガナー』の毒液が周囲に飛び散るうえ、少しのあいだ地面に残る。地面の毒液を踏まないように気をつけたい。

ADVICE » vsデジョンハンマ

データの掲載ページ P.611

『土台放電』の発動を止めつつ遠くから攻撃

デジョンハンマは、10個前後設置された土台から出たり入ったりをくり返しながら、攻撃を仕掛けてくる。CHAPTER 17で戦うときは、『たたかう』が遠くまで届くバレットやエアリスを操作して、自分が動きまわらなくても攻撃できるようにしよう。近くの土台に敵が出現したときは、その場から離れ、ハンマーによる各種の攻撃を受けないようにするといい。また、『ストップハンマー』でストップ状態にされると、10秒間動けなくなるうえ、直後に敵が威力の高い『フェイタルストライク』を使ってくるので、できれば全員に守りのブーツを装備させておきたいところだ。

HPが少し減ったあとのデジョンハンマは、ときどき各所の土台に電流を発生させる。この状態を放っておくと、攻撃範囲が広くガード不能の『土台放電』を何回も使われてしまうので注意が必要。電流の発生源である敵のHPを最大値の15%減らし、電流を止めよう。デジョンハンマが複数いる場合は、下の写真を参考にして発生源の個体を見分けるといい。

⬆土台の周囲が青く光るのが、『土台放電』の発動の前ぶれ。この状態になったら、デジョンハンマの1体が攻撃の準備をしている。

⬆自身の周囲に電流を発生させている敵が1体いるので、『サンダー』などで攻撃。ダメージをある程度与えるかバーストさせると、電流は止まる。

ガードスコーピオン Scorpion Sentinel

BOSS ▸機械 ▸地上

レポートNo. » 081 «

FRONT

BACK

オリジナル版

出現場所とその場所でのレベル

CH1 壱番魔晄炉・B8F：炉心最下層 メインブリッジ　レベル 7

ステータス

	最大HP	物理攻撃力	魔法攻撃力	物理防御力	魔法防御力
EASY	5188	56	56	57	11
NORMAL	9432				
HARD	56592	301	301	326	268

基本キープ値
60
バーストゲージ
105(※1)
バースト時間
8秒(※2)

獲得できる経験値・AP・ギル

	経験値	AP	ギル
EASY	100	10	100
NORMAL			
HARD	4500	30	2250

入手できるアイテム

通常	――
レア	――
盗み	――

※1……第2段階 200、第3段階 150、第4段階 80(難易度がHARDのときは100)
※2……第3段階 5秒、第4段階 10秒

ダメージ倍率

物理	×1.0
魔法	×1.0
炎属性	×1.0
氷属性	×1.0
雷属性	×2.0
風属性	×1.0
固定ダメージ	×1.0
割合ダメージ	無効

※バリアを張っているときは、ダメージ倍率のうち物理が「×0.1」、魔法が「×0.5」、雷属性が「無効」に、バーストゲージ増加倍率がすべて「無効」になる

バーストゲージ増加倍率

物理(近接)	×1.0
物理(遠隔)	×1.0
魔法	×1.0
炎属性	×1.0
氷属性	×1.0
雷属性	×1.0
風属性	×1.0

状態異常耐性値

毒	無効
沈黙	無効
睡眠	無効
スロウ	無効
ストップ	無効
バーサク	無効

特徴的な性質

第1段階 残りHP100～80%

- 最初に『電磁プレス』を使う
- 相手が近くにいるときは『なぎはらい』などの近接攻撃か『電磁フィールド』を、遠くにいるときは『98式機関砲』『99式小型ミサイル』などの遠隔攻撃を使うことが多い
- 『ターゲットサーチ』でマーカーを表示させた相手を集中攻撃する
- 「壁に跳びついて『99式小型ミサイル』を使う→『ジャンプ』でもどってくる」と行動することがある。このときの『99式小型ミサイル』の動作中に、武器アビリティか魔法による攻撃でダメージを受けると、ひるんで攻撃を中止する

第2段階 残りHP79～49%

- バリアを張るようになる。バリアを張っているときの本体は、受けるダメージを軽減するほか大半の近接攻撃を弾き返し、バーストゲージが増えずヒートもしない。ただし、本体のHPが最大値の3%(難易度がHARDのときは4.2%)減るか、リミット技を受けるか、第3段階に移行するとバリアは消える

第3段階 残りHP48～17%

- 定期的に、「特定の位置へ『ジャンプ』で移動→『99式小型ミサイル』で攻撃しつつ鉄骨を2ヵ所に落とす→『テイルレーザー』と『99式小型ミサイル』で攻撃しつつ鉄骨を吹き飛ばす」と行動する

第4段階 残りHP16%以下

- 移動することも向きを変えることもしなくなる
- 『自己修復』を使ってHPを自動的に回復させることを優先する。HPが自動的に回復しているあいだは、おもに『フルバースト』を使う

▶ヒートする状況

- 第1段階 第2段階 HPが最大値の8%減った直後の5秒間(無効：30秒)
- 『クローアーム』による拘束を解いた直後の1.5秒間(バーストゲージ増加量1.5倍)
- 第2段階 バリアが消えているとき(バーストゲージ増加量1.5倍)
- 『テイルレーザー』の動作を終えた直後の3秒間(バーストゲージ増加量2倍)
- 左脚か右脚(難易度がHARDのときはその両方)が破壊された直後の5秒間

部位のデータ

Ⓐバリアコア

本体とのちがい	
最大HP	
(HPを持っていない)	
ダメージ倍率	
魔法	×0.5

Ⓑ右脚、左脚

本体とのちがい
最大HP
(本体の最大HPの4%)

※バリアコアは背面にあり、本体がバリアを張っているときにしか攻撃が当たらない
※左脚と右脚には、第4段階でしか攻撃が当たらない

アクションデータ

名前	タイプ	属性	効果範囲	威力	カット値	ガード	ダウン	状態変化	キープ値	ATB消費
98式機関砲	物理(遠隔)	―	直線上・弾	1ヒットごとに3	30	△	×	―	60	×
	両腕から弾を連射する。左右の腕で、それぞれ別の相手を狙い撃つこともある									
電磁フィールド	魔法	雷	自分周囲	152	50	△	○	―	60	○
ジャンプ	物理(近接)	―	自分周囲	46	50	○	×	―	60	×
	跳び上がって着地時に踏みつける									
電磁プレス 第1段階 第2段階	物理(近接)	―	自分前方	241	50	○	○	―	60	○
スコーピオンテイル 第1段階 第2段階	物理(近接)	雷	自分後方	1ヒットごとに166	50	○	○	―	60	×
クローアーム つかみ	物理(近接)	―	敵単体	―	50	×	×	―	60	○
クローアーム 電撃	魔法	―	敵単体	455	50	×	○	―		
第1段階 第2段階(※3)	どちらかの腕で相手をつかんで約5秒間拘束したあと、電撃を当てる。ただし、拘束中にHPが最大値の1%減るか、武器アビリティ、魔法、リミット技のいずれかの攻撃でダメージを受けると、拘束を解く									
ターゲットサーチ 第1段階 第2段階	―	―	敵単体	―	―	×	×	―	100	×
なぎはらい 第1段階 第2段階 第4段階	物理(近接)	雷	自分後方	173	50	○	○	―	60	×
99式小型ミサイル 第1段階 第2段階 第3段階	物理(遠隔)	―	着弾周囲・弾	1ヒットごとに48	50	△	×	―	60	○
テイルレーザー 電磁波	魔法	雷	自分周囲	1ヒットごとに21	50	△	○	―	80	×
テイルレーザー レーザー	魔法	―	直線上・弾	660	70	×	○	―		
第3段階	足元に電磁波を発生させながら、初回は約8秒間、2回目以降は約4秒間、尻尾にエネルギーを充填したあと、レーザーを放つ(難易度がHARDのときは、初回の充填時間が約6秒間になるほか、レーザーを2回放つ)									
テイルショット 第3段階(※4)	魔法	―	直線上・弾	1ヒットごとに36	50	△	×	―	60	○
フルバースト	(下記参照)	―	(下記参照)	(下記参照)	(下記参照)	△	×	―	60	○
第4段階(※5)	『98式機関砲』『99式小型ミサイル』『テイルショット』による攻撃を同時に行なう(データはそれぞれのアクションを参照)									
自己修復	回復	―	自分	(下記参照)	―	―	―	―	100	×
第4段階	緑色の光を発して、5秒ごとにHPを最大値の1%(難易度がHARDのときは3%)ずつ回復させる。この効果は、HPが最大値の16%以上まで回復するか、ヒートまたはバーストすると解除される									

※3……難易度がHARDのときは「第1段階」　※4……難易度がHARDのときは使わない
※5……難易度がHARDのときは「第2段階 第3段階 第4段階」

ADVICE » vsガードスコーピオン

パーティメンバー　クラウド、バレット

敵の側面やや後方から攻撃を仕掛けよう

ガードスコーピオンは相手のいる方向や距離に応じて攻撃を使いわけるが、側面やや後方への攻撃手段はATBゲージを消費するものが多く、あまり連発しない。そこで、その方向から攻めれば、比較的安全に戦うことが可能。『ターゲットサーチ』で狙いをつけられたときは、狙われていないキャラクターを操作しよう。

▼ 第2段階への対処法

ガードスコーピオンが張るバリアは、敵のHPを数%減らすかリミット技を当てれば解除できる。敵のHPを減らすには、背面にあるバリアコアをコンボで攻撃するのが効果的。バリアが消えているときは、これまでどおり敵の側面やや後方から攻めるといい。

⬆ふだんは、敵の左右に3本ずつある脚のうち、中央の脚の少しうしろ側から攻撃していこう。

▼ 第3段階への対処法

定期的に使ってくる『テイルレーザー』を、落ちてきた鉄骨を盾にして防ぎながら戦えばOK。

▼ 第4段階への対処法

『自己修復』でHPを回復されるのがやっかい。左脚か右脚(難易度がHARDのときはその両方)を壊して敵をヒートさせ、バーストさせてからリミット技などを当ててトドメを刺したい。

⬅バリア発生中の敵本体には『サンダー』が効かず、大半の近接攻撃も弾き返されてしまう。

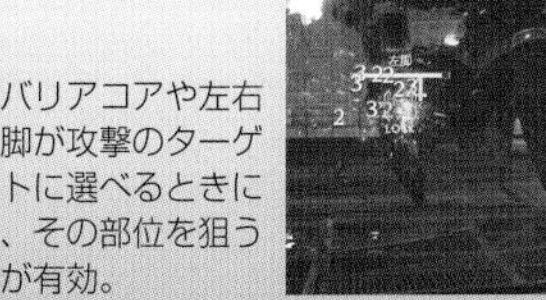

➡バリアコアや左右の脚が攻撃のターゲットに選べるときには、その部位を狙うのが有効。

ローチェ Roche

BOSS ▶人間 ▶地上

レポートNo. » 076 «

出現場所とその場所でのレベル

CH4 七番街・社宅地区：七六分室 レベル 11

ステータス

	最大HP	物理攻撃力	魔法攻撃力	物理防御力	魔法防御力
EASY	4488	84	84	47	47
NORMAL	8160				
HARD	35370	373	373	194	194

基本キープ値
60

バーストゲージ
80

バースト時間
10秒

獲得できる経験値・AP・ギル

	経験値	AP	ギル
EASY / NORMAL	300	10	255
HARD	4500	30	1913

入手できるアイテム

通常	エリクサー(100%)
レア	——
盗み	エリクサー(5%)

ダメージ倍率

物理	×1.0
魔法	×1.0
炎属性	×2.0
氷属性	×1.0
雷属性	×1.0
風属性	×1.0
固定ダメージ	×1.0
割合ダメージ	×1.0

バーストゲージ増加倍率

物理(近接)	×1.0
物理(遠隔)	×1.0
魔法	×1.0
炎属性	×1.0
氷属性	×1.0
雷属性	×1.0
風属性	×1.0

状態異常耐性値

毒	35
沈黙	35
睡眠	35
スロウ	35
ストップ	35
バーサク	35

特徴的な性質

第1段階 残りHP100～71%

- 難易度がHARD以外のときは、最初にクラウドのHPを9999、MPを999回復させる
- 『連続攻撃』を1～2回くり出したあと、いずれかの攻撃魔法を使うことが多い
- 画面に表示されない「耐久力」を持つ。耐久力は、下の表のように減っていく
- 耐久力がゼロまで減ると、ぐったりして約5秒間キープ値が20に下がる。その後、耐久力がもとにもどる(同時に、『真空波』で反撃することが多い)
- 自分の前方からコンボを仕掛けられると、攻撃が当たらない状態になりつつ後方か横方向へ移動してかわすことがある。かわしたあとは、ほぼ確実に『連続攻撃(1撃目のみ)』で反撃する

◉耐久力が減る条件と減る量の目安

条件	耐久力が減る量の目安
ダメージを受けた	微少(受けたダメージが大きいほど、減る量がわずかに多くなる)
『連続攻撃』などの近接攻撃をガードされた	小～特大(動作が大振りな攻撃ほど多めに減り、「相手がガードの構えをはじめた直後」にガードされた場合はさらに多く減る)

第2段階 残りHP70%以下

- 基本的な行動は第1段階と同じだが、『連続攻撃』や攻撃魔法のかわりに『朧薙ぎ』を、『飛翔閃』のかわりに『エグゾーストソード』を、『真空波』のかわりに『イグニッションフレイム』を使う
- 難易度がHARDのときは、相手のコンボをかわした直後の反撃方法が2種類になる(後方へかわした場合は『朧薙ぎ』で、横方向へかわした場合は『エグゾーストソード』で反撃する)

ヒートする状況

- 打ち上げられたり、吹き飛ばされたり、たたきつけられたりしているあいだ

設定画

アクションデータ

名前	タイプ	属性	効果範囲	威力	カット値	ガード	ダウン	状態変化	キープ値	ATB消費
連続攻撃	物理(近接)	―	自分前方	(下記参照)	30	○	×	―	60	×
	剣で3回攻撃する(空振りしたときはそこで攻撃を止める)。攻撃の動作は複数あり、威力は動作ごとに「20」「30」「50」のいずれかになる									
飛翔閃	物理(近接)	―	自分前方	300	50	○	○	―	60	○
第1段階	走り寄ったあと跳びかかり、剣を振り下ろす									
真空波	魔法	風	直線上・弾	300	50	×	○	―	60	○
第1段階	身体を横に回転させて剣を振りまわし、大きな真空の刃を放つ。ATBゲージを消費しないこともある									
かまいたち	魔法	風	直線上・弾	1ヒットごとに250	50	△	×	―	60	○
第1段階	剣を何度も振って、小さな真空の刃を前方につぎつぎと放つ									
ブリザド 弾	魔法	氷	敵単体・弾	―	30	△	×	―	60	×
第1段階 氷塊	魔法	氷	着弾周囲	200	30	△	×	―		
ブリザラ 弾	魔法	氷	敵単体・弾	―	50	△	×	―	60	○
第1段階 氷塊	魔法	氷	着弾周囲	450	50	△	×	―		
サンダー 第1段階	魔法	雷	敵単体	200	30	△	×	―	60	×
サンダラ 第1段階	魔法	雷	敵単体	450	50	△	×	―	60	○
朧薙ぎ	物理(近接)	―	自分前方	100	30	○	×	―	60	×
第2段階	腰を落としたあと、正面へすばやく突進しながら剣を横に振る									
エグゾーストソード	物理(近接)	―	自分前方	1ヒットごとに300	50	○	○	―	60	○
第2段階	跳びかかりつつ前方宙返りして剣を振り下ろすことを、1～3回くり返す									
イグニッションフレイム	魔法	炎	直線上・弾	300	50	×	×	―	60	○
第2段階	剣を振り上げて正面に炎を走らせる(難易度がHARDのときは、前方3方向に炎を走らせる)									

ADVICE » VSローチェ

パーティメンバー クラウド

こちらから先に手を出さないようにするのが大事

ローチェの基本的な行動パターンは、やや遠くで様子をうかがったあとに攻撃をくり出すというもの。様子をうかがっているときは、こちらのコンボをかわして反撃することもある。うかつに手を出すのはひかえ、敵の攻撃をガードして(『真空波』は側面へまわりこむように移動してかわして)、直後のスキにコンボや武器アビリティでダメージを与えよう。攻撃を何度かガードしてローチェがぐったりしたときは、コンボでヒートさせてバーストゲージを増やすチャンスだ。

▼ 第2段階 への対処法

敵がくり出すアクションがガラリと変わるものの、段階が切りかわる前と同じ戦法が通用する。この段階で使ってくる攻撃はいずれも、ローチェに向かって横方向へ走るか回避するだけでかわせるので、ガードによってHPを減らされたくない場合はかわしてから反撃するのがオススメ。

⬆ローチェの攻撃をガードするか避けたあと反撃。剣による攻撃に対しては、ブレイブモード中にガードして『カウンター』を行なうのも手だ。

⬆第2段階に移行したあとは、攻撃魔法を使ってこなくなるおかげで、すべての攻撃を移動や回避でかわせるようになる。

⬆ローチェがぐったりしたら、『強撃』の1段目でヒートさせ、すぐさま『バーストスラッシュ』を当ててバーストゲージを増やすといい。

未知なる魔物 Mysterious Spectre

BOSS ▸解析不能 ▸飛行 レポートNo. 107

FRONT

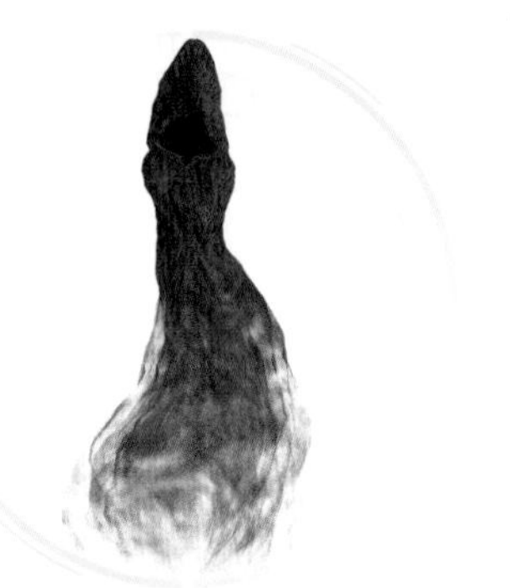

BACK

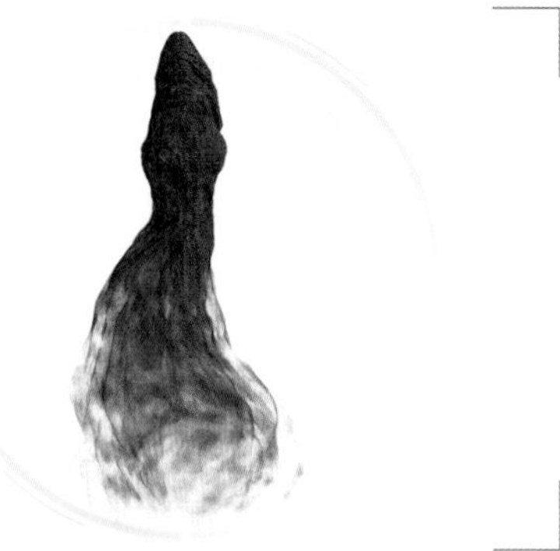

おもな出現場所とその場所でのレベル

場所	レベル
CH4 七番街スラム・居住区	13
CH12 七番街スラム駅	22

ステータス

	最大HP	物理攻撃力	魔法攻撃力	物理防御力	魔法防御力
EASY	582～1268	50～92	50～92	59～94(※1)	42～65(※2)
NORMAL	1059～2306				
HARD	3537～4716	175～193	175～193	194(※3)	134(※3)

基本キープ値	バーストゲージ	バースト時間
20	20	9秒

獲得できる経験値・AP・ギル

	経験値	AP	ギル
EASY	0	0	0
NORMAL			
HARD			

入手できるアイテム

通常	――
レア	――
盗み	――

ダメージ倍率

物理	×1.0
魔法	×1.0
炎属性	×1.0
氷属性	×1.0
雷属性	×1.0
風属性	×1.0
固定ダメージ	×1.0
割合ダメージ	×1.0

バーストゲージ増加倍率

物理(近接)	×0.75
物理(遠隔)	×0.25
魔法	**×1.75**
炎属性	×1.0
氷属性	×1.0
雷属性	×1.0
風属性	×1.0

状態異常耐性値

毒	無効
沈黙	無効
睡眠	無効
スロウ	無効
ストップ	35
バーサク	無効

※1……バースト中は「15～22」 ※2……バースト中は「1」 ※3……バースト中は「45」

特徴的な性質

- 『たたかう』や『強撃』を数回連続で受けると、4秒間キープ値が60に上がるほか、直後に『ニードルスナイプ』で反撃することもある
- 虚無なる魔物(右ページ参照)とともに現れたときは、倒されるなどしていなくなっても時間が過ぎると再出現する。また、虚無なる魔物の特定のアクションで、一緒に攻撃したり重力球に変化したりする(それらの行動を行なった未知なる魔物は、相手の攻撃が当たらなくなり、アクション終了時に消える)

ヒートする状況

- 魔法攻撃でHPが最大値の13%減った直後の8秒間(無効：30秒)

アクションデータ

名前	タイプ	属性	効果範囲	威力	カット値	ガード	ダウン	状態変化	キープ値	ATB消費
呪縛	物理(近接)	――	敵単体	30	50	×	×	――	40	○
	相手にからみつき、約2秒間拘束したあとダメージを与える。ただし、拘束中にダメージを受けると、拘束を解く									
ニードルスナイプ	物理(近接)	――	自分前方	100	30	○	×	――	60	○

ADVICE » VS虚無なる魔物+未知なる魔物

パーティメンバー クラウド、ティファ(※4)

未知なる魔物を倒して虚無なる魔物を弱らせよう

虚無なる魔物と未知なる魔物が同時に現れるバトルは、CHAPTER 4と12で1回ずつある。倒すべき相手の虚無なる魔物は、つねに防御しているかのごとくダメージを軽減するうえ、HPが自然に回復していく。未知なる魔物を倒せば(難易度がHARDのときはバースト中に倒せば)、虚無なる魔物がヒートして防御面も弱まるので、「未知なる魔物を倒す→ヒートした虚無なる魔物を攻撃」をくり返そう。難易度がHARDのときに未知なる魔物をバーストさせて倒すには、『ファイア』などの魔法を当ててヒートさせたところを攻撃するのがラクだ。なお、CHAPTER 12では、虚無なる魔物を倒せなくても3分後にバトルが終わる。

※4……CHAPTER 12ではエアリスも加わる

虚無なる魔物 Enigmatic Spectre

BOSS ▸解析不能 ▸飛行 レポートNo. » 108 «

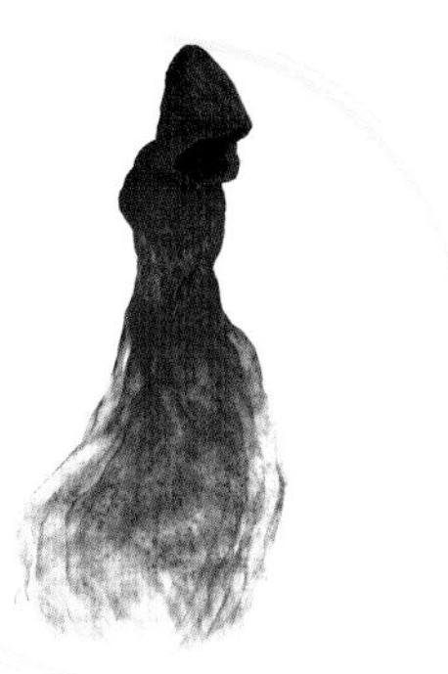
FRONT

BACK

おもな出現場所とその場所でのレベル

出現場所	レベル
CH4 七番街スラム・居住区	レベル 13
CH12 七番街スラム駅	レベル 22

ステータス

	最大HP	物理攻撃力	魔法攻撃力	物理防御力	魔法防御力
EASY	1553～5073	78～146	78～146	103～183	94～165
NORMAL	2824～9224				
HARD	9432～18864	283～328	283～328	342～379	312～342

基本キープ値	バーストゲージ	バースト時間
40	(※5)	9秒(※6)

獲得できる経験値・AP・ギル

	経験値	AP	ギル
EASY	0	0	0
NORMAL			
HARD			

入手できるアイテム

通常	―
レア	―
盗み	―

ダメージ倍率

物理	×0.1(※7)
魔法	×0.1(※7)
炎属性	×1.0
氷属性	×1.0
雷属性	×1.0
風属性	×1.0
固定ダメージ	×0.1
割合ダメージ	×0.1

バーストゲージ増加倍率

物理(近接)	×0.5(※7)
物理(遠隔)	×0.25(※7)
魔法	×0.5(※7)
炎属性	×1.0
氷属性	×1.0
雷属性	×1.0
風属性	×1.0

状態異常耐性値

毒	無効
沈黙	無効
睡眠	無効
スロウ	無効
ストップ	無効
バーサク	無効

※5……CHAPTER 4では「70→60→50」(バーストするたびに下がる)、CHAPTER 12では「120」(バーストしても下がらない)
※6……4回目以降のバースト時は「12秒」
※7……ヒート中とバースト中はダメージ倍率が「×1.0」、バーストゲージ増加倍率が「×**1.25～1.75**」に上がるほか、バースト後も倍率が本来より少し上がったままになる場合がある(倍率の上がりかたは、出現チャプターやバースト回数などで変わる)
※8……CHAPTER 12では、ヒート中と1回目のバースト中は回復が止まり、2回目にバーストしたあとは回復しなくなる

特徴的な性質

- CHAPTER 4では、最初にティファに対して『フェイトストーム』を使う
- 基本的には「上空に浮き上がって『コメット』を使う→『ストークゲイザー』か『ブラックホール』を使う→『フェイトストーム』を使う」をくり返す。ただし、『ブラックホール』と『フェイトストーム』は、未知なる魔物が出現しているときにしか使わない
- 難易度がHARD以外のときは、『フェイトストーム』を使う前の約10秒間、未知なる魔物を周囲に集めて自分を守る壁にする
- HPが2秒ごとに最大値の1%ずつ回復する(ヒート中は回復が止まり、バーストしたあとは回復しない/※8)

ヒートする状況

- 未知なる魔物が倒された直後の3～9秒間(1回目は3秒間、2回目は6秒間、3回目以降は9秒間。ただし、難易度がHARDのときはバースト中の未知なる魔物が倒された直後にかぎる)

アクションデータ

名前	タイプ	属性	効果範囲	威力	カット値	ガード	ダウン	状態変化	キープ値	ATB消費
ストークゲイザー	魔法	―	自分前方	120	50	△	○	―	60	×
	エネルギーを充填して約3秒後に下へ放つ。放たれたエネルギーは煙を発しつつ地面を進み、相手に当たると爆発を起こす									
コメット	魔法	―	着弾周囲	1ヒットごとに30	30	△	×	―	100	×
	蛇行しながら進む灰色の光を、斜め下へ大量に降らせる									
フェイトストーム	物理(近接)	―	敵単体	1ヒットごとに5	50	×	×	―	60	×
	周囲の未知なる魔物とともに相手にからみついて約10秒間拘束しつつ、くり返しダメージを与える。ただし、拘束中に武器アビリティか魔法による攻撃でダメージを2回受けるか、リミット技でダメージを受けると、拘束を解く									
ブラックホール	魔法	―	設置周囲	300	50	×	○	―	60	×
	未知なる魔物1体を相手に跳びかからせる。跳びかかった未知なる魔物は相手を拘束してから重力球に変化し、約10秒後に爆発する(重力球に変化するまではアクション名が表示されない)									

ダストドーザー Crab Warden

BOSS ▸機械 ▸地上　レポートNo. » 082 «

FRONT

BACK

出現場所とその場所でのレベル

CH5	螺旋トンネル・E区画：旧車両基地区画	レベル 13

ステータス

	最大HP	物理攻撃力	魔法攻撃力	物理防御力	魔法防御力
EASY	14755	124	124	114	115
NORMAL	26828				
HARD	89604	463	463	379	385

基本キープ値	バーストゲージ	バースト時間
60	400(※1)	15秒(※2)

獲得できる経験値・AP・ギル

	経験値	AP	ギル
EASY	400	10	400
NORMAL			
HARD	4500	30	2250

入手できるアイテム

通常	メタルナックル(100%)
レア	——
盗み	ファイアカクテル(12%)

ダメージ倍率

物理	×1.0
魔法	×1.0
炎属性	×1.0
氷属性	×1.0
雷属性	×2.0
風属性	×1.0
固定ダメージ	×1.0
割合ダメージ	無効

※1……第3段階 240
※2……第3段階 4秒
※3……第3段階 ×1.25

バーストゲージ増加倍率

物理(近接)	×1.0(※3)
物理(遠隔)	×1.0(※3)
魔法	×1.0(※3)
炎属性	×1.0
氷属性	×1.0
雷属性	×1.0
風属性	×1.0

状態異常耐性値

毒	無効
沈黙	無効
睡眠	無効
スロウ	無効
ストップ	50
バーサク	無効

特徴的な性質

第1段階 残りHP100～71%

- 相手が近くにいるときは『回転火弾』や『電磁フィールド』を、遠くにいるときは『旋回斉射』や『クラスターミサイル』を使うことが多い
- 『ターゲットロック』でマーカーを表示させた相手を集中攻撃する。また、マーカー表示中のみ『連射砲』や『火炎放射』を使う
- いずれかの部位を破壊されると、バーストゲージが170増える。また、右副砲と左副砲を破壊されたあとは『旋回斉射』を使わなくなる

第2段階 残りHP70～41%

- 最初にスタンレイを3体出現させ、以降も、いずれかの部位が破壊されたりヒート状態やバースト状態が終わったりするたびに、『増援要請』を使って呼び出す。ダストドーザーが第3段階に移行するときには、残っていたスタンレイはいなくなる

第3段階 残りHP約40%以下

- くり出すアクションを強化するほか、『連射砲』と『火炎放射』を無条件で使用するようになる
- 定期的に『突進』や『レールサンダー』を使う
- バーストしやすくなるが、バースト時間は短くなる

▸ヒートする状況

- 第1段階 第2段階 HPが最大値の9%減った直後の10秒間(バーストゲージ増加量1.7倍／無効：120秒)

部位のデータ

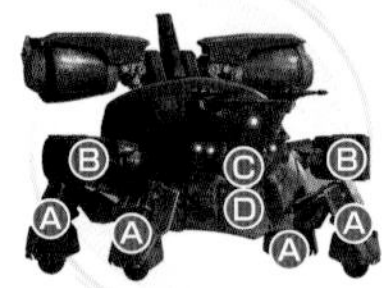

Ⓐ右前脚、左前脚、右後脚、左後脚

本体とのちがい

最大HP	(本体の最大HPの6%)
物理防御力、魔法防御力	(本体の各防御力の90%)

Ⓑ右副砲、左副砲

本体とのちがい

最大HP	(本体の最大HPの6%)
物理防御力	(本体の物理防御力の90%)
魔法防御力	(本体の魔法防御力の80%)

Ⓒジェネレーターコア

本体とのちがい

最大HP	(HPを持っていない)
物理防御力	1
魔法防御力	(本体の魔法防御力の50%)
ダメージ倍率 物理	×2.0
ダメージ倍率 魔法	×0.5

Ⓓ装甲

本体とのちがい

最大HP	(本体の最大HPの4%)
物理防御力	(本体の物理防御力の110%)
魔法防御力	(本体の魔法防御力の70%)
ダメージ倍率 物理	×0.5

※右副砲、左副砲には、4ヵ所の脚がすべて破壊されたあとにしか攻撃が当たらない
※ジェネレーターコアには、バースト中か、第3段階で装甲を破壊されたあとにしか攻撃が当たらない
※装甲には、第3段階でバーストしたあとにしか攻撃が当たらない
※難易度がHARDのときは、各種の脚と副砲のダメージ倍率が「魔法：×0.5」(右前脚と左前脚は「物理：×0.5」)に下がる

アクションデータ

名前	タイプ	属性	効果範囲	威力	カット値	ガード	ダウン	状態変化	キープ値	ATB消費
震脚	物理(近接)	―	自分前方	180	50	○	○	―	60	×
	前脚を上げて踏みつける。第3段階 前脚で踏みつけた直後に、後脚でも踏みつけて自分の後方を攻撃する(威力などのデータは、前脚と同じ)									
回転火弾 スピン	物理(近接)	―	自分周囲	100	50	○	○	―	60	×
火球	魔法	炎	着弾周囲・弾	100	50	△	○	―		
炎	魔法	炎	設置周囲	1ヒットごとに10	10	×	×	―		
	スピンして攻撃しながら、周囲に火球をバラまく。火球が落ちた場所には、炎が約10秒間(難易度がHARDのときは約20秒間)残る。第3段階 スピンする時間が延びて、火球をバラまく範囲も広がる									
旋回斉射	物理(遠隔)	―	直線上・弾	1ヒットごとに10	30	△	×	―	60	×
	左右に向きを変えつつ、副砲から弾を約5秒間撃ちつづける。第3段階 向きを変えるのが速くなる(撃ちつづける時間は変わらない)									
連射砲	物理(遠隔)	―	直線上・弾	1ヒットごとに16	30	△	×	―	60	×
	上部の銃から弾を連射する。第3段階 弾を撃つ回数が増える									
クラスターミサイル	物理(遠隔)	―	着弾周囲・弾	80	50	△	×	―	60	×
	山なりに飛んでいくミサイルを多数発射する(ヒット数は1回のみ)。第3段階 ミサイルの発射数が増え、ヒット数も2回に増える									
背面砲撃 爆発	物理(遠隔)	―	着弾周囲・弾	150	50	△	○	―	60	×
突進	物理(近接)	―	自分前方	100	50	○	○	―		
	背後に砲弾を撃って地面に爆発を起こし、その反動で正面に少しだけ突進する。第3段階 砲弾を3連射し、突進距離も増える									
火炎放射	魔法	炎	自分前方	1ヒットごとに15	10	×	×	―	60	×
	正面に炎を2秒弱放ちつづける。第3段階 炎が届く距離が長くなる									
電磁フィールド 第1段階 第2段階	魔法	―	自分周囲	1ヒットごとに16	50	△	×	―	60	×
ターゲットロック 第1段階 第2段階	―	―	敵単体	―	―	×	×	―	60	×
	相手にマーカーを表示させる(難易度がHARDのときは第3段階でも行なうが、その場合はアクション名が表示されない)									
増援要請 第2段階	―	―	―	―	―	―	―	―	60	×
	スタンレイを最大3体呼び出す									
突進 第3段階	物理(近接)	―	自分前方	100	50	○	○	―	60	×
レールサンダー 第3段階	魔法	雷	特定範囲	400	50	×	○	―	80	×
	地面のレールに電気を流し、初回は約8秒後、2回目以降は約6秒後(難易度がHARDのときは約3秒後)に、レールに沿って爆発を起こす									

ADVICE » vsダストドーザー

パーティメンバー クラウド、バレット、ティファ

バーストさせてジェネレーターコアを攻撃

ダストドーザーは動きこそにぶいが、ステータスが高く攻防の両面にすぐれる。バースト中などに露出するジェネレーターコアが弱点なので、左前脚などの部位を破壊してバーストゲージを増やし、バーストさせたらジェネレーターコアを集中攻撃しよう。

なお、広場の中央にあるコンテナに身を隠せば、『クラスターミサイル』以外の攻撃はこちらに届かない。バレットを操作して、敵の攻撃をコンテナで防ぎつつ遠くからダメージを与えていくと、時間はかかるが安全に戦うことができる。

▼ 第2段階 への対処法

増援としてスタンレイが現れる。『サンダー』やバレットの遠隔攻撃を使ってスタンレイを優先的に倒しながら、ダストドーザーと戦おう。

▼ 第3段階 への対処法

『レールサンダー』を使われた時点で広場の中央のコンテナが吹き飛び、その裏に身を隠す戦法がとれなくなる。しかし、ダストドーザーをバーストさせると装甲を攻撃できるようになり、装甲を破壊すれば、ジェネレーターコアが露出したままになるのだ。あとは、ジェネレーターコアにリミット技などをたたきこんでトドメを刺せばいい。

⬅ジェネレーターコアが隠れているときは、各部位を破壊してバーストゲージを増やす。

⬅バーストさせたら、露出したジェネレーターコアを狙って攻撃。物理攻撃が有効だ。

➡『レールサンダー』は、足元が光っていない場所が安全地帯。ガードしたまま歩いて位置を調整しよう。

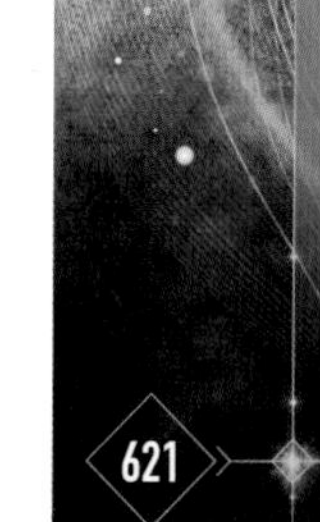

エアバスター Airbuster

BOSS ▸機械 ▸地上 レポートNo. 》083《

FRONT

BACK

オリジナル版

出現場所とその場所でのレベル

CH7 伍番魔晄炉・正面ゲート：ゲート連絡通路 レベル 16

ステータス

	最大HP	物理攻撃力	魔法攻撃力	物理防御力	魔法防御力
EASY	18066	119	119	126	134
NORMAL	32848				
HARD	87718	328	328	342	363

基本キープ値
60
バーストゲージ
120(※1)
バースト時間
10秒(※2)

獲得できる経験値・AP・ギル

	経験値	AP	ギル
EASY	550	10	550
NORMAL			
HARD	4500	30	2250

入手できるアイテム

通常	チタンバングル(100%)
レア	――
盗み	AIコア(12%)

※1……第2段階 200、第3段階 150、第4段階 999　※2……第4段階 1秒

ダメージ倍率

物理	×1.0
魔法	×1.0
炎属性	×1.0
氷属性	×1.0
雷属性	×2.0
風属性	×1.0
固定ダメージ	×1.0
割合ダメージ	無効

※3……第2段階 第3段階 第4段階 ×1.25

バーストゲージ増加倍率

物理(近接)	×0.75
物理(遠隔)	×0.75
魔法	×0.75
炎属性	×1.0
氷属性	×1.0
雷属性	×1.5(※3)
風属性	×1.0

状態異常耐性値

毒	無効
沈黙	無効
睡眠	無効
スロウ	無効
ストップ	100
バーサク	無効

特徴的な性質

第1段階 残りHP100～81%

- パーツの廃棄状況により、『フィンガービーム』の使用頻度と『ビッグボンバー』を使用できる回数が決まる(右ページを参照)
- 交差点に立ち止まったまま、通常は前方の相手と後方の相手を交互に攻撃し、定期的に向きを変える
- スタンしている相手に『ビッグボンバー』を使ったあと向きを変える(使用できる回数が1回以上残っている場合のみ)
- 背中を攻撃されると、バーストゲージが1.5倍多く増える

第2段階 残りHP80%～51%

- 伍番魔晄炉の入口に立ち止まったまま、各種の攻撃をある程度決まった順番で使うようになる
- 『クレーンアーム』で拘束した相手に『バスターキャノン』を使う
- HPが残り75%以下になると、『アーム分離』で右腕と左腕を切り離し、独立したエネミーとして行動させる。どちらかの腕がバースト状態から復帰するか、どちらかの腕のHPが残り1になるか、本体のHPが残り50%以下になると、両腕を『ドッキング』でもどす

第3段階 残りHP50%～16%

- 飛行しはじめて、「遠くを飛びまわりつつ各種の遠隔攻撃を順番に使用→通路の近くで何度か攻撃」をくり返すようになる

第4段階 残りHP15%以下

- 通路の近くにとどまったまま攻撃をくり返すようになる
- 定期的に『バスターキャノン』を使う

▶ヒートする状況

- 第1段階 HPが最大値の8%減った直後の5秒間(無効：10秒)
- 第2段階 HPが最大値の10%減った直後の5秒間(無効：10秒)
- 第3段階 HPが最大値の8%減った直後の3秒間(無効：30秒)
- 第4段階 HPが最大値の10%減った直後の5秒間(無効：30秒)
- 『ドッキング』の動作終了から約30秒間(バーストゲージ増加量1.25倍)

分離中の右腕、左腕のデータ

本体とのちがい

最大HP
EASY：2428、NORMAL：4415、HARD：11790
物理防御力
EASY&NORMAL：98 HARD：268
バーストゲージ
35

バーストゲージ増加倍率	
物理(近接)	×1.25
物理(遠隔)	×1.5
魔法	×1.25

※右腕、左腕のHPは残り1までしか減らない

アクションデータ

名前	タイプ	属性	効果範囲	威力	カット値	ガード	ダウン	状態変化	キープ値	ATB消費
▼本体が使う										
フィンガービーム	魔法	―	敵単体	1ヒットごとに10	30	△	×	スタン(8秒)	60	×
	手の指から光線を放つ									
ビッグボンバー	物理(遠隔)	―	着弾周囲・弾	500	50	△	○	―	100	×
	下半身の砲門を開き、約6秒後に爆弾を発射する。ただし、砲門を開いてから発射するまでのあいだに武器アビリティか魔法による攻撃でダメージを2回受けるか、リミット技でダメージを受けると、発射を中止する									
後方マシンガン 第1段階	物理(遠隔)	―	敵単体	1ヒットごとに15	30	△	×	―	100	×
	腰の銃を後方に向け、弾を連射する									
後方グレネード 第1段階	物理(遠隔)	―	着弾周囲・弾	75	50	△	○	―	100	×
	肩のグレネード砲を後方に向け、当たると爆発する砲弾を放つ									
電磁フィールド 第1段階 第2段階	魔法	―	自分周囲	100	50	△	○	―	60	×
	周囲に球状の電磁波を発生させる									
前方マシンガン 第1段階 第2段階 第3段階	物理(遠隔)	―	直線上・弾	1ヒットごとに10	30	△	×	―	60	×
	下半身の銃口から弾を連射する(『後方マシンガン』とは異なり、この弾は狙った相手以外にも当たる)									
電磁爆雷 第1段階 第2段階 第3段階	魔法	―	設置周囲	30	100	×	×	スタン(8秒)	60	×
	爆雷を前方に3個バラまく(第2段階以降は大量にバラまく)。爆雷は、地面に落ちた約2秒後に球状の電磁波を発生させる									
アーム分離 第2段階	―	―	―	―	―	―	―	―	100	×
ドッキング 第2段階	―	―	―	―	―	―	―	―	100	×
バスターキャノン 第2段階 第3段階 第4段階	魔法	―	自分前方	580(※4)	100	×	○	―	100	×
	段階ごとに異なる動作をしつつ(→P.624)、胸部の砲門に約3秒間エネルギーを充填したあと太いレーザーを撃つ									
バーナー 第2段階 第3段階 第4段階	魔法	―	自分前方	300	50	△	×	―	60	×
	両手の手のひらから炎を噴射する									
ショルダービーム 第2段階 第3段階 第4段階	魔法	―	攻撃軌道上	1ヒットごとに10	30	△	×	―	60	×
	肩から多数のレーザーを頭上に放つ。レーザーは途中で角度を変え、その大半が相手に向かって飛んでいく									
エナジーボール 第3段階	魔法	―	直線上・弾	1ヒットごとに200	50	△	×	―	60	×
	胸の砲門から、光弾を前方7方向に2回発射する									
フック 第3段階 第4段階	物理(近接)	―	自分前方	100	50	○	×	―	60	×
	拳でなぐりつける									
ハンマーブロウ 第3段階 第4段階	物理(近接)	―	自分前方	300(※5)	50	○	○	―	60	×
	電気を帯びた拳を振り下ろす(第4段階では、左右の拳を交互に合計5回振り下ろす場合が多い)									
▼分離中の右腕と左腕が使う										
フィンガービーム 第2段階	魔法	―	敵単体	1ヒットごとに10	30	△	×	スタン(8秒)	60	×
電磁フィールド 第2段階 H	魔法	―	自分周囲	100	50	△	×	―	60	×
電撃 第2段階	魔法	―	自分前方	200	50	△	×	―	60	×
	エアバスターの近くへ移動し、その目の前に壁を作るように電撃を放つ									
ロケットパンチ 第2段階	物理(近接)	―	自分前方	200	50	○	○	―	100	×
	拳をにぎってまっすぐ飛行しながらなぐりつける									
クレーンアーム 第2段階	物理(近接)	―	敵単体	100	100	×	○	―	100	×
	相手をつかみ、拘束したまま『バスターキャノン』の攻撃範囲内まで運んだあと、下に投げて攻撃する。ただし、拘束中にHPが最大値の1%減るか、武器アビリティ、魔法、リミット技のいずれかの攻撃でダメージを受けると、拘束を解く									

※4……難易度がHARDのときの第3～第4段階では「400」　※5……拳を5回振り下ろすときは「125×5回」

知識のマテリア《 パーツを廃棄するとエアバスターが弱体化する

伍番魔晄炉では、エアバスターのパーツをいくつか廃棄できる(→P.248)。特定のパーツを廃棄すれば、エアバスターが右の表のように弱体化するのだ。

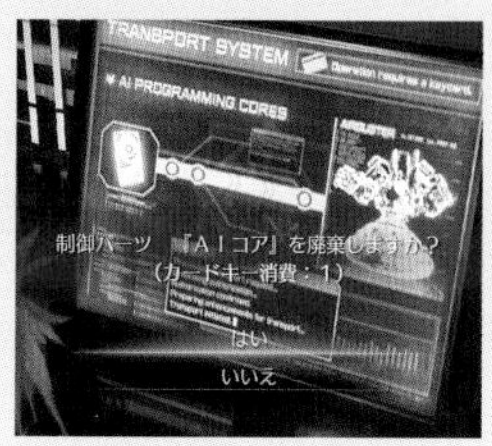

⬅AIコアを廃棄して『フィンガービーム』の使用頻度を下げると、かなり戦いやすくなる。

●廃棄したパーツに応じたエアバスターの変化

廃棄したパーツ	エアバスターに起こる変化
AIコア	『フィンガービーム』を使う頻度が低くなる(『フィンガービーム』を使う合間にほかの攻撃を行なう回数が、廃棄1個につき2回ほど多くなる) ※分離中の左腕、右腕が『フィンガービーム』を使う頻度は変わらない
ビッグボンバー	『ビッグボンバー』を使用できる回数が、廃棄個数に応じて以下のように変わる ● 0個……8回 ● 1個……6回 ● 2個……4回 ● 3個……2回

※Mユニットを廃棄したときは、エアバスターには何の変化も起きない

次ページへつづく

ADVICE »VSエアバスター

パーティメンバー　クラウド、バレット、ティファ

扉の横の壁に身を隠して敵の攻撃を防いでいこう

エアバスターとのバトルには21分30秒の時間制限があり、時間切れでも負けになる。長期戦を避けるために、伍番魔晄炉でパーツを廃棄して弱体化させたうえで、バレットの武器に『いかずち』と『ぞくせい』マテリアを組でセットし、敵の弱点である雷属性を付与しておこう(『いかずち』マテリアはクラウドやティファにもセットする)。

エアバスターは段階に応じて、行動パターンだけでなく『バスターキャノン』の撃ちかたも変えてくる。各段階で以下のように戦い、『バスターキャノン』は下の表の方法でかわすといい。

▼ 第1段階 への対処法

パーティが分断され、エアバスターを前後からはさみ撃ちする形になる。エアバスターの背後からダメージを与えると、バーストゲージが通常よりも多く増えるので、敵のうしろ側にいるキャラクターを操作して攻撃するのがベスト。

▼ 第2段階 への対処法

定期的に『バスターキャノン』を使ってくるほか、途中で左右の腕を分離させて合計3体で攻めてくる。バレットを操作し、「敵に向かって左奥の扉の横の壁」に身を隠しながら遠隔攻撃を仕掛ければ、比較的安全に戦うことが可能だ。左右の腕が分離しているあいだは、ガードを優先しつつ、一方の腕にダメージを与えていく。『クレーンアーム』で拘束された仲間を助けたいときは、拘束している腕に『サンダー』を当てればOK。

▼ 第3段階 への対処法

エアバスターが飛行をはじめる。引きつづきバレットを操作し、遠くを飛びまわっているあいだは、「第2段階のときとは逆側の扉の横の壁」に身を隠しながら攻撃しよう。敵が通路の近くにいるあいだも、離れた位置で戦うのが無難だ。

▼ 第4段階 への対処法

敵の攻撃が激しくなるものの、行動パターン自体は第3段階で通路の近くにいるときと大差ないので、離れた位置で戦う方法がそのまま通用する。

⬅『ビッグボンバー』は、武器アビリティや魔法で2回攻撃すれば、爆弾の発射を防げる。

⬆第2段階のときや、第3段階で敵が遠くを飛びまわっているときは、このように扉の横の壁に身を隠すと、エアバスターの攻撃の多くを壁で防げる。

➡『アーム分離』を使われたら、腕を狙って攻撃。バーストさせれば腕が本体にもどる。

⬅『バスターキャノン』をかわす自信がなければ、『マバリア』でダメージを減らすのも手。

◉『バスターキャノン』のかわしかた

段階	敵の『バスターキャノン』の動作	かわしかた
第2段階	移動も向きの変更もせずに撃つ	エアバスターの正面以外へ移動しておけばいい
第3段階	移動せずに撃つが、発射中に向きを変える ※この動作で撃つのは、通路の近くにいるときのみ	操作していないキャラクターたちが逃げこんだ場所へ行けば当たらない
第3段階	相手のほうを向いて横に移動しながら撃つ ※この動作で撃つのは、難易度がHARDで遠くを飛びまわっているときのみ	「エアバスターを左方向か右方向へ誘導→撃たれる直前(敵が頭を下げた瞬間)に逆方向へ回避→その方向に走る」と行動すればかわせるが、ほかの仲間に当たる恐れがある。この段階での『バスターキャノン』は威力が低いので、かわさずにHPを回復して耐えてもかまわない
第4段階	移動せずに相手のほうを向いて撃つ(難易度がHARDのときは、直後に向きを変えてもう1回撃つ)	撃たれる直前に、敵に向かって左か右に回避すればかわせる。難易度がHARDのときはもう1回撃たれるが、かわしかたは同じ

レノ(1回目) Reno

BOSS ▸人間 ▸地上 レポートNo. » 077 «

FRONT

BACK

オリジナル版

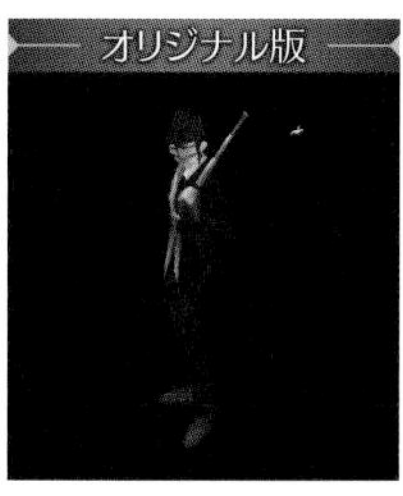

出現場所とその場所でのレベル

CH8 伍番街スラム・教会 聖堂 レベル 17

ステータス

	最大HP	物理攻撃力	魔法攻撃力	物理防御力	魔法防御力
EASY	3343	124	124	103	103
NORMAL	6079				
HARD	15563	328	328	268	268

基本キープ値
40
バーストゲージ
100
バースト時間
7秒

獲得できる経験値・AP・ギル

	経験値	AP	ギル
EASY	600	10	600
NORMAL			
HARD	4500	30	2250

入手できるアイテム

通常	エーテル(100%)
レア	——
盗み	エーテル(10%)

ダメージ倍率

物理	×1.0
魔法	×1.0
炎属性	×1.0
氷属性	×1.0
雷属性	×0.1
風属性	×1.0
固定ダメージ	×1.0
割合ダメージ	×0.1

バーストゲージ増加倍率

物理(近接)	×1.0
物理(遠隔)	×1.0
魔法	×0.5
炎属性	×1.0
氷属性	×1.0
雷属性	×0.5
風属性	×1.0

状態異常耐性値

毒	35
沈黙	無効
睡眠	35
スロウ	無効
ストップ	35
バーサク	無効

特徴的な性質

第1段階 残りHP100~51%

- 何もしていないときに『たたかう』『強撃』や武器アビリティを使われると、攻撃が当たらない状態になってかわす。3回ほど連続でかわすと(難易度がHARDのときは1回でもかわすと)、その直後に『カウンター』で反撃する
- 全身に電気を帯びて高速移動することがある。この動作で長距離を進むときは攻撃が当たらない状態になるほか、接触した相手を体当たりでひるませる(ダメージは与えない)
- スタンしている相手に『サンダーロッド』を使う
- 『ビートラッシュ』か『ダッシュラッシュ』の1撃目をガードされてヒートしたあと、約10秒以内に同じ条件が満たされると、一瞬だけヒートしたあと体勢を立て直して後方に離れる

第2段階 残りHP50%以下

- 最初に電磁機雷を5個出現させる。電磁機雷がすべて倒されると、その数十秒後に『機雷射出』を行なって新たに2個出現させる(3回まで)。電磁機雷は、いずれかの電磁機雷とのあいだに『電流』を実行するほか、相手の近くでは『放電』を使う
- 基本的な行動は第1段階と同じだが、電磁機雷が3個以上出現しているあいだは、高速移動や遠くからの攻撃をほとんど行なわない
- 電磁機雷の『放電』で相手がスタンしたときに、その相手の近くに電磁機雷が3個以上ある場合は、『サンダーロッド』ではなく『電磁スパーク』を使う
- 電磁機雷が1~2個出現しているあいだは、『電磁チェーン』や『エナジーボール』を使うことがある

▸ヒートする状況

- 難易度がHARD以外のときに、『ビートラッシュ』『ダッシュラッシュ』の1撃目をガードされた直後の動作中
- 『ビートラッシュ』『ダッシュラッシュ』の1撃目をかわされた直後の動作中(1撃目をくり出す瞬間に相手が回避を行なったことで攻撃をかわされた場合のみ/バーストゲージ増加量2倍)
- 吹き飛ばされているあいだ

電磁機雷のデータ

レノとのちがい

最大HP	
EASY:76、NORMAL:139、HARD:354	
基本キープ値	
20	
ダメージ倍率	
雷属性	無効
固定ダメージ	無効
割合ダメージ	無効
バーストゲージ増加倍率	
(すべて「無効」)	
状態異常耐性値	
(すべて「無効」)	

※経験値、AP、ギル、アイテムは獲得できない

次ページへつづく

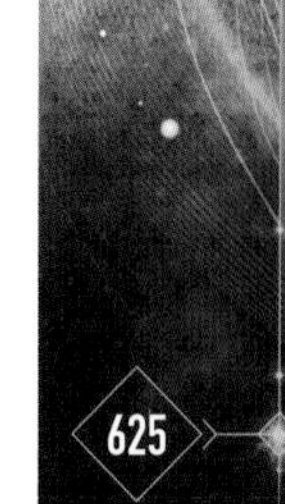

レノ(1回目)(つづき)

アクションデータ

名前	タイプ	属性	効果範囲	威力	カット値	ガード	ダウン	状態変化	キープ値	ATB消費
▼レノが使う										
ビートラッシュ	物理(近接)	──	敵単体	20+5×4回+50	50	○	×	──	40	×
	ロッドで突きをくり出し、それがヒットしたら(難易度がHARDのときはガードされても)、ロッドを4回振ったあと蹴る(突きの時点ではアクション名が表示されない)									
ダッシュラッシュ	物理(近接)	──	敵単体	30+10×2回+50	50	○	×	──	40	×
	跳びかかってロッドを振り下ろし、それがヒットしたら(難易度がHARDのときはガードされても)、跳ねながら3回蹴る(ロッドを振り下ろす時点ではアクション名が表示されない)									
サンダーロッド	物理(近接)	──	敵単体	200	50	○	○	──	40	×
	全身に電気を帯びながらダッシュで近寄り、跳びかかってロッドを振り下ろす									
カウンター	物理(近接)	──	敵単体	30	50	×	×	──	100	×
	相手の『たたかう』『強撃』か武器アビリティをかわした直後にのみ使用。『たたかう』『強撃』をかわしたときは跳びかかって蹴り、武器アビリティをかわしたときは前進してロッドを振り上げる									
電磁ショット	魔法	雷	敵単体・弾	50	50	×	×	スタン(5秒)	40	×
	相手を追うように飛ぶ電気の弾をロッドから放つ									
電磁チェーン 第2段階	魔法	雷	敵単体	150	50	△	○	──	100	×
	いずれかの電磁機雷を電気のオビでとらえ、振りまわして相手にたたきつける									
エナジーボール 第2段階	──	──	味方単体	──	──	──	──	──	40	×
	いずれかの電磁機雷に電気を送り、『電磁パルス』を使わせる									
電磁スパーク 第2段階	魔法	雷	敵単体	250	100	×	○	──	100	×
	多数の電磁機雷で相手を取り囲み、地面に打ちこんだロッドから電流を流して相手の位置に爆発を起こす									
機雷射出 第2段階	──	──	──	──	──	──	──	──	20	×
	電磁機雷を2個出現させる									
▼電磁機雷が使う										
電流 第2段階	魔法	雷	敵単体	1ヒットごとに5	──	△	×	──	20	×
	ほかのいずれかの電磁機雷とのあいだに電気のオビを発生させる									
放電 第2段階	魔法	雷	敵単体	50	50	×	×	スタン(5秒)	100	×
	周囲に球状の電磁波を放つ									
電磁パルス 第2段階	魔法	雷	敵単体	200	50	△	○	──	100	×
	レノの『エナジーボール』で電気を送られた電磁機雷が使用。電撃をともなった爆発を起こす									

ADVICE » VSレノ(1回目)

パーティメンバー クラウド

ブレイブモード中にガードして『カウンター』で反撃

このバトルでは、最初に警備兵(→P.526)や上級警備兵(→P.540)などを相手にする。つづくレノとの戦いに備えて、それらの敵はATBゲージを温存したまま倒したい。レノに対しては、ヘタに手を出しても回避や反撃をされるだけなので、ロッドによる近接攻撃をブレイブモード中にガードして『カウンター』をくり出し、直後に『強撃』などを当てるといい。難易度がHARDのときは、『反撃の構え』によるガードも行なえばより効率的だ。ガード不能の『電磁ショット』は、遠くに離れてから回避でかわすか、弾の発射を『ラピッドチェイン』で阻止しよう。

⬅レノが近寄ってくり出す攻撃をブレイブモード中にガードし、『カウンター』で反撃。

⬅つづけて『強撃』の1段目をくり出し、距離が離れなかった場合はさらに攻撃する。

▼電磁機雷への対処法

第2段階のレノが出現させる電磁機雷は、『ラピッドチェイン』や『強撃』を使って手早く破壊するのが安全。電磁機雷が3個以上あるときは、アサルトモードで走ってレノとの距離を空けつつ破壊し、残り1～2個のときは、レノの近接攻撃をガードした直後に破壊するのがオススメだ。

⬆電磁機雷の破壊は『ラピッドチェイン』がラク。レノの遠くにあるものを先に狙おう。

ルード(1回目) Rude

BOSS ▸人間 ▸地上　レポートNo. » 078 «

FRONT

BACK

オリジナル版

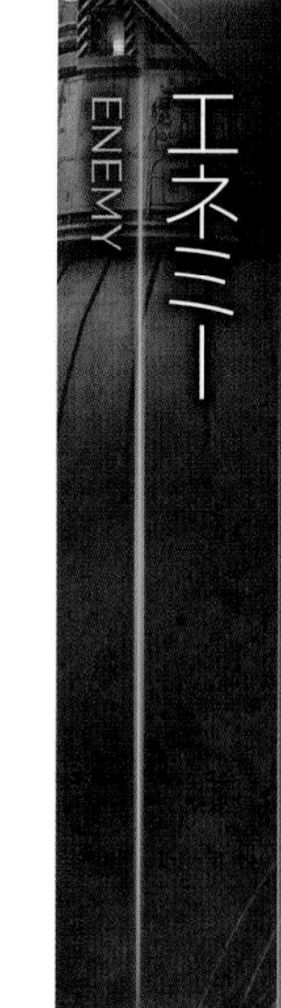

出現場所とその場所でのレベル

CH8 伍番街スラム・花香る小道　レベル 17

ステータス

	最大HP	物理攻撃力	魔法攻撃力	物理防御力	魔法防御力
EASY	7092	124	124	103	103
NORMAL	12894				
HARD	33012	328	328	268	268

基本キープ値
40
バーストゲージ
50(※1)
バースト時間
7秒

獲得できる経験値・AP・ギル

	経験値	AP	ギル
EASY	480	10	1200
NORMAL			
HARD	3600	30	4500

※1……第2段階 100

入手できるアイテム

通常	メガポーション(100%)
レア	——
盗み	メガポーション(10%)

ダメージ倍率

物理	×1.0
魔法	×1.0
炎属性	×0.5
氷属性	×1.0
雷属性	×1.0
風属性	**×2.0**
固定ダメージ	×1.0
割合ダメージ	×0.1

バーストゲージ増加倍率

物理(近接)	×1.0
物理(遠隔)	×1.0
魔法	×1.0
炎属性	×1.0
氷属性	×1.0
雷属性	×1.0
風属性	**×1.25**

状態異常耐性値

毒	35
沈黙	無効
睡眠	35
スロウ	無効
ストップ	35
バーサク	無効

特徴的な性質

第1段階 残りHP100〜65%

- 操作キャラクターを攻撃する(操作キャラクターが睡眠状態のときは、もう一方のキャラクターを攻撃する)
- クラウドに対しては、『ハンマーパンチ』『タックル』などを使って大ダメージを与えようとする(難易度がHARDのときは、『ドリームパウダー』を使うこともある)
- エアリスに対しては、『足払い』『つかむ』『ドリームパウダー』などで行動を妨害しようとするか、『かかと落とし』を使う

第2段階 残りHP64%以下

- 『地走り』『気烈波』を使うようになる。これらの攻撃はエアリスに対しても使用する
- 相手の大半の攻撃をガードする。ガード中は受けるダメージ量とバーストゲージ増加量を0.2倍に軽減するほか、クラウドの『たたかう』『強撃』による攻撃を数回連続でガードした場合は、攻撃を弾き返して『ハンマーパンチ』などで反撃する
- ガード中に武器アビリティか魔法による攻撃を1回受けると、ガード姿勢のまま's'しゃがみこんだあとガードを解く。しゃがみこんでいるあいだは、攻撃を弾き返せない

▶ヒートする状況

- 吹き飛ばされているあいだ
- ガード中に武器アビリティか魔法による攻撃を2回受けた直後の動作中

次ページへつづく

ルード(1回目)(つづき)

アクションデータ

名前	タイプ	属性	効果範囲	威力	カット値	ガード	ダウン	状態変化	キープ値	ATB消費
パンチコンボ	物理(近接)	──	敵単体	50+20×4回+100	50	○	×	──	40	×
	左右の拳で合計6回なぐる									
キックコンボ	物理(近接)	──	敵単体	50+50+100	50	○	×	──	40	×
	前蹴り→まわし蹴り→跳びまわし蹴りを順にくり出す									
ハンマーパンチ 蹴り上げ	物理(近接)	──	敵単体	50	50	○	○	──	40	×
なぐり	物理(近接)	──	敵単体	200	50	○	○	──	100	
	右足で蹴り上げ、打ち上がった相手をなぐってたたき落とす(なぐる動作に移るまでは、アクション名が表示されない)									
つかむ(対クラウド) 打撃	物理(近接)	──	敵単体	10+50	50	×	○	──	40	×
投げ	物理(近接)	──	敵周囲	100	50	○	○	──		
	走り寄って右手でつかんで拘束し、打撃を2発たたきこんだあとエアリスのほうへ投げてダメージを与える(投げられたクラウドにぶつかったエアリスも、同じダメージを受ける)									
つかむ(対エアリス)	物理(近接)	──	敵単体	200	50	×	○	──	40	×
	走り寄って右手でつかんで拘束し、背後から首に手刀を打ちこんで昏倒させる									
タックル 跳びつき	物理(遠隔)	──	敵単体	50	50	△(※1)	×	──	40	×
投げ	物理(近接)	──	敵単体	100	──	×	×	──		
	走り寄って腰に跳びついて拘束し、ジャーマンスープレックスのような動作で放り投げる									
グレートパンチ	魔法	──	敵単体	250	50	△	○	──	60	×
	前へ踏みこみつつ、オーラをまとった拳を振り下ろす									
かかと落とし	魔法	──	敵単体	150	50	△	○	──	100	×
	前方へジャンプし、宙返りしてからカカトを地面にたたきつけて周囲に衝撃波を起こす									
足払い	物理(近接)	──	敵単体	100	50	○	×	──	40	×
	地面に伏せて回転足払いをくり出す									
ドリームパウダー	魔法	──	敵単体	──	50	×	×	睡眠(15秒)	40	×
	睡眠効果を持つ粉を飛ばす。粉は相手を追うようにゆっくりと飛んでいき、約7秒後に消える									
地走り 第2段階	魔法	──	攻撃軌道上・弾	220	50	△	×	──	60	×
	地面をなぐり、相手を追うように進む衝撃波を走らせる									
気烈波 第2段階	魔法	──	敵周囲	180	50	△	○	──	60	×
	左右の拳で交互に地面をなぐり、相手の足元から爆発を最大4回起こす									

※1……跳びつきのダメージは軽減できるが、拘束されるのは防げない

ADVICE » vsルード(1回目)

パーティメンバー クラウド、エアリス

武器アビリティや魔法で相手の体勢をくずそう

ルードとのバトルでは、『エアロ』が役に立つ。『かぜ』マテリアは、忘れずにセットしておきたい。また、チャプターセレクト時なら、『ドリームパウダー』への対策として、睡眠状態を防ぐハチマキも利用可能だ。ルードは接近戦を得意としており、ガードで防げない攻撃もたびたび使ってくる。むやみに近寄らず、離れた位置から『エアロ』を当てて吹き飛ばしたあと、コンボなどを当てていこう。魔法を使うためのATBゲージは、「遠くでルードの攻撃を待ち、走りながら逃げてかわす(『かかと落とし』はガードする)→コンボで数回攻撃する」という流れで増やすといい。

⬆『タックル』は、お互いが遠く離れていないと、走って逃げても追いつかれる。その場合は、ルードとすれちがうように回避をしてかわそう。

▼ 第2段階への対処法

第2段階のルードは、こちらの攻撃をガードするほか、クラウドの『たたかう』『強撃』に対して反撃もくり出す。しかし、武器アビリティか魔法を2回ガードさせれば、ルードの体勢がくずれてヒートし、こちらの攻撃チャンスになる。

⬆第2段階では、武器アビリティや魔法を使ってルードのガードをくずすことが重要だ。

ヘルハウス Hell House

BOSS ▸人工生命 ▸地上 レポートNo. » 090 «

FRONT

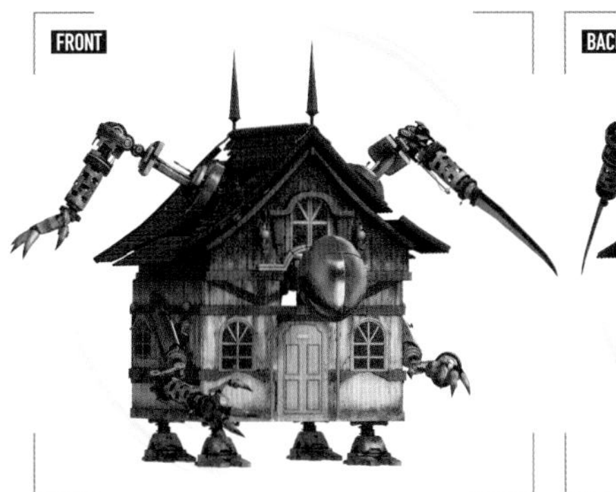

BACK

オリジナル版

出現場所とその場所でのレベル

CH9 六番街スラム・地下闘技場 レベル 18

ステータス

	最大HP	物理攻撃力	魔法攻撃力	物理防御力	魔法防御力
EASY	18770	125	125	136(※2)	106
NORMAL	34128				
HARD	84888	328	328	342(※2)	268

基本キープ値
60
バーストゲージ
100(※3)
バースト時間
10秒

獲得できる経験値・AP・ギル

	経験値	AP	ギル
EASY	650	10	650
NORMAL			
HARD	4500	30	2250

入手できるアイテム

通常	ムームーちゃん(50%)
レア	ヘモヘモくん(25%)
盗み	ヘモヘモくん(25%)

※2……第1段階 属性モード中は「159(難易度がHARDのときは401)」、第2段階 第3段階 ヒート中でもバースト中でもないときは「150(難易度がHARDのときは379)」

※3……第2段階 第3段階 175(はじめて無敵モードになったとき以降は265)

ダメージ倍率

物理	×1.0
魔法	×2.0
炎属性	×1.0
氷属性	×1.0
雷属性	×1.0
風属性	×1.0
固定ダメージ	×1.0
割合ダメージ	無効

バーストゲージ増加倍率

物理(近接)	×0.5
物理(遠隔)	×0.5
魔法	×1.0
炎属性	×2.0
氷属性	×2.0
雷属性	×2.0
風属性	×2.0

状態異常耐性値

毒	35
沈黙	無効
睡眠	35
スロウ	無効
ストップ	35
バーサク	35

特徴的な性質

第1段階 残りHP100～81%

- 最初に属性モード(→P.631)になる。属性モードは、『ヘルプレス』で着地したとき、ヒートやバーストしたとき、睡眠状態になったときに解除される
- 属性モードが解除されたり弱点属性の魔法を2回受けたりすると、『バリアチェンジ』を使い、改めて属性モードになる
- ジャンプで高所に乗ると、『ヘルボンバー』と『ヘルプレス』を使う
- 難易度がHARDのときは、定期的にトンベリを3体まで出現させる

第2段階 残りHP80～29%

- 変形して、使う攻撃の種類を大幅に増やす
- HPが残り65%以下のときは、『無敵モード起動』を使って無敵モード(→P.630)になる。無敵モード中は、『ソニックロケット』などの「それまでに使った攻撃の強化版」を使用し、属性モードになりつつ攻撃を行なう。強化版の攻撃の動作中に弱点属性の魔法を受けると、強化前の攻撃に切りかわるか、攻撃を中断する
- 属性モードになったりひるんだりすると無敵モードが解除されるが、つぎの行動で『無敵モード再起動』を使い(状況によっては『無敵モード再起動準備』のあとに使い)、無敵モードにもどる

第3段階 残りHP28%以下

- 最初に『ヘルボンバー』と『クレイジードロップ』を使う。以降は、第2段階でHPが残り65%以下のときと同様の行動をしつつ、ときどき『クレイジードロップ』を使う

▶ヒートする状況

- 第1段階 物理攻撃でHPが最大値の1%減った直後の2秒間(無効：10秒)
- 第2段階 物理攻撃でHPが最大値の2%減った直後の4秒間(無効：15秒)
- 右腕か左腕が破壊された直後の3秒間
- 『ブーストロケット』『アイスボンバー』『サンダーアタック』『もっとおもてなし』の動作中に弱点属性の魔法を受けてから無敵モードになるまでのあいだ
- 『クレイジードロップ』で「フィニッシュ！」と表示されたあとの動作中に弱点属性の魔法を受けた直後の8秒間

部位のデータ

Ⓐ右腕、左腕

本体とのちがい	
最大HP	
(本体の最大HPの1%)	
ダメージ倍率	
物理	×2.0
魔法	×0.1

※右腕、左腕には、無敵モード中にしか攻撃が当たらない

次ページへつづく

アクションデータ

名前	タイプ	属性	効果範囲	威力	カット値	ガード	ダウン	状態変化	キープ値	ATB消費
ヘルプレス	物理(遠隔)	――	自分周囲	300	50	×	○	――	100	×
ヘルボンバー	物理(遠隔)	――	着弾周囲・弾	1ヒットごとに60	30	△	×	――	60	×
	相手を追うように飛ぶイス型ミサイルを連射する。無敵モード中に使ったときは、強化版の『アイスボンバー』になる									
ぬいぐるみ爆弾	物理(遠隔)	――	設置周囲	1ヒットごとに150	30	×	×	――	60	×
	ぬいぐるみ型の爆弾を周囲にバラまく。爆弾は、約30秒が経過するか相手が近寄ると、火花を散らしてから爆発する									
体当たり 第1段階	物理(近接)	――	自分前方	160	30	○	○	――	60	×
	その場で軽く跳ねたあと正面に突っこむ(後方の相手を狙ったときは背面に突っこみ、効果範囲も「自分後方」になる)									
バリアチェンジ 第1段階	――	――	自分	――	――	――	――	――	100	×
ヘルジェット 第2段階 第3段階 炎	魔法	炎	自分周囲	200	50	△	○	――	60	×
本体	物理(近接)	――	自分周囲	200	50	○	○	――		
ブーストロケット 第2段階 第3段階	物理(近接)	――	自分前方	360	50	×	○	――	60	×
	約6秒間ブースターから炎を噴いたあと突っこむ。無敵モード中に使ったときは、強化版の『ソニックロケット』になる									
ソニックロケット 第2段階 第3段階	物理(近接)	――	自分前方	360	50	×	○	――	60	×
	全身に炎をまとって属性モード(炎吸収／氷弱点)になり、約6秒間ブースターから炎を噴いたあと突っこむ。さらに、相手のほうに向き直って再度突っこむことを、最大2回までくり返す									
アイスボンバー 第2段階 第3段階 イス	物理(遠隔)	――	着弾周囲・弾	1ヒットごとに60	30	△	×	――	60	×
時計	魔法	氷	着弾周囲・弾	300	30	△	×	スロウ(40秒)		
	全身に氷をまとって属性モード(氷吸収／炎弱点)になり、相手を追うように飛ぶイス型ミサイルを連射しつつ、相手を追うようにゆっくり飛ぶ時計型ミサイルを1発飛ばす									
クレイジーアタック 第2段階 第3段階 身体	物理(近接)	――	自分前方	60	50	○	×	――	60	×
腕	物理(近接)	――	自分前方	80	50	○	×	――		
屋根の腕	物理(近接)	――	自分前方	300	50	○	○	――		
	左腕と右腕をまわしつつ相手を追いかけて進み、身体か腕が接触したら、急停止したあと屋根の腕で攻撃する。無敵モード中に使ったときは、強化版の『サンダーアタック』になる									
サンダーアタック 第2段階 第3段階 身体	物理(近接)	雷	自分前方	80	50	○	×	――	60	×
腕	物理(近接)	雷	自分前方	120	50	○	×	――		
屋根の腕	物理(近接)	雷	自分前方	380	50	×	○	――		
	全身に雷をまとって属性モード(雷吸収／風弱点)になり、左腕と右腕をまわしつつ相手を追いかけて進み、身体か腕が接触したら、急停止したあと屋根の腕で攻撃する									
おもてなし 第1段階 第2段階 内部攻撃	物理(遠隔)	――	敵単体	30×5回	50	×	×	――	60	×
吐き出し	物理(遠隔)	――	敵周囲	300	50	×	○	――		
	入口の扉を開いて前方の相手を吸い寄せ、いずれかの相手を吸いこんだら、内部に拘束して5回攻撃したあと吐き出す。ただし、拘束中にHPが最大値の1%減るか、武器アビリティ、魔法、リミット技のいずれかの攻撃でダメージを受けると、拘束を解く。無敵モード中に使ったときは、強化版の『もっとおもてなし』になる									
もっとおもてなし 第2段階 第3段階 内部攻撃	物理(遠隔)	――	敵単体	30×5回	50	×	×	――	60	×
吐き出し	物理(遠隔)	――	敵周囲	300	50	×	○	――		
	全身に風をまとって属性モード(風吸収／雷弱点)になり、入口の扉を開いて前方の相手を強く吸い寄せ、いずれかの相手を吸いこんだら、内部に拘束して5回攻撃したあと吐き出す。拘束を解く条件は『おもてなし』と同じ									
無敵モード起動 第2段階 第3段階	――	――	自分	――	――	――	――	――	100	×
無敵モード再起動準備 第2段階 第3段階	――	――	自分	――	――	――	――	――	100	×
無敵モード再起動 第2段階 第3段階	――	――	自分	――	――	――	――	――	100	×
クレイジードロップ 第3段階	物理(近接)	――	自分前方	500	50	×	○	――	100	×
	飛びまわって「3」→「2」→「1」のカウントダウンを行ないつつ『ヘルボンバー』と『ぬいぐるみ爆弾』で攻撃したあと(データはそれぞれのアクションを参照)、「フィニッシュ！」と表示された時点で属性モード(種類はランダムで決定)に切りかわり、急降下しつつ突っこむ									

知識のマテリア《 第2段階以降は状況に応じてデータがこまかく変わる

第2〜第3段階のヘルハウスのダメージ倍率とバーストゲージ増加倍率は、状況に合わせて頻繁に変化する。具体的な内容を右の表にまとめたので、参考にしてほしい。属性モード中にもダメージ倍率などが変わるが、それについては右ページを参照。

●状況ごとのダメージ倍率やバーストゲージ増加倍率の変化

状況	ダメージ倍率		バーストゲージ増加倍率	
	タイプ	倍率	タイプ／属性	倍率
第2段階に移行してから無敵モードになるまで	魔法	×1.0	物理(近接、遠隔)	**×1.25**
			魔法	**×1.5**
			すべての属性	×1.0
無敵モード中	物理、魔法	×0.1	すべて	×0.25
無敵モード解除後、再度無敵モードになるまで	魔法	×1.0	物理(近接)	**×1.25**
			物理(近接)以外	**×1.5**
ヒート中とバースト中	(もとの倍率にもどる／→P.629)			

ADVICE » VSヘルハウス

パーティメンバー クラウド、エアリス

属性モード中の敵の弱点を魔法で突くのが攻略のカギ

ヘルハウスは、自分のモードを切りかえながら多彩な攻撃を仕掛けてくる。属性モード中の敵に対しては弱点属性の魔法が有効なので、『ほのお』『れいき』『いかずち』『かぜ』マテリアをひととおりセットして戦いを挑もう。難易度がHARDの場合、エアリスのリミット技は『星の守護』にするのがオススメ(理由は後述)。

▼ 第1段階への対処法

この段階のヘルハウスはほぼつねに属性モードではあるものの、コンボなどで攻撃し、MPを温存していこう。難易度がHARDのときは、バトル開始直後などにヘルハウスが扉を開けてトンベリ(→P.595)を3体まで出現させるが、現れたところにブレイブモード中のコンボを当てればすぐに一掃できる。

▼ 第2段階への対処法

ヘルハウスが無敵モードになるまでは、クラウドのコンボを主体に攻めていくのが基本。無敵モードになったあとは、特定の攻撃の動作中にだけ属性モードに切りかわるので、すかさず魔法で弱点を突き、ヒート中に武器アビリティなどで攻撃するといい。なお、無敵モード中の敵の右腕や左腕を破壊する方法でもヒートさせることは可能だが、腕を攻撃できるチャンスがかなり少ないため、実行するのは難しい。

⬆無敵モードになったあとの敵は、『アイスボンバー』などの特定の攻撃動作中に属性モードになる。魔法で弱点を突いてヒートさせよう。

▼ 第3段階への対処法

『クレイジードロップ』を使ってきて「フィニッシュ！」と表示されると、ヘルハウスは属性モードになる。このときに魔法で弱点を突けば、敵が地面に落下して長めのヒート状態になるので、一気にバーストさせてトドメを刺そう。倒せなかった場合は、第2段階のときと同じ方法で戦えばOK。

第3段階でのバトルが長引くと、闘技場の2ヵ所にある扉が開き、「コルネオからのプレゼント」が出現する。プレゼントの内容は下の表のとおりで、難易度がHARDだと強敵が2体現れてしまう。出現した敵は無視し、エアリスのリミット技『星の守護』で物理攻撃を無効化しているあいだに、ヘルハウスを撃破したい。

◉コルネオからのプレゼントの内容

難易度	プレゼントの内容
HARD以外	一方の扉の奥には魔晄石が入ったコルネオボックスの山が、もう一方の扉の奥には『ぬいぐるみ爆弾』の爆弾が入ったコルネオボックスの山が出現する
HARD	スイーパー(→P.530)とカッターマシン(→P.558)が出現する

⬅『おもてなし』などで一方が吸いこまれても、もう一方が武器アビリティか魔法でダメージを与えれば救出できる。

➡『クレイジードロップ』を使われたら、「フィニッシュ！」と表示されるまで、闘技場の中央でガードするといい。

知識のマテリア《 属性モード中は特定の属性に弱くなる

属性モード中のヘルハウスは、炎、氷、雷、風のいずれかの属性を吸収するが、かわりに別の属性が弱点になる。吸収属性と弱点属性は、下のように窓などの色で見わけることが可能だ。なお、属性モード中は、ダメージ倍率やバーストゲージ増加倍率も右の表のように変わる。

色

吸収	炎
弱点	氷

色

吸収	氷
弱点	炎

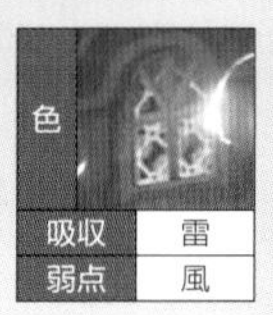

色

吸収	雷
弱点	風

色

吸収	風
弱点	雷

◉属性モード中のダメージ倍率などの変化

タイプ／属性	ダメージ倍率	バーストゲージ増加倍率
物理(近接&遠隔)	×0.1	無効
魔法	×1.0	×1.0
吸収属性	吸収	無効
弱点属性	×2.0	(※1)
ほかの属性	×1.0	×0.5

※このほか、第2段階と第3段階では大半の近接攻撃を弾き返す

※1…… 第1段階 ×2.0+18、第2段階 第3段階 ×1.75

アプス(1回目) Abzu

BOSS ▸生物 ▸地上 レポートNo. » 091 «

FRONT

BACK

オリジナル版

出現場所とその場所でのレベル

CH10 地下下水道・六番地区：第一沈殿池室 レベル 19

ステータス

	最大HP	物理攻撃力	魔法攻撃力	物理防御力	魔法防御力
EASY	21450	151(※1)	151(※1)	110(※2)	140(※3)
NORMAL	39000				
HARD	94320	382(※1)	382(※1)	268(※2)	342(※3)

基本キープ値
60
バーストゲージ
250
バースト時間
10秒

獲得できる経験値・AP・ギル

	経験値	AP	ギル
EASY	840	10	350
NORMAL			
HARD	5400	30	1125

入手できるアイテム

通常	フェニックスの尾(100%)
レア	――
盗み	エーテルターボ(10%)

※1……第2段階 177(難易度がHARDのときは454)
※2……第2段階 80(難易度がHARDのときは194)
※3……第2段階 128(難易度がHARDのときは312)

ダメージ倍率

物理	×1.0
魔法	×1.0
炎属性	**×2.0**
氷属性	×0.5
雷属性	×1.0
風属性	×1.0
固定ダメージ	×1.0
割合ダメージ	無効

※ヒートしたあとはバーストゲージ増加倍率が本来よりも上がる

バーストゲージ増加倍率

物理(近接)	×1.0
物理(遠隔)	×1.0
魔法	×0.25
炎属性	×1.0
氷属性	無効
雷属性	×1.0
風属性	×1.0

状態異常耐性値

毒	無効
沈黙	無効
睡眠	35
スロウ	無効
ストップ	35
バーサク	35

特徴的な性質

第1段階 残りHP100~51%(難易度がHARDのときは100~81%)

- 相手が近くにいるときは『ぶんなぐり』『猛打ラッシュ』『じだんだ』を、遠くにいるときは『突進』『汚水かけ』『汚水竜巻』を使う
- 高所にジャンプすると、男性に対しては『じゃれる(なぐる)』を、女性に対しては『じゃれる(なめる)』を使う
- 『じゃれる(なぐる)』で5回なぐった直後などに、『挑発』を使うことがある
- 難易度がHARDのときは、近接攻撃を受けると『カウンター』で反撃することがある
- 右ツノか左ツノを破壊されると、『汚水かけ』などの水による攻撃を使うときに動作が遅くなる。また、2回目に戦うときに(→P.644)、その部位が破壊されたままの状態で現れる

第2段階 残りHP50%以下(難易度がHARDのときは80%以下)

- 最初に『大興奮』を使う
- 基本的な行動は第1段階のときと同様だが、『汚水かけ』『汚水竜巻』の内容を強化するほか、女性に対しても『じゃれる(なぐる)』を使うようになる
- 高所にジャンプしたときに『じゃれる(なぐる)』のかわりに『下水津波』を使うことがある(難易度がHARDのときは、そのあとにつづけて『じゃれる(なぐる)』を使うことも多い)
- 両手を下ろして右足で地面をかくと、直後に『突進ラッシュ』を使う。この攻撃で突進する回数は、HPが残り少なくなるほど多くなる

▸ヒートする状況

- HPが最大値の12%減った直後の動作中(バーストゲージ増加量1.5倍／無効：120秒)
- 炎属性の攻撃でHPが最大値の3%減って全身が燃え上がってから消火するまでの動作中(バーストゲージ増加量1.5倍／無効：180秒／※4)
- 『じゃれる』の跳びつきをかわされた直後の5秒間(バーストゲージ増加量1.2倍)
- 右ツノか左ツノを破壊された直後の8秒間(バーストゲージ増加量1.5倍)

※4……さらに、燃え上がっているあいだは、アプスが1秒ごとに32前後のダメージを受ける

部位のデータ

Ⓐ右ツノ、左ツノ

本体とのちがい	
最大HP	
(本体の最大HPの7%)	
ダメージ倍率	
物理	×0.1(※5)

※右ツノか左ツノが破壊されると、もう一方のツノには攻撃が当たらなくなる
※5……バースト中は「×1.0」

アクションデータ

名前	タイプ	属性	効果範囲	威力	カット値	ガード	ダウン	状態変化	キープ値	ATB消費
ぶんなぐり	物理(近接)	──	自分前方	100	50	○	○	──	60	×
	左手の拳を振り下ろす									
じだんだ	物理(近接)	──	自分周囲	200	50	○	○	──	60	×
	両手を振り上げたあと前方に振り下ろす									
猛打ラッシュ	物理(近接)	──	自分前方	125×(2~4)回+175	50	○	○	──	60	×
	前進しながら拳を3回振り下ろす(HPが残り75%以下のときは5回振り下ろす)									
突進	物理(近接)	──	自分前方	225	50	○	○	──	60	×
	両手を地面につけたあと正面へすばやく突っこみ、相手に接近したらツノを振り上げる									
じゃれる(なぐる) 跳びつき	物理(近接)	──	敵単体	50	50	×	×	──	60	×
じゃれる(なぐる) 拳	物理(近接)	──	敵単体	50×4回+150	50	×	○	──		
	高所から相手に跳びついて拘束し、拳で5回なぐる。ただし、拘束中に武器アビリティか魔法による攻撃でダメージを2回受けるか、リミット技でダメージを受けると、拘束を解く。跳びつきが空振りすると転ぶが、そのときも接触した相手に「跳びつき」のダメージを与える(拘束はしない)									
じゃれる(なめる) 跳びつき	物理(近接)	──	敵単体	50	50	×	×	──	60	×
じゃれる(なめる) 舌	物理(近接)	──	敵単体	30×3回	50	×	○	かなしい(永続)		
じゃれる(なめる) シッポ	物理(近接)	──	自分周囲	125	50	×	○	──		
	高所から相手に跳びついて拘束し、舌で3回なめたあと尻尾でなぎ払う。拘束を解く条件や、跳びつきが空振りしたときの性質は『じゃれる(なぐる)』と同じ									
汚水かけ	魔法	──	(下記参照)	1ヒットごとに75	30	×	×	毒(120秒)	60	×
	4ヵ所にある水たまりのうちの数ヵ所から、相手に向けて汚水をまく。第2段階 すべての水たまりから汚水をまく(難易度がHARDのときは2回まく)									
汚水竜巻	魔法	──	着弾周囲	1ヒットごとに140	50	×	○	毒(120秒)	60	×
	4ヵ所にある水たまりのいずれかから、相手を追うように進む水の竜巻を放つ。第2段階 すべての水たまりから水の竜巻を放つ									
挑発	魔法	──	敵単体	──	100	×	×	いかり(永続)	60	×
	おどけた動作で相手をバカにする									
カウンター H	物理(近接)	──	自分前方	100	50	○	○	──	60	×
	『ぶんなぐり』と同じ動作で左手の拳を振り下ろす									
大興奮 第2段階	──	──	自分	──	──	──	──	──	60	×
	両手で胸をたたきながらツノを赤く光らせて、自分の各種攻撃力を上げ、各種防御力を下げる									
突進ラッシュ 第2段階	物理(近接)	──	自分前方	1ヒットごとに225	50	○	○	──	60	×
	『突進』と同様の動作で突っこむことを、3~4回(難易度がHARDのときは3~5回)くり返す									
下水津波 第2段階	魔法	──	(下記参照)	500	100	×	○	毒(120秒)	100	×
	ふたつある排水口の一方から、大量の下水を放出させる									

ADVICE » vsアプス(1回目)

パーティメンバー クラウド、ティファ、エアリス

炎属性の攻撃で大ダメージを与えていけば怖くない

アプスの攻撃のうち、水を使うものは毒状態を発生させるので、星のペンダントを装備しておくと戦いやすくなる。また、炎属性の攻撃で敵の弱点を突くために、それぞれの仲間に『ほのお』マテリアをセットし(クラウドかティファは『ぞくせい』マテリアと組で武器にセットする)、『イフリート』マテリアもセットしておきたい。基本的な戦法は、アプスの攻撃をかわすことを優先しながら、余裕があるときに攻めていくというもの。『ファイア』を使うなら右ツノか左ツノに当てて破壊し、水による攻撃の動作を遅くしよう(ツノの破壊状況は再戦時(→P.644)にも引き継がれる)。

▼高所にジャンプされたときの対処法

高い場所に跳びついたアプスは、直後に『じゃれる』や『下水津波』を使う。『じゃれる』に対しては、アクション名が見えた瞬間に回避を行なえばかわすことが可能(敵に向かって横方向へ回避すると多少かわしやすい)。『下水津波』は、下の写真の円で囲んだ位置へ逃げこめばOKだ。

⬆『汚水かけ』と『汚水竜巻』は、部屋の外周に沿って走りまわるだけでかわせる。

⬆『下水津波』は、アプスの近くの壁にあるふたつの排水口の中間(円内)が安全地帯。

グロウガイスト Ghoul

BOSS ▸解析不能 ▸地上 レポートNo. » 094 «

出現場所とその場所でのレベル

CH11 列車墓場・車両倉庫 2F：整備施設　レベル 20

ステータス

	最大HP	物理攻撃力	魔法攻撃力	物理防御力	魔法防御力
EASY	10276	136	136	156	143
NORMAL	18683				
HARD	40086	328	328	342	312

基本キープ値	バーストゲージ	バースト時間
60	150	12秒

獲得できる経験値・AP・ギル

	経験値	AP	ギル
EASY	600	10	600
NORMAL			
HARD	3600	30	1800

入手できるアイテム

通常	しょうめつ(100%)
レア	——
盗み	エーテルターボ(5%)

ダメージ倍率

物理	×1.0
魔法	×1.0
炎属性	**×2.0**
氷属性	×0.5
雷属性	×1.0
風属性	×1.0
固定ダメージ	×1.0
割合ダメージ	×0.1

バーストゲージ増加倍率

物理(近接)	×1.0(※1)
物理(遠隔)	×1.0(※1)
魔法	**×1.75**
炎属性	×1.0
氷属性	×1.0
雷属性	×1.0
風属性	×1.0

状態異常耐性値

毒	35
沈黙	無効
睡眠	35
スロウ	無効
ストップ	無効
バーサク	35

※実体状態のときは、魔法と割合ダメージの攻撃のダメージおよび追加効果が「無効」(バーストゲージも増えない)
※霊体状態のときは、物理攻撃のダメージおよび追加効果が「無効」(バーストゲージも増えない)
※1……第2段階では「**×1.25**」、バースト中はどの段階でも「**×1.5**」

特徴的な性質

第1段階 残りHP100～56%

- 実体状態と霊体状態を下の図の流れで切りかえつつ行動する
- 実体状態のときは魔法攻撃を無効化し、『瓦礫弾』『衝撃波』『ポルターガイスト(A)』で攻撃する(難易度がHARDのときは、『瓦礫弾』のかわりに『ポルターガイスト(C)』を使う)
- 霊体状態のときは物理攻撃を無効化し、『ひっかき』『ポルターガイスト(A)』『ソウルボイス』『ゴーストアーム』で攻撃する。また、『ゴーストアーム』で拘束した相手に『ポルターガイスト(A)』を使う
- 霊体状態のときかバースト中は、HPを回復する効果でダメージを受け、霊体状態ならバーストゲージも増える(右下の表を参照)。リジェネ状態による回復効果のみ、実体状態でもダメージを受ける

実体状態と霊体状態を切りかえる流れ

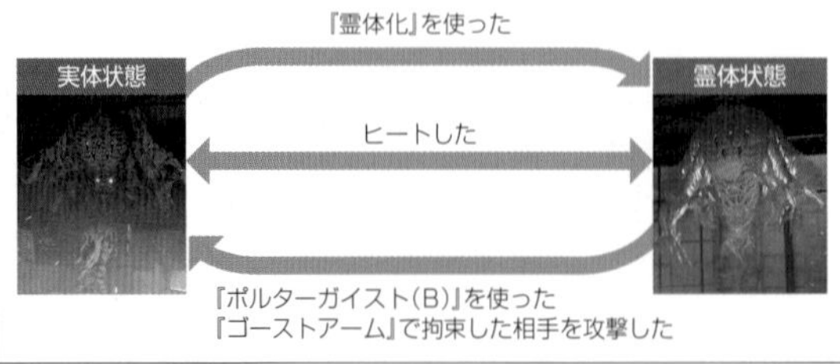

※バースト時は、直前の状態に関係なく「魔法攻撃も効く実体状態」になり、終了時に霊体状態に切りかわる(ただし、数秒で実体状態にもどる場合が多い)
※状態を切りかえるときは、いったん姿を消す(ヒート時とバースト時をのぞく)

次ページへ

ヒートする状況

- 第1段階 HPが最大値の7%(難易度がHARDのときは10%)減った直後の、状態を切りかえて静止しているあいだ
- 第2段階 HPが最大値の5%(難易度がHARDのときは8%)減った直後の、状態を切りかえて静止しているあいだ
- 『エナジー放出』で力をためているときに魔法でダメージを受けた直後から、つぎの攻撃をくり出すまでのあいだ

回復効果のバースト値

※ヒ……ヒート中の値

種類	バースト値
ケアル	4 ヒ24
ケアルラ	6 ヒ36
ケアルガ	10 ヒ60
リジェネ、レイズ、アレイズ	0
ポーション、ハイポーション、メガポーション	3 ヒ18
エリクサー	8 ヒ48

前ページより

第2段階 残りHP55%以下

- 『鬼火』を使うようになる。また、『ゴーストアーム』で拘束した相手への攻撃を『エナジードレイン』に変更し、攻撃終了後に『エナジー放出』を使う

アクションデータ

名前	タイプ	属性	効果範囲	威力	カット値	ガード	ダウン	状態変化	キープ値	ATB消費
瓦礫弾	物理(近接)	―	着弾周囲・弾	1ヒットごとに30	30	○	×	―	60	×
	光る欠片を周囲につぎつぎと浮かび上がらせる。それぞれの欠片は、静止したあと相手を追うように飛ぶ									
衝撃波 ツメ	物理(近接)	―	自分前方	50	30	○	×	―	60	×
衝撃波 爆発	魔法	―	直線上	450	50	△	○	―		
	右手のツメを振り下ろして正面に光を走らせ、その軌跡に沿って爆発を起こす									
ポルターガイスト	物理(遠隔)	―	直線上・弾	(下記参照)	50	△	○	―	100	×
	設置物を使って攻撃する。動作は下記の(A)(B)(C)があり、(B)(C)ではアクション名が表示されない (A)設置物を1個または3個浮かべて、相手にぶつける(威力:1個のときは400、3個のときは1ヒットごとに250) (B)設置物をいっせいに浮かべて回転させたあと落とす(威力:30) (C)設置物をひとつずつ浮かべては相手にぶつけることを、最大6回くり返す(威力:1ヒットごとに150)									
ひっかき	魔法	―	自分前方	90×2回	30	△	×	沈黙(15秒)	60	×
	右手のツメと左手のツメを交互に振り下ろす									
ソウルボイス	魔法	―	自分周囲	12	50	×	×	スタン(3秒)	60	×
	激しいおたけびを上げる(この攻撃は、設置物の向こう側には届かない)									
ゴーストアーム	―	―	(下記参照)	―	―	×	×	―	60	×
	地面の2ヵ所に赤い光を浮かび上がらせる。この光に相手が近寄るか、ある程度の時間が過ぎると、光のなかから霊体の腕が現れて相手につかみかかり、最大で20秒間拘束する									
霊体化	―	―	自分	―	―	―	―	―	60	×
鬼火 第2段階	魔法	―	(下記参照)	1ヒットごとに300	50	△	○	―	100	×
	周囲の地面に青い炎を発生させる。炎はある程度決まったルートを進みながら近くの相手を爆風で攻撃し、約12秒後に消える									
エナジードレイン 第2段階	魔法	―	敵単体	最大MPの3%×4回	―	△	×	―	60	×
	相手をつかんで5秒間拘束したままMPを減らす									
エナジー放出 第2段階	魔法	―	自分周囲	600	50	△	○	―	60	×
	約2秒間力をためて、赤い光を広範囲に放つ(この攻撃は、設置物の向こう側には届かない)。ただし、力をためているときに魔法でダメージを受けると、光を放つのを中止する									

ADVICE » VSグロウガイスト

パーティメンバー クラウド、ティファ、エアリス

霊体状態のときに魔法などで攻撃してヒートさせよう

魔法攻撃を無効化する実体状態と、物理攻撃を無効化する霊体状態を切りかえる、戦いにくい敵。炎属性の攻撃と回復効果が有効なので、仲間の魔法攻撃力や最大MPを高めにして、『ほのお』や『かいふく』マテリアをセットしておきたい。それに加えて、沈黙状態を治すか防ぐ手段も準備しておけば万全だ。

実体状態のグロウガイストは、小さな弾や設置物などを飛ばしてきながら、設置物を通り抜ける『衝撃波』を放つ。ガードやHP回復を重視しつつ、慎重に近づいてコンボを当てよう。大ダメージを与えるチャンスは、敵が霊体状態に変わったとき。『ファイア』や『ケアル』などで攻撃すれば、簡単にヒートさせることができるのだ。霊体状態でヒートした敵は実体状態になるので、ヒート中は『バーストスラッシュ』などでダメージを与えるといい。第2段階に移行したグロウガイストは、『鬼火』をたびたび使って青い炎を各所に発生させながら攻めてくるようになるが、こちらの戦いかたは変わらない。

⬆周辺に設置物は存在するものの、グロウガイストの攻撃が通り抜けてくることもあって、それらを盾にする戦法はあまり通じない。

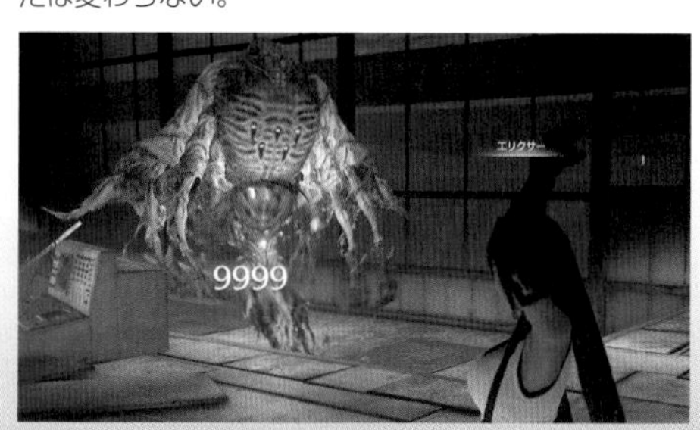

⬆霊体状態の敵を『ファイア』や『ケアル』で攻撃する。難易度がHARD以外なら回復アイテムで攻める手もあり、とくにエリクサーが効果的。

エリゴル Eligor

BOSS ▸解析不能 ▸飛行 レポートNo. » 095 «

FRONT

BACK

オリジナル版

出現場所とその場所でのレベル

CH11 列車墓場・貨物保管区 レベル 21

ステータス

	最大HP	物理攻撃力	魔法攻撃力	物理防御力	魔法防御力
EASY	17171	144	144	169	159
NORMAL	31220				
HARD	66024	328	328	363	342

基本キープ値
60
バーストゲージ
80(※1)
バースト時間
10秒(※2)

獲得できる経験値・AP・ギル

	経験値	AP	ギル
EASY	1040	10	1200
NORMAL			
HARD	5850	30	3375

入手できるアイテム

通常	やまびこえんまく(100%)
レア	——
盗み	ストライクロッド(25%)

※1……第3段階 無限　※2……第3段階 18秒

ダメージ倍率

物理	×0.5
魔法	×1.0
炎属性	×1.0
氷属性	**×2.0**
雷属性	×1.0
風属性	×1.0(※3)
固定ダメージ	×1.0
割合ダメージ	無効

※3……第2段階 空中にいるときは「×2.0」、第3段階 無効
※4……第3段階 無効

バーストゲージ増加倍率

物理(近接)	×1.0(※4)
物理(遠隔)	×1.0(※4)
魔法	×1.0(※4)
炎属性	×1.0(※4)
氷属性	×1.0(※4)
雷属性	×1.0(※4)
風属性	×1.0(※3)

状態異常耐性値

毒	35
沈黙	無効
睡眠	無効
スロウ	無効
ストップ	35
バーサク	35

特徴的な性質

第1段階 残りHP100～71%

- 相手が近くにいるときは『踏みつけ』『突き刺し』『横振り』を、遠くにいるときは『突進』『ヘレティックレーザー』をおもに使う
- 右車輪と左車輪は、当たった攻撃を無効化するほか、大半の近接攻撃を弾き返す

第2段階 残りHP70～41%

- 空中で行動するようになる。ただし、空中にいるときに近接攻撃で何度かダメージを受けると、『ギャロップ』か『ダッシュスラッシュ』を使いつつ地上に降り、しばらくのあいだ地上で行動したあとに『ギャロップ』を使いつつ空中にもどる
- 空中にいるときは、『リフレク』を使ってから「『ギャロップ』を使う→『サンダージャベリン』か『モノアイレーザー』を使う」をくり返す(難易度がHARDのときは、『リフレク』でクラウドたちもリフレク状態にするほか、自分のリフレク状態が解除されるとすぐに使い直す)
- 地上にいるときは、『モノアイレーザー』と『サンダージャベリン』をおもに使う

第3段階 残りHP40%以下

- 地上でのみ行動する状態にもどる
- 最初に『ゲヘナサイクロン』を使ったあと、「『ギャロップジャベリン』を使う→ほかの攻撃を合計で1～数回使う」をくり返す
- 右車輪か左車輪が破壊されるとバーストゲージが半分増え、両方破壊されるとバーストして『ギャロップジャベリン』を使わなくなる

▸ヒートする状況

- 第1段階 HPが最大値の5%減った直後の2秒間(無効：10秒)
- 第2段階 地上にいるときにHPが最大値の3%減った直後の2秒間(無効：10秒)

部位のデータ

※第1～第2段階では、ダメージ倍率がすべて「無効」

Ⓐ右車輪、左車輪

本体とのちがい	
最大HP	
(本体の最大HPの5%)	
ダメージ倍率	
物理	**×2.0**
魔法	×0.5
炎属性	×0.5
氷属性	×0.5
雷属性	×0.5
風属性	×0.5

FINAL FANTASY VII REMAKE ULTIMANIA

アクションデータ

名前	タイプ	属性	効果範囲	威力	カット値	ガード	ダウン	状態変化	キープ値	ATB消費
踏みつけ 頭飾り	物理(近接)	―	自分前方	100	30	○	×	―	60	×
踏みつけ 踏みつけ	物理(近接)	―	自分前方	200	50	○	○	―		
	ウマが前脚を上げて踏みつける。前脚を上げるときに、振り上げる頭飾りでも攻撃を行なう									
突き刺し	物理(近接)	―	自分前方	30	30	○	×	―(※5)	60	×
横振り	物理(近接)	―	自分側方	100	30	○	×	―(※5)	60	×
突進 第1段階	物理(近接)	―	自分前方	300	50	○	○	―	60	×
なぎはらい	物理(近接)	―	自分前方	300	50	○	○	―	60	×
第1段階	前方へ走りながらヤリを1回振りまわす									
ヘレティックレーザー	魔法	―	自分前方・弾	50	50	×	×	(※6)	60	×
第1段階 第3段階	目から放つ赤い光線で前方をなぎ払う。光線を放つ上下の角度は、相手が近くにいると斜め下、遠くにいるとほぼ水平になる									
ギャロップ 走行	物理(近接)	―	自分前方	30	50	○	×	―	100	×
ギャロップ 弾	魔法	―	直線上・弾	1ヒットごとに200	30	×	×	―		
第2段階	円を描くように走り、接触した相手を跳ね飛ばす。空中では、ヤリ型の弾も相手の頭上から定期的に落とす									
リフレク	魔法	―	自分	―	100	×	×	リフレク(20秒)	100	×
第2段階	自分をリフレク状態にする。難易度がHARDのときは、敵全員もリフレク状態(持続時間は永続)にする									
サンダージャベリン	魔法	―	直線上・弾	1ヒットごとに200	30	×	×	―	60	×
第2段階 第3段階	地面の各所から光を発し、光の位置めがけてヤリ型の弾を多数降らす(弾が降る角度は、状況に応じて変わる)									
モノアイレーザー 第2段階 第3段階	魔法	―	直線上・弾	50	50	×	×	(※6)	60	×
ダッシュスラッシュ 突進	物理(近接)	―	自分前方	300	50	○	×	―	100	×
ダッシュスラッシュ ヤリ	物理(近接)	―	自分周囲	350	50	○	×	―(※5)		
第2段階 第3段階	前方へ突っこみながら、ヤリを左右へ交互に振りまわす									
ギャロップジャベリン 走行	物理(近接)	―	自分前方	300	30	○	×	―	100	×
ギャロップジャベリン ヤリ	物理(近接)	―	自分周囲	300	30	○	×	―(※5)		
ギャロップジャベリン 弾	魔法	―	直線上・弾	1ヒットごとに200	30	×	×	―		
第3段階	円を描くように走りつつヤリを左右へ交互に振りまわし、ヤリ型の弾も相手の頭上から定期的に落とす									
ゲヘナサイクロン	魔法	―	直線上・弾	380	50	△	○	―	60	×
第3段階	自分の正面の直線上に相手を吸い寄せる風を起こしたあと、風に沿って光線を放つ									

※5……難易度がHARDのときは「沈黙(40秒)」　※6……沈黙(15秒)+睡眠(15秒)

ADVICE »vsエリゴル

パーティメンバー　クラウド、ティファ、エアリス

睡眠状態や沈黙状態への対策が必要

エリゴルとの戦いでは、睡眠状態や沈黙状態になりやすい。睡眠状態を防ぐハチマキを装備したうえで、沈黙状態でもHPを回復できるように『いのり』マテリアをセットしておこう。また、エリゴルからはストライクロッドを盗めるので、まだ持っていなければ『ぬすむ』マテリアの準備も忘れずに。

▼第1段階への対処法

エアリスを操作して、敵のヤリが届かない程度の距離からコンボなどを当てると戦いやすい。『突進』は、遠くへ離れつつ左右どちらかにまわりこむように走ったり回避したりしてかわし、直後に『テンペスト』(長押し版)や『ブリザド』を当てよう。

⬆第1段階では、この距離かもう少し遠くから攻撃。『ヘレティックレーザー』のレーザーは斜め下に放たれるので、遠ざかるだけでかわせる。

▼第2段階への対処法

敵が空中にいるときはクラウドかティファを操作し、コンボを当てて地上に降ろす。敵が地上にいるときはエアリスを操作し、弾やレーザーによる攻撃を広場中央のコンテナで防ぎながら、『テンペスト』(長押し版)などで攻めるといい。難易度がHARDの場合は、こちらが永続のリフレク状態にさせられるので、以降の回復は『いのり』が頼りだ。

▼第3段階への対処法

右車輪と左車輪が破壊可能になる。敵が立ち止まったときにクラウドやティファを操作して車輪を壊し、バーストさせたら一気にトドメを刺したい。

⬆第2段階に移行するときの敵が落としたコンテナは、第3段階のときに『ゲヘナサイクロン』で吹き飛ばされるまで、盾として役立つ。

レノ(2回目) Reno

BOSS ▸人間 ▸地上

レポートNo. » 077 «

FRONT

BACK

オリジナル版

出現場所とその場所でのレベル

CH12 七番街支柱 15F　レベル 22

ステータス

	最大HP	物理攻撃力	魔法攻撃力	物理防御力	魔法防御力
EASY	8878	146	146	165	165
NORMAL	16142				
HARD	33012	328	328	342	342

基本キープ値	バーストゲージ	バースト時間
40	100(※1)	8秒(※2)

獲得できる経験値・AP・ギル

	経験値	AP	ギル
EASY	510	10	850
NORMAL			
HARD	2700	30	2250

入手できるアイテム

通常	エーテルターボ(100%)
レア	――
盗み	ウィザードブレス(10%)

※1……第3段階 80　※2……第3段階 12秒

ダメージ倍率

物理	×1.0
魔法	×1.0
炎属性	×1.0
氷属性	×1.0
雷属性	×0.1
風属性	×1.0
固定ダメージ	×1.0
割合ダメージ	×0.1

バーストゲージ増加倍率

物理(近接)	×1.0
物理(遠隔)	×1.0
魔法	×0.5
炎属性	×1.0
氷属性	×1.0
雷属性	×0.5
風属性	×1.0

状態異常耐性値

毒	35
沈黙	無効
睡眠	35
スロウ	無効
ストップ	35
バーサク	無効

特徴的な性質

第1段階 残りHP100~65%

- 『タークス光線』を使うとき以外は、積極的に近寄って攻撃する
- 『フラッシュスイープ』で近づいた直後には、『エアリアルラッシュ』を使うことが多い

第2段階 残りHP64~40%

- 最初は、ルード(→P.640)が操縦するヘリが『爆撃』を終えるまで身を隠したあと、姿を現す
- 姿を現した直後に『ピラミッド』を使う。以降は、第1段階のときと同じ行動をしつつ、ピラミッドに拘束されている相手がいない状況がしばらくつづくと改めて『ピラミッド』使う
- HPが残り39%まで減るとヒザをつき、攻撃が当たらない状態になる。この状態は、ルードの操縦するヘリが撃墜されるまでつづき、撃墜後は第3段階に移行する

第3段階 残りHP39%以下

- 難易度がHARDのときでも、『ビートラッシュ』の1撃目をガードされるとヒートするようになる
- 『エアリアルラッシュ』をガードされるとヒートするようになる
- 『エアリアルラッシュ』の1撃目で相手を打ち上げても、空中での攻撃に移らない(かわりにルードが追撃する)
- ルードが倒される前は、定期的にふたりで一緒に『タークス暴走』を使う

▸ヒートする状況

- 『ビートラッシュ』の1撃目をガードされた直後の動作中(難易度がHARDのときは第3段階のみ)
- 第3段階 『エアリアルラッシュ』をガードされたときの着地時
- 吹き飛ばされているあいだ

ピラミッドのデータ

レノとのちがい

最大HP
EASY：508、NORMAL：923、HARD：1887

基本キープ値
101

ダメージ倍率	
雷属性	×1.0
固定ダメージ	無効
割合ダメージ	無効

基本キープ値
101

Ⓐピラミッド機雷

ピラミッドとのちがい

最大HP
(HPを持たない)

物理防御力、魔法防御力
1

基本キープ値
101

※経験値、AP、ギル、アイテムは獲得できない

アクションデータ

名前	タイプ	属性	効果範囲	威力	カット値	ガード	ダウン	状態変化	キープ値	ATB消費
ビートラッシュ	物理(近接)	―	敵単体	50+30×4回+70	50	○	×	―	40	×
	ロッドで突きをくり出し、それがヒットしたら(難易度がHARDのときの第1～第2段階ではガードされても)、ロッドを4回振ったあと蹴る(突きの時点ではアクション名が表示されない)									
サンダーロッド	物理(近接)	―	敵単体	150	50	○	○	―	60	×
	全身に電気を帯びながらダッシュで近寄り、跳びかかってロッドを振り下ろす									
エアリアルラッシュ	物理(近接)	―	敵単体	50+35×4回+100	50	○	○	―	100	×
	ジャンプしつつロッドを上に振り、敵を打ち上げる。第1～第2段階で打ち上げた場合は、さらに空中で攻撃をたたきこむ(空中での攻撃に移るまではアクション名が表示されない)									
疾風雷電	物理(近接)	―	自分前方	200	50	○	○	―	60	×
	腰を落としたあと、ロッドを前方に構えた姿勢のまま超高速で正面へ突進する									
ライトニングボム	魔法	―	自分周囲	200	50	△	○	―	60	×
	前方へ高くジャンプし、落下と同時に地面にロッドを突き立てて、周囲にドーム状の電磁波を放つ									
フラッシュスイープ	魔法	―	攻撃軌道上	1ヒットごとに20	30	△	×	―	60	×
	ジグザグに高速移動しつつ、その軌道上に、触れた相手にダメージを与える電気のオビを発生させる									
タークス光線	魔法	―	自分前方・弾	1ヒットごとに50	30	△	×	―	40	×
	正面と左右斜め前の3方向に弾を飛ばす									
ピラミッド 第2段階	魔法	―	敵単体	1ヒットごとに40(※3)	50	×	×	―	100	×
	金色に光る機械(ピラミッド機雷)を転がす。ピラミッド機雷は宙に浮いてから飛んでいって相手をピラミッドのなかに拘束し、破壊されるまでのあいだ2秒ごとにダメージを与える(このダメージでは、相手のHPは残り1までしか減らない)									
バインドチェーン 第3段階	魔法	―	敵単体	0	50	×	○	―	100	×
	ロッドから電気のオビを伸ばして相手を拘束し、3秒以内にルードが攻撃を当てなかった場合は引き寄せて転ばせる									
タークス暴走 第3段階	魔法	―	自分周囲	300	50	△	○	―	100	×
	ルードが倒される前のみ使用。ふたりで一緒にジャンプし、レノが電磁波を、ルードが衝撃波を周囲に放つ									

※3……難易度がHARDのときは「1ヒットごとに80」

ADVICE » vsレノ(2回目)+ルード(2回目)

パーティメンバー クラウド、バレット、ティファ

レノを先に撃退してルードとの戦いに集中する

このバトルにおけるレノとルードは、『爆撃』をのぞけば無属性の攻撃しか使わず、不利な状態変化も起こしてこない。戦闘前の準備は、各種の攻撃で受けるダメージを減らすことを重視しよう。具体的には、防具やアクセサリで物理防御力と魔法防御力をバランス良く高め、『ガードきょうか』マテリアもセットするといい。

▼第1段階への対処法

レノの攻撃をガードしたあと、直後のスキを狙ってコンボなどを当てればOK。この戦法は、第2段階以降のレノに対しても有効だ。ルードの操縦するヘリが仕掛けてくる『銃撃』のダメージは、あらかじめ『リジェネ』を使っておけば、リジェネ状態による回復でほぼ相殺できる。

▼第2段階への対処法

レノの『ピラミッド』で拘束された仲間を、ほかの仲間がピラミッドを壊すことで救出しながら、第1段階と同じように戦おう。レノがヒザをついてこちらの攻撃が当たらなくなったら、あとはルードのヘリをバレットの遠隔攻撃で撃墜するだけだ。

⬆レノの攻撃をガードした直後に、こちらからダメージを与えよう。1回目のバトル(→P.625)とちがって、回避や反撃をされる心配はない。

▼第3段階への対処法

ルードから逃げまわりつつ、まずはレノを倒すのが得策。ルードに対しては、以前に戦ったときと同じく、武器アビリティや魔法でガードをくずしてヒートさせる戦法(→P.628)が通じる。

⬆仲間を拘束したピラミッドは、ピラミッド機雷をターゲットして遠隔攻撃や魔法を当てればすぐに壊せる。

⬆ヘリを降りたあとのルードの行動は、以前に戦ったときの第2段階とほぼ同じ。

ルード(2回目) Rude

BOSS ▸人間 ▸地上

レポートNo. » 078 «

オリジナル版

出現場所とその場所でのレベル

CH12 七番街支柱 15F　レベル 22

ステータス

	最大HP	物理攻撃力	魔法攻撃力	物理防御力	魔法防御力
EASY	8878	146	146	165	165
NORMAL	16142				
HARD	33012	328	328	342	342

基本キープ値
40

バーストゲージ
80

バースト時間
12秒

獲得できる経験値・AP・ギル

	経験値	AP	ギル
EASY	340	10	2550
NORMAL			
HARD	1800	30	6750

入手できるアイテム

通常	メガポーション(100%)
レア	――
盗み	プレートガード(10%)

※上記のデータは、ヘリを降りたあと(第3段階)のもの。ヘリを操縦しているとき(第1～第2段階)のデータは、右下を参照

ダメージ倍率

物理	×1.0
魔法	×1.0
炎属性	×0.5
氷属性	×1.0
雷属性	×1.0
風属性	×2.0
固定ダメージ	×1.0
割合ダメージ	×0.1

バーストゲージ増加倍率

物理(近接)	×1.0
物理(遠隔)	×1.0
魔法	×1.0
炎属性	×0.5
氷属性	×1.0
雷属性	×1.0
風属性	×1.25

状態異常耐性値

毒	25
沈黙	無効
睡眠	35
スロウ	無効
ストップ	35
バーサク	無効

▸ヒートする状況

- 吹き飛ばされているあいだ
- ガード中に武器アビリティか魔法による攻撃を2回受けた直後の動作中

特徴的な性質

第1段階 (レノ(→P.638)のHPが残り64%になるまで)

- ヘリを操縦し、ホバリングしたまま断続的に『銃撃』を使う
- 攻撃のターゲットにならない

第2段階 残りHP100～52%

- 「『爆撃』を使う→しばらくのあいだホバリングしたまま断続的に『銃撃』を使う」をくり返す。このときは、HPが残り51%まで減っても撃墜されずに行動しつづける
- レノのHPが残り39%まで減ったあとは、ヘリを左右に移動させながら『銃撃』をくり返すようになる。このときにHPが残り51%まで減ると(すでにそこまで減っていた場合は何らかの攻撃を受けると)、ヘリが撃墜されてルードは地上に降りる

第3段階 残りHP51%以下

- クラウドとバレットに対しては『ハンマーパンチ』などで大ダメージを与えようとし、ティファに対しては『足払い』などで行動を封じようとする
- 相手の大半の攻撃をガードする。ガード中は受けるダメージ量とバーストゲージ増加量を0.2倍に軽減するほか、『たたかう』『強撃』による攻撃を数回連続でガードした場合は、攻撃を弾き返して『ハンマーパンチ』など(ティファに対しては『つかむ(対女性)』)で反撃する
- ガード中に武器アビリティか魔法による攻撃を1回受けると、ガード姿勢のまましゃがみこんだあとガードを解く。しゃがみこんでいるあいだは、攻撃を弾き返せない
- レノが倒される前は、定期的にふたりで一緒に『タークス暴走』を使う

ヘリを操縦しているときのデータ

ヘリを降りたあととのちがい

最大HP
EASY：1268、NORMAL：2306、HARD：4716

物理攻撃力、魔法攻撃力
EASY&NORMAL：73、HARD：148

基本キープ値
101

ダメージ倍率	
炎属性	×1.0
風属性	×1.0
固定ダメージ	無効
割合ダメージ	無効

バーストゲージ増加倍率
(すべて「無効」)

状態異常耐性
(すべて「無効」)

アクションデータ

名前	タイプ	属性	効果範囲	威力	カット値	ガード	ダウン	状態変化	キープ値	ATB消費
▼ヘリを操縦しているときに使う										
銃撃	物理(遠隔)	—	直線上・弾	1ヒットごとに10	0	△	×	—	100	×
第1段階 第2段階	機体下部のガトリング砲から弾を連射する									
爆撃	魔法	炎	着弾周囲	1ヒットごとに350	50	△	○	—	100	×
第2段階	足場の上を通過するように飛びながら爆弾をつぎつぎと投下したあと、Uターンして再度投下する(初回のみ、Uターンしての投下は行なわない)。この攻撃はピラミッド(→P.638)にも当たり、当たると一撃で破壊する									
▼ヘリを降りたあとに使う										
パンチコンボ	物理(近接)	—	敵単体	50+20×4回+100	50	○	×	—	40	×
第3段階	左右の拳で合計6回なぐる									
キックコンボ	物理(近接)	—	敵単体	70+70+100	50	○	×	—	40	×
第3段階	前蹴り→まわし蹴り→跳びまわし蹴りを順にくり出す									
足払い	物理(近接)	—	敵単体	100	50	○	×	—	40	×
第3段階	地面に伏せて回転足払いをくり出す									
ハンマーパンチ 蹴り上げ	物理(近接)	—	敵単体	100	50	○	○	—	40	×
ハンマーパンチ なぐり	物理(近接)	—	敵単体	130	50	○	○	—	100	×
第3段階	右足で蹴り上げ、打ち上がった相手をなぐってたたき落とす(なぐる動作に移るまでは、アクション名が表示されない)									
つかむ(対男性)	物理(近接)	—	敵単体	50+70	50	×	×	—	40	×
第3段階	走り寄って右手でつかんで拘束し、打撃を2発たたきこむ									
つかむ(対女性)	物理(近接)	—	敵単体	120	50	×	○	—	40	×
第3段階	走り寄って右手でつかんで拘束し、背後から首に手刀を打ちこんで昏倒させる									
グレートパンチ	魔法	—	敵単体	200	50	△	○	—	60	×
第3段階	前へ踏みこみつつ、オーラをまとった拳を振り下ろす									
かかと落とし	魔法	—	自分前方	200	50	△	○	—	100	×
第3段階	前方へジャンプし、宙返りしてからカカトを地面にたたきつけて周囲に衝撃波を起こす									
地走り	魔法	—	攻撃軌道上・弾	150	50	△	×	—	60	×
第3段階	地面をなぐり、相手を追うように進む衝撃波を走らせる									
タイタンブロウ	魔法	—	攻撃軌道上・弾	1ヒットごとに100	50	△	×	—	60	×
第3段階	『地走り』と同様の衝撃波を、正面と左右斜め前の3方向に放つ。放たれた衝撃波は、大きくカーブして相手のほうに進む									
コークスクリュー	魔法	—	攻撃軌道上	250	50	△	○	—	60	×
第3段階	身体を横回転させて、前方に進む竜巻を放つ									
タークス暴走	魔法	—	自分周囲	300	50	△	○	—	100	×
第3段階	レノが倒される前のみ使用。ふたりで一緒にジャンプし、ルードが衝撃波を、レノが電磁波を周囲に放つ									

知識のマテリア《 レノとルードが息の合った連携を見せる

七番街プレートにおけるレノ(2回目)+ルード(2回目)とのバトルで、ルードがヘリを降りたあとは、彼らふたりが一緒に攻めてくる。このときのレノとルードは、どちらかの特定の攻撃がヒットすると、もう一方が追撃を行なうのだ。具体的な追撃の流れは、以下のとおり。

レノ『エアリアルラッシュ』→ルード『かかと落とし』

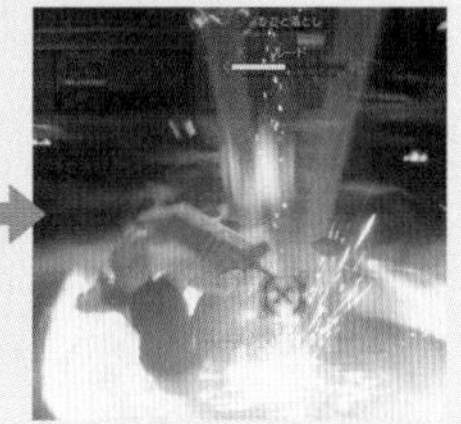

⬆『エアリアルラッシュ』の1撃目で打ち上がった相手が落ちてきたところに、ルードが追撃を仕掛ける。

レノ『バインドチェーン』→ルード『グレートパンチ』

⬅レノが『バインドチェーン』で相手を拘束し、ルードが渾身のパンチで吹き飛ばす。

ルード『ハンマーパンチ』『つかむ』→レノ『サンダーロッド』(※1)

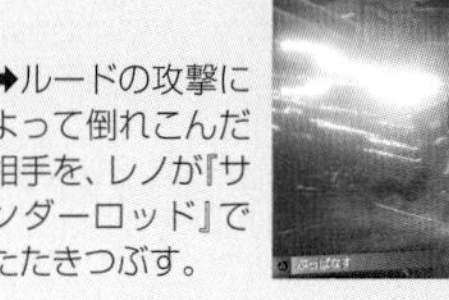

➡ルードの攻撃によって倒れこんだ相手を、レノが『サンダーロッド』でたたきつぶす。

※1……『つかむ』がティファにヒットしたときは、レノは追撃しない

アノニマス Failed Experiment

BOSS ▸人工生命 ▸地上 レポートNo. » 096 «

出現場所とその場所でのレベル

CH13 地下実験場・B1F:実験体試験場 レベル 24

ステータス

	最大HP	物理攻撃力	魔法攻撃力	物理防御力	魔法防御力
EASY	11229	184	156	159	137
NORMAL	20417				
HARD	40086	391	328	312	268

基本キープ値
60

バーストゲージ
100

バースト時間
13秒

獲得できる経験値・AP・ギル

	経験値	AP	ギル
EASY	950	10	950
NORMAL			
HARD	4500	30	2250

入手できるアイテム

通常	ミスリルクロー(100%)
レア	――
盗み	どく(12%)

ダメージ倍率

物理	×1.0
魔法	×1.0
炎属性	×1.0
氷属性	**×2.0**
雷属性	吸収
風属性	×1.0
固定ダメージ	無効
割合ダメージ	無効

※1……ヒート中は「×1.0」
※2……ヒート中は「×**1.75**」

バーストゲージ増加倍率

物理(近接)	×0.25(※1)
物理(遠隔)	無効(※1)
魔法	×1.0
炎属性	無効(※1)
氷属性	×1.5(※2)
雷属性	無効(※1)
風属性	無効

状態異常耐性値

毒	無効
沈黙	35
睡眠	100
スロウ	無効
ストップ	無効
バーサク	無効

特徴的な性質

第1段階 残りHP100~81%(難易度がHARDのときは100~91%)

- 「しばらくティファを狙って行動→しばらくバレットを狙って行動」をくり返す
- ティファを狙っているときは、定期的に『ぶっこわす』を使って通路の先端を破壊する(3回まで)
- バレットを狙っているときは、『なぎはらい』『飛びかかり』『毒砲』などを使って攻撃する
- ネムレスを『キャッチ』で捕らえて『リリース』で投げる(初回の『リリース』のみ、ダクトに向けて投げる)
- ネムレスの数が減ると、ときどき『仲間を呼ぶ』を使って数体呼び出す
- 触手を破壊されると、そのぶん「『キャッチ』で捕らえるネムレスの最大数」と「『毒砲』で飛ばす毒の弾の数」が減る

第2段階 残りHP80%以下(難易度がHARDのときは90%以下)

- ティファを狙っているときも、バレットを狙っているときと同じ行動をするようになる
- 各種『○○号令』で、ネムレスに特定のアクションを行なわせる
- 『スタンロアー』でスタンした相手に『メッタ打ち』などを使う
- 自分がサンダー系の魔法を受けるか『発電』を使うと、画面に表示されない「チャージ値」が増加(増加量は、『サンダー』が2、『サンダラ』が5、『サンダガ』『発電』が10で、難易度がHARDのときは2倍に増える)。チャージ値が10増えるたびに、身体の輝きが増して『充電』を使い、30以上に増えたあとは、『プラズマ放電』を使ってチャージ値がゼロになり、身体の輝きも初期状態にもどる
- HPが残り30%以下になると、『仲間を呼ぶ』を使わなくなり、かわりに『発電』を使うことが多くなる

▶ヒートする状況

- 難易度がHARD以外のときに、ティファの物理攻撃でHPが最大値の6.2%減った直後の8秒間(無効:20秒)
- 触手が破壊された直後の15秒間(3回破壊された直後のみ20秒間)

部位のデータ

Ⓐ触手

本体とのちがい
最大HP
(本体の最大HPの5%)
物理防御力
(本体の物理防御力の125%)
魔法防御力
(本体の魔法防御力の140%)

ダメージ倍率	
物理	**×2.0**
魔法	×0.5
炎属性	×0.5
雷属性	無効
風属性	×0.5

Ⓑ心臓

本体とのちがい
最大HP
(HPを持たない)

バーストゲージ増加倍率	
物理(近接)	**×2.0**
物理(遠隔)	**×1.5**
魔法	**×1.75**

※触手は4本あるが、うち1本は破壊不可能で、残る3本についても1本ずつしか攻撃が当たらない(破壊されると、ヒートやバースト後に別の1本に攻撃が当たるようになる)。また、『キャッチ』の動作中は触手がダメージを受けない
※心臓は、触手を破壊された直後のヒート中にしか攻撃が当たらない

アクションデータ

名前	タイプ	属性	効果範囲	威力	カット値	ガード	ダウン	状態変化	キープ値	ATB消費
キャッチ	物理(近接)	―	自分前方	200	50	○	×	―	60	×
	触手でネムレスを捕らえて引き寄せる。引き寄せるときのネムレスと接触した相手にダメージを与える性質もある。 第2段階 残っている触手の数に応じて、最大4体のネムレスを一度に捕らえる									
リリース	物理(近接)	―	着弾周囲・弾	1ヒットごとに200	50	○	○	―	60	×
	『キャッチ』で捕らえたネムレスを投げる(投げられたネムレスは即死する)									
なぎはらい	物理(近接)	―	自分前方	250×2回	50	○	○	―	60	×
ハンマーパンチ	物理(近接)	―	自分前方	500	50	○	○	―	60	×
飛びかかり	物理(近接)	―	自分前方	500	50	○	○	―	60	×
放り投げる	物理(近接)	―	敵単体	500	50	×	○	―	60	×
	触手で相手を捕らえて拘束し、地面に投げつける									
毒砲 毒の弾	物理(遠隔)	―	着弾周囲・弾	1ヒットごとに100	50	△	×	毒(240秒)	60	×
毒砲 毒霧	物理(近接)	―	設置周囲	1ヒットごとに15	50	×	×	毒(240秒)		
	すべての触手から毒の弾を飛ばす。毒の弾は、壁や地面などに当たると毒霧を発生させる。毒霧は約10秒間残る									
仲間を呼ぶ	―	―	―	―	―	―	―	―	60	×
ぶっこわす 衝撃波	物理(近接)	―	自分周囲	500	100	×	○	―	60	×
ぶっこわす 吹き飛ばし	物理(近接)	―	敵単体	30	50	×	×	―		
第1段階	高くジャンプし、通路を踏み抜いて衝撃波を起こす(この攻撃はネムレスにも当たる)。また、着地時に周囲の相手を吹き飛ばす									
グランドスマッシュ 第1段階	物理(近接)	―	敵単体	250	50	○	×	―	60	×
スタンロアー 第2段階	物理(近接)	―	自分周囲	30	50	×	×	スタン(7秒)	60	×
メッタ打ち 第2段階	物理(近接)	―	敵単体	100×4回+500	50	×	○	―	60	×
	触手で相手を捕らえて拘束し、連続攻撃をたたきこむ									
シールド号令 第2段階	―	―	味方全体	―	―	―	―	―	60	×
	まわりのネムレスに、自分自身に対して『シールド』を使わせる									
リフレク号令 第2段階	―	―	味方全体	―	―	―	―	―	60	×
	まわりのネムレスに、自分自身に対して『リフレク』を使わせる									
サンダガ号令 第2段階	―	―	味方単体	―	―	―	―	―	60	×
	いずれかのネムレスに、アノニマスに対して『サンダガ』を使わせる									
充電 第2段階	魔法	雷	自分周囲	100	50	△	○	―	60	×
発電 第2段階	魔法	雷	自分周囲	200	50	△	○	―	60	×
プラズマ放電 第2段階	魔法	雷	自分周囲・弾	1ヒットごとに700	50	△	○	―	60	×
	巨大な電撃の球を、周囲につぎつぎと放つ。いくつかの球は、相手を追うように進む									

ADVICE » VSアノニマス+ネムレス

パーティメンバー バレット、ティファ

アノニマスの触手を破壊したあと心臓を攻撃

戦いにのぞむ前に、武器に『れいき』と『ぞくせい』マテリアを組でセットして、『たたかう』などで敵の弱点を突けるようにしよう。アクセサリは、毒状態を防ぐ星のペンダント(難易度がHARDのときは、ネムレスが使う『スリプル』を防げるハチマキ)が適している。

アノニマスは、ネムレスとの連戦の途中で姿を現す。出現後は、ネムレスを『たたかう』などで倒してATBゲージを増やしつつ、アノニマスを攻撃しよう。アノニマスに対しては、第1段階のうちはバレットを操作して本体を攻撃。第2段階に移ったあとは、「バレットが触手を破壊→ヒート中に心臓を攻撃→バーストしたら本体を攻撃」をくり返すといい(触手を破壊できなくなったあとは、本体を集中攻撃する)。

⬅『リリース』『プラズマ放電』などの何かを飛ばしてくる攻撃は、障害物で防げる。

⬅触手にはティファの攻撃が届きにくい。バレットが敵の後方から遠隔攻撃を当てよう。

⬆触手を破壊したら、ヒート中に現れる心臓を正面から攻撃し、一気にバーストさせる。

アプス(2回目) Abzu

BOSS ▸生物 ▸地上 レポートNo. 091

FRONT

BACK

オリジナル版

出現場所とその場所でのレベル

CH14 地下下水道・六番地区 封鎖区画：第二沈殿池室 レベル 27

ステータス

	最大HP	物理攻撃力	魔法攻撃力	物理防御力	魔法防御力
EASY	25718	195(※1)	195(※1)	111(※2)	177(※3)
NORMAL	46760	195(※1)	195(※1)	111(※2)	177(※3)
HARD	82530	382(※1)	382(※1)	194(※2)	312(※3)

基本キープ値	バーストゲージ	バースト時間
60	200	10秒

獲得できる経験値・AP・ギル

	経験値	AP	ギル
EASY	1100	10	1100
NORMAL	1100	10	1100
HARD	4500	30	2250

入手できるアイテム

通常	フェニックスの尾(100%)
レア	──
盗み	エーテルターボ(10%)

※1……『大興奮』使用後は「228(難易度がHARDのときは454)」
※2……『大興奮』使用後は「28(難易度がHARDのときは45)」
※3……『大興奮』使用後は「152(難易度がHARDのときは268)」、『津波ラッシュ』の動作中は「245(難易度がHARDのときは435)」

特徴的な性質

第1段階 残りHP100～76%

- 1回目のバトル(→P.632)で片方のツノを破壊されていた場合は、それが破壊されたままの状態で現れる
- 両方のツノが破壊されると『下水津波』などの水による攻撃を使うときの動作が遅くなり、尻尾を破壊されると『尻尾ビンタ』が相手に当たらなくなる
- 部屋の左右の荷物が並んだ場所にいる相手は、基本的に狙わない
- 高台に飛び移ると、『挑発』や『突撃開始！』をくり返したあと、下に降りるか『じゃれる』を使う
- 第2段階に移行するときに、部屋の片側の荷物を水で押し流す

第2段階 残りHP75～46%

- 高台に飛び移ったときに、『下水津波』も使うようになる
- 第3段階に移行するときに、部屋のもう片側の荷物を水で押し流す

第3段階 残りHP45%以下

- 高台に飛び移らなくなる(『下水津波』は地上で使用する)
- 難易度がHARDのときは、定期的に『津波ラッシュ』を使う
- 自分のHPが残り30%以下になるか、アプスベビー(→P.590)が全滅すると(難易度がHARDのときは4体以下になると)、『大興奮』を使用。以降は、『尻尾ビンタ』からつづけて『おおあばれ』を使ったり、難易度がHARD以外でも定期的に『津波ラッシュ』を使ったりするようになる(難易度がHARDのときは使用間隔が短くなる)

ダメージ倍率

物理	×1.0
魔法	×1.0
炎属性	**×2.0**
氷属性	×0.5(※4)
雷属性	×1.0
風属性	×1.0
固定ダメージ	×1.0
割合ダメージ	無効

※ヒート中はバーストゲージ増加倍率が本来よりも上がる
※4……『津波ラッシュ』の動作中は「無効」

バーストゲージ増加倍率

物理(近接)	×1.0
物理(遠隔)	×1.0
魔法	×0.25
炎属性	×1.0
氷属性	無効
雷属性	×1.0
風属性	×1.0

状態異常耐性値

毒	無効
沈黙	無効
睡眠	35
スロウ	無効
ストップ	35
バーサク	35

▶ヒートする状況

- 難易度がHARD以外のときに、HPが最大値の12%減った直後の7.5秒間(バーストゲージ増加量1.5倍／無効：120秒)
- 炎属性の攻撃でHPが最大値の3%減って全身が燃え上がってから水に飛びこむまでの動作中(バーストゲージ増加量1.5倍／無効：120秒／※5)
- 『じゃれる』の跳びつきをかわされた直後の5秒間(バーストゲージ増加量1.2倍)
- 右ツノか左ツノを破壊された直後の8秒間(バーストゲージ増加量1.5倍)

※5……さらに、燃え上がっているあいだは、アプスが1秒ごとに32前後のダメージを受ける

部位のデータ

Ⓐ右ツノ、左ツノ

本体とのちがい

最大HP
(本体の最大HPの12%／難易度がHARDのときは本体の最大HPの21%)

ダメージ倍率	
物理	×0.5(※6)

Ⓑ尻尾

本体とのちがい

最大HP
(本体の最大HPの16%／難易度がHARDのときは本体の最大HPの30%)

ダメージ倍率	
物理	×0.5(※6)

※6……バースト中は「×1.0」

FINAL FANTASY VII REMAKE ULTIMANIA

アクションデータ

名前	タイプ	属性	効果範囲	威力	カット値	ガード	ダウン	状態変化	キープ値	ATB消費
ぶんなぐり	物理(近接)	―	自分前方	100	50	○	○	―	60	×
猛打ラッシュ	物理(近接)	―	自分前方	125×(2~4)回+175	50	○	○	―	60	×
じだんだ	物理(近接)	―	自分周囲	200	50	○	○	―	60	×
じゃれる 跳びつき	物理(近接)	―	敵単体	50	50	×	×	―	60	×
じゃれる 拳	物理(近接)	―	敵単体	50×4回+150	50	×	○	―		
	相手に跳びついて拘束し、拳で5回なぐる。ただし、拘束中に武器アビリティか魔法による攻撃を2回受けるか、リミット技を受けると、拘束を解く。跳びつきが空振りすると転ぶが、そのときも接触した相手に「跳びつき」のダメージを与える(拘束はしない)									
挑発	魔法	―	敵単体	―	100	×	×	いかり(永続)	60	×
	おどけた動作で相手をバカにする									
突撃開始!	―	―	味方全体	―	―	―	―	―	80	×
	おたけびを上げて、すべてのアプスベビー(水中に逃げこんでいる個体をのぞく)に攻撃させる									
尻尾ビンタ 第2段階 第3段階	物理(近接)	―	自分周囲	150	50	○	×	―	60	×
	スピンしつつ尻尾を振りまわす。尻尾破壊後は攻撃能力がなくなる(身体をスピンさせるだけになる)									
突進 第2段階 第3段階	物理(近接)	―	自分前方	225	50	○	○	―	60	×
	両手を地面につけたあと正面へすばやく突っこむ									
汚水かけ 第2段階 第3段階	魔法	―	特定範囲	75	30	×	○	毒(120秒)	60	×
	広場の左右にあるプールから汚水をまく									
下水津波 第2段階 第3段階	魔法	―	特定範囲	500	100	×	○	毒(120秒)	100	×
	ふたつある排水口の一方から、大量の下水を放出させる									
おおあばれ 第3段階	物理(近接)	―	自分前方	350	50	○	○	―	60	×
	身体を時計まわりに回転させながら左手でなぐる									
突進ラッシュ 第3段階	物理(近接)	―	攻撃軌道上	1ヒットごとに225	50	○	○	―	60	×
	『突進』と同様の動作で突っこむことを、2~4回(難易度がHARDのときは2~5回)くり返す									
津波ラッシュ 第3段階	魔法	―	特定範囲	500×2回	100	×	○	毒(120秒)	100	×
	ふたつある排水口の一方から大量の下水を放出させたあと、もう一方の排水口からも放出させる。この攻撃は、自分やアプスベビーにも当たる(ただし、自分は受けるダメージを大幅に軽減する)									
大興奮 第3段階	―	―	自分	―	―	―	―	―	60	×
	両手で胸をたたきながらツノを赤く光らせて、自分の各種攻撃力を上げ、各種防御力を下げる									

ADVICE » vsアプス(2回目)+アプスベビー

パーティメンバー クラウド、バレット、ティファ

第2段階までは荷物が並んでいる場所で戦おう

1回目のバトルと異なり、アプスがアプスベビーを6体(第3段階では9体)引きつれている。『ほのお』と『ぞくせい』マテリアを利用して『たたかう』などに炎属性を持たせ、『スリプル』を使うために『ふうじる』マテリアもセットしておきたい。

▼ 第1段階 第2段階 への対処法

バレットを操作して、荷物が並んでいる場所へ移動し、そこからアプスの本体を狙って攻撃していこう。1回目のバトルで敵のツノを破壊していた場合は、残るツノを『ファイア』などで壊し、『下水津波』などの動作を遅くするのも手だ。なお、この段階でのアプスベビーは倒せないので(→P.590)、放っておくか、攻撃して水中へ逃がしてしまってかまわない。

▼ 第3段階 への対処法

アプスを『スリプル』で睡眠状態にして、アプスベビーから先に倒す。アプスに対しては、クラウドかティファを操作して、部屋内を大きく移動しながら戦えば、敵の攻撃を受けにくい。

⬆並んでいる荷物のスキ間に入ると、アプスに狙われずに戦える。アプスベビーからは攻撃されるが、『ド根性』と『リジェネ』を使っておけば、ピンチにおちいる可能性は低い。

⬆『下水津波』『津波ラッシュ』は、操作していないキャラクターが逃げこんだ場所か排水口のそばの角に移動すれば当たらない。

ヘリガンナー The Valkyrie

BOSS ▸機械 ▸飛行

レポートNo. 084

出現場所とその場所でのレベル

CH15 七番街 プレート断面・プレート接合面　レベル 29

ステータス

	最大HP	物理攻撃力	魔法攻撃力	物理防御力	魔法防御力
EASY	28373	191	191	206	117
NORMAL	51588				
HARD	84888	328	328	342	194

基本キープ値	バーストゲージ	バースト時間
60	100	10秒

獲得できる経験値・AP・ギル

	経験値	AP	ギル
EASY	1200	10	1200
NORMAL			
HARD	4500	30	2250

入手できるアイテム

通常	マキナバングル(100%)
レア	―
盗み	―

ダメージ倍率

物理	×1.0
魔法	×1.0
炎属性	×1.0
氷属性	×1.0
雷属性	×2.0(※1)
風属性	**×2.0**
固定ダメージ	×0.1
割合ダメージ	×0.1

バーストゲージ増加倍率

物理(近接)	**×2.0**
物理(遠隔)	×0.25
魔法	×0.5
炎属性	×1.0
氷属性	×1.0
雷属性	×1.25(※1)
風属性	**×1.75**

状態異常耐性値

毒	無効
沈黙	無効
睡眠	無効
スロウ	無効
ストップ	50
バーサク	無効

※対魔法モード中は、「魔法」と各種「○属性」のダメージ倍率およびバーストゲージ増加倍率が「×0.01」に、「物理(近接)」のバーストゲージ増加倍率が「×0.25」になる

※1……難易度がHARDのときは「×1.0」

特徴的な性質

第1段階 残りHP100～82%

- 相手との距離を一定以上に保つように飛びまわり、『98式制圧機銃』と『99式対獣炸裂弾』を使う
- HPがある程度減ったりバトルが長引いたりすると、「『98式制圧機銃』→『99式対獣炸裂弾』→『投下式ナパーム』×2回」と行動する。この一連の行動を終えると、自分のHPが81%以上残っていても第2段階に移行する

第2段階 残りHP81～61%

- 「相手の周囲を飛びまわりつつ『98式制圧機銃』を1～2回使う→ホバリングしつつ『99式対獣炸裂弾』を使う」と行動するようになる
- 相手に近づくと、『フライングドリル』か『対人鎮圧ガス弾』を使う
- ときどき『ローリングプレス』を使用し、それが相手に何度かヒットするかガードされたら、直後に『一斉掃射』を使う
- ヒートすると、機体が約35秒間ショートを起こす。ショート中は、低空をゆっくり飛びながら『98式制圧機銃』と『99式対獣炸裂弾』を使う

第3段階 残りHP60%以下

- はるか上空にドローンを浮かべる。ドローンは攻撃のターゲットにならず、自動的に『荷電粒子砲』を使用する(攻撃を終えたあとは、約18秒が過ぎると再使用する)
- 『対魔法モード起動』を使って対魔法モードになる。対魔法モードのときのヘリガンナーは、物理攻撃以外で受けるダメージを大幅に軽減し、バーストゲージがほとんど増えなくなり、移動速度も上がる。ただし、バーストするか、ヘリガンナーに『荷電粒子砲』が当たるか、難易度がHARD以外のときに約100秒が経過すると、対魔法モードが解除される

▸ヒートする状況

- 難易度がHARD以外のときに、雷属性の攻撃でHPが最大値の6%減った直後の4秒間(無効：30秒／※2)
- 風属性の攻撃でHPが最大値の5%減った直後の8秒間(無効：30秒／※2)
- 第2段階 第3段階 物理攻撃でHPが最大値の3%減った直後の動作中(無効：15秒)
- 『回転体当たり』の動作中(バーストゲージ増加量2倍)
- 『荷電粒子砲』を受けた直後の6秒間

※2……第1段階ではHPが最大値の1%減った直後にヒートし、基本的には同じ条件で再度ヒートすることはない

アクションデータ

名前		タイプ	属性	効果範囲	威力	カット値	ガード	ダウン	状態変化	キープ値	ATB消費
▼ヘリガンナーが使う											
98式制圧機銃		物理(遠隔)	──	直線上・弾	1ヒットごとに5	30(※4)	△	×	──	60	×
		2門のガトリング砲から銃弾を連射する									
99式対獣炸裂弾		魔法	炎	着弾周囲・弾	1ヒットごとに150	50	△	×	──	60	×
		炸裂弾を2発同時に撃つことを3回くり返す									
投下式ナパーム		魔法	炎	設置周囲	1ヒットごとに25	10	×	×	──	60	×
		飛行しながら下方に焼夷弾を投下する。焼夷弾が落ちた場所には、炎が約12秒間(難易度がHARDのときは約24秒間)残る									
対人鎮圧ガス弾		魔法	──	設置周囲	1ヒットごとに3	10	×	×	毒(120秒)+睡眠(15秒)	60	×
第2段階 第3段階		周囲の4方向にガス弾を投下する。ガス弾が落ちた場所には、ガスが約12秒間(難易度がHARDのときは約24秒間)残る									
フライングドリル	機体下部	物理(近接)	──	自分周囲	350	50	○	○	──	60	×
	本体	物理(近接)	──	自分周囲	250	50	○	○	──		
第2段階 第3段階		ドリル回転しつつ真下に落下して、機体下部のとがった部分を突き立てる									
ローリングプレス		物理(近接)	──	自分周囲	1ヒットごとに175	50	○	×	──	80	×
第2段階 第3段階		機体の下部を地面に突き立て、ドリル回転しながら相手を追うように進む									
一斉掃射	銃弾	物理(遠隔)	──	直線上・弾	1ヒットごとに5	30(※3)	△	×	──	80	×
	炸裂弾	魔法	炎	着弾周囲・弾	1ヒットごとに150	50	△	×	──		
	焼夷弾	魔法	炎	設置周囲	1ヒットごとに25	10	×	×	──		
第2段階 第3段階		『98式制圧機銃』の銃弾、『99式対獣炸裂弾』の炸裂弾、『投下式ナパーム』の焼夷弾を連続発射する									
対魔法モード起動		──	──	自分	──	──	──	──	──	80	×
第3段階		全身をバリアで包んで魔法攻撃や属性攻撃への耐性を高め、移動速度もアップさせる									
▼ドローンが使う											
荷電粒子砲		魔法	──	自分下方	700	50	×	○	──	──	──
第3段階		青白い光を真下に放ちつつ相手を追うように飛行し、相手が光に触れたら、約2秒後(難易度がHARDのときは約1秒後)に光線を撃ちこむ。この攻撃はヘリガンナーにも当たるが、「ヒート中でもバースト中でもなくショートもしていないヘリガンナー」が攻撃範囲内にいるあいだは、相手が光に触れていても光線を撃たない									

※3……難易度がHARDのときは「50」

ADVICE ≫ VSヘリガンナー

パーティメンバー　クラウド、バレット、ティファ

『荷電粒子砲』を利用して対魔法モードを解除

ヘリガンナーに対しては、風属性の攻撃がとくに有効。バレットともうひとりの仲間の武器に、『かぜ』と『ぞくせい』マテリアを組でセットしておこう。装備するアクセサリは、睡眠効果を持つ『対人鎮圧ガス弾』への対策になるハチマキがいい。

▼第1段階 第2段階 への対処法

敵が飛びながら弾を撃ってくる。できるかぎり障害物を盾がわりにして弾を防ぎつつ、バレットの遠隔攻撃か『エアロ』などの攻撃魔法を当てていこう。第2段階でヒートしたヘリガンナーが低空に降りてきたときは、クラウドやティファを操作し、バーストからの大ダメージを狙うのがオススメ。

⬆基本的には、敵が上空を飛んでいるあいだは遠隔攻撃や魔法を使い、低空に降りてきたらバーストを目指して近接攻撃で攻めるのがベスト。

▼第3段階 への対処法

対魔法モードで防御面と機動力を強化されるうえ、ドローンが上空から『荷電粒子砲』を撃ってくる。しかし、下の写真のように行動してヘリガンナーを『荷電粒子砲』に巻きこめば、対魔法モードを解除することが可能。モードが解除されているときは、第2段階までの戦法がほぼそのまま通じる。

⬅対魔法モード中は、接近戦を挑む。そうすれば、ヒートさせるまで『荷電粒子砲』の光線を撃たれない。

⬅ヒートさせたとたん、ドローンが光線を撃ってくる。回避でかわし、ヘリガンナーにだけ当てたい。

サンプル：H0512 Specimen H0512

BOSS ▸人工生命 ▸地上 レポートNo. 087

FRONT

BACK

オリジナル版

出現場所とその場所でのレベル

CH16 神羅ビル・65F 宝条研究室サブフロア：サンプル試験室　レベル 31

ステータス

	最大HP	物理攻撃力	魔法攻撃力	物理防御力	魔法防御力
EASY	23338	233(※1)	184	183	233
NORMAL	42432				
HARD	61308	391(※2)	301	268	342

基本キープ値
60
バーストゲージ
230
バースト時間
10秒

獲得できる経験値・AP・ギル

	経験値	AP	ギル
EASY	1300	10	1300
NORMAL			
HARD	4500	30	2250

入手できるアイテム

通常	タリスマン(100%)
レア	――
盗み	いにしえのお守り(12%)

※1……第2段階 248、第3段階 263　※2……第2段階 418、第3段階 445

ダメージ倍率

物理	×1.0
魔法	×1.0
炎属性	×1.0
氷属性	×1.0
雷属性	×0.5
風属性	×1.0
固定ダメージ	×1.0
割合ダメージ	無効

バーストゲージ増加倍率

物理(近接)	×1.0
物理(遠隔)	×1.0
魔法	×1.0
炎属性	×1.0
氷属性	×1.0
雷属性	×1.0
風属性	×1.0

状態異常耐性値

毒	無効
沈黙	35
睡眠	35
スロウ	無効
ストップ	35
バーサク	35

特徴的な性質

第1段階 残りHP100～81%

- 定期的に『怪しい息』を使う
- 近距離から物理攻撃を当ててきた相手に、『カウンターグラブ』で反撃することがある(とくに、第1段階では高めの確率で行なう)
- 難易度がHARD以外のときに、左手のHPが残り50%以下になると、直後にひるむ(ヒートはしない)
- 左手が破壊されると、『左手蘇生』で再生するまで、『ぶんまわす』などの左手を使った行動ができなくなる(『左手蘇生』は、基本的には破壊から約30秒後に行なう)

第2段階 残りHP80～41%

- H0512-OPTα(→P.651)の数が減ると、『OPT排出』を使って、H0512-OPTαを出現させる
- 『怪しい息』のかわりに『魔晄の息』を使うようになる。『魔晄の息』を使うと、直後に約3秒間ぐったりする

第3段階 残りHP40%以下

- 最初に『魔晄の息』で煙を周囲にまき散らす
- 『ひっかく』を最大3回まで連続で使うようになる
- H0512-OPTβ(→P.651)の数が減ると、『OPT排出』を使ってH0512-OPTβを出現させる
- ときどき、室内のポッドに左手を当てて魔晄を約10秒間吸収し(難易度がHARDのときは、吸収中は1秒ごとにHPが602ずつ回復する)、直後に『魔晄の息』を使う。ただし、吸収中に合計2400のダメージを受けると、動作が中断されて約5秒間ぐったりする

ヒートする状況

- 左手が破壊されてから『左手蘇生』を使うまでのあいだ(バーストゲージ増加量1.5倍)

部位のデータ

Ⓐ左手

本体とのちがい
最大HP
(本体の最大HPの9%)

アクションデータ

名前	タイプ	属性	効果範囲	威力	カット値	ガード	ダウン	状態変化	キープ値	ATB消費
ぶんまわす	物理(近接)	―	自分前方	70×3回	50	○	○	―	60	×
	左手を左→右→左と振りまわす									
ひっかく	物理(近接)	―	自分前方	70	50	○	○	―	60	×
	走り寄って右手のツメを振る。第2段階 第3段階 相手が遠くにいるときは、高速でダッシュしつつ右手のツメを振る									
カウンターグラブ たたきつけ	物理(近接)	―	敵単体	350(※3)	50	×	○	―	60	×
カウンターグラブ 衝撃波	物理(近接)	―	自分前方	70(※4)	50	○	○	―		
	右手で相手をつかんで約3秒間拘束したあと、地面にたたきつけるとともに、その周囲に衝撃波を起こす。ただし、拘束中にHPが最大値の2%減るか、武器アビリティ、魔法、リミット技のいずれかの攻撃でダメージを受けると、拘束を解く									
左手蘇生	―	―	自分	―	―	―	―	―	100	×
	破壊された左手を再生する									
怪しい息 第1段階	魔法	―	自分前方	180	50	×	×	毒(120秒)	60	×
	左手から、紫色の煙を正面に噴出させる(難易度がHARDのときは周囲にまき散らす)									
魔晄の息 煙	魔法	―	(下記参照)	210	50	×	×	毒(120秒)+スロウ(15秒)	60	×
魔晄の息 地面	魔法	―	設置周囲	1ヒットごとに30	50	×	×	毒(120秒)+スロウ(15秒)	―	―
第2段階 第3段階	左手から、魔晄の煙を前方の扇状の範囲にまき散らす。この煙を浴びたH0512-OPTαは、H0512-OPTβに変化する。第3段階 煙を正面に噴出する場合と、周囲にまき散らす場合がある。さらに、煙をまいた範囲の地面に、魔晄が約10秒間残る									
OPT排出	―	―	―	―	―	―	―	―	60	×
第2段階 第3段階	第2段階ではH0512-OPTαを、第3段階ではH0512-OPTβを、最大5体出現させる									

※3……難易度がHARDのときは「600」　※4……難易度がHARDのときは「120」

ADVICE » vsサンプル：H0512+H0512-OPT

パーティメンバー　クラウド、バレット、ティファ

左手を破壊したときが全力で攻めるチャンス

サンプル：H0512が特定のアクションでまき散らす煙は、毒効果やスロウ効果を持つ。対策のために、毒状態を防ぐ星のペンダントか、スロウ状態を防ぐ守りのブーツを装備しよう。また、序盤を戦いやすくするために、『ふうじる』マテリアをセットして『スリプル』を使えるようにしておきたい。

この戦いで倒すべき相手はサンプル：H0512だけだが、各種のH0512-OPTから攻撃されると行動しにくくなってしまう。現れるH0512-OPTの種類は段階ごとに変わるので、それぞれ下の表のように対処しながら戦おう。サンプル：H0512に対しては、「左手を破壊→本体を攻撃」という流れをくり返すのが有効。『カウンターグラブ』による反撃を受けたくなければ、バレットが遠くから攻撃するか、ブレイブモードのクラウドがガード後の『カウンター』を狙いつつ、スキあらば『強撃』を当てていくといい。

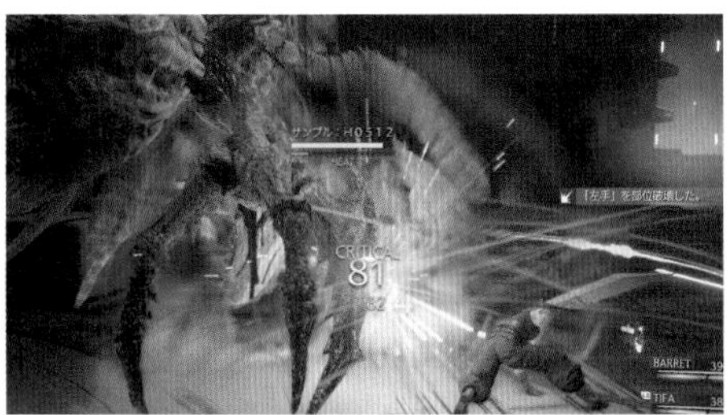

⬆左手を壊してから再生されるまでは、『ぶんまわす』などを使われないうえ、バーストさせやすいヒート状態になる。思い切って攻めよう。

⬆H0512-OPTβは近づけば勝手に自爆するので、こちらから攻撃する必要はない。

各段階で出現するH0512-OPTの種類とそれぞれへの対処法

段階	出現する種類と数	おもな対処法
第1段階	H0512-OPT×3	ふつうに攻撃して倒す。サンプル：H0512を『スリプル』で睡眠状態にしておくとラク
第2段階	H0512-OPTα×5	クラウドが近寄り、ブレイブモード中にガードしつづけて、『突進』などに『カウンター』で反撃する。『魔晄の息』によってH0512-OPTβに変化した場合の対処法は、下記を参照
第3段階	H0512-OPTβ×5	近寄ることで自爆させる。すぐにその場を離れれば、爆発には当たらない

H0512-OPT H0512-OPT

▸人工生命 ▸地上 レポートNo. » 088 «

FRONT

BACK

オリジナル版

おもな出現場所とその場所でのレベル

CH16 神羅ビル・65F 宝条研究室サブフロア：サンプル試験室 レベル 31

ステータス

	最大HP	物理攻撃力	魔法攻撃力	物理防御力	魔法防御力
EASY	2244	124	174	82	82
NORMAL	4080				
HARD	5895	193	283	120	120

基本キープ値	バーストゲージ	バースト時間
20	100	10秒

特徴的な性質

- 相手が近くにいるときは『体当たり』を、遠くにいるときは『ファイア』『ブリザド』を使うことが多い
- サンプル：H0512（→P.648）が第2段階に移行するときにいなくなる

ヒートする状況

- 打ち上げられたり、吹き飛ばされたり、たたきつけられたりしているあいだ

獲得できる経験値・AP・ギル

	経験値	AP	ギル
EASY	0	0	0
NORMAL			
HARD			

入手できるアイテム

通常	──
レア	──
盗み	──

ダメージ倍率

物理	×1.0
魔法	×1.0
炎属性	×1.0
氷属性	×1.0
雷属性	×1.0
風属性	×1.0
固定ダメージ	×1.0
割合ダメージ	×1.0

バーストゲージ増加倍率

物理（近接）	×1.0
物理（遠隔）	×1.0
魔法	×1.0
炎属性	×1.0
氷属性	×1.0
雷属性	×1.0
風属性	×1.0

状態異常耐性値

毒	35
沈黙	35
睡眠	35
スロウ	無効
ストップ	35
バーサク	35

アクションデータ

名前		タイプ	属性	効果範囲	威力	カット値	ガード	ダウン	状態変化	キープ値	ATB消費
体当たり		物理（近接）	──	自分前方	70	30	○	×	──	20	×
跳びかかって身体をぶつける											
ファイア		魔法	炎	着弾周囲・弾	70	50	△	×	──	20	×
ブリザド	弾	魔法	氷	敵単体・弾	──	30	△	×	──	20	×
	氷塊	魔法	氷	敵単体	75	50	△	×	──		

設定画

H0512-OPTα H0512-OPT α

▸人工生命
▸地上

レポートNo. » ― «

FRONT

おもな出現場所とその場所でのレベル

CH16 神羅ビル・65F 宝条研究室サブフロア：サンプル試験室 レベル31

ステータス

	最大HP	物理攻撃力	魔法攻撃力	物理防御力	魔法防御力
EASY	1616	124	174	1	1
NORMAL	2938	124	174	1	1
HARD	4245	193	283	1	1

基本キープ値 20

バーストゲージ 100

バースト時間 10秒

※「獲得できる経験値・AP・ギル」「入手できるアイテム」「ダメージ倍率」「バーストゲージ増加倍率」「状態異常耐性値」のデータは、H0512-OPTと同じ（左ページを参照）

特徴的な性質

- あまり移動しない
- 相手が近くにいるときは『体当たり』を、遠くにいるときは『突進』を使うことが多い
- サンプル：H0512（→P.648）の『魔晄の息』の煙を浴びると、H0512-OPTβに変化する
- サンプル：H0512が第3段階に移行するときにいなくなる

▸ヒートする状況

- 打ち上げられたり、吹き飛ばされたり、たたきつけられたりしているあいだ

アクションデータ

名前	タイプ	属性	効果範囲	威力	カット値	ガード	ダウン	状態変化	キープ値	ATB消費
体当たり	物理（近接）	―	自分前方	70	30	○	×	―	20	×
突進	物理（近接）	―	自分前方	1ヒットごとに20	30	○	×	―	20	×
	その場で跳ねたあとスピンしながら突っこむ									

H0512-OPTβ H0512-OPT β

▸人工生命
▸地上

レポートNo. » ― «

FRONT

おもな出現場所とその場所でのレベル

CH16 神羅ビル・65F 宝条研究室サブフロア：サンプル試験室 レベル31

ステータス

	最大HP	物理攻撃力	魔法攻撃力	物理防御力	魔法防御力
EASY	718	124	174	1	1
NORMAL	1306	124	174	1	1
HARD	1887	193	283	1	1

基本キープ値 20

バーストゲージ 100

バースト時間 10秒

※「獲得できる経験値・AP・ギル」「入手できるアイテム」「ダメージ倍率」「バーストゲージ増加倍率」「状態異常耐性値」のデータは、H0512-OPTと同じ（左ページを参照）

特徴的な性質

- H0512-OPTαが、サンプル：H0512（→P.648）の『魔晄の息』の煙を浴びることでこのエネミーに変化した場合、HPの残り割合は変化前のものをそのまま引き継ぐ
- あまり移動しない
- 相手が近くにいたら『自爆』を使う

▸ヒートする状況

- 打ち上げられたり、吹き飛ばされたり、たたきつけられたりしているあいだ

アクションデータ

名前	タイプ	属性	効果範囲	威力	カット値	ガード	ダウン	状態変化	キープ値	ATB消費
自爆	魔法	―	自分周囲	180	50	△	○	―	30	×
	放電しながら地面を転がりまわったあと、爆発して消える【てきのわざとして習得可能】									

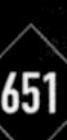

ブレインポッド Brain Pod

BOSS ▸人工生命 ▸地上

レポートNo. » 035 «

FRONT

BACK

オリジナル版

出現場所とその場所でのレベル

CH17 神羅ビル・鑼牟 第六層：第二研究室 実験体改良室 レベル 31

ステータス

	最大HP	物理攻撃力	魔法攻撃力	物理防御力	魔法防御力
EASY	6732	99	99	31	213
NORMAL	12240				
HARD	17685	148	148	45	312

基本キープ値	バーストゲージ	バースト時間
50	50	10秒

獲得できる経験値・AP・ギル

	経験値	AP	ギル
EASY	450	5	750
NORMAL			
HARD	2376	15	1968

入手できるアイテム

通常	有害物質(12%)
レア	毒消し(5%)
盗み	毒消し(10%)

特徴的な性質

第1段階 残りHP100～51%

- 最初に『ポイズンポッド』を使う
- 『ブレインストップ』でストップ状態になった相手に『ライフドレイン』を使う
- 第2形態に移行するときに『ホワイトアウト』を使い、つづけて11体のブレインポッド(分身)を出現させる

第2段階 残りHP50%以下

- 最初に、本体と11体の分身が同時に『ポイズンポッド』を使う
- 分身の性質や行動は、本体と同じ

ダメージ倍率

物理	×1.0
魔法	×1.0
炎属性	×1.0
氷属性	×1.0
雷属性	**×2.0**
風属性	×1.0
固定ダメージ	×1.0
割合ダメージ	×1.0

バーストゲージ増加倍率

物理(近接)	×1.0
物理(遠隔)	×1.0
魔法	×1.0
炎属性	×1.0
氷属性	×1.0
雷属性	×1.0
風属性	×1.0

状態異常耐性値

毒	無効
沈黙	35
睡眠	35
スロウ	35
ストップ	無効
バーサク	35

▶ヒートする状況

(なし)

ブレインポッド(分身)のデータ

ステータス

	最大HP	物理攻撃力	魔法攻撃力	物理防御力	魔法防御力
EASY	2020	99	99	31	31
NORMAL	3672				
HARD	5306	148	148	45	45

基本キープ値	バーストゲージ	バースト時間
40	15	10秒

※経験値・AP・ギルは獲得できない

※「入手できるアイテム」「ダメージ倍率」「バーストゲージ増加倍率」「状態異常耐性値」のデータは、ブレインポッドと同じ

アクションデータ

名前	タイプ	属性	効果範囲	威力	カット値	ガード	ダウン	状態変化	キープ値	ATB消費
体当たり	物理(近接)	―	自分前方	50	30	○	×	―	60	×
	短い距離を突進して身体の正面をぶつける									
フタまわし	物理(近接)	―	自分周囲	75	30	○	○	―	60	×
	スピンしつつフタを振りまわす									
超力念動波	魔法	―	自分前方・弾	1ヒットごとに50	30	×	×	―	60	×
	自分の形をした弾(分裂後は頭部の形をした弾)を3～5発放つ。弾は少しだけ相手を追うように飛んでいく									
ライフドレイン	魔法	―	自分前方	50×(3～5)回	50	×	×	―	60	×
	ピンク色の光で相手を包んでHPを減らす									
有毒廃棄物	魔法	―	着弾周囲	1ヒットごとに30	30	△	×	毒(180秒)	60	×
	フタを開けて、なかから3つの毒液を飛び散らせる(分裂後は、フタを開けて出てきた頭部が3つの毒液を吐き出す)									
ポイズンポッド	魔法	―	設置周囲	1ヒットごとに1	0	×	×	毒(180秒)	60	×
	自分の真下の地面に毒液を広げる。毒液は約10秒間残る									
ブレインストップ	魔法	―	敵全体	0	50	×	×	ストップ(5秒)	60	×
	すべての相手をストップ状態にする									
ホワイトアウト 第1段階	魔法	―	敵全体	0	100	×	×	スタン(27秒)	100	×
	放電してからまぶしい光を放ち、相手をしびれさせる									

ADVICE » VSブレインポッド

パーティメンバー　クラウド、バレット

範囲化させた雷属性の魔法で分裂後の敵を一掃しよう

　ガード不能の攻撃を多用してくるうえ、途中で12体に分裂するやっかいな敵だが、HPは少なめ(さらに、分身のHPは本体の30%しかない)。分裂した敵への攻撃手段として、『いかずち』マテリアを『はんいか』マテリアと組にしておこう。『ブレインストップ』によるストップ状態は5秒で解けるので、装備するアクセサリーは、毒状態を防ぐ星のペンダントがいい。

▼第1段階への対処法

　ふつうに戦うだけで大丈夫だが、第2段階に備えてMPやATBゲージは温存したい。

⬅ブレインポッドの攻撃は威力が低く、1体から仕掛けられるぶんには脅威にならない。

▼第2段階への対処法

　12体のブレインポッドからの攻撃で、クラウドやバレットのHPが急激に減っていき、もたもたしていると手遅れになってしまう。範囲化させた『サンダラ』などを使って、手早く敵の数を減らそう。

⬆分裂後は、ブレインポッドが密集しているところを狙って『サンダラ』を2回ほど使えば、あとは武器アビリティ主体に攻めるだけで倒せるだろう。

設定画

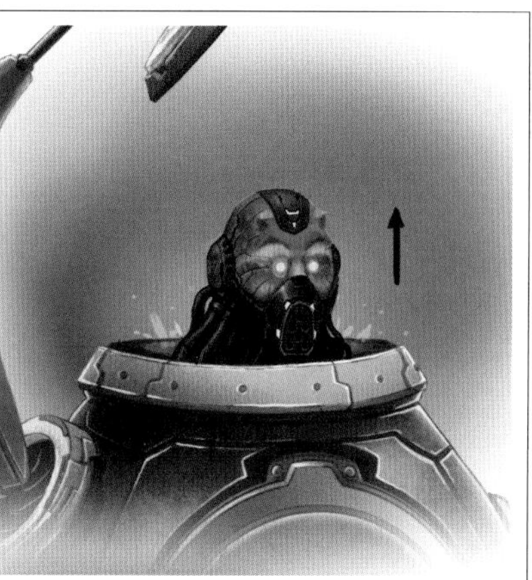

ソードダンス Swordipede

BOSS ▸人工生命 ▸飛行 レポートNo. » 036 «

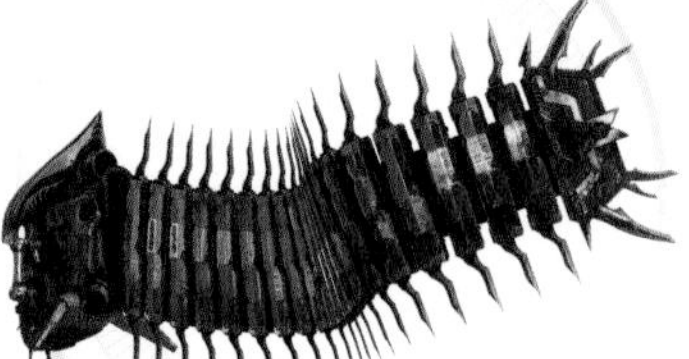

オリジナル版

出現場所とその場所でのレベル

CH17 神羅ビル・鑼牟 第八層：第四研究室 合成室 レベル 31

ステータス

	最大HP	物理攻撃力	魔法攻撃力	物理防御力	魔法防御力
EASY	10771	297	223	132	132
NORMAL	19584	297	223	132	132
HARD	28296	508	373	194	194

基本キープ値	バーストゲージ	バースト時間
60	60	10秒

獲得できる経験値・AP・ギル

	経験値	AP	ギル
EASY	900	12	1250
NORMAL	900	12	1250
HARD	4752	36	3280

入手できるアイテム

通常	フォースブレス(100%)
レア	——
盗み	——

ダメージ倍率

物理	×1.0
魔法	×1.0
炎属性	×1.0
氷属性	×1.0
雷属性	×1.0
風属性	×1.0
固定ダメージ	×1.0
割合ダメージ	×1.0

バーストゲージ増加倍率

物理(近接)	×1.0
物理(遠隔)	×1.0
魔法	×1.0
炎属性	×1.0
氷属性	×1.0
雷属性	×1.0
風属性	×1.0

状態異常耐性値

毒	35
沈黙	35
睡眠	35
スロウ	35
ストップ	無効
バーサク	35

特徴的な性質

第1段階 残りHP100～61%

- 頭部以外に当たった物理攻撃を自動的にガードし、ダメージを0.2倍に軽減するほか、大半の近接攻撃を弾き返す
- 行動中はつねに『カッター』を行なっており(ヒート中をのぞく)、触れた相手にダメージを与える
- 「低空を飛行しつつ『ノコギリ』や『シャインスパーク』を使う→高空を飛行しつつ『エネルギースフィア』を使う」をくり返す
- 第2段階に移行するときに、全身の色が変わり、別の場所に移動する

第2段階 残りHP60%以下

- 円形の通路に沿って飛びまわる(通路の外周寄りを飛ぶときと内周寄りを飛ぶときがある)。また、ときどき反転して逆まわりに飛ぶ
- 基本的な性質や行動は第1段階と同じだが、低空を飛行しているときに『ジャギッドスピン』を使うようになる。この攻撃の動作を終えた直後には、少しのあいだ地面に倒れこむ

▸ヒートする状況

- 『ジャギッドスピン』の動作を終えた直後の約4秒間(ソードダンスのHPが残り少ないほど長くなる)

アクションデータ

名前	タイプ	属性	効果範囲	威力	カット値	ガード	ダウン	状態変化	キープ値	ATB消費
カッター	物理(近接)	―	自分前方	1ヒットごとに25	30	○	×	―	60	×
	正面から接触した相手に、頭部の下側についている回転刃でダメージを与える									
ノコギリ	物理(近接)	―	自分前方	1ヒットごとに75	50	○	×	―	60	×
	頭部をスパークさせながら相手めがけて突っこむ									
シャインスパーク	魔法	雷	自分周囲	1ヒットごとに250	50	△	×	―	60	×
	とぐろを巻いて充電したあと、全身から放電しながら飛びまわる									
エネルギースフィア	魔法	―	着弾周囲	1ヒットごとに300	50	△	×	―	60	×
	高速スピンしてから、ゆっくり飛行しつつ下方にエネルギー弾をつぎつぎと降らせる									
ジャギッドスピン 第2段階	物理(近接)	―	自分前方	1ヒットごとに300	50	○	○	―	60	×
	全身を丸めて、高速で地面を転がりまわる									

ADVICE » VSソードダンス

パーティメンバー (下記参照)

離れた位置からバレットやエアリスが攻撃していく

ソードダンスとは、第1段階ではクラウドとバレットのパーティが、第2段階ではティファとエアリスのパーティが戦う。ティファかエアリスには、『どく』マテリアをセットしておこう。なお、第2段階へ移行するときには、メインメニューを開いてバトルの準備をすることが可能だ。

▼第1段階への対処法

ソードダンスの正面や真下に立たないように移動しつつ、バレットが遠くから攻撃すればOK。

▼第2段階への対処法

バイオ系の魔法で敵を毒状態にして、エアリスが側面や後方から『たたかう』などで攻撃するといい。『シャインスパーク』に対しては敵の後方を、『エネルギースフィア』に対しては敵の前方を移動するのが安全だ。『ジャギッドスピン』は、敵が通路の外周寄りをまわっているあいだは内周に、内周寄りをまわっているあいだは外周にいれば当たらないが、敵がどちらを通っているかの見きわめが難しい。下の写真の位置でガード姿勢をとったまま、攻撃が終わるのを待つのが無難だろう。『ジャギッドスピン』使用後の敵が倒れこんだときが、攻めるチャンスだ。

⬆近接攻撃は敵の頭部に当てなければ弾き返されるが、頭部に近づくと回転刃に当たってしまう。ふだんは遠くから攻撃したほうが安全。

⬆『ジャギッドスピン』の動作中は、中央端末が並んでいる場所の横(階段のそば)でガードしていれば、攻撃を受けにくい。

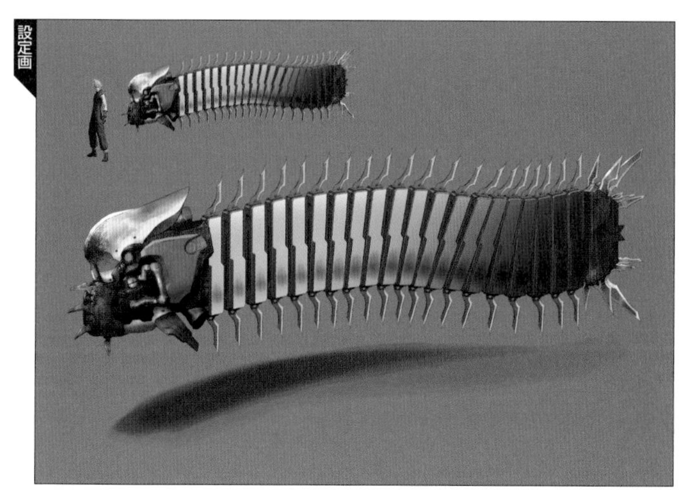

ジェノバBeat Jenova Dreamweaver

BOSS ▶解析不能 ▶地上 レポートNo. » 089 «

FRONT

BACK

出現場所とその場所でのレベル

CH17 神羅ビル・70F プレジデントフロア：社長室　レベル 31

ステータス

	最大HP	物理攻撃力	魔法攻撃力	物理防御力	魔法防御力
EASY	43085	198	198	233	233
NORMAL	78336				
HARD	113184	328	328	342	342

基本キープ値
60
バーストゲージ
200(※1)
バースト時間
10秒(※2)

獲得できる経験値・AP・ギル

	経験値	AP	ギル
EASY	1300	10	1300
NORMAL			
HARD	4500	30	2250

入手できるアイテム

通常	ミスティーク(100%)
レア	――
盗み	――

※1……第2段階 300　※2……第2段階 第3段階 第4段階 12秒

ダメージ倍率

物理	×1.0
魔法	×0.5
炎属性	×1.0
氷属性	×1.0
雷属性	×1.0
風属性	×1.0
固定ダメージ	×1.0
割合ダメージ	無効

※『生体維持機能』の効果中は、ダメージ倍率とバーストゲージ増加倍率がすべて「無効」になる

バーストゲージ増加倍率

物理(近接)	×1.0
物理(遠隔)	×1.0
魔法	×1.0
炎属性	×1.0
氷属性	×1.0
雷属性	×1.0
風属性	×1.0

状態異常耐性値

毒	35
沈黙	35
睡眠	50
スロウ	無効
ストップ	無効
バーサク	35

特徴的な性質

第1段階 残りHP100～81%

- 『時空渦』や『追尾弾』などを、ある程度決まった順番でくり出す
- 背後にいる相手に『尻尾攻撃』を使う(リフレク状態のときをのぞく)
- 近距離から本体を攻撃してきた相手に『腕攻撃』で反撃することがある
- 右腕や左腕が破壊されると、『再生』で再生させるまで、その腕を使った行動を行なえなくなる(『再生』は、基本的には腕の破壊から約20秒後に行なう)

第2段階 残りHP80～46%

- 第2段階で奇数回目にヒートしたときは『リフレク発動』を使ってリフレク状態になり、偶数回目にヒートしたときは『シールド発動』を使ってシールド状態になる
- リフレク状態やシールド状態のときは、右記の行動を行なう。また、シールド状態のときに攻撃魔法を受けるとバーストゲージが50増える
- 難易度がHARDのときは、『ブラッディレイン』を使いつつ姿を消して別の場所へ移動することを定期的に行なう

第3段階 残りHP45～26%

- 『生体維持機能』を使い、攻撃を無効化する状態になる(この状態を第3形態のあいだ維持するが、ヒート中とバースト中は解除される)
- 「触手を決まった数だけ出現させる→各種『○○シンク』で触手に特定のアクションを行なわせる」をくり返す。触手が全滅したときには、バーストゲージが増えたりヒートしたりする。触手が何本現れるかなどは、触手を出現させた回数で変化(右の表を参照)
- ヒートすると、『リフレク発動』を使ってリフレク状態になり、右上に記した行動を行なう
- バースト後は、自分の残りHPに関係なく第4段階に移行する

次ページへ

リフレク状態のときの行動

- 難易度がHARDのときは『時空渦』を使う
- 物理攻撃を受けると、『腕拘束』か『正宗攻撃』を使う(『腕拘束』が空振りした場合は、どちらかを使うことをやり直す)。その後、リフレク状態とヒート状態を解除する
- バーストしたときと、リフレク状態になったあと12秒以内に物理攻撃を受けなかったときは、リフレク状態とヒート状態を解除する

シールド状態のときの行動

- 『時空渦』を使う(難易度がHARDのときは『サイレスショット』も使う)
- 『時空渦』がヒットするか、12秒が過ぎるか、バーストすると、シールド状態とヒート状態を解除する。また、『時空渦』がヒットした場合は『ジェノバレーザー』を使う

第3段階で出現する触手の数と全滅時の変化

出現回数	出現数	触手全滅時に本体に起こること
1回目	3本	バーストゲージが40%増える
2回目	6本	バーストゲージが45%増える
3回目	12本	バーストゲージの最大値と現在値が1.5倍に増えてヒートする
4回目以降	6本	ヒートする

前ページより

第4段階 残りHP25%以下

- 最初に触手を3本出現させる。触手は、本体が『レーザーシンク』を使うと『ジェノバレーザー』を、『サイレスシンク』を使うと『サイレスショット』を、『ファイガ』を使うと『ファイア』をくり出す。また、倒されたときの触手は『ブラッディレイン』を使う
- 定期的に、姿を消して別の場所へ移動する。移動直後には、触手を3体まで出現させることが多い
- 難易度がHARDのときは、触手が合計8本以上出現していると、『ブラッディレイン』を使いつつすべての触手を即死させ（即死したすべての触手もいっせいに『ブラッディレイン』を使う）、それぞれの相手を『ジェノバレーザー』で攻撃する
- 上記以外の行動は、第2段階のときと同じ

▶ヒートする状況

- 第1段階 HPが最大値の5%減った直後の6秒間（無効：10秒）
- 第2段階 HPが最大値の5%減った直後から、自分がリフレク状態やシールド状態を解除する条件を満たすまでのあいだ（無効：10秒）
- 第3段階 3回目以降に出現させた触手が全滅した直後から、自分がリフレク状態を解除する条件を満たすまでのあいだ（無効：10秒）
- 第4段階 HPが最大値の4%減った直後の12秒間（無効：10秒）
- 『正宗攻撃』がガードされてからリフレク状態が解除されるまでのあいだ（無効：10秒）

※アクションデータはP.658を参照

部位のデータ

Ⓐ右腕、左腕

本体とのちがい	
最大HP	（本体の最大HPの1%）
ダメージ倍率 物理	×0.5

※第3段階のときのみ攻撃が当たらない

触手のデータ

ジェノバBeatとのちがい	
最大HP	第3段階 EASY：539、NORMAL：980、HARD：1415 第4段階 EASY：359、NORMAL：653、HARD：944

基本キープ値	100
物理防御力	213（難易度がHARDのときは312）
魔法防御力	183（難易度がHARDのときは268）
ダメージ倍率 物理	×2.0
ダメージ倍率 炎属性	×2.0
ダメージ倍率 氷属性	×2.0
ダメージ倍率 雷属性	×2.0
ダメージ倍率 風属性	×2.0
バーストゲージ増加倍率	（すべて「無効」）

※経験値、AP、ギル、アイテムは獲得できない

ADVICE » vsジェノバBeat

パーティメンバー クラウド、ティファ、エアリス

腕や触手を破壊してから本体を攻撃するのが基本

ジェノバBeatは、自身が多彩な攻撃をくり出すだけでなく、第3段階からは触手による攻撃も追加する。『時空渦』のストップ効果を防ぐ守りのブーツを装備したうえで、敵がシールド状態になったときのために攻撃魔法を使えるようにしておこう。

▼第1段階への対処法

近距離から本体にダメージを与えると、敵の腕の攻撃を受けてしまう。そこで、エアリスが遠くから『テンペスト』（長押し版）などを使って本体を攻撃しつつ腕を破壊し、再生されるまでのあいだは操作をクラウドかティファに切りかえて、破壊した腕の根元側から本体を攻撃するといい。

▼第2段階への対処法

第1段階での戦法が通用する。ただし、敵がヒートしてリフレク状態かシールド状態になっているあいだは、右上の表のように対処すること。

▼第3段階への対処法

ジェノバBeatに攻撃が通じなくなるが、各所に現れる触手を3回以上全滅させるたびに、敵がヒートして一時的にダメージを与えられる状態になる。ヒート中はジェノバBeatがリフレク状態になるので、第2段階と同じ方法で対処しよう。

▼第4段階への対処法

現れる触手を優先的に倒すことをのぞけば、戦いかたは第2段階のときと変わらない。

リフレク状態とシールド状態の敵への対処法

状態	対処法
リフレク状態	クラウドかティファが本体に『たたかう』を1回当ててすぐにガードし、視点が切りかわったかどうかで対処を変える ● 視点が切りかわった……ガードによって『正宗攻撃』を防げるので、直後のスキに攻める ● 視点が切りかわらなかった……『腕拘束』を使ってくるので、いったん離れてかわしたあと近づき、ガードするところからやり直す
シールド状態	『時空渦』のウズから逃げまわりつつ、『サンダー』などの攻撃魔法を敵に当てることを、シールド状態が解除されるまで行なう

⬅エアリスを操作中は、『ジェノバレーザー』などを柱で防ぎながら戦うとかなり安全。

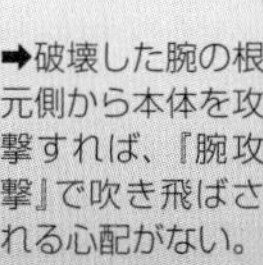

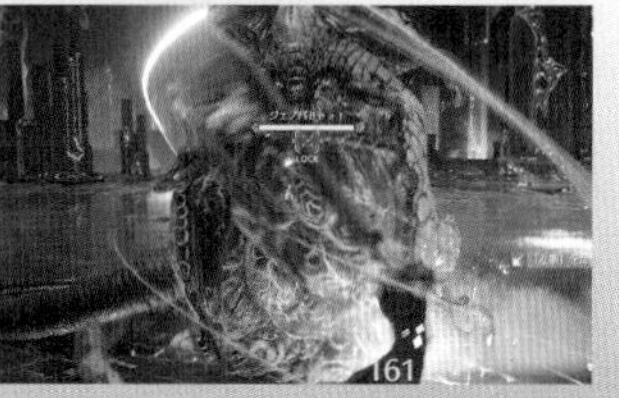

➡破壊した腕の根元側から本体を攻撃すれば、『腕攻撃』で吹き飛ばされる心配がない。

次ページへつづく

INDEX

ジェノバBeat(つづき)

アクションデータ

名前	タイプ	属性	効果範囲	威力	カット値	ガード	ダウン	状態変化	キープ値	ATB消費
▼ジェノバBeatが使う										
時空渦	魔法	―	(下記参照)	0	50	×	×	ストップ(5秒)	60	×
	相手の動きを止める黒いウズを地面に発生させる。ウズは相手を追うようにゆっくりと進んでいく									
ファイラ 第1段階 第2段階	魔法	炎	着弾周囲・弾	240	50	△	×	―	60	×
エアロ 第1段階 第2段階 弾	魔法	風	敵単体・弾	―	50	△	×	―	60	×
風	魔法	風	着弾周囲	100	50	△	×	―		
バイオ 第1段階 第2段階	魔法	―	敵単体	100	50	△	×	毒(180秒)	60	×
尻尾攻撃 第1段階 第2段階 第4段階	物理(近接)	―	自分後方	60	50	○	×	―	60	×
	尻尾を振り上げる									
腕攻撃 第1段階 第2段階 第4段階	物理(近接)	―	自分側方	30+60	50	○	×	―	60	×
	右腕か左腕を前後に振りまわす									
腕拘束 第1段階 第2段階 第4段階 しめ上げ	魔法	―	敵単体	30×3回	50	×	×	―	60	×
回復	回復	―	自分	(下記参照)	50	―	―	―		
投げ捨て	物理(近接)	―	敵単体	200	50	×	○	―		
	右腕か左腕で相手をつかんで拘束し、相手を3回しめ上げてそのたびに自分のHPを最大値の1%(難易度がHARDのときは2%)回復したあと、最後に投げ捨てる。ただし、拘束中にHPが最大値の1%減るか、武器アビリティか魔法による攻撃を2回受けるか、リミット技を受けると、拘束を解く									
追尾弾 第1段階 第2段階 第4段階	魔法	―	攻撃軌道上・弾	50×8回	50	△	×	―	60	×
	相手を追うように飛ぶ弾を、頭上から連発する									
ジェノバプレス 第1段階 第2段階 第4段階	物理(近接)	―	自分周囲	300	50	○	○	―	60	×
	周囲に煙と光を発生させたあとに衝撃波を起こす									
絶叫 第1段階 第2段階 第4段階	魔法	―	自分周囲	1ヒットごとに60	0	×	×	―	60	×
	おたけびを上げて、しばらくのあいだ周囲に突風を巻き起こす									
再生 第1段階 第2段階 第4段階	―	―	自分	―	―	―	―	―	100	×
	破壊された右腕や左腕を再生する									
リフレク発動 第2段階 第3段階 第4段階	―	―	自分	―	―	―	―	(下記参照)	60	×
	足元から光を放って周囲の相手を遠くへ押し返しつつ、自分をリフレク状態にする。リフレク状態は特定のタイミングで解除される(→P.656)									
シールド発動 第2段階 第4段階	―	―	自分	―	―	―	―	(下記参照)	60	×
	自分をシールド状態にする。シールド状態は特定のタイミングで解除される(→P.656)									
正宗攻撃 第2段階 第3段階 第4段階	物理(近接)	―	自分前方	750(※1)	50	○	○	―	60	×
	刀の形をした光を目の前に発生させ、正面に振り下ろす									
生体維持機能 第3段階	―	―	自分	―	―	―	―	―	100	×
	身を守る姿勢をとり、あらゆる攻撃を無効化する									
サイレスシンク 第3段階 第4段階	―	―	味方全体	―	―	―	―	―	100	×
	出現しているすべての触手に『サイレスショット』を使わせる									
ファイアシンク 第3段階	―	―	味方全体	―	―	―	―	―	100	×
	出現しているすべての触手に『ファイア』を使わせる									
レーザーシンク 第3段階 第4段階	―	―	味方全体	―	―	―	―	―	100	×
	出現しているすべての触手に『ジェノバレーザー』を使わせる									
ファイガ 第4段階	魔法	炎	着弾周囲・弾	300	50	△	×	―	60	×
エアロガ 第4段階 弾	魔法	風	敵単体・弾	―	50	△	×	―	60	×
竜巻	魔法	風	着弾周囲	300	50	△	×	―		
バイオガ 第4段階	魔法	―	敵単体	200	50	△	×	毒(240秒)	60	×
バリアシンク 第4段階	魔法	―	味方全体	―	50	×	×	バリア(20秒)	60	×
	自分と触手をバリア状態にする									
マバリアシンク 第4段階	魔法	―	味方全体	―	50	×	×	マバリア(20秒)	60	×
	自分と触手をマバリア状態にする									
▼ジェノバBeatと触手が使う										
ジェノバレーザー	魔法	―	直線上・弾	500(※1)	50	△	○	―	60	×
	光を約1秒間ためて、闇の光線を放つ。状況によってはアクション名が表示されない。触手が使う場合は、アクション名が表示されず、光をためている時間も長い(第3段階だと約10秒、第4段階だと約5秒)									
サイレスショット	魔法	―	着弾周囲・弾	60×2回	50	△	×	沈黙(15秒)	60	×
	相手を追うように飛ぶ大きな弾を放つ。触手が使う場合は、アクション名が表示されない									
ブラッディレイン 第4段階(※2) MP減少	魔法	―	設置周囲	(※3)	50	×	×	―	60	×
HP回復	回復	―	設置周囲	1ヒットごとに30(※4)	―	―	―	―		
	相手のMPを減らす黒い液体を降らせる(この液体はジェノバBeatにも当たるが、当たるとHPを回復させる)。「難易度がHARDかつ第4段階のときに触手が8本以上出現している」という状況でジェノバBeatが使う場合のみ、アクション名が表示される									
▼触手が使う										
ファイア	魔法	炎	敵単体・弾	100	50	△	×	―	100	×

※1……ガードされたときは、威力が「200(触手が使う場合は300)」に下がる(そのうえでガードによってダメージを軽減される)
※2……難易度がHARDのときは「第2段階 第4段階」　※3……1ヒットごとにMPを1減らす
※4……難易度がHARDのときは「1ヒットごとに100」

ルーファウス Rufus

BOSS ▸人間 ▸地上 レポートNo. 079

FRONT

BACK

オリジナル版

出現場所とその場所でのレベル

CH17 神羅ビル・70F プレジデントフロア：屋上ヘリポート　レベル 31

ステータス

	最大HP	物理攻撃力	魔法攻撃力	物理防御力	魔法防御力
EASY	8078	139	139	213(※5)	213(※5)
NORMAL	14688				
HARD	21222	220	220	312(※5)	312(※5)

基本キープ値	バーストゲージ	バースト時間
10	100	6秒

獲得できる経験値・AP・ギル

	経験値	AP	ギル
EASY	1300	10	1300
NORMAL			
HARD	4500	30	2250

入手できるアイテム

通常	――
レア	――
盗み	――

※5……ATBゲージを消費する攻撃を受けてひるんでいるときと、バースト中は、物理防御力が「166(難易度がHARDのときは243)」、魔法防御力が「183(難易度がHARDのときは268)」、物理攻撃のダメージ倍率が「×2.0」、魔法攻撃のダメージ倍率が「×1.0」になる

ダメージ倍率

物理	×1.0(※5)
魔法	×0.5(※5)
炎属性	×1.0
氷属性	×1.0
雷属性	×1.0
風属性	×1.0
固定ダメージ	×0.5
割合ダメージ	無効

バーストゲージ増加倍率

物理(近接)	無効
物理(遠隔)	無効
魔法	無効
炎属性	無効
氷属性	無効
雷属性	無効
風属性	無効

状態異常耐性値

毒	50
沈黙	無効
睡眠	100
スロウ	無効
ストップ	100
バーサク	無効

ヒートする状況

(なし)

特徴的な性質

第1段階 (ダークネイションの残りHP100〜61%)

- 『Dリンク』を使って、ダークネイション(→P.662)とリンクする(リンクの性質はP.660を参照)。リンクが切れたら、ダークネイションが近くにいるときに『Dリンク』を使い直す
- 持っている銃は「弾を撃てる回数」が決まっている(右記を参照)
- 『たたかう』などのATBゲージを消費しない近接攻撃か武器アビリティによる攻撃を仕掛けられると、ガード姿勢をとり、ダメージを軽減したりガード直後に反撃したりする(ガードの概要は右記を参照)
- ひるんでいる状態が数秒間つづくと、攻撃を受けている最中でも体勢を立て直す(ひるませた攻撃が強力な場合ほど、立て直すのが遅めになる)
- リミット技を受けるとバーストする
- ダークネイションが倒されるまでHPが残り80%までしか減らない

第2段階 (ダークネイションの残りHP60%以下)

- 各種『○○コイン』をおもに使って積極的に攻めるようになる

第3段階 (ダークネイションが倒されたあと)

- 銃を撃つ反動で高速移動したり跳んだりして(これらの動作で撃つ弾に攻撃能力はない)、激しく動きまわるようになる
- 相手の武器アビリティによる攻撃を、高速移動でかわしたり『ショットガン』や『レーザーコイン』で中断させたりすることがある
- 難易度がHARD以外の場合は、HPが残り60%以下になったときに『装弾数アップ』を使う
- 『ブレイバー』や『インフィニットエンド』をガードせずに受けるとバーストする

銃の「弾を撃てる回数」の概要

- 初期値&最大値は4回(『装弾数アップ』使用後と難易度がHARDのときは6回)
- 銃から弾を撃つ攻撃を使うか、銃を撃つ反動で高速移動したり跳んだりすると、そのたびに1回ぶん減る(『ダブルショット』を使ったときはゼロになる)
- 「弾を撃てる回数」が0回(難易度がHARDのときは0〜2回)の場合は、『リロード』を使って回数を最大値にもどす

ガードの概要

- 何もしていないときならいつでも行なえる
- 地上での行動(『リロード』をのぞく)を中断して行なうことがある
- ATBゲージを消費しない近接攻撃をガードすると、そのダメージを無効化しつつ相手の体勢をくずして『ショットガン』で反撃する
- 第1〜第2段階のときに武器アビリティをガードすると、ダメージを0.5倍に軽減するが、押し返されて短時間ひるむ
- 第3段階のときに武器アビリティをガードすると、ダメージは軽減できないが、相手の体勢をくずして『ショットガン』や『レーザーコイン』で反撃する(ただし、この反撃には相手のガードや回避が間に合う)

次ページへつづく

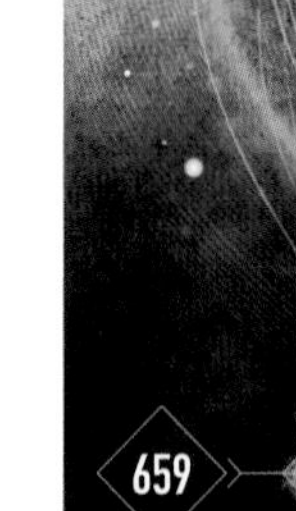

ルーファウス(つづき)

アクションデータ

名前	タイプ	属性	効果範囲	威力	カット値	ガード	ダウン	状態変化	キープ値	ATB消費
ショットガン	物理(遠隔)	―	敵単体・弾	1ヒットごとに17(※1)	30(※2)	△	×	―	60	×
	複数の弾を同時に発射する(通常は6発で、反撃で使うときなどは5発)。6発発射する場合、そのなかの1発は固定ダメージを与えるほか、相手に与える反動が大きくなる									
リロード	―	―	自分	―	―	―	―	―	20	×
	銃に弾を装填し、「弾を撃てる回数」を4回(『装弾数アップ』使用後と難易度がHARDのときは6回)にもどす									
チェインショット 第1段階 第2段階	物理(遠隔)	―	敵単体・弾	1ヒットごとに17(※1)	30(※2)	△	×	―	80	×
	ダークネイションの近くへ移動して、6発の弾を同時に発射する									
援護射撃 第1段階 第2段階	物理(遠隔)	―	敵単体・弾	1ヒットごとに17(※1)	30(※2)	△	×	―	80	×
	相手の前に立ちはだかって、6発の弾を同時に発射する									
サンダーショット 第1段階 第2段階	魔法	雷	敵単体・弾	300	50	△	○	―	60	×
	ダークネイションの『サンダー』を銃口で受け止め、電撃を帯びた弾を発射する									
Dリンク 第1段階 第2段階	―	―	自分	―	―	―	―	―	60	×
	ダークネイションとリンクする									
ダブルショット 第2段階 第3段階	物理(遠隔)	―	敵単体・弾	1ヒットごとに12(※3)	30	△	×	―	20	×
	銃を2丁に分離させて弾を連射する。弾の発射数は10発前後(難易度がHARDのとき13発前後)で、攻撃後は銃の「弾を撃てる回数」がゼロになり、つぎの行動でかならず『リロード』を行なう									
スモークコイン 第2段階 第3段階	魔法	―	敵単体	―	30	×	×	―	60	×
	コインを1個放り投げ、それを銃で撃って煙幕を発生させる。発生直後の煙幕に巻きこまれた相手はひるむ									
レーザーコイン 第2段階 第3段階	魔法	―	直線上・弾	300	50	×	○	―	60	×
	コインを2個放り投げ、それを銃で撃って正面に光線を放つ。反撃で使うときは動作が変わるほか、アクション名が表示されない									
トラップコイン 第2段階 第3段階	魔法	―	設置周囲	1ヒットごとに30(※4)	50	×	×	スタン(5秒)	60	×
	コインを3個放り投げる。地面に落ちたコインは、周囲に電撃を約8秒間発生させる									
ボムコイン 第2段階 第3段階	魔法	―	自分前方	200	50	×	○	―	60	×
	コインを5個放り投げ、それを銃で撃って爆発させる									
装弾数アップ 第3段階(※5)	―	―	自分	―	―	―	―	―	20	×
	銃の「弾を撃てる回数」を6回に増やす									

※1……6発発射する場合、そのなかの1発は威力が「17の固定ダメージ」になる。また、ダークネイションの『ビーストスラム』に連携して使う場合と、第3段階で高速移動しつつ接近して使う場合は、威力が「1ヒットごとに35(そのなかの1発は35の固定ダメージ)」になる
※2……固定ダメージを与える弾は「50」または「80」 ※3……最後の1発は「20」 ※4……リンク中は「1ヒットごとに50」
※5……難易度がHARDのときは使わない

知識のマテリア《 リンクしたルーファウスとダークネイションはお互いに連携する

ルーファウスが『Dリンク』を使うと、ダークネイションとリンクした状態になる。リンク中は、お互いのあいだに緑色のラインが表示され、一方が特定の攻撃を使ったときなどに、もう一方がそれに連携して行動するのだ(下の表を参照)。このリンクは、右記のいずれかの状況になると切れる。ちなみに、リンク中にお互いが遠く離れると、ルーファウスが口笛を吹いてダークネイションを呼び寄せるという行動も行なう。

リンクが切れるおもな状況

- 武器アビリティなどのATBゲージを消費する攻撃をルーファウスが受けてひるんだとき
- お互いが離れた位置にいる状態で、ダークネイションが攻撃を受けてひるんだとき
- ルーファウスかダークネイションが、睡眠状態またはストップ状態になったとき

ルーファウスとダークネイションの連携の流れ

連携を行なう条件	連携する側の行動
ルーファウスが『ショットガン』で反撃した ルーファウスの『ダブルショット』がヒットするかガードされた ルーファウスの『スモークコイン』で相手がひるんだ ルーファウスの『ボムコイン』がヒットした	ダークネイションが『チェインアタック』を使う
ルーファウスが『トラップコイン』を使った	ダークネイションがコインを弾き、落下軌道を変える
ダークネイションの『スピアウィップ』『スナップウィップ』がヒットするかガードされた ダークネイションの『ビーストスラム』がヒットした	ルーファウスが『チェインショット』を使う
ダークネイションがクラウドに攻撃された	ルーファウスが『援護射撃』を使う
ダークネイションがルーファウスに『サンダー』を使った	ルーファウスが『サンダーショット』を使う

ADVICE » VSルーファウス+ダークネイション　パーティメンバー クラウド

敵同士のリンクを切ることが最優先

ルーファウスとは、クラウドひとりで戦うことになる。このバトルで役立つ右の表のマテリアは、すべてクラウドにセットしておきたい。また、勝利後はつづけてバレットとエアリスがハンドレッドガンナー(→P.663)と戦うので、それに備えるための買い物はルーファウス戦前にすませておくのを忘れずに。

ルーファウスを倒すには先にダークネイションを撃退する必要があるが、敵同士がリンクしているあいだは、連携して行動されるせいでこちらから手を出しづらい。まずは、敵のリンクを切りながらダークネイションを攻撃して倒そう。

▼第1段階 第2段階への対処法

『ラピッドチェイン』などの武器アビリティか攻撃魔法をルーファウスに当てることでリンクを切り、ふたたびリンクされるまで、ダークネイションにダメージを与えていく。ダークネイションの『スナップウィップ』『スピニングダッシュ』をブレイブモード中にガードし、『カウンター』で反撃するという方法でも、リンクを切ることが可能だ。

▼第3段階への対処法

ルーファウスの機動力が上がり、武器アビリティによる攻撃にも反撃してくるようになるが、下記の戦法をとれば簡単に倒せる。もしも倒し切れなかった場合は、攻撃魔法でひるませた直後か『リロード』の動作中のスキを狙ってコンボで数回攻撃し、少しずつダメージを与えていくといい。

第3段階のルーファウスに有効な戦法

- 『ストップ』でストップ状態にしたところを攻撃する
- ATBゲージを2段階以上ためて、「『スリプル』で睡眠状態にする→『ブレイバー』を当てる」という流れでバーストさせたところを攻撃する
- リミット技を当ててバーストさせたところを攻撃する

⬆ダークネイションの『スピニングダッシュ』などをブレイブモード中にガードすると、反撃が専用の動作に変わり、リンクを切ることもできる。

ルーファウス戦で役立つマテリア

マテリア	用途
いかずち ※攻撃魔法を使用できるほかのマテリアでも可	攻撃魔法をルーファウスに当てて、リンクを切る(第3段階では、敵をひるませてコンボを数発当てるスキを作る)
ふうじる、じかん	『スリプル』『ストップ』でルーファウスの行動を止める。ただし、ルーファウスにはそれぞれ1回しか効かないので、第1〜第2段階では使わないようにする(ダークネイションに対しては使ってもかまわない)

⬆ルーファウスに『たたかう』や『強撃』をいきなり仕掛けても、ほとんど反撃される。

⬆敵同士が近いときは『バーストスラッシュ』や『ラピッドチェイン』でルーファウスを遠ざけつつリンクを切り、遠いときは攻撃魔法をルーファウスに当ててリンクを切ろう。そうすれば、ダークネイションを攻撃する時間をかせぎやすい。

⬆第3段階のルーファウスに対しては、まとまったダメージを与えるチャンスがほとんどない。『スリプル』などで行動を封じているあいだに倒したいところだ。

ダークネイション Darkstar

▸生物
▸地上

レポートNo. » 080 «

FRONT

BACK

おもな出現場所とその場所でのレベル

CH17 神羅ビル・70F プレジデントフロア：屋上ヘリポート　レベル 31

ステータス

	最大HP	物理攻撃力	魔法攻撃力	物理防御力	魔法防御力
EASY	7181	164	164	156	213
NORMAL	13056				
HARD	18864	265	265	229	312

基本キープ値
10

バーストゲージ
130

バースト時間
15秒

獲得できる経験値・AP・ギル

	経験値	AP	ギル
EASY	1300	10	1300
NORMAL			
HARD	4500	30	2250

入手できるアイテム

通常	—
レア	—
盗み	—

ダメージ倍率

物理	×1.0
魔法	×1.0
炎属性	×1.0
氷属性	×1.0
雷属性	×0.5
風属性	×1.0
固定ダメージ	×1.0
割合ダメージ	無効

バーストゲージ増加倍率

物理(近接)	×0.75
物理(遠隔)	×0.75
魔法	×0.5
炎属性	×1.0
氷属性	×1.0
雷属性	×1.0
風属性	×1.0

状態異常耐性値

毒	35
沈黙	50
睡眠	35
スロウ	無効
ストップ	35
バーサク	無効

特徴的な性質

- ルーファウスとのリンク中は、お互いに連携する(→P.660)。連携のためにルーファウスに対して使う『サンダー』は、ダメージを与えない
- リンクが切れているときは攻撃の頻度が下がり、おすわりの姿勢で何もしないこともある
- ルーファウスのHPを『ケアルガ』で回復する

▶ヒートする状況

- ルーファウスとのリンクが切れているとき(バーストゲージ増加量2倍)

アクションデータ

名前	タイプ	属性	効果範囲	威力	カット値	ガード	ダウン	状態変化	キープ値	ATB消費
かみつき	物理(近接)	—	敵単体	100	40	○	×	—	60	×
スピアウィップ	物理(近接)	—	自分前方	200	60	○	×	—	60	×
	首の触手を横に振りまわしたあと正面に伸ばす									
チェインアタック	物理(近接)	—	敵単体	120(※1)	60	○	○	—	60	×
	『かみつき』と同じような動作で跳びかかってかみつく(ルーファウスの『ボムコイン』に連携したときは空中を突進する)									
スナップウィップ	物理(近接)	—	自分前方	150	60	○	○	—	60	×
	前方へジャンプし、宙返りしてから首の触手を正面へ振り下ろす									
ビーストスラム	物理(近接)	—	敵単体	100	60	×	×	—	60	×
	赤いオーラを発してから跳びついて相手を拘束し、押し倒したあと空中に放り投げる									
スピニングダッシュ	物理(近接)	—	自分前方	300	60	○	○	—	60	×
	赤いオーラを発してから相手に走り寄り、直後にきりもみ回転しながら突っこむ									
サンダー	魔法	雷	敵単体	100	60	△	×	—	60	×
ケアルガ	魔法	—	味方単体	(最大HPの約25%)	—	—	—	—	60	×

※1……ルーファウスの『ボムコイン』に連携したときは「150」

ハンドレッドガンナー The Arsenal

BOSS ▸機械 ▸地上 レポートNo. 085

FRONT

BACK

オリジナル版
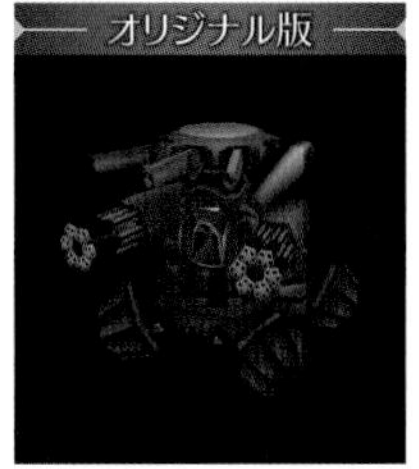

出現場所とその場所でのレベル

CH17 神羅ビル・58F：アトリウム レベル 31

ステータス

	最大HP	物理攻撃力	魔法攻撃力	物理防御力	魔法防御力
EASY	47573	297	297	145	197
NORMAL	86496				
HARD	124974	508	508	212	288

基本キープ値
60
バーストゲージ
350
バースト時間
11秒

獲得できる経験値・AP・ギル

	経験値	AP	ギル
EASY	1300	10	1300
NORMAL			
HARD	4500	30	2250

入手できるアイテム

通常	―
レア	―
盗み	―

ダメージ倍率

物理	×1.0
魔法	×1.0
炎属性	×2.0
氷属性	×2.0
雷属性	×2.0
風属性	×2.0
固定ダメージ	×1.0
割合ダメージ	無効

※耐性アップ中は、アップさせたタイプまたは属性へのダメージ倍率が「×0.1」に、バーストゲージ増加倍率が「×0.25」になる

バーストゲージ増加倍率

物理(近接)	×1.0
物理(遠隔)	×1.0
魔法	×1.0
炎属性	×1.0
氷属性	×1.0
雷属性	×1.0
風属性	×1.0

状態異常耐性値

毒	無効
沈黙	無効
睡眠	無効
スロウ	無効
ストップ	50
バーサク	無効

特徴的な性質

第1段階 (バリアビットが全滅するまで)

- バリアを張って、受けるダメージを1ケタ程度まで軽減する
- 難易度がHARDのときは、『主砲』を2回連続で使う
- HPが残り90%までしか減らない

第2段階 残りHP100～61%

- 自分のHPをもっとも多く減らした攻撃のタイプや属性を記録しており、HPが一定の割合減ってヒートするか、バーストすると、記録していたタイプか属性への耐性をアップさせて身体の色も変える(何をアップさせたかは画面に表示される)。この耐性アップは、HPが一定の割合減ってヒートするか、バーストするか、第3段階に移行するまでつづく
- いずれかのローラーを破壊されると、バーストゲージが100増える
- 難易度がHARDのときは、序盤にいずれかの耐性アップを行なう

第3段階 残りHP60～16%

- 主砲や背面砲を使った攻撃の発射を中止させられたときに、その部位が壊れることがある(通算の中止回数が多いと起こる)。破壊時にはバーストゲージが100増え、その部位を使った攻撃が行なえなくなる

第4段階 残りHP15%以下

- 『ファイアウォール』のあと、『拡散波動砲』をくり返すようになる
- 難易度がHARDのときは、定期的に物理耐性アップを行なう

▶ヒートする状況

- 『主砲』などの充填が必要な攻撃の発射を中止した直後の7～10秒間(バーストゲージ増加量2倍)
- 第2段階 第3段階 HPが最大値の2～4%減った直後の5～7秒間(バーストゲージ増加量2倍)

部位のデータ

Ⓐ主砲、背面砲

本体とのちがい
最大HP
(HPを持たない)

Ⓑ右前ローラー など

本体とのちがい	
最大HP	
(本体の最大HPの6%)	
魔法防御力	
(本体の防御力の150%)	
ダメージ倍率	
物理	×2.0
魔法	×2.0

※主砲と背面砲は、その部位を使った攻撃の充填中にしか攻撃が当たらない
※各ローラーは、第2～第3段階でしか攻撃が当たらない
※各ローラーは、バリアによってダメージを1ケタ程度まで軽減する(本体がヒート中かバースト中のときをのぞく)

バリアビットのデータ

本体とのちがい
最大HP
EASY：3770 NORMAL：6855 HARD：9904
物理防御力、魔法防御力
EASY&NORMAL：284(※2) HARD：416(※2)
バーストゲージ
100
バースト時間
20秒

※バースト中は受けるダメージが増える
※経験値、AP、ギルは獲得できない
※2……バースト中は「1」

次ページへつづく

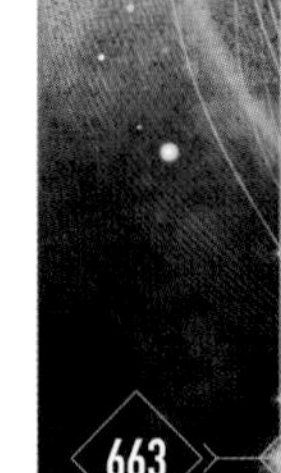

ハンドレッドガンナー(つづき)

アクションデータ

名前	タイプ	属性	効果範囲	威力	カット値	ガード	ダウン	状態変化	キープ値	ATB消費
ラピッドファイア 第1段階 第2段階 第3段階	物理(遠隔)	──	直線上・弾	1ヒットごとに8	10	△	×	──	60	×
副砲 第1段階 第2段階 第3段階	物理(遠隔)	──	直線上・弾	1ヒットごとに13	50	△	×	──	60	×
主砲 第1段階 第2段階 第3段階	物理(遠隔)	──	直線上・弾	300	50	×	○	──	60	×
	主砲を構え、約5秒間の充填後に砲弾を発射する。ただし、充填中の主砲に合計1500のダメージを受けるか、『フュエルバースト』がヒットするか、『ぶっぱなす』『アンガーマックス』が一定発数ヒットすると、発射を中止する(※1)									
ホーミングレーザー 第1段階 第2段階 第3段階	魔法	──	攻撃軌道上・弾	1ヒットごとに20	50	△	×	──	60	×
	背面砲を構え、約5秒間の充填後に、相手を追うように飛ぶレーザーを約2.5秒間連射する。ただし、充填中の背面砲に合計1500のダメージを受けるか、『フュエルバースト』がヒットするか、『ぶっぱなす』『アンガーマックス』が一定発数ヒットすると、発射を中止する(※1)									
サンダーブレイズ 第1段階 第2段階 第3段階	魔法	──	直線上・弾	1ヒットごとに100	100	×	×	スタン(5秒)	60	×
	地面を進む電撃を前方5方向に走らせる									
電磁フィールド 第1段階 第2段階 第3段階	魔法	──	設置周囲	1ヒットごとに200	100	×	○	──	60	×
	相手の足元に光の円を表示させ、その約2秒後から、円の位置に電磁波を約10秒間(※2)発生させる									
突進 第2段階 第3段階	物理(近接)	──	自分前方	300	50	○	○	──	60	×
ブーストガン 第2段階 第3段階	物理(遠隔)	──	直線上・弾	1ヒットごとに300	50	×	○	──	60	×
	主砲を構え、約2秒間充填しては砲弾を発射することを4回くり返す。ただし、『主砲』と同じ条件で発射を中止する(難易度がHARDのときは、条件を2回満たすまでは攻撃を続行する)									
ホーミングレーザー改 第2段階 第3段階	魔法	──	攻撃軌道上・弾	1ヒットごとに20	50	△	×	──	60	×
	背面砲を構え、約7秒間の充填後に、相手を追うように飛ぶレーザーを約8秒間連射しつづける。ただし、『ホーミングレーザー』と同じ条件で攻撃を中止する									
ファイアウォール レーザー 第2段階 第3段階 第4段階	魔法	──	直線上・弾	50	100	×	○	──	100	×
ファイアウォール 火柱	魔法	──	設置周囲	1ヒットごとに10	100	×	×	──	──	──
	両腕の隠し砲から赤いレーザーを放ち、レーザーの軌跡上に約20秒間火柱を立てる(第4段階では火柱は消えない)									
波動砲 第3段階	魔法	──	直線上・弾	(9999のダメージ)	100	×	○	──	100	×
	腹部の砲門から、約12秒間の充填後に太いレーザーを放つ。ただし、充填中に合計2000(難易度がHARDのときは3000)のダメージを受けると、発射を中止する									
拡散波動砲 第4段階	魔法	──	自分前方・弾	(9999のダメージ)	100	×	○	──	100	×
	腹部の砲門から、約45秒間(初回のみ約20秒間/※3)の充填後に多数のレーザーを広範囲に放つ									

※1……物理耐性アップの効果中は、合計1500のダメージでのみ中止する
※2……難易度がEASYかCLASSICのときは「約4秒間」　※3……相手がガレキに隠れたら、20秒が過ぎる前でもレーザーを放つ

ADVICE ≫ vsハンドレッドガンナー

パーティメンバー　バレット、エアリス

『ぶっぱなす』などで敵の攻撃の発射を阻止しよう

ハンドレッドガンナーとのバトルでは、攻撃魔法がかなり重要。攻撃魔法を使用できるマテリアは、2種類ほどセットしておこう(ダメージをすばやく与える魔法を使用可能な『ほのお』『いかずち』がオススメ)。バトル中は、周辺にある柱やガレキで敵の攻撃を防ぎながら、その合間に『たたかう』などでダメージを与えていくのが基本。敵が『主砲』などの充填をはじめたときは、攻撃魔法やバレットの『ぶっぱなす』『フュエルバースト』を使い、攻撃の発射を止めるといい。

▼第1段階への対処法

バリアビットを破壊する必要がある。『主砲』などの発射を止めると、味方のレッドXIIIがバリアビットをバーストさせるので、そのチャンスに攻撃を当てたい。

▼第2段階への対処法

バトル中に敵が耐性をアップさせる。ふだんはおもにバレットの『たたかう』で攻撃し、物理耐性をアップされたときは魔法攻撃を使うといい。

▼第3段階への対処法

基本どおりに戦えばOK。『波動砲』は、発射を阻止できないと思ったら無理せずに柱やガレキで防ごう。

▼第4段階への対処法

『拡散波動砲』で9999のダメージを与えてくる。初回をガレキで防いだら、つぎに撃たれる前に倒すこと。

⬆ハンドレッドガンナーの攻撃の大半は、柱やガレキで防ぐことが可能。ただし、それらの障害物は敵の攻撃で壊れてしまうこともある。

⬆第2～第3段階で敵をヒートさせたときは、ローラーを狙おう。破壊すればバーストゲージが増える。

フィーラー＝プラエコ Whisper Harbinger

BOSS ▸解析不能 ▸地上 レポートNo. » 109 «

FRONT

BACK

おもな出現場所とその場所でのレベル

CH18 ミッドガル・ハイウェイ：運命の特異点 レベル 34

ステータス

	最大HP	物理攻撃力	魔法攻撃力	物理防御力	魔法防御力
EASY	77484	408	368	294	298
NORMAL	140880				
HARD	188640	621	558	401	406

基本キープ値
100
バーストゲージ
1000
バースト時間
15秒

獲得できる経験値・AP・ギル

	経験値	AP	ギル
EASY	4350	10	1450
NORMAL			
HARD	13500	30	2250

入手できるアイテム

通常	―
レア	―
盗み	―

ダメージ倍率

物理	無効
魔法	無効
炎属性	無効
氷属性	無効
雷属性	無効
風属性	無効
固定ダメージ	無効
割合ダメージ	無効

※バースト中とぐったりしたあとは、ダメージ倍率がすべて「×1.0」になる

バーストゲージ増加倍率

物理(近接)	無効
物理(遠隔)	無効
魔法	無効
炎属性	無効
氷属性	無効
雷属性	無効
風属性	無効

状態異常耐性値

毒	無効
沈黙	無効
睡眠	無効
スロウ	無効
ストップ	無効
バーサク	無効

▸ヒートする状況

(なし)

特徴的な性質

- 特定のタイミング以外では、あらゆる攻撃を無効化する
- ふだんは何もしないが、自分以外のエネミーが「ATBゲージを消費する攻撃(難易度がHARDのときはあらゆる攻撃)」で合計1500のダメージを受けるたびに、『ダイアストロフィズム』『炎天の煉獄』『雷光の輪廻』のいずれかを使う
- 特定の場面(P.400〜401の手順4、手順6、手順9)では、自分以外のエネミーが1体でも姿を消すか、合計で一定量のダメージを受けると、『運命の奔流』や『大いなる断罪』を使う。使用条件となるダメージ量は、手順4が6000、手順6が5500、手順9が2700で、難易度がEASYやCLASSICのときは半分に減る
- フィーラー＝ロッソ、フィーラー＝ヴェルデ、フィーラー＝ジャッロ(→P.667〜669)がバーストすると、自分もバーストする。バースト中は攻撃を無効化できず、上記のエネミーがバースト中に受けたダメージの3.5倍を自分も受ける。自分のHPが特定の割合まで減ると、バーストのきっかけとなったエネミーは倒され、バースト状態は解除される
- フィーラー＝バハムート(→P.670)が倒されたあと、フィーラー＝ロッソ、ヴェルデ、ジャッロがすべて倒されると、ぐったりして攻撃を無効化できなくなる。以降は、ときどき『雷光の輪廻』を使う以外のことを行なわない

アクションデータ

名前	タイプ	属性	効果範囲	威力	カット値	ガード	ダウン	状態変化	キープ値	ATB消費
ダイアストロフィズム	物理(遠隔)	―	着弾周囲	100	100	×	○	―	100	×
	浮いている多数のガレキを片手に集めて、相手のほうへ飛ばす									
炎天の煉獄	魔法	炎	着弾周囲	1ヒットごとに50	100	△	○	―	100	×
	身体の5ヵ所を赤く光らせ、そこから巨大な炎の弾を放つ									
雷光の輪廻	魔法	雷	着弾周囲	1ヒットごとに100	100	△	○	―	100	×
	ところどころの地面に雷を落とす									
運命の奔流	魔法	―	敵全体	30	100	×	○	―	100	×
	広い範囲に突風を巻き起こす。この攻撃では、相手のHPは残り1までしか減らない									
大いなる断罪	物理(遠隔)	―	自分前方	50	100	×	○	―	100	×
	右手を振り下ろして攻撃しつつ、地形の一部も破壊する(直後に『慈悲なき裁き』で腕を振り下ろすが、この動作は攻撃能力を持たない)。この攻撃では、相手のHPは残り1までしか減らない									

次ページへつづく

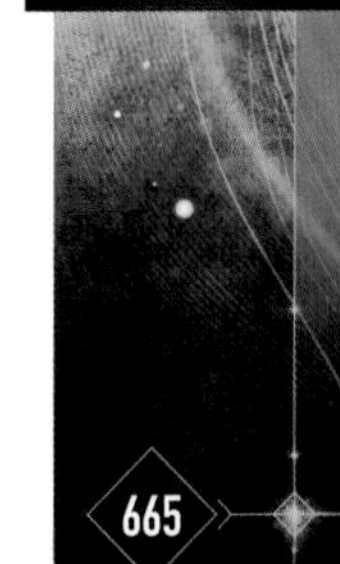

ADVICE ≫ VSフィーラー＝プラエコたち

パーティメンバー （場面ごとに変わる）

敵に狙われていないキャラクターを操作して攻撃しよう

この戦いは長丁場なうえ、勝利後はつづけてセフィロス（→P.671）とも戦う。セフィロス戦までを考慮し、右の表のマテリアを準備しておこう（セットする仲間はクラウドが優先）。フィーラー＝プラエコ（以下「プラエコ」）とのバトルでは、足場を移動しながら、各所でフィーラー＝ロッソ、フィーラー＝ヴェルデ、フィーラー＝ジャッロ（以下「ロッソ、ヴェルデ、ジャッロ」）と戦う。P.400〜401の手順どおりに進み、立ちはだかる敵は下記の方法で撃退していくといい。ロッソたちはそれぞれ4回ずつ出現し、3体とも4回目で倒せば、あとはプラエコにトドメを刺すだけだ。なお、セフィロス戦には、クラウドのほかにプラエコ戦で活躍した仲間ふたりが参加する（→P.402）。

▼ロッソ、ヴェルデ、ジャッロへの対処法

ロッソたち3体は、共通して右記のような性質を持つ。1〜2回目の出現時はダメージを与えていけば姿を消し、3〜4回目の出現時はバーストさせたところを攻撃してプラエコのHPを減らせば倒せるのだ。3体はそれぞれ特定のキャラクターを狙う傾向があるので、クラウドを操作し、自分を狙うロッソを撃退したあと、残る2体を背後から攻撃していくのがオススメ。ただし、敵が1〜2体で出現したときは操作キャラクターが集中的に狙われる。「狙われていないキャラクターを操作して攻撃→敵に狙われたら操作キャラクターを変更」をくり返して戦おう。

▼フィーラー＝バハムート（→P.670）への対処法

この敵は、特定のタイミングでロッソたち3体が合体することによって現れる。『ヘビーストライク』『メガフレア』といったガードできない攻撃をくり出す危険な相手だが、最大HPは低め。敵に狙われていないキャラクターを操作して背後からダメージを与えていけば、さほど時間をかけずに倒せるはずだ。

⬅プラエコには特定の状況でしか攻撃が通じない。トドメを刺すとき以外は無視しよう。

⬆ロッソに対しては、『反撃の構え』を利用したガード後の反撃を狙っていくのが効果的。

一連のバトルで役立つマテリア

マテリア	用途
HPアップ、ガードきょうか	敵の攻撃に耐えやすくする。アクセサリの三日月チャームも合わせて装備しておきたい
ほのお、れいき、いかずち、かぜ	セフィロス戦の第3段階で利用する。『ほのお』『いかずち』については、『ぞくせい』マテリアと組にして防具にセットしておくといい
ATBバースト	バースト時にATBゲージを増やして、バースト中の敵に強力な攻撃を使う

ロッソ、ヴェルデ、ジャッロに共通する性質

- 1〜2回目の出現時は、HPが残り50%以下まで減ったときか、プラエコが『運命の奔流』や『大いなる断罪』を使ったときに、姿を消してその場からいなくなる
- 3〜4回目の出現時は、HPがゼロになっても力尽きないがバーストし、バースト状態が終わるとHPが最大値の50%（難易度がHARDのときは100%）回復する。ただし、バースト中にダメージを受けるとプラエコのHPが減り、プラエコのHPが特定の割合まで減った時点で自分が力尽きる
- 4回目の出現時は、3体のうち1体のHPが残り80%まで減ると合体してフィーラー＝バハムートになり、倒されたら合体を解いて本来の行動にもどる

⬆3体そろって現れたときのロッソたちは、基本的にそれぞれ特定のキャラクターを狙うので、狙ってくる敵を撃退したキャラクターは攻撃に専念できる。ただし、敵の範囲攻撃には注意。

⬆フィーラー＝バハムートへの攻撃は、敵に狙われていないキャラクターを操作して背後から行なおう。狙われているキャラクターが三日月チャームを装備していれば、受けるダメージを減らせる。

フィーラー＝ロッソ Whisper Rubrum

BOSS ▶解析不能 ▶地上 レポートNo. » 110 «

FRONT

BACK

おもな出現場所とその場所でのレベル

CH18 ミッドガル・ハイウェイ：運命の特異点 レベル 34

ステータス

	最大HP	物理攻撃力	魔法攻撃力	物理防御力	魔法防御力
EASY	7264(※1)	231	214	242	242
NORMAL	13208(※1)				
HARD	17685(※1)	342	315	329	329

基本キープ値	バーストゲージ	バースト時間
40	100	15秒

獲得できる経験値・AP・ギル

	経験値	AP	ギル
EASY	580	10	1450
NORMAL			
HARD	1800	30	2250

入手できるアイテム

通常	──
レア	──
盗み	──

※1……3回目の出現時は「EASY：5521、NORMAL：10038、HARD：13441」、4回目の出現時は「EASY：3245、NORMAL：5900、HARD：7900」

ダメージ倍率

物理	×1.0(※2)
魔法	×1.0(※2)
炎属性	吸収
氷属性	×1.0
雷属性	×1.0
風属性	×1.0
固定ダメージ	×0.1
割合ダメージ	×0.1

※2……ヒート中とバースト中は「×2.0」

バーストゲージ増加倍率

物理(近接)	無効
物理(遠隔)	無効
魔法	無効
炎属性	無効
氷属性	無効
雷属性	無効
風属性	無効

状態異常耐性値

毒	無効
沈黙	50
睡眠	無効
スロウ	無効
ストップ	無効
バーサク	無効

▶ヒートする状況

- HPが最大値の30%減った直後の6秒間（無効：30秒）

特徴的な性質

- フィーラー＝ヴェルデやフィーラー＝ジャッロとは、いくつかの共通点がある（左ページを参照）
- クラウドを狙って（2～3回目の出現時は操作キャラクターを狙って）、おもに『一閃』『乱れ斬り』を使う
- スタン状態の相手に『回転斬り』などを使うことがある
- 3～4回目に出現したときは、最初に『モードチェンジ』を使ってモードチェンジ状態になる（難易度がHARDのときは1～2回目の出現時にも最初に使う）。モードチェンジ状態のときは、身体の輝きが増して、行動が下記のように変わる
  - 『一閃』『乱れ斬り』で攻撃をくり出す回数が増える
  - 『回転斬り』『妖刀乱舞』を使うことがある
  - クラウドの『たたかう』などを前方から受けたときに、それを無効化しつつ『無明閃』で反撃することがある

アクションデータ

名前		タイプ	属性	効果範囲	威力	カット値	ガード	ダウン	状態変化	キープ値	ATB消費
一閃	武器	物理(近接)	──	自分前方	50×(1～2)回	50	○	×	──	60	×
	衝撃波	魔法	──	自分前方・弾	50×(1～2)回	50	△	×	──		
	左手の武器を振り上げて、衝撃波を正面に飛ばす。モードチェンジ状態のときは、同じ攻撃をもう一度行なう										
乱れ斬り	通常	物理(近接)	──	自分前方	50×3回	50	○	×	──	60	×
	追加攻撃	物理(近接)	──	自分前方	35+70	50	○	○	──		
	左手の武器で3回斬りつける。モードチェンジ状態のときは、追加で2回斬る										
龍飛剣		物理(近接)	──	自分前方	80	50	○	○	──	60	×
ファイガ	沈黙	魔法	炎	敵単体・弾	70	50	△	×	──	60	×
モードチェンジ		──		自分	──	──	──	──	──	100	×
回転斬り		物理(近接)	──	自分周囲	1ヒットごとに40(※3)	50	○	×(※3)	──	60	×
	スピンして左手の武器を振りまわしながら突進する攻撃を、それぞれの相手に1回ずつ仕掛ける										
妖刀乱舞		物理(近接)	──	自分前方	70×2回+100+150	50	○	○	──	60	×
	大きな動作で右手の武器を4回振る										
無明閃		物理(近接)	──	自分前方	100	50	○	○	──	60	×

※3……回転の終わりぎわは、威力が「60」、ダウンが「○」

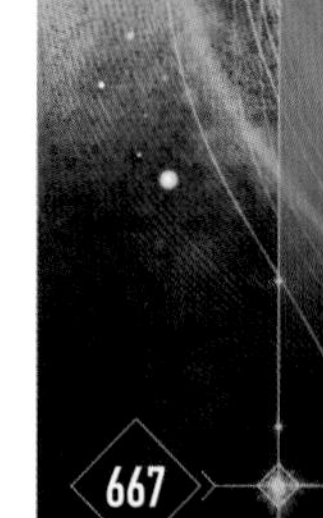

フィーラー＝ヴェルデ Whisper Viridi

BOSS ▸解析不能 ▸地上 レポートNo. » 111 «

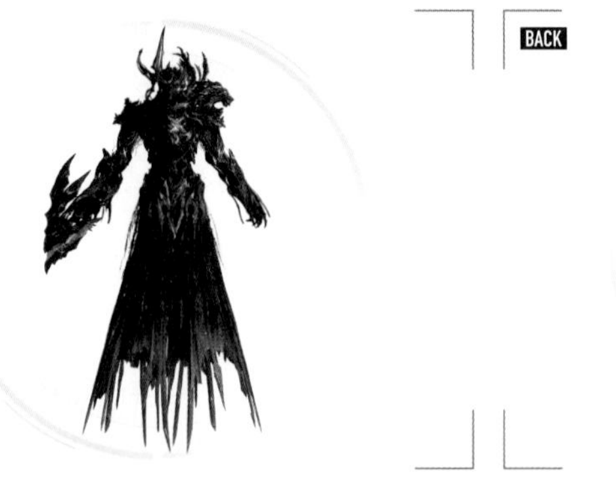

おもな出現場所とその場所でのレベル

CH18 ミッドガル・ハイウェイ：運命の特異点　レベル 34

ステータス

	最大HP	物理攻撃力	魔法攻撃力	物理防御力	魔法防御力
EASY	7264(※1)	222	222	248	230
NORMAL	13208(※1)				
HARD	17685(※1)	328	328	337	312

基本キープ値
40

バーストゲージ
100

バースト時間
15秒

獲得できる経験値・AP・ギル

	経験値	AP	ギル
EASY	580	10	1450
NORMAL			
HARD	1800	30	2250

※1……3回目の出現時は「EASY：4068、NORMAL：7397、HARD：9904」、4回目の出現時は「EASY：3148、NORMAL：5724、HARD：7664」

入手できるアイテム

通常	——
レア	——
盗み	——

ダメージ倍率

物理	×1.0(※2)
魔法	×1.0(※2)
炎属性	×1.0
氷属性	×1.0
雷属性	吸収
風属性	×1.0
固定ダメージ	×0.1
割合ダメージ	×0.1

※2……ヒート中とバースト中は「**×2.0**」

バーストゲージ増加倍率

物理(近接)	無効
物理(遠隔)	無効
魔法	無効
炎属性	無効
氷属性	無効
雷属性	無効
風属性	無効

状態異常耐性値

毒	無効
沈黙	50
睡眠	無効
スロウ	無効
ストップ	無効
バーサク	無効

▶ヒートする状況

- HPが最大値の30%減った直後の6秒間(無効：30秒)

特徴的な性質

- フィーラー＝ロッソやフィーラー＝ジャッロとは、いくつかの共通点がある(→P.666)
- ティファを狙って(3回目の出現時は操作キャラクターを狙って)、おもに『インパクトウェーブ』『ブルータルストライク』を使う
- スタン状態の相手や『たたかう』などを弾き返された相手に、『バッククラッシャー』を使うことがある
- 3回目に出現したときはフィーラー＝ジャッロと交互に、4回目に出現したときは最初に、『モードチェンジ』を使ってモードチェンジ状態になる(難易度がHARDのときは1～3回目の出現時にも最初に使う)。モードチェンジ状態のときは、身体の輝きが増して、行動が下記のように変わる
  - 最大2回まで連続で攻撃をくり出す
  - 『インパクトウェーブ』『グランドブラスト』『ブルータルストライク』に雷属性とスタン効果が追加される
  - 行動していないときはガード姿勢をとって、受けるダメージを0.5倍に軽減するほか大半の近接攻撃を弾き返す

アクションデータ

名前	タイプ	属性	効果範囲	威力	カット値	ガード	ダウン	状態変化	キープ値	ATB消費
フィストコンボ	物理(近接)	——	自分前方	15×2回	50	○	×	——	60	×
インパクトウェーブ	魔法	——	攻撃軌道上・弾	50	50	△	×	——	60	×
	相手がいる方向に向けて、爆発を地面からつぎつぎと発生させる。モードチェンジ状態のときは、爆発が電気を帯びる									
グランドブラスト	魔法	——	設置周囲	50	50	△	○	——	60	×
	相手の足元と周辺の地面を光らせて、その位置に爆発を起こす。モードチェンジ状態のときは、爆発が電気を帯びる									
ブルータルストライク	物理(近接)	——	自分前方	60	50	○	○	——	60	×
	右手でパンチをくり出す。モードチェンジ状態のときは、パンチが電気を帯びる									
エリミネイトアッパー	物理(近接)	——	自分前方	100	50	○	○	——	60	×
バッククラッシャー	物理(近接)	——	自分前方	200	50	×	○	——	100	×
	相手の背後に一瞬で移動し、右手でなぐる									
サンダガ	魔法	雷	敵単体	70	50	△	×	——	60	×
モードチェンジ	——	——	自分	——	——	——	——	——	100	×

※モードチェンジ状態のときは、『インパクトウェーブ』『グランドブラスト』『ブルータルストライク』が「属性：雷、威力：70(『ブルータルストライク』は90)、ダウン：×、状態変化：スタン(2秒)」に変わる

フィーラー＝ジャッロ Whisper Croceo

BOSS ▸解析不能 ▸地上 レポートNo. » 112 «

FRONT

BACK

おもな出現場所とその場所でのレベル

CH18 ミッドガル・ハイウェイ：運命の特異点 レベル 34

ステータス

	最大HP	物理攻撃力	魔法攻撃力	物理防御力	魔法防御力
EASY	7264(※3)	214	231	230	248
NORMAL	13208(※3)				
HARD	17685(※3)	315	342	312	337

基本キープ値
40
バーストゲージ
100
バースト時間
15秒

獲得できる経験値・AP・ギル

	経験値	AP	ギル
EASY	580	10	1450
NORMAL			
HARD	1800	30	2250

入手できるアイテム

通常	―
レア	―
盗み	―

※3……3回目の出現時は「EASY：4310、NORMAL：7837、HARD：10493」、4回目の出現時は「EASY：3342、NORMAL：6076、HARD：8135」

ダメージ倍率

物理	×1.0(※4)
魔法	×1.0(※4)
炎属性	×1.0
氷属性	×1.0
雷属性	×1.0
風属性	吸収
固定ダメージ	×0.1
割合ダメージ	×0.1

※4……ヒート中とバースト中は「**×2.0**」

バーストゲージ増加倍率

物理(近接)	無効
物理(遠隔)	無効
魔法	無効
炎属性	無効
氷属性	無効
雷属性	無効
風属性	無効

状態異常耐性値

毒	無効
沈黙	50
睡眠	無効
スロウ	無効
ストップ	無効
バーサク	無効

▶ヒートする状況

- HPが最大値の30%減った直後の6秒間(無効：30秒)

特徴的な性質

- フィーラー＝ロッソやフィーラー＝ヴェルデとは、いくつかの共通点がある(→P.666)
- バレットかエアリスを狙って(3回目の出現時は操作キャラクターを狙って)、おもに『アビスクエーサー』『フォトンレーザー(前方)』を使う
- スタン状態の相手に『チェイサーショット』を使う
- 3回目に出現したときはフィーラー＝ヴェルデと交互に、4回目に出現したときは最初に、『モードチェンジ』を使ってモードチェンジ状態になる(難易度がHARDのときは1～3回目の出現時にも最初に使う)。モードチェンジ状態のときは、身体の輝きが増して、行動が下記のように変わる
  - 最大3回まで連続で攻撃をくり出す
  - 『アビスクエーサー』の連射数が増える
  - 『フォトンレーザー(回転)』『ベルベットナイトメア』を使うことがある

アクションデータ

名前	タイプ	属性	効果範囲	威力	カット値	ガード	ダウン	状態変化	キープ値	ATB消費
アビスクエーサー	魔法	―	直線上・弾	1ヒットごとに5	50	△	×	―	60	×
	左手または右手から光弾を3発連射する。モードチェンジ状態のときは連射数が5発に増える									
アヴェンジャー	魔法	―	直線上・弾	1ヒットごとに5	50	△	×	―	60	×
	左右それぞれの手から、合計8～12発の光弾を同時に発射する									
フォトンレーザー(前方)	魔法	―	自分前方	1ヒットごとに30	50	△	○	―	60	×
	両手から光線を放ちつつ、それぞれの手を正面に振り上げるか左右に広げることで前方を攻撃する									
フォトンレーザー(回転)	魔法	―	自分周囲	1ヒットごとに10	50	△	×	―	60	×
	両手から光線を放ちつつ、その場でスピンすることで周囲を攻撃する									
チェイサーショット	魔法	―	攻撃軌道上・弾	50	50	△	○	―	60	×
エアロガ 弾	魔法	風	敵単体・弾	0	50	△	×	―	60	×
竜巻	魔法	風	敵単体	70	50	△	×	―		
モードチェンジ	―	―	自分	―	―	―	―	―	100	×
ベルベットナイトメア	魔法	―	攻撃軌道上・弾	100	50	△	○	―	60	×
	左手にエネルギーを約1秒間充填し、相手を追うようにやや低速で飛ぶ光弾を撃つ。光弾は何かに当たると爆発を起こす									

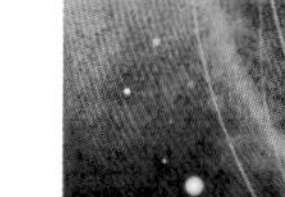

フィーラー＝バハムート whisper Bahamut

BOSS ▸解析不能 ▸地上 レポートNo. » 113 «

FRONT

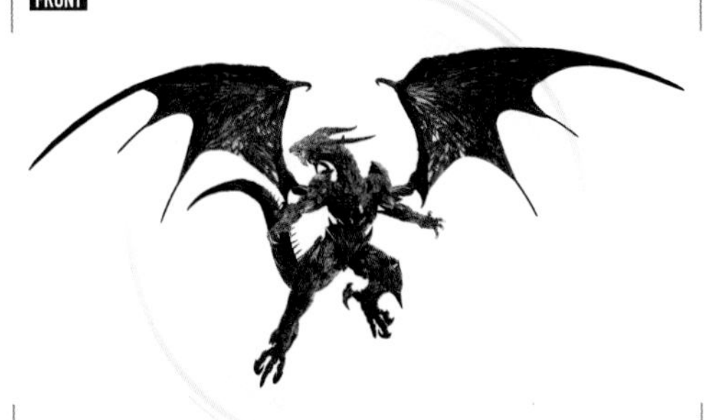

BACK

おもな出現場所とその場所でのレベル

CH18	ミッドガル・ハイウェイ：運命の特異点	レベル 34

ステータス

	最大HP	物理攻撃力	魔法攻撃力	物理防御力	魔法防御力
EASY	9686	222	222	251	251
NORMAL	17610				
HARD	23580	328	328	342	342

基本キープ値
60

バーストゲージ
200

バースト時間
15秒

獲得できる経験値・AP・ギル

	経験値	AP	ギル
EASY	0	0	0
NORMAL			
HARD	0	0	0

入手できるアイテム

通常	──
レア	──
盗み	──

ダメージ倍率

物理	×1.0
魔法	×1.0
炎属性	×1.0
氷属性	×1.0
雷属性	×1.0
風属性	×1.0
固定ダメージ	×0.1
割合ダメージ	×0.1

バーストゲージ増加倍率

物理(近接)	×1.0
物理(遠隔)	×1.0
魔法	×0.5
炎属性	×1.0
氷属性	×1.0
雷属性	×1.0
風属性	×1.0

状態異常耐性値

毒	無効
沈黙	無効
睡眠	無効
スロウ	無効
ストップ	無効
バーサク	無効

特徴的な性質

- フィーラー＝ロッソ、フィーラー＝ヴェルデ、フィーラー＝ジャッロの3体が合体すると、このエネミーに変化する
- 操作キャラクターを狙って攻撃する。行動パターンは、バハムート(→P.682)が紫色のオーラをまとっているときに近い
- 出現してから約25秒後に『メガフレア』を使う。以降も、約150秒(難易度がHARDのときは約90秒)が経過するたびに使う

▶ヒートする状況

- HPが最大値の25%減った直後の6秒間(無効：30秒)

アクションデータ

名前	タイプ	属性	効果範囲	威力	カット値	ガード	ダウン	状態変化	キープ値	ATB消費
クロスインパクト	物理(近接)	──	自分前方	70×2回	50	○	○	──	60	×
	右手→左手の順にツメを振りまわす									
スピンアタック	物理(近接)	──	自分前方	1ヒットごとに100	50	○	○	──	60	×
	きりもみ回転しながら突っこむことを、1〜2回行なう									
ダーククロー	魔法	──	直線上	1ヒットごとに120	30	△	×	──	60	×
	右手で地面を引っかいて、前方4方向に衝撃波を走らせる									
ヘビーストライク	魔法	──	着弾周囲	250×2回	50	×	○	──	60	×
	両手に出現させた光の弾を1発ずつ順番に投げる。光の弾は相手を追うように飛んでいき、何かに当たると炎を上げる									
バインドインパルス	魔法	──	敵単体	400	50	△	○	──	60	×
	右手で相手をつかんで約5秒間拘束したあと、光弾を当てる。ただし、拘束中にHPが合計1000以上減ると、拘束を解く									
フレアブレス	魔法	──	自分前方	70	50	△	○	(※1)	60	×
	首を右から左へ振りつつ、口から炎を吐く									
インフェルノ	魔法	──	攻撃軌道上・弾	1ヒットごとに30	30	△	×	──	60	×
	16発の光弾を口から3回発射する。光弾はある程度ランダムな方向に飛ぶ(そのなかの数発はいずれかの相手を追って飛ぶ)									
メガフレア	魔法	──	敵全体	500	100	×	○	──	100	×
	身体にエネルギーを1秒間充填したあと上昇し、口から光の弾を放つ。光の弾は地面に当たると大爆発を起こす									
クローラッシュ H	物理(近接)	──	自分前方	90×7回＋110	50	○	○	──	60	×
	おたけびを上げたあと、両手のツメで合計8回引っかく									
オプティックゲイズ H	魔法	──	敵単体・弾	10	50	×	×	ストップ(10秒)	60	×
	両目から光線を放つ。ヒットした相手がストップ状態になった場合は、その相手に発生している有利な状態変化も解く									

※1……沈黙(15秒)＋スロウ(15秒)

セフィロス Sephiroth

BOSS ▸解析不能 ▸地上 レポートNo. » 114 «

FRONT

BACK

オリジナル版

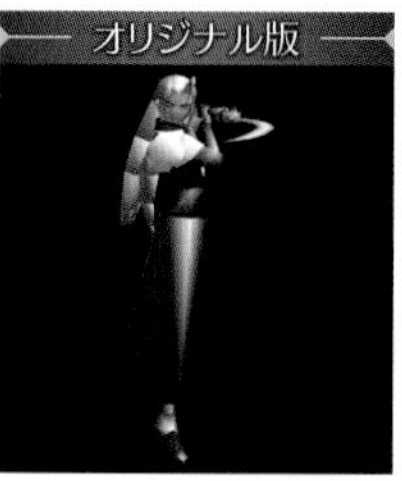

出現場所とその場所でのレベル

CH18 ミッドガル・ハイウェイ：運命の特異点 レベル 34

ステータス

	最大HP	物理攻撃力	魔法攻撃力	物理防御力	魔法防御力
EASY	35836	205	205	251	251
NORMAL	65157				
HARD	87246	301	301	342	342

基本キープ値
40
バーストゲージ
40
バースト時間
5秒

獲得できる経験値・AP・ギル

	経験値	AP	ギル
EASY	0	0	0
NORMAL			
HARD	0	0	0

入手できるアイテム

通常	―
レア	―
盗み	―

※第2段階以降は、ステータスが右下の表のように変わる

ダメージ倍率

物理	×1.0
魔法	×0.5(※2)
炎属性	×0.5(※2)
氷属性	×0.5(※2)
雷属性	×0.5(※2)
風属性	×0.5(※2)
固定ダメージ	×0.1
割合ダメージ	無効

バーストゲージ増加倍率

物理(近接)	×1.0
物理(遠隔)	×1.0
魔法	×1.0
炎属性	×1.0
氷属性	×1.0
雷属性	×1.0
風属性	×1.0

状態異常耐性値

毒	無効
沈黙	無効
睡眠	無効
スロウ	無効
ストップ	無効
バーサク	無効

※属性強化モード中の変化についてはP.673を参照

※第4段階ではバーストゲージ増加倍率が基本的に「無効」になる

※2……第4段階 ×1.0

特徴的な性質

第1段階 HP100～86%

- 攻撃魔法の詠唱中に武器アビリティで攻撃されるとひるむ
- 『閃光』で身構えているときに攻撃魔法を受けるとひるむ
- 『動地』の1撃目をくり出す瞬間に『たたかう』などで攻撃されると、お互いがひるみ、セフィロスのみダメージを受ける
- クラウドのアサルトモード時のコンボを刀で弾くことがある(このときは、前方から受けた物理攻撃を無効化する)。弾いた直後に、後方へ跳びのくか『斬撃』＋各種の『一陣』などで反撃することもある

第2段階 HP85～63%

- ヒート状態になっている(難易度がHARDのときをのぞく)
- 相手の背後に一瞬で移動して攻撃を仕掛けることがある
- 難易度がHARDのときは『正宗の構え』で攻撃を防ぐことがある

第3段階 HP62～16%

- 「『○属性強化』で属性強化モード(→P.673)になる→約60秒間(『全属性強化』使用後は約120秒間)行動する→属性強化モードが解除されていなかったら『八刀一閃』を使う」をくり返す。『全属性強化』は、ほかの『○属性強化』を1回ずつ使ったあとに使用する
- 属性強化モード中に、HPが最大値の7%減るか、物理攻撃でHPが最大値の10%減ると、モードが解除されてヒートする

第4段階 HP15%以下

- おおよそ30秒おきに、『運命の宣告』のカウントダウンを行なう(同時に何らかの攻撃も使う)。カウントは9からはじまって、1まで減った直後に隕石を落として相手を全滅させる(リレイズ無効)

▸ヒートする状況

- 第1段階 「『閃光』で身構えているときに魔法を受けた」「『動地』の1撃目を出す瞬間にクラウドの近接攻撃を受けた」「攻撃魔法の詠唱中に武器アビリティを受けた」のいずれかでひるんだ直後
- 第1段階 『一陣(縦)』の2撃目が回避された直後
- 第2段階 いつでも(攻撃を刀で弾いているときと、難易度がHARDのときをのぞく)
- 第2段階 『正宗の構え』の動作中に後方から攻撃されてHPが最大値の1%減った直後
- 第3段階 属性強化モードでないとき

氷塊のデータ

セフィロスとのちがい
最大HP
EASY：49、NORMAL：89、HARD：119
バーストゲージ増加倍率
(すべて「無効」)

第2段階以降のステータスの変化

段階	物理攻撃力 魔法攻撃力	物理防御力 魔法防御力	基本キープ値	バーストゲージ	バースト時間
第2段階	222	(変化なし)	60	80	7秒
第3段階	H 328			100	
第4段階	240 H 355	279 H 379	100	無限	―

※属性強化モード中の変化についてはP.673を参照

次ページへつづく

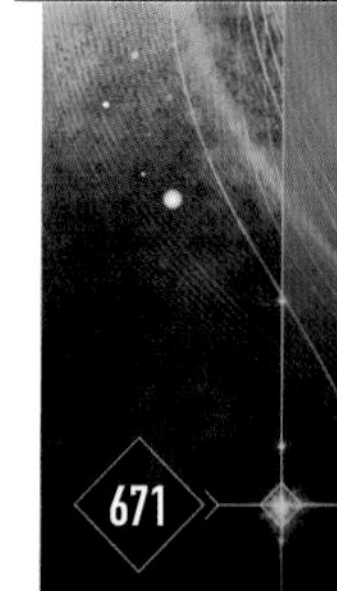

セフィロス(つづき)

アクションデータ

名前	タイプ	属性	効果範囲	威力	カット値	ガード	ダウン	状態変化	キープ値	ATB消費
斬撃	物理(近接)	—	自分前方	40	30	○	×	—	60	×
第1段階 第2段階	刀を左上に振り上げるか、逆手でにぎって右に振りまわす									
一陣(横)	物理(近接)	—	自分前方	40+80	30	○	×	—	60	×
第1段階 第2段階 第3段階	身体を時計まわりに回転させつつ刀を2回振りまわす									
一陣(縦)	物理(近接)	—	自分前方	50+100(※1)	30	○(※2)	×	—	60	×
第1段階 第2段階 第3段階	刀を振り上げつつジャンプして着地の瞬間に刀を振り下ろす									
動地	物理(近接)	—	自分前方	25×2回+70	30(※3)	○	×	—	60	×
第1段階 第2段階 第3段階	すばやく相手に近寄って刀を3回振りまわす。第3段階ではアクション名が表示されない									
閃光 振り上げ	物理(近接)	—	敵単体	35×5回	50	○	×	—	60	×
閃光 突進斬り	物理(近接)	—	自分前方	150	50	○	×	—		
第1段階 第2段階 第3段階	刀を振り上げて切り刻んだあと突進斬りをくり出す									
ファイガ 第1段階 第2段階 第3段階	魔法	炎	敵単体・弾	150	50	△	×	—	60	×
ブリザガ 弾 第1段階	魔法	氷	敵単体・弾	0	50	△	○	—	60	×
ブリザガ 第2段階 第3段階 氷塊	魔法	氷	敵単体	150	50	△	×	—		
正宗の構え	—	—	自分	—	—	—	—	—	60	×
第2段階 H	ガード姿勢をとり、前方から受けたあらゆる攻撃を無効化する									
円月	物理(近接)	—	自分前方	100	30	○	○	—	60	×
第2段階 第3段階	刀を右に引いて身構えたあと、左に振りまわす									
絶空	物理(近接)	—	敵単体	50+200	100	×	○	—	60	×
第2段階 第3段階	吸引効果を持つ菱形の光を相手にまとわりつかせ、その3秒後に光を消して相手の動きを封じたあと、近づいて2回斬る									
残心 刀	物理(近接)	—	自分前方	1ヒットごとに35	30	○	×	—	60	×
残心 衝撃波	魔法	—	直線上・弾	1ヒットごとに120	50	△	×	—		
第2段階 第3段階	刀を構えたあと前方に振って衝撃波を飛ばすという攻撃を3回行なう									
獄門	魔法	—	自分周囲	250	50	×	○	—	60	×
第2段階 第3段階	高くジャンプして着地時に刀を地面に突き立て、その1秒後に、周囲の6方向に衝撃波を発生させる									
サンダガ 第2段階 第3段階	魔法	雷	敵単体	150	50	△	×	—	60	×
エアロガ 弾	魔法	風	敵単体・弾	0	50	△	×	—	60	×
エアロガ 第2段階 第3段階 竜巻	魔法	風	敵単体	150	50	△	×	—		
○属性強化	—	—	自分	—	—	—	—	—	60	×
第3段階	自分を属性強化モードにする。『炎属性強化』『氷属性強化』『雷属性強化』『風属性強化』『全属性強化』の5種類がある									
八刀一閃	物理(近接)	—	敵単体	70×7回+250	50	×	○	—	100	×
第3段階	相手に近寄って8回斬りつける									
フレイムウォール	魔法	炎	特定範囲	1ヒットごとに30	100	×	×	—	60	×
第3段階	地面に炎を走らせて炎の壁を作り出すことを、約12秒間隔で4回くり返す。炎の壁は約10秒間残る									
アイシクルピラー	魔法	氷	設置周囲	1ヒットごとに300	100	×	○	—	60	×
第3段階	約12秒間隔で、巨大な氷塊を1個→2個→3個→4個の順に出現させる。それぞれの氷塊はHPを持ち、約8秒以内に破壊されなかった場合は、破裂して周囲を攻撃する									
サンダーストーム	魔法	雷	敵周囲	1ヒットごとに100	30	△	×	—	60	×
第3段階	相手の足元の地面を光らせてその位置に雷を落とすことを、約8秒間隔で6回くり返す。それぞれの雷は最大2回ヒットする									
グレートハリケーン	—	—	—	—	—	—	—	—	60	×
第3段階	以下の攻撃の性能を変化させる。この変化は、風属性強化モードが解除されるまでつづく ・『一陣』『動地』……動作は変わらないが、最後に相手を3回切り刻む(威力は「10×3回」) ・『エアロガ』……弾がゆっくり飛んでいき、竜巻が約5秒間残ってほかの相手にも当たる(威力は「1ヒットごとに100」)									
シャドウフレア	魔法	—	設置周囲	1ヒットごとに150	50	△	○	—	60(※4)	×
第3段階 第4段階	第3段階では相手の位置に、第4段階ではさまざまな場所に、重力球を発生させる。重力球は約2秒後に爆発を起こす									
滅刃 刀	物理(近接)	—	自分前方	300	50	×	○	—	100	×
滅刃 衝撃波	魔法	—	自分前方	300	50	×	○	—		
第4段階	刀を頭上に構え、約2.5秒後に正面へ振り下ろして衝撃波を放つ									
影斬	魔法	—	敵単体・弾	1ヒットごとに30	50	△	×	—	100	×
第4段階	相手を追うように飛ぶ黒い弾を連射する。弾を受けた相手は、約7秒間身動きがとれなくなる。上空から弾を飛ばすこともある(その場合は、威力が「1ヒットごとに40」に上がるが弾数は減少し、身動きをとれなくする効果も与えない)									
孤高の虚無 波動	魔法	—	自分周囲	1ヒットごとに30	30	△	×	—	100	×
孤高の虚無 衝撃波	魔法	—	自分周囲	180	50	△	×	—		
第4段階	まわりに黒い波動を放ったあと、刀を地面に突き立てて周囲に衝撃波を起こす									
運命の宣告	—	—	敵全体	(9999のダメージ)	—	—	—	—	100	×
第4段階	カウントダウンを9から開始し、1まで減った直後に隕石を落とす									
心無い天使	物理(近接)	—	自分周囲	(下記参照)	100	×	○	—	100	×
第4段階	上空から真下の地面に刀を突き刺し、刀の周囲に赤い爆発を起こして「相手の残りHP−1」のダメージを与える									

※1……反撃で使ったときは「40+100」　※2……2撃目は「×」　※3……3撃目は「50」　※4……第4段階 100

FINAL FANTASY VII REMAKE ULTIMANIA

ADVICE » VSセフィロス

パーティメンバー クラウド+ふたり(バトル中に増える/→P.402)

第3段階では属性強化モード中に魔法で攻める

本作の最後の敵であるセフィロスは、第3段階になったときが、とくに手ごわい。第3段階に備えて、クラウドたちに『ほのお』『れいき』『いかずち』『かぜ』の各マテリアをセットしておくのを忘れずに。

このバトルでは、クラウドを操作してやや遠くで待ち、『動地』や『一陣(横)』に対して、『反撃の構え』かブレイブモード中のガードで防いで反撃するのが基本(『一陣(縦)』に対しては、向かって左方向に回避してから攻撃する)。遠隔攻撃を使われたときは、『ファイガ』などの避けにくいものはガードし、それ以外は側面にまわりこむように走ったり回避したりしてかわそう。仲間が増えたあとは、セフィロスに狙われていないキャラクターに操作を切りかえつつ攻撃するのも有効だ。ちなみに、第1段階か第2段階で右上の表の条件を満たすと、クラウドたちとセフィロスのどちらかがもう一方を攻撃して、戦う場所が変化する(第1段階では3回まで、第2段階では1回まで)。

▼ 第3段階 への対処法

第3段階のセフィロスは属性強化モードになって、現在のモードに応じた属性の攻撃を多用するほか、ガード不能で威力も高い『八刀一閃』をくり出してくる。弱点属性の魔法を連発して大ダメージを与え、ヒートさせることでモードを解除しよう。セフィロスがヒートしているときと全属性強化モード中は、弱点属性がないので、基本どおりに戦うといい。

⬅『動地』に対しては、1撃目に『たたかう』を当てて止める手もあるが、実行するのは難しめ。

戦う場所が変化する条件

条件	条件を満たしたときに攻撃する側
バースト中のセフィロスに『たたかう』や『強撃』を仕掛けた ※一度のバースト中に1回のみ	クラウド(第2段階では仲間も加わる)
セフィロスのHPが特定の割合まで減った	セフィロス

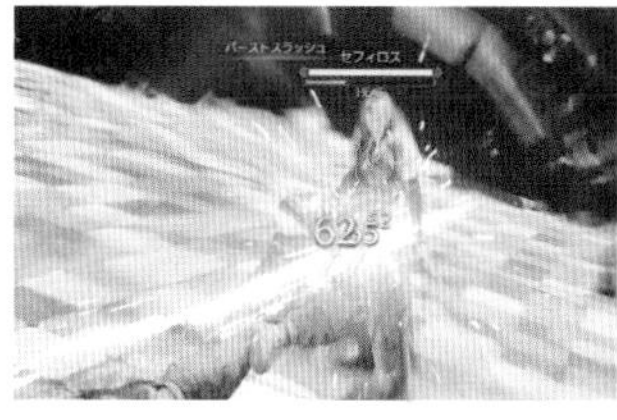

⬅ヒート中は、可能なら『バーストスラッシュ』などを当ててバーストゲージを増やそう。

➡第3段階以降は刀をあまり使わなくなるので、敵に狙われていないキャラクターで攻撃するのがオススメ。

⬆炎、氷、雷、風の属性強化モード中は物理攻撃が効きにくい。魔法で弱点を突くことが重要だ。

知識のマテリア《 属性強化モード中はステータスや行動などが変わる

属性強化モード中のセフィロスは、下記のような性質を持つ。炎、氷、雷、風の各属性強化モード中は弱点ができて魔法攻撃に弱くなるが、全属性強化モード中は弱点がないうえに攻撃力が上がっていくのだ。

炎、氷、雷、風の各属性強化モード中のダメージ倍率などの変化

モード	吸収属性	弱点属性	ダメージ倍率	バーストゲージ増加倍率	最初に使う攻撃
炎属性強化	炎	氷	物理:×0.5 吸収属性:吸収 弱点属性:×2.0 上記以外:×1.0	物理(近接、遠隔):無効 吸収属性:無効 上記以外:×0.25	フレイムウォール
氷属性強化	氷	炎			アイシクルピラー
雷属性強化	雷	風			サンダーストーム
風属性強化	風	雷			グレートハリケーン

属性強化モードごとのおもな性質

モードの種類	おもな性質
炎、氷、雷、風の各属性強化モード	● 特定の属性を吸収するが、別の特定の属性が弱点になり、ダメージ倍率なども変化する(上の表を参照) ● 魔法防御力が「239(難易度がHARDのときは326)」に下がる ● 最初に特定の攻撃を使ったあと(右上の表を参照)、吸収属性の攻撃魔法を多用する ● 刀での攻撃が当たると、吸収属性の魔法ダメージも追加で与える(威力は「5」)
全属性強化モード	● 物理攻撃力と魔法攻撃力が、約60秒間隔で「234→245→257(難易度がHARDのときは346→364→382)」の順に上がっていく ● 第2段階のような行動をしつつ各種の攻撃魔法や『シャドウフレア』を使う

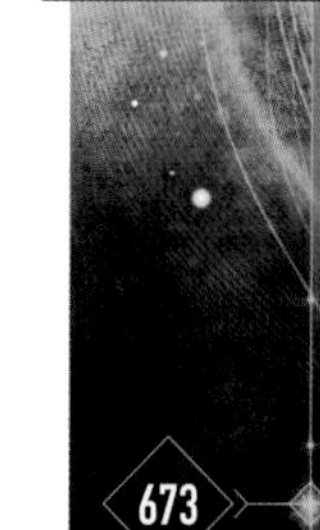

シヴァ Shiva

BOSS ▸解析不能 ▸地上

レポートNo. » 099 «

設定画

出現場所とその場所でのレベル

SUB	バトルレポート(→P.424)	レベル 16〜32
SUB	神羅バトルシミュレーター(→P.455)	レベル 50

ステータス

	最大HP	物理攻撃力	魔法攻撃力	物理防御力	魔法防御力
EASY	9713〜18425	119〜209	129〜225	112〜213	135〜256
NORMAL	17660〜33500				
HARD	47160	328	355	305	367

基本キープ値
60

バーストゲージ
180(※1)

バースト時間
10秒

獲得できる経験値・AP・ギル

	経験値	AP	ギル
EASY	0	10	0
NORMAL			
HARD	0	30	0

入手できるアイテム

通常	──
レア	──
盗み	──

ダメージ倍率

物理	×0.5(※2)
魔法	×1.0
炎属性	×2.0(※3)
氷属性	吸収
雷属性	×1.0
風属性	×1.0
固定ダメージ	×1.0
割合ダメージ	無効

※1……氷の結界があるときは「150」
※2……バースト中と本気モード中は「×1.0」
※3……氷の結界があるときは「無効」
※4……氷の結界があるときは「×0.5」

バーストゲージ増加倍率

物理(近接)	×1.5(※4)
物理(遠隔)	×1.0(※4)
魔法	×1.5(※4)
炎属性	×1.0(※3)
氷属性	無効
雷属性	×0.5(※3)
風属性	×0.5(※3)

状態異常耐性値

毒	35
沈黙	35
睡眠	無効
スロウ	無効
ストップ	35
バーサク	無効

特徴的な性質

第1段階 残りHP100〜81%

- 相手から離れるように低空を飛びまわりながら『氷弾』『アイスミサイル』『アイスウェーブ』などを使う

第2段階 残りHP80〜36%

- 『氷の結界』を使い、自分の周囲に冷気の球が3個(パーティメンバーが3人の場合は5個)発生した状態にする。冷気の球は、自分が強化版の攻撃を使うと1〜3個(詳細は右の表を参照)、ファイア系の魔法を受けると1個消費するが、0個になった場合は再度『氷の結界』を使ってもとの数にもどす
- HPが残り65%以下のときは、冷気の球が残っている状況でも『氷の結界』を使って数をもとにもどすほか、攻撃を連続で行なうことがある
- イフリートの出現中は、おもに下記のことが起こる
  - 冷気の球がすべて消える
  - 『アイシクルインパクト』『ダイヤモンドダスト』以外の攻撃は、氷が発生せず、相手にダメージを与えられなくなる
- 難易度がHARDのときは、『氷の結界』を使った直後などに、自分のHPを最大値の10%回復しつつバーストゲージを最大値の10%減らすことがある

第3段階 残りHP35%以下

- 定期的に『ダイヤモンドダスト』を使う
- 『ダイヤモンドダスト』を使ったあとは、約40秒間本気モードになる。本気モードのあいだは、冷気の球を発生させないが、冷気の球を消費せずに強化版の攻撃を連続で行なう

▸ヒートする状況

- 第1段階 炎属性の攻撃でHPが最大値の3%減った直後の4秒間(無効:15秒)
- 第2段階 第3段階 炎属性の攻撃でHPが最大値の1%減った直後の6秒間(無効:15秒)
- 第3段階 本気モード中

強化版の攻撃の内容と冷気の球の消費数

強化前の攻撃	強化版のデータ	
	強化前とのちがい	冷気の球の消費数
氷弾みだれうち	出現させる氷の弾の数が大幅に増える	1
アイスミサイル	飛ばす氷の威力が「1ヒットごとに15」に下がるが、数が大幅に増える	1
アイスウェーブ	地面を進む氷塊の数が3つに増える	1
ブリザラ	『ブリザラ』のかわりに『ブリザガ』で氷の弾を飛ばす	1〜3(飛ばした弾の数と同じ)
ヘヴンリーストライク	大きな氷塊が、短時間に3回連続で落ちるようになる	3

アクションデータ

名前	タイプ	属性	効果範囲	威力	カット値	ガード	ダウン	状態変化	キープ値	ATB消費
氷弾	魔法	氷	着弾周囲・弾	1ヒットごとに40	30	△	×	――	60	×
	相手を追って飛ぶ氷の弾を3〜6発放つ									
氷弾みだれうち	魔法	氷	着弾周囲・弾	1ヒットごとに40	30	△	×	――	60	×
	相手を追って飛ぶ氷の弾を自分の周囲に16発出現させ、全員に向けて放つ									
アイスミサイル	魔法	氷	着弾周囲・弾	1ヒットごとに20	25	△	×	――	60	×
	相手に向けて5発の鋭い氷を飛ばす									
氷の道	魔法	氷	設置周囲	1ヒットごとに15	30	△	×	スロウ(15秒)	60	×
	自分が通ったあとの地面に氷を発生させる。氷は約7秒間残る									
アイスウェーブ	魔法	氷	攻撃軌道上・弾	80	50	×	×	睡眠(15秒)	60	×
	相手を追う氷を地面に走らせる(本気モードのときは、すべての相手に向けて氷を走らせる)									
ヘヴンリーストライク	魔法	氷	着弾周囲・弾	500	50	△	×	――	60	×
	相手の頭上(本気モードのときは相手全員の頭上)に氷塊を出現させて、約4秒後に落下させる									
アイシクルインパクト	魔法	氷	自分周囲	100	50	△	×	――	60	×
	自分の周囲の地面を凍らせる									
ブリザラ 弾	魔法	氷	攻撃軌道上・弾	――	30	△	×	――	60	×
ブリザラ 氷塊	魔法	氷	着弾周囲	240	30	△	×	――		
ブリザガ 弾	魔法	氷	攻撃軌道上・弾	――	50	△	×	――	60	×
ブリザガ 氷塊	魔法	氷	着弾周囲	320	50	△	×	――		
第2段階 第3段階	相手に当たると大きな氷塊に変化する氷の弾を、全員またはひとりに向けて飛ばす。ひとりに向けて飛ばした場合は、威力が「360」になる									
氷の結界	――	――	自分	――	――	――	――	――	60	×
第2段階 第3段階	自分の周囲に冷気の球を出現させる									
ダイヤモンドダスト	魔法	氷	敵全体	50+500	50	×	×	――	60	×
第3段階	相手を巨大な氷で覆ってから、その氷を粉砕する									

ADVICE »VSシヴァ

パーティメンバー (挑戦する時期によって異なる)

冷気の球がないときにファイア系の魔法を当てよう

ファイア系の魔法を当ててヒートさせ、そのあいだにバーストゲージをためるのが、シヴァとの戦いかたの基本。バトルの前に、『ほのお』マテリアを全員にセットしておきたい。また、『イフリート』の召喚マテリアをセットしておけば、シヴァとの戦いが格段にラクになる。敵の攻撃はすべて氷属性の魔法攻撃なので、『れいき』と『ぞくせい』を組にして防具にセットするのも有効だ。

▼第2段階 第3段階への対処法

『氷の結界』の効果で冷気の球が出現しているときのシヴァには炎属性の攻撃が効かないが、シヴァが強化版の攻撃を使うか、こちらがファイア系の魔法を当てると、冷気の球の数が減っていく。ふだんはATBゲージの消費をひかえ、冷気の球が1〜2個まで減ったら全員で『ファイア』などを連発し、冷気の球をすべて消滅させつつ敵をヒートさせよう。なお、イフリートを召喚しているあいだのシヴァは、大半の攻撃を使えなくなるうえに冷気の球が消えて大幅に弱体化する。シヴァが『ダイヤモンドダスト』を使った直後にイフリートを召喚すれば、そのタイミングでシヴァが連発してくるはずの強化版の攻撃を封じることができ、一気に攻めこみやすくなるのだ。

⬅冷気の球は、シヴァの周囲をまわっている。残りが1〜2個になったときに攻撃を仕掛けていこう。

➡『ブリザガ』は、飛んでくる弾をガードで防いだあと氷塊から離れれば、ダメージを受けずにすむ。

⬅難易度がHARDの場合のシヴァは、ときどき自分のHPを回復する。攻めるペースが遅いと倒せないので、積極的にヒートを狙いたい。

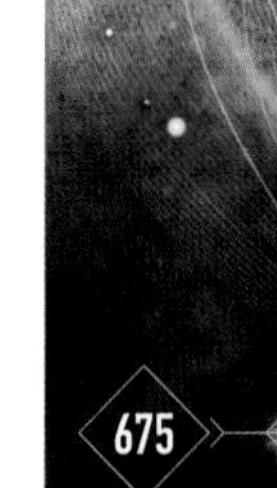

デブチョコボ Fat Chocobo

BOSS ▸解析不能 ▸地上

レポートNo. » 100 «

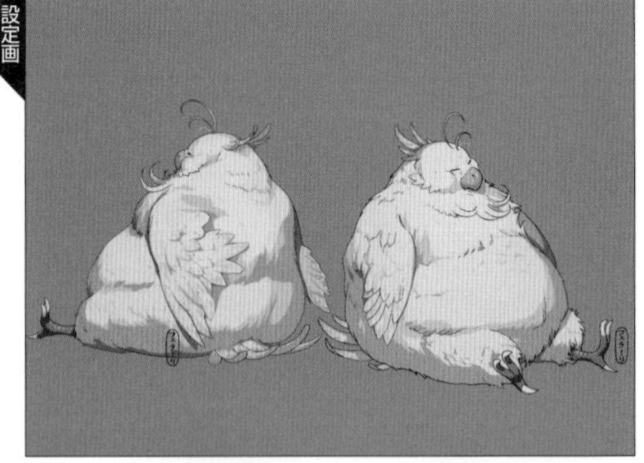

出現場所とその場所でのレベル

	場所	レベル
SUB	バトルレポート(→P.424)	18〜32
SUB	神羅バトルシミュレーター(→P.455)	50

(→P.424) (→P.455)

ステータス

	最大HP	物理攻撃力	魔法攻撃力	物理防御力	魔法防御力
EASY	26070〜46063	125〜209	125〜209	59〜103(※1)	59〜103(※1)
NORMAL	47400〜83750				
HARD	117900	328	328	148(※2)	148(※2)

基本キープ値	バーストゲージ	バースト時間
40(※3)	100	20秒

獲得できる経験値・AP・ギル

	経験値	AP	ギル
EASY	0	10	0
NORMAL			
HARD	0	30	0

入手できるアイテム

通常	—
レア	—
盗み	—

※1……ヒート中とバースト中は「41〜72」
※2……ヒート中とバースト中は「104」
※3……ヒート中とバースト中は「60」

ダメージ倍率

物理	×0.5(※4)
魔法	×1.0
炎属性	×1.0
氷属性	×1.0
雷属性	×1.0
風属性	×1.0
固定ダメージ	×0.1
割合ダメージ	×0.1

※4……ヒート中は「×1.0」
※5……ヒート中は「×0.5」

バーストゲージ増加倍率

物理(近接)	×0.5(※4)
物理(遠隔)	×0.25(※5)
魔法	**×1.5**
炎属性	×1.0
氷属性	×1.0
雷属性	×1.0
風属性	×1.0

状態異常耐性値

毒	無効
沈黙	無効
睡眠	無効
スロウ	無効
ストップ	無効
バーサク	無効

▸ヒートする状況

- 各種のダメージリアクションをとっているあいだ
- 『クエーーーーーー！』『クエッ…』『げぶー…』の動作中

特徴的な性質

- HPが残り90%以下になるか、『クエ！』または『ごろごろ』を1回使ったあとにモーグリを1体出現させる(モーグリのおもな特徴は右記を参照)。以降も、約60秒ごと(2回目のみ、最初の出現から約40秒後)に出現させる
- モーグリがギザールの野菜を出現させたときは、野菜がある場所に向かい、拾って食べる(拾うときに『クエー！』、食べるときに『クエクエクエ！』と表示される。これらの動作中は、キープ値が80になる)。拾ってから食べるまでのあいだにバーストすると、拾った野菜を落とす
- ギザールの野菜を食べた直後に『クエーーーーーー！』を使う。その動作が終わると、『クエッ…』と表示されてゲップをする
- HPが残り60%以下になるか、ギザールの野菜を3個食べた直後に『ビッグボム』を使う。以降もときどき使用する
- ギザールの野菜を3個食べたあとは、『どっすん』のかわりに『どっすーーーん！』を、『ばっちん』のかわりに『ばっちーーーん！』を使う。また、『クエッ…』のかわりに『げぶー…』と表示される
- ギザールの野菜を5個食べた直後に『ジャイアントドロップ』を使う。以降も、ギザールの野菜を1個食べるたびに使用する

モーグリのおもな特徴

- 『なにがでるクポ！？』でエネミーまたは召喚獣を呼び出すか、『ごちそうクポ！』でギザールの野菜を出現させる。『なにがでるクポ！？』で出現するものの候補は以下のとおりで、召喚獣のカーバンクルは『ルビーの光』を、コチョコボは『チョコケアル』をクラウドたちへ使ったあとに姿を消す
  - ？？(→P.678)
  - サボテンダー(→P.678)
  - ？？？？(→P.679)
  - カーバンクル
  - コチョコボ
- 『なにがでるクポ！？』を1〜3回と『ごちそうクポ！』を1回使ったあとに姿を消す
- デブチョコボのHPが残り少ないときは、同時に2〜3体出現する(出現中のエネミーの数が多い場合は、1体だけ現れることもある)。ただし、それらのうち1体以外は、『ごちそうクポ！』を使わずに姿を消す

アクションデータ

名前	タイプ	属性	効果範囲	威力	カット値	ガード	ダウン	状態変化	キープ値	ATB消費
クエ! 羽	物理(近接)	—	自分前方	125	50	○	○	—	60	×
クエ! 投げたもの	物理(遠隔)	—	着弾周囲・弾	100	50	△	○	—		
	右の羽で三角コーン、ダンベル、トロフィーを腹部から取り出して投げる									
どっすん 身体	物理(近接)	—	自分周囲	150	50	○	○	—	60	×
どっすん 衝撃波	物理(遠隔)	—	自分周囲	100	50	△	○	—		
	真上に少し浮かんでから落下し、身体で押しつぶしつつ周囲に衝撃波を発生させる									
どっすーーーん! 身体	物理(近接)	—	自分周囲	200	50	○	○	—	60	×
どっすーーーん! 衝撃波	物理(遠隔)	—	自分周囲	150	50	△	○	—		
	真上に少し浮かんでから落下し、身体で押しつぶしつつ周囲の広い範囲に衝撃波を発生させる									
ばっちん	物理(近接)	—	自分前方	200	50	○	○	—	60	×
	前のめりに倒れながら左右の羽を振り下ろす									
ばっちーーーん! 羽	物理(近接)	—	自分前方	250	50	○	○	—	60	×
ばっちーーーん! 衝撃波	物理(遠隔)	—	自分周囲	150	50	△	○	—		
	前のめりに倒れながら左右の羽を振り下ろし、周囲に衝撃波を発生させる									
ごろごろ	物理(近接)	—	攻撃軌道上	1ヒットごとに200	50	○	○	—	60	×
	相手を追って前転または後転をくり返す。後転したときは、威力が「1ヒットごとに175」になる									
クエーーーーーー! 身体	物理(近接)	—	攻撃軌道上	1ヒットごとに200	50	○	○	—	80	×
クエーーーーーー! 衝撃波	物理(遠隔)	—	自分周囲	150	50	△	○	—		
	方向転換を行ないながら高速で転がりまわったあと、3回ほど大きくバウンドして周囲に衝撃波を発生させる									
ビッグボム	物理(遠隔)	—	設置周囲	300	50	△	○	—	60	×
	巨大な爆弾を山なりに投げる(デブチョコボのHPが残り少ないときは、2~3回連続で投げる)。爆弾は約4秒後に爆発する									
ジャイアントドロップ 身体	物理(近接)	—	自分周囲	1250	50	×	○	—	100	×
ジャイアントドロップ 衝撃波	物理(遠隔)	—	自分周囲	1000	50	×	○	—		
	上空に飛び上がってから落下し、身体で押しつぶしつつすべての相手に届く衝撃波を発生させる									
▼カーバンクルが使うアクション										
ルビーの光	—	—	敵全体	—	—	—	—	バリア(60秒)	100	×
▼コチョコボが使うアクション										
チョコケアル	回復	—	敵全体	(最大HPの10%)	—	—	—	—	100	×

ADVICE » VSデブチョコボ

パーティメンバー (挑戦する時期によって異なる)

野菜をたくさん食べる前にひたすら攻めて倒し切る

攻撃していないときのデブチョコボはキープ値が40で、『強撃』によるコンボの最後の一撃などを当てるだけでヒートする。クラウドをブレイブモードにして敵をヒートさせせつつ、バーストゲージをためていこう。デブチョコボのバースト時間は20秒もあるので、バースト中はATBゲージをためてから『インフィニットエンド』などで大ダメージを与えるといい。その合間にも、モーグリが多数のエネミーを出現させるが、現れた敵はいずれも最大HPが低めで、『ラピッドチェイン』などを使えばすぐに倒せる。

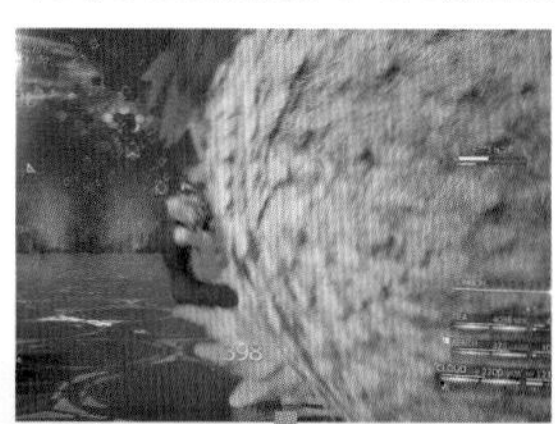

⬅敵が『クエーーーーーー!』で暴れまわっているときは、しばらくガードを行なおう。

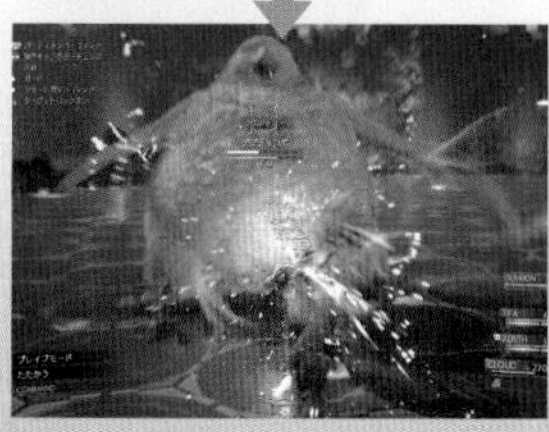

⬅3回バウンドすると動きが止まってヒートするので、そのときが攻撃のチャンス。

デブチョコボは、モーグリが投げるギザールの野菜を3個食べると一部の攻撃が強力になり、5個食べると(以降も1個食べるたびに)一撃必殺の攻撃『ジャイアントドロップ』を使ってくる。バリア状態を発生させるなどすれば『ジャイアントドロップ』に耐えることは可能だが、基本的には左記のように攻めつづけ、ギザールの野菜を5個食べる前に倒してしまいたい。

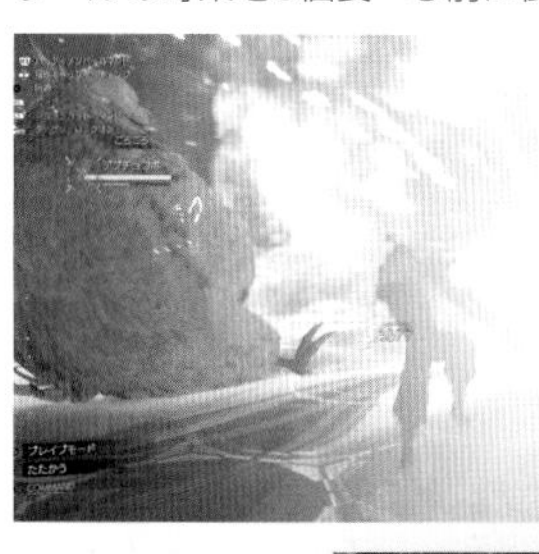

⬅『ビッグボム』の爆発の範囲はかなり広く、大きく離れなければかわせない。ガードでダメージを減らすのが無難だ。

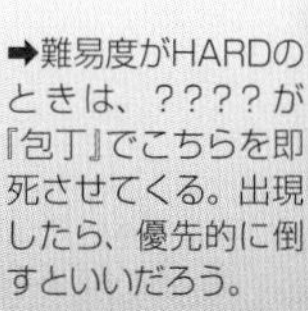

➡難易度がHARDのときは、????が『包丁』でこちらを即死させてくる。出現したら、優先的に倒すといいだろう。

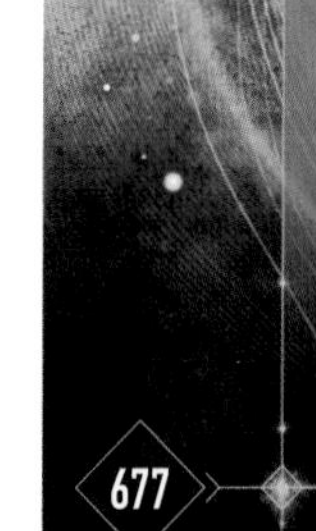

※P.678〜679に掲載している3体からは、経験値、AP、ギル、アイテムは得られない

?? ????

BOSS ▶解析不能 ▶地上 レポートNo. 101

FRONT

BACK

出現場所とその場所でのレベル

SUB バトルレポート(→P.424)	レベル 18〜32
SUB 神羅バトルシミュレーター(→P.455)	レベル 50

ステータス

	最大HP	物理攻撃力	魔法攻撃力	物理防御力	魔法防御力
EASY	521〜921	109〜183	189〜315	18〜31	18〜31
NORMAL	948〜1675				
HARD	2358	283	508	45	45

基本キープ値	バーストゲージ	バースト時間
40	100	10秒

ダメージ倍率

物理	×1.0
魔法	×1.0
炎属性	無効
氷属性	×1.0
雷属性	×1.0
風属性	無効
固定ダメージ	×1.0
割合ダメージ	×1.0

バーストゲージ増加倍率

(すべて「×1.0」)

状態異常耐性値

毒	35
沈黙	35
睡眠	35
スロウ	35
ストップ	無効
バーサク	無効

特徴的な性質

- 『体当たり』『火炎』『ファイアボール』を使う。ボム(→P.576)とちがって、大きくはならない
- 難易度がHARDのときは、HPが残り25%以下になると、激しく火花を散らすことがある。その動作中に攻撃を受けると、『カウンターファイア』を使ったあと、『自爆』を使って力尽きる

ヒートする状況

- 打ち上げられたり、吹き飛ばされたり、たたきつけられたりしているあいだ
- 『火炎』『ファイアボール』の動作中にHPが最大値の5%減った直後の5秒間

アクションデータ ※それぞれのアクションの効果についてはP.576を参照

名前	タイプ	属性	効果範囲	威力	カット値	ガード	ダウン	状態変化	キープ値	ATB消費
体当たり	物理(近接)	—	敵単体	80	30	○	×	—	60	×
火炎	魔法	炎	自分前方	1ヒットごとに72	30	△	×	—	40	×
ファイアボール 弾	魔法	炎	攻撃軌道上・弾	150	50	△	×	—	40	○
ファイアボール 爆発	魔法	炎	着弾周囲	50	50	△	×	—		
自爆 H	魔法	炎	自分周囲	500	50	△	○	—	100	×
カウンターファイア H	魔法	炎	敵単体	50	50	×	×	—	60	×

サボテンダー Cactuar

BOSS ▶解析不能 ▶地上 レポートNo. 103

FRONT

設定画

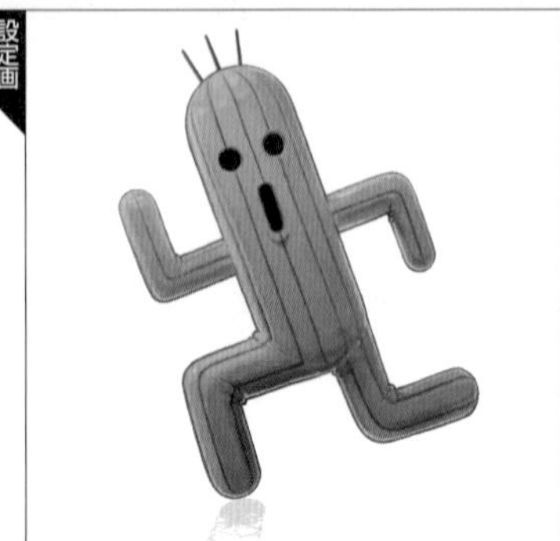

オリジナル版

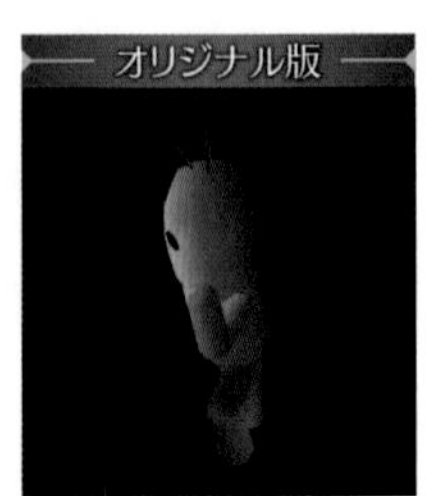

出現場所とその場所でのレベル

出現場所	レベル
SUB バトルレポート(→P.424)	18～32
SUB 神羅バトルシミュレーター(→P.455)	50

ステータス

	最大HP	物理攻撃力	魔法攻撃力	物理防御力	魔法防御力
EASY	313～553	125～209	125～209	18～31	18～31
NORMAL	569～1005				
HARD	1415	328	328	45	45

基本キープ値	バーストゲージ	バースト時間
60	100	10秒

ダメージ倍率

(すべて「×1.0」)

バーストゲージ増加倍率

(すべて「×1.0」)

状態異常耐性値

状態異常	耐性値
毒	35
沈黙	35
睡眠	35
スロウ	35
ストップ	35
バーサク	35

▶ヒートする状況

- 打ち上げられたり、吹き飛ばされたり、たたきつけられたりしているあいだ

特徴的な性質

- 『爆走』で走って、すぐに消える

アクションデータ

名前	タイプ	属性	効果範囲	威力	カット値	ガード	ダウン	状態変化	キープ値	ATB消費
爆走	物理(近接)	―	自分前方	100	50	○	○	―	60	×
	高速でまっすぐに走り、ぶつかった相手にダメージを与える									

???? ?????????

BOSS ▶解析不能 ▶地上

レポートNo. » 102 «

FRONT

出現場所とその場所でのレベル

出現場所	レベル
SUB バトルレポート(→P.424)	18～32
SUB 神羅バトルシミュレーター(→P.455)	50

ステータス

	最大HP	物理攻撃力	魔法攻撃力	物理防御力	魔法防御力
EASY	157～277	77～130	157～262	18～31	18～31
NORMAL	285～503				
HARD	708	193	418	45	45

基本キープ値	バーストゲージ	バースト時間
40	100	10秒

ダメージ倍率

(すべて「×1.0」)

バーストゲージ増加倍率

(すべて「×1.0」)

状態異常耐性値

状態異常	耐性値
毒	無効
沈黙	無効
睡眠	35
スロウ	35
ストップ	35
バーサク	無効

▶ヒートする状況

- 打ち上げられたり、吹き飛ばされたり、たたきつけられたりしているあいだ
- ターゲットとの距離が遠くて『包丁』を実行できずに立ち止まっているあいだ(HPが残り55%以上のときのみ)
- 『包丁』『うらみ骨髄』が空振りして立ち止まっているあいだ

特徴的な性質

- 難易度がHARD以外のときは、以下の性質を持つ
  - ゆっくり歩いて『なまくら包丁』を使う
  - 近接攻撃以外の攻撃を操作キャラクターから受けると、『うらみ節』で反撃する。また、そのあとに『うさばらし』を使うことがある
- 難易度がHARDのときは、トンベリ(→P.595)と同じ性質を持つ

アクションデータ ※難易度がHARDのときのアクションの種類と効果についてはP.595を参照

名前	タイプ	属性	効果範囲	威力	カット値	ガード	ダウン	状態変化	キープ値	ATB消費
なまくら包丁	物理(近接)	―	自分前方	300	50	○	×	―	60	×
	相手に走り寄り、左手のなまくら包丁で刺す									
うさばらし	物理(近接)	―	自分前方	300	50	○	×	―	60	×
	目を光らせ、近くの相手を左手のなまくら包丁で刺す									
うらみ節	魔法	―	敵単体	(自分のHPが減った量の5%)	50	×	○	―	70	×
	右手のランタンから怨念を飛ばし、相手を約6秒間動けない状態にする									

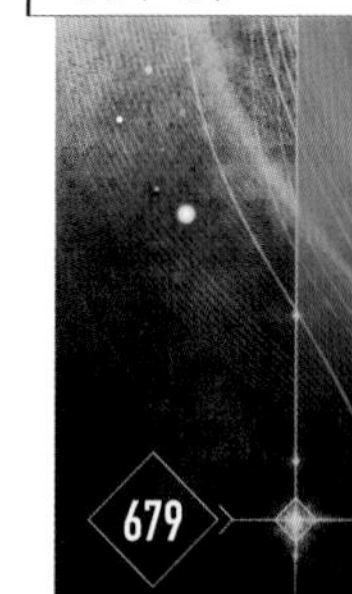

リヴァイアサン Leviathan

BOSS ▸解析不能 ▸飛行 レポートNo. » 104 «

FRONT

設定画

出現場所とその場所でのレベル

出現場所	レベル
SUB バトルレポート(→P.424)	35
SUB 神羅バトルシミュレーター(→P.455)	50

ステータス

	最大HP	物理攻撃力	魔法攻撃力	物理防御力	魔法防御力
EASY	19668	224	224	256	283
NORMAL	35760	224	224	256	283
HARD	47160	328	328	342	379

基本キープ値	バーストゲージ	バースト時間
100	200(※1)	10秒

獲得できる経験値・AP・ギル

	経験値	AP	ギル
EASY	0	10	0
NORMAL	0	10	0
HARD	0	30	0

※1……飛行モードのときは「80」

入手できるアイテム

通常	—
レア	—
盗み	—

ダメージ倍率

物理	×1.0
魔法	×0.5
炎属性	×0.1
氷属性	×0.5
雷属性	**×2.0**
風属性	×1.0
固定ダメージ	×0.1
割合ダメージ	×0.1

※2……飛行モードのときは「×1.0」
※3……飛行モードのときは「**×1.75**」

バーストゲージ増加倍率

物理(近接)	×1.75(※2)
物理(遠隔)	×1.0(※3)
魔法	×0.75
炎属性	×0.25
氷属性	×0.75
雷属性	**×1.75**
風属性	×1.0

状態異常耐性値

毒	無効
沈黙	無効
睡眠	無効
スロウ	無効
ストップ	無効
バーサク	無効

ヒートする状況

- 地上モードのときにHPが最大値の30%減った直後の5秒間(無効:30秒)

特徴的な性質

- 地面から身体を半分ほど出している状態を中心に行動する「地上モード」と、上空を飛びまわる「飛行モード」がある。バトル開始時は地上モードで、バーストするたびにモードが切りかわる
- 地上モードのときは、以下の性質を持つ
  - 地面にもぐり、『スピンアタック』や『サドンアタック』で何回か攻撃を行なうことがある
  - 自分の攻撃が当たったり『エネルギーチャージ』を使ったりするたびにエネルギーがたまり、満タンになると全エネルギーを消費して『大海衝』を使う。エネルギーの量は画面に表示されないが、多くたまっているときは身体が光る
- 飛行モードのときは、『タイダルロア』で水の竜巻を3つ発生させたあと、上空をゆっくり飛びまわりながら『ウォーターボール』か『スピニングダイブ』を使う。また、ときどき低空に下りてくることがある。水の竜巻の性質は以下のとおり
  - 飛行モードが終わるまで出現しつづける
  - ある程度操作キャラクターに近づくように移動する
  - クラウドたちの攻撃が当たると、それを無効化する
  - 難易度がHARDの場合は、クラウドたちを軽く引き寄せる力を持つのに加え、水の竜巻の中央に当たった者に大きめのダメージを与えて吹き飛ばす

部位のデータ

Ⓐ背びれ

本体とのちがい
最大HP
(HPを持たない)

※『エネルギーチャージ』などの動作中は攻撃が当たらない

Ⓑ尾びれ

本体とのちがい
最大HP
(HPを持たない)

※バースト中と飛行モード中にしか攻撃が当たらない

アクションデータ

名前	タイプ	属性	効果範囲	威力	カット値	ガード	ダウン	状態変化	キープ値	ATB消費
とつげき	物理(近接)	―	自分前方	70	50	○	×	―	100	×
	身体を上下にくねらせながら前進する									
かみつき	物理(近接)	―	自分前方	100	50	○	○	―	100	×
	身体を振りながらかみつく									
テールウィップ	物理(遠隔)	―	自分周囲	150	50	△	○	―	100	×
	低空で身体を横に回転させてなぎ払う									
スピンアタック	物理(遠隔)	―	自分前方	200	50	△	○	―	100	×
	地面の下にもぐったあと、身体をひねらせながら飛び出して相手にぶつかる									
サドンアタック	物理(遠隔)	―	自分周囲	200	50	△	○	―	100	×
	地面の下にもぐったあと、相手の足元から真上に飛び出す									
ウォーターボール	魔法	―	着弾周囲・弾	1ヒットごとに50	30	△	×	―	100	×
	自分の周囲に6個か8個(飛行モード時は4個か8個)の水の弾を発生させ、相手に向けて飛ばす									
ウォータービーム	魔法	―	自分前方	220	50	△	○	―	100	×
	左か右に向きを変えながら、正面にビームを発射する									
スプラッシュウェーブ	魔法	―	自分周囲	250	50	△	○	―	100	×
	力をためて周囲の相手を引き寄せたあと、自分を中心に爆発を起こす									
スピニングダイブ	魔法	―	自分前方	400	50	△	○	―	100	×
	翼を広げながら低空をまっすぐ飛んで突進する									
タイダルロア 接触時	魔法	―	設置周囲	1ヒットごとに15	30	△	×	―	100	×
タイダルロア 中心	魔法	―	設置周囲	100	50	△	○	―		
	触れた相手にダメージを与える水の竜巻を3つ発生させる。難易度がHARDの場合はさらに、竜巻の中心に当たった相手を吹き飛ばす									
大海衝	魔法	―	敵全体	800	100	△	○	―	100	×
	激しく吠えて巨大な水柱を発生させ、相手にぶつける									
エネルギーチャージ	―	―	自分	―	―	―	―	―	100	×
	『大海衝』を使うためのエネルギーをチャージする									

ADVICE » VSリヴァイアサン

パーティメンバー (挑戦する時期によって異なる)

モードに応じて近接攻撃と遠隔攻撃を使い分けていく

2種類のモードを持ち、飛行モードのときは、近接攻撃が届かない上空を飛んでいることが多いのが特徴。なるべく、バレットがパーティにいるときに戦いを挑もう。『ぞくせい』マテリアの数に余裕がある場合は、『いかずち』と組にして武器にセットすれば、バーストゲージの増加量を大きく増やせる。また、『スピニングダイブ』や『大海衝』で受けるダメージがかなり大きいので、『バリア』『マバリア』なども使えるようにしておきたい。

▼地上モードのときの対処法

リヴァイアサンに近づき、『テールウィップ』などをガードで防ぎながら近接攻撃を当てていけば、バーストゲージを速いペースで増やすことが可能。敵が地面にもぐっているあいだは、まっすぐ前方に走り、足元からの『サドンアタック』をかわそう。

▼飛行モードのときの対処法

バレットを操作し、片手銃でダメージを与えていくのがオススメ。ただし、『タイダルロア』で発生した水の竜巻に攻撃が当たると、リヴァイアサンにダメージを与えられない。本体、背びれ、尾びれのうち、攻撃が竜巻にさえぎられない場所にターゲットを切りかえながら戦うといいだろう。

⬅地面にもぐっているリヴァイアサンは、水しぶきが起こったところから飛び出してくる。

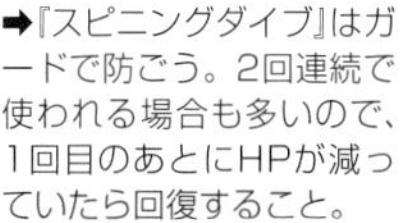

➡『スピニングダイブ』はガードで防ごう。2回連続で使われる場合も多いので、1回目のあとにHPが減っていたら回復すること。

⬅難易度がHARDのときは、水の竜巻の中心に触れると吹き飛ばされてしまう。竜巻から離れることを優先しながら行動したい。

INDEX

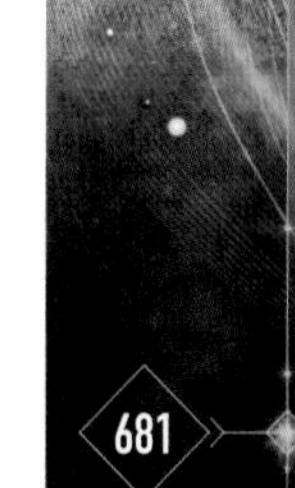

バハムート Bahamut

BOSS ▸解析不能 ▸地上

レポートNo. » 105 «

FRONT

設定画

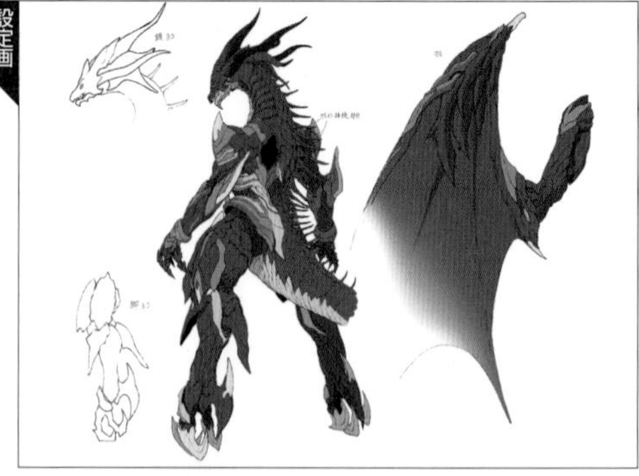

出現場所とその場所でのレベル

SUB バトルレポート(→P.424)	レベル 50
SUB 神羅バトルシミュレーター(→P.455)	レベル 50

ステータス

	最大HP	物理攻撃力	魔法攻撃力	物理防御力	魔法防御力
EASY	48937	328	328	342	342
NORMAL	88976				
HARD	66732				

基本キープ値	バーストゲージ	バースト時間
60	500	10秒

獲得できる経験値・AP・ギル

	経験値	AP	ギル
EASY	0	10	0
NORMAL			
HARD		30	

入手できるアイテム

通常	―
レア	―
盗み	―

ダメージ倍率

物理	×1.0
魔法	×1.0
炎属性	×1.0
氷属性	×1.0
雷属性	×1.0
風属性	×1.0
固定ダメージ	×0.1
割合ダメージ	×0.1

バーストゲージ増加倍率

物理(近接)	×1.0
物理(遠隔)	×1.0
魔法	×1.0
炎属性	×1.0
氷属性	×1.0
雷属性	×1.0
風属性	×1.0

状態異常耐性値

毒	無効
沈黙	無効
睡眠	無効
スロウ	無効
ストップ	無効
バーサク	無効

特徴的な性質

- 操作キャラクターのみを狙う
- おおよそ30秒おきに、「カウントダウン：○」と表示させたまま7秒ほどエネルギーを充填する。カウントは5からはじまって1ずつ減っていき、1まで減ったおおよそ30秒後に、『メガフレア』を使ってカウントを5から数え直す
- 「カウントダウン：5」でのエネルギー充填を終えた直後に『オーラ発動(小)』を使い、紫色のオーラ(右の写真を参照)をまとう
- 「カウントダウン：3」でのエネルギー充填を終えた直後に『オーラ発動(大)』を使い、ピンク色のオーラ(右の写真を参照)をまとう
- オーラは攻撃能力を持ち、『メガフレア』を使うかバーストするまで発生しつづけるが、ヒート中はいったん消える
- 紫色のオーラをまとっているときは『ヘビーストライク』『インフェルノ』を、ピンク色のオーラをまとっているときは『クローラッシュ』『オプティックゲイズ』『エアリアルレイブ』を使うことがある
- 「カウントダウン：○」の表示中にヒートすると、カウントが5～4なら『オーラ発動(小)』を、3～1なら『オーラ発動(大)』を、ヒート状態が終わったときに使う。ただし、難易度がHARD以外のときは使わないことがあり、その場合はカウントが進まない(たとえば、「カウントダウン：4」の表示中にヒートして『オーラ発動(小)』を使わなかったら、つぎも「カウントダウン：4」と表示される)
- バーストすると、カウントが5から数え直しになる
- 『神羅バトルシミュレーター』で出現したときは、HPが残り50%以下になった直後にイフリートを呼び出す。イフリートが出現しているあいだは、『バインドインパルス』を使わない

▶ヒートする状況

- HPが最大値の25%減った直後の10秒間
- 「カウントダウン：○」が表示されているときにHPが最大値の4～15%(※1)減った直後の4秒間

※1……この条件でヒートするたびに、「4%→5%→6%→8%→15%」と上がっていく(15%より多くはならない)

紫色のオーラをまとっているとき

ピンク色のオーラをまとっているとき

アクションデータ

名前	タイプ	属性	効果範囲	威力	カット値	ガード	ダウン	状態変化	キープ値	ATB消費
クロスインパクト	物理(近接)	―	自分前方	70×2回	50	○	○	―	60	×
	右手→左手の順にツメを振る									
スピンアタック	物理(近接)	―	自分前方	1ヒットごとに100	50	○	○	―	60	×
	きりもみ回転しながら突っこむことを、1～2回行なう									
ダーククロー	魔法	―	直線上	1ヒットごとに120	30	△	×	―	60	×
	右手で地面を引っかいて、前方4方向に衝撃波を走らせる									
ヘビーストライク	魔法	―	着弾周囲	250×2回	50	×	○	―	60	×
	両手に出現させた光の弾を1発ずつ順番に投げる。光の弾は相手を追うように飛んでいき、何かに当たると炎を上げる									
バインドインパルス	魔法	―	敵単体	400	50	△	○	―	60	×
	右手で相手をつかんで約5秒間拘束したあと、光弾を当てる。ただし、拘束中にHPが合計1000以上減ると、拘束を解く									
オーラ発動(小) 衝撃波	魔法	―	自分周囲	100	50	△	○	―	100	×
オーラ発動(小) オーラ	魔法	―	自分周囲	1ヒットごとに12	0	×	×	―		
	おたけびを上げて周囲に衝撃波を放ったあと、紫色のオーラを身体にまとい、近くにいる相手に対してオーラによるダメージを与える									
オーラ発動(大) 衝撃波	魔法	―	自分周囲	150	50	△	○	―	100	×
オーラ発動(大) オーラ	魔法	―	自分周囲	1ヒットごとに25	0	×	×	―		
	おたけびを上げて周囲に衝撃波を放ったあと、ピンク色のオーラを身体にまとい、近くにいる相手に対してオーラによるダメージを与える									
クローラッシュ	物理(近接)	―	自分前方	90×7回+110	50	○	○	―	60	×
	おたけびを上げたあと、両手のツメで合計8回引っかく									
オプティックゲイズ	魔法	―	敵単体・弾	10	50	×	×	ストップ(10秒)	60	×
	両目から光線を放つ。ヒットした相手がストップ状態になった場合は、その相手に発生している有利な状態変化も解く									
エアリアルレイブ 突進	魔法	―	自分前方	700	50	×	○	―	100	×
エアリアルレイブ 衝撃波	魔法	―	自分周囲	500	50	△	○	―		
	高く舞い上がって空中を飛びまわったあと、両翼を丸めた姿勢で斜め下へ突進し、地面に激突したときに衝撃波も起こす。突進をはじめる直前まではアクション名が表示されない									
フレアブレス	魔法	―	自分前方	70	50	△	○	(※2)	60	×
	首を右から左へ振りつつ、口から炎を吐く									
インフェルノ	魔法	―	攻撃軌道上・弾	1ヒットごとに30	30	△	×	―	60	×
	16発の光弾を口から3回発射する。光弾はある程度ランダムな方向に飛ぶ(そのなかの数発はいずれかの相手を追って飛ぶ)									
メガフレア	魔法	―	敵全体	1500	100	×	○	―	100	×
	身体にエネルギーを1秒間充填したあと上昇し、口から光の弾を放つ。光の弾は地面に当たると大爆発を起こす									

※2……沈黙(15秒)+スロウ(15秒)

知識のマテリア《 バハムートのHPはNORMALよりもHARDのほうが少ない

バハムートは、難易度に関係なくレベル50で出現するため、物理攻撃力などは難易度がEASYでもHARDでも変わらない。ただし、最大HPについては難易度がEASYやCLASSICのときは0.55倍に、HARDのときは0.75倍に低下するので、難易度がNORMALのときが一番高くなるのだ。なお、召喚獣バトルで戦うエネミーは、難易度がHARDのときでもNORMAL時の能力で出現するようになっている。そのため、難易度がHARDの状態のバハムートと戦えるのは、『神羅バトルシミュレーター』のみ。

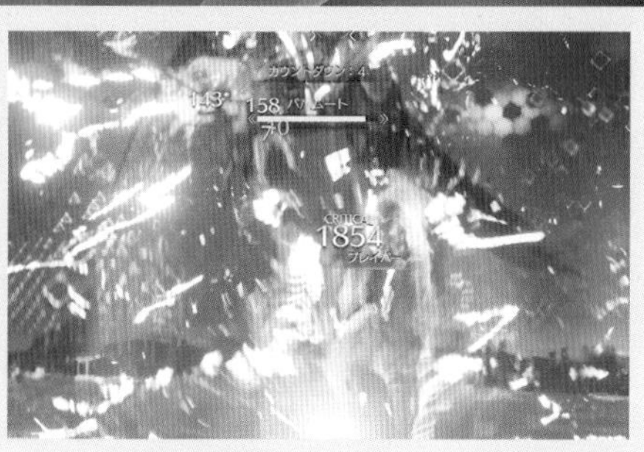

⬆難易度がNORMALのときは、最大HPが高いぶんバハムートをヒートさせにくい。

次ページへつづく

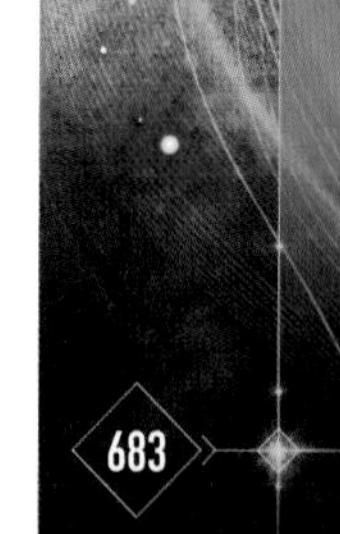

ADVICE ≫ vsバハムート(+イフリート)

パーティメンバー (挑戦する時期によって異なる)

カウントダウン中にヒートさせてバーストを目指そう

バハムートの行動はフィーラー=バハムート(→P.670)と似ているものの、カウントダウン後に『メガフレア』を使う点や、攻撃能力を持つオーラをまとう点が大きく異なる。カウントダウン終了前にバーストさせれば、『メガフレア』の使用を防げるうえにオーラも消せるが、この敵をバーストさせるのは難しい。『メガフレア』を受けることも想定して右の表の準備を整え、クラウド、バレット、エアリスの3人でパーティを組めるときに挑もう。

基本的な戦いかたは、ふだんはATBゲージを温存し、「カウントダウン:○」の表示中に武器アビリティや魔法を使ってヒートさせるというもの(右下の写真を参照)。さらに、ヒート中に『フュエルバースト』などを当てていけば、カウントダウンが終わる前にバーストさせることができる。HPの回復は、ATBゲージを増やしやすいバレットがおもに担当するといい。

▼『メガフレア』への対処法

「カウントダウン:1」の表示が終わった時点で、バハムートのバーストゲージが満タン寸前まで増えていなかったら、『メガフレア』を使われるのはまず避けられない。その場合、バレットは『ド根性』を、エアリスは範囲化した『マバリア』を使ったうえで、仲間のHPを極力満タンに保とう。『メガフレア』の表示が見えたときに操作キャラクターをバレットに切りかえれば、残りのふたりは三日月チャームの効果でもダメージを減らすことが可能だ。

▼イフリート出現後の対処法

『神羅バトルシミュレーター』でのバハムートは、バトル中にイフリート(右ページを参照)を呼び出す。しかし、『ぞくせい』マテリアを利用して炎属性の攻撃を無効化または吸収できる状態にしておけば、イフリートの攻撃でいっさいダメージを受けない。まずはバハムートを倒してからイフリートを攻撃しよう。

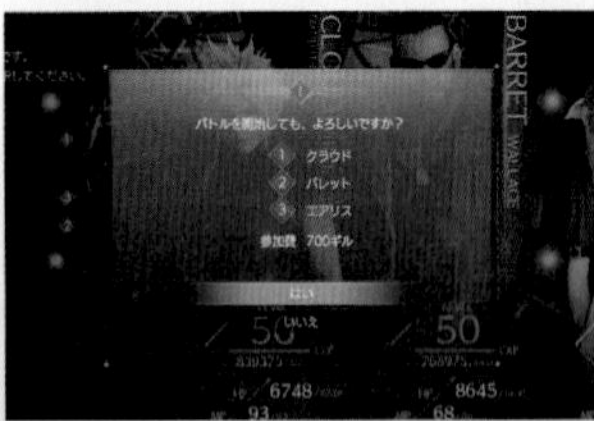

⬅メンバーは、近接攻撃が強力なクラウドと、オーラの範囲外から攻撃できるバレット&エアリスが適任。

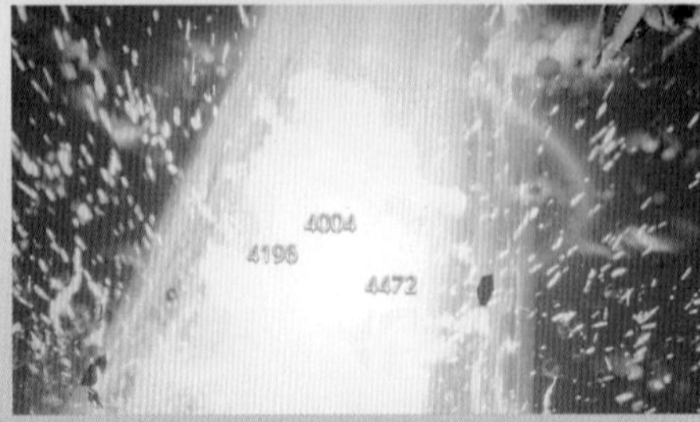

⬆三日月チャーム、『ド根性』、『マバリア』を利用してダメージを軽減すれば、『メガフレア』のダメージを5000未満に抑えられる。

◉バハムートと戦うときのオススメの準備

メンバー	準備
▼基本となる準備	
(全員)	●『かいふく』『HPアップ』『ガードきょうか』のマテリアをセットする ●物理攻撃力(エアリスは魔法攻撃力)が高い武器か、武器強化でラストリーヴを解放した武器を装備する ●魔法防御力が高い防具を装備する
クラウド	●アクセサリの三日月チャームを装備する ●『じかん』マテリアを★3の『たいせい』マテリアと組にしてセットする
バレット	●『いのり』マテリアをセットする ●『じかん』マテリアを★3の『たいせい』マテリアと組にしてセットする
エアリス	●アクセサリの三日月チャームを装備する ●『いのり』マテリアをセットする ●『バリア』マテリアを★3の『はんいか』マテリアと組にしてセットする
▼『神羅バトルシミュレーター』向けの追加の準備	
(全員)	●『ほのお』マテリアをセットする(クラウドとバレットは、★2～3の『ぞくせい』マテリアと組にして防具にセットする)
バレット	●バレットにハチマキを装備させ、『ちりょう』マテリアもセットしておく

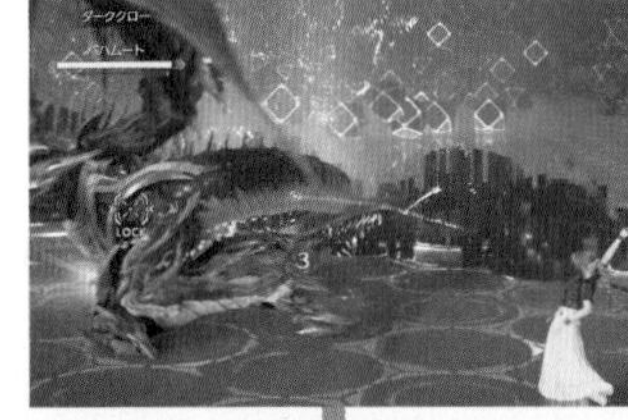

⬅ふだんは敵に狙われていないキャラクターを操作して『たたかう』などを使い、ATBゲージを増やす。

⬅カウントダウン中は、クラウドの『強撃』『ブレイバー』やエアリスの『ファイア』などでヒートを狙う。

⬆ヒートさせるのに成功したら、クラウドの『バーストスラッシュ』やバレットの『フュエルバースト』などを当ててバーストゲージを増やそう。

イフリート Ifrit

BOSS ▸解析不能 ▸地上 レポートNo. » 106 «

FRONT

設定画

おもな出現場所とその場所でのレベル

SUB 神羅バトルシミュレーター(→P.455) レベル 50

ステータス

	最大HP	物理攻撃力	魔法攻撃力	物理防御力	魔法防御力
HARD	19808	328	328	312	312

基本キープ値	バーストゲージ	バースト時間
60	120	6秒

特徴的な性質

- 操作キャラクターのみを狙う
- 相手が近くにいるときは『フレイムクラッシュ』か『フレイムブレス』を、遠くにいるときは『クリムゾンダイブ』か『突進』をおもに使う

▸ヒートする状況

- HPが最大値の15%減った直後の3秒間(無効:30秒)

獲得できる経験値・AP・ギル

	経験値	AP	ギル
HARD	0	0	0

入手できるアイテム

通常	──
レア	──
盗み	──

ダメージ倍率

物理	×1.0
魔法	×1.0
炎属性	吸収
氷属性	**×2.0**
雷属性	×1.0
風属性	×1.0
固定ダメージ	×0.1
割合ダメージ	×0.1

バーストゲージ増加倍率

物理(近接)	×1.0
物理(遠隔)	×1.0
魔法	×1.0
炎属性	無効
氷属性	**×1.75**
雷属性	×1.0
風属性	×1.0

状態異常耐性値

毒	無効
沈黙	無効
睡眠	無効
スロウ	無効
ストップ	無効
バーサク	無効

アクションデータ

名前	タイプ	属性	効果範囲	威力	カット値	ガード	ダウン	状態変化	キープ値	ATB消費
フレイムクラッシュ 右手&左手	物理(近接)	炎	自分前方	100	30	○	×	──	60	×
フレイムクラッシュ 両手	物理(近接)	炎	自分前方	120	50	○	○	──	60	×
	右手→左手(または左手→右手)の順でパンチをくり出したあと、両手を振り下ろす。1~2撃目で攻撃を止めることも多い									
フレイムブレス	魔法	炎	自分前方	1ヒットごとに70	50	△	×	──	60	×
	口から炎を噴き出しつつ、首を左右に振る									
突進	物理(近接)	炎	自分前方	130	50	○	○	──	60	×
	腰を落として身構えたあと、後方に炎を噴き出しながらまっすぐ突っこむ									
クリムゾンダイブ	物理(近接)	炎	自分周囲	150	50	○	○	──	100	×
	上空にジャンプし、右手を下に向けた姿勢で相手の頭上から落下して、着地時に爆発を起こす									
フレアバースト	魔法	炎	敵周囲	170	50	△	○	──	60	×
	相手の足元から巨大な火柱を立てる									

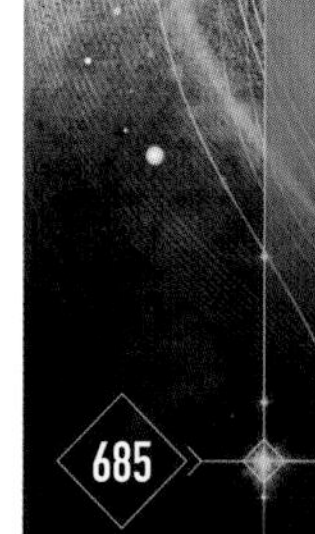

モルボル Malboro

BOSS ▶生物 ▶地上 レポートNo. » 074 «

FRONT

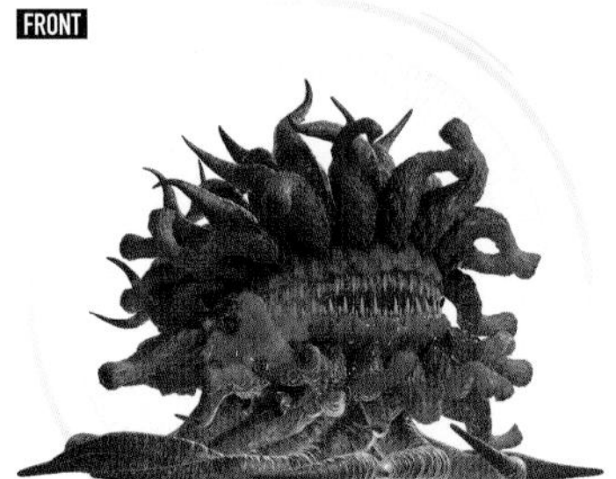

BACK

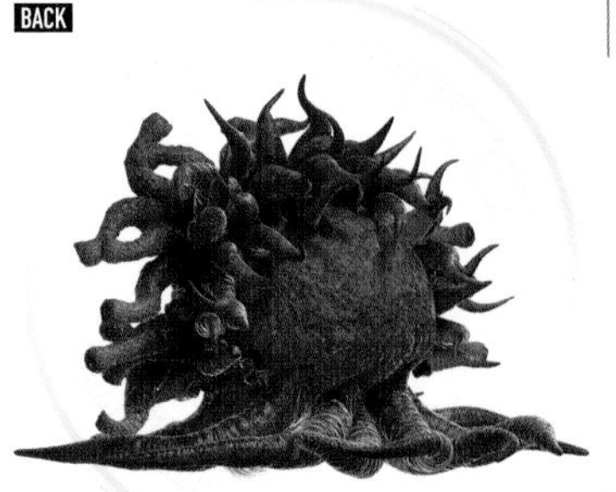

オリジナル版

出現場所とその場所でのレベル

場所	レベル
SUB 神羅バトルシミュレーター(→P.455)	50

ステータス

	最大HP	物理攻撃力	魔法攻撃力	物理防御力	魔法防御力
HARD	58950	418	261	312	45

基本キープ値	バーストゲージ	バースト時間
60	50	10秒

獲得できる経験値・AP・ギル

	経験値	AP	ギル
HARD	1584	60	0

入手できるアイテム

通常	―
レア	―
盗み	―

ダメージ倍率

物理	×1.0
魔法	×1.0
炎属性	×1.0
氷属性	×1.0
雷属性	×1.0
風属性	×1.0
固定ダメージ	×1.0
割合ダメージ	×1.0

※1……口を開けているときに前方から攻撃を受けた場合は「×1.0」

バーストゲージ増加倍率

物理(近接)	×0.25(※1)
物理(遠隔)	×0.25(※1)
魔法	×0.25(※1)
炎属性	×1.0
氷属性	×1.0
雷属性	×1.0
風属性	×1.0

状態異常耐性値

毒	無効
沈黙	35
睡眠	35
スロウ	35
ストップ	35
バーサク	無効

特徴的な性質

- 定期的に『くさい息』を使う
- HPが残り70%以下のときは、『溶解液』を使うことがある
- HPが残り40%以下のときは、『モグモグ』を使うことがある。また、『モグモグ』の動作中にヒートもバーストもしなかった場合は、相手を吐き出した直後に『腹ごなし』を使う

▶ヒートする状況

- 『モグモグ』で相手を噛んでいるときにHPが最大値の3%減った直後の5秒間

部位のデータ

Ⓐくさいくち

本体とのちがい	
最大HP	(HPを持たない)
ダメージ倍率	
雷属性	×2.0
バーストゲージ増加倍率	
魔法	×2.0

※『くさい息』で息を吐き出すときと『モグモグ』で食いつくときの、口を開けているあいだしか攻撃が当たらない

アクションデータ

名前	タイプ	属性	効果範囲	威力	カット値	ガード	ダウン	状態変化	キープ値	ATB消費
触手	物理(近接)	―	自分前方	100	30	○	×	―	60	×
	触手を横に振ってたたく									
くさい息	物理(遠隔)	―	自分前方	150	50	×	×	(※2)	60	×
	約5秒間身体をふるわせたあと、開いた口から赤茶色の息を約3秒間吐きつづける【てきのわざとして習得可能】									
溶解液 溶解液	物理(遠隔)	―	着弾周囲・弾	100(※3)	50	×	×	(※4)	60	○
溶解液 地面の液	物理(遠隔)	―	設置周囲	1ヒットごとに10	50	×	×	(※4)		
	溶解液を口から飛ばす。溶解液は地面に落ちると周囲に飛び散り、落ちた場所と飛び散った先の地面に約15秒間残る。HPが残り40%以下のときはATBゲージを消費しない									
モグモグ 食いつき	物理(近接)	―	敵単体	100	50	×	×	―	60	○
モグモグ 噛む	物理(近接)	―	敵単体	25×8回	50	×	×	―		
モグモグ 吐き出し	物理(近接)	―	敵単体	0	50	×	○	(※5)		
	口を大きく開いて相手に食いつき、約6秒間口のなかに入れたままくり返し噛んだあと吐き出す。ただし、噛んでいるときにHPが最大値の3%減ると、その時点で吐き出す									
腹ごなし	物理(近接)	―	自分周囲	300	50	○	○	―	60	×
	その場でスピンしつつ触手を振りまわす									
バイオラ	魔法	―	敵単体	100	50	△	×	毒(120秒)	60	×

※2……毒(240秒)+沈黙(60秒)+睡眠(60秒)+カエル(60秒)　※3……飛び散った溶解液は「50」
※4……毒(180秒)+スロウ(40秒)　※5……毒(240秒)+沈黙(60秒)+かなしい(永続)

ADVICE » vsモルボル

パーティメンバー (4人中3人)

不利な状態変化には『エスナ』などで対処

モルボルの攻撃には、不利な状態変化を引き起こすものが数多くある。しかも、モルボルが出現する『神羅バトルシミュレーター』はアイテムが使用禁止なので、不利な状態変化をアイテムで解除できない。バトルに挑む仲間のうち2～3人に『ちりょう』マテリアをセットしたうえで、アクセサリや『たいせい』マテリアで睡眠状態か沈黙状態を防げるようにしておこう。バトル中は、攻撃を受けそうな仲間に『レジスト』を使っておくか、不利な状態変化が発生した仲間に『エスナ』を使うかしながら戦えばいい。こちらから攻撃するときは、遠く離れた位置や敵の背後から仕掛ければ、『くさい息』などを受ける危険性が少なくなる。

⬆近接攻撃は敵の背後から行なうのが基本。『くさい息』や『溶解液』も、背後に移動すればかわせる。

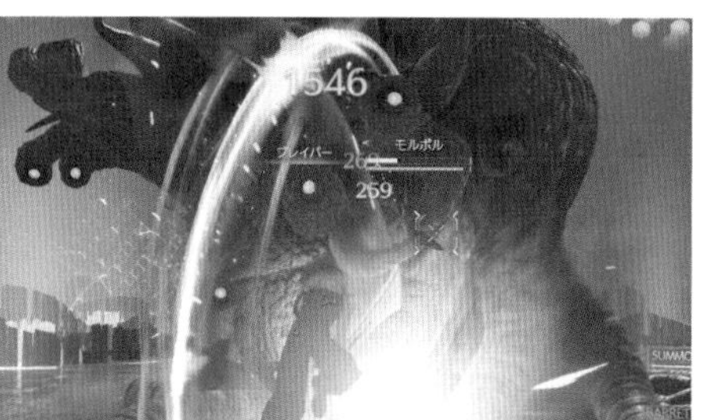

⬆誰かが『モグモグ』を受けたら、武器アビリティなどで大ダメージを与えて動作を中断させるか、直後の『腹ごなし』に備えて遠くへ離れよう。

⬆『くさい息』の動作中は、前方の離れた位置からくさいくちの部位を攻撃するのも手。ただし、『くさい息』の攻撃範囲は非常に広く、これくらい離れなければ息に当たってしまう。

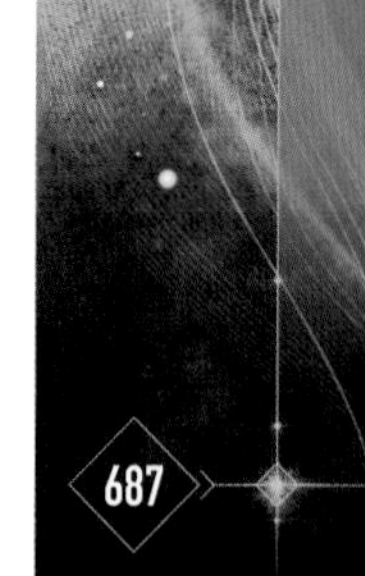

プラウド・クラッド零号機 Pride and Joy Prototype

BOSS ▸機械 ▸地上

レポートNo. » 086 «

FRONT

BACK

出現場所とその場所でのレベル

SUB 神羅バトルシミュレーター(→P.455) レベル 50

ステータス

	最大HP	物理攻撃力	魔法攻撃力	物理防御力	魔法防御力
HARD	82530	598	598	363	416

基本キープ値	バーストゲージ	バースト時間
60	200	10秒

獲得できる経験値・AP・ギル

	経験値	AP	ギル
HARD	4500	30	0

入手できるアイテム

通常	──
レア	──
盗み	──

ダメージ倍率

物理	×1.0
魔法	×1.0
炎属性	×0.5
氷属性	×1.0
雷属性	**×2.0**
風属性	×0.1
固定ダメージ	×0.5
割合ダメージ	無効

バーストゲージ増加倍率

物理(近接)	×1.0
物理(遠隔)	×1.0
魔法	×1.0
炎属性	×1.0
氷属性	×1.0
雷属性	×1.0
風属性	×1.0

状態異常耐性値

毒	無効
沈黙	無効
睡眠	無効
スロウ	無効
ストップ	無効
バーサク	無効

特徴的な性質

第1段階 残りHP100～91%

- 最初に『ビームキャノン』を使う

第2段階 残りHP90～66%

- 最初に約7秒間ダウンする
- 定期的に、エネルギーを充填して胸部のコアを光らせる。コアの色は、充填するたびに「紫色→黄色→赤色」と変化していく
- 胸部のコアが光っているときは、『ジャマーレーザー』を使うことがある(魔法を受けた場合はほぼ確実に使う)
- 胸部のコアが赤色に光っているときは、『ビームキャノン』を使うことがある。使用後は、コアが光っていない状態にもどる
- 右脚や左脚のHPがゼロになるたびに、その部位のHPが最大値まで回復する(それと同時に、本体が約7秒間ダウンする)
- HPが2回ゼロになった脚からは『アンクルファイア』の炎が出なくなる
- 『クランチ』で相手をつかんでいるときは、別の相手にマーカーを表示させてその相手を狙いつづけるほか、ふだんよりも短い間隔でエネルギーを充填する。また、『クランチ』で相手を地面にたたきつけたあとは、しばらくのあいだ『ナパーム弾』を連発する

第3段階 残りHP65%以下

- 最初に『ビームキャノン』を使うことが多い
- 胸部のコアが光っているときは、『ジャマーレーザー』を2～3回連発したり(1回ごとにちがう色のレーザーを放つ)、『スタンブラスト』を使ったりすることがある
- 右腕が破壊されると『クランチ』を、左腕を破壊されると『ナパーム弾』『スパークウィップ』を使用できなくなる
- HPが残り10%以下になったときなどに、しばらくのあいだ『ナパーム弾』を連発することがある

ヒートする状況

(なし)

部位のデータ

Ⓐ右腕、左腕

本体とのちがい
最大HP
(本体の最大HPの25%)

Ⓑ右脚、左脚

本体とのちがい
最大HP
(本体の最大HPの9%)

※それぞれの部位は、下記の特徴を持つ

各部位の特徴

部位	特徴
右腕、左腕	● 以下の状況でしか攻撃が当たらない ・飛本体がダウンしているかバースト中 ・『クランチ』で相手をつかんでいるとき(右腕のみ) ・『ナパーム弾』を連発しているとき(左腕のみ) ● 一方が破壊されると、もう一方はHPがゼロまで減ってもすぐに最大値まで回復する状態になる
右脚、左脚	● 第1段階では攻撃が当たらない ● HPがゼロまで減ってもすぐに最大値まで回復する

アクションデータ

名前	タイプ	属性	効果範囲	威力	カット値	ガード	ダウン	状態変化	キープ値	ATB消費
ダブルマシンガン	物理(遠隔)	──	直線上	1ヒットごとに10	30	△	×	──	60	×
	両脇の下の機銃から弾を連射する									
ニーファイア	魔法	炎	自分前方	1ヒットごとに30	50	△	×	──	60	×
	左右のヒザから炎を約1秒間噴射する									
アンクルファイア	魔法	炎	自分周囲	100	50	△	○	──	60	×
	踏ん張る姿勢をとって、左右の足首から周囲に炎を噴射する									
バスタータックル 突進	物理(近接)	──	自分前方	1ヒットごとに60	50	○	×	──	80	○
足踏み	物理(近接)	──	自分周囲	120	50	○	○	──		
	右肩を前に向けた姿勢で突進したあと、右足で踏みつける。連続して使うときはATBゲージを消費しない									
ビッグハンドクラッシュ	物理(近接)	──	自分前方	300	50	×(※1)	○	──	80	○
	両手を組んで頭上に振り上げたあと、その姿勢のまま前方に倒れこむ。連続して使うときはATBゲージを消費しない									
ビームキャノン	魔法	──	直線上	400(※2)	50	×	○	──	80	×
	約3秒間のエネルギー充填後に、両肩のキャノン砲からレーザーを放つ。後方に跳びのきつつ使うこともある									
ステップ	物理(近接)	──	自分周囲	10	50	○	×	──	80	×
	後方や横方向へ跳びのきつつ、足と接触した相手にダメージを与える									
クランチ つかみ	物理(近接)	──	自分前方	0(※3)	50	×	×(※3)	──	80	×
にぎりしめ	物理(近接)	──	敵単体	100	50	×	×	──		
たたきつけ	物理(近接)	──	敵単体	1000	100	×	○	──		
第2段階 第3段階	右手を振って相手をつかみ(振った手がほかの相手に当たった場合はつかまずにダメージを与える)、1回にぎりしめたあと、約30秒後に地面にたたきつける。たたきつけるまでは相手をつかんだままほかの行動をするが、右腕に攻撃を受けて本体のHPが最大値の0.8%減るたびに相手をにぎりしめ、そのにぎりしめを3回行なうか、右腕のHPがゼロになるか、どちらかの脚のHPがゼロになってダウンしたときにひるむと、相手を手放す									
ナパーム弾 弾	物理(遠隔)	──	着弾周囲	100	50	△	×	──	60	×
爆発	魔法	炎	着弾周囲	100	50	△	×	──		
炎	魔法	炎	設置周囲	1ヒットごとに50	50	×	×	──		
第2段階 第3段階	左腕からナパーム弾を数回発射する。ナパーム弾は何かに当たると爆発を起こし、その場所に炎が約30秒間残る									
スパークウィップ	魔法	雷	自分前方	1ヒットごとに25	50	△	×	スタン(8秒)	60	×
第2段階 第3段階	左手から電撃を放ちつつ、左腕を左右に振る									
ジャマーレーザー	魔法	──	自分前方	50	50	×	×	(※4)	60	×
第2段階 第3段階	胸部のコアから前方3方向にレーザーを放つ。レーザーの色に応じて、ヒットした相手に発生させる状態変化が変わる									
スタンブラスト	魔法	──	自分前方	50	30	×	×	スタン(8秒)	60	×
第3段階	胸部のコアに光を集めて、前方の扇状の範囲に閃光を放つ									

※1……周囲に発生する衝撃波は「○」　※2……操作していないキャラクターに対しては「200」
※3……狙った相手以外に対しては「威力：100、ダウン：○」　※4……レーザーが白色のときは「ストップ(10秒)」、赤色のときは「沈黙(60秒)＋かなしい(永続)」、青色のときは「睡眠(40秒)」、紫色のときは「毒(240秒)＋スロウ(40秒)」

ADVICE » VSプラウド・クラッド零号機

パーティメンバー （4人中3人）

背後に張りついて脚を攻撃すればOK

プラウド・クラッド零号機は、『神羅バトルシミュレーター』でバハムート(→P.682)のつぎに現れる強敵。最高クラスの物理攻撃力と魔法攻撃力を誇るうえ、『ビームキャノン』をはじめとした強力な攻撃を使いこなすが、背後への攻撃手段は『ステップ』と炎属性の『アンクルファイア』しか持っていない。バハムート戦で紹介した準備(→P.684)をしていれば、クラウドとバレットには炎属性の攻撃が効かないので、クラウドが敵の背後からコンボで攻めると、かなり安全に戦えるのだ。第2段階に移行したあとは右脚か左脚を集中攻撃し、その部位のHPをくり返しゼロにすることでプラウド・クラッド零号機を何度もダウンさせるといい。『クランチ』で誰かがつかまれた場合は、右腕に『フュエルバースト』などを当てて本体のHPを最大値の2.4%減らすか、どちらかの脚のHPをゼロまで減らしてダウンさせることで味方を助けよう。

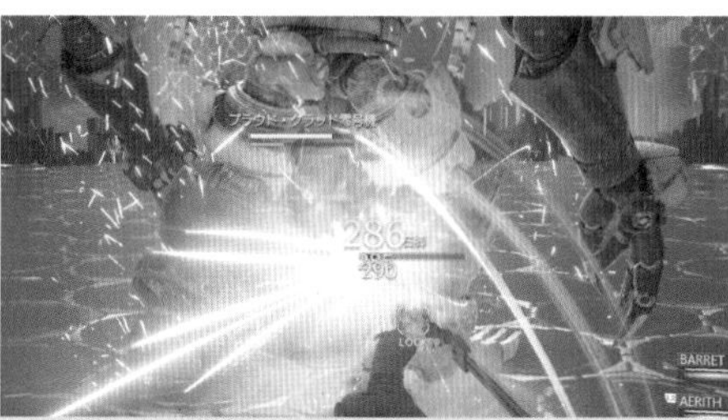

⬆クラウドが敵の背後から攻めていく。プラウド・クラッド零号機が遠くへ移動したときは、すぐに走って追いかけること。

⬆『ビームキャノン』や『クランチ』は、こちらを向きながら仕掛けてくるが、敵の近くで背後にまわりこむように回避をくり返せばかわせる。

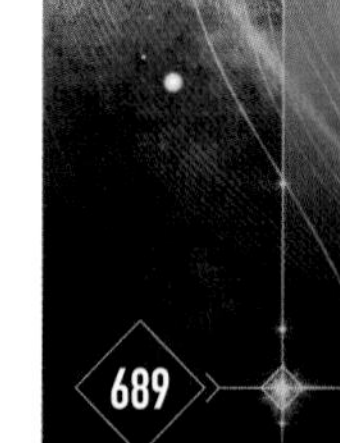

サウンドディレクター

伊勢 誠

Makoto Ise

代表作 FFⅦ アドベントチルドレン、FFⅨ、FFⅫ、FFⅩⅣ、FF零式、「FFクリスタルクロニクル」シリーズ、FF ブレイブエクスヴィアス、FF ブレイブエクスヴィアス 幻影戦争

Q 一番こだわって制作した部分は？

A オリジナル版では、同じBGMがずっと鳴りつづけている場面が多々ありました。今作の特定の場面では、当時と同じBGMを流しつつ、フィールド、バトル、カットシーンなどの状況に応じて楽曲を変化させることで、ゲームへの没入感を増してプレイヤーを飽きさせないような演出をしています。この部分はとくにこだわったところですね。

Q 今回新たに導入した技術はありますか？

A いろいろありますが、効果が大きかったものとしては、環境音の響きかたを周囲の状況に応じて自動的に調節する仕組みと、キャラクターに関する効果音を自動で鳴らすシステムです。これらを実装したことは、作業の効率面で大きく役に立ちました。

Q とくに気に入っている効果音は？

A ティファの効果音が全般的に大好きです。サウンドのスタッフと相談しながら何度か作り直したのですが、格闘ゲームのような爽快感のある音に仕上がっていると思います。

Q 開発中の忘れられない思い出を教えてください。

A 開発の終盤にサウンドのバグを調べるため、クラウドをグルグル歩く状態にしたまま家に帰りました。つぎの日に出社したら、別のバグによってクラウドが真横になって浮き上がり、空中を歩きまわっていて大爆笑しました。もちろん、担当のスタッフに連絡して、バグは修正ずみです。

Q 今回の作品でもっとも聴いてほしいところは？

A 気づかれにくいところですが、バトルでウェイトモードになったときの効果音です。リアルタイムにスローの演出になって、わりとおもしろいので、BGMの音量をゼロにして試してみてください。

自分だけが知っている本作の秘密

オープニングのムービーのサウンドは、オリジナル版と同じ流れにしたいと考えていたのですが、初期段階のムービーだと、楽曲に展開をつけないと成立しにくくて悩んでいました。そこで、ムービーに入っていたカットを変更してもらい、現在のオープニングになったんです。

ミュージックスーパーバイザー

河盛慶次

Keiji Kawamori

代表作 FFⅧ、FFⅩ、FFⅩⅢ、キングダム ハーツⅢ

Q どのような作業を担当されましたか？

A BGMについての発注やディレクション、楽曲の実装作業などを担当しました。

Q 今回の音楽のコンセプトを教えてください。

A オリジナル版の楽曲のアレンジは、「原曲の良さを失わずに、現在でも聴き応えのあるものにすること」を意識して行ないました。オリジナル版を遊んでくださったファンのかたと、今回はじめて『FFⅦ』に触れてくださるかたの両方に、音楽が良いと思ってもらえるよう、こだわって制作しています。

Q ディレクターからは何か注文がありましたか？

A できるだけ音楽を途切れさせず、プレイヤーの操作に合わせてシームレスに切りかわるように制作してほしい、というオーダーでした。

Q とくに気に入っている曲は？

A オープニングでしょうか。グラフィックの力やオリジナル版の思い出も影響しているかもしれませんが、タイトルロゴが出てホルンがメロディを奏でるところは、グッときましたね。

Q もっとも苦労した点は？

A オープニングのムービーから壱番魔晄炉爆破作戦開始までの場面は、オリジナル版では音楽が途切れずにつながっていましたが、今作は無音のシーンをはさんでいます。この場面にかぎらず、BGMの鳴らしかたや演出の内容については、オリジナル版から変えたほうがいいのか、同じにしたほうがいいのか、苦労して試行錯誤を重ねました。

Q 今回の作品でもっとも聴いてほしいところは？

A もっとも聴いてほしいのとは少しちがいますが、展開が分岐するイベントシーンは、それぞれの展開ごとにBGMを変えていたりします。一度見たイベントシーンも、別の展開を見て曲を聞きくらべていただくとおもしろいかもしれません。

自分だけが知っている本作の秘密

ひとつの楽曲に対して複数のアレンジ版があるので気づきにくいかもしれませんが、本作のために用意された楽曲は、すべてのバリエーションをカウントすると350曲以上もあります。

ムービーディレクター

生守一行

Kazuyuki Ikumori

代表作 FFⅦ、FFⅦ アドベントチルドレン、FFⅧ、FFⅨ、FFⅩ、FFⅩ-2、FFⅪ、FFFⅫ、FFⅫ、FFⅩⅢ-2、ライトニング リターンズ FFⅩⅢ、FFⅩⅣ、FFⅩⅤ、ディシディアFF、キングダム ハーツⅢ

Q オリジナル版のオープニングムービーをリメイクするにあたり、どんな部分にこだわりましたか？

A なるべくオリジナル版のイメージを残しつつ、ミッドガルのプレートの上に住む人々の生活感を追加できたらと考えていました。

Q 今回の作品で心がけた点を教えてください。

A オリジナル版をつねにリスペクトしながら制作することです。たとえばクラウドたちの3Dモデルを作るときは、オリジナル版のデザインからリアルな外見に変更しつつも、それぞれのイメージが変わらないように注意しました。とくにエアリスは、顔の造形のバランスを保ちながらリアルな表現にするのが非常に難しかったですね。また、キャラクターの服も、身体のラインをくずさず、そのうえでリアルさを成立させるために、何度も作り直しています。

Q 作るのにもっとも時間がかかった部分は？

A ミッドガルの全景ショットです。ミッドガルは、スタッフみんなが頑張って作りこみすぎたせいでデータ量が膨大になり、ムービーを作るための処理がまったく進まず、最後まで苦労しました。

Q 今回の作品でもっとも見てほしいところは？

A いろいろな部分をこまかくこだわって作っていますので、できれば全部見てほしいです。

Q つぎの作品ではどんなことに挑戦したいですか?

A 『FFⅦ アドベントチルドレン』のような映像作品も、また手掛けてみたいですね。

自分だけが知っている本作の秘密

ミッドガルはオリジナル版やコンピレーション作品を含めて、何度も制作しています。作品ごとにサイズもちがっていて、オリジナル版では東京タワーくらいの高さでしたが、今作はスカイツリーくらいになっているんですよ。ちなみに、これまでで一番大きかったのは『FFⅦ アドベントチルドレン』のときですね。オリジナル版のサイズのままだと、クラウドがバイクで走ると数秒でミッドガルが遠くへ消えてしまったので、どんなに走っても遠くにそびえ立って見えるよう、超巨大にしていました。

VFXスーパーバイザー

桑原 弘

Hiroshi Kuwabara

代表作 FFⅦ アドベントチルドレン、FFⅧ、FFⅨ、FFⅩ、FFⅪ、FFⅫ、デウスエクス、ヒットマン

Q どのような作業を担当されましたか？

A おもにムービー制作チームのマネージメントをやっていました。

Q もっとも苦労した点は？

A やはりオープニングムービーですね。オリジナル版から20年以上が経過して、プレイヤーのみなさんの思い出も熟成し強化されているでしょうし、本作は単なるリメイクではなく『FFⅦ』における一大イベントなので、"最新技術による完全再現"だけでは物足りない印象になると思っていました。かといって内容に手を加えすぎると、逆にプレイヤーの大切な思い出をぶち壊しかねない。そのあたりのさじ加減に、本当に悩みました。とくに街角のエアリスの姿からタイトルロゴを経て、列車がホームに到着するまでのカメラワークに関しては、試行錯誤の回数がこれまでの作業のなかでもダントツの多さとなっています。まあ、できあがったムービーを客観的に見ると、「いったいどこをそんなに悩んだんだ？」という感じなんでしょうけど(笑)。

Q とくに気に入っているエフェクトは？

A オープニングでエアリスの前で漂っている魔晄の粒子が、とてもはかなげで好きです。

Q 開発中の忘れられない思い出を教えてください。

A オープニングムービーの試作段階では、コーヒーメーカーや自動販売機、子どもたちの自転車などに魔晄エネルギーのモジュールをつけ、生活のいたるところで活用されているという描写を行なっていました。最終的には不採用にしましたが、「自転車はeバイク(電動アシスト機能付きのスポーツ用自転車)みたいな感じ？」とか「家電レベルで使用して、安全性は大丈夫なのか？」とか、わりと本気で議論していたのが、もう遠い昔のようです……。

自分だけが知っている本作の秘密

よく見るとわかるかもしれませんが、オープニングのミッドガルのプレートは、オリジナル版よりも大きいです。たしか、直径で1.5倍くらいだったかな。2倍になっている時期もあって、それはやりすぎだと却下されました。

イングリッシュトランスレイター

セイビン ベン

Ben Sabin

代表作 FFXI、ディシディアFF NT、スターオーシャン5、スターオーシャン：アナムネシス

Q どのような作業を担当されましたか？

A 英語チームのリーダーとして、英訳に関連する作業を担当しました。セリフやヘルプテキストの翻訳、英語版の声優の選定関連作業や収録の立ち会いなどのほか、看板に書かれた英語の監修や、ゲーム内で使われている歌の歌詞の英訳も行なっています。

Q とくに気に入っているセリフは？

A CHAPTER 1の「Get help」(医者に行け)というクラウドのセリフが好きです。最初に出てくる笑えるセリフというのもありますが、これまでの『FFVII』関連作品のクラウドより、生意気で若々しいところを表現できたのが気に入っています。

Q 本作にこめた「『FFVII』らしさ」とは？

A シリアスでありながらコメディに富んでいる部分です。星の命を傷つける企業と戦う物語がくり広げられるなか、クラウドが夜のお店でダンス対決をしたり、神羅ビルの非常階段をのぼる途中でバレットがどんどん正気を失っていったりするようなユーモアは、英語版でも保たれているのではないかと。

Q 開発中の忘れられない思い出を教えてください。

A CHAPTER 14の冒頭の、クラウドが神羅ビルにいるはずのエアリスと会話するシーンの英語ボイスを収録したあと、エアリス役の声優さんに言われた「演じているあいだ、ずっと涙をこらえていたの。プレイヤーたちは絶対感動するわ」という言葉は、英語チームにとってこのうえない賞賛でした。

Q 今回の作品でもっとも見てほしいところは？

A 螺旋トンネル内のグラフィティや、七番街支柱の最上階のターミナルに表示されるメッセージなどにもご注目いただきたいです。地味かもしれませんが、自然な英語に仕上がっています。

❗ 自分だけが知っている本作の秘密

英語版のコッチ役の声優さんは、当初はコルネオの館でクラウドとエアリスがガスを吸って気を失うシーンに登場する、コルネオの部下も担当していました。ですが、そのシーンとコッチの登場シーンが非常に近かったので、部下のボイスは別の声優さんで再収録したんです。

リードローカライズ・プロジェクトマネージャー

上田訓子

Noriko Ueda

代表作 FF エクスプローラーズ、ワールド オブ FF、キングダム ハーツ HD 2.5 リミックス、キングダム ハーツIII

Q どのような作業を担当されましたか？

A 海外版の制作における進行管理を担当しました。日本語以外の10言語への翻訳や各言語のボイス収録、海外版のスケジュールと予算の管理、翻訳者や開発チームとの調整がおもな業務です。

Q 言語ごとに翻訳の難しさの差はありましたか？

A ローカライズのスタッフは、プレイヤーのかたがどの言語で遊んでも、日本語版と同じ感動、驚き、楽しみが得られるよう、細部にわたって心をこめて翻訳しています。全世界同時発売だと、それを実現させるのはとても難しいのですが、そのなかでもドイツ語とフランス語のボイスは、カットシーンで日本語版の口の動きに合わせる必要があり、調整に時間がかかりましたね。口の動き、尺(時間の長さ)、間、表情を考慮したうえで文脈に合った翻訳をするのは、独仏翻訳者一同、苦労しておりました。

Q もっとも苦労した点は？

A 世界観、セリフ、ゲームの仕様などはすべて日本語版から作成され、海外版の作業をしているあいだにも、日本語版の開発や調整が行なわれます。ゲーム全体の変更に対応しながら、海外版に遅れが出ないように進めていくのは至難のワザでした。

Q 開発中の忘れられない思い出を教えてください。

A 開発初期にメインキャラクターの仮ボイスを翻訳者たちが収録し、検証用に使っていたのですが、ゲーム冒頭の「行くぞ、新入り！」というバレットのセリフが、試遊版の完成ギリギリまで正しいボイスに差しかえられず、ヒヤヒヤしました(笑)。

Q 今回の作品でもっとも聴いてほしいところは？

A 日本語版では英語ボイスに切りかえが可能なので、ぜひ両方を聞きくらべながらプレイしてみてください。英語ボイスも、日本語のボイスに負けないクオリティになっていると思います！

❗ 自分だけが知っている本作の秘密

神羅カンパニー社員証に書かれているジェシーの父親のサインは、ローカライズチームのみんなが書いたサインのなかから、どれを採用するかを投票で選びました。

SECTION 八

SECRET

シークレット

ファイナルファンタジーVII リメイク アルティマニア

SECRET 77 シークレット

お役立ちテクニックから豆知識まで——23年の時を経て生まれ変わった『FFVII リメイク』の77個のシークレットをここに公開する！

システム&イベント編

No. 1 ゲームをやり直して「PLAY LOG」をコンプリートしよう

▶PLAY LOG

CHAPTER 18をクリアしてエンディングを迎えたあとは、メインメニューの「SYSTEM」内に「PLAY LOG」と「CHAPTER SELECT」(→P.176)が出現する。PLAY LOGでは、下の表の15項目について達成状況を確認することができるのだ。これらの項目の大半は、チャプターセレクトを利用しなければ完全には達成できないので、それぞれのチャプターをやり直してコンプリートを目指そう。

●PLAY LOGで達成状況を確認できる項目

項目	詳細ページ
バトルレポート	P.424～426
コルネオ・コロッセオ	P.444～446
神羅バトルシミュレーター	P.455～457
なんでも屋の仕事	P.406～423
エネミーレポート	P.526～689
みやぶる	P.526～689
武器アビリティ習得	P.85～109
てきのわざ	P.115
スキルアップブック	P.508～509
ミュージックディスク	P.427～429
クラウドのドレス	P.697
ティファのドレス	P.697
エアリスのドレス	P.697
14章それぞれの決意イベント	P.695
HARDモードでクリアした章	P.184～402

PLAY LOG

バトルレポート	20/20
コルネオ・コロッセオ	11/11
神羅バトルシミュレーター	14/14
なんでも屋の仕事	26/26
エネミーレポート	114/114
みやぶる	114/114
武器アビリティ習得	24/24
てきのわざ	4/4
スキルアップブック	56/56
ミュージックディスク	31/31
クラウドのドレス	3/3
ティファのドレス	3/3
エアリスのドレス	3/3
14章それぞれの決意イベント	3/3
HARDモードでクリアした章	18/18

←「14章それぞれの決意イベント」は、CHAPTER 14の冒頭のイベントシーンのことで、クエストのクリア状況などに応じて右ページの3種類のいずれかになる。

No. 2 ボイス言語設定を変更するとエンディングにも変化が!

▶ボイス言語設定

本作では、メインメニューを開いて「SYSTEM＞OPTIONS＞ボイス言語設定」を選ぶと、ボイスを英語に変更することが可能。ボイスを英語に変えると、キャラクターたちが英語でしゃべるようになるが(字幕は日本語のまま)、エンディングにもちょっとした変化が起こる。スタッフロールに表示されるボイスキャストが英語版の声優名に変化するほか、歌詞の日本語訳が表示されなくなるのだ。

日本語

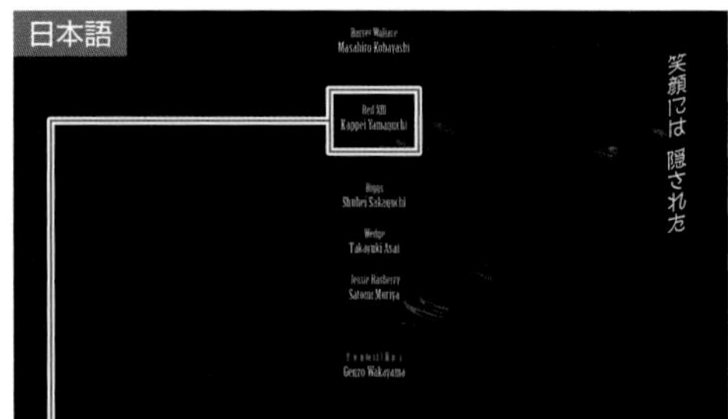

⬆日本語版の声優の名前が順番に流れていき、画面右端には歌詞の日本語訳も表示される。

Red XIII
Kappei Yamaguchi

英語

⬆表示される声優の名前が英語版のものに変化。歌詞の日本語訳は表示されなくなる。

No. 3 「それぞれの決意」で話す相手はクラウドへの好感度によって決まる

好感度

CHAPTER 14の「それぞれの決意」では、エアリスの家の庭に出て、ティファ、エアリス、バレットのうちのひとりと会話をする(→P.338の手順1)。このときの相手が3人のうちの誰になるかは、ティファとエアリスのクラウドに対する「好感度」によって決まるのだ。

好感度は画面に表示されない数値で、右の表の行動をとることで上がっていく。ティファとエアリスのふたりのうち、CHAPTER 14の開始時点で好感度が高かったほうがエアリスの家の庭に現れるが、ふたりとも好感度が5以下の場合はバレットが庭に現れる。

クラウドに対する好感度が上がる行動

クラウドの行動		好感度の上昇量	
		ティファ	エアリス
CHAPTER 3でクエストをクリアする		1個につき+2	—
CHAPTER 8でクエストをクリアする		—	1個につき+2
CHAPTER 10の開始直後、最初に右記のキャラクターに近づいて声をかける	ティファ	+1	—
	エアリス	—	+1

※会話の相手を変えたいときは、チャプターセレクトを利用して、好感度の上がりかたを変更したいチャプターだけをクリアし直したあとにCHAPTER 14を開始すればいい

ティファの場合

⬆➡プレートの崩落で店も家も失ったティファは、クラウドと話すうちに悲しみをこらえきれなくなる。

エアリスの場合

⬆➡神羅にとらわれているはずのエアリスが、クラウドの前に現れた。彼女は何かを伝えようとするが……。

バレットの場合

⬆➡いつもはクラウドに憎まれ口をたたくバレットが、神妙な面持ちでアバランチの仲間との思い出を語り出す。

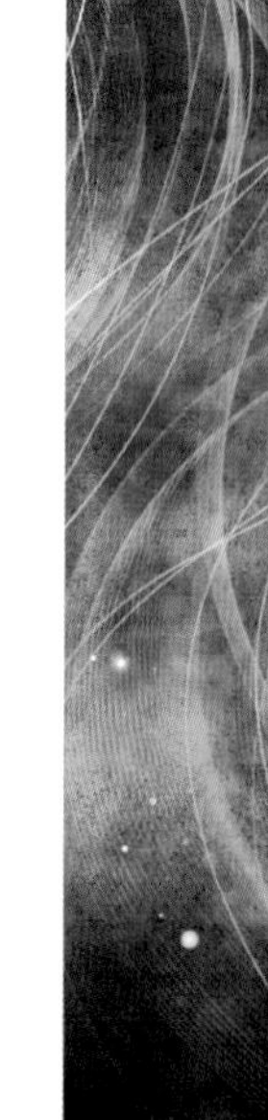

No.4 選択肢の選びかたで仕事依頼リストをくれる人物が変わる

受けられるクエストの決まりかた

CHAPTER 9の「しばしの別れ」では、マムとサムのどちらか一方から仕事依頼リストを渡され、それによって挑戦できるクエストが変わる。どちらの代理人から依頼リストをもらえるかには、ウォール・マーケットの探索中に表示される選択肢の選びかたが影響しているのだ。具体的には、何らかの選択肢を選んだときに、画面に表示されないポイントがサムやマムに加算され、最終的にポイントが高かったほうから依頼リストを渡される。選択肢が表示されるのは以下の7つの場面なので、特定のクエストに挑戦したい場合は、対応する依頼リストをくれる代理人のポイントが高くなるものを選ぶといい。

ウォール・マーケットの探索中に選択肢が表示される場面

場面1 「ティファの行方」でサムにティファの特徴を聞かれたとき

選択肢	ポイントの加算
スタイルがいい	サム+1
蹴りが鋭い	(なし)
店を切り盛りしている	マム+1

場面2 宿屋の客引きに話しかけたとき

選択肢	ポイントの加算
……いらない	サム+1
いくらだ？	マム+1
うせろ	(なし)

場面3 EXTRA「さすらいのジョニー」でジョニーに話しかけたとき

選択肢	ポイントの加算
わかる	サム+1
いいや	(なし)

場面4 「代理人・サム」でコイントスの勝負を持ちかけられたとき

選択肢	ポイントの加算
表	サム+1.5
裏	サム+1.5
やめておこう	サム+0.5

場面5 「代理人・マム」で手揉みのコースを選ぶとき

選択肢	ポイントの加算
極上の揉み　3000G	マム+2
普通の揉み　1000G	マム+1
ごぶごぶ揉み　100G	(なし)
出直す	(なし)

場面6 「マムの要求」でエアリスから彼女の服について聞かれたとき

選択肢	ポイントの加算
俺は嫌いじゃない	サム+1
動きやすそうでいいと思う	(なし)
言わせておけ	マム+1

場面7 「地下闘技場の戦い」で控え室のドリンクを調べたとき(※1)

選択肢	ポイントの加算
飲む	サム+1
こんなものには頼らない	(なし)

※場面1、4、5、6の選択肢は、メインストーリーを進める途中でかならず表示される
※1……控え室でジョニーに話しかけてから1回戦に出場するまでのあいだに調べられる

No. 5 豪華なドレスを着て嫁オーディションに向かおう

クラウドたちのドレス

CHAPTER 9でウォール・マーケットを訪れたクラウドたちは、個性的なドレスを着てコルネオの嫁オーディションにのぞむ。このときのドレスは各キャラクターに3種類ずつあり、CHAPTER 3〜9でのクラウドの行動によって変わる。それぞれのドレスの外見と、着るための条件を以下に紹介しよう。

⬅マムの依頼をすべてこなしたときのクラウドのドレスは、多くの人から絶賛される。

各キャラクターのドレス

	クラウド	ティファ	エアリス
ドレスの種類に影響する要素	CHAPTER 9でクリアしたクエストの数	CHAPTER 3のEXTRA「ふたりきりの時間」で選んだ選択肢（※2）	CHAPTER 8でクリアしたクエストの数

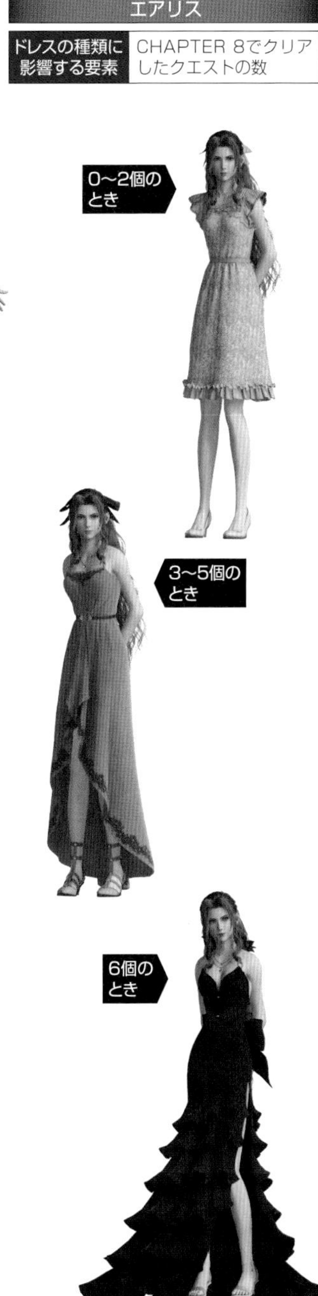

※2……EXTRA「ふたりきりの時間」をクリアしていない場合は「大人っぽいの」を選んだときのドレスになる

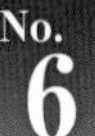

No. 6 レーザーを突破するクラウドへのジェシーの反応はバリエーション豊富

ジェシーのセリフ

CHAPTER 1の「ジェシーに続け」で通路のレーザーを突破するとき(→P.188の手順10)、1ヵ所ごとにジェシーがクラウドに声をかけてくる。このときの彼女のセリフは下の表のとおりで、番号順にセリフが変わっていく。また、計6ヵ所のレーザーをすべて突破したあとには、ジェシーが「なんとか、ここまで来れた」と言うが、一度もレーザーに触れずに突破した場合は「カンペキ」とホメてくれるのだ。

レーザーを突破するときのジェシーのセリフ

状況	ジェシーのセリフ
レーザーを突破したとき	①「そうそう、その感じ」 ②「余裕だね」 ③「さすが、元ソルジャー」 ④「簡単すぎる？」 ⑤「クラウド、いい！」 ⑥「まあ、楽勝よね」
レーザーに触れたとき ※⑪のあとは⑦にもどる	①「大丈夫？」 ②「タイミングを見て」 ③「落ち着いて」 ④「あせらないの」 ⑤「ごめん、笑っちゃった」 ⑥「ソルジャーって、やっぱり頑丈だね。心配するだけ損？」 ⑦「わざとだよね？」 ⑧「元ソルジャーでしょ？」 ⑨「クラウド、ちょっとかわいいよ」 ⑩「もしかして、気に入っちゃった？」 ⑪「いい？　強気とバカは紙一重。あんたは、どっち？」

No. 7 八番街でジェシーの指示とは異なる行動をとると……

ジェシーのセリフ

CHAPTER 2の「八番街駅を目指す」では、ガレキの上にいるジェシーから「上を見て」と言われる。その指示に従い、視点を上に向けて彼女のほうを見ると、足場のガレキがくずれやすいことを忠告されるが、それ以外のことをすると、ジェシーが下の写真のようにさまざまな反応を示す。

←上ではなく、右や左のほうへ視点を向けた場合は、正しい方向を指示してくる。

➡ジェシーの声にかまわず、ガレキのほうへ進んでいくと、最後には「もう！」と言われ、彼女にあきれられる。

No. 8 住宅地区で遭遇する前に部隊長ゴンガが登場していた

部隊長ゴンガ

CHAPTER 2の「迂回路を進む」でエアリスと出会ったあとに(→P.197の手順4)、彼女が逃げこんだ路地を進むと、つきあたりの柵の向こうに八番街駅が見える。駅の前には治安維持部隊がいるが、そのなかにはのちに戦う部隊長ゴンガの姿も……。

←柵のそばで視点を左に動かせば、赤い服と盾がトレードマークの部隊長ゴンガの姿を確認することができる。

No. 9 ジャンク屋の商品は敵と戦うたびに入れかわる

ジャンク屋の商品

七番街スラムにあるジャンク屋では、ポーションのほかにもう1種類のアイテムが売られている。どの品ぞろえになるかは、下記のルールで決まるのだ。

←目当ての商品が入荷していない場合は、ガレキ通りやタラガ廃工場で敵と戦ってから訪れてみるといい。

ジャンク屋に入荷される商品の決まりかた

- CHAPTER 3でクエスト 3 「廃工場の羽根トカゲ」をクリアする前は、品ぞろえがかならずポーションとエーテルになる
- クエスト 3 「廃工場の羽根トカゲ」をクリアしたあとは、七番街スラムでバトルに勝利するたびに、下の表のなかから商品の組み合わせが選び直される(「動く神羅」でジョニーを救出するときのバトルでは選び直されない)。ただし、現在の品ぞろえと同じ組み合わせは選ばれない

クエスト 3 クリア後のジャンク屋の品ぞろえ

品ぞろえの種類	選ばれる確率
● ポーション(30ギル) ● エーテル(100ギル／1個)	高い
● ポーション(30ギル) ● ハイポーション(100ギル／3個)	ふつう
● ポーション(30ギル) ● フェニックスの尾(100ギル／3個)	ふつう
● ポーション(30ギル) ● エリクサー(1000ギル／1個)	かなり低い

※ポーション以外の商品は、入荷されたぶんを買うと売り切れとなる(品ぞろえが選び直されても再入荷しない)

No. 10 ジェシーの父親の部屋をいろいろ調べてみよう

ジェシーの父親の部屋

CHAPTER 4の「ジェシーの依頼」でのクラウドの目的は、ジェシーの父親の部屋に潜入し、彼のIDカードを盗み出すこと(→P.219の手順7)。IDカードは壁に掛けられた作業服のポケットを調べれば入手できるが、それ以外に下記のものも調べられる。

父親の部屋で作業服以外に調べられるもの

- ジェシーから両親に宛てた手紙
- 写真立てのジェシーの写真
- 本棚の本
- 机の上の書類

↑ジェシーが書いた手紙は床に落ちており、拾って読むと、彼女がかつて女優だったことがわかる。

No. 11 伍番魔晄炉のロックモードを解除するときのセリフあれこれ

ロックモードの解除

CHAPTER 7の「緊急ロックを解除」では、扉の緊急ロックモードを解除するために、クラウドたち3人がティファの合図でレバーを操作する(→P.253の手順24)。ロックを解除したあとの3人のセリフは、解除に失敗した回数によって変化し、「1回もミスせずに解除」「1～3回ミスしたあとに解除」「4回以上ミスしたあとに解除」の3種類があるのだ。なお、EXTRA「廃棄物の回収」でも扉のロック解除を行なうが、そのときも上記と同じ条件で、ロックを解除したあとの会話の内容が変わる。

EXTRA「廃棄物の回収」で1回もミスしなかった場合

↑あまりの息の合いっぷりに、ティファが思わず「ソルジャーって心まで読めちゃう?」と冗談を言う。

EXTRA「廃棄物の回収」で4回以上ミスした場合

↑ミスの多さを責めるバレットに対し、クラウドはそっぽを向いて「こういうのは専門外だ」と言い訳をする。

No. 12 今回もレノは教会の扉の陰でふたりを見守っていた

伍番街スラムの教会

CHAPTER 8の開始直後、エアリスとの会話が一段落してから改めて彼女に話しかけると(→P.260の手順1)、レノが兵士を連れて教会に入ってくる。オリジナル版では、エアリスに話しかける前に教会の入口を調べるとレノのつぶやきが聞けたが、本作でも扉に近づけば同じセリフを聞くことが可能だ。

↑扉のそばまで行けばレノのセリフが聞ける。チャンスは一度きりなので聞き逃さないように。

No. 13 バトル中に花を踏むとエアリスに注意される

教会の花

CHAPTER 8でレノたちと戦うときに(→P.260の手順1)、教会で咲いている花を踏むと、エアリスから注意されてしまう。そのときの彼女のセリフは下記のとおりで、クラウドやレノが花を踏むたびに番号順に変わっていく(⑤のあとは②にもどる)。

花を踏んだときのエアリスのセリフ

①「そこで、戦ってほしくない」
②「お花、ふまないで!」
③「もしもーし、気をつけて!」
④「バチがあたっても、知らないよ?」
⑤「お花に、のろわれちゃうかも?」

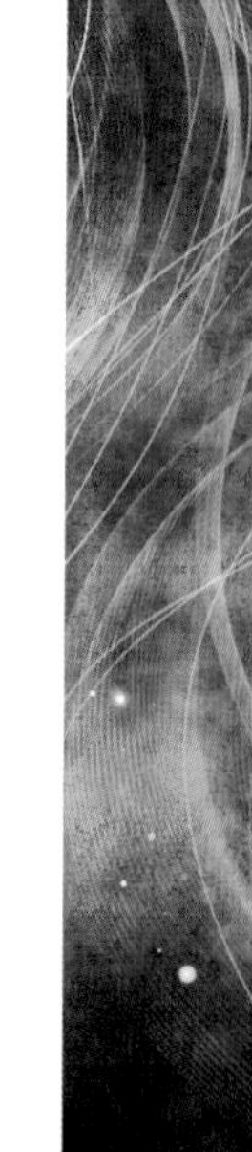

No. 14 伍番街スラムをうろつくムギにはこの場所へ行けば会える
スラムをうろつくムギ

CHAPTER 8の「リーフハウスへの届け物」では、エアリスといったん別れて、クラウドがひとりで伍番街スラムを探索する時期がある(→P.266の手順19)。エアリスと別れてから約10分が過ぎるか、スラムにいるムギに話しかければ、エアリスと合流できるが、ムギの居場所はクラウドの動きによって変わっていく。ムギがいる場所の候補は下の図のとおりで、クラウドが特定の場所を通るかショップを利用すると、その近くに現れる。

●ムギが現れる場所

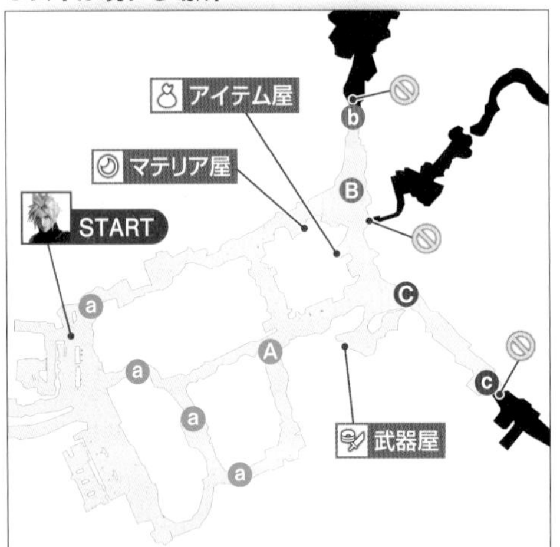

※クラウドが小文字のアルファベットの場所を通るたびに、同じアルファベットの大文字の場所にムギが現れる
※図内のショップを利用したあとは、その近くに現れる

No. 15 リーフハウスの花の飾りつけは配達した花によって変化
フラワーアート

CHAPTER 8の「リーフハウスへの届け物」では、リーフハウスに届ける花を、黄色の花、白い花、ネコじゃらしのなかから3回選ぶ(→P.266の手順18)。このとき選んだ花の種類によって、のちにリーフハウスに飾られるフラワーアートが、チョコボ、モーグリ、サボテンダーのどれになるかが決まるのだ。

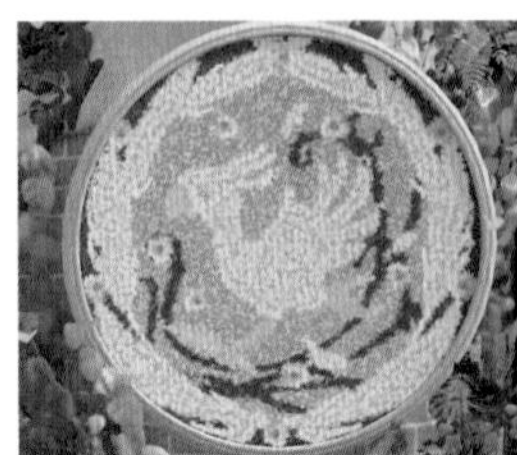

チョコボ

飾られる条件

黄色の花を1回以上選ぶ

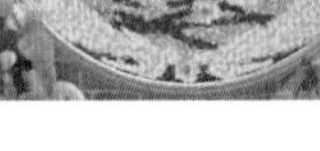

モーグリ

飾られる条件

黄色の花を1回も選ばず、白い花を1回以上選ぶ

サボテンダー

飾られる条件

ネコじゃらしを3回選ぶ

No. 16 なんでも屋の仕事をこなせばバレットがクラウドを認める
仲間との会話

CHAPTER 14の「壁を越える」で、ワイヤーガンを使って壁を飛び越えようとする前には、クラウドたちが言葉をかわす。その内容は、CHAPTER 14で発生するクエスト 16 ～ 24 をすべてクリアしたかどうかで、写真のように変化する。

CHAPTER 14のクエストをすべてクリアしている場合

バレット
いけすかない奴 堂々1位だったが
さすがに わかってきた

⬅いよいよ壁を越えようというときになって、バレットはクラウドへの正直な想いを語りはじめる。その口調に、はじめて会ったころの険悪な雰囲気はもうない。

通常の場合

⬆巨大な壁を見上げながら、思わず「高けえな」ともらすバレット。緊張した面持ちの3人は話もそこそこに切り上げ、ワイヤーガンで一気に壁を飛び越える。

No. 17 神羅ビルの非常階段を引き返して貴重な会話を聞いてみよう

非常階段での会話

CHAPTER 16の「スカイフロアを目指す」で、神羅ビル59階へ非常階段で向かった場合(→P.369の手順13b)、クラウドたちは階段をのぼる途中でさまざまなことを話すが、じつは階段を下りているときには、のぼっているときとはちがう話をする。

非常階段では、クラウドが10階、20階、30階、40階、50階に到達すると、それぞれ5階下までしか引き返せなくなってしまう(たとえば、20階に到達したあとは15階よりも下に行けない)。下りるとき限定の会話は、引き返せる限界まで階段を下りたときに聞けるのだ。ただし、10階到達後に5階まで引き返したときだけは例外で、とくに会話は聞けない。

⬆写真のマークが表示されるまで階段を下りれば、そのときだけ聞ける会話がはじまる(全4種類)。

No. 18 イベントシーン中のカメラ映像がクラウドたちの行動で変化する

監視カメラの映像

CHAPTER 16の「スカイフロアを目指す」で神羅ビルの59階に到着したあとのイベントシーンでは、監視カメラの映像にクラウドたちが映る。その映像は、クラウドたちがエレベーターを使った場合と非常階段を使った場合で、以下のようにちがう。

エレベーターを使った場合

非常階段を使った場合

No. 19 見逃しやすい「STORY」チャート集

「STORY」メニューのチャート

タッチパッドボタンでマップを開いたあとにL2ボタンを押すと、「STORY」メニューが表示される。このメニューでは、物語の展開がチャート形式でまとめられているが、探索の進めかたしだいで、一部の項目がチャートに表示されないこともあるのだ。ここでは、見逃しやすい3つの項目を紹介しよう。なお、チャートに表示されていない項目があっても、ゲームの進行への影響はない。

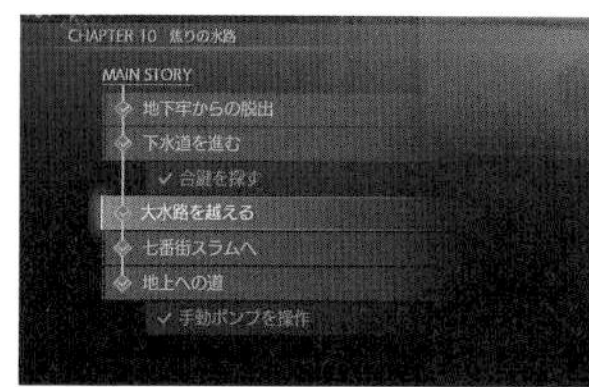

⬅「STORY」メニューでは、抜けている項目があるかどうかは示されないので注意。

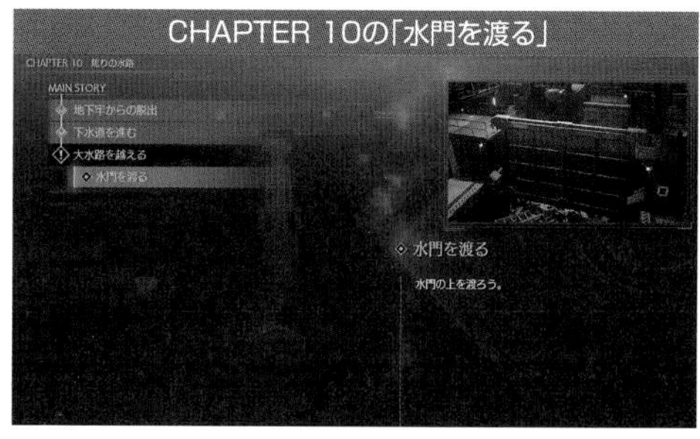

⬆手順10(→P.296)を行なう前に、『どく』マテリアが落ちている場所へ行ってから引き返すと、「大水路を越える」の下に「水門を渡る」が追加される。

⬆みどり公園から地下通路に下りたあと、七番街スラムへ行く前にみどり公園へもどると、EXTRA「地下通路へ」が発生。地下通路に再度下りればクリアとなる。

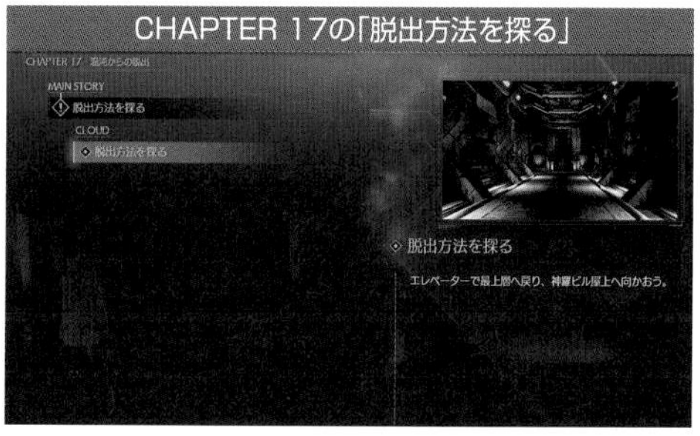

⬆手順5(→P.383)で鋼牢 最上層に移動したあと、すぐにエレベーターで66階へもどると、「脱出方法を探る」の下にもうひとつ別の「脱出方法を探る」が追加される。

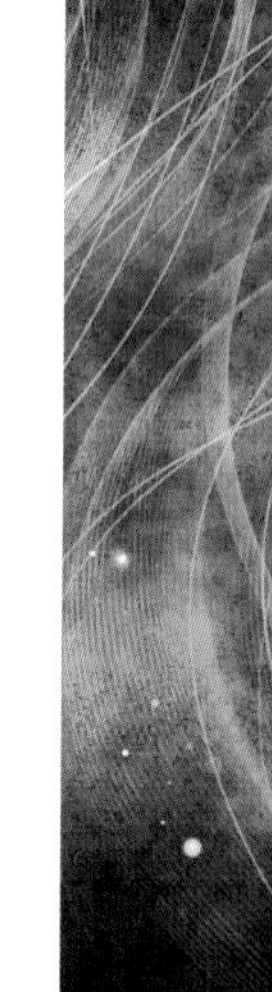

No.20 クラウドたちのステータスはどこまで上げることができる?

ステータスの限界値

パーティメンバーの各ステータスは、いくつまで上げられるのだろうか?——それを解き明かすため、各ステータスがもっとも高くなるキャラクターとアイテムの組み合わせを調べてみた。結果は下の表のとおりで、最大HPは計算上では1万以上にできるものの、9999が上限なので1万以上にはならない。

各ステータスがもっとも高くなるキャラクター&装備品&マテリアの組み合わせ

※力、魔力、体力、精神は、特定のステータスを上げるためのものなので省略している
※「——」は、そのステータスを上げるものがないことを示す

ステータス	限界値(※1)	左記のステータスがもっとも高くなる組み合わせ				
		キャラクター	武器	防具	アクセサリ	マテリア(※2)
最大HP	9999	バレット	ラージマウス	——	チャンピオンベルト	HPアップ(★5)×2、デブチョコボ
最大MP	263	エアリス	マジカルロッド	ウィザードブレス	サークレット	MPアップ(★5)×2、バリア×8、リヴァイアサン
物理攻撃力	394	ティファ	メタルナックル	——	フルパワーリスト	ヴィジョン×3、イフリート
魔法攻撃力	528	エアリス	ミスリルロッド	ウィザードブレス	プラチナイヤリング	マジカル(★5)×2、バリア×8、チョコボ&モーグリ
物理防御力	227	バレット	アサルトガン	ヘヴィメタル	サバイバルベスト	かいひぎり×6、イフリート
魔法防御力	227	エアリス	フルメタルロッド	ミスティーク	いにしえのお守り	バリア×6、リヴァイアサン
運	155	クラウド	釘バット	——	——	ラッキー(★5)×2、ギルアップ、けいけんちアップ、せんせいこうげき×2、チョコボ&モーグリ
すばやさ	93	ティファ	フェザーグラブ	——	——	——

※1……キャラクターのレベルを50まで上げ、表内の装備品(武器は限界まで強化)やマテリアを利用したときの値。バトル中に特定の状況でのみステータスが上がる武器スキル(『HPが高いと物理攻撃力アップ』など)の効果は加算していない
※2……ステータスの上昇量が同じ別のマテリアで代用できるものもある

No.21 レベルが上限に達しても経験値はカウントされている

キャラクターの経験値

クラウドたちのレベルの上昇は50で止まるが、以降も「そのレベルで得た経験値」はメインメニューでカウントされていく。この値の上限は下の表のようにキャラクターごとに異なり、「999万9999−レベル50までに必要な経験値」となっている。

レベル50での獲得EXPの上限

キャラクター	獲得EXPの上限	キャラクター	獲得EXPの上限
クラウド	9700410	ティファ	9715389
バレット	9709398	エアリス	9721381

No.22 バトル中でない状況でダメージを受けつづけると……?

探索中のHPの減少

壱番魔晄炉でのレーザーや八番街での銃撃などに当たってダメージを受けても、HPの減少は1で止まる。八番街での銃撃ではダメージリアクションをとらないので、写真のような姿も見られるのだ。

←銃撃をどれだけ受けつづけても倒されることなく、余裕の待機ポーズをとるクラウド。

No.23 HP回復時にちょっと得するマテリアの豆知識

『HPアップ』マテリア

バトル中以外で『HPアップ』マテリアをセットしている味方にポーションなどを使うときは、そのマテリアをいったん外してから回復を行ない、マテリアをセットし直すと、回復後のHPが多くなる(下の図を参照)。これは、『HPアップ』マテリアをセットしたり外したりするときに、最大HPだけでなく残りHPも同じ割合で増減するため。回復後に『HPアップ』マテリアをセットすれば、回復したぶんのHPもマテリアの効果によって増えるわけだ。

『HPアップ』マテリアを外して回復したときのHPの変化の例

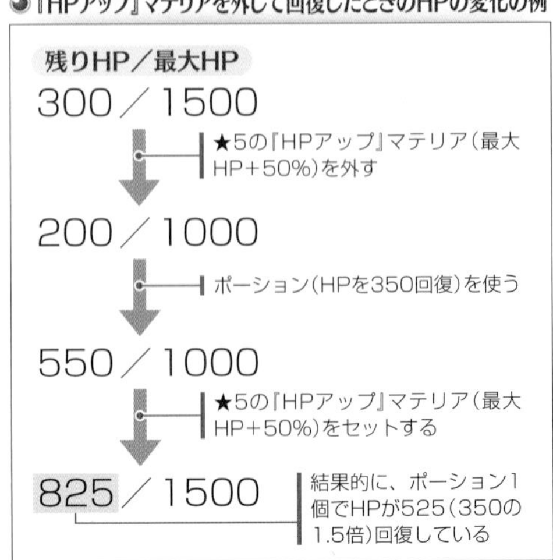

残りHP/最大HP
300/1500
★5の『HPアップ』マテリア(最大HP+50%)を外す
200/1000
ポーション(HPを350回復)を使う
550/1000
★5の『HPアップ』マテリア(最大HP+50%)をセットする
825/1500
結果的に、ポーション1個でHPが525(350の1.5倍)回復している

No. 24 アイテムやギルはどれだけ持てる?

▸アイテムとギルの所持上限

各種アイテムやギルをどれだけ所持できるのか調査し、表にまとめてみた。マテリアは、オリジナル版『FFⅦ』では持ち切れなくなることも珍しくなかったが、本作ではたくさん持てるようだ。

◉アイテムやギルの所持上限

分類	所持上限
防具	各99個
アクセサリ	各99個
マテリア	セット中のものを含めて合計1000個
消費アイテム	各99個
モーグリメダル(だいじなもの)	99個
ギル	9999万9999ギル

※武器、ミュージックディスク、スキルアップブックは、各1個しか入手できないので除外している

No. 25 範囲化した魔法を簡単な操作で使うには?

▸ショートカットコマンド

メインメニューの「BATTLE SETTINGS」で登録できるショートカットコマンドは、簡単な操作で各種バトルコマンドを使える便利な機能だが、魔法を登録するときは、下の写真のように範囲化の切りかえも行なえる。L1ボタンを押して範囲化をONにしておけば、範囲化した魔法をショートカットコマンドで使えるようになるので覚えておこう。

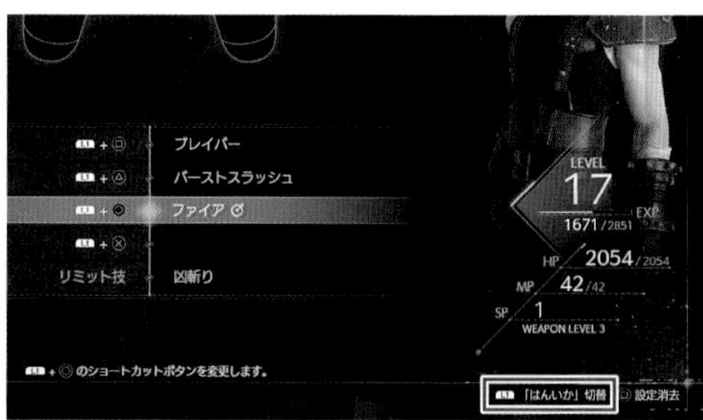

⬆ショートカットに登録した魔法にカーソルを合わせると、画面右下に範囲化の操作ガイドが表示され、L1ボタンを押すたびに範囲化のON・OFFが切りかわる。

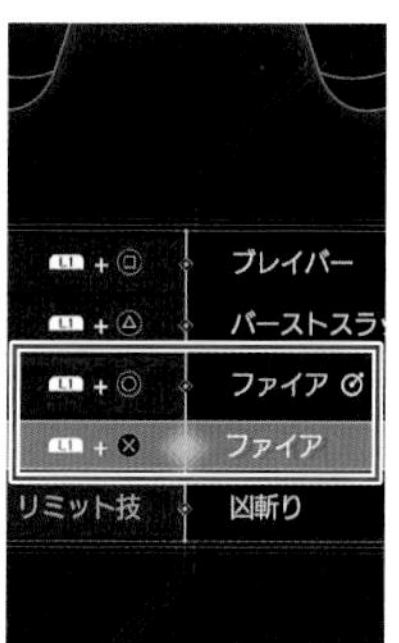

⬅同じ魔法で「範囲化したもの」と「範囲化していないもの」を一緒に登録することも可能。なお、範囲化した魔法を使うには、その魔法が使えるマテリアを『はんいか』マテリアと組にしておく必要がある。

No. 26 スムーズなプレイに役立つ便利な操作方法の数々

▸操作テクニック

本作には、知っていると快適に遊べるようになる操作がいくつかある。それらのなかから、とくに実用性の高いものや気づきにくいものを紹介しよう。

▼魔法やアイテムの連続使用

⬅バトル中以外でL1ボタンを押したまま回復魔法や回復アイテムを使うと、使用後にコマンドウィンドウが閉じないので、同じものをくり返し使える。

▼移動中のHPやMPの確認

⬅メインメニューやコマンドウィンドウを開かなくても、L1ボタンを押すだけで、各キャラクターのHPやMPが3秒間ほど画面右下に表示される。

▼ダッシュ

⬅ダッシュの操作は、移動中にR1ボタン、R2ボタン、L3ボタン(左スティックを一瞬押しこむ)のどれを押してもOK。好みに合わせて操作しよう。

▼ハシゴでの高速昇降

⬅ハシゴでダッシュの操作(上記参照)をすると、のぼるときは速く移動し、下りるときはハシゴの端に手を添えて急降下する。

▼イベントシーンのスキップ

⬅イベントシーンで△ボタンを長押しすると、画面右下にこのアイコンが出現。ゲージが1周するまで押しつづければ、ポーズをかけずにスキップできる。

▼ロックオン中のカメラ操作

パーティメンバーコマンドのカメラ視点	視点切替ON	
ターゲットロック操作	右スティック	右スティック
ターゲットロック切替方式	方向切替	方向キー左右
連続攻撃中のターゲット	固定	
ワイヤレスコントローラー振動設定	振動する	
画面振動設定	振動する	

⬆メインメニューで「SYSTEM＞OPTIONS＞カメラ&振動設定」の順に選び、「ターゲットロック操作」を「方向キー左右」に変えておくと、エネミーをロックオンしているときでも右スティックでカメラを操作可能に。

No. 27 9999を超えるダメージを与える方法があった！

▶ダメージ限界突破

クラウドたちが一撃で与えられるダメージ量には上限があり、9999を超えることはできない。しかし、CHAPTER 18で戦うフィーラー＝プラエコは、「バースト中のフィーラー＝ロッソなどがダメージを受けると、その3.5倍のダメージを自分も受ける」という性質を持っており、それによって受けるダメージ量については上限がない。つまり、バースト中のフィーラー＝ロッソなどに2857以上のダメージを与えれば、フィーラー＝プラエコに9999を超える大ダメージを与えることができるのだ。

⬆5ケタのダメージが見たければ、バースト中のフィーラー＝ロッソなどに『インフィニットエンド』を当てよう。

No. 28 範囲化した攻撃魔法もリフレク状態の効果で跳ね返されてしまう

▶範囲化した魔法の跳ね返りかた

『はんいか』マテリアの効果を利用して魔法を範囲化すると、多くの敵をまとめて攻撃したりできて非常に便利。しかし、リフレク状態の敵がいるときは、範囲化した攻撃魔法の使用はひかえたほうがいい。下記の 例1 のようにリフレク状態の敵をターゲットにしたときはもちろん、例2 のようにターゲットの近くにリフレク状態の敵がいるだけでも、魔法を跳ね返されてしまうからだ。

◉範囲化した攻撃魔法の跳ね返りかた

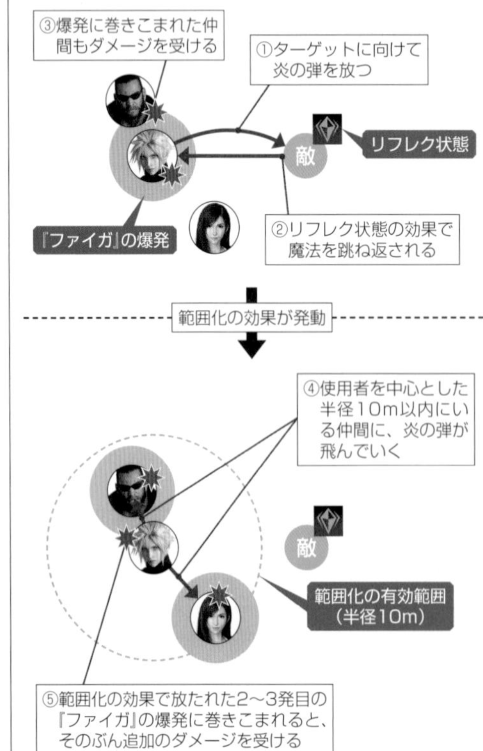

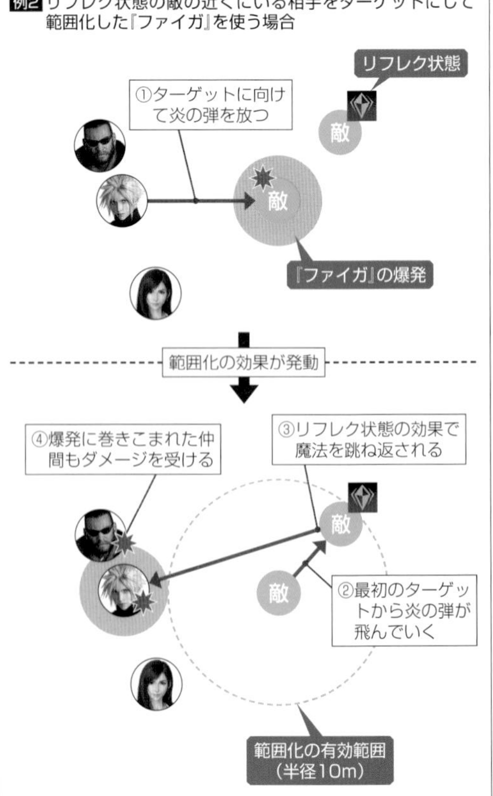

No.29 ダメージ倍率を上げて「バーストマスター」を獲得しよう

トロフィー

バーストした敵に対して特定の攻撃を当てると、バースト状態によるダメージ倍率が上がり、より大きなダメージを与えられるようになる。バースト直後のダメージ倍率は160%だが、300%まで上げると「バーストマスター」のトロフィーを獲得できるので、以下の方法で挑戦してみよう。

「バーストマスター」を獲得するオススメの手順

準備

- CHAPTER 16でグランドグラブを入手し、ティファが『正拳突き』を使えるようにする
- 「武器強化をリセットする」「力がアップするアクセサリを外す」「武器にセットした『ぞくせい』マテリアを外す」などで、ティファの攻撃で与えるダメージ量を減らす(大ダメージを与えていくと、ダメージ倍率が上がり切る前に敵を倒してしまうため)
- ティファの装備に『ATBバースト』や『ATBブースト』マテリアをセットする(必須ではないが、下記の手順③で条件を満たしやすくなる)

トロフィーを獲得する手順

①『神羅バトルシミュレーター』(→P.455)で「ティファ vs ソルジャー定期検診」(難易度NORMAL)を選び、サハギンプリンスと戦う

②サハギンプリンスにダメージを与えて、敵にカウンターモード(→P.597)を発動させる(カウンターモードを発動したサハギンプリンスは、バーストするまでヒート状態がつづく)

③攻撃を当ててバーストゲージを増やし、ティファが下記の条件を満たした状態で敵をバーストさせる
- 『秘技解放』の2段階目の効果を得て『掌打ラッシュ』が使用可能になっている
- ATBゲージが満タンになっている

④バースト中のサハギンプリンスに、『正拳突き』→『掌打ラッシュ』→『爆裂拳』→『強打』→『正拳突き』→『正拳突き』の順で技を当てる

⬆バースト中の敵に『掌打ラッシュ』『爆裂拳』『強打』をすべて当てればATBゲージが1段階たまり、3回目の『正拳突き』が使用可能になる。

No.30 一部の近接攻撃はガードされても弾かれない

攻撃の弾き返し

『たたかう』などの近接攻撃を、鎮圧兵が持っている盾などでガードされた場合、攻撃を弾き返されてこちらの動作を中断させられてしまう。しかし、下記の近接攻撃なら、ガードされても攻撃を弾き返されずにすむのだ。ちなみに、召喚獣の攻撃は、敵にガードされても弾き返されない。

ガードされても弾き返されない近接攻撃

クラウド&ティファ
- 高い位置にいる敵への『たたかう』のコンボ
- 『うけながし』マテリアの効果で出せる技
- リミット技

クラウド
- 『カウンター』
- 武器アビリティ『反撃の構え』で敵の攻撃をガードしたあとにくり出す技

バレット
- 『うけながし』マテリアの効果で出せる技
- 近接攻撃武器装備時の固有アビリティ『とっしん』
- 武器アビリティ『グランドブロウ』

No.31 使用者の「運」が高いほど『ぬすむ』は成功しやすい

『ぬすむ』の成功確率

敵に対して『ぬすむ』を使うと、持っているアイテムを入手できるものの、一部の敵は基本成功確率が5%程度しかないせいで、盗むのに失敗することも多い。少しでも早くアイテムを盗みたければ、『ぬすむ』を使うキャラクターの運の値を『ラッキー』マテリアなどで上げてから挑戦してみよう。『ぬすむ』の成功確率は下記の計算式で決まるので、運が高いほど成功しやすくなるのだ。

『ぬすむ』の成功確率の決まりかた

$$\left(\text{モンスターごとの基本成功確率}\right) \times \left(1 + \frac{\text{運の値}}{256}\right)$$

※失敗するたびにつぎの成功確率が1.5倍になる

⬆盗むのに失敗すると、つぎの成功確率が1.5倍に上がるため、何度かくり返せばそのうち成功する。

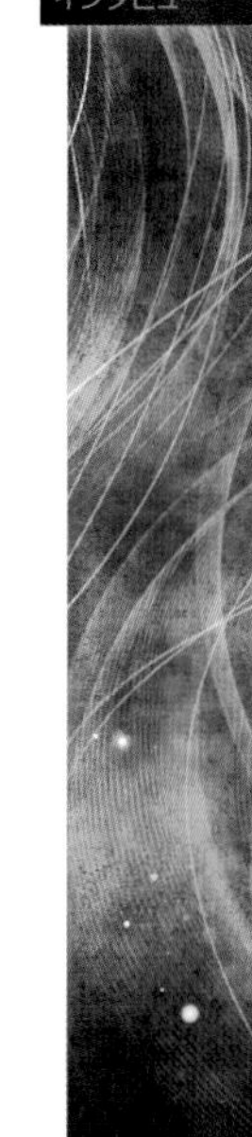

No. 32 エネミーは カエルをつかまえられるのか!?
拘束攻撃

敵のなかには、相手にしがみついたりして動きを拘束する攻撃を使うものがいる。では、こちらの身体が小さくなっているとき——カエル状態のときに拘束攻撃を受けると、どうなるのだろうか。じつは、カエル状態中に拘束攻撃がヒットした場合は、拘束されないかわりに大ダメージ(「威力300の物理攻撃」と同じダメージ)を受けてしまうのだ。

⬆モルボルと戦うか、カエルの指輪を利用すると、カエル状態で拘束攻撃を受けることができる。

No. 33 『スタンロッド』で こちらがスタンする仕組み
スタン値

鎮圧兵などが使う『スタンロッド』は、3回の攻撃をすべて受けるとスタンしてしまうものの、最初の1撃だけでもかわせば、つづく2～3撃目に当たっても基本的にはスタンしない。これは、『スタンロッド』が1ヒットごとに相手の「スタン値」(画面には表示されない)を40増加させる効果を持ち、合計が100以上になるとスタンさせるため。なお、増えたスタン値は、数秒でゼロになるペースで減っていく。

No. 34 『ストップ』は 使うタイミングに注意
状態変化の持続時間

『ストップ』で敵の動きを止めているあいだは、ほかの状態変化の持続時間の減少も止まる。特殊戦闘員などが無敵状態になったときに『ストップ』を使うと、無敵状態のまま動きを止めてしまい、ストップ状態が解けるまで倒せなくなるので気をつけよう。

⬆無敵状態で止まった敵を攻撃しても、「DODGE」と表示されるだけでダメージを与えられない。

No. 35 特定の動作中の敵は 倒れたりバーストしたりしない
特殊な動作中のエネミー

一部の敵は、出現時に特定の動作を行なっていたり、攻撃の動作中にクラウドたちが入れない範囲に移動したりする。そのときの敵は、「バースト状態が発生しない」「HPが残り1までしか減らない」といった特殊な状態になっていることが多いのだ。以下に、そうした状態の一例を紹介しよう。

⬆ガードスコーピオンが壁に張りついているときは、バーストゲージの増加が満タンの直前で止まる。

⬆CHAPTER 8の教会で現れる増援の兵士たちは、教会内に入って構えるまではHPがゼロにならない。

No. 36 チュートリアルどおりに行動すれば 特別なセリフが聞ける
チュートリアル

CHAPTER 1で2回目に現れる警備兵たち(P.186のⒷの敵)とはじめて戦うときは、ATBゲージやATBコマンドの説明が表示される。その説明に沿ってバトルコマンドを使うと、警備兵たちが下の表のような特別なセリフを言うのだ。

◉クラウドが使うバトルコマンドに応じた敵のセリフ

バトルコマンド	敵のセリフ	
	警備兵①	警備兵②
アビリティ	この技は……	まさか　ソルジャーか?
魔法	魔法を使うのか	見ろ　マテリアだ
アイテム	そうくるか	こいつ　戦闘慣れしてやがる

⬅チャプターセレクト時なら、ダメージを与えないアビリティや魔法を使えるため、敵を倒すことなくセリフを聞きやすい。

No. 37 操作キャラクターを切りかえて『テイルレーザー』を防ごう

『テイルレーザー』への対処法

ガードスコーピオンが使う『テイルレーザー』に対しては、上から落ちてきた鉄骨の裏に隠れて攻撃をやりすごすのが定石。レーザーが当たった鉄骨は壊れるが、通常はそこで攻撃がいったん終わるため、ダメージは受けない。しかし、難易度がHARDのときは敵がレーザーを2回連続で照射してくるせいで、1回目の攻撃で鉄骨が壊れたあと、すぐさま別の鉄骨の裏に逃げこまないと、2回目のレーザーが直撃してしまう。2回目のレーザーをかわすのが難しければ、操作キャラクターの切りかえを利用して、以下のように行動してみよう。ガードスコーピオンの『テイルレーザー』は、かならず操作キャラクターを狙うため、簡単にやりすごすことができる。

2回連続の『テイルレーザー』の防ぎかた

⬆天井から鉄骨が落ちてきたら、仲間がどう移動するかを確認し、仲間が隠れていないほうの鉄骨の裏に身を隠す。

⬆ガードスコーピオンが『テイルレーザー』で1回目のレーザーを照射しはじめたら、操作キャラクターを切りかえる。

⬆すると、2回目のレーザーは別の鉄骨の裏にいる操作キャラクターを狙う。再度キャラクターを切りかえれば、反撃も可能。

No. 38 ヘルハウスの攻撃はほかの敵にも当たる

エネミーの同士討ち

CHAPTER 9のヘルハウス戦では、ゲームの難易度がHARDだとトンベリやカッターマシンなどが出現する。ヘルハウスが使う下記の攻撃は、それらの敵にも当たり、「そのエネミーの残りHPの80%」もの大ダメージを与えるのだ。

ほかの敵にも当たるヘルハウスの攻撃

- 体当たり
- ヘルプレス
- ヘルジェット
- クレイジーアタック
- ソニックロケット
- クレイジードロップ(最後の急降下攻撃)

⬆ヘルハウスと同時にほかの敵から攻撃されると危険なので、HPが減った相手はすばやく倒すようにしたい。

No. 39 『とりつく』で発動する魔法の特徴

『とりつく』の効果

ゴーストの『とりつく』は、相手をかなしい状態にしながら、そのキャラクターがセット中の魔法マテリアを勝手に利用して魔法を使うという特殊なアクション。このときにゴーストが使う魔法は、以下のような特徴を持っている。

『とりつく』でゴーストが使う魔法の特徴

- 下の表に記載した魔法のいずれかを、クラウドたち全員をターゲットにして使う(表内の魔法を使用できないキャラクターには『とりつく』を使わない)
- ゴーストの魔法攻撃力をもとにしてダメージ量や回復量が決まる(威力はいずれも「300」)
- クラウドたちのMPやATBゲージは消費しない

『とりつく』でゴーストが使う魔法の種類

マテリア	使う魔法
かいふく	● ケアルラ ● リジェネ
ちりょう	● ポイゾナ ● エスナ
ほのお	● ファイラ
れいき	● ブリザラ
いかずち	● サンダラ
かぜ	● エアロラ
どく	● バイオラ
バリア	● バリア ● マバリア
ふうじる	● スリプル ● サイレス ● バーサク
しょうめつ	● デバリア ● デスペル
じかん	● ヘイスト ● スロウ

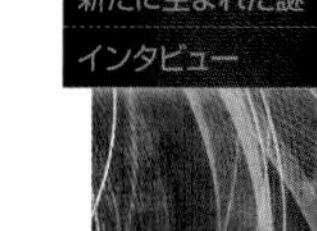

ミニゲーム編

No. 40 バイクを上手に運転してジェシーを満足させよう

▶ジェシーの採点

CHAPTER 4の「モーターチェイス」で『バイクゲーム』をクリアしたときは、ジェシーがクラウドの運転を採点する。彼女からの評価は『バイクゲーム』終了時のクラウドの残りHPによって、以下の3段階に変化するのだ。最高の評価を得たときは「バイクソルジャー」のトロフィーを獲得できるので、それを目指して頑張ろう。ちなみに、ゲームの難易度をCLASSICやEASYにすると、敵の攻撃で受けるダメージ量が減るため、高い評価を得やすくなる。

◉クラウドのHPに応じたジェシーの評価の変化

⬆合格のごほうびと称して不意打ちのキス。反応に困って黙りこんでしまうクラウドをひやかす。

⬆クラウドが「しっかりつかまってろ」と言うと、ジェシーが「今、落ちたかも……なんつって」と冗談を返す。

⬆「もっとうまいと思ったのに」と落胆するジェシーに、クラウドが「タンデムは慣れてない」と言い訳する。

※「ジェシーにHPを回復してもらった」「リトライを行なった」「『バイクゲーム』をスキップした」のいずれかの場合は、「残り29%以下のとき」と同じ評価になる

No. 41 特定のクエストは進めかたで「QUEST」メニューの情報が変わる

▶「QUEST」メニュー

CHAPTER 8で受けられるクエスト 12 「墓参りの報酬」では、スラム共同墓地を訪れるために、墓地のカギを探すことになる。クエストの手順を進めてムギに相談すると、墓地のカギはモーグリ・モグの店にあるとわかるが、クエスト開始前でもモーグリメダルと交換で入手することは可能。クエスト 12 の依頼を受けた時点ですでに墓地のカギを持っていると、エアリスのセリフが変わるほか、以下のように「QUEST」メニューの情報も変化する。

◉墓地のカギの入手時期による「QUEST」メニューの変化

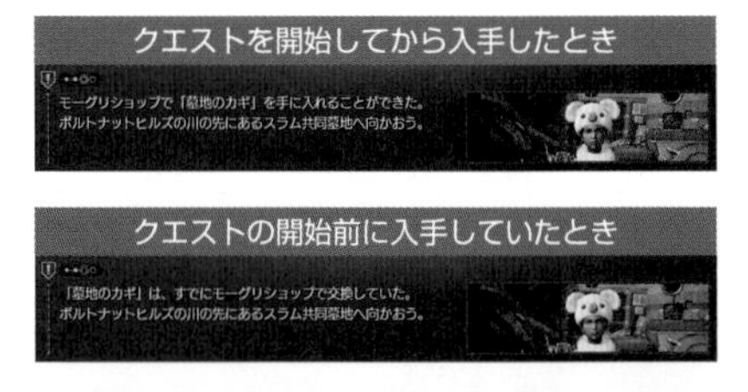

⬆墓地のカギの入手後にクエスト 12 を開始すると、カギはもう持っているとエアリスが教えてくれる。

No. 42 スタートダッシュでジムのメンバーに差をつけろ

▶スクワット勝負&けんすい勝負

『スクワット勝負』や『けんすい勝負』を開始した直後は、大きな光の輪がだんだん小さくなっていき、最初のボタンアイコンに重なるとアイコンが光る。一見すると、ボタンアイコンが光るのを待ってから入力するべきに思えるが、じつは光る前にボタンを押しても入力成功となるのだ。

⬅このタイミングからボタンを押してOK。『けんすい勝負』の上級はとくに難関なので、少しでも早くスタートしたい。

No. 43 大差をつけて勝てば特別なポーズが見られる

▶スクワット勝負&けんすい勝負

『スクワット勝負』や『けんすい勝負』で対戦相手に勝利すると、クラウドやティファがポーズをキメる。勝利ポーズはキャラクターごとに2種類ずつあり、スクワットやけんすいの回数が対戦相手よりもどれだけ多いかによって、右の写真のように変化する。

スクワットやけんすいの回数に応じた勝利ポーズの変化

スクワット勝負		けんすい勝負	
1〜4回多いとき	5回以上多いとき	1〜3回多いとき	4回以上多いとき

No. 44 エアリスの反応はダンスのデキで変わる

▶蜜蜂の館のダンス

『蜜蜂の館のダンス』の本番では、曲が切りかわるタイミングで客席のエアリスやハニーガールが画面に映し出され、彼女たちの反応が見られる。このとき、ボタンの入力タイミングに応じた評価のポイント(→P.449)を多く獲得していると、エアリスが下の写真のように盛り上がってくれるのだ。

獲得ポイントに応じたエアリスの反応の変化

エアリスの反応①(1曲目と2曲目のあいだ)

31以下のとき

32以上のとき

エアリスの反応②(2曲目と3曲目のあいだ)

67以下のとき

68以上のとき

エアリスの反応③(ダンス終了後)

111以下のとき

112以上のとき

No. 45 モーグリメダルの効率的な集めかた

▶モーグリメダル

モーグリメダルを集めたければ、CHAPTER 14でクエスト 22「おてんば盗賊」をクリアしてコルネオ宝物庫のカギを手に入れたあと、伍番街スラム・ボルトナットヒルズにある宝物庫(→P.342)を訪れるといい。そこには40個ものコルネオボックスがあり、はじめて壊したときには10枚以上のモーグリメダルが手に入るのだ。さらに、プレイデータをセーブしてからロードすると、宝物庫のなかのコルネオボックスが復活し、再出現したものを壊すたびに5%の確率でモーグリメダルを入手できる。

⬅「セーブしたデータをロードする→復活したコルネオボックスを壊す」という手順をくり返せば、速いペースでモーグリメダルを増やせる。

No. 46 「VR MISSION」で戦う召喚獣は物語の進行に合わせて強くなる

▶召喚獣バトル

チャドリーと話したときに「VR MISSION」を選んで戦える敵のうち、シヴァまたはデブチョコボとのバトルに出現するものは、メインストーリーの進行状況に合わせて下の表のようにレベルが上がっていく。物語を進めて、こちらのレベルが上がれば楽勝……とはいかないので注意しよう。

召喚獣バトルで出現する敵のレベルの変化

時期	レベル	時期	レベル
CHAPTER 8	16	CHAPTER 16	30
CHAPTER 9	18	▼チャプターセレクト時	
CHAPTER 13〜14	25	すべてのCHAPTER	32

※リヴァイアサンのレベルはどの時期でも「35」、バハムートのレベルはどの時期でも「50」になる

バラエティ編

No. 47 クラウドたちの待機ポーズをながめてみよう

待機ポーズ

フィールドの移動中に、しばらく操作をやめていると、手持ちぶさたになったクラウドたちが以下のような「待機ポーズ」をとりはじめる。待機ポーズはキャラクターごとにたくさんの種類があるので、冒険の合間に足を止めて、それぞれのポーズを観察してみるのもいいだろう。

各キャラクターのおもな待機ポーズ

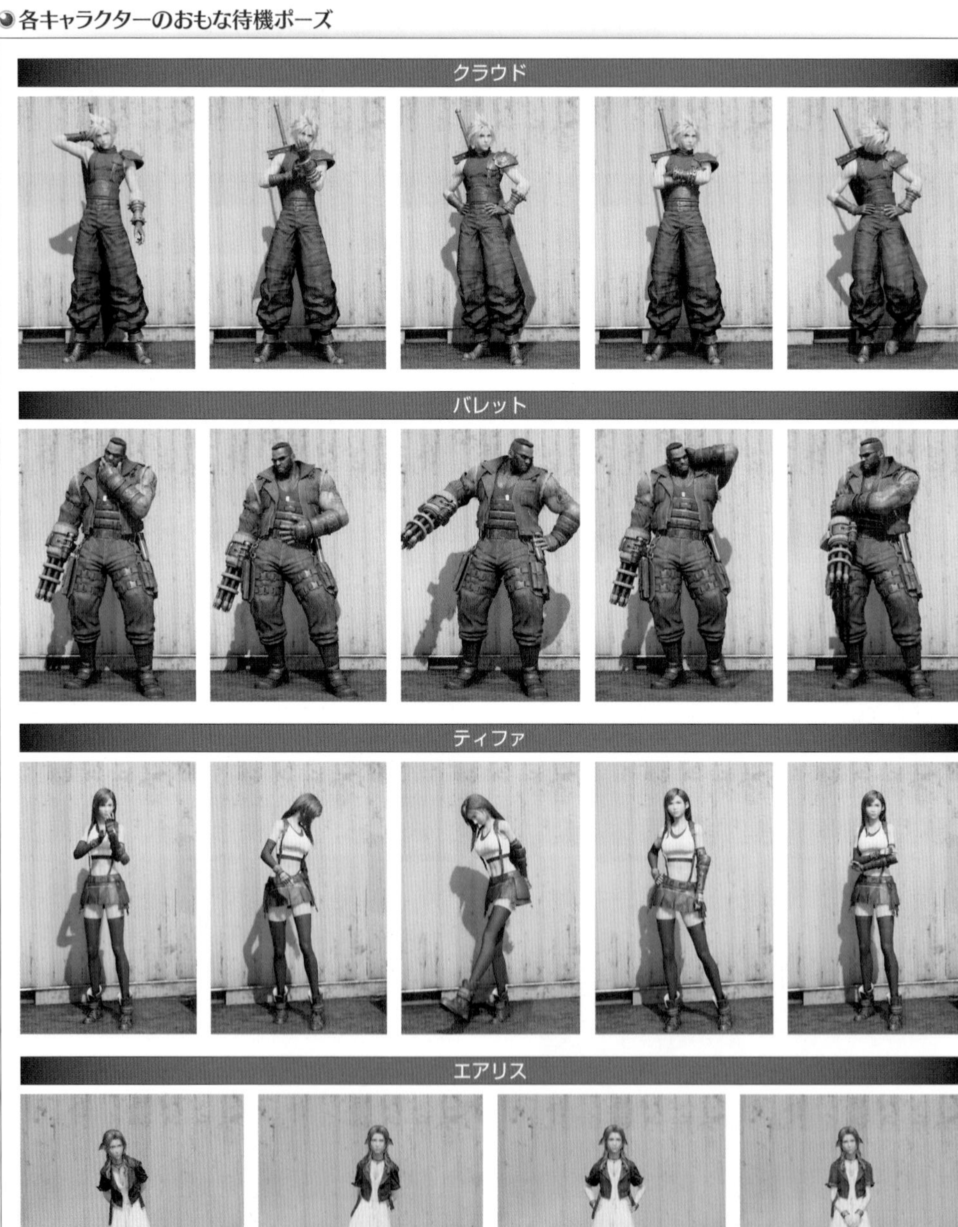

No.48 クラウド以外を操作中もすわったり箱を壊したりできる

探索中の動作

メインストーリーの特定の場面では、クラウド以外を操作して探索を進めていく。それらのキャラクターを操作しているときも、ベンチにすわったり、神羅ボックスなどを壊したりすることが可能だ。

◎各キャラクターのすわる動作と箱を壊す動作

クラウド

ベンチにすわるとき / 神羅ボックスなどを壊すとき

バレット

ベンチにすわるとき

神羅ボックスなどを壊すとき

片手銃の装備時

近接攻撃武器の装備時

ティファ

ベンチにすわるとき / 神羅ボックスなどを壊すとき

エアリス

神羅ボックスなどを壊すとき

※バレットはCHAPTER 13で、ティファはCHAPTER 16、17で、エアリスはCHAPTER 9、10、12で操作できる
※エアリス操作時に移動できる範囲には、ベンチはない

No.49 クラウドたちが身につけるだいじなものに注目

だいじなもの

だいじなもののいくつかは、持っているとクラウドたちの見た目が以下のように変わる。黄色い花以外は気づきにくいので、見逃さないように。

◎見た目に反映されるだいじなもの

黄色い花

ワイヤーリール

アニヤンのピアス

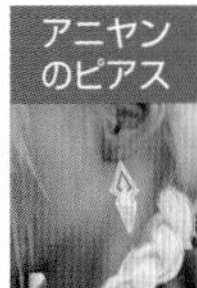

ワイヤーガン

No.50 いろいろな武器を装備してイベントシーンを見くらべよう

イベントシーンの変化

イベントシーンでは、クラウドたちは装備中の武器を持ったまま会話したり行動したりする(一部のシーンでは、自動的に特定の装備に変わる)。そのため、武器の種類によっては、以下のようにちょっとおもしろい状況になることもあるのだ。

バレット
おまえの剣じゃ届かねえ
そこで見物してな

←CHAPTER 1でバレットが近接攻撃武器を装備していると、「おまえの剣じゃ届かねえ。そこで見物してな」と自慢気な彼の攻撃も届かない。

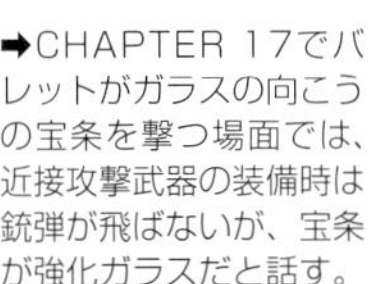
宝条
おっと 当然 強化ガラスだ

➡CHAPTER 17でバレットがガラスの向こうの宝条を撃つ場面では、近接攻撃武器の装備時は銃弾が飛ばないが、宝条が強化ガラスだと話す。

←CHAPTER 17の神羅ビルからの脱出時には、クラウドが装備中の武器を投げる。釘バットがビルの窓に突き刺さる光景が見られることも。

No.51 バレットがサングラスを外すとメインメニューの表示も変わる

メインメニューのバレット

ふだんサングラスを愛用しているバレットだが、CHAPTER 12〜13のあいだはサングラスをかけていない。このときは、メインメニューに表示されるバレットの画像もサングラスを外したものになる。

◎メインメニューに表示されるバレットの変化

サングラスをかけているとき

サングラスをかけていないとき

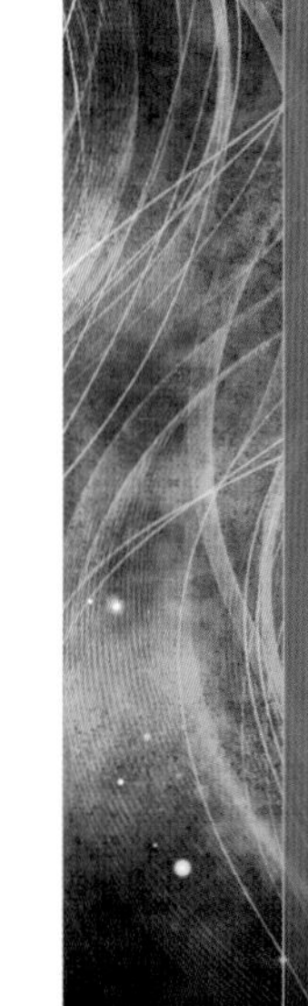

No. 52 クラウドの「興味ないね」は本作で何回聞ける?

クラウドの決まり文句

『FFⅦ』ファンにとってクラウドの印象深いセリフといえば、やはり「興味ないね」だろう。このセリフが登場する場面は、オリジナル版だとかなりの回数にのぼるが、本作では意外にも4回のみだ。

クラウドの「興味ないね」が聞ける場面

CHAPTER	「興味ないね」が聞ける場面
1	「侵入路を進む」でゲートが開くのを待つあいだ、ウェッジから「星の未来を思う気持ちは自分たちと同じ」と同意を求められたとき
4	「七六分室に潜入」で、ビッグスとウェッジがジェシーになぐられることを心配したとき
8	クエスト 8 「見回りの子供たち」で、エアリスからフォリア先生の夢について聞かれたとき
9	「エアリスの道案内」で陥没道路に入る直前、エアリスからウォール・マーケットに寄ってみたいかと聞かれたとき

⬆CHAPTER 4では、オリジナル版でおなじみの、肩をすくめて両手を広げる「やれやれ」のポーズも見せる。

No. 53 ジェシーの新たなログセ「なんつって」はここで聞ける

ジェシーのログセ

オリジナル版では「う・か・つ」のログセが記憶に残るジェシーだが、本作では「なんつって」という新たなログセが加わった。聞ける場面は下の表の4つで、いずれもクラウドをからかっている？

ジェシーの「なんつって」が聞ける場面

CHAPTER	「なんつって」が聞ける場面
3	「ジェシーの依頼」で、クラウドの部屋の前で待っているジェシーから話しかけられたとき
3	「ジェシーの依頼」で、ジェシーから「準備はオッケー？」と聞かれて「いや」と答えたあと
4	『バイクゲーム』(→P.432)でジェシーの評価が「ギリギリ合格」だったとき(→P.708)
4	「残りの報酬」でジェシーの家を訪ねて報酬を受け取り、ジェシーと別れる直前

⬅「残りの報酬」では、クラウドへの照れ隠しなのか、舌をペロッと出しながら言う。

No. 54 隠れた人気キャラクター(?)神羅課長の登場シーン一覧

神羅課長

オリジナル版の名物キャラクターのひとり「神羅課長」は、本作でもさまざまな場所で姿を見かけられる。神羅課長がいる場所をまとめて紹介しよう。

CHAPTER 2

⬅七番街スラム行きの最終列車で初登場。部下と魔晄炉爆破の話をしていたら、バレットにからまれてしまう。

CHAPTER 3

➡最終列車が到着した七番街スラム駅で、妻と娘に迎えられる。そのあとは、駅の広場で娘としばし談笑。

CHAPTER 3

⬅クラウドたちが七番街スラムに帰った日の翌朝、セブンスヘブン前で、部下の社員たちと立ち話をしている。

CHAPTER 4

➡夜のスラムでメガネの男性におだてられて上機嫌に。ウォール・マーケットのあの店とは、もしかして？

CHAPTER 4

⬅クラウドたちが伍番魔晄炉へ向かう日、七番街スラム駅の広場には、出勤前に娘と話す神羅課長の姿が。

CHAPTER 5

➡バレットと言い争いになりかけてクラウドに止められる。車両隔離がはじまると、乗客の避難誘導に尽力。

CHAPTER 9

⬅「アバランチの調査」と称し、同好の士と蜜蜂の館へ。クラウドが女装する直前と直後にそれぞれ話せる。

No. 55 自称情報屋のキリエは物語の序盤から登場していた

▶キリエ

スラムでスリやサギを働きながら、人々にいろいろなニュースを届ける少女キリエ。クラウドたちが彼女を直接見かけるのは、CHAPTER 14でキリエが伍番街スラムの人々に演説しているとき(→P.339)が最初だが、じつは下の写真のように、最終列車の車内や七番街スラムにも彼女は登場していたのだ。

⬅CHAPTER 2の最終列車に乗車中。彼女の近くに立つと「仕事の邪魔」と言われるが、仕事とは……？

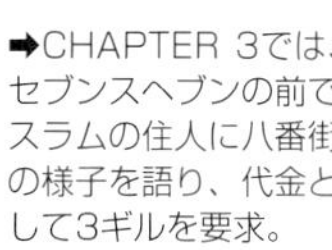

➡CHAPTER 3では、セブンスヘブンの前でスラムの住人に八番街の様子を語り、代金として3ギルを要求。

No. 56 ジョニーの父が息子を追ってウォール・マーケットに出没

▶ジョニーの父

CHAPTER 9でウォール・マーケットを探索するときには、行く先々でジョニーの父に会える。彼がウォール・マーケットにやってきたのは、七番街スラムを飛び出した息子に愛用の枕を届けるためらしいが、そのわりには地下闘技場や蜜蜂の館といった娯楽施設で楽しんでばかりのような……。

CHAPTER 9でジョニーの父に会える場所

時期	場所
ウォール・マーケットを訪れた直後	宿屋のロビー
マムからコルネオ杯出場を依頼されたあと	地下闘技場の建物の前
地下闘技場でコルネオ杯に優勝したあと	ジム「ダンダンダン」の前
着がえたエアリスと合流したあと	蜜蜂の館の個室

⬆蜜蜂の館では、酔っ払ってベロベロになりながら、ハニーガールとのひとときを満喫している。

No. 57 どこか憎めない小悪党ベグ盗賊団はここで登場

▶ベグ盗賊団

六番街スラムの陥没道路で強盗を働く「ベグ盗賊団」ことベグ、バド、ブッチョの3人。彼らは下の表の5ヵ所に登場し、場所ごとにセリフが変わる。

⬅CHAPTER 14では最大3回戦える。最初は威勢がいいが、何度も遭遇するうちに元気がなくなっていく。

ベグ盗賊団が登場する場所

CHAPTER	登場する場所
9	陥没道路 下層：ゴロツキのねぐら
9	ウォール・マーケットの地下闘技場 ※コルネオ杯準決勝の対戦相手として登場
9	陥没道路 配管通路② ※クエスト 14a「盗みの代償」進行中に登場
13	陥没道路 下層：悪党の巣穴
14	陥没道路 下層：悪党の巣穴 ※CHAPTER 14のクエストのクリア数に応じて、登場する回数が変わる(3～5個：1回、6～8個：2回、9個：3回)。複数回登場する場合は、倒してから3分後に再出現する

No. 58 神羅の研修生チャドリーのめったに見られない反応

▶チャドリー

マテリアの研究をしているチャドリーは、さまざまな場所に現れては、クラウドに調査への協力を頼んでくる。しかし、CHAPTER 9の特定の時期に話しかけると、いつもとはちがう反応を示すのだ。

▼手揉み屋の前でジョニーに声をかけられたあと

⬅クラウドが取りこみ中だと察して、バトルレポートのことは何も言ってこない。

▼蜜蜂の館でクラウドが女装したあと

⬅話しかけてきたのが女装しているクラウドだと気づかず、珍しく動揺した姿を見せる。

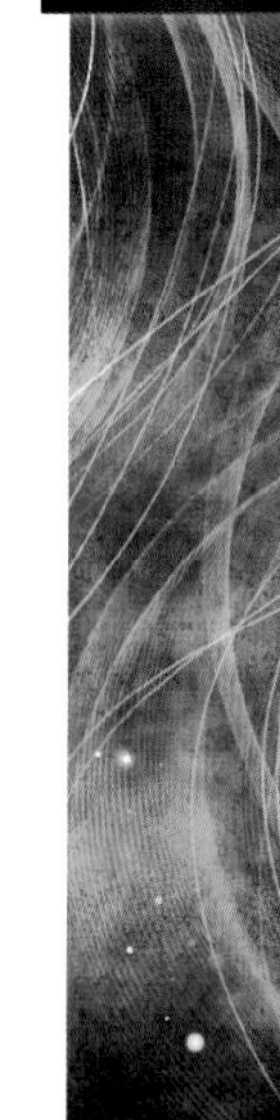

No. 59 チョコボ車のフリーパスに書かれている数字の意味は?

▸チョコボ車フリーパス

CHAPTER 14のクエスト **17**「チョコボを探せ」の報酬であるチョコボ車フリーパスには、「0303」と刻まれている。一見すると謎の数字だが、これを現実世界の2020年の日づけと考えると……?

⬆メインメニューの「ITEMS」でチョコボ車フリーパスを選べば、「0303」という数字を確認できる。

No. 60 チョコボ車で移動するときは画面右下のマークに注目

▸ロード中のマーク

CHAPTER 14でチョコボ車に乗ったときは、移動先を選んだあとに、しばらくのあいだゲームデータのロードが行なわれる。このときは、画面の右下に表示されるマークが、ふだんのロード中とちがってチョコボのマークになり、その左側にこれから移動するチョコボストップの場所名も表示されるのだ。

ふだんのロード中のマーク

『陥没道路入口』に移動中

チョコボ車で移動するときのマーク

No. 61 紫色の光を放つ宝箱には貴重な武器が入っている

▸宝箱の光の色

基本的に、宝箱は外から見ても中身が何なのかはわからない。しかし、なかに武器が入っている場合だけは、宝箱の表面の光が紫色になっていて、ほかの宝箱と見わけることができる。

通常の宝箱

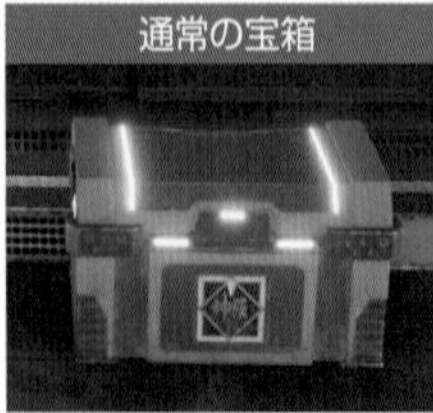

武器が入った宝箱

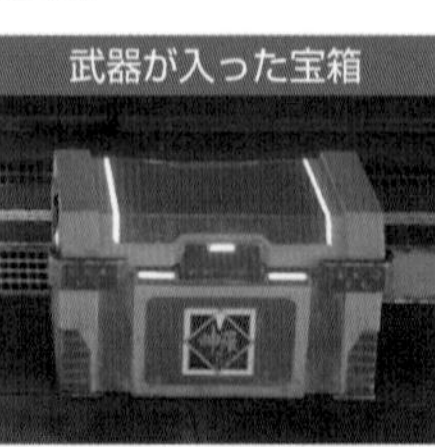

⬆通常の宝箱の光が黄色いのに対して、武器が入った宝箱は光が紫色。見つけたら、かならず開けよう。

No. 62 ルード愛用の着信音は聴き覚えのあるあのメロディ

▸スマートフォンの着信音

CHAPTER 8では、エアリスの家へ帰る途中でルードと戦い(→P.268の手順26)、バトルが終わった直後にレノからルードへ電話がかかってくる。このとき、ルードのスマートフォンからは、「FF」ファンにはおなじみのバトル勝利時のファンファーレが、着信音として流れるのだ。ちなみに、『FFVII アドベントチルドレン』に登場するロッズの携帯電話も、同じファンファーレが着信音になっていた。

No. 63 こんなところにモーグリが!? 住宅地に停められた自転車のヒミツ

▸子ども用の自転車

七番街・社宅地区:中層社宅エリアには、子ども用の自転車や三輪車が置かれているが、そのうちの何台かのデザインは、「FF」シリーズのマスコットキャラクターであるモーグリ風。CHAPTER 4でジェシーの実家へ向かうときに探してみよう。

⬅モーグリを思わせる白と紫色の車体に、鼻のようなピンク色のカゴ。後輪には羽根と赤いポンポンもついている。

No. 64 夜のウォール・マーケットで思いがけない人物と再会

▸フォリア先生

CHAPTER 9のウォール・マーケットで、蜜蜂の館の横から路地に入ると、休憩中のハニーガールに会える。このハニーガールは、じつは伍番街スラムにあるリーフハウスのフォリア先生で、CHAPTER 8のときにクエスト **8**「見回りの子供たち」を開始していたかどうかによって、ここでの会話の内容が変わるのだ。また、クエスト **14b**「あくなき夜」でVIP会員証を持っているときは、フォリア先生から会員証の持ち主の話が聞ける。

⬆クエスト **8** を開始していた場合は、ハニーガールに2回話しかければ彼女がフォリア先生だと判明する。

No. 65 闘技場のモニターを見れば出場者のプロフィールがわかる

コルネオ杯

ウォール・マーケットの地下闘技場の試合場には、巨大モニターが設置されている。CHAPTER 9でコルネオ杯に出場したとき(→P.286の手順17)は、クラウドたちや対戦相手の名前と戦績がモニターに表示されるので、戦いながら見てみるといい。

⬅初出場となるクラウドのプロフィール。名前の上の赤いマークは推薦人がマムであることを示すものだ。

➡準決勝で戦うベグ盗賊団は13勝5敗という戦績で、5敗のうち3敗は失格(DISQ)による負けとなっている。

No. 66 闘技場の試合を勝ち抜けばファンが花を贈ってくれる

コルネオ杯

CHAPTER 9でコルネオ杯に出場して試合に勝つと(→P.286の手順17)、クラウドたちの控え室にお祝いの花が届く。この花は、準決勝、決勝と勝ち進むにつれて、どんどん豪華になっていくのだ。

⬅1回戦を勝ち抜いたときは、まだお祝いの花が少なく、控え室のテーブルに花束が3つ置かれているのみ。

▼

⬅準決勝に勝利すると「フローリストわたなべ」からエアリスへ豪華な花が届き、控え室の外に並べられる。

▼

⬅決勝戦のあとは、控え室の外に巨大な花輪が。なお、このあとのボーナスマッチに勝つと、花はなくなる。

No. 67 試合に敗れて控え室にもどった対戦者たちの様子

コルネオ杯

地下闘技場には控え室がふたつあり、CHAPTER 9のコルネオ杯(→P.286の手順17)では、エレベーター側の部屋をクラウドたちが、試合場側の部屋を対戦相手が使う。試合が終わったあとは、敗れた対戦相手が控え室にいるので会いに行ってみよう。

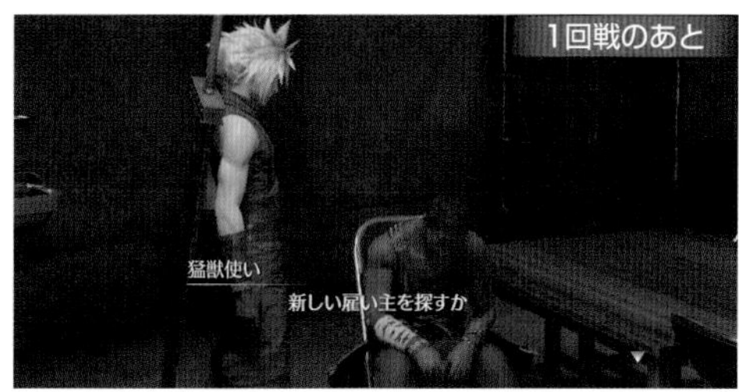

⬆戦いに敗れた猛獣使いは、イスにすわってガックリとうなだれている。負けたせいでクビになったらしい。

⬆控え室で落ちこむ、ベグ、バド、ブッチョの3人。ベグはクラウドの強さを認め、仲間に誘ってくる。

⬆高価なスイーパーとカッターマシンがスクラップになってしまい、持ち主のサムがクラウドに文句を言う。

No. 68 服屋のオヤジとジョニーのセリフはオリジナル版とつながりがあった

服屋でのセリフ

CHAPTER 9でクエスト 14b「あくなき夜」(→P.415)をクリアしたあと、店の奥にいる服屋のオヤジに話しかけると、彼とジョニーから「さわっと」「ツヤツヤ」という言葉が聞けるが、このふたつはオリジナル版に登場していたもの。オリジナル版でクラウドの女装に必要なドレスを作ってもらうときに(→P.291)、この言葉の選択肢(「ツヤツヤ」はオリジナル版だと「つやつや」)を選ぶと、評価ポイントが一番高いシルクのドレスを入手できた。

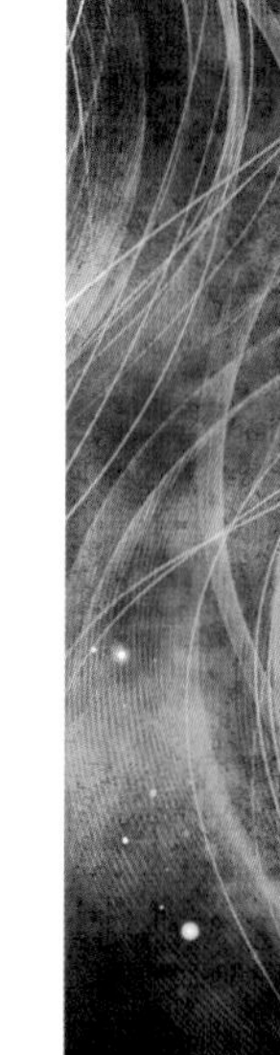

No.69 ご機嫌なコルネオの鼻歌をよく聞いてみると?

▸コルネオの鼻歌

CHAPTER 9でコルネオを問いつめたあとは、彼からの"問題"に答えることになる。このときに回答を待つコルネオが口ずさむ鼻歌は、注意して聞いてみるとチョコボのテーマになっているのだ。

⬆直前のイベントシーンをスキップすると、コルネオの鼻歌が聞けなくなってしまうので気をつけよう。

No.70 展示されている集合写真にどこかで見たマスクの人物が

▸神羅製作所の集合写真

CHAPTER 16の神羅ビル・60F メモリアルフロア：プレジデント神羅ブースには、神羅カンパニーの前身である神羅製作所の社員の集合写真が飾られている。写真の中央には、奇妙なマスクをした男性が写っているが、彼のマスクは『FFX-2』に登場した天才少年シンラがかぶっていたものとそっくり。

⬅スーツには不釣り合いなマスクが目立つ。この人物の隣にすわっているスーツ姿の男性は、若き日のプレジデント神羅だろうか?

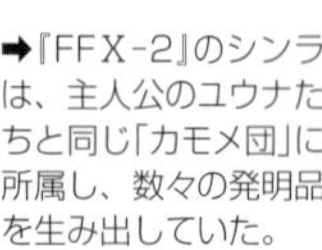

FFX-2
シンラ：でも ドレスフィアにはなるし

➡『FFX-2』のシンラは、主人公のユウナたちと同じ「カモメ団」に所属し、数々の発明品を生み出していた。

No.71 エアリスの部屋でガスト博士の著書を発見!

▸エアリスの部屋にある本

CHAPTER 17のスタート地点であるエアリスの部屋には、青い表紙の本が置かれている(下の写真を参照)。この本は、オリジナル版に登場したガスト博士が書いたものなのだ。

⬅著者のガスト・ファレミスは、神羅で先代の科学部門統括を務めていた人物で、古代種研究の先駆者でもある。

No.72 3体のフィーラーの戦闘スタイルは未来の人物と酷似している

▸フィーラーの戦闘スタイル

CHAPTER 18でフィーラー＝プラエコを守るように出現する3体のフィーラー(ロッソ、ヴェルデ、ジャッロ)は、それぞれ剣、体術、銃で攻撃してくるのが特徴。これらの敵の戦闘スタイルは、『FFⅦ』の2年後を描いた物語『FFⅦ アドベントチルドレン』に登場する敵の3人組――カダージュ、ロッズ、ヤズーのものと共通している。ちなみに、フィーラー＝ジャッロは『ベルベットナイトメア』という技を使うが、これはヤズーが持つ銃の名前と同じだ。

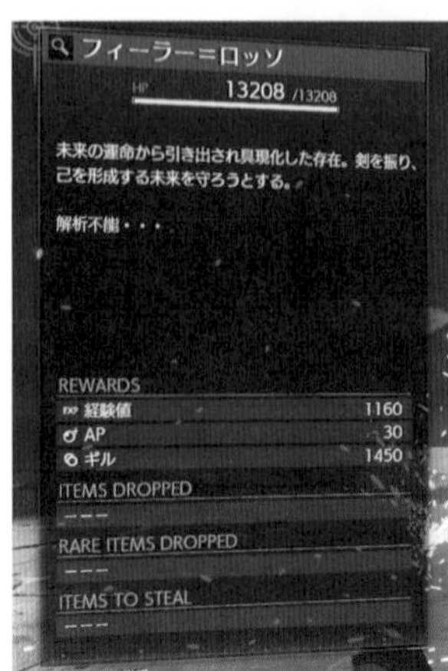

⬅『みやぶる』を使うと、フィーラー＝ロッソたちは未来の運命から引き出された存在であることがわかる。

No. 73 ストーリーに合わせて変わるミッドガル全体図に注目!

▶ミッドガル全体図

マップ画面でOPTIONSボタンを押すと、ワイヤーフレームで構成された「ミッドガル全体図」が見られる。ミッドガル全体図は、メインストーリーの進行に合わせて下記のようにこまかく変化していくので、各チャプターで見くらべてみよう。

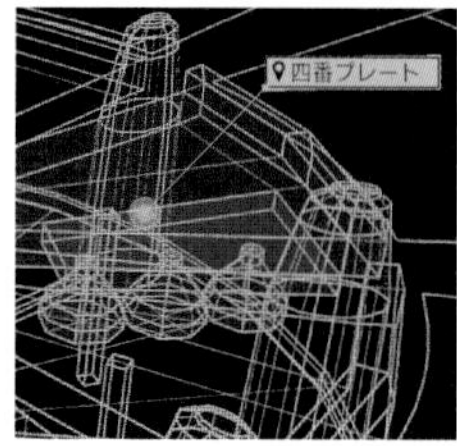

⬆CHAPTER 6で四番街プレート内部を訪れると、スラムの太陽が表示される。

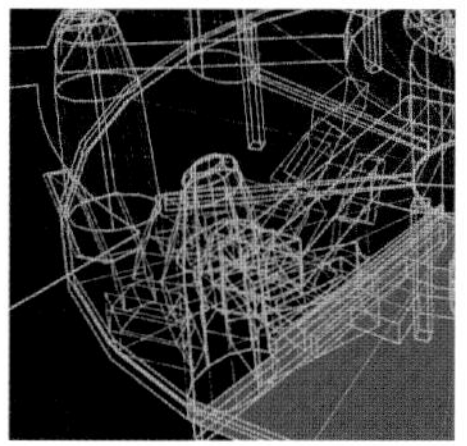

⬆CHAPTER 13以降は、七番街市街地がなくなり、七番街スラムはガレキの山に。

No. 74 街並みを彩るポスターや看板を見てみよう

▶ポスターや看板

壱番魔晄炉駅やウォール・マーケットなどで周囲を見まわすと、さまざまなポスターや看板が目を引く。以下に紹介する以外にも、ポスターや看板の種類は数多くあり、ミッドガルの文化を垣間見られる。

⬅壱番魔晄炉駅などには、バノーラホワイトのジュースのポスターが貼られている。バノーラホワイトは、『クライシス コア -FFⅦ-』に登場したバノーラ村名産のリンゴの名前。

⬆列車内に貼られた新刊の広告を見ると、本のオビ部分に『FFⅥ』のセッツァーの名ゼリフが。著者のファミリーネームはセッツァーと同じ「ギャッビアーニ」だ。

➡ウォール・マーケットの建物の上には演歌歌手AKILAの巨大看板がある。居酒屋酔いどれに行くと、歌を披露しているAKILA本人に会うことが可能。

No. 75 装備品に文字を書いて自己主張する神羅の兵士たち

▶エネミーの文字

一部の神羅の兵士は、装備品に文字が書かれている。目立たないものが多いので、エネミーレポートのエネミービューモードで確認してみるといい。

戦闘員 「火気厳禁」

特殊戦闘員 「問答無用」

強化戦闘員 「交通安全」

部隊長ゴンガ 「頑丈」

No. 76 ウォール・マーケットで見られる奇妙な当て字の読みかたは?

▶ウォール・マーケットの文字

ウォール・マーケットの看板などに書かれた文字のなかには、無理やり漢字を当てているものがいくつかある。以下の4つのうち、「古留根尾」と「音死阿奈」はオリジナル版にも登場していたが、残りのふたつは本作で初登場したものだ。

古留根尾(こるねお)
場所 コルネオの館の看板など

音死阿奈(おとしあな)
場所 お楽しみルームのマット

虎炉尽世終(ころっせお)
場所 コルネオ杯出場券のCG

美津府(びっぷ)
場所 地下闘技場のVIP席

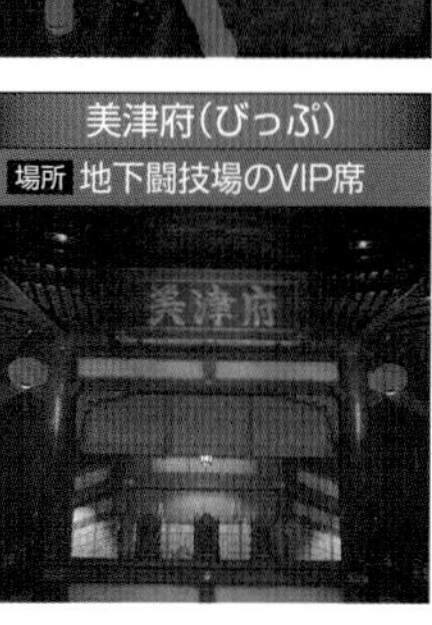

No. 77 ちょっとしたところにもオリジナル版を彷彿とさせる要素が

オリジナル版へのオマージュ

本作には、オリジナル版を知っているとニヤリとできるこまかな要素が、あちこちに散りばめられている。当時の写真とともに、チェックしていこう。

タイトルメニューのバスターソード

本作のタイトルメニューの背景は、「地面に斜め刺さったバスターソード」というオリジナル版のビジュアルをリメイクしたもの。BGMもオリジナル版で流れていた「プレリュード」のアレンジ版だ。

⬅⬆暗闇のなか、バスターソードが照らされるシンプルな構図。ふたつの画像を見くらべると、グラフィックの飛躍的な進化が感じられる。

最初の戦闘でレベルアップ

壱番魔晄炉へ潜入するときは、駅のホームで2体の警備兵との戦闘になり、それらを倒したときに得られる経験値でクラウドのレベルが6から7に上がる——この一連の流れは、本作とオリジナル版でまったく同じ。なお、オリジナル版では、名前入力よりも前のタイミングで戦闘になるので、クラウドの名前は「元ソルジャー」と表示されていた。

⬆警備兵Aがかならずポーションを落とすのは、倒れた兵士を調べるとポーションが入手できたオリジナル版の再現。

ベンチに描かれたマークは……

ベンチの背もたれに描かれているマークは、オリジナル版のセーブポイントの形がモチーフ。オリジナル版ではセーブポイントが休憩場所の役割もになっていたため、本作の休憩ポイントであるベンチにそのデザインが組みこまれている。

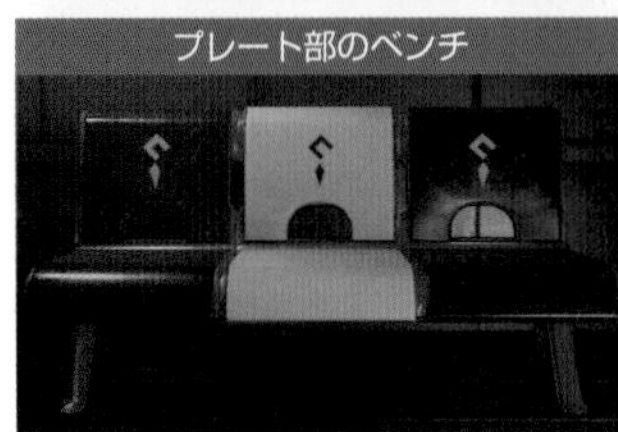

⬅ベンチには2種類のタイプがあるが、どちらにも同じマークが描かれている。

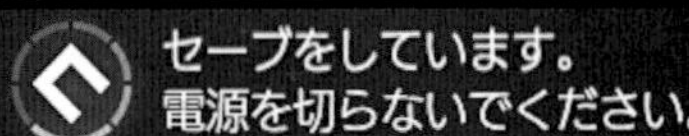

セーブをしています。
電源を切らないでください。

⬆セーブやロードの最中に画面左上に表示されるマークも、オリジナル版のセーブポイントに由来する形。

壊れたアイテム販売機に攻撃される

ウォール・マーケットの無人アイテム屋で端末を調べると、店の天井にあるガトリング砲がクラウドめがけて発砲してくる。これはオリジナル版にもあったギミックで、オリジナル版の物語終盤に改めてミッドガルを訪れてこの端末を調べると、ティファの最終武器であるプレミアムハートが入手できた。

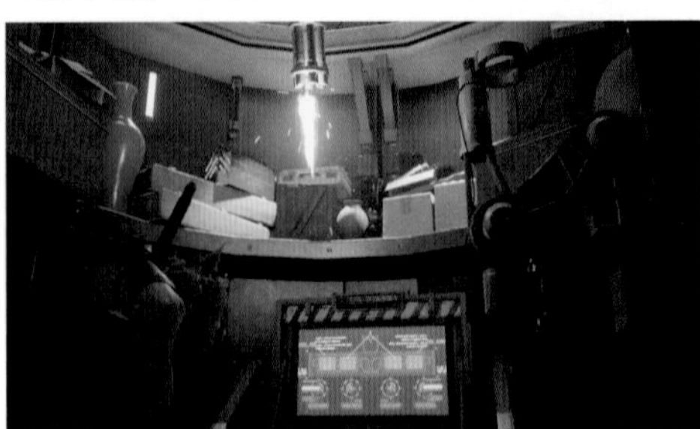

⬅⬆本作では、単に発砲されるだけ。また、無人アイテム屋の端末を調べられるのはCHAPTER 9のあいだのみ。

司書ロボがつぶやく言葉のヒミツ

神羅ビル62階のライブラリフロアには5体の司書ロボがいて、「シチョウ サイコウ」などのメッセージを再生している。これらのメッセージは、オリジナル版でドミノがクラウドたちに出題した合言葉当てクイズの選択肢のうち、正解になりうる候補の言葉(→P.377)。ただし、司書ロボのうち1体は故障しているらしく、合言葉とは関係のない「シチョウ サイテイ?」というメッセージを発する。

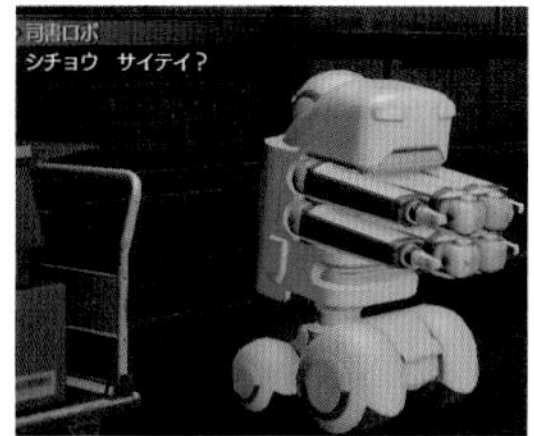

⬆合言葉は「市長」「神羅」「魔晄」のいずれかと、「最高」「最低」「爆発」のいずれかを組み合わせた4文字の言葉。故障したロボは組み合わせかたをまちがえた?

コルネオの隠し財産の名前とデザイン

クエスト 23 「コルネオの隠し財産」で集める3種類の宝冠は、インターナショナル版『FFⅦ』で戦えた3体のウェポンがモチーフ。P.507の宝冠の画像と下の写真を見くらべてみてほしい。

ダイヤウェポン

ルビーウェポン

エメラルドウェポン

⬅⬉⬆それぞれの宝冠のデザインには、名前が同じ各ウェポンの外見的な特徴が取り入れられている。

重要なシーンに見覚えのあるネコが

CHAPTER 12で七番プレートが落ちたときに、その光景をながめるプレジデントにつづいて、王冠をかぶったネコが登場する。このネコは、オリジナル版をプレイした人にはおなじみのケット・シーだ。

⬆彼の正体を知っていれば、この場面でうなだれる理由もわかるはず。なお、デブモーグリには乗っていない。

なつかしの勝利ポーズ

『コルネオ・コロッセオ』および『神羅バトルシミュレーター』で各バトルに勝ったさいには、仲間たちがそれぞれポーズをキメる。このときの動作は、こまかなちがいはあるものの、オリジナル版における勝利ポーズの再現になっている。

クラウド

⬅剣を目の前でクルクルとまわしたのち、力強く振って右肩にかつぐ。

バレット

⬅雄々しく吠え、左腕を天高く突き上げるガッツポーズを披露。

ティファ

⬅スカートの汚れを両手で軽くはたき落としたあと、大きく伸びをする。

エアリス

⬅ロッドをしまったのちスカートを払い、胸に両手を当ててうつむく。

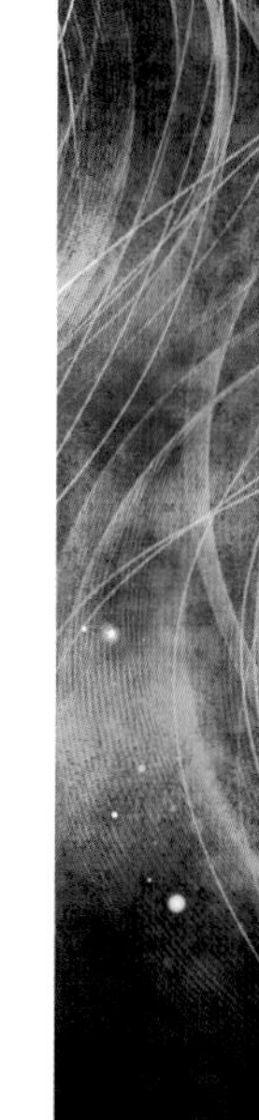

トロフィー コンプリートガイド

TROPHY COMPLETE GUIDE

プレイステーション4には、ゲームごとに決められた条件を達成するとトロフィーを獲得できる機能がある。本作のトロフィーの獲得条件をまとめたので、集めるときの参考にしてほしい。

ゲームをスミズミまで遊んでトロフィーを集めよう

本作のトロフィーは全54種類で、大半は物語やサブイベントなどをひととおり楽しむことで集められる(以下の表を参照)。コンプリートを目指すうえで難関となるのは、最高難易度のHARDで全チャプターをクリアすると手に入る「すべてを超えし者」。まずはほかのトロフィーを集めながら、キャラクターやマテリアの強化、装備品の収集を進めて、パーティを十分に強くしてから挑戦するといいだろう。

●トロフィーのグレードと獲得時に得られるポイント

※「ポイント」は、トロフィーレベルや達成率に関係する値

グレード	数	ポイント	グレード	数	ポイント
プラチナ	1	180(※1)	シルバー	7	30
ゴールド	2	90	ブロンズ	44	15

※1……達成率には影響しない

トロフィーリスト

※**赤色の太字**は、獲得するまでトロフィーの名前と条件が表示されない「隠しトロフィー」であることを示す

アイコン	名前と条件
	運命の覇者 条件 ほかのすべてのトロフィーを獲得する
01	壱番魔晄炉爆破 条件 CHAPTER 1をクリアする
02	八番街の逃走 条件 CHAPTER 2をクリアする
03	なんでも屋の仕事 条件 CHAPTER 3をクリアする
04	アバランチとの絆 条件 CHAPTER 4をクリアする
05	プランE展開 条件 CHAPTER 5をクリアする
06	スラムの太陽 条件 CHAPTER 6をクリアする
07	罠に落ちたネズミ 条件 CHAPTER 7をクリアする
08	再会 条件 CHAPTER 8をクリアする

アイコン	名前と条件
09	欲望の街 条件 CHAPTER 9をクリアする
10	焦燥の迷宮 条件 CHAPTER 10をクリアする
11	亡霊の墓場 条件 CHAPTER 11をクリアする
12	死闘 条件 CHAPTER 12をクリアする
13	醒めない悪夢 条件 CHAPTER 13をクリアする
14	希望への救済 条件 CHAPTER 14をクリアする
15	腐ったピザ 条件 CHAPTER 15をクリアする
16	ノーアポイントメント 条件 CHAPTER 16をクリアする
17	混沌からの脱出 条件 CHAPTER 17をクリアする

アイコン	名前と条件
	運命の断裂 条件 CHAPTER 18をクリアする
	ソルジャーの肩慣らし 条件 はじめてバトルに勝利する
	弱点への一撃 条件 いずれかのエネミーに弱点属性の攻撃を当てる
	拘束への一撃 条件 仲間の拘束を解除する(→P.133)
	バーストの一撃 条件 エネミーをバーストさせる
	音楽愛好家 条件 ミュージックディスクを3種類入手する(→P.428～429)
	なんでも屋の初仕事 条件 いずれかのクエストをクリアする
	武器アビリティ初心者 条件 いずれかの武器アビリティを新たに習得する(→P.462)
	マテリア初心者 条件 いずれかのマテリアのレベルを上げる
	みならい召喚士 条件 いずれかの召喚獣を呼び出す
	バイクソルジャー 条件 CHAPTER 4で『バイクゲーム』のあとにジェシーから最高評価を得る(→P.708)
	ダーツエキスパート 条件 『ダーツ』でランキング1位になる(→P.430)
	凄腕の整備士 条件 『チョコボ＆モーグリ』マテリアを入手する(→P.240)
	大泥棒三人組 条件 伍番魔晄炉で廃棄物資集積室の扉のロックを解除する(→P.253)
	クラッシュヒーロー 条件 『クラッシュボックス』のノーマルモードで30000点以上を獲得する(→P.440)
	アートフラワー 条件 伍番街スラムのリーフハウスに花を届けたのち、完成した花飾りを見る(※2)
	たたかう召喚士 条件 いずれかの召喚獣バトルに勝利する(→P.424、425)
	マッスルキング 条件 『スクワット勝負』の上級で勝利する(→P.447)

アイコン	名前と条件
	ダンシングクイーン 条件 『蜜蜂の館のダンス』でアニヤンのピアスを入手する(→P.449)
	カムバックチャンピオン 条件 『コルネオ・コロッセオ』でいずれかのバトルコースをクリアする(→P.445)
	新米ドレッサー 条件 クラウド、ティファ、エアリスの3人がいずれかのドレスを着る(→P.697)
	ベストドレッサー 条件 クラウド、ティファ、エアリスの3人が全9種類のドレスを着る(→P.697／※3)
	レジェンドクラッシャー 条件 『クラッシュボックス』のハードモードで30000点以上を獲得する(→P.440)
	マッスルクイーン 条件 『けんすい勝負』の上級で勝利する(→P.454)
	天使の感謝状 条件 スラムエンジェルの手紙を入手する(→P.351)
	ジョニーのマブダチ 条件 ジョニーに関連したEXTRAやクエスト(※4)をすべてクリアする
	伝説のなんでも屋 条件 全26種類のクエストをすべてクリアする(→P.408～423／※3)
	ミュージックマエストロ 条件 全31種類のミュージックディスクをすべて入手する(→P.428～429／※3)
50	レベルマスター 条件 いずれかのキャラクターのレベルを上限の50にする
	バーストマスター 条件 バースト状態によるダメージ倍率を300%以上にする(→P.705)
	バトルレポートマスター 条件 全20種類のバトルレポートをすべて達成する(→P.425／※3)
	武器アビリティマスター 条件 全24種類の武器の武器アビリティをすべて習得する(→P.462／※3)
	てきのわざマスター 条件 『てきのわざ』マテリアで使える全4種類の技をすべて習得する(→P.115／※3)
	未知との遭遇 条件 『神羅バトルシミュレーター』でモルボルを倒す(→P.456、686)
	究極兵器 条件 『神羅バトルシミュレーター』でプラウド・クラッド零号機を倒す(→P.456、688)
	すべてを超えし者 条件 難易度をHARDにしてすべてのチャプターをクリアする(※3)

※2……CHAPTER 8の手順25(→P.266)のあと、リーフハウスの前で園長先生から花飾りについての話を聞いたときに獲得できる
※3……エンディングを迎えたあとは、メインメニューの「SYSTEM>PLAY LOG」で達成状況を確認できる
※4……EXTRA「さすらいのジョニー」(→P.285)、EXTRA「盗まれたジョニーの財布」(→P.340)、クエスト 14b 「あくなき夜」(→P.415)

『ファイナルファンタジーⅦ リメイク』

アートギャラリー

ART GALLERY

『FFⅦ』を再構築するにあたっては、膨大な数の設定画が描き起こされている。懐かしさと新しさを兼ね備えた本作の魅力を、設定画を通じて感じてほしい。

オフィシャルCG

神羅ビルを背景に、燃えさかる炎のなかで直立するセフィロス。漆黒の夜空を、舞い散る火の粉があざやかに照らす。

風景の設定画

ミッドガル各地のイメージボード。オリジナル版の雰囲気を踏襲したうえで、こまかな部分までていねいに描写されている。

壱番魔晄炉駅

壱番魔晄炉

八番街と倒壊したハイウェイ

セブンスヘブン

INDEX

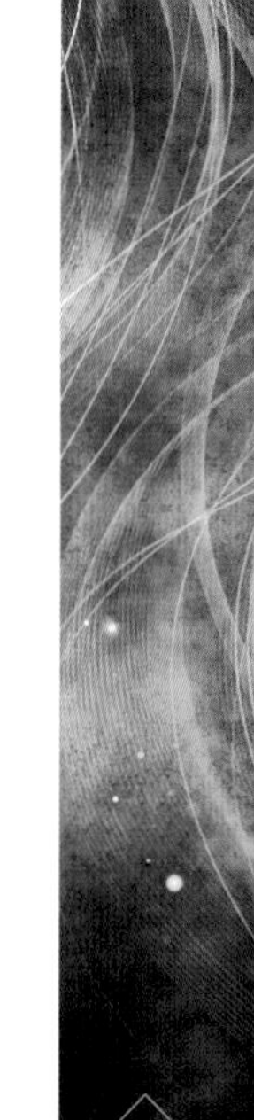

四番街プレートの下に広がるスラム

伍番街スラム 教会

伍番街スラム

ウォール・マーケット

コルネオの館

零番街

ミッドガル・ハイウェイ

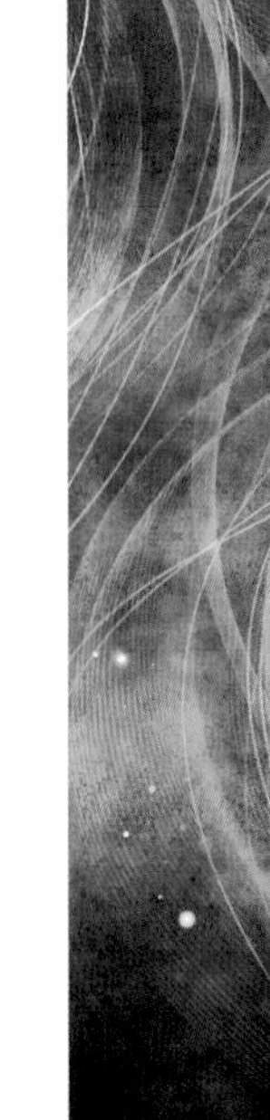

キャラクターの設定画

クラウド、ティファ、エアリスは、衣装や年齢ごとに設定画がある。バレットやプレジデントなどのシブい面々も必見。

ドレスを着たクラウド①

ドレスを着たクラウド②

ドレスを着たクラウド③

少年時代のクラウド

大人っぽいドレスを着たティファ

格闘家っぽいドレスを着たティファ

異国風なドレスを着たティファ

5年前のティファ

少女時代のティファ

子ども時代のティファ

ドレスを着たエアリス①

ドレスを着たエアリス②

ドレスを着たエアリス③

子ども時代のエアリス

バレット

プレジデント神羅

ハイデッカー

ルーファウス神羅

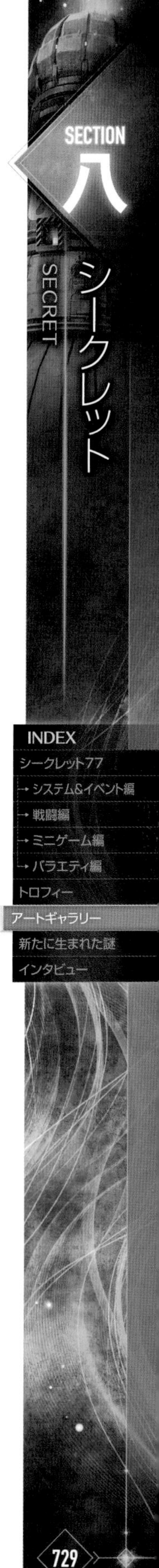

エネミーの設定画

オリジナル版で登場した敵から新種まで、本作のエネミーはじつに多彩。一部の設定画は、SECTION 七にも掲載している。

警備兵

サハギンプリンス

アプス

スタンレイ

アプスベビー

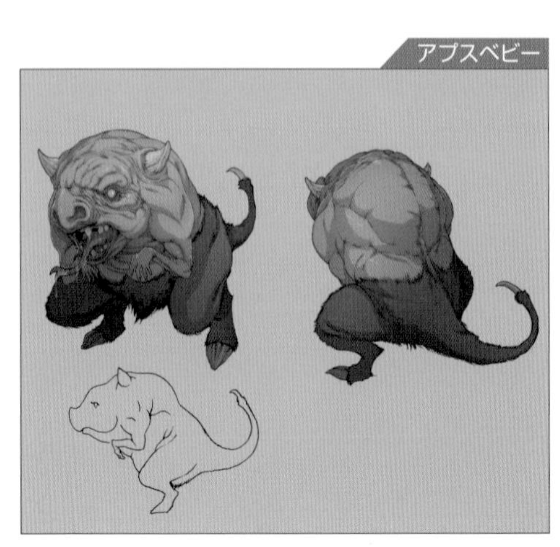

重装甲戦闘員

モーターボール

そのほかの設定画

忠犬スタンプには、さまざまなポーズの設定画が存在。マスコット風のコルネオは、地下闘技場のモニターで見られるものだ。

忠犬スタンプ

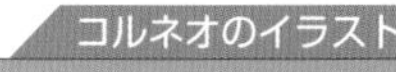

忠犬スタンプ(野村哲也氏による原画)

コルネオのイラスト

ルーファウスのコイン

新たに生まれた謎

本作の物語は、オリジナル版での展開を理解しているほど不思議に思える部分が多い。どのような謎が新たに生まれたのか、振り返ってみよう。

新たに生まれた謎 ❶

エアリスは何かを知っている?

クラウドが名乗る前から彼を「元ソルジャーのなんでも屋」と認識していたり、マリンがセブンスヘブンにいることをティファに聞く前から知っていたりと、エアリスは"まだ知らないはずの事実"を把握しているフシがある。エアリスと触れ合ったマリンやレッドXIIIが驚いたような表情をするのも、エアリスとの接触をきっかけに「彼女が抱えている何か」を感じたからなのかもしれない。

⬅七番街スラムの支柱前広場や伍番街スラムの教会で、クラウドが未来らしき映像を幻視するのも、エアリスと出会った影響?

◉エアリスが意味ありげな言動を見せる場面

CHAPTER 8 伍番街スラムの教会

⬆再会したばかりで名前しか名乗っていないクラウドを「なんでも屋」と決めてかかり、ボディガードを依頼。このときはカンが当たったのだと言っていたが……。

CHAPTER 10 地下下水道

⬆七番街プレート落下計画をコルネオの冗談だと思いこもうとするティファに、歯切れ悪く相づちを打つ。そのせいで、何か知っているのかとティファに疑問を抱かせてしまう。

CHAPTER 12 セブンスヘブン

⬆エアリスに抱きついたときに何かを感じたらしきマリンに対して、「しーっ」と口の前で人差し指を立てる。まるで、「いま見えたものはふたりだけの秘密」と言わんばかり。

CHAPTER 18 ミッドガル・ハイウェイ

⬆フィーラーがミッドガルを囲むように作った壁を前にして、「ここが運命の分かれ道」だと明言。クラウドたちを壁の向こう側へ進ませるべきかどうか迷いを見せる。

新たに生まれた謎❷

神出鬼没のフィーラーの目的とは?

クラウドたちの前に現れる黒いもやのような存在は、「フィーラー」と呼ばれる運命の番人であることが、物語の終盤で判明する。エアリスを通じて知識を得たレッドXIIIいわく、「フィーラーは、運命の流れを変えようとする者の前に現れ、行動を修正する」らしい。下の表は、フィーラーがどの場面に出現し、どんなことをしていたかをまとめたもの。どうやらフィーラーが"運命"と見なしているのは、オリジナル版『FFVII』の物語のようだが……。となると、フィーラーを破って運命の壁を越えたクラウドたちの、今後の旅の行くすえも気になるところだ。

⬆フィーラー＝プラエコ戦の合間に見える"未来"はいずれも、この先のオリジナル版の展開を思わせるもの。

フィーラーの行動の理由や目的の考察

CHAPTER	場所	出現する場面や行動	行動の理由や目的
2	八番街市街地	エアリスのまわりを漂う	エアリスの行動を監視している
3	七番街スラムの支柱前広場	クラウドがプレート落下の未来を幻視したときに、彼の前をよぎる	未来の映像を見たクラウドを警戒している
3	セブンスヘブン	クラウドがアバランチとの契約を解除されたときに、室内をよぎる	「クラウドが伍番魔晄炉爆破作戦に参加しない」という、運命とは異なる状況になったことに反応している
4	七番街スラムの天望荘	寝ているクラウドをのぞきこむ	アバランチから離れたクラウドの状況を確認している
4	七番街スラム	伍番魔晄炉爆破作戦の当日の朝、スラム中に大量に出現	クラウドを伍番魔晄炉爆破作戦に参加させるために、作戦の参加メンバーのひとり(ジェシー)を負傷させようとする
8	伍番街スラムの教会	意識不明のクラウドの周囲を漂う	伍番魔晄炉から落ちたクラウドを守ろうとしている
8	伍番街スラムの教会	クラウドがレノにトドメを刺そうとしたときに出現し、クラウドをレノから引き離す	レノが死なないようにする
8	伍番街スラムの教会	エアリスが2階から転落しかけたときに彼女の落下を防ぐ	エアリスがタークスに連れ去られないようにする
12	七番街スラム駅	七番街支柱へ急ぐクラウドたちの前に出現	クラウドたちが七番街支柱へたどり着くのを妨害し、プレート落下が阻止されないようにする
12	七番街支柱	ビッグスのまわりを漂う	ビッグスの状況を確認している
12	七番街支柱	ジェシーのまわりを漂う	ジェシーの状況を確認している
12	七番街支柱	プレート解放システム起動時に、ルードを阻止しようとするクラウドたちの前に出現	クラウドたちがルードに近づくのを妨害し、プレート落下が阻止されないようにする
12	七番街スラム	プレート落下時に、ウェッジにまとわりつく	ウェッジの状況を確認している
13	神羅カンパニー地下実験場	地下の実験ポッドを見たクラウドたちを地上へ追い出す	クラウドに自分の素性を思い出させないようにする
16	神羅ビル66階の宝条研究室	宝条がクラウドの素性を言おうとしたときに出現し、宝条をクラウドから引き離す	クラウドに自分の素性を思い出させないようにする
17	神羅ビル65階のエアリスの部屋	エアリスが"本当の敵"について語ろうとしたときに出現し、彼女にまとわりつく	エアリスに運命を変えるような話をさせないようにする
17	神羅ビル70階の社長室	セフィロスがバレットに刀を向けたときに出現	バレットが死なないようにする
17	神羅ビル屋上	黒マントの男(ナンバー2)を追って屋上へ向かうクラウドの前に出現	クラウドが近づくのを妨害し、黒マントの男にジェノバを持ち出させる
17	神羅ビル	ウェッジがバレットたちを助けに行こうとしたときに出現	ウェッジが運命の流れに従うようにしている
18	神羅ビル	神羅ビルを覆う	運命の流れが変わりはじめていることに警戒している
18	ミッドガル・ハイウェイ	クラウドたちがハイウェイを逃走しているときに出現	くずれたトンネルのガレキや、ヘリコプター墜落による炎から、ティファたちを守る
18	ミッドガル・ハイウェイの終端	ミッドガルを覆う壁状のドームを作る	運命の流れが変わってしまうことを阻止しようとしている
18	ミッドガル近郊の丘	ザックスを追いつめた神羅兵の周囲を漂う	不明
18	運命の特異点	フィーラー＝プラエコとして、クラウドたちの前に立ちはだかる	クラウドたちに運命を変えさせないようにする

新たに生まれた謎 ❸

最後に登場するセフィロスは何者なのか?

本作ではセフィロスが多くの場面で登場するが、各場面でのセフィロスをおおまかに分けると、「①クラウドにしか見えていない幻」「②数字の刺青のついた黒マントの男がセフィロスに見えているもの」「③過去の回想」「④黒マントの男ではないが、クラウド以外にも見えているセフィロス」の4種類に分類できる(下の表を参照)。これらのうち、オリジナル版の知識があっても正体を推し量れないのが、本作の最後に登場する④のセフィロスだ。また、①のセフィロスも厳密には2パターンが存在し、クラウドのなかのセフィロスが呼びかけてくる場合と、それとは異なる"素性不明のセフィロス"が呼びかけてくる場合があるようだ。なお、黒マントの男がセフィロスに見えるのは、彼らが持つジェノバ細胞が見せる幻覚による影響だが、物語序盤はクラウドにだけセフィロスの姿に見えている模様。

⬆黒マントの男たちは、宝条が手がけていた実験の被験者であり、体内にジェノバ細胞を注入されている。

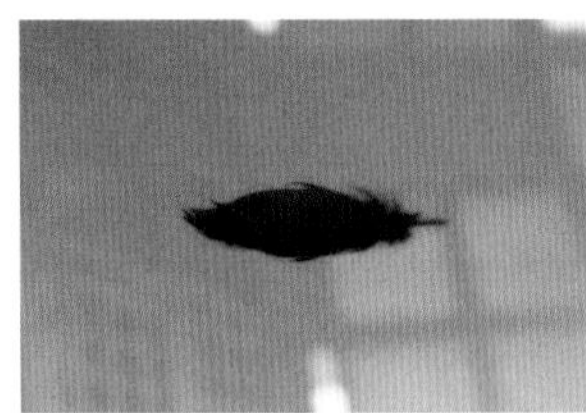

⬅セフィロスの気配が感じられる場面においては、彼を象徴する黒い羽根がたびたび舞い落ちてくる。

⬆神羅ビルの社長室でジェノバBeatに変貌したセフィロスの正体は、天望荘203号室の住人だったマルカート。

それぞれの場面におけるセフィロスの正体

※ 幻 ……クラウドにしか見えていない幻のセフィロス、黒マント ……黒マントの男がセフィロスに見えているもの、
回想 ……過去のセフィロス、? ……黒マントの男ではないが、クラウド以外にもセフィロスだと認識されている存在

CHAPTER	場所	解説
2	八番街市街地	幻 八番街と炎に包まれたニブルヘイムが重なって見えたときに出現
2	八番街市街地	幻 クラウドがエアリスと出会ったときに出現
3	七番街スラムの天望荘	黒マント クラウドが隣人のマルカート(ナンバー49)をセフィロスと誤認
4	七番街スラムの天望荘	幻 クラウドが就寝中にセフィロスの声を幻聴として聞く
8	伍番街スラムの教会	幻 クラウドの意識のなかに現れ、「私はお前の主人だ」と呼びかける
8	伍番街スラムの子供たちの秘密基地	黒マント クラウドが黒マントの男(ナンバー2)をセフィロスと誤認
13	六番街スラムの七六街道	回想 エアリスの家へ向かう道中、クラウドが「われこそ古代種の血を引きし者」と言っていたセフィロスを思い出す
13	六番街スラムの七六街道	幻 上記の回想の直後、クラウドに「喪失がお前を強くする」と語りかける
16	神羅ビル61階のビジュアルフロア	幻 映像の最後に出現。バレットやティファには見えていない(途中で映像が途切れた)
16	神羅ビル69階の廊下	黒マント パルマーとすれちがう。黒マントの男(ナンバー49)が、ジェノバ細胞の作用によりセフィロスに見えていた
16	神羅ビル66階のエレベーター前	回想 厳密には、クラウドの意識が朦朧とするなかで声が聞こえるのみ。語られる内容は、過去にセフィロスがニブル魔晄炉で話していたもの
17	鑼牟最上層のジェノバポッド前	黒マント クラウドたちと対峙。これ以降は、ジェノバ細胞の作用により、クラウド以外にもセフィロスに見えるようになる
17	鑼牟最上層のジェノバポッド前	黒マント ジェノバを抱えて移動している姿が、監視カメラ映像に映る
17	神羅ビル70階の社長室	黒マント プレジデントを刺殺してジェノバBeatに変貌する
17	神羅ビル70階の社長室	黒マント 黒マントの男(ナンバー2)がジェノバを回収したのち、屋上から飛び降りて逃亡
18	ミッドガル・ハイウェイ	幻 ハイウェイの終端にたどり着いたクラウドの前に出現
18	ミッドガル・ハイウェイ	? クラウドたちを運命の壁の先へといざなう
18	運命の特異点	? クラウドたちと戦う
18	世界の先端	? ともに運命にあらがうようクラウドに呼びかける。ちなみに、このときのセフィロスの一人称は、5年前にジェノバに会う前のセフィロスと同じ「俺」になっている(ふだんは「私」)。

新たに生まれた謎 ❹

ザックスの勝利は何を意味するのか?

神羅に追われる身となったのち、ミッドガルの目前まで迫りながら、追っ手に銃殺される——これが、インターナショナル版『FFⅦ』や『クライシス コア -FFⅦ-』(以下、『CC-FFⅦ-』)で描かれた、ザックスの最期だ。しかし、本作では「ザックスが神羅兵を倒し切って生き延びる」という、予想外の展開を迎える。

さらにエンディングでは、「意識のないクラウドをかついだザックス」と「ミッドガルを発つクラウドとエアリス」がすれちがう。これが本来あり得ない光景なのは、クラウドが同時にふたり存在する点からも明らか。このとき、両者がお互いの存在を認識していないため、彼らは同一の場所や時間にいるわけではないと推測されるものの、現時点ではそれ以上のことはわからない。ザックスが神羅兵に勝利した場面で映る忠犬スタンプのデザインが、これまで見てきたものとは異なる(右の写真を参照)のも、何やら意味ありげだが……?

インターナショナル版

⬅抵抗むなしく射殺されるザックス。このあと、彼のバスターソードが、クラウドに託される。

ザックス勝利時のスタンプ

通常のスタンプ

⬆ザックスが勝った場面で映る忠犬スタンプは、これまで見てきたものとはちがい、ヨークシャーテリアらしき姿。

⬆ザックスが神羅軍に追いつめられる場面の演出は、『CC-FFⅦ-』をなぞったものだが、その結末は大きく異なる。

➡ザックスがクラウドに託したバスターソードを、ザックスも持っているという、奇妙な光景。ザックスが生きていれば、剣はクラウドの手に渡らないはず……?

『Crisis Core –FFVII–』 Playback 用語編

ザックスの生きざまが描かれた『CC-FFⅦ-』に出てきた用語のいくつかが、本作でも登場。それらの用語をピックアップして解説していく。

●ソルジャーの『S式』と『G式』

重役会議の場で宝条が提示した、ソルジャーの分類。ソルジャーを生み出す研究と関わりがある「ジェノバ・プロジェクト」には、宝条主導の「プロジェクト・S」と、宝条と対立していた科学者ホランダー主導の「プロジェクト・G」の2種類があり、それぞれの研究で生み出されたソルジャーが『S式』『G式』と呼ばれている。

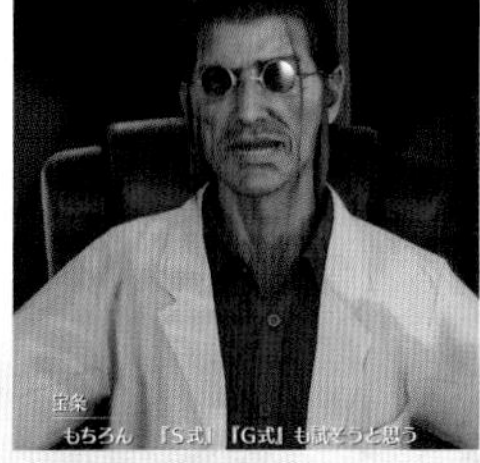

宝条
もちろん 『S式』『G式』も試そうと思う

●劣化現象

プレジデントが語る、ソルジャーの死因でもっとも多いとされる現象。身体の治癒能力や代謝機能が低下することにより、頭髪や皮膚が白みがかるなどの自己崩壊が進行する。「ジェノバ・プロジェクト・G」に関わるソルジャーのみに見られる症状で、「ジェノバ・プロジェクト・S」に関連するセフィロスやザックス、クラウドには劣化は起こらない。

●カンセル

ザックスの同期で親友のソルジャー。世話焼きな情報通で、「お前、知らないのか?」と言いつつさまざまなことを教えてくれた。『CC-FFⅦ-』ではクラウドとカンセルが会う場面はないが、ザックスを介して親交があったらしく、CHAPTER 16でクラウドと遭遇した神羅兵が、カンセルの名前を出す。

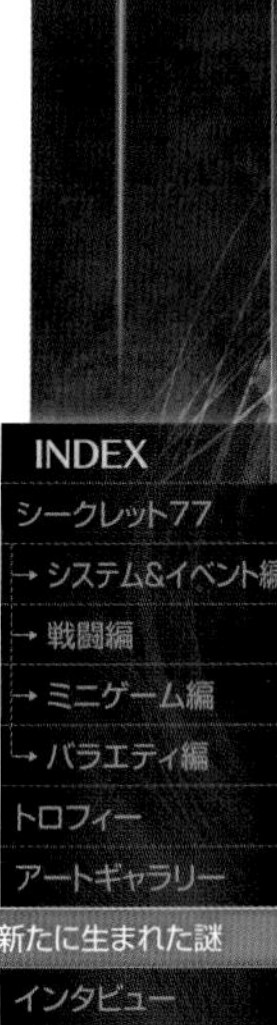

『ファイナルファンタジーVII リメイク』開発スタッフインタビュー Part1

COディレクター 鳥山 求 × COディレクター 浜口直樹 × バトルディレクター 遠藤皓貴

鳥山 求×浜口直樹×遠藤皓貴

名作『FFVII』をリメイクするにあたり、どのような思いを抱いて開発を進めていったのか、ゲームシステムやシナリオのディレクションを務める3人にお話をうかがった。 (聞き手:山下 章)

スタッフ募集を通じて『FFVII』を作りたいクリエイターが集結

――まずは、みなさんが本作の開発チームに合流することになった経緯を教えてください。

浜口 もともと『FFVII リメイク』は、外部の開発会社との共同で制作を進めていて、私は当時から関わりがありました。その後、社内開発への移行が決まり、改めてスタッフを集めるタイミングで鳥山などに声をかけて合流してもらったんです。

鳥山 以前から、最新の技術で『FFVII』をリメイクすると長期のプロジェクトになると予想していたので、「自分にとって最後の作品になるかもしれない」と思い、チームへの参加は簡単には決断できませんでしたね。ただ、原作に関わった人間の責任として、当初の外部開発のままであっても、どこかの段階で手を貸さないといけないだろうな、とは考えていました。

浜口 私も本格的に参加する覚悟が必要でしたね。とはいえ、すでに制作が公表されていて、みなさんが期待するようなものを作り上げる体制は整えられていたので、もう飛びこむ以外に道はないという気持ちでした。

遠藤 僕は、もともと別の会社でゲームを作っていたのですが、開発体制が変わったあとのスタッフ募集に応募して参加することになったんです。小さいころから一度は「FF」を作ってみたいとずっと思っていて、それなりに経験を積んできたときに『FFVII リメイク』の人材募集があったので、これは行くしかないと思い立ちました。

浜口 開発スタッフの募集は、これまでの「FF」だとタイトルを伏せて告知するケースが多かったのですが、今回は『FFVII リメイク』と明言できたことで、『FFVII』を作りたいという強い思いを持ったクリエイターが集まってくれて、結果的に開発が進めやすくなりましたね。

――遠藤さんも『FFVII』への思いは強かったのですか?

遠藤 もちろんです。当時は単純にひとりのプレイヤーとして遊んでいて、「ゲームってこんなに進化するんだ!」と衝撃を受けたのを覚えています。前の会社では、入社してからずっとアクションゲームを作ってきたので、アクションの要素が強い『FFVII リメイク』でスタッフ募集が行なわれたのは、絶好のチャンスでした。

浜口 我々のこれまでの経験から、コマンドRPG的な部分のシステム設計や表現については早い時期から順調に制作が進んでいたのですが、アクションの手ざわりに関しては苦戦していたんです。そんなときに彼が応募してきたので、「絶対に逃がさない」という気持ちでした(笑)。

遠藤　採用が決まってから入社するまでは、自宅のPS4で『FFVII』のリマスター版をずっと遊んでいましたね。原作のバトルの良さを自分なりに分析して、「この要素は残そう」「ここはこう変えよう」と考えていました。

原作のエッセンスを守りながら新たな発想を広げていった

——本作を制作するにあたって、もっとも重視していたのは何でしたか？

浜口　『FFVII』の世界観を借りただけのゲームにはならないように気をつけつつ、ファンから愛されている部分を現代のエンターテインメントとして成立させることを重視しました。グラフィックなどの見た目については、個々のスタッフが自由な発想でアレンジしていいと思うんですけど、そのコアとなるエッセンスは絶対にオリジナル版のものを守る、という方針で制作しています。新たな要素を加えるときも、すべてオリジナル版の内容からアイデアや発想を広げていきました。

鳥山　ただ、原作が縛りになってしまう場合もあるんですよ。とくに、『FFVII』への思い入れが強いスタッフだと、オリジナル版から大きく外さないように抑えてくることが多い。僕らがオリジナル版を作ったときは、当然そういった縛りはなく、新しい「FF」を作るという意気込みのもとに、自分たちが本当におもしろいと思うものを突きつめていたんです。今回もその方向性にしたかったので、抑えがちなところは「好きなことをやっていいよ」と解放するように心がけていました。

——本作のシナリオでは、原作の物語のなかでミッドガル脱出までが描かれる形になっていますが、物語を分割したことによる影響はありましたか？

鳥山　ミッドガルだけに範囲がしぼられたおかげで、いまの技術でミッドガルを表現することに全力を出し切る方向にシフトできましたね。ゲームのボリューム感という面についても、新しく深掘りしているエピソードも含めて、「FF」の1作品として成立させるだけの分量になると当初から確信していました。

浜口　自分も、シナリオのボリューム感は心配していませんでしたが、バトルの要素に関しては、どこまで登場させるかを遠藤と相談しました。たとえば魔法だったら、「ファイアとファイラは使えるけどファイガは使えない、みたいな状態だと、プレイヤーはスッキリしないだろうから、ファイガまでは使えるようにして、フレアは次回以降に温存しよう」とか話し合ったんです。

遠藤　バトルシステムについても、「1本のゲームを遊ぶときに入っていてほしいバトルの要素」をひととおりリストアップしたあと、原作の『FFVII』のバトルにあった要素と照らし合わせて、「これはそのまま持ってきて大丈夫」「これは少しアレンジすれば使えそう」みたいにピックアップしていきました。原作の要素をどうやってリメイク版に入れるかを考えるのではなく、まず何が必要かを洗い出して、それに当てはまるものを原作から拾い上げていく、という順番でしたね。

浜口　召喚獣なんかも、原作だとミッドガルの範囲では出てこないんですけど、プレイヤーにとっては「FF」のバトルとして期待するものだと思うので、先取りすることにしたんです。

遠藤　本来なら次回以降に登場するはずの召喚獣を出してしまって、このあと大丈夫なのかという心配はありますけど、そのときに対応を考えればいいかなと(笑)。とにかく、1本の「FF」作品として必要なものをすべて組み入れることを最上位の課題としていました。

オリジナル版の要素を活かすためにいまの時代にふさわしい表現を模索

——オリジナル版が発売された23年前とくらべて、社会情勢などの環境が大きく変わったことで、シナリオ作りにも影響があったと思いますが……。

鳥山　映像技術の向上にともなって、ゲーム内の人々の感情表現や事件の描写もリアリティが高くなり、どこまで描くのか、もしくはあえて描かないのか、という配慮が必要になりました。たとえばアバランチだと、オリジナル版当時は僕らが若かったこともあって、「星の命を守るためとはいえ魔晄炉を爆破する行為はどうなのか」という点に関して、そこまで深い考えは持っていなかったんです。しかし、今回のリメイク版では、現実社会でさまざまな出来事が起こり、僕らもクリエイターとしての責任が大きくなってきたなかで、現代の表現としてふさわしいのかどうかを考慮して落としどころを探りました。原作では人がほとんどいなくてエアリスと出会うだけだった八番街が、今回は結構なボリュームになっているのが、その一例です。壱番魔晄炉の爆破によって大きな被害を受けた八番街を描くことで、本当に良い行ないだったのだろうかと問いかける意図をこめました。

——神羅が裏でアバランチの活動を利用しているという設定が追加されたのも、そのあたりに関係が？

鳥山　はい。物語の展開上、バレットたちが魔晄炉を爆破する事実は変えられませんが、彼らの知らないところで神羅に利用されて深みにハマっていくという流れにすることで、アバランチから受けるであろう過激な印象をやわらげています。

COディレクター(ゲームデザイン／プログラミング)

浜口直樹
Naoki Hamaguchi

代表作	FFXII、FFXIII、FFXIII-2、ライトニング リターンズ FFXIII、メビウス FF

自分だけが知っている本作の秘密

武器強化の自動モードは、もともとは私がバランス調整のためのテストプレイをするときに、効率を上げたくて作ってもらったものなんです。とても便利だったので、正式な機能として採用されることになりました。

——蜜蜂の館での展開も、時代の変化の影響を受けたのではないかと推測されます。

鳥山　そうですね。レーティングの基準が昔とは変わっているため、開発初期の段階から、蜜蜂の館を含めたウォール・マーケット全体の展開をオリジナル版から大きく変えることが決まっていました。そこで、「どうせ変えるなら、よりエンターテインメント性が高くなるようにしよう」という方針になり、蜜蜂の館はダンスバトルになったんです。プレイヤーのかたがたが期待するような、もともとの蜜蜂の館にあった少しセクシーな路線は、手揉み屋のほうに移しました。

——その手揉み屋も、レーティングのチェックは大変だったのでは？

鳥山　レーティングの基準は国によってちがうので、そのすべてでクリアできるように整合性を取るのは結構大変なんですけど、早めの段階から社内での事前チェックを何度も行なっていたおかげで、ギリギリのところまで表現できたかなと思います。

浜口　今回は全世界で同時発売だったので、すべての国や文化において不快な表現になっていないかを確認するのは、ものすごく手間がかかりました。

鳥山　レーティングのチェックでもっとも大変だったのは、じつはジェノバなんです。僕らの感覚だと「人間ではないから大丈夫なのでは？」と思うのですが、裸に近くて首がないという形状が問題になってしまって。そのため、首にメカのようなものをつけたり、神羅ビルでセフィロスが抱えているときは身体を布で覆ったりといった修正を行ないました。ジェノバは『FFVII』の世界観の象徴だから、本当は変えたくなかったのですが……。

浜口　人体実験をしているような表現もレーティングの審査対象になるので、こまかく調整しましたね。

鳥山　ただ、神羅カンパニーが人体実験でソルジャーを作っているという設定まで変えると『FFVII』ではなくなってしまいますから、「その設定は絶対に変えない」と押し通しました。

浜口　原作の神羅ビルでジェノバが通ったあとに残る赤い血痕も、リメイク版で絶対に再現したかったのですが、想定していた対象年齢に沿ったレーティング基準だと真っ赤な血はNGなんですよ。なので、紫色のマグマのようにグツグツしたものにしてファンタジーっぽい表現に寄せつつも、おどろおどろしいイメージになるように変えてあります。あそこは、5〜6回チェックをしてもらって、やっと「このラインならOK」という妥協点を見つけた感じで、かなり苦労しました。レーティングも意識しつつ、原作にあった要素をいまの時代にどうやって表現するかを検討する作業は、すごく多かったですね。

——そんななか、四つんばいの神羅兵の背中にスカーレットが足を乗せているシーンは強烈なインパクトでした。

鳥山　あそこは、スカーレットのサディスティックな性格をワンシーンだけで象徴的に見せる演出として、部下をソファのオットマンがわりにしてみました。スカーレットにかぎらず、神羅カンパニーの役員たちは、現代だとパワーハラスメントと言われる行為を平然としていることが多いですね(笑)。コンプライアンス違反の行動が公然とまかり通っているのは、神羅の独裁体制の弊害でもあるのかもしれません。足を乗せられている神羅兵は、上司に仕える忠実な部下として、マジメに職務をこなしているのでしょう。

七番街にいるネコのグラフィックが際立ってハイクオリティなのは……

——原作の内容のなかで、残念ながらリメイク版では実現できなかった要素はありましたか？

浜口　「表現したかったけど完全に断念した」みたいなものは、あまりないですね。むしろ今回は、原作のミッドガルの密度感を再現しつつ、当時は気づかなかった違和感を覚える部分をさらに補完できたのではないかと。

鳥山　個人的には、初心者の館でクラウドが偉そうにいろいろと教える場面は入れたかったかな(笑)。

——セブンスヘブンの地下にあるアバランチのアジトに下りられなくなったのは、何か理由があるのですか？

鳥山　原作とくらべて、今作ではクラウドとアバランチの距離感が当初は広いうえ、壱番魔晄炉を爆破したあとにお互いがいったん離れる展開が強調されています。そんな事情を考慮して、クラウドが無遠慮に地下アジトを訪れる描写は入れないことになりました。

——クラウドが蜜蜂の館に入るときの「ここに女装に必要ななにかがある。俺にはわかるんだ」という印象的なセリフもカットされていましたね。

鳥山　原作ではボイスがないので、状況や心境を説明するようなセリフが結構あったのですが、今回はすべてボイスになることから全面的にセリフの見直しや書き直しをしています。

——コルネオが嫁を選ぶときに、原作だとエアリスやティファが指名される場合もありましたが、今回はかならずクラウドが選ばれますよね？

浜口　はい。本当は原作通りがベストなのですが、ウォール・マーケットはとくにグラフィックをこまかく作りこんでいるため、3人が選ばれるイベントシーンを別々に用意するとなると作業量がかなり増えてしまうんです。それなら、クラウドが指名される展開にしぼり、直後にティファとエアリスのふたりだけで行動する部分も

COディレクター(シナリオデザイン)
鳥山 求
Motomu Toriyama
代表作
FFVII、FFX、FFX-2、FFXIII、FFXIII-2、ライトニング リターンズ FFXIII、メビウス FF

自分だけが知っている本作の秘密

神羅ビルのヴィジュアルフロアで流れるVR映像の男性ナレーションは、じつは神羅課長役の声優さん(花輪英司氏)が担当しています。正式な設定として「神羅課長本人がしゃべっている」と決めているわけでありませんが、そうだとしたらちょっと楽しいですね。

含めた形で演出に力を注いだほうがいいだろう、との判断になりました。

――逆に、原作にはなかった要素として、ウォール・マーケットに演歌歌手が登場していましたが……。

浜口　それは鳥山が入れたかったやつですね(笑)。

鳥山　原作のころから、ウォール・マーケットはミッドガルだけでなく『FFⅦ』全体で見ても異質な世界観を持つ場所だったので、今回も何か突き抜けたものがほしいと考えていました。そうしたら、居酒屋のなかにオリジナル版にもあったカラオケセットが用意されているのを見つけたんです。「これは誰かに歌わせるしかない」と思い、もっとも違和感が出そうな演歌歌手にしました。野村(野村哲也氏：ディレクター＆コンセプトデザイン)にOKがもらえるか心配でしたが、相談したら「まあいいよ」とあっさり言われて案外スムーズに決まりましたね。

浜口　自分にも、どうしても入れたかったものがありまして……。開発中にネコが登場するカットシーンを作っているときに、ポリゴンモデルの制作が間に合っていなくて、粗い状態のグラフィックのネコが出ていたことがあったんです。私は“ネコ愛”が強いので(笑)、「こんなネコはお客さんに届けられない！」と思い、自分の飼っているネコの写真を渡して「これを作ってくれ」と頼んだところ、担当スタッフが気合いを入れてくれて、ものすごくクオリティの高いものが完成しました。七番街市街地のジェシーの実家のシーンで塀の上を歩いている3匹のネコのなかに、ハイクオリティのアメリカンショートヘアがいますが、あれはウチのネコなんです(笑)。

鳥山　開発中は、そのネコがいろんな場面に姿を現していた時期があったんですよ。七番街からもどってきたあとでウェッジが抱える3匹のなかにも混じっていたんですが、「この3匹は兄弟だから、みんな同じ外見じゃないとダメだ」と浜口が言って差しかえさせていました(笑)。

浜口　クオリティが高いから、カットシーンを作るスタッフがみんな使いたがるんです。ウォール・マーケットでドレスに着がえたエアリスと会うシーンでも、担当者から「使ってもいいですか？」と聞かれたんですけど、そこで出てきたらウチのネコがいたるところに出没することになってしまうので、「あれは七番街に住んでいるネコだから、絶対にほかの場所では使わないでください！」と強くお願いしました(笑)。

ボイスとフェイシャルモーションで キャラクターの深みが増した

――ボイスやフェイシャルモーションの採用により、人物の描きかたは原作からどう変わりましたか？

鳥山　オリジナル版とくらべると、言葉で語られないニュアンスを出せるようになりましたし、ボイスキャストのみなさんが演技の上手なかたばかりだったので、キャラクターの深みやリアリティがすごく増したと思います。とくに、夜の七番街スラムでティファがクラウドの部屋を訪れる場面なんて、会話が生々しくてドキッとするじゃないですか。あそこは、仲間との交流をきっかけにクラウドが昔の自分を思い出し、ティファに優しく接するというシーンですが、音楽などの演出とも相まって、彼らの感情が強く伝わってくるのではないかと思います。

――クラウドとティファのシーンとしては、セブンスヘブンのカウンターでクラウドがグラスを傾けながら「きれいだ」と言う場面も印象に残りました。

鳥山　クラウドがカッコつけるけれどもイマイチ決まらないシーンですね。プレイヤーのかたが抱いているクラウドのイメージって、オリジナル版の『FFⅦ』の物語が終わったときの成長した姿とか、ほかの作品にゲスト出演したときのクールな態度とかが強いと思いますが、リメイク版では本来のクラウドが持っている素の部分を前面に出したかったんです。その一環として、「知識先行の若者がカッコつけてみたものの、どこかズレている」みたいなところを狙いました。

――CHAPTER 14の冒頭には、エアリスとティファとバレットのうちの誰かと夜の花畑で会話するという、原作のデートイベントを連想させるシーンがありますね。

鳥山　オリジナル版のゴールドソーサーにあったデートイベントは、『FFⅦ』を語るうえで外せない要素のひとつなので、本作でも同じような体験ができるように、そこまでのプレイ内容によって展開が分岐するイベントを取り入れました。

浜口　開発内部では「決意イベント」と呼んでいるんですが、今回はおもにクエストのクリア状況でクラウドへの好感度が上がっていき、それによって誰の決意イベントが発生するかが変わる仕組みになっています。

鳥山　厳密には“デート”ではないとはいえ、ファンのかたが期待するような内容にしたいと思っていました。そのため、エアリスとの会話では、現実なのか夢なのかわからない状況のなか、結構大胆なセリフを聞けるようにしています。ティファとの会話だと、僕が最初に書いた台本では、クラウドがティファを抱きしめる直前で手を止める予定だったんですよ。それに対して野島さん(野島一成氏：ストーリー＆シナリオ)が「若いんだから、そのままいくだろう」と言ったことで、抱きしめる展開に変わりました。

浜口　モーションキャプチャーも、最初は抱きしめない演技で収録されていたのですが、その変更に合わせてあとから撮り直したんです。

バトルディレクター
遠藤皓貴
Teruki Endo
代表作
モンスターハンター3、モンスターハンター4、モンスターハンター：ワールド

自分だけが知っている本作の秘密

カエル状態でのアクションを作るときに、敵がどんな位置にいても対応できるようにしたいと考えて、ベロを伸ばす攻撃を用意しました。ところが、その後さまざまな調整が行なわれた結果、カエルのベロが25メートルも伸びるようになってしまったんです……。

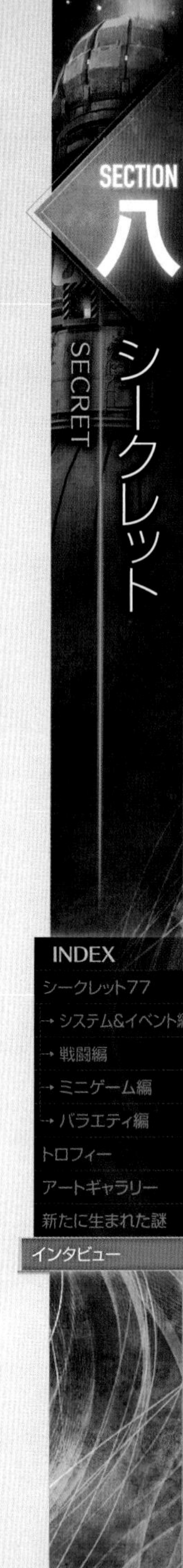

没入感のあるアクション性と ATBのコマンド入力を両立させたバトル

――今回のバトルは原作よりもアクション要素が強くなりましたが、どのような狙いがあるのでしょうか?

浜口　オリジナル版は、フィールドで敵が現れたらバトル専用の画面に切りかわる方式でしたが、「ミッドガルをリアルに表現する」という今作のコンセプトだと、バトルになっても同じフィールドでリアルタイムに動けなければ没入感を保てません。一方で、「FF」のバトルはATBでのコマンド選択による戦略性の高さが特徴ですから、ウェイトモードでバトルコマンドを選ぶ仕組みを融合して、今回のバトルシステムを組み立てていきました。ATBのエッセンスを残しつつアクション性を取り入れることで、「原作と要素は同じだが手ざわりがちがうバトル」を目指しています。

遠藤　バトルシステムは、アクション性が高くなってもオリジナル版の雰囲気を感じられるよう、模索しながら作っていきました。純粋なアクションゲームは、自分のプレイスキルを上げて瞬間的な判断力で勝負する要素が強いので、「FF」のような戦略性の高いバトルと両立させるのは難しいんです。でも、せっかく「FF」に参加できたのだから、これまでのキャリアで得てきたノウハウを活かして、何とか両立を実現させたいという個人的な思いもありました。そのために、定期的に試作版を作り、『FFVII』っぽさを感じられるか、アクションに寄りすぎていないか、こまかくチェックをくり返したんです。

――アクションの戦略性を追求すると、ゲームが難しいと感じられてしまう心配はありませんでしたか?

遠藤　戦略性を高めるためには、対処法をしっかり考えて実践した場合と、考えずに何となく戦った場合で、結果がちがうものになる必要があります。ずっと同じことをやっているだけでクリアできたら、戦略性はなくなってしまいますから。なので、どのコマンドをどのタイミングで使うかを意識しないと気持ち良く倒せず苦戦してしまうバランスにしてありますが、それを難しいと感じる人もいるかもしれません。そういう人のためにEASYやCLASSICを用意しているので、そちらで楽しんでほしいですね。

――ATBゲージを消費する行動と消費しない行動の切り分けは、どのような基準で決まったのでしょうか。

遠藤　自分としては、■ボタンの『たたかう』は、敵にダメージを与える行動というよりも、ATBゲージをためるための行動という認識なんです。つまり、『たたかう』でATBゲージをためていき、原作と同じようにATBゲージを消費して攻撃や回復のコマンドを使う、といった想定ですね。そのため、魔法やアビリティ、アイテムなどのコマンドは、すべてATBゲージが必要な行動にして、たまったゲージを攻撃に使うのか回復用として温存するのか、みたいな戦略性につなげているんです。

――ちなみに、開発中はどのようにしてバトルのバランス調整を行なったのですか?

遠藤　まず、「どんな特徴を持ち、どうやってプレイヤーを攻めていく敵なのか」を決めたあと、「それを逆手に取って、プレイヤー側はどんなふうに攻略していくのか」を明確化します。その後、実際に敵の動きを組み立てるのですが、最初はコンセプトがしっかり伝わるようにムダなく作りこむため、攻略するスキが少なくなりすぎることが多いんですよ。そこからいろいろな人の意見を聞き、緩和すべき部分を検討して調整を行ないました。

『FFVII』らしさを狙って名付けられた 『あるきまにあ』マテリア

――オリジナル版では、マテリアのレベルが最大になると分裂して個数が増えましたが、今回そのシステムがなくなっている理由を教えてください。

遠藤　バトルの難易度のバランスを精密に取りたかったからですね。マテリアが分裂する仕組みだと、強力なものを何個でも入手できるので、想定していたバランスがくずれてしまう。そうならないために、分裂する仕様はカットして、手に入る個数をこちらで制限できるようにしたんです。もうひとつの理由として、原作の『FFVII』は、マテリアのおかげでキャラクターのカスタマイズ性がとても高い反面、最終的には全員のマテリアが同じセッティングになりがちでした。今回はそれを避けるために、入手できる個数をしぼってキャラクターごとの特徴を際立たせよう、と考えたんです。

鳥山　バトルにおけるキャラクターの個性付けは、オリジナル版よりもしっかりと作られていると思いますよ。

遠藤　△ボタンによる固有アビリティや武器アビリティも含めて、それぞれちがった特徴を持たせたことで、マテリアによって長所を伸ばすのか弱点を埋めるのか、と考えながら遊んでいただけるのではないでしょうか。

——召喚マテリア用の穴が追加されたのはなぜですか？

遠藤　キャラクターごとに呼び出せる召喚獣を1種類に限定することで、誰にどれを持たせるかという戦略性を出したかったからです。あとは、召喚獣を呼び出せるバトルが、技術的な都合で制限されてしまうことが開発初期の時点でわかっていたので、ほかのマテリアとどちらをセットするか悩んだり、戦う相手に応じてセットし直す手間が生じたりしないように、専用の穴を用意しました。

——マテリアに関して、ぜひうかがっておかないといけないのが、『あるきまにあ』マテリアです。

鳥山　歩数によって変化する特殊なマテリアなので、ネタっぽいものにマジメな名前をつけてもおもしろくないし、どうせなら楽しんでもらえそうなものがいいだろうと思って、「あるきまにあ」と名付けました。じつは、オリジナル版のアイテムとかの名前には、わりとヘンなものがあるんです。最近の作品では、カッチリとしたマジメな感じのネーミングが多くなりがちなんですが、『FFⅦ』らしさを出す意味でも、今回はくずせるところはくずすようにしていましたね。

次回作では新たな表現方法にも挑戦して『FFⅦ』の世界を作っていきたい

——本作を遊んだ人は、きっと次回作を非常に気にしていると思いますが、すでに着手はされているんですか？

浜口　モヤモヤとした構想を考えはじめた段階ですね。

鳥山　今回のミッドガルは、原作のときに自分で担当した場所だから当時の記憶が身体に染みついていたんですけど、これ以降はさすがに忘れている部分が多いので、まずは動画を見て復習しています。なにせ、ミッドガルを出てカ　ムまでどうやって行くのかすら覚えていませんでしたから(笑)。

——原作のワールドマップが、どんなふうに再現されるのかも気になります。

浜口　そのあたりも含めて、これから考えていくところです。今回の『FFⅦ リメイク』は、プレイヤーにミッドガルを体験させるのがコンセプトでしたが、つぎは『FFⅦ』の広い世界を実際に感じられる内容にしたいですね。その表現方法として、広い世界を感じさせつつどうやってドラマチックなストーリーを伝えるのが効果的なのか、検討をしたいと思っています。

——最後に、次回作への意気込みを聞かせてください。

遠藤　個人的な目標になりますが、今回の担当はバトルシステムだけだったので、つぎはゲーム全体にもしっかりと関わって、「FF」における新しいゲームデザインを突きつめてみたいですね。ストーリー重視のゲームのなかに、遊びの要素をうまく取り入れられるようなシステムの設計に挑戦してみたいです。

浜口　今回の『FFⅦ リメイク』では、原作で描かれていたミッドガルの世界観やストーリーを現在の技術で表現して、きちんとファンのかたがたに届けられたと思います。しかし、つぎも同じ方向性だと、新しい驚きや感動は生まれません。大変そうだと予想はしていますが、何かしらちがうものを取り入れて、1作目とは異なった表現方法でお届けしたいですね。

鳥山　ミッドガルだけで今回のようなボリュームになったので、このあとの広大な世界をどうやって作り切ろうか、悩みどころではあります。ただ、ミッドガルをハイエンドの技術で新しく磨き直したことで、この先の『FFⅦ』の世界も同じように、もしくは全然ちがった手法で作り直してみたい、という気持ちはいっそう強くなりました。どんな形になるかはまだわかりませんが、ぜひ期待していただければと思います。

(2020年3月19日　スクウェア・エニックスにて収録)

『FFⅦ』のファンから愛されている部分を現代のエンターテインメントとして成立させることを重視しました

『ファイナルファンタジーⅦ リメイク』開発スタッフインタビュー Part2

ディレクター&コンセプトデザイン　プロデューサー　ストーリー&シナリオ

野村哲也×北瀬佳範×野島一成

オリジナル版とリメイク版の両方で開発チームの中心メンバーである3人に、『FFⅦ リメイク』の誕生秘話から今後の展開までを語っていただく。（聞き手：山下 章）

5作目のコンピレーション作品として プロジェクトが立ち上げられていた

——『FFⅦ リメイク』のプロジェクトは、いつごろからスタートしたのでしょうか？

北瀬　じつは、プロジェクト自体はずっと前から存在していたんです。

野村　「コンピレーション オブ FFⅦ」を展開していた当時に、AC（『FFⅦ アドベントチルドレン』）、BC（『ビフォア クライシス -FFⅦ-』）、CC（『クライシス コア -FFⅦ-』）、DC（『ダージュ オブ ケルベロス -FFⅦ-』）のあとの5作目として、企画だけは立ち上げていました。ただ、所属が自分ひとりだけだったので、ほかの仕事で忙しくなったころから静かに休眠していたんです。

——眠っていたプロジェクトが正式に稼働することになったきっかけは何だったのですか？

北瀬　「FF」シリーズが25周年の節目を迎えて、「FF」や自分の未来について考えたときに、「もし本気で『FFⅦ』をリメイクして最後まで完成させるとしたら、いつまでにスタートさせないと間に合わないのだろう」と思ったのが、最初のきっかけですね。その後、別件で橋本（橋本真司氏：スクウェア・エニックス専務取締役）と野村と私の3人で話していたときに、リメイクに着手することを相談しました。橋本も以前から『FFⅦ アドベントチルドレン』のグラフィックで原作を作り直したいと言っていたので、その段階で3人の意見がまとまって正式に制作が決まった、という流れです。

——最初は外部開発で制作が進められていましたね。

北瀬　もちろん社内のスタッフも関わっていましたが、「FF」を経験したことがあるチームがほかのプロジェクトに携わっていたため、外部スタッフの比重が結構大きい状態で開発をスタートさせました。ただ、「FF」としてのクオリティを確保するには、やはり制作経験のあるメンバーを主軸にしたほうがいいだろうとの判断で、社内スタッフを重視した体制にシフトしていったんです。

——リメイクプロジェクトが複数作で展開し、1作目がミッドガル脱出までと決まったのはいつごろですか？

野村　開発の最初の段階で、すでに決定していました。リメイクプロジェクトには、「『FFⅦ』の世界観の象徴とも言えるミッドガルを濃厚に描きたい」という前提がありましたが、1作目は根幹となるバトルや成長といった基本システムの構築のほか、アセット（ゲームを構成する素材データ)の準備にどうしても時間がかかるので、ある程度の規模に収めないといけない。また、ミッドガル脱出を境に、ワールド用のシステムとレベルデザインという新たな要素が増える。そういったさまざまな理由からの判断になります。複数作を発表した当時は、ボリュームについて心配される声が多かったのですが、そこは問題ないと思っていました。自分はゲームプレイ動画をわりとよく見るんですけど、オリジナル版でミッドガル脱出まで、だいたい初見で7時間前後かかっていたんです。リメイク版でマップが立体になると情報量が増えて移動時間が必然的に延びますし、シナリオの分量が増すのもわかっていたため、最終的なプレイ時間は十分な長さになるのではないかと想定していました。

野島　シナリオの切れ目としては、これ以外に妥当なところを思いつかないですよね。

野村　ミッドガルを出るとワールドマップに移行するので、先ほどお話ししたとおり、レベルデザインなどの新たな変化があります。そうなると、シナリオの区切りかたによっては、新しい遊びが加わっても中途半端なタイミングで終わってしまう可能性もありますから、ミッドガルでいったん区切る以外の選択肢はなかったように思います。「もっと先まで入れてほしい」とか「複数作ではなく1本にしてほしい」との要望もいただきましたが、今作のクオリティをご覧になれば、複数作にも納得してもらえるのではないでしょうか。

北瀬　リメイク版として全部をいっぺんに作り切るという形ではなく、複数作にして1作目はミッドガルまでと明確に決めたことで、『FFⅦ』のリメイクプロジェクトが実現できた面はありますね。

タイトルの「リメイク」にこめられた ふたつの意図とは……？

――野島さんは、外部開発だったころからチームに参加されているのですか？

野島　そうですね。はじめは、僕がメインシナリオを書いて、外部のスタッフが本編から外れたサブシナリオを担当していました。開発が社内体制に移って鳥山さん(鳥山 求氏：COディレクター)が入ってきたタイミングで、それまでに書いてあったシナリオをいったん預けて、全体的にリライトしてもらったものをもう一度受け取り、最終的な形に仕上げていきました。

北瀬　鳥山が加わって、シナリオを実際のゲーム内に落としこむ作業が本格化したので、整合性を取るためにリライトをさせてもらったんです。

――野島さんのシナリオは、どの程度までこまかく書いているのですか？

野島　結構書きこんでいますよ。キャラクターらしさにこだわって何度も直してます。ただ、僕が書いたあとに鳥山さんたちのシナリオチームで修正が入ったり、ボイス収録の段階でセリフの調整があったりするので、最初に書いたものがどこまで残るのか、完成するまでわからないんです。

北瀬　もちろん、メインストーリーの展開は野島さんのシナリオそのままです。枝葉の部分が実装に合わせて変更される程度ですね。

――今回のタイトルのように、リメイク版にそのまま「リメイク」とついている作品はわりと珍しいですが、これにはどんな意図があるのですか？

野村　タイトルは自分が決めましたが、意図としてはふたつあって、ひとつは最初に公表されるときのみなさんの不安をなくすためですね。発表会で初公開のPVが流れて、みなさんが『FFⅦ』だと気づいたときに、それがリメイク版なのかリマスター版なのか映像作品なのか、不安になると思うんです。実際に2015年のE3(アメリカで行なわれる世界最大規模のゲームショー)でPVを公開したときも、思ったとおりに「もしかして映像作品？」みたいな反応がありました。だから、タイトルに「リメイク」と入れておけば、明確に伝わって安心してもらえるだろうと。それとは別にもうひとつ、「リメイク」とつけた真意があるのですが、それはまだ説明できません。数年後にはお話しできるかな(笑)。

――タイトルロゴのメテオが金属風に変わっていますが、このデザインはどのようにして決まったのですか？

野村　E3で公開するPVには、タイトルロゴで使うメテオの絵を入れたかったのですが、PVの制作時点ではリメイク版のロゴがまだ決まっていませんでした。ただ、自分のなかでは、今回の作品の雰囲気に合わせてメテオをメタリックにするアイデアをすでに持っていたので、PVの編集現場でスタッフにイメージを伝えて、その場でデザインしてもらったんです。それがPVだけでなくタイトルロゴにも使われることになりました。ちなみに、E3のPVでは「ファイナルファンタジー」の表示はなく、メテオマークと「REMAKE」という文字しか出ていません。これは、『FFⅦ』のリメイクを最初に発表するときはメテオマークだけでやりたいと、ずっと思っていたからです。オリジナル版の発売前に当時の宣伝プロデューサーが、パッケージデザイン案としてメテオだけが描かれたものを提示したことがあったんですよ。「タイトルを書かなくても、これだけで『FFⅦ』とわかるだろう」との意図でしたが、当時は採用されず、そのアイデアをいつか再現したかったんです。

プロデューサー
北瀬佳範
Yoshinori Kitase
代表作
FFⅤ、FFⅥ、FFⅦ、FFⅧ、FFⅩ、FFⅩⅢ、FF零式、メビウス FF、シグマ ハーモニクス

自分だけが知っている本作の秘密

COディレクターの浜口に「人手が足りないから」と頼まれたため、伍番魔晄炉、神羅ビルの社長室と屋上、ミッドガル・ハイウェイの終端は自分が企画を担当しています。神羅ビルの屋上は、プレジデントがセフィロスに追いつめられるシーンもあったのですが、テンポを重視してバッサリと削除しました。

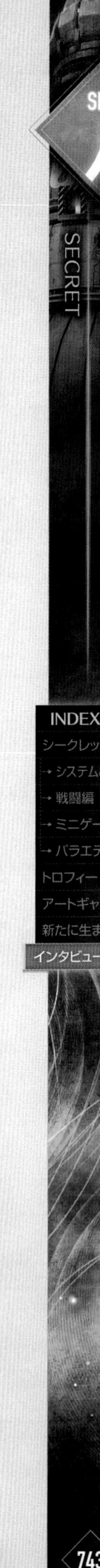

リアルになった映像に合わせて登場人物たちをより掘り下げたかった

——リメイク版を制作するにあたり、どんな点にこだわっていましたか？

北瀬　原作では、魔晄のおかげで生活が豊かになったという設定がありつつも、プレート下のスラム街の印象が強くて、プレート上部で栄えている魔晄都市の人々の生活があまり記憶に残りませんでした。今回はそのあたりを描くことにもこだわりたかったので、オープニングムービーでは、自動車が行き交う街並みや自転車に乗って走る子どもたちなどを入れています。一方で、ムービーの途中からは暗いシーンに移って、魔晄が影響する生活の明と暗の対比になるような構成にしました。ゲーム内でも、ジェシーの実家のようなプレートの上のロケーションを積極的に出していこうと思っていましたね。

野村　自分は、オリジナル版の要素をなるべく残したいと考えていました。バトルで言えば、ATBやマテリア、リミット技など、オリジナル版を構成する重要なものは、できるだけ引き継ぎたかった。ただ、それはどちらかと言うと昔からのファンのためで、同時に新しいプレイヤーのかたがたのことも考えないといけません。昔を知っている層と、はじめて『FFVII』に触れる層の両方を満足させるには、原作の構成要素を現代になじむように改変しつつ、昔からのファンにも納得してもらえるような落としどころを探るのが重要でした。キャラクターデザインにしても、原作は20年以上も前のものなので、ガラッと変えたほうがいまの世代には受け入れられるんでしょうけど、クラウドの髪をツンツンしてないデザインにしたら、絶対におかしいじゃないですか。そのあたりのバランスを見きわめるのが大変でしたね。

野島　シナリオを書くうえでは、デフォルメされていたグラフィックが技術の向上によってリアルになったため、ひとりひとりの登場人物をより深く掘り下げることを大切にしています。たとえば、オリジナル版ではスラムに建つ家が少なかったですが、今回はたくさん建っていて、街で暮らす人たちの存在を強く感じられるので、「ここで生活している人たちをきちんと描きたい」と思っていました。アバランチのメンバーにしても、それぞれの人生を掘り下げて、「なぜ彼らは、この活動に参加しているのか？」という背景を描いてみたつもりです。

——「ジェシーはゴールドソーサーの元女優」という事実が判明したのが、その一例ですね。

野島　ジェシーの言動を芝居がかった感じにしたかったので、過去はこんな経歴で、いまは実家がこんな状況で、といったことが判明するエピソードを盛りこみました。開発初期には、そういったエピソードがサブシナリオとしていくつも予定されていましたね。

北瀬　開発の中盤ごろに、サブシナリオはできるだけメインストーリーの流れのなかに組み入れることになり、本編に吸収されたりカットされたりしたんです。たしか、タークスに関するサブシナリオとかもありました。

野島　そう、「一方そのころタークスは……」みたいな話とか、「コンピレーション オブ FFVII」のキャラクターが登場する話とか。あとは、ティファが大家さんに手伝ってもらって、コルネオの館に潜入するときに着るドレスを選ぶ、というエピソードもありましたね。

北瀬　クラウドが伍番街スラムに落ちたあと、ティファがどんなことをして、どうやってコルネオの館行きのチョコボ車に乗りこんだのか、みたいな内容のチャプターが、開発の後半になるまで組みこまれていたのですが、スケジュールの都合でカットになってしまったんです。

大人ぶってカッコつけたがる“カッコ悪いクラウド”を表現

——プレイしていて、とくにエアリスのセリフが印象的に感じられました。

野島　エアリスは『FFVII リメイク』のなかでは最重要人物なので、セリフには気を使いましたね。彼女のひとことひとことが、のちのち大きな意味を持ってくるであろう、という前提で書いています。

——とくに、CHAPTER 14の夜の花畑でクラウドと会話したときの「でもね、好きにならないで。もしそうなっても、気のせいだよ」というセリフは、原作を知る人にとってはかなり重い意味を感じる言葉でした。

野島　じつは、そのセリフは何度か反対されたんですよ。スタッフのあいだで「上から目線で偉そうに見えるかもしれない」という理由で問題になったらしくて。エアリスが今後どうなるか知っている前提ならグッとくるセリフなんですが、そうでない視点だと全然ちがう解釈になって、そのギャップが興味深かったですね。ちなみに、あの花畑にティファが現れたときのイベントシーンでは、“カッコ悪いクラウド”を表現することを意識しました。クラウドはティファとほぼ同い年ですが、彼には5年間のブランクがあるため、人生経験が足りなくて心が大人になり切れていません。「全員20歳くらいの集団のなかで、ひとりだけメンタルが16歳なのに、周囲に合わせようとして強がるクラウド」を、あそこでどうにかして描きたかったんです。七番プレートが落ちたあとに大人の包容力でティファをなぐさめたバレットを見習って、彼女に対して同じことをしたいんだけど、うまくいかない——そんな不器用な彼を描いてみました。

代表作　FFVII、FFVII アドベントチルドレン、FFVIII、FFX、FFXIII、FF零式、「キングダム ハーツ」シリーズ

自分だけが知っている本作の秘密

最初は、本作のクラウドのデザインを原作から少し変えようと考えていました。長袖の上着を着せて、髪の毛のツンツンも少し抑えめにしたのですが、クラウドらしさが薄れて誰だかわからなくなったので、そのデザインは誰にも見せずに原作とほぼ同じデザインで進めました。

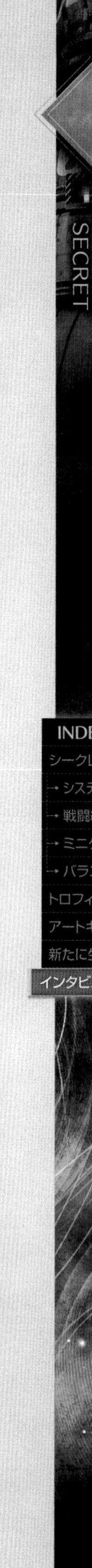

野村　同じような意図で、クラウドのボイス収録では話す相手によって少しずつ芝居を変えてもらいました。エアリスと話すときは背伸びしてカッコつけている、ティファと話すときはちょっと素が出る、ジェシーと話すときはとまどいが見える、といった感じですね。とくにエアリスに対しては、意識しすぎてヘンな受け答えになっています。

野島　クラウドは、エアリスとの距離をうまく作れないんですよ(笑)。ジェシーに対しても、あせったような反応をするので、ジェシーはそれがおもしろくてクラウドをしつこくいじっているんです。

野村　ただ、実際にボイスを収録してみると、当初は想像以上にジェシーがクラウドにちょっかいを出すから、しつこく見えてしまう心配がありました。そのため、クラウドをいじったあとは毎回ふざけることで、愛嬌があって魅力的な人物だと認識してもらえるようにしています。たとえば、「なんつって」というログセも、収録現場で決まったものなんです。

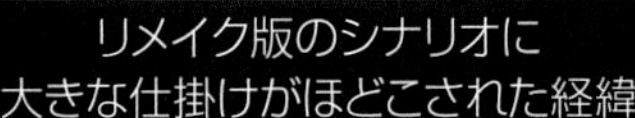

リメイク版のシナリオに 大きな仕掛けがほどこされた経緯

――今回の物語は、新しいエピソードが追加されつつもオリジナル版と同じ流れだと思っていたら、どうやら壮大な仕掛けが隠されているらしいことに途中で気づき、とても驚きました。

野村　でしょうね(笑)。

野島　きっと「つづきはどうなるんだ?」と思ってもらえたんじゃないかなと。

――このシナリオの展開は、どのようにして生まれたのですか?

野村　野島さんにシナリオをお願いすることになった時点で、最初に自分のほうから「『FFVII』をリメイクするなら、こんなふうにしたい」という要望を伝えました。その段階で、単なるリメイク作品ではなく、それ以上のものにするつもりでしたね。今回のバトルシステムは、原作のATBの要素が組みこまれているけど、リアルタイム制に生まれ変わっている。ストーリーも、そんなふうに「基本は『FFVII』だけど、新しくなっている」と思えるものにしたかったんです。

野島　僕としては、あくまでもクラウドを中心とした物語にしつつ、原作や「コンピレーション オブ FFVII」の各作品で増えていった設定をひとつにまとめたいと考えていました。さらに、オリジナル版を遊んだ人たちの頭のなかにも、ひとりひとりちがう『FFVII』の世界が作られていると思いますが、それも大事にしたい。そんなところから発想していったのが、今回のストーリーです。これ以外のアイデアは自分には思いつけなかったので、はじめて野村さんにシナリオを見せたときは、NGにならないように必死で説明しました(笑)。

――ストーリーの要所要所で、今後起こるはずのシーンがフラッシュバックしますよね。

野村　最初の方針では、ミッドガルにいるあいだはそういった伏線をほとんど張らない予定だったんです。

野島　「ちょっとストーリーラインがちがうかな」くらいに抑えるつもりでしたね。

野村　エンディングにちょっとだけ映るビッグスがその名残で、「あれ、おかしいな?」と違和感が少し残る程度を想定していました。ところが、現場のスタッフたちが、この先の映像をスキあらば入れようとしてきて(笑)。それを見つけるたびに、「これはダメ」と言って外させていきましたが、あまりにたくさん入っていたので、いくつかは残ることになったんです。

野島　僕がシナリオに書いていたのは2、3ヵ所だったような……。それが最終的にどうなったのか、まだ知らないんですけど(笑)。

――セフィロスの登場シーンも、原作とくらべて大幅に追加されていますね。

野島　当初はそこまで出てくる予定ではなくて、存在をにおわせる程度の表現がメインだったのですが、途中で積極的に登場させる方針に変わり、姿を見せるシーンが急増しました。

野村　あるとき浜口(浜口直樹氏:COディレクター)から「お話があります」と神妙に言われて、「ミッドガルでセフィロスと戦わせたい」との相談があったんです。原作

ストーリー&シナリオ

野島一成
Kazushige Nojima

代表作　FFVII、FFVII アドベントチルドレン、FFVIII、FFX、FFXIII、メビウス FF、ドラゴンズドグマオンライン

自分だけが知っている本作の秘密

本作の発表後は、スクウェア・エニックスさんにお邪魔するたびに、別チームの顔見知りのスタッフから「あそこの展開はどうなるの?」と聞かれました。「これはもしや、秘密保持契約を守れるかどうか試されているのでは……」と疑心暗鬼になりましたね(笑)。

の設定ではセフィロスの本体は別の場所にいるから、そう簡単には許してもらえないだろうと考えて、自分を説得する材料まで用意していたらしいんですけど、あっさり「いいよ」と承諾しました(笑)。

ゲーム中では説明されていない 気になる疑問点あれこれ

——本作の物語のなかで、疑問が残った点についてもうかがっておきたいのですが……。

全員　……。

野村　まだつづきがあるので、ほとんど答えられないと思いますよ?

——では回答できそうなものだけでもお願いします。まず、原作にもあった描写ですが、オープニングで路地にしゃがんでいたエアリスは何を見ていたのでしょうか?

野村　あれは、オリジナル版のときに誰かが「暖を取っている」と言っていたような……。

北瀬　そんなことはないと思うけど(笑)。まあ、たき火をしているときに火の粉をボーッと見るみたいに、魔晄の光をながめていたのではないかと。

——そのあとで、リメイク版では何かに気づいたエアリスが走り出しますが、これはなぜですか?

野島　フィーラーの気配を感じて逃げているんです。これまでエアリスは、フィーラーから何度もひどい目に遭わされているんじゃないでしょうか。

——エアリスは、未来の出来事やまだ聞いていないことを知っているフシがありますが、なぜなのでしょう?

野村　……なぜでしょうね。そこは今後の作品をお待ちください。

——ミッドガル・ハイウェイの終端で壁を越えるときにエアリスが言う「ここ、分かれ道だから。運命の分かれ道」とは、何を指しているのでしょうか?

野島　フィーラーが作った壁をクラウドたちが越えたら、フィーラーの管轄外、つまり運命がないところに行くわけで、そこへ進むかどうかの分岐点という意味ですね。

——ラストバトルのあと、クラウドとセフィロスのふたりだけで行なう会話の内容には、どんな意味があるのでしょうか?

野島　言葉どおりに受け取ってください。ちなみに、その場面のセフィロスのセリフは、どのシーンに入れるかは決まっていなかったものの、初期の段階からシナリオには存在していました。

——エンディングでは、ザックスが生き残るという本来とは異なる展開になりますが、これにはどういう理由があるのでしょうか?

野村　あそこが、今回のシナリオに仕掛けた謎に関する最大の見せ場ですね(笑)。

野島　忠犬スタンプも、しっかり見えていますし。

——この場面だけ、姿がちがうんですよね。

野島　……そうでしたっけ(笑)。

——忠犬スタンプの設定は、当初からあったのですか?

野島　はい。リメイク版のストーリーラインが決まったときに、「じゃあ、その象徴として忠犬スタンプを使いましょう」ということにしました。本作の世界では、忠犬スタンプは誰でも知っているような人気のキャラクターで、それをアバランチの人たちが秘密のメッセージに利用している、という設定になっています。

野村　ちなみに、アバランチが壁に描いているほうの忠犬スタンプは、自分がもとのデザインを担当しました。ふつうはそこまでやらないんですけど、なんだか重要なキャラクターになりそうだったので、自分で設定画を描いています(→P.731)。

——エンディングの最後にエアリスがつぶやく「空、きらいだな」は、何か深い意図があるのでしょうか?

野村　エアリスにとって、空は悲しみの象徴なんです。彼女にとって大切な人であるザックスや母親のイファルナは空に連れていかれたし、スラムから見上げる空は神羅が覆っているし、古代種に災厄をもたらしたジェノバも空からやってきた。そういうイメージがあるから、エアリスは空を嫌いだと言ったのでしょう。

——最後には「The Unknown Journey Will Continue」という文章が表示されますね。

野村　当初は、あの場所には別の文章が入っていたのですが、諸事情により変更することになったんです。そのときに北瀬から「エンディングの先へ思いをつなげるような言葉にしてほしい」との要望があり、自分でもちょっとした含みを持たせたかったので、あんな文章にしてみました。意味を考えると違和感があると思いますが、それは織りこみずみです。

登場が期待されている原作の要素は次回作でも削除したくない

――今回の作品で、今後のリメイクプロジェクトにますます期待が高まりましたが、全部で何部作になるのか、見通しは立っているのでしょうか？

北瀬　だいたいのイメージはあるのですが、まだカチッと決まったわけではなく、明言はできない状況です。

――世間では3部作という説も出まわっていますが……。

北瀬　これまでに具体的な数をこちらから言ったことはないはずなので、みなさんの推測がひとり歩きしているのだと思いますよ。

――次回作の発売時期も気になるところです。

野村　それも何部作にするのかによりますね。大きく分けた場合は当然時間がかかりますし、こまかく分ければ短いスパンでリリースできるかもしれません。

北瀬　とはいっても、今回のようなクオリティとボリュームを維持するとなると、たとえば1年後に発売、というのは現実的ではないですね。

野村　自分としては、早く出してラクになりたいんですけどね。早く出てほしいという気持ちは、たぶんファンのみなさんの誰よりも強いです(笑)。

――今回のストーリーを踏まえると、次回作以降では原作の展開から大きく変わる可能性もあるのでしょうか？

北瀬　よく野村とも話をするのですが、原作ファンのかたが登場を期待しているロケーションやシーンは外したくない、という強い気持ちがあります。ですから、今後についてもオリジナル版と全然ちがうものにするつもりはなく、リメイク版でも『FFⅦ』は『FFⅦ』のままだと思っていてください。

野島　僕としても、基本は原作の流れをトレースしていて、その表現方法や起きている出来事がちょっとちがう、くらいの想定でシナリオを考えています。個人的には、『クライシス コア -FFⅦ-』ではじめて登場した村とかも出してみたいですけどね。

――最後に、『FFⅦ リメイク』を遊んでいるファンのみなさんにメッセージをお願いします。

野島　きっと楽しんでいただけたと思いますが、「これ、どういうことだろう」と疑問が残ったところは、ちゃんと覚えておいてください。次回作以降に、かならず答えがあるはずです。

野村　過去にとても人気だった作品のリメイクですから、発売前の注目度は高く、不安の声も多く寄せられました。しかし、それに臆することなくスタッフたちは全力で取り組んでいたので、気に入ってもらえたなら本当にうれしいですし、今作でリメイクのベースが確立できたのは大きなことです。ぜひ次回も期待していただければと思います。ただ、自分は「リメイク版が出たから、今後はオリジナル版じゃなくてリメイク版をやればいい」みたいになるのを避けたいんですよ。オリジナル版とリメイク版は両立するものなんです。ですから、『FFⅦ リメイク』を遊んだら、つぎはオリジナルの『FFⅦ』も遊んでほしいですね。

北瀬　今回の作品で、「我々が『FFⅦ』をどのような形でリメイクしていくのか」という方向性を提示できたと思います。それを踏まえたうえで、『FFⅦ リメイク』内に散りばめられたヒントをもとに、次回以降の作品がどんなものになるのか想像して、ファンのみなさんのあいだで盛り上がってほしいですね。ネットの反響などは我々にも届きますので、そういったコミュニケーションも図りながら、この先もファンのかたがたと一緒に作っていけたらいいなと思っています。

(2020年3月19日　スクウェア・エニックスにて収録)

散りばめられたヒントをもとに
次回作がどんなものになるのか想像して
盛り上がってほしいですね

INDEX

Hollow

Music: Nobuo Uematsu ／ Vocals: Yosh (Survive Said the Prophet)
Lyrics: Kazushige Nojima ／ Translation: Ben Sabin, John Crow
Arrangement: Kenichiro Fukui

I would be lost
Drifting along
Floating up high
Time after time
And there you'd be
Shining brightly
Your smiling face
To guide my way

Bloody and bruised
Brought to my knees
When beaten down
When broken up
You would appear,
Reach out to me,
Heal every wound,
And make me whole

Was it all a dream?
Will I never know?
Foolish and blind
To everything
Had I realized,
Had I thought it through,
Would you be here
in my embrace?

Shine bright
Once more
Guide me
To you
Smile bright
Once more
This time
I will never let you go

With your every smile
Hiding something more:
Dark mysteries
Lurking beneath
But I was consumed
With this emptiness—
This selfishness,
This void to fill

Hear me
Once more
Show me
Your smile
This time
For sure
I'll see
The truth hidden inside your tears

But I
I know
That you're
Long gone
But I
I will
Go on
Howling and hollow

漂い　流れて
迷った　時でも
あなたの　輝く
笑顔が　導く

傷つき　倒れて
打ちひしがれても
あなたに　触れたら
すべては　癒され

浮かれてた？　そうかもな
何も　知らずに
気づくのが　早ければ
抱きしめられたかい？

もう一度　輝け
一度でいい　見つけるから
もう一度　笑って
今度は　離しはしない

笑顔には　隠された
秘密が　あったね
でも　俺は空っぽで
求めて　ばかりで

もう一度　頼むよ
笑顔を　見せて
もう一度　今度こそ
涙の跡に　気づいてみせる

ああ　わかるよ
あなたは　いない
でも　俺は
叫び続ける
空っぽだから

SE-MOOK

ファイナルファンタジーVII リメイク アルティマニア

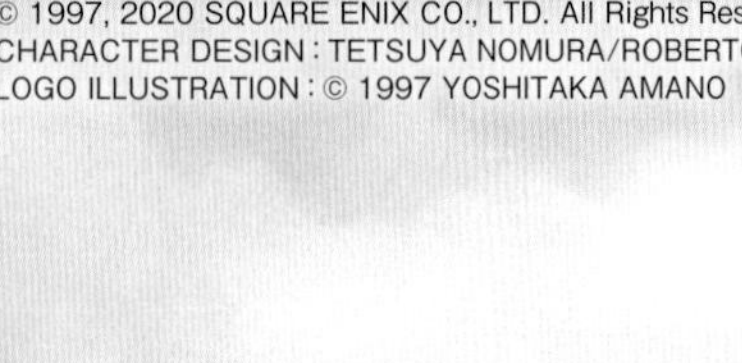

STAFF

企画・制作
株式会社スクウェア・エニックス
編 集 長　大矢和裕
編　　集　黒﨑正記／多田卓司
制作業務　柄澤　徹／大岡俊裕／有馬陽平／酒井　耕

編集・執筆
株式会社スタジオベントスタッフ／株式会社デジタルハーツ
山下　章（Director／巻頭部分／インタビュー聞き手）
大出綾太（Sub-Director／サブイベント＆ミニゲーム／インタビュー構成）
澤田真之（プロローグ／キャラクター＆ワールド／シナリオ／シークレット77／アートギャラリー／新たに生まれた謎）
豊田知行（バトルキャラクター／サブイベント＆ミニゲーム／シークレット77）
山中直樹（バトルシステム）
板場利光（シナリオ／シークレット77）
大出啓太（シナリオ／シークレット77／主要開発スタッフQ&A）
白崎正悟（シナリオ／アートギャラリー）
志賀　修（アイテム／シークレット77／トロフィーコンプリートガイド）
小石朋仁（エネミー）
末崎進一（エネミー／サブイベント＆ミニゲーム）
工藤　空（Editorial Support）
澁谷武士（Editorial Support）
高橋尚人（Editorial Support）

カバーデザイン
株式会社島田忠司デザイン事務所
島田忠司／門倉徳映

本文デザイン・DTP
有限会社キューファクトリー

マップイラスト制作
株式会社東海創芸

楽譜制作
株式会社オールラウンド
砂守岳央

インタビュー撮影
柴泉　寛

協力・監修
株式会社スクウェア・エニックス
『ファイナルファンタジーVII リメイク』開発チーム
マーケティング推進部

2020年4月28日　初版発行

発行人　松浦克義
発行所　株式会社スクウェア・エニックス
〒160-8430　東京都新宿区新宿6-27-30
新宿イーストサイドスクエア
印刷所　図書印刷株式会社

<お問い合わせ>
スクウェア・エニックス サポートセンター
https://sqex.to/PUB

ゲームの攻略方法やデータなどのご質問については、お答えしておりません。また、攻略以外のお問い合わせの場合でも、ご質問内容によってはお答えできない場合がございますので、あらかじめご了承ください。

乱丁・落丁本はお取り替え致します。大変お手数ですが、購入された書店名と不具合箇所を明記して、弊社出版業務部宛にお送りください。送料は弊社負担でお取り替え致します。ただし、古書店で購入されたものについては、お取り替えできません。

定価はカバーに表示してあります。

本書は2020年4月10日時点でのゲーム内容にもとづいて制作されています（アップデートで追加・変更される要素は含まれていません）。最新の情報は『ファイナルファンタジーVII リメイク』公式サイトをご確認ください。

ISBN978-4-7575-6586-9 C9476 雑誌62013-80